静静的顿河

卷 六 上

[苏联] 米哈依尔·肖洛霍夫 / 著　　力 冈 / 译

安徽师范大学出版社
ANHUI NORMAL UNIVERSITY PRESS
·芜湖·

卷　六

一

一九一八年四月，顿河地区出现了大分化的局面：北方几个州——霍派尔州、大熊河河口州和上顿河州的一部分——的上过前方的哥萨克，都跟着米洛诺夫和退却的红军走了；下游几个州的哥萨克在争夺每一寸顿河土地，打得他们节节败退，把他们逼到了顿河地区的边境上。

霍派尔州的哥萨克差不多全部跟着红军走了，大熊河河口州跟着走的有一半，上顿河州跟着走的只是一小部分。

到一九一八年，历史才使顿河上游和下游的哥萨克彻底分化了。但是分化的苗头早在几百年前就出现了，那时候北方各州的哥萨克比较穷苦，既没有亚速海滨的肥沃土地，又没有葡萄园，也没有很好的渔场和猎场，他们常常离开契尔卡斯克地方，到俄罗斯土地上到处流荡，成为一切造反者的可靠支柱，从拉辛到谢卡奇，都依靠这些人。

就是在近代，每当整个军队在统治者重压之下暗暗骚动的时候，上游的哥萨克都要公开暴动，由自己的首领率领着，动摇沙皇统治的根基：同沙皇的军队作战，抢劫顿河上的船队，并且跑到伏尔加河上，鼓动已被征服的查波罗什人叛乱。

到四月底，顿河流域已经有三分之二的地区没有了红军。等到明显地出现了建立地区性政权的必要之后，在南方作战的一些白军的头子们就倡议召开军人联合大会。决定于四月二十八日在诺沃契尔卡斯克召开由顿河临时政府委员和各乡镇各部队代表参加的大会。

鞑靼村收到维奥申乡乡长的通知，通知说四月二十二日要在维奥申镇上召开全乡代表大会，选举出席军人联合大会的代表。

米伦·格里高力耶维奇·柯尔叔诺夫在村民大会上宣读了通知，村里就推选他、包加推廖夫老爹和潘捷莱·普罗柯菲耶维奇去参加乡代表大会。

在乡代表大会上，潘捷莱·普罗柯菲耶维奇也和其他一些人一起被选为出席军人联合会的代表。他当天就从维奥申镇上回来了，为了提前赶到诺沃契尔卡斯克，他决定第二天就跟亲家公一起上米列洛沃夫去（米伦·格里高力耶维奇要上米列洛沃买煤油、肥皂和其他的日用品，还想顺便给莫霍夫的磨坊买筛子和轴承合金，弄点外快）。

天一亮他们就动身了。米伦·格里高力耶维奇的两匹大青马拉着四轮大车轻快地跑着。两位亲家紧挨着坐在漆得花花绿绿的车座上。上了山冈，他们就闲聊起来；米列洛沃驻扎着德国人，所以米伦·格里高力耶维奇不免有些担心地问道：

“怎么样，亲家，德国人不会把咱们扣下来吧？他们都是一些凶狠的家伙，落到他们手里就完啦！”

“不会的，”潘捷莱·普罗柯菲耶维奇很有把握地说，“马特维·卡叔林前两天上那儿去过，他说，德国人胆子很小……不敢碰哥萨克。”

“噢!”米伦·格里高力耶维奇在狐狸毛一样的红胡子底下笑了笑;他显然已经放下心来,就换了话题,“你看,该成立什么样的政府呢?”

“要成立军政府!选咱们自己人!选一个哥萨克!”

“但愿这样啊!你们要好好地选一选!要像茨冈人挑马那样,在将军们当中好好地挑一挑。可不能挑有毛病的。”

“能挑出好的来。顿河上的聪明脑袋瓜还不少呢。”

“这话很对,很对,亲家……聪明人和傻瓜都不用栽种,自己就能长出来。”米伦·格里高力耶维奇眯缝起眼睛,他那斑斑点点的脸上出现了愁容,“我本来想把我的米佳培养成材,想叫他上上学,好当军官,可是他连教区小学都没有念完,到第二年冬天他就逃学啦。”

他们有一小会儿没有说话,心里想着不知道跑到哪里去追赶红军的儿子们。四轮大车在坑坑洼洼的大路上颠簸着;右边的大走马磕绊了两下,没有磨光的马掌咔嚓咔嚓地响了几声；大车摇晃起来，紧紧挨在一起的两位亲家就像两条在下子的鱼那样，肋骨跟肋骨磨蹭起来。

“咱们的哥萨克都在哪儿呢？”潘捷莱·普罗柯菲耶维奇叹了一口气。

“顺着霍派尔河往上去啦。加尔梅克佬菲多特从库梅尔仁回来啦，他的马被打死啦。他说，咱们的人好像在朝济山镇方向去呢。”

他们又不作声了。微风吹得脊背冷飕飕的。后面，顿河那边，树林、草地、水泊和光秃秃的田野，经火红的朝霞一照，都神态庄严地、无声无息地闪着红光。一带沙丘就像一摊黄黄的蜂蜜，像驼峰似的一道道波浪隐隐泛着青铜色。

春天的步伐很不整齐。灰中透绿的树林已经换上鲜艳的深绿色盛装，原野上开遍了野花，春水已经退了，只是在河边滩地上留下无数亮闪闪的小水洼；可是在陡坡下面的深沟里，还有温暖日子里没有化尽的残雪紧紧贴在黄土上，亮晶晶的，白得耀眼。

第二天傍晚时候来到米列洛沃，他们就歇在一个熟识的乌克兰人家里，这个乌克兰人就住在一座高大的褐色粮仓旁边。第二天早晨，吃过早饭以后，米伦·格里高力耶维奇就套上车，上铺子里去买东西。他顺利地过了铁路道口以后，就生平第一次看到了德国人。三个德国兵迎着他走来。其中的一个，个头儿小小的，弯弯的栗色大胡子一直长到耳朵边上，摆手打了一下招呼。

米伦·格里高力耶维奇勒住马，带着担心和等待的神情咬着嘴唇。德国兵来到跟前。一个又高大又肥胖的普鲁士人龇着白牙笑着，对他的同伴说：

“这是道地的哥萨克！瞧，还穿着哥萨克制服呢！他的儿子一定跟咱们打过仗。咱们来把他逮起来，送到柏林去。这可是一样顶有意思的展览品！”

“咱们光要他的马，叫他滚蛋好啦！”那个一脸栗色大胡子的小矮子绷着脸回答说。

他小心地从马旁边绕了个圈儿，来到大车跟前。

“下来，老头子！我们要用用你的马——这个面粉厂有一批面粉要运到车站去。快点，下来，快给我下来！回头可以到司令部来领你的马。”德国兵用眼睛瞟了瞟面粉厂，又做了一个不容许怀疑他的话的手势，请米伦·格里高力耶维奇下车。

另外两个德国兵朝面粉厂走去，不住地回头望着，笑着。米伦·格里高力耶维奇的脸一阵红，一阵灰黄。他把缰绳缠到辕杆上，很轻捷地从车上跳了下来，跨到马前面去。

“亲家没有来，”他脑子里闪了一下，心里凉了一会儿，“他们要把马抢走啦！唉，真倒霉！他妈的！”

那个德国兵紧紧闭着嘴唇，抓住米伦·格里高力耶维奇的袖子，打着手势，叫他往面粉厂里去。

“放开！”米伦·格里高力耶维奇的身子往前探了探，脸色更灰白了，“手放规矩点儿，别碰我！我的马不能交给你们！”

德国兵从他的声音猜出了他回答的意思。德国兵忽然露出一脸凶相，张大了嘴，露出白中带青的牙齿，恶狠狠地瞪大了两个眼珠子，气势汹汹地、哇啦哇啦地叫了起来。他一下子抓住挂在肩上的步枪的皮带，就在这一刹那间，米伦·格里高力耶维奇使出年轻时的劲头儿：飞起一拳，几乎连抡都没抡，狠狠打在他的颧骨上。这一拳打得他的头咔嚓晃了一下，下巴上的钢盔皮带啪的一声断了。德国兵平平地倒在地上，正要挣扎着起来，嘴里吐出来一团深红色的血块子。米伦·格里高力耶维奇又补了一拳，这一拳打的已经是后脑勺了；他朝四下里望了望，便弯下身子，飞快地抓起步枪。这时候他的脑子活动得非常快，而且格外清楚。他在掉转马头的时候，就知道这个德国兵不会对着他的脊梁开枪了，怕只怕铁路栅栏外面或者铁路线上的哨兵看见。

两匹大青马就是在赛马的时候也没有这样狂跑过！就是在迎接新娘子的时候，车轮子也不曾转得这样飞快！“主啊，救救我吧！主啊，多多保佑吧！看在天父的面上……”米伦·格里高力耶维奇在心里念叨着，一个劲儿地拿鞭子照马背上抽。他的爱财心差一点儿害了他：他想跑到住处去取他丢下的车毯，但是冷静一想，转了念头，便掉转了方向。他赶着马飞跑了二十俄里，一口气跑到奥列霍村，就像后来他自己说的，比神仙伊里亚的飞车还快。一到奥列霍村，他就跑到一个熟识的乌克兰人家里，失魂落魄地把事情对主人说了一遍，要求主人把他和马掩藏起来。那个乌克兰人藏是让他藏了，可是先把话说明白了：

“我可以把你藏起来，可是如果他们来拷问我，格里高力耶维奇，我还是要说出来的，因为我犯不着！他们会烧房子，会把我逮起来，铐起来的。”

“好人呀，你把我藏起来吧！你要我怎么谢你，就怎么谢你！不管把我藏到什么地方，只要能救我一命，我送你一群羊！送你十只大肥羊！”米伦·格里高力耶维奇一面又是央告又是许愿，一面把大车往棚子底下推。

他害怕追赶，比怕死还厉害。他在乌克兰人家里待到黄昏时候，天一黑，他就溜了。一出了奥列霍村，他就赶着大车飞跑起来，一团团的汗沫从马的两边直往下掉，大车轰隆轰隆地响着，轮子上有些辐条都绞到了一块儿，快到下亚布洛诺夫村，他才定下神来。快要进这个村子的时候，他从座位底下抽出夺来的步枪，看了看枪上的皮带，皮带里边还有用化学铅笔写的字，他轻松地咯咯了几声，说：

“怎么样，鬼儿子们，你们追上了吗？你们还早着哩！”

他一直也没有给乌克兰人送羊去。秋天他又打那儿路过，看到乌克兰人那盼望的眼神，回答说：

“我家的羊都瘟死啦。真是糟透啦……这不是，我从自家园子里摘了些梨来，酬谢你的一番情意！”他从大车上倒下几十个在路上碰得稀烂的梨子，把狡猾的眼睛转向一旁，说，“我家的梨子好吃极啦……都熟透啦……”说过就走了。

米伦·格里高力耶维奇从米列洛沃飞跑出来的时候，他的亲家公已经到了车站上。一个年轻的德国军官签发了通行证，通过翻译对潘捷莱·普罗柯菲耶维奇盘问了一番，一面抽着廉价的雪茄烟，用关心弱者的口气说：

“您去吧，不过要记住，你们得成立一个开明的政府。选总统也好，选皇帝也好，随你们的便，不过有一个条件，就是这个人管理国家要开明，能够执行正确对待我们国家的政策。”

潘捷莱·普罗柯菲耶维奇非常不高兴地看了看德国军官，不想和他说下去，领到通行证以后，马上就去买票。

诺沃契尔卡斯克的年轻军官多得使他吃惊：他

们一群一群地在大街上逛荡，下馆子，带着太太、小姐们玩，在将军府和准备做大会会场的法院大楼旁边溜达。

潘捷莱·普罗柯菲耶维奇在代表宿舍里遇到好几个同乡人，还有一位叶兰乡的朋友。代表中间多数是哥萨克，军官并不多，而乡镇知识分子的代表总共只有几十名。关于选举地区政府问题，各种各样的说法都有。只有一点是很明确的：要成立军政府，选举军区司令。大家在传说着一些有声望的哥萨克将军的名字，议论着候选人。

潘捷莱·普罗柯菲耶维奇在来到的那一天的傍晚时候，喝过茶以后，在自己的屋子里坐下来，正要吃家里带来的干粮。他掏出一截咸鲤鱼，切下一块面包。两个米古林乡的代表挨着他坐了下来，另外几个人也走了过来。开头谈的是前线上的局势，渐渐谈起了选举政府的问题。

“像去世的卡列金——愿他在天堂幸福！——那样的，再也找不到啦！”叔米林乡一个长着灰白色大胡子的代表叹着气说。

“这话不错。”叶兰乡的一个代表赞同他的说法。

有一个参加聊天的上尉是别斯谢尔盖涅夫乡的代表，他有些不服气地说：

“怎么没有像他那样的人呢？诸位，你们怎么啦？克拉斯诺夫将军怎么样？”

“哪一个克拉斯诺夫？”

“什么哪一个？诸位，好意思问吗？鼎鼎大名的将军嘛，第三骑兵军团的司令官，雄才大略，得过十字勋章，是一位英明的统帅。”

上尉这番热情洋溢的捧场话惹火了一个前方部队的代表。

“我给你们说实在的吧：我们可是知道他的本事！是一个饭桶将军！在对德战争中，他的好本事都拿出来啦。如果不是革命的话，他一辈子只能当当旅长啦！”

“您不了解克拉斯诺夫将军，老弟，怎么能这样说呢？再说，对于大家都尊敬的一位将军，怎么能这样不礼貌呢？您大概忘记您是一个普通的哥萨克了吧。”

上尉声色俱厉地慢慢说出这番冷冰冰的话来，那个哥萨克慌了，怕了起来，心慌意乱地嘟哝说：

“大人，我说的是我在他手下当兵那时候……他在奥地利前线上弄得我们团进退两难！所以我们才认为他是个饭桶……谁知道他后来怎样……也许，完全不同啦……”

“他的十字章怎么得的呢？你这混账！”潘捷莱·普罗柯菲耶维奇叫鲤鱼刺卡了一下，咳嗽了一阵子之后，也骂起那个部队的代表，“你们都糊涂透了，什么人都骂，什么人都不合你们的心意……这是什么作风！你们要是少说点儿，还不会弄得这样糟呢，还自以为聪明呢，全是胡说八道！”

契尔卡斯克和下游的代表都拥护克拉斯诺夫。老头子们都看中了这位得过十字章的将军；有很多人在日俄战争中就跟着他打过仗。军官们看重的是克拉斯诺夫的经历：他是御林军出身，是一位高贵的、受过上等教育的将军，在皇宫里担任过沙皇驾前的侍从官。自由主义的知识分子满意的是，克拉斯诺夫不仅是一位将军，不仅是行伍中人，而且好歹是位作家，过去，常常在《涅瓦》杂志副刊上读到他写的取材于军官生活的小说；既然是作家，那自然就是一个文化素养很高的人啦。

各个宿舍里都在热心为克拉斯诺夫宣传。别的一些将军的名字在他的名字面前都相形失色了。一些拥护克拉斯诺夫的军官悄悄地在说阿福里康·包加叶夫斯基的坏话，说包加叶夫斯基和邓尼金是一路货，如果选包加叶夫斯基当军区司令的话，只要他们把布尔什维克一打垮，一跨进莫斯科，他就把哥萨克的一切特权和自治权丢到九霄云外啦。

也有人反对克拉斯诺夫。代表中有一个教员就想破坏将军的声誉，但是没有破坏得了。这个教员在代表住的一些屋子里窜来窜去，像蚊子一样在哥萨克们长满了毛的耳朵边很恶毒地嗡嗡叫着：

“克拉斯诺夫吗？他是一个坏透了的将军，一钱不值的作家！是宫廷里的绣花枕头，马屁精！可以说，他这个人既想发民族财，又想保持民主的清名。你们等着瞧吧，一旦有人收买，他就会两个铜板把顿河卖掉！他是一个小人。是一个卑劣的政客。应该选阿盖耶夫！阿盖耶夫就完全不同啦。”

但是没有人听这个教员的。于是在五月一日，大会的第三天，会场上响起一片呼喊声：

“请克拉斯诺夫将军上台！”

“我们衷心要求……”

“诚心诚意要求……”

“请上台！”

“请我们敬重的将军上台！”

“让他上台，给我们讲讲实际问题！”整个宽敞的大厅里都轰动起来。

军官们都轻轻地拍着巴掌，哥萨克们望着他们，也都轻轻地、很笨拙地拍起手来。他们的手因为干活儿变得又黑又粗糙，发出来的声音干巴巴的，可以说，很不悦耳，和塞满了走廊和过道的那些小姐、太太、军官、学生们的嫩手所发出的音乐般的柔和声音大不一样。

克拉斯诺夫是一位很有风度的将军，高高的个子，虽然上了年纪，依然十分挺拔，身穿将军服，胸前挂满十字勋章和奖章，佩戴着带穗肩章和别的一些将军标记，当他像检阅时那样，迈着矫健的步伐走上主席台时，会场上响起一阵阵的掌声和欢呼声。掌声和欢呼声混成了一片。暴风雨般的狂呼声一阵一阵地在代表们的行列中滚过。将军带着一副很受感动、很兴奋的面孔威风凛凛地站在台上，许多人从他身上隐隐看到了帝国往日威风的影子。

潘捷莱·普罗柯菲耶维奇流出了眼泪，从帽子里掏出一条红手绢，擤了老半天鼻子。“真是一位了不起的将军！好一表人才！这气派就跟皇上一样，就连相貌也很像。甚至还像先王亚历山大哩！”他十分感动地看着站在脚灯边的克拉斯诺夫，心里这样想。

这一次的军人联合大会，即所谓“顿河救亡联合大会”，开得从容不迫。根据大会主席扬诺夫的提议，通过了佩戴肩章和各种军功章的决议。克拉斯诺夫发表了一篇精心编造的漂亮演说。他很沉痛地说到“被布尔什维克作践得不成样子的俄罗斯”，说到俄罗斯“以往的强盛”，说到顿河的命运。他把当前的局势描述了一番之后，又简单地谈了谈德国人的入侵问题。最后他慷慨激昂地说到在打败布尔什维克以后，顿河地区要独立自治，引起一片热烈的赞扬声。

“要由强大的军人联合会来管理顿河地区！革命解放了的哥萨克，要恢复古代一切美好的哥萨克生活方式。我们也要像古时候我们的祖先那样，放开嗓门儿响当当地说：‘白皇帝，你就在莫斯科的石头城里当你的皇帝，这静静的顿河是我们哥萨克的！’”

在五月三日晚间的会议上，克拉斯诺夫少将以一百零七票赞成，三十票反对、十票弃权当选为军区司令。他没有从大尉手里接司令官的权标，先提出两个条件：必须批准他向联合会提出的基本法案，必须授予他统辖的全权。

“我们的国家已经到了生死存亡的关头！只有在充分信任司令官的条件下，我才能接权标。现在的局势如此，干起事情必须有信心，必须有尽职尽责的愉快感，这就必须知道自己已经获得了顿河人心的集中代表，也就是军人联合会的信任，就不能要布尔什维克那样的散漫和无政府状态，必须实行强有力的法治。”

克拉斯诺夫所提出的一些法令，实际上都是草草修补了一下、多少换了换头面的帝俄时代的旧法令。联合大会怎么能不通过呢？代表们都高高兴兴地通过了。一切东西都和原来的一样，就连那改得很不像样子的军旗也和原来的一样：还是蓝、红、黄三色直条，代表着哥萨克、外来户和加尔梅克人。为了迎合哥萨克的心，只对军徽做了根本性的修改：去掉了那只张开翅膀、伸着爪子的凶猛的双头鹰，换成了一个头戴皮帽，携带马刀、火枪和军用品，骑着马站在酒桶上的裸体哥萨克。

一个喜欢拍马屁的头脑简单的代表为了讨好，提出一个问题：

“也许将军大人要提出什么变更，或者修改已经通过的基本法案呢？”

克拉斯诺夫宽厚地笑着，决定开开玩笑让大家笑笑。他用允诺的目光环视了一遍大会的代表们，用志得意满的腔调说：

“可以修改。第四十八条、四十九条和五十条——关于军旗、军徽和军歌的规定，都可以修改。大家都可以提嘛，什么样的旗子都行，就是不能要红旗；什么样的军徽都行，就是不能要犹太人的五角星或者别的什么共济会的标记；什么样的军歌都行，就是不能要‘国际歌’。”

军人联合会在一片哄笑声中批准了这项法案。过后很久大家还纷纷传说着将军开的玩笑。

五月五日大会闭幕。很多人在闭幕式上发了言。克拉斯诺夫和得力助手、南线兵团的指挥官杰尼索夫上校保证在最短期间内消除布尔什维克的祸害。军人联合大会的代表们，因为军区司令选得很满意，又得到了许多前方消息，一个个都心满意足、高高兴兴地走了。

潘捷莱·普罗柯菲耶维奇怀着十分激动和高兴得要爆炸的心情离开了顿河的首府。他完全相信，权标已经掌握在十分可靠的人的手里，不久就可以打垮布尔什维克，他的两个儿子就可以回家种地了。老头子坐在车窗边，胳膊肘撑在小桌上；耳朵里还响着顿河军歌的余音，一些使人振奋的话激荡着他的心腑，好像真的是“正教徒的静静的顿河涌起波涛，奔腾咆哮”了。

但是，离开诺沃契尔卡斯克只有几俄里，潘捷莱·普罗柯菲耶维奇就在车窗里看到了放哨的德国骑兵。一小队德国骑兵正顺着铁路的路基，迎着火车走来。德国骑兵们大模大样地弓着身子坐在马上，一匹匹肥壮的宽屁股大马摇摆着剪得短短的尾巴，浑身的毛被明媚的阳光照得闪闪发亮。潘捷莱·普罗柯菲耶维奇往前探着身子，难受得拧起眉毛，看着德国人的马的铁蹄毫无顾忌、得意扬扬地践踏哥萨克的土地，看了一会儿，就转过身来，将宽阔的脊背靠在车窗上，丧气地垂下头，鼻子眼儿里哼哧了老半天。

二

一列列红色的火车，从顿河上往乌克兰方向开去，在往德国运送面粉、油、鸡蛋和牛。车厢门口都站着头戴无檐制帽、身穿蓝灰色制服、荷枪实弹的德国兵。

德国人的钉了铁掌的结实的黄皮靴踩实了顿河边的大路，德国骑兵在顿河上饮马……可是在同乌克兰接界的地方，被征集起来、刚刚在派尔西阿诺夫卡受完训的年轻哥萨克，却在同彼特留拉的队伍打仗。重新集合起来的顿河哥萨克第十二团，为了给顿河地区争夺一小块多余的乌克兰领土，几乎有一半人牺牲在斯塔罗别尔斯克城下。

在北方，大熊河河口镇在双方手中转来转去：

有时候格拉祖诺夫乡、新亚历山大乡、库梅尔仁乡、斯库里申乡和另外几个乡的哥萨克红军队伍占领这个镇，可是一个钟头以后，阿列克塞耶夫的白卫军军官队又把他们打跑了，于是大街上闪来闪去的都是军官队主要成员——普通中学学生、实业学校学生和教会学校学生的大衣了。

上游的哥萨克成群成伙地往北逃，从这个乡到那个乡，像滚雪球一样。红军朝萨拉托夫省的边境退去。霍派尔州几乎全部放弃了。到夏末时候，由一切能拿起武器的各种年龄的哥萨克拼凑成的顿河军已经来到边境上。顿河军在路上进行了改编，又增加了从诺沃契尔卡斯克来的一些军官，就有点像真正的军队了：各乡派出的少数民兵合编到一起；又和俄德战争中生还的官兵编到一起，恢复了原来的正规团的建制；几个团又合编成师；司令部里的一些尉官也换上了几位久经沙场的上校；各级指挥官也都渐渐更换了。

夏末，由米古林乡、麦什柯夫乡、嘉桑乡和叔米林乡哥萨克连队组成的战斗部队，奉阿尔菲洛夫少将的命令，跨过顿河地区的边界，占领了沃罗涅日省边境的第一个村庄顿涅茨村，并且把包古查尔县城包围起来。

＊＊＊

鞑靼村的哥萨克连，在彼特罗·麦列霍夫率领下，经过一个个的村庄和乡镇，往大熊河河口州的北部进军，已经有四昼夜了。红军在他们的右方，没有迎战，急急忙忙向铁路线退去。鞑靼村的哥萨克一直没有遇到敌军。他们每天都不走很远。彼特罗和所有的哥萨克都不谋而合，认为犯不着急急忙忙去送死，每天的行程都不超过三十俄里。

他们在第五天进入库梅尔仁乡。在东杜柯夫村渡过了霍派尔河。草甸子上的小虫儿一群一群的，就像轻纱织成的帷幔。细细的、颤颤悠悠的嗡嗡声一直不停地响着。到处有小虫儿乱飞，乱打圈圈儿，往哥萨克和马的耳朵和眼睛里乱钻。马难受得直打喷嚏，哥萨克们用手驱赶，一个劲儿地抽烟，用烟熏。

“真他妈的捣蛋，该死！”贺里散福用袖子擦着流出泪水的眼睛，哼哧着说。

“怎么，钻进眼睛里啦?”格里高力笑着问道。

“把眼睛叮得疼死啦。八成是一只毒虫儿，他妈的!”

贺里散福掀起红红的眼皮，用粗糙的手指头在眼珠子上摩了摩；翘起嘴唇，用手背揉了老半天眼睛。

格里高力和他并马走着。他们从出发的那一天就一直在一起。最近胖了起来、因而越发像女人的安尼凯，也常常跟他们在一块儿。

这支队伍不足一个连。彼特罗的副手是司务长拉推舍夫，他是在鞑靼村入赘的。格里高力担任第一排排长。他这一排里差不多都是村子下头的哥萨克：贺里散福、安尼凯、菲多特·包多甫斯柯夫、马尔丁·沙米尔、伊凡·托米林、细高个儿鲍尔晓夫和笨得像狗熊一样的查哈尔·柯洛列夫、普罗霍尔·泽柯夫、茨冈佬梅尔库洛夫、叶皮番·马克萨耶夫、叶戈尔·西尼林，另外还有十五个年纪差不多的青年小伙子。

第二排排长是尼古拉·柯晒沃依，第三排排长是亚可夫·柯洛维金，第四排排长是米佳·柯尔叔诺夫，在枪杀波得捷尔柯夫的工作队以后，他很快就被阿尔菲洛夫将军提升为上士。

全连放开马在草甸子上小跑起来。一条大路在草甸子上弯弯曲曲地向前伸去，一会儿绕过积满了水的池沼，一会儿钻进到处是嫩芦苇和河柳的洼地。

“马掌”亚可夫在后面粗声粗气地哈哈大笑，安得列·卡叔林那高亢的嗓门儿也在跟着他笑。安得列的中士头衔也是靠波得捷尔柯夫的战友们的鲜血挣来的。

彼特罗·麦列霍夫和拉推舍夫走在队伍的旁边。他们在小声说着话儿。拉推舍夫摆弄着马刀的新绦带。彼特罗用左手抚摩着马，在马的两耳中间挠着。拉推舍夫那饱鼓鼓的脸笑嘻嘻的，那熏黄的牙齿和蛀坏的牙根在稀稀拉拉的小胡子底下闪着黄澄澄、黑油油的亮光。

“牛皮大王”的儿子安季普·阿甫杰伊奇，也就是“小牛皮大王安季普”，骑着一匹瘸腿的花斑马走在最后面。

有的人在说着话儿，有一些人乱了队伍，五个人一列走起来，其余的人都仔细观看着陌生的地势、草甸子、微波荡漾的水泊、一行行的绿杨和翠柳。从行装上可以看出来，哥萨克们是准备远行的：鞍袋都装得鼓了起来，驮包都填得满满的，每个人都细心地把军大衣捆在鞍后皮带上。而且从马具上也可以判断出来：每一根皮带都用麻线缭过，所有的东西都重新缝过，重新配过、修理过。如果说在一个月以前大家都相信不会打仗的话，那么现在却是怀着无可奈何的悲戚感——感到流血是不可避免的了。“今天还披着这张人皮，说不定明天乌鸦就要在荒野上啄这张皮了。”每个人心里都这样想。

过了克列普茨村，右面闪过稀稀拉拉的芦苇顶的草房。安尼凯从裤子口袋里掏出一块干饼，咬下一半，很不文明地龇出小小的门牙，像兔子一样吧嗒着嘴巴，迫不及待地大嚼起来。

贺里散福侧眼看了看他。

“你饿啦？”

“不饿干吗要吃？……老婆烙的嘛。”

“你真能吃！你的肚子简直跟猪肚子差不多。”贺里散福转脸朝着格里高力，用一种生气和抱怨的语气继续说，“鬼东西，那副馋相太不好看啦！那么多的东西他怎么能塞得下呀？这些天我一直注意他，叫人看着简直觉得可怕：人并不大，可是吃起来，那肚子就像个无底洞。”

“吃自家的东西，就要拼命吃。晚上吃下一只羊，可是不等天亮又想吃啦。咱们什么玩意儿都可以吃，不管什么东西，进了嘴就有好处。”

安尼凯哈哈大笑，指着气得直啐唾沫的贺里散福，朝格里高力挤了挤眼睛。

“彼特罗·潘捷莱耶维奇，你打算在哪儿宿营呀？瞧，马都累坏啦！”托米林喊道。

梅尔库洛夫也支持他的意见，说：

“该宿营啦。太阳要落山啦。”

彼特罗用鞭子指了指。

“咱们到克柳契宿营。也许，咱们还能赶到库梅尔仁镇上呢。”

梅尔库洛夫在黑黑的卷胡子底下笑了笑，小声对托米林说：

“想在阿尔菲洛夫手里升官呢，狗东西！慌着往前跑……”

不知是谁，在给梅尔库洛夫理发的时候，想作弄他，把他的胡子剪去了不少，把一部漂亮的大胡子剪成了小胡子，剪得像一个歪歪的小楔子。梅尔库洛夫的样子完全变了，显得非常滑稽好笑，因此就常常成为大家取笑的对象。这时候托米林也忍不住说：

“你不想升官吗？”

“我怎么想升官？”

“你留了一部将军胡嘛。你大概以为，胡子留得像位将军，就能给你一师人带带啦，是吧？你不想冒尖吗？”

“混蛋，妈的！我跟你说正经的，你倒胡扯起来啦。”

大家说着笑着进了克柳契村。派出去打前站的安得列·卡叔林在村边一户人家门前迎住了连队。

“我们排——跟我来！第一排——就住这三家，第二排——住街左边，第三排——住有水井的那一家，还有紧挨着那四户人家。”

彼特罗走到他跟前，问：

“没有听到什么消息吧？打听过吗？”

“什么也打听不到。伙计，这儿蜂蜜倒是不少。

一个老奶奶就有三百箱。到夜里咱们一定要偷一点儿吃吃！”

“哼，哼，别胡闹！谁偷了，我抽谁！”彼特罗皱起眉头，照马身上抽了一鞭。

大家都分散开住下来。把马料理好。天黑了下来。各家房东弄来晚饭让哥萨克们吃了。连里的哥萨克和本村的哥萨克一堆一堆地坐到各家院子外面去年砍倒的赤杨树堆上。东扯西拉地聊了一阵子，就各自散去睡了。

第二天早晨，从村子里出发。快要到库梅尔仁镇了，一个通信兵追上了连队，彼特罗打开公文封，在马上摇晃着，看了老半天，伸出来的一只手里很吃力地拿着公文，好像拿着的是一样很沉重的东西。格里高力来到他跟前。

“是命令吗？”

“可不是！”

“命令怎么说？”

“麻烦……命令把连队交出去呢。要把我这么大年纪的都调去，在嘉桑镇建立第二十八团。炮手和机枪手也要去。”

“其余的人上哪儿去呢?”

“这上面写着:‘到阿尔仁诺夫镇,听十二团团长调度。火速前往。’瞧吧!要‘火速前往’呢!”

拉推舍夫走过来,从彼特罗手里接过命令。他拧弯了两道眉毛,咕哝着紧绷绷的厚嘴唇,把命令看了一遍。

“走吧!”彼特罗喊道。

连队慢慢向前走去。哥萨克们一再地扭回头,仔细看着彼特罗,等着他说话。彼特罗在库梅尔仁镇上宣读了命令。年纪大些的哥萨克们都忙活起来,准备往回走。大家决定在镇上休息一天,第二天清早就各奔各的方向。彼特罗这一天一直想找机会跟弟弟谈谈,他来到格里高力的住处。

“咱们上操场上去走走。”

格里高力一声不响地走出大门。米佳·柯尔叔诺夫追上了他们,但是彼特罗冷冷地请求他说:

“你去吧,米佳。我要和弟弟谈谈。”

“那好吧。”米佳带着谅解的神情笑了笑,站了下来。

格里高力侧眼看了看彼特罗,看出彼特罗是有要紧的话要跟他谈。他故意不理会他已经猜出的哥哥的意图，装作很带劲儿地说：

“说起来真奇怪：离开咱们家才一百俄里，可是这儿的人就完全不同啦。说话和咱们不一样，房子的样式也不同，就像是旧教徒的房子。你瞧，大门都用木板盖顶，就像是小教堂。咱们那儿可没有这样的。你再看这儿，”他指了指旁边一座很讲究的房子，“墙脚还镶了板子呢，恐怕是为了不叫墙上的木头烂掉，是不是这样呢？”

“算了吧。”彼特罗皱起了眉头，“别说这些啦……等一等，咱们到篱笆跟前去。很多人在看咱们呢。”

很多从操场上走过的哥萨克和妇女都很好奇地望着他们。有一个老头子，穿着蓝褂子，没有束腰带，哥萨克制帽上的红帽箍旧得变成了粉红色，他站下来，问道：

“你们想住下来吗？”

“想住一天。”

“有麦子喂马吧？”

“有一点儿。”彼特罗回答说。

“要是不够，到我家来，我给你两斗。”

“谢谢啦，老大爷!”

“没什么……来吧。那就是我家的房子，绿铁皮顶的。”

“你想谈点儿什么?”格里高力憋不住，皱着眉头问道。

“什么都要谈一谈。”彼特罗有点儿歉疚和不自然地笑了笑，用嘴角咬住小麦色的胡子，“格里沙特卡，这年头要乱啦，也许咱们再也见不到面啦……”

格里高力本来对哥哥怀着一种不自觉的敌意，可是一看到哥哥那种可怜巴巴的笑，听到哥哥又像小时候那样喊他的小名“格里沙特卡”，敌意一下子就烟消云散了。彼特罗很亲切地望着弟弟，依然是那样呆呆地、很不自然地笑着。他的嘴唇一动，敛去了笑容，板起脸来说：

“你看，人和人都分群啦，妈的！就好像用犁头犁了一下子：有的翻到这一边，有的翻到那一边。日子不像日子，年头不像年头！谁也猜不透谁的心思……就拿你来说吧，”他突然把话头一转，“你是我的亲弟弟，可是我不了解你的心思，实在不了解!

我觉得，你离我越来越远……我说得对吗?”他又自己回答说，“说的是实话。你正摇摆不定……我怕你会去投红军……你呀，格里沙特卡，到现在还糊涂着呢。”

“你明白了吗?”格里高力回答说，一面望着红日向轮廓模糊的霍派尔河对岸、向山后落去，望着那火红的晚霞，望着一片片的云彩像着了火的黑棉花球一样从西方飘过来。

“我明白啦，我走的是正道，这条道我走定啦!格里什卡，我决不像你那样摇摆。”

“噢?”格里高力露出愤恨的笑容。

“我决不摇摆!……”彼特罗气冲冲地卷了卷小胡子，一个劲儿地眨巴起眼睛，好像被阳光照得眼花了，“就是用绳子拴着我，也别想把我拉到红军那边去。哥萨克都反对他们，我也反对他们。我不愿意跟大家不一样，以后也决不会!再说也没有必要……我犯不着去投靠他们，走的不是一条路!”

“别谈这些啦。”格里高力无精打采地要求说。

他头一个朝自己的住处走去，竭力把步子放稳，微微弯起的肩膀轻轻摇晃着。

彼特罗在大门口放慢脚步，问道：

“你说说，我想知道……格里什卡，你说说，你不会去投他们吧？”

“不一定……我也不知道。”

格里高力回答得很不干脆，很勉强。彼特罗叹了一口气，但是没有再问下去。他心情激动地走了，面部都消瘦下去了。不管是他，不管是格里高力，心里都十分清楚：过去联结着他们的心的通路，已经因为想法不同而荒芜了，彼此的心不相通了。就好像山沟旁边有一条平坦的羊肠小道，弯弯曲曲地从斜坡上下来，忽然一转弯伸进了沟底，就像切断了一样，不见了，走不通了，一丛一丛的荒草挡住去路，羊肠小道变成了可恨的绝路。

……第二天，彼特罗带着一半人向后转，回维奥申乡。

其余的年轻哥萨克，由格里高力率领着，向阿尔仁诺夫镇开去。

早晨的太阳就火辣辣的。原野上到处冒着褐色的热气。霍派尔河两岸的青山蓝幽幽的，沙丘就像橙黄色的波浪。大汗淋漓的马在哥萨克们身子底下一步一晃地走着。哥萨克们的脸被晒得失去了红润，变成了褐色。鞍架、马镫和笼头上的铁都被晒得发烫，手都不敢去碰。就连树林里也不凉快，又闷又热，散发着浓烈的大雨前的气息。

格里高力苦闷异常。他一整天在马上晃来晃去，断断续续地想着以后的事情；彼特罗的话就像玻璃项圈里的玻璃珠儿一样，在他脑子里滚来滚去，使他很难受。野蒿浓烈的苦涩气味熏得嘴唇痒酥酥的，大路上冒着腾腾的热气。金褐色的原野平平地躺在太阳底下。干热风一阵一阵地在原野上吹过，吹得茂密的青草一起一伏的，卷起一团一团的黄沙和尘土。

向晚时候，一片透明的雾气遮住太阳。天空渐渐晦暗，变成了灰色。西方出现了大片的云彩。云彩一动不动，耷拉下来的云彩边儿贴到了隐隐约约、像一根细纱似的地平线上。过了一阵子，那云彩被风一吹，就气势汹汹地、低低地拖着褐色的尾巴，圆圆的顶端闪着白砂糖似的亮光，威风凛凛地涌了过来。

这支队伍再一次渡过库梅尔加河，进入绿荫如盖的杨树林。杨树叶子被风一吹，忽闪着白中带青的背面，很和谐地低声沙沙响着。在霍派尔河那边，从雪白的云彩边上往大地上洒下夹杂着冰雹的斜雨，那一片斜雨半腰里有一道彩虹，好像是一条花腰带。

他们在一个荒凉的小村子里住了下来。格里高力把马料理好，就朝养蜂的院子里走去。房东是一个鬈发的老头子，他一面拂着落在胡子上的蜜蜂，一面焦急地对格里高力说：

“这一箱是前几天才买的。弄回来以后，不知为什么幼蜂全死啦。瞧，正在往外拖死蜂呢。”他在一只蜂箱旁边站下来，指了指蜂房的出入口：蜜蜂不停地把死掉的幼蜂往外拖，拖到外面，又叼着死蜂嗡嗡地飞了开去。

房东很惋惜地眯缝着红红的眼睛，痛心地吧嗒着嘴唇。他走起路来一冲一冲的，猛烈而生硬地甩动着两条胳膊。他格外好动，格外粗鲁，动作又迅猛又急促，给人一种惶惶不安的感觉，在养蜂场里他这一切似乎是多余的，因为巨大的蜂群在这里从容不迫、有条不紊地进行着缓慢而有益的工作。格里高力仔细看着他，很有些反感。他所以不由自主地产生反感，是因为这个慌手慌脚的肩宽背阔的老头子说起话来叽叽喳喳的，而且说得非常快：

“今年的蜜收了不少。薄荷花开得很旺，采了不少薄荷花蜜。用养蜂架子，比用蜂箱好。这就是我弄的……”

格里高力喝的茶也掺了蜂蜜，那蜜又浓又黏，就像糨糊一样。蜂蜜散发着薄荷、三叶草和野花的甜甜的气味。给他斟茶的是房东的女儿——一个高高的、很漂亮的风流女子。她的丈夫跟着红军走了，所以房东拼命献殷勤，赔小心。女儿抿着薄薄的、淡红色的嘴唇，从眼睫毛底下一再地向格里高力送秋波，他也不去理会。她伸手来端茶壶，于是格里高力看到了她那黑油油的、弯弯的腋毛。他不止一次碰到她那试探的、脉脉含情的目光，他甚至感觉到，他们的目光一碰到了，她的脸上就浮起两片红云，嘴角就隐隐露出微笑。

“我给您把铺打在上房里。”喝过茶以后，她抱着枕头和垫子从旁边走过，用毫不掩饰的火辣辣的眼睛瞟着格里高力，对他说。她一面抖搂着枕头，一面又含糊又快速、好像随随便便地说：“我睡在棚子里……屋子里太闷啦，又有跳蚤咬……”

格里高力一听到老房东的打鼾声，就脱掉靴子，到棚子里去找她。她在卸掉了前辕的大车上给他让了块地方，把大皮袄往身上拉了拉，两条腿一挨到格里高力的腿，就不作声了。她的嘴唇又干又硬，有一股大葱气和说不出的清爽味儿。格里高力躺在她的黑黑的、细细的胳膊上，一直睡到黎明时候。她一整夜都紧紧把他搂在怀里，如饥似渴地跟他亲热，带笑带玩儿地咬得他的嘴唇出血，他的脖子上、胸膛和肩膀上留下不少她亲他时咬出的红点子和她那又细又尖的牙齿的小小印子。鸡叫三遍以后，格里高力本来想回到上房去睡，可是她不叫他走。

“让我走吧，心肝儿，让我走吧，我的小乖乖！”格里高力的嘴巴在耷拉着的黑胡子底下不出声地笑着，央告说，一面轻轻地往外挣着。

“再睡一会儿……睡一会儿嘛！”

“别人会看见呀！瞧，天快亮啦！”

“看见就看见好啦！”

“要是叫你爹看见呢？”

“我爹知道。”

“他怎么知道？”格里高力吃惊地抖了抖眉毛。

“他是知道……”

“这就怪啦！他怎么能知道呢？”

“是这么回事儿……他昨天对我说：要是这个当官的来找你，你就跟他睡一觉，对他说说，要不然会因为盖拉西姆的事，把咱们的马或者别的什么弄走……盖拉西姆是我的男人，跟着红军走啦……”

“哦，是这——这样啊！”格里高力讪讪地笑了笑，但是心里很不舒服。

她一下子就把不愉快的感觉驱散了。她恋恋不舍地贴在格里高力的胳膊上，哆嗦着说：

“我男人可不像你这样……”

“他又怎样呢？”格里高力用两只清醒的眼睛望着灰白色的苍穹，问道。

“他一点也不中用……没有劲儿……”她很信赖地朝格里高力身上贴了贴，声音中露出了哭腔，“我跟他过得一点都不甜……干床上的事儿他不行……”

一颗陌生的、像孩子那样单纯的心在格里高力面前赤裸裸地打了开来，就像一朵花儿吸饱了露水，一下子绽开了。这使他陶醉，唤起轻微的怜悯心。

格里高力一面跟她亲热，温柔地抚摩着临时伴侣的乱蓬蓬的头发，合上了疲倦的眼睛。

已经暗淡的月光从芦苇棚顶的缝隙中透了进来。一颗流星离开天空，飞速地朝地平线滑去，在灰白色的天上留下一道荧光闪闪、一动不动的白印子。池塘里有一只母鸭子呱呱叫了起来，一只公鸭子也用沙哑的喉咙亲亲热热地回答着。

格里高力轻飘飘地拖着筋疲力尽、充满了疲倦的快感的身子回到上房里。他在嘴上咂摸着她的嘴唇那咸咸的味道，脑子里恋恋不舍地回味着她那欲火如焚的身体和身体的气味——那种薄荷蜜、汗和体温的混合气味，不觉睡着了。

过了两个钟头，哥萨克们把他叫醒了。普罗霍尔·泽柯夫给他备好马，牵到大门外。格里高力硬顶住房东那隐隐露出敌意的目光，跟他告过别，对着正往房里走的房东女儿点了点头。她低下头，那薄薄的、抹了淡淡的胭脂的嘴角泛着微笑和隐隐约约的留恋、伤感神情。

格里高力顺着胡同走去，不住地回头看着。胡同像一张弓似的绕过他住宿的人家，于是他看到，他温存过的女子转悠着头，用晒得黑黑的小手在眼睛上搭个凉棚，正隔着篱笆看他呢。格里高力突然涌起一股惆怅心情，也不住地回头望着，希望能回想起她的脸部表情和她的身体，但是回想不起来了。他只看见，那女子的戴着白头巾的头慢慢转悠着，用眼睛注视着他。葵花头儿就是这样转悠着，注视缓缓绕圈儿走的太阳的。

* * *

米沙·柯晒沃依像个犯人一样被押出了维奥申镇，被送往前方。他来到菲多谢耶夫镇，这儿的乡长把他扣留了一天，又把他押回维奥申镇。

“为什么又把我送回去?”米沙问乡公所的书记。

“维奥申乡有公事来啦。”书记很勉强地回答说。

原来，米沙的母亲在村民大会上向老头子们下跪求情，老头子们就共同写了一份申请书，说米沙·柯晒沃依是家里唯一的劳动力，要求让他回来当马倌。米伦·格里高力耶维奇亲自带着申请书去找乡长。乡长批准了。

在乡公所里，乡长对立正站在他面前的米沙训斥了一顿，后来放低了嗓门儿，气呼呼地结束了训话：

“保卫顿河的事我们不能交给布尔什维克去干！你到牧场上，去当马倌，以观后效。你给我小心点儿，狗崽子！我是可怜你老娘，要不然啊……滚吧！”

米沙在晒得热烘烘的街道上走着，已经没有人押解了。背包勒得肩膀很疼。走了一百五十俄里的路，两条腿已经累坏了，很不听使唤。天黑前他勉勉强强赶回村子，第二天，母亲大哭了一场，难分难舍地跟他亲热了一阵子，他就到种马牧场上去了，脑子里还一直记挂着母亲那苍老了的脸和他第一次在她头上发现的银丝。

卡耳根镇以南，有一片长二十八俄里、宽六俄里、从未开垦过的公共草原。这片好几万亩的土地是专门划出来放牧维奥申乡的种马的，所以就叫种马牧场。每年到叶戈尔节的时候，马倌们就把熬过了冬天的种马从过冬马棚里赶出来，从维奥申镇上赶到种马牧场上来。用乡里的公款在牧场当中修造了马棚，旁边还有可以容纳十八匹马的夏季露天马槽，还有木板房，是给马倌、场长和兽医住的。维奥申乡的哥萨克纷纷把骒马送来配种，兽医和场长在接收骒马的时候都非常严格，每匹骡马的个头儿都不能低于两俄尺，年龄都不能小于四岁。把每四十匹健壮的骡马分成一群。每一匹种马都带上自己的一群骒马到草原上去，不准别的公马侵犯自己的骒马群。

米沙骑着家里仅有的一匹骒马出了门。母亲一面送他，一面用围裙擦着眼泪说：

“也许，这骒马还能配上种呢……你要照应好，别累坏了。要是能生一匹马，那就太好啦！”

晌午时候，米沙透过洼地上腾腾上升的蒸气，望见了板房的铁顶和被雨淋成了灰色的马棚木板顶。他照骒马身上抽了两鞭；等他来到冈头上，就清清楚楚地看见了马棚、板房和后面那一大片泛着白浪的牧草。在东边很远很远的地方，晃动着一个枣红色的小点儿，那是一群马正朝池塘跑去；旁边跑着的是一个骑在马上的马倌，就像粘在玩具马上的玩具小人儿。

米沙进了院子，下了马，把马拴在台阶边上，便朝板房里走去。他在宽敞的过道里碰到一个马倌，是一个满脸雀斑、个头儿不高的哥萨克。

“你找谁？”他从头到脚打量着米沙，很不客气地问道。

“我找场长。”

“是找斯特鲁柯夫吗？他不在，出去啦。副场长萨索诺夫在家。左手第二个门……你有什么事？你打哪儿来？”

“我来你们这儿当马倌。”

“不管什么人都往这儿乱塞……”

他嘟囔着，朝门口走去。搭在他肩上的套马索在地上拖着。他打开门，背朝米沙站着，甩了一下鞭子，已经是很亲热地说：

“老弟，我们的活儿可是很重啊。有时候两天两夜都不能下马呢。”

米沙看着他那伸不直的脊背和弯得很厉害的两条腿。这个走了形的哥萨克身上的每一根线条，在门洞里都显得格外明显，格外清楚。这个马倌那弯得像车轮子一样的两条腿，使米沙开心死了。“就好像骑木桶骑了四十年。”他暗暗笑着，心里这样说，一面用眼睛在找左面第二个门的把手。

萨索诺夫见了新来的马倌，又摆架子，态度又冷淡。

不久，场长阿法纳西·斯特鲁柯夫也从外面回来了。他是一个身强力壮的哥萨克，在阿塔曼团当过司务长。他吩咐把柯晒沃依列入编制，就同他一起来到被白热的阳光晒得烫人的台阶上。

“你会驯生马吧？驯过没有？”

“没有驯过。”米沙坦率地说。他马上就看出，场长那热得疲惫无神的脸动了一下，一丝不满意的神情在脸上掠过。

场长弯着厚实的肩膀，搔着汗漉漉的脊背，呆呆地朝米沙的两只眼睛当中看着。

“用套马索套马，你会吗？”

“我会。”

“你爱惜马吧？”

“爱惜。”

“马也和人一样，只不过不会说话罢了。你要爱惜，”他吩咐说，又无缘无故地发着狠，喊叫道，“要爱惜，要不然我拿鞭子抽你！”

场长的脸有一小会儿显得又聪明，又有精神，但是这种精神马上就不见了，每一根线条都表现出呆滞和冷漠，就好像结了一层硬壳子。

“娶老婆没有？”

“还没有。”

“真是傻瓜！娶了老婆就好啦。”场长高高兴兴地随口说。

他带着若有所待的神情沉默了一会儿，朝着敞开怀抱的草原望了望，然后就打着哈欠朝房子里走去。米沙做了马倌以后，有一个多月的时间没有听见他说过一句话。

种马牧场上一共有五十五匹种马。每一名马倌要看管两群到三群马。交给米沙的是一大群，带领这一群的是一匹叫“巴哈尔”的强壮的老种马，另外还有一小群，有二十来匹骒马，带领这一群的种马叫“巴纳里内”。场长把一个叫索尔达托夫·伊里亚的最大胆、最机灵的马倌叫来，交代说：

“这是新来的马倌，叫柯晒沃依·米海伊尔，鞑靼村的。你把巴哈尔和巴纳里内那两群马交给他，给他一条套马索。他就住在你们的帐篷里好啦。你领他去看看。你们去吧。”

索尔达托夫一声不响地把烟卷点着，对米沙点了点头，说：

“咱们走吧。”

来到台阶上，他用眼睛瞟了瞟米沙那匹被太阳晒得懒洋洋的骒马，问道：

“这马是你的吗？”

“是我的。”

“怀驹了吗？”

“没有。”

“叫巴哈尔跟它配一配。巴哈尔是御马场出生的，有一半是英国种。跑起来才快呢！……好，上马吧。”

他们并马而行。两匹马在没膝深的草丛里走着。板房和马棚已经远远落在了后面。前面，缭绕着轻柔的淡蓝色热气的草原肃穆无声。头顶上，太阳闷闷不乐地躲在一片乳白色的云彩后面。晒热了的青草散发着一阵阵浓烈的香气。右面，轮廓模模糊糊的一片洼地过去，便是像珍珠一样笑盈盈闪着白光的希洛夫塘的水。四周，放眼望去，是无边无际的绿色海洋、颤动的热气、笼罩着中午的暑气的天然草原，天边有一座鼓凸凸的灰白色陵墓，显得异常遥远，异常神秘。

青草靠近根部地方的绿颜色又深又浓，上部被太阳照得闪闪放光，泛着铜绿色。嫩绿的羽茅草像乱蓬蓬的头发，上面还缠着一圈一圈的野藤，冰草伸着结了籽的头儿，如饥似渴地在争夺阳光。有些地方可以看到那乱糟糟地紧紧贴在地上的矮矮的马鞭草，偶尔还可以看到细细的鼠尾草，再过去又是像春水一样弥漫开去的横行霸道的羽茅草，羽茅草中间夹杂着各种各样的花草：野燕麦、黄黄的山芥菜、大蓟、陈蒿——陈蒿是一种很厉害的、不合群的草，一定要把别的草从自己的地盘上挤走。

两个人一声不响地走着。米沙心里感到很久都没有这样宁静过。他连气都不敢喘，生怕惊破了草原的安静和雄伟。他的同伴就像在领圣餐时那样，把两只斑斑点点的手交叉着放在鞍头上，身子俯在马鬃上，就在马上睡着了。

脚底下飞起一只野雁，飞到山谷上空，白色的羽毛在阳光中亮闪闪的。从南方吹来微风，吹得青草一起一伏，也许，这风是今天早晨离开亚速海面的。

半个钟头以后，他们来到白杨塘边的一群马跟前。索尔达托夫醒来，在马上伸着懒腰，懒洋洋地说：

“这是罗马金·潘捷柳什卡看的一群。不知道为什么不见他这个人。”

“这匹公马叫什么名字？”米沙欣赏着一匹长长的浅红色顿河马，问道。

“叫‘福拉捷尔’。这鬼东西凶极啦！瞧那眼睛瞪得多大！眼睛动啦！”

那公马朝旁边走去，骒马就一齐集合起来，跟着它往前走。

米沙接下交给他的两群马，把自己的行李放在帐篷里。在他来以前，帐篷里住着三个人：索尔达托夫、罗马金和杜罗维洛夫。杜罗维洛夫是雇来的一个马倌，是一个不算年轻的、沉默寡言的哥萨克。索尔达托夫是他们的头儿。他很热心地教米沙看管马群，第二天又给米沙讲了讲两匹公马的脾气和习性，并且微微笑着，劝米沙说：

“照规矩，干活儿的时候要骑自己的马，可是如果天天骑着跑来跑去，就会把马累坏。你可以把自己的马放到马群里，骑别人的马，并且经常换着骑骑。”

米沙眼看着他从马群里赶出一匹骒马，放马追去，熟练而又巧妙地用套马索将骒马套住。他将米沙的马鞍移到这匹骒马身上，就把这匹打着哆嗦、后腿直往下蹲的骒马牵到米沙面前。

“骑吧。看样子，这还是一匹生马呢，鬼东西！骑上去吧！”他用右手使劲拉住缰绳，左手捏住骒马那一鼓一鼓的鼻子，气冲冲地喊道，“你对马要和气点儿。在马棚里你对公马吆喝：‘到一边去！’公马就贴到马架子的一边去，可是不能闹着玩儿！要特别小心巴哈尔，不要靠得太近，它会踢人的。”他拉住马镫，很亲热地拍着捯动着四蹄的骒马那紧绷绷、黑油油的乳房说。

三

米沙一天到晚骑在马上，就这样清闲了一个星期。草原使他着了迷，草原招引他过起原始的、与草木相伴的生活。马群在不远处荡来荡去。米沙不是在马上打盹，就是躺在草地上，无忧无虑地注视着微风吹动着一片片镶了白边儿的云彩在天空飘荡。起初，他很满意这种与世隔绝的状态。他甚至都爱上了这种远离人群的牧场生活。但是过了一个星期，等他已经熟悉了新环境的时候，又产生了一种莫名的恐惧心情。“人家都在那儿为自己和别人的身家性命打仗，我却在这儿放起马来。怎么能这样啊？一定要离开这儿，不然就完啦。”他清醒地想道。但是又有一种苟且偷安的声音钻进脑子里：“就让他们在那儿打吧，那儿是鬼门关，这儿可是逍遥自在，除了草原，就是蓝天。那儿互相残杀，这儿太平无事。干吗要多管闲事呢？……”各种想法争先恐后地侵蚀着米沙的宁静心情。因此他又很想去接近接近人，已经不像初来的几天那样了，而是常常主动去找索尔达托夫，想和他接近接近。索尔达托夫现在正带着自己的马群在杜达廖夫塘一带转悠。

看样子，索尔达托夫不觉得孤独有多么难受。他很少在帐篷里过夜，几乎夜夜都跟马群在一起，或者就睡在池塘边。他过着野兽一样的生活，经常自己打食儿吃，而且本事十分高超，好像这一辈子就是专门干这一行的。有一天，米沙看到他用马尾搓细绳儿，觉得很有趣，就问道：

“你搓这玩意儿干什么？”

“钓鱼。”

“哪儿有鱼？”

“塘里就有。有鲫鱼。”

“用虫儿钓吗？”

“也用面包，也用虫儿。”

“鱼炖着吃吗？”

“晒干就能吃。你尝尝！”他从裤子口袋里掏出一条干鲫鱼，很热心地请米沙吃。

有一天，米沙在放马的时候看到一只落进夹子的野雁。旁边有一只做得很像的假雁，还有几只夹子拴在橛子上，用青草巧妙地掩盖着。这天晚上，索尔达托夫用烧红的木炭拌上碎土，把野雁埋在土里烤熟了，请米沙也来吃。他一面撕着香喷喷的雁肉，一面说：

“下一次你别把野雁解下来，不然可要给我

坏事。”

“你怎么到这儿来的？”米沙问。

“我要养家呀。”

索尔达托夫沉默了一会儿，忽然又问道：

“你告诉我，大家都说你干过红军，是真的吗？”

米沙没想到他会提出这个问题，有些尴尬。

“没有……这怎么说呢……嗯，我往他们那边跑……被抓回来啦。”

“为什么要往那边跑？你贪图什么？”索尔达托夫小声问道。他的目光越来越冷峻，嚼得也渐渐慢了。

他们坐在一条干涸的山沟沿上，靠着一堆火。干马粪冒着浓烟，灰堆里往外冒着小小的火苗。夜晚的风从他们背后吹来，送来一阵阵干燥的热气和萎蔫的野蒿气味。黑漆漆的天空不时划过流星。有一颗流星划过，留下的一道毛茸茸的白印子亮了老半天，就像是马屁股上留下的鞭痕。

米沙留神地望着索尔达托夫那被火光映黄了的脸，回答说：

“想争得一些权利。”

“为谁争权利？”索尔达托夫的身子猛地动了一下。

“为老百姓。”

“究竟争什么权利？你说说看。”

索尔达托夫的声音低了下来，并且带点儿笼络的味道。米沙犹疑了一会儿——他觉得，索尔达托夫故意往火里添干马粪蛋儿，是为了掩饰自己脸上的表情。后来他下了决心，说：

“争的权利就是：大家要平等！不应该有老爷、有奴仆。明白吗？这种事要打翻过来。”

“你以为，士官生不行了吗？”

“是的，不行啦。”

“原来你想这样……”索尔达托夫喘了一口气，突然站了起来。“狗崽子，你想把哥萨克都卖给犹太佬当奴隶呀？！”他叫得又响又凶，“你……人家收买你，你们这一伙儿想把我们连根铲掉呀？！哼，原来是这么回事儿啊！……是想让犹太佬在我们草原上到处盖工厂吗？想把我们的土地都夺走吗？！”

米沙惊愕得慢慢站了起来。他觉得索尔达托夫好像要打他。他往后退了退，索尔达托夫见他吓得往后退，便真的举手打来。米沙半路上抓住了他的手；紧紧攥着他的手腕子，强硬地说：

“大叔，别来这一套，要不然我可要对你不客气啦！你嚷嚷什么？”

他们在黑暗中面对面站着。火堆已经被他们踩灭了；只有滚到一边去的马粪蛋儿还红红的，冒着烟。索尔达托夫用左手抓住米沙的衬衣领子，攥住领子往上扯，想趁机把右手抽出来。

“别抓我的领子！”米沙扭动着强有力的脖子，沙哑地说，“别抓我！再抓我揍你，听见吗？……”

“哼……哼……你……我揍你……你等着瞧！”索尔达托夫气喘吁吁地说。

米沙掰开他的手，使劲把他推开。米沙哆哆嗦嗦地整理着衬衣，心里恨不得要揍他，把他打倒在地，狠狠揍一顿。

索尔达托夫没有往前来。他咬牙切齿地连骂带叫：

“我去报告！……这就去报告场长！叫你去坐牢！……坏蛋！坏家伙！……布尔什维克！……把你收拾掉，就像收拾波得捷尔柯夫那样！把你吊到树上！绞死！”

“他会去报告……会乱说一通的……会叫我去坐牢……不会再送我上前线去啦，就是说，我不能跑到自己人那边去啦，完啦！”米沙想到这里，心凉了；他心里想着主意，一颗心拼命翻腾着，就像一条鱼随着退落的春水搁浅了，回不到河里去，就在一个小坑里拼命翻腾起来。“把他干掉！马上掐死他……非这样不可……”他在心里一面思索这个突然冒出来的主意，一面寻找辩护的理由，“我就说，他扑上来打我……我就掐住了他的喉咙……不是故意的……是一时冲动……”

米沙打着哆嗦朝索尔达托夫走去，如果这时候索尔达托夫撒腿一跑，他们两个人就非死即伤。可是索尔达托夫还是在叫骂，于是米沙鼓起来的一股劲儿也消了，只不过两条腿还轻轻哆嗦着，而且背上和胳肢窝里都冒出了汗。

“喂，你等一等……听见吗？索尔达托夫，别这样。别嚷嚷啦。是你先动手的嘛……”

于是米沙低声下气地央求起来。他的下巴打着哆嗦，眼睛张皇失措地转悠着。

“好朋友都免不了要吵几句……我可没有打你……可是你抓住我的领子……噢，我说的话有什么不得了的？有什么好告的？……如果惹你生气了，就多多担待吧……真的！好吗？”

索尔达托夫叫嚷声越来越小，终于不叫了。过了一会儿，他扭过脸去，一面把自己的手从米沙那汗津津的冰凉的手里往外抽，一面说：

“像毒蛇一样转悠起尾巴来啦！哼，那好吧，我不说就是啦。我可怜你这股糊涂劲儿……可是你今后离我远远的，我再也不愿意看见你！你是个下流货！你卖身投靠犹太佬，我不喜欢这种为钱卖身的人。”

米沙在黑暗中低声下气、可怜巴巴地笑着，索尔达托夫却看不见他的脸，也看不见他的拳头攥得紧紧的，而且因为充血鼓得老大。

他们没有再说一句话，就各自走开了。米沙狠狠地抽打着他骑的马，跑去寻找自己的马群。东方电光闪闪，雷声隆隆。

这天夜里，牧场上雷雨交加。快到半夜时候，一阵狂风就像一个害气肿病的人一样，呼噜呼噜地喘着，带着啸声飞驰而过，后面拖着一股浓浓的凉气和呛人的尘土，就好像拖着一条肉眼看不见的长裾。

天空黑沉沉的。一道电光斜斜地划破阴沉欲坠的黑云，静了好一阵子，远处的沉雷就带着报警的意味轰隆轰隆地响了起来。大大的雨点打得青草抬不起头。米沙借着第二次划破天空的电光，看见了遮住半个天空的褐色的、边上像炭一样黑的可怕的阴云和阴云笼罩的大地上那挤成一堆的一匹匹小小的马儿。噼啪啪一个焦雷，一道电光飞向大地。又一声焦雷响过，大雨从云层里泼了下来，草原上风声、雨声、雷声响成了一片，一阵狂风吹来，吹掉了米沙头上的湿漉漉的制帽，猛地一下子吹得他趴在鞍头上。有一小会儿又黑又静，然后又是一道电光在天空划过，电光闪过，越发显得漆黑一团了。紧跟着来的雷声异常猛烈，噼啪啪，咔啦啦，米沙骑的马吓得蹲了下去，接着往上一跳，就用后腿直立起来，打起转转儿。马群里的马都乱腾腾地跺起蹄子。米沙使劲勒着马，大声吆喝起来，想给马群鼓鼓气：

“站住！……嘚儿儿儿！……”

在曲曲折折，一个劲儿地在云端里飞掣的雪亮的闪电照耀下，米沙看见，马群正迅猛地朝他冲来。一匹匹的马都甩平了前后腿疯狂地跑着，闪闪有光的嘴几乎贴在地上。都张大了鼻孔，呼哧呼哧地喘着气，没有钉掌的马蹄发出一片咕咚声。巴哈尔使足了劲儿，跑在最前面。米沙拨马朝旁边一闪，勉勉强强躲开了。马群冲了过来，在不远处停了下来。米沙不知道被雷雨吓慌了、吓怕了的马群是应着他的吆喝声跑来的，又用更大的嗓门儿吆喝起来：

“站住！别乱跑！”

咕咚咕咚的马蹄声（这时候已经没有电光了）又飞快地朝他冲来。他在惊骇中用鞭子照坐下马的两眼当中抽了一下，可是已经躲不及了。一匹发了疯的马的胸膛撞在他的马的屁股上，于是米沙就像离了弦的弹丸一样，从马鞍上飞了下来。他好歹幸免于难：大群的马从他右边跑了过去，因此没有把他踩坏，只有一匹骒马一蹄子把他的右手踩进了烂泥里。米沙站了起来，不声也不响，小心翼翼地朝一边走去。他听见，马群就在不远处等着他吆喝，好重新向他疯狂地冲过来呢，他还听出了巴哈尔那特殊的、与众不同的呼哧声。

天快亮的时候，米沙才回到帐篷里。

四

五月十五日，大顿河军总司令克拉斯诺夫，在司令部处长会议主席兼外交处长阿福里康·包加叶夫斯基少将、顿河军军需总监基司罗夫上校和库班军区司令菲利蒙诺夫陪伴下，乘轮船抵达马内契镇。

顿河和库班土地上的这几位大老板站在甲板上，闷闷不乐地看着轮船靠上码头，水手们忙活起来，褐色的波浪像开了锅一样，从跳板旁边滚了开去。后来他们上了岸，聚集在码头上的人群的几百双眼睛都注视着他们。

天空、地平线、天色、一缕缕的热气——全是蓝的。就连顿河也泛着不是本色的蓝色，并且像哈哈镜一样，映出一朵朵白云。

微风吹来，送来太阳、干碱土和去年的烂草气息。人群里一片嘁嘁喳喳的说话声。将军们由当地的官员们迎住，乘车朝操场上驶去。

一个小时以后，就在乡长家里开起了顿河政府和志愿军代表会议。代表志愿军前来的是邓尼金将军和阿列克塞耶夫将军，还有军参谋长罗曼诺夫斯基将军、里亚司年斯基和艾瓦里德两位上校。

见面的气氛是非常冷淡的。克拉斯诺夫显得沉闷而矜持。阿列克塞耶夫和到会的人握过手以后，就在桌子旁边坐了下来；用两只干巴巴的白手托住耷拉下来的腮帮子，就带着不闻不问的神情闭上了眼睛。他坐汽车颠昏了头。他好像因为老，因为经历了动荡的局面，浑身都干瘪了。嘴角上的线条耷拉了下来，露出悲哀的神情，布满青筋的、蓝蓝的眼皮肿了起来，也垂了下来。许许多多细细的皱纹像扇面一样朝鬓角散了开去。手指头紧紧贴在腮帮子的老皮上，指头尖插进剪得短短的、老得枯黄了的头发里。里亚司年斯基上校小心地在桌子上摊着沙沙响的地图，基司罗夫在帮他摊。罗曼诺夫斯基站在旁边，用小指头的指甲按住地图的一个角儿。包加叶夫斯基靠在不很高的窗户上，怀着很难受的心情凝神看看阿列克塞耶夫那疲惫无神的脸。这张脸十分苍白，就像用石膏做成的。“他真老啦！老得好厉害呀!”包加叶夫斯基心里这样说，两只扁桃形的眼睛一直不离开阿列克塞耶夫。到会的人还没有全部坐下来，邓尼金就朝着克拉斯诺夫，很冲动、很激烈地说：

“在开会以前，我要向您声明：有一件事使我们非常吃惊，就是您在进攻巴达伊斯克的作战部署中说，在你们的右翼作战的有一营德国步兵和一个德国炮兵连。可以说，这类合作的事简直使我觉得出奇……请问，您和祖国的敌人——万恶的敌人！——联合起来，并且依靠他们的帮助，究竟打什么主意呢？不用说，您一定知道协约国正准备援助我们吧？……志愿军认为，同德国人联合，就是背叛复兴俄罗斯的事业。同我们站在一起的广大人士，对顿河政府的行动都有这样的看法。请您解释解释。”

邓尼金恶狠狠地拧弯了眉毛，等候回答。

克拉斯诺夫只是由于忍耐和他素有的上流社会风度，才保持了表面的镇静；但愤怒还是一个劲儿要发作出来：他的嘴在白胡子底下不住地哆嗦，哆嗦得都走了样子。克拉斯诺夫很镇定、很有礼貌地回答说：

“当整个事业的成败面临孤注一掷局面的时候，就连往日的敌人的援助，也是不应拒绝的。此外，顿河政府是五百万有自主权的人民的政府，不受任何人监护，是有权独立行动的，只要这种行动符合它所保护的全体哥萨克的利益就行。”

在说这些话的时候，阿列克塞耶夫睁开了眼睛，看样子，他是想聚精会神地仔细听听。克拉斯诺夫看了看神经质地捻着直溜溜的小胡子的包加叶夫斯基，又继续说下去：

“阁下，您的意见，可以说，太迂阔啦。您说了许多义正词严的话，好像我们背叛了俄罗斯的事业，背叛了协约国……不过我想，志愿军从我们这儿弄去的军火，就是德国人卖给我们的，这件事您想必知道吧？……”

“我请您严格区分性质截然不同的问题！你们怎样从德国人手里得到军火，这我不管，我说的是你们接受他们的军队的援助！……”邓尼金气冲冲地耸了耸肩膀。

克拉斯诺夫在话的末尾，顺便地、很小心地、然而十分明确地向邓尼金示意，他现在已经不是邓尼金在奥地利前线所看到的那个小旅长了。

邓尼金打破克拉斯诺夫发言以后出现的尴尬局面，很灵活地把谈话转移到顿河军和志愿军的合编问题以及建立统一指挥的问题上去。但是在这之前发生的冲突，实际上成了他们以后的关系日益恶化的起点，他们后来的关系越来越坏，到克拉斯诺夫下台时就彻底决裂了。

克拉斯诺夫不作正面回答，只建议联合进攻察里津，目的是，第一，可以占领一个重大的战略据点；第二，占稳这个据点以后，就可以和乌拉尔的哥萨克联合起来。

接着是简短的对话：

"……察里津对于我们的重要性，就用不着对您说啦。"

"志愿军会遇到德国人。我不去打察里津。我首先要解救库班人。"

"是的，不过最紧迫的任务还是占领察里津。顿河政府委托我请求阁下协助。"

“我再说一遍：我不能扔掉库班。”

“只有在进攻察里津的前提下，才能谈建立统一指挥的问题。”

阿列克塞耶夫不以为然地吧嗒了几下嘴唇。

“这不可能！如果不把本地区的布尔什维克肃清，库班人是不会外出作战的，而志愿军只有两千五百条枪，其中还有三分之一是不能作战的伤病员。”

在简单就餐的时候，彼此很不带劲地交换了一些无关紧要的意见——大家已经很清楚，不会达成什么协议了。里亚司年斯基上校说了一个有趣也有些可笑的故事，说的是马尔科夫将军手下一个人的事，因为一同吃饭，又听了有趣的故事，紧张的气氛才消散了。可是吃完饭以后，大家一面抽烟，一面各自朝上房走去的时候，邓尼金捅了捅罗曼诺夫斯基的肩膀，用眯缝起来的锐利的眼睛瞟了瞟克拉斯诺夫，小声说：

“本地的拿破仑……其实，是个蠢人……”

罗曼诺夫斯基笑了笑，很快地回答说：

“他想称王称霸，独揽大权哩……这位旅长正在做帝王美梦呢。我看，他就不知道自己有多么可笑……”

大家都怀着敌意和仇恨各自散去。从这一天起，志愿军和顿河政府之间的关系就急剧恶化，志愿军司令部获悉克拉斯诺夫写给德皇威廉的信的内容以后，他们之间的关系就恶化到了极点。在诺沃契尔卡斯克休养的志愿军伤员，都嘲笑克拉斯诺夫一心想独立自治，嘲笑他那种热心恢复哥萨克古代生活的劲头儿，在自己人的圈子里，都很轻蔑地叫他“老板”，把大顿河军叫作“快活无敌军”。顿河独立派为了报复，把志愿军称作“流浪歌手们”“没有地盘的王公们”。志愿军里面有一个“大人物”，十分刻薄地说顿河政府是“睡在德国人床上的婊子”。杰尼索夫将军接着就回敬说：“如果顿河政府是婊子的话，那么志愿军就是依靠这个婊子赚的钱来活命的小猫。”

杰尼索夫这样说，是暗示志愿军依赖顿河政府，顿河政府从德国弄来的军火，都要分给志愿军。

罗斯托夫和诺沃契尔卡斯克成了志愿军的大后方，这两座城市里到处是军官。成千上万的军官在做投机倒把生意，在数不清的后方机关里混差事，寄居在亲戚、朋友家里，拿着伪造的受伤证明书住在医院里……那些最勇敢的都在战场上牺牲了，害伤寒或者受伤死去了，而剩下的这一些，都因为这几年的革命，失去了荣誉心和良心，都像豺狼一样躲在大后方，就像肮脏的浮渣和大粪一样，飘浮在风云变幻时代的表面。这都是一些幸存的、腐败的正规军军官，当年柴尔涅曹夫呼吁保卫俄罗斯的时候，就曾经抨击、揭露和责骂过这些人。他们大多数都是所谓穿着军装的“有思想的知识分子”中最没有出息的一类，他们躲避布尔什维克，可是又没有决心靠拢白军，就苟延残喘地过日子，空谈俄罗斯的命运，挣几个钱养养老婆孩子，并且一心希望战争结束。

对于他们来说，不管是克拉斯诺夫，是德国人，还是布尔什维克，谁管理国家都是一样，只要结束战争就行。

可是天天都有事件发生。在西伯利亚发生了捷克斯洛伐克人的叛乱，在乌克兰，马赫诺和德国人打了起来。高加索、摩尔曼斯克、阿尔汉格尔斯克……整个俄罗斯都笼罩在硝烟中……整个俄罗斯都处在大转变的痛楚中……

六月里，顿河上就像刮起东风那样，到处传说着一个消息，说捷克斯洛伐克人正在进攻萨拉托夫、察里津和阿斯特拉罕，目的是要在伏尔加河流域组成一条东方战线，向德军发起进攻。在乌克兰的德国人只好很不情愿地把一些从俄罗斯跑过来、打着志愿军旗号的军官放了进去。

德军司令部听到要组织东方战线的谣传，十分惊慌，于是派了代表来找顿河政府。七月十日，德军的三位少校——封·郭欣豪津、封·司捷帆尼和封·施列尼茨——来到诺沃契尔卡斯克。

军区司令官当天就在将军府接见了他们，陪同接见的还有包加叶夫斯基将军。

郭欣豪津少校提到，德军司令部正不遗余力，以至使用武装，在援助大顿河军政府同布尔什维克作战，援助大顿河军政府恢复边境。说过这番话之后，就问，如果捷克人对德军进攻的话，顿河政府将采取什么态度。克拉斯诺夫向他保证，哥萨克将严守中立，决不允许把顿河当作战场。封·司捷帆尼少校表示，希望司令官的答复能够用书面形式表示出来。

接见到这里就结束了，第二天，克拉斯诺夫给德皇写了下面一封信：

圣上万岁、万万岁！

呈递本书者——陛下治下大顿河军区济莫夫乡乡长(特使)及其随行人员，系受本顿河军区司令委派，向恩威远扬的大日耳曼皇帝陛下致敬，并奏陈如下：

英勇的顿河哥萨克为祖国的自由进行了两个月的战斗，哥萨克也像同日耳曼民族有血缘关系的布尔人不久前跟英国人作战时那样勇猛，两个月的战斗，已经在我国各条战线上取得完全胜利，现在大顿河军区的土地上，已经有十分之九的地方肃清了红军匪徒。国内秩序已经稳定，已经建立起完整的法纪。仰赖陛下大军的协助，本军区的南部已经完全安定，我已训练好一支哥萨克部队，以维持境内秩序，防止敌人入侵。刚刚建立的国家机构，即现在的顿河军区，是很难单独生存下去的，因此，就和阿斯特拉罕军区和库班军区的首领——上校童杜托夫公爵和菲利蒙诺夫上校——结成密切的同盟，以便在肃清阿斯特拉罕军区和库班军区的布尔什维克之后，可以由大顿河军区，包括斯塔夫罗波尔省的加尔梅克人在内的阿斯特拉罕军区、库班军区以及北高加索各个民族，建立以联邦为基础的巩固的国家体制。以上各地区齐心协力、重新建立的国家，必然与大顿河军区保持一致，因此决不会允许自己的土地变成血战的战场，必将保持完全的中立。兹委托陛下治下的济莫夫乡乡长陈述如下：

请陛下承认大顿河军区的独立权，并承认库班、阿斯特拉罕、捷列克军区和北高加索解放之后的独立权，以及定名为顿河-高加索联邦的整个国家的独立权。

请陛下承认大顿河军区按原来的地理范围和种族分布范围划定的边界，请协助解决乌克兰和顿河军区在塔干罗格问题上的争端，把塔干罗格市和塔干罗格州划归顿河军区，顿河军区统辖塔干罗格已有五百余年，塔干罗格乃顿河军区的特姆塔拉堪区的一部分，特姆塔拉堪乃顿河军区的发祥地。

从战略上考虑，请陛下协助把卡梅申市和察里津市、萨拉托夫省、沃罗涅日市和里斯基、波伏林诺两车站都并入顿河军区，并按照现在于济莫夫镇的地图上标明的界线，划定顿河军区的边界。

请陛下对莫斯科的苏维埃政权施加压力，迫使他们下令撤退大顿河军区以及加入顿河-高加索联邦的各地区的红军匪帮，以便恢复莫斯科和顿河军区之间正常的和平关系。顿河军区的居民、商业和工业因布尔什维克入侵所遭受的损失，应由苏维埃俄罗斯赔偿。

请陛下对我们这新建立的国家供应大炮、枪支、弹药和技术装备，如果陛下认为有利，请在顿河军区境内建立制造大炮、枪支、炮弹和子弹的工厂。

大顿河军区和行将参加顿河-高加索联邦的其他各地区，都不会忘记德国人民的友好援助，早在十七世纪的三十年战争中，哥萨克就和德国人民并肩战斗，那时候就有许多哥萨克团在瓦伦希台因麾下作战，而在一八〇七——一八一三年，顿河哥萨克又跟自己的统帅普拉托夫伯爵，去为德国的自由而作战。现在，在东普鲁士、加里西亚、布柯文纳和波兰的土地上血战了将近三年半，哥萨克和德国人都互相学会了尊重对方军队的勇敢和坚强，如今，又作为两个胸怀高尚的战友，互相携起手来，共同为保卫美好的顿河的自由而战斗。

大顿河军区为了报答陛下的盛情，保证在世界大战时严守中立，决不允许与德国人民为敌的武装力量进入自己境内；阿斯特拉罕军区司令童杜托夫公爵、库班政府以及行将成立的顿河-高加索联邦的其他地区都表示赞同。

大顿河军区给予日耳曼帝国以优先权，优先购买本地区的剩余物资：粮食——谷类和面粉、皮革制品和原料、羊毛、鱼类、植物和动物油以及油类制品、家畜和马匹、烟草及其制品、葡萄酒以及其他果制品和农产品；日耳曼帝国可以供应农业机械、化学产品和制革药品、印刷钞票的设备和相应的原料、呢绒厂、棉织厂、皮革厂、制糖厂、化工厂和其他一些工厂的设备,以及电机器材等,作为交换。

此外,大顿河军政府还为德国产业界向顿河地区工商业投资提供特惠条件,尤其是在开发和经营新的水运线和其他运输线方面。

密切的合作对双方都有利,德国军队和哥萨克在共同战斗中流的鲜血凝成的友谊,必将成为战胜我们的一切敌人的强大力量。

向陛下呈递本书的,不是外交家,不是深谙国际公法的专家,而是一个在光荣的战斗中一向尊重德军威力的士兵,因此,请陛下原谅我不加任何矫饰的直陈,请相信我一片忠诚。

顿河司令官,少将

彼得·克拉斯诺夫敬启

七月十五日，这封信提交司令部外长会议讨论过，尽管大家对这封信都持保留态度，而且包加叶夫斯基和另外几个政府委员甚至明确表示反对，但克拉斯诺夫还是立即将这封信交给了在柏林的济莫夫乡乡长李贺登别尔格斯基公爵，他是和克拉斯诺夫一同上基辅去，又跟着柴里亚楚金将军从基辅上德国去的。

这封信在发出以前，经过包加叶夫斯基的默许，在外交处打印过。这封信的打印本于是就广泛地流传开来，后来又加了一些相应的批注，在哥萨克部队和各乡镇到处流传起来。这封信成了强有力的宣传工具。大家越来越激烈地议论起克拉斯诺夫卖身投靠德国人的事。前线上开始发生骚动。

就在这时候，节节胜利、气焰不可一世的德军，把俄国的柴里亚楚金将军带到了巴黎城下，柴里亚楚金就和德军总参谋部的人员一起，看到了克虏伯重炮的强大威力，看到了英法联军的覆灭。

五

在冰上行军[1]期间，叶甫盖尼·李斯特尼次基受

①科尔尼洛夫一伙把他们从罗斯托夫往库班撤退称为“冰上行军”。——作者注

过两次伤：第一次是在攻占拉宾河口镇的战役中，第二次是在清晨进攻叶卡捷琳诺达尔的时候。两次伤势都不重，所以都没有离开队伍。但是在五月里，志愿军在诺沃契尔卡斯克地区作短时间休息的时候，李斯特尼次基感到身体不舒服，就请了两个星期的假。

因为不怎么愿意回家，他就决定在诺沃契尔卡斯克休息休息，免得往返花费时间。

和他同排的同事郭尔察柯夫骑兵大尉，也和他一起请假离开队伍。郭尔察柯夫请他到自己家里去住：

“我没有孩子，我老婆一定很欢迎你。她已经从我的信上很熟悉你啦。”

这天中午，像夏天一样炎热和明朗，他们来到车站旁边的一条街上，在一座古老的房子跟前下了马。

“这是我以前的住宅。”黑胡子、长腿的郭尔察柯夫急急忙忙往前走着，回头看着李斯特尼次基说。

他的两只鼓鼓的、黑中透蓝的眼睛，因为高兴和激动湿润了，他那像希腊人一样的肉嘟嘟的鼻子笑得耷拉了下来。他跨着大步，走得绿色马裤那磨得光油油的裤裆嚓嚓响着，走进了房里，房里马上就充满了当兵人身上发出的那股汗酸气。

“廖丽娅[1]在哪儿？奥丽加·尼古拉耶芙娜在哪儿？”他朝着急忙从厨房里跑出来含笑相迎的女仆叫道，“在花园里吗？咱们上花园里去。”

花园里的苹果树下，轻轻晃动着像虎皮一样斑斑点点的阴影，散发着蜂房的气息和干土的气息。阳光照在李斯特尼次基的眼镜上，曲曲折折、像榴霰弹一样散了开去。铁路线上有一辆火车头一个劲儿地呜呜叫着；郭尔察柯夫打破这种单调的吼叫声，唤道：

“廖丽娅！廖丽娅！你在哪儿呀？”

一个身穿鹅黄色衣服的高高的女子，在蔷薇丛里闪了闪，从旁边一条林荫小道上走了出来。

她用惊愕而优美的姿势把两手按在胸前，愣了一小会儿，然后就喊叫着伸出两条胳膊，朝他们奔来。她跑得非常快，所以李斯特尼次基只能看到在她那裙子里面一动一动的圆滚滚的膝盖、窄窄的鞋

①廖丽娅是奥丽加的爱称。

尖和向后仰着的头上那金光闪闪的头发。

她踮起脚尖，把两条弯弯的、晒得红红的光胳膊搭在丈夫的肩上，吻他那落满灰尘的两腮、鼻子、眼睛、嘴唇、因为风吹日晒变黑了的脖子。快速吻声劈劈啪啪响着，就像机枪扫射一样。

李斯特尼次基擦着眼镜，闻着洋溢在周围的马鞭草的气息，也在笑着，他自己知道，这是一种十分勉强的傻笑。

等到伴有一阵阵冲动的兴奋高潮过去，郭尔察柯夫温柔地、然而毅然决然地掰开紧紧箍住他的脖子的妻子的手指头，抱住她的肩膀，把她的身子轻轻转了过来。

“廖丽娅……这是我的朋友李斯特尼次基。”

“哦，是李斯特尼次基呀！欢迎欢迎！我丈夫经常提到您……”她娇喘吁吁，用两只笑盈盈、高兴得模糊了的眼睛匆匆在他身上扫了一遍。

他们一块儿朝前走去。郭尔察柯夫用一只长着肉刺和脏指甲的毛烘烘的手搂着妻子那姑娘一般的细腰。李斯特尼次基一面走，一面侧眼看着这只手，闻着马鞭草的气息和晒得热烘烘的女人身体的气息，觉得自己就像一个小孩子被别人无缘无故狠狠打了一顿，心里十分委屈。他看了看一缕金黄色鬈发覆盖着的她的粉红色的小耳朵，看了看离他只有一尺远的脸蛋儿那细嫩的皮肤；他的眼睛像蝎虎子一样朝她的胸前开口处溜了溜，看到了不大的、鼓鼓的奶黄色乳房和耷拉着的棕色奶头。奥丽加那浅蓝色的眼睛偶尔朝他看一看，那目光是亲热的、和蔼的，但是当这双眼睛朝郭尔察柯夫那黑黑的脸上望去的时候，发出的是完全不同的亮光，李斯特尼次基心中就涌起一股淡淡的、恼人的惆怅感……

在吃饭的时候，李斯特尼次基才真正看清了女主人的容貌。在她那优美的身段和脸上有一种开始凋谢的、已见亏损的风韵，这种风韵总是隐隐约约地出现在一个年过三十的女子身上。但是在她那一双带有讥笑意味、有点儿冰冷的眼睛里，在她的举止中，还保留着没有消耗尽的青春活力。她的脸可以说是一张顶平常的脸，线条十分柔和，虽不标致，却很迷人。唯有一种鲜明的对照特别惹眼：那火热的、干裂的薄嘴唇是深红色的，只有南方黑头发的女子才有这样的嘴唇，那脸上的皮肤却泛着粉红色，眉毛是黄白色的。她很开心地笑着，但是在她那龇着满口密密实实、整整齐齐的细牙的微笑中，有机械的成分。她的声音低低的，有些沙哑，没有什么抑扬顿挫。两个月以来，除了肮脏的女护士，李斯特尼次基再没有见过女人，因此就觉得她分外漂亮。看着奥丽加·尼古拉耶芙娜姿态高傲、垂着发髻的头，他常常答非所问，不久他就借口身体疲倦，到给他安排好的屋子里去了。

……甜蜜而惆怅的日子就这样一天天过去。后来李斯特尼次基常常怀着敬重的心情去回想这些日子，但是在当时他却像小孩子那样，无缘无故、糊里糊涂地感到烦恼。郭尔察柯夫夫妇常常单独在一起，避免和他见面。他们借口要修理屋子，让他从原来在他们卧室隔壁的那间屋子搬到拐角上一间屋子里去，郭尔察柯夫在说这话的时候，咬着小胡子，他那刮得光光的、变年轻了的脸上的一本正经的表情中露着笑意。李斯特尼次基明白是什么使朋友感到不方便，但是不知为什么他又不愿意搬到别的朋友家去。他天天躺在苹果树下，躲在橙黄色的朦朦胧胧的凉荫里，看那些用粗劣的包装纸草率印成的报纸，或者睡觉，做一些使人烦恼、使人难受的梦。给他解闷消愁的是一只很漂亮的咖啡色白斑猎狗。猎狗见男主人一颗心全放在妻子身上，心里也很不是滋味，就常常来找李斯特尼次基，跟他躺在一块儿，唉声叹气，李斯特尼次基就抚摩着猎狗，动情地小声吟咏起来：

幻想吧，幻想吧……你那金色的眼睛
越来越不能看远，越来越黯淡……

他怀着喜爱的心情回味着他还记得的布宁的一些像薄荷蜜一样芳香而醇厚的诗句，又睡着了……

奥丽加·尼古拉耶芙娜凭着女性特有的敏感，看透了他的苦闷心情。她本来就很慎重，现在跟他相处更加慎重了。有一天傍晚，他们两个从公园里回来（马尔科夫将军团里的几个军官在公园门口拦住了郭尔察柯夫），李斯特尼次基挽着奥丽加·尼古拉耶芙娜的胳膊，紧紧夹着她的胳膊肘，这使她很不高兴。

“您为什么这样看我呀？”她笑着问道。

李斯特尼次基感觉她的低低的声音中似乎有戏

谑和挑逗的意味。因此他才大着胆子念了一首哀艳的小诗（这几天他迷上了诗歌，玩味起别人咏出的痛苦）。

他低下头，微微笑着，低声吟道：

一种奇异的亲切感将我紧紧锁住
我朝黑黑的面纱里面凝望——
看见了迷人的海岸
看见了迷人的地方。[①]

她轻轻地抽出自己的胳膊，用觉得好笑的声调说：

“叶甫盖尼·尼古拉耶维奇，我很明白……我不会看不出您对我的态度……您不觉得害羞吗？这不好，很不好！我没有想到您是……这样的人……这算什么呀，咱们以后别这样啦。要不然又难听，又不光彩……干这类的事儿，您可是找错了对象。您是想勾引我吧？算了吧，不要坏了我们的朋友关系，您就别胡来吧。我可不是那个‘美丽的陌生女郎’。明白吗？是他来了吧？您把手给我吧！”

---

①这是勃洛克的诗《美丽的陌生女郎》中的一节。

李斯特尼次基装作很委屈很生气的样子，但是到末了，他不再表演生气了，也跟着她哈哈大笑起来。等郭尔察柯夫追上他们之后，奥丽加·尼古拉耶芙娜活跃起来，而且更快活了，但是李斯特尼次基却不作声了，心里狠狠地骂自己，一直骂到家门口。

奥丽加·尼古拉耶芙娜实心实意地相信，把话说明白以后，他们会成为朋友的。表面上李斯特尼次基也能像她所相信的那样，但是他在心里几乎是恨她的，过了几天，他就发觉自己在拼命寻找奥丽加性格和外貌上的缺点，他明白，他这是站在真正的、深厚的爱情的边沿上了。

假期快完了，脑子里还留着莫名的不快感。志愿军经过补充和休整之后，准备进攻了；志愿军又要离开顿河首府，上库班去。不久，郭尔察柯夫和李斯特尼次基就离开了诺沃契尔卡斯克。

奥丽加送过他们。黑绸子衣服衬托出她那淡雅的风韵。她那哭红的眼睛在笑着，肿得很不好看的嘴唇为她的脸增添了激动和孩子气的表情。李斯特尼次基脑子里留下的就是她这种样子。不管在血里，在人生的泥淖中，他的脑海里很久都珍重地保留着她的闪闪发光、永不磨灭的形象，给她的形象罩上一层高不可及的神圣的光环。

六月里，志愿军就参加了战斗。就在第一次战斗中，一块三英寸口径的炮弹皮打烂了郭尔察柯夫的肚子。他们把他抬下了阵地。一个钟头以后，他躺在大车上，流着血和尿，对李斯特尼次基说：

“我不以为我会死……马上就要给我动手术……据说没有麻药……死可不值得。你以为怎样？……不过，为了预防万一……趁我头脑还清醒……叶甫盖尼，我劝你别丢掉廖丽娅……我和她连一个亲人也没有。你是一个正直人、体面人……你娶了她吧……不愿意吗？……”

他带着恳求和仇恨的神情望着李斯特尼次基，因为长满胡茬子发青的腮帮子哆嗦着。他把沾满了血和泥的两只手小心翼翼地放到炸坏的肚子上，一面舔着嘴唇上的粉红色汗珠儿，一面说：

“你答应吗？如果俄罗斯的大兵不把你也这样干一家伙的话……你别扔掉她。你答应吗？不说话吗？她是一个很好的女子。”他的一张脸很难看地歪了歪，“是屠格涅夫笔下那样的女子……现在可没有这样的女子啦……你不说话吗？”

“我答应。”

“那你就走吧！……再见啦！……”

他抓住李斯特尼次基的手，哆哆嗦嗦地握了握，然后很笨拙地使劲把他拉到自己跟前，因为使劲脸色越来越白，他抬起汗漉漉的头，把干裂的嘴唇贴到李斯特尼次基的手上。李斯特尼次基很激动，急忙用大衣襟遮住脸，掉过头去，在转头的工夫看见郭尔察柯夫的嘴唇打着冷战，腮边有一道灰色的泪痕。

过了两天，郭尔察柯夫死了。又过了一天，李斯特尼次基也被送往齐霍列茨克，因为他的左胳膊和大腿受了重伤。

在柯林诺夫镇外发生了持久而激烈的战斗。李斯特尼次基跟着队伍进行了两次冲锋和反冲锋。到第三次，他们这个营的劲头儿鼓了起来。连长一个劲儿地喊：“不要卧倒！……有种的，冲啊！……为了科尔尼洛夫的事业，冲啊！……”李斯特尼次基在喊声的鼓动下，在没有收割的麦地里很吃力地小步跑着，左手举着工兵锹，遮住脑袋，右手握着步枪。有一次一颗子弹吱的一声在铁锹上滑过，李斯特尼次基重新握紧锹把，心里高兴地说："没有打着我！"可是后来他的胳膊上挨了很猛烈、很厉害的一下子。手里的铁锹掉了。他带着一股热劲儿，不再护头，又往前跑了十几丈远。他本来想把步枪端起来，可是左胳膊已经抬不起来了。疼痛就像浇版的铅一样，沉甸甸地灌进每一个骨节。他倒在垄沟里，忍不住叫了几声。他躺在地上，又有一颗子弹打在他的大腿上，于是他慢慢地、很不情愿地失去了知觉。

在齐霍列茨克给他锯掉了打坏了的胳膊，取出了大腿里面的碎骨片。他躺了两个星期，伤口又疼，又灰心，又苦闷，很不是滋味。后来把他转送到诺沃契尔卡斯克。又在这儿的医院里度过了三十个难熬的日夜：换药、医生和护士那令人生厌的脸、碘酒和苯酚的冲鼻子气味……有时候奥丽加·尼古拉耶芙娜来看他。她的两腮泛着黄绿色。她的丧服烘托出哭干的眼睛没有哭尽的悲痛。李斯特尼次基每次都要对着她那失神的眼睛看很久，一声不响，很不好意思地、偷偷地把那只空袖筒藏到被窝里。她好像不愿意打听丈夫死的详细情形，她的目光在病床上扫来扫去，好像心不在焉地听着。李斯特尼次基出了院，就去找她。她在台阶上迎住他，当他把一头剪得短短的淡黄色头发的头垂得低低的，去吻她的手的时候，她把脸转了过去。

他的脸仔细刮过，那套很讲究的绿军服穿在身上还是很有气派，只是那只空袖子叫人看了很不舒服——缠着绷带的那小半截胳膊在里面哆哆嗦嗦地直摆动。

他们走进屋里。李斯特尼次基还没有坐下去，就开口说："鲍里斯临死要求我……要我答应，不要把您扔下……"

"我知道。"

"您从哪儿知道的？"

"从他最后一封信里……"

"他希望咱们能在一块儿……当然，这要看您是否同意，是否愿意和一个残疾人结婚……我请您相信……现在谈爱情的话实在是不应该的……不过我诚心诚意希望您幸福。"

李斯特尼次基的窘急的样子和语无伦次的激动的话感动了她。

“这事儿我想过啦……我同意。”

“咱们上我父亲的庄上去吧。”

“好。”

“其余的事以后再办，好吗？”

“行。”

他恭恭敬敬地用嘴亲了亲她那像白瓷一样光滑的手，等他抬起两只柔顺的眼睛，就看见她的嘴上掠过一丝笑意。

爱情和强烈的肉欲使李斯特尼次基离不开奥丽加。他开始天天到她家里来。厌倦了战争生活的一颗心向往起童话式的生活……他像古典小说中的人物那样，常常自己和自己议论，耐心地在自己心里寻找他对谁都不曾有过的高尚感情，也许他是想用这种感情来掩饰赤裸裸的情欲。不过童话有一部分是连着现实的：不光是肉欲，还有一条看不见的线，把他捆到了这个偶然在他的生活中出现的女子身上。他弄不清自己的心情，只是有一点他觉得十分清楚：他这个残疾了的、离了队伍的人，依然有一种压抑不住的、兽性的本能——“我要快活”。甚至在奥丽加还十分悲痛的日子里，她心里还十分沉重、十分悲伤的时候，他对死去的郭尔察柯夫的嫉妒心还在燃烧着，就找她睡觉，而且如癫似狂……昏天黑地地过着日子。闻过火药气味、感到世事茫然的人，都是拼命寻欢作乐，如饥似渴，今朝有酒今朝醉。就因为这样，李斯特尼次基才急急忙忙把自己的生活和奥丽加的生活结成一个结儿，也许他已经模模糊糊意识到，他拼死保卫的事业已经注定要完了。

他给父亲写了一封很详细的信，说他要结婚，并且不久就要带着妻子回亚戈德庄上去。

“……该做的事我已经做完了。我本来还可以用一条胳膊来消灭作乱的痞子们，消灭俄罗斯知识分子几十年来为其命运唏嘘流涕的这些该死的‘人民’。但是，说实在的，现在我觉得这已经毫无意义了……克拉斯诺夫和邓尼金在闹意见；在双方的内部也都是互相陷害、倾轧、营私舞弊、钩心斗角。有时候我简直感到十分可怕。有什么办法呢？我要回家去，用现有的唯一的一条胳膊拥抱您，同您生活在一起，在一旁观察局势的发展。我已经不能做战士，而是一个残废人啦，肉体上和精神上都是这样。我疲倦啦，我认输啦。大概，我要结婚，想找块‘安逸之地’，部分原因就在于此。”他用伤心和自嘲的语气在信尾这样写道。

他决定再过一个星期就离开诺沃契尔卡斯克。在动身的前几天，李斯特尼次基就索性搬到奥丽加家里来住。他们睡了一夜以后，奥丽加不知为什么消瘦了，憔悴了。她虽然后来也总是俯就他，但她还是因为既成的局面感到很痛苦，心里感到受了侮辱。李斯特尼次基不了解，也许是不愿意了解，他们在用不同的尺度衡量他们之间的爱情，而又用同样的尺度衡量他们的憎恨。

在动身前几天，李斯特尼次基有时无意中想起阿克西妮亚。他极力拦阻想她的念头，就像用手遮拦阳光那样。但是，不管他愿意不愿意，那段往事就像一缕阳光，一股劲儿地要钻过来，搅得他心神不定。起初他想：“我不和她断绝关系。她会同意的。”但是他又想到要顾体面——决定回家以后，如果有机会，就和她谈谈，跟她一刀两断。

第四天傍晚时候，他们来到亚戈德庄上。老爷在一俄里以外迎接这对新夫妇。叶甫盖尼老远就看见父亲很吃力地从马车的座位上跨了下来，摘下帽子。

“迎接贵客来啦。来，让我看看你们……”他用浑厚的嗓门儿说着，很不灵便地抱住儿媳妇，用他那灰中泛绿、熏焦了的胡子直扎她的脸蛋儿。

“爸爸，坐到我们车上来吧！车把式，走吧！哦，萨什卡老爹，你好啊！还结实吗？爸爸，您坐到我的位子上，我就跟车把式坐在一起。”

老头子坐到奥丽加旁边，用手帕擦了擦胡子，很镇定地、带着似乎很起劲的神气打量了一下儿子。

“喂，怎么样，伙计？”

“我看见您，太高兴啦！”

“你说你残废了吗？”

“有什么办法呢？是残废啦。”

父亲装作一本正经地看着儿子，想用严肃的神情掩饰难受的神情，不去看那只掖在腰带上的草绿色制服的空袖筒。

“没什么，我习惯啦。”叶甫盖尼耸了耸肩膀。

“当然，你会习惯的，”老头子连忙说，“只要脑袋还囫囵就行。总算是胜利归来啦……不是吗？不是胜利，又是什么？我要说，是胜利归来啦。甚至还带回来一个美丽的俘虏呢，不是吗？”

叶甫盖尼欣赏着父亲那种文雅的、多少有点过时的殷勤样子，用眼睛问奥丽加：“喂，老头子怎么样？”不用她说话，他从她那快活的笑容上，从她那热情的眼神上，就看出她很喜欢父亲。

几匹灰马小跑着，拉着大车在长长的山坡上奔驰。在冈头上就看见许多房舍、像抖搂开的马鬃一样的绿色丛林、白墙的主房、遮掩着一面面窗户的槭树。

“真好啊！噢，太好啦！”奥丽加高兴起来。

几只黑黑的猎狗高高地蹦着，从院子里跑了出来。猎狗围住了车子。萨什卡老爹从后面照着一只往车上跳的狗抽了一鞭子，怒喝道：

“会把你压死的，鬼东西！滚开！”

叶甫盖尼背朝马倒坐着；几匹马有时打几声响鼻，风把马鼻涕星子往后吹，洒在他的脖子上。

他微微笑着，望着父亲、奥丽加、撒了许多麦穗的道路和缓缓高起、遮住了远方山岭和地平线的土岗。

“真静啊！多么安静……”

奥丽加含笑目送着一声不响地在大路上方飞过的白嘴鸦，目送着往后跑去的一丛丛野蒿和草木樨。

“都出来迎接咱们啦。”老爷眯起眼睛说。

“谁？”

“下人们呀。”

叶甫盖尼回头一看，还没有看清那一群人的脸，就觉得妇女当中有一个是阿克西妮亚，他的脸唰地一下子红了。他以为阿克西妮亚的脸色一定是很激动的，可是当大车沙沙响着，来到大门口的时候，他惴惴不安地朝右面一望，就看见了阿克西妮亚，只见她的脸镇静而愉快，笑盈盈的，不禁吃了一惊。他心里一块石头落地，放下心来，连忙点头还礼。

“真妖艳！这是什么人？……美得迷人，不是吗？”奥丽加用赞美的目光瞟了瞟阿克西妮亚。

但是叶甫盖尼已经恢复了勇气；他镇定而冷淡地附和说：

“是的，这女人很漂亮。是咱们家的女用人。”

* * *

奥丽加的出现，给家里的一切带来了变化。老爷以前在家里总是整天穿着睡衣和毛织的短裤，现在吩咐把散发着樟脑气味的军服上衣和撒裤腿的将军裤从柜子里拿了出来。以前他一切都不讲究，穿着马马虎虎，现在如果发现熨过的衬衣上有一点小褶儿，就要把阿克西妮亚大骂一顿；早晨起来，她递给他的靴子如果没有刷干净，就要狠狠地瞪她两眼。他打扮得漂亮起来，每天都把脸刮得光光的，叶甫盖尼看了又高兴又惊异。

阿克西妮亚好像预感到事情不妙，便千方百计讨取少奶奶的欢心，曲意奉承，百般殷勤。鲁凯莉亚想方设法把饭食做好，使出拿手本领，使菜肴的味道不断翻新。就连老朽不堪的萨什卡老爹，也受到亚戈德庄上发生的变化的影响。有一天，老爷在台阶前碰见他，从头到脚把他打量了一遍，气呼呼地用指头招了招他。

“你这是怎么搞的，狗崽子？嗯？”老爷狠狠地翻着眼睛说，“你的裤子是什么样子，嗯？”

“你说是什么样子?”萨什卡不客气地回嘴说，但是他听到老爷这不同一般的发问和气得发抖的声音，也多少有点儿发窘。

“家里有年轻女人，你这老畜生，想把我气死吗?为什么裤裆不扣好?嗯?!”

萨什卡老爹的肮脏手指头伸到裤裆里，匆匆忙忙地扣起那长长的一排老大的扣子，就好像在按一架无声的手风琴的键盘。他还想对老爷说几句顶撞的话，可是老爷就像年轻时那样狠狠地把脚一跺，跺得那老式尖头靴子的底都开了绽，并且大声喝道：

“上马棚里去吧!给我走!我叫鲁凯莉亚烧点开水把你烫烫!把你那张脏皮剥下来，猪猡!”

叶甫盖尼悠闲自在，天天带着猎枪在干涸的山涧里转悠，在割掉了黍子的地里打打野鸡。只有一件事使他放心不下，就是他和阿克西妮亚的关系问题。但是有一天晚上，父亲把叶甫盖尼叫到自己的屋子里；老头子担心地朝门口望着，不去看儿子的眼睛，开口说：

“我说，你要明白……原谅我过问你的私事。可是我想知道，你和阿克西妮亚的事打算怎么办。”

叶甫盖尼抽烟卷的那种慌乱样子，一下子就使他露了馅儿。他又像回来的那一天一样，脸唰地一下子红了，而且他觉得越来越红，比那一天红得还厉害。

“我不知道……实在不知道……”他坦率地说。

老头子加重语气说：

“可是我知道。你马上就去和她谈一谈。给她些钱，算是赔补，”说到这里，他隐隐约约笑了笑，“请她离开。咱们另外雇一个。”

叶甫盖尼起身就朝下房走去。

阿克西妮亚背朝门站着，正在和面。两个肩膀一晃一晃的，脊梁中间出现一道很明显的沟。两个袖子挽到肘子上，那黑乎乎、圆滚滚的胳膊上的肌肉蹦蹦跳跳的。叶甫盖尼看了看她那毛茸茸的、老大的发鬈儿覆盖着的脖子，说：

“阿克西妮亚，请你出来一下。”

她很快地转过身来，竭力使自己的笑逐颜开的脸带上恭顺和冷漠的表情。但是叶甫盖尼看出，她在放下袖子的时候，手指头直哆嗦。

“我就来。”她担心地朝女厨子看了一眼，再也压抑不住欢喜的心情，就带着幸福和祈求的笑容朝叶甫盖尼走来。

来到台阶上，他对她说：

“咱们上花园里去。有话要谈一谈。”

“走吧。”她高高兴兴服服帖帖地答应说，心里想，这是要恢复旧日关系了。

在路上，叶甫盖尼小声问道：

“你知道我为什么叫你出来吗？”

她在黑暗中笑着，抓住他的手，但是他猛地一下子把手抽了出去，于是阿克西妮亚全明白了。她站了下来。

“叶甫盖尼·尼古拉耶维奇，您想怎样？我不往前走啦。”

“好吧。咱们在这儿谈谈也行。不会有人听见的……”叶甫盖尼急急忙忙地说，说得很乱，“你应该了解我。现在我不能再跟你像以前那样……我不能和你过啦……你明白吗？现在我成家啦，作为一个正直人，我不能去做下贱的事……良心不允许……”他一面说，一面为这些冠冕堂皇的话感到十分羞臊。

黑夜刚刚从黑暗的东方来临。

在西方，落霞映照着的一小片天空还红红的。因为怕“变天”，场院上在点着灯打场，机器轰隆轰隆地响着，雇工们乱哄哄地嚷嚷着；绞板不停地往吃不饱的脱粒机里送麦捆，还沙哑地、高高兴兴地叫着：“干吧！干吧！干——吧！”花园里异常安静。可以闻到大麻、小麦和露水的味道。

阿克西妮亚一声不响。

“你有什么意见？怎么不说话呀，阿克西妮亚？”

“我没有什么话好说。”

“我给你一些钱。你应该离开这儿。我想，你会同意的……我如果天天看到你，会觉得难过。”

“再过一个星期，我就做满一个月啦。可以做满这个月吗？”

“当然可以，当然可以！”

阿克西妮亚沉默了一会儿，后来不知为什么像挨了一顿打一样，畏畏缩缩地侧着身子走到叶甫盖尼跟前，说：

“嗯，好吧，我走……可是，你就不能最后可怜我一次吗？我要男人，就不要脸啦……我难受死啦……你别骂我，小亲亲。”

她的声音又响亮，又干脆。叶甫盖尼实在弄不清她说的是真话，还是在开玩笑。

“你想怎样？”

他懊恼地咳嗽了一声，就忽然感觉到她又怯生生地在摸索他的手……

过了五分钟，他从湿漉漉、香喷喷的醋栗丛里走出来，走到篱笆跟前，抽着纸烟，用手绢擦了半天裤子，因为裤子膝盖部分被嫩草染绿了。

他走上台阶，回头看了看。在下房里，窗前一片黄黄的灯光中晃动着阿克西妮亚那柔美的身影——阿克西妮亚抬起双手，梳理着头发，正对着灯微笑呢……

六

羽茅草长成了。几十里的草原上晃动着一片银白色。风吹得羽茅草歪歪倒倒的，吹得那灰白色的草浪沙沙直响，一起一伏，时而向南倒，时而向西歪。气流经过处，羽茅草都像祷告似的一齐弯下身去，在那白色的浪顶上，很久都留着一道黑黑的印子。

各种各色的野花都开过了。冈头上的野蒿晒得无精打采地垂下了头。短短的夜过得很快。每天夜里，漆黑的天上都闪烁着无数的星星；一弯新月，这哥萨克的小太阳，放射着微弱的白光；宽宽的银河与其他一些星群纵横交错。酸涩的空气浓浓的，风又干，又带有野蒿气味；土地也吸饱了到处称霸的野蒿的苦味，很希望凉爽凉爽。一条条星路不停地闪烁着，一副高傲的神气，因为既没有马蹄践踏，又没有人足去踩；星星就像麦粒儿撒在天空干燥的黑土里，不发芽也不吐穗，撒过就没有了；月亮泛着干碱土颜色，草原上到处干透了，到处是枯萎的野草，到处有鹌鹑闹闹嚷嚷、拼死拼活地打架，还有又尖又响的蝈蝈叫声……

白天里，又热又闷，到处烟雾蒙蒙。淡蓝色的天上，是火辣辣的太阳，万里晴空，再就是像一张棕色铁弓似的张大了翅膀的老鹰。草原上到处是银光闪闪的羽茅草，到处是没有光泽的、像褐色骆驼毛似的、晒得发烫的杂草；老鹰侧歪着身子在蓝天中盘旋，它的巨大的影子在下面草地上无声无息地滑过。

金花鼠懒洋洋地嗄声叫着。土拨鼠在洞口新翻出来的黄黄的土堆上打盹。草原上燥热，然而死静，四周的一切是明净的，一动也不动。就连天边那座古冢也蓝幽幽的，又神秘，又朦胧，就像在梦里一样……

故乡的草原呀！带苦味的风一股劲儿地吹拂着马群里的骒马和公马的马鬃。干燥的马鼻子都被风吹咸了，马闻着又咸又苦的气味，觉得嘴上有风和太阳的味道，就吧嗒起那光溜溜的嘴唇，并且不时地叫上几声。低低的顿河天空下的故乡草原呀！一道道的干沟，一条条的红土崖，一望无际的羽茅草，夹杂着斑斑点点、长了草的马蹄印子，一座座古冢静穆无声，珍藏着哥萨克往日的光荣……顿河草原呀，哥萨克的鲜血浇灌过的草原，我向你深深地鞠躬，像儿子对母亲一样吻你那没有开垦过的土地！

这匹马的头又小又瘦，就像蛇头。两只耳朵又小又灵活。胸部肌肉异常发达。四条腿细细的，非常有力，蹄腕骨十分端正，蹄子光溜溜的，就像河边的小石头。屁股微微下溜，尾巴就像一捆麻。这马是顿河良种马。不但是良种，而且是真正的纯种，血管里连一滴杂血也没有，因此处处都可以看出是纯种马。这马的名字叫“长尾猴”。

在喝水的时候，“长尾猴”为了保护自己的骒马，和另外一匹更强壮的老种马打了一架，尽管种马在牧场上都是不钉马掌的，那匹马还是把“长尾猴”的左前腿踢伤了。两匹马都直立起来，用嘴乱咬，用前腿乱踢，又是扯毛，又是撕皮……

马倌不在旁边。马倌大叉开穿着落满尘土、晒得发烫的靴子的两腿，背对着太阳，趴在草地上睡觉呢。老种马把“长尾猴”踢倒在地上，后来又把“长尾猴”撵得远远的；老种马把流血不止的“长尾猴”撇在那里，自己就带着两群马，顺着“泥沟”朝前走去。

把受伤的“长尾猴”送到马棚里，兽医治好了那条受伤的腿。到第六天，米沙·柯晒沃依来向场长汇报情况，就看见生性强悍的“长尾猴”咬断了缰绳，从马架子里跑了出来，带上在附近吃草的场长、兽医和马倌们骑的几匹骒马，朝草原上跑去，起初是小跑，后来就去咬落后的骒马，催着快跑。场长和马倌们从房子里跑出来，只听见绊马索劈劈啪啪的断裂声。

“叫咱们骑不成马啦，该死的畜生！……”

场长骂着，但是他望着越跑越远的马，心中却在暗暗地称赞。

晌午时候，“长尾猴”领着几匹骒马去喝水。步行赶来的几个马倌才把几匹骒马带开了。米沙给“长尾猴”上了鞍，骑到草原上去，放进了原来的马群。

米沙担任马倌两个月以来，很用心地研究了马在配种时期的生活；研究了马的智慧和高尚的动物习性，并且感到深深的敬佩。骒马就当着他的面跟公马交配；这种自古就有的原始举动是那样朴素自然，那样单纯，使米沙不由得将它们跟人相比，觉得人就不如了。但马在彼此相处中也有许多像人的地方。比如，米沙就发现，老公马巴哈尔对待骒马一向很凶、很粗暴，但是对一匹白额头、火眼睛、四岁口的漂亮的枣红色小骒马却另眼相看。巴哈尔在这匹小骒马跟前总是心神不定、激动异常，总是带着一种特别的、又小心又热情的哼哼声去闻它。巴哈尔在休息的时候，很喜欢把自己那一副凶相的头放到小骒马的屁股上，就这样睡上很久。米沙在一旁看着巴哈尔，就看见巴哈尔那一条条的肌肉在薄薄的一张皮下缓缓蠕动着，米沙就觉得，巴哈尔爱这匹小骒马，就像老年人爱孩子那样，又深沉，又无微不至，又不指望报答。

米沙工作很认真。看样子，他热心工作的事，乡长也知道了。八月初，场长接到通知，说要把米沙·柯晒沃依调到乡公所去。

米沙马上收拾行装，把公家的东西都交还了，当天下午就动身。他不停地抽打自己的骒马。太阳落山的时候，已经过了卡耳根，而且在冈头上撵上了一辆往维奥申方向去的马车。

赶车的乌克兰人赶着两匹汗淋淋的大肥马。这是一辆带弹簧座的轻便马车，座位上半躺着一个体态匀称的宽肩膀男子，穿着一件城里式样的西服上衣，后脑勺上扣着一顶灰色细呢帽。米沙跟在马车后面走了一会儿，望着戴呢帽的人那颠得直哆嗦的耷拉着的肩膀，望着那落满尘土的白领子。那人脚边放着一个黄皮包和一个大口袋，上面盖着一件折叠起来的大衣。米沙还闻到一股刺鼻子的陌生的雪茄烟气味。“一定是个当官的到镇上来有事。”米沙心里这样想着，驱马跟马车走齐了。他侧眼朝呢帽帽檐底下一看，就半张着嘴愣住了，觉得又害怕又惊愕，背上好像有许多蚂蚁乱爬。原来半躺在马车上、眯缝着很厉害的浅色眼睛、不耐烦地咬着黑黑的雪茄烟头的是司捷潘·阿司塔霍夫。米沙不相信自己的眼睛，又朝这位同村人那十分熟悉、然而变得很厉害的脸打量了一遍，这才认准，马车上躺着的确确实实就是司捷潘，他激动得冒出汗，咳嗽一声，问道：

“对不起，先生，您是不是阿司塔霍夫？”

马车上的那人点了点头，这一点头，帽子就摔到了额头上；他扭过头来，抬眼看了看米沙。

“是的，我是阿司塔霍夫。怎么啦？您莫非……等一等，你是柯晒沃依吧？”他欠起身来，只用嘴唇在剪得短短的栗色胡子底下笑着，眼睛里和一张苍老了的脸上保持着不可接近的严肃神情，并且又慌乱又高兴地伸出一只手来，“是柯晒沃依吧？是米沙吧？咱们又见面啦！……真高兴……”

“怎么回事儿呀？怎么搞的呀？”米沙扔掉缰绳，大惑不解地把两手一摊，“都说你死啦。可是我一看：是阿司塔霍夫嘛……”

米沙喜笑颜开，在马鞍上转来转去地坐不住了，可是司捷潘的外表和那低腔低调的一口官话，使米沙觉得很不自在；他改变了称呼，后来在说话时一直称司捷潘为“您”，模模糊糊感觉到他们之间出现了一条无形的分界线。

他们谈了起来。马匹小步走着。西边的晚霞像火一样，淡蓝色的云彩在天上飘着，渐渐投入夜的怀抱。大道旁边的黍子地里，有一只鹌鹑高声叫着，挨过了白天的忙乱和喧嚣、挨到了黄昏时候的草原，渐渐晦暗，渐渐安静下来。在通往楚卡林镇和克鲁日林镇的岔路口上，在淡紫色天空背景上，出现了淡淡的小教堂的侧影；聚拢在一起的一大堆砖红色云块沉甸甸地悬挂在小教堂的上空。

“司捷潘·安得列耶维奇，您这是打哪儿来？”米沙高高兴兴地问道。

“从德国回来。好不容易回来呀。”

“咱们村里有些哥萨克说，亲眼看见司捷潘阵亡啦，那又是怎么回事儿呢？”

司捷潘回答得很沉着，很平静，好像问得他很不痛快：“挂了两处花，可是弟兄们……算什么弟兄们？他们把我扔下啦……我就当了俘虏……德国人给我治好了伤，就送我去做工……”

“好像没接到过您的什么信啊……”

“我没有什么人好写信啦。”司捷潘扔掉烟头，接着又抽起一支雪茄。

“不是有太太吗？您太太还活着呢。”

“我跟她早就不在一起过啦——这事儿大家都知道。”

司捷潘的声音干巴巴的，没有一点儿热和味道。提到妻子，他一点也不动心。

“怎么，您在人家的地方，就不想家吗？”米沙一个劲儿地追问，胸膛几乎要贴到鞍头上了。

“起初是想的，后来就习惯啦。我在那里过得挺好。”他顿了一下，又说，“本来我想永远留在德国，加入德国籍。可是现在又想家啦，就什么都扔下，回来啦。”

司捷潘第一次弯了弯眼角上那僵硬的鱼尾纹，笑了笑。

“可是咱们这儿，您瞧，乱成什么样子啦？……自己人打起来啦。”

“是啊——啊……我听说啦。”

“您走哪条路回来的。”

“我是从法国的马赛——一个老大的城市——坐轮船到诺沃罗西斯克的。”

“会不会也叫您去当兵呢？”

“也许会……村子里有什么新闻吗？”

“一下子哪能全都说得清呢？新鲜事儿多着呢。”

“我的房子还在吗？”

“风吹得直晃荡……”

“街坊邻居呢？麦列霍夫家两个儿子还活着吗？”

“都还活着。”

“我以前的老婆，您听说过吗？”

“她还在亚戈德庄上。”

“格里高力呢……还跟她在一块儿吗？”

“不啦，他跟自己老婆在一块儿。不跟您那阿克西妮亚过啦……”

“原来这样……我还不知道呢。”

他们沉默了一会儿。米沙还在拼命地打量司捷潘。他怀着敬意称赞说：

“看样子，司捷潘·安得列耶维奇，您过得真不坏。您穿得挺阔气，就像个大人物。”

“人家那里都穿得很讲究嘛。”司捷潘皱了皱眉头，捅了捅车把式的肩膀，“喂，快点儿。”

赶车的很不高兴地甩了两鞭，两匹疲劳的马很不整齐地用猛劲儿拉了几下。马车轻轻摇晃着轮子，在坑洼不平的大路上猛烈颠簸起来。司捷潘不想再谈下去，便转过身去，背朝着米沙，问道：

“你是回村子里去吗？”

“不，我到镇上去。”

来到岔路口，米沙往右拐弯，在马镫上站起来，说：

“再见啦，司捷潘·安得列耶维奇！”

司捷潘懒懒地用手指头摸了摸落满尘土的呢帽帽檐，冷冷地回答，就像外国人说俄语一样，每一个音节都说得十分清楚：

“一路平安！”

七

在菲洛诺沃-波沃林诺战线上，出现了僵持的局面。红军在收紧兵力，准备集中力量进行突破。哥萨克部队很不带劲儿地发展着攻势；哥萨克部队十分缺乏弹药，所以不想跨出本地区的边界。在菲洛诺沃前线，双方互有胜负。八月里，局面相对地稳定下来，从前方回来短期休假的哥萨克都说，到秋天就可以讲和了。

这时候，后方各乡各村里都在收割庄稼，人手十分短缺。老头子和妇女们干不了这样的活儿；而且也影响了经常派大车往前方送弹药和粮食的事。

鞑靼村几乎每天都要派五六辆大车到维奥申镇上去，在维奥申镇上装上弹药箱，送到安得洛波夫村的转运站去，有时候因为没有车辆接运，还要再往前送，一直送到霍派尔河畔的村庄里。

鞑靼村里的人一天到晚忙忙碌碌，然而日子过得毫无生气。所有的心都想着远方的前线，大家都怀着恐慌和痛苦的心情等待着哥萨克们的噩耗。司捷潘·阿司塔霍夫的归来，轰动了全村：每一座房子里，每一家的场院上，谈的都是这件事情。早已不在人间、只有老奶奶们还记挂着，而且也只是在“追荐亡灵”的时候才记挂着的一个人，大家差不多已经忘记的一个人，一下子回来了！这不是天大的怪事吗？

司捷潘在安尼凯的老婆家里暂时住下来。他把行李搬进屋里，趁安尼凯的老婆给他烧晚饭，他就去看自己的房子。他迈着沉甸甸的、当家人的步子，在洒满月光的院子里转悠了老半天，钻到快要倒塌的棚子底下看了看，把房子打量了一遍，还摇了摇篱笆桩子……安尼凯的老婆给他煎的鸡蛋在桌上早已经凉了，可是司捷潘还在视察自己的长满荒草的宅院，还咯吧咯吧地掰着手指头，像咬舌头一样，叽里咕噜地不知在嘟哝些什么。

晚上，很多人都来看他，问起他当了俘虏以后的情形。安尼凯家的上房里挤满了妇女和小孩子。他们密密层层地站在那里，张着像黑窟窿一样的大嘴，在听司捷潘讲。司捷潘很不情愿地在讲着，他那苍老了的脸上没有出现过一次笑容。看样子，生活把他折腾坏了，使他变了样子，完全变成了另外一个人。

第二天早晨，司捷潘还在上房里睡着，潘捷莱·普罗柯菲耶维奇就来了。知道司捷潘还没有醒，他把咳嗽的声音放得低低的，还用手捂着嘴。上房里散发出房里土地面那种淡淡的凉气，散发出一种不熟悉的烟草的呛人气味和远行人身上那种风尘气味。

司捷潘醒了，可以听见：他在划火柴抽烟。

“可以进去吗？”潘捷莱·普罗柯菲耶维奇问道，并且像晋见升官一样，慌忙抻平了新衬衣上的褶儿，这衬衣是为了来见司捷潘，伊莉尼奇娜才给他穿上的。

“请进来吧。”

司捷潘一面穿衣服，一面抽着雪茄烟，惺忪的睡眼被烟熏得眯缝着。潘捷莱·普罗柯菲耶维奇怯生生地走了进去，一看见司捷潘那变了模样的脸和他那丝背带上的明晃晃的饰物，吃了一惊，就站了下来，畏畏缩缩地伸出一只黑黑的手。

“你好啊，邻居！平安回来啦……”

“您好！”

司捷潘把背带搭在两个耷拉着的强壮的肩膀上，摆了摆肩膀，神气活现地把一只手放到老头子那粗糙的手里。彼此匆匆打量了一遍。司捷潘的眼睛里冒着蓝蓝的仇恨的火花，麦列霍夫老头子的鼓鼓的斜眼睛里有敬意，也有惊讶中带嘲讽的神情。

“你老了不少，司捷潘……伙计，你苍老啦。”

“是的，老啦。”

“都给你开过吊啦，就像对我家格里什卡那样……”他说到这里，就懊恼地顿住了：这话说得太不是地方了。他试图弥补自己的失言：“谢天谢地，你平平安安回来啦……谢谢你啦，主啊！当初也给格里什卡开过吊，可是他就像拉撒路[①]那样，又活过来啦。他已经有两个孩子啦，他老婆娜塔莉亚，托老天爷的福，身体也复原啦。是个很好的娘儿们呀……噢，你，好伙计，怎么样？”

“还好，谢谢。”

“到我家来串串门儿，好吗？赏赏脸，来吧，咱

---

①拉撒路的故事见《新约全书》中《约翰福音》第十一章。拉撒路死后四天，耶稣又使他复活。

们聊聊。”

司捷潘不肯去，但是潘捷莱·普罗柯菲耶维奇一再地请他去，而且生气了，司捷潘只好答应。他洗过脸，把剪得很短的头发往上梳了梳，老头子问他：“你的头发哪儿去啦？掉了吗？”——他只是笑了笑，便满不在乎地把帽子扣到头上，第一个走出门去。

潘捷莱·普罗柯菲耶维奇亲热得似乎有讨好的意味，这就使司捷潘不由得想：“他是想解除旧怨呢……”

伊莉尼奇娜时时注意着丈夫的眼睛的无声的指示，很麻利地在厨房里跑来跑去，催促着娜塔莉亚和杜尼娅，亲自往桌上端菜。姑嫂两个偶尔向坐在圣像下面的司捷潘投来好奇的目光，朝他的上衣、领子、银表链和发式打量几眼，又带着掩饰不住的惊讶的笑容互相看看。妲丽亚满面红光地从院子里跑进来；她忸怩地笑着，用围裙的角儿擦着薄薄的嘴唇，眯缝起眼睛，说：

“哎呀，好邻居，我可是不认识您啦。您简直不像哥萨克啦。”

潘捷莱·普罗柯菲耶维奇毫不怠慢，把一瓶家酿的好酒放到桌上，拔掉塞子，闻了闻那又甜又辣的气味，称赞说：

“尝尝吧，自己家里做的。要是把洋火往上一凑，准能冒蓝火，实在话！”

他们东一句西一句地谈了起来。司捷潘本来不怎么愿意喝，但是几杯酒下肚，很快就有了醉意，晕晕乎乎的了。

“伙计，现在你应该娶亲啦。”

“瞧您说的！我原来的老婆往哪儿搁？”

“原来的……原来的算什么……原来的老婆，你以为不会用坏吗？老婆就好比骒马：只有满口牙的时候，才好骑……我们来给你找一个年轻的。”

“世道乱啦……顾不上娶亲啊……我打算休息十来天，就到乡公所去报到，恐怕还要上前线呢。”司捷潘说。他渐渐有了醉意，洋腔洋调渐渐没有了。

不久他就走了，妲丽亚用赞赏的目光送了他好一阵子，他走过以后，又争执和议论了老半天。

“这家伙抖起来啦！瞧他说话的那种腔调！就像一位税务官，或者别的什么大人物……我走进去，他正在起身，正往衬衣外面、往肩膀上套绸套带，上面还带着小牌牌儿，真的！套住了他的前胸和后背，就像套马一样。这是干什么呢？这有什么用处呢？这会儿他简直像个有学问的人啦。”潘捷莱·普罗柯菲耶维奇赞赏地说。显然因为司捷潘没有嫌弃他的盛情，没有记仇，居然来了，他心里美滋滋的。

从谈话中知道，等司捷潘服完了兵役，还要回村子里来住，要重修房屋，恢复家业。他顺便提到，他是有钱的，潘捷莱·普罗柯菲耶维奇听了这话，思索了很久，并且不由得起了敬意。

“看样子，他很有钱，”潘捷莱·普罗柯菲耶维奇在他走后说，“这小子，发财啦。别的哥萨克当了俘虏回来，都赤身露体，可是你瞧瞧他，穿得多阔气……他一定是杀了人，或者偷了什么钱。”

头几天司捷潘一直待在安尼凯家里休息，只是偶尔上街走走。街坊邻居们注视着他，观察他的一行一动，有人甚至去向安尼凯的老婆打听，司捷潘究竟有什么打算。但是她守口如瓶，什么也不说，推说不知道。

等到安尼凯的老婆雇了麦列霍夫家一匹马，星期六一大早就坐上车外出之后，村子里就纷纷议论开了。只有潘捷莱·普罗柯菲耶维奇猜出是怎么一回事儿。“要去接阿克西妮亚呢。”他一面往车上套一匹瘸腿的骒马，一面朝伊莉尼奇娜挤着眼睛说。他没有猜错。这娘儿们就是受司捷潘的委托上亚戈德庄上去的。司捷潘说：“你去问问阿克西妮亚，愿不愿意忘掉旧怨，回到男人家里来？”

司捷潘这一天完全失去了耐心和镇定，一整天都在村子里走来走去，和谢尔盖·普拉托诺维奇、“擦擦”阿杰平一起，在莫霍夫家的台阶上坐了很久，对他们讲德国的事情，讲自己在德国的生活，讲自己经过法国和海上回国一路上的情形。他有时说话，有时听莫霍夫发牢骚，时时都很留心地注视着手表……

安尼凯的老婆黄昏时候才从亚戈德庄上回来。她一面在夏季厨房里做晚饭，一面说着，说阿克西妮亚听到这意外的消息，吓了一跳，问他的情形问了不少，但是坚决不肯回来。

“她犯不着回来，日子过得跟阔太太一样。人胖啦，脸白啦。从来不干重活儿。还要怎样呢？她穿的吗，你连想都想不到。平常日子里，她穿着雪白的裙子，两只手干干净净的……”安尼凯的老婆一面说，一面羡慕地叹着气。

司捷潘的两颊通红，一双低垂的浅色眼睛里，燃烧起愤恨和苦恼的火焰，又渐渐熄灭。他压制着手的哆嗦，用调羹一下一下地喝着瓷碗里的酸牛奶，故作镇定地问道：

“你是说，阿克西妮亚日子过得挺得意吗？”

“当然得意啦！那样过日子谁也没意见。”

“她问我了吗？”

“当然问啦！我一说您回来啦，她的脸都白啦。”

吃过晚饭，司捷潘又来到荒草萋萋的院子里。

短促的八月的黄昏匆匆忙忙地降临，又匆匆忙忙地消失了。风车在潮湿而凉爽的夜空中一个劲儿地响着，传来嘈杂的人声。许多人在黄黄的、朦胧的月光下照常忙碌着：有的在扇白天打下的小麦，有的在把小麦往粮仓里送。屯子里到处是新打的小麦和糠灰那种热烘烘的呛人气味。操场附近有一架蒸汽脱粒机轧轧响着，有几条狗在叫着。远处场院上有人拖着腔在唱歌。从顿河上吹来淡薄的潮气。

司捷潘靠在篱笆上，隔着街道，望着湍急的顿河水，望着月光斜斜地踏出的波光粼粼的“甬道”，望了很久。细碎的、像鬈发一样的波纹曲曲弯弯地顺流而下。顿河对岸的白杨树已经沉沉入睡。一股烦恼慢慢以不可抗拒之势占据他的心头。

* * *

天亮时候下过一阵雨，但是太阳一出来，云彩就散了，过了两个钟头，只有粘在车轮子上的干泥巴，才使人想到曾经下过雨了。

这天上午，司捷潘来到亚戈德庄上。他很激动地在大门口把马拴好，就快步朝下房里走去。

宽敞的、到处是枯草的院子里一个人也没有。好几只母鸡在马棚旁边的粪堆上乱刨。一只黑得像乌鸦一样的公鸡在歪倒的篱笆上踩来踩去。公鸡一面呼唤母鸡，一面摆好姿势，要啄正在篱笆上爬的红红的花大姐。几条肥壮的猎狗躺在车棚旁边的凉荫里。六只黑花小狗儿把它们的母亲——刚生头胎的一只年轻母狗——按倒在地上，用小腿支着身子在吃奶，把松松的灰色奶头拉得老长。老爷住的房子的铁房顶的背阴的一面还闪着亮晶晶的露水。

司捷潘一面细心地四处打量着，走进了下房，向一个胖胖的女厨子问道：

“我可以见见阿克西妮亚吗？”

“您是什么人？”女厨子用围裙擦着汗津津的麻脸，问道。

“这您用不着问。阿克西妮亚在哪儿？”

“在老爷那儿。您等一等好啦。”

司捷潘坐下来，十分疲惫无力地把呢帽放在膝盖上。女厨子把铁罐子放进炉膛里，用火钳拨弄着，不再理睬这位客人。厨房里充满了奶渣卷儿和啤酒花的酸味。炉壁上，墙壁上，撒满面粉的桌子上，都落了许多苍蝇，就像许多黑黑的小点子。司捷潘聚精会神地听着，等候着。熟悉的阿克西妮亚的脚步声，好像把他从板凳上推了下来。他站了起来，呢帽从膝盖上掉了下去。

阿克西妮亚捧着一摞盘子走了进来。她的脸一下子煞白煞白的，饱满的嘴唇角哆嗦起来。她站了下来，两手软软地把盘子抱在胸前，惊骇的眼睛直盯着司捷潘。后来不知怎的一下子离开原来站的地方，快步走到桌子跟前，把手里的盘子放下。

“你好！”

司捷潘像在梦里一样，慢慢地、深深地喘着气，咧开嘴唇很勉强地笑了笑。一声不响地往前探着身子，把一只手伸给阿克西妮亚。

“上我的屋里去吧……”阿克西妮亚做了一个请他走的姿势。

司捷潘去拾帽子，就像举一件千斤重的东西；血往脑袋里直冲，眼睛都发黑了。两个人一走进阿克西妮亚的屋子，在桌子两边坐下来，阿克西妮亚就舔着发干的嘴唇，哼哼着问道：

“你打哪儿回来？……”

司捷潘像醉汉一样，悠悠忽忽、强装高兴地挥了挥手，嘴唇上还一直挂着那种高兴而痛苦的笑。

“当过俘虏回来的……我找你来啦，阿克西妮亚……”

他有点儿不自然地忙活起来，一下子站起来，从口袋里掏出一个小包，拼命撕扯包布，那哆哆嗦嗦的手指头怎么都不听使唤，好不容易才从里面拿出一只女式银手表和一枚镶着淡蓝色假宝石的戒指……他用汗津津的手掌托着这两样东西递过去，可是阿克西妮亚的眼睛一直不离开他那张低声下气地笑着、因而变得很难看、很陌生的脸。

“拿着吧，这是给你买的……看在咱们以前的情分……”

“我要这干什么？等一等……”阿克西妮亚那煞白的嘴唇嘟哝着。

“拿着吧……别叫我生气……咱们那些糊涂事该忘掉啦……”

阿克西妮亚用手推着，站了起来，朝床边走去。

“都说你死了嘛……”

“我要是死了，你高兴吧？”

她没有回答，这时已经是很镇定地打量着丈夫，从头打量到脚，毫无目的地抻了抻烫得平平的裙子上的褶儿。她把双手放到背后，说：

“是你叫安尼凯的老婆来的吗？……她说，你要叫我回去……住……”

“你去不去？”司捷潘问道。

“不，”阿克西妮亚的声音干巴巴的，“不去，我不回去。”

“这为什么?”

“在这儿过惯啦，再说也有点儿晚啦……晚啦。”

“我可是很想重整家业。我从德国回来的时候，就这么想；就是在德国的时候，也一直在想这事儿……阿克西妮亚，你怎么样?格里高力不要你……你是不是又找了一个呢?听说，好像你和少东家……是真的吗?”

阿克西妮亚的两颊火辣辣地红了，羞得抬不起来的眼睛里涌出了泪水。

“现在是和他过。真的。”

“我不是责备你，”司捷潘吃了一惊，“我是说，你今后怎么过，也许还没有拿定主意吧?他不会跟你过久的，玩玩罢咧……你眼睛底下已经有皱纹啦……他会扔掉你的，玩腻了，就要把你赶走。那时候你依靠谁呢?当牛当马还没有当够吗?你自己瞧瞧吧……我带回来一些钱。等打完了仗，咱们就能过过像样的日子啦。我看，咱们能和好起来。我愿意忘掉从前的事情……”

“我的好司乔巴[①]，你以前是怎么想的呀?”阿克

①司捷潘的昵称。

西妮亚流着快活的眼泪，哆哆嗦嗦地说。她离开床边，对直地走到桌子跟前。“你以前把我的青春当成灰土的时候，又是怎么想的呢？是你把我推到格里什卡怀里的呀……是你让我心冷的呀……你还记得你是怎样对待我的吗？”

“我不是来算旧账的……你……哪里知道？你不知道，为这事我难受死啦。一想起来，过日子心里就不踏实……”司捷潘对着自己放在桌上的两只手端详了老半天，慢慢地说着话，好像每一个字都是从嘴里挖出来的，“我一直想着你……心里很不是滋味……白天黑夜都忘不了你……我在德国跟一个寡妇，一个德国娘儿们过过……日子过得很阔气，可是我把她扔下啦……就是想回家……”

“你想过安稳日子吗？”阿克西妮亚使劲抽动着鼻孔，问道，“你想重整家业吗？大概你还想生儿养女，还想有一个老婆给你洗洗缝缝，伺候你吃喝吧？”她很不高兴、很阴郁地笑了笑，“老天爷啊，不行啦！我老啦，皱纹你也看到啦……孩子也生不出来啦。我现在是当姘头，姘头是不生孩子的……这样的女人你要吗？”

“你现在机灵啦……”

“还不是原来的样子？”

“这么说，你不回去吗？”

“不去，不去你那儿。不去。”

“那就再见吧。”司捷潘站起身来，无可奈何地拿着手表在手里转悠了一会儿，又放到桌子上，“你什么时候回心转意，就告诉我。”

阿克西妮亚把他送到大门口。她对着他的背影看了很久，看着一股股的尘土从车轮下飞起来，渐渐遮住他的宽宽的肩膀。

她忍不住流下懊恼的眼泪。她一下一下地抽搭着，模模糊糊地想着没有如愿的事情，为自己再度无依无靠的生活感到伤心。当她知道叶甫盖尼再也不要她，又听说丈夫已经回来的时候，就决定回到丈夫那里去，以便重整旗鼓，享享不曾有过的清福……她怀着这样的决心盼司捷潘来。但是她一看到他那种低声下气、百依百顺的样子，却激起了她的强烈的好强心，不允许她这个被抛弃的人留在亚戈德庄上的那样一种好强心。控制不住的恼恨心情支配着她的言语和行动。她想起所受的屈辱，还想起她遭受这一切都是由于这个人，由于他那一双拳头，所以尽管她不愿意再分开，心里对自己的做法感到害怕，可她还是气呼呼地说出了很决绝的话：“不去，不去你那儿，不去。”

她又对越走越远的大车看了长长的一眼。司捷潘摇晃着鞭子，渐渐隐没到路边那淡紫色的、矮矮的野蒿丛里……

第二天，阿克西妮亚算清了工钱，收拾好行李就走。她跟叶甫盖尼告别的时候，哭着说：

“叶甫盖尼·尼古拉耶维奇，有什么对不起的地方，多多原谅吧。”

“噢，你这是哪儿话，亲爱的！……在各方面我都要感谢你呢。”

他为了掩饰不自在的心情，说话时装得很快活。

她走了。黄昏时候回到了鞑靼村。

司捷潘在大门口迎住阿克西妮亚。

“回来啦？”他含笑问道，“能住下来吗？我能指望你不再走了吗？”

“不走啦。”阿克西妮亚很干脆地回答说，一面怀着一颗紧缩的心打量着快要倒塌的房子和长满了滨藜和黑黑的杂草的院子。

八

在离杜尔诺尔镇不远的地方，维奥申乡的哥萨克团第一次参加了拦击后退的红军部队的战斗。

格里高力·麦列霍夫率领的一个连，快到晌午时候占领了一个杂树丛生的小村子。格里高力命令哥萨克们在一条流过村子、冲出一道浅沟的小溪旁边的柳荫里下了马。不远处，有几股泉水从黑黑的烂泥中咕咕地向外冒着。泉水冰凉，哥萨克们用制帽舀起泉水不要命地喝了一阵子，然后得意扬扬地咯咯叫着把制帽扣在汗淋淋的脑袋上。太阳升到了村庄的当头，村庄热得好像昏迷了似的。大地晒得滚烫，冒着腾腾的热气。青草和柳树叶子被毒热的阳光晒得无精打采地耷拉着，可是在溪边柳荫下却是一片阴凉，牛蒡草和潮湿的土地滋润着的另外一些茂草翠绿翠绿的；小水湾里的浮萍亮闪闪的，就像心爱的姑娘的笑靥；一处大水湾过去，有几只鸭子在泅水和拍打翅膀。马匹打着响鼻，吧唧吧唧地踩着烂泥，扯着人手里的缰绳，拼命往水里跑，一直跑到小溪中心里，把溪水搅得浑浑的，又用嘴去寻找清凉的水流。热风从垂着的马嘴上吹下一大滴一大滴晶莹的水珠儿。马踩得乱糟糟的淤泥和绿肥苔发出一股硫黄气味，那溪水泡烂的柳树根也发出一股又苦又甜的气味……

哥萨克们刚刚说着话和抽着烟，在牛蒡草丛里躺下来，侦察班就回来了。大家一听到侦察班报告说有红军，一齐从地上跳了起来。紧了紧马肚带，又朝溪边走去，把水壶灌满了，又喝了一阵子，看样子每个人心里都在想："这样清清亮亮、像小孩子眼泪一样的泉水，也许还能喝到，也许喝不到啦……"

哥萨克们顺着大路跨过小溪，停了下来。

村外一俄里远处，长满野艾的灰色沙土岗上出现了红军的侦察班。八名红军骑兵正小心翼翼地朝村子方向走来。

"咱们逮他们去！行吗？"米佳·柯尔叔诺夫向格里高力建议说。

他带着半个排绕路出了村子，但是红军侦察班一发现哥萨克，就掉转马头往回走了。

过了一个钟头，同团的另外两个骑兵连一来到，就一齐出发了。侦察兵报告说，红军大约有一千条枪，正迎着他们开来。维奥申团这三个连和在右方前进的第三十三叶兰乡、布堪诺夫乡联合团失去了联系，但是这三个连还是决心迎战。翻过岗头，就都下了马。看守马匹的哥萨克把马都牵到了面向村子的一片宽敞的洼地里。右边不知什么地方，双方的侦察队发生了接触。一挺手提机枪气势汹汹地响着。

不久就出现了红军的稀疏的散兵线。格里高力命令自己的连队在洼地上边散了开来。哥萨克们在长满了像马鬃一样的小树棵子的斜坡顶端卧倒下来。格里高力在一棵矮矮的野苹果树下，用望远镜观察着远处的敌军散兵线。他清清楚楚地看到，在前面前进的是两排散兵线，两排散兵线后面，是黑压压的大队人马拉开阵势，在已经割倒，然而尚未运走的小麦堆中间前进着。

令他和哥萨克们很吃惊的是，在第一排前面骑着一匹高高的白马前进的那个人，看样子是一位指挥官。第二排前面也有两个指挥官各自走着。第三排也由一位指挥官率领着，他的旁边是一面猎猎飘舞的军旗。军旗鲜红鲜红的，在灰黄色的麦茬地衬托下，就像一个小小的血点子。

“人家的委员都打头阵哩！”一个哥萨克叫道。

“呵！真有种！”米佳·柯尔叔诺夫赞赏地哈哈大笑起来。

“伙计们，瞧！红军他们势头不小哇！”

差不多全连的人都欠起身来，互相呼喊着。一个个都把手掌搭到眼睛上遮住太阳。说话声听不到了，于是面临死亡时的肃穆与寂静就像一片云彩影子一样，及时地、悄悄地来到草原和洼地上。

格里高力朝后面看了看。一丛灰灰的柳树后面，村子的一旁，扬起一股尘土；第二连飞跑着朝敌军的侧翼冲去。一道山沟暂时掩护着第二连的行动，但是第二连跑了有四俄里，就散了开来，朝岗头上爬去，于是格里高力在心里判断着距离和第二连能够冲到敌军侧翼的时间。

“卧倒——倒！”格里高力急忙转过身去，把望远镜放进皮套子，命令道。

他走到自己的队伍跟前。哥萨克们那落满灰尘、晒得黑油油、红通通的脸一齐朝他转了过来。大家面面相觑，卧倒下去。喊过“预备”的口令以后，枪栓咔嚓咔嚓地响了一阵子。格里高力在上面只能看见一双双叉开的腿、一顶顶制帽的帽顶和一个个穿着沾满尘土的军便服的脊背，还看得清那汗湿透了的脊梁沟和肩胛骨。哥萨克们爬来爬去，寻找可以隐蔽的地方，选择更妥当的地方。有的人在用马刀挖掘干硬的土地。

这时候，一阵微风从红军那边吹来，送来隐隐约约的歌声……

红军的散兵线前进着，曲曲弯弯，有前有后，晃晃悠悠。隐隐约约、在炎热而辽阔的大地上显得很孤单的歌声就从那边传了过来。

格里高力觉得，自己的心一震，然后就猛烈地、时断时续地跳了起来……他以前也听到过这种沉痛的歌声，他在格鲁博克就看见赤卫队的水兵像祷告一样摘下无檐帽，慷慨激昂地闪动着眼睛，唱起一支歌，唱的就是这支歌。格里高力心中突然涌起一种模模糊糊的、很像是恐怖的慌乱不安心情。

“他们喊叫什么呀?”一个年老的哥萨克慌慌张张地转悠着脑袋，问道。

“好像是在念经。”另外一个躺在右边的哥萨克回答说。

“哪儿是他妈的念经，”安得列·卡叔林笑道，他很不客气地望着站在他旁边的格里高力，问道，“潘捷莱耶维奇，你在他们那边干过，你想必知道他们这会儿唱这种歌儿干什么吧?你恐怕也跟他们一起唱过吧?”

“……夺取土地!”[1]——因为距离太远还是有些含混不清的这一句忽然像欢呼一样高了起来，接着又是一片寂静笼罩住原野。哥萨克们冷笑起来。阵地中心有人放声哈哈大笑。米佳·柯尔叔诺夫沉不住气了：

“喂，你们听见吗?!他们想夺取土地哩!……”他又破口大骂了一阵子，“格里高力·潘捷莱耶维奇!让我把那个骑马的家伙打下马来!让我放一枪吧?”

不等同意，他就开了一枪。这一枪惊动了那个

①这是俄译《国际歌》中的一句。

骑马人。他下了马，把马交给别人，挥舞着出鞘的马刀，带领队伍朝前冲来。

哥萨克们开枪了。红军卧倒了。格里高力命令机枪手开火。机枪打过两梭子以后，第一排的红军站起来，往前跑了一截路。跑了有十来丈，又卧倒了。格里高力看见，红军用铁锹挖起掩体。一团团的灰尘在他们头上升起，阵地前面出现了许多小小的土堆，就像是土拨鼠打洞掏出来的。那边也响起长长的齐射声。双方交火了。大有变成持久战之势。一个钟头之后，哥萨克一方受到了损失：第一排有一个哥萨克被打死，三个受伤的被送到洼地里看守马匹的人那里。第二连在红军的侧翼出现，发起了冲锋。冲锋被机枪火力打退。可以看见，哥萨克们十分狼狈地往后逃窜，时而挤成一团一团的，时而像扇子一样散了开去。第二连退回来以后，整了整队形，不再呐喊，一声不响地又往前冲。又是一阵猛烈的机枪扫射，就像疾风扫落叶一样，把第二连赶了回来。

但是一次又一次的冲锋动摇了红军的坚定性，前面几排乱了，往后退去。

格里高力一面射击，一面命令连队起立。哥萨克们朝前冲去，不再卧倒。起初他们感觉到的那种犹豫和重重的顾虑现在好像消失了。迅速开上阵地的一支炮兵连更加鼓舞了他们的斗志。炮兵第一排准备就绪，开火了。格里高力派人去传达他的命令，叫看守马匹的人把刀带过来。他准备发起冲锋。就在战斗开始他观察红军的那棵野苹果树旁边，第三门炮也从炮车上卸了下来。一个穿着窄腿马裤的高个子军官，一面朝大炮跟前跑，用鞭子抽打着靴筒，一面粗声粗气、恶狠狠地骂着那些动作迟缓的炮手们。

“快点！嗯?！你们他妈的都该打！……”

一位观测员和一位校官，在离炮兵连半俄里的地方下了马，站在坟头上用望远镜观察退却的红军队伍。电话兵在跑着拉电线，连接炮兵连和观测点。炮兵连连长是一位上了年纪的大尉，他用粗大的手指急急忙忙地旋转着望远镜的镜头，有一个手指头上的结婚戒指闪着金光。他无所事事地在第一门大炮旁边转悠着，有时候歪一歪脑袋，躲避嗖嗖飞过的子弹，他每歪一下脑袋，挂在腰侧的旧军用袋都要晃悠几下。

咔啦啦一声响过之后，格里高力观察了一下发射出去的炮弹落下的地方，又回头看了看：炮手们俯着身子，正呼哧呼哧地在移动大炮。第一颗榴霰弹在没有运走的小麦堆上炸了开来，白色的硝烟像棉花团一样，被风吹得飘飘荡荡，在蓝天的背景上飘荡了很久才散去。

四门大炮轮流朝割倒的小麦堆那边发射着炮弹，但是出乎格里高力意料的是，炮火并没有在红军队伍里造成明显的混乱——他们不慌不忙、很有秩序地往后退着，而且已经渐渐走出视线以外，正翻越一处隘口，朝山沟里走去。格里高力明知冲锋毫无意义，但他还是决定和炮兵连长商量商量。他一摇一摆地走过来，用左手摸着被太阳晒得发烫的、红红的、拳曲的胡子尖儿，很亲热地笑了笑，说：

“我想发动一次冲锋。”

“还冲什么锋呀！”大尉执拗地摇了摇头，用手背擦了擦从帽子底下流出来的汗水，“您看，狗崽子们是怎样退的？他们不会输的！而且说起来也是笑话——他们这些队伍里的军官全是正规军的军官。

我的老同事谢洛夫中校就在他们这里面……”

“您怎么知道的?”格里高力很惊异地眯起眼睛,问道。

“有人跑过来……停止射击!”大尉发过命令,似乎是要解释一下,“打炮也没有用,炮弹又太少……您是麦列霍夫吧?咱们认识认识:我是波尔塔福采夫。”他把一只汗津津的大手一杵,塞到格里高力的手里,匆匆握了握,就很麻利地把手伸进敞着口的图囊里,掏出纸烟,“请抽烟!”

炮队轰轰隆隆地从洼地里爬了上来。大炮都挂到了前车上。格里高力命令连队上马,就带着自己的连队去追已经翻过岗头的红军。

红军占领了前面的一个村庄,但是又毫不抵抗地退了出去。维奥申乡的三个连和一个炮兵连就在这个村子里驻扎下来。老百姓都吓得不敢出门。哥萨克们挨门挨户地串,寻找可吃的东西。格里高力在村外一户人家门前下了马,走进院子,把马拴在台阶旁边。房东是一个上了年纪的、瘦长的哥萨克,正躺在床上,哼哼着,像鸟头一样的小头在肮脏的枕头上不住地滚动着。

“怎么，你病了吗？”格里高力向他打了个招呼，笑着问道。

“病啦——啦……”

房东是装病，而且他从格里高力那滴溜溜乱转悠的眼神上猜出来，格里高力是不相信他的话的。

“给弟兄们弄点饭吃，好吗？”格里高力正色问道。

“你们几个人？”房东老婆从灶边走过来，问道。

“五个人。”

“那好吧，请这边来，尽家里有的给你们吃点儿吧。”

格里高力和几个哥萨克一同吃过饭，走了出来。

仍处于充分战备状态的炮兵连停在水井旁边。没有卸套的马摇晃着草米袋，正在吃大麦。驭手和炮手们在大炮旁边坐着或躺着，在炮弹箱的凉阴里躲避太阳。一个炮手交叉着两腿，趴在地上睡着了，在睡梦中还不住地抽动肩膀。看样子，他原来是躺在凉阴里的，可是太阳移动了阴影，所以这会儿太阳晒到了他那落了一层草屑的、完全露在外面的鬈发上。

马身上，宽宽的皮马套旁边，鬃毛湿漉漉、亮闪闪的，冒着黄黄的汗沫。军官和炮手们骑的马都拴在篱笆上，无精打采地蜷着腿站着。哥萨克们都满身灰土，汗流浃背，都一声不响地在休息。几个军官和炮兵连连长背靠着井栏杆，在抽烟。在离他们不远处，有几个哥萨克挓挲开两腿，像六角星一样趴在晒干的滨藜上。他们一个劲儿地舀罐子里的酸牛奶喝，偶尔地有人往外吐一吐喝进嘴里的大麦粒儿。

太阳火辣辣地照射着。村子里的几条街道向山冈伸去，街道上几乎没有人影。谷仓旁边，敞棚底下，篱笆脚下，牛蒡草的黄黄的阴影里，到处都有哥萨克在睡觉。没有卸鞍的战马密密层层地站在篱笆旁边，热得难受，也困得难受。一个哥萨克懒洋洋地把鞭子举得和马背一般高，骑着马走了过去。于是街道又像是被人遗忘的草原路，那漆成绿色的大炮，那跑累了、晒乏了、已沉沉入睡的人们，好像都是偶然出现、毫不相干的东西。

格里高力闲得无聊，正要朝住的房子里走去，但是街上出现了别的连的三个骑马的哥萨克。他们押着一小伙被俘的红军。炮兵们都忙活起来，站起身来，拍打着军便服和裤子上的尘土。军官们也站了起来。附近院子里有人高高兴兴地喊道：

“伙计们，押俘虏来啦！……不信吗？快来看看吧！”

睡眼惺忪的哥萨克们急急忙忙从各家院子里跑了出来。俘虏来到跟前——这是八个浑身冒着汗臭气、满脸灰尘的年轻小伙子。大家把他们密密层层地包围了起来。

“在哪儿捉住他们的？”炮兵连连长带着冷峻而好奇的神情打量着俘虏们，问道。

一个押解的哥萨克带着逞能的意味回答说：

“简直是脓包！我们是在村边葵花地里捉住他们的。他们躲在那儿，就像小鸡躲老鹰一样。我们看见他们，放马就追！打死了一个……”

八个红军士兵吓得挤成了一堆。显然，他们是害怕随意摧残。他们的目光失神地在哥萨克们的脸上扫着。只有一个红军士兵，看样子年纪大一些，脸晒成了棕色，颧骨高高的，穿着油乎乎的军便服，打着破烂的裹腿，微微斜着两只黑眼睛从人们头上鄙夷地望着远方，并且紧紧闭着被打出了血的嘴唇。他矮墩墩的，肩膀宽宽的。在他那硬得像马鬃一样的黑黑的鬈发上，扣着一顶军帽，就像一张绿色的饼子，军帽上还留着帽徽的印子，大概，这帽子在对德战争的时候就戴着了。他稍息站着，用黑黑的、指甲上沾着干血的粗手指头摸着敞开的衬衣领口和尖尖的、生满黑毛的喉结。看样子他好像满不在乎，但是他那条稍息站着、因为打了破裹腿直到膝部都粗得很难看的腿，却像打寒战一样轻轻哆嗦着。其余的几个都脸色灰白，面无人色，只有这个人的肩膀那雄壮的姿态和他的鞑靼型的虎虎有生气的脸格外引人注意。也许就因为这样，炮兵连连长朝着他问道：

“你是什么人？”

这个红军士兵的小小的、黑得像煤炭一样的眼睛活动起来，而且他的全身不知不觉地、然而很敏捷地收敛起来。

“我是红军。是俄罗斯人。”

“你是什么地方人？”

“是奔萨人。”

“坏蛋，你是自愿干的吗？”

“才不是呢。我是旧军队的上士。从一九一七年当了红军，一直到现在……”

一个押解的哥萨克插嘴说：

“就是他朝我们开枪的，该杀的！”

“你开枪了吗？”大尉很不满意地皱起眉头，他碰到站在对面的格里高力的眼神，就用眼睛瞟着俘虏，说，“坏蛋！……开枪了吗，嗯？你怎么，没有想到会被捉住吧？现在如果为这事儿把你枪毙，你有什么说的？”

“我是想自卫呀。”那打破的嘴唇撇了撇，露出遗憾的笑容。

“坏家伙！你为什么没有自卫到底呢？”

“子弹打光啦。”

“是——这——样……”大尉的眼神一下子凉了下来，但他带着掩饰不住的满意神情打量了一遍这个士兵，“那你们呢，狗崽子们，是哪儿的？”他已经用快活的眼睛瞟着其余的红军士兵，换了一种腔调问道。

“我们是被抓来当兵的，大人！我们有的是萨拉托夫人……有的是巴拉绍夫人……”一个长脖子、高个子小伙子不住地眨巴着眼睛，挠着红红的头发，很伤心地说。

格里高力异常好奇地打量着这些身穿绿军装的年轻小伙子，打量着他们那一张张朴实的庄稼汉的脸和那不起眼的步兵装束。只有那个高颧骨的士兵激起他的仇恨。他用讥笑和痛恨的口吻对那个红军士兵说：

“你为什么招认呢？你大概在他们那儿领着一个连吧？是连长吧？是共产党员吧？你不是说，你把子弹打光了吗？我们要是为这事把你砍了，又怎样呢？”

那个红军士兵翕动着被枪托子打扁了的鼻子眼儿，更大胆地说：

“我招认也不是为了逞强，我有什么好瞒的呢？既然开了枪，就要承认……我说的对吗？要杀……就杀吧。我不指望……”他又笑了笑，“不指望你们宽待，因为你们是哥萨克嘛。”

周围的人都赞赏地笑起来。格里高力听了这番理直气壮的话，无言对答，就走开了。他看见，俘虏们朝井边走去，要去喝水。有一连哥萨克步兵成排纵队从胡同里开出来。

九

等到他们这个团进入连续作战的地带，等到双方不再是隐约可见，而是摆开阵势作战的时候，格里高力已经是常常与敌军接触，常常离他们很近了，他依然总是对红军，对不知为什么他要和他们打仗的这些俄罗斯士兵，怀着一种十分强烈的、永无满足的好奇心。他似乎还一直保留着在四年大战开始的日子里，站在列士纽甫城外一座小冈上第一次观看奥匈部队和辎重队来回奔忙时产生的那种天真无邪的心情。“这些人是干什么的？他们是一些什么人？”他的生活史上似乎不曾有过在格鲁博克同柴尔涅曹夫的部队打仗那一段。但是那时候他倒是十分清楚敌人的面貌的：他们大多数是顿河的军官，是哥萨克。可是现在他是在和俄罗斯士兵打仗，他们是另外一些人，他们是全力支持苏维埃政权的，而且，他认为，他们还想抢夺哥萨克的土地和好处。

有一次他在战斗中几乎面对面地撞上从山沟的岔沟里冲上来的红军。他带着一个排出来侦察，顺着山沟的沟沿来到岔沟口上，这时候忽然听到喉音很重的俄罗斯口音和杂沓的脚步声。有几个红军士兵——其中有一个是中国人——跳到沟沿上，看见哥萨克，大吃一惊，惊愕得愣了一会儿。

“哥萨克！”其中一个人惊叫了一声，跌了一跤。

那个中国人开了一枪。那个跌倒的灰白头发的士兵也连忙上气不接下气地尖声叫道：

“同志们！‘马克辛’快开火！哥萨克来啦！”

“快开火呀！哥萨克来啦！……”

米佳·柯尔叔诺夫用手枪把那个中国人打倒，就猛地掉转马头，撞开格里高力的马，带头顺着咚咚响的陡立的沟沿跑去，他紧紧握着缰绳，控制着惊慌的马顺着弯弯曲曲的山路奔跑。其余的哥萨克也都跟着他曲曲折折、争先恐后地奔跑起来。机枪在他们背后嗒嗒地响了起来，子弹打得山坡上和山脚下密密丛丛的乌荆子和野山楂的叶子纷纷往下落，打得沟沿上窟窿累累，碎石乱飞……

* * *

还有几次和红军面对面遭遇，他眼看着哥萨克的子弹打得红军脚下的泥土四处乱飞，眼看着红军牺牲在这肥沃的、与他们无关的土地上。

……格里高力渐渐痛恨起布尔什维克来。布尔什维克跟他作对，使他背井离乡！他看出：其余的哥萨克也怀着这样的心情。他们都觉得，这次战争全怪布尔什维克，怪只怪他们侵犯顿河地区。望着那没有运走的小麦堆，望着那没有收割、被马踩倒在地的小麦，望着那空空的场院，每个人都要想起自己家里的土地，想到家里娘儿们在哼哧哼哧地干着力不胜任的活儿，心就硬起来，就狠毒起来。格里高力在战场上有时候觉得，他的敌人——唐波夫省的、梁赞省的、萨拉托夫省的庄稼汉——冲锋陷阵，也是为了保护自己的土地："我们是为土地打仗，就像为一个姑娘打架一样。"格里高力这样想。

生俘的渐渐少了，杀害俘虏的事渐渐多起来。前线上到处发生抢劫：抢劫有同情布尔什维克嫌疑的人，抢劫红军的家属，剥俘虏的衣服……

什么都抢，从马匹和大车，直到毫无用处的笨重东西，无所不抢。哥萨克们在抢，军官们也在抢。二类辎重车上堆满了抢来的东西。在一辆辆的大车上，什么样的东西都有！有衣服，有火壶，有缝纫机，有马套——凡是能值点儿钱的东西都要。抢来的东西一车一车地运回家去。家里人纷纷赶着大车前来，高高兴兴地给部队送来弹药和给养，又高高兴兴地装上抢来的东西运回家去。一些骑兵团——他们占大多数——干得特别放肆。步兵除了一只军用包，没有地方可以装东西，骑兵就可以把鞍袋塞得满满的，可以捆在鞍后皮带上，他们的马不再像战马，倒是更像驮子了。弟兄们都肆无忌惮地干起来。抢劫在战争中向来对哥萨克是一种最重要的推动力量。格里高力明白这一点，因为他听老年人讲过以前战争中的情形，他也亲身经历过。还是在对德战争的时候，他们的团进入普鲁士的后方，他们的旅长——一位战功赫赫的将军——站在十二连队前面，用鞭子指着山脚下一座很小的城市，说：

“你们攻下这座城，可以在城里自由行动两个钟头。但是两个钟头以后，再发现有谁抢劫，就枪毙!”

但是不知为什么格里高力干不惯这种事。他——只拿点儿吃的东西和马料，心里隐隐地害怕动别人的东西，很憎恶抢劫的行为。他看到自己的哥萨克抢劫，特别反感。他对自己的连管得很严。如果说他的哥萨克也抢过的话，那也是背着他，而且次数很少。他从没有下过命令枪杀俘虏和剥俘虏的衣服。他这种过分的温厚，引起哥萨克和团首长的不满。还把他叫到师部去问原因。一位上司十分粗暴地高声训斥他说：

“少尉，你想把这个连给我搞垮吗？你怎么随意自作主张？你是想留后手吧？你是跟从前一样，脚踩两只船吧？……这怎么能叫人不骂你呢？……好啦，没什么好说的！不懂得军纪吗？怎么，撤换你？我们就撤换你！我命令你今天就把连队交出来！就这样，老弟……别嘟哝啦!”

月底，维奥申团和并排前进的第三十三叶兰乡团的一个连共同占领了响谷村。

下面的谷地里密密丛丛地长满了柳树、白蜡树和白杨树，斜坡上散布着三十来座白墙的房子，一座座房子都围着天然石垒成的低低的院墙。村子上头的小丘上，竖立着一架旧风车，四面八方的风都可以用上。停得死死的风车翅膀，在从山后涌来的一片白云的映衬下，显得黑黑的，就像斜斜的十字架。这一天细雨蒙蒙，天色晦暗。树叶沙沙地往地上落，风吹落叶在山沟里哗啦哗啦地旋转着，就像是黄色的大风雪。枝叶繁茂的红柳泛着血红色。场院上堆满了一堆堆闪闪有光的干草。轻柔的、深秋的雾气罩住了散发着淡淡泥土气息的土地。

格里高力带着自己的一个排住在分配给他们的一座房子里。房东跟着红军走了。年老而高大的女房东和未成年的女儿对这一排人十分殷勤。格里高力从厨房走到上房，四处打量了一遍。看样子，这一家日子过得挺富裕：地板是油漆过的，椅子是弯背的，有大镜子，墙上挂着几张军人的日常生活照片，黑色镜框里还嵌着一张学生奖状。格里高力把湿漉漉的雨衣挂在壁炉上，抽起烟来。

普罗霍尔·泽柯夫走了进来，他把步枪靠在床上，很平淡地报告说：

“送军火的大车来啦。格里高力·潘捷莱耶维奇，你爹跟着大车来啦。”

“噢?! 别胡扯啦!”

“是真话。除了他以外，好像还有咱们村的六辆大车。快去看看吧!”

格里高力披上军大衣，走了出去。

潘捷莱·普罗柯菲耶维奇正抓住马笼头把马往大门里面牵。妲丽亚裹着一件土制的毡斗篷，坐在大车上。她握着缰绳。她那笑盈盈的眼睛带着温柔的微笑，在湿漉漉的斗篷风帽下面望着格里高力。

“乡亲们，哪一阵风把你们吹来啦?”格里高力喊着，对父亲笑着。

“哦，孩子，你还好好的哩!我们看你来啦，我们也不问一声就把车赶进来啦。”

格里高力跑上去搂住父亲的宽宽的肩膀，就动手卸马。

“格里高力，你没想到我们会来吧?”

“实在没想到。”

“我们这是运输队……碰巧遇上你。我们是给你们送弹药的，你们只管打吧。”

他们一面卸马，一面东一句西一句地说着话儿。

妲丽亚把吃的东西和马料从车上拿下来。

“你怎么来啦？”格里高力问道。

“我跟着爹来的。他有病，打从救主节就觉得不舒服。妈很担心，怕他一个人在生地方出什么事儿……”

潘捷莱·普罗柯菲耶维奇扔给马一大抱绿油油、香喷喷的冰草，就走到格里高力跟前，很不安地睁大了两只黑黑的、眼白充血又带有病态的眼睛，用沙哑的喉咙小声问道：

“喂，怎么样？”

“不坏。正打着呢。”

“我听到谣传，说哥萨克们好像都不愿意打出边界……是真的吗？”

“都是随便说说嘛……”格里高力模棱两可地回答说。

“伙计们，你们这是怎么一回事儿？”老头子好像有点儿疏远、有点儿慌张地说，“怎么能这样呢？我们这些老头子就指望你们呢……除了你们，谁还能保咱们的父母河顿河呢？要是你们不愿意打仗，天呀……那可怎么办呢？你们的辎重兵在瞎说……

在散布谣言呢，狗崽子！”

他们走进房里。哥萨克们都拥了进来。谈话先是围绕着村子里的新闻。妲丽亚和女房东咬了咬耳朵，就解开装吃食儿的袋子，去做晚饭。

“听说，你的连长职务撤掉啦？”潘捷莱·普罗柯菲耶维奇用一把骨头小梳子梳着耷拉下来的小胡子，问道。

“我现在是当排长。”

潘捷莱·普罗柯菲耶维奇听了格里高力这淡淡的回答，心里很不舒服。老头子皱起眉头，一瘸一拐地走到桌子跟前，匆匆忙忙地祷告了一下，就用衣襟擦着勺子，很懊恼地问道：

“为什么这样不受重用？是不是没有讨好上级？”

格里高力不愿意当着哥萨克们的面谈这件事，只是很不痛快地耸肩膀，说：

“派来一个新连长……是一个有文化的。”

“孩子，你就好好干干，让他们瞧瞧吧！他们很快就会改变看法的！哼，他们看中文化人啦！你可以说，我在俄德战争中学到了很多，也许比戴眼镜的家伙懂得的还多些呢！”

老头子愤愤不平地在生气，可是格里高力皱着眉头，斜眼瞅着：哥萨克们是不是笑了?

他并没有因为降职感到难受。他高高兴兴地把连队交出去，觉得再也不用对同村人的生命负什么责任了。然而他的自尊心还是受到了伤害，父亲提起这件事，不由得引起他的不痛快。

女房东到厨房里去了，潘捷莱·普罗柯菲耶维奇觉得刚进来的同村人包加推廖夫脸上有支持他的表情，就开口说：

“就是说，你们真的过了边界就不愿意再往前打了吗?”

普罗霍尔·泽柯夫不住地眨巴着和善的牛眼睛，微微笑着，一声也不响。米佳·柯尔叔诺夫蹲在炉子旁边，抽着烟头儿，已经烧着手指头了。还有三个哥萨克在长板凳上坐着或躺着。不知为什么谁也不回答这个问题。包加推廖夫很伤心地把手一甩。

“这种事他们并不多么关心，”他用浑厚的嗓门儿瓮声瓮气地说，“哪怕天塌下来，他们也不管……”

“为什么要再往前打呢?”面带病容、性情和善的哥萨克伊里银懒洋洋地问道，“为什么往外打呢？我老婆死后，留下几个没娘的孩子，我犯不着再去送命……”

“我们把他们从哥萨克的地面上打出去，就回家！”另一个哥萨克很果断地支持他说。

米佳·柯尔叔诺夫单是一双绿眼睛笑着，捻起细细的、毛茸茸的胡子。

“要是依着我，至少再打上五年。我喜欢打仗！”

“出——发！……上马！……”院子里有人叫起来。

“瞧瞧吧！”伊里银灰心丧气地叹道，“瞧吧，爷们儿！我们身上的汗还没有晾干，可是那儿已经在叫‘出发’啦！就是说，又要上阵打仗啦。可是您还说：打出边界！什么打出边界？就是该回家！应该讲和，可是您要说……”

谁知原来是一场虚惊。格里高力气嘟嘟地把马牵进院子，无缘无故用靴子朝马的腿窝里踢了一脚，凶狠地瞪圆了眼睛，叫道：

“你妈的！给我一直走！”

潘捷莱·普罗柯菲耶维奇正在屋门口抽烟。他让哥萨克们进了屋，问道：

“有什么情况？”

“虚惊！……把牛群当成红军啦。”

格里高力脱掉军大衣，在桌边坐了下来。其余的人也都嘟嘟哝哝地脱掉大衣，把马刀和步枪以及子弹袋扔到大板凳上。

等大家都睡下以后，潘捷莱·普罗柯菲耶维奇把格里高力叫到院子里。他们在台阶上坐下来。

“我想和你谈谈。”老头子拍了拍格里高力的膝盖，小声说起来，“一个星期以前，我上彼特罗那儿去过。他们二十八团这会儿在卡拉奇那边……孩子，我到那儿去了一趟，很不坏。彼特罗他很能干，创家立业真是一把好手！他给了我一大包衣服、一匹马、不少糖……马是一匹很好的马……”

“等一等！”格里高力猜到他的来意，十分恼火，冷冷地打断他的话头，“你上这儿来，也是为了这个吧？”

“这有什么？”

“怎么没什么？”

“大家都在拿嘛，格里沙……”

“大家！都在拿！”格里高力找不到适当的话，就发了疯似的重复父亲的话，“家里缺吃少穿吗？你们真下流！因为干这号事儿，在俄德战争中枪毙过不少人！……”

“你别嚷嚷嘛！”父亲冷冷地拦住他的话头，“我不是来向你告乞的。我什么都用不着。我今天活着，也许明天就把腿一伸……你要为自己想想。真没想到，出了你这么一个大财主！家里只剩下一辆大车啦，可是你呀……那些投了红军的人的家里的东西就不能拿一点吗？……拿他们的东西没有错儿！拿回家去连一根树条子都有用处。”

“你别跟我说这些啦！要不然我马上把你撵走！为这号事儿我打过哥萨克的嘴巴，可是我爹现在来叫我去抢人家！”格里高力哆哆嗦嗦，气喘吁吁地说。

“难怪把你的连长撤掉！”父亲很尖刻地挖苦他说。

“我才他妈的不稀罕呢！就连排长我还想辞掉呢！……”

“真了不起！有本事，有本事……”

他们沉默了一会儿。格里高力抽着烟，他在火柴的亮光中瞥见了父亲那窘急和生气的脸。这时候他才完全明白了父亲的来意。他在心里说："老鬼，就为这，把妲丽亚也带来啦！来收赃呢！"

"司捷潘·阿司塔霍夫回来啦。你听说了吗？"潘捷莱·普罗柯菲耶维奇语气平淡地说。

"怎么一回事儿？"格里高力手里的烟卷儿都掉了下来。

"就是这么一回事儿。原来他当了俘虏，并没有死。现在回来啦，阔气极啦。带回来的衣服和值钱的东西多得不得了！用两辆大车拉回来的。"老头子夸耀中带吹嘘，就好像司捷潘是他的亲人似的，"他把阿克西妮亚接了回来，现在又去入伍啦。给他安了一个肥缺，大概是什么兵站站长，好像是在嘉桑镇上。"

"家里粮食打了不少吧？"格里高力改换了话题。

"有四百斗。"

"两个孩子怎么样？"

"啊呀，两个孩子吗，伙计，好极啦！你要给他们带点礼物回去。"

“前线上有什么礼物好带?!”格里高力很发愁地叹了一口气，心里却在想着阿克西妮亚和司捷潘。

“你有没有用不着的步枪？有多余的吗?”

“你要枪干什么?”

“家里用用。防备野兽，防备坏人。以防万一嘛。我拿了一箱子子弹。我运子弹，就拿了一箱。”

“到辎重队去拿吧。这玩意儿有的是。”格里高力阴沉地笑了笑，“好啦，你去睡吧。我要查岗去啦。”

第二天早晨，这个团的一部分人马从村子里出发了。格里高力出发时深信不疑，父亲听了他的话一定感到羞愧，就要空手回去了。可是潘捷莱·普罗柯菲耶维奇把哥萨克们送走以后，就像个当家人一样，走进仓房里，把马颈圈和皮马套从架子上摘下来，放到自己的大车上。女房东在后面跟着他，满脸流着眼泪，抓住他的肩膀，叫道：

“老爷子！好人呀！你不怕罪过吗？为什么你欺负孤儿寡妇呀？把马套还给我们吧！还给我们吧，看在上帝面上!”

“得啦，得啦，别喊叫上帝啦。”麦列霍夫老头子一瘸一拐地躲着这个娘儿们，一面强词夺理地辩白着，“你们的男人恐怕也抢过我们的东西。你男人大概是个委员吧？既然‘你的，我的，——都是老天爷的’，那你就别嚷嚷，别舍不得啦！”

后来，又把衣柜的锁砸开，在辎重兵的默许下，挑选了几件好些的裤子和上衣，拿到亮处仔细看了看，用短粗的黑手指头攥了攥，就捆成一大包……

快到晌午时候他才动身。妲丽亚抿住两片薄薄的嘴唇，坐在装得满满的大车上，坐在包袱上。车后头，在许多东西上面扣着一口洗澡锅。潘捷莱·普罗柯菲耶维奇是从洗澡间的炉灶上拆下来的，刚刚拿到大车跟前，妲丽亚就不高兴地说：

“爹，您连狗屎都要带上！”

他愤怒地回答说：

“住嘴，混账！我不能把澡锅白扔给他们！你跟格里什卡这坏小子一样，都是败家货！一口锅我也用得着。就这样！……哼，快走吧！你撇什么嘴？”

他对哭肿了眼睛、在他们身后关大门的女房东亲热地说：

“再见啦，大嫂！别生气。您还可以再买新

的嘛。”

十

日子像一条链子……一环连着一环。行军，作战，休息。炎热。阴雨。马汗和晒得滚热的马鞍皮子的混合气味。因为经常处于紧张状态，血管里的血已经不像血，而是像烧热的水银了。因为睡眠不足，脑袋比三英寸口径的炮弹还要重。格里高力真希望能休息休息，美美地睡上一觉！然后就扶着犁把顺着刚刚犁起的松软的犁沟往前走，对着老牛打几声口哨，听听仙鹤那悠远而嘹亮的叫声，轻轻地拂下微风吹到脸上的银色蛛丝，尽情地闻一闻新犁起来的秋天的土地那种葡萄酒一般的气味。

然而却不是这种景象。而是庄稼地被踩成一条条的大路。大路上走着一群群被剥光了衣服、满面尘土、面如死灰的俘虏。连队经过处，道路被马蹄踩得斑斑点点，庄稼被铁掌踩得稀烂。在一个个的村子里，贪心的哥萨克们搜遍那些跟红军退走的人的家，用鞭子抽打他们的妻子和母亲……

苦闷无味的日子一天天过去。这样的日子很快就从记忆中消失，没有一件事，即使是重大的事，能留下痕迹。这次战争中过的日子，好像比上一次战争中的日子更苦闷，也许是因为，所有的滋味以前早就尝过了。而且对待这一次战争本身，所有参加上次战争的人都抱着瞧不起的态度：不论规模、兵力，不论双方的伤亡，与上次战争相比，简直如同儿戏。只有可怕的死神，依然像在普鲁士战场上那样，常常直挺挺地站在面前，使人胆战心惊，逼着人像牲口一样来保全自己的生命。

"这能算是战争吗？只不过学学样子罢咧。以前在对德战争的时候，德国人的大炮一轰，就把几个团扫得光光的。如今一个连里有两个人挂花，就说是大损失啦！"老兵们常常这样议论。

但是这种不像样子的战争也够人受的。越来越使人不满、厌倦和恼恨。连里的哥萨克越来越坚定地说：

"咱们把红军从顿河的土地上打出去，就行啦！咱们不到边界以外去。让俄罗斯过自己的日子，咱们也过咱们自己的日子。咱们用不着把自己的一套硬加给他们。”

在菲洛诺沃一带，整个秋天战事都处于停滞不前的状态。最重要的战略中心是察里津，双方都投入了自己的精锐部队。而在北方战线，双方都不投入过多的兵力。双方都在积蓄力量，准备决战。哥萨克方面的马队比较多，他们就利用这种优势，进行配合作战，包抄两翼，朝后方突进。哥萨克方面占了优势，只是因为和他们作战的是一些新征集来的红军，多数是前线一带的老百姓，是一些军心动摇不定的队伍。萨拉托夫人、唐波夫人成千成万地投降。等到红军指挥部把工人团、水兵队伍和马队调来投入战斗，局势一下子就拉平了，主动权又重新在双方手里转来转去，轮流获得一些局部性的胜利。

格里高力一面参加作战，一面冷漠地注视着战争的进程。他相信：到冬天就不会再打了；他知道，哥萨克们都盼望和平，根本不想长期打下去。团里有时候来报纸。格里高力怀着憎恨的心情拿起用黄色包装纸印成的《上顿河州报》，草草地看着前线的消息，咬得牙齿咯吱咯吱直响。等他给哥萨克们念起那些故作慷慨激昂的豪言壮语，大家都要一齐哈哈大笑：

> 九月二十七日菲洛诺沃方面的战斗双方互有胜负。二十五日夜间，英勇的维奥申团逐出了波德戈尔村的敌军，并且紧追着敌军冲进了鲁琪扬诺夫村。缴获了大量战利品，俘虏了大批敌人。红军部队狼狈逃窜。哥萨克斗志昂扬。顿河英雄们正乘胜前进！

“咱们抓了多少俘虏？大批呀？噢——呵——呵，狗崽子们！只有三十二个人嘛！可是他们……哈哈哈哈！……”米佳·柯尔叔诺夫张大了满口白牙的嘴，用老长的手掌叉住腰，笑得直打滚儿。

哥萨克们也不相信“士官生”在西伯利亚和库班的胜利消息。《上顿河州报》吹得太露骨，太离奇了。奥赫瓦特金是一个长胳膊、大个子的哥萨克，他读过评论捷克人叛乱的文章以后，当着格里高力的面说：

“现在他们镇压捷克人，以后就要把所有的兵力调来对付咱们啦，到那时候够咱们受的……一句话，俄罗斯还是够厉害的呀！”最后他用十分可怕的口气说，“这是开玩笑的吗？”

“别吓唬人啦！听这种混账话听得心烦死啦！”普罗霍尔·泽柯夫把手一甩。

可是格里高力手里卷着烟卷，心里暗暗幸灾乐祸地说：“说得对！”

这天晚上，他弯着腰，敞着晒褪了色、肩上的绿肩章也晒褪了色的军便服的领口，在桌子旁边坐了很久。他的晒得黑乎乎的脸板得紧紧的，有些浮肿。上面的坑坑洼洼和尖尖的颧骨都看不见了。他转悠着又黑又结实的脖子，若有所思地捻着晒得红红的卷胡子尖儿，用这几年变冷了的、恶狠狠的眼睛凝神望着一个地方。他苦苦思索着，从来没有这样费劲儿思索过，后来，他已经躺下要睡的时候，就好像回答大家的问题似的，说：

“没办法啦！”

他一夜都没有睡着。不时地出去看看自己的马，在漆黑漆黑、万籁无声的夜幕下，在台阶上站了很久。

* * *

看来，格里高力那小小的本命星还在亮着，还在静静地、一闪一闪地放射着光辉；看样子，这颗小星离开本位、带着陨落的冷光划过天空、寂然坠地的时刻还没有到。一个秋季格里高力的坐骑被打死了三匹，军大衣被打了五个窟窿。死神好像是在跟他开玩笑似的，只用黑翅膀扑扇了他几下。有一次，一颗子弹打穿了他的马刀的铜顶头，刀穗头就像被咬断了一样，一下子落在马腿上。

“有人在诚心诚意替你祷告呢，格里高力。”米佳·柯尔叔诺夫对他说；看到格里高力很不愉快的笑容，又觉得十分奇怪。

战线移到铁路线北面。辎重车每天都运来一捆一捆的铁蒺藜。每天都有电报连续不断地向前线传送电文：

> 协约国军队日内即将开到。在援军开到之前，务须坚守顿河地区的边境，不惜任何代价阻止红军的进攻。

抓来的民夫用铁棍凿开冻实的土地，挖掘战壕，又围上铁蒺藜。可是一到夜里，等到哥萨克们离开战壕，跑到老百姓家里去取暖，红军侦察兵就来到战壕边，推倒工事，把告哥萨克书挂在生锈的铁蒺藜上。哥萨克们都如饥似渴地看这些传单，就像看家信一样。很清楚，在这种情况下再打下去已经没有什么意义。严寒渐渐袭来，有时候暖和几天，有时候大雪纷飞。大雪封住了战壕。在战壕里待一个钟头都很不容易。哥萨克们都冻得受不了，手和脚都冻肿了。在步兵和步兵侦察队里面，有很多人没有靴子。有些人上阵打仗，就好像去打扫牲口棚，只穿着单鞋和单裤。大家都不相信协约国。有一天，安得列·卡叔林就很伤心地说："他们是骑屎壳郎的！"哥萨克们遇上红军侦察队，常常听到他们大声喊叫："哎嗨嗨！基督教徒们呀！你们攻我们，好比走烂泥地，我们攻你们好比坐爬犁！你们脚底下抹点儿油吧，我们不久就要上你们那儿串门去啦！"

从十一月中旬起，红军开始反攻。他们顽强地压迫着哥萨克部队向铁路线节节后退，但是战略上的转折出现得还要迟些。十二月十六日，红军的骑兵经过长时间的战斗，打垮了第三十三团，但是在柯洛杰姜村边维奥申团的阵地上，却遇到了顽强的抵抗。维奥申团的机枪手，躲在新雪盖住的场院篱笆后面，用猛烈的火力迎击进攻的红军步兵。右翼一挺机枪掌握在卡耳根乡的哥萨克安琪波夫的老练的手里，他打得又准又狠，打得进攻的步兵死伤累累。一个连阵地上冒着连片的硝烟，左翼两个连已经出动去迂回包抄。

将近黄昏时候，刚刚开上前线的水兵队伍，替换了进展缓慢的红军步兵。水兵们不卧倒，也不喊叫，迎着机枪冲上来。

格里高力不停地打着枪。枪栓已经冒烟了。枪筒子热得烫手。格里高力让步枪凉一凉，又压上一梭子子弹，眯缝起眼睛瞄准了远处黑黑的人影。

水兵们把他们打垮了。哥萨克们骑上马，穿过村庄，飞跑到冈头上。格里高力回头看了看，不觉扔掉缰绳。从冈头上远远望去，看到的是白雪茫茫的原野，还有一片片白雪覆盖的荒草，再就是贴在山沟斜坡上的淡紫色暮霭。原野上，在一俄里的范围内，零零落落地躺着不少被机枪子弹打死的水兵尸体。他们穿着呢制服和皮上衣，在雪地上显得黑漆漆的，就像一大群远飞中落下来的乌鸦……

黄昏时候被进攻冲散的几个连，又和叶兰乡团以及在他们右翼活动的大熊河口州一个有番号的团失去了联系，于是就在布祖卢克河的一条小支流旁边的两个村子里宿营了。

天已经黑下来，格里高力根据连长命令派好岗哨回来，在小胡同里碰上了团长和团部的一位副官。

“第三连在哪儿?”团长勒住马，问道。

格里高力回答过后，他们两个就催马向前走去。

“连里损失很大吗?”副官已经走出一截路之后问道；他没有听清格里高力的回答，又问了一遍，“怎么样?”

但是格里高力走了，没有再回答。

整夜都有辎重队从村子里经过。一支炮兵连在格里高力和他的哥萨克们宿营的人家门前停了很久。骂娘的声音、驭手们的喊叫声、嘈杂声从独扇小窗户里传了进来。有几个炮手和几个不知为什么来到这个村子里的团部传令兵走进屋子来取暖。到半夜里，又闯进来三个炮手，把房东一家人和哥萨克们都吵醒了。他们有一门炮陷在不远处的小河里了，所以决定在这里过夜，明天早晨再用牛把炮拖出来。格里高力也醒了，看了半天，看着炮兵们哼哧哼哧地刮掉冻在靴子上的泥巴，把脚脱光，把湿漉漉的包脚布搭在地炉的烟道上。后来又走进来一个满身泥浆的炮兵军官。他请求在这儿住一宿，就脱掉军大衣，带着毫不在乎的表情，用袖子擦拭溅在脸上的泥浆。

“我们损失了一门炮，”他用柔顺得像疲倦的马眼似的眼睛望着格里高力说，“今天这一仗就像在后娘村那一次一样。才打了两炮，他们就发现了我们的炮位……一炮打来，一下子就打坏了炮轴！这门炮本来是在场院上的，伪装得没办法再好啦！……”他每说一句，都要习惯地、也许是不自觉地插进一句骂人的粗话。“您是维奥申团的吧？您要喝茶吗？大嫂，给我们拿个火壶来，好吗？”

他说起话来没完没了，唠叨得令人生厌，不住气地喝着茶。半个钟头以后，格里高力已经知道，他是普拉托夫乡人，实业学校毕业，参加过俄德战争，结过两次婚，两次都不如意。

“现在顿河军队完啦！”他用尖尖的红舌头舔着刮得光光的嘴唇上的汗珠子说，“战争快到头啦。战线明天就要崩溃，再过两个星期，咱们就要退到诺沃契尔卡斯克。想叫哥萨克光着脚丫子去进攻俄罗斯呢！不是痴心妄想吗？那些正规军军官们全是坏家伙，实在话！您也是哥萨克吧？是吗？他们就是想用你们的手去火中取栗。自己躲在后方坐享其成！”

他一个劲儿地眨巴着一双没有光泽的眼睛，整个高大而健壮的身子靠在桌子上，不住地晃动着，他那拉得很长的大嘴的嘴角阴沉无神地耷拉下来，脸上依然完整地保留着先前那种像折腾够了的驯服的马的表情。

“以前，比如拿破仑那时候，打仗像个打仗的样子！两军相遇，刀对刀枪对枪杀上一阵，就各自散开。既不用设阵地，又不用蹲战壕。可是你看看现在打的仗，鬼都弄不清是怎么一回事儿。如果以前写史的人喜欢添油加醋，那么写这次战争非瞎编不可啦！……这种战争一点不热闹！一点味道也没有。叫人心烦！一句话——没有意思。我要是能办到的话，就把两边的头头儿弄到一块来，对他们说：‘列宁先生，这位是司务长，您向他学学使刀用枪。克拉斯诺夫先生，您自然是会的。’就让他们俩像大卫和歌利亚[1]那样打一场：谁胜谁为王。老百姓反正是过日子，谁为王都一样。少尉先生，您以为怎样？”

格里高力没有回答，只是睡意蒙眬地注视着他那肉嘟嘟的肩膀和手的迟钝的动作，注视着他那在嘴里不停地摆动、摆动得令人生厌的红舌头。他很想睡觉，这个唠叨不休、傻里傻气的炮兵军官使他很恼火，那一双汗脚发出的狗臭气味叫人恶心……

格里高力早晨醒来，有一种事情未解决的怅惘感觉。结局是他在秋天就预见到的，然而来得如此突然，他还是感到惊愕。格里高力以前注意到，对战争的不满，起初像是一股股小小的流水，在连里和团里潺潺地流着，后来不知不觉汇合成强大的洪流。如今他看到的只有这股迅猛冲击着前线的洪流了。

春天快到的时候，一个人骑马在草原上走，就有这样的感觉。阳光明媚，周围还是一片没有融化

①《圣经》故事：青年大卫同巨人歌利亚决斗，大卫胜，为犹太王。

的淡青色的雪。可是在雪底下，却在进行着肉眼看不见的、自古如此的伟大工作——解放大地。太阳侵蚀着积雪，晒出一个个小孔，雪下面渐渐浸满了水。只要有一个温暖的、雾气腾腾的夜晚，第二天早晨雪上结的冰壳子就会沙沙地、咯吧咯吧地纷纷往下陷，大路上、车辙里就会冒出绿色的山水，一团团的融雪从马蹄下向四处乱溅。天气暖和了。沙土岗渐渐露出来，黄土和烂草散发出本来的气味。半夜里，一条条山沟大声吼叫起来，滑坡的积雪轰隆轰隆地往崖头上直落，露出来的黑丝绒一般的秋耕地冒起甜丝丝的热气。黄昏时候，草原上的小河哼哧哼哧地把冰打碎，急急忙忙把冰送走，小河里的水灌得满满的，就像产妇的胀鼓鼓的乳房；行路人见冬天去得这样突然，感到十分惊愕，站在沙土岸上，拿眼睛寻找浅些的地方，拿鞭子抽打满身大汗、直摆耳朵的坐下马。可是周围的雪还是青青的，偏偏不肯协调，不肯参与，还是昏沉沉、白茫茫的冬天……

维奥申团往后退了一整天。大路上奔跑着一辆一辆的辎重车。右方，遮着地平线的一片灰云后面，炮声隆隆，就像山崩地裂声。连队在融化了的、到处是牲口粪的大路上噗唧噗唧地走着，马匹用湿漉漉的尾巴不停地搅拌着水雪。不时有传令兵从路边跑过。披着一身光闪闪蓝羽毛的一只只短尾巴笨乌鸦，不声不响，像步行的骑兵一样，大模大样、一摇一晃地在大路两旁走来走去，像检阅一样，看着退却的哥萨克连队、衣服褴褛的步行侦察队、一辆辆的辎重车从面前走过。

格里高力明白，退却就像飞速伸开的发条，怎么都拦不住了。夜里，他下了可喜的决心，自动离开了维奥申团。

“你打算上哪儿去，格里高力·潘捷莱维奇？”米佳·柯尔叔诺夫带着讥笑的神气看着格里高力把雨衣罩在大衣上，又挂上马刀和手枪，便问道。

“你问这干什么？”

“我想问问。”

格里高力咕哝了几下发了红的腮尖子，但是他很快活地挤着眼睛回答说：

“到要去的地方去。明白吗？”

他走了出去。

他的马站在外面，没有卸鞍。

夜里还有寒气，大路上显得雾蒙蒙的，他一口气跑到天亮。“我在家里住几天，然后打听打听，等他们走过去，我再跟上去。”他十分厌烦地想着昨天还同他并肩作战的那些人。

第二天黄昏时候，他就牵着跑了两百俄里、两天来掉了不少膘、累得直摇晃的马，进了自家的院子。

十一

十一月底，在诺沃契尔卡斯克就听说来了协约国军事代表团。城里盛传，一支强大的英国分舰队已经在诺沃罗西斯克港抛锚，从萨罗尼加调来的大批协约国陆战队好像即将登陆，又说法国的一个黑人步兵军团已经登陆，在不久的将来就要配合志愿军发动进攻。各种流言像雪片一样在城里到处传播着……

克拉斯诺夫命令派出御林军阿塔曼团哥萨克组成的仪仗队。两连年轻的阿塔曼团哥萨克匆匆地穿上深筒靴，佩上白色武装带，就同一连号兵一起，匆匆赶往塔干罗格。

正在俄罗斯南部的英法军事代表团，为了进行别有用心的政治侦察，决定派几位军官上诺沃契尔卡斯克去。他们的任务是了解顿河上的局势和同布尔什维克继续斗争的前景。代表英国的是彭德大尉和布隆菲尔德、孟罗两位中尉，代表法国的是奥申大尉和久普列、富尔两位中尉。这几个侥幸当了“使节”的协约国军事代表团的小军官的到来，在将军府里引起不小的轰动。

当下极其隆重地把这几位“使节”接到了诺沃契尔卡斯克。百般的恭维和吹捧，冲昏了这几个小军官的头脑，他们觉得自己成了“真正的”大人物，已经开始用庇护者和高高在上的态度看待那些赫赫有名的哥萨克将军和这个有名无实的大共和国的大员们了。

两位法国的年轻中尉，在和哥萨克将军们谈话的时候，透过文雅的举止和法兰西式的殷勤得叫人肉麻的态度，流露出倨傲和高人一等的冷淡语气。

晚上，在将军府里摆下了有一百个席位的盛大筵席。军人合唱队在大厅里唱起典雅的哥萨克歌曲，并有高昂的男声作衬，军乐队隆重地演奏了协约国各国的国歌。“使节们”照例又谦逊又气派地吃着。将军请来的客人们明白此时此刻的历史意义，都暗暗注视着他们。

克拉斯诺夫开始发言：

“各位先生，你们现在是坐在一座具有历史意义的大厅里，一八一二年另一次人民战争的英雄们，正在墙上用眼睛默默地看着你们。我们看到普拉托夫、伊洛瓦依斯基和杰尼索夫，就想起当年巴黎人民欢迎自己的解放者——顿河哥萨克，想起亚历山大一世皇帝在断垣残壁中重建美丽的法兰西的那些神圣的日子……”

“美丽的法兰西”的代表们因为喝了不少齐姆良名酒，已经有些失态，眼睛放出了油光，然而还是仔细听完了克拉斯诺夫的发言。克拉斯诺夫不厌其烦地描述过“受过布尔什维克野蛮压迫的俄罗斯人民”所遭受的重重苦难，就慷慨激昂地结束了发言：

“……俄罗斯人民的优秀儿女在布尔什维克的拷问室里受尽摧残。他们的眼睛注视着你们：他们盼望你们的援助，你们应该援助的是他们，只是他们，而不是顿河。我们可以很自豪地说：我们自由啦！但是我们所想的，我们斗争的目的——是重建伟大的俄罗斯，重建忠实于自己的盟国、维护盟国的利益、能为盟国牺牲自己而现在正十分殷切地盼望盟国援助的俄罗斯。一百零四年前的三月里，法兰西人民欢迎过亚历山大一世皇帝和俄罗斯的御林军。从那一天起，法兰西就开始了一个新时代，从此走上了头等强国的地位。一百零四年以前，我们的首领普拉托夫将军访问过伦敦。我们现在就盼望你们上莫斯科！我们等着你们，以便在胜利进行曲和我们的国歌声中一同走进克里姆林宫。一同享受和平和自由的欢乐！伟大的俄罗斯！我们全部的理想和希望尽在伟大的俄罗斯！”

克拉斯诺夫发过言以后，彭德大尉站了起来。他用英语发言的时候，参加宴会的人保持着死一般的肃静。翻译官用振奋的语调翻译起来：

“彭德大尉以自己的名义，并代表奥申大尉，向顿河军司令声明，他们是协约国正式派来的代表，是来了解顿河地区局势的。彭德大尉保证说，协约国各大国一定要用全部力量和物资，包括军队在内，来援助顿河政府和志愿军同布尔什维克进行英勇的斗争。”

翻译官还没有译完最后一句，高亢响亮、一连重复了三次的“乌拉”声就震动了大厅的四壁。大家在雄壮的军乐声中碰起杯来。为“美丽的法兰西”和“强盛的英吉利”的繁荣昌盛干杯，为“战胜布尔什维克”干杯……顿河啤酒在杯子里冒着泡沫，陈香槟酒金星乱飞，老“灯牌”葡萄酒散发着甜丝丝的气味……

大家等待着协约国的代表说祝酒的话，彭德大尉不要大家多等，便举杯说：

“我为伟大的俄罗斯干一杯，我很想在这儿听听你们那美妙的古老国歌。我们不认为歌词有多大意义，但我很想听听这支歌的乐曲……”

翻译官把这话翻译过来，克拉斯诺夫转过激动得发了白的脸，面朝着客人们，放大了嗓门儿喊道：

“为伟大、统一、不可分割的俄罗斯干杯，乌拉！”

军乐队深沉有力而从容不迫地奏起了《上帝啊，

保佑沙皇》。大家都站起来，举杯一饮而尽。白发苍苍的盖尔莫根大主教的脸上哗哗地流着眼泪。“好极啦！”醉醺醺的彭德大尉赞美道。来宾中有一位要员，因为感情激动，用沾满了鱼子的饭巾捂住大胡子，干脆放声大哭起来……

* * *

这天夜里，亚速海上吹来的狂风在城里怒吼、哀号着。第一场风雪吹打着的教堂圆顶更显得死沉沉的……

这天夜里，根据军事法庭的判决，在城外垃圾场上的土沟里枪毙了一些沙赫提的布尔什维克铁路员工。把他们五花大绑着，两个两个地拉到沟边上，用手枪和步枪抵着他们开枪，冷风就像吹香烟的火星那样，一下子就把枪声吹散了……

在将军府的大门口，由御林军阿塔曼团的哥萨克组成的仪仗队在刺骨的寒风中冻得瑟瑟发抖。哥萨克们那握着出鞘的马刀的手冻得发了青，粘到了刀把子上，眼睛冻得流泪，两腿冻僵了……然而醉汉的喊叫声、嘹亮的军乐声、军人合唱队那像号哭一样高亢的颤声，却一阵阵地从将军府里传出来，一直闹腾到天亮……

* * *

可是过了一个星期，就发生了最可怕的事情——战线崩溃了，最先放弃阵地的是布置在卡拉乔夫方面的第二十八团。彼特罗·麦列霍夫就在这个团里。

哥萨克们和第十五英查师师部进行过秘密谈判以后，决定从前线上撤下来，让红军部队顺利地通过上顿河州管辖的地区。眼光短浅、没有多大本领的亚可夫·佛明成了这个叛变的团的首领，但实际上佛明只是一块招牌，而在佛明的背后，是一些倾向布尔什维克的哥萨克在执掌军务和指点佛明。

开了一次闹闹嚷嚷的群众大会，在会上，有几个军官一面担心背后有人开枪，一面很不情愿地说了说打仗的必要性，而哥萨克们却一齐闹哄哄地乱嚷嚷，嚷着那些大家都听腻了的反对打仗、要同布尔什维克讲和的话，会一散，这个团就开拔了。走了一站路，来到索朗加村，到夜里，团长菲里波夫中校就带着大多数军官离开了队伍，到黎明时候就加入了在战斗中损失惨重、正在退却的莫里耶尔伯爵的那个旅。

紧跟着第二十八团抛弃阵地的是第三十六团。这个团全部人马，包括全部军官在内，开到了嘉桑镇上。团长是个又矮又小、贼眉鼠眼的家伙，千方百计地向哥萨克们讨好。他领着一些人骑马来到兵站站长住的房子门前。他摇晃着鞭子，神气活现地走了进去。

“谁是站长？”

“我是副站长。”司捷潘·阿司塔霍夫欠了欠身子，很气派地回答说，“军官先生，请把门带上。”

“我是第三十六团团长，纳乌摩夫中校。嗳……有事打扰……我这个团，需要军装和鞋袜。弟兄们都光着身子、光着脚呢。您听见了吗？”

“站长出去啦。他不在家，我连一双靴子都不能发给您。”

“怎么不能发？”

“就是不能发。”

“你！……你这是和什么人说话？我把你抓起

来，他妈的！弟兄们，到他的库里搜去！你这个躲在后方的大老鼠，仓库的钥匙在哪儿？……什——么？”纳乌摩夫用鞭子敲着桌子，气得脸色发了白，一下子把毛茸茸的满洲式皮帽推到脑后，“把钥匙交出来，没什么好啰唆的！”

半个钟头以后，一捆捆熟皮子的小皮袄、一捆捆的毡靴和皮靴，就带着黄黄的灰尘，从仓库的门里飞到雪地上，飞到挤成一堆一堆的哥萨克手里，一袋一袋的砂糖就手递手地传出来。在广场上，闹闹哄哄、高高兴兴的说笑声很久都没有停息……

就在这时候，第二十八团已经在新团长佛明率领下，开进了维奥申镇。英查师的部队就跟在他们后面，相距有三十俄里左右。红军侦察队这一天已经到了杜布洛夫村。

四天以前，北线总指挥伊万诺夫少将和参谋长臧布尔希次基将军就一同匆匆忙忙地向卡耳根镇撤退。他们的汽车轮子在雪地上直打滑，臧布尔希次基的妻子咬得嘴唇出了血，孩子们哭着……

维奥申镇有几天陷入了无政府状态。有消息说，正在卡耳根镇上集中军队，要来打第二十八团。但是在十二月二十二日，伊万诺夫的一位副官从卡耳根来到维奥申镇上，笑嘻嘻地拿走了当初他忘在司令部驻处的东西：一顶有新帽徽的单军帽、一把头发刷子、一件衬衣和另外一些零碎东西……

红军第八军的部队冲进了北线上形成的一百俄里的大缺口。萨瓦捷耶夫将军的部队一枪不发地朝顿河退去。菲次哈拉乌洛夫将军的几个团也匆匆忙忙地往塔拉和包古查尔方面退。北方有一个星期的工夫格外安静。听不见大炮的轰隆声，也听不见机枪的嗒嗒声。在北线作战的下游的哥萨克，因为上游几个团的叛变，失去了斗志，都一枪不发地向后退去。红军一面派侦察队在前面的村庄里仔细搜索着，一面小心翼翼地慢慢推进。

顿河政府在北线大败中遇上了一件喜事。十二月二十八日，协约国的军事代表团来到诺沃契尔卡斯克。这里面有英国驻高加索的军事代表团团长普尔将军和参谋长基斯上校，有法国代表福兰西·德·艾司皮烈将军和福凯大尉。

克拉斯诺夫请协约国的代表们视察前线。一个十二月的寒冷的早晨，旗尔车站的站台上摆好了仪仗队。胡子耷拉着、样子像个酒鬼的马孟托夫将军，一向是个不修边幅的人，但是这一次却穿得笔挺，新刮过的两腮放着灰灰的亮光，由一群军官簇拥着，在站台上走来走去，在等候火车。军乐队的吹鼓手们在车站旁边跺着脚，对着冻青了的手指头直呵气。仪仗队里都是下游各乡的哥萨克，各种发色、各种年龄的都有，站在那里，显得非常有趣。没有胡子的小伙子跟白胡子老汉站在一起，中间还夹杂着黑胡子的上过前方的战士。老头子们的军大衣上挂着金十字章、银十字章和奖章，有的是在罗士契战役中得的；有的是在普累文战役中得的；中年的也都密密层层地挂满了十字章，是在格奥克-杰彼、散杰普城下，以及在对德战争中——在皮来梅希里、华沙、里沃夫城下的鏖战中得到的。年轻小伙子们什么也没有挂，但是一个个站得笔直，竭力在各方面模仿年长的。

火车拖着乳白色的蒸汽，轰隆轰隆地开进了车站。软席车厢的门还没有打开，乐队指挥就使劲把手一挥，乐队便响亮地奏起英国国歌。马孟托夫手扶马刀，大步朝车门口走去。克拉斯诺夫像个殷勤好客的主人那样，领着客人经过站得笔直的哥萨克队列前面，向车站走去。

“哥萨克都起来保卫家乡、抗击野蛮的红军匪徒啦。你们看看这三代哥萨克的代表。这些人在巴尔干、日本、奥匈帝国和普鲁士作过战，现在都在为祖国的自由作战。”克拉斯诺夫说着一口漂亮的法语，带着优雅的笑容，气派十足地点着头，瞟着瞪大了眼睛、连气也不敢喘的老头子们。

马孟托夫按照上级指示，费尽心思挑选仪仗队，没有白费力气，现在拿出来了。

协约国的代表视察了前线，很满意地回到了诺沃契尔卡斯克。

“我对您的部队的良好军容、纪律性和战斗精神，感到十分满意。”普尔将军临行前对克拉斯诺夫说，“我马上就下命令，把我们的先头部队从萨罗尼加调到这里来。将军，我请您筹备三千件皮袄、三千双暖靴。我希望，在我们的帮助下，您能彻底消灭布尔什维克。”

……急急忙忙赶着做好了熟皮皮袄，也做好了暖靴。但是不知为什么协约国的陆战队没有在诺沃罗西斯克登陆。普尔回伦敦去了，接替他的是一位又冷淡又高傲的布里格司。他从伦敦带来了新的指示，并且用一个将军的直率态度，生硬地声明说：

“英国政府对顿河志愿军将提供广泛的物资援助，但是不出一兵一卒。”

这样的声明是不用做注解的……

十二

早在帝国主义战争时期，军官和哥萨克之间的敌对情绪，就像无形的犁沟一样，在彼此之间造成很深的隔阂，到一九一八年秋天，这种敌对情绪达到了空前的程度。在一九一七年末，哥萨克部队慢慢朝顿河上开去的时候，枪杀和出卖军官的事还很少见，可是过了一年，这样的事几乎变成家常便饭了。在进攻的时候，哥萨克们叫军官们学红军指挥员的样子，在队伍的前面走；并且不声不响、悄悄地对着他们的后背开枪。只有像宫陀洛夫乔治十字章团那样一些队伍，还团结得很好，可是在顿河军里，像这样的队伍并不多。

彼特罗·麦列霍夫是个又狡猾又机灵的顽固分子。他早就明白，和哥萨克们作对，就是找死，所以他一开始就费尽心思消除他这个军官和普通哥萨克之间的隔阂。在必要的时候，他也和哥萨克们一样，谈谈打仗的害处；不过他说这种话不是实心实意的，带有很大的虚假成分，但是大家都看不出他的虚假；他装成一个赞同布尔什维克主张的人，自从佛明被推举为团长，他又千方百计地拍佛明的马屁。彼特罗也和其余的人一样，不反对抢劫，咒骂上级，照顾俘虏。可是他心里的仇恨一阵一阵地直往上冲，憋得两只手直打哆嗦，恨不得打人和杀人……在工作上他又柔顺，又随和，不像一个少尉，倒像一块黄蜡！就因为彼特罗骗取了哥萨克们的信任，所以他们认为他能够改变面目。

部队开到索朗加村，纳乌摩夫把军官们带走的时候，彼特罗留了下来。他又老实，又温和，总是不抛头露面，处处随大流，就这样同大家一起来到维奥申镇上。可是到了维奥申镇上以后，只待了两天，就忍不住了，既没有上团部去，也没有去找佛明，就跑回家了。

这一天，一大早就在维奥申的大操场上，在一座老教堂旁边，开起了群众大会。这个团在等待英查师的代表前来。哥萨克们一群群地在操场上走着，有穿军大衣的，有穿小皮袄的——用军大衣改做的，没有挂面子，有穿皮夹克的，有穿棉袄的。真难相信，这一大群穿着五光十色的衣服的人就是战斗部队，就是第二十八哥萨克团。彼特罗灰心丧气地从这一群人跟前走到那一群人跟前，像看新奇东西似的打量着哥萨克们。以前在前线上，他们的服装并没有多么惹人注目，而且也没有看见过一团人这样密密麻麻地凑在一起。现在彼特罗怀着憎恶的心情咬着乱蓬蓬的白胡子，看着一张张挂了一层白霜的脸，看着戴了各式各样帽子的一个个脑袋，有戴高皮帽的，有戴矮皮帽的，有戴库班式平顶帽的，有戴哥萨克制帽的；他放低眼睛看去，看见的也是五颜六色的玩意儿：破皮靴、烂毡靴、从红军脚上剥下来的皮鞋外加破烂的裹腿。

“一群叫花子！该死的庄稼佬！丢脸！”彼特罗怀着无可奈何的痛恨心情自言自语地说。

板墙上贴着佛明发布的告示。街道上一个老百姓也看不见。整个维奥申镇好像隐藏起来，在等待什么。从胡同口里可以看见白雪皑皑的顿河河面。顿河对岸的树林子黑魆魆的，很像是一幅水墨画。又大又古老的灰色石头教堂旁边，像羊群一样拥拥挤挤地站着许多从各村来看丈夫的娘儿们。

彼特罗穿一件挂了羊皮筒子、胸前有一个大口袋的小袄，戴着一顶该死的羊羔皮军官帽，不久以前他戴着这顶军官帽还觉得挺神气，现在觉得时时刻刻都有冷冷的斜眼投到自己身上。这种眼光穿透他的心，加重了他那已经够惊慌失措的心情。他恍惚中看到，操场当中有一只倒扣着的大木桶上出现了一个矮墩墩的红军，穿一件细呢子军大衣，戴一顶崭新的羊羔皮帽，帽耳朵挓挲着。那个红军用戴着绒线手套的手理了理围在脖子上的灰色兔子毛哥萨克式毛边围巾，朝四面看了看。

“哥萨克同志们！”他那低沉的、伤风的声音钻进彼特罗的耳朵。

彼特罗四下里看了看，看见哥萨克们听到这很不习惯的称呼都十分惊异，你看着我，我看着你，都满怀希望地、神情激动地互相挤着眼睛。那个红军说到苏维埃政权，说到红军以及同哥萨克的相互关系，说了很久。彼特罗记得特别清楚的是，他的话时时被喊叫声打断：

“同志，共耕社是什么玩意儿？”

“是不是也要我们参加？”

“共产党是干什么的？”

那个红军把两手放在胸前，不住地朝四面转动着身子，十分耐心地解释着：

“同志们！干共产党——是自觉自愿的事儿。谁愿意推翻资本家和地主的压迫，把工人和农民解放出来，谁愿意为这一伟大事业而奋斗，都可以自愿参加共产党。”

过了一小会儿，另一个角落里又有人喊道：

“请你讲讲共产党员和委员是怎么一回事儿！”

回答之后，没过几分钟，又有一个粗喉咙大嗓门儿叫道：

“共耕社你说得不怎么清楚，请你说仔细点儿。我们都是大老粗，你用家常话给我们讲讲！”

后来佛明啰里啰唆地讲了老半天，不管是不是地方，常常说到“撤退”这个词儿，好像是在炫耀学识似的。佛明身边有一个年轻小伙子，戴着学生帽，穿一件很讲究的大衣，很灵活地转来转去。彼特罗听着佛明那语无伦次的发言，想起在一九一七年二月里，就在妲丽亚来看他的那一天，他在开往彼得格勒途中的一个车站上第一次看见佛明的情形。他的眼前又出现了那个身穿军大衣、佩戴着带有番号“五十二”的中士肩章的阿塔曼团逃兵，好像又看到了他那两只离得很远的眼睛的冷冷的目光，看到了他那像狗熊一样的脚步。“受不了啊，大哥！”彼特罗好像又听到了他那含混不清的话。“逃兵，一个像贺里散福一样的浑人，可是这会儿当起团长来啦，我却在这儿受冷落。”彼特罗怒冲冲地眨动着眼睛，想道。

佛明说过话以后，接着上去说话的是一个十字交叉地背着机枪子弹带的哥萨克。

“弟兄们！以前我在波得捷尔柯夫的部队里干过，现在我也许还能去打打士官生呢！”他挖挲着两只胳膊，声嘶力竭地喊叫着。

彼特罗快步朝驻所走去。他正备马，就听见哥萨克们在走出大操场的时候，鸣起枪来，这是按照老习惯向各个村庄报告，当兵的要回家了。

十三

静得可怕的短日子向晚时候显得很长，就像在农忙时候那样。一座座村庄静得像偏僻的荒野。顿河两岸好像什么都死光了，好像是一场瘟疫来到，各乡各村的人都死绝了。使人觉得，好像有一片乌云，像又厚又黑的翅膀似的遮住了顿河两岸，又无声地、阴森森地铺展开来，眼看着就要像旋风一样把白杨树吹弯在地，像焦雷一样劈劈啪啪发作起来，就要摧毁顿河彼岸一片白茫茫的树林，吹得那石灰质山崖上的石头乱飞，发出暴风雨般惊心动魄的怒吼声……

从清早起，鞑靼村的土地上就笼罩着一片浓雾。山嗡嗡响着，报告严寒即将来临。快到晌午时候，太阳从浓雾中渐渐露出脸来，但是天空还是没有亮起来。雾气惘然若失地在顿河两岸的山顶上游荡着，往山崖和山头上直扑，就在那儿消逝，在绿苔斑斑的石板上，在山顶覆盖着白雪的巨石壁上，留下一层湿漉漉的水汽。

每到黄昏时候，黑夜就把一轮老大的火红色月亮从光秃秃的树丛梢头捧上来。月亮就朦朦胧胧地在安静下来的村庄上空泛着战争与大火的血红色亮光。经月亮的冷漠而恒久的亮光一照，人们心里不由得产生一种模模糊糊的恐慌感，牲口也感到烦躁。马和牛都睡不着觉，通夜在院子里荡来荡去。狗在吠叫，离半夜还早，公鸡就闹嚷嚷地打起鸣来。将近黎明时候，潮湿的树枝冻上一层冰。风吹动树枝，树枝叮当乱响，就像铁镫碰击声。就像是一队肉眼看不见的骑兵，在灰白的夜色中，在顿河左岸黑沉沉的树林里奔驰，碰得马刀和铁镫乱响。

原来在北线的鞑靼村的哥萨克，都自动离开了队伍，慢慢朝顿河上来，如今差不多都已经回到了村里。每天都有落在后面的人回来。有的人回来，把武器塞到草垛里，或者藏到棚子底下，为的是永远不再打仗，只等红军来到；有的人却只是推开积雪堵住的篱笆门，把马牵进院子里，补充一些干粮，和老婆睡上一夜，第二天早晨就上了大路，到了冈头上再最后望一望那死静的、一片白茫茫的顿河河面，望一望也许会永远离开的家乡的一处处地方。

谁能躲得开死神？谁又能猜到人生的结局？……马匹难分难舍地离开村子。哥萨克们硬着心肠撕断同家人难分难舍的心情。许多人的心又顺着这条风雪弥漫的道路回到家里。在这条路上想过许许多多沉重的心事……也许，还有咸得像血一样的眼泪顺着马鞍滚下去，落到冰冷的马镫上，落到马蹄踩得斑斑点点的大路上。在这些地方，到春天不是连送别的小黄花和小蓝花都长不出来了吗？

* * *

在彼特罗从维奥申镇上回来的那天夜里，麦列霍夫家里开了一个家庭会议。

“喂，怎么啦？”彼特罗刚刚跨进门槛，潘捷莱·普罗柯菲耶维奇就问道，“仗打完了吗？没有戴肩章回来吗？噢，去吧，去吧，去见见弟弟，叫你妈高兴高兴，你老婆正想你呢……好啊，好啊，彼加沙……格里高力！格里高力·潘捷莱耶维奇，为什么要像地老鼠一样躺在炕上？快下来！”

格里高力耷拉下两只光脚丫，绿裤子上的套带绷得紧紧的。他笑嘻嘻地挠着黑乎乎、毛烘烘的胸膛，看着彼特罗侧歪着身子卸下武装带，又用冻僵的手指头去摸索帽带的结儿。妲丽亚一声不响，笑盈盈地看着丈夫的眼睛，给他解开小皮袄的扣子，又提心吊胆地从他的右边绕过去，因为右边有手枪套子，还有一个灰灰的、亮闪闪的手榴弹挂在腰带上。

杜尼娅跑过来拿腮蛋子往哥哥的挂了白霜的胡子上贴了贴，就跑出去料理马匹。伊莉尼奇娜用围裙在擦嘴唇，准备来亲“大小厮”。娜塔莉亚在灶上忙活着。两个孩子拉着她的裙子，偎在她身上。大家都在等着彼特罗说话，可是彼特罗在门口用沙哑的嗓子说了一句“都好啊！”——就一声不响地脱起衣服来，又用笤帚扫了半天靴子，等他直起腰来，嘴唇忽然可怜巴巴地哆嗦起来，他不知为什么失魂落魄地靠在床背上，大家都出乎意料地看见他的冻青了的腮上流着泪水。

“老总！你这是怎么啦？”老头子用开玩笑的语气掩饰着惊慌和喉咙的哆嗦，问道。

“咱们垮啦，爹！”

彼特罗把嘴撇得老长，哆嗦了几下淡白色的眉毛，垂下眼睛，用一块肮脏的、发着烟臭味的手绢捂着鼻子，擤了半天。

格里高力一把推开正跟他亲热的小猫，哼哧了两声，就从炕上跳下来。妈妈亲着彼特罗那生了虱子的脑袋，哭了起来，但是马上又跑了开去。

“我的乖孩子！可怜的孩子，要喝点儿酸牛奶吗？你快来，吃吧，菜汤要凉啦。恐怕饿坏了吧？”

彼特罗在桌边坐下来，把侄子放在膝盖上哄着，提起了精神；他压抑着心头的激动，把第二十八团从前线上撤退、军官们逃走、佛明的事以及最后一次在维奥申镇上开大会的事说了一遍。

“你究竟怎么想呢？”格里高力一面用黑黑的大手抚摩着女儿的头，一面问道。

“没有什么好想的。明天白天我在家里过一天，夜里我就走。妈妈，您给我弄些干粮。”他转身对妈妈说。

“这么说，要走吗？”

潘捷莱·普罗柯菲耶维奇的三个指头停在烟荷包里，捏着的烟丝往下掉着，就这样愣着，等候回答。

彼特罗站起来，对着模模糊糊、墨画的圣像画着十字，眼睛里露出冷峻和痛苦的神情。

“耶稣救主，我吃饱啦！……你问，是不是要走吗？不走怎么行啊？我怎么能留在家里呢？让红鬼子把我砍死吗？也许，你们能留下来，可是我……我不行，一定要走！他们是放不过军官的。”

“家又怎么办？把家扔掉吗？”

彼特罗听了老头子的问话，只是耸了耸肩膀。但是妲丽亚接着就插嘴说：

“你们都走掉，叫我们留下来吗？你们真不错，都是好样儿的！叫我们来看守你们的家业！……为了你们的家业，也许还要把命都送掉呢！放一把火烧掉算啦！我可是不留下来！”

就连娜塔莉亚也说话了，她的叫声盖过了妲丽亚那响亮的声音：

“要是村子里的人都走，我们也不能留下来！我们也走！”

“混蛋娘儿们！狗东西！”潘捷莱·普罗柯菲耶维奇瞪圆了眼睛，像发了疯似的吼叫起来，并且不由自主地去摸拐杖，“混账，都他妈的给我滚开！该死的娘儿们，给我住嘴！男子汉的事情，她们倒管起来啦……好吧，咱们就什么都扔掉，走他娘的！可是把牲口藏到哪儿去呢？又不能揣到怀里带走。还有房子呢？……”

“你们这两个娘儿们简直昏了头！”伊莉尼奇娜很生气地责备两个媳妇说，“这家业不是你们挣来的，你们要扔掉自然很容易。这是我和老头子起早摸黑挣来的，能这样轻易就扔掉吗？那可不行！”她撇了撇嘴，叹了口气，“你们走吧，我才不走呢。就让他们在家门口把我杀了好啦，总比在人家篱笆脚下饿死好些！”

潘捷莱·普罗柯菲耶维奇拧了拧灯芯子，又哼哼，又叹气。有一会儿大家都没有作声。正在打袜子的杜尼娅抬起头来，小声说：

“牲口可以带走嘛……犯不着为了牲口留下来。”

这一下子又把老头子惹火了。他就像一匹绊住了腿的公马一样，不要命地跺起脚来，一下子碰到躺在炉边的一只小羊羔身上，差一点儿绊倒。他在杜尼娅面前站下来，大声吼道：

“能带走吗？老牛要下犊啦，怎么办？把它带到哪儿去？哼，张嘴说说倒容易！败家鬼！坏东西！死丫头！拼死拼活给你们积攒，可是现在你们说出这种话！……还有羊呢，小羊羔往哪儿搁？……哼，哼，该死的丫头！给我住嘴！”

格里高力斜眼瞅着彼特罗，又像很久很久以前那样，看见哥哥那亲切的棕色眼睛里，流露出顽皮、好笑、同时又表示着恭敬的笑意，又看见小麦色胡子像以前那样抖动起来。彼特罗飞快地挤了挤眼睛，因为憋着笑，憋得全身哆嗦起来。格里高力也很高兴地感觉到，自己心中也出现了这种近几年来不曾有过的想笑的劲儿，就干脆低低地、咯咯地笑起来。

“好啦，就这样！……托老天的福吧……你们有话说过啦！”老头子气嘟嘟地瞪了格里高力一眼，就转身朝着结满毛茸茸的白霜的窗子，坐了下来。

到半夜里才做出一致的决定：男子汉都走，妇女们留下来看家。

离天亮还早，伊莉尼奇娜就生起了火，到吃早饭时候，已经烤好了面包，并且烤好了两口袋干粮。老头子在灯下吃过了早饭，天一亮就去收拾牲口，检查爬犁。他走进谷仓里，把手插进装满了小麦的粮囤里，用手拨弄着饱满的麦粒儿，站了老半天。他走出来，就好像向死人告别似的：帽子拿在手里，轻轻掩上身后黄黄的板门……

他又到棚子底下忙活起来，换爬犁上的坐簸箩，这时候赶着牛去饮水的安尼凯来到小胡同里，他们互相打了个招呼。

“你收拾收拾走吧，安尼凯？”

“我好比光屁股扎腰带，收拾是多余的。我的东西都在我身上，只能捡捡别人的！”

“听到什么消息吗？”

“消息多着呢，大叔！”

“怎么样？”潘捷莱·普罗柯菲耶维奇把斧子插进爬犁的扶手里，惊惶地问道。

“红军就要到啦。快到维奥申镇上啦。有人在大雷村看见的，说他们来意不善。在杀人呢……他们当中有犹太人，还有中国人，该死的东西！以前咱们把这些斜眼鬼打得太轻啦！”

“还杀人？！”

“当然啦，又不是来玩儿的！还有该死的上游哥萨克呢！”安尼凯骂着娘，顺着篱笆朝前走去，一面走，一面又说，“顿河那边的娘儿们给他们弄吃的喝的，省得他们糟蹋老娘儿们，他们喝得醉醺醺的，就跑到别的村子里去折腾。”

老头子安好坐簸箩，又去几个棚子里走了走，看了看他亲手栽的每一根桩子和篱笆。然后拿起干草篓子，一瘸一拐地到场院上去抽路上喂马的干草。他从架子上摘下铁钩子，不过他还是没有感觉到非走不可，又是去抽差一些的、带杂草的干草（好些的干草他总是留到春耕时喂牲口），但是后来改变了主意，心里骂着自己，朝另一垛草走去。可是不知为什么他还是不觉得，他就要离开家和村子到南方去，也许今后就不能回来了。他抽过了干草，又照老习惯伸手去拿草耙子，好把撒的草篓起来，但是又像被烫了一下似的，把手缩了回来，一面擦着帽子底下冒了汗的额头，一面自言自语地说：

“到这时候我还爱惜这些东西干什么？反正他们要扔到马脚下，要么白白糟蹋掉，要么一把火烧掉。”

他把草耙子放在膝盖上，咬了咬牙，一下子折成两截，就端起草篓子，弯腰弓背、老态龙钟地拖着两条腿朝前走去。

他没有进屋子，只是推开门，说：

“准备走吧！我马上就套爬犁。不能太晚了。”

他已经把皮套套到马身上，又把马料袋放到爬犁上，可是两个儿子还是没有出来备马，他心中觉得纳闷，就又朝屋里走去。

屋子里的情形使人奇怪：彼特罗正在气嘟嘟地解那几个准备带走的包袱，把军裤、上衣、值钱的女人衣服往地上直扔。

“这是怎么回事儿？”潘捷莱·普罗柯菲耶维奇十分吃惊地问道，他把帽子都摘了下来。

“就是这么回事儿！”彼特罗用大拇指隔着肩膀指了指妇女们说，“她们哭呢。咱们哪儿也不去啦！要走，大家都走；要不走，谁也别走！说不定红鬼子会强奸她们，咱们倒是跑出去逃命吗？他们要是杀的话，就叫她们看着咱们死吧！”

“爹，把衣服脱了吧！”格里高力微微笑着，脱掉军大衣，解下马刀，正哭着的娜塔莉亚从后面抓住他的手，亲了起来，脸红得像桃花的杜尼娅高高兴兴地拍起巴掌来。

老头子戴上皮帽，但是马上又摘了下来，走到堂前，画了一个老大的十字。他磕了三个头，站起身来，朝大家打量了一遍。

“好吧，既然这样，咱们就不走啦！圣母娘娘，多多保佑我们吧！我去把爬犁卸掉。”

安尼凯跑了进来。他看见麦列霍夫家里一张张脸都笑盈盈的、高高兴兴的，不禁吃了一惊。

“你们怎么啦？”

“我们家的男子汉不走啦！”妲丽亚代表大家回答说。

“是这样啊！改变主意啦？”

“改变主意啦！”格里高力勉强龇了龇青白色的牙齿笑了笑，挤了挤眼睛，“死不用人自己去找，不管在哪儿，都能碰得上。”

“你们当官的不走，我们更要听天由命啦！”安尼凯说完，就咚咚地下了台阶，从窗前跑了过去。

十四

佛明发布的告示在维奥申镇的板墙上呼啦呼啦地响着。人们时时刻刻等候着红军到来。白军的北线司令部还驻扎在离维奥申镇三十五俄里的卡耳根镇上。一月三日夜里，车臣人的队伍开到，于是罗曼·拉查列夫中校就率领这支队伍从别洛卡里特文河口镇出发，用急行军的速度前来讨伐佛明这个叛变的团。

车臣人原定在五日向维奥申镇发动进攻。他们的侦察队已经到了白山村。但是进攻的计划取消了，因为佛明的团里有一个哥萨克投过来，报告说，红军的一支主力部队已经来到高罗霍夫村，一月五日一定要到达维奥申镇上。

正在诺沃契尔卡斯克忙着招待协约国代表的克拉斯诺夫，试图开导一下佛明。他用诺沃契尔卡斯克—维奥申之间的直通线给佛明打来一封电报。电报员先是一个劲儿地呼号“维奥申镇，佛明”，后来就发来了简短的电文：

维奥申镇佛明收。佛明中士，我命令你及早醒悟并率领本团开赴阵地。已派出讨伐队。如执迷不悟，即判处死刑。

克拉斯诺夫

佛明解开皮袄的扣子，借着煤油灯的灯光，看着打满棕色字母的细细的纸条弯弯曲曲地从电报员手里抓出来，他对电报员的后脑勺呵着冷气和酒气，说：

“喂，他在那儿胡说些什么？叫我醒悟？他打完了吗？……你给他回电……什——么？怎么不行？你听我的，要不然我把你的肠子都打出来！”

于是电报机嗒嗒地响起来：

诺沃契尔卡斯克克拉斯诺夫将军收。滚你妈的吧。佛明。

北线的局面出现了进一步复杂化的趋势，因此克拉斯诺夫决定亲自上卡耳根来，在这里直接指挥讨伐队对佛明发动进攻，而主要的还是想鼓一鼓哥萨克们已经十分低沉的士气。就为了这个目的，他还约请协约国的代表一同到前线上来看看。

在布土尔林诺夫村检阅了刚刚下火线的宫陀洛夫乔治十字章团。检阅完毕，克拉斯诺夫站到团旗下面。他转身朝着右边，高声叫道：

“凡是在第十团、在我手下当过差的，向前一步走！”

宫陀洛夫团的哥萨克差不多有一半跨到队伍的前面。克拉斯诺夫摘下皮帽子，十字交叉地抱住靠近他的一个不算年轻、但很英武的司务长亲了亲。那位司务长用大衣袖子擦了擦刚刚修剪过的胡子，呆呆地瞪大了眼睛，愣住了。克拉斯诺夫和老部下一一接了吻。协约国的代表都很惊愕，都大惑不解地小声议论着。但是惊愕马上就变成了微笑和矜持的赞许神情，因为克拉斯诺夫走到他们跟前，解释说：

“就是这些英雄们跟着我在涅兹维斯打过德国人，在别尔舍茨和柯玛洛夫打过奥地利人，促进了我们的全面胜利。”

……在太阳的两边，有几条彩虹般的、带有白箍的光柱，一动不动的，就像是看守钱柜的卫士。

寒冷的东北风在树林里怒吼，在草原上狂奔，汇合成强大的气流，横冲直撞，吹得一丛丛乱蓬蓬的荒草东倒西歪。一月六日向晚时候，旗尔河上已经挂起浓浓的暮霭，克拉斯诺夫陪着英吉利帝国的军官爱德华和奥尔考特、法兰西军官巴尔台罗大尉和爱尔里赫中尉来到卡尔根镇上。协约国的代表们都穿着皮袄，戴着毛茸茸的兔皮帽，缩着脖子，跺着脚，满面笑容地走下汽车，身上发出一阵阵雪茄烟和香水气味。这几位军官在富商列沃琪金的府上暖和了一下身子，喝了几杯茶，就同克拉斯诺夫和北线司令伊万诺夫少将一起朝学校里走去，要在学校里开大会。

克拉斯诺夫对着凝神静听的哥萨克们讲了很久。大家都很用心、很安静地听着。但是当他绘声绘色地讲到布尔什维克在他们占领的乡镇里所干的“种种暴行”的时候，后排里有人在灰灰的烟气中情不自禁地叫道：

“不是这么回事儿！”一下子就冲毁了假象。

第二天早晨，克拉斯诺夫就和协约国的代表们匆匆赶往米列洛沃去了。

北线司令部也匆匆撤走了。车臣人在镇上一直搜查到黄昏时候，到处抓那些不愿意跟着走的哥萨克。夜里烧毁了弹药库。整个上半夜，子弹爆破声噼噼啪啪响成一片，就像一大堆干柴着了火；成千上万发炮弹爆炸开来，发出山崩地裂声。第二天，正在广场上举行撤退前的祈祷仪式，卡耳根镇外的山冈上就响起了机枪声。子弹像春天的冰雹一样在教堂顶上乒乒乓乓乱响起来，于是大家都乱糟糟地朝田野上拥去。拉查列夫的部队和为数不多的哥萨克部队试图掩护撤退的人：步兵成散兵线在风车后面卧倒下来，第三十六卡耳根炮兵连也在卡耳根人菲道尔·波波夫大尉指挥下，用急射的炮火轰击进攻的红军，但是不久就把大炮挂到了前车上。红军的骑兵已经从拉推舍夫村迂回过来，包围了步兵，把步兵逼到了土沟里，并且砍死了其中二十来个被人谑称为“驾前侍从”的卡耳根的老头子。

十五

一旦决定不走了，潘捷莱·普罗柯菲耶维奇就又觉得样样东西都有用处，都很重要了。

傍晚他去喂牲口，已经毫不犹豫地抽那一垛差一些的干草了。他在黑乎乎的院子里转来转去地对着老牛端详了半天，心里很满意地想道："快生啦，肚子还不小呢。也许还是双胞胎呢！"他又觉得什么都可爱、可亲了；他在心里已经抛弃掉的东西，现在又显得重要起来，又有了分量。在黄昏前短短的一小会儿工夫，他已经把杜尼娅狠狠地骂了一顿，因为她在猪食槽旁边撒了不少谷糠，又没有敲开牲口槽里的冰。他还堵好了司捷潘·阿司塔霍夫家的骟猪在篱笆上钻出的窟窿。看到阿克西妮亚出来关护窗，他又向她问起司捷潘：他想不想走？阿克西妮亚一面裹头巾，一面曼声回答说：

"不走，不走，他哪儿能走啊？他在炕上躺着呢，好像是在打摆子……头很热，还说肚子疼。司乔巴病啦。不能走……"

"我家的两个也不走。就是说，我家的人都不走啦。谁他妈的能知道，不走是好还是不好……"

天色渐渐黑了下来。顿河对岸，灰蒙蒙的树林那边，淡青色的天空里出现了亮晶晶的北极星。东方的天边也红了起来。红光渐渐升起，一弯新月出现在乱蓬蓬的黑杨树梢头。雪地上的许多影子渐渐模糊成一片。一个个的雪堆渐渐看不见了。静极了，所以潘捷莱·普罗柯菲耶维奇听见顿河上有人在冰窟窿旁边用铁棍凿冰，大概那是安尼凯。碎冰四面乱迸，发出碎玻璃一样的琤琤声。还有就是老牛在院子里吃干草，发出均匀的咯吱声。

厨房里已经上了灯。窗口闪过娜塔莉亚的影子。潘捷莱·普罗柯菲耶维奇很想到房里暖和暖和。他走进厨房，看见一家人都在这里。杜尼娅刚刚从贺里散福的老婆那里回来。她一面倒碗里的发面头，一面迫不及待地报告新闻，就好像怕别人抢先似的。

格里高力在上房里擦好了步枪、手枪和马刀，上好了油，又用手巾把望远镜包起来，就喊了一声彼特罗，说：

“你的家伙收拾好了吗？去拿来。要藏起来。”

“万一需要自卫，那怎么办？”

“算了吧！”格里高力冷笑说，“小心点儿吧，他们要是发现了，会把你绞死！”

他们走到院子里。不知为什么把武器一件一件地分别藏了起来。但是格里高力却把一支黑黑的、崭新的手枪掖到上房里的枕头底下。

一家人刚刚吃过晚饭，一面无精打采地说着话儿，一面准备去睡觉，这时候，用链子拴着的公狗在院子里声嘶力竭地狂吠起来，并且带着链子直往前扑，被颈圈勒得直打呼噜。老头子走出去看，回来的时候带进一个围巾一直围到眉毛的人来。那人全副武装，勒着一条白皮带，走进门来，画了一个十字；他的嘴上挂了一层白霜，就像是一个白圈圈儿，嘴里冒出一股一股的热气。

“看样子，你们不认识我啦？”

“这是大老表马加尔嘛！”妲丽亚叫了起来。

彼特罗以及其余的人这才认出这位远亲。他叫马加尔·诺加依采夫，是新根村的哥萨克，是远近闻名的一个少见的歌手和酒鬼。

“哪一阵恶风把你刮来啦？”彼特罗笑了笑，但是没有起身。

诺加依采夫捋下胡子上的冰凌，朝门口甩了甩，跺了跺脚上的老大的、缝了皮底的毡靴，不慌不忙地开始脱衣服。

"我一个人走，觉得没味道，我心想，找两个老表一块走好啦。听说你们俩都在家嘛。我对老婆说，我去找麦列霍夫家两个老表一块儿走，总要热闹些。"

他把步枪提过去，和炉叉并排靠在灶上，惹得妇女们嘻嘻哈哈地笑起来。他把弹药盒放到灶门口，却把马刀和鞭子恭恭敬敬地放到床上。这一次马加尔也是满身酒气，瞪得大大的眼睛里露出醉意，湿漉漉、乱蓬蓬的大胡子里露着整整齐齐、白中泛青的牙齿，就像顿河边的贝壳。

"新根的哥萨克都不走吗？"格里高力一面把绣花烟荷包递过去，一面问道。

客人用手推开烟荷包。

"我不抽……你问哥萨克吗？有的已经走啦，有的正在找老鼠洞躲藏。你们走吧？"

"我家男子汉不走啦。你别招引他们啦！"伊莉尼奇娜都害怕了。

"当真你们不走？我才不信哩！格里高力兄弟，是真的吗？伙计，你们不要命啦？"

"随它去吧……"彼特罗叹了一口气，忽然脸色像火一样红了起来，问道，“格里高力！你怎么样？是不是重新想想？也许，咱们还是走吧？”

“不走啦。”

一阵烟气把格里高力罩住，在他那拳曲的松脂色头发上面飘荡了老半天。

“爹把你的马牵进去了吧？”彼特罗前言不搭后语地问道。

老半天没有人说话。只有纺车在杜尼娅脚下像黄蜂一样嗡嗡响着，催人入睡。

诺加依采夫一直坐到东方发白，一直在劝麦列霍夫家两弟兄一同到顿涅茨那边去。这一夜，彼特罗有两次光着头跑出去把马备上，又在妲丽亚威严的目光逼视下两次出去把马鞍卸下来。

天光大亮了，客人要走了。他已经穿好衣服，抓住门环，大声咳嗽着，暗带威胁意味地说：

“局面也许会好转的，不过到那时候，你们不会好过。我们会从那边回来的，我们会记起来，是什么人给红军打开进顿河的大门，是什么人留下来给他们干事情……”

从清晨起纷纷扬扬飘起雪花。格里高力走到院子里，看见黑压压的一大群人正从顿河那边朝渡口拥来。有八匹马拉着一件什么东西，传来说话声、赶马声和骂娘声。透过像雾一样的大雪，看得见灰灰的人影和马影。格里高力凭着四对马拉车这一点猜出：“是一支炮兵连……难道是红军？”他想到这里，心怦怦跳起来，但是仔细一想，又定下心来。

人群散了开来，远远地避开一个黑黑的、张着大嘴的冰窟窿，朝村子走来。但是来到岸边上，最前面的一门炮压碎了岸边的薄冰，一个轮子陷了下去。一阵阵的风送来驭手的吆喝声、冰面碎裂声和慌乱的、直打滑的马蹄声。格里高力走到牲口院子里，很小心地向外张望着。他看清了骑马人军大衣上那落了雪花的肩章，他从外貌上看出那是哥萨克。

过了五六分钟，一位年老的司务长骑着肥壮的高头大马进了大门。他在台阶前下了马，把缰绳拴在栏杆上，大步走进房里。

“谁是当家的？”他打过招呼，问道。

“我是……”潘捷莱·普罗柯菲耶维奇回答过，就心惊胆战地等待着他问下一个问题：为什么你家的哥萨克没有走？

但是司务长用手捋了捋被雪落白了的、像肩章繸一样长的卷胡子，央求说：

“乡亲们！行行好，帮我们把炮拖出来吧！在河边上一直陷到车轴……你们有没有纤绳？这是什么村？我们迷路啦。我们是上叶兰镇去的，可是雪这样大，简直什么都看不清。我们迷了路，红军又紧跟在屁股后面。”

“我不知道，真的……”老头子踌躇起来。

“这有什么知道不知道啊！你家有这样的男子汉嘛……我们需要人帮忙。”

“我有病呀。”潘捷莱·普罗柯菲耶维奇撒起谎来。

“你们怎么搞的，伙计们！”司务长像狼那样不扭脖子，只转悠着眼睛把父子三人打量了一遍。他的嗓门儿好像变年轻了，也舒展开了。“你们不是哥萨克吗？就是说，要让我们的大炮完蛋吗？我是留下来代替连长的，当官的都跑光啦，我有一个星期没下马，都冻死啦，脚趾都冻坏啦，但是我宁可不要命，也不扔掉炮！可是你们呀……真没办法！你们不愿意好说好道，我这就把弟兄们喊来，我们就……”司务长含着眼泪、带着怒气叫道，“就强迫你们去干，狗杂种！布尔什维克！把你们他妈的都收拾掉！　把你这个老家伙拴到炮车上，看你老实不老实！你给我去把老百姓都叫来，如果他们不来，我把话说在头里，等我回到这边，就把你们的村子一下子扫平……”

他说这话的神气，就好像自己也没有多大把握似的。格里高力可怜起他来。格里高力抓起帽子，也不去看还在发火的司务长，冷冷地说：

“你别嚷嚷啦。这儿用不着这一套！我们帮你们拖出来，你们就滚蛋吧。”

大家是铺上篱笆片子，把大炮拖上来的。来了不少人。安尼凯、贺里散福、伊凡·托米林、麦列霍夫家父子和十来个妇女，同炮兵们一起推着大炮和炮弹箱子，又帮着马匹往上拉，把大炮一一弄上岸来。炮车轮子已经冻住，不能转动，只能在雪上滑。马匹疲惫不堪，爬小坡都很吃力了。炮手们已经跑掉了一半，剩下这一半也都是步行。司务长摘下帽子，鞠了一个躬，谢过大家的帮助，就在马上转过身去，小声命令道：

“连队，跟我走！”

格里高力怀着又尊敬又惊异不解的心情望着他的背影。彼特罗走过来，咬着胡子，似乎是回答格里高力心里的话，说：

“大家都这样就好啦！就应该这样来保静静的顿河！”

“你说的是那个大胡子吗？是说那个司务长吗？”泥巴一直溅到耳朵的贺里散福走过来，问道，“瞧吧，看样子，大炮还非拖到地点不可呢。妈的，他还朝我抡鞭子呢！一个人在急了眼的时候，是会打人的。我本来不想来，可是后来，说实话，我怕啦。连毡靴也没穿，就来啦。你说，这傻瓜要大炮有什么用？就像癞猪拖木头：又费劲，又没有用，可是偏要拖……”

哥萨克们各自散去，微微笑着，都没有说话。

十六

时间已经过了晌午，在顿河那边很远的地方，有一挺机枪嗒嗒地打了两梭子，又不响了。

过了半个钟头，一直站在上房窗前的格里高力往后退了两步，一张脸变成了青灰色。

“他们来啦!”

伊莉尼奇娜啊呀一声，就朝窗前奔去。有八个骑马的人拉开距离在街上跑着。他们跑到麦列霍夫家的门口，停了下来，打量了一下顿河对岸的渡口和顿河与山冈之间的一条黑黑的通路，就拨转马头往回走。他们的肥壮的战马摇晃着剪得短短的尾巴，踩得地上的雪一团一团地四处乱飞。这支骑兵侦察队来村子里侦察了一遍，就不见了。过了一个钟头，鞑靼村里就到处是杂沓的脚步声、外路人的说话声和汪汪的狗叫声了。一个步兵团，用爬犁拉着机枪，还带着辎重队和灶车，渡过顿河，来到村子里分散开来。

不管敌军进村的那一刹那有多么可怕，爱笑的杜尼娅这时候还是忍不住要笑：侦察队一拨转马头往回走，她就用围裙捂着嘴扑哧哧笑了一阵，又朝厨房里跑去。娜塔莉亚用惊骇的目光迎住她，问：

“你怎么啦?”

“哎哟哟，娜塔申卡呀！好嫂子呀！……瞧瞧他们骑马的样子呀！往前倒倒，往后歪歪，往前倒倒，往后歪歪……胳膊肘子悠来悠去。一个个就像布条做的小人儿，身子一个劲儿地直晃荡！”

她学红军在马上晃来晃去的样子，学得十分好笑，逗得娜塔莉亚憋住笑，跑到床边，一头扎到枕头上，免得惹公公发火。

潘捷莱·普罗柯菲耶维奇轻轻地哆嗦着，毫无目的地在耳房的大板凳上拨弄着麻线、锥子和盛靴钉的小罐子，眯缝着眼睛，用惊骇的目光一个劲儿地朝窗外望着。

可是在厨房里，就好像抓紧了最后机会似的，姑嫂们笑得正欢呢。杜尼娅的脸红扑扑的，她笑出了眼泪，亮晶晶的泪珠儿挂在脸上，就好像西红柿上落了露水，她对妲丽亚学着红军骑马的姿势，并且，虽然无意丑化，但是使这种有节奏的动作带上了淫秽意味。妲丽亚笑得两道画得弯弯的眉毛直打哆嗦，她一面大笑，一面沙哑地、下气不接上气地说：

“恐怕裤子都要捣通啦！……这样骑马……连鞍头都要压弯呢！……”

脸色像死人一样的彼特罗从上房里出来，见她们笑得开心，一时间也乐了。

“看到他们骑马觉得稀罕吗?”他问道，“可是他们却不心疼。骑坏了，再换一匹。庄稼佬嘛!”他带着非常瞧不起的神情把手一甩，“也许，连马都是头一回看见呢。‘瞧，俺骑马啦，瞧，俺骑着马来啦。’他们的祖宗听见车轮子声音都害怕，可是他们却骑起马来啦！……嘿呀!”他咯吧咯吧地摁了几下手指头，就到上房里去了。

一大群红军顺着大街走来，后来分成一伙一伙的，走进人家的院子。有三个人进了安尼凯家的大门；有五个人，其中有一个骑马的，在阿司塔霍夫家门口站了下来；另外还有五个人顺着篱笆朝麦列霍夫家走来。在前面走的是一个上了年纪、个头儿不高的红军，鼻子扁扁的，鼻孔大大的，脸刮得光光的，身子细细的，十分灵活，一眼就可以看出是一个老兵。他第一个走进麦列霍夫家的院子，在台阶前站下来，低下头，看着拴在链子上的黄狗呼哧呼哧地狂叫，看了一会儿，就从肩上摘下枪来。枪声震得屋檐上落下一团霜粉。格里高力抻了抻勒脖子的领子，就在窗口看见，那狗在雪地上直打滚，染得雪地上鲜血斑斑，那狗正经受着死前的剧疼，乱咬打穿的腰部和铁链子。格里高力回头看了看，看见妇女们那煞白煞白的脸和母亲那发呆的眼睛。他帽子也没戴，就朝过道里走去。

“站住！”父亲用变了腔的声音在背后喊道。

格里高力把门打开。一个子弹壳当啷一声落在门口。落在后面的几个红军也进了大门。

“为什么把狗打死？碍你的事啦？”格里高力在门口站下来，问道。

那个红军用大鼻孔吸了一口气，刮得发了青的薄嘴唇的角儿耷拉下来。他回头看了看，端起了步枪。

“你怎么？心疼吗？可是我送你一颗子弹也不会心疼。你要吗？站住！”

“喂，算啦，亚历山大！”一个大个子、红眉毛的红军一面往前走，一面笑着说，“您好，掌柜的！见过红军吗？让我们住一宿吧。是他把您家的狗打死了吗？真不应该！……同志们，进来吧。”

格里高力最后一个走进房里。红军都高高兴兴地打着招呼，解下背包和弹药盒，把军大衣、棉袄、皮帽都堆到床上。整个房子里马上就充满了当兵人那种浓烈的、像酒精一样的气味，充满了人汗、烟草、廉价肥皂和枪油的混合气味，还有远行人身上的气味。

那个叫亚历山大的红军在桌边坐下来，点起香烟，就好像是接续刚才同格里高力的谈话似的，问道：

“你参加过白军吧？”

“是的……”

“就是这样嘛……我一眼就看出来啦。是白军嘛！是军官，对吗？戴金肩章吧？”

他从鼻孔里喷着一股一股的烟气，用冷冷的、毫无笑意的眼睛盯住靠门框站着的格里高力，用熏黄了的、鼓鼓的手指甲不住地弹着烟灰。

“是军官吧？承认好啦！我从你的样子就看出来啦；我在俄德战争时候就干过嘛。”

“当过军官。”格里高力勉强笑了笑，侧眼看到娜塔莉亚正用惊恐和祈求的目光看着他，就沉下脸来，眉毛也哆嗦了两下。他觉得自己真不该笑。

“真可惜！那颗子弹真不该赏给狗……”

他把烟头扔到格里高力脚下，对另外几个红军挤了挤眼睛。

格里高力又觉得自己不由自主地歪着嘴在笑，是一种负罪和祈求的笑，于是他因为不自觉地、毫不理智地暴露了自己的软弱，羞得脸都红了。“就像一条狗在主人面前摇起尾巴来啦。”他想到这里，羞得无地自容，并且有一小会儿他眼前出现了这样的场面：格里高力他这个掌握生杀大权的主人向打死的那条白胸脯黄狗走去，那狗就仰面躺下，龇出白白的尖牙，摇晃着毛茸茸的红尾巴，咧着黑黑的、柔滑的嘴这样笑……

潘捷莱·普罗柯菲耶维奇又用格里高力没有听见过的那种口气问客人：是不是要吃晚饭？如果要吃，他就叫家里人去做……

伊莉尼奇娜不等客人回答，就朝灶前跑去。火钳在她手里直哆嗦。装菜汤的铁锅她怎么都端不起来。妲丽亚垂着眼睛，把饭菜端上桌。红军在桌上坐了下来，连十字也不画。老头子望着他们，又害怕，又暗暗感到厌恶。终于，他忍不住，问道：

“这么看，你们不祷告上帝啦？”

这时候，亚历山大的嘴上才好像掠过一丝笑意。他在其余几个人的一片哄笑声中回答说：

“老大爷，我劝你也别祷告啦！我们早把自己的上帝送走啦……”他呛了一下，拧了拧眉毛，“上帝是没有的，可是糊涂蛋偏要信上帝，偏要对着木头祷告！”

“是啊，是啊……有学问的人当然是明白的。”潘捷莱·普罗柯菲耶维奇心惊胆战地附和说。

妲丽亚在每个人面前都摆了一把木调羹，但是亚历山大把自己面前的那把推开，说：

“有没有不是木头的？用这玩意儿还要得传染病呢！这哪儿像调羹？啃得这样乱七八糟！”

妲丽亚火了：

“要是嫌别人家的，就应该自己随身带着。”

“哼，你给我住嘴，小娘儿们，没有调羹了吗？那就给我一块干净手巾，我来擦擦。”

伊莉尼奇娜把菜汤舀到大碗里，亚历山大又对她说：

“老大娘，你先尝一尝。”

“要我尝干什么？是不是太咸啦？”伊莉尼奇娜吓得战战兢兢地说。

“你尝尝，尝尝！看看你是不是给我们下毒药……”

“尝一勺子！听见吗？”潘捷莱·普罗柯菲耶维奇厉声吩咐过，就闭紧了嘴巴。然后他就从耳房里取来修鞋的家什，把一个当作凳子的杨树墩子推到窗口，点上小油灯，就抱着一只旧靴子坐下来，再也没有插嘴说话。

彼特罗躲在上房里一直没有露面。娜塔莉亚也带着两个孩子坐在上房里。杜尼娅靠着炉灶打袜子，后来有一个红军喊她“小姐”，并且请她一起吃晚饭，她也走开了。没有人说话了。红军们吃过晚饭，就抽起烟来。

“你们这儿可以抽烟吗？”红眉毛的红军问道。

“我们家的烟鬼就不少。”伊莉尼奇娜很勉强地说。

红军请格里高力抽纸烟，他没有接。他的五脏六腑都在打哆嗦，一看见那个把狗打死、对他态度蛮横、处处跟他作对的家伙，心就一阵紧缩。看样子，那家伙是想找岔子，时时刻刻找机会刺激格里高力，引他说话。

“军官先生，您在哪一团当过差？”

“在各种各样的团里都干过。”

“我们的人你杀死了多少？”

“在战场上是不点数的。同志，你不要以为我生来就是军官。我是在和德国作战的时候升为军官的。我的肩章是作战有功得来的……”

“我跟军官不是同志！像你这一号儿的，我们是要枪毙的。对不起，我就枪毙过不止一个啦……”

“同志，可是我要告诉你……你的态度很不好：就好像是攻进村子的大英雄。是我们自动放弃阵地，放你们进来的嘛，可是你就像进了被占领国……把狗打死——这不算本事，欺负和杀害没有武器的人，也不算英雄好汉……”

“你别教训我！我们认识你们！‘放弃阵地’呢！如果不是我们狠狠揍你们一顿，你们就不会放弃。我现在对你怎样都可以。”

“算啦，亚历山大！烦死啦！”那个红眉毛的红军说。

但是亚历山大已经走到格里高力跟前，鼻孔鼓得大大的，呼哧呼哧地喘着气。

“军官先生，你最好别惹我，不然你要倒霉的！”

“我没有惹您。”

“不，你惹我啦！”

娜塔莉亚推开门，用急喘喘的声音喊了格里高力一声。格里高力绕过站在面前的红军，朝上房里走去，走到门口，像醉汉似的摇晃起来。彼特罗迎住他，用痛恨的口气小声哼哼着说：

“你干什么？你他妈的跟他吵什么？你跟他有什么好说的？你想把自己和一家人的性命都送掉？坐下！……”他使劲把格里高力推到坐柜上，就朝厨房里走去。

格里高力张大了嘴拼命吸气，黑乎乎的脸上涨出的黑红颜色渐渐退去，眼里的火气渐渐弱了。

“格里沙！格里什卡！我的亲人呀，别跟他吵啦！”娜塔莉亚哆哆嗦嗦地捂住两个想哭的孩子的嘴，恳求说。

“我怎么不走呢？”格里高力十分烦恼地看着娜塔莉亚，问道，“我不吵啦。别说啦！心里实在憋不住呀！”

后来又来了三个红军。其中有一个戴着高高的黑皮帽，看样子是个首长。他问：

“这一家住几个？”

“七个。”红眉毛的红军代表大家回答，他的声音就像手风琴的声音。

“机枪哨的同志也要住在这儿。你们就挤一挤吧。”

三个人走了。接着大门就吱咯响了起来。两辆大车进了院子。几个人把一挺机枪抬进了过道。有人在黑暗中划着火柴，骂起娘来。有人在棚子底下抽烟，有人在场院里抽干草生火，但是麦列霍夫家里的人谁也没有出去。

“你去看看马吧。”伊莉尼奇娜从老头子面前走过时，小声说。

老头子只是动了动肩膀，却没有出去。屋门乒乒乓乓地响了一整夜。白色的热气挂在天花板底下，落到墙上，就好像下了一层露水。红军在上房里打了地铺。格里高力拿来一条毛毯给他们铺上，又拿自己的小皮袄给他们当枕头。

“我当过兵，知道当兵的甘苦。”他用和善的语气对那个跟他作对的红军笑着说。

但是那个红军的大鼻孔又动了起来，眼睛很不客气地在格里高力身上扫了扫……

格里高力和娜塔莉亚也在这间屋子里的床上躺了下来。红军们把步枪放在靠头的一边，在毛毯上并排躺下来。娜塔莉亚想把灯吹灭，有人厉声问道：

“谁叫你吹灯了？别吹！把灯芯子捻一捻，灯要一直点到天亮。”

娜塔莉亚让两个孩子睡在脚头，自己不脱衣服，靠墙睡下。格里高力两手放在脑后，一声不响地躺着。

“要是我们走掉了，”格里高力咬紧牙，胸口抵在枕头角儿上，心里想道，“要是我们真走了，这会儿他们就把娜塔莉亚按在这张床上，糟蹋她啦，就像那一次在波兰糟蹋福兰妮亚一样……”

红军中有人说起一件事情，但是另外有一个熟悉的声音打断了他的话，那声音在朦胧的灯光下响起来，带着若有所待的间歇：

“唉，没有娘儿们真没味道！难受死啦……可是掌柜的是军官……他们不通人情，不肯把老婆让给当兵的……掌柜的，听见吗？”

红军中有人已经打起呼噜，有人睡意蒙眬地笑起来。那个红眉毛的红军用很严厉的口气说话了：

“喂，亚历山大，我说你都说厌啦。每到一家你都要胡闹，要流氓，败坏红军的名誉。这样不行！我这就去找政委或者连长。你听见吗？要和你好好谈谈！”

屋子里鸦雀无声。只听见那个红眉毛的红军气得哼哧哼哧地在穿靴子。过了一小会儿，他砰的一声把门带上，就出去了。

娜塔莉亚憋不住，大声抽搭起来。格里高力用左手哆哆嗦嗦地抚摩着她的头、她的汗津津的前额和哭湿了的脸。用右手静静地摩弄着自己的胸膛，手指头机械地扣上衬衣的纽扣，又解开。

“别哭，别哭！”他轻轻地对娜塔莉亚说。这时候他心里十分清楚，他精神上已准备好接受任何考验和侮辱，但求保全自己和家里人的性命。

火柴照亮了欠起身子的亚历山大的脸、他的扁扁的鼻子、正在抽烟的嘴。听得见他小声嘟哝着，在一片呼噜声中叹了一口气，就开始穿衣服。

格里高力焦急地仔细听着，心里无限感激那个红眉毛的红军，一听见窗外的脚步声和气愤的声音，高兴得直打哆嗦。

“他老是胡闹……真没办法……够呛……政委同志……”

脚步声进了过道，屋门吱扭一声开了。有一个年轻的、威严的声音命令说：

“亚历山大·裘尔尼柯夫，把衣服穿好，马上离开这儿。到我的房子里睡去，你败坏红军的名誉，我们明天要处分你。”

一个身穿黑皮夹克的人，和红眉毛的红军并肩站在门口，用亲切而锐利的目光望着格里高力。

他看样子很年轻，而且露出年轻人的严肃神情；他那生着少年时期茸毛的嘴唇闭得紧紧的，显示出异常的刚毅。

“同志，遇到一个不安分的客人吧？”他微微笑着，对格里高力说，“好啦，现在睡吧，明天我们就教育教育他。晚安。裘尔尼柯夫，咱们走！”

他们走了，格里高力轻松地舒了一口气。第二天早晨，红眉毛的红军在付房钱和饭钱的时候，故意耽搁了一会儿，说：

“老乡，请不要见怪。我们这个亚历山大头脑有点不大清楚。去年在卢干斯克——他是卢干斯克人——有几个军官当着他的面把他的妈妈和妹妹打死啦。所以他成了这个样子……好啦，谢谢吧。再见吧。哦，差一点把孩子们忘啦！”他从口袋里掏出两块脏得变成灰色的糖，一个孩子手里塞了一块，两个孩子说不出的高兴。

潘捷莱·普罗柯菲耶维奇十分感动地看着孙子和孙女。

“哈，给他们这样好吃的东西！我们已经有一年半没见过糖啦……同志，谢谢你啦！……给叔叔鞠个躬！波柳什卡，快谢谢呀！……好孩子，你怎么犟起来。站着不动啊？”

红军走了出去，老头子又气冲冲地对娜塔莉亚叫道：

“你们真没有家教！哪怕送个面包给他在路上吃吃也好。好心不该好报吗？你们呀！”

“快跑！”格里高力吩咐说。

娜塔莉亚披上头巾，追到门外，追上那个红眉毛的红军。她红着脸，把一个圆圆的面包塞进他那深得像草原上的井一样的军大衣口袋里。

十七

中午时候，第六姆岑斯克红旗团急行军从村子里穿过，从有些哥萨克家里抢走了几匹战马。山后很远的地方响着隆隆的炮声。

“在旗尔河上打起来啦。”潘捷莱·普罗柯菲耶维奇猜测说。

傍晚时候，彼特罗和格里高力都不止一次跑到院子里，顺着顿河可以听见，远处，在霍派尔河河口镇那边，响着低沉的隆隆炮声和嗒嗒的机枪声，机枪声很低很低，只有把耳朵贴在冰冻的地面上才听得见。

“那边打得不坏！古谢尔希柯夫将军带着宫陀洛夫团在那儿打呢，”彼特罗一面说，一面掸着膝盖和帽子上的雪；接着又前言不搭后语地说，“他们在抢我们的马呢。格里高力，你的马太惹眼，万一他们看见了，要抢的。”

但是老头子醒悟得比他们早。入夜时候，格里高力牵着两匹战马去饮水，一出门，就看见马的前腿一拐一拐的。他牵着自己的马走了几步，看出这马完全瘸了；试了试彼特罗的马——也是这样。他喊来哥哥，说：

“马腿坏啦，真是怪事！你的马瘸了右腿，我的马瘸了左腿。也看不出伤在哪儿……是不是害了风湿？”

在淡紫色的雪地上，两匹马垂头丧气地站在朦胧的星光下，因为没有精神，不撒欢，也不尥蹶子。彼特罗点着马灯，但是父亲从场院上走来，叫他不要点灯。

“掌灯干什么？”

“爹，马瘸啦。恐怕腿有毛病。”

“腿有毛病——不好吗？你愿意庄稼佬来加上鞍，把马牵走吗？”

“这倒是不错……”

“你就去告诉格里什卡吧，马腿的毛病是我弄出来的。我拿小锤子，往脆骨上各钉了一根钉，这么一来，只要咱们这儿还打仗，这两匹马就是瘸的啦。”

彼特罗晃了晃脑袋，咬了咬胡子，就朝格里高力走去。

“把马牵进去吧。这是爹故意弄瘸的。”

幸亏老头子有先见之明。这天夜里又有不少人马闹哄哄地开进了村子。大街上到处是骑兵。一支炮兵连在坑坑洼洼的街道上轰隆轰隆地开过，拐到广场上停了下来。第十三骑兵团在村子里宿营了。贺里散福来到麦列霍夫家，一进门就蹲下来，把烟点着。

“你们家没来吗？那些家伙没来住吗？”

“这一回总算饶了我们。那些人只要一来，满屋子都是庄稼佬的臭气！”伊莉尼奇娜很不高兴地嘟哝说。

“我家住上啦。”贺里散福的声音变成耳语，一只大手擦了擦流出泪水的眼睛。但是贺里散福摇了摇像波兰钢盔一样的大头，哼哧了两声，好像因为流泪感到不好意思了。

“你怎么啦，贺里散福？”彼特罗第一次看见贺里散福流眼泪，就笑着问道。他看见贺里散福流泪，心里倒是高兴起来。

“把我的大青马抢走啦……就是我在俄德战争中骑的那一匹……就是说，共过患难的……就像人一样，甚至比人都懂事……是那家伙自己上的鞍。他说：‘你把马备上，这马不听我的。’我说：‘怎么，我能一辈子给你备马吗？你要骑，就自己侍弄吧。’他备好马，可是人又太矮……简直像个黄瓜头儿！大概只有我的腰这么高，脚够不到马镫……他把马牵到台阶跟前，骑上去……我就像小孩子一样哭起来。对我老婆说：‘天天侍候，喂吃喂喝，可是你瞧……’”贺里散福又换成很快的、带哭腔的低语声，并且站了起来，“连马棚我都不敢去看啦！院子里就像什么都死绝啦……”

“我的马还在。我的坐下马已经死掉三匹，这是第四匹啦，已经不算什么啦……”格里高力仔细听起来。窗外有积雪的吱咯声、马刀叮当声、低低的赶马声。“上我们家来啦。该死的东西，就像猫闻到鱼腥一样！也许是有人指引……”

潘捷莱·普罗柯菲耶维奇慌了，两只手成了多余的，不知道往哪儿搁了。

“掌柜的！喂，出来！”

彼特罗披上棉袄，走了出来。

“你家的马在哪儿？牵出来！”

“我没意见，不过，同志，马腿都有毛病。”

“有什么毛病？牵出来！我们不会白牵走的，你别害怕。我们把自己的马留下来。”

彼特罗一先一后把两匹马从马棚里牵了出来。

“里面还有一匹呢。为什么不牵出来？”一个红军用手电筒照着，问道。

“那是一匹骒马，怀驹啦。是一匹老马，有一百岁啦……”

“喂，把马鞍拿来！……等一等，当真瘸了嘛……我的天啊，这样的瘸马你往哪儿牵？！牵回去吧！……”手拿电筒的红军气呼呼地叫起来。

彼特罗伸手抓住马笼头，闭紧嘴巴，扭过脸来，避开电筒的亮光。

“马鞍在哪儿？”

“今天上午有几位同志拿走啦。”

“你这家伙瞎说！谁拿走啦？”

“真的！……当真有人拿走啦！姆岑斯克团打这儿经过，拿走啦。两副马鞍，还有两副皮套，都拿走啦。”

三个骑兵骂着娘走了。浑身都是马汗气味和马尿气味的彼特罗走了进来。他噘着强硬的嘴唇，带着夸耀的神气拍了拍贺里散福的肩膀。

“就要这样！我说，马瘸啦，马鞍叫人拿走啦……哼，你呀！……”

伊莉尼奇娜把灯吹灭，摸索着到上房里去铺床。

“咱们就摸摸黑吧，要不然鬼又要叫他们来借宿啦。”

* * *

这天夜里，安尼凯家里好不热闹。红军叫把街坊上的哥萨克请来玩儿。安尼凯就来请麦列霍夫家兄弟俩。

“红军?！红军有什么关系？难道他们不是人吗？他们跟咱们一样，也是俄罗斯人。真的嘛。你们愿意信就信，不信就拉倒……我喜欢你们……我怎么啦？他们当中有一个犹太人，也是人嘛。咱们在波兰杀了不少犹太人……好惨啊！可是这个犹太人给我酒喝。我喜欢犹太人！……去吧，格里高力！彼特罗！听我的……”

格里高力不肯去，但是潘捷莱·普罗柯菲耶维奇劝他去：

“去吧，要不然人家说你看不起人。去吧，别记仇。”

他们来到院子里。夜里很暖和，看样子要下雪了。院子里到处是炉灰气味和烧马粪的烟味。他们一声不响地站了一会儿，然后就朝前走去。妲丽亚在门口跟上了他们。

她的两道描得黑黑的眉毛，像翅膀一样在脸上舒展开来，被云彩里透出来的朦胧月光一照，泛着黑丝绒一般的亮光。

“他们想把我老婆灌醉……可是他们办不到。伙计，我是长眼睛的……”安尼凯嘟哝着，可是一阵酒意上来，他朝篱笆上直撞，有几次离开正路，倒在雪堆上。

松散的雪粒子在脚下像砂糖一样咯吱咯吱响了一阵子。大雪从灰色的天幕上扑了下来。

风吹得烟卷儿上的火星乱飞，吹起一团一团的雪粉。高空的风凶猛地冲击着白羽毛一般的云彩（老鹰追天鹅，就是用鼓鼓的胸脯向天鹅这样冲击的），于是一团一团的鹅毛大雪，就纷纷扬扬向沉沉入睡的大地上飞来，遮住村庄，遮住纵横交错的大路、草原、人和鸟兽的脚印……

在安尼凯家里闷得连气都透不过来。油灯冒着尖尖的、像舌头一样的黑烟苗，烟雾腾腾，谁也看不见谁。一个红军劈开两条长腿，拉着手风琴，奏着《萨拉托夫女郎》，把音箱拉到了最大限度。长板凳上坐着一些红军和街坊上的娘儿们。有一个身强力壮的大汉在调戏安尼凯的老婆。那人穿着绿棉裤和短筒靴，靴上装着一副老大的、好像是从博物馆里偷来的刺马针。一顶灰色羊羔皮帽扣在他脑后的鬈发上，棕色的脸汗淋淋的。一只汗津津的手摸索着安尼凯老婆的脊梁。

这娘儿们已经瘫软了：她的嘴红红的，流出了口水；她想躲开，却没有力气躲开；她看见了丈夫，也看见别的娘儿们含笑的目光，但她就是没有力气把这只强有力的手从脊梁上推下去：她好像一点也不害羞，只是陶醉地、软绵绵地笑着。

桌子上杯盘狼藉，满屋子都是酒气。桌布变成了抹布，第十三骑兵团的一位排长在屋子当中的土地上像个绿鬼一样打着转转儿在跳农家舞。他穿的靴子是细纹皮的，脚上只包着脚布，没穿袜子，马裤是军官呢的。格里高力在门口看着他的靴子和马裤，心里想："这是从一个军官身上剥下来的……"然后把目光移到这个人的脸上：一张脸漆黑漆黑的，满脸都是亮闪闪的汗珠儿，就像大青马的屁股，圆圆的耳壳挓挲着，嘴唇又厚又往下耷拉。"是个犹太人，倒是挺机灵的！"格里高力在心里说。大家也给他和彼特罗斟了酒。格里高力喝得很谨慎，但是彼特罗很快就喝醉了。过了一个钟头，彼特罗已经在土地上跳起哥萨克舞，靴后跟踢得黄土乱飞，他用沙哑的嗓门儿央求手风琴手："拉快点儿，快点儿！"格里高力坐在桌子旁边，嗑着南瓜子。他身边坐着一个高大的西伯利亚人，是个机枪手。这个机枪手皱着孩子般的圆脸，说话声音很柔软，总是把"茨"音说成"嗞"音。

"我们把高尔察克打垮啦。等我们把你们的克拉斯诺夫狠狠揍一顿，就完事啦。就这样！然后就回家去种地，土地有的是，只要有人侍弄，就能长庄稼！土地好比老娘儿们，不会自动找你，要去抓过来。谁碍事，就把谁杀死。我们不要你们的。只求大家都平等……”

格里高力频频点头称是，但他暗暗注视着这个红军。似乎没有担心的必要。大家看着彼特罗，看着他那灵活而优美的舞姿，都带着赞赏的神情在笑。有一个清醒的声音还欢叫起来：“真他妈的跳得好！”但是格里高力无意中发现，一个鬈发的红军，是一个准尉，正眯缝着眼睛仔细打量他，于是他警惕起来，酒也不喝了。

手风琴手拉起了波尔卡舞曲。大家纷纷请妇女们跳舞。有一个红军，脊背上蹭了一片白灰，晃晃悠悠，来请贺里散福邻居家一个年轻媳妇跳舞，但是她拒绝了，并且提着带褶儿的裙子下摆，向格里高力跑来。

“咱们来跳！”

“不想跳。”

“来吧，格里沙！我的心肝儿！”

“别闹，我不跳嘛！”

她很不自然地笑着，扯住他的袖子。他皱着眉头，挣着，但是一看见她挤眼睛，就站了起来。他们转了两个圈子，手风琴手的手按到低音键上，她瞅准机会，把头放在格里高力的肩上，悄悄地说：

“他们商量要杀你呢……有人告密，说你是军官……快跑吧……”

她又大声说：

“哎哟，我的头好晕啊！”

格里高力装出一副快活的神气，走到桌子跟前，把一杯酒一饮而尽。他问妲丽亚：

“彼特罗喝醉了吧？”

“差不多啦。已经抵到嗓子眼儿啦。”

“把他搀回家去。”

妲丽亚搀着彼特罗往外走，使出男子汉一般的力气抵挡着他的推搡。格里高力也跟着往外走。

“哪儿去？哪儿去？你上哪儿去？不行！你别走，让我亲亲小手！”

醉得稀里糊涂的安尼凯缠住格里高力不放，但是格里高力狠狠瞪了他一眼，吓得安尼凯把两手一挖挲，闪到了一边。

“诸位少陪啦！”格里高力在门口摇晃着帽子说。

那个鬈发的红军耸了耸肩膀，勒了勒皮带，跟着他走了出来。他站在台阶上，对格里高力的脸呵着气，忽闪着凶恶而放光的眼睛，小声问道：

“你上哪儿去？”他紧紧抓住格里高力的军大衣袖子。

“回家去。”格里高力没有停下来，一面带着他往前走，一面回答说。他在心里又激动又高兴地说，“办不到，你们别想活逮我！”

鬈发的红军用左手抓住格里高力的胳膊肘，喘着粗气，肩并肩地朝前走去。他们在大门口停了下来。格里高力听见房门吱扭响了一声，红军的右手马上就向腰上一伸，用手指甲抓了几下枪套的盖子。格里高力刹那间看见那人的目光像一把青刀子似的对准了他，于是一个转身，抓住那只正要打开枪套扣子的手。他哼哧一用劲，抓紧那人的手腕子，使出狠劲往自己右肩上一搭，身子一变，用老早就学会的方法把那人的沉甸甸的身子从自己头上摔过去，半空中把那只胳膊往下一扯，只听得咯吧一声，就知道肘关节脱位了。那一头亚麻色鬈发、像羊羔头一样的头撞到雪上，扎进雪堆里。

格里高力弯下腰，贴着篱笆，顺着胡同朝顿河跑去。两条腿像弹簧一样弹动着，把他送到了河边……“只要没有哨兵就好啦，然后……”他站了一小会儿；后面还可以看见安尼凯家的房子。一声枪响。子弹嗖的一声飞过去。又响了几枪。是朝着山下、朝着黑黑的渡口、朝着顿河对岸放的。他已经跑到河心里，一颗子弹哧的一声，钻进他身边一块洁白的、带气泡的大冰块里，冰碴子四处飞溅，溅得他的脖子凉丝丝的。他跑过顿河以后，回头看了看。枪声还像牧人的鞭子一样劈劈啪啪地响着。格里高力并没有因为幸免于难感到高兴，却因为对事情毫不在乎而胡思乱想起来。“简直像吓野兽一样！”他又停下来，不由得想道，“他们不会来搜的，不敢到树林里来……我把他的胳膊整治得不轻。想轻易地逮住哥萨克呢，哼，办不到！”

他朝过冬的干草垛走去，但是因为担心，又走了过来，像出来打食儿的兔子一样，绕圈儿绕了半天，把脚印弄乱。他决定在一堆干香蒲里面过夜。

他把香蒲扒了扒。一只水貂从脚下跑过。他连头钻进散发着霉烂气味的干香蒲里，哆嗦了几下子。脑子里空空的。只是偶然无意中想道："是不是明天骑上马，穿过前线，找自己人去?"但是没有想出答案，就睡着了。

天快亮时冷起来。他伸出头来看了看。晨曦在他的头顶上欢快地、颤颤巍巍地闪烁着。在蓝黑色天空的深处，就像在顿河的浅滩上一样，好像露出了底：天顶呈现出黎明前的朦胧的淡蓝色，四边是渐渐熄灭的寥落的晨星。

十八

战线转移过去了。兵荒马乱的日子过去了。最后一天，第十三骑兵团要走的时候，机枪手们把莫霍夫家的留声机放在一架宽背的塔甫里亚式爬犁上，赶着爬犁在村子里各条街道上转悠了很久。留声机哇呀呀叫上一阵，又啪啦啦响几声（因为马蹄蹚起的雪团子不住地往老大的喇叭上落），一个头戴西伯利亚式皮帽的机枪手，大模大样地掸着喇叭里的雪，灵活地转动着带花纹的留声机把手，就像操纵机枪后把手那样沉着。孩子们像一群灰麻雀一样，跟在爬犁后面跑着；抓住爬犁的边儿，一个劲儿地喊叫："叔叔，把这玩意儿转悠转悠，叫得好响啊！转悠转悠嘛，叔叔！"两个很幸运的孩子坐在机枪手的膝盖上，机枪手不转悠把手的时候，就又亲热又严肃地用手套摩弄着一个小家伙的冻脱了皮、兴奋得冒了汗的鼻子。

后来听说，战事正在梅契特卡河口镇一带进行。为南线红军第八军和第九军运送粮食和弹药的辎重车辆，时断时续地从鞑靼村里通过。

第三天，村丁挨家挨户地跑，通知哥萨克去开大会。

"咱们要选克拉斯诺夫当总督啦！""小牛皮大王"安季普一面从麦列霍夫家里往外走，一面说。

"咱们是去选举他呢，还是把他从台上推下来？"潘捷莱·普罗柯菲耶维奇问道。

"到会上就知道啦……"

格里高力和彼特罗来到会场上，年轻哥萨克都来了。没有老头子。老头子只有"牛皮大王"阿甫杰伊奇一个，他集合起一群喜欢说笑的人，吹了起来，说的是一位红军政委住在他家，并且请他阿甫杰伊奇出任指挥官的事。

“他说：‘我还不知道您是一位老资格的司务长呢，要不然我们早就请您老人家出山啦……’”

“请你担任什么职务？派你到哪儿去当官儿？”米沙·柯晒沃依龇着牙问道。

很多人都跟着他起哄：

“派他给政委当马倌。给骒马洗屁股。”

“步步高升！”

“哈——哈！……”

“阿甫杰伊奇！你听着！他是要派你到三类辎重队当腌菜官儿呀。”

“你们不了解全面情况……政委在跟他说话的时候，政委的通信员就趁机会去找他的老伴儿，跟她勾搭上啦。可是阿甫杰伊奇还流着口水，挂着鼻涕，只顾听呢……”

阿甫杰伊奇用愣愣的眼睛看着大家，咽了一口唾沫，问道：

“刚才这话是谁说的？”

“是我！”后面有人很勇敢地回答说。

“你们见过这样的狗杂种吗？”阿甫杰伊奇四面转悠着，寻求同情，同情的人实在不少：

“他是坏蛋，我早就说啦。”

“他们家都是这样的货。”

“我要是年轻的话……”阿甫杰伊奇的脸红得像一嘟噜绣球花似的，“我要是年轻的话，一定要叫你尝尝厉害的！你就像个南蛮子，只会要贫嘴，不禁打！你是纸扎的！面捏的！……”

“阿甫杰伊奇，你怎么不跟他干一架啊？你不行了嘛。”

“看样子，阿甫杰伊奇服输啦……”

“他怕的是，一用劲把肚脐眼儿挣开了……”

一片哄叫声，把神气活现地走了开去的阿甫杰伊奇送出会场。会场上东一堆西一堆到处是哥萨克。格里高力很久没有看见米沙·柯晒沃依了，于是走到他跟前。

“你好啊，老朋友！”

“托福托福。”

“这一阵子你上哪儿去啦？在哪一边干事儿啦？”

格里高力握着米沙的手，望着他那蓝蓝眼睛，笑着问道。

“噢呀！我呀，伙计，在牧场上干过，也在卡拉奇前线的惩戒连里干过。哪儿都去过！好不容易回到家里来。我在前线上想往红军那边跑，可是他们死死看住我，比一个当娘的看守她那未开苞的闺女还要严。伊万·阿列克塞耶维奇前几天到我这儿来，披着斗篷，一身行装。他说：‘喂，把枪带上，马上就走！’我刚刚回来呀，就问他：‘你当真要走吗？’他耸了耸肩膀，说：‘叫我走呢。团长指示叫我走。因为我在磨坊里干过，他们把我看上啦。’他告过别，就走啦。我以为他真的跟着走了呢。可是第二天，姆岑斯克团已经离开，我一看：他还在呢……这不是，他来啦！伊万·阿列克塞耶维奇！”

磨坊工人达维德卡和伊万·阿列克塞耶维奇一起来了。达维德卡龇着满嘴白牙，笑得非常开心，就好像拾到了宝贝……伊万·阿列克塞耶维奇用散发着机器油气味的粗大手指头抓住格里高力的手握了握，弹了一下舌头。

“你怎么，格里沙，没走吗？”

“你怎么没走？”

“噢，我吗……我的事情不一样。”

“你指的是我当过军官这件事吗？反正豁出去啦！没有走……差一点儿被打死……在追我、开枪打我的时候，我后悔没有走，可是现在又不后悔啦。”

“为什么盯上你啦？是十三团干的吧？”

“是他们。那天晚上在安尼凯家玩儿。有人告密，说我是军官。不去碰彼特罗，就盯住我……都是肩章惹的事儿。我跑到顿河那边，把一个鬈毛的家伙的胳膊整治得不轻……他们为这事跑到我家里，把我的东西抢得光光的。连裤子、褂子都抢走啦。只有我身上穿的，算是留下来啦。”

“要是在波得捷尔柯夫来以前，咱们就去参加红军就好啦……现在就没有这么多麻烦事儿啦。”伊万·阿列克塞耶维奇似笑非笑地说，抽起烟来。

大家往前凑了凑。从维奥申镇上来的佛明团里的拉普琴科夫准尉宣布开会。

“同志们！乡亲们！苏维埃政权已经在咱们州里成立啦。要建立管理委员会，要选举执行委员会，选举主席和副主席。这是第一。还有第二，我带来了州苏维埃的命令，这命令要立即执行：交出一切发火的和不发火的武器。”

“好家伙！”后面有人恶毒地说。过后有好一阵子全场鸦雀无声。

“同志们，用不着这样大呼小叫！”拉普琴科夫挺直了身子，把帽子放在桌子上，“武器显然是应该交出来的。因为居家过日子用不着这玩意儿。谁愿意去保卫苏维埃，就把武器发给谁。限三天内把枪交来。再就是咱们开始选举。我将责成执委会主席贯彻这项命令，主席还应该把村长的印鉴和村里的公款都接收过来。”

“是他们发给我们的枪吗，凭什么要我们交枪？……”

问话的人还没有把话说完，大家就一齐朝他转过脸来。问话的人原来是查哈尔·柯洛列夫。

“你要枪有什么用？”贺里散福很老实地问道。

“枪我是用不着。不过我们并没有答应过，让红军进我们州里来缴我们的枪。”

“对呀！”

“佛明在大会上说过嘛！”

“马刀是我们自个儿拿钱买的呀！”

“我的步枪是从俄德战场上带回来的，能在这儿交出去吗？”

“干脆说，我们的枪不交！”

“想叫哥萨克赤手空拳呢？没有武器，我又算什么呢？我拿什么护身？要是没有武器，就好比老娘儿们撩起裙子——亮出光屁股啦。”

“我们不交！”

米沙·柯晒沃依很有礼貌地要求说几句话：

“同志们，让我说几句吧！听大家说这样的话，我简直觉得奇怪呢。咱们现在是不是在战争时期？”

“比战争时期还乱呢！”

“既然是战争时期，就不用多说啦。拿出来，交上去！咱们以前攻下乌克兰人的村庄，不也是这样干的吗？”

拉普琴科夫摸了摸皮帽子，斩钉截铁地说：

“谁要是在三天之内不交出武器，就以反革命分子论处，送交军事法庭，枪毙。”

静场一会儿之后，托米林一面咳嗽着，一面用沙哑的喉咙说：

“就请选举政委吧！”

开始推选候选人。喊了十来个人的姓名。有一个年轻小伙子喊道：

“选阿甫杰伊奇当主席！”

但是这个玩笑没有开成。大家首先投票表决伊万·阿列克塞耶维奇。一致通过。

“底下再选就用不着投票啦。”彼特罗·麦列霍夫提议说。

大家都赞成他的意见，于是不用投票，一致选举米沙·柯晒沃依为副主席。

麦列霍夫家兄弟俩和贺里散福还没有走到家，就在半路上碰上了安尼凯。安尼凯的胳肢窝里夹着步枪，还用老婆的围裙包着子弹。他看见他们三个，觉得不好意思，就钻进旁边的一条小胡同里去了。彼特罗看了看格里高力，格里高力又看了看贺里散福。三个人不约而同地笑了起来。

十九

东风在顿河草原上狂吼。大雪掩埋了峡谷。沟沟坎坎都填平了。看不见大路，也看不见小道。四面望去，是一片白茫茫、光秃秃、被风舔得光溜溜的平原。草原好像死去了。偶尔有一只老乌鸦在高处飞过，那乌鸦就像这草原，就像路边那座头戴白雪帽、帽檐上还像镶着海狸皮的爵爷帽那样围着一圈艾蒿的古坟一样老。一只乌鸦飞过，翅膀划得空气发出口哨声，叫声又大又凄厉。风把乌鸦的叫声送得远远的，这声音就在草原上悲怆地响上老半天，就像在寂静的黑夜里无意中碰响了一根低音弦。

然而大雪覆盖下的草原还是在生活着。那白雪皑皑的耕地，就像冻结的浪涛；秋天就耙过的土地，就像僵死的水波；可是就在这些地方，被大雪压倒在地的冬小麦还在生活着，生命力很强的根拼命地往土里钻。绿油油、周身都凝聚着露水珠儿的冬小麦，瑟瑟缩缩地贴在松软的黑土地上，吮吸着土地那肥沃的黑血，等待着春天，等待着太阳，好冲破渐渐融化的像蜘蛛网一样薄的晶亮的冰壳子站起来，好在五月里变成诱人的翠绿色。时间一到，冬小麦要站起来的！那时候鹌鹑就要在小麦地里欢跳，四月里的百灵鸟就要在麦地上空唱歌。太阳会一直照耀着它，春风会一直吹拂着它。直到成熟而饱满的麦穗被狂风和骤雨吹打得垂下那胡子拉碴的头，并且在主人的镰刀下躺下去，再到场院上乖乖地交出饱鼓鼓、沉甸甸的麦粒儿。

整个顿河地区景象都很萧条、沉闷。日子越来越暗淡无光。眼看就要有大事发生。可怕的流言从顿河上游传来，顺着旗尔河、楚茨康河、霍派尔河、叶兰河，顺着流经哥萨克村镇的大大小小的河流传播开去。人们都在说，可怕的不是像波浪一样滚了过去、已经在顿涅茨河边固定下来的战线，而是肃反委员会和革命军事法庭。据说，肃反委员会和军事法庭一两天内就要到附近几个镇上来，又说，好像已经来到米古林镇和嘉桑镇上，正在对干过白军的哥萨克进行严厉的、无理的审判。好像顿河上游哥萨克抛弃阵地这件事不能成为开脱罪责的理由，而且审判程序简单极了：提起公诉，问两个问题，就判决——用机枪一扫完事。据说，在叔米林和嘉桑镇上已经有很多哥萨克死在乱树棵子里，无人收尸……不过老兵们听了只是笑笑，说："胡扯！这都是军官们瞎编！士官生早就拿红军吓唬过我们啦！"

对于这些谣言，又相信，又不相信。在这以前，各个村子里就流传过各种各样的谣言。谣言吓走了一些胆小的人。但是等到战线移动过去以后，就有更多的人整夜整夜地睡不着觉，觉得枕头烫脑袋，被窝硬邦邦的，觉得娇妻也不可爱了。

有些人已经后悔没有跑到顿涅茨河那边去了，但是过去的事是无法挽回，落在地上的眼泪是不能收起的……

在鞑靼村里，哥萨克们一到晚上就聚集在小胡同里，互相打听消息，然后就一家一家地串门子，喝老酒。村子里的日子过得很平静，很没有味道。开斋节期间只响过一次迎亲的马铃铛；米沙·柯晒沃依把妹妹嫁出去了。而且大家都在尖酸刻薄地议论这个姑娘。

"偏偏在这种时候出嫁！看样子，熬不住啦！"

选举出主席以后，第二天村子里家家户户都交了枪。在革命军事委员会占用的莫霍夫家的房子里，暖和的过道里和走廊里堆满了枪支。彼特罗·麦列霍夫也把自己的和格里高力的两支步枪、两支手枪和一把马刀送了去。弟兄两个把两支军官手枪留了下来，交出的只是从俄德战争中带回来的枪支。

彼特罗轻轻松松地回到家里。格里高力正在上房里，挽着袖子，拆卸和用煤油擦洗两支步枪枪栓的零件。两支步枪就靠在床上。

"这是从哪儿来的？"彼特罗惊愕得连胡子都耷拉下来。

"爹到菲洛诺沃去看我的时候，带回来的。"

格里高力的眯得细细的眼睛亮闪闪的。他用两只沾满煤油的手叉住腰，哈哈大笑起来。他又突然像狼那样把牙齿一咯吱，止住笑声。

"两支步枪是小意思！……你要知道，"虽然屋子里没有别的人，他还是悄悄地说，"爹今天对我说，"格里高力又敛住笑容，"他还有一挺机枪呢。"

"你瞎——说！哪儿来的？怎么一回事儿？"

"他说，是用一口袋酸奶渣从哥萨克辎重兵手里换来的，不过我想，这老家伙是撒谎！一定是偷来的！他就像个屎壳郎，驮不动的东西，拖也要拖回来。他悄悄对我说：‘我有一挺机枪，藏在场院里呢。上面有一根弹簧，可以当螺旋钩子用，不过我还没有动。’我问他：‘你要这玩意儿干什么？’他说：‘我看中了这根值钱的弹簧，也许能有什么用处。这是贵重玩意儿，用铁做的嘛……’”

彼特罗很生气，想到厨房里去找父亲，但是格里高力劝他不要去：

“算啦！帮我擦擦，装起来吧。你问他，能问出什么名堂来？”

彼特罗擦着枪，哼哼了半天，可是后来转念一想，说：

“也许做得对……说不定会有什么用处呢。就放着好啦。”

这一天，托米林·伊凡来报告说，嘉桑镇上枪毙了不少人。他们围着炉子抽着烟，说了一阵子话儿。彼特罗在说话的时候，一直在想着一个问题。他因为不习惯思索，思索起来就特别吃力，急得额头上都冒了汗。托米林一走，他就说：

“我马上到鲁别仁村去找找亚可夫·佛明。我听说，他这会儿在家里。听说，他正在搞什么州革命军事委员会呢，不管怎么说，这总是一张护身符。我去求求他，在必要的时候照应照应咱们。”

潘捷莱·普罗柯菲耶维奇把骒马套到装得满满的爬犁上。妲丽亚裹着一件新皮袄，跟伊莉尼奇娜咬了半天耳朵。她们一同跑进仓房里，从里面拿出来一包东西。

“这是什么？”老头子问。

彼特罗没有作声，伊莉尼奇娜急急匆匆地小声说：

“这是我留起来的奶油，平时是不拿出来的。现在说不上奶油不奶油啦，我把这奶油交给妲丽亚，叫她带去送给佛明的太太，也许对彼特罗有好处。”她说着说着，哭了起来，“当兵，当兵，流血拼命，现在因为他们的肩章，难保不出什么事情……”

“啰里啰唆，住嘴吧！”潘捷莱·普罗柯菲耶维奇生气地把鞭子往干草上一扔，走到彼特罗跟前，说，“你给他送两口袋麦子去吧。”

“他要麦子有屁用！”彼特罗火了，“爹，您还是到安尼凯家去买点儿老酒，用不着什么麦子！”

潘捷莱·普罗柯菲耶维奇怀里揣回来一大瓶老酒，不住口地夸奖着：

“好酒，他妈的真够味儿！比得过皇家的御酒。”

“老狗，你倒先尝过啦！”伊莉尼奇娜骂道；但是老头子就像没听见似的，像吃饱了的猫一样眯缝着眼睛，哼哼着，用袖子擦着喝酒喝得火辣辣的嘴唇，精神抖擞地朝屋子里走去。

彼特罗出了院子，就像客人一样，让大门大开着。

他是去给有权有势的老同事送礼物：除了老酒以外，还有一段战前出产的哔叽、一双靴子和一斤高级茉莉花茶。那一次第二十八团攻下利斯基车站，全团乱纷纷地抢起火车和仓库，这些东西就是他在那时候抢的……

也是在那一次，他在一列被截住的火车里抢了一网篮女人衣服。父亲那一次上前线去看他，他叫父亲带回家来。于是妲丽亚就神气活现地穿起新颖别致的女装，娜塔莉亚和杜尼娅都眼馋死了。细密的外国料子比雪还白，每一件衣服上都用丝线绣着家徽和姓名的第一个字母。一条衬裤上的花边比顿河上的浪花还要好看。妲丽亚在丈夫回来的头一夜，就是穿着这条衬裤睡的。

彼特罗在熄灯以前，大大咧咧地、开心地笑着说：

“那是男人的裤子嘛，你逮到就穿起来啦？”

“这裤子穿起来又暖和又好看，”妲丽亚带着幻想的神情回答，“再说，也弄不清是男人的，还是女人的。如果是男人的，就应该长一点儿。还有这花边儿……你们男人家要花边儿干什么？”

“大概有身份的男人就穿带花边的衣服。干我屁事？你穿嘛。”彼特罗睡意蒙眬地搔着痒痒，回答说。

他并没有特别关心这个问题。但是后来两天，他和老婆睡在一起，都是提心吊胆地保持着距离，不由自主地怀着崇敬和不安的心情看着花边儿，生怕碰着了，并且觉得跟妲丽亚有点儿疏远了。他对这条衬裤一直感到不习惯。到第三天夜里，他狠了狠心，毅然决然地要求说：

“你把这裤子他妈的脱下来吧！老娘儿们不能穿这样的玩意儿，这玩意儿根本不是老娘儿们穿的。

你躺在那儿，就像个阔太太！一穿起这玩意儿，简直成了一个外路人啦！”

早晨他醒得比妲丽亚早。他一面咳嗽着，一面皱着眉头穿起衬裤试了试。他小心翼翼地对着裤带、花边和膝盖以下自己的毛烘烘的光腿看了很久。一转身，无意中在镜子里看见自己屁股上的花花绿绿的褶儿，啐了一口，骂了几声，就像狗熊一样往下剥肥大的裤子。一个大脚趾挂在花边上，他差一点儿摔倒在大柜子上，于是他当真生起气来，把裤带一扯，把裤子扯了下来。妲丽亚睡得迷迷糊糊地问道：

“你怎么啦？”

彼特罗别扭得说不上话来，又是哼哼，又是不住地啐唾沫。至于那条弄不清是男裤还是女裤的衬裤，妲丽亚就在这一天叹着气放进了大柜子（那里面还有不少东西，是娘儿们派不上用场的）。这些复杂的玩意儿以后只能给娘儿们做做乳褡。但是有几条裙子妲丽亚却穿起来了；不知为什么这些裙子都很短，但是妲丽亚很有办法，她在上面接上一截，让里面的裙子比外面的裙子长，这样就可以露出宽宽的花边来。于是妲丽亚就用荷兰花边扫着地面，到处谝起来。

现在她跟着丈夫出去做客，就穿得非常阔气，非常体面。上穿顿河式毛皮镶边的皮袄，衬裙的花边露在外面，呢料的外裙又新，质地又好，为的是叫一步登天的佛明太太明白，她妲丽亚不是一个普通的娘儿们，不管怎么说，总是一位军官太太。

彼特罗摇晃着鞭子，吧嗒着嘴唇。背上脱了毛的、怀驹的老骒马拖着爬犁顺着顿河上的爬犁路小跑着。快到晌午时候，来到鲁别仁村。佛明果然在家里。他对彼特罗很客气，请彼特罗用饭，等他看到父亲从彼特罗那罩了一层白霜的爬犁上拿来沾满草屑的大酒瓶，他的红胡子里露出了笑容。

“怎么啦，老同事，很久不见面啊。”佛明用很亲热的口气慢悠悠地低声说，一面斜着两只离得很远的蓝眼睛馋涎欲滴地看着妲丽亚，装模作样地捻着小胡子。

“你知道嘛，亚可夫·叶菲梅奇，天天过军队，不平稳呀……”

“倒也是。老婆子！给我们弄点黄瓜、白菜和顿河干鱼来。”

狭小的屋子里烧得非常热。炕上睡着两个很小的孩子：一个男孩子，很像父亲，两只眼睛也是蓝蓝的，离得也很远，还有一个是女孩子。几杯酒喝过，彼特罗谈起了正题。

“村子里都在传说，好像肃反委员会要来啦，要对付哥萨克呢。”

“第十五英查师的革命法庭已经来到维奥申镇上啦。这又有什么？跟你有什么关系？”

“怎么没有关系？亚可夫·叶菲梅奇，您知道，我是个军官呀。我这个军官，可以说，一眼就能看得出来。”

“看出来又怎样？”

佛明觉得自己成了局势的主宰。几杯老酒下肚，他更觉得自己了不起，自吹自擂起来。他一个劲儿地装腔作势，捋着小胡子，露出一副又阴森、又威风的神气。

彼特罗摸透了他的心理，就装出一副可怜相，低声下气、奴颜婢膝地笑着，但是不知不觉把称呼从“您”换成了“你”。

“我和你一块儿干过。我一直是实心实意对待你。我什么时候对你说过‘不’字？从来没有！老天爷作证，我一向就是维护哥萨克的！”

“这我们都知道。彼特罗·潘捷莱耶维奇，你别多心。所有的人，我们都很清楚。不会碰你的。不过有些人我们是要碰一碰的。有的人要抓起来。隐藏下来的坏家伙很多。他们留下来，别有用心。还藏着武器……你的武器交了吗？嗯？”

佛明突然从慢吞吞的谈话换成追问，弄得彼特罗一时间张皇失措，急得脸都涨红了。

“你交了吗？你究竟怎么啦？”佛明隔着桌子探过身子，盯着问道。

“交啦，当然交啦，亚可夫·叶菲梅奇，你别多疑……我是老老实实的。”

“你老老实实？我可是了解你们……我是本地人嘛。”他挤了挤醉眼，张开大嘴，露出一嘴扁扁的牙齿，“你们用一只手和有钱的哥萨克拉手，另一只手里却拿着刀子，要不然就一刀子戳过去……你们是狗！才不老实呢！我见过的人多着呢。一个个都老奸巨猾！不过你别害怕，不会碰你的。说话算话！”

妲丽亚只吃些冷菜，因为讲礼节，几乎没有吃面包。女主人一直殷勤相让。

到傍晚时候，彼特罗才满怀希望、高高兴兴地动身回家。

* * *

潘捷莱·普罗柯菲耶维奇送走彼特罗以后，就去探望亲家公柯尔叔诺夫。红军要来之前，他到他们家去过一次。那时候卢吉尼奇娜正忙着打发米佳上路，家里又忙又乱。潘捷莱·普罗柯菲耶维奇觉得自己在这里是多余的，就走了。这一次他决心要打听打听，是不是一切都平安无事，顺便也可以同亲家公一起骂骂当前的时局。

他一瘸一拐，老半天才来到村子的另一头。老态龙钟、已经掉了好几个牙的格里沙加爷爷在院子里迎住了他。这天是礼拜天，老人家正要上教堂去做晚祷。潘捷莱·普罗柯菲耶维奇一看见这位太亲翁就惊呆了：老头子那敞着的皮袄里露出俄土战争中所得到的全部勋章和奖章，旧式制服的硬领上红领章闪闪有光，非常惹眼，带裤绦的裤子像所有的老年人那样朝下嘟噜着，裤腿整整齐齐地塞在白袜筒里，头戴一顶带帽徽的制帽，制帽一直压到黄蜡色的大耳朵上。

“你怎么啦，老人家，太亲翁，你不是疯了吧？谁还在这种时候戴勋章、帽徽？”

“你说什么？”格里沙加爷爷把手掌搭在耳朵上。

“我是说，把帽徽拆下来！把十字章摘下来！为这种事，会把你抓起来。在苏维埃当权的时候，这是不行的，是犯法的。”

“孩子，我忠心耿耿报效过白皇帝。现在的政府不合天意。我不承认他们是政府。我对万岁爷亚历山大宣过誓，没有对庄稼佬宣过誓，就是这么回事儿！”格里沙加爷爷咕哝了几下瘪嘴巴，擦了擦白中泛绿的胡子，用拐杖朝家里指了指，“你是找米伦吧？他在家。我们把米佳送走啦。圣母娘娘，保佑他吧……你家孩子没有走吗？什么？不走可不好……算什么男子汉！都对将军宣过誓了嘛。现在军队正需要人，他们却在家里陪老婆……娜塔莉亚好吗？”

“她很好……太亲翁，你回去，把十字章摘下来！现在不能戴这些玩意儿。天呀，太亲翁，你老糊涂了吗？”

“去你的吧！你教训我，还早着呢！给我滚开！”

格里沙加爷爷对直地朝他走来，他从小路上跨到雪地上，把路让开，一面回头望着，无可奈何地摇着头。

“碰见我们家的老总了吗？真够呛！老天爷都拿他没办法。”近来明显瘦下去的米伦·格里高力耶维奇站起来，迎住亲家公说，“把自个儿的勋章、奖章都挂上，戴上带帽徽的帽子，就走啦。怎么劝也不听。简直成了小孩子，什么都不懂。”

“随他怎样吧，反正活不了多久啦……哦，咱们的孩子们怎么样？我们听说，好像那些家伙找过格里沙的茬子，是吗？”卢吉尼奇娜坐到两亲家公跟前来，很伤心地说，“亲家呀，我们家才倒霉呢……抢走了我家四匹马，只剩下一匹骒马和一匹马驹。倾家荡产啦！”

米伦·格里高力耶维奇就像瞄准时那样，眯起一只眼睛，满腔愤恨地换了一种腔调说：

“为什么天下大乱？这都怪谁？全怪他妈的这个

政府！亲家，这个政府就是罪魁祸首。叫大家都平等——这不是荒唐吗？就是要我的命，我也不赞成！我干了一辈子活儿，天天弯腰弓背，浑身流汗，叫我去和那些连手指头都不动一动的人平等，让他们过好日子吗？办不到！等着瞧吧！这个政府容不得规规矩矩干活儿的人。所以我懒得干啦：挣家产有什么用？干活儿又是为谁干的？今天挣来，明天他们一到，一下子就抢光……还有，亲家，前天有一个老同事从穆雷恒村里来，我们聊了很久……现在前线就在顿涅茨河边。是不是能撑得住呢？我说老实话，这种话只有对可靠的人才说：咱们应该尽力配合顿涅茨河那边咱们的人……"

"怎样来配合呢？"潘捷莱·普罗柯菲耶维奇不知为什么带着惊慌的神情小声问道。

"怎样配合吗？把这个政府推翻！让这个政府还回到唐波夫省去。让它跟庄稼佬讲平等去。只要能消灭这些敌人，我可以把全部家产，把一针一线都捐出去。应该这样，亲家，应该教训教训他们！是时候啦！不然可就晚啦……我那个老同事说，他们那儿的哥萨克也很想动手。只要齐心干就行！"他换成急促的、气喘吁吁的耳语，“军队都过去啦，他们还能剩下多少人？有限的几个人！各个村子里只剩下主席啦……砍他们的脑袋——是再容易不过的事。至于维奥申镇上，那也算不了什么……大家齐心协力攻过去，就能把他们打个落花流水！咱们联合起来，不会吃亏……亲家，这事不会错的！”

潘捷莱·普罗柯菲耶维奇站起身来。他字斟句酌，很担心地劝道：

“要当心，一步走错了，就完啦！哥萨克们虽然是在摇摆，可是鬼才知道他们的心究竟向着哪一边。这种事情现在可不能随便对什么人都说……年轻人的心思简直叫人摸不透，一个个好像是在躲猫猫儿。有的走啦，有的就不走。这日子不好过！稀里糊涂，谁也不知道该怎么样。”

“亲家，你放心好啦！”米伦·格里高力耶维奇大大咧咧地笑了笑，“我的话不会错。人群就像羊群：带头羊往哪儿跑，整个羊群都会跟上去。所以就应该给大家指指路。让他们睁开眼看看这个政府。没有云彩，就不会打雷。我要直截了当地对哥萨克们说：要暴动。听说，他们好像已经下了命令，要把哥萨克杀得一个不留。这又怎么说呢？”

米伦·格里高力耶维奇的麻脸都涨红了。

“你说，普罗柯菲耶维奇，这是怎么回事儿？听说，已经开始枪毙人啦……这是什么世道儿？你瞧，这几年什么都搞糟啦！没有煤油，也没有火柴，莫霍夫这一阵子只能卖卖糖果啦……庄稼地又怎样呢？跟以前相比差多少呀？把马都搞光啦。抢走了我的，也抢走了别人家的……抢都会抢，可是谁又来养呢？以前在我们家，我还是小伙子的时候，就养过八十六匹马。你大概还记得吧？有好几匹千里马，连加尔梅克马都赶不上。那时候我家有一匹白斑枣红马。我常常骑着去撵兔子。我加上鞍，骑着到草原上去，轰起草棵子里的兔子，撵不到一百丈远，马就踩到兔子啦。我现在还记得。”米伦·格里高力耶维奇的脸上掠过一丝兴奋的笑容，“有一次我骑着马跑到风磨跟前，就看见一只兔子正冲着我跑来。我也对直朝前冲去，那兔子一转弯，朝坡下，朝顿河对岸跑去。那是在谢肉节时候。风把顿河上的雪吹得光溜溜的，很滑。我只顾撵兔子，没料到马打了个滑，猛地一下子摔倒在地，连头都没有抬一下。我都吓坏啦！我把鞍子卸下来，就跑回家来。我说：‘爹，我把马骑死啦！撵兔子的。’爹问：‘撵上了吗？’我说：‘没有。’爹说：‘坏小子，你骑上大青马，再撵去！’瞧，那时候多有意思！日子过得自在。骑死一匹马，毫不心疼，兔子还是要撵。一匹马值上百卢布，一只兔子不过值一毛钱……唉，有什么好说的！”

* * *

潘捷莱·普罗柯菲耶维奇从亲家公家里出来，心情更加慌乱，心里惶惶不安，十分苦闷。现在他已经充分感觉到，世上有些道理跟过去不同了，跟他格格不入了。如果说，他以前过日子，处世做人，就像驾驭着一匹训练有素的马在崎岖不平的大道上奔跑，那么现在，生活就像一匹跑得满身汗沫的发了狂的马，驮着他在飞跑，他已经驾驭不住这匹马，而是无可奈何地在颠来颠去的马背上摇晃着，只求不跌下去。

面前是一片渺茫。不久以前，米伦·格里高力耶维奇不还是本地最富有的主儿吗？但是最近这三年，他的家道一落千丈。长工们都走了，土地十有八九都荒废了，家里的牛和马卖掉了许多，换来的是天天浮动、大大贬值的钞票。一切都好像是在梦里。一切都像顿河上游动的雾气一样过去了。只剩下一座带花栏杆阳台和褪了色的雕花房檐的房子作为纪念。柯尔叔诺夫那像狐狸毛一样的红胡子里过早地出现的一缕银丝，已经转移到鬓角上，并且定居下来，起初是一撮一撮的，就像沙地上的蒺藜，后来就吞没了红颜色，于是两鬓完全白了；而且白颜色顺着又稀又细的头发往上推进，渐渐占领前顶。而且在米伦·格里高力耶维奇身上，也是这两种因素在疯狂地斗争：红色的血在沸腾，鼓动他干活儿，叫他去种地，盖棚子，修农具，挣家产；但是，另一方面，却越来越烦恼："挣多挣少都没有用。反正是要完蛋！"——于是烦恼把一切都染成冷冷的死白色。两只十分难看的手，不再像以前那样，常常抓抓小锤和小锯，而是无所事事地放在膝盖上，摇晃着生满茧子的肮脏手指头。时运不好，人容易衰老。土地也变硬了。春天，他到地里去，就像去看不可爱的妻子，出于习惯，尽尽责任罢了。挣了钱，也不那么高兴；破了财，也不像以前那样伤心……红军牵走他的马，他连面都没有露。可是在两年以前，因为牛把一堆草踩乱，因为这样的小事，他差一点用叉子把老伴叉死。“柯尔叔诺夫捞足啦，吃饱啦，现在胀得往外吐啦。”街坊们都这样议论他。

潘捷莱·普罗柯菲耶维奇一瘸一拐地回到家里，躺到床上。心口隐隐作痛，喉咙里一冲一冲的，直想呕吐。吃过晚饭，他叫老婆子拿来腌西瓜。他吃了一块，就哆嗦起来，好不容易走到炕边。第二天早晨，他昏迷不醒，发起伤寒病的高烧，完全不省人事了。他的嘴唇烧得都干裂了，脸色蜡黄，白眼珠罩上一层蓝色的油光。德罗兹季哈老奶奶给他放血，从胳膊上的血管里放出两碟子像焦油一样的黑血。但他还是没有恢复知觉，只是脸色变成白中透青，那满口黑牙、呼哧呼哧直吸气的嘴张得更大了。

二十

一月底，伊万·阿列克塞耶维奇接到州革命军事委员会的通知，到维奥申镇上去了。他要在这天黄昏时候回来。大家都在等他。在莫霍夫家的空房子里，财主原来的书房里，在一张有双人床那样宽的书桌后面，坐着米沙·柯晒沃依。从维奥申派来的民警奥里杉诺夫半躺在窗台上（这屋子里只有一把椅子）。他一声不响地抽着烟，吐痰吐得又远又巧妙，每一口痰都吐在壁炉上，一次一块瓷砖。窗外是满天星斗的夜色。寂静，严寒，呼呼的风声。米沙正在搜查司捷潘·阿司塔霍夫家的记录上签字，偶尔望望窗外挂了一层白霜的枫树枝条。

有人从台阶上走过，踩得毡靴发出轻轻的咯吱声。

“回来啦。”

米沙站了起来。但是走廊里却是另外一个人的咳嗽声，另外一个人的脚步声。进来的是格里高力·麦列霍夫，他的军大衣扣得严严实实，脸冻成了褐色，胡子和眉毛上挂了一层白霜。

“我来烤烤火。你好！”

“进来吧，有什么意见提吧。”

“没什么意见。我是来聊聊，再就是顺便说一声：别派我家差啦。我家的马腿有毛病。”

“还有牛呢?”米沙耐着性子斜眼看了看他。

“牛怎么能拉爬犁?路太滑啦。”

一个人咚咚地踩着冻得硬邦邦的木板，大步跨上台阶。伊万·阿列克塞耶维奇披着毡斗篷，像女人一样包着头，闯进了屋子。他身上散发出清新、寒冷的空气味儿，还散发着干草气味和烟臭气。

“伙计们，冻死啦，冻死啦!……格里高力，你好!夜里你出来逛荡什么?……谁他妈的发明了这种斗篷:就像筛子一样，风一个劲儿地往里灌!”

他脱掉斗篷，还没有把斗篷挂好，就开口说:

“噢，我见过主席啦。”伊万·阿列克塞耶维奇满面春风，两眼闪闪有光，走到桌子跟前。他简直憋不住要说一说。

“我走进他的办公室。他和我握了握手，说:‘同志，请坐。’这是一州之长啊!以前又是怎样啊?一位少将呀!在他面前连站站都不敢呢!还是咱们的政府贴心呀!大家都平等!”

他那兴奋、激动的脸色，在桌子旁边那些慌乱的动作，以及这些兴高采烈的话，格里高力都不理解，所以问道:

“阿列克塞耶维奇，你为什么这样高兴呀？”

“什么为什么？”伊万·阿列克塞耶维奇那穿了窟窿的下巴哆嗦了两下，“人家拿我当人看，我怎么能不高兴？人家平等相待，跟我握手，请我坐下……”

“近几年，将军们也穿麻布衬衣啦。”格里高力用手捋了捋小胡子，眯缝着眼睛说，“我看见一位将军的肩章是用化学铅笔画的。他也和普通人握手……”

“将军们是出于无奈，这些人是自觉自愿的。这不同吧？”

“没有什么不同！”格里高力摇了摇头。

“依你看，连政府也一样吗？那为什么要打仗？就说你吧，为什么打仗？为将军们打仗吗？你还说是‘一样’。”

“我是为自己打仗，不是为将军们。如果说实在的，不管是那些人还是这些人，都不合我的心意。”

“究竟谁又合你的心意呢？”

“谁也不合我的心意！”

奥里杉诺夫一口唾沫吐到对面墙上，会心地笑了。看样子，他也觉得谁也不合他的心意。

“你以前好像不是这样想的呀。”

米沙说这话，是有意刺激格里高力的，但是格里高力丝毫没有露出被刺伤的样子。

“我和你——咱们想的不一样……”

伊万·阿列克塞耶维奇想把格里高力打发走，好对米沙详细地说说这次上州里去的情形以及和主席的谈话，但是听了格里高力的话，他激动起来。他在州里见到的和听到的一切都还活生生地留在脑子里，因此他不假思索，急急忙忙插嘴说：

“格里高力，你是来愚弄我们呀！你自己还不知道你想干什么呢？”

“我是不知道。”格里高力心甘情愿地承认说。

“对这个政府你有什么不满意的呢？”

“你又为什么对这个政府这样卖力呢？你又是从什么时候变成红党的？”

“这个问题，在这儿不谈。是怎么样，就怎么样。明白吗？关于政府，也不必多谈，因为我是主席，我跟你争论这个问题，不合适。”

“那咱们就不谈吧。我也该走啦。我是为派差的事来的。至于你的政府，不管你怎样说，反正是个很坏的政府。你给我直截了当地说一句，咱们的话，就算到此结束啦：这个政府对咱们哥萨克有什么好处？”

“对什么样的哥萨克？哥萨克也有各种各样的呀。”

“对所有的哥萨克。”

“让大家自由、平等……你等一等！……别急，你有话……”

“在一九一七年就这样说过啦，现在应该换点儿新花样啦！”格里高力打断了他的话，“要分给土地吗？自由吗？平等吗？……我们的土地够种的。自由不需要再多啦，要不然就要在大街上互相捅刀子啦。以前州长、乡长都是我们自己选的，可是现在都是官派的。那个跟你握手、使你那样高兴的人，谁又选他来？这个政府除了叫哥萨克倾家荡产以外，什么都办不到！庄稼佬的政府，庄稼佬才用得着。不过咱们也用不着将军。不管是共产党，还是将军——都是套脖子的圈套。”

“有钱的哥萨克用不着，可是别人呢？你好糊涂！村子里有钱的只有三户，其余的都很穷。还有工人呢，怎么办？我们决不赞成你的说法！要叫有钱的哥萨克从打饱嗝的嘴里吐出一点儿来，分给饿肚子的人吃吃。要是不肯，就连肉扯出来！当老爷当够啦！他们抢足了土地……”

“不是抢的，是挣来的！我们的祖宗用血浇灌过这些土地，也许就因为这样，我们的黑土才格外长庄稼。”

“反正一样，要和穷人分一分。说平等，就要平等！你只会空转悠转悠车轮子。就像屋顶上的风信旗，风往哪边吹，你就往哪边倒。像你这样的人，只能把什么都搅浑！”

“住嘴吧，你别骂人！因为咱们是老朋友，我才来聊聊，说一说憋在我心里的话。你说，要平等……这是布尔什维克拿来愚弄糊涂老百姓的话。好话一说出来，就有人上钩，就像鱼吃食儿那样！哪儿有什么平等！就拿红军来说吧：他们从村子里开过的。排长穿的是纹皮靴子，小兵打的是裹腿。我见过一个政委，浑身都是皮货，裤子、上衣全是皮的，可是别人连一双皮鞋都穿不上。而且他们掌权才一年呀，等到他们站稳了脚跟，还有什么平等好谈呀？……他们在前线上就说：‘大家一律平等。当官的和当兵的都关一样的饷！……’才不呢！全是骗人话！如果说老爷很坏，那么，奴才变成的老爷还要坏一百倍！大家都知道军官坏，可是如果有谁从小兵升成军官，能把你活活折腾死，没有比这种人再坏的啦！论学问他和普通哥萨克一样：就学过拧牛尾巴，可是你瞧，他一旦爬上台去，就神气活现，要起威风，只要能保住官儿，剥掉别人的皮都行。”

“你这是反革命的话！”伊万·阿列克塞耶维奇冷冷地说，但是没有抬眼看格里高力，“你想叫我听你那一套，是办不到的；我也不想勉强你。我很久没有看到你，没想到你完全变啦。你成了苏维埃政府的敌人！”

“我没有想到你会这样……如果我谈谈政府，我就是反革命？就是士官生啦？”

伊万·阿列克塞耶维奇从奥里杉诺夫手里接过烟荷包，换了比较缓和的口气说：

“我怎么能给你讲清楚呢？这种事要靠自己动脑

筋。要自己去体会！我没有文化，识字不多，不会说话。很多道理我也是自己摸索出来的……”

“你们别说啦！”米沙气哼哼地叫道。

他们一同走出执行委员会。格里高力一声不响。伊万·阿列克塞耶维奇因为大家都不说话，觉得很别扭，又不知道别人为什么会胡思乱想，因为他不能理解，因为他观察生活的立场不同，在临别的时候他说：

“你这些想法顶好留在心里。不然的话，虽然你是我的朋友，你家的彼特罗又是我的干亲，我也有办法对付你！不能扰乱人心，人心已经够乱的啦。你不要拦我们的路。当心我们把你踩坏！……再见吧！”

格里高力走着，心里有一种感觉：好像自己跨过了一道门槛，原来模糊不清的东西，忽然一下子清楚起来。他实际上只是一气之下说出了他近来所想的、在他心中渐渐成熟、一直要冲口而出的东西。又因为他站在两方面斗争的边缘，两方面他都反对，所以他无形中产生了压抑不住的火气。

米沙和伊万·阿列克塞耶维奇一起走着。伊

万·阿列克塞耶维奇又讲起他和州主席见面的情形，但是才说几句，就觉得没有意思、没有味道了。他想恢复原来的心境，却不能了：有一样东西拦路，使他不能愉快地生活下去，使他不能呼吸清新的空气。这一障碍就是格里高力，就是格里高力的一番话。他想到这一点，就恨恨地说：

“像格里高力这样的人，在斗争中只能做绊脚石。坏透啦！不肯往岸上靠，只是漂来漂去，就像冰窟窿里的牛粪。下一次他再来，我要好好教训教训他！他要是进行煽动，咱们就把他关起来……喂，米沙，你觉得怎样？你看怎么办？”

米沙只骂了两声，算是回答，因为他正想着心事。

又过了一个街口，米沙朝伊万·阿列克塞耶维奇转过脸来，他那像姑娘一样饱满的嘴唇上掠过一丝无可奈何的微笑。

“瞧，阿列克塞耶维奇，政治这玩意儿他妈的好厉害！不管谈别的什么事情，都不会这样动肝火。比如刚才同格里什卡一谈起来……要知道我和他很要好嘛，一块儿在学校里念书，一块儿追姑娘，他就像我的亲哥哥……可是我一听到他胡说八道，心就气得鼓了起来，就好像胸膛里装了一个大西瓜。气得我浑身打哆嗦！就好像他要夺走我最心疼的东西。就好像他要把我的什么都抢光！如果这样再谈下去，会动刀子的。在这场战争中，不认亲戚，也不认兄弟。他已经亮出面目——那就来吧！”米沙压制不住怒火，声音颤抖起来，“他就是夺走我心爱的姑娘，我也不像听了这些话这样生气。简直把我气死啦！”

二十一

雪花纷纷飘着，飘着飘着就融化了。中午时候，土崖上的积雪带着低沉的轰隆声大片大片地往下滑。顿河对岸的树林里哗啦哗啦直响。橡树上的冰雪化了，树干变成了黑色。水滴从树枝上纷纷往下落，穿透积雪，一直落到在腐烂的落叶底下焐得热乎乎的土地上。已经到处是春天融雪的醉人气息，在花园里还可以闻到樱桃树的气息。顿河上出现了一个一个的水洼儿。岸边的冰融化了，一个一个的冰窟窿已经淹没在四面流来的碧绿而清澈的融雪水里。

往顿河沿岸运送弹药的一支辎重队，要在鞑靼村换爬犁。护送的红军都是一些愣头愣脑的小伙子。辎重队长留下来看住伊万·阿列克塞耶维奇，就直截了当地对他说："我陪你坐一会儿，要不然你说不定会跑掉！"又分派其余的人去找爬犁。需要四十七架双套爬犁。

叶麦里扬来到麦列霍夫家。

"把爬犁套上，有一批军火要运到博柯夫镇上！"

彼特罗连小胡子都没动一下，就嘟哝说：

"两匹马的腿都有毛病，骒马昨天刚往维奥申镇上拉过一趟伤员。"

叶麦里扬一句话不说，就朝马棚里走去。彼特罗光着脑袋跟了出来，喊道：

"你听见吗？等一等……能不能免我们一回？"

"你能不能不糊弄人？"叶麦里扬沉着脸打量了一下彼特罗，又说，"我想去看看你家的马，看看马腿有什么毛病。是不是有意用小锤把骨头节敲坏啦？你别给我使障眼法！我见过的马，有你见过的马粪蛋子那样多。把爬犁套上！马也行，牛也行——随你的便。”

格里高力赶着爬犁去了。在走以前，他跑到厨房里，一面亲着两个孩子，一面匆匆忙忙地说：

“我给你们带好东西回来，你们在家里可不许捣蛋，要听妈妈的话。”又对彼特罗说，“你们都不要替我担心。我不会走远的。要是到了博柯夫还要再往前送，我就把牛扔掉，往回跑。不过我不回村子里啦。我到新根村姑妈家里住些时候……彼特罗，你要常去看看我……我在家里待着有点儿害怕。”他又笑了笑，“好啦，再见吧！娜塔什卡，别挂念我！”

在改做临时军用仓库的莫霍夫商店门前装上弹药箱，就出发了。

“他们打仗，为的是他们能过好日子，我们过去打仗，也是为自己的好日子。”格里高力在老牛有规律的摇摆中，半躺在爬犁上，用棉袄裹着头，一直在想着这个问题，“世上没有一定的道理。很明显，谁要是能把别人打败，谁就能把别人吃掉……可是我还一直在想糊涂道理呢。想过来，想过去，伤够了脑筋……听说，古时候，鞑靼人侵犯过顿河，来抢夺土地，压迫老百姓。现在是俄罗斯来啦。不行！

我不容许！他们是我，是所有哥萨克的敌人。哥萨克现在都要后悔啦。以前放弃了阵地，现在每个人都和我一样啦。唉！后悔来不及啦。”

近处，迎面而来的是路边的荒草、起伏的丘陵、杂树丛生的山沟；再过去，是白雪皑皑的田野，随着爬犁晃晃悠悠地向南伸去。道路长得没有尽头，使人走得心烦，昏昏欲睡。

格里高力懒洋洋地吆喝着牛，打着盹儿，靠在捆扎着的箱子上晃悠着。他抽过一支烟，把头扎进散发着干木樨气味和甜甜的六月里的日晒气息的干草里，不觉睡着了。他梦见自己和阿克西妮亚一起在高高的、沙沙响的麦地里走。阿克西妮亚亲亲热热地抱着一个小孩子，用生怕别人夺去的眼神从旁边注视着格里高力。格里高力听见自己的心跳声，听见麦穗那悦耳的沙沙声，看见田埂上那轻轻摇动的青草，看见那令人神往的蓝天。他心花怒放，感情激荡，又像原来那样如醉如痴地爱起阿克西妮亚，他感到全身以及每一下心跳都是爱情的力量，然而同时他又意识到这不是真的，觉得在他眼前闪来闪去的是一种已经逝去的景象，是一种梦境。可是他很喜欢这样的梦，就把梦当成真的。阿克西妮亚还是五年前那个样子，但是有些矜持了，有点儿冷淡了。格里高力比过去任何时候更清楚、更真切地看到她脖子上的毛茸茸的发卷儿（风吹得发卷儿不住地跳动着），看到那白头巾的角儿……爬犁猛地一颠，他醒了过来，听到有人说话，他完全清醒了。

无数爬犁迎面而来，从旁边擦过去。

“老乡们，你们拉的什么？”包多甫斯柯夫赶着爬犁走在格里高力前面，用沙哑的嗓门儿高声问道。

滑铁哧啦哧啦响着，牛蹄咯吱咯吱地踩着积雪。迎面来的爬犁上很久没有人作声。终于，有一个人回答说：

“拉的死人！害伤寒死的……”

格里高力抬起头来。迎面来的爬犁上躺着一具具穿灰色军大衣的尸体，上面盖着帆布。格里高力的爬犁一摇晃，爬犁沿儿撞在从迎面而过的一架爬犁里挓挲出来的一条胳膊上，那胳膊发出轻轻的叮当声，就像生铁一样……格里高力冷冷地扭过头去。

草木樨那种撩人的、甜甜的气味使人昏昏欲睡，格里高力又慢慢去回想快要遗忘的过去，让自己的心再去碰一碰旧情那锋利的刀尖儿。格里高力感觉疼得又扎心又甜蜜，就又朝爬犁上一躺，腮帮子贴到草木樨那黄黄的枝条上。往事一上心头，心里的血直往外涌，心七上八下地怦怦跳动起来，老半天都没有睡着。

二十二

靠拢村革命军事委员会的有几个人：磨粉工人达维德卡、季莫菲、原来莫霍夫家的车夫叶麦里扬和麻子皮匠菲里加。伊万·阿列克塞耶维奇在日常工作中就依靠他们，他越来越感到自己和村里群众之间有一道无形的墙。哥萨克们都不来开会了，如果来的话，那也是达维德卡和另外几个人挨门挨户地在村子里跑过五六遍之后才来的。来了，又不说话，对什么都表示赞成。来的多数是青年人。但就在这些青年人中间，也看不到赞同的人。伊万·阿列克塞耶维奇每次主持村会，看到的是一张张石头一样的脸，一双双疏远的、不信任的眼睛和阴郁的眼神。他看到这一切，心渐渐凉了，眼神越来越阴沉，说起话来无精打采，没有劲儿，麻子菲里加有一回很不痛快地说：

“科特里亚洛夫同志，咱们和村里人分家啦！一个个都愁眉苦脸，都变成魔鬼啦。昨天我去找爬犁送红军伤员上维奥申，没有一个人肯去。分了家的人很难在一个屋里住下去……”

“天天在喝老酒呢！不要命地喝！”叶麦里扬吧嗒着烟斗，接话说，“家家户户都喝得昏天黑地的。”

米沙·柯晒沃依皱着眉头，不想说出自己的心情，但是他的心情还是露了出来。晚上他要回家的时候，向伊万·阿列克塞耶维奇要求说：

“给我一支枪吧。”

“要枪干什么？”

“瞧你说的！我害怕空着手走路。难道你什么都没有看出来吗？我在想，咱们应该把一些人……应该把格里高力·麦列霍夫、包加推廖夫老汉、马特维·卡叔林和米伦·柯尔叔诺夫抓起来。这些坏家伙，他们天天对哥萨克们嘁嘁喳喳……盼着他们的人从顿涅茨河那边回来。”

伊万·阿列克塞耶维奇心里一怔，很不高兴地把手一摆，说：

“算啦！如果现在就动手铲除，那就得把许多露了头的人都铲除掉。人心很不稳呀……有些人即使同情我们，但是也在看米伦·柯尔叔诺夫的眼色。都害怕他家的米佳从顿涅茨那边回来，那小子心狠手辣。”

生活发生了急剧的变化。第二天，从维奥申来了一名骑马的通信员，送来一道命令：要向富户征收军款。派给鞑靼村的数字是四万卢布。将数字摊派下去。过了一天，收到两口袋票子，有一万八千多卢布。伊万·阿列克塞耶维奇向州里请示。州里派来三个民警，带着一道命令：“立即将抗交军款的人逮捕并押送维奥申处理。”将四个老头子临时关押在莫霍夫家收藏过冬苹果的地窖里。

村子里一下子乱得像受了惊的蜂窝一样。柯尔叔诺夫死死地抱住已经不值钱的钞票，就是不肯交军款。不过他的好日子已经该到头了。从州里来了两个人：一个是办理地方案件的侦查员，是一个很年轻的维奥申的哥萨克，在第二十八团当过兵；另外一个人穿着皮夹克，外面还穿着大皮袄。他们出示过革命军事法庭的介绍信，就和伊万·阿列克塞耶维奇在办公室里单独谈了起来。和侦查员同来的那一位，是一个上了年纪、脸刮得很光的人，他很严肃地开口说：

“现在州里到处都有发生暴乱的势头。白军的残余势力正在抬头，在煽动哥萨克的劳苦大众。必须消灭那些特别仇视咱们的人。你把军官、神甫、宪兵、财主，把所有死心塌地跟咱们作对的人的姓名开出来。你要协助侦查员。他也知道一些人的情况。”

伊万·阿列克塞耶维奇看了看那张刮得像女人一样光的脸；在报一些人的姓名的时候，提到彼特罗·麦列霍夫，但是侦查员摇了摇头，说：

“这是咱们的人，佛明叫咱们不要动他，他倾向布尔什维克，我们一块儿在第二十八团干过。”

柯晒沃依从练习簿上撕下一张纸，写好了名单，放在桌子上。

几个钟头以后，被捕的人已经在民警的看押下，坐在莫霍夫家宽敞的院子里的橡树上了。他们在等家里人送干粮，等爬犁来装行李。米伦·格里高力耶维奇就像准备好去死似的，穿的一身都是新的：熟皮小袄、毡靴、干干净净的白袜子；他坐在尽边上，跟包加推廖夫老汉和马特维·卡叔林在一起。“牛皮大王”阿甫杰伊奇慌慌张张地在院子里来回走着，时而毫无目的地朝井里望望，时而捡起一块木片，然后又在台阶和大门之间来来回回走起来，一面不住地用袖子擦着红得像苹果一样的、汗津津的脸。

其余的人都一声不响地坐着。都垂着头，用拐杖划着雪地。妇女们气喘吁吁地跑进来，把包袱、提包塞给被捕的人，小声说着话儿。眼睛哭红了的卢吉尼奇娜给老头子扣上皮袄的扣子，又拿一条女人的白头巾给他围住领子，望着他那无神的、像撒上了一层灰似的眼睛，说：

“孩子他爹，你别难过！也许会平平安安过去的。你干吗这样垂头丧气的？老天爷呀！……”她的嘴撇得长长的，扁扁的，看样子就要大哭起来，但是她用劲把嘴收拢了，小声说，“过两天我去看你……带格莉普卡去，你顶心疼她嘛……”

一个民警在大门口喊道：

“爬犁来啦！把东西放上去，走啦！娘儿们都到一边去，用不着流鼻涕淌眼泪啦！”

卢吉尼奇娜生平第一次亲了亲老头子那生满红毛的手，就闪开了。

牛拉着爬犁慢慢地穿过广场，朝顿河上走去。

七个被捕的和两名民警都在爬犁后面走着。阿甫杰伊奇因为结毡靴的带子，落到了后面，又鼓了鼓劲儿撵了上来。马特维·卡叔林和儿子在一块儿走。麦丹尼柯夫和柯洛列夫一面走，一面抽烟。米伦·格里高力耶维奇用手抓着爬犁的坐簸箩。包加推廖夫老汉迈着沉甸甸的庄重的步子走在最后面。迎面的风吹来，吹得他那大主教式的白色大胡子披散开来，胡子尖儿飘到了肩后，披在肩上的围巾的穗头被风吹得摇摇摆摆，就像在告别似的。

也是在这个阴沉的二月的日子里，发生了一桩稀奇的事。

最近这个时期，常常有公务人员从州里到村子里来，大家都见惯了。因此一架双马拉的爬犁，拉着一位冷得缩成一团、跟车夫并肩坐着的乘客来到广场上，没有引起什么人注意。爬犁在莫霍夫家大门口停了下来。乘客下了爬犁，才看出，这是一个上了年纪、动作很从容的人。来人重新勒了勒骑兵军大衣上的步兵皮带，扎起红色哥萨克皮帽上的护耳，按着匣子枪的木匣子，不慌不忙地上了台阶。

伊万·阿列克塞耶维奇和两名民警在革命军事委员会的办公室里。来人没敲门就走了进来，在门口捋了捋间有银丝的短下巴胡，低声说：

“我找主席。”

伊万·阿列克塞耶维奇用睁得像鸟眼一样圆的眼睛望着进来的人，想跳起来，却又待着不能动。他只是像鱼一样张大了嘴在喘气，用手指头一个劲地挠着安乐椅的扶手。苍老了的施托克曼头戴一顶很难看的红顶哥萨克皮帽，也凝神望着他；那眯得细细的眼睛，因为一时认不出来，一个劲儿地望着伊万·阿列克塞耶维奇，忽然哆嗦了一下，又眨巴了两下，放出光来，眼角上那细细的皱纹一下子绽了开来，一直伸到灰白色的鬓角边。他走到还没有站起来的伊万·阿列克塞耶维奇跟前，很有把握地把他抱住，把湿漉漉的大胡子贴到他的脸上亲着，说：

“我早就料到啦！我想，你要是还活着，一定是鞑靼村的主席啦！”

“奥西普·达维陀维奇，揍我几拳吧！……我真他妈的该死！都不相信自己的眼睛啦！”伊万·阿列克塞耶维奇哭着大声说。

他那黑乎乎的、刚强的脸上哗哗地流起眼泪，流泪流得民警都转过脸去。

“你相信好啦！”施托克曼笑着，轻轻地把手从伊万·阿列克塞耶维奇手里抽了出来，用低低的声音说，“怎么，你这儿连个座位都没有吗？”

“你就坐在这椅子上吧！……你这是打哪儿来？快说说吧！”

“我是跟军团政治部来的。我看，你好像还是不相信我这个人是真的。真有意思！”

施托克曼微微笑着，拍着伊万·阿列克塞耶维奇的膝盖，简略地说起别后的情形：

“老弟，一切都很简单。他们把我从这儿逮走以后，判了刑，后来，在流放中遇上了革命。我和一位同志组织了一支赤卫队，跟杜托夫和高尔察克作战。嘿，老弟，我们在那儿干得才带劲儿呢！现在我们已经把高尔察克赶出了乌拉尔——你知道吧？这么着，我就到你们的战线上来啦。第八军政治部派我到你们州来工作，因为我在这儿住过，就是说，熟悉这儿的环境。我到了维奥申，在革命军事委员会里和一些人谈了谈，我决定首先上鞑靼村来。我想，在你们这儿住些日子，做点儿工作，帮着把工作搞起来，然后再离开。你看，我没有忘掉老交情吧？噢，这些事咱们还是以后再谈吧，现在咱们来谈谈你的事，谈谈工作，你给我谈谈一些人，让我了解了解情况。村里有党支部吗？你手下有些什么人？都有哪些人活下来？好，没什么，同志们……请便吧，让我和主席单独谈一会儿。哼，他妈的！我一进村子，就闻到旧日的气味啦……以前是以前，现在时代不同啦……好，你谈谈吧！”

两三个钟头以后，米沙·柯晒沃依和伊万·阿列克塞耶维奇领着施托克曼去看老房东斜眼卢凯什卡。他们在褐色的大路上走着。米沙时常拉住施托克曼的军大衣袖子，好像是害怕施托克曼突然跑掉，又跑得不见影子，或者像鬼魂似的散掉。

卢凯什卡给老房客端来菜汤，甚至从箱子底拿出了砂糖，那砂糖因为放久了，已经有很多小窟窿眼儿了。

喝过樱桃叶子焙的茶以后，施托克曼在床上躺了下来。他听他们俩东一句西一句地讲着，有时插嘴问一两句，时不时地咬咬烟嘴，到天快亮的时候，不知不觉地睡着了，纸烟落到肮脏的法兰绒衬衫上。可是伊万·阿列克塞耶维奇还继续讲了十来分钟，直到施托克曼用呼噜声回答他的问题，他才猛醒过来，于是踮起脚尖走了出来，因为憋着喉咙里直往外冲的咳嗽，憋得都流出了眼泪。

“心里踏实了吧？”米沙刚刚走下台阶，就像被胳肢了一下似的，轻轻地笑着，问道。

* * *

押送被捕的人上维奥申去的奥里杉诺夫，半夜里坐着同去的爬犁回来了。他敲了老半天窗户，才把伊万·阿列克塞耶维奇叫醒。

“你怎么啦？”睡眼惺忪的伊万·阿列克塞耶维奇走了出来，“你回来干什么？怎么，有公事吗？”

奥里杉诺夫晃悠了两下鞭子。

“把送去的人都枪毙啦。”

“你胡说，混蛋!”

“我们一送去，马上就审问，天还没黑，就带到松树林子里去啦……我亲眼看见的!”

伊万·阿列克塞耶维奇急得连靴子都没穿上，披上衣服，就跑去找施托克曼。

“我们今天送去的人——都在维奥申枪毙啦！我以为会把他们关起来的，没想到会这样……咱们现在可不能这样干！老百姓会离开咱们的，奥西普·达维陀维奇！……这可是不对头。为什么要杀人呀?这可怎么办呀?”

他以为施托克曼也会和他一样，听到这件事会很着急，害怕以后会出事情，但是施托克曼慢慢地穿衬衣，把头露出来以后，这才说:

“别喊叫吧。你要把女房东吵醒啦……”

施托克曼穿好衣服，把烟点着，叫伊万·阿列克塞耶维奇把逮捕七个人的原因又说了一遍，这才冷冷地开口说:

“这种事你要习惯，要真正习惯起来！离咱们一百五十俄里就是前线。哥萨克的基本群众都仇视咱们。这是因为，你们的富农，富裕的哥萨克，也就是一些乡村长和其他一些上层分子，在哥萨克劳动群众中还有很大的威望，就是说，还很有影响。这是因为什么？可以说，这也是你应该明白的。哥萨克是一个特殊的阶层，是好战的。封建传统养成了他们的等级观念，他们爱‘长官父亲’……军歌里是怎么唱的？‘长官父亲把我们往哪里指，我们就往哪里冲，往哪里砍、杀、劈、刺。’不是这样吗？你瞧瞧！就是这些长官父亲叫他们去镇压工人罢工的……他们把哥萨克蒙蔽了三百年。时间不短啊！影响很大啊！比如说，梁赞省的富农和顿河哥萨克富农的差别就很大！梁赞省的富农，你要是把他逼狠了，他就对苏维埃政府暗地里骂骂，没有力量，只能躲在角落里发发狠。顿河的富农又怎样呢？这是武装的富农。这是阴险毒辣的蛇！他们是有力量的。他们不仅骂我们，不仅如你所说的，像柯尔叔诺夫和其他一些人那样，散布谣言来诬蔑咱们、伤害咱们，而且还要公开地出来和咱们干。当然要干啦！他们会拿起枪打咱们的。要打你的！他们还会想方设法鼓动其余的哥萨克，就是说，鼓动那些中产的，甚至贫苦的哥萨克。富农要用他们的手来杀咱们！就是这么一回事儿！不是已经证明他们有行动反对咱们了吗？那好吧！办法很简单，枪毙！用不着流鼻涕可怜他们，说他们是好人。”

“我才不是可怜他们呢，瞧你说的！”伊万·阿列克塞耶维奇把手一甩，“我是怕其余的人会离开咱们。”

施托克曼本来似乎神态自若地用手摩弄着长了一层灰毛的胸膛，现在一下子发作起来，使劲抓住伊万·阿列克塞耶维奇的衬衣领子，把他拉过来，已经不像是说话，而是压抑着咳嗽，声嘶力竭地在叫了：

“如果向他们说清楚我们有关阶级问题的道理，他们是不会离开的！劳苦的哥萨克只能和咱们走一条路，决不会和富农走一条路！咳，你呀，你呀！……富农靠他们的劳动过日子，剥削他们嘛！靠他们发财嘛！……咳，你呀，好糊涂！你泄气了嘛！你有点儿不大对头……我要把你治一治！你这个木头脑瓜儿！一个工人小伙子，却像知识分子一样脆弱……简直像个糟糕的社会革命党党员啦！伊万，你给我小心点儿！”

他松开衬衣领子，微微笑了笑，摇了摇头，点起纸烟，吸了一口，心平气和地说下去：

“如果在州里不把最凶恶的敌人抓起来，就会发生暴动。如果现在能及时把他们拔掉，暴动就闹不起来。不一定把所有这些人都枪毙。只需要消灭那些死心塌地的，至于其余的，比如说，把他们送到俄罗斯内地去。不过，不管怎么说，对敌人没有什么好客气的！列宁说过：‘戴着手套是不能革命的。’在目前这种局面下，有没有枪毙这些人的必要呢？我看：有必要！也许，不应该都枪毙，但是，像柯尔叔诺夫这样的，用不着姑息！这很清楚嘛！还有麦列霍夫，虽然是暂时的，却总是溜掉啦。最需要抓起来的就是他！他比其他一些人加在一起还危险。你要注意这一点。他在执委会和你谈的那番话——说明他明天就要成为敌人。总而言之，没有什么好伤心的。工人阶级的优秀儿女在前方流血奋战，成千成万地牺牲！我们痛惜的是他们，而不是那些杀害他们或者等候时机朝他们背后打来的人。不是他们杀死我们，就是我们杀死他们！第三条路是没有的。就是这样呀，我的好阿列克塞耶维奇！”

二十三

彼特罗刚刚打扫过牲口棚，一面掸着手套上的干草屑，走进房里。过道里的门环就当啷啷响了几声。

裹着一条黑呢绒头巾的卢吉尼奇娜跨进门来。她也不打招呼，就迈着碎步蹒跚地跑到站在碗橱边的娜塔莉亚跟前，在她面前跪了下来。

“妈妈！好妈妈！你这是怎么啦？”娜塔莉亚用变了音的嗓门儿叫道，一面去拉妈妈那沉重的身子。

卢吉尼奇娜没有回答，只是拿头在地上乱撞，并且闷声闷气地、伤心地哭起了死人：

“我的亲——人——呀！你把我们——撇给谁——呀?！……”

母女两人一齐哭了起来，两个小孩子也哇呀呀地哭了，彼特罗只好抓起锅台上的烟荷包，急忙来到过道里。他已经猜到是怎么一回事儿了。他在台阶上站了一会儿，抽了一袋烟。等到厨房里的哭声停了，彼特罗才带着满脊梁飕飕的凉气走了进来。卢吉尼奇娜用哭得湿漉漉的头巾捂着脸，边哭边说：

“把我们家的米伦·格里高力耶维奇枪毙啦！……好好一个人就完啦！……我们都成了孤儿寡妇啦！……现在连母鸡都敢来啄我们啦！……”她又换成狼嗥似的声音，“他的眼睛合上啦！……再也看不见天日啦！……”

妲丽亚拿凉水往昏迷过去的娜塔莉亚的嘴里灌，伊莉尼奇娜用围裙在擦眼泪。从害病的潘捷莱·普罗柯菲耶维奇睡的上房里，传出咳嗽声和咬牙切齿的呻吟声。

“行行好吧，亲家大哥！看在主的面上，好人呀，你上维奥申去一趟，把他的尸首给我们拉回来吧！”卢吉尼奇娜抓住彼特罗的两条胳膊，像发了疯似的把两条胳膊抱在胸前，“把他拉回来吧……哎呀，圣母娘娘呀！哎呀，我不能让他赤身露体烂在那儿呀！”

“你怎么啦，你怎么啦，亲家母！”彼特罗往后直倒退，就好像躲避一个害瘟疫的人似的，“拉他的尸首——那怎么能行呢？我的命也值钱呀！我又到哪儿去找他呢？”

“别推辞啦，彼特罗！行行好吧！行行好吧！……”

彼特罗咬了一阵子胡子，最后还是答应了。他决定上维奥申去找一个熟人，请他帮着把米伦·格里高力耶维奇的尸首弄出来。他是在夜里动身的。村子里的灯火已经亮了，家家户户都在传着一件新闻：“把哥萨克枪毙啦！”

彼特罗来到新教堂旁边父亲的一位老同事家里，请他帮助把亲家公的尸首起出来。那人很痛快地答应了。

“咱们走吧。我知道那个地方。埋得不深。不过，怎么能找到他呢？那地方可不是他一个。昨天枪毙了十二个刽子手，因为他们在军官当权的时候杀害过我们的人。不过有一个条件：事成后你要给我一瓶老酒。好吗？”

半夜里，他们带上铁锹和抬干粪块的抬筐，顺着镇边，穿过一片坟地，朝松树林走去，死刑就是在松树林边上执行的。飘着稀稀拉拉的雪花。落了一层白霜的红柳条儿在脚下咯吱咯吱地响着。彼特罗倾听着每一下响声，在心里骂自己不该来，骂卢吉尼奇娜，就连已死的亲家公都骂了。来到一片小松树林跟前，那人在一个高高的沙土包后面站了下来。

“就在这附近什么地方……”

又走了一百来步。镇上的一群狗见他们来了，汪汪叫着躲了开去。彼特罗扔掉抬筐，沙哑地小声说：

“咱们回去！去他妈的吧！……他埋在哪儿，还不是一样？唉，我真倒霉……都怪那个霉气鬼缠我！”

“你怎么怕啦？咱们走！”那人笑着说。

他们来到目的地。在一棵乱蓬蓬的老红柳旁边，地上的雪被踩得结结实实，和沙土掺和在一起。人的脚印和狗的爪印像光线一样，从这里散了开去……

……彼特罗凭着红红的大胡子，认出米伦·格里高力耶维奇。他抓住亲家公的腰带，把尸体拖了上来，放到抬筐上。那人一面咳嗽着，把土坑填平；在抓起抬筐的把子时，很不高兴地嘟哝说：

"该把爬犁赶到松林里来。咱们真是糊涂蛋！这头老野猪足足有五普特。这雪地又难走。"

彼特罗拨开再也不能走路的死人腿，也抓起了抬筐把手。

他在那个熟人家里一直喝到黎明时候。裹在白布里的米伦·格里高力耶维奇就在爬犁上等着。彼特罗因为醉糊涂了，也把马拴在爬犁上，那马就一直站在那儿，套在笼头里的头不要命地朝外挣着，打着响鼻，忽闪着耳朵。因为闻到死人气味，连草都不吃了。

太阳刚刚升起来，彼特罗已经回到村里。他赶着爬犁，一口气不歇地在草地上跑着。米伦·格里高力耶维奇的头在后面碰得爬犁的底板咚咚直响。彼特罗有两次停下来，在草地上扯了些干草给他垫了垫头。彼特罗径直把亲家公送回家。给死去的当家人开大门的是他那心爱的女儿格莉普卡，她见了爬犁，就朝旁边一闪，倒在雪堆上。彼特罗像扛一袋面粉似的，把亲家公扛进宽敞的厨房，放到早已铺上长长的麻布的灵床上。卢吉尼奇娜泪如泉涌，光着头，哑着嗓子，在老头子那穿起洁白的寿袜的脚下来来回回地爬着。

“我的当家的呀，我以为你能活着回来呢，谁想到把你拉回来啦。”她的低低的嘟哝声和抽搭声很像一种怪笑。

彼特罗把格里沙加爷爷从上房里搀了出来。老人家浑身摇来晃去，就好像脚底下的地面都松软了似的。但是他硬撑着走到灵床前，在床头站了下来。

“哦，米伦，你好！孩子，没想到咱们会这样见面……”他画了个十字，亲了亲那带着黄泥的冰凉的额头，“我的好米伦啊，我也快啦……”他的声音提高到尖叫的程度。格里沙加爷爷就像害怕说错话似的，急忙用不像老年人的动作，拿手把嘴捂住，趴到灵床上。

彼特罗的喉咙就像被狼爪子抓了一下似的，哆嗦起来。他轻轻地走出房来，朝着拴在台阶边的马走去。

二十四

深深的、平静的顿河水渐渐铺展开来。水流弯弯曲曲，就像鬈发似的。顿河晃晃悠悠地流着，慢慢地、静静地向两边泛着。黑鱼成群结队地在坚硬的沙石河底游来游去；鲟鱼到夜里就来浅水里打食儿，鲤鱼在岸边碧绿的水藻丛里翻滚；灰鱼和鲈鱼追逐着白鱼，鲶鱼往贝壳堆里乱钻，有时鲶鱼会翻起一片绿色的水波，摆动着金光闪闪的尾鳍，在一片月光下露一露面，就又沉下去，把长胡子的大脑袋扎到贝壳堆里，以便在黑黑的、光溜溜的树根丛中睡上一觉，一直睡到天亮。

但是在河道很窄的地方，受到束缚的顿河就要在河堤上冲出很深的缺口，泡沫翻滚的白浪就要带着震耳欲聋的吼声涌出来，流水就要在山嘴后面，在洼地里旋起一个个水涡。流水在这些地方像变魔法似的转着可怕的圈子，叫人看都不敢看。

生活离开风平浪静的宽阔河面，朝缺口涌去。上顿河州乱腾起来了。两股水流冲突起来，哥萨克们分道扬镳，起了旋涡，旋涡不住地旋转起来。年轻的和那些穷苦的，都踌躇不决，沉默不语，一直还在盼望苏维埃政府带来安宁，可是老头子们都已转为进攻，公开宣传说，红军要把哥萨克杀得一个不留。

三月四日，伊万·阿列克塞耶维奇在鞑靼村召开了一次村民大会。到会的人出奇得多。也许是因为，施托克曼已经向革命军事委员会提出建议，要在大会上把跟随白军逃走的几家买卖人的财产分给穷苦人家。在开会以前，跟州里一个干部进行过一场激烈的争吵。这个干部是奉命从维奥申来接收没收的服装的。施托克曼对他说明，现在革命军事委员会还不能把服装交出去，因为昨天才发给运送红军伤病员的车队三十多套冬季服装，这个年轻干部就对施托克曼发起火来，提高嗓门儿尖声说：

“谁叫你把没收的服装发出去？”

“我们一向不征求什么人的许可。”

“那你有什么权力盗窃人民的财产？”

“同志，你别喊叫，也不要胡说八道。谁也没有盗窃什么。我们发给车夫皮袄，都有暂领的收条，他们把红军送到下一站，还要把发出的衣服带回来。红军们几乎是赤身露体，如果让他们穿着单薄的军大衣就走，等于送他们去死，我怎么能不发给他们呢？况且，衣服放在仓库里，又一点用处也没有。”

他是压制着火气说的，这场谈话本来可能和和气气地结束的，但是那个年轻干部用冷冷的声音斩钉截铁地声明说：

“你是什么人？是革命军事委员会主席吗？我要逮捕你！你把工作交给副主席！马上把你解送维奥申。你恐怕已经把这儿的公共财产盗窃了一半，我要……”

“你是共产党员吗？”施托克曼脸色煞白煞白的，侧过眼睛问道。

“你没有资格问！民警！把他抓起来，马上送到维奥申去！把他交给州警察局。”

那个年轻干部用目光把施托克曼掂量了一下。

“到那儿再跟你说话。你这个独断独行的家伙，看你再敢胡作非为！”

“同志！你怎么，疯啦？你要知道……”

“没有什么好说的！住嘴！”

伊万·阿列克塞耶维奇还没有来得及插嘴参加争吵，就看见施托克曼用缓慢而可怕的动作伸手去摘那支挂在墙上的匣子枪。年轻干部的眼睛里露出恐怖的神情。他十分麻利地用屁股把门顶开，倒在地上，脊背擦着台阶的木凳溜了下去，滚进爬犁里，一个劲儿地推着车夫的脊梁，回头望着，显然是害怕追赶，直到过了广场，才放下心来。

在革命军事委员会里，哄笑声震得窗户都响起来。笑得直哆嗦的达维德卡在桌子上打起滚来。但是施托克曼老半天还在哆哆嗦嗦地抖动着眼皮，侧着眼睛。

“哼，坏家伙！妈的，混蛋！”他用哆哆嗦嗦的手指头卷着烟卷儿，一连骂了好几遍。

他跟柯晒沃依和伊万·阿列克塞耶维奇一同去参加村民大会。会场上挤得水泄不通。伊万·阿列克塞耶维奇的心都惊愕得发起怵来：“他们来开会是别有用意的……全村的人都在这会场上啦。”但是当他摘下帽子，走进圈子当中的时候，他的顾虑消失了。哥萨克们都很客气地给他让开路。大家脸上的表情都很镇静，有些人的眼睛里甚至露出快活的神情。施托克曼把哥萨克们打量了一遍。他想缓和一下紧张的气氛，让大家开口说话。他也学伊万·阿列克塞耶维奇的样子，摘下自己的红顶皮帽，高声说：

“哥萨克同志们！你们这儿成立苏维埃政权，已经有一个半月啦。但是直到现在，我们革命军事委员会觉得，你们对我们有点儿不信任，甚至还有点儿仇视呢。你们常常不来开会，你们中间流传着各种各样荒唐的谣言，说要把哥萨克杀得一个不留，说苏维埃政权要怎样怎样压迫你们。咱们应该开诚布公地谈谈啦，应该互相了解了解啦。革命军事委员会是你们自己选出来的。科特里亚洛夫和柯晒沃依是你们村的哥萨克，在你们之间没有什么不好谈的。首先我要坚决声明，敌人散布的什么大批枪毙哥萨克的谣言——纯粹是诬蔑。他们散布这些谣言的目的是很清楚的：挑拨哥萨克和苏维埃政权的关系，把你们重新推到白军那方面去。”

“你是说，没有枪毙人吗？那七个人弄到哪儿去啦？”后面有人叫道。

“同志们，我不是说，没有枪毙人。我们枪毙过苏维埃政权的敌人，今后还要枪毙，凡是想把地主政权强加给我们的人，都要枪毙。我们推翻沙皇，结束对德战争，解放人民，并不是为了恢复地主政权。对德战争给我们带来什么呢？成千成万的哥萨克死掉，成千成万的孤儿、寡妇，家破人亡……”

“是啊！”

“你这话说得对！”

“……我们主张不要打仗，”施托克曼继续说，“我们主张各族人民团结！但是在沙皇当政时代，却利用你们的手为地主和资本家夺取土地，让那些地主和工厂主靠这个来发财。你们眼前就有一个地主李斯特尼次基。他的祖先因为参加一八一二年的战争，得到了四千俄亩的土地。可是你们的祖先又得到什么呢？他们把头颅抛到了德国土地上！他们的血洒遍了德国土地！”

会场上响起一片嗡嗡声。嗡嗡声慢慢小了下去，可是后来一下子发出一片吼叫声：

“对啊——啊——啊！……”

施托克曼用皮帽子擦了擦秃脑门儿上的汗，又提了提嗓门儿，大声喊叫道：

“凡是要用武力来反对工农政权的人，我们都要消灭！按照革命军事法庭的判决枪毙的你们村那几个哥萨克，都是我们的敌人。这是你们大家都知道的。但是我们和你们这些劳苦的人，和一切同情我们的人，是要肩并肩一同前进的，就像耕地时牛和牛那样。咱们为了能过新生活，要一块儿耕地，耙地，好把那些老的莠草，也就是咱们的敌人，从地里全部清除出去！叫他们再也不能生根！叫他们别妨碍新生活的成长！”

施托克曼从一片低低的嗡嗡声中，从一张张有了生气的脸上猜出来，他的话打动了哥萨克们的心。他果然没有猜错，大家开始说心里的话了。

“奥西普·达维陀维奇！你以前在我们这儿住过，我们很了解你，你就跟我们自己人一样。你别拿我们当外人，好好地对我们说说，你们这个政府想要我们怎样？我们自然是拥护这个政府的，我们的孩子都抛掉了阵地嘛，可是我们都是大老粗，简直弄不清这个政府是怎么一回事儿……”

戈里亚兹诺夫老汉含含糊糊地说了半天，绕过来绕过去，支支吾吾，躲躲闪闪，看样子是怕说错了话。一条胳膊的阿列克塞·沙米尔憋不住了，说：

“我可以说几句吗？”

“说吧！”听了大家的话十分激动的伊万·阿列克塞耶维奇答应说。

“施托克曼同志，你先告诉我，我能不能有啥说啥？”

“说吧。”

“不会逮捕我吧？”

施托克曼笑了笑，一声不响地摇了摇手。

“不过请注意，别生气！我这人是个直筒子：怎么想，就怎么说。”

阿列克塞的弟弟马尔丁在后面拉了拉他的棉袄空袖子，很害怕地小声说：

“算了吧，别莽撞！算啦，别说吧，要不然他们马上会收拾你。会把你记在小本子上的，阿列什卡！”

但是阿列克塞把他推开，不住地抽动着难看的腮帮子，眨巴着眼睛，面对全场站定了。

“诸位哥萨克！我来说说，你们来评评我说得对还是不对。”他拿出军人的姿态，用脚后跟一转，脸朝着施托克曼，诡秘地眨巴起那只眯着的眼睛，“我觉得：实话实说——没有错儿。要说，就要说个痛快！我现在就要说说，我们哥萨克都想些什么，为什么我们怨恨共产党……同志，你刚才说，你们不反对种地的哥萨克，他们不是你们的敌人。好像你们是反对财主，是为穷人撑腰的。那你就说说，我们村里那几个人枪毙得对吗？枪毙柯尔叔诺夫，我不想说什么，——他当过村长，一辈子骑在别人脖子上，可是枪毙‘牛皮大王’阿甫杰伊奇又为什么呢？马特维·卡叔林呢？包加推廖夫呢？麦丹尼柯夫呢？还有柯洛列夫呢？他们和我们一样，也是一些大老粗，头脑简单，稀里糊涂。他们学过抓犁把子，没学过拿书本子。他们有的连一个大字也不识。没有什么学识。如果这些人胡说了几句不好的话，就该抓去枪毙吗？”阿列克塞缓了一口气，往前探了探身子。棉袄的空袖筒在胸前晃悠了几下，嘴撇到了一边。“你们把那些糊里糊涂乱说一气的人抓去，枪毙，可是却不碰那些买卖人！买卖人用钱从你们手里买出了他们的命！我们可是没有钱买命，我们跟泥土打了一辈子交道，发不了大财。枪毙的那些人，也许把最后一头牛赶出去卖掉也是情愿的，只要能保住性命就行，可是你们又不要他们交军款。把他们抓去就杀了。维奥申的情形，我们也都知道嘛。那儿的买卖人、神甫——都活得好好的呢。在卡耳根镇上，恐怕也是这样。四周围的情形，我们都听说啦。好事不出门，坏事传千里嘛！”

“说得对！”孤零零的一声喊叫从后面传来。

响起一阵嘈杂声，淹没了阿列克塞的话，但是阿列克塞等了一会儿，也不去理会施托克曼举起来的那条胳膊，又继续说下去：

“我们也明白，苏维埃政府也许是好的，可是掌权的共产党员们，却一心想把我们淹死在水坑里！他们因为一九〇五年的事，跟我们过不去，这话我们是听一些红军步兵说的。我们中间都这样议论：共产党是想消灭我们，把我们斩尽杀绝。叫顿河上连哥萨克的魂儿都留不下。这就是我要说的！我现在就像一个醉汉：心里想什么，嘴里就说什么。我们变成醉汉，都是因为日子过得太好啦，都是因为心里有气，这是你们，是共产党员造成的！”

阿列克塞钻进密密层层的皮袄当中，会场上有老半天一片寂静，局面十分尴尬。施托克曼开口说话了，但是后面有人喊叫起来，打断了他的话。

“是的！哥萨克们都有气！你们听听，现在一些村子里唱的是什么歌儿。很多人有话不敢说出来，

但是可以在歌儿里唱出来，唱唱歌是没有罪过的。就编了这样一支《小苹果》:

火炉滋滋响,鱼在锅里煎,

士官生来了,我们好诉冤。”

“就是说，有冤要诉啊!”

有人不合时宜地笑了起来。人群轻轻晃动起来。嘁嘁喳喳声，说话声……

施托克曼气嘟嘟地把皮帽子往额上一拉，从口袋里掏出原来柯晒沃依写的名单，喊道:

“不对，胡说！拥护革命的人没有什么冤屈好诉！枪毙你们村子里那些人，那些苏维埃政权的敌人，因为他们是有罪的。你们听着!”于是他清清楚楚、一个字一个字地念起来:

逮捕并解送第十五英查师革命军事法庭侦查委员会听候处理的苏维埃政权的敌人名单:

号数	姓名	逮捕理由	备考
1	柯尔叔诺夫·米伦·格里高力耶维奇	前任村长，依靠他人劳动致富的财主	
2	西尼林·伊万·阿甫杰伊奇	宣传煽动推翻苏维埃政权	
3	卡叔林·马特维·伊万诺维奇	同上	
4	麦丹尼柯夫·谢敏·加甫里洛夫	佩戴肩章，沿街叫喊反对苏维埃政权	
5	麦列霍夫·潘捷莱·普罗柯菲耶维奇	军人联合会委员	
6	麦列霍夫·格里高力·潘捷莱耶维奇	旧上尉，思想反动。危险分子	
7	卡叔林·安得列·马特维耶夫	参与枪杀波得捷尔柯夫哥萨克红军的刽子手	
8	包多甫斯柯夫·菲多特·尼基佛洛夫	同上	

续　表

号数	姓名	逮捕理由	备考
9	包加推廖夫·阿尔希普·马特维耶夫	教堂堂长。曾经在更房里进行反政府宣传。捣乱分子和反革命分子	
10	柯洛列夫·查哈尔·列昂季耶夫	拒绝交出武器。不可靠分子	

* * *

在麦列霍夫父子和包多甫斯柯夫的备考栏里还有一段文字，施托克曼没有念出来。这段文字是：

这几个苏维埃政权的敌人暂不能逮捕，因为其中两人不在家，参加运输队，运送弹药到博柯夫镇去了。麦列霍夫·潘捷莱正在害伤寒病。两人回来后，立即逮捕并押送州里。另一人则等病愈后逮捕。

会场上有一小会儿鸦雀无声，后来却爆发出一片喊叫声：

“不对！”

“胡说！他们说是反对政府嘛！”

“为这号儿事应该！”

“能对他们客气吗？”

“这是对他们栽诬！”

施托克曼又说了起来。好像大家都很用心听他的话，甚至还有表示赞同的呼喊声，但是到最后，他一提出分配那些跟白军逃走的人的财产问题，回答他的却是一片沉默。

“你们的嘴都叫水给堵住啦？”伊万·阿列克塞耶维奇十分懊恼地问道。

人群像漏出来的枪砂子一样，纷纷朝出口处走去。十分贫苦的谢苗，外号叫“生铁头”的，迟迟疑疑往前走了几步，但是后来改变了主意，摇了摇无指手套，说：

“等财主们一回来，就麻烦啦……”

施托克曼想叫大家不要走，可是柯晒沃依脸色像面粉一样白，小声对伊万·阿列克塞耶维奇说：

“我说过嘛——他们不会要的。现在这些财产就是烧掉，也比分给他们好……”

二十五

米沙·柯晒沃依心事重重地用鞭子敲打着靴筒，低着头，慢慢走上莫霍夫家的台阶。一进门，看见走廊里地板上放着一堆马鞍。看样子，有人刚刚来到：在一只马镫上，还有骑马人踩的雪块子没有化尽呢；那雪块子被马粪染得黄黄的，下面有小小的水洼儿闪闪发光。这都是米沙在肮脏的阳台上走的时候看到的。他用眼睛扫了扫边上到处是豁口的天蓝色镂花栏杆，扫了扫像一条淡紫色花边似的铺在墙边的毛茸茸的冰霜；还匆匆地对着里面蒙了一层水汽，模糊得像牛尿泡一样的玻璃窗看了一眼。但是他所看到的一切，都没有在他脑子里留下什么印象，而是模模糊糊、悠悠忽忽地滑了过去，就像在梦里一样。对格里高力·麦列霍夫的怜惜和仇恨交替地撞击着米沙的单纯的心……

革命军事委员会的堂屋里弥漫着浓浓的烟草气味、马具气味和融雪气味。莫霍夫家的人都跑到顿涅茨河那边去了，留下看家的女仆生起了荷兰炉子。旁边的屋子里有几个民警在哈哈大笑。“真出奇！有什么开心的？！……”米沙从旁边走过，很懊恼地想，又很心烦地用鞭子最后抽了一下靴筒子，没有敲门就走进拐角上一间屋子里。

伊万·阿列克塞耶维奇穿着棉袄，敞着怀，坐在一张书桌边。他的黑皮帽子歪戴着，显得很威武，可是那汗津津的脸却显得又疲倦又忧愁。施托克曼还是穿着那件长长的骑兵军大衣，坐在旁边的窗台上。他看见米沙走进来，笑了笑，打了个手势，请米沙坐到他身边。

“喂，怎么样，米沙？坐下。”

米沙叉开两腿，坐了下来。施托克曼那镇静的询问的声音使他清醒过来。

“我听一个可靠的人说……格里高力·麦列霍夫昨天晚上回家来啦。不过我没有上他家去。”

“你看，这事儿怎么办？”

施托克曼卷着烟卷儿，偶尔侧眼看着伊万·阿列克塞耶维奇，等着他回答。

“把他关到地窖里，还是怎么样？”伊万·阿列克塞耶维奇不住地眨巴着眼睛，犹豫不决地问道。

“你是我们革命军事委员会的主席……你看着办吧。”

施托克曼笑了笑，令人不解地耸了耸肩膀。他就会带着刺激意味这样笑，这样的笑比抽一鞭子还厉害。伊万·阿列克塞耶维奇的下巴都冒汗了。

他咬着牙，很强硬地说：

“我是主席，我就把他们两个，把格里什卡和他哥哥都抓起来，送到维奥申去！”

“抓格里高力·麦列霍夫的哥哥，恐怕没有什么意思。有佛明给他做靠山，给他说好话，这你是知道的……格里高力嘛，今天马上就可以抓起来！明天咱们就把他送到维奥申去，今天就派一个民警骑上马把他的材料先送给革命军事法庭主席。”

“是不是到晚上再去抓格里高力，奥西普·达维陀维奇，你看怎样？”

施托克曼咳嗽起来，等咳嗽过了，才擦着大胡子，问道：

“为什么要到晚上？”

“叫人少说闲话……”

“噢，这个吗，你要明白……这没有什么了不起的！”

“米沙，你带两个人马上去把格里什卡抓起来。把他单独关起来。明白吗？”

米沙从窗台上跳下来，就去找民警。施托克曼沙啦沙啦地拖着灰色的破毡靴，在屋子里来回走了一阵子；他在桌子对面站下来，问：

“最后收起来的一批枪支送走了吗？”

“没有。”

“为什么？”

“昨天没有来得及。”

“为什么？”

“今天就送走。”

施托克曼皱起眉头，但是马上又把眉毛挑起来，急急忙忙地问道：

“麦列霍夫家交的是什么？”

伊万·阿列克塞耶维奇想了想，眯缝起眼睛，笑了笑。

“他们倒是交得挺整齐，两支步枪加两支手枪。不过，你以为这是全部吗？”

“不是吗?”

“哎哟! 你真傻!”

“我也是这样想。”施托克曼把嘴微微一撇,“我要是在你的位子上,把他逮捕以后,要在他家里仔细搜查一遍。另外,你还要报告驻军司令部。你想倒是会想,可是除了想以外,还要做呀。”

半个钟头以后,米沙回来了。他急急匆匆地从阳台上跑来,气嘟嘟地把门一推,在门口站下来,呼哧呼哧地喘着气,叫道:

“真他妈的见鬼!”

“怎——怎么啦?!”施托克曼快步迎上去,气势汹汹地瞪圆了眼睛,问道。他那长长的军大衣在两条腿中间晃悠着,下摆碰得毡靴呼哒呼哒直响。

米沙不知是嫌他的嗓门儿太小了呢,还是因为别的缘故,一下子发起火来,大叫起来:

“你别瞪眼睛!……”他骂了一句娘,“他们说,格里什卡到新根村他姑妈家去啦,这能怪我吗?你们又干什么来?都不能操操心吗?真是的!把格里什卡放跑啦!用不着朝我喊叫!我是跑腿的,这号事儿我管不着。可是你们想什么来着?”施托克曼对直地向他走来，他向后退着，脊梁抵到瓷砖炉壁上，就大笑起来，“别再往前来啦，奥西普·达维陀维奇！别往前啦，不然的话，我揍你，真的！”

施托克曼在他跟前站了一会儿，攥得手指头咯吧咯吧直响；他看着米沙那龇出来的白牙，看着他那露出笑意和忠诚的眼睛，一个字一个字地说：

“去新根的路你熟悉吗？”

“我熟悉。”

“那你干什么还要跑回来？你还说跟德国人打过仗呢……没有用！”他故意带着蔑视的神情眯起眼睛。

草原上弥漫着淡蓝色的夜雾。血红的月亮从顿河边的山冈后面升上来。月光淡淡的，都遮不住闪闪烁烁的星光。

六匹马顺着大路朝新根村跑去。马小步快跑着。施托克曼紧挨着米沙，在龙骑兵的马鞍上摇晃着。他骑的一匹高大的枣红色顿河马一直很不老实，时时刻刻想咬他的膝盖。他从容自若地讲了一个十分好笑的故事，米沙趴在鞍头上，像个小孩子一样咯咯地笑着，笑得喘不上气来，直打嗝儿，并且老想瞅瞅长耳风帽底下的施托克曼，瞅瞅他那一双严峻而机警的眼睛。

在新根村进行了仔细搜查，没有得到任何结果。

二十六

格里高力到了博柯夫镇上，又被逼着往车尔尼雪夫镇跑了一趟。过了十来天他才回来。在他回来前两天，把他父亲逮捕了。潘捷莱·普罗柯菲耶维奇害过伤寒以后，刚刚开始走动。

他一场大病害过，头发又白了不少，骨瘦如柴，就像是一具马骷髅。白头发稀稀拉拉，很像是虫子咬坏的羊皮，大胡子乱糟糟的，边上也是一片白了。

民警给他十分钟，让他收拾了一下，就把他带走了。在送往维奥申以前，把潘捷莱·普罗柯菲耶维奇关在莫霍夫家的地窖里。除了他以外，在充满浓浓的茴香苹果气味的地窖里，还有九个老头子和一个陪审官。

格里高力还没有把爬犁赶进大门，彼特罗就向他报告了这个消息，并且劝他说：

“弟弟，你赶紧走吧……他们来问过你，问你什么时候回来。你暖和暖和身子，看看孩子们，然后我把你送到大鱼村去，你在那儿躲几天，避避风头。他们要是来问，我就说，你上新根村姑妈家去啦。咱们村里已经枪毙了七个，你听说了吗？但愿爹不要走这条路……至于你，那就没有什么好说的啦！”

格里高力在厨房里坐了半个钟头，然后就备上自己那匹马，连夜逃到大鱼村去。那是麦列霍夫家的一个远房亲戚，是一个很热心的哥萨克，他把格里高力藏在一个堆放马粪坯的小棚屋里。格里高力在那里面住了两天，只有到夜里才从自己的小窝儿里爬出来活动活动。

二十七

米沙从新根村回来以后，第二天就上维奥申，想去问问党支部什么时候开会。他、伊万·阿列克塞耶维奇、叶麦里扬、达维德卡和菲里加都要正式加入共产党。

米沙押送着哥萨克们最后交来的一批枪支、在学校的院子里发现的一挺机枪，还带着施托克曼给州革命军事委员会主席的一封信。在去维奥申的路上，在河边滩地上惊起不少兔子。打了几年仗，兔子繁殖了许多，到处乱跑，每走一步都可以碰到。有多少黄黄的莎草穗儿，就有多少兔子。一只白胸脯的灰兔子，听到爬犁吱咯声，跳了起来，摇晃着带黑缘儿的尾巴，朝荒地上跑去。赶爬犁的叶麦里扬撇开缰绳，不要命地喊叫道：

“打呀！快，把它干掉！”

米沙从爬犁上跳下来，跪下一条腿，对着飞跑的灰球儿打了一梭子，他十分扫兴地看到，子弹打得周围的白雪乱飞，可是那灰球儿加快了速度，一路上蹚得荒草上的雪粉纷纷往下落，很快就钻进了密林里。

……州革命军事委员会里乱糟糟的，十分嘈杂。很多人慌慌张张地跑来跑去，不时有通信员骑着马跑来，街上的行人少得出奇。米沙不明白惊慌忙乱的原因，所以感到十分奇怪。副主席心不在焉地把施托克曼的信塞到口袋里，米沙问他，有没有回信，他冷冷地嘟哝说：

“别啰唆，去你的吧！顾不上你们啦！”

警卫连的红军战士们在广场上来来回回地走着。一辆行军灶车烟雾腾腾地跑了过去。广场上还留着牛肉味和桂树叶子的气味。

米沙来到革命军事法庭，找到熟识的弟兄，把烟点着了，问道：

“你们这儿为什么这样乱糟糟的？”

一个姓格罗莫夫的地方案件侦查员，很勉强地回答他说：

“嘉桑镇上有点儿不太平。不知是白军冲进去了呢，还是哥萨克闹暴动。听说，昨天那儿打起来啦。电话已经切断啦。”

“该派骑兵联络员去看看嘛。”

“派去啦。还没有回来。今天又派一个连上叶兰镇去啦。那儿情况也不大好。”

他们坐在窗前抽烟。革命军事法庭占用的这座高大的商店的玻璃窗外飘起了雪花。

镇外松树林附近，去黑村的方向，响起了低沉的枪声。米沙的脸一下子白了，纸烟也掉到了地上。原来在屋里的人一齐跑到院子里。枪声已经是十分响亮和沉重有力了。一阵猛似一阵的乱枪声压倒了齐射声，子弹嗖嗖地飞来，嚓嚓地往棚子板壁上、往大门上直钻。在院子里打伤了一名红军。格罗莫夫一面揉着文件，往口袋里塞着，一面朝广场上跑去。警卫连留下来的一些战士正在革命军事委员会旁边排队。连长穿着一件短短的皮袄，像织布梭子一样在战士们当中穿来穿去。他领着连队，成纵队小步跑下斜坡，朝顿河上跑去。一下子就乱得不可收拾了。许多人在广场上乱跑起来。一匹鞍辔齐全、没有人骑的马把头昂得高高的，飞跑过去。

吓慌了的米沙，自己也不记得自己怎样来到广场上。他看到，佛明披着斗篷，像一阵黑旋风似的从教堂里冲了出来。他那匹高头大马的尾巴上还拴着一挺机枪。机枪上的轮子来不及转动，飞跑的马就将机枪横拖着，拖得机枪摆来摆去。佛明趴在鞍头上，跑到山脚下去了，身后留下一团团银色的雪粉。

“找马去！”这是米沙的第一个念头。他弯下身子，跑过两个街口，连一口气也没有喘。他的心紧紧缩着，一直跑到歇马的院子里。叶麦里扬正在套爬犁，吓得连皮套都套不到马身上去了。

“怎么啦，米沙？怎么一回事儿？”他磕打着牙齿，嘟嘟噜噜地问。把皮套套上，缰绳又掉了。刚开始拴缰绳，颈圈左边的结子又松了。

他们歇马的那家院子正对着草原。米沙朝松树林望了望，并没有步兵散兵线从里面拥出来，也没有骑兵排成阵势从里面冲出来。不知什么地方在打枪，街道空空荡荡，一切都很正常，很乏味。然而可怕的事情发生了：暴动真的开始了。

叶麦里扬在套爬犁的时候，米沙的眼睛一直没有离开草原。他看到，有一个穿黑大衣的人从小教堂后面跑出来，从十二月里烧毁的无线电台的废墟旁边绕过，朝前跑去。他双手按在胸前，身子向前弯得低低的，使足了劲儿跑着。米沙从大衣上认出那是侦查员格罗莫夫。他又看到，从篱笆后面闪出一个骑马的人影。米沙也认出了这个人。这是维奥申镇上的哥萨克契尔尼奇金，是一个死心塌地的年轻白卫军分子。格罗莫夫在离契尔尼奇金有一百丈远的时候，一面跑着，一面回头看了看，又看了看，便从口袋里掏出手枪来。放了一枪，又放了一枪。

格罗莫夫跳到一个小沙包顶上，连放了几枪。契尔尼奇金跑着跑着从马上跳了下来；拉着缰绳，摘下步枪，卧倒在雪堆后面。一声步枪响过，格罗莫夫就用左手乱抓着树条子，侧歪着身子朝前走去。他绕着小沙包转了一个圈儿，就脸朝下栽倒在雪地上。“打死啦！”米沙心里一阵冰冷。契尔尼奇金是一个神枪手，他使用那支从对德战争中带回来的奥地利式卡宾枪，不论打什么目标，不论相隔多远，都是弹无虚发。米沙已经坐上爬犁，出了大门，又看到，契尔尼奇金跑到小沙包跟前，抡起马刀乱砍那件斜斜地铺展在雪地上的黑大衣。

穿过顿河朝巴兹基村去，是很危险的。马和人在一片白的、宽阔的顿河河面上是最好的靶子。

河面上已经躺着两个被流弹打死的警卫连红军战士了。因此叶麦里扬掉转马头，经过小湖，朝树林里走去。冰上的雪已经水漉漉的，水花和雪团子从马蹄下扑哧扑哧地向四面乱飞，爬犁的滑木划出两道深深的犁沟。他们像发了疯似的跑到了村边。但是到了渡口上，叶麦里扬勒住马，转过被风吹红了的脸，对着米沙，问道：

“如果咱们这儿也那样乱起来，那可怎么办？”

米沙的眼睛里露出烦恼的神情。他打量了一下村子。有两个骑马的人顺着紧靠顿河的一条街跑过去。米沙觉得，显然那是民警。

“进村子。咱们没有别的地方好去！”他毅然决然地说。

叶麦里扬无可奈何地赶着马又往前去，过了顿河，来到村口。“小牛皮大王”安季普和村子上头的两个老头子迎着他们跑来。

“哎呀，米沙！”叶麦里扬看见安季普手里有枪，就勒住马，转了个急弯儿。

“站住！”

一声枪响。叶麦里扬手里握着缰绳，倒了下去。两匹马跳了几下，撞在篱笆上。米沙从爬犁上跳下来。安季普拖着穿毡靴的两只脚，滑滑跌跌地朝他跑来，安季普摇晃了两下，就站了下来，端起了步枪。米沙往篱笆上趴倒的时候，看见了一个老头子手里的明晃晃的三齿叉子。

“揍他！”

米沙因为肩膀上一阵疼痛，一声不响地倒了下去，用手捂住眼睛。那个老头子弯下身，喘着粗气，用叉子猛刺了他一下子。

“起来，狗东西！”

以后的事，米沙觉得都好像是在梦里发生的。安季普大哭着，朝他扑来，抓住他的胸膛：

“他把我爹害死啦……好人们，都闪开！让我把他的心挖出来！”

几个人在拉他。已经聚集起一大群人。有一个声音像伤了风一样低哑地劝道：

“把这小伙子放了吧！怎么，你们就不带十字架吗？安季普，算啦！你又不能叫你爹起死回生，却要害一条性命……伙计们，都走吧！瞧，那边仓库里在分糖呢。去吧……”

黄昏时候，米沙苏醒过来，依然躺在篱笆脚下。叉子刺伤的肋部火辣辣地疼。叉齿穿过了皮袄和棉袄，所以刺进肉里并不深。但是伤口很疼，伤口上的血都结成了块子。米沙站起来，仔细听了听。看样子，是暴动的哥萨克在村子里到处巡逻。可以听到稀稀拉拉的枪声。狗在狂叫。远处有说话声，那声音越来越近。米沙顺着河边牲口走的小路向前走去。他爬上崖头，用手摸索着雪地上硬邦邦的冰壳子，摇摇摆摆地贴着篱笆往前爬。他认不出地方来了，只是糊里糊涂往前爬。他冻得身子直打哆嗦，两手都冻麻木了。他冻得受不住，便朝一家的后门爬去。米沙推开用树枝顶住的小门，进了后院。左边有一个棚子。他刚刚进棚子，马上就听见有脚步声和咳嗽声。

有人朝棚子里走来，走得毡靴吧嗒吧嗒响着。“这一下子要把我打死啦。”米沙好像在想别人的事情，木木地想着。那个人在黑乎乎的门口站住了。

“里面是哪一个？”

声音很微弱，好像很害怕似的。

米沙朝墙后面跨了两步。

“是谁？”问话的人已经有些惊慌了，声音也大些了。

米沙听出是司捷潘·阿司塔霍夫的声音，便从棚子里走了出来。

“司捷潘，是我，柯晒沃依……行行好，救救我吧！你能不告诉别人吗？帮帮忙吧！”

“原来是你呀……”司捷潘害过伤寒以后，刚刚起床，说话声音软弱无力。他那因为瘦而变长了的嘴，张得大大的，迟迟疑疑地笑着。“好，没什么，你就待着吧，待一天你再上别处去。可是，你怎么跑到这儿来啦？”

米沙没有回答，握了握他的手，就钻进糠堆里。

第二天晚上，天一黑，他就冒险回到家里，敲了敲窗户。妈妈给他开了过道的门，就哭了起来。她的手摸摸索索，搂住米沙的脖子，头在他的胸膛上直撞。

“快走吧！天啊，走吧，好孩子！今天早上来过很多人……把整个院子都翻遍啦，到处找你。‘小牛皮大王’安季普还抽了我一鞭子。他说：‘叫你把儿子藏起来！真可惜，没有一下子把他打死！’”

自己人都到哪里去了，米沙猜想不到。村子里究竟发生了什么事情，他不知道。从妈妈短短的一番话中，他明白了，顿河上所有的村庄里都暴动起来了，施托克曼、伊万·阿列克塞耶维奇、达维德卡和几个民警都逃走了，菲里加和季莫菲昨天中午就在广场上被打死了。

“走吧！在家里他们会找到你的……”

妈妈哭着，但是她那充满忧愁的声音是果断的。米沙多少年以来第一次哭了起来，像小孩子一样抽搭着，嘴里还冒着泡儿。后来就备上那匹正在奶马驹的骒马，也就是他当马倌时骑的那匹骒马，牵到场院上去，小马驹和米沙的妈妈都在后面跟着。妈妈扶米沙上了马，画了一个十字。骒马很不情愿地朝前走去，咴儿咴儿地叫了两次，呼唤小马驹儿。两次都叫得米沙的心往下掉，好像滚到了下面什么地方。但是他平平安安地上了山冈，就顺着将军大道，朝东方，朝着大熊河河口方向，飞跑起来。夜色漆黑漆黑的，正是月黑逃亡夜。骒马一个劲儿地嘶叫，害怕把小马驹儿丢掉。米沙咬着牙，用缰绳头儿抽着骒马的耳朵，时不时地停下来听听，后面或前面是不是有马的奔跑声，马的嘶叫声是不是引起什么人注意。但是周围死沉沉的，静得出奇。米沙只听见，小马驹儿利用停下来的机会，趴在母马那黑黑的乳房上，后腿撑在雪地上，吃起奶来，不住地吧嗒着嘴巴，米沙并且从马背上感觉出小马驹儿一口一口地在吸奶。

二十八

在堆马粪坯的棚屋里，闻到的是浓浓的干牲口粪气味、霉烂的麦秸气味、吃剩的干草气味。白天，灰灰的亮光从蒲草棚顶透进来。有时候太阳像穿过筛子那样，穿过树枝编的小门照进来。夜里一团漆黑。老鼠吱吱声。一片寂静……

女主人每天晚上偷偷地给格里高力送一次吃的东西。他身边干马粪上还放着一瓦罐水。一切都过得去。只是烟丝抽完了。格里高力头一天瘾得十分难受，因为实在受不住，第二天一早他就在地上摸索了一阵子，弄到一把干马粪，放在掌心里捻碎了，抽了起来。晚上主人叫老婆送来两张从福音书上撕下来的破纸、一盒火柴和一把混合烟：干木樨和未成熟的自种烟“酒白克”的根。格里高力高兴极了，拼命抽了一阵子，都抽得恶心起来，并且头一次躺在高高低低的粪堆上，把头蒙在衣襟里，就像鸟儿把头藏在翅膀底下那样，美美地睡了一夜。

清晨，主人把他叫醒了。主人跑进来，尖声

叫道：

“还在睡呀？快起来吧！顿河闹起来啦！……”他响亮地大笑起来。

格里高力一下子从粪堆上跳下来。垒得方方正正的粪块堆像雪崩一样，跟着他哗啦啦地塌了下来。

“出了什么事儿？”

“叶兰乡和维奥申乡咱们这一边的人都起来啦。佛明和整个政府都从维奥申逃到陶根去啦。好像嘉桑乡、叔米林乡、米古林乡都闹起来啦。你明白是怎么一回事情了吧？”

格里高力额头和脖子上的青筋都鼓了起来，瞳仁里冒出绿莹莹的火焰。他掩藏不住自己的喜悦：喉咙哆嗦着，黑黑的手指头毫无目的地来来回回摸索着军大衣的扣子。

“你们村子里呢？怎么样？有什么动静？”

“什么也没有听说。我看见主席啦，他笑着说：‘我反正都是一样，对什么样的神祷告都行，只要是神。’你快从窝儿里爬出来吧。”

他们朝屋里走去。格里高力跨着老大的步子。主人紧跟在他的身旁，对他讲着：

“在叶兰乡，打头儿起事的是红土崖村。前天叶兰镇上有二十个共产党员上柯里夫村和普列沙柯夫村去逮哥萨克，可是红土崖村的人听说这件事，就开了一个会，做出决定：‘咱们要忍受到什么时候？现在抓咱们的老头子，底下就轮到咱们啦。咱们骑上马，去把被捕的人夺回来。’集合了十五个人，都是一些勇猛的小伙子。由一个姓阿特兰诺夫的、打过仗的哥萨克率领着。他们只有两支步枪，有的就拿马刀，有的就拿长矛，还有人拿叉子。他们过了顿河，来到普列沙柯夫村里。共产党员们正在梅里尼柯夫家院子里休息。红土崖村的人就列成阵势骑马朝院子冲去，但是那院子围着石头院墙。他们冲了一下子，就往后跑啦。共产党员们打死了他们一个人，愿他在天堂安息。共产党员们在后面撵着打了一阵枪，他就落了马，倒在篱笆上。普列沙柯夫村的哥萨克把他抬到官马厩里。这位好汉的马鞭子在手里都冻住啦……用劲扯才扯了出来。这时候，苏维埃政权也完蛋啦，狗日的！……”

格里高力在屋子里狼吞虎咽地把剩下来的早饭都吃光了，便同主人一起来到街上。在胡同口上，哥萨克们一堆一堆的，就像过年过节一样。格里高力和主人走到其中一堆人跟前。哥萨克们把手举到帽檐上，很客气地答礼，一面带着好奇和等待的神情打量着格里高力这个陌生人。

“诸位街坊，这是自己人！你们别见外。鞑靼村麦列霍夫一家，你们听说过吗？这就是潘捷莱的小儿子格里高力。他是怕枪毙，来我家里避难的。”主人很自豪地说。

一开口谈话，就有一个哥萨克讲起列舍托夫村、杜布洛夫村和黑村的哥萨克怎样把佛明赶出维奥申的情形，但是这时候，紧靠着陡峭的白色山坡的街头上出现了两个骑马的人。他们顺着大街跑来，在每一堆哥萨克跟前都停一停，转过马头，挥舞着双手，不知在叫喊什么。格里高力急切地等待着他们走近。

“这不是咱们大鱼村的人……不知这是从哪儿来的报信的。”那个哥萨克一面凝神望着，一面说，并且不再讲进攻维奥申的事了。

两个骑马的人过了附近的胡同口，来到跟前。前面的一个老头子，披着棉袄，没有戴帽子，一张脸汗津津的、红红的，灰白的鬈发披散在额头上，他非常刚健地把马勒住；身子拼命向后仰着，把右手伸到前面。

“哥萨克们，你们为什么像老娘儿们一样，站在胡同口上呀?!”他用哭腔喊道。痛恨的泪水使他的嗓子都嘶哑了，红红的两腮激动得直打哆嗦。

他骑的是一匹没有生过驹的四岁口的很漂亮的骒马，全身枣红色，白鼻子，粗尾巴，四条腿瘦劲劲的，就像用钢铁铸的。那马又打响鼻，又咬嚼子，蹲下去，又直立起来，要求放松缰绳，好让它重新龙腾虎跃地奔跑，让风重新吹弯它的耳朵，吹得鬃毛嗖嗖作响，让冻得咚咚响的大地在它那光溜溜的蹄下重新发出呻吟声。骒马那薄薄的皮肤底下，每一条筋、每一条血管都在腾腾跳动。脖子上一条条圆滚滚的肌肉不住地在蠕动，闪闪有光的粉红色鼻孔不住地在哆嗦，那鼓鼓的、红宝石一般的眼睛，转悠着血红的眼珠子，带着恳求和凶狠的神情斜看着主人。

“静静的顿河的子孙们，你们为什么不动啊?!”那个老头子把目光从格里高力身上移到其余的人身上，又叫喊道，“他们在枪杀你们的父老，抢夺你们的财产，那些像犹大一样的政治委员在辱骂你们的教门，你们还有心思嗑葵花子，到游戏场上闲逛吗？你们等着他们拿套索来勒你们的脖子吗？你们天天拉着老娘儿们的裙子，要拉到什么时候？整个叶兰乡，老老少少都起来啦。整个维奥申乡，把红党都打跑啦……可是你们大鱼村的哥萨克动都不动！你们的性命就不值钱吗？你们身上流的不是哥萨克的血，是庄稼佬的克瓦斯吗？干起来吧！拿起枪来！柯里夫村派我们上各村来发动。哥萨克们，上马干吧，不要怠慢！”他那两只疯狂的眼睛碰到了一个熟识的老头子的脸，他十分气愤地叫道，“谢苗·贺里斯托佛洛维奇，你怎么也站在这儿？红军在菲洛诺沃杀死了你的儿子，你也想躲在炕头上吗?!”

格里高力没有把话听完，就朝院子里奔去。他飞跑着从棚屋里拉出自己藏起来的马；他从马粪堆里抠出马鞍子，抠得指甲都出了血，他像疯子一样，骑上马飞跑出大门。

“我走啦！多谢啦！”他急急忙忙对着朝门口走来的主人喊了两声，就朝鞍头上一趴，身子贴在马脖子上，沿街荡起一股旋风似的白茫茫的雪雾，用鞭抽打着马的两肋，叫马使足了劲儿跑起来。他身后的雪雾一团一团地落下，马镫在脚底下直打滑，麻木的两腿在鞍边上擦来擦去。马蹄在马镫下面急匆匆地嗒嗒响着。他感到非常高兴，高兴得不得了，感到有一股很大的力量和决心，以至于嗓子眼儿里不由自主地发出尖尖的吆吆声和哧哧声。他心中压抑着和隐藏着的感情一下子解放了。看样子，从现在起，他该走的路是清清楚楚的了，就像月亮照耀着的大道。

几天来他像野兽一样藏在马粪棚子里，像野兽一样谛听着外面的每一个声音和动静，这样痛苦难熬地过了几天，他的主意完全拿定了，一切都考虑好了。过去那些寻找真理、动摇、转变和内心痛苦斗争的日子，好像他从来不曾有过。

那些日子像云彩影子一样过去了，现在他觉得那些探索是白费心思，没有一点意思。有什么好想的呢？为什么自己的心要像一只被围捕的狼那样，为了寻找出路，解决矛盾，老是撞来撞去？世上的事本来是很好笑、很简单的。现在他觉得，世上根本就没有对任何人都适用的道理，于是他无比恼恨地想：各人有各人的道理，各人有各人的路嘛。为了一块面包，为了一块土地，为了活下去，人和人一直在你争我夺，而且只要还有太阳照耀着，只要人的血管里还流着热血，还要一直争夺下去。应当和那些想要人的命、不叫人活下去的人拼了；要坚决地拼，不能摇来摆去，而深仇大恨和决心也都是斗争斗出来的。只是不能叫爱情受束缚，要想爱谁就爱谁，想怎样爱就怎样爱——那就好了。

哥萨克不能和俄罗斯没有土地的庄稼佬走一条路，不能和工厂工人走一条路。要和他们拼个你死我活。要把哥萨克用鲜血浇灌的、肥沃的顿河土地从他们脚底下夺回来。要像驱逐鞑靼人那样，把他们从顿河土地上赶出去！要拿下莫斯科，叫他们降服！狭路相逢是不能让路的，不是我打倒你，就是你打倒我，反正一定要打。已经试验过啦：把一团一团的红军放到顿河土地上来，结果又怎样呢？现在就是要拿起刀来！

格里高力骑着马在白茫茫的顿河河面上跑着，心里一直怀着盲目的仇恨这样想着。有一会儿他心里发生了矛盾："这是财主和穷人的斗争呀，不是哥萨克和俄罗斯的斗争……米沙·柯晒沃依和科特里亚洛夫也是哥萨克嘛，可是他们从里到外都是红党……"但是他狠了狠心，赶走了这些念头。

已经可以看见鞑靼村了。格里高力扯了扯缰绳，让满身汗沫的马换成小跑。到了村口，又把马一夹，那马用胸膛撞开便门，跑进院子。

二十九

黎明时候，狼狈不堪的柯晒沃依进了大霍派尔河口乡的一个村子。第四后阿穆尔团的岗哨把他拦住。两名红军战士把他带到了团部。一位参谋很不信任地把他盘问了老半天，打算问出一些破绽，提出许多问题，例如："你们那儿的革命军事委员会主席是谁？为什么没带证明？"以及诸如此类的问题。米沙已经不耐烦答复这些混账问题了。

"同志，你别折腾我啦！哥萨克盘查得还要厉害些，可是也没有得到什么结果。"

他撩起衬衣，亮出被叉子刺伤的肋部和小肚子。

他已经想用厉害话来吓唬吓唬这位参谋了，但就在这时候，施托克曼走了进来。

“你这浪荡子！鬼东西！”他用两手抓住米沙的脊梁，粗声粗气地说，“你怎么，同志，盘问起他来啦？这是咱们的小伙子呀！你可是真够糊涂！你派个人去叫我，或者叫科特里亚洛夫同志来，就行嘛，什么都不用问啦……咱们走吧，米沙！你怎么活下来啦？你要给我说说，你是怎么活下来的。我们已经把你从活人名单上除名啦。我们以为，你已经英勇牺牲啦。”

米沙想起哥萨克把他捉住的情形，想起自己毫无戒备，把步枪放在爬犁上，心里很难受，脸红得流出了眼泪。

三十

格里高力回到鞑靼村的那一天，村里已经成立了两个哥萨克连。村民大会上决定，要把所有能拿起武器的人，从十六岁到七十岁，都动员起来。许多人觉得目前这种局面是靠不住的：北面是已经在布尔什维克手下的、敌方的沃罗涅日省和红色的霍派尔州；南面是战线，战线一转，就会以排山倒海之势把叛乱的哥萨克碾碎。有些特别小心谨慎的哥萨克不愿拿起枪来干，但是强迫他们干。司捷潘·阿司塔霍夫就坚决不愿干。

“我不去。你们把马牵去吧，随你们对我怎样好啦，拿枪打仗我是不干的！”早晨格里高力、贺里散福和安尼凯来家里找他，他这样声明说。

“你为什么不愿干？”格里高力翕动着鼻孔，问道。

“不愿干就是不愿干呗！”

“如果红军来攻咱们的村子，你怎么办？是跟我们走呢，还是留下来？”

司捷潘用闪闪放光的眼睛看了格里高力，又看阿克西妮亚，凝神看了半天，沉默了一阵子，然后才回答说：

“到那时候再看……”

“要是这样，给我出去！贺里散福，把他抓起来！我们马上把你毙了！”格里高力不去看靠在锅台上的阿克西妮亚，抓住司捷潘的军便服袖子，把他拉到自己跟前，“咱们走，没什么好啰唆的！”

“格里高力，别胡闹……放开！”司捷潘脸色煞白，轻轻地挣着。

阴沉下脸的贺里散福从后面把他抱住，嘟哝说：“你要是有这种心思，那咱们就走吧。”

“弟兄们！……”

“我们不是你的弟兄！走吧，别啰唆！”

“放开我，我参加连队好啦。我刚害过伤寒，没有力气呀……”

格里高力似笑非笑地笑了笑，松开司捷潘的军便服袖子。

“你去领枪吧！早这样就好啦！”

他把军大衣一掩，没有打招呼就走了出去。贺里散福并没有因为刚才的事感到不好意思，向司捷潘要了些烟丝卷烟卷儿，还坐了半天，说了半天话儿，好像他们之间什么事也不曾有过似的。

傍晚时候，从维奥申镇上运来两车武器：八十四支步枪和一百多把大刀。许多人拿出自己收藏起来的武器。村子里共出兵员二百一十一名。其中一百五十名骑兵，其余的是步兵。

各处暴动的人还没有统一的组织。各个村庄都是单独活动：各自成立连队，在大会上选举勇敢善战的人任连排长，不问军衔，只看战功；暂时都没有外出作战，只是和周围的村庄联络联络，派骑兵侦察队在附近巡逻巡逻。

在格里高力回来以前，鞑靼村就又像一九一八年那样，选举彼特罗·麦列霍夫担任了骑兵连连长。担任步兵连连长的是拉推舍夫。炮兵们由伊凡·托米林领着上巴兹基去了。那里有红军扔下的一门残缺不全的大炮，瞄准镜没有了，轮子也坏了。炮兵们就是去修这门炮的。

这二百一十一人使用的武器，就是从维奥申运来的和在村子里搜集到的一百零八支步枪、一百四十把马刀和十四支猎枪。潘捷莱·普罗柯菲耶维奇也和其他一些老头子一起，从莫霍夫家的地窖里出来了，他把那挺机枪挖了出来。但是却没有子弹带，所以连队并没有使用这挺机枪。

第二天傍晚时候得到消息，说是有一支红军清剿队，有三百支枪、七门大炮、十二挺机枪，由李哈乔夫率领着，从卡耳根镇出发，前来镇压暴动了。

彼特罗决定往陶根村方向派出一支强大的侦察队，同时通知了维奥申。

侦察队在黄昏时候出发。这支三十二人的侦察队由格里高力·麦列霍夫率领着。他们出了村子就飞跑起来，一直这样几乎飞跑到陶根村村边。在离村两俄里的地方，大道旁边有一道不很深的沟，格里高力叫大家在这里下了马，在沟里散了开来。看守马匹的人把马牵到洼地里去。洼地里的雪很深。马往洼地里走，肚子都擦到松软的雪上；有一匹公马，因为春情萌动，又咴儿咴儿直叫，又尥蹶子。只好派一个人单独看住这匹马。

格里高力派安尼凯、马尔丁·沙米尔和普罗霍尔·泽柯夫他们三个到村子里去察看。他们让马小步走着。陶根村边的树林在山坡下隐隐地泛着青色，像一条粗粗的曲线似的向东南方伸去。夜色渐渐浓了。草原上罩着低低的云彩。哥萨克们一声不响地坐在沟里。格里高力看着三个骑马的身影朝坡下走去，渐渐和黑黑的道路融合到一起。已经看不见马匹了，只有骑马人的脑袋在晃悠了。后来连人的脑袋也看不见了。过了一小会儿，那儿就嗒嗒地响起了机枪。然后又有一挺机枪响了起来，声音更高些，看样子是一挺手提机枪。手提机枪打完一梭子，就不响了，可是先前那一挺喘了一口气之后，又很快地打了一梭子。子弹像飞蝗一样在土沟上面，在夜色苍茫的高处飞着。乱飞乱叫的子弹声使人振奋，那声音又快活又尖细。三匹马使足了劲儿跑了回来。

“碰上岗哨啦！”普罗霍尔·泽柯夫老远就喊道。咚咚的马蹄声淹没了他的喊声。

“把马准备好！”格里高力发出命令。

他像跳出战壕那样，一下子跳到沟沿上，也不顾那吱吱地往雪地里直钻的流弹，迎着飞跑而来的三匹马走去。

“没看见什么吗？”

“听见那儿有动静。从声音上听出来，他们人很多。”安尼凯气喘吁吁地说。

安尼凯从马上跳下来，一只靴子的靴尖卡在马镫里出不来，他骂了一声，一只脚跳着，用手扳住马镫，把脚抽了出来。

趁格里高力向他问话的时候，有八个哥萨克从沟里出来，跑到洼地里；找到自己的马，骑上马就跑回家了。

“明天把他们毙了。”格里高力听着开小差的人那越来越远的马蹄声，小声说。

留在沟里的哥萨克又坐了有一个钟头，小心翼翼地保持着肃静，仔细听着。终于有人听见了马蹄声。

“有人骑马从陶根村那边来啦……”

“是侦察队！”

“不会的！”

大家小声交谈着。探出头去看了看，可是夜色漆黑漆黑的，什么都看不见。还是菲多特·包多甫斯柯夫那加尔梅克式的眼睛最先看清楚了。

“来啦。”他一面摘步枪，一面很有把握地说。

他背枪的样子很特别：皮带像十字架的带子那样挂在脖子上，步枪在胸前斜斜地耷拉着。他走路或者骑马，总是把两手放在枪筒子和枪托子上，就像老娘儿们抱着扁担。

有十来个骑马的人，一声不响地、不成队形地顺着大路走来。有一个身穿皮袄、样子很威武的人走在最前面，离大家有半匹马的样子。他那匹长身子、短尾巴的马步伐矫健、昂首挺胸地走着。格里高力在低处往上看，又有灰灰的天空作衬托，所以能清清楚楚地看到马的轮廓、人的身影，甚至还看清了最前面那个人头上戴的平顶库班式皮帽。骑马的人离沟只有十来丈远了；他们离哥萨克们这样近，似乎应该听见哥萨克们呼哧呼哧的喘气声和不住的心跳声了。

格里高力事先就下过命令，没有他的口令，不许开枪。他就像一个埋伏起来的猎人，在细心而慎重地等待着时机。他已经有成谋在胸：对他们大喝一声，等他们吓得乱成一团，就开枪。

大路上的雪清脆地咯吱咯吱响着。马蹄下面迸起黄黄的火星；大概是马掌在光溜溜的石头上滑了一下。

"什么人？"

格里高力像猫一样，十分轻捷地从沟里跳了出来，站直了身子。哥萨克们也跟着他唰唰地从沟里跳了出来。

情形完全不像格里高力所料想的那样。

"你们想找什么人？"最前面的那个人，连一点害怕或惊讶的影子也没有，用沉厚而沙哑的嗓门儿问道。那人掉转马头，冲着格里高力走来。

“你是什么人?!”格里高力没有动地方，悄悄地弯着胳膊把手枪举起来，厉声喝道。

仍旧是那个沉厚的声音愤怒地大声喝道：

“谁叫你在这儿大嚷大叫？我是清剿队队长！受红军第八军司令部委派，前来镇压暴动！你们的首长是哪一个？把他给我叫来！”

“我就是！”

“是你吗？噢——噢……”

格里高力看见那人举起来的手里有一样黑黑的东西，就赶在枪响之前趴了下去；一面跌倒，一面喊叫：

“开火！”

勃朗宁手枪打出的一粒钝头子弹嗖的一声从格里高力头上飞了过去。两边都纷纷开火了。包多甫斯柯夫紧紧抓住毫不畏惧的清剿队长的马缰绳。格里高力隔着包多甫斯柯夫，探过身子，抓住那人的胳膊，用刀背照着库班帽砍了一刀，便把他那高大的身子拉下马来。这一场交手战两分钟就结束了。

两名红军被打死，三名逃掉了，其余的都缴了枪。

格里高力用手枪对着被俘的戴库班帽的队长的打破了的嘴，简单地审问了一下：

“坏蛋，姓什么？”

“李哈乔夫。”

“你凭什么敢带着九个人出来？你以为，哥萨克会下跪，会向你求饶吗？”

“你们杀死我好啦！”

“现在还不慌着杀你，”格里高力安慰他说，“证件在哪儿？”

“在挂包里。拿去吧，土匪！……坏蛋！”

格里高力不去理会他的咒骂，亲自把李哈乔夫身上搜了一遍，从他的皮袄口袋里又搜出一支勃朗宁手枪，把他的匣子枪和军用挂包都摘了下来。在旁边的口袋里还搜出一个用彩色兽皮做成的小包，里面装着文件和烟盒。

李哈乔夫一个劲儿地在骂，疼得直哼哼。他的右肩被打穿了，格里高力的马刀又砍得他的脑袋够呛。他的个头儿很高，比格里高力还高，又很粗大，看样子很有力气。在他那刮得光光的、黑黑的脸上，两道又短又宽的黑眉毛像张开的爪子似的威风凛凛地分列在鼻梁的两边。嘴大大的，下巴方方的。他穿的是带褶儿的皮袄，戴的是黑色库班皮帽，皮帽被刀背砍皱了，皮袄里面还整整齐齐地穿着绿制服和肥大的马裤。但是两只脚很小，很秀气，穿着一双很漂亮的漆皮靴子。

“委员，把皮袄脱下来吧！”格里高力命令说，“你够胖的，吃哥萨克的粮食吃肥啦，大概不会冻死的！”

用皮带和缰绳捆住俘虏们的两手，让他们骑在自己的马上。

“跟我走！”格里高力摸了摸挂在自己身上的李哈乔夫的匣子枪，命令说。

他们在巴兹基村过夜。李哈乔夫躺在灶旁地上一张草垫子上，翻来覆去，不住地咬着牙，哼哼着。格里高力就着灯光给他洗了洗肩上的伤口，包扎了一下。但是问他话，他还是不回答。格里高力在桌边坐了老半天，仔细看了李哈乔夫的委任书、逃走的革命军事法庭移交给李哈乔夫的维奥申乡反革命哥萨克的名单、日记本、书信、地图上的一些记号。

偶尔地看看李哈乔夫，和他交换一下像刀子一样的目光。在这座房子里过夜的哥萨克一夜都没有睡好，有时出去看马，有时在过道里抽烟，有时就躺着说话儿。

格里高力在天快亮时迷迷糊糊睡着了，但是很快就醒来，从桌上抬起沉甸甸的脑袋。李哈乔夫坐在草垫子上，用牙齿在撕绷带。他用通红的、恶狠狠的眼睛看了格里高力一眼。他的一嘴白牙就像一个人要死时那样，很痛苦地龇露着，眼睛里也露出临死时的烦恼神情，格里高力一看到这种神情，睡意一下子就没有了。

“你想干什么?”他问道。

“叫你……称称心吧！我想死！”李哈乔夫大叫了两声，脸色煞白煞白的，一头栽到草垫子上。

这一夜他喝了有半桶水。直到天亮，他的眼睛合都没合过。

第二天早晨，格里高力派人带着一份简短的报告和搜到的一切文件，用大车把李哈乔夫送往维奥申。

三十一

大车由两个骑马的哥萨克押送着，来到维奥申镇，很快就到了执行委员会的红砖房跟前。李哈乔夫半躺在大车后面，用手扶着吊在血糊糊的绷带上的那条胳膊，站起身来。两个哥萨克下了马，带着他朝房子里走去。

有半连的哥萨克密密层层地拥挤在联合暴动军临时司令苏亚洛夫的办公室里，李哈乔夫用手护着胳膊，挤到桌子跟前。苏亚洛夫正坐在桌边。他的个头儿小小的，样子极其平常，只有那眯得细细的黄眼睛显得特别阴险狡诈。他挺和气地看了李哈乔夫一眼，问道：

“把老弟送来啦？你就是李哈乔夫吗？”

“我就是。这是我的证件。”李哈乔夫把捆成小口袋一样的皮包扔到桌子上，凌厉逼人地看了苏亚洛夫一眼，“很遗憾，我没有完成任务，没有把你们这些坏家伙消灭！但是苏维埃俄罗斯会收拾你们的。请把我枪毙吧。”

他耸了耸打穿的肩膀，扬了扬宽宽的眉毛。

“不会的，李哈乔夫同志！我们就是反对枪毙人才起义的。我们可不像你们，我们不枪毙人，我们要治治你的毛病，也许，你对我们还有用处呢。”苏亚洛夫温和地、但是不住地眨巴着眼睛说，“闲人都出去。喂，快点儿！”

只有列舍托夫村、柴尔诺夫村、乌沙柯夫村和维奥申镇的连长留了下来。他们都靠着桌子坐下来。有人用脚推给李哈乔夫一个凳子，但是李哈乔夫没有坐。他靠在墙上，从他们的头上望着窗外。

“这样吧，李哈乔夫，”苏亚洛夫和连长们对看了一眼，开口说，“请你告诉我们：你的队伍有多少人马？”

“不告诉你们。”

“你不说吗？这不必要。我们可以从你的文件上看出来，或者从你手下的红军嘴里问出来，我们还想请你（苏亚洛夫加重口气说出这个‘请’字）办一件事：给你的队伍写一封信，叫他们上维奥申来。咱们用不着打仗。我们不反对苏维埃政权，我们反对的是共产党员和犹太佬。我们把你的队伍解除武装，叫他们各自回家去。我们也要把你放了，总而言之，请你告诉他们，我们也都是干活儿的人，叫他们别怕我们，我们不反对苏维埃……”

李哈乔夫一口唾沫落在苏亚洛夫的灰白色胡子尖上。苏亚洛夫用袖子擦了擦胡子，脸红了一阵子。有的连长笑了笑，但是没有人出来维护司令官的体面。

“你对我们太不客气啦，李哈乔夫同志！”苏亚洛夫已经是很明显地装腔作势地说，“过去当官的瞧不起我们，对我们吐唾沫，你是共产党员，也吐起唾沫来啦。你们还一个劲儿地说是为了人民呢……喂，那儿有人吗？……把这位委员带走。明天我们把你送到嘉桑去。”

“要不要再考虑考虑？”有一个连长厉声问道。

李哈乔夫拉了拉披在身上的制服上衣，就朝站在门口的押送兵走去。

没有枪毙他。因为暴动者打的旗号就是反对“枪毙人和抢劫”……第二天，就把他送往嘉桑镇。他在押送兵前面走着，轻轻地踩着积雪，皱着又短又宽的两道眉毛。但是到了树林里，从一棵灰白色的小桦树旁边走过时，他高高兴兴地笑了，站下来，往上探了探身子，用那只未受伤的手折下一根树枝来。树枝上那褐色的芽儿已经灌足了三月的甜汁；那种淡淡的、隐隐约约的香气预示着春天的繁荣，预示着太阳转回后生命又要开始。李哈乔夫把饱鼓鼓的芽儿放进嘴里，轻轻嚼着，用泪水模糊了的眼睛望着摆脱了严寒、露出光泽的树木，刮得光光的嘴角上露出了笑意。

他死了，嘴唇上还带着黑黑的嫩芽的碎瓣儿：在离维奥申七俄里的地方，在一片荒凉的、起伏不平的沙地上，几个押送的哥萨克惨无人道地把他砍死了。先是活活地挖掉了他的眼睛，砍掉胳膊，割下耳朵和鼻子，又在他的脸上来来回回划了几刀。他们解开裤子，一面叫骂，一面对着他那高大、英武、健美的身子撒起尿来。他们对着血肉模糊的躯体骂够了，然后一个哥萨克踩住轻轻哆嗦的胸膛，踩住仰面倒在地上的身躯，斜砍一刀，把头割了下来。

三十二

像洪水泛滥一样的暴动的消息，从顿河彼岸，从顿河上游，从四面八方传来。暴动起来的已经不仅是两个乡了。叔米林乡、嘉桑乡、米古林乡、麦什柯夫乡、维奥申乡、叶兰乡、霍派尔河口乡都很快地拉起队伍，暴动起来了；卡耳根乡、博柯夫乡和克拉斯诺库特乡都很鲜明地站到暴动者方面。暴动有可能扩展到附近的大熊河河口州和霍派尔州去。布堪诺夫乡、司拉舍夫乡和菲多谢耶夫乡也都在酝酿暴动；靠近维奥申乡的阿列克塞耶夫乡的一些村庄也很不安定……维奥申原是本州的首镇，因而也就成了暴动的中心。经过很长时间的争论和协商，决定保留原有的政权形式。选举出州执行委员会，当选的都是很有威望的哥萨克，其中多数是年轻人。担任主席的是炮兵部队的一个姓丹尼洛夫的官员。各乡各村都成立了苏维埃，而且说也奇怪“同志”这种称呼，原来是当做骂人话的，现在也保留了下来。并且喊出了蛊惑性的口号：“拥护苏维埃政权，但是反对共产党，反对枪杀和抢劫。”因此暴动者帽子上镶的就不是一道白绦或白箍，而是两道：红白交叉……

二十八岁的年轻少尉库金诺夫·巴维尔，接替苏亚洛夫，担任了联合暴动军司令。他得过所有四个等级的十字章，能说会道，精明能干。他性格十分脆弱，在这种风雨飘摇的时代，来掌管一个暴动的州，本来是很不合适的，但是哥萨克们却都很喜欢他的随便和态度和气。而最主要的是，库金诺夫深深扎根于他所出身的哥萨克群众之中，不自高自大，在他身上也看不到许多飞黄腾达的人常有的那种军官架子。他的衣着很朴素，留着长长的、剪成圆圈形的头发，身子微微向前弯，说起话来很快。鼻子长长的，脸瘦瘦的，是一张庄稼汉的脸，毫无惊人之处。

又选举萨方诺夫·伊里亚上尉担任参谋长，之所以选举他，只是因为，他这个小伙子胆子很小，但是写得一手好字，很有学问。在会上选举他时，有人是这样说的：

“叫萨方诺夫在参谋部里干干吧。他带兵打仗不行。他要是带兵，损失就大，保不住哥萨克，连自身也难保。叫他带兵打仗，就好比叫茨冈人当神甫。”

小个子、圆脑袋的萨方诺夫，听到这样的议论，嘴角在他那白了尖儿的黄胡子底下暗暗高兴地笑了笑，欣然同意担任参谋长的职务。

然而库金诺夫和萨方诺夫只是形式上的领导，而事情都是各个哥萨克连自动干的。在指挥方面，他们束手无策，而且，掌握这样众多的人马，还要跟上瞬息万变的局势，也不是他们能够胜任的。

第四后阿穆尔骑兵团，连同加入了这个团的霍派尔河口乡、叶兰乡以及一部分维奥申乡的布尔什维克，边打边前进，通过了许多村庄，跨过了叶兰乡的边界，经过草原，顺着顿河向西推进。

三月五日，一名哥萨克带着一份报告飞马来到鞑靼村。叶兰乡的人十万火急地请求支援。他们没有子弹，没有枪支，几乎是毫无抵抗地在败退。回答他们的稀稀拉拉的枪声的，是后阿穆尔团那暴雨般的机枪火力，还有两个炮兵连的大炮轰击。在这种情势下，已经来不及等待州里的指示了。于是彼特罗·麦列霍夫决定带着自己的两个连出发。

他同时担任了指挥附近几个村庄的另外四个连的任务。清晨，他率领哥萨克们来到一处高地上。照例先是前哨发生了零零星星的接触。到后来战斗才展开。

离开鞑靼村八俄里，来到这块叫红坡的地方，过去格里高力同妻子一起在这里耕过地，他就是在这里第一次坦率地对娜塔莉亚承认他不爱她——在这个晦暗的冬日里，几支哥萨克连队就在这里的雪地上，在几条深沟边下了马，列成阵势，看守马匹的人把马牵到隐蔽的洼地里。红军成三条散兵线从下面一片宽阔的盆地里往上冲来。一片白茫茫的盆地里布满了黑黑的人点子。散兵线后面还有车辆，还有骑兵闪来闪去。哥萨克离敌人还有两俄里，都在不慌不忙地准备迎战。

彼特罗骑着自己那匹养得肥肥的、微微有点儿冒汗的马，从已经散开的叶兰乡那几个连的阵地上，跑到格里高力这边来。他很快活，很兴奋。

“弟兄们，要节省子弹，等我发口令，再开枪……格里高力，把你那半个连往左边移动一百五十丈。麻利点儿！看守马匹的弟兄别堆成一堆！”他又发了几道最后的命令，便掏出望远镜来，“好像他们把炮兵连安在马特维耶夫冈上啦？”

“我早就发现啦：肉眼都能看得见嘛。”

格里高力从他的手里接过望远镜，仔细看了看。在那座四面临风的土冈后面，还有黑黑的车辆，闪动着小小的人影。

鞑靼村的步兵，也就是骑兵戏称的“爬行兵”，不理会那不许堆成一堆的严厉命令，还是凑成一堆一堆的，分子弹，抽烟，互相开玩笑。比别人高出一个头的贺里散福的皮帽子到处晃悠着（他因为没有了马，所以成了步兵），潘捷莱·普罗柯菲耶维奇的三耳皮帽红得耀眼。步兵中多数是老头子和半大小伙子。一片没有砍掉的向日葵地的右边，一里半远处，是叶兰乡的哥萨克。他们的四个连队有六百人，但是几乎有二百人在看守马匹。也就是有三分之一的人跟马一起躲藏在山沟的慢坡上了。

“彼特罗·潘捷莱维奇！”步队里有人喊道，“你注意，打起仗来可别把我们这些步兵扔掉！”

“你们放心好啦！不会扔掉你们。”彼特罗笑着说。他望着缓缓朝高地上移动的红军散兵线，不自觉地玩弄起鞭子。

“彼特罗，到这儿来。”格里高力离开阵地，走到一边，喊道。

彼特罗走了过来。格里高力皱着眉头，带着很不以为然的神情说：

“我看不中这块阵地。应该撇开这几条沟。要不然他们从侧翼包抄咱们，那咱们就糟啦。嗯？”

“你胡扯什么！”彼特罗不耐烦地把手一摆，“他们怎么能包抄咱们？我还留一个连做后备，而且，万一有什么情况，这沟还可以作掩护呢。这沟没有什么坏处。”

“小心点儿吧，伙计！”格里高力用警告的口气说，并且一再用眼睛迅速地打量着地势。

他走到自己的阵地上，打量了一下哥萨克们。很多人的手上已经没有手套了。因为心里着急，把手套脱掉了。有人急得难受：一会儿摸摸马刀，一会儿紧紧腰带。

“咱们的指挥官下马啦。”菲多特·包多甫斯柯夫笑着说，并且带着取笑的神气对着大摇大摆朝阵地走来的彼特罗微微点了点头。

“喂，你这个普拉托夫将军！”只带一把马刀的一条胳膊的阿列克塞·沙米尔放开嗓门儿哈哈大笑起来，“你下命令拿酒犒劳犒劳顿河弟兄们吧！”

“住嘴吧，酒鬼！要是红军砍掉你另一条胳膊，看你用什么往嘴上端！那就得就着猪食盆喝啦。”

“得啦，得啦！”

“喝了酒，才容易送命呢！”司捷潘·阿司塔霍夫叹着气说，并且抬起接着刀把子的那只手，捻起淡褐色的小胡子。

大家在阵地上说着这时候最不该说的话。直到马特维耶夫冈后面的大炮轰隆轰隆地响了起来，说话声才一下子停了。

浓厚而沉重的声音像圆球似的从炮口里冲出来，跟清脆、刺耳的爆炸声混到一起后，就像那白色烟团一样，在草原上老半天才消散掉。炮弹打近了，在离哥萨克阵地半俄里的地方爆炸了。黑烟夹杂着银光闪闪的雪粉，在田野上慢慢盘旋了一阵子，就落了下来，铺展开来，贴到荒草上。红军阵地上有几挺机枪一下子响了起来。机枪嗒嗒地响着，就像守夜更夫的梆子声。哥萨克卧倒在雪地上、草丛里、割掉了头儿的葵花地里。

“这烟好黑呀！就像用的是德国人的炮弹！”普罗霍尔·泽柯夫回头看着格里高力，喊道。

附近的叶兰乡一个连里发出了哄叫声。风把叫声送了过来：

“米特洛番大哥被打死啦！”

鲁别仁村的红胡子连长伊万诺夫，冒着炮火跑到彼特罗跟前，他擦着额头上的汗，气喘吁吁地说：

“这儿也是雪，那儿也是雪！雪太深啦，连脚都拔不出来！”

“你干什么？”彼特罗皱着眉头，不耐烦地问道。

“麦列霍夫同志，我想出一个主意！你派一个连从下面走，到顿河上去。就从阵地上撤下一个连，派出去。叫他们从下面到村子里去，从那儿绕道去攻打红军的后方。恐怕他们把辎重都扔下啦……哪儿还有人看守辎重？又可以叫他们乱一阵子。”

彼特罗看中了这个“主意”，他命令自己的半个连开火，又对直挺挺地站着的拉推舍夫摇了摇手，就摇摇摆摆地走到格里高力跟前。他说清了是怎么一回事儿，就直截了当地命令说：

“你带上半个连。就去抄他们的后路！”

格里高力带着哥萨克离了阵地，在洼地里上了马，飞快地朝村子跑去。

哥萨克们每人打了有两夹子子弹，就停住不打了。红军都卧倒了。机枪不住气地嗒嗒响着。马尔丁·沙米尔那匹白腿的马被流弹打伤，从看马人的手里挣了出去，狂奔起来，越过鲁别仁村哥萨克的阵地，朝坡下红军的阵地奔去。一排机枪子弹打在马身上，那马高高地撅起屁股，拼足劲儿跳了一下，就栽倒在雪地上。

“打机枪手！”阵地上传着彼特罗的命令。

大家都在瞄准。开枪的只是一些老练的射手，而且也打中了：上柯里夫村一个很不起眼的小个子哥萨克，一枪一个，一连打死了三个机枪手，于是枪筒子里还翻滚着热水的“马克辛”哑了。但是一批新的机枪手接替了阵亡的机枪手。机枪又嗒嗒响了起来，撒播着死亡的种子。齐射也是接连不断。哥萨克们已经很不好受了，往雪里越钻越深。安尼凯已经贴到土上，还在不住地出洋相。他的子弹打光了（他那生了绿锈的弹夹子里总共只有五发子弹），他偶尔从雪里探出头来，嘴里发出一种声音，很像土拨鼠受惊时发出的尖叫声。

“啊呦呦！……”安尼凯一面学土拨鼠叫，一面带着开玩笑的神气朝阵地上望着。

在他右面的司捷潘·阿司塔霍夫笑得流出了眼泪，在他左面的“小牛皮大王”安季普气得骂了起来：

“算啦，混蛋！偏要在这种时候开玩笑！”

“啊呦呦！……”安尼凯转过身来朝着他，瞪圆了眼睛，装出很害怕的样子。

红军的炮兵连大概是炮弹不多了：打了三十来发之后，就不打了。彼特罗焦急地朝后面、朝高地的脊上看了看。他已经派两个传令兵到村子里去，叫村子里所有的成年人都带上叉子、长矛、镰刀到高地上来。他想吓唬吓唬红军，也要列成三道散兵线。

不久，密密麻麻的人群就在高地的脊上出现，并且朝坡下拥来。

“瞧吧，黑老鸹出来啦！”

“全村的人都上阵啦。”

“好像还有老娘儿们哩！”

哥萨克们你一句、我一句地叫着，笑着。没有人打枪了。红军那方面也只有两挺机枪在响着，再就是偶尔来一阵齐射。

“真可惜，他们的大炮不响啦。要是朝娘子军开上一炮，那就热闹啦！她们一定会拖着尿湿的裙子往村子里跑！”一条胳膊的阿列克塞开心地说，看样子，他因为没有看到红军朝妇女们打一炮，实在觉得可惜。

人群渐渐走齐了，渐渐散了开去。不一会儿，他们就摆成两道宽宽的散兵线。停了下来。

彼特罗不准他们进入射程以内，不准靠近哥萨克的阵地。不过，单是他们的出现就对红军发生了明显的影响。红军的队伍开始后退，退往盆地的底部。彼特罗同几个连长简单地商量了一下，就把右翼叶兰乡哥萨克的两道散兵线撤下来，让他们骑上马往北，朝顿河上开去，到那里去支援格里高力的袭击。两个连就让红军眼看着在红土沟那边排好队伍，朝顿河开去。

又对着正在后退的红军散兵线打起枪来。

这时候，从妇女、老头子、半大孩子组成的“后备队”里跑出几个大胆的妇女和一群孩子，来到前沿阵地上。妲丽亚也跟着跑来了。

“彼佳，让我对红军放一枪吧！我会使枪嘛。”

她真的拿起了彼特罗的卡宾枪；她跪下一条腿，像男子一样，把枪托子牢牢地抵在胸脯上面窄窄的肩膀上，放了两枪。

“后备队”都冻坏了，又跺脚，又跳，又擤鼻涕。这两道散兵线摇来晃去，就像被风吹的。妇女们的脸和嘴都发了青，寒气毫无礼貌地往肥大的裙子底下直钻。那些衰老的老头子简直冻僵了。其中有很多人，包括格里沙加爷爷在内，都是由别人搀着从村子里爬到这陡峭的土坡上来的。但是来到这四面受风的高地上，冷风一吹，又听到远处的枪声，老头子们的精神倒是振作起来了。他们在阵地上絮絮叨叨地谈起以前的一些战争和战役，又说目前这一次战争很不好，哥哥跟弟弟打仗，老子跟儿子打仗，大炮老远就打起来，远得叫人用肉眼都看不见……

三十三

格里高力带领半个连很顺利地袭击了后阿穆尔团的一支辎重队。八名红军全被砍死。缴获了四大车弹药和两匹战马。他这半个连里只损失了一匹战马，还有一个哥萨克受一点轻微的擦伤。

但是就在格里高力满怀胜利的喜悦，大模大样地带着截获的辎重，顺着顿河往回走的时候，高地上的战斗已经接近结束了。后阿穆尔团的一支骑兵连，早在战斗开始之前，就出发去绕远路进行包抄，绕了一个十俄里的大圈子之后，突然出现在高地后面，对看守马匹的人发动了袭击。霎时间乱成了一团。看守马匹的人带着马匹纷纷从红土沟里面飞跑出来，有些哥萨克快步接过了战马，其余的哥萨克头上已经闪烁起后阿穆尔人的刀光。许多没有武器的看守马匹的人放掉了马匹，四散奔逃。步兵队的哥萨克因为怕打到自己人，都不敢开枪，于是就像从口袋里倒出来的豆粒儿似的，纷纷滚进沟里，爬到沟那边，乱跑起来。骑兵队的哥萨克（他们占大多数），凡是抓到战马的，都争先恐后地朝村子里奔走，看“谁的马快”。

起初，彼特罗一听见喊叫声，就转过头来，看见有骑兵拉成阵势朝看守马匹的人冲来，就发出口令：

“上马！步队！拉推舍夫！翻过沟去！……”

但是他没有来得及骑自己的马。他的马是一个叫安得留什卡·别司贺列布诺夫的年轻小伙子看着。安得留什卡正骑着一匹马飞速地朝彼特罗跑来；彼特罗的马和菲多特·包多甫斯柯夫的马都在他的右边并排跑着。但是有一个身穿敞怀的黄色皮夹克的红军斜刺里朝安得留什卡冲过来，抡起刀朝肩膀上砍来，并且大喊了两声：

“你这狗崽子，我宰了你！……”

但是安得留什卡很走运，他的肩膀上背着一支步枪。马刀没有砍到安得留什卡那围着白围巾的脖子，而是砍到了枪筒子上，当啷一声，那马刀从红军手里飞了出去，在空中画了一个老大的弧形。安得留什卡骑的那匹发了性子的马往旁边一闪，狂跑起来。彼特罗的马和包多甫斯柯夫的马也都跟着跑走了……

彼特罗哎呀了一声，待了一会儿，脸煞白煞白的，一下子满脸都是汗。他往后看了看：有十来个哥萨克正朝他跑来。

“完啦！”包多甫斯柯夫喊道。他吓得脸色都变了。

“大家都到山沟里去！弟兄们，到山沟里去！”

彼特罗定了定神，头一个跑到山沟跟前，顺着三十丈的陡坡往下滚去。他的皮袄挂了一下，从上面的口袋一直撕到前襟的底边，他爬起来，像狗一样抖搂了一下身子，把身上的雪抖了抖。哥萨克们也都奇形怪状地翻着跟头，打着滚儿，纷纷从上面滚了下来。

一会儿工夫，他们十一个人都滚了下来。加上彼特罗，一共是十二个人。上面还是一片枪声、呐喊声、马蹄声。可是滚到沟底来的哥萨克都在呆呆地掸着帽子上的雪和沙土，有的还揉着碰疼的地方。马尔丁·沙米尔拔出枪栓来，吹了吹枪膛里的雪。一个姓马内次柯夫的小伙子，是已经去世的村长的儿子，吓得浑身直哆嗦，脸上还流着一道一道的眼泪。

“怎么办啊？彼特罗，带我们走吧！眼看是死啦……往哪儿去呀？啊呀，要把咱们打死呀！”

菲多特咬了咬牙，顺着沟底往下，朝顿河上跑去。

其余的人也像羊群一样，都跟着他跑起来。

彼特罗好不容易把他们喊住：

“站住！咱们来商量商量……别跑！他们会开枪的！”

他领着大家走到沟边红土崖上被水冲出的一道槽子底下，他在表面上尽量保持着镇定，结结巴巴地说出自己的主意：

“不能往下面走。咱们跑得再远，他们也追得上……就待在这儿好啦……分散到几道槽子里去……三个人可以到那边去……咱们可以还枪！……在这儿能撑持过去……”

“咱们完啦！叔叔大爷们！行行好，你们放我走吧！……我不愿意……不想死呀！”早就在哭的白眉毛的小伙子马内次柯夫忽然又叫了起来。

菲多特忽闪了一下加尔梅克型的眼睛，猛然使劲照马内次柯夫的脸上打了一拳。

小伙子的鼻子里一下子涌出血来，脊梁撞到沟壁上，撞得黄土哗哗地往下落，他总算没有跌倒，不过他不再叫了。

“怎么还枪呢？”沙米尔抓住彼特罗的胳膊，问道，“有多少子弹呢？没有子弹啦！”

“他们会扔手榴弹的。咱们完啦！”

“那又该怎么办？”彼特罗的脸色忽然变得铁青，胡子下面的嘴唇上冒起白沫，“卧倒！……听我的，还是听谁的？谁不听，我枪毙！”

他真的拿起手枪在哥萨克们的头上晃了晃。

他轻轻的喝叫声好像激发了他们的士气。包多甫斯柯夫、沙米尔和另外两个人跑到山沟的对面，在一道槽子里卧倒下来，其余的人都和彼特罗在这一边分别卧倒下来。

春天，红红的山水翻滚着大大小小的石块，冲刷着沟底，冲得红土一层一层地往下掉，在沟壁上冲出许多槽子和涵洞。哥萨克们就躲在这里面。

“小牛皮大王”安季普端着步枪，弯着腰站在彼特罗身边，像说梦话一样小声说：

“司潘捷·阿司塔霍夫抓住自己的马尾巴……跑掉啦，我没有跑掉……步兵也不管咱们……伙计们，咱们完蛋啦！……实在话，咱们全完啦！……”

上面传来奔跑的脚步声。雪粉和碎土纷纷往山沟里落。

“他们来啦！”彼特罗小声说着，抓住安季普的袖子，但是安季普使劲把手抽了出去，拿指头按住枪机，朝上面望着。

上面却没有一个人到沟沿上来。

上面传来说话声和吆喝马的声音……

“他们在想点子呢，”彼特罗在心里说，好像身上的毛孔一下子全都大张开来，汗水又顺着脊梁、胸口和脸哗哗流了下来……

“喂，你们听着！快爬上来！反正你们跑不掉！”上面有人喊起来。

一股更浓的雪粉落进沟里，就像是一股白白的奶汁。看样子，有人走到沟沿上来了。

上面又有一个人的声音很肯定地说：

“他们是跑到这儿来啦，这儿有脚印呢。再说，我亲眼看见的嘛！”

“彼特罗·麦列霍夫！出来！”

彼特罗盲目地高兴了一阵子，高兴得浑身热辣辣的。“红军里怎么会有人认识我呢？这是自己人！他们把红军打跑啦！”但是他马上就轻轻哆嗦起来，因为那个声音又说话了：

“我是柯晒沃依·米沙。劝你们乖乖地投降。反正你们跑不掉啦！”

彼特罗擦了擦汗津津的额头，手掌上留下了红红的血和汗的印子。

有一种奇怪的、近似昏迷的淡漠感悄悄来到他的心里。

他猛然又听见包多甫斯柯夫的喊声：

“你们要是答应把我们放了，我们就出去。要是不答应，我们就和你们拼了！来吧！”

“我们放……”上面沉默了一会儿之后，有人回答说。

彼特罗费了很大的劲儿才摆脱了昏沉状态。他觉得这“放”字里面有一种无形的狞笑意味。他低沉地喊了一声：

“回来！”但是已经没有人听他的了。

除了还躲在涵洞里的安季普以外，哥萨克们都攀住能踏脚的地方，爬到上面去了。

彼特罗是最后一个爬上去的。生命就像怀在女人肚子里的小孩子那样，顽强地翻腾着。他因为怀着自卫的心情，所以一面顺着陡坡往上爬，一面还想象着怎样开枪。他的眼睛发乌，心胀得塞满了胸膛。他又闷又难受，就像小时候做噩梦那样。他扯掉军便服的纽扣，撕开肮脏的衬衣领子。汗水流进他的眼睛，他的两手在冰冷的沟坡上乱抓。他哼哧哼哧地爬到了沟边一块踩得平平的雪地上，把步枪往自己脚下一扔，举起手来。比他早爬上来的哥萨克们都挤成了一堆。米沙·柯晒沃依，还有几个骑马的红军，都离开一大群后阿穆尔团的步兵和骑兵，朝他走来……

米沙对直地走到彼特罗跟前，眼睛看着地面，低声问道：

“你不打啦？”等到回答过，他仍然看着彼特罗的脚下，问道，“是你指挥的吗？”

彼特罗的嘴唇哆嗦起来。他的一只手软软地、十分吃力地举到汗津津的额头上。米沙那弯弯的长睫毛抖动起来，那发烧烧烂了的肿胀的上嘴唇噘了起来。米沙浑身抖得厉害，好像就要站不住，就要跌倒了。但是他猛地一下子抬起眼睛，对直地看着彼特罗，用异样的目光盯住他的瞳仁，急匆匆地说：

“把衣服脱了！”

彼特罗连忙脱下皮袄，很小心地卷起来，放在雪地上；摘下皮帽子，解下皮带，脱下绿色军便服，又坐到皮袄的襟上，脱起靴子来，脸色一会儿比一会儿白。

伊万·阿列克塞耶维奇跳下马，从旁边走过来，望着彼特罗，咬紧了牙齿，生怕哭出来。

“衬衣别脱啦，”米沙小声说，他哆嗦了一下，忽然又尖声叫道，“你给我快点儿！……”

彼特罗忙乱起来，把脱下来的毛袜子团了团，塞到靴筒里，直起身子，抬起光光的、被雪映照成橙黄色的双脚，从皮袄上走到雪地上。

“亲家！”他微微咕哝了一下嘴唇，唤了伊万·阿列克塞耶维奇一声。伊万·阿列克塞耶维奇一声不响地看着雪在彼特罗的光脚丫子下面慢慢融化。“伊万亲家，你是我的小孩子的干爹……亲家，别杀我呀！”彼特罗央求说，等他看到米沙已经举起手枪，对准了他的胸膛，他就睁大了眼睛，好像要看看一样耀眼的东西似的，并且就像在跳跃之前那样，把头缩进了肩膀。

他没有听见枪声，就像被人猛推了一下似的，仰面倒了下去。

他恍惚中感觉到，米沙那只伸出来的手抓住了他的心，一下子把他心里的血全都挤了出来，彼特罗使足了这一生中最后的力气，好不容易把贴身衬衣的领口敞了开来，露出左边奶头下的弹孔。血从弹孔里慢慢往外渗了一会儿，后来，等到冲开缺口，一股股黏糊糊的黑血就哧哧地向上冒起来。

三十四

黎明时候，派往红土沟方面去的侦察队回来报告说，直到叶兰乡的边界，都没有发现红军，又说，彼特罗·麦列霍夫和十个哥萨克都死在沟沿上了。

格里高力吩咐过派爬犁去把打死的人拉回来，就到贺里散福家里去过夜。家里几个娘儿们对死者又哭又念叨，妲丽亚一个劲儿地哭号，他听着实在受不了。他在贺里散福家的烤炉旁边一直坐到天亮。他拼命地抽了一阵烟，并且，好像害怕自己单独想心思，害怕想念彼特罗似的，又慌不及待地抓起烟袋，一面吞吸着呛人的烟气，一面跟昏昏欲睡的贺里散福说着闲话。

天亮了。早晨就开始化冻。到十点钟，到处是牲口粪的大路上就出现了一个个的水洼儿。屋檐上哗哗地滴着水。几只公鸡感觉到春天来临，大声啼叫起来，不知什么地方有一只母鸡，就像在酷暑的中午那样，很孤单地咯哒咯哒叫着。

老牛在院子里向阳的地方晒着太阳，在篱笆上蹭着痒痒。风吹得春天脱落的牛毛从褐色的牛背上直往下落。到处可以闻到辛香而清新的融雪气息。在贺里散福家的大门旁边，有一只黄肚皮的小山雀儿在光秃秃的苹果树枝上蹦来蹦去，啾啾地叫着。

格里高力站在大门口，等待爬犁从高地上回来，不由自主地把山雀的叫声翻译成从小就熟悉的语言。“磨犁！磨犁！”在这种融雪的日子，山雀就是这样高高兴兴地叫的；到天要冷的时候，格里高力知道，山雀就改变腔调，用的是急促的调门儿，好像是在劝告人："穿靴子！穿靴子！"

格里高力把目光从大道上移到蹦蹦跳跳的山雀身上。那山雀还在叫着："磨犁！磨犁！"格里高力无意中想起小时候他和彼特罗一起在草原上放火鸡的情形。那时候彼特罗头发淡白色，翘鼻子总是脱皮，他非常会学火鸡叫，还会把火鸡的叫声翻译成很好玩儿的儿童语言。他常常惟妙惟肖地模仿生了气的火鸡的叫声，尖声尖气地说："都有靴子，就我没有！都有靴子，就我没有！"并且马上又瞪起两只小眼睛，弯起胳膊，像老火鸡那样侧歪着身子走起来，一面嘟哝着："咕儿！咕儿！咕儿！咕儿！咱们到集上给淘气鬼买一双靴子！"这时候格里高力笑得十分开心，要他再学学火鸡说话，央求他表演表演，小火鸡在草棵里发现了稀奇的小东西，如小铁片、小布片之类，是怎样急得直叫的……

街口上出现了打头的一架爬犁。一个哥萨克在旁边走着。在第一架爬犁之后，又出现了第二架，第三架。格里高力擦去眼泪，敛去浮上心头的往事引起的微微的笑容，急急忙忙朝自己家的大门口走去：他想在这最可怕的时刻拦住悲痛欲绝的母亲，不让她到拉着彼特罗的尸首的爬犁跟前去。在头一架爬犁旁边走的是光着头的阿列克塞·沙米尔。他用那半截胳膊把皮帽子按在胸前，用右手握着马尾编成的缰绳。格里高力的目光没有在阿列克塞的脸上停留，便移到爬犁上面。那麦秸垫子上，仰面躺的是马尔丁·沙米尔。脸上、草绿色军便服的胸前和瘪下去的肚子上都沾满了凝结起来的血块子。第二架爬犁拉的是马内次柯夫。他那砍坏的脸扎在麦秸里。他的头好像是冻得缩进了肩膀；很漂亮的一刀，把后脑勺削得干干净净，一绺绺黑发，就好像给露出来的头盖骨镶上的穗头儿。格里高力又看第三架爬犁。他没有看出死者是谁，但是他看到了一条胳膊和像黄蜡一样的、被烟熏得焦黄的手指头。这条胳膊从爬犁上耷拉下来，用死前弯起来画十字的手指头划着融化的雪。这个死者穿着靴子和军大衣，连帽子也放在胸前。格里高力拉住第四架爬犁的马的笼头，很快地把爬犁拉进了自家的院子。不少街坊、小孩子和娘儿们都跟着跑了起来。在台阶旁边围了一大群人。

“看吧，这就是我们的好汉子彼特罗·潘捷莱耶维奇！闯荡了好多年。”有人小声说。

司捷潘·阿司塔霍夫光着头走了进来。格里沙加爷爷和另外三个老头子不知怎么也来了。格里高力茫然失措地四面望了望。

“咱们抬到屋里去吧……”

赶爬犁的人正要去抓彼特罗的两腿，但是这时候人群一声不响地闪到两旁，恭恭敬敬地给从屋里走出来的伊莉尼奇娜让开路。

她朝爬犁上看了看。死人般的灰白颜色像一条带子一样出现在她的额头上，又遮住了鼻子和两颊，然后又移到下巴上。浑身直哆嗦的潘捷莱·普罗柯菲耶维奇搀住她的胳膊。头一个放声大哭的是杜尼娅，一下子村子里四面八方都响应起来。披头散发、哭肿了眼睛的妲丽亚砰地把门一推，跑了出来，一下子扑倒在爬犁上。

“彼求什卡！彼求什卡，亲人呀！你起来呀！起来呀！”

格里高力的眼里一阵黑。

“闪开，妲丽亚！”他昏昏沉沉地、粗野地大叫起来，并且使劲推了一把妲丽亚的胸膛。

她倒在雪堆上。格里高力很快地抓住彼特罗的两条胳膊，赶爬犁的人也抓起光光的脚踝骨，但是妲丽亚四肢着地跟着他们朝台阶上爬去；抓住丈夫那直僵僵的手，拼命亲着。格里高力用脚把她蹬开，觉得自己再有一会儿也要失去控制了。杜尼娅使劲拉开妲丽亚的手，把她那昏迷过去的头搂到自己怀里。

* * *

厨房里静得一点声息都没有。彼特罗躺在地上，显得出奇的小，好像全身都干瘪了似的。他的鼻子变尖了，小麦色的胡子变黑了，脸绷得紧紧的，显得漂亮了。两条光光的、毛烘烘的小腿从裤腿里伸了出来。尸体慢慢地在融化，尸体下面已经有一小片红红的水洼儿。夜里冻僵的尸体融化得越厉害，血的咸味和像矢车菊一样甜津津的死尸气味越发浓烈。

潘捷莱·普罗柯菲耶维奇在敞棚底下刨板子做棺材。家里几个女的都在上房里，照应着还没有苏醒过来的妲丽亚。偶尔从上房里传来尖尖的、歇斯底里的哭声，后来娃西丽萨姨妈跑来吊丧，她的哭声哇啦哇啦的，像小河的流水。格里高力坐在哥哥对面的大板凳上，卷着烟卷，望着彼特罗那四边已经发了黄的脸，望着他的手和那发了青的圆指甲。在他和哥哥之间已经出现了很强烈的疏远冷漠感。彼特罗现在已经不是自家人，而是一位住不久的客人，已经到分手的时候了，现在他躺着，心平气和地把脸蛋子贴在土地上，好像在等待什么，小麦色的胡子下面还带着安静而神秘的微笑。可是明天，他的妻子和妈妈就要送他入土了。

傍晚时候，妈妈就给他烧了三锅温水，妻子拿来干净衬衣、最好的裤子和制服上衣。格里高力他这个同胞弟弟就要和父亲一起给他擦洗已经无知无觉、再也不怕裸露的身体。再给他穿得整整齐齐，将他抬到灵床上，然后妲丽亚就要走过来，把当初他们在教堂里围着经台绕圈子的时候，给他们两个照亮的蜡烛，放进昨天还拥抱过她的那双冰冷的大手里——哥萨克彼特罗·麦列霍夫这就诸事齐备，准备上路，准备一去不回，永远不再回到自己家里来了。

“你要是死在普鲁士，比死在这儿，死在妈妈眼前，好多啦！”格里高力带着责备的心情，在心里对哥哥说；他朝尸首看了一眼，脸忽然一下子白了：彼特罗的腮上有一滴眼泪朝着耷拉下来的小胡子滚去。格里高力吓得跳了起来，但是他仔细看了看，就轻松地叹了一口气：那不是死人的眼泪，那是融化了的鬈发上落下来的一滴水，落在彼特罗的额头上，又在腮上慢慢地滚着。

三十五

上顿河州联合暴动军司令任命格里高力·麦列霍夫为维奥申团团长。格里高力率领十个哥萨克连向卡耳根镇出发。司令部命令他无论如何要打垮李哈乔夫那支队伍，并且把他们赶出州界以外，同时还要把坐落在旗尔河边的卡耳根乡和博柯夫乡的一些村庄全部发动起来。

三月七日，格里高力带着哥萨克们出发。高地上的雪已经化了不少，露出一片片的黑土，格里高力在这里站下来，让十个连队到自己前面去。他拉紧缰绳，勒着发了性子的马，微微弯着腰，侧歪着身子站在大道旁边，顿河边各村的哥萨克连成纵队从旁边一一开过：巴兹基村连，白山村连，奥里山村连，梅尔库洛夫村连，大雷村连，谢苗诺夫村连，大鱼村连，水村连，天鹅村连，叶里克村连。

格里高力用手套捋着黑黑的小胡子，抽动着鹰鼻子，扬起两道浓眉，用忧郁而沉重的目光看着每一支连队开过。许许多多的马蹄扑哧扑哧地搅动着褐色的水雪。许多熟识的哥萨克在走过时，都对格里高力笑着。他们的头顶上都缭绕和飘荡着黄黄的烟气。马身上都冒着热气。

格里高力跟上最后一个连。走了有三俄里，一支侦察队迎住他们。率领侦察队的一个中士飞马来到格里高力跟前。

“红军正顺着大道往楚卡林方面退呢！”

李哈乔夫的那支队伍没有迎战。但是格里高力派出三连哥萨克去包抄，自己率领其余的人马猛攻上去，因此红军把车辆和弹药箱全扔在了楚卡林。在楚卡林的出口处，李哈乔夫的炮兵连陷到了一座破败的教堂旁边的小河里。驭手们砍断手套，骑上马，穿过树林子，逃往卡耳根镇去了。

从楚卡林到卡耳根这十五俄里的路上，哥萨克没有遇上什么战斗。右侧，敌方的侦察队在亚辛诺夫卡村外曾经对维奥申的侦察队开过枪。但是开过几枪就跑掉了。哥萨克们已经在开着玩笑说："可以一口气到诺沃契尔卡斯克啦！"

缴获了一个炮兵连的大炮，格里高力非常高兴。"连炮栓都来不及破坏呢。"他在心里十分轻蔑地说。他们用牛把陷在河里的大炮拉了出来。马上就从各个连队里挑选出炮手。大炮用加倍的马拉着走：六对马拉一门炮。还派了半个连掩护炮兵连。

黄昏时候攻进了卡耳根镇。俘虏了一部分李哈乔夫的队伍，缴获了最后的三门大炮和九挺机枪。其余的红军和卡耳根的革命军事委员会委员一起，匆匆忙忙地穿过一些村庄，逃往博柯夫镇方面去了。

下了一整夜的雨。到早晨，洼地里和土沟里都积满了水。道路很难通行了：每一个水洼都是陷坑。雪浸满了雨水，不住地往地面上塌落。马直往泥里陷，人累得直跌跤。

格里高力派出两个连，由巴兹基村的叶尔马柯夫·哈尔兰皮少尉率领着，去追击退却的红军。他们在相连着的拉推舍夫村和维斯罗古佐夫村里抓住近三十个掉队的红军；第二天早晨，把他们带回卡耳根镇上。

格里高力就住在当地大财主卡耳根家的大房子里。把俘虏赶进了他住的院子。叶尔马柯夫走进格里高力的房里，打过招呼，就说：

“抓了二十七名红军。传令兵把马给你牵来啦。怎么，你马上要出去吗?”

格里高力扎好军大衣的皮带，对着镜子梳了梳从帽子里耷拉下来的头发，这才朝叶尔马柯夫转过身来。

“咱们走。马上就去。到广场上开过群众大会，就出发。”

“还等你开群众大会呢！”叶尔马柯夫耸了耸肩膀，笑着说，“他们不用开群众大会就都上马啦。瞧，那不是！这来的可不是咱们维奥申乡人。”

格里高力朝窗外望去。有几个连队，排得整整齐齐，四个人一列，朝这边开来。哥萨克们个个精神抖擞，一匹匹战马又高又壮。

“这是哪儿的？他们是从他妈的哪儿来的呢？”格里高力边跑边挂马刀，一面兴高采烈地嘟哝说。

叶尔马柯夫在大门口追上了他。

最前面的一个连的连长已经来到大门外。他恭恭敬敬地行了个军礼，不敢伸手给格里高力。

“您是麦列霍夫同志吗？”

“我就是。你们是哪儿的？”

“请接收我们吧。我们要加入您的部队。我们连是昨天夜里成立起来的。我们这个连是李霍维多夫村的，另外两个连有一个是格拉乔夫村的，还有一个是阿尔希波夫村和瓦西列夫村的。”

“把哥萨克们带到广场上去吧。马上要在广场上开大会。”

传令兵（格里高力叫普罗霍尔·泽柯夫当他的传令兵）给他把马带过来，甚至还给他抓稳了马镫。叶尔马柯夫特别灵活，几乎连鞍头和马鬃都没有碰，那像铁一样的干瘦的身子向上一翻，就上了马鞍，一面习惯地撩着搭在马鞍上的军大衣开襟，一面走过来，问道：

“俘虏怎么处置?”

格里高力抓住他的大衣纽扣，探过身子，凑到他跟前。格里高力的眼睛里闪烁着红红的火花，但是小胡子底下的嘴巴却在笑着，虽然那是一种狞笑。

“派人把他们送到维奥申去。明白吗？叫他们不要过那座土冈！”他用鞭子朝镇外一座沙土冈指了指，就朝广场走去。

“这是替彼特罗向他们讨还的头一笔债。”他一面放马大跑，一面在心里说，并且无缘无故地在马屁股上狠狠抽了一鞭，抽起一道鼓鼓的白印子。

三十六

从卡耳根向博柯夫进发的时候，格里高力手下已经有三千五百人了。司令部和州执行委员会不断地派通信兵追着他传送命令和指示。司令部的一位委员在一封私人信里，很委婉地向格里高力请求说：

敬爱的格里高力·潘捷莱耶维奇同志！我们听到一些不很可靠的消息，好像你在残酷地杀害被俘虏的红军。听说遵照你的命令，把哈尔兰皮·叶尔马柯夫在博柯夫附近俘虏的三十名红军砍了，就是说，把他们都杀死了。在这些俘虏当中，据说有一名委员，这正是我们非常需要的人，我们可以从他嘴里获悉他们的实力。亲爱的同志，请你取消不留俘虏的命令吧。这样的命令对我们是极其有害的，而且哥萨克好像都在抱怨这种残酷的做法，害怕红军也要杀害俘虏，焚烧咱们的村庄。俘虏的指挥人员，也要活着送来。我们可以在维奥申或者在嘉桑慢慢收拾他们，你就像普希金的历史小说里的塔拉斯·布尔巴[①]那样，率领自己的部队前进吧，要横扫一切，还要把哥萨克发动起来。你要慎重行事，不要杀俘虏，要把俘虏送给我们。这对我们的好处，已在上面说了，祝你诸事顺遂。我们向你致敬，静候你的捷报。

格里高力没有看完这封信，就把信撕碎，扔到

①果戈理小说《塔拉斯·布尔巴》里的主人公。这里说成是普希金小说里的人物，是表示写信人的无知。

马蹄下。

他又看库金诺夫给他的命令：

> 立即向南方，向克鲁钦基—阿司塔霍沃—格列克沃一线发动攻势。司令部认为必须和士官生的战线联合起来。否则，敌人会包围我们，打垮我们。

格里高力也没有下马，就写了几句回答库金诺夫：

> 我向博柯夫进军，追击逃敌。我不去克鲁钦基，我认为你的命令没有道理。我上阿司塔霍沃去追谁？那儿除了风和南蛮子，什么人也没有。

他和叛军总部之间正式的公文往来到这里就结束了。他把手下的连队分成两个团，就带领这支队伍朝着跟博柯夫搭界的康柯夫村开去。格里高力又是一连三天节节取胜。攻占了博柯夫之后，他又自担风险，向克拉斯诺库特进军。他粉碎了一支拦路的小股部队，但是没有下命令杀俘虏，把俘虏送到了后方。

三月九日，他已经率领两个团来到一个叫契司佳柯夫的大村庄。这时候，红军指挥部已经感觉到从后方来的威胁，就调了几团人马和几个炮兵连来镇压叛乱。红军开到契司佳柯夫村附近，就和格里高力的两个团接了火。打了有三个钟头。格里高力害怕被包围，就撤出阵地，朝克拉斯诺库特方面移动。但是在三月十日早晨的战斗中，维奥申的哥萨克被霍派尔的哥萨克红军打得很惨。顿河两岸的哥萨克在战场上相遇，来来回回地冲杀，毫不留情地拼搏，格里高力在战斗中失去了战马，腮帮子也被砍伤了，便带着两个团撤出战场，退回博柯夫。

晚上，他审问了一个被俘的霍派尔州的哥萨克红军。这个不算年轻的红军是捷别金乡的哥萨克，白眉毛，窄胸脯，军大衣的翻领上缝着红绦。他回答问题很痛快，但是笑得很勉强，有点儿不自在。

“昨天参加战斗的是哪几个团？”

“有我们第三哥萨克团，也叫斯捷潘·拉辛团。这个团里差不多全是霍派尔州的哥萨克。再就是第五后阿穆尔团、第十二骑兵团和第六姆岑斯克团。”

“是谁当总指挥？听说是吉克维捷[1]指挥的，是吗？”

“不是的，这支混合部队是多姆尼奇同志指挥的。”

“你们的弹药很多吗？”

“多极啦！”

“大炮呢？”

“好像有八门。”

“你们这个团是从哪儿调来的？”

“从卡敏乡的几个村子里。”

“他们说明调你们上哪儿去的吗？”

那个哥萨克迟疑了一下，但还是回答了。格里高力很想了解一下霍派尔人的人心。

“哥萨克们都是怎样说的？”

“都说不愿意来……”

“你们团里都知道我们为什么起义吗？”

①吉克维捷·瓦西里·伊西多洛维奇(一八九四——一九一九)是革命家，布尔什维克，师长，国内战争中的英雄。一九一九年二月十一日，在作战中牺牲。——作者注

“打哪儿知道呢?”

“那你们为什么不愿意来呢?”

“你们也是哥萨克呀！打仗都打厌啦。我们跟着红军，跟到现在啦。”

“你是不是可以在我们这儿干呢?”

那个哥萨克耸了耸窄窄的肩膀。

“随您怎样吧！我不愿意干……”

“好，你走吧。我们放你回家看老婆去……大概想老婆了吧?”

格里高力眯起眼睛，看了看朝外走的哥萨克的背影，唤了一声普罗霍尔。他抽起烟，半天没有作声。后来走到窗前，背朝普罗霍尔站着，很平静地吩咐说：

“告诉弟兄们，把刚才我审问的这个人悄悄带到花园里去。哥萨克红军我一个不留!”格里高力用磨圆的靴后跟一转，猛地转过身来，“马上把他干掉……去吧!”

普罗霍尔走了出去。格里高力折着窗台上的天竺葵的脆枝儿，站了一会儿，后来快步走到台阶上。普罗霍尔正在小声跟坐在仓房边晒太阳的几个哥萨克说话。

“把俘虏放了吧。叫人给他开一个路条。”格里高力也不看他们，说完，就回到房里，在一面旧镜子前面站下来，莫名其妙地摊了一下双手。

他自己也不明白，他为什么要出去吩咐把俘虏放掉。刚才他嘴里笑着说“我们放你回家看老婆去……走吧”，而心里知道自己马上就要唤普罗霍尔，吩咐把霍派尔人带到花园里干掉的时候，他还感到有一种幸灾乐祸的心情，似乎还非常得意呢。

他对自己的怜悯心有点儿气恼——这不是本能的怜悯心，又是什么闯入他的心中，叫他把敌人放掉呢？同时他又感到轻松愉快……这究竟是怎么回事儿呢？他自己也弄不清楚。尤其奇怪的是，昨天他还亲口对哥萨克们说过这样一番话呢：“庄稼佬是敌人，现在跟着红军干的那些哥萨克，更是双重的敌人！对付这样的哥萨克，就像对奸细一样，办法很简单：问上个三言两语，就送上鬼门关。”

格里高力就怀着这种无法解释、惴惴不安的矛盾心情和突然感到自己干的事不对的心情，离开自己住的房子。有人来见他了，来的是旗尔团的团长，是一个高大的阿塔曼团的哥萨克，脸盘小小的，平平常常，毫无惊人之处，和他一起来的还有两个连长。

“又有援军开到啦！”这位团长笑着报告说，“从纳波洛夫，从亚布隆河上，从古森卡又来了三千骑兵，另外还有两连步兵。你把他们安排到哪儿呀，潘捷莱耶维奇？”

格里高力佩带好从李哈乔夫身上缴来的匣子枪和漂亮的军用包，就走了出来。太阳晒得暖洋洋的。天空像夏天那样高，那样蓝，一朵朵像羊羔皮一样的白云，像夏天那样向南方飘去。格里高力把所有的指挥官都召集到胡同口上来开会。来了有三十来个人，坐在一段歪倒的篱笆上，有一个烟荷包在大家手里传起来。

“咱们下一步怎么办呢？怎样来打垮把咱们从契司佳柯夫村赶回来的那几个团呢？走哪一条路线呢？”格里高力问，并且顺便说了说库金诺夫的命令的内容。

“他们有多少人马？从俘虏口里问出来了吗？”沉默了一会儿，有一个连长问道。

格里高力报了报敌方几个团的番号，又大致地说了说敌方的火力配备。大家都没有说话。在会上说话是不能不加考虑、乱说一气的。格拉乔夫村的连长就这样说：

“麦列霍夫，稍微等一会儿！让我们想一想。这不是随口说一说的事。不能乱说。”

后来还是他第一个发言。

格里高力仔细听大家的发言。大多数人的意见是，即使进展顺利，也不要突进得太远，要进行防御战。可是，有一个旗尔人激烈地拥护暴动军司令部的命令，说：

“咱们用不着在这儿磨蹭。让麦列霍夫领着咱们打到顿涅茨去。你们怎么，都昏了头吗？咱们是一小堆，人家是整个的俄罗斯。咱们怎么能撑得住呢？人家一来打，咱们就完啦！应该冲出去！咱们的子弹虽然很少，但是还可以搞到嘛。应当来一次袭击！你们拿主意吧！”。

“不管老百姓啦？把妇女、老头子、小孩子放到哪儿去？”

“让他们待在家里好啦！”

“你的脑袋瓜儿真聪明，不过装在糊涂蛋脖子上啦！”

坐在篱笆边上的几个连长，本来都小声谈论着即将开始的春耕，还谈论着，如果要往外冲的话，家里的活儿又叫谁来干，现在听了旗尔人的话，都哇啦哇啦大叫起来。这个会一下子就像村民大会那样闹哄起来。纳波洛夫村的一个上了年纪的哥萨克的嗓门儿比别人都高：

“我们可不离开自己的家门口！我首先要带上自己的连队回村子里去！要打，就在家门口打，犯不着去救别人的命！”

“你别冲我嚷嚷！我是说说自己的意见，你倒哇哇叫起来啦！”

“毫无道理嘛！”

“叫库金诺夫自个儿上顿涅茨去吧！”

格里高力等到安静下来，对争论的问题说了几句决定性的话：

“咱们就在这儿打！等咱们拿下克拉斯诺库特，就守在那儿！没有别的地方好去。散会啦。都回连队去！马上咱们就开上阵地。”

过了半个钟头，当密密层层的骑兵队伍络绎不绝地顺着大街走去的时候，格里高力委实感到志得意满：他从来还没有统率过这样多的人马呢。但是除了这种虚荣的高兴心情以外，同时又产生了一种很沉重的担惊害怕、烦闷苦恼的心情：他能不能指挥得了呢？他有没有本事统率几千名哥萨克呢？现在他手下已经不是一个连，而是一个师了。掌握几千人的性命，真正为他们负责，他这个没有什么文化的哥萨克恐怕不一定能胜任。“而主要的是：我带着他们去反对谁呢？反对人民……究竟是谁对呢？”

格里高力咬住牙，目送着接连不断地通过的一支支连队。大权在握那种醉人的劲头儿已经衰退了，已经在眼里暗淡下去。剩下的只是担心和苦恼，担心和苦恼压得他受不住，脊背渐渐弯了下去。

静静的顿河

卷 六 下

[苏联] 米哈依尔·肖洛霍夫 / 著　　力 冈 / 译

安徽师范大学出版社
ANHUI NORMAL UNIVERSITY PRESS
· 芜湖 ·

三十七

春天来了，一条条河流开冻了。日子一天比一天暖和，绿莹莹的河水越来越响。太阳明显地发了红，那种衰弱无力的黄色渐渐退去。太阳的光芒已经有些刺人，而且有了暖意。中午时候，已经露出来的田地冒着热气，千疮百孔，像鱼鳞一样的积雪亮得耀眼。饱含着清淡的湿气的空气又浓又芳香。

太阳晒得哥萨克的脊背暖洋洋的。鞍垫也晒得暖和和的，潮湿的风吹得哥萨克那棕色的脸湿润润的。有时候风从积雪的山冈上送来一阵凉气。但是温暖渐渐战胜了冬天。马匹春情萌动，格外活跃，脱落的毛纷纷从身上往下掉，马汗也更刺鼻子了。

哥萨克们已经把乱蓬蓬的马尾巴扎了起来。驼毛风帽在哥萨克的背后荡悠着，已经是多余的了，皮帽子下面的额头都汗津津的，穿着皮袄和棉袄已经觉得热了。

格里高力率领队伍在夏天的大道上走着。远处，一架风车后面，红军的骑兵已经摆好了阵势：战斗就在司维里多夫村边展开了。

像格里高力这样，应当是在一旁指挥的，但是他还不会。他亲自率领维奥申的连队作战，用这些连队堵击最危险的地方。因此打起仗来没有统一的指挥。每个团都不是按照事先商定的计划行事，而是按照情况的变化单独行动。

没有战线，这就有可能展开大规模的运动战。

众多的骑兵（格里高力的队伍里大多数是骑兵）是一种很重要的优越条件。格里高力决定利用这一优越条件，用“哥萨克的方法”作战：包抄两翼，突进到后方，破坏辎重，进行夜袭以惊扰和瓦解红军。

但是在司维里多夫村外，他决定用另外一种方式作战：他带上三个连飞马奔赴阵地，让其中一个连留在村边，叫哥萨克们下了马，埋伏在村边树林里，又叫看守马匹的人把马牵到村子里各家院子里以后，便带上其余两个连跑到离风车半俄里的山包上，渐渐地展开战斗。

跟他对阵的是红军的两个多骑兵连。那不是霍派尔的哥萨克，因为格里高力在望远镜里看到的马不是顿河马，个头儿矮矮的，尾巴剪得短短的，哥萨克是从来不剪马尾巴的，不破坏马的自然美。看样子，那不是第十三骑兵团，就是新开到的部队。

格里高力立马山包上，用望远镜观察地势。他骑在马上，总觉得大地分外辽阔，靴尖一踩到马镫上，他就觉得自己有了信心。

他看到，那三千五百名哥萨克组成的褐色长蛇队，正在旗尔河对岸的高地上移动。长蛇队曲曲弯弯，慢慢地往坡上走，往北方，往叶兰乡和霍派尔河口乡的交界线上开去，要到那里去迎击从大熊河口乡攻过来的敌军，援助已经失去战斗力的叶兰乡哥萨克。

格里高力和已经摆好阵势准备冲锋的红军骑兵之间的距离有一俄里半。格里高力按照老样子，急急忙忙地让两个连队散了开来。不是所有的哥萨克都有长矛，但是有长矛的哥萨克都排在第一排，离开后面的人有十来丈远。格里高力跑到第一排的前面，侧着身子站定，抽出马刀。

“小跑前进！”

刚跑了一会儿，他的坐下马一条腿踩在一个被雪盖住的土拨鼠洞里，几乎摔倒。格里高力坐正了身子，脸都气白了，用马刀平着狠狠地打了马一下子。他骑的马是从一个维奥申人手里要来的，是一匹很好的、久经战阵的快马，但是格里高力对这匹马隐隐怀着一种信不过的心情。他知道，两天的工夫，一匹马是跟他处不熟的，再说，他也没有摸清马的脾气和特性——他很怕这匹生马不能明白他的意图，不能像他那匹在契司佳柯夫村外打死的战马那样，缰绳微微一动，马上就明白了。马刀打了一下，那马发了性子，再也不听约束，大跑起来，格里高力心里一阵冰凉，甚至有点儿慌了。“这一下子送我的命啦！”不由得出现了这样可怕的念头。但是这马越跑，越是跑得平稳，越是听从驾驭着它奔跑的手的轻微动作，格里高力也就越有信心，越是冷静。有一小会儿他的目光离开那拉成长长的阵势迎面扑来的敌方骑兵，看了看马脖子。两只红红的马耳朵紧紧地和发狠地竖着，马脖子像伸出来受刑似的，有节奏地轻轻哆嗦着。格里高力在马上挺起身子，深深地往肺里吸了一口气，把靴子往马镫里又伸了伸，回头看了看。不管有多少次他看到拉开了阵势的人马在自己身后轰隆轰隆地飞奔，第一次面对着往上直涌的一股无法解释的野蛮的、兽性的冲动感，他的心都要吓得紧缩成一团。从他放开战马直到冲到敌方跟前这段时间，是内心变化难以捉摸的时刻。在这一可怕的时刻里，格里高力完全失去了理性、冷静和谨慎，只有兽性的本能牢牢地和不容分说地支配着他的心意。如果有谁能够在冲锋的时刻从旁边看看格里高力的话，大概会以为，他的行动是由冷静而镇定的头脑支配着的。因为从表面上看，他的动作是那样把稳，那样利落，那样准确。

两军之间的距离很快地在缩短。人和马的身形越来越大。原来在两军之间的村边牧场上长满荒草、覆盖着白雪的不大的一块地方，渐渐被马蹄淹没了。格里高力瞥见一个冲在自己队伍前面大约有三匹马之远的骑兵。他骑的那匹深褐色的高头大马像狼那样一纵一纵地跑着。骑在马上的人在空中挥舞着军官指挥刀，银刀鞘不住地晃悠着，碰得马镫叮当直响，在阳光中闪闪烁烁，像火光一样。过了一小会儿，格里高力就认出了这个人。这是卡耳根的共产党员彼得·谢米格拉佐夫，是一个外地人。一九一七年，那时候他还是一个二十四岁的小伙子，他打着一副大家不曾见过的裹腿，第一个从俄德战场上跑了回来；带回了布尔什维克的信念和坚定、顽强的军人性格。他一直是布尔什维克，一直在红军中工作，在这次暴动之前，从部队里到镇上来建立苏维埃政权。就是这个谢米格拉佐夫稳稳地操纵着战马，威风凛凛地挥舞着搜查中得到的那把只有在检阅时才肯用的指挥刀，朝格里高力冲来。

格里高力龇出咬得紧紧的牙齿，往上抖了抖缰绳，马就很听话地加快了速度。

格里高力有一种特殊的手法，是他在冲锋时常常使用的。当他感到或者看到对方是一个劲敌，或者是他想狠狠地一击，无论如何要把对方打死的时候，他就使用这种手法。格里高力从小就是一个左撇子。他连拿调羹、画十字都用左手。潘捷莱·普罗柯菲耶维奇为这事狠狠打过他多次，甚至同年岁的孩子们都管他叫“左撇子格里什卡”。可以说，打和骂对幼小的格里什卡都起了作用。从十岁起，他就改掉了用左手代替右手的习惯，“左撇子”的外号也就没有人叫了。但是直到现在，他还能用左手很灵活地来做右手做的一切事情。甚至他的左手还更有劲儿。格里高力在冲锋时利用这一优势，没有哪一次不成功的。他选定了对手以后，就像所有的人一样，从左边冲上去，以便用右手砍杀；那个将要和格里高力交手的人也准备这样干。可是等到离对方只有十来丈远，对方已经微微偏过身子，举起马刀的时候，格里高力却十分轻巧地陡然一转身，把马刀换到左手里，从右边冲上去。锐气受挫的敌人就改变姿势，但是从右边往左边隔着马头砍起来很不顺手，所以就会失去信心，死神就来到面前了……格里高力就用尽平生之力，一刀劈下去，还要使劲把刀一拉。

自从“秃子”教给格里高力“巴克兰诺夫刀法”，已经过去很久了。格里高力在两次战争中又经受了千锤百炼。使用马刀可不像扶犁把子那样简单。他在用刀方面掌握了很多窍门儿。

他从来不在刀把上拴穗头，为的是容易在很短的瞬间换手。他知道，在用刀劈杀的时候，如果刀的倾斜度不对，刀就会脱手，要不然就是手腕脱臼。他学会了一种很少有人会的妙招儿，只要轻轻一击，就能把敌人手里的武器打掉，或者迅速地微微一碰，就能使胳膊麻木。格里高力懂得了不少用刀用矛杀人的学问。

在砍葡萄藤的时候，如果砍得漂亮，那斜砍下来的藤条儿连颤都不颤，就掉了下来，葡萄架子连晃都不晃一下。削得尖尖的藤条头儿轻轻地扎进沙土里，藤条儿就跟还长着的藤条儿挨在一起。像加尔梅克人一样英武的谢米格拉佐夫，就是这样轻轻地从马鞍上滑下来，用手捂着斜斜地劈开的胸膛，掉到直立起来的马下的。他的身子已经透出死亡的凉气……

格里高力马上就挺起身子，在马镫上站立起来。又有一名红军，已经勒不住马，很莽撞地向他冲来。因为隔着仰得高高的、流着汗沫的马头，格里高力没有看到那人的面孔，但是看到了那抡圆了劈下来的马刀，看到了那黑黑的刀面子。格里高力使劲勒住马，把对方的刀架开，一面收着右面的缰绳，一面举刀朝着那弯下来的、光溜溜的红脖子砍去。

他第一个冲出混战的人群。在他眼睛里是晃来晃去的成堆的骑兵。手掌上觉得一阵刺痒。他把马刀插进鞘里，拔出匣子枪，勒转马头，让马使足劲儿朝后跑去。哥萨克们都跟着他飞跑起来。两个连跑得七零八落，到处都可以看到趴在马脖子上的带白缘的高筒皮帽和三耳皮帽。在格里高力旁边跑的是一个头戴狐皮帽、身穿草绿皮袄的熟识的中士。他的耳朵和腮帮子被砍伤了，一直砍到下巴。他的胸膛上好像压烂了一篮子熟樱桃。牙齿龇着，满嘴都是血。

红军本来已经动摇，并且有一半也已经开始跑了，现在又掉转了马头。他们看见哥萨克退却，又鼓起劲儿，追了上来。有一个掉了队的哥萨克就像被风吹的一样，一下子跌下马来，被乱马踩进雪地里。村庄、黑黑的树丛、山包上的小教堂、宽宽的街道就在眼前了。距离埋伏着一个连队的村边树林不过一百丈远了……一匹匹马的背上流着汗沫，流着血。格里高力一面跑着，一面猛地扳了一下枪机，匣子枪没有响（子弹卡住了），他便把枪塞进套子里，厉声喝道：

“散开!!!”

由两支哥萨克连队汇成的人流，就像河流遇到山崖一样，分成两条支流很从容地流了开去，露出了红军的骑兵线。埋伏在篱笆后面的那个连对红军打出一排齐射，又是一排，又是一排……一阵叫喊！一匹马带着一名红军翻了个跟头。还有一匹马打断了腿，一头扎进雪里，一直没到耳朵根。又有三四名红军被打下马来。在其余的红军狂奔着，拥拥挤挤，掉转马头的时候，哥萨克们又朝他们打了一排枪，就没有再打了。格里高力用迅雷一样的声音刚刚喊过："各连听令……"——上千只马蹄就乱纷纷地踩着地上的雪，掉转方向，追赶过来。但是哥萨克们都不情愿追赶：马匹太累了。追了有一俄里半，就回来了。他们剥掉打死的红军的衣服，下掉打死的马的鞍子。一条胳膊的阿列克塞·沙米尔抓到三名受伤的红军。他叫他们脸朝篱笆站好，挨个儿把他们砍了。过后哥萨克们围着被砍死的红军转悠了半天，抽着烟，细细地观赏这三具尸体。三具尸体有一点是完全相同的：上身都是从锁子骨到腰部斜斜地分成了两半。

"我叫三个人变成六个人啦。"阿列克塞眨巴着一只眼，抽动着一边腮帮子，夸口说。

大家都五体投地地请他抽烟，用十分尊敬的目光望着阿列克塞那不大不小、像小葫芦一样的拳头和鼓鼓的、把棉袄都撑了起来的胸脯。

汗漉漉的马都披着军大衣在篱笆旁边打哆嗦。有的哥萨克在紧马肚带。有的在胡同口井边排着队打水。很多哥萨克牵着疲惫不堪、拖着腿走路的马在遛。

格里高力带着普罗霍尔和另外五个哥萨克跑到前头去了。好像是蒙在他眼睛上的绷带掉了。他又像冲锋之前那样，看到了照耀寰宇的太阳，看到了草垛边快要化尽的雪，听到了满村子闹嚷嚷的麻雀叫声，闻到了已经来到门口的春天的幽幽香气。生命又回到了他身上，生命没有因为刚才流过一场血而暗淡和衰老，而是更有诱惑力了，诱人去享受那微薄和转瞬即逝的欢乐。在化尽了雪的黑黑的土地上，一小块残雪往往白得格外耀眼，格外吸引人……

三十八

暴动像洪水一样翻腾起来，泛滥开去，淹没了顿河沿岸、顿河左岸的草原地区，足足有四百俄里方圆。二万五千名哥萨克上了战马。上顿河州各村庄还出了一万名步兵。

这次战争的打法是前所未有的。顿河白军为了掩护诺沃契尔卡斯克，在顿涅茨附近拉开战线，准备进行决战。跟白军对垒的红军第八军和第九军，被后方的暴动打乱了步骤，控制顿河地区的任务本来就是很艰巨的，现在就更加复杂化了。

四月里，一种威胁十分明显地摆到了共和国革命军事委员会面前：暴动军眼看着就要和白军的战线联合起来了。必须在暴动军从后方推进到红军阵地并且与顿河白军汇合之前，千方百计地把暴动镇压下去。调动了最有战斗力的部队来镇压暴动：参加清剿部队的有波罗的海和黑海的水兵，有几团最可靠的步兵，有装甲兵，有特别英勇善战的骑兵部队。把包古查尔野战师的五个团全部从前线上撤了下来，这五个团有八千支枪、五百挺机枪，还配合着几个炮兵连。四月里，梁赞和唐波夫的训练班学员已经在嘉桑乡的暴动军阵地上英勇顽强地奋战，又过了几天，全俄中央执行委员会军官学校的队伍也开来了，拉脱维亚的步兵也在叔米林镇外同暴动军交手了。

哥萨克们因为缺乏战斗装备，行动很受限制。起初是没有足够的步枪，后来子弹也渐渐用光了。必须要用血作代价去换，要靠冲锋或夜袭去抢夺枪支和子弹。他们抢夺了很多次。到四月里，暴动军已经有了足够的步枪，还拥有六支炮兵连和将近一百五十挺机枪。

在暴动开始的时候，维奥申的军火库里还保留着五百万只空弹壳。州苏维埃把最好的铁匠、钳工和造枪手都动员来了，在维奥申建立了一个制造子弹的作坊，但是却没有铅，没有东西来做弹头。于是各个村庄都遵照州苏维埃的号召，开始收集铅和铜。机器磨坊里储存的铅和锡全部拿了出来。派了不少人骑着马带着简短的呼吁书在各个村子里转悠：

你们的丈夫、儿子和兄弟没有子弹啦！

他们只能靠着从万恶的敌人手里夺取子弹啦。请你们把家里一切可以造子弹的东西拿出来吧。请你们把风车上的铅丝筛子拆下来吧。

一个星期之后，全州没有一架风车装铅丝筛子了。

“你们的丈夫、儿子和兄弟没有子弹啦！……”于是妇女们把一切合用的和不合用的东西都送进了村苏维埃，打过仗的村庄的孩子们纷纷从墙里往外抠铅弹头，挖掘土地找炮弹片。然而在这方面也不完全一致：有些妇女因为穷，不愿意毁掉最后的一两样小家什，被戴上“通红军”的帽子，逮捕起来，送到州里。在鞑靼村，“生铁头”谢苗从部队里回来休假，被几个富裕的老头子打得头破血流，就因为他说了两句不留心的话：“让财主们去拆毁风车吧。他们大概觉得红军比倾家荡产还可怕。”

所有的铅都在维奥申的作坊里熔化，但是铸成的弹头因为没有镍皮，也很容易熔化……一枪打过，土造的弹头熔化成铅块飞出去，带着一种疯狂的呜呜声和噜噜声朝前飞去，但是只能打一百或一百二十丈远。然而这种子弹打出的伤是十分可怕的。红军了解这种情况以后，每次和哥萨克的侦察兵在近距离内遭遇，就大声叫喊："别放你们那屎壳郎啦……投降吧，反正你们都要完蛋的！"

三万五千名暴动的哥萨克分编成五个师，又根据人数，编成一个第六独立旅。第三师由叶果罗夫率领，在麦什柯夫—谢特拉柯夫—维热一带作战。第四师盘踞在嘉桑—顿涅茨柯耶—叔米林一带。率领这个师的是外表阴沉、打起仗来又勇猛又顽强的康德拉特·梅德维杰夫准尉。第五师由乌沙柯夫率领，在司拉舍夫—布堪诺夫一线作战。梅尔库洛夫司务长率领第二师在叶兰乡的一些村庄—霍派尔河口乡—郭尔巴托夫一带活动。第六独立旅也在这一带，这个旅组织得非常严密，几乎没受到过损失，因为指挥这个旅的是马克萨耶夫乡的哥萨克包加推廖夫准尉，这人又细心又谨慎，从来不冒险，从来不叫人白白地去送死。麦列霍夫·格里高力指挥的第一师分布在旗尔河上。他这个地区是要冲地带，从前线抽调下来的红军部队从南方向他压了过来，但是他不仅顶住了敌军的进攻，而且还抽出一些步兵和骑兵连队，去援助实力较差的第二师。

暴动没有发展到霍派尔州和大熊河口州各乡镇。那里也曾经有过波动，从那边也来过几个代表，要求派部队上布祖卢克和霍派尔河上游去，到那里去发动哥萨克们，但是暴动军司令部不肯让部队跨出上顿河州边界以外，因为知道大多数霍派尔人是拥护苏维埃政权，不愿意拿起枪来的。而且就连那些代表也不敢保证成功，他们很坦率地说，各个村子里对红军不满的人并不怎么多，残留在霍派尔州各个偏僻角落里的军官们也都躲藏起来，要组织大规模的兵力来响应暴动，是不可能的，因为上过前方的人或者躲在家里，或者跟着红军走了，老头子们都被折腾得够呛，就像小牛被关进了牛棚，他们的实力和往日的威信都没有了。

在南方，乌克兰人居住的各乡里，红军把青年人都动员起来，青年们都参加了包古查尔师的各个团，斗志昂扬地在同暴动军作战。暴动被封锁在上顿河州范围以内了。所有的人，包括暴动军司令部在内，越来越清楚，想长期保住家乡这块地盘是办不到的，或早或晚，红军总要从顿涅茨方面掉过头来对他们进攻。

三月十八日，库金诺夫召唤格里高力·麦列霍夫到维奥申去开会。格里高力把指挥任务交给副师长里亚布契柯夫，一大早就带着传令兵到州里去了。

格里高力来到司令部，这时候库金诺夫和萨方诺夫正在跟阿列克塞耶夫乡的一个代表进行谈判。库金诺夫弓着腰，坐在写字台旁边，用干瘦的黑手指头玩弄着自己的高加索皮带的头儿，也不抬那双因为睡眠不足而肿胀和溃烂的眼睛，向坐在他对面的一个哥萨克问道：

“你们自己又怎么样？你们有什么打算？”

“我们吗，别提啦……自己都有点儿不合把子……谁也摸不透别人的心思。你可知道，我们那儿的人都是啥样的？胆子都很小。他们又想干，可是又害怕……”

“‘又想干！’‘又害怕！’”库金诺夫气得脸色灰白，大叫起来，并且就像烫了屁股似的，在椅子上坐不住了，“你们一个个都像大姑娘！又想干，又怕疼，又说妈妈不答应。哼，滚回你们的阿列克塞耶夫乡去吧，去告诉你们那些老头子们，就说，如果你们自己不动手，我们连一个排也不会派去你们乡。就让红军把你们一个个都绞死好啦!”

那人抬起一只红红的手，很费劲儿地把熠熠有光的狐皮帽子向脑后推了推。汗水顺着额上的皱纹，就像春水顺着小沟那样，哗哗地流了下来，短短的灰睫毛一个劲儿地眨巴着，眼睛里带着谄笑和抱愧的神情。

“当然啦，你们也是不得已才来找我们的。但是我们这儿事情刚刚开头。有很多事情暂时还顾不上……”

格里高力正留神听他们说话，看见有一个人不敲门就从走廊里走了进来，便朝旁边闪了闪。来人个头儿不高，黑黑的小胡子，穿一件熟皮子皮袄。他点了点头，跟库金诺夫打过招呼，就用白白的手掌托住腮，在桌子旁边坐了下来。格里高力熟识所有参谋人员的面孔，这个人他却是头一次看见，所以仔细看了看。一张很清秀的脸，黑黑的，但不是风吹日晒的，两手又白又嫩，一副知识分子的风度，——这一切都说明他不是本地人。

库金诺夫用眼睛瞟着来人，对格里高力说：

“麦列霍夫，你来认识认识。这位是盖沃尔吉捷同志。他是……”库金诺夫顿住了。他玩弄了一会儿皮带上发了黑的银环儿，然后欠了欠身，对阿列克塞耶夫乡的代表说：“喂，乡亲，你走吧。我们现在有事情要办。你回去，把我的话转告有关的人吧。”

那个代表站起身来。他那夹杂着黑黑的细毛的火红色狐狸皮帽几乎碰到天花板。因为他那宽宽的肩膀遮住了亮光，屋子里一下子就显得又小又挤了。

“你是来求救兵的吗？”格里高力问道，他同盖沃尔吉捷握过手，手掌还一直觉得很不舒服。

“是的，是的！是来求救兵的。可是，瞧，结果是这样……”那人高兴地朝格里高力转过脸来，用眼睛寻找支持。他那张跟狐皮帽一样红的脸显得异常慌张，出了很多汗，那耷拉着的红红的小胡子和下巴胡都好像挂满了小小的玻璃珠儿。

“你们也不喜欢苏维埃政权吗？”格里高力装作没有看出库金诺夫不耐烦的样子，继续问道。

“目前还算好，”那人实事求是地小声说，“就是怕以后越来越坏。”

“你们那儿枪毙过人吗？”

“没有，真的！没听说有这种事儿。噢，不过，总而言之，他们抢过马，抢过粮食，噢，当然啦，他们也抓过说反动话的人。一句话，叫人看着可怕。”

“如果我们维奥申的人开到你们那儿去，你们能发动起来吗？所有的人都能发动起来吗？”

那人的小小的、被阳光染成了金色的眼睛很乖巧地眯缝起来，躲开格里高力的眼睛，皮帽子朝额头上爬了爬，这时候额头上也堆起了沉思的皱纹。

“怎么能替所有的人担保呢？……不过，有家有业的人一定会跟着干的。”

“那些穷苦的、无家无业的人呢？”

格里高力盯着他的眼睛，但是一直没有看出他的眼神，现在终于遇到了他的像孩子那样惊愕、率直的目光。

“瞧您说的！……那些二流子凭什么跟咱们干？这个政府就是他们的命根子嘛，实在话！”

“混蛋，那你来干什么？”库金诺夫再也憋不住怒火，气得叫了起来，他坐的转椅也吱扭吱扭地响了起来，“你干什么来鼓动我们到你们那儿去：怎么，你们那儿都是财主吗？如果一个村子里只有两三户人家参加，那算什么起义？给我滚出去！滚，我叫你滚！烤公鸡[①]还没有啄到你们的屁股，等啄到你们的屁股，那时候不用我们支援，你们也会起来干的！你们这些家伙躲在别人脊梁后面享清福享惯啦！你们顶好是躺在热炕头上，再用热黍子焐起来……滚吧，快滚吧！别叫我看着你他妈的恶心！”

格里高力皱起眉头，扭过脸去。库金诺夫脸上的红斑越来越红。盖沃尔吉捷捻着胡子，抽了抽好像用斧子削成的鹰钩鼻子。

“既然这样，那就请原谅吧。不过，大人，别骂人，别吓唬人，这是好说好道的事。我们的老头子们的请求，我已经向你们说过啦，你们的答复，我一定会带回去，用不着骂人！骂老百姓要骂到什么时候呢？白军骂，红军骂，现在你又骂，谁都想抖抖自己的威风，还要折腾折腾人……唉，庄稼人过的日子，

①烤公鸡是白党对红军的诬蔑，因为烤公鸡是红的。

就像叫癞狗啃过的……”

他怒冲冲地把帽子往下一压，像块大石头一样滚进走廊里，轻轻地把房门掩上；但是到了走廊里怒气一下子就发作起来，狠狠地摔了一下楼房的大门，震得石灰末子哗哗地往地板上和窗台上落了有五分钟。

“真是什么样的人都有！”库金诺夫已经是高高兴兴地笑着说了，一面玩弄着皮带，面色越来越和悦了，“一九一七年春天，我上车站去，那是复活节时候，正赶上春耕。耕地的都是自由的哥萨克，简直都自由得发了昏，把所有的道路都犁啦，就好像嫌土地太少啦！在陶根村外，我把一个耕地的人喊到跟前，问：‘你这家伙，为什么把路都犁啦？’那个小伙子怕了。他说：‘我再也不犁啦，一万个对不起，我还可以把路踩踩平。’我又这样吓唬了两三个小伙子。来到格拉乔夫村外，又有人把路犁啦，这时候正有一个小伙子在耕地。我就唤他：‘喂，到这儿来！’他走了过来。我问：‘你凭什么把路犁啦？’那小伙子十分威武，眼睛亮闪闪的，朝我看了看，就一声不响地转过头，朝牛跟前跑去。他跑到牛跟前，从牛轭上抽出一根铁钎子，又朝我跑来。他抓住车沿，踩到踏板上。说：‘你算什么东西，你们这些家伙吸我们的血要吸到什么时候？你想不想叫我一下子敲碎你的脑壳儿？’他还拿铁钎子比画了比画。我对他说：‘你怎么啦，伊万，我是说着玩儿的呀！’他说：‘我现在不是伊万啦，是伊万·奥西佩奇，你这样无礼，我要打你嘴巴子！’真的，我好不容易才挣脱了。这家伙也是这样：又哼哼，又哀求，可是到末了却发起脾气来啦。人都是很要强的。”

“这是他的野蛮劲儿被激起来，发泄出来啦，并不是什么要强。野蛮劲儿得到了发泄的机会，”盖沃尔吉捷很平静地说，也不等别人反驳，就换了话题说，“请开会吧。我今天还想到团里去呢。”

库金诺夫敲了敲墙，喊道：

“萨方诺夫！”他又转过脸对格里高力说，“你来和我们一块儿商量商量吧。‘一个脑袋瓜儿好，两个脑袋瓜儿更厉害。’这句俗话你知道吗？咱们很荣幸，盖沃尔吉捷有机会来到维奥申，现在可以帮助咱们啦。他的军衔是中校，陆军大学毕业的。”

“您怎么留在维奥申啦？”格里高力不知为什么

怀着冷冷的、戒备的心情问道。

“从北线撤退的时候，我害了伤寒，就把我留在杜达列夫村啦。”

“您是哪一部分的？”

“我吗？我不是队列军官。我在司令部的特务组。”

“是哪一组？是西特尼科夫将军那一组吗？”

“不是……”

格里高力还想再问几句，但是盖沃尔吉捷中校脸上的表情不知为什么紧张起来，格里高力这才感觉出自己这样寻根问底是不适宜的，于是问了一半就不问了。

过了一会儿，参谋长萨方诺夫、第四师师长康德拉特·梅德维杰夫和红脸白齿的第六独立旅旅长包加推廖夫准尉都来了。会议开始了。库金诺夫根据战报把前线上的情况简要地对参加会议的人报告了一遍。中校第一个要求发言。他把一张三百万分之一的地图慢慢地摊到桌上，口若悬河地、信心十足地说起来，多少带一点儿外地口音：

“首先我认为，必须将第三师和第四师的一部分后备部队调到麦列霍夫师和包加推廖夫准尉的独立旅作战的地区去。根据咱们得到的秘密情报和审讯俘虏的结果，已经可以很清楚地看出来，红军司令部正准备在卡敏镇—卡耳根镇—博柯夫镇地区对我们发动重大攻势。根据投诚和俘虏的红军的供词，可以断定，红军第九军司令部从第十二师抽调的两个骑兵团，还有五个阻击队，配备着三个炮兵连和一些机枪队，已经从奥布里沃和莫洛佐夫镇开过来。粗略地估计一下，这些补充部队，可以使敌方增加五千五百条枪。这样一来，他们毫无疑问已经在数量上占了优势，更不用说他们在武器装备方面的优势了。”

像葵花一样黄的太阳，从南面照进房来，被窗棂画上了不少十字。天花板下面一动不动地悬挂着一大片浅蓝色的烟气。土烟的呛人气味和潮湿的靴子的臭气混成了一片。天花板下面有一只苍蝇被烟气呛得嗡嗡直叫。格里高力迷迷糊糊地望着窗外，他一连两夜没有睡觉了，沉甸甸的眼皮已经肿了起来，睡意和烧得很热的屋子里的暖气往他身上直扑，困倦渐渐使他神志模糊起来。可是窗外吹着一阵阵南来的春风，巴兹基高地上的残雪闪着熠熠的红光，顿河对岸的白杨树在风中一个劲儿地摇晃着，格里高力一看见，就好像听见了树枝的一片沙沙声。

中校那又清楚又强硬的声音引起格里高力的注意。格里高力打起精神，仔细听着，迷迷糊糊的睡意不知不觉消失了，好像是随风飘散了。

“……敌人在第一师前线的活动已经减弱，一直准备在米古林—麦什柯夫一线发动攻势，我们对此必须有所警惕。我认为，库金诺夫同……”中校把“同志”这个词儿咽回去，用他那女人一般白皙的手气势汹汹地做着手势，提高声音说，“库金诺夫总司令在萨方诺夫支持下，把红军的虚假调动当作真的，而采取了削弱麦列霍夫师防地兵力的做法，是犯了极大的错误。诸位，请恕我直言！牵制敌人兵力，以便发动攻势——这是起码的战略常识……”

“可是，麦列霍夫并不需要后备团。”库金诺夫打断他的话。

“正相反！我们应该把第三师的后备部队放在手底下，万一被敌人冲开缺口，就可以用后备部队来堵一堵。”

“看样子，库金诺夫不想问问，我是不是愿意把后备队交给他。”格里高力气冲冲地说，“我是不给的。一个连也不给！”

“哦，这个吗，老兄……”萨方诺夫捋着黄黄的胡子尖儿，笑着，拉长声音说。

“用不着‘老兄老弟’的！说不给，就是不给！”

“在作战问题上……”

“你别对我说什么作战问题吧。我的作战地区，我的人马，由我自己来管。”

盖沃尔吉捷中校使这场突然发生的争论停止了。他用手里的红铅笔画了一条虚线，标出受威胁的地区，于是参加会议的人的头一齐凑到地图上，这时候大家才清楚地了解到，红军司令部要发动进攻的话，只有在南部地区，因为该地区离顿涅茨最近，在交通联络方面对他们是有利的。

过了一个钟头，会议结束了。面色阴沉、外表和动作都像狼一样的康德拉特·梅德维杰夫，因为文化水平很低，在会上一直没有说话，快要散会的时候，才皱着眉头望着大家说：

“支援麦列霍夫，我们可以支援。我们的人还有的是。就是有一点，叫人他妈的不放心！要是红军从四面八方攻过来，咱们又往哪儿跑呢？要是把咱们赶到一堆，咱们就像发大水时候的蛇那样，挤到小土包上，乱成一团啦。”

“蛇还会泅水呢，咱们可是不会泅水呀！”包加推廖夫哈哈大笑起来。

“我们想过这一点。”库金诺夫若有所思地说，“就算这样，那也没有什么，到了没有办法的时候，咱们就扔掉一切不能携带的武器，扔掉家眷，边打边撤，往顿涅茨方面靠。咱们力量不算小，有三万人呢。”

“士官生肯收留咱们吗？他们很恨顿河上游的人呢。”

“母鸡在窝儿里，就不愁没有鸡蛋……这个问题没什么好谈的！”格里高力戴上帽子，走了出来。他在门外听见盖沃尔吉捷哗啦哗啦地卷着地图，回答说：

“维奥申人，以及所有的起义部队，如果就这样英勇地和布尔什维克战斗下去，就没有什么对不起顿河和俄罗斯的啦……”

“这家伙嘴里这样说，心里一定在笑！”格里高力听着他说话的声音，心里想道。格里高力又像最初看见这个突然出现在维奥申的军官时那样，感到不放心，感到有一种毫无来由的痛恨心情。

库金诺夫在司令部的大门口追上了他。他们一声不响地走了一阵子。在到处是牲口粪的广场上，风沙沙地吹动着一个个的小水洼儿，水面上泛起一道道的波纹。已是黄昏时候。一朵朵饱鼓鼓的白云，就像在夏天里那样，像天鹅一样慢悠悠地从南方飘过来。融化了的土地的潮湿气息又清新又芬芳。板墙脚下露出来的草已经绿了，而且这会儿风真的把波涛般的杨树摇动声从顿河对岸送了过来。

“顿河快开冻啦。”库金诺夫一面咳嗽着，一面说。

“嗯。”

“谁他妈的知道是怎么一回事儿……烟都抽不到，完蛋啦。一缸子土烟，要四十卢布克伦斯基票子呢。”

“你告诉我，”格里高力边走边转过身来，生硬地问道，“这个吉尔吉斯军官，在你这儿干什么？”

“盖沃尔吉捷吗？是作战处处长。这家伙好脑袋瓜儿！是他在制订作战计划。在战略方面他比咱们都高明。”

“他经常住在维奥申吗？”

“不……不……我们把他放到柴尔诺夫团的辎重队里去啦。”

“那他怎样来管作战工作呢？”

“你这不是看到，他常常来嘛。差不多天天都来。”

“你们为什么不叫他住在维奥申呢？”格里高力想弄清究竟，又追问道。

库金诺夫一面还在用手捂着嘴咳嗽，一面很勉强地回答说：

“叫哥萨克们看着不大好。你不知道弟兄们都是什么样子吗？他们会说：‘又把军官捧上来啦，又要搞老一套啦。当官的又要掌权啦……’以及诸如此类的话。”

“像他这样的人，在军队里还有吗？”

“在嘉桑乡还有两个，也许是三个……格里沙，你不要觉得怎么不舒服。你的心情，我看出来啦。

伙计，咱们除了找士官生，没有别的路好走。不是这样吗？难道你想靠十个乡来建立自己的国家吗？这没有什么好说的……咱们要联合起来，要到克拉斯诺夫那儿去认罪，就说：彼特罗·尼古拉伊奇，多多担待吧，我们放弃阵地，错啦……”

“我们错了吗？”格里高力反问道。

“怎么不错呢？”库金诺夫一面带着惊异的神情回答，一面小心地绕过一个水洼。

“可是我有一个想法……”格里高力脸色阴沉下来，强笑着说，“可是我以为，咱们起事，才错了呢……刚才那个阿列克塞耶夫乡代表说的话，你听见了吗？”

库金诺夫没有作声，用探询的目光从旁边看着格里高力。

他们过了广场，在十字路口分了手。库金诺夫经过学校门口，朝自己家里走去。格里高力回到司令部里，招了招手，叫传令兵把马带了过来。他已经上了马，慢慢理着缰绳，理着枪上的皮带，心中却仍然在苦苦思索着，想弄清楚，自己为什么对司令部里突然出现的那位中校怀着一种莫名其妙的敌视心和戒备心，想着想着，忽然心里一震，想道："万一这是士官生特意叫这些有文化的军官留在我们这儿，为的是在红军后方发动我们，叫这些军官按照他们那一套，也就是用念书人那一套来领导我们，那可怎么办？"而且他在脑子里还幸灾乐祸地、殷勤地端出许多猜测和理由："他不说自己是哪一部分的……他说话含含糊糊……说是在司令部工作，可是没有什么司令部打这儿经过呀……为什么偏要把他留在杜达列夫村这样偏僻的地方呢？哼，这里面有名堂！我们把事情搞糟啦……"他一面用猜想剖示着生活，一面像个受害者一样，很难受地想："我们上了念书人的当啦……上了老爷们的当啦！他们叫我们不能好好地过日子，用我们的手去干他们的事情。什么事都不能相信人啦……"

过了顿河，他们就放马飞跑起来。在他后面跑的传令兵是一个勇猛、威武的汉子，是奥里山村的哥萨克。格里高力就挑选这样的人，让他们跟着自己"赴汤蹈火"，他把这样一些在对德战争中就受过考验的人放在自己身边。这个传令兵以前当过侦察兵。他一路上也不说话，一面跑，一面用老大的手掌捂着一团香喷喷、用葵花灰熬过的火绒，用火石打着了火，在风中抽起烟来。他们在下坡往陶根村走的时候，他对格里高力说：

“要是不急着赶路，咱们找地方住下吧。马太累啦，让马喘喘气。”

他们在楚卡林村住下了。吹了一路冷风，来到一座只有两个单间的简陋的小房子里，觉得就像在家里一样温暖和舒适。黄土地面散发着咸咸的牛尿和羊尿的气味，炉子里发出来的好像是垫着白菜帮子烤出来的新鲜面包气味。格里高力很勉强地回答着女房东的问话。女房东是一个老太婆，老头子和三个儿子都参加了暴动军。老太婆说话粗声粗气的，俨然以长者自居，而且一开头就不客气地对格里高力声明说：

“你虽说是个官儿，管着那些哥萨克浑小子，可是你管不着我这个老婆子，你只配给我当儿子。好孩子，你就行行好，跟我聊聊吧。可是你一个劲儿地打哈欠，不愿意跟老娘儿们说说话儿，看不起老娘儿们。你要看得起！我把三个儿子，还有老头子，都送到你们的战场上去啦。你现在指挥他们，可是儿子是我生的，是我奶大的、喂大的，我上瓜园、菜园里去，都要用裙子把他们兜着，我为他们受够了苦。这也不是容易事呀！你别把鼻子翘得老高，别装模作样，你还是好好儿地跟我说说：是不是快太平啦？"

"快啦……老大娘，你去睡吧！"

"快啦就好！可是究竟怎么快法呢？你别管我睡觉不睡觉，在这儿当家的是我，不是你。我还要上院子里去抱羊羔呢。要把羊羔抱到屋里来过夜，羊羔还小呀。复活节以前能太平吗？"

"把红军赶走了，就太平啦。"

"这话才怪哩！"老婆子用腕部肿胀、手指头因为干活儿和风湿变了形的双手拍了拍又瘦又尖的膝盖，很伤心地吧嗒着干瘪得像樱桃树皮一样的嘴唇。"他们碍你们什么事啦？你们干吗要跟他们打仗？你们这些人简直都疯啦……你们这些该死的东西，觉得拿枪打人挺快活，骑在马上挺神气，可是当娘的心里又怎样啊？打死的都是娘生的孩子呀，不是吗？不知是什么人想花样儿要打仗……"

"我们就不是娘养的孩子，是狗养的孩子吗？"格里高力的传令兵听了老婆子的话，气得不得了，十分气愤地哑着嗓子说，“我们天天在死人，可是你偏说‘骑在马上挺神气’！好像当娘比流血牺牲还可怕！你这个糊涂虫，活到头发都白啦，还在这儿胡说八道……唠叨起来像顿河水，像海水，没完没了，叫人连觉都不能睡……”

“鬼东西，你会睡个够的！你瞪什么眼睛？刚才就像个狼一样，闷声不响，可是一下子又气得什么似的。瞧吧！连嗓子都气哑啦。”

“格里高力·潘捷莱耶维奇，咱们睡不成啦！”传令兵失望地哼哼着，掏出烟来，狠狠地打着火石，打得一团一团的火星从火镰底下直往外飞。

就在火绒阴燃、冒烟的时候，传令兵又很刻薄地挖苦起饶舌的老婆子：

“你真是个啰唆娘儿们！要是你的老头子在前线上被打死的话，他一定会高高兴兴地死去。他会说：‘好啦，谢天谢地，这一下子从老婆子嘴里逃脱出来啦，去她的吧！’”

“死鬼，叫你舌头上长疔疮！”

“老大娘，行行好，睡吧。我们有三夜没睡啦。

去睡吧！你要是不叫人睡觉，死的时候连圣餐都领不到啦。”

格里高力好不容易劝他们安静下来。他舒舒服服地感觉着盖在身上的羊皮袄的酸酸的暖气，迷迷糊糊地睡去，蒙眬中听见门响了一声，一股冷气和一股热气扑到他的腿上。然后是小羊羔在耳边咩咩地尖叫起来。小小的羊蹄子在地上嘚嘚地乱响起来，干草气味、热乎乎的羊奶气味、夜霜气息、牲口院子里的气息，又清新又好闻……

到半夜里，格里高力睡不着了。他睁着眼睛躺了老半天。在封起来的地炉里，炭火红彤彤的，上面蒙了一层白灰。几只小羊羔挤成一堆，躺在炉门口最热的地方。在万籁无声的静夜里，可以听见小羊羔在睡梦中磨着牙齿，有时还打喷嚏和打响鼻。窗外是一轮远而又远的满月。在黄土地上一片方方的黄色月光中，一只很不安生的黑羊羔又是蹦，又是尥蹶子。在月光中熠熠闪光的一带灰尘斜挂在空中。屋子里的光线黄中透蓝，和白天的光线差不多。壁炉上的破镜子亮闪闪的，只有堂前那镀过银的圣像框子反射的光是微弱的、暗淡的……格里高力又想起在维奥申开的会，想起阿列克塞耶夫乡来的代表；他又想起那位中校，想起他那与众不同的知识分子的外表和说话的气派，感到一阵不痛快和隐隐的激动。一只小羊羔爬到皮袄上，爬到格里高力的肚子上，呆呆地瞅了半天，竖起耳朵，后来胆子大了，蹦了一下，又是一下，然后一下子把毛茸茸的小腿叉了开来。一道细细的羊尿哗哗地从皮袄上流到睡在格里高力身边的传令兵那伸出来的手掌上。传令兵哼哧了两声，醒了过来，在裤子上擦了擦手，无可奈何地摇了摇头。

“撒尿啦，该死的东西……滚！”他快快活活地照着羊羔头上弹了一指头。

小羊羔咩咩地尖叫了几声，从皮袄上跳下去，后来又走过来，用热乎乎、使人痒酥酥的小舌头在格里高力的手上舔了半天。

三十九

施托克曼、柯晒沃依、伊万·阿列克塞耶维奇和几个当民警的哥萨克从鞑靼村里逃出来以后，就参加了第四后阿穆尔团。这个团在一九一八年初，在从俄德战场上撤回来的路上，全部加入了红军队伍，而且在国内战争的各个战场上战斗了一年半之后，还保存了自己的基本骨干。后阿穆尔团装备优良，战马肥壮，而且都受过很好的训练。这个团战斗力强，士气旺盛，战士们都受过很好的马上作战的训练。

暴动一开始，后阿穆尔团就在第一莫斯科步兵团的配合下，几乎是独当一面地顶住了企图冲向大熊河河口地区的暴动军的进攻；后来援军开到，这个团没有分散开，就完全占领了霍派尔河口地区的曲河一带。

三月底，暴动军把红军从叶兰乡打了出去，占领了霍派尔河口乡的一部分村庄。双方相持了一个时期，战线几乎有两个月动都没动。为了从西面掩护霍派尔河口镇，莫斯科步兵团的一个营，在炮兵连的支援下，占领了顿河上的克鲁托夫村。克鲁托夫村往南是顿河边山脉的一条支脉，红军的炮兵连就在高高低低的山脚下，隐蔽在野外场院上，每天从早到晚对准聚集在右岸高地上的暴动军打炮，掩护莫斯科团的阵地，后来又掉转炮口，朝着坐落在顿河对岸的叶兰村轰击起来。榴霰弹爆炸的一个个烟团，高高低低地悬挂在紧紧挨在一起的许多院落上空，又很快地飘散。榴霰弹落到村子里，牲口就吓得撞倒篱笆，满街乱窜，人就吓得弯着身子跑来跑去；有时落在旧教徒的坟地外面，落在风磨附近，落在荒凉无人的沙土岗上，就炸得褐色的、还没有解冻的土地到处乱飞。

三月十五日，施托克曼、米沙·柯晒沃依和伊万·阿列克塞耶维奇离开柴博塔列夫村，赶往霍派尔河口镇，因为听说从暴动地区逃出来的共产党员和苏维埃工作人员正在那里组织志愿国民军。给他们赶爬犁的是一个信仰旧教的哥萨克，生着一张干干净净、像小孩子那样红扑扑的脸，施托克曼看着他，嘴角不由得浮起微笑。这个哥萨克虽然还年轻，可是已经留起一部密密的、拳曲的浅棕色大胡子，胡子底下那鲜红的嘴唇红得就像切开的西瓜，眼睛旁边长着金色的绒毛，不知是因为毛茸茸的大胡子的映衬，还是因为红扑扑的脸的烘托，那一双眼睛显得分外清澈，分外蓝。

米沙一路上哼着歌儿，伊万·阿列克塞耶维奇坐在爬犁后头，把步枪放在膝盖上，愁眉不展地缩着脖子，施托克曼却和赶爬犁的哥萨克聊起了家常。

“同志，身体还好吗？”他问道。

浑身都是力气和青春活力的旧教徒敞开羊皮袄，亲热地笑了笑。

“很好，上帝眼下还没有怪罪。身体怎么会不好呢？从来不抽烟，喝酒也不过量，从小吃的就是小麦面包。打哪儿会生病呢？”

“噢，你当过兵吗？”

“当过一阵子。是士官生抓去的。”

“你怎么没跟着上顿涅茨那边去？”

“同志，你这话真怪！”他扔掉用马鬃编的缰绳，扯下手套，擦了擦嘴，很不高兴地眯缝着眼睛说，“我上那边去干什么？去学新花样儿吗？如果不是士官生逼着我干，我连兵都不会当。你们的政府是好的，不过你们干得也有点儿不对头……”

“怎么不对头？”

施托克曼卷好烟卷儿，把烟点着了，又等了半天，他才回答。

“干吗要抽这种呛人的玩意儿？”赶爬犁的哥萨克把脸扭过去，说，“瞧，这四周围春天的空气多么干净，你却用这种臭烘烘的烟来熏自己的胸膛……我就不赞成！我再来说说你们怎么干得不对头。你们逼得哥萨克没有路走，这种做法很蠢，不然的话，你们的政府是没有话说的。你们里面蠢人太多啦，因此才闹起暴动。”

“怎么太蠢啦？你是不是说，我们干了很多糊涂事？是这样吗？究竟干了些什么样的糊涂事？”

“你大概也知道……你们枪毙了很多人。今天枪毙一个，瞧吧，明天又是一个……谁又高兴等着挨枪毙呢？就是把一条牛拉去宰，牛还要晃晃脑袋呢。比如说，在布堪诺夫镇上……已经可以看到这个镇啦，那是他们的教堂，看见吗？你朝我鞭子指的地方看，看见吗？……哦，听说，他们那儿驻着一支部队，政治委员姓马尔金。你就看看，他怎么样？对待老百姓公道吗？我就来说说看。他把各个村子里的老头子们弄了来，带到树林子里，在树林子里把他们枪毙，事先都剥掉衣服，死后还不准家里人收尸。这些老头子遭殃，是因为以前选他们当过乡陪审官。你要知道，他们又算什么样的陪审官呀？有一个老头子勉勉强强能写出自己的名字，还有一个只会用指头蘸蘸墨水，或者用指头画画十字。以前这种陪审官只是坐在那儿摆摆样子罢了。他们的全部本钱就是那一把长胡子，可是他们已经老得连裤裆都忘记扣啦。追问他们，能问出什么来？就和追问小娃子是一样的。就是这个马尔金，像个上帝一样，随意摆布别人的性命。当时正有一个外号叫‘绳头儿’的老头子从操场上路过。他拿着一副马笼头到自家场院上去，想把骒马套上牵回来，孩子们和他开玩笑说：‘马尔金叫你呢，快去吧。’这个‘绳头儿’画了一个新教的十字——他们那儿都信新教——在操场上就把帽子摘了下来。他心惊胆战地走了进去，说：‘叫我了吗？’马尔金把眼一瞪，双手叉腰，说：‘既然自愿做蘑菇，就进筐吧。本来谁也没叫你，可是你既然来了，就照此办理。同志们，把他带走！按第三类处理。’就这样把他抓起来，带到树林子里去啦。老婆子在家里等啊等啊，就是不见他回来。老头子一出去就没有影子啦。他已经带着马笼头进了天堂啦。还有一个老头子，叫米特罗凡，是安得列扬诺夫村的，马尔金在大街上看到他，把他叫过来，问：‘你是哪儿的？姓什么？’又瞪着眼说：‘哼，你的胡子那么长，就跟狐狸尾巴一样啦！凭你这胡子就像皇上的侍从官。我们想用你这头大肥猪做做肥皂！按第三类处理！’这个老头子倒霉的是，他的胡子确实像一把笤帚。他挨枪毙只是因为胡子留得长，再就是不该碰上马尔金。这不是糟蹋老百姓吗？”

米沙在他一开始讲这些事的时候就不唱歌了，等他讲完了，才愤愤地说：

“大叔，你扯谎扯得不圆！”

“鬼才扯谎哩！你先别忙着说别人扯谎，先去打听打听再说。”

“这些事你确实清楚吗？”

“有人这样说。”

“那都靠不住！有人还说母鸡能挤奶呢，可是母鸡连奶头都没有。你就像个老娘儿们，随着自己的舌头乱扯！”

“那些老头子可都是老实人呀……”

“瞧你说的！都是老实人呀！”米沙很生气地模

仿他的口气说，“恐怕暴动就是你说的这些老实老头子发动的，也许这些陪审官家里还埋着机枪呢，可是你说他们挨枪毙是因为胡子长，因为开玩笑……你的胡子那么长，怎么没把你枪毙呢？瞧你的胡子多么长，简直像一只老山羊啦！”

“我是怎么贩来的，就怎么卖。谁他妈的知道，也许是有人扯谎，也许他们有什么反对政府的用心……”赶爬犁的旧教徒很不好意思地嘟哝说。

他从爬犁上跳下来，在化得水漉漉的雪地上呱唧呱唧地走了半天。两只脚一滑一滑的，踩得柔软的、青青的水雪到处乱溅。草原上阳光和煦。浅蓝色的天空气势雄伟地笼罩住周围看似十分遥远的山冈和山口。微风轻轻拂面，似乎已可以闻到春天临近时的芳香气息。东方，在苍茫的、高高低低的顿河两岸群山后面，淡紫色的雾气之中，露出大熊河河口群山的大大小小的山顶。远处，棉絮般的白云像一床老大的、波浪状的棉被，在大地上面铺展开来，一直铺到天边。

赶爬犁的哥萨克又跳上爬犁，他转过那张有点儿生了气的脸，对着施托克曼，又说话了：

“我的爷爷，他现在还活着，已经一百零八岁啦，他说，他说的也是他的爷爷对他说的，说他还记得，也就是我的爷爷的爷爷还记得，彼得大帝往咱们顿河上游派来一个大公，真糟，我记不清啦，反正不是姓‘胳膊长’就是姓‘手长’。这个大公带着兵从沃罗涅日下来，因为哥萨克不信那种尼康派的不洁净的教和不服皇上管辖，把很多哥萨克城镇都烧掉。捉住哥萨克，就割鼻子，有的还绞死，吊在木排上，顺着顿河往下放。”

“你说这些事，是什么意思？”米沙警惕起来，厉声问道。

“我这是说，虽然他叫什么‘胳膊长’，恐怕皇上没有给他这样的权力。比如说，布堪诺夫镇上那个委员乱搞一气，说：‘我要好好收拾你们这些狗崽子，叫你们一辈子忘不了！……’他在布堪诺夫的大会上，当着全镇的人这样喊叫。苏维埃政府给他这样的权力了吗？问题就在这儿嘛！恐怕不会有什么委任状，叫他干这些事，叫他对所有的人都不分青红皂白一样处治。哥萨克也有各种各样的嘛……”

施托克曼腮上的皮肉拧成一团一团的。

“我已经听过你的意见啦，现在你听听我的吧。”

“当然啦，也许我糊涂，说得不对，请多多担待。”

“等一等，等一等……是这样。你刚才说的那个委员的事，确实很不对头。我要去调查调查这件事。如果真是这样，如果他欺压哥萨克，胡作非为，那我们饶不了他。”

“噢呀，不一定做得到呀！”

“不是不一定，而是一定做得到！你们这里还在打仗的时候，一名红军抢了你们村里一个妇女的东西，不是被本部队的红军枪毙了吗？这是你们村里的人告诉我的。”

“是的，是的！他抢的是彼尔菲莉耶芙娜柜子里的东西。是这么回事儿！这是真的。当然是这样……处治很严。你说得很对，是拉到场院外面枪毙的。后来我们还争论了很久，不知该把他埋到什么地方。有人说把他埋到坟地里，还有一些人反对，说这样把坟地都弄脏啦。所以就把这家伙埋到了场院旁边。”

“有过这样的事吧？”施托克曼急忙转悠了一下

手里的纸烟。

“有过，有过，我没说没有。”赶爬犁的哥萨克连忙答应说。

“为什么你就以为，如果查明一个委员犯了罪，我们不会处治他呢？”

“好同志呀！恐怕你们没有比他大的官儿啦。先前那是一个兵，这是一个委员呀……”

“对他更是要严些！明白吗？凡是坏人，苏维埃政府都要惩治，苏维埃政府的人员，如果无理地欺压劳动群众，我们要严加惩处。”

三月的原野中午时候静悄悄的，只能听到滑木的哧哧声和呱唧呱唧的马蹄声，忽然响起震天动地的炮声，寂静一下子就被破坏了。第一声炮响过，在间隔相同的时间里又接连响了三声。炮兵连又从克鲁托夫村开始向左岸轰击了。

爬犁上的谈话停止了。隆隆的炮声像一种强有力的、格调不同的音阶，闯入和惊破了在初春的困倦中沉沉入睡的草原的模糊梦境。就连马也跨大了步子，轻快地迈动着四条腿，正经八百地晃动着两只耳朵，走得更快了。

上了将军大道，坐在爬犁上的人望见了顿河对岸茫茫的草原，草原十分辽阔，色彩斑斓，夹杂着一片片化尽了雪的、光秃秃的黄沙，还有一片片柳树和赤杨树林，像楔子，或者像灰灰的小岛。

来到霍派尔河口镇上，爬犁来到革命军事委员会办公处的大门口。莫斯科步兵团的团部也在旁边一座楼房里。

施托克曼在口袋里掏了掏，从荷包里抽出一张四十卢布的克伦斯基票子，递给赶爬犁的哥萨克。那个哥萨克一下子满面春风，湿漉漉的胡子底下露出一嘴黄黄的板牙，很不好意思地推却说：

“您怎么啦，同志，太客气啦！用不着给钱。”

“拿着吧，劳累你的马啦。对于政府，你别怀疑。你记住：我们流血奋斗，为的是建立工人和农民的政府。鼓动你们暴动的是我们的敌人，是富农、官吏和军官们。他们是暴动的根本原因。如果我们的人当中有谁蛮横无理地欺压了同情我们、帮助革命的劳动哥萨克，我们对这样的人一定要严加惩处。”

“同志，你可知道，俗话说：天高海水深呀……

你们的海水也是很深呀……跟有劲的人别斗力气，跟有钱的人别打官司，你们可以算是又有力气又有钱的啦。”他很滑稽地龇了龇牙，“瞧你，一下子就给我四十卢布，其实这么一点儿路，给五个卢布就很不错啦。瞧你，太客气啦！”

“这是因为你说的话赏给你的，”米沙从爬犁上跳下来，一面勒着裤子，一面笑着说，“也是因为你这漂亮的大胡子。你这呆子，知道你拉的是什么人吗？他是红军的将军。”

“啊？”

“用不着‘啊’啦！你们这些人真也够呛！……给少了，就要到处乱说：‘看，我拉了几个同志，才给五个卢布，真不像话！’发牢骚要发上一个冬天。要是给多了，你也要说话：‘真是大财主！一下子就给四十卢布。他的钱太多啦……’要是我呀，连屁也不给你！爱怎么抱怨就怎么抱怨好啦。反正怎样都不称你的心。好啦，咱们走……大胡子，再见啦！”

连愁眉苦脸的伊万·阿列克塞耶维奇听着米沙的气话，听到最后都笑了。

一个红军骑兵侦察员骑着一匹西伯利亚长毛小马，从团部的院子里跑了出来。

“爬犁是打哪儿来的?”他勒了勒缰绳，转过马头，喝问道。

“你干什么?”施托克曼问道。

“往克鲁托夫运子弹。来吧!”

“同志，不行，我们要把这爬犁放回去。”

“你们是什么人?”

红军是个很漂亮的年轻小伙子，他对直地朝他们走来。

“我们是后阿穆尔团的。不能扣留爬犁。”

“哦……那好吧，让他走。老头子，你走吧。”

四十

一打听，原来在霍派尔河口镇并没有组织什么志愿国民军。确实组织了一支国民军，不过不是在霍派尔河口镇，而是在布堪诺夫镇，主持组织国民军的正是信旧教的哥萨克在路上谈到的那个委员马尔金，他是红军第九军司令部派到霍派尔河下游各乡镇来的。叶兰乡、布堪诺夫乡、司拉舍夫乡和库梅尔仁乡的共产党员和苏维埃工作人员，又补充了一些红军，就组成了一支相当可观的战斗队伍，拥有二百条枪，还有几十名侦察骑兵。这支国民军暂时驻扎在布堪诺夫镇上，和莫斯科步兵团的一个连共同抵抗打算从叶兰河和集摩夫河上游攻过来的暴动军。

莫斯科团的参谋长原是旧军队的正规军官，是一个脸色阴沉、性情急躁的人；政治委员原是莫斯科米海尔逊工厂的工人；施托克曼和他们谈过以后，决定留在霍派尔河口镇上，参加该团的第二营。在堆满了一捆捆电话线和其他军用物资的一间很干净的小屋子里，施托克曼和政委谈了很久。

“同志，你该明白，”政委慢吞吞地说，他的个头儿不高，急性盲肠炎时常发作，脸色黄黄的，“这种工作很复杂。我这儿的弟兄大多数是莫斯科人和梁赞人，还有少数下戈洛得人。多数都是很坚强的工人同志。原来这里是第十四师的一个骑兵连，他们简直是磨洋工。只好把他们调回大熊河口镇啦……你留下来吧，工作多得很。要向群众做工作，向他们解释。你该明白，这是哥萨克呀……在这儿就要处处谨慎。”

“这种情况我比你还清楚。”施托克曼看着政委那病得发了黄的眼珠子，针对着他那种教导人的语调这样说。“你还是告诉我：布堪诺夫镇上那个委员是怎么搞的?”

政委捋了捋修剪得像一把灰色小刷子似的上嘴胡，偶尔抬抬发青的透明的眼皮，有气无力地回答说：

“他在那里有一阵子搞得过火啦。他倒是一个很好的小伙子，但是不能很好地分析政治形势。不过既然要砍木头，总有碎木片到处乱飞……现在他在动员各乡的男丁往俄罗斯内地撤退……你到管理科去吧，让管理科把你们列入名册，好领生活费。”政委用手按着油污的棉裤腰，痛苦地皱着眉头说。

第二天早晨，一听到紧急集合的号声，第二营就跑步集合，开始点名。一个钟头之后，这个营就成行军纵队朝克鲁托夫村开去。

每四个人一排，在其中一排里，并肩走着施托克曼、米沙和伊万·阿列克塞耶维奇。

先从克鲁托夫村往顿河对岸派出一支侦察队。大队也紧跟着过了顿河。被融化的雪水泡软了、到处是褐色牲口粪的大路上，出现了一个个的水洼儿。顿河上的冰透着模糊的、气泡状的青色。河边上一小截路垫上篱笆片子才能通过。炮兵连从后面山坡上，朝着叶兰村外的杨树林一炮接一炮地轰击着。第二营的任务是，越过哥萨克抛弃的叶兰村，朝叶兰镇方向推进，和从布堪诺夫镇开出来的第一营的一个连取得联系之后，攻占安东诺夫村。根据作战部署，营长应该率领队伍朝别兹包洛道夫村方向走。骑兵侦察队很快就送来报告，说在别兹包洛道夫村方向没有发现敌人，不过在村子后面，大约四俄里的地方，有密集的枪声。

一发发炮弹带着呼啸声和嗡嗡声从高空，从红军队伍头顶上飞过。不远处的炮弹爆炸声震撼着大地。后面顿河上的冰咔嚓裂了一声。伊万·阿列克塞耶维奇回头看了看。

“大概要发水啦。”

“在这种时候过顿河，顶没有意思啦。眼看着就要开冻啦。”怎么都不会像步兵那样把步伐走整齐的米沙很委屈地嘟哝说。

施托克曼看着前面的人那一张张被皮带勒得紧绷绷的脊背，看着那有节奏地晃动着的一条条步枪和枪上那蒙了一层水汽的烟灰色刺刀。他回头看了看，看见战士们那一张张严肃而镇静、各不相同而又无比相像的脸，看见晃来晃去的灰军帽和军帽上的五角红星，看见一件件的灰大衣，有旧得发了黄的，有新些的但也起了毛、成了浅灰色的；听见众多的人的沉甸甸、吧唧吧唧的行军脚步声、低低的谈话声、各种嗓门儿的咳嗽声、水壶叮当声；闻到了湿靴子、土烟和武装带的气味。他半闭起眼睛，尽量不使脚步错乱，心中对这些昨天还不认识、还很陌生的小伙子产生了一种很强烈的亲热感情，心里说："很好，可是为什么现在我觉得他们特别可亲可爱呢？是什么东西联系着我们呢？哦，是共同的思想……不，恐怕不光是思想，还有共同的事业。还有什么呢？也许，还因为接近了危险和死亡吧？不知为什么就是特别亲热……"他的眼睛笑了笑。"难道是我老了吗？"

施托克曼怀着父亲一般的满意心情，望着他前面一个战士那强壮、挺直而宽阔的脊背，望着领子和帽子中间露出来的一截又红又干净、充满了青春活力的圆滚滚的脖子，望了一会儿，又把目光移到自己旁边一个战士身上。他的脸黑黑的，刮得光光的，两个腮蛋子红红的，薄薄的嘴唇流露着男子汉的气概，个头儿很高，但是十分匀称；他走起路来，连空着的那只手几乎都不摆动，总是像有病一样皱着眉头，眼角上布满了像老头子一样的皱纹。施托克曼很想和他谈一谈。

“同志，你参军很久了吗？”

旁边的战士的浅棕色眼睛用冷淡和探询的神气微微朝施托克曼斜看了一下。

“一九一八年参军的。”他从牙缝里回答说。

施托克曼听了这冷淡的回答，没有泄气。

“你是哪儿人？”

“大叔，你想找老乡吗？”

“要是老乡，我当然很高兴。”

“我是莫斯科人。”

“是工人吗？”

“是的。”

施托克曼朝这个战士的手瞥了一眼。那干钢铁活儿的印子，过了这么久还没有褪掉。

“是钢铁工人吧？”

那一双棕色的眼睛，又扫了扫施托克曼的脸，扫了扫他的有些花白的大胡子。

“是钢铁旋工。你也是吗？”他那冷峻的棕色眼角上好像露出一点儿亲热的神情。

“我是钳工……同志，你这是为什么老是皱着眉头？”

“靴子夹脚，烤得太干啦。夜里我担任潜伏哨，把脚弄湿啦。”

“不是害怕吧？”施托克曼若有所悟地笑了笑。

“怕什么？”

“这很清楚，咱们这是去打仗嘛……”

“我是共产党员。”

“怎么，共产党员就不怕死啦，不也同样是人吗？”米沙插嘴说。

施托克曼旁边的那个战士很熟练地把步枪往上提了提，也不看米沙，想了想，回答说：

“老弟，干这种事你还不行。我是决不能怕的。

自己要给自己下命令，明白吗？你别用自己的心来揣测别人的心……我知道我是为什么打仗，和谁打仗，知道咱们一定会胜利，这是最要紧的，其余的都是不值一提的。”他想起了一件什么事，不禁笑了笑，侧眼看着施托克曼，说，“去年我在克拉萨甫采夫的部队里，在乌克兰打过几次仗。我们一直在被迫退却。损失很大。渐渐把伤员都扔掉啦。有一次，在离日梅林卡不远的地方，敌人把我们围上啦。必须在夜里通过白军的阵地，炸毁他们后方一条小河上的桥，使他们的铁甲车不能开过来，我们就可以跨过铁路线。于是号召自动报名去炸桥。却没有人报名。共产党员们——我们党员不多——就说：‘咱们来拈阄，谁拈到谁就去。’我想了想，就自动报了名。我带上大刀、引火绳、火柴，跟同志们道过别，就去了。那一夜很黑，还有雾。我走了有百十丈远，就爬起来。爬过了一片没有收割的麦地，后来又在一条沟里爬了一阵子。我还记得，我从沟里往外爬的时候，有一只鸟扑啦一声从我鼻子底下飞了起来。就这样……我从离岗哨十丈远的地方爬过去，爬到桥跟前。有一个机枪哨兵护着这座桥。我趴了有两个钟头，等待机会。我把刀放下，用衣襟遮着来划火柴，但是火柴是湿的，划不着。因为我是肚子贴着地爬的，身上都叫露水打湿啦，所以火柴头儿全湿透啦。这么一来，大叔，我可是真怕啦。天快亮啦，我的手直哆嗦，汗水往眼睛里直流。我心里想：‘全完了！’又想：‘要是不能把桥炸掉，我就自杀！’折腾来，折腾去，好歹还是把火柴划着了，我点着了引火绳，就朝后跑。等到后面轰的一声爆炸起来，我已经卧倒在路堤这边防护栅栏脚下了。他们那边一片叫声，乱成了一团。两挺机枪嗒嗒响了起来。很多骑兵从我旁边跑过，可是夜里怎么能找得到人呢？我从防护栅栏那边爬过来，钻进庄稼地里。谁知这时候我的胳膊和腿都发了麻，不能动弹啦，这一下子可完啦！我就躺下去。去的时候很不错，很有勇气，可是往回走，成了这个样子……我呕吐起来，浑身一点劲儿都没有啦！我觉得肚子里什么都吐光啦，可还是一股劲儿地要吐。就这样……当然，我好歹还是爬回自己队伍里啦。”他兴奋起来，那两只闪出火一样光芒的眼睛显得分外亲切，分外好看了，“打完仗以后，第二天早晨，我对同志们讲起昨天夜里火柴怎样出了问题，我的一个好朋友就说：‘谢尔盖，怎么，你把打火机弄丢了吗?’我一摸口袋，打火机还在呢！我掏出来，打了一下，嘿，一下子就着啦！”

有两只乌鸦被风吹着，从远处一丛白杨树那里迅速地、高高地飞过来。风吹得乌鸦一冲一冲地飞着。乌鸦离队伍已经有一百丈远的时候，停了有一个钟头的大炮又在克鲁托夫山上响了起来，试射的一发炮弹带着越来越响的啸声飞过来，当啸声似乎到达最高度的时候，一只飞得高些的乌鸦忽然像旋风卷起的一片刨花似的，拼命地旋舞起来，并且斜斜地伸开翅膀，像螺旋一样转着圈子，还想撑持住，到末了还是像一片黑黑的大树叶子似的，慢慢掉了下来。

“老鸹碰上死神啦！”施托克曼后面有一个战士很开心地说，“打得它滴溜溜乱转，真带劲儿！”

连长骑着一匹深栗色的高大骒马，从队伍前头跑来，马蹄蹚起一团团水雪。

“成散兵线！……”

三架拉着机枪的爬犁飞跑过来，溅了一声不响地走着的伊万·阿列克塞耶维奇一身水雪。爬犁跑着跑着，一个机枪手从后面一架爬犁上滚了下来，战士们都十分开心地哈哈大笑起来，一直笑到那个赶爬犁的人骂着娘，猛地勒转马头，滚下来的机枪手一面跑着，一面跳上了爬犁。

四十一

卡耳根镇已经成了暴动军第一师的主要据点。格里高力·麦列霍夫清楚地考虑到在卡耳根附近布阵能造成的战略优势。决定无论如何不放弃这个镇。旗尔河左岸的一些山冈，是很好的制高地，便于哥萨克进行防御战。山下，旗尔河右岸就是卡耳根镇，卡耳根镇过来就是草原，草原像一条柔软的草垫子似的，往南伸出去很远，还有一些横七竖八的山沟和洼地。格里高力亲自在山上选定了一块地方，安置了拥有三门炮的炮兵连。不远处就是一个很好的观测点——一个居高临下的小土包，周围还有橡树林和一道道土岭子掩护着。

卡耳根镇附近每天都发生战斗。红军一般是从两个方面发动进攻：一是从南面，从乌克兰人的阿司塔霍夫村那边，从草原上过来；一是从东面，从博柯夫镇出发，穿过一个连一个的村庄，顺着旗尔河往上推进。哥萨克的阵地就在卡耳根镇外百十丈远的地方，很少还枪。红军猛烈的火力几乎每一次都逼着哥萨克退进镇里，可是随后又顺着狭窄的山沟的沟底回到山上。红军没有足够的兵力进一步压迫他们。在进攻战天天取胜的情况下，红军骑兵不足的弱点就尖锐地表现出来了。如果有足够的骑兵，就可以从侧翼进行迂回活动，迫使哥萨克继续后退，调开哥萨克的兵力，让已经来到镇口上、但是无法继续前进的步兵放开手脚。步兵是不能进行这一类运动战的，因为步兵的灵活性小，不善于迅速活动，还因为哥萨克大多数都是骑兵，骑兵可以随时袭击步兵，使步兵无法完成自己的基本任务。

暴动军还有一点占便宜，那就是他们熟悉地形，一有机会就派骑兵悄悄地顺着山沟突进到红军的侧翼和后方，经常威胁着红军，使红军不能继续推进。

这时候格里高力已经想好了一个狠狠打击红军的计策。他想佯装撤退，以便把红军引进卡耳根镇来，同时却让里亚布契柯夫带领一团骑兵顺着古森山沟从西面绕过来，顺着格拉奇从东面绕过来，插到红军侧翼，将其包围，给予重重的打击。计划做得很周密。在晚间的会议上，各个独立部队的指挥官都得到了详尽的指示和命令。按照格里高力的意图，迂回运动一定要在黎明时候开始，为的是便于隐蔽。一切都像下跳棋那样简单。格里高力在心中仔细估量和考虑了可能发生的一切意外，估量和考虑了事前没有料到、到时候可能会妨碍他的计划实现的一切事态，然后就喝了两大杯老酒，和衣倒在行军床上；他用湿漉漉的大衣襟把头一蒙，就睡得死死的了。

第二天，凌晨四点钟左右，红军部队就开始进攻卡耳根镇。一部分哥萨克步兵佯装败退，跑出卡耳根镇，朝山上跑去；停在镇口的两辆大车急忙掉转马头，大车上的两挺机枪就对准奔跑的哥萨克开起火来。红军慢慢在各条街道上散了开来。

格里高力在小土包后面，站在炮兵连旁边。他看着红军的步兵占领了卡耳根镇并且集结在旗尔河旁边。事先已经约定，第一声炮响过以后，两连埋伏在山下果园里的哥萨克就转入进攻，进行迂回包抄的那个团也在这个时候开始合围。炮兵连连长看见有一辆拉着机枪的大车正在克里摩夫高地上朝着卡耳根飞跑，正要命令对准大车开炮，这时候观测员报告说，在三俄里半远处，下拉推舍夫村的一座桥上，有一门大炮：那是红军同时从博柯夫镇方面发起进攻了。

“用臼炮朝他们开火！”格里高力没有把蔡司望远镜从眼上拿下来，就出主意说。

瞄准手和那位担任炮兵连连长的司务长交换了一下意见之后，很快就瞄准了目标。炮手们准备就绪，于是一门四英寸半口径的、被哥萨克们叫作臼炮的大炮，屁股朝地上一蹲，沉甸甸地怒吼了一声。第一发炮弹就打在桥头上。红军炮兵连的第二门炮这时候刚刚上桥。这一发炮弹把拉炮车的马打坏了，后来查明，六匹马当中只有一匹活了下来，可是骑在这匹马上的驭手被炮弹皮削掉了脑袋。格里高力看到：那门炮前头冒起一团灰黄色硝烟，砰的响了一声，一匹匹被硝烟裹住的马就直立起来，又像被砍了一刀似的，一下子倒了下去；有一些人跌跌撞撞地跑起来。在炮弹下落时正在炮车旁边走的一个骑马的红军，连人带马、带桥栏杆一同飞了起来，摔到了冰上。

炮手们都没有料到，这一炮会打得这样准。土包脚下的大炮旁边有一小会儿静得一点声息都没有；只有不远处的观测员跪下来，喊了两声，并且晃了晃两条胳膊。

紧接着就从下面，从樱桃园和镇边密密的树丛里传来很不整齐的呐喊声和劈劈啪啪的步枪声。格里高力不顾危险，跑到土包顶上。很多红军在街道上跑着，从街道上传来嘈杂的人声、尖利的口令声、猛烈的枪声。一辆拉着机枪的大车本来想朝高地上跑，可是在离坟地不远的地方，一下子来了个大转身，那挺机枪就从时而奔跑、时而卧倒的红军头顶上，扫射起从园子里冲出来的哥萨克。

格里高力望眼欲穿，很想在地平线上看到哥萨克的骑兵散兵线。由里亚布契柯夫率领去进行迂回包抄的骑兵还一直没有出现。原来在左翼的红军，已经朝卡耳根镇和附近的阿尔黑波夫村之间的一座架在萨布隆峡谷上面的桥上跑来，这时候右翼的红军还在镇上乱跑，并且在已经控制了旗尔河边两条街的哥萨克的射击之下纷纷倒下去。

终于，从高地后面出现了里亚布契柯夫的第一连，接着又出现了第二连、第三连、第四连……各个连队拉成骑兵散兵线，猛然向左一转身，拦住斜坡上一群正朝克里摩夫村奔跑的红军。格里高力把手套攥在手里，很激动地注视着战斗的局面。他扔下望远镜，用肉眼观察起来，看到哥萨克骑兵飞速地朝克里摩夫村的大路奔去，看到红军在混乱中转过身，成堆成堆地或者一个一个地朝阿尔黑波夫村的各家院子里跑去，在那儿却遇到正顺着旗尔河往上追击的哥萨克步兵的火力，就又朝大路上飞跑。只有一小部分红军跑进了克里摩夫村。

在高地上不言不语地展开了可怕的白刃战。里亚布契柯夫的几个连把阵势转了过来，对着卡耳根镇，像秋风扫落叶一样，把红军赶了回去。有三十来名红军，跑到萨布隆峡谷的桥边，看到退路已被切断，无处可逃了，就抵抗起来。他们有一挺重机枪，子弹也还有不少。哥萨克的步兵从果园里一露面，机枪就像发了疯似的扫射起来，哥萨克们纷纷卧倒，爬到棚子底下或石头院墙脚下。在山冈上可以看到，一些哥萨克正拖着一挺机枪在卡耳根镇的街道上跑。他们在靠近阿尔黑波夫村的镇边一户人家门前停了一小会儿，然后就进了院子。不久就在这一家的仓房顶上猛烈扫射起来。格里高力用望远镜看了看，连几个机枪手都看清楚了。有一个机枪手的裤腿掖在白袜筒里，他叉着腿，在挡板后面弯着腰，趴在仓房顶上；还有一个机枪手把机枪子弹带缠在腰上，正顺着梯子往上爬。炮兵决定支援步兵，对着那一堆负隅顽抗的红军发射了一连串的榴霰弹。最后一颗榴霰弹在镇外很远的地方爆炸了。

过了一刻钟，萨布隆峡谷边的红军机枪忽然哑了，接着就响起干脆利落的呐喊声。哥萨克骑兵在光秃秃的柳树丛中出现了。

战斗全部结束了。

* * *

根据格里高力的命令，卡耳根镇和阿尔黑波夫村的老百姓用钩子和钩竿把被砍死的一百四十七名红军拖到一个大坑里，草草地埋到萨布隆峡谷旁边。

里亚布契柯夫缴获了六辆车马齐全的弹药车和一辆机枪车，只是机枪没有枪栓了。在克里摩夫村还截获了四十二架装满军用物资的爬犁。哥萨克阵亡四名，十五人受伤。

这次战斗以后，卡耳根镇上有一个星期非常安静。红军又转过头去进攻暴动军第二师，很快就打得第二师节节败退，红军攻占了米古林乡一个又一个的村庄：已经占领了阿列克塞耶夫村、柴尔涅茨村，并且已经逼近了上旗尔村。

每天天一放亮，就可以听到那边的隆隆炮声，但是关于战况的消息很晚才能传过来，而且这些消息也不能清楚地说明第二师战线上的现状。

格里高力这几天来，为了摆脱一些可怕的念头，为了麻痹自己的意识，不去想周围发生的事和他是参与其事的重要一员的问题，便喝起酒来。如果说暴动军虽有大量小麦，然而非常缺乏面粉的话（磨坊来不及给军队磨粉，所以哥萨克常常煮麦粒儿吃），老酒却是不缺的。老酒源源不断地送来。在顿河那边，杜达列夫村的哥萨克连喝得醉醺醺的，排成骑兵阵势去冲锋，迎头碰上好几挺机枪，被消灭了一半。醉醺醺地去上阵冲锋的事，已经成了家常便饭。很多人殷勤地给格里高力送酒。普罗霍尔·泽柯夫更是特别勤快。卡耳根这一仗打过之后，他遵照格里高力的意思，拉来三坛子老酒，还叫来几个歌手，格里高力就高高兴兴地放开胸怀，抛开现实，抛开一切思虑，同哥萨克们一直喝到天亮。到早晨又喝酒解醉，睡了一天，到晚上又把歌手叫了来，闹闹嚷嚷的说笑声、歌声、舞影——这一切形成了一种似乎真正欢乐的幻象，遮住了真正的、无情的现实。

后来，喝酒很快就上了瘾。格里高力早晨起来一坐到桌上，就觉得非喝酒不可。他喝得很多，但是从来没醉过，脚底下总是站得稳稳的。就是喝上一夜，别的人都吐得狼藉不堪，盖上军大衣或马衣，在桌旁和地上睡了，他还是保持着清醒的神态，只是脸色更白了，眼神显得严峻了，再就是拳曲的头发耷拉了下来，所以不住地用手去摸头。

接连不断地狂饮了四天，他明显地虚胖起来，背也驼了；眼睛底下出现了老大的青色皱褶，眼神中常常透露出一种无名的凶光。

第五天，普罗霍尔·泽柯夫意味深长地笑着，出主意说：

“咱们上李霍维多夫村，去找一个漂亮娘儿们，好吗？喂，去不去？格里高力·潘捷莱耶维奇，可别错过了。那娘儿们就跟西瓜一样甜！虽然我没有亲自尝过，可是我知道。鬼东西，简直是一匹野马！很不安生。叫你一下子是骑不上去的，连摸都不叫摸。可是她做的酒，再好没有啦。在整个旗尔河上，可以算是第一家。她男人跟着军队到顿涅茨那边去啦。”这最后一句好像是随便说说的。

天一黑，他们就上李霍维多夫村去。和格里高力一同去的有里亚布契柯夫、哈尔兰皮·叶尔马柯夫、一条胳膊的阿列克塞·沙米尔，还有从自己的驻地前来的第四师师长康德拉特·梅德维杰夫。普罗霍尔在前面带路。到了李霍维多夫村，他让马放慢了脚步，拐进一条小胡同，推开场院的小门。格里高力在他后面把马一夹，那马跳过门口一个快要化完的大雪堆，前腿陷进了雪里，马喷了喷鼻子，又纵身一跃，跨过了一个堵住大门并且一直埋到篱笆顶的雪堆。里亚布契柯夫下了马，牵着马走。格里高力骑着马跟着普罗霍尔走了有五分钟，先是在一个个的麦秸垛和干草垛之间走，后来又是光秃秃、像玻璃一样丁丁响的樱桃园。天空斜挂着泛着青幽色的一弯金色的新月，星星在瑟瑟发抖，交织成一种迷人的宁静，不论远处的狗叫声，不论清脆的马蹄声，都没有破坏这种宁静，倒是更使人感觉出这种宁静。透过密密的樱桃树丛和横七竖八的苹果树枝，看见一道黄黄的灯光，在星光灿烂的天空的衬托下，一座芦苇顶的大房子的侧影清清楚楚地显露出来。普罗霍尔在马上弯下身子，很殷勤地推开吱扭响的板门。台阶边一个冻住的小水洼里，倒映在里面的月亮晃动了几下。格里高力的马踩碎了小水洼边上的冰，并且站了下来，喘了一口气。格里高力跳下马来，把马拴到台阶栏杆上，便走进黑洞洞的过道。里亚布契柯夫和其他人也都下了马，小声哼着歌儿，闹闹哄哄地跟着走了进去。

格里高力摸到了门把手，走进宽敞的厨房。一个年轻的哥萨克娘儿们背靠炉子站着，正在打毛袜子。这女子个头儿小小的，但是身材十分好看，脸黑黑的，两道黑眉毛就像画的一般。炕上有一个八九岁的白头发小姑娘，摊着两条胳膊在睡觉。

格里高力没有脱大衣，就在桌边坐下来。

“有酒吗？”

“连好也不问一声吗？”那娘儿们也不看格里高力，依然是那样飞快地织着袜子，问道。

“要我问好，我就问，你好！有酒吧？”

她抬起眼睫毛，拿圆圆的深棕色眼睛朝格里高力笑了笑，一面听着过道里的说话声和脚步声。

“酒倒是有。不过，你们来过夜的人很多吧？”

“很多。整整一个师……”

里亚布契柯夫在门口就蹲下身子，用皮帽子拍打着靴筒，拖着马刀，跳起舞来。哥萨克们在门口挤成了一堆；其中一个人敲着木勺子，敲出很好听的跳舞鼓点儿。

大家把军大衣都堆在床上，把武器放在大板凳上。普罗霍尔连忙帮着女主人摆酒端菜。一条胳膊的阿列克塞·沙米尔到地窖里去取腌白菜，不小心从梯子上摔了下去，又从地窖里爬出来，用棉袄大襟兜着破碟子片儿和一团湿漉漉的白菜走了回来。

到半夜时候，喝光了两桶酒，吃了无数的腌白菜，又决定要宰一只羊。普罗霍尔在羊圈里摸到一只小羊羔，哈尔兰皮·叶尔马柯夫也是一个挺不错的刀手，一刀就把羊头砍下来，马上就在棚子底下把羊剥了。女主人生起火，把炖羊肉的铁罐架上去。

又用勺子敲起跳舞的鼓点儿，于是里亚布契柯夫扭着腿跳起舞来，一面用手拼命拍着靴筒，一面用尖尖的、但是很好听的男高音唱道：

现在咱们喝吧，玩儿吧，
不用到外面干活儿啦……

“我要玩儿啦！”叶尔马柯夫吼了一声，想拿马刀试试窗框结实不结实。

一向很喜欢叶尔马柯夫的勇猛出众和哥萨克式的剽悍的格里高力，用铜茶缸敲了敲桌子，对他喝了一声：

“哈尔兰皮，别胡闹！”

哈尔兰皮乖乖地把马刀插进鞘里，便又趴到酒杯上大喝起来。

“只要有酒下肚，纵死也不怕，”阿列克塞·沙米尔说着，坐到格里高力跟前来，“格里高力·潘捷莱耶维奇，你是我们的命根子！我们活在世上，全靠你啦！咱们再来一坛子，好不好？……普罗霍尔，拿酒来！”

没有卸鞍的马都在草垛旁边，都没有拴。有时大家轮流出去看看。

到天快亮时候，格里高力才感觉到自己喝醉了。他好像听到很远的地方有别人的说话声，红红的眼珠子转悠起来非常费劲儿，用很大的意志力才能控制住自己的意识。

“那些戴金肩章的家伙又要欺压咱们啦！他们把政权抓到手里啦！”叶尔马柯夫抱着格里高力，大声叫道。

“什么肩章？”格里高力掰开叶尔马柯夫的胳膊，问道。

“说的是维奥申呀。怎么，你不知道吗？一个高加索的公爵上台啦！一个上校呀！……我要杀了他！麦列霍夫！我们把命交给你，听你摆布，你可不能白糟蹋我们！哥萨克们都很恼火。你带领我们上维奥申去，把什么都打个稀烂，打个粉碎！把伊留什卡·库金诺夫，把上校，全都宰了！他们打咱们耳光打够啦！咱们又要打红军，又要打士官生！我就要这样干！”

“是要把上校杀了。他是特意留下来的……哈尔兰皮！咱们投靠苏维埃政府吧，就说：我们错啦……”格里高力清醒了一会儿，似笑非笑地笑了笑，“我是说着玩儿的，哈尔兰皮，喝吧。”

“麦列霍夫，你开什么玩笑？别开玩笑，这是正经事儿。”梅德维杰夫严肃地说，“我们想把政府推翻。把所有的人都换掉，请你上台。我跟哥萨克们都说过啦，他们都赞成。我们可以好言好语地对库金诺夫和他那一伙儿说：‘你们下台吧。我们不要你们啦。’如果他们走，那再好不过；如果他们不走，咱们把一个团往维奥申一开，他们就完蛋！”

“再不许谈这件事！”格里高力怒冲冲地喝道。

梅德维杰夫耸了耸肩膀，离开桌子，酒也不喝了。在角落里，里亚布契柯夫从大板凳子上耷拉下乱蓬蓬的脑袋，用手划着肮脏的地面，如怨如诉地唱了起来：

我的小亲亲，小乖乖，

喂,你把头儿趴下来。
你把头儿趴下来……
快点儿！你趴到右边儿。
趴到右边儿,再趴到左边儿,
再趴到我的白酥酥的胸脯上。

阿列克塞·沙米尔和着里亚布契柯夫那女人般的哀怨动人的男高音，用粗喉咙大嗓门儿唱了起来：

他趴在我的胸脯上,
重重地叹着气……
重重地叹着气,
说出分别的言语：
“咱们断了吧,老相好的,
老相好的,实在叫人烦腻！……”

窗外已经放亮了，女主人这才搀着格里高力进上房。

“你们别再灌他啦！算了吧，鬼东西！你没看见，他已经不行了吗?”她说，一面很吃力地搀着格里高力，用另一只手推开端着一杯酒跟在他们后头的叶尔马柯夫。

“怎么，去睡觉吗?”叶尔马柯夫挤了挤眼睛，身子摇晃着，杯子里的酒直往外泼。

“是的，要去睡觉。”

“你现在别跟他睡啦，他什么也不能干啦……”

“你管不着！你又不是我的公公!”

“你找个管用的吧!”叶尔马柯夫因为醉汉的笑劲儿上来，踉跄了几下，很粗鲁地大笑起来，“咦——咦，不要脸的东西！眼睛都睁不开啦，还说混账话呢!”

她把格里高力搀进房里，让他躺在床上，她在朦胧的晨曦中带着厌恶和怜惜的心情端详着他那张死白的脸和那一双睁得大大的，然而什么也看不见的眼睛。

“你是不是喝点儿果子汤?”

“弄点儿来吧。”

她端来一杯冰凉的樱桃羹，坐到床上，梳理和抚摩着格里高力的一头乱发，直到格里高力沉沉入睡。她自己和小姑娘一起睡在炕上，但是沙米尔却搅得她睡不着。沙米尔的头枕着胳膊肘，像受惊的马一样，不住地打着响鼻，后来就像被推了一下似的，忽然醒来，用沙哑的喉咙唱道：

……当过兵回家乡！
胸前挂呀……挂肩章，
肩上戴呀……十字章……

他把脑袋放到胳膊上，可是过了几分钟，又像发了狂似的四面张望着，唱道：

当过兵回家乡！……

四十二

第二天早晨，格里高力醒来，想起叶尔马柯夫和梅德维杰夫说的话。他已经不像夜里醉得那样厉害了，所以脑子不用怎么费劲儿，就想起有关夺取政权的一番话。他已经明白，带他到李霍维多夫村来喝酒是有明显意图的，那就是鼓动他发动政变。一些思想左倾的哥萨克，与公开表示要上顿涅茨河那边去跟顿河白军联合的库金诺夫完全不同，他们暗中幻想彻底脱离顿河政府，自己建立一个没有共产党员的苏维埃政府。是他们在策划密谋。他们想把格里高力拉到自己一边，并不了解暴动军内部分裂的危险性，并不了解，红军的战线虽然在顿涅茨方面受到冲击，但是每一分钟都可能毫不费力地把他们和他们的“内讧”一同消灭。“简直是儿戏。”格里高力心里想着，轻轻地从床上跳下来。他穿好衣服，把叶尔马柯夫和梅德维杰夫叫醒，把他们叫到上房里，把门紧紧关上。

“听我说，好弟兄：别再提昨天的话啦，别乱说啦，不然对你们可不好！问题不在于谁当头儿。也不在于库金诺夫，要紧的是，咱们已经被包围，就像上了箍的桶。不是今天，就是明天，就要把咱们箍紧。咱们的队伍不是往维奥申开，而是要往米古林开，往克拉斯诺库特开。”他特别加重了语气说，眼睛一直没有离开梅德维杰夫那阴沉、冷漠的脸。“康德拉特，就这样吧，别到处鼓动人啦！你们动动脑筋，就会明白：如果咱们一下子把司令部搞掉，实行各种各样的改革，咱们就要完蛋。咱们要么靠拢白军，要么靠拢红军。站在当中是不行的，他们会把咱们挤碎。"

"要注意，这话可不能张扬出去。"叶尔马柯夫转过脸去，要求说。

"咱们是同生死的嘛，不过，有个条件，你们不能再鼓动哥萨克啦。库金诺夫和他那一伙又算什么呢？他们没有实权——我对我这个师，想怎么带就怎么带。他们不好，这是肯定的；他们要把我们和士官生重新搞到一起，这是必然的。可是，咱们究竟往哪儿去呢？咱们的活路都被切断啦！"

"倒也是的……"梅德维杰夫勉勉强强表示同意，谈话谈到现在，他这才第一次抬起充满愤恨的、像狗熊一样的小眼睛，看了看格里高力。

这以后，格里高力又在卡耳根附近的村庄里连着喝了两夜，就像醉汉在酒馆里那样，过着放荡的生活。连他的马鞍垫子都沾满了酒气。不少年轻媳妇和已经不是姑娘的姑娘跟格里高力睡过觉，和他做过暂时的伴侣。但是一到早晨，满足了又一次情欲要求以后，格里高力就要像对待别人的事情一样，清醒而又淡漠地想："活到如今，我什么日子都过过，什么滋味都尝过啦。爱过不少姑娘和媳妇，骑过不少好马……唉！……我在草原上闯荡过，尝过当父亲的甜头，杀过人，自己也送过死，对着青天逞过威。这一辈子还能怎样呢？已经够啦！可以死啦。死也不可怕啦。打仗也不用担惊害怕啦，就像财主赌钱那样，输了也不在乎啦！”

童年就像一个蓝蓝的艳阳天，断断续续地在脑海里浮现出来：石头小屋里的椋鸟，蹚着热乎乎的沙土的格里高力的光脚丫儿，庄严肃静的顿河，还镶着倒映在水里的毛茸茸的绿树，一张张小伙伴们的脸，身段秀美的年轻时的母亲……格里高力用手捂上眼睛，面前就闪过一张张熟悉的脸、一件件往事，有时候闪过很小很小、但是不知为什么记得特别清楚的事，脑子里又响起一些死去的人的已被忘却的声音、他们的片言只语、各种各样的笑声。脑子又把回忆的光芒对准了当年看见过、后来早已忘记的景物，于是许多景物一下子十分鲜明地出来在格里高力面前：辽阔的原野、夏天的大道、牛车、坐在车前的父亲、老牛、金黄色的麦茬地、大路上一只只的黑老鸹……格里高力思绪万千地回想着过去，多次在这一去不返的生活中碰上阿克西妮亚，他心想："她才是我心上人呢！怎么都忘不了呀！"于是他厌恶地离开跟他睡在一起的女子，叹着气，焦急地等待天亮。等太阳一开始用红色的花边和金黄色的绦子打扮东方的天空，他就跳起来，洗洗脸，匆匆朝拴马的地方走去。

四十三

暴动就像草原上铺天盖地的野火一样蔓延开来。战线像钢箍一样围住一些不驯服的市镇。人们心头都印上一层厄运的阴影。哥萨克就像扔铜钱赌博那样，赌自己的命，有不少人扔出了"背面"。年轻人拼命地谈情说爱，年纪大些的就昏天黑地地喝老酒，玩纸牌，赌钱，赌子弹（而且子弹的价钱最高），有时回家去看看，哪怕有一分钟，也要把令人生厌的步枪靠到墙上，抓起斧子或者刨子，用芳香的红柳条儿编编篱笆，或者修理修理春天干活儿要用的耙和大车，让心情轻松一阵子。还有不少人，尝过了太平日子的滋味，醉醺醺地回到部队里，等到清醒过来，就怀着愤恨"人生无情"的心情去冲锋陷阵，迎着机枪往上冲，要不然就像疯了一样，放开马不要命地往前跑，去进行夜袭，等抓到俘虏，就残酷地、野蛮地折磨他们，用马刀把他们砍死，连子弹都不肯用。

这一年春天格外绚丽多彩。四月的天气又晴和又像玻璃一样明净。一行行大雁、一群群叫声像铜号的仙鹤，在高高的天空里追赶着白云，飞呀，飞呀，飞向北方。淡绿色的草原上，水塘旁边，一只只落下来打食儿的天鹅，亮闪闪的，就像撒在地上的珍珠。顿河边滩地上又是咯咯声，又是啁啁声，鸟叫声响成一片。在淹了水的草地上，在没有淹水的土垅和土包上，都有鹅在互相召唤，扑打着翅膀要飞；动了春情的公鸭子在河柳丛里一个劲儿地呷呷叫唤。柳树芽儿绿了，杨树上那黏黏的、芳香的芽苞儿鼓了起来。草原刚刚开始发绿，充满了解冻的黑土地的陈腐气息和永远新鲜的嫩草气息，这时候的草原分外迷人。

这一次打暴动仗，好就好在每个人都离自己的家不远。哥萨克如果讨厌了站岗放哨，如果不愿意翻山越岭去进行侦察，就向连长请假回家去，叫自己的老父亲或者未成年的儿子骑上战马去代替自己执行任务。各个连的人数总是满员的，然而也总是流动不定的。但是有的人更会想点子：太阳快要落山的时候，就骑上马离开连队的驻地，放开马拼命跑，一口气跑上三十或者四十俄里，到晚霞消逝的时候，人已经到家了。回来和老婆或者相好的睡上一夜，第二遍鸡叫以后，就骑上马出门，北斗星还没有隐去，人已经回到连里了。

很多风流小伙子顶喜欢在家门口打仗。“死可是划不来！”有些常常回家看老婆的哥萨克就这样开玩笑说。

总司令部特别害怕春耕一开始会有不少人开小差。库金诺夫专门跑到各个部队里，用他平素不曾用过的强硬口气声明说：

“宁可让咱们的田野上什么也不长，宁可一粒种子也不往地里撒，也不能容许哥萨克随便离开部队！凡是自动离开的，一定要杀，要枪毙！”

四十四

格里高力又在克里摩夫村外参加了一次战斗。这一天中午时候，双方在村边几户人家旁边交了火。过了不大的一会儿，红军的散兵线就进了村。穿黑色水兵服的波罗的海舰队的一只军舰上的全体水兵，在左翼很沉着地推进。他们勇猛冲杀，把暴动军卡耳根团的两个连从村子里赶了出去，并且逼着这两个连顺着山沟朝瓦西廖夫村退去。

在红军开始占上风的时候，站在小山包上观察战斗的格里高力，用手套向带着他的马站在一辆弹药车旁的普罗霍尔·泽柯夫招了招，就一面跑着跳上马去；他绕过一片洼地，飞速地朝古森村奔去；他知道，第二团的一个后备骑兵连就藏在古森村边的树林里。他穿过一座座果园，跨过一道道篱笆，朝这个连所在的地方奔去。他一看见那些下了马的哥萨克和拴在桩上的战马，老远就拔出刀来，高声喊道：

“上马！”

二百名骑兵在一分钟之内都上了马。连长迎着格里高力跑来。

“出动吗?”

“早该出动啦!你还发呆呢!”格里高力翻了翻眼睛。

格里高力勒住马,跳下来,好像是怄气似的,狠狠地勒了勒马肚带,因为满身大汗、发了性子的马转来转去,不让他紧那穿过鞍垫的马肚带,又是呼呼喘气,又是打响鼻,又是龇牙咧嘴,还想用前腿踢格里高力的腰,所以耽搁了一会儿。格里高力把马鞍拴结实,又腾身上了马;他也不看倾听着越来越响的枪声、觉得很不好意思的连长,就说:

“这个连由我来带。到村口成排纵队,快跑!”

到了村外,格里高力命令连队拉开阵势;又试了试马刀是不是很容易从鞘里抽出来;他和连队拉开有三十丈的距离,放开马飞快地朝克里摩夫村奔去。来到一座南坡伸出了克里摩夫村的山冈顶上,他勒住马,仔细观察了一小会儿。往后退却的红军骑兵和步兵正在村子里乱跑,大大小小的一类辎重车也在狂跑。格里高力侧过身子,朝着连队喊道:

“拔出刀来！冲啊！弟兄们，跟我来！”他很麻利地拔出马刀，带头呐喊起来，“乌拉——拉！……”他觉得全身有一股凉气和一种熟悉的轻快感，放马猛跑起来。拉得像弦一样紧的缰绳在左手里哆嗦着，举在头上的快刀嗖嗖地劈着迎面的气流。

有一会儿，一片老大的，被春风吹得团团转的白云遮住了太阳，于是一片灰色的阴影似乎很缓慢地在山冈上游动起来，追赶着格里高力。格里高力的目光离开越来越近的克里摩夫村的一户户人家，看着这一大片在潮湿的褐色土地上游动的阴影，看着其中一小片一个劲儿地朝前跑的悦目的浅黄色阳光。不知为什么他忽然不由得想要撵撵那一小片在地上跑的阳光。格里高力把马一夹，让马使足了劲儿跑起来，他拼命赶马，渐渐接近了阴影和阳光之间的摇晃不定的界线。又狂跑了几秒钟，伸出去的马头就洒满了阳光，而且马身上的红毛一下子就泛出明亮耀眼的光泽。就在格里高力跨过云彩影子的模模糊糊的边界的时候，小胡同里的枪声紧了起来。风迅速地把枪声送过来，枪声越来越近，越来越响。

又过了一小会儿，格里高力在自己的马蹄嘚嘚声、子弹嗖嗖声和耳朵里呼呼的风声中，已经听不见跟在后面的连队的轰隆声了。两百匹战马那种沉甸甸、轰隆隆、震撼着潮湿的荒野的奔跑声，好像一下子从他的耳朵里掉了出来，好像越来越远，渐渐消逝了。这时候，迎面的枪声突然猛烈起来，就像是火堆里添了干柴；子弹成群成群地飞来。格里高力在慌乱和恐惧中回头看了看。他不禁又慌张又气愤，气得脸上的肉直哆嗦，脸色十分难看。原来那个连已经掉转马头，扔下格里高力，朝后跑了。连长在不远处骑在马上转来转去，像发了狂似的挥舞着马刀，哭着，声嘶力竭地吆喝着。只有两个哥萨克朝格里高力跑来，再就是普罗霍尔·泽柯夫勒转马头，朝连长跑去。其余的人都把马刀插进鞘里，鞭打着坐下马，纷纷朝后面跑去。

格里高力只是有一小会儿工夫让马放慢了速度，他想弄清后面究竟是怎么一回事儿，为什么连队还没有受到损失就突然逃窜起来。但就在这短短的一刹那间，思想还是在督促他：不能回头，不能逃跑，只能向前！他看见，在小胡同里，离他一百丈远处，一道篱笆后面，有七名红军正围着一辆装机枪的大车忙活着。他们想让大车转过身去，好让机枪枪口对准朝他们冲过去的哥萨克，但是胡同很窄，大车显然转不过身去，所以机枪没有响，步枪声也越来越稀疏，格里高力觉得尖利的子弹啸声也不那么刺耳朵了。他拨了拨马头，准备跳过一道原来隔着树林、现在已经倒塌的篱笆，朝那条小胡同里冲去。他的目光一离开篱笆，不知为什么就像拿起了望远镜似的，突然清清楚楚地看到已经在近处忙着卸马的水兵，看到他们那溅了一身泥巴的黑制服和紧紧扣在头上、使他们的脸圆得出奇的水兵帽。有两个人在砍马套，还有一个人缩着头在摆弄机枪，其余的几个都站着或跪着用步枪打格里高力。他一面朝跟前跑，一面看着他们扳枪栓，并且听到了尖利的、对着他打来的枪声。枪声一声接着一声，枪托子飞快地抬起又抵到肩上，浑身大汗的格里高力这一下子倒是高兴了，心定了："他们打不中的！"

篱笆在马蹄下咯吱响了一声，就落到了后面。格里高力抡起刀来，眯缝起眼睛，看准了最前面的一个水兵。忽然又闪过一个恐怖的念头："要是直对着打枪……马直立起来……一下子翻倒……我就完啦！……”已经是直对着他打了两枪，接着就是好像来自远处的喊声：“捉活的！”前面是一张刚毅的、高脑门的脸，龇出来的牙齿，随风飘舞的水兵帽飘带，帽箍上褪了色的乌暗的金字……格里高力踩紧马镫，抡起刀来，就觉得马刀轻轻地进了这个水兵的柔软的身体。另一个脖子很粗、很强壮的水兵，一枪打穿了格里高力左肩的软肉，可是普罗霍尔·泽柯夫一刀砍去，把脑袋斜斜地劈开，这个水兵马上倒了下去。格里高力听到一旁有枪栓的响声，急忙转过身去。大车后面有一个黑黑的枪口正对准了他的脸。他猛地朝左边一闪，因为用劲太猛，马鞍都活动了，呼哧呼哧直喘、像发了疯一样的马也摇晃了一下，他躲开了已经在头顶上打圈子的死神，并且就在马跳过车辕的当儿，他砍死了那个朝他开枪的水兵，那个水兵的手还没有来得及把第二颗子弹装进枪膛呢。

在短短的瞬间里（后来这一瞬间在格里高力的意识中变成了长得不得了的一段时间）他砍死了四名水兵，而且他不听普罗霍尔·泽柯夫的劝阻，又去追杀躲在胡同拐角上的第五名水兵。幸好及时赶到的那个连长跑到他的前面，抓住了他的马嚼子。

“你哪儿去?！他们会打死你的！……那边棚子后面他们还有一挺机枪呢！”

普罗霍尔和另外两个哥萨克跳下马，跑到格里高力跟前，使劲把他从马上拉了下来。他拼命往外挣着，吆喝着：

“放开我，混蛋！……我要去杀水兵！……全杀——杀了！……一个不留……”

“格里高力·潘捷莱耶维奇！麦列霍夫同志！您清醒清醒吧！”普罗霍尔劝道。

“弟兄们，放开我吧！”格里高力已经是用另外一种颓丧的语气请求了。

于是把他放开。那个连长悄悄对普罗霍尔说：

“把他扶上马，送他到古森村去吧，看样子他是病啦。”

连长刚刚走到马前，对连队发出口令：

“上马——马！……”

可是格里高力把皮帽子往雪地上一摔，摇摇晃晃地站了一会儿，忽然咯吱咯吱地咬着牙，很痛苦地哼哼起来，脸色十分难看，撕起自己的军大衣扣子。连长还没来得及朝他走出一步，他就直挺挺地脸朝下栽倒在地上，袒露出来的胸膛贴到雪上。他号啕大哭，哭得浑身直打哆嗦，并且像狗那样大口大口地吞起篱笆脚下的残雪。后来，有一阵子他的神志清醒得出奇，就想站起来，但是站不起来，他扭过眼泪汪汪的、疼得变了形的脸，朝着围在他身旁的哥萨克们，声嘶力竭地叫喊道：

“我杀死的都是一些什么人呀！……”他生平第一次在极大的痛苦中挣扎起来，喊叫着，随着在嘴唇上团团转的唾沫一起，吐出了这些话，“弟兄们，不要饶恕我！……行行好，千万行行好，把我杀了吧……判我……死罪吧！……”

那个连长跑到他跟前，和一个排长一起把他按住，扯下他的马刀和军用包，捂住他的嘴，压住他的两腿。但是有老半天他还在他们身子底下拱着身子，用两条抽搐的、僵直的腿刨着颗粒状的残雪，一面哼哼着，用头直撞那被马蹄踩得稀烂的、肥沃的、黑油油的土地，他就是在这块土地上出生，又在这块土地上生活，充分领略了生活（痛苦多而欢乐少的生活）为他准备好的一切。

只有生长在大地上的青草，对于阳光和阴雨是不动情的，毫无动情地吮吸着大地的肥厚奶汁，见到风暴袭来，就乖乖地弯下腰去。以后，等到随风把种子撒去，就又毫不动情地死去，还要沙沙地摇动着已经枯黄的叶子，欢迎那放射着死光的秋日的太阳……

四十五

第二天，格里高力把全师的指挥任务交代给手下的一位团长，就带着普罗霍尔·泽柯夫上维奥申去了。

卡耳根镇外有一片很深的洼地，洼地里有一个蒲草塘，塘里密密麻麻地游着许多落下来休息的大雁。普罗霍尔用鞭子朝水塘指了指，笑着说：

“瞧，格里高力·潘捷莱维奇，真该打一只野雁。咱们可以就着雁肉喝喝老酒！”

“等咱们走近些，我来用步枪试试看。以前我的枪打得还不错呢。”

他们来到洼地里。普罗霍尔牵着马站在一处凸出的土崖后面，格里高力脱掉军大衣，把步枪的保险机上好，顺着一道到处是乱蓬蓬的灰色枯黄的浅沟朝前爬去。他爬了老半天，几乎连头都不抬；就像去侦察敌人的暗哨那样爬，就像当年在对德战争中，到司托霍得河边去摸德国人的岗哨那样。褪色的草绿色军便服和褐绿色的原野色调差不多；又有浅沟作掩护，所以弯着一条腿站在水边一个春汛冲成的棕色小土包上守望的大雁的眼睛虽尖，却看不见格里高力。格里高力爬到了近距离的射程以内，微微抬起身子。那只守望的大雁扭动着颜色像灰色石头、样子像蛇头的头，很机警地四面张望着。在这只大雁后面的水面上，落了许多大雁，很像是铺上了一方灰黑色的桌布。大雁时而呱呱乱叫，时而把头扎进水里。平静的呱呱声、呷呷声、溅水声一阵阵从水塘里传来。“可以打不动的啦。”格里高力心里想着，怀着怦怦直跳的心把枪托子抵到肩上，瞄准了守望的那只大雁。

放了一枪以后，格里高力跳了起来，雁群的嘎嘎叫声和翅膀扇动声把他的耳朵都震聋了。他打的那只大雁急急忙忙地向上飞去，其余的雁也都飞到水塘上空，像一片浓云一样盘旋着。很泄气的格里高力又对着盘旋的雁群打了两枪，看了看，有没有大雁掉下来，看了两眼，就朝普罗霍尔走去。

“看呀！看呀！……”普罗霍尔跳上马，直立在马上，用鞭子指着在蓝空里越飞越远的雁群，叫了起来。

格里高力扭过头去，因为高兴，因为那种猎人的激动，身子都哆嗦起来：一只大雁离开已经排成行列的雁群，缓慢而不连续地扇动着翅膀，很快地落低了。格里高力踮起脚尖，一只手搭在眼上，注视着那只大雁。那只雁离开大声惊叫的雁群，朝一边飞去，慢慢下降，越飞越没有劲儿，忽然像块石头似的从高空里掉了下来，只有那白色的翅膀边儿在阳光中明晃晃地闪烁了一阵子。

“上马！”

普罗霍尔咧开大嘴笑着，带着格里高力的马跑过来，把缰绳扔给他。他们跑到高地上，又跑了有八十丈远。

“这就是！”

一只大雁伸长脖子，躺在地上，两个翅膀宽宽地伸展开来，好像是要最后拥抱一下这并不亲热的大地。格里高力没有下马，弯下身子，把大雁拾起来。

“打到什么地方啦?”普罗霍尔问道。

原来子弹从雁嘴的下部打了进去，把眼睛旁边的一块骨头打翻出来。所以这只雁飞着飞着就死去，像个三角一样从整齐的雁群中掉出来，掉到了地上。

普罗霍尔把大雁拴到马鞍上，他们就又朝前走。

他们坐小船渡过了顿河，把马留在巴兹基村里。

来到维奥申镇上，格里高力在一个熟识的老头子家里住了下来，吩咐马上把大雁烧了来吃，自己也不上司令部去，只叫普罗霍尔去打酒。他们一直喝到晚上。主人在谈话中发起牢骚来：

“格里高力·潘捷莱维奇[①]，我们维奥申的一些官儿太霸道啦。”

“哪一些官儿?”

“那些自封的官儿呀……就是库金诺夫和另外一些人。”

①本应是“潘捷莱耶维奇”，这里少一个“耶”，因为讲话人语速快时，常常会“吃”掉个把音。

“怎么啦？”

“总是欺压外来户。谁要是跟红军走了，就把谁家的妇女、小孩子和老头子都关进监牢。我的亲家母，就因为儿子的事，被关起来啦。这真是毫无道理！比如，就拿您来说，您要是跟着士官生跑到顿涅茨那边去了，红军就把令尊潘捷莱·普罗柯菲耶维奇关进牢里去，恐怕不对吧？”

“当然不对啦！”

“可是这儿的当权的却在关人。红军来的时候，从不欺压人，可是这些家伙就像狗发了疯，穷凶极恶，谁都管不了他们！”

格里高力站起身来，微微摇晃了一下，就探身去拿搭在床上的军大衣。他只是多多少少有一点儿酒意。

“普罗霍尔！拿刀来！把匣子枪给我！”

“格里高力·潘捷莱维奇，您上哪儿去？”

“不用你管！照我说的办！”

格里高力挂上马刀和匣子枪，扣好军大衣，系上腰带，就径直朝广场，朝监狱走去。站在门口的一个非战斗部队的哥萨克哨兵，上前把他拦住。

“有通行证吗?”

“闪开！你给我到一边去!”

“没有通行证，我谁也不放进去。不准进去。”

格里高力的马刀还没有抽出来一半，那个哨兵就躲到门里面去了。格里高力握着刀把子，跟着他来到走廊里。

“把典狱长给我叫来!”格里高力喝道。

他的脸煞白煞白的，鹰钩鼻子狠狠地弯起来，眉毛拧得紧紧的……

一个担任看守的瘸腿哥萨克跑了来，还有一个当书记的小伙子从办公室里探头朝外看了看。睡眼惺忪的典狱长很快也气冲冲地来了。

“不经允许就进来，你知道厉害吗?!”他大叫起来，但是一认出是格里高力，仔细看了看他的脸，他吓得结结巴巴地说，“是您呀，大……麦列霍夫同志。什么事儿呀?”

“把牢房的钥匙拿来。”

“牢房的钥匙吗?”

“怎么，还要我对你重复上四十次吗? 嗯！把钥匙拿来，狗崽子!”

格里高力朝前跨了两步，典狱长朝后退了两步，但是相当强硬地说：

“我不给钥匙。这事儿您管不着！”

“管——不——着？……”

格里高力咯吱咯吱地咬着牙，抽出刀来。马刀在他手里嗖嗖响着在低矮的走廊天花板下面画了一个明亮耀眼的圆圈。书记和几个看守都像吓惊了的麻雀似的四处乱窜，典狱长靠在墙上，脸色比墙还白，咬着牙说：

“你去瞎搞吧！这是钥匙……我要去控告你。”

“我就搞给你看看！你们在这后方舒服够啦！……在这儿逞英雄好汉，把妇女和老头子都关起来！……我把你们全撤掉！你给我上前方去，坏蛋，要不然我马上就把你劈了！”

格里高力把马刀插进鞘，用拳头照着吓坏了的典狱长的脖子上捶了一下，用膝盖加拳头推着他朝门口走去，一面吆喝着：

“上前方去！……给我走！……给我走！……我日你妈……后方的虱子！……”

他把典狱长推出大门以后，就听见监狱里面的院子里响起一阵闹声，就回头朝院子里跑去。厨房门口站着三个看守，一个看守拉着三八式步枪的生了锈的枪栓，急匆匆地喊叫着：

“……劫牢啦！……应该反击！……原来的条令不是有规定吗?”

格里高力抽出匣子枪，于是几个看守争先恐后地跑进了厨房。

“出——来——吧！……都回家去吧！……”格里高力晃动着一大串钥匙，打开一个个挤得满满的牢房，大声喊着。

他把关着的人（有一百人上下）全都放了出来。有些人害怕，不敢出去，他就硬把他们推到街上，又把空牢房一一锁上。

监狱大门口，人越来越多。关押的人出了门，一齐拥到广场上；他们四面张望着，弯着腰，各自回家了。司令部警卫排的哥萨克们都手按马刀，朝监狱跑来；库金诺夫也跌跌撞撞地亲自跑来了。

格里高力最后一个离开放空了的监狱。他穿过拥挤的人群，对那些看热闹的、嘁嘁喳喳的娘儿们骂了几句粗话，就微微弯下腰，慢慢朝库金诺夫走去。他对那些跑到跟前，已经认出了他并且对他行过礼的警卫排哥萨克们喊道：

“回屋里去吧！你们干吗要像公马那样，一个个跑得直喘粗气？回去！”

“麦列霍夫同志，我们还以为是狱里的人反了呢！”

“小书记跑来说：‘闯进来一个黑大汉，把锁都给砸啦！’”

“原来是一场虚惊！”

哥萨克们都说着，笑着，转身回去了。库金诺夫急急忙忙朝格里高力走来，一面走，一面撩着从制帽里耷拉出来的长头发。

“麦列霍夫，你好。是怎么回事儿？”

“库金诺夫，你好！我把你的监狱砸啦。”

“你凭什么？这是怎么一回事儿？”

“我把人都放啦——就是这么一回事儿……嗯，你瞪什么眼睛？你们凭什么把外来户的老娘儿们和老头子都关起来？这又是怎么一回事儿？你给我小心点儿，库金诺夫！”

“你别放肆。这简直是横行霸道！”

“我还要放肆放肆，日日你那死娘呢！我这就从卡耳根调一个团来，把你们他妈的好好收拾收拾！”

格里高力一把抓住库金诺夫那高加索式生皮皮带，摇晃着，拉过来，又搡过去，一面冷冷地、怒冲冲地低声说：

“要不要我马上把部队全部抽回来？要不要我马上把你宰了？哼，你妈的！……”格里高力咯吱咯吱地咬着牙，把微微笑着的库金诺夫放开，“你笑什么？”

库金诺夫理了理腰带，挽住格里高力的胳膊。

“咱们上我那儿去。你干吗要这样冲动？你去对着镜子自己看看：看你气成什么样子啦……老兄，我们正在这儿想你呢。至于监狱的事吗，这是小事情……放了就放了吧，有什么了不起的？……我对弟兄们说说，叫他们真正消消气。要不然我们会把那些男人当了红军的外来户娘儿们全抓进来……不过，你为什么要叫我们下不来台呢？唉，格里高力啊！你多莽撞呀！你要是来说一声：‘如此这般，监狱里别关那么多人，要把某某人、某某人放掉。’我们一定会看看名册，放掉一些人。可是你，一下子全都放啦！幸亏一些要犯都单独关押着，要不然你把他们也放了，那可怎么办？你太冒失啦！”库金诺夫拍了拍格里高力的肩膀，又哈哈笑着说，“你这人呀，要是在这种时候戗着你说，你会杀人的。或者，说不定你会带着哥萨克们暴动……”

格里高力从库金诺夫的手里抽出自己的胳膊，在司令部的门口站了下来。

“你们在我们的背后逞起英雄好汉来啦！把监狱里装得满满的……你要是有本事，到前方施展去！”

“格里沙，我当年本事也不比你差。就说现在，你可以到我的位置上来，我去带带你那个师……”

“那不行，谢谢吧！”

“这就对啦！”

“好啦，我不想跟你多谈啦。我现在要回家去休息个把礼拜。我有点儿病……肩膀还受了一点儿伤。”

“什么病？”

“相思病，”格里高力似笑非笑地笑着说，“心里有点儿乱……”

“真的，别开玩笑，你到底怎么啦？我们有一位很好的大夫，也许还是一位教授呢。是一个俘虏。我们的人是在叔米林镇外捉住他的，他跟水兵在一起。戴一副黑眼镜，挺有气派。是不是叫他给你看看？”

“去他妈的吧！”

“那好吧，你就去休息休息好啦。你把你那个师交代给谁啦？”

“交给里亚布契柯夫啦。”

“你等等嘛，干吗那么心急？你说说，那儿情况怎么样？听说你大杀了一阵，是吗？昨天夜里有人向我报告，说你在克里摩夫村杀了不少水兵。是真的吗？”

“再见吧！”

格里高力走了，但是走了几步，又侧过身子站下来，喊了库金诺夫一声，说：

“喂，我要是听到你们再抓人……”

“不会的，决不会！请放心！好好休息去吧！”

白昼跟随着太阳，渐渐移到西方。从顿河上，从宽宽的河面上，吹来一阵一阵的冷风。一群小水鸭子啾唧啾唧地从格里高力头上飞过去。当低沉的炮声从嘉桑乡方面顺着顿河水自上而下地传来的时候，他已经走进了歇脚的院子。

普罗霍尔很麻利地备好两匹马，他牵着马，问道：

“咱们回家吗？回鞑靼村吗？”

格里高力一声不响地接过缰绳，又一声不响地点了点头。

四十六

鞑靼村因为没有了哥萨克，显得空旷而枯寂。鞑靼村的步兵连一度归第五师的一个团节制，调到了顿河左岸。

有一段时间，红军部队得到从巴拉绍夫和波伏林诺开来的援军的补充，从东北方面展开猛烈的进攻，占领了叶兰乡的许多村庄，而且逼近了叶兰镇。在镇外展开的一场激战中，暴动军取得了胜利。暴动军所以取胜，是因为调来了强有力的援军，帮助了在红军莫斯科团和两个骑兵连压迫之下节节败退的叶兰乡团和布堪诺夫乡团。暴动军第一师的第四团（鞑靼村的哥萨克连就在这个团里）、一个拥有三门炮的炮兵连和两个后备骑兵连，顺着顿河右岸，从维奥申开到了叶兰镇。此外，还有大量援军顺着右岸开到了坐落在叶兰镇对岸三俄里和五俄里处的普列沙柯夫村和马特维耶夫村。在克里夫冈上配备了一个炮兵排。

有一个炮手，是克里夫村的哥萨克，向来就是炮无虚发，这一次第一炮就摧毁了红军的一个机枪点，接连又是几发榴霰弹，打在红柳林中的红军阵地上，打得红军到处躲藏。这一仗暴动军打胜了。暴动军猛攻败退的红军，把他们赶到了叶兰河那边，又派出十一连骑兵去追击，在离萨托格夫村不远的高地上追上了一个红军骑兵连，把他们全部砍死了。

从那时候起，鞑靼村的步兵就在左岸的沙土丘上跑来跑去。连里的哥萨克几乎都没有请假回家。只是到复活节的时候，就像是商量好了似的，一下子几乎有半个连回到了村里。哥萨克们在家里住了一天，解了解馋，换了换衬衣，从家里带上些猪油、干糖和其他吃的，又渡过顿河，就像去朝圣的教徒那样（不过手里拿的不是拐杖，而是步枪），成群结队地朝叶兰镇走去。妻子、母亲、姐妹们站在鞑靼冈上和河边的山上目送着他们。妇女们在哭号，用头巾和披肩的角儿擦着哭红的眼睛，往衬裙的襟上抹着鼻涕……顿河对岸，淹了春水的树林子外面的沙地上，走的是哥萨克们：贺里散福、安尼凯、潘捷莱·普罗柯菲耶维奇、司捷潘·阿司塔霍夫和另外一些人。麻布干糖袋在上着刺刀的步枪上不住地晃悠着，惆怅而悠远的草原歌声随风飘扬，哥萨克们无精打采地说着话儿……他们都闷闷不乐地走着，不过他们都吃得饱饱的，身上也干干净净的了。过节之前妻子和母亲给他们烧了热水，洗掉了身上的污垢，篦净了吃够了当兵人的血的虱子。为什么不在家里舒舒服服地过日子呢？这不是，需要去送死……于是他们去了。有些刚刚应召参加暴动军的十六七岁的半大小伙子，脱掉了皮靴或毡靴，在暖和和的沙地上走着。不知为什么他们都十分高兴，他们有说有笑，还用正在变腔的、不成熟的嗓门儿唱着歌儿。他们觉得打仗是一件新鲜事，就像小孩子玩游戏一样。他们初上战场，很喜欢听子弹的啸声，还常常从掩体前潮湿的土堆后面探出头来看看。

“嫩芦苇!”老兵们都这样轻蔑地称呼他们，手把手地教他们，怎样挖战壕，怎样打枪，在行军时怎样背枪和其他军用品，怎样选择好地势，甚至连用火烤虱子的方法、连怎样用脚布包脚才可以使脚不感到疲劳而且在靴子里活动自如的那一套经验，都传授给这些毛头小伙子。一棵“嫩芦苇”，总是用小鸟一样惊奇的眼光看着战场上周围的一切，总是受着好奇心驱使，不时地抬起头来，从掩体里朝外望望，想看看红军是什么样子，直到红军的子弹把他打死。如果一个十六岁的“战士”死了，伸直了身子，怎么都不会看出他有十六岁。那简直是一个大些的小娃子，两只孩子般的大手，两只招风耳朵，细细的、未发育全的脖子上刚刚露出一点喉结头儿。把他送回家乡，送到他的祖宗长眠的坟地里，他的妈妈两手一挓挲，上前迎住他，扯着头上一绺一绺的白发，对死者哭上很久。以后，等到把他葬了，等坟上的黄土干了，衰老了的妈妈，被无休无尽的慈母的悲伤折腾得弯腰弓背的妈妈，就要常常上教堂里，去追荐自己的去世的小万卡或者小谢苗。

有时候，子弹打到某一个小万卡或者小谢苗而没有打死，这时候他才能认识一下战争的无情和冷酷。他那长满黑黑茸毛的嘴唇哆嗦着，撇着。这个“战士”就要用兔子般的孩子声音喊叫：“我的亲娘呀！”并且一颗颗的泪珠儿就会哗哗地从他眼里往下掉。救护车还要拉着他在坑坑洼洼的大路上摇摇晃晃地走，震得伤口一阵阵地疼。再就是有经验的连队医官给他洗子弹或炮弹的伤口，而且笑着，像哄小孩子一样安慰他：“叫小猫疼，叫喜鹊疼，叫小万卡的伤快合缝。”可是“战士”小万卡还是要哭，要回家，要叫娘。不过等伤口长好，他再回到部队里，就学会实实在在地去认识战争了。在部队里，在战斗和肉搏中再过上一两个星期，心就硬了，以后，你瞧吧，还会站在俘虏的红军面前，叉开两腿，朝一旁啐着唾沫，学着某一个挺凶狠的司务长，咬牙切齿，用还没有真正变粗的粗喉咙问：

“哼，庄稼佬，我日你妈，你怎么落到我手里啦？哈哈哈！你想要土地吗？要平等吗？你大概是个共产党吧？坦白坦白吧，坏蛋！”并且，为了显示他的勇敢，为了显示“哥萨克的威风”，他举起枪来，打死那个为苏维埃政权、为共产主义、为使世界上永远不再有战争而生活和战死在顿河土地上的人。

于是在莫斯科省或者在维亚特省，在苏维埃大俄罗斯的某一个偏僻村庄里，一位红军的妈妈接到通知，通知说她的儿子“在为解放劳动人民、反对资本家压迫而同白卫军进行的斗争中牺牲……”——那位妈妈就痛哭起来……一颗妈妈的心从此沉浸在悲痛里，模糊的眼睛从此泪流不止，她将每天每夜，一直到死，永远想念当年在她肚子里，后来在血泊和她的阵阵痛楚中生下来，到头来又在遥远的顿河土地上死在敌人手里的儿子……

从前方私自跑回家的鞑靼村那半个连往回走着。走在起伏不平的沙地上，走在红光闪闪的红柳丛里。年轻的高高兴兴，无忧无虑；那些被人戏称为“山大王兵”的老头子们就长吁短叹，暗暗流着眼泪；耕地、耙地、种地的时候快要到啦，土地要人去侍弄，人日日夜夜思念着土地，可是现在要打仗，待在别人的村庄里受罪，干不成活儿，担惊害怕，受苦，想家。就因为这样，老头子们都眼泪汪汪，就因为这样，老头子们都愁眉不展。每个人都想起自己扔下的家业、牲口和农具。一切事情都要男子汉去做，没有当家人去管，什么事都干不成。女人能干得了什么呢？等田地一干，还没有种下去，明年就要挨饿。有一句俗语说得好："一个不中用的老头子，干活儿也胜过年轻的娘儿们。"

老头子们都一声不响地在沙地上走着。直到一个年轻人朝兔子打了一枪，老头子们才打起了精神。因为浪费子弹（暴动军司令部曾经下令严禁浪费子弹），老头子们决定惩罚一下那个小伙子。他们把小伙子打了一顿，把怨气全发泄到他的身上。

"抽他四十下！"潘捷莱·普罗柯菲耶维奇提议说。

"太多啦！"

"那他就走不到地方啦！"

"十六下子吧！"贺里散福叫道。

大家都同意打十六下，这也是双数。于是把那个小伙子按倒在沙地上，扯下裤子。贺里散福哼着歌儿，用小刀割下几根长满毛茸茸的黄芽儿的柳条，由安尼凯来打。其余的人都坐在旁边抽烟。后来大家又往前走。那个挨打的人抹着眼泪，提着裤子，一歪一歪地走在大家的后面。

刚刚走过那一片黄沙，走上灰灰的沙土地，大家就心平气和地说起话儿。

“瞧，多么好的土地，等着人来耕种呢，可是人没有工夫，天天在山冈上跑来跑去，打仗。”一个老头子指着一块干透了的地，叹着气说。

走过一片耕地的时候，每个人都弯下身去，抓起一块干干的、带着春天太阳气味的土坷垃，放在掌心里捻着，胸中觉得连气都透不过来。

“该下地干活儿啦！”

“现在下地正是时候。”

“再过三天，连下种都不行啦。”

“咱们那一边，还早了一点儿。”

“是的，是还早！瞧，顿河边的崖头上还有雪呢。”

后来停下来休息，吃午饭。潘捷莱·普罗柯菲耶维奇请那个挨打的小伙子吃压成了豆腐状的奶渣。（他把奶渣装在麻布袋里，挂在枪筒子上，一路上从麻布袋里渗出来的水直往下滴。安尼凯笑着对他说：“普罗柯菲耶维奇，顺着这条湿印子就能找到你啦，你就像公牛走过去，后面留一条尿印子。”）他一面请小伙子吃，一面老气横秋地说：

“傻小子，你别埋怨我们这些老头子。挨顿打，算得了什么！不吃点苦头，就不能长见识。”

“潘捷莱老爹，要是把你这样打一顿，恐怕你就不唱这个调调儿啦！”

“小伙子，我挨打挨得比这还厉害呢。”

“还要厉害呀？”

“是的，还要厉害。明摆着的事嘛，古时候可不是这种打法。”

“原来过去也打人。”

“当然打啦。小伙子，有一回我爹拿车杠敲我的脊梁，我也撑住啦。”

“用车杠打呀！”

“我说用车杠，就是用车杠。哎，你这呆小子！你吃奶渣好啦，干吗要看着我的嘴？你的勺子都没有把子啦，恐怕是弄断了吧？混账！今天打你这个狗崽子还是打少啦！”

吃过午饭以后，大家决定在令人舒畅的、像葡萄酒一样醉人的春天空气里多少睡一会儿。于是躺下去，脊背朝着太阳，打了一个盹儿，然后又在褐色的原野上放开脚步，不走大路，踩着去年的庄稼茬子，径直地往前走。他们有的穿皮夹克，有的穿军大衣，有的穿棉袄，有的穿小皮袄；脚上穿的有皮靴，有毡靴，有的把裤腿掖进白袜筒里，还有人光着脚丫儿。干粮袋在刺刀上不停地晃悠着。

离队后又回队的这些人的样子太不威武了，所以有几只云雀在蓝空里叫了一阵之后，毫无顾忌地落到了这路过的半连人旁边的草地上。

* * *

格里高力·麦列霍夫在村子里没有遇到一个哥萨克。早晨他扶着长高了一些的米沙特卡上了马，叫他到顿河边去饮马，自己就和娜塔莉亚一起去探望格里沙加爷爷和岳母。

卢吉尼奇娜眼泪汪汪地迎住女婿：

“格里什卡，好孩子呀！我们的米伦·格里高力耶维奇一死——愿他在天堂幸福——我们家就完啦……唉，谁又来给我们干地里的活儿呀？满囤的粮食，没有人来种啦。我那苦命的当家人呀！我们都成了孤儿寡妇，谁也不管我们，我们成了没人理、没人问的人啦！……你可瞧瞧，我们的家业败成什么样子啦！两只手简直顾不过来啦……”

家业的确是很快地败落了：老牛撞倒了院子篱笆，有些地方连篱笆桩子都倒了；棚子的土墙被春水一淹，也倒塌了；场院的篱笆没有了，院子也没有人打扫；敞棚底下的转臂收割机已经生了锈，还有一架收割机已经坏了……到处都可以看出荒废和败落的迹象。

“没有当家的，很快就垮下来啦。”格里高力在柯尔叔诺夫家的宅院里巡视了一遍，淡淡地想道。

他回到屋子里。

娜塔莉亚小声和妈妈说着话儿，看见格里高力进来，就不作声了，带着讨好的神气笑了笑。

“格里沙，妈妈想要你……你好像要下地啦……是不是也给她种几亩呢？”

“妈，你们家还种地干什么？”格里高力问道，“你们家囤里的小麦还满满的哩。”

卢吉尼奇娜把两手挓挲开使劲一拍。

“格里什卡呀！那土地又怎么办呀？我们家去世

的老头子已经耕好三块地啦。”

“土地有什么事？还会放坏吗？等明年，要是我还活着，再种也不晚。”

“那怎么行呢？土地就白闲着啦。”

“等仗打过了，到那时候再种吧。”格里高力还想说服岳母。

但是她固执己见，甚至好像生格里高力的气了，到末了那两片哆嗦着的嘴唇都噘了起来。

“如果你没有工夫，或是不愿意帮我家的忙，那就算啦……”

“好啦，好啦！明天我就去种自家的，也给你家种上两亩。种这一点就够你们吃的啦……格里沙加爷爷好吗？”

“那就多谢啦，恩人！”卢吉尼奇娜高兴得脸上放出光来，“我这就去告诉格莉普卡，叫她送种子去……爷爷吗？老天爷还一直没来叫他。还活着呢，就是头脑不大听使唤啦。整天整夜地坐着，念《圣经》。有时候说起话来叫人听都听不懂，说的都是教会的话……你去看看他吧。他在上房里呢。”

泪珠儿顺着娜塔莉亚那丰满的腮帮子滚下来。

娜塔莉亚含着眼泪笑着说：

“我刚才上他那儿去，他说：‘鬼丫头！你怎么不来看看我？好孩子呀，我快死啦……等我死了，我到上帝那儿去替你，替我的好孙女多说说好话。我想入土啦，娜塔柳什卡……我该入土啦。到时候啦！’”

格里高力来到上房里。浓浓的神香气味、霉气、腐烂气息、老年人身上肮脏的气味往他的鼻子里直钻。格里沙加爷爷还是穿着那件带红领章的灰军装，坐在木床上。他的肥大的裤子细针密缝地补过了，毛袜子也织补了。照顾爷爷的事已经由未成年的格莉普卡担负起来，而且她也像娜塔莉亚做姑娘时那样，对爷爷十分体贴，十分关心。

格里沙加爷爷把《圣经》放在膝盖上。他从镶着发了绿的铜框子的眼镜底下朝格里高力看了看，就笑着张开了嘴，露出一嘴白牙。

“老总来啦？好好儿的吗？上帝保佑你，没有叫万恶的子弹打着吗？好啊，托老天爷的福呀。坐下吧。”

“爷爷，你还结实吗？”

“你说什么?”

“我是问，你结实吗?”

“你这话真怪！是的，真怪！我这么大年纪，怎么会结实呢？我快到一百岁啦。是的，快一百岁啦……不知不觉就老啦。好像昨天我还是满头黄发，又年轻，又结实。可是今天我一醒，就老啦，老朽啦……人生就像夏天的闪电，一晃就过去啦……我身上一点劲儿没有啦。棺材已经在仓房里放了好多年，可是看样子，上帝把我忘了啦。有时候，我这个有罪的人向上天祷告：‘主呀，你那慈悲的眼睛看看你的奴仆格里沙加吧！我想入土啦，也该入土啦！’……”

“爷爷，你还早着呢。瞧，你满嘴的牙。”

“你说什么?”

“你的牙还没掉呢！”

“牙吗？你真糊涂！”格里沙加爷爷生气了，“灵魂要是想离开肉体的话，用牙齿是咬不住的……你这浪荡鬼，还在打仗吗?”

“还在打仗。”

“我们家的米佳也跟着去啦，恐怕，要吃够

苦头。”

“是要吃苦头。”

“我说的就是这话嘛。那你们为什么要打仗呢？你们自己都不明不白嘛！一切都要顺着天意。我们家的米伦为什么死的？就因为他逆天行事，鼓动老百姓反对政府。任何一个政府都奉有天命。即使这个政府是反基督的，总归是上天派的。我那时候就对他说：‘米伦！你别叫哥萨克们造反，别鼓动他们反对政府，别叫他们造孽！’可是他对我说：‘不行，爹，我受不了！要起事，把这个政府消灭掉，这个政府要叫咱们去要饭。以前咱们过得像个人样子，今后就要成叫花子啦。’就这样，他没有忍住。举起来的兵剑，总是要叫别人的剑碰坏的。这是实在话。噢，格里什卡，听人说，你好像做了将军，带领一个师哩。是真的还是假的？”

“是真的。”

“带领一个师吗？”

“嗯，是一个师。”

“你的肩章呢？”

“我们不要肩章。”

“哎，你们这些呆子！不要肩章啦！那你还算什么将军？真糟糕！以前的将军，叫人看着都过瘾：身子肥肥的，肚子大大的，八面威风！可是现在你呀……就这个样子，呸，什么都没有！只有一件油乎乎的军大衣，浑身是泥，既没有带穗头的肩章，胸前也没有挂勋章的白带子。恐怕只有满衣裳缝的虱子啦。”

格里高力哈哈大笑起来。但是格里沙加爷爷很激动地继续说下去：

“你别笑，坏东西！你领着人去送死，叫他们反对政府。你要造大孽，用不着在这儿龇牙！什么？……噢，就是这么回事儿嘛。反正你们要完的，还要把我们都搭上。上帝是留路给你们走的。这《圣经》上说的不就是咱们这混乱的朝代吗？喂，你听着，现在我把先知耶利米说的话念给你听听……”

老人家用黄黄的手指头翻起《圣经》那黄黄的纸页，他慢慢地、一个字一个字地念起来：

“‘你们要在万国中传扬报告，树立大旗，要报告，不可隐瞒，说：巴比伦被攻取，彼勒蒙羞，米罗达惊惶，巴比伦的神像都蒙羞，他的偶像都惊惶。因有一国从北方上来攻击他，使他的地荒凉，无人居住，连人带牲畜，都逃走了……’[1]格里什卡，明白了吗？现在他们就是从北方来，向你们这些巴比伦人进攻。你再听下去：‘耶和华说，当那日子，那时候，以色列人要和犹太人同来，随走随哭，寻求耶和华他们的上帝……我的百姓作了迷失的羊，牧人使他们走岔路，使他们转到山上，他们从大山转到小山……’[2]”

“这是说的什么？什么意思？”不懂教会斯拉夫语的格里高力问道。

“坏东西，这就是说，你们这些作乱的人在山上到处乱跑。再就是说，你们不配做哥萨克的牧人，你们比迷路的羊还不如，你们不明白自己干的是什么……你再听下去：‘竟忘了安歇之处。凡遇见他们的，就把他们吞灭……’[3]这说的才对呢！现在虱子不是要把你们都吞灭吗？”

“真是拿虱子没办法。”格里高力承认说。

---

①引自《圣经·旧约全书·耶利米书》第五十章第二、三节。

②同上第四、六节。

③同上第六、七节。

“这就越说越对啦。再听底下的：‘敌人说，我们没有罪，因他们得罪那作公义居所的耶和华，就是他们列祖所仰望的耶和华。我民哪，你们要从巴比伦中逃走，从迦勒底人之地出去，要像羊群前面走的公山羊。因我必激动联合的大国，从北方上来攻击巴比伦。他们要摆阵攻击他，他必从那里被攻取。他们的箭，好像善射之勇士的箭，一支也不徒然返回。迦勒底必成为掠物，凡掳掠他的都必心满意足，这是耶和华说的。抢夺我产业的啊，你们因欢喜快乐……[①]”

“格里沙加爷爷！你最好用俄语说给我听听，不然我可不明白。”格里高力拦住他说。

“马上就完啦，你听着：‘……且像踹谷撒欢的母牛犊，又像发嘶声的壮马。你们的母巴比伦就极其抱愧，生你们的必然蒙羞：他要列在诸国之末，成为旷野、旱地、沙漠。因耶和华的愤怒，必无人居住，要全然荒凉，凡经过巴比伦的，要受惊骇，又因他所遭的灾殃嗤笑。’[②]”

①同上第七、八、九、十、十一节

②引自《圣经·旧约全书·耶利米书》第五十章第十一、十二、十三节。

“这究竟说的是什么？”格里高力感到有些不快，又问道。

格里沙加爷爷也不回答，合上《圣经》，躺到木床上。

“很多人就是这样，”格里高力一面从上房里往外走，一面想道，“年轻时候拼命瞎胡闹，又喝酒，又干种种别的坏事，可是，不论年轻时候多么凶恶，到老来都要拿上帝作护身符。就拿格里沙加爷爷来说，也是这样。他的牙齿就像狼牙一样。听说，他年轻时候，当兵回来，村子里的娘儿们都叫他糟蹋完啦，不管是这样的，那样的，全成了他的。可是这会儿……哼，我要是能活到老年，我才不念这种讨厌的玩意儿呢！我就不喜欢《圣经》。”

格里高力从岳母家回来的路上，一直想着格里沙加爷爷说的话，想着《圣经》上那些神秘费解的词句。娜塔莉亚也是一声不响地走着。格里高力这一次回来，她的态度格外冷峻，看样子，他在卡耳根乡各个村子里乱搞女人的事也传到了她的耳朵里。他回来的那一天晚上，她让他睡在上房里的床上，自己却盖上一件皮袄，睡在大柜子上。但是她一句责备的话也没有说，什么也没有问。格里高力也一夜没有说话，认为最好暂时不去问她，为什么他们之间会这样出奇的冷淡……

他们一声不响地在寂静无人的大街上走着，不管什么时候他们之间还没有这样生分过。从南方吹来温暖、和煦的风，西方堆起浓浓的、春日的白云。那蓝白色的云彩边儿缭绕着，变幻着，渐渐向顿河边发了绿的山脚的上空飘来，聚拢到一起。第一声雷响了，村子里到处散发着渐渐绽开的树芽气息、解冻的黑土的清淡气息，使人觉得神清气爽。蓝蓝的河面上游动着一道道白脊的波浪，下游的风送来一阵阵使人振奋的湿气，送来烂树叶子和湿树的酸涩气息。山坡上有一块尖尖的、像块黑绒布补丁似的秋耕地，冒着腾腾的热气，渐渐变成一股流动的蜃气，飘向河边山冈的上空，云雀在大路上空如醉如痴地唱着，在大路上跑来跑去的黄花鼠吱吱叫着。而在这洋溢着伟大的创造力和丰富的生命力的整个世界之上，则是高高的、骄傲的太阳。

村子中心的土沟上有一座桥，山上下来的春水正带着快活的、像小孩子那样的咿呀声朝顿河里流去，娜塔莉亚在桥头停了下来。她弯下身去，好像是要结靴带子，实际上却是为了不让格里高力看到她的脸，她问道：

“你怎么不说话呀？”

“和你说什么呢？”

“有说的……你就说说，在卡耳根怎样喝酒，怎样和一些女的……瞎搞……”

“你已经知道了吗？……”格里高力掏出烟荷包，卷起烟卷来。和土烟掺在一起的木樨草发出甜甜的气味。格里高力抽了一口，又问道：“这么说，你知道啦？听谁说的？”

“我既然说，就是我知道。全村人都知道，总有人告诉我。”

“你既然知道啦，那还有什么可说的？”

格里高力放大了步子朝前走去。在无声无息的春天的寂静中，木桥上清晰地响起他的稀疏的脚步声和急急忙忙跟在他后面的娜塔莉亚的细碎的脚步声。娜塔莉亚擦着往外直涌的眼泪，一声不响地朝桥下走去，后来硬把哭憋回去，抽抽搭搭地问道：

“你又犯老毛病啦？”

“住嘴吧，娜塔莉亚！”

“该死的牙狗，馋狗！为什么你又来折腾我呀？”

“你少听别人胡诌就好啦！”

“你自个儿都承认了嘛！”

“看样子，别人对你胡诌的，比实在的事情多得多。是的，是有一点点儿对不起你……娜塔什卡，全怪这年头儿呀……天天在鬼门关上走来走去，有时就难免走错一步……”

“你的两个孩子都那么大啦！你摸摸良心，不觉得害臊吗？”

“哈！良心！”格里高力龇出一嘴白牙，笑了起来，“我都忘了良心是什么玩意儿啦。人世上的一切都弄成一团糟的时候，还有什么良心可说……我杀人……可是不知道这都是为什么……我怎样来给你说呢？你是不会懂的！你只会发发醋劲儿，根本想不到我有多么痛心，多么难受。就因为这样，我才喝上了酒。前几天有一阵子我很冲动。一时间我的心完全停止了跳动，浑身冰凉……”格里高力脸色阴沉下来，很费劲地把话往外挤，“我太难受啦，因此才想办法消愁，酒也好，女人也好……你等一等！

让我说完：我时时刻刻觉得心里难过，心里作痛……生活的路走得不对头，也许这全怪我……现在最好能和红军讲和，并且去打士官生。可是怎么办呢？谁能把我们和红军政府撮合到一起呢？怎样来消除我们的旧怨呢？哥萨克有一半跑到顿涅茨那边，留在这儿的，都发了狂，眼看着自身难保啦……娜塔什卡，我的脑子里全乱啦……刚才格里沙加爷爷念了几段《圣经》，还说我们干得不对头，不应该暴动。还把你爹骂了一顿。”

“爷爷已经糊涂啦！现在又轮到你啦。”

“你就会这样说说别人。不会动脑筋想想别的事……”

“哎哟，你别给我念咒吧！你下流事干足啦，害我害够啦，现在把什么罪过都推到打仗上啦。你们都是这一路货色！因为你这害人的鬼，我受的罪还少吗？我真后悔，那一回我没有一下子死掉……”

“我再没有什么跟你说的啦。你要是心里难受，就哭一阵吧，女人有了痛苦，哭哭总是能轻快些的。我现在无法安慰你啦。我沾的别人的血太多，不管痛惜谁的心都没有啦。就连孩子们，我差不多也不心疼啦；我对我自己，连想都不想啦。战争把我的一切都吸干啦。我自己都害怕自己啦……如果朝我的心里看看，里面黑洞洞的，就像一口枯井……”

他们已经快到家了，从涌上来的一片灰云里落下斜斜的、老大的雨点儿。雨点儿打落大路上那薄薄的、散发着太阳气味的灰尘，打得屋顶劈劈啪啪直响，散发出一股清新气息和使人哆嗦的凉气。格里高力解开军大衣，用一边的衣襟裹住抽抽搭搭在哭的娜塔莉亚，把她抱住。他们就这样裹着一件军大衣，靠得紧紧的，迎着欢快的春雨进了院子。

黄昏时候，格里高力在院子里修了修耠子，又检查了一下播种机的漏斗。“生铁头”谢苗的十五岁的儿子，原来学过铁匠手艺，暴动以后，就成了鞑靼村唯一的铁匠，他好不容易给麦列霍夫家的旧犁安上了犁头。春播的家什都齐备了。牛棚里出来的牛都很肥壮，因为潘捷莱·普罗柯菲耶维奇给牛准备了足够的草料。

格里高力准备第二天早晨就下地干活儿。伊莉尼奇娜和杜尼娅想生起炉子过夜，以便在天亮前给他做好吃的东西。格里高力想干上五六天，给自己家和岳母家各种几亩地，再耕两亩地，准备种瓜、种葵花，然后把父亲从连队里叫回来，叫他再种上几亩。

厨房的烟囱里冒起淡紫色的炊烟，已经完全发育成大姑娘的杜尼娅在院子里跑着，捡生火用的干树枝儿。格里高力看着她那饱满的身腰和饱鼓鼓的乳房，感伤而又烦恼地想："一下子就长成这样一个大姑娘啦！日子就像一匹快马，一下子就跑过去啦。不久以前杜尼娅还是一个拖鼻涕的小丫头呢；以前她跑起来，两条小辫儿在背上摆来摆去，就像老鼠尾巴，可是现在你看，简直可以马上出嫁啦。我也已经有了白头发，好时候过去啦……格里沙加爷爷说得对：'人生就像夏天的闪电，一晃就过去啦。'人的生命是这样短促，可是就连这短短的生命都保不住……去他妈的吧，别折腾人啦！要杀，就让他们快点儿杀吧！"

妲丽亚来到他跟前。彼特罗死后，她很快就恢复了常态。起初她很伤心，悲伤得脸都发了黄，甚至好像都苍老了。但是等到春风吹来，太阳刚刚有了暖意，妲丽亚的忧伤就跟着融化的雪一起消失了。

她那鸭蛋形的脸上又泛起薄薄的红云，曾经暗淡下去的眼睛又放出光彩，走起路来又像以前那样婀娜和轻盈……而且她也恢复了往日的习惯：她又用墨描起那弯弯的两道细眉，用雪花膏把脸搽得油光光的；她又开起玩笑，说些风流话儿逗弄娜塔莉亚；她的嘴角常常浮现出一种带有盼望意味的迷离的笑……她又高高兴兴地生活起来。

她走到格里高力跟前，含笑站住。她那俏丽的脸上散发着醉人的香脂气味。

“格里什卡，是不是要我帮帮忙呀？”

“用不着。”

“哎哟，格里高力·潘捷莱维奇！瞧你对我这个寡妇多冷淡呀！笑都不笑，甚至连肩膀都不动一下。”

“你去做饭吧，别打哈哈啦！”

“才用不着我做饭呢！”

“你去帮帮娜塔莉亚吧。米沙特卡跑得浑身都是泥。”

“真有意思！你们来养孩子，倒叫我来替你们洗吗？这太不像话啦！你的娜塔莉亚就像一只能生会养的母兔。她还要给你生上十个八个的呢。要是一个个都叫我来洗，我还要把胳膊都累断呢。”

“够啦，够啦！你滚吧！”

“格里高力·潘捷莱维奇！您如今是村子里所有的娘儿们当中的唯一的男子汉啦。您别撵我，让我远远地看看您那迷人的小胡子也好啊。”

格里高力笑起来，把汗漉漉的头发往后甩了甩。

“嘿，你真厉害！彼特罗怎么和你过来着……恐怕谁也拿你没办法。”

“那当然啦！”妲丽亚很得意地承认说，她用滴溜溜直转悠、眯得细细的眼睛看着格里高力，故意带着害怕的样子回头朝房子门口看了看，“哎呀，我觉得好像是娜塔莉亚出来啦……你的老婆醋劲儿才大呢——真够人受的！今天吃午饭的时候，我朝你看了一眼，她的脸色马上就变啦。可是昨天就有几个小媳妇对我说：‘这算什么道理？没有一个男子汉啦，可是你们家的格里什卡回到家里，又一步也不离开老婆。你说，我们又怎么过呢？即使他挂了花，即使他和以前相比只能算半个男子汉，可是我们就跟这半个男子汉过过，也够开心的啦。你告诉他，叫他夜里别在村子里转悠，要不然叫我们抓住了，够他受的！’我就对她们说：‘不行啊，嫂子们，我们家的格里沙只会在别的村子里干干风流事儿，回到家里就扯住娜塔莉亚的裙子不放啦。不久前他成了我们家的圣人啦……’”

“嘿，你这条母狗！”格里高力笑着，不带恶意地说，“你的舌头简直像一把布掸子！”

“我就是这个样子。你那娜塔申卡倒是又漂亮又洁净，可是昨天她没叫你挨她吧？对你这条牙狗，就该这样对付，叫你今后别干不规矩的事儿！”

“嘿，你可真是……你快走吧，妲丽亚。别管别人的事啦。”

“我不是要管。我是说，你那娜塔莉亚真傻。丈夫回来啦，可是她装模作样，扭扭捏捏，睡到柜子上……要是我这会儿见到男子汉，决不放掉！要是落到我手里呀……就是像你这样的勇士，我也要叫他一败涂地！”

妲丽亚咯咯地咬了咬牙，哈哈大笑着朝屋子里走去，一面晃动着两只明晃晃的金耳环，回头望着又笑又发窘的格里高力。

“彼特罗哥哥呀，你死得真走运……”格里高力高兴地想到，“这不是妲丽亚，是个淫鬼！反正早晚你要叫她折腾死！”

四十七

巴贺穆特金村里最后的几处灯火已经熄灭。料峭的春寒给一个个水洼蒙上一层薄薄的冰壳子。村边牧场外面，许多迟来的仙鹤落在去年的庄稼茬子地里过夜。从东北方吹来的微风，把沉着而疲惫的鹤唳声送到村子里。鹤唳声使四月的夜晚显得更加柔和，更加宁静。果园里树影幢幢，不知什么地方有一头老牛哞哞叫了几声，然后一切都静了。有半个钟头悄无声息，只是偶尔能听到夜飞的山鹬的苦闷的叫声和无数野鸭翅膀嗖嗖的扇动声：一群一群的野鸭子匆匆忙忙飞往铺展开的顿河的宽阔河湾里……后来，村边一条街上有了人的说话声，还有烟卷儿闪起红红的火光，响起马的哼哧声、马蹄踩在冻泥巴上的咯吱声。是侦察队回到了这个驻扎着独立第六旅属下两个哥萨克连的村子里。哥萨克们来到村头一户人家的院子里，散了开来，大家说着话儿，把马拴到扔在院心里的一架爬犁上，放好草料。有一个沙哑的粗嗓门儿唱起一支跳舞的歌曲，仔细地吐着词儿，疲惫无力地、慢悠悠地唱道：

我小步走呀，
慢慢地溜达，
又像以前谈情说爱那样
和姑娘说起笑话……

马上就是一个很带劲儿的唱帮腔的男高音，像鸟一样飞了起来，压倒瓮声瓮气的男低音，快快活活地唱起来，有时还带跳音：

姑娘不喜欢开玩笑，
照我脸上——啪！——打了一掌，
我哥萨克的小心肝儿呀
真是一个暴躁的姑娘……

又有几个粗嗓门儿加入了合唱，节拍加快了，活泼了，唱帮腔的男高音拖着高高的尾音，刚强有力、生气勃勃地唱了起来：

我挽起右袖子，
还了姑娘一耳光。
呀，姑娘待在那儿，
脸红得像红莓一样。

脸红得像红莓一样，
她还一面哭，一面讲：
“你算是我的什么情郎，
你已经爱着七个姑娘，
第八个是个寡妇，
第九个是你的妻房，
第十个才是我呀，你这薄情郎！……”

在风车后面放哨的哥萨克们，听到旷野上的鹤唳声，听到哥萨克们的歌声，也听到了野鸭子翅膀在黑漆漆的夜色中扇动的声音。黑夜里躺在结了薄冰的冰冷的土地上，他们觉得很没有味道。既不能抽烟，又不能说话，也不能借走动或打拳来暖和身子。只能躺在去年的葵花秆子丛里，望着黑洞洞的原野，把耳朵贴到地上听着。十步以外，什么都看不见，可是四月的夜里到处是簌簌声，常常有可疑的声音从黑暗中传来，其中任何一种声音都会使人提心吊胆："是不是红军的侦察兵来啦，是不是他们在爬？"好像从远处传来枯草折断的咔嚓声和压得低低的喘气声……一个姓维普里亚日金的年轻小伙子，用手套擦了擦因为紧张冒出来的汗，用胳膊肘捣了捣旁边的人。旁边那个人把身子弯成弓形，把皮挂包垫在头底下，正在打盹儿；日本式的子弹盒子硌得他的肋骨很难受，但是他懒得重新躺躺舒服，也不愿意让夜间的寒气钻进裹得紧紧的大衣里。枯草的咔嚓声和喘气声越来越大，忽然就在维普里亚日金身边响了起来。他用胳膊肘支起身子，大惑不解地透过乱蓬蓬的枯草仔细看去，好不容易看出一只大刺猬的轮廓。刺猬匆匆忙忙地顺着一条土拨鼠走的路朝前移动，把小小的、猪头形的头放得低低的，一面哼哧，一面用毛楂楂的背擦着干枯的荒草。忽然那刺猬感觉到几步之外有异己之物，便抬起头来，看到了正望着它的人。人轻松地舒了一口气，小声说：

“该死的东西！把人都吓死啦……”

那刺猬很快地把头缩起来，把四条小腿也缩了进去，于是变成了一个毛楂楂的小球儿，这样待了一会儿，然后又慢慢伸展开，又擦着葵花秆子，踩着干枯的野牵牛花蔓，用小腿扒着冰凉的土地，像个滚动的小灰球似的走了起来。又是一片寂静。又像是童话里的夜晚……

村子里的鸡已经叫二遍了。天空放晴了。透过稀稀拉拉的云彩，露出一些星星。后来风吹散了云彩，天空就用无数金色的眼睛凝视着大地了。

就在这时候，维普里亚日金听见前面有清清楚楚的马蹄声、枯草咔嚓声、铁器叮当声，又过了不大的一会儿，连马鞍的咯吱声也听到了。别的哥萨克也都听见了。手指头都按到扳机上。

“做好准备！”副排长小声说。

在满天星斗的夜空的衬托下，露出一个好像用剪子剪成的骑马人的黑影。是一个人骑着马小步朝村子里走。

“站——住！……什么人？……有通行证吗？……”

哥萨克们都跳了起来，准备开枪。那个骑马人举起双手，停了下来。

“同志们，别开枪！”

“通行证！”

“同志们！……”

“有通行证吗？弟兄们准备……”

“别开枪！……我是一个人……是来投诚的！……”

“弟兄们，等一等！别开枪！……咱们来捉活的！……”

副排长跑到骑马人跟前，维普里亚日金上前抓住马缰绳。那个骑马人把一只脚从马鞍上跨过来，下了马。

“你是什么人？是红军吗？哈，弟兄们，是红军！他的皮帽子上还有五角星呢。你落网啦，哈哈！……”

那个骑马人舒展着两条腿，很平静地说：

“请你们带我去见你们的首长。我有非常重要的消息报告他。我是塞尔道布团的团长，我是到这里来谈判的。”

“是团长啊？……弟兄们，打死他这个坏蛋！卢卡，让我来宰了他……”

“同志们！你们随时可以杀我，不过先要让我对你们的首长说明我的来意。我再说一遍：我来是有重要事情的。如果你们怕我跑掉的话，请把我的武器下掉好啦……”

红军的团长就动手解武装带。

“快点儿！快点儿！”一个哥萨克催促他。

解下来的手枪和马刀交给了副排长。

“把这个团长身上搜一搜！”副排长骑上红军团长那匹马，命令说。

把俘虏身上搜了一遍。副排长就和姓维普里亚日金的哥萨克押着俘虏朝村子里走去。俘虏徒步走，维普里亚日金端着奥地利式卡宾枪，走在他旁边，副排长志得意满地骑着马走在后面。

他们一声不响地走了有十来分钟。俘虏常常停下来，用大衣襟遮着在风中摇晃不定的火柴火，点烟抽。维普里亚日金一闻到上等纸烟的气味，就憋不住了。

“给我一支抽抽吧。”他要求说。

“请吧！”

维普里亚日金接过满装纸烟的皮行军烟盒，从里面抽出一支纸烟，却把烟盒装进自己的口袋。团长一句话也没有说，但是过了一会儿，已经进了村子，他问道：

“你们把我带到哪儿去？”

“到那儿你就知道啦。”

“到底上哪儿去呀？”

“去见连长。”

“请你们带我去见旅长包加推廖夫。”

“旅长不在这儿。”

“怎么会不在这儿？我知道，昨天他跟旅部到巴贺穆特金来啦，现在正在这儿。”

“这事儿我们不知道。”

“哼，算了吧，同志们！我都知道，你们不会不知道……这并不是军事秘密，何况你们的敌方都知道啦。”

“走吧！走吧！”

“我走。不过还是请你们带我去见包加推廖夫。”

“住嘴！按照军法，我是不能跟你说话的。”

“那么，把烟盒拿去——这是军法允许的吗？”

“小意思！……给我走，把嘴闭紧，要不然我马上连你的大衣也剥掉。你这人还挺容易动气哩！”

好不容易把连长推醒了。他用拳头擦了半天眼睛。打着哈欠，皱着眉头，怎么都听不明白喜笑颜开的副排长对他说的是什么。

“是什么人？塞尔道布团团长？你不是瞎扯吧？拿证件来！”

过了几分钟，他和红军的团长一同朝旅长包加推廖夫的住处走去。包加推廖夫一听说捉住了塞尔道布团团长，并且已经押到了，霍地跳了起来。他扣好裤子上的纽扣，点上一盏有五根灯芯的油灯，对着笔直地站在门口的塞尔道布团团长问道：

“您是塞尔道布团团长吗？”

“是的，在下就是塞尔道布团团长伏龙诺甫斯基。”

“请坐。”

“谢谢。”

“是怎样把您……是在什么情况下把您逮捕的呢？”

“是我自动到你们这儿来的。我要单独和您谈一谈。请您吩咐别的人都出去。”

包加推廖夫摆了摆手，于是和红军团长一起来的连长以及张大了嘴站在旁边的房东——一个红胡子的旧教徒——都走了出去。包加推廖夫只穿着一件肮脏的内衣，坐在桌边，不住地摩弄着剃得光光的、黑黑的、圆得像西瓜一样的头。他那两腮浮肿、因为睡觉姿势不舒服硌了几道红印子的脸隐隐露出好奇的表情。

伏龙诺甫斯基是个不算高大然而很结实的人，穿一件挺合身的军大衣，结着军官式的武装肩带，他挺了挺笔直的肩膀，那修剪得整整齐齐的黑胡子下面掠过一丝笑容。

“我想，阁下是一位军官吧？请允许我先谈一谈自己的身世，然后就谈谈我的来意……我原来是贵族出身，是沙皇军队里的上尉。在对德战争时期，我在第一百一十七柳博米尔步兵团里当差。一千九百一十八年，根据苏维埃政府的法令，我这个正规军官又进了部队。现在，正如您已经知道的，我在红军里指挥着塞尔道布团。我虽然身在红军当中，可是我早就在找机会跑到你们这边来……跑到这边来，同布尔什维克作战……”

“上尉先生，您找机会找的时间太长啦……”

“是的，不过我想对俄国赎我的罪过，不仅是要自己跑过来（这本来是早就可以做到的），而且还要把红军的队伍带过来，当然啦，这是指那些最健全的分子，那些受了共产党的欺骗、被引诱参加了这场自相残杀的战争的。”

旧上尉伏龙诺甫斯基用离得很近的两只灰眼睛看了看包加推廖夫，看到他的不信任的笑容，就像个姑娘一样红了脸，连忙说：

“当然，包加推廖夫先生，您可能要感到我的话十分可疑……要是我处在您的地位，也会有同样的感觉。请允许我用事实来证明我这话……用不容置疑的事实……”

他把大衣襟翻过来，从绿军装裤口袋里掏出一把小刀，弯下腰去，弯得武装肩带咯吱吱响了起来，用小刀小心地拆起缝得紧紧的大衣边儿。过了一会儿，他就从拆开的衣缝里掏出几张发了黄的证件和一张小小的相片。

包加推廖夫仔细看了看他的证件。其中有一份证明说："持本件人确系第一一七柳博米尔步兵团中尉，因伤愈后给假两星期，前往斯摩棱斯克省家乡休养。"证件上还盖着公章，还有第十四西伯利亚步兵师第八野战医院主任医师的签字。其余的写有伏龙诺甫斯基的证件，也都证明伏龙诺甫斯基确系军官，包加推廖夫再看那相片，看到的是年轻的伏龙诺甫斯基少尉的两只离得很近的快活的眼睛。那漂亮的绿军服上还挂着军官十字章，那雪白的肩章跟黑乎乎的脸，跟漆黑的小胡子，形成鲜明的对照。

"那你究竟有什么事？"包加推廖夫问道。

"我是来报告您，我已经和我的助手，原中尉伏尔科夫，共同把红军鼓动起来了，整个的塞尔道布团，当然，除了共产党员，都准备随时投到你们这方面来。红军差不多都是萨拉托夫省和萨马拉省的农民。他们都赞成跟布尔什维克打。现在我们需要和你们谈谈本团投诚的条件。我们团现在驻扎在霍派尔河口镇上，差不多有一千二百条枪，共产党的支部有三十八个人，再加上由本地三十名共产党员组成的一个排。我们可以把归我们节制的炮兵连抓到手里，不过恐怕要把炮手都干掉，因为其中大多数是共产党员。红军士兵的家庭都因为征集余粮感到负担过重，所以我手下的红军都感到不满。我们就利用这种情况，把他们争取到哥萨克方面……也就是你们这方面。不过我的弟兄们也有顾虑，就是怕投诚以后，你们会对他们使用暴力……所以就这个问题，——这当然是细节，不过……——我要跟您谈谈。"

"会使用什么暴力呢？"

"比如说，枪毙，抢夺东西……"

"不会的，我们不许这样干！"

"还有一点：战士们都坚决要求保留塞尔道布团的编制，和你们一同对布尔什维克作战，然而却是一个独立的战斗单位。"

"这个问题我以后再……"

"我知道！知道！您还要和您上面的司令部通通气，然后才能告诉我们。"

"是的，我要报告维奥申方面。"

"请原谅，我的时间有限，如果我耽搁的时间多了，团政治委员就可能发觉我离开了。我认为，咱们能够就投诚条件达成协议。您要快点儿把你们司令部的决定通知我。我们团可能要调到顿涅茨前线去，或者补充进一些新的人员，那样的话……”

“是的，我马上就派通信员上维奥申去。”

“还有：请您吩咐您的哥萨克把武器还我。他们不但解除了我的武装，”伏龙诺甫斯基忽然嗫嚅起来，而且有点儿不好意思地笑了笑，“而且还拿了……我的烟盒。这当然是小事情，不过烟盒是我家祖传的东西，所以我觉得很珍贵……”

“全还您。等我得到维奥申的答复，怎样通知您呢?”

“过两天，从霍派尔河口镇派一个女子到巴贺穆特金村这儿来找您。暗号是……好，咱们就约定为‘联合’吧。您就把话告诉她。一定要用口传……”

* * *

半个钟头以后，马克萨耶夫连里的一个哥萨克就飞马朝西，朝维奥申镇跑去……

第二天，库金诺夫的一名亲信传令兵来到巴贺穆特金村，找到旅长的住所，连马也没有拴，就走进屋里，交给格里高力·包加推廖夫一封写有“火急。绝密”字样的公文。包加推廖夫急不可待地撕掉火漆印。在上顿河州苏维埃公文纸上，是库金诺夫亲手写的很潇洒的字迹：

您好，包加推廖夫！这是一件可喜的消息。我们委托你和塞尔道布团的人进行谈判，并且不惜任何代价争取他们投诚。我主张对他们让步，答应保留他们的编制，甚至不解除他们的武装。先决条件是，要他们逮捕和交出共产党员、团政委，尤其是我们维奥申乡、叶兰乡和霍派尔河口乡的共产党员。叫他们一定要抓住炮兵连、辎重队和物资供给部队。要千方百计加速实现这件事！你要多调一些部队，开到那个团集结的地方，悄悄把他们包围起来，马上动手解除他们的武装。如果他们反抗，就把他们全部消灭，一个不留。你行动起来要小心，但要坚决，一解除了他们的武装，就把全团一起押送到维奥申来。押送他们要走右岸，因为右岸离前线比较远，而且地势又平坦，如果他们后悔起来，想跑，也跑不掉。押着他们顺着顿河走，从一些村子里走，还要派两连骑兵在后面监押。到了维奥申，我们就把他们三个两个地编到各个连里去，咱们就看看他们怎样打自己人。以后的事就用不着咱们操心了：等咱们和顿涅茨那边咱们的人联合起来，就让他们去审判他们，随他们去处置吧。照我看，就全部绞死也行。不可惜。欣望你成功。要每天派人将情况报来。

库金诺夫

后面还有附笔：

如果塞尔道布团的人把我们本地的共产党员交出来，就派一支强大的押送队把他们押往维奥申，也从各个村子里走。不过先要把塞尔道布团的人押走。要挑选最可靠的人（比较勇猛的和年纪大些的）参加押送队，让他们押送，并且事先广泛地通知老百姓。咱们用不着对他们动手，如果事情做得好、做得巧妙的话，妇女们会用棍子把他们打死的。懂吗？这种办法对咱们比较有利。如果把他们枪毙了，消息传到红军耳朵里，就会说咱们枪毙俘虏；可是这样做就要简单些，叫老百姓来收拾他们，把人的怒气鼓起来，就像放开一只用链子锁着的狗。是老百姓打死的——就完啦。谁也不负责任！

四十八

四月十二日，第一莫斯科团在叶兰乡安东诺夫村外同暴动军进行的一场战斗中，遭受了惨重的损失。

红军的队伍不熟悉地势，边打边进入村子。稀稀拉拉的哥萨克人家，散布在一小块一小块坚硬的黄沙地上，就像在一个个的小岛上，大街小巷都要通过难以下脚的泥沼地，上面都铺了树枝子。这个村子坐落在稠密的赤杨树丛中，坐落在潮湿泥泞的沼地上。小小的叶兰河从村边流过，河水很浅，但是河底淤泥很深。

第一莫斯科团的步兵列成散兵线朝村子里冲去，

但是一过了村边几户人家，进入赤杨树林，就发现，成散兵线穿过赤杨树林是不行的。第二营营长是一个很固执的拉脱维亚人，他不听刚刚从泥潭中拉出马来的一个连长的劝告，就下令：“前进！”并且带头勇敢地在摇摇晃晃的烂泥地上走起来。本来不想往前走的红军机枪手们，也都提着机枪跟着他朝前走去。他们走了有五六十丈远，陷进没膝深的烂泥里，就在这时候，从右面顺着散兵线传来惊叫声：“他们围上来啦！”“有哥萨克！”“把咱们包围啦！”

确实是暴动军的两个连包围了这个营，从后面攻了上来。

第一营和第二营在赤杨树林中损失了三分之一的人员，退了出来。

在这次战斗中，伊万·阿列克塞耶维奇被暴动军的土造子弹打伤了腿。米沙·柯晒沃依把他抱出来，截住一辆在河堤上飞跑的运子弹的大车，差一点没把赶车的红军刺死，逼着他把伤员放到车上。

这个团打败了，退到了叶兰村。这一次败仗，对于顺着顿河左岸推进的全部红军的进攻的成败，发生了致命的影响。马尔金被迫退出布堪诺夫镇，往北退了二十俄里，退到司拉舍夫镇上；后来又受到发动了猖狂进攻而且在数量上超过他的志愿国民军好多倍的暴动军的压迫，赶在开始流冰的前一天渡河，淹死了几匹马，渡过了霍派尔河，朝库梅尔仁镇开去。

第一莫斯科团因流冰开始，在霍派尔河口受阻，就渡过顿河来到右岸，驻扎在霍派尔河口镇上，等候补充。不久，塞尔道布团也开到这里。这个团的基本成员和第一莫斯科团的基本成员显然不同。莫斯科团的战斗核心力量是莫斯科、图拉和下戈洛得的工人，打起仗来十分勇敢，十分顽强，多次同暴动军进行白刃战，每天都要伤亡几十名战士。直到在安东诺夫村中了暴动军的诱敌之计，这个团才撤出了战斗，但是在撤退的时候，连一辆辎重车、一箱子弹也没有留给敌人。可是塞尔道布团有一个连，在浆果村外的第一次战斗中就没有抵抗住暴动军骑兵的进攻；一看见哥萨克骑兵的散兵线，就纷纷逃窜，如果不是当机枪手的共产党员们用猛烈的机枪火力把敌人打退的话，这个连就全部被砍死了。

塞尔道布团是在塞尔道布城匆匆编成的。战士们全是萨拉托夫省上了年纪的农民，他们的精神状态不佳，士气自然不会高。连队里很多都是不识字的人和各村里出身富农家庭的分子。团里的指挥人员有一半是旧军官；政治委员是一个性格软弱、毫无主见的人，在红军中没有什么威信；而一些叛变分子——团长、参谋长和两个连长——则决意要带领这个团投降，他们通过那些钻进团里来的思想反动的富农分子，就当着视而不见的共产党支部的面，进行瓦解红军的罪恶活动，进行巧妙的反共宣传，散布谣言，叫人不相信镇压暴动能取得胜利，为投降制造舆论。

施托克曼和塞尔道布团的三个战士住在一所房子里，他很担心地注视着这个团的战士们，有一天他和几个人发生过一次激烈的争吵以后，就完全看出，这个团已经处在严重的危险中了。

二十七日那天，已经是黄昏时候，第二连的两个士兵来到他们这里。其中一个姓郭黎加索夫的，连招呼也没打，就带着冷笑望着施托克曼和躺在床上的伊万·阿列克塞耶维奇，说：

“咱们这仗真打够啦！家里在强征咱们的粮食，

可是咱们却不知为什么在这儿打仗……”

“你不知道为什么打仗吗?”施托克曼厉声问道。

“是的，不知道！哥萨克也和我们一样，都是庄稼人！他们为什么暴动，我们知道！我们知道……”

“你这败类，知道你说的这是什么人的话吗?这是白军的话!”一向很沉着的施托克曼一下子火了。

“你骂人别太过分了！不然我打你嘴巴！……弟兄们，听见吗?原来他是这样一个家伙!”

“住嘴！住嘴，大胡子！像你们这样的，我们见过的多着呢!”另一个矮小而敦实、像一口袋面粉似的家伙插嘴说，“你以为，你是共产党员，就能卡住我们的喉咙吗?你小心点儿，要不然我们把你的五脏都揍出来!”

他用身子遮住瘦弱的郭黎加索夫，把两条短小有力的胳膊放到背后，闪动着眼睛，朝施托克曼逼上来。

“你们这究竟是怎么啦?……怎么全带上了白军气味?”施托克曼使劲推开朝他逼上来的士兵，气喘吁吁地问道。

那个士兵摇晃了两下，脸涨得通红，想抓施托克曼的胳膊，但是郭黎加索夫把他拦住：

“算啦！”

“这是反革命言论！我们要审判你们这些苏维埃政权的叛徒！”

“你无法把全团都送上军事法庭！”一个和施托克曼同住一所房子的士兵回答说。

几个人都附和他说：

“共产党员又有糖又有纸烟，我们可是什么也没有！”

“瞎说！”伊万·阿列克塞耶维奇在床上欠起身子，高声说，“我们领的东西和你们完全一样！……”

施托克曼没有再说话，穿上衣服，走了出去。那些人没有拦他，但是用一片嘲笑声把他送了出来。

施托克曼到这个团的团部找到团政委。他把政委叫到另一间屋子里，很激动地报告了他和几个士兵争吵的情形，建议把他们逮捕起来。政委听他说完了，搔着火红色的大胡子，犹豫不决地摸着黑玳瑁边的眼镜，说：

“明天我们开一个支部会，把情况讨论讨论。我认为在目前的情况下，逮捕这几个弟兄是不可能的。”

“为什么?”施托克曼厉声问道。

“施托克曼同志，您要知道……我自己也发觉，我们团里有些不对头，大概有一个反革命组织，但是我们还没有摸出底细。团里大多数人都受到这个反革命组织的影响。农民的自发势力嘛，叫人实在没办法！我已经把战士们的思想情况报告了上级，并且建议把这个团调开，进行改编。”

“为什么您认为现在逮捕这些白军的爪牙并把他们送交师的革命法庭是不可能的？要知道，他们说这样的话——就是叛变！”

“是的，不过，要是这样做，可能会引起意想不到的过火行动，甚至引起暴动。”

“是这样啊？那您既然早已看出大多数人是这样一种思想状况，为什么不早些报告政治部?”

“我对您说过嘛，我已经报告啦。大熊河河口镇方面不知为什么迟迟不肯答复。只要一把这个团调开去，我们就要严惩一切破坏军纪的分子，特别是您刚才所报告的那几个士兵……”政委又皱起眉头，小声说，“我就很怀疑伏龙诺甫斯基和……参谋长伏尔科夫。明天开过支部会以后，我就上大熊河河口镇去。应当立即采取措施来防止这种危险。请您对咱们的谈话保守秘密。”

“可是，为什么不能现在就召开党员会呢？时间很紧迫呀，同志！”

“我明白，但是现在不可能。大多数党员都在站岗，或者放暗哨……我坚持要这样做，因为在这种情况下，让非党人员去干这些事，是很轻率的。而且炮兵连，这个连大多数都是共产党员，今天夜里才能从克鲁托夫开到。就因为团里这样不安定，我才调他们来的。”

施托克曼从团部回来，简单扼要地把他和团政委的谈话对伊万·阿列克塞耶维奇和米沙说了说。

“你走路还不行吧？”他问伊万·阿列克塞耶维奇。

“可以瘸着走。以前我怕伤口破裂，现在顾不得这些啦，不管愿意不愿意，都得走啦。”

夜里施托克曼把塞尔道布团的情况写成一份详细的报告，到半夜里把米沙叫醒。他把报告掖到米沙的怀里，说：

“你马上弄一匹马，上大熊河河口镇去。你就是死，也要把这封信送到十四师政治部……几个钟头能跑到？你打算到哪儿弄马？”

米沙哼哧着，一面拔那双干得很紧的红靴子，一面断断续续地回答说：

“我到侦察队……偷一匹，到大熊河河口镇……顶多……两个钟头。侦察队的马都不好，要不然……一个半钟头就行啦！我干过马倌……我知道，怎样把马的快劲儿……完全挤出来。”

米沙把报告重新掖了掖，掖进大衣口袋里。

“这是为什么？”施托克曼问。

“如果叫他们抓住，就可以很快地掏出来。”

“嗯？”施托克曼还是不明白。

“有什么‘嗯’的！他们要是抓住我，我就掏出来吞下去。”

“好样儿的！”施托克曼微微笑了笑，走到米沙跟前，好像因为此行吉凶难卜，心里很难受，紧紧把他抱住，并且用哆哆嗦嗦的冰凉的嘴唇使劲亲了亲他，“你走吧。”

米沙走出来，很顺利地从拴马桩上解下一匹侦察队的好马，一步一步地通过岗哨，一直用食指按着崭新的骑兵卡宾枪的扳机，过了岗哨。就径直上了大路，这才把卡宾枪的皮带套到肩上，开始把短尾巴的萨拉托夫小马那不曾使出过的快劲儿使劲往外“挤”。

四十九

黎明时候，淅淅沥沥地下起小雨。风呼呼地吹了起来。浓浓的黑云从东方涌上来。天蒙蒙亮，和施托克曼、伊万·阿列克塞耶维奇住在一座房子里的塞尔道布团的人都起了身，走出去了。过了半个钟头，一个姓托尔卡乔夫的共产党员跑来了。他和施托克曼一样，是带着几个同志参加了塞尔道布团的。他推开门，就气急败坏地喊道：

“施托克曼，柯晒沃依，在家吗？快出来吧！”

“怎么回事儿？到这儿来！”施托克曼走进堂屋里，边走边穿大衣，“到这儿来！”

“糟啦！”托尔卡乔夫跟着施托克曼走进堂屋里，

小声说，“现在步兵想在镇外……在镇外把从克鲁托夫开来的炮兵连解除武装。双方交了火……炮兵打退了他们的进攻，把炮栓卸下来，坐船渡河到对岸去啦……”

“现在呢，现在怎么样？”伊万·阿列克塞耶维奇一面哼哧着往受伤的脚上穿靴子，一面急急忙忙地问。

“现在正在教堂旁边开大会呢……全团都在那儿……”

“动作麻利点儿！”施托克曼对伊万·阿列克塞耶维奇说，又抓住托尔卡乔夫的棉袄袖子，问道，“政委在哪儿？其余的共产党员都在哪儿？……”

“我不知道……有的跑啦，我就到你们这儿来啦。他们已经把电报局占领啦，不许任何人出入……应该跑！可是怎么跑呢？”托尔卡乔夫把两手往膝盖中间一放，张皇失措地坐到大柜子上。

这时候台阶上响起咚咚的脚步声，六个塞尔道布团的士兵一下子闯了进来。他们的脸色很激动，露出凶狠、强硬的神情。

“共产党员们，开会去！快点儿！”

施托克曼和伊万·阿列克塞耶维奇交换了一下眼色，冷冷地把嘴一撇，说：

“咱们走！”

“把武器放下。你们不是去打仗！”一个塞尔道布团的士兵说；但是施托克曼就像没听见似的，把步枪背到肩上，第一个走了出去。

一千一百张喉咙在广场上哇里哇啦地乱叫着。霍派尔河口镇的老百姓一个也看不见。老百姓都躲在家里，害怕闹事（在这前一天，镇上已经到处传着流言，说这个团要和暴动军联合起来，可能要在镇上和共产党员打仗）。施托克曼率先走到嗡嗡叫的塞尔道布团士兵的人群跟前，用眼睛到处扫着，找寻这个团的指挥人员。一些人推着团政委，从旁边走了过去。两个人架着政委的胳膊，后面还有人推搡着，脸色灰白的政委走进了乱糟糟的士兵群里。有几分钟，施托克曼看不见他了，后来又看见他的时候，他已经在人群中心里，站在一张不知从谁家拖来的牌桌子上。施托克曼回头看了看。瘸了腿的伊万·阿列克塞耶维奇拄着步枪，站在身后，那几个叫他们来开会的士兵就站在他旁边。

“红军同志们！”响起政委的软弱无力的声音，“在这种时候，在敌人近在眼前的时候，开这样的大会……同志们！”

没有让他再说下去。许许多多灰色的红军皮帽，像被风吹动了一样，在桌子旁边摇晃起来，像树林一样的青灰色刺刀也摆动起来，一只只攥成拳头的手朝小桌子伸去，广场上到处响起像枪声一样又狠又干脆利落的吆喝声：

“别叫同志啦！”

“把他的皮夹克剥下来！”

“你骗人！”

“你们领我们打的是谁?!”

“扯住腿把他拖下来！”

“揍他！”

“用刺刀捅他！”

“你当政委到头啦！”

施托克曼看到，一个不算年轻的高大的士兵爬到桌子上，用左手揪住政委那红红的大胡子。小桌子摇晃了两下，那个士兵便和政委一起栽倒在桌子周围的人伸出来的胳膊上。刚才放牌桌子的地方，现在翻腾起灰大衣的波浪；政委那孤单、绝望的叫声淹没在一片雷鸣般的人声里。

施托克曼立即朝那里跑去。他狠狠地推撞着一张张穿着灰大衣的、结实的脊背，几乎是大跑着朝刚才政委说话的地方冲去。人们也不拦他，却用拳头和枪托子打他，打他的脊背，打他的后脑勺，把他的步枪扯下来，把他头上的红顶哥萨克皮帽抓了下来。

“你往哪儿钻，妈的？……”一个士兵的腿被施托克曼踩疼了，他怒冲冲地喊道。

一个矮墩墩的排长，在四脚朝天的小桌子旁边拦住施托克曼的去路。这个排长的灰羊羔皮帽子歪到后脑勺上，敞着军大衣，汗珠儿顺着砖红色的脸往下直滚，两只火辣辣的、气势汹汹的眼睛斜看着。

“你往哪儿钻？”

“我要说话！我这个普通战士要说话！……”施托克曼声嘶力竭地喊道，他微微喘了口气，一下子把小桌子扶了起来。甚至于有人扶着他爬上了桌子。但是广场上还滚动着一阵一阵的怒吼声，于是施托克曼使足声带的全部力气大叫起来：“安——静——

点儿！……”过了有半分钟，等喧闹声小下去，他就压制着咳嗽，用难受而紧张的声音说，“红军战士们！你们好不害羞呀！你们是在最困难的时刻背叛人民的政权呀！正需要用坚强的手朝敌人心脏打去的时候，你们却动摇起来啦！正当苏维埃国家被敌人包围得喘不过气来的时候，你们却开起什么大会来啦！你们已经站在直接叛变的边缘上啦！为——什——么呀?！你们的叛变的长官把你们出卖给哥萨克将军啦！他们这些旧军官，骗取了苏维埃政府的信任，现在就利用你们的糊涂，想带着这个团投降哥萨克。你们清醒清醒吧！他们是想用你们的手帮着来绞杀工农政权呀！”

站在离桌子不远处的第二连连长，旧少尉韦斯特敏司特尔，正要端起步枪，但是施托克曼一看到他的动作，就喊叫道：

“你敢！你要打死我什么时候都行！一个共产主义战士就是要说话！我们共产党员早就把自己的生命……把自己的全部热血……点点滴滴……”施托克曼的声音一下子变成极其强烈的男高音，脸色煞白煞白的，并且抽搐起来，“……都交给了为工人阶级……为受压迫的农民服务的事业。我们面对死亡，已经不在乎啦！你们可以打死我……”

“这一套我们听过啦！”

“骗人的把戏玩够啦！”

“叫他说完！”

“算啦，住嘴吧！”

“……打死我，我还是要说：你们清醒清醒吧！用不着开什么大会，应该去打白军！”施托克曼用眯得细细的眼睛扫了扫安静下去的人群，在离自己不远的地方发现了团长伏龙诺甫斯基。伏龙诺甫斯基同一个士兵肩靠肩站在一起，正很不自然地笑着，小声对那个士兵不知在说什么。“你们的团长……”

施托克曼伸出一只手，指着伏龙诺甫斯基，但是伏龙诺甫斯基把手搭在嘴上，慌慌张张地小声对站在旁边的士兵不知说了一句什么，于是，施托克曼的一句话还没有说完，在吸饱了四月新雨的潮气的湿润空气里，砰地响了一枪。枪声没有多大力量，很低，但是施托克曼用双手捂住胸膛，跪倒下去，垂下了没有戴帽子的、花白了的头……可是他摇晃了两下以后，又马上站了起来。

“奥西普·达维陀维奇！”伊万·阿列克塞耶维奇看见施托克曼一下子又站了起来，就哼哧着，朝施托克曼奔去，但是有人抓住他的胳膊肘，低声说，

“老实点儿！少管闲事！把枪放下来，混蛋！”

一些人下掉了伊万·阿列克塞耶维奇的枪，搜了搜他的口袋，把他从广场上带走了。广场上四面八方都在下共产党员的枪，抓共产党员。在小胡同里，一座低矮而结实的商人房子旁边，砰砰地响了五六枪——打死了一个不肯交出路易斯机枪的党员机枪手。

可是这时候，施托克曼嘴上冒着红红的血泡儿，哆嗦地打着嗝儿，脸色煞白煞白的，站在牌桌子上，摇晃了一会儿，又使出最后的、越来越弱的力气，把最后的心里话喊了出来：

“……他们把你们领到错路上去啦！……叛徒们……他们是想求饶，想得到新的军官头衔……但共产主义是要活下去的！……同志们！……清醒清醒吧！……”

那个站在伏龙诺甫斯基身旁的士兵又把步枪端到肩上。第二枪打得施托克曼从桌子上仰面栽下去，

倒在人群的脚下。有一个大嘴巴、扁牙齿、一脸麻子的士兵腾身跳上桌子，高声大叫道：

“各种各样的好话我们在这儿听到不少啦，但是，亲爱的同志们，这一切纯粹是谎话和吓唬。这位大胡子演说家栽下去，躺在这儿啦，不过既然是狗，就应该像狗一样死掉！这些共产党员，这些劳动农民的敌人，都该死！同志们，亲爱的弟兄们，我要说，咱们现在都睁开眼睛啦。咱们知道应该反对谁啦！比如说，在我们沃里斯克县是怎样说的呢？各族人民平等呀！友爱呀！这些骗人的共产党员说得多么好听……可是实际上又怎样呢？比如，我爹就寄来一封眼泪斑斑的信，说：大白天里就进行疯狂的抢劫！把我们家的粮食全搞走啦，连小石磨都抬走啦，法令上是说这样为劳动农民吗？如果石磨是我父母用汗水挣来的，那么，我就问问你们：这不是共产党在抢劫吗？要把他们杀光宰光！”

这个士兵的话没有说完。暴动军的两个骑兵连从西面飞马冲进了霍派尔河口镇，哥萨克步兵从顿河边山岗的南坡上冲了下来，暴动军第六独立旅旅长包加推廖夫少尉，也在半个连保护之下，带着旅部出发了。

东方涌上来一片乌云，马上就落起倾盆大雨，顿河那边，霍派尔河上空，滚过一阵隆隆的沉雷。

塞尔道布团匆匆忙忙地开始排队，每一行都变成两行。包加推廖夫旅部的一伙人骑着马刚刚在山坡上出现，旧上尉伏龙诺甫斯基就用士兵们还没有听到过的粗大口令声，喉咙里还带着哇哇声，喊叫道：

“团——队！立——正……”

五十

格里高力·麦列霍夫在鞑靼村住了五天，在这几天里，他给自己家和岳母家种了几亩地；后来，想念家也想瘦了而且浑身生满虱子的潘捷莱·普罗柯菲耶维奇。一从连队里回来，他就准备回到仍然驻扎在旗尔河边的自己的部队里去。库金诺夫写了一封密信给格里高力，告诉他，已经开始和塞尔道布团的指挥人员谈判，请他回去指挥那一师人。

这一天，格里高力准备回卡耳根镇去。中午时候，动身之前，他牵着马到顿河上去饮，正朝着一直淹到篱笆脚下的河水走去的时候，看到了阿克西妮亚。不知是阿克西妮亚真的故意磨蹭呢，还是格里高力觉得是这样，她懒洋洋地汲着水，好像在等他，于是格里高力不由得加快了脚步，而在他对直地走到阿克西妮亚跟前的短短一会儿时间里，眼前清清楚楚地闪过许许多多令人伤感的往事……

阿克西妮亚应着脚步声转过身来，她的脸上——毫无疑问是假装出来的——露出惊讶的神情，但是相见时的欢喜和长期的思念却使她露了馅儿。她笑着，那笑容又可怜，又慌乱，跟她那张骄傲的脸极不相称，格里高力觉得又怜惜，又心疼，心都颤动起来。他顿时心乱了，件件往事涌上心头，就勒住马，说：

“你好，亲爱的阿克西妮亚！”

“你好。”

在阿克西妮亚那低低的声音里，流露出极其复杂的心情有惊讶，有恋情，还有痛苦……

“咱们很久没有说过话儿啦。”

“是很久啦。”

“我连你的声音都忘掉啦……”

“太快啦!”

“太快了吗?”

格里高力拉着朝他身上直顶的马的笼头，阿克西妮亚低下头去，用扁担钩子去钩水桶，却怎么也钩不住。他们一声不响地站了一会儿，一只吱吱叫的小水鸭子，像射出去的箭似的从他们的头上飞过去。波浪无休无歇地舔着浅蓝色的石灰岩石板，拍打着陡立的河岸。淹没了树林的广阔河面上，翻滚着白脊的波浪。顿河波涛汹涌地朝下游流去，风吹来一阵阵小小的水星子，吹来一阵阵淡淡的顿河水气味。

格里高力把目光从阿克西妮亚的脸上，移到顿河上。淹了水的白杨树摇晃着光秃秃的树枝；柳树开的花儿就像姑娘的耳环，树枝儿垂在水面上，十分好看，就像是一片片稀奇的绿色薄云。格里高力声音中带着轻微的懊恼和伤心，问道：

“怎么啦？……咱们真的就没有什么话好说了吗？你为什么不作声?”

但是阿克西妮亚控制住了自己，她在回答的时候，她那冷下来的脸上已经是一块肌肉也不哆嗦了：

“咱们要说的话，大概已经说完啦……”

“是这样吗？”

“就是的，肯定是这样！树开花，一年只能有一回……”

“你以为，咱们的花已经谢了吗？”

“怎么没谢呢？”

“这事是有点儿奇怪……”格里高力把马放到水边去，看着阿克西妮亚，很伤感地笑了笑，“可是我呀，阿克秀莎，心里却怎么也忘不掉你。如今我的两个孩子都那么大啦，而且我的头发也白了一半，咱们也分开好几年啦……可是我还是一直想着你。做梦常常梦见你，直到如今我还是爱你。有时候我一想起你来，就想起咱们在李斯特尼次基家过的日子……咱们是那样相亲相爱……想起这些旧事就……有时候，想起我这一辈子，瞧吧，我这一辈子就像一个翻过来的空空的口袋……”

“我也是……我也该走啦……咱们又说起话来啦。”

阿克西妮亚毅然决然地挑起水桶，把两只晒足了春日阳光的手放在压弯了的扁担背上，迈步朝坡上走去，但是忽然扭过脸来朝着格里高力，她的腮上浮起两片薄薄的、淡淡的红云。

“格里高力，咱们相爱，就是在这儿，在这河边开始的呀。你还记得吗？那一天送哥萨克入营。”她笑着说，她那坚强起来的声音里露出愉快的腔调，

“我全记得！”

格里高力把马牵进院子，拴到马槽上。因为要送格里高力，潘捷莱·普罗柯菲耶维奇上午就没有下地，他从敞棚底下走出来，问道：

“怎么样，你马上就动身吧？给马上一点料吗？”

“动身上哪儿去？”格里高力漫不经心地看了父亲一眼。

“出门呀！回卡耳根去嘛。”

“今天我不走啦！”

“这是怎么回事儿？”

“是这样的……我改变主意啦……”格里高力舔了舔因为内热干裂了的嘴唇，用眼睛对天空扫了扫，“云彩上来啦，恐怕要下雨啦，我去淋一身雨，有什么意思呢？”

“是没有意思。”老头子应声说。但是他不相信格里高力的话，因为几分钟以前，他在牲口院子里看见格里高力和阿克西妮亚在河边说话了。“又胡搞起来啦。”老头子很担心地想道，“他和娜塔莉亚好像又有点不对劲儿……唉，格里什卡他妈的这混账东西！他这条牙狗像谁呢？莫非像我吗？”潘捷莱·普罗柯菲耶维奇不再用斧子砍削大车上用的桦树干，朝着走开去的儿子那弯着的脊背看了看，急急忙忙在脑子里搜了搜，想起了自己年轻时的样子，就断定：“他妈的，是像我！狗东西，甚至还超过了老子！真该打他一顿，叫他别再去招惹阿克西妮亚，别再闹得家里六神不安。可是怎么能打他呢？”

如果是在以前，潘捷莱·普罗柯菲耶维奇要是看到格里高力和阿克西妮亚远远避开人单独说话儿，一定会连想都不想，随手抓起什么东西，照他的脊梁就打；可是现在，他没有主意了，什么话也没有说，甚至都没有露出已经猜到格里高力忽然不走的真正原因的表情。这都是因为，现在格里高力已经不是那个冒里冒失的年轻哥萨克“格里什卡”，而是一位师长了，虽说没有肩章，但总是一位带领几千人马的“将军”，而且现在大家都叫他格里高力·潘捷莱耶维奇了。虽说这是他的儿子，可是他潘捷莱·普罗柯菲耶维奇以前不过是个中士，怎么能动手打将军呢？因为地位不同，潘捷莱·普罗柯菲耶维奇对这种事连想都不敢想，他觉得在对待格里高力方面，自己不能那样随便了，觉得彼此有些疏远了。这全怪格里高力升得太高了！就连前天耕地的时候，格里高力厉声吆喝他："喂，你发什么呆！把犁掉过去！……"潘捷莱·普罗柯菲耶维奇都忍住了，一句话也没有说……近来他们好像调换了地位：格里高力时常吆喝年老的父亲，父亲听到他的声音，像听到命令似的，就会忙活起来，拐着那条瘸腿，千方百计地去讨他的喜欢……

"怕下雨呢！不会下雨的，刮的是东风，天上只飘着一块云彩，哪儿会有雨！是不是提醒一下娜塔莉亚？"

潘捷莱·普罗柯菲耶维奇猜出了原委，就要朝房里走去，但是又改变了主意；他害怕闹出来很不光彩，就又回到没有砍削好的大车梁木跟前……

且说阿克西妮亚回到家里，一倒掉桶里的水，就走到嵌在炉壁上的小镜子前，很激动地对着自己的有些苍老，但依然很美的脸看了半天。这张脸依然保持着那种娇媚、迷人的美，但是人生的秋天已经给她的两腮抹上暗淡的颜色，染黄了她的眼皮，给她的黑发织进了稀疏的银丝，抹去了眼睛的光彩。眼睛里已经流露出哀伤和疲惫的神情。

阿克西妮亚站了一会儿，后来走到床前，趴到床上哭起来，泪水哗哗地流出来，觉得又轻快，又甜蜜，她很久很久没流过这样的眼泪了。

冬天，冬日的寒风在河边陡峭的山崖上，在俗称“虎头”的凸出的山坡上旋舞，吼叫。风从光秃秃的山冈上吹来一阵阵的雪粉，旋成一个个的雪堆，又一层一层地堆上去。就会有老大的雪堆高挂在悬崖上，在阳光里白亮白亮的，在暮色中蓝蓝的，到清晨就是淡紫色，日出时候是粉红色。这雪堆会静默而冷峻地一直挂在那里，直到解冻的暖气慢慢从下面把它融化掉，或者一阵强烈的风从旁边吹来，把被本身重量压得摇摇欲坠的雪堆猛地一冲。于是雪堆朝下一倒，带着低沉而柔和的轰隆声朝下滚去，一路上撞击着矮矮的乌荆子丛，撞折一棵棵羞答答地挤在山坡上的小山楂树，顿时拖起一大片纷纷扬扬、冲向天空的银色雪雾……

阿克西妮亚积了多年的感情，只需要轻轻一冲就行了。这一冲——就是和格里高力的重逢，就是他的亲热的话："你好，亲爱的阿克西妮亚！"那么他呢，不也是她的亲爱的吗？这些年来，她不是每天、每小时都想着他，千万种思绪，到头来不是都要回到他身上吗？不管她想什么，做什么，脑子里总是始终如一、时刻不离地围着格里高力转悠。就像一匹拉水车的瞎马，拉着浇水轮子转来转去，永远离不开轴心……

阿克西妮亚在床上一直躺到黄昏时候，眼睛都哭肿了，后来从床上爬起来，洗了洗脸，梳了梳头，又像个大姑娘去相亲那样，急不可待地穿戴起来。她穿上干干净净的褂子，系上一条红呢裙子，披上头巾，匆匆对着镜子照了照，就走了出来。

鞑靼村上空笼罩着瓦灰色的暮霭。大雁在宽阔的春水水面上惶惶不安地嘎嘎叫着。苍白的月亮从河边杨树丛里慢慢升上来。水面上铺起一条波光粼粼的淡绿色月光路。天还没黑，牲口群就从草原上回来了。还没有吃够嫩草的老牛在院子里哞哞叫着。

阿克西妮亚也不去挤牛奶。她把一条白鼻子牛犊从牛棚里赶出来，赶到母牛跟前，小牛犊就摇着尾巴，用劲伸直了后腿，用嘴巴衔紧干瘪的奶头，贪婪地吸起来。

麦列霍夫家的妲丽亚刚刚挤过牛奶，提着滤奶器和桶朝屋里走去，就听到篱笆外面有人叫她：

“妲莎！”

“是谁呀？”

“是我，阿克西妮亚……你到我家来一下。”

“你找我有什么事呀？”

“有要紧事！来吧！行行好！”

“等我把奶滤过了，就去。”

“好，我就在院子外面等你

“好的！”

过了不大一会儿，妲丽亚走了出来。阿克西妮亚就在自己家的大门口等她。妲丽亚身上还带着一股新鲜牛奶的热乎乎的气味和牲口棚里的气味。她看见阿克西妮亚的衣襟没有撩起来，而且打扮得漂漂亮亮，干干净净，就觉得奇怪。

“嫂子，你倒是早早地把事情做完啦。”

“司捷潘不在家，很省事。只有一头牛，我差不多连饭都不做……凑合着吃点儿干粮就行啦……”

“你叫我有什么事？”

“到我屋里来一下。有点儿事……”

阿克西妮亚的声音哆嗦着。妲丽亚模模糊糊地猜度着她这番话的目的，一声不响地跟着她走了进去。

阿克西妮亚也不点灯，一走进上房，就打开柜子，在里面摸了摸，就用自己的干瘦而火热的手抓住妲丽亚的手，急急忙忙地把一枚戒指往她的指头上套。

“你这是干什么？这好像是戒指吧？怎么，是给我的吗？……”

“给你！给你的。我送给你……小意思……”

“是金的吗？”妲丽亚很认真地问道，一面走到窗前，借着朦胧的月光，仔细看着手上的戒指。

“是金的。你戴去吧！”

“哎呀，我的天！……为什么事你送我这样的礼物呀？”

“你给我把……把你们家的格里高力叫来。”

“怎么，又要和他好吗？”妲丽亚很机灵地笑了笑。

“不是，不是！哎，瞧你说的！”阿克西妮亚吓了一跳，脸一下子红到脖子根，“我要和他谈谈司捷潘的事……也许格里高力能给他请几天假……”

“那你怎么不到我们家去找他？既然你找他有事，可以到我们家去和他谈谈嘛。”妲丽亚尖刻地说。

“不，不……娜塔莉亚会以为……反正不大合适……”

“那好吧，我去叫他。我是舍得他的！”

* * *

格里高力吃完了晚饭。他刚刚放下调羹，啜了啜沾在胡子上的菜汤，又用手掌擦了擦，就觉得桌子底下有一只脚在碰他的脚，他用眼睛扫了扫，就看见妲丽亚暗暗朝他挤眼睛。

“如果她想要我来代替去世的彼特罗，敢说出这种话的话，我就揍她！就把她引到场院上，用裙子蒙住她的头，狠狠地打这只母狗！”格里高力恨恨地想；他一直皱着眉头，任凭嫂子挑逗。后来离开桌子，点起烟卷，就不慌不忙地朝门口走去。几乎是同时，妲丽亚也走了出来。

她在过道里从格里高力身边走过的时候，一边走，一边把胸膛靠到他身上，小声说：

“喂，狠心的！去吧……叫你呢。”

“谁叫我？”格里高力急忙问。

“她呀。”

过了一个钟头，娜塔莉亚和孩子们都睡熟了的时候，格里高力穿着扣得紧紧的军大衣，和阿克西妮亚一起出了阿司塔霍夫家的大门。他们一声不响地在黑漆漆的小胡同里站了一会儿，就依然一声不响地朝静得迷人、黑得诱人、嫩草的芳香气味醉人的草原上走去。格里高力敞开军大衣，把阿克西妮亚紧紧搂在怀里，觉得她浑身在打哆嗦，感觉到她的心在小褂底下猛烈地、一下一下地跳动着……

五十一

第二天，格里高力在动身之前，简短地对娜塔莉亚解释了一下。她把他叫到一边，小声问：

“夜里你上哪儿去啦？怎么这样晚才回来？”

“这算晚吗？”

“怎么不晚？我醒过来，鸡已经叫头遍啦，可还是不见你的影子……”

“库金诺夫来啦。我上他那儿去开会，商量我们打仗的事。这不是你们老娘儿们管的事。”

“他怎么不到咱们家来过夜？”

“他赶回维奥申去啦。”

“他在谁家歇的马？”

“在阿博宪科夫家。他们家好像是他的远房亲戚。”

娜塔莉亚没有再问什么。她心里着实有些疑惑，但眼睛里却没有露出什么，因此格里高力一直也不明白，她相信还是不相信。

他匆匆吃过早饭。潘捷莱·普罗柯菲耶维奇去备马，伊莉尼奇娜画着十字，亲着格里高力，急急忙忙地小声说：

“好孩子，你别忘了……别忘了上帝！我们听说，你杀了一些水兵……主啊！格里什卡呀，你醒醒吧！瞧，你的两个孩子长得多么好呀，你杀死的那些人，恐怕也有孩子留下来……唉，怎么能这样啊？你小时候多么招人喜欢、多么可爱呀，可是现在你天天愁眉苦脸的。你瞧，你的心已经变得和狼心一样啦……格里什卡，听听娘的话吧！你也没有仙法护身，人家的刀也会落到你的脖子上……”

格里高力很不愉快地笑了笑，亲了亲妈妈的干瘦的手，走到娜塔莉亚跟前。娜塔莉亚冷冷地拥抱了他一下，就扭过脸去，格里高力在她那干干的眼睛里看到的不是眼泪，而是痛苦和隐忍下来的愤怒……又和孩子们告过别，就走了出来……

他的脚一踩住马镫，手一抓住硬扎扎的马鬃，不知为什么心里想道：“好吧，又要走一段人生新路啦，可是心里还是冷冷的，空空的……看来，现在就连阿克西妮亚也不能填补这种空虚啦……”

他也没有回头看出门送他的家里人，就放马慢步顺着大街走去，在经过阿司塔霍夫家门前的时候，侧眼朝窗户看了看，在上房尽边上一扇窗户里看到了阿克西妮亚。她微微笑着，拿一块绣花手绢朝他招了招，可是马上就把手绢攥成一团，捂到嘴上，捂到因为一夜未睡发了青的眼窝上……

格里高力放开马大步跑了起来。他跑上山坡，就看见，在夏天的大道上，有两个骑马人和一辆牛车慢慢地迎着他走来。他认出骑马人是“小牛皮大王”安季普和村子上头的一个很机灵的黑头发青年哥萨克斯特列勉尼柯夫。格里高力看见牛车，就猜道：“拉的是死人。”不等他们走近，他就问道：

“拉的是谁？”

“阿列克塞·沙米尔、伊凡·托米林和‘马掌’亚可夫。”

“他们死了吗？”

“死啦！”

“什么时候？”

“昨天太阳快下山的时候。”

“炮兵连没事吗？”

“没事。是红军在绣球树园的一户人家里把咱们的炮手包围啦。沙米尔是因为马虎大意……被杀死的！”

格里高力摘下帽子，跳下马来。赶车的是旗尔河上一个不算年轻的哥萨克妇女，她把牛勒住。被杀死的几个哥萨克并排躺在大车上。格里高力还没有走到大车跟前，微风已经带着甜甜的死尸气味向他扑来。阿列克塞·沙米尔躺在当中。他那旧蓝布褂子敞开着，空袖筒掖在劈开的脑袋底下，很多年前被炸断、用破布包着的那半截胳膊，一向是摇来摆去的，现在却像抽筋一样紧紧贴在已经不喘气的鼓鼓的胸脯上了。阿列克塞那已经僵了的龇着白牙的嘴上永远留下了恶狠狠的恼怒表情，但是那动也不动的眼睛却望着蓝天，望着草原上空静静地、好像是带着重重的心事飘过的白云……

托米林的脸简直叫人认不出来了，而且，说实在的，那已经不是脸，而是被马刀斜斜地削平了的一块红红的肉团子。“马掌”亚可夫侧着身子躺着，他的脸呈红黄色，歪着头，因为他的头差不多已经被砍断了。一根被砍断的白白的锁骨，从敞开的绿军便服领口里露了出来，额头上，一只眼睛上面，有一个黑洞洞、血糊糊的子弹孔。看样子，是有一个红军看到这个哥萨克死得很难受，就可怜他，几乎是抵着他给了他一枪，所以连火药的烧痕和许多黑点子还留在“马掌”亚可夫那僵了的脸上。

“喂，弟兄们，咱们来祭奠祭奠咱们的乡亲们吧，咱们抽袋烟，祝他们安息。”格里高力说过，退到一旁，松开马肚带，解开马笼头，把缰绳缠到马的左前腿上，放马去吃柔软的、刚刚冒出来的嫩草。

安季普和斯特列勉尼柯夫欣然下了马，绊住马腿，放马去吃草。他们躺下，抽起烟来。格里高力一面看着一头长着一绺一绺的长毛、还没有褪毛的公牛伸着头在吃小草，问道：

“沙米尔是怎么死的？”

“真的，潘捷莱维奇，是怪他自己马虎大意！”

“怎么马虎法？”

“噢，是这么回事儿，”斯特列勉尼柯夫说，“昨天，已经晌午了，我们出发去侦察。是普拉东·里亚布契柯夫亲自派一个司务长带我们去的……安季普，昨天跟咱们去的那个司务长姓什么来着？”

“鬼才知道他姓什么！”

“噢，管他妈的姓什么！我们反正不认识他，是别的连的。噢……我们去的一共是十四个哥萨克，沙米尔也跟我们一块儿去啦。昨天一整天他都高高兴兴的，可见他的心事先一点也没有感觉到什么！

我们骑马走着，他晃悠着那半截胳膊，把缰绳扔到鞍头上，说：‘唉，咱们的格里高力·潘捷莱维奇啥时候能回来呀？能和他喝上两盅，再唱唱歌儿，多好啊！’在我们走到拉推舍夫冈以前，他一直都在高声唱着：

我们像蝗虫一样
在山冈上到处飞翔。
顿河哥萨克呀，
放的都是单打一步枪！

我们就这样走下一片洼地（已经快要到烂泥沟啦），司务长说：‘弟兄们，哪儿也看不见红军。他们恐怕还没有从阿司塔霍夫村出动呢。庄稼佬都懒得起早，大概他们还在吃午饭，正在炖南蛮子家的鸡呢。咱们来歇会儿吧，不然咱们的马要汗透啦。’我们说：‘嗯，好吧，歇会儿就歇会儿。’于是我们都下了马，躺在草地上，派一个人到土包上去瞭望。我们躺着，我看见阿列克塞在自己的马跟前蹭来蹭去，在松鞍下的马肚带。我就对他说：‘阿列克塞，你顶好别松马肚带，要不然，万一有什么紧急情况，咱们就得马上出动，你靠一只手，怎么来得及勒马肚带呢？’但是他龇着牙说：‘我比你勒得还快呢！你这个小毛孩子，凭什么教训起我来？’就这样，他松开马肚带，解下马笼头。我们躺着，有的在抽烟，有的讲起故事，还有人在打盹儿。我们的瞭望哨这时候也打起盹儿来啦。他朝土包脚下一躺，就他妈的睡着啦。我就听见，好像远处有马蹄声。我本来也懒得起来，可我终于还是站了起来，从洼地里爬上来，爬到高地方。我一看，在离我们百十丈远处，一队骑马的红军顺着沟底走过来啦。走在最前面的是一个骑枣红马的指挥员。他骑的那匹马就像一头狮子。他们还带着一挺转盘式机枪。我马上连滚带爬回到洼地里，吆喝说：‘红军来啦！上马！’他们大概也看见我啦。我们接着就听见，他们那边也发出了口令。我们上了马，司务长抽出刀来，想发起冲锋。可是我们只有十几个人，他们却有半个连，而且他们还有机枪，还有什么好冲的啊！我们就骑着马飞跑起来，他们就用机枪扫射，可是他们又看到，用机枪打不到我们，因为山沟把我们遮住啦。于是他们就放马追赶我们。但是我们的马快一些，我们跑出一段路，又从马上下来，开始还枪。这时候我们才发现，阿列克塞·沙米尔没有跟我们来。就是说，大家都慌乱起来的时候，他一定也跑到马跟前，用那只好手抓住鞍头，用脚往马镫上一踩，马鞍就溜到马肚子底下去啦。沙米尔没有来得及上马，就落到了红军手底下，可是他的马却跑回了我们这边，跑得鼻子眼儿里直冒烟，马鞍在肚子底下一个劲儿地晃悠着。那马都吓惊啦，简直不叫人靠近，呼哧呼哧直打响鼻，就像个鬼一样！阿列克塞就这样把小命送啦！如果不是松了马肚带，他不会死的，可是你看……”斯特列勉尼柯夫在黑黑的小胡子底下笑了笑，又说他前天还在唱呢：

嗨，你这个老妖头，
你来咬死我的小牛，
再把我的脑袋瓜抖搂抖搂……

这一下子可把他的脑袋瓜儿抖搂空啦……连脸都叫人认不出来啦！他在那儿流的血，就有宰掉的一头老牛流出来的那么多……后来，等到把红军打退了，我们跑到那块洼地里去，看到他躺在那儿呢。

他身子底下的血有老大的一摊，他都要漂起来啦。'

“喂，咱们该走了吧？”赶车的妇女把包着脸来遮太阳的头巾从嘴上拉了拉，很着急地问道。

“大婶，别着急。马上就到啦。”

“怎么能不急呢？这些死人身上的臭味这样厉害，熏得人站都站不住！”

“死人气味怎么会好闻呢？死人活着的时候，又吃肉，又摸老娘儿们。凡是干这些事情的，还没有死，就开始发出臭味儿啦。听人说，好像那些圣人死后冒的是热气，可是依我看，这纯粹是胡扯。不管是什么样的圣人，死后都要像茅厕坑那样，发出臭烘烘的气味，自古都是这样。圣人也是一样要用肚子装饭，上帝给他们安的肠子也和平常人一样有三十俄尺……”安季普带着深思熟虑的神气说。

可是斯特列勉尼柯夫不知为什么发起火来，高声叫道：

“你管他妈的圣人不圣人干什么？扯起圣人来啦！咱们走吧！”

格里高力和他们道过别，又走到大车跟前去和死去的几位同村人告别，这时候他才发现，他们三个人的靴子都脱掉了，三双靴子的靴筒压在他们的脚底下。

“为什么把他们的靴子都脱啦？”

“格里高力·潘捷莱维奇，这是咱们哥萨克干的事……他们几个死的人穿的靴子都很好，所以，连里的人就打了一个主意：把他们的好靴子脱下来，给几个穿坏靴子的人穿，就把坏靴子带回村子里。因为死的几个人都还有家。就让他们的孩子穿穿坏靴子吧……安尼凯就这样说：‘死了的不用走路啦，也不用骑马啦。把阿列克塞的靴子给我吧，他的靴子底很结实。要不然，等我从红军脚上弄到皮鞋的时候，我已经冻死啦。’”

格里高力走了，走着走着，听到他们两个人争吵起来。斯特列勉尼柯夫用又高又响的声音喊叫着：

“‘小牛皮大王’，你胡吹！你爹就是因为爱吹，才叫‘牛皮大王’！哥萨克当中根本就没有圣人！所有的圣人都是庄稼佬出身。”

“不，出过圣人！”

“你像狗一样瞎吹！”

“不，出过圣人！”

“哪一个？”

“常胜将军叶戈尔不是吗？”

“呸！你妈的，滚远点儿吧！他怎么是哥萨克呢？”

“道道地地的顿河哥萨克，是下游一个乡的人，好像是谢米加拉柯尔乡的。”

“哼，又胡扯啦！你先打听打听再说。他才不是哥萨克呢！”

”不是哥萨克吗？那为什么把他雕在咱们的长矛上？”

底下的话格里高力就听不见了。他放马小跑起来，走下一条山沟，在他跨过将军大道的时候，就看见那辆牛车和两个骑马的人慢慢在下山坡，朝村子里走去。

差不多一直到卡耳根镇，格里高力都是放马小跑。微风拂动着一点汗也没有出的马的鬃毛。一只只长长的棕色黄花鼠在大道上穿来穿去，惶惶不安地吱吱叫着。黄花鼠那报警的尖叫声和草原的静穆出奇地协调。在高地上，在冈头上，不时地从路边飞起公鸨。有一只被太阳照得闪闪放光的雪白的小鸨，急急忙忙地扇动着翅膀，向高处飞去，等飞到高空里，就伸长了那围着一圈结婚花环似的黑色绒毛的脖子，迅速地飞起来，就像在蓝蓝的太空中游泳，越飞越远。可是飞了有百十丈远，就朝下飞来，翅膀扇动得更加频繁，好像停住不动了。快到地面时，在一片绿草的衬托下，那飞速扇动的翅膀又像白色闪电似的最后闪了闪，就不再闪了：小鸨淹没在草丛里，不见了。

到处都可以听到公鸨情急如火的“吱儿吱儿”的叫唤声。格里高力来到旗尔河边一处高地的顶上，在马上看到路边几步远的地方有一块鸨交尾的地方：直径有一俄尺半的一块平平的土地，已经被为争母鸨而打架的公鸨的爪子踩得结结实实的了。这块地方连一根草都没有了；只有一层平平的灰色沙土，上面印满了十字形的爪印儿，再就是路边干枯的荒草和野蒿上挂着不少表面有灰色花纹、里面呈粉红色的鸨毛，鸨毛在风中轻轻摇摆着，这都是在打架时从好斗的公鸨背上和尾巴上撕扯下来的。不远处，从窝里跳出来一只很难看的灰色母鸨。那母鸨像个老奶奶一样驼着背，迅速地抖动着两条腿，在干枯的木樨草丛里来来回回地跑着，没有飞起，隐没在草丛里了。

因为春天到来，草原上到处洋溢着无形的、强大的、蓬蓬勃勃的生机：青草迅猛地生长着；许许多多成双成对的飞禽和走兽，纷纷躲开凶恶的人眼，藏在草原上隐蔽的地方进行交配；耕地上冒出无数尖尖的禾苗芽儿。只有衰亡了的去年的风卷球儿草，在草原各处的古代守望台的斜坡上无精打采地弯下身去，可怜巴巴地贴到地面上，寻求保护，但是清新活泼的春风毫不留情地把它从干枯的根上吹断，吹得它在阳光明媚、恢复了生机的草原上到处乱滚。

格里高力·麦列霍夫来到卡耳根镇，已经快到黄昏时候了。他是蹚水渡过旗尔河的；他在一个哥萨克村子外面拴马的地方找到了里亚布契柯夫。

第二天早晨，格里高力就从他手里接过分驻在各个村子里的第一师各部的指挥权，看过了司令部发来的最近的几份战报，和师参谋长米海依尔·考佩洛夫商量了一下，就决定向南，向阿司塔霍夫村发动进攻。

部队里非常缺乏子弹。必须靠打仗来夺取子弹。

这就是格里高力决定发动这次进攻的主要目的。

这一天快到黄昏时候，已经有三个骑兵团和一个步兵团集中到卡耳根镇上。师里有二十二挺手提式机枪和重机枪，决定只带六挺，因为再多带，子弹就不够用了。

清晨，全师出动了。格里高力在路上离开师部，亲自担任了第三骑兵团的指挥，他把骑兵侦察队派出去做前哨，就带领人马向南，向波诺玛廖夫村开去，因为据侦察兵报告，也在准备进攻卡耳根镇的红军步兵第一〇一团和第一〇三团正在那里集中。

在离镇三俄里的地方，一个传令兵追上了他，把库金诺夫的一封信交给了他。

塞尔道布团已经向我们投降啦！全部士兵都已经缴了枪，有二十来个人本来想反抗，包加推廖夫已经收拾了他们，下命令杀掉啦。交给我们四门大炮(不过炮栓已经被该死的共产党员炮手们下掉啦)、二百多发炮弹和九挺机枪。这是咱们的一件大喜事！咱们把红军分编到各个步兵连里，叫他们去打自己人。你那里情况怎么样？哦，我差点儿忘了告诉你：你们村子里的共产党员科特里亚洛夫、柯晒沃依和很多叶兰乡的共产党员都叫我们捉住啦。要在押往维奥申的路上把他们全部收拾掉。如果你很需要子弹的话，就写封信交来人带回，我们可以送去五百箱。

库金诺夫

“传令兵！”格里高力叫道。

普罗霍尔·泽柯夫立刻跑到跟前，但是一看见格里高力的脸色十分难看，就吓得连忙行了一个军礼，说：

“有什么吩咐？”

“叫里亚布契柯夫来！里亚布契柯夫在哪儿？”

“在大队后头。”

“去！赶快把他叫来！”

普拉东·里亚布契柯夫催马大跑着绕过大队人马，朝格里高力跟前跑来。他那淡黄色胡子的脸被风吹得脱了一层皮，小胡子和眉毛被春天的太阳晒得泛着狐狸毛一样的红光。他微微笑着，一面跑，一面抽烟卷。他骑的深枣红马肥肥的，春天这几个月来一点也没有掉膘，那马跑着轻快的溜蹄步，胸带闪闪有光。

“维奥申有信来啦？”里亚布契柯夫看见格里高力身旁有一个传令兵，就喊道。

“有信来。”格里高力镇定地回答说，“你来指挥这个团和这个师吧。我要去一趟。”

“噢，那好，你去吧。不过为什么这样急？信上写的是什么？是谁写的？库金诺夫吗？”

“塞尔道布团在霍派尔河口投降啦……”

“噢——噢？人还都活着吗？你马上就去吗？”

“马上就去。”

“好，去就去吧。等你回来，咱们在阿司塔霍夫村见吧！”

“能活捉住米沙和伊万·阿列克塞耶维奇很好……问清楚是谁把彼特罗打死的……再把伊万和米沙救出来！要救出来……我们之间流过血，但我们能说是外人吗？！”格里高力心里想，狠狠地照马身上抽了几鞭，飞快地下了山坡。

五十二

暴动军的一些连队刚刚开进霍派尔河口镇，把开大会的塞尔道布团的人包围起来，第六旅旅长包加推廖夫就跟伏龙诺甫斯基和伏尔科夫离开广场去开会。这次会议就在广场旁边的一座买卖人的房子里举行，会开得很短。包加推廖夫连手里的马鞭都没有放下，和伏龙诺甫斯基打过招呼以后，就说：

"一切都很好。这算是你们的功劳。可是你们怎么没把大炮保护好呢？"

"这是意外！少尉先生，这完全是意外！炮兵差不多都是共产党员，我们解除他们武装的时候，他们拼命抵抗；打死了两名弟兄，卸掉炮栓，就跑了。"

"可惜！"包加推廖夫把帽箍上还留着不久前才撕掉的军官帽徽的新鲜印子的绿制帽往桌上一扔，用一块脏手帕擦着剃得光光的脑袋，擦着变成了褐色的脸上的汗，微微笑了笑，说，"好吧，那也罢了。您现在就去告诉您手下的弟兄们……和他们好好地说说，叫他们别这个那个的……别啰唆……叫他们把全部武器交出来。”

伏龙诺甫斯基听到这个哥萨克军官的长官式的口气，感到厌恶起来，就讷讷地反问道：

“交出全部武器吗？”

“嗯，我不向您说第二遍啦！说是全部，就是一点不能留。”

“不过，少尉先生，您和你们的司令部接受过不解除本团武装的条件呀？怎么能这样呢？……当然，我明白，像机枪、大炮、手榴弹——这些东西我们是要无条件交出来的，至于红军士兵的武器……”

“现在没有红军士兵啦！”包加推廖夫恶狠狠地嘬了嘬刮得光光的嘴巴，提高了声音，用螺旋形的马鞭抽了一下溅满泥巴的靴筒，“如今再没有红军士兵，只有保卫顿河土地的士兵啦。明——白——吗？……如果他们不肯干，我们会逼着他们去干！没什么啰唆的！你们在我们的土地上胡作非为够啦，还要谈什么条件！咱们之间没有什么条件！明——白——吗？……”

塞尔道布团的参谋长、年轻的伏尔科夫中尉十分懊恼。他十分激动地用手指头来来回回地摸着黑呢衬衣硬领上的扣子，揪弄着像羊羔皮一样拳曲的黑头发，厉声问道：

“这么说，你们拿我们当俘虏待啦？是这样吗？”

“我没有对你说过这话，所以你没有必要瞎猜！”这位哥萨克旅长粗暴地打断他的话，把称呼变成了“你”，并且那神气已经明显地表现出，对方已经完全处在他的手掌底下了。

屋子里有一会儿十分安静。从广场上传来低沉的嘈杂声。伏龙诺甫斯基在屋子里来回走了几趟，咯吧咯吧地掰了几下手指头，然后把自己的烟色棉上衣的扣子全部扣上，神经质地眨巴着眼睛，对包加推廖夫说：

“您的口气对我们是一种侮辱，而且这不是您这样一位俄国军官应该有的口气！我现在干脆告诉您。你们既然向我们挑战，那我们还要看看再说……要看看你们怎样对待我们……伏尔科夫中尉！我命令您：到广场上去，告诉各级指挥人员，叫他们不论在什么情况下都不能把武器交给哥萨克！您命令全团拿起武器来。我马上就和这位……和这位包加推廖夫先生结束谈话，到广场上去。”

怒气像黑色的爪子抓住了包加推廖夫的脸，这位旅长本来还想说几句什么，但是他已经意识到，他的话说得太过火了，于是压住火气，马上急转直下地改变了态度。他突然把制帽往头上一扣，依然在狠狠地甩着起了毛的马鞭，又说起话来，声音中出现了意想不到的温和与客气的口气：

“两位先生，你们误会了我的意思。我当然没有受过什么特别的教育，没有在士官学校念过书，也许不大会说话，不过，不能过高地要求嘛。咱们总归是自己人嘛！咱们之间不应当闹意见嘛。我怎么说的来着？我只是说，要马上把你们红军中那些对我们和你们特别不可靠的分子解除武装……我说的就是这个！”

“那就对不起啦！应该说清楚些嘛，少尉先生！再说，您要知道，您那种挑战的口气，您的整个行动……”伏龙诺甫斯基耸了耸肩膀，又用比较平和、但是余怒未消的口气继续说，“我们自己本来就想，要把那些动摇分子和不坚定的分子解除武装，交给你们去处置……”

“对对！就是这话！”

“不过我是说，我们决定自己来解除他们的武装。至于我们的战斗核心，那我们是要保留的。我们无论如何都要保留！我本人或者这位伏尔科夫中尉，就是您初见面就称起‘你’的这一位……我们来担任指挥，我们一定会忠实地洗清我们参加过红军的耻辱。您应当给我们这样的机会。”

“你们这个战斗核心有多少支枪？”

“差不多有二百支。”

“好，没什么，就这样吧，”包加推廖夫勉强答应了。他站起来，开了通向走廊的门，高声喊道：“内掌柜的！”等一位上了年纪的、披着厚厚的头巾的妇女来到门口，他吩咐说：“弄点儿新鲜牛奶来！马上给我弄来！”

“我家没有牛奶，请别见怪！”

“红军要，恐怕就有啦；我们要，就没有吗？”包加推廖夫酸溜溜地笑了笑。

屋子里又是一阵很尴尬的沉默。还是伏尔科夫中尉打破沉默：

“我可以走吗？”

“好吧，”伏龙诺甫斯基叹着气回答说，“您去下命令，把我们列入名单的那些人解除武装。名单在郭黎加索夫和韦斯特敏司特尔手里。”

伏龙诺甫斯基上尉只是因为触疼了自己的军官自尊心，才不得不说出“我们还要看看你们怎样对待我们”这样的话来。实际上他十分明白，他的赌注输定了，而且已经没有退路了。根据他得到的情报，军部派来解除叛变的塞尔道布团的武装的队伍已经从大熊河河口出动，并且眼看就要到了。不过包加推廖夫也已经看出来，伏龙诺甫斯基是个可靠的和绝对没有危险的人，而且现在后退已经不可能了。这位旅长就拍拍胸脯，答应把团里最可靠的分子编成一个独立的作战单位。会议就这样结束了。

就在开会的时候，广场上的暴动军不等会议有什么结果，就采取坚决行动，解除塞尔道布团的武装。哥萨克们那贪婪的眼睛盯住团辎重队的大大小小的车辆，拿手到处乱翻，他们不仅争先恐后地乱拿子弹，而且还抢红军的厚底黄皮靴、裹腿、棉袄、棉裤和各种吃的东西。有二十来个塞尔道布团的人眼看着哥萨克这样横行霸道，就想进行反抗。其中有一个，看见一个哥萨克来搜他，并且大模大样地把他的钱包装进自己的口袋，他就用枪托子朝那个哥萨克打去，吆喝道：

“土匪！抢起来啦?！还给我，要不然，我给你一刺刀！”

同伴们纷纷支持他。响起一片愤怒的叫声。

“同志们，拿起枪来！”

“咱们上当啦！”

“不能交枪啊！”

发生了白刃战，反抗的红军被压迫到板墙跟前，暴动军的骑兵在第三骑兵连连长鼓励下，在两分钟以内把他们全砍死了。

由于伏尔科夫中尉来到广场上，解除武装的事干得更顺利了。在倾盆大雨之下，对排成队伍的红军进行搜查。步枪、手榴弹、团电话队的器材、步枪子弹箱和机枪子弹箱就堆在离队伍不远的地方，堆成一堆又一堆……

包加推廖夫骑马来到广场上，他骑在他那匹发了性子的、直蹦直跳的马上，在塞尔道布团士兵的队伍前面四面扭动着身子，威风凛凛地高高扬起粗粗的螺旋形马鞭，喝叫道：

“你们听着！你们从今天起，就要跟共产党坏蛋们和他们的军队打仗啦。谁要是好好地跟着我们干，我们就饶了他，谁要是想捣蛋，就是这样的下场！”他用马鞭指了指那些被砍死的红军士兵，那些死去的士兵已经被剥得只剩了内衣，堆成了乱糟糟的、淋得水漉漉的、白白的一大堆。

红军队伍里像风吹水面一样，响过一阵低低的叽喳声，但是谁也没有大声说一句反对的话，也没有一个人离开行列……

哥萨克的骑兵和步兵成群成伙地到处乱钻。他们密密实实地包围住广场。在教堂围墙旁边，在小土包上，都架起漆成绿色的塞尔道布团的机枪，枪口对准了红军的行列，机枪旁边，护板后面，蹲着淋得透湿的哥萨克机枪手，做好了准备……

一个钟头之后，伏龙诺甫斯基和伏尔科夫根据名单挑选出一批“可靠的人”。他们一共是一百九十四人。新编的队伍名为“暴动军独立第一营”。这个营当天就开往别拉文村一带的前线，从顿涅茨调来的红军第二十三骑兵师的两个团正从那边攻过来。

据说，红军的两个团是：第十五团，由贝加陀洛夫率领，第三十二团，由著名的米海依尔·布林诺夫率领。他们所向披靡，打垮了不少抵抗他们的暴动军连队。其中有一个哥萨克连，是霍派尔河口乡一个村庄匆匆编成的，被全部消灭了。于是包加推廖夫决定派伏龙诺甫斯基这个营去抵挡布林诺夫，要在战斗中考验考验这个营的坚定性……

塞尔道布团其余的人，有八百多人，就依照暴动军总司令库金诺夫在给包加推廖夫的信中指示的办法，被押着顺着顿河岸徒步朝维奥申走去。三连骑兵带着塞尔道布团的机枪，走上顿河岸边的高地，跟在他们后面监押着。

包加推廖夫在离开霍派尔河口镇之前，到教堂去做祷告，神甫刚刚念完祈求天赐“爱基督的哥萨克军队”胜利的祷告词，他就走了出来。有人给他牵过马来。他上了马，招了招手，把留在镇上担任后卫的一个连的连长叫过来，从马上弯下身子，对着他的耳朵小声说：

“对共产党员要严加看守，比看守火药库还要小心！明天早晨派可靠的押送队把他们送往维奥申。

今天就派人到各个村子里去通知，叫大家都知道咱们押送的是什么人。老百姓会自动处治他们的!”

那个连长领命走了。

五十三

四月里的一天中午，在维奥申乡新根村上空出现了一架飞机。小孩子、妇女和老头子们一听见飞机马达低沉的隆隆声，一齐从屋子里跑了出来；他们仰起头来，手搭凉棚，看着飞机在笼罩着阴云的天空中侧歪着身子，像老鹰那样打着圈子，看了老半天。马达声越来越高，越来越大。飞机在村外牧场上挑好了一块着陆的平地，就朝下飞来。

“马上要扔炸弹啦！当心啊!”一个很机灵的老头子心惊胆战地叫道。

于是拥挤在胡同口的人群四散逃窜。妇女们拖着哇哇叫的孩子们乱跑，老头子们拿出像山羊那样的敏捷和灵活劲儿，跳过一道道篱笆，往村边树林里跑去。小胡同里只剩了一个老奶奶。本来她也跑的，但是不知道是腿吓软了呢，还是在小土墩上绊了一跤，反正她跌倒了，而且起不来了，她毫不害羞地翘起两条干瘦的腿，不要命地喊叫着：

“哎呀，好人呀，救命啊！哎呀，我要死啦！”

谁也没有回来救老奶奶。这时候飞机大大地发起威来，带着凶猛的吼声和啸声从谷仓顶上飞过，有一霎时，飞机翅膀的影子遮住了老奶奶吓得瞪得老大的眼睛前面的光线，飞机飞过去，便用轮子轻轻挨着村边牧场的潮湿的地面，往草原上跑去。这时候老奶奶的裙子都尿湿了。她半死不活地躺在那里，身子底下怎样，周围又怎样，她都感觉不到、听不见了。不用说，她也没有看见，远处有两个身穿黑皮夹克的人，从那只落下来的可怕的大鸟里走了出来，犹豫不决地抖动着脚在原地站了一会儿，朝四面看了看，就朝有人家的地方走来。

但是躲在树林里、趴在去年的黑莓丛里的老奶奶的老伴儿，却是一个勇敢的老头子。虽然他像被逮住的麻雀那样，一颗心怦怦地跳个不停，但他还是有胆量看一看的。他看见两个人朝他家的院子走来，认出其中一个是他的老同事的儿子——军官彼得·包加推廖夫。彼得是暴动军独立第六旅旅长格里高力·包加推廖夫的堂兄弟，跟着白军跑到顿涅茨那边去了。这毫无疑问就是他。

老头子像兔子那样蹲着，耷拉着两只手，仔仔细细端详了一会儿。等他看准，那摇摇摆摆慢慢走的确实就是彼得·包加推廖夫，还是像去年看见他的时候那样，蓝蓝的眼睛，只是因为很久没刮胡子，脸上长了一些胡茬子，于是老头子站起身来，试了试两腿能不能撑得住。两条腿只是膝关节处微微有点儿哆嗦，但还是能撑得住的，于是老头子小跑着走出了树林。

他不是去看吓掉了魂的老奶奶，而是径直朝彼得和他的同伴走去，并且老远就从秃头上摘下他那顶褪了色的哥萨克帽。彼得·包加推廖夫也认出了他，朝他招了招手，还笑了笑。他们走到了一起。

“请问，彼得·格里高力耶维奇，这真是您吗？”

“就是我呀，老爹！”

“老天爷叫我老来有眼福，我看见飞机啦！我们刚才见了飞机还害怕呢！”

“附近没有红军吧，老爹？”

“没有，没有，好孩子！已经把他们赶到旗尔河那边去啦，赶到南蛮子那儿去啦。”

“咱们这儿的哥萨克也起事了吗？”

“起事倒是起事啦，不过已经有很多被拉回来啦。”

“怎么回事儿？”

“就是说，打死啦。”

“哦哦……我家里人，我爹，都活着吗？”

“都活着。你们是从顿涅茨那边来的吗？在那儿看见我家的季洪没有？”

“是从顿涅茨那边来的。季洪叫我带好来啦。噢，老爹，你替我们把飞机看一下，别叫小孩子们乱动，我回家去看看……咱们走吧！”

彼得·包加推廖夫和他的同伴走了。那些吓得躲藏起来的人，纷纷从树林里、棚子底下、地窖里和各个隐蔽的角落里走了出来。人群把飞机团团围住，飞机那滚烫的马达还冒着热气，还散发着芳香的汽油味和机器油气味。蒙着帆布的飞机翅膀被子弹和炮弹皮打了许多窟窿。这架从来没有见过的机器一声不响，浑身热乎乎的，就像一匹跑累了的马。

那个首先见到彼得·包加推廖夫的老头子，跑进他那吓坏了的老婆子躲的那条小胡同，想把十二月里跟着州政府跑掉的儿子季洪的消息告诉她，叫她也高兴高兴。老婆子已经不在小胡同里了。她已经回到家里，躲在小屋子里，匆匆忙忙地在换衣服，换了褂子，又换裙子。老头子好不容易找到她，大声叫道：

“彼得·包加推廖夫飞回来啦！季洪托他带好来啦！”他看见他的老婆子在换衣服，气得不得了，“你这老妖婆，怎么打扮起来啦？哼，你妈的！谁还看得上你这个秃鬼？简直成了小媳妇啦！”

……很快就有许多老头子来到彼得·包加推廖夫家里。他们每个人走进来，都是在门口就摘下帽子，对圣像画过十字，然后拄着拐杖，规规矩矩地坐到大板凳上。大家谈了起来。彼得·包加推廖夫一面喝着杯子里没有打过皮的凉牛奶，一面说着，说他是顿河政府派来的，他的任务是要和上顿河州的暴动军取得联系，并且要用飞机运送子弹和军官，支援他们同红军作战。并且告诉大家，顿河军即将展开全线进攻，不久就要同暴动军会师。包加推廖夫还顺便把老头子们数落了一顿，说他们对青年哥萨克的教育太差了，所以他们才放弃阵地，让红军来到自己的土地上。最后他说：

“……但是既然你们已经醒悟过来，把各乡的苏维埃政府赶了出去，顿河政府也就原谅你们啦。”

“彼得·格里高力耶维奇，可是现在还是苏维埃政府呀，不过没有共产党罢咧。我们挂的旗子也不是三色旗啦，是红白两色的。”一个老头子犹疑地说。

“就连称呼，我们这儿的年轻人，这些不听话的狗崽子们，还互相称呼‘同志’哩！”另一个老头子插嘴说。

彼得·包加推廖夫的嘴角在刚刚修剪过的红胡子底下笑了笑，带着嘲笑的神情眯缝起圆圆的蓝眼睛，说：

“你们的苏维埃政府就像春天的冰。太阳微微一晒，就化啦。不过那些在卡拉奇领头抛弃阵地的人，等我们从顿涅茨那边一回来，我们是要收拾他们的！”

“要收拾这些该死的东西，狠狠收拾！”

“就该这样！”

“要收拾！要收拾！”

“要当众抽他们的屁股，要抽得他们尿上一裤子！”老头子们高高兴兴地乱嚷起来。

* * *

傍晚时候，接到通知的暴动军总司令库金诺夫和参谋长萨方诺夫，坐着一辆三匹汗流如洗的马拉的四轮大车，飞也似的来到新根村。

他们因为包加推廖夫来了，高兴得不得了，连靴子和雨衣上的泥巴都没有掸一掸，就几乎是大步跑着进了包加推廖夫家的屋子。

五十四

塞尔道布团出卖给暴动军的二十五名共产党员，由一支强大的押送队押解着，从霍派尔河口镇出发了。想跑是跑不掉的。伊万·阿列克塞耶维奇在俘虏群中一瘸一拐地走着，怀着忧伤和憎恨的心情打量着那些押送的哥萨克的一张张恶狠狠地板着的脸，心里想：“他们是要送我们的命呀！如果私自处置，那我们就完啦！”

押送队里大多数是留大胡子的人。领队的是一个信仰旧教的老头子，是一个阿塔曼团的司务长。一出了霍派尔河口镇，他就命令俘虏不许说话，不许抽烟，不许向押送兵提问题。

“你们做做祷告吧，反基督的奴才们！你们要死啦，剩下的时间别作孽啦！呜呜呜！你们忘掉了上帝！替魔鬼效力！都烙上了敌人的烙印！”他时而扬扬自动手枪，时而拉拉套在脖子上的手枪带子。

俘虏当中只有两名共产党员是塞尔道布团的指挥人员，其余的，除了伊万·阿列克塞耶维奇以外，都是叶兰乡的外来户，都是一些高大而强壮的小伙子，都是在红军来到叶兰乡的时候加入了共产党，有的当民警，有的当村革命军事委员会主席，暴动发生以后，他们都跑到霍派尔河口镇，参加了塞尔道布团。

过去他们差不多都是手艺人：木匠、桶匠、石匠、泥瓦匠、鞋匠、裁缝。其中年纪最大的看样子不过三十五岁，最小的只有二十岁上下。这些又结实又英俊的健壮小伙子，两只大手因为干沉重的体力活儿锻炼得十分有劲儿，肩膀宽宽的，胸脯鼓鼓的，那种样子跟押送队的弯腰弓背的老头子们迥然不同。

“你以为怎样，他们会审判我们吗?”和伊万·阿列克塞耶维奇并肩走的一个叶兰乡的共产党员悄悄问道。

“未必……”

“他们会打死咱们吗?”

“恐怕会的。”

“他们不是不枪毙人吗?哥萨克们就这样说过，你记得吗?”

伊万·阿列克塞耶维奇没有作声，但是希望就像风中的火星那样闪了一下：“这话对呀！他们是不能枪毙我们呀。他们这些家伙提出的口号就是：‘打倒共产党，反对抢劫和枪毙！’据说，他们只判徒刑……判处鞭笞和做苦工。嗯，这就不可怕了！在监狱里蹲到冬天，到了冬天，顿河一结冰，我们的人又要向他们进攻啦！……”

希望闪了一下，就又像风中火星那样，熄灭了：“不对，他们会打死我们的！他们都像魔鬼一样凶狠！这一辈子完啦！……唉，过去真不应该那样！跟他们打仗，心里却可怜他们……真不该可怜他们，应该把他们斩草除根！”

他攥紧拳头，因为愤怒无法发泄恼得耸了耸肩膀，头上马上就挨了后面打来的一鞭，他踉跄了一下，差一点跌倒。

“你攥什么拳头，狼崽子？我问你，你攥什么拳头？”领队的司务长大声喝叫着，驱马朝他身上冲来。

他又抽了伊万·阿列克塞耶维奇一鞭，这一鞭抽在脸上，顿时从眉骨直到中间有一个小坑的饱满的下巴，起了一道斜斜的印子。

“你打谁？打我吧，老爷子！打我吧！他是挂了花的，你别打他，”一个叶兰乡的小伙子带着恳求的笑容，用哆哆嗦嗦的声音喊叫起来，并且从人群里走出来，往前挺了挺饱鼓鼓的、结实的胸膛，把伊万·阿列克塞耶维奇遮住。

“也要打你！乡亲们，揍他们！打共产党啊！”

一鞭子打破了这个叶兰乡小伙子那绿褂子的肩膀，这一鞭十分厉害，打得破布片卷了起来，就像火烧的树叶子。一股黑血从伤口里，从马上鼓起来的鞭印子里流出来，浸透了破布片……

司务长恨得呼哧呼哧直喘，驱马朝俘虏身上乱蹦乱踩，冲进稠密的俘虏群里，用鞭子狠狠地乱抽起来……

又是一鞭子狠狠打在伊万·阿列克塞耶维奇身上。他眼睛里冒起金星，大地摇晃起来，而且对岸沙地上那一片绿色的树林好像要倒下来似的。

伊万·阿列克塞耶维奇用粗大的手抓住马镫，想把兽性大发的司务长拖下马来，但是一刀背砍来，把他击倒在地上，淡淡的、痒酥酥的、呛人的尘土爬进嘴里，鼻子和耳朵里火烧火燎地涌出血来……

押送兵像赶羊一样，把他们赶成一堆，抽打他们，打了老半天，打得很厉害。脸朝下卧在大路上的伊万·阿列克塞耶维奇，好像是在做梦一样，听到一片低沉的叫喊声、周围一片咚咚的脚步声、像疯了似的马的呼哧声。一团热乎乎的马汗沫子落在他的光着的头上，差不多就在同时，在很近的地方，就在他的头顶上，响起短促而可怕的男子哭声、喊叫声：

“他妈的！你们打手无寸铁的人！……哎哟哟……”

一匹马踩到了伊万·阿列克塞耶维奇的受伤的那条腿，磨钝了的马掌铁踩进小腿肚子的肉里，头顶上响起一片轰隆轰隆的，一下紧接一下的鞭打声……过了一会儿，一个沉甸甸、湿漉漉、散发着刺鼻的汗臭味和血腥味的身体，咕咚一声，倒在伊万·阿列克塞耶维奇的身边。他还没有完全失去知觉，所以听见：倒下去的人的喉咙里，就像翻倒的酒瓶那样，咕嘟咕嘟地冒出血来……

后来把他们一起赶到河边，逼着他们把血洗掉。伊万·阿列克塞耶维奇站在没膝深的水里，浸了浸疼得火烧火燎的伤口和被打起来的肿块，用手捧着跟自己的血混在一起的河水，拼命喝了起来，很怕来不及压下难以忍受的干渴。

在路上有一个骑马的哥萨克赶到了他们的前头。他那匹深枣红色的马，因为肥壮和满身大汗，全身明晃晃的，欢蹦乱跳地快步跑着。骑马人跑进了村子，于是，俘虏们还没有走到村边几户人家门前，一群一群的人就迎着他们跑来了。

伊万·阿列克塞耶维奇一看到那些迎面跑来的哥萨克和妇女们，就知道这一下子完了。其余的人也都明白了。

“同志们！咱们完啦！”一个塞尔道布团的共产党员喊道。

手执叉子、锄头、木棒和铁车杠的人群越来越近了……

后来的一切就像一场噩梦。走了三十俄里，经过一个连一个的村庄，在每一个村庄里都受到老百姓拷打。老头子们、妇女们和半大小伙子们，一见到这些被俘的共产党员们，又打，又对着他们那到处是血、到处是青伤和肿块的脸吐唾沫，又扔石头和土坷垃，还拿沙土和煤灰往他们那打肿了的眼睛里撒。妇女们心狠手辣，打起来特别厉害。二十五个遭殃的人通过一处一处的人群，到最后他们变得面目全非，完全不像人的样子了：身体和脸都变成了怪模样，青一块，红一块，黑一块，这儿肿一块，那儿破一块，浑身都是带血的泥巴。

起初这二十五个人当中每个人都想离开押送兵远一点儿，为的是少挨几下打；每个人都尽量往乱了队的俘虏群中间挤，因此挤成紧紧的一团往前走着。但是押送兵总是把他们拉开，推开。于是他们失去了躲避挨打的任何希望，便七零八落地走起来，每个人只有一个执着的愿望：控制住自己，不要倒下去，因为如果倒下去，就再也不能起来了。他们觉得反正无所谓了。起初眼前一闪起草叉铁齿的青光，或者晃动起粗木棒的白白的头儿，每个人都用手护住脸和头，无可奈何地用手捂住眼睛；挨打的俘虏群里发出来的又有求饶声，又有呻吟声，又有骂声，又有发自肺腑的叫疼声。到中午的时候，什么声音都没有了。只有一个顶年轻的叶兰乡人，以前在连里是个爱说爱笑、活泼可爱的人，一打到他的头上，他就哎哟叫上一声。他好像是走在烧得发烫的地面上，一跳一跳的，浑身抽搐着，拖着一条被棒子打断的腿……

伊万·阿列克塞耶维奇在河里洗过身上的血以后，精神上刚强起来。一看见迎面跑来的哥萨克和妇女们，他就和身边的同志告别，小声说：

“没什么了不起的，弟兄们，咱们会打仗，现在也应该会昂着头死去……直到最后一口气，咱们都应当记住一点，咱们有一点可以安慰的，就是：虽然他们能打死咱们，可是苏维埃政府是用棒子打不死的！共产党员们！弟兄们！咱们要死得有种，别叫敌人笑话咱们！”

一个叶兰乡人没有经受得住。等走到包布洛夫村，老头子们又凶狠又毒辣地打他的时候，他像小孩子一样哇哇直叫起来，撕开军便服领子，让哥萨克和妇女们看他那挂在脖子上的小小的贴身十字架，那十字架的吊带因为肮脏和汗污已经变成了黑色。

“同志们！我加入共产党才不久啊！……你们留留情吧！我是信上帝的呀！……我还有两个孩子呀！……行行好吧！你们也有孩子呀！”

“我们跟你算什么‘同志’！住嘴吧！”

“你想起孩子来啦，坏蛋？掏出十字架来啦？后悔啦？可是你在枪毙我们的人，杀我们的人的时候，你没有想到上帝吧？”一个戴耳环的翘鼻子老头子打了他两下，气喘吁吁地问道。不等他回答，老头子又照准他的脑袋，抡起了木棒。

伊万·阿列克塞耶维奇所看到的、听到的和意识到的一切，都是一闪而过，什么都没有引起他特别注意。心好像变成了石头，这颗心仅仅震动过一次。中午时候他们走进袭柯甫诺夫村，穿过街上的人群往前走，遇到的是一片咒骂和乱打。就在这时候，伊万·阿列克塞耶维奇侧眼朝一边看了看，就看见一个六七岁的男孩子紧紧拉着母亲的衣襟，眼泪顺着变了样子的两腮哗哗地往下流，声嘶力竭地尖叫着：

"妈妈呀！别打他啦！哎呀，别打他啦！……我不叫打！我怕！他浑身都是血啦！……"

那个娘儿们已经抡起木棒要打一个叶兰乡人，忽然叫了一声，扔掉木棒，抱起孩子，慌慌忙忙跑进小胡同里去了。伊万·阿列克塞耶维奇被孩子的哭声、孩子的真挚感人的同情心所感动，不由得涌出了眼泪，泪水淹疼了打破了和烧干了的嘴唇。他想起自己的孩子和老婆，微微抽搭了一下，而且因为这像闪电一样突然出现的回忆，产生了一种急切的愿望："但愿不要当着家里人的面把我打死！还希望……快点儿……"

大家都勉勉强强拖着两条腿往前走，因为疲倦，因为一直疼到骨头，都左右摇晃着。在一个村子外面的牧场上看见一口土井，就央求押送队长准许他们喝点水。

“用不着喝水啦！就这样已经多活啦！开步走！”司务长叫道。

但是押送队里有一个老头子替俘虏们说话了：

“行行好吧，阿基姆·萨佐内奇！他们也是人呀。”

“他们算什么人？共产党不是人！你别教训我啦！这押送他们的长官是我，还是你？”

“你们这号儿长官可是太多啦！伙计们，来喝！”

老头子下了马，从井里打上来一桶水。俘虏们把他团团围住，二十五双手一齐向水桶伸过来，打得青肿的眼睛里放出光来，发出一片沙哑而急促的低语声：

“老大爷，给我喝点儿！”

“给我喝点儿吧！……”

“给我喝一口吧！……”

“同志们，不能一齐喝呀！”

老头子不知道先给谁好了。他十分为难地耽搁了一小会儿，便把水倒进一个埋在地里的独木牲口槽里，走到一边，喊道：

“你们干吗像牛一样乱挤！排好队喝吧！”

那水顺着生了青苔、发了霉的槽底流开去，很快就流到被太阳晒得滚烫、散发着潮湿木头气味的槽角里。俘虏们拼命朝木槽拥去。老头子打了一桶又一桶，一共打了十一桶水，看着俘虏们，心酸得皱着眉头，把牲口槽灌得满满的。

伊万·阿列克塞耶维奇跪在地上，喝足了水，等他抬起清爽了的脑袋，就清清楚楚、几乎是丝毫不遗地看见：河边大道上覆盖着一层霜白色的石灰石尘粉，远处耸起的石灰岩山岭有如淡蓝色的幻影，在山岭之上，在水流湍急、波浪滚滚的顿河上空，在一望无际的蓝天上，在高高的空中，有一朵白云。清风吹动着白云，白云展开闪闪有光，像白帆一样的翅膀，迅速地向北方飘去，白云那乳白色的影子倒映在远处的顿河河湾里。

五十五

在暴动军总司令部的一次秘密会议上，决定向顿河政府、向包加叶夫斯基将军求援。

会议决定委托库金诺夫写一封信，对一九一八年底上游哥萨克同红军讲和并抛弃阵地一事表示后悔和遗憾。库金诺夫就写了一封信。他代表顿河上游暴动的全体哥萨克保证，今后一定要坚决同布尔什维克作战，直到最后胜利，并要求用飞机越过前线给暴动军输送指挥军队的正规军官和步枪子弹。

彼得·包加推廖夫就留在新根村，后来又到了维奥申。飞行员就带着库金诺夫的信飞回诺沃契尔卡斯克去了。

从这一天起，顿河政府和暴动军司令部之间就建立了密切的联系。差不多每天都从顿涅茨河那边飞来法国工厂出产的新式飞机，运来军官、步枪子弹和少量三英寸口径的大炮炮弹。飞行员还把那些跟随顿河军撤走的上游哥萨克们的信件带了来，又把家里人给哥萨克们的回信从维奥申带到顿涅茨那边。

顿河军的新司令官西道林将军，为了配合前线的战事和自己的战略计划，开始把司令部制订的作战计划、命令、战报和红军部队向暴动军阵地上调动的情报送给库金诺夫。

库金诺夫只对少数几个人说过他同西道林常有信件往来，对其余的人都严守秘密。

五十六

下午五时左右，把俘虏赶进了鞑靼村。已经接近了转瞬即逝的春天的黄昏，太阳也快要落山了，太阳像一个火红的圆球，已经挨着了弥漫在西方的蓬松的灰云的边缘。

鞑靼村步兵连的哥萨克们在大街上，在高大的公共谷仓的凉荫里坐着或站着。他们是调到顿河右岸去支援抵挡不住红军进攻的叶兰乡各个连队的，在开上前线的路上全连都顺路回到村子里，看一看家里人，并且带上一些吃的东西。

这一天他们本来应该出发的，但是他们听说，要把俘虏的共产党员押往维奥申去，其中就有米沙·柯晒沃依和伊万·阿列克塞耶维奇，而且听说俘虏们眼看就要来到鞑靼村了，所以他们决定等一等。有些哥萨克，跟第一次作战中和彼特罗一起被打死的那些人是一家人，他们特别想见见柯晒沃依和伊万·阿列克塞耶维奇。

步兵连的哥萨克们把枪靠在谷仓的墙上，无精打采地说着话儿，有的站着，有的坐着，有的抽烟，有的嗑葵花子；他们周围是妇女、老头子和孩子们。全村的人都跑到街上来了，有些孩子爬到房顶上，聚精会神地望着：是不是来了？

终于有一个孩子尖声叫道：

“看见啦！来啦！”

步兵连的哥萨克们急忙都站了起来，人们乱动起来，响起一片低沉的、嗡嗡的嘈杂声，孩子们咚咚地迎着俘虏们跑去。阿列克塞·沙米尔的遗孀的心还浸沉在没有平息的悲痛里，她歇斯底里地哭叫起来。

“把仇人押来啦！”一个老头子粗声粗气地说。

“打他们这些魔鬼！你们发什么呆呀，哥萨克们？！”

“把他们送去审判！”

“他们把咱们的人都杀啦！”

“把柯晒沃依和他的伙计都吊死！”

妲丽亚·麦列霍娃和安尼凯的老婆站在一起。她首先在渐渐走近、被打得遍体鳞伤的俘虏群中认出了伊万·阿列克塞耶维奇。

“把你们村里这个人押来啦！你们好好地看着这个狗崽子吧！好好地跟他亲热亲热吧！”押队的司务长在马上伸出一只手，指着伊万·阿列克塞耶维奇，声嘶力竭地叫了起来，他的声音盖过了越来越高的嘈杂声、妇女们的叫声和哭声。

“还有一个在哪儿？柯晒沃依在哪儿？”

“小牛皮大王”安季普朝人群里走来，边走边从肩上摘步枪皮带，晃悠着的步枪的托子和刺刀一下又一下地碰在人身上。

“你们村的人只有一个，另外再没有啦。如果一个人咬一口的话，就这一个也够啦……”司务长说着，用一块红手帕擦着满头的大汗，很吃力地把一条腿从马鞍上跨下来。

妇女们的尖叫声和号哭声越来越高，高到不能再高了。妲丽亚钻到押送兵们跟前，她看见，在离她几步远处，在一个押送兵的汗淋淋的马的后面，是打成了铁青色的伊万·阿列克塞耶维奇的脸。他的头肿成了怪样子，像一只高高竖起的水桶，头上还粘着带血块子的头发。额头上的皮肉肿胀起来，绽了开来，两腮鲜红鲜红的，头顶上有一层胶状的东西，上面还放着两只毛线手套。看样子，他把手套放在头上，是想护住一个连一个的伤口，遮一遮炙人的阳光，防备苍蝇和在空中嗡嗡叫的小虫子叮。手套干在伤口上，就这样粘在头上了……

他张皇失措地四面张望着，用眼睛寻找自己的老婆或小儿子，却又怕看见自己的老婆或小儿子，如果他们在这儿的话，他想求求别人把他们领走。他已经明白，他走不出鞑靼村了，他要死在这儿了，所以他不愿意让家里人看着他死，而他自己却越来越着急地盼望快点儿死。他佝偻着腰，缓慢而吃力地转悠着头，用眼睛扫了扫村里人一张张熟识的脸，他没有看到有一双眼睛露出怜悯或同情的神气——哥萨克们和妇女们的目光都是阴森森、恶狠狠的。

他的褪了色的绿褂子硬邦邦的，每转动一下都沙沙直响。褂子上到处都是凝结了的褐色血块子，那绗得密密的红军棉裤上，那光光的大脚、平平的脚掌和弯弯的脚趾上也都是血。

妲丽亚站在他对面。因为仇恨涌到喉咙眼儿里，因为悲痛，因为急切等待着马上就要出现的可怕的情景，她呼哧呼哧地喘着粗气，看着他的脸，怎么都看不出：他是不是看见她、认出她了呢？

伊万·阿列克塞耶维奇依然用一只发了直的眼睛（另一只眼睛已经肿得看不见了）惊慌不安地、紧张地在人群里搜索着，目光忽然停在离他几步远的妲丽亚的脸上，他就像喝醉了一样，恍恍惚惚地朝前走去。他因为失血过多，头发起晕来，渐渐失去知觉，只觉得周围的一切都模模糊糊，脑袋昏昏沉沉，十分难受，眼前发黑，这种眼看要昏迷过去的状况使他十分担心，但他还是费了很大的劲儿撑持住了。

他一看见并且认出了妲丽亚，朝前走了几步，就摇晃起来。他那本来显得很刚强、如今已经十分难看的嘴上，微微露出一点像笑的意味。就是这种似笑非笑的表情，使妲丽亚的心咚咚地、紧张地跳了起来；她觉得自己的心好像已经跳到喉咙眼儿上了。

她对直地朝伊万·阿列克塞耶维奇走去，一个劲儿地呼哧呼哧喘着粗气，脸色越来越白。

“哦，你好啊，干亲家！”

她的响亮而激动的声音，以及这种声音中不平常的语气，人群一听到，都安静下去。

于是在一片寂静中，伊万·阿列克塞耶维奇低沉而又刚强地回答说：

“你好，干亲家母妲丽亚。”

“好一个干亲家！你说说，你是怎样把你的干亲家……把我的男人……”妲丽亚憋得喘不上气来了，她用两手抓住胸膛。她说不出话来了。

一下子完全静了下来，这是一种极其紧张的寂静，在这种带有不祥意味的寂静中，就连最远处的人都听见妲丽亚含含糊糊地问完了她要问的话：

“……你是怎样把我男人彼特罗·潘捷莱维奇杀死的？”

“没有，干亲家母，我没有杀他！”

“你怎么没杀他呢？”妲丽亚那痛苦呻吟的声音更高些了，“不是你和米沙·柯晒沃依把哥萨克们打死的吗？不是你们吗？”

“不是的，干亲家母……不是我们……不是我打死他的……”

“那究竟是谁把他害了的？喂，是谁？你说！”

“那是后阿穆尔团……”

“是你！是你杀的！……哥萨克们说，在坡上看见你来！你还骑着一匹白马！该死的东西，你想赖吗？”

“那一回打仗我也参加啦……”伊万·阿列克塞耶维奇的左手很吃力地举到头上，扶了扶干在伤口上的手套。他声音中明显地带着犹豫的意味，说道：“那一回打仗我是参加了，不过打死你男人的不是我，是米沙·柯晒沃依。是他打死他的。干亲家彼特罗的死，没有我的事。”

“你这个恶鬼，那咱们村子里谁是你打死的？你叫谁家的孩子变成无依无靠的孤儿啦？”“马掌”亚可夫的遗孀在人群里尖叫起来。

于是又响起妇女们歇斯底里的哭声、叫声和不要命地哭死人的号啕声，使本来已经够紧张的气氛越来越紧张了……

事后妲丽亚说，她不记得怎样手里就有了一支骑兵卡兵枪，不记得是怎样来的，不记得是谁塞给她的。反正妇女们哭起来的时候，她就觉得自己手里有一样别人的东西，她看都没看，一摸就知道这是枪。她先是抓住枪筒子，想用枪托子打伊万·阿列克塞耶维奇，但是枪上的准星把她的手掌硌疼了，于是她用手指头抓住枪机，然后把枪掉转过来，举了起来，甚至瞄准了伊万·阿列克塞耶维奇胸膛的右边。

她看见，在他背后的哥萨克们都躲到一边去，露出了谷仓的灰色圆木墙；她听见惊骇的喊叫声："呸！你发昏啦！杀起自己的人来啦！等一等，别开枪！"她因为人群像野兽那样小心提防着，因为大家的目光一齐集中到她的身上，因为她想为丈夫报仇，还因为突然产生了一种虚荣心，就是说，她突然觉得她现在和其他妇女完全不同了，觉得哥萨克们都带着惊讶以至恐怖的神情看着她，等待着事情的结果，因此她一定要做出一点特别的、不寻常的、能够使大家震惊的事情来，——因为这一切，因为这各种各样的心情驱使着她，她以惊人的速度接近了在思想深处早就拿定了的、她不愿多想、这时候也不可能多想的主意，她小心翼翼地摸着枪机，停顿了一下子，突然，连自己也意想不到地使劲扳了一下枪机。

卡宾枪猛地往后一坐，她猛烈摇晃了两下，枪声震聋了她的耳朵，但是她从眯得细细的眼缝儿里看见，伊万·阿列克塞耶维奇那哆哆嗦嗦的脸顿时变了样子，变得非常厉害，非常可怕，他把双手一摊，又合到一起，好像要从很高的地方往水里跳似的，后来就仰面倒了下去，并且他的头像打寒战一样急促地抽搐起来，张开的两手的指头拼命在地上乱抓……

妲丽亚扔下枪，她还没有清楚地意识到刚才她干下的是什么，就转过身去，背着倒下去的人，用极不自然的、与平时的落落大方很不相同的姿势理了理头巾，撩了撩披散下来的头发。

“他还喘气呢……”有一个哥萨克，一面格外殷勤地给走过的妲丽亚让路，一面说。

她不明白这说的是谁，说的是什么，就回头看了看，只听见一阵深深的、好像不是出自喉咙、而是发自肺腑的哼哼声，哼哼声长长的，没有高低之分，中间夹杂着几声临死前的打嗝。这时候她才意识到，这哼哼的是伊万·阿列克塞耶维奇，是她亲手打死的。她轻盈地快步从谷仓旁边走过，朝广场上走去，少数几个人目送着她。

人们的注意力又一齐集中到“小牛皮大王”安季普身上。他好像阅兵演习时那样，踮着脚尖迅速地朝躺着的伊万·阿列克塞耶维奇跑去，不知为什么把拔出来的三八式步枪的刺刀藏在背后。他的动作又干脆又利落。他蹲下来，拿刀尖对准伊万·阿列克塞耶维奇的胸膛，低声说：

“喂，科特里亚洛夫，你咽气吧！”他使劲把刺刀把子一压。

伊万·阿列克塞耶维奇死得很慢，很困难，生命很不情愿离开他那强壮、高大的躯体。一连捅了三刺刀之后，他还张着嘴，从他那龇着的、带血的牙齿缝儿里还发出长长的、沙哑的声音：

“啊——啊——啊！……”

* * *

“哎，你这两下子不行，滚你妈的蛋吧！”带领押送队的司务长推开“小牛皮大王”，举起手枪，眯起左眼，仔细瞄了瞄。

一枪响过，就像发了一声信号，那些正在讯问俘虏的哥萨克们动手打起来。俘虏们四处乱跑起来。步枪声噼里啪啦响了起来，夹杂着叫喊声……

过了一个钟头，格里高力·麦列霍夫回到鞑靼村。他拼命地赶马，那匹马从霍派尔河口镇出来，在两个村庄中间的路上倒下去死掉了。格里高力就扛起马鞍，走到附近的一个村子里，在那里要了一匹不怎么好的小马。所以他来迟了……鞑靼村的步兵连已经上了高地，朝着霍派尔河口乡的一些村庄，朝着正在同红军骑兵师的队伍进行战斗的霍派尔河口乡的边界开去。村子里很安静，一个人都没有。黑沉沉的夜色笼罩住周围的山冈、顿河对岸、窃窃私语的杨树和白蜡树……

格里高力进了院子，走进屋子。没有灯火。蚊子在沉沉的黑暗中嗡嗡叫着，堂前的圣像闪着暗淡的金光。格里高力吸了一口从小就熟悉的、使人振奋的自己的家的气味，问道：

“有人在家吗？妈妈！杜尼娅！”

“格里沙！是你吗？”上房里传出杜尼娅的声音。

一阵光脚丫儿的呱唧声，门缝儿里出现了杜尼娅的白色身影，她正匆匆忙忙地扎衬裙的带子。

“你们怎么睡得这样早？妈妈在哪儿？”

“咱们这儿……”

杜尼娅不作声了。格里高力听见她很急促、很激动地喘着气。

“咱们这儿怎么啦？早就把俘虏押过去了吗？”

“打他们啦。”

“怎——么？……”

“哥萨克们打了他们一顿……哎呀，格里沙！咱们家的妲丽亚，这个该死的畜生……”杜尼娅的声音中带着愤怒的哭腔，“……她亲手把伊万·阿列克塞耶维奇打死啦……对他开了一枪……”

“你胡说什么？”格里高力惊骇地抓住妹妹的绣花衬衣领子，叫了起来。

杜尼娅的白眼珠上汪着眼泪，格里高力看到她那发了呆的眼睛里的恐怖神情，就知道自己并没有听错。

“那么米沙·柯晒沃依呢？还有施托克曼呢？”

“他们不在俘虏里面。”

杜尼娅简单地、语无伦次地把摧残俘虏的情形、妲丽亚的情形说了一遍。

“……妈妈害怕，不敢和她睡在一座房子里，到街坊家里去啦，妲丽亚不知道在哪儿喝得醉醺醺地回来啦……醉得跟死猪一样。现在正睡着呢……”

“在哪儿？”

“在仓房里。”

格里高力走进仓房，把门大敞开。妲丽亚毫不害羞地撩起裙子，睡在地上。两条细细的胳膊挓挲着，右腮亮闪闪的，沾满了唾沫，从张开的嘴巴里往外喷着浓烈刺鼻的酒气。她很别扭地歪着头躺在那里，左腮贴在地上，又猛烈又吃力地喘着粗气。

格里高力从来不曾有过这样强烈的杀人的欲望。他在妲丽亚身边站了一小会儿，又哼哧又摇晃，怀着极端厌恶和憎恨的心情打量着这个躺在地上的人体。后来往前跨了一步，用靴子的铁后跟往妲丽亚那生着两道高高的黑柳叶眉的脸上一踩，沙哑地说：

“好——狠——毒——的娘儿们！”

妲丽亚哼哼起来，嘟嘟哝哝地说起醉话，格里高力双手抱住脑袋，刀鞘碰在门槛上叮当响了两下，他就跑到外面来了。

他也没有见母亲，连夜就回前方去了。

五十七

红军第八军和第九军，未能在春汛开始以前摧毁顿河军的抵抗，没有推进到顿涅茨对岸，不过一直还尝试着在一些个别地区发动进攻。这些尝试大多数都失败了。主动权渐渐转移到顿河军指挥部手里。

直到五月中旬，南方战线上一直没有什么显著的变化。不过，这样的变化很快就要出现了。根据前任顿河军总司令杰尼索夫将军及其参谋长波里亚科夫将军早就制订好的计划，陆续把所谓突击兵团集中到卡敏镇和别洛卡里特文河口镇一带。已经集结到这一段战线上的，有受过正规训练的青年军的最强的部队，有久经战阵的下游的一些团，即：宫陀洛夫团、盖奥尔吉耶夫团和另外几个团。根据粗略的估计，所谓突击兵团大约有一万六千条枪、二十四门大炮和一百五十挺机枪。

根据波里亚科夫将军的意图，突击兵团要同菲次哈拉乌洛夫将军的部队一起，向马凯耶夫村方向发动进攻，摧毁红军第十二师，然后向第十三师和乌拉尔师的两翼和后方推进，冲进上顿河州地区，以便和暴动军汇合，然后就进入霍派尔州，去“治一治”那些害了布尔什维克病的哥萨克们。

在顿涅茨河边正积极准备反攻和突进。突击兵团由谢克列捷夫将军指挥。胜利的形势渐渐明显地转到顿河军方面。克拉斯诺夫的走狗杰尼索夫将军下台后，西道林将军担任了顿河军的新司令官。他和新当选的顿河区总司令阿福里康·包加叶夫斯基一样，主张同协约国合作。他们正在同英、法军事代表团的代表们一起，制订向莫斯科进军和在全俄罗斯境内肃清布尔什维克主义的庞大计划。

一艘艘船舰装载着武器朝黑海沿岸的各个港口开来。许多远洋巨舰运来的不仅有英国和法国的飞机、坦克、大炮、机枪和步枪，而且还有拉车的骡子，还有因为同德国媾和而跌了价的粮食和军装。一捆捆深绿色的英国马裤和制服——制服的铜扣子上还铸着直立起来的不列颠狮子——塞满了诺沃罗西斯克的仓库。很多货栈都被美国的面粉、砂糖、巧克力和葡萄酒撑破了。资本主义的欧洲被布尔什维克顽强的生命力吓破了胆，就很慷慨地把炮弹和子弹，把协约国军队没有来得及对德国人打完的炮弹和子弹送到了南俄罗斯。国际反动派前来扼杀已经流了很多血的苏维埃俄罗斯了……英国和法国的军事教官纷纷来到顿河和库班，向哥萨克军军官和志愿军军官们传授驾驶坦克和放英国大炮的技术，他们已经在咂摸进入莫斯科的胜利滋味了……

可是在这时候，顿涅茨方面发生了一些事件，决定了红军一九一九年进攻的胜利。

毫无疑问，红军进攻失利的基本原因，是顿河上游哥萨克的暴动。三个月来，暴动像溃疡一样，侵蚀着红军的后方，因此红军需要经常分出兵力去镇压，前线不能及时得到武器弹药和物资供应，往后方输送伤病员也发生了困难。仅仅从第八军和第九军抽出去镇压暴动的就有两万人左右。

共和国革命军事苏维埃不了解暴动的实际规模，没有及时采取真正有效的措施来镇压暴动。起初调来镇压暴动的只是一些零星部队（比如，全俄中央执委会军官学校抽调了一支二百人的队伍)、一些兵员不足的部队和少数拦击部队。想用杯水扑灭车薪。这些凑集起来的红军部队包围住直径有一百九十公里的暴动地区，都是各自为战，没有统一的作战计划，所以，尽管同暴动军作战的已经有二万五千人，但是并没有取得什么真正的效果。

陆续调来堵截暴动军的有十四个补充连、几十支拦击部队；还从唐波夫、沃罗涅日和梁赞调来一些学生军。一直等到暴动的规模越来越大，等到暴动军用从红军手里夺来的机枪和大炮武装起来的时候，第八军和第九军才各抽了一个扫荡师，都配备了炮队和机枪队。暴动军受到重大损失，但是并没有被打垮。

上顿河州的大火的火星也迸到了邻近的霍派尔州。这里在一些军官的指使下，也发生了几起少数哥萨克暴动的事件。在乌留平镇，阿里莫夫中校拉拢了大量的哥萨克和逃亡军官。本来要在四月三十日夜间发起暴动的，但是阴谋被及时发觉了。阿里莫夫和部分同谋者在普莱奥布拉申乡的一个村子里被抓住，经过革命军事法庭审判，这些人都被枪毙了。因为失去了领头的，所以就没有暴动起来。就这样，霍派尔州的反革命分子没有能够和上顿河州的暴动军联合起来。

五月初，共和国革命军事苏维埃的代表托洛茨基离开莫斯科，前来视察暴动情况。他乘坐专车，从里斯基车站来到柴尔特柯沃车站，这时候全俄中央执委会军官学校的队伍正在这里下车，而且这里原来就驻扎着红军的几个混成团。柴尔特柯沃是东南铁路的终点站之一，接近暴动军战线的西段。这时候，米古林乡、麦石柯夫乡和嘉桑乡的大批哥萨克骑兵正集结在嘉桑乡的边界上，同转入进攻的红军部队进行决战。

托洛茨基在站前广场上对红军和学生军发表演说。队伍排成正方形。左边站的是学生军，他们把步枪都架了起来。红军们都带枪站着，保持着充分的战备状态。他们听完演说，就要立即开赴前线了。

托洛茨基号召迅速、无情地把暴动镇压下去，号召大家同革命的敌人英勇作战，他的话才说到一半，山冈上有一挺机枪响了起来，打了两梭子，就不响了。

车站上传播起谣言，说哥萨克已经包围了柴尔特柯沃，马上就要发起进攻了。所以，尽管离前线至少还有五十俄里，而且前面还有红军部队，如果哥萨克冲过来的话，他们也会送情报来的，尽管是这样，车站上还是慌乱起来。站得整整齐齐的红军队伍晃动起来。教堂后面有人发出响亮的口令声："持——枪！"人们在大街上乱跑起来。托洛茨基派一个亲随人员先去发电报，自己把原来慷慨激昂的演说压缩了一下，就仓促结束了演说，又进了车站。过了五分钟，共和国革命军事苏维埃代表乘坐的专车，高高地鸣了一声汽笛，就渐渐加快速度，轰隆轰隆地朝里斯基开去。

原来是一场虚惊。是把一支从曼柯沃方面向车站开来的红军骑兵连当成了哥萨克。学生军和两个混成团便出发，朝嘉桑镇方向开去。

过了一天，刚刚开到的喀琅施塔得团就几乎全部被消灭了。

哥萨克和喀琅施塔得团交过一次手之后，到夜里就发动了袭击。喀琅施塔得团不敢冒险去占领哥萨克抛弃的村庄，就派出岗哨和潜伏哨，在草原上宿营了。到半夜里，几个哥萨克骑兵连包围了这个团，猛烈开火了，同时还广泛地使用了不知是什么人想出的虚张声势的手段——敲起老大的响板。暴动军常常在夜间用这些响板冒充机枪：不管在什么情况下，这种响板发出的声音和真正的机枪声几乎毫无差别。

于是，被包围的喀琅施塔得团的红军，在伸手不见五指的黑暗中一听见许多“机枪”的嗒嗒声、自己的岗哨的杂乱的枪声、哥萨克的呐喊声、越来越近的骑兵散兵线的喧闹声和轰隆声，他们就朝顿河奔去。冲到了河边，但是骑兵一冲过来，就被打垮了。一个团仅仅活下来几个会游水的，他们泅过了春水涨宽了的顿河。

五月里，一批又一批的红军增援部队陆续从顿涅茨向暴动军的战线上开来。第三十三库班师开到了，于是格里高力·麦列霍夫第一次尝到了真正的厉害。库班师毫不松气地追赶起他的第一师。格里高力让出一个又一个的村子，向北方，向顿河退去。他在靠近卡耳根乡的旗尔乡边界上停留了一天，后来，在敌人优势的兵力压迫之下，不仅被迫退出了卡耳根镇，而且要求火速增援了。

康德拉特·梅德维杰夫从自己的师里调了八个骑兵连给他。梅德维杰夫师的哥萨克的装备都很好。他们的弹药充足，都穿着很好的服装和上等的靴子——都是从被俘的红军身上剥下来的。有很多嘉桑乡的哥萨克，尽管天气已经很热了，都还穿着很漂亮的皮夹克，几乎每个人都有盒子枪或者望远镜……嘉桑乡的哥萨克暂时拦住了横冲直撞的第三十三库班师的进攻。格里高力决定利用这个机会，到维奥申去一天，因为库金诺夫一再要求他去开一次会。

五十八

他一大早就来到维奥申镇上。

顿河里的春水已经开始下落了。空气中洋溢着杨树芽儿的甜甜的黏腻气味。河边鲜嫩的墨绿色橡树叶子昏昏欲睡地沙沙响着。已经露出来的田埂冒着热气。田埂上已经长出尖尖的青草，在低洼的地方还流着明晃晃的、没有退尽的春水，水牛哞哞地叫着，虽然太阳已经升上来，可是在充满淤泥和绿苔气味的潮湿空气中，还有一群一群的蚊子嗡嗡叫着。

司令部里有一架旧打字机嗒嗒地响着，屋子里人很多，烟气腾腾。

格里高力看见库金诺夫正在干一件奇怪的事儿：他也不抬头看轻轻走进来的格里高力，却带着严肃和若有所思的神情，在扯一只被逮住的大绿头苍蝇的腿。他扯一下，攥一下干瘦的拳头，把苍蝇放到耳朵边，歪起脑袋，聚精会神地听听苍蝇忽高忽低的嗡嗡声。

他一看见格里高力，就带着厌恶和恼恨的神情把苍蝇扔到桌子底下，在裤子上擦了擦手，疲惫地靠在磨得发光的椅背上。

“请坐，格里高力·潘捷莱维奇。”

“你好啊，司令！”

“唉，就像俗话说的，好倒是好，就是长不了。噢，你那儿怎么样？他们来势很猛吗？”

“够猛的！”

“你在旗尔河边撑住了吗？”

“能撑多久呢？幸亏嘉桑乡的人来了。”

“是这么回事儿，麦列霍夫，”库金诺夫把自己的高加索式皮带上的生皮小带子缠到指头上，故装凝神地注视着发了黑的银扣环儿，叹了一口气，“看样子，咱们的情况还要越来越糟呢。顿涅茨方面情况有变化。如果那边咱们的人不能把红军狠狠地打一顿，冲破他们的战线，他们一旦明白了咱们是他们的祸根，他们会想方设法把咱们夹死。”

“士官生那边情况如何？最近来的飞机带来什么消息？”

“没什么了不起的消息。老兄，他们是不肯把自己的战略告诉咱们的。西道林是个老谋深算的家伙，想一下子弄清他的心思是办不到的。他们是有这样的计划——突破红军的战线，给我们派援军来，他们是答应帮助我们，但是，诺言往往不是都能兑现的。而且，突破战线也不是一件容易事，我就知道，布鲁西洛夫将军的想法就和他不一样。咱们怎么知道，红军在顿涅茨方面有多少兵力呢？也许，他们从高尔察克那边抽出几个军，调到这方面来了呢？咱们现在是两眼黑！除了自己的鼻子，什么都看不见！”

“你这是想说什么呀？开什么会呀？”格里高力烦闷地打着哈欠，问道。

他并不操心暴动的成败。他听到这些事，几乎无动于衷。他就像一匹天天拉着石滚子在场院上转的马那样，在心里围绕着这个问题想了很久，最后在心里把手一甩：“现在没法子跟苏维埃政府讲和啦，他们叫我们、我们叫他们流的血太多啦，至于士官生的政府，现在处处顺着我们，可是以后会戗着我们干的。去他妈的吧！结局怎样，就怎样好啦！”

库金诺夫打开地图，依然不去看格里高力的眼睛，说：

“你没来的时候，我们商量过，决定……”

“你跟谁商量来，跟那位爵爷吗？”格里高力一想起去年冬天在这间屋子里开的那一次会，想起那位高加索中校，就打断他的话。

库金诺夫皱起眉头，脸色阴沉下来。

“他已经不在人世啦。”

“这是怎么一回事儿？”格里高力提起了精神。

“我以前没对你说过吗？盖沃尔吉捷同志被打死啦。”

“哼，他算咱们的什么同志……在他穿光板皮袄的时候，跟咱们是同志。可是咱们要是真的跟士官生联合起来，而且如果他还活着的话，有那么一天，他会连胡子都抹上头发油，娇贵起来，连手都不肯伸给你啦，只给你这样一个小指头。”格里高力伸出又黑又脏的小指头，龇出满嘴白牙，哈哈大笑起来。

库金诺夫的脸色更阴沉了，他的目光和声音中露出很明显的不满、懊恼和强忍着的愤怒。

“这没有什么好笑的，不能嘲笑别人的死。你好像变成大傻子伊万啦。把人都打死啦，可是你还觉得‘不够劲儿’！”

格里高力有点儿着恼，却不表露出，是库金诺夫的比喻刺伤了他；他微微笑着，回答说：

“一点不错，这种人即使死了，也还是‘不够劲儿’。对于这些白脸和白手的家伙，我一点也不心疼。”

“总归他已经死啦……”

“是在战场上死的吗？”

“怎么说好呢……这事儿糊里糊涂，一时也弄不清真相。他是按照我的命令，待在辎重队里的。哦，好像他和哥萨克们的关系搞得不大好。在杜达列夫村外打起仗来，他所在的那个辎重队当时离火线有两俄里。盖沃尔吉捷坐在车辕上（这是哥萨克们对我说的），他们说，一颗流弹打在他的鬓角上。好像他连哼都没哼一声……一定是哥萨克这些坏东西把他打死的……”

“把他打死，这干得太好啦！”

“你算了吧！别信口胡说啦。”

“你别生气。我这是开玩笑的。”

“有时候你开的玩笑很不对头……你就像一头牛：在哪儿饿了，就在哪儿吃。怎么，照你的意见，应该把军官都杀死吗？又要‘打倒肩章’吗？格里高力，你是不是应该用用脑筋呢？既然瘸了，就必然有一条腿有毛病！”

“别来这一套啦，说下去吧！”

“没什么可说的啦！我明白，是哥萨克们把他打死的，我就到那儿去，想和他们说说心里话。我就说：‘狗崽子们，你们又玩老把戏吗？你们又开始对军官开枪，不是太早了吗？去年秋天你们也开枪打过军官，可是后来，你们遇到困难，就又要军官啦。是你们亲自跑来，跪着要求：你来担任指挥吧，来领导领导吧！……可是现在你们又要来老一套吗？'于是，我把他们申斥了一顿，骂了一顿。他们都死不承认，说：'老天爷在上，我们实在没有杀他！'可是我从他们的眼神上看出来：是他们杀的！你拿他们有什么办法呢？你对他们掏出心来，他们却还是守口如瓶。"库金诺夫怒冲冲地把生皮小带子揉成一团，脸涨得通红，"他们把一个有学问的人打死啦，失去了他，我就好比失去了两只手。谁来做计划呢？谁来出谋划策呢？像我和你，咱们只能这样随便谈谈，可是涉及战略策略方面的事，咱们就一窍不通了。幸亏彼得·包加推廖夫来了，要不然连一个可以商量的人都没有啦……唉，真是的，他妈的，够呛呀！现在的问题是：如果顿涅茨方面咱们的人不能把战线突破，那咱们在这儿也守不住。我们决定照以前说过的办法，用咱们所有的三万人马去进行一次突破战。如果打败了，就退到顿河边上。咱们把右岸从霍派尔河口到嘉桑镇一段让给他们，咱们就在顿河边上挖战壕，进行防御战。”

有人砰砰地敲了几下门。

“是谁？进来。”库金诺夫叫道。

进来的是第六旅旅长格里高力·包加推廖夫。他那一张结实的、红红的脸汗淋淋的，那稀稀的淡褐色眉毛气嘟嘟地皱到了一起。他也不摘那顶上都汗湿透了的制帽，就在桌边坐了下来。

“你怎么来啦？”库金诺夫带着持重的笑容望着包加推廖夫，问道。

“发子弹吧。”

“发过啦。你究竟要多少呀？怎么，我这儿开着子弹工厂吗？”

“这怎么能算发子弹？一个弟兄一颗吗？人家用机枪扫我，我只能弯着腰到处躲藏。这怎么能叫打仗？这只能叫……挨打！就是这么回事儿！……”

“你别急，包加推廖夫，我们正在这儿谈要紧的事情，”但是他看见包加推廖夫起身要走，就又说，“等一等，你别走，没有什么要瞒你的……就这样，麦列霍夫，如果咱们在这边守不住，那咱们就突围。扔掉一切不在部队里的人，扔掉全部辎重，叫步兵坐上大车，带上三个炮兵连，向顿涅茨方面冲去。我们想请你打先锋，你不反对吧？”

“我反正都一样。可是咱们的家属又怎么办？小孩子、妇女、老头子都要完啦。”

“这话倒也是的。不过单是他们完蛋，总比我们大家都完蛋好些。”

库金诺夫耷拉下嘴角，半天没有说话，后来从抽屉里拿出一张报纸。

“哦，还有一件新闻呢：他们的总司令来指挥军队啦。听说，现在他不是在米列洛沃，就是在坎捷米洛夫卡。瞧，他们拿出大本钱对付咱们啦！”

“这话是真的吗？”格里高力·麦列霍夫有些不相信。

“是真的，真的！这不是，你看看吧。这是嘉桑人给我送来的。昨天早晨，咱们的侦察队在叔米林镇外碰上两个骑马的人。两个都是红军的学生军。哥萨克们把他们都砍死啦，其中有一个，看样子已经不算年轻啦。据说，可能是一个什么委员。从他的公文包里搜出来这张报纸，叫什么《前进报》，是本月十二日出版的。他们把咱们写得太离奇啦！”库金诺夫把报纸递给麦列霍夫，报纸有一个角已经被撕掉卷烟卷儿了。

格里高力匆匆看了看用化学铅笔标出的一篇社论的标题，就往下看去：

后方的暴动

顿河哥萨克部队的暴动已经持续不少时间了。这次暴动是邓尼金的爪牙——反动军官们鼓动起来的。暴动的主要支柱是哥萨克富农。富农拉拢了很大的一部分哥萨克中农。很可能，哥萨克在这样或那样的场合，受到过苏维埃政权个别代表人物的某些很不合理的对待。邓尼金的爪牙们就巧妙地利用这一点，来煽动叛乱的大火。白卫军的走狗们在暴动地区装作拥护苏维埃政权，是为了更容易骗取哥萨克中农的信任。反革命分子的欺骗、富农的利益和哥萨克群众的愚昧就这样一时间纠合到一起，在南方战线我军的后方掀起这次荒唐的、罪恶的叛乱。军队后方的叛乱，就好比干活人肩上的脓疮。要打仗，要保卫苏维埃国家，要粉碎邓尼金的地主匪帮，就必须有可靠、安定、工农团结一致的后方。因此当前最重要的任务就是肃清顿河地区的叛乱和叛乱分子。

中央苏维埃政府命令要在最短期间内解决这一问题。为了支援正在扫荡卑鄙的反革命叛乱的清剿部队，已经开来并且将陆续开来一些强有力的增援部队。为了解决这一迫切任务，许多优秀的组织工作者也陆续来到这里。

必须扫除叛乱。我们的红军战士必须清清楚楚地了解到，维奥申乡、叶兰乡或者布堪诺夫乡的叛乱分子都是白卫军将军邓尼金和高尔察克的直接帮凶，暴动持续的时间越长，双方的牺牲越大。要减少流血，办法只有一个：给予迅速、严厉的歼灭性打击。

必须扫除叛乱。必须把肩上的脓疮挑开，用烧红的铁烙一烙。只有这样，南方战线才能放开手来，给敌人以致命的打击。

格里高力看完了，阴沉地冷冷一笑。他看了这篇文章，心里十分气愤，十分懊恼。“他们用笔一划，就把我们和邓尼金划到一块儿，我们就成了他的帮凶啦……，”

“喂，怎么样，厉害吧？想拿烧红的铁来烙咱们呢。哼，咱们还要看一看，究竟谁烙谁哩！对吗，麦列霍夫？”库金诺夫等待回答，等了一会儿，又转身对包加推廖夫说，“要子弹吗？发给你！每一名骑兵发三十颗，全旅都发。够了吗？……到库里去领吧。叫军需处长给你开条子，你去找他好啦。不过，包加推廖夫，你打仗的时候多用用马刀，多用用计策，没错儿！”

“从癞羊身上就是揪一把毛也是好的！”包加推廖夫十分开心地笑了笑，道过别，就走出去了。

格里高力·麦列霍夫同库金诺夫谈完预料中要向顿河边撤退的事，也要走了。临走时，他问道：

“如果我把全师都带到巴兹基来，坐什么过河呢？”

“亏你想得出！骑兵都可以泅水过河嘛。什么时候看见过骑兵坐船过河？”

“你要知道，在我的队伍里，顿河边上的人不多呀。旗尔那边的哥萨克都不会泅水。他们一辈子都住在草原上，哪儿会泅水？他们一到水里，比斧子还沉。”

“可以跟着马泅过去呀。以前在大演习时跟着马泅过水，在对德作战时也这样干过嘛。”

“我说的是步兵。”

“有渡船。我们准备些小船，你放心吧。”

“老百姓也要坐船呀。”

“我知道。”

“你要保证所有的人都能过河，要不然我宰了你！如果咱们把老百姓留下，可不是好玩儿的。”

“能办到嘛，一定能办到！”

“大炮怎么办？”

“你把臼炮炸掉，把三英寸口径的炮运到这儿来。我们弄几条大船，把炮兵连渡过来。”

格里高力从司令部里走出来，脑子里还一直在想着刚才看过的那篇文章。

“他们说我们是邓尼金的帮凶呢……可我们究竟是什么样的人呢？实际上，就是帮凶，一点儿也不冤枉。真话总是刺耳朵的……”他忽然想起已死的

“马掌”亚可夫的话。那还是在卡耳根镇上，有一天晚上，格里高力在回住所的路上，顺便到炮兵住的广场上一座房子里去了一下；他在过道里的笤帚上擦脚的时候，就听见“马掌”亚可夫和人争论，亚可夫说：“你说咱们独立了吗？哪个政府也管不着咱们了吗？哼！你那肩膀上长的不是脑袋，是啃不动的老倭瓜！如果你愿意明白的话，那咱们现在就像是一条丧家狗：有的狗因为主人不喜欢，或者爱淘气，就离开家，可是往哪儿去呢？又不能到狼群里去，觉得可怕，觉得狼是野物；可是又不能回到主人家里去，怕因为淘气挨打。咱们就是这样。你就记住我的话：咱们会夹起尾巴，像根鞭子一样夹在肚子底下，爬到士官生那儿去，说：‘老兄们，做做好事，收下我们吧！’一定会这样的！”

格里高力自从在克里摩夫村那次战斗中砍死几个水兵以后，一直处在一种冷冷的、呆呆的漠然状态中。一天到晚垂着头，一笑也不笑，一点高兴的样子也没有。有那么一两天，他因为伊万·阿列克塞耶维奇的死感到痛心，感到惋惜，可是后来也淡漠了。在他的生命中留下的唯一的东西（至少他觉得是这样)，就是重新熊熊燃烧起来的对阿克西妮亚的爱情。只有她招引着他，就像在黑沉沉的寒冷的秋夜里，草原上晃晃跳动的远方火堆的火光招引着行路人。

就是现在，他从司令部回去的路上，又想起了她："我们现在要去突围了，她又怎么办?"他没有经过反复的思量和过多的考虑，就拿定主意："让娜塔莉亚带着孩子们和母亲留下来，我把阿克西妮亚带着。给她一匹马，叫她跟我的师部一块儿走。"

他渡过顿河，来到巴兹基村，回到住处，从笔记本上扯下一张纸，写道：

> 克秀莎！也许我们要撤退到顿河左岸去，你就扔掉你所有的东西，到维奥申来吧。你可以在维奥申找到我，跟我一块儿。

他用樱桃胶汁把信封起来，递给普罗霍尔·泽柯夫，红着脸，皱着眉头，故意装出严肃的样子，掩饰着自己的不好意思，不叫普罗霍尔看出来，说：

"你回鞑靼村去一趟，把这封信交给阿司塔霍夫家的阿克西妮亚。你交给她的时候要注意，不要叫人……比如说，不要叫我家里人看见。明白吗？最好是夜里送给她。不要回信。还有，我给你两天假。好，去吧！”

普罗霍尔朝马走去，但是格里高力又想起家里，把他叫了回来。

“你也上我家里去一趟，告诉我妈或者娜塔莉亚，叫她们趁早把衣服和别的值钱的东西运到顿河那边去。把粮食埋起来，把牲口也赶到河那边去。”

五十九

五月二十二日，整个右岸的暴动军开始撤退了。部队步步为防，且战且退。草原地带各个村庄的老百姓都惊恐万状地朝顿河边跑去。老头子和妇女们把家里所有的马都套到车上，把箱子、家具、粮食和孩子都装上车。从牛群和羊群里挑选出一些牛和羊，顺着路边往前赶。大批的辎重车，赶在军队的前头，朝顿河沿岸的村庄拥去。

步兵依照总司令部的命令，提前一天开始撤退。鞑靼村的步兵和维奥申的外来户民兵，五月二十一日从霍派尔河口乡的柴博塔列夫村开出来，行军四十多俄里，在维奥申乡的大鱼村宿营。

二十二日，从大清早起，灰白色的雾气就遮住天空。雾蒙蒙的天上连一块云彩都没有，只是在南面，在顿河边一处山口的上方，日出之前出现了一小块明亮耀眼的粉红色云彩。那云彩朝东的一面好像血染的一般，放射着红光。太阳从夜露打凉了的左岸的沙丘后面升上来，云彩就消逝得无影无踪了。秧鸡在草地上叫得越来越欢，一只只尖翅膀的鱼鹰，像蓝色棉花团儿似的朝波光粼粼的顿河水里落去，又用凶狠的嘴叼着一条条银光闪闪的小鱼飞起来。

到中午时候，出现了五月里不曾有过的炎热。就像在下雨之前那样，又热又闷。难民的大车队在天亮之前就拉成长龙，顺着顿河右岸，从东往西，朝维奥申走去。将军大道上，大车轮子吱吱嘎嘎地响成一片。马嘶声、牛叫声和人的说话声从山冈上一直传到河边滩地上。

有二百人左右的维奥申外来户民兵队伍，还留在大鱼村。上午十点钟接到维奥申来的命令，叫他们转移到大雷村去，在将军大道和各条街道上布置岗哨，拦截所有往维奥申去的已经达到入伍年龄的哥萨克。

往维奥申去的难民的车辆，像潮水一样朝大雷村涌来。满身灰土、晒得黑黑的妇女赶着牲口，骑马的人走在道路两旁。车轮声、马和羊的喷气声、牛叫声、小孩子的哭声、也跟着逃难的伤寒病人的哼哼声，冲破了这个隐藏在樱桃树丛中的村庄的死水一般的寂静。这种乱七八糟混成一片的嘈杂声平时是听不见的，所以村子里的狗都把喉咙叫哑了，而且已经不像起初那样，见到行人就扑过去，也不因为闲得无聊，跟着大车在大街上跑，跟着跑上很远一段路了。

普罗霍尔·泽柯夫在家里住了两天，把格里高力的信交给了阿克西妮亚·阿司塔霍娃，又把口头吩咐转告了伊莉尼奇娜和娜塔莉亚，二十二日就动身上维奥申。

他指望在巴兹基村遇上自己的连队。但是隐隐传到顿河边的炮声，好像还是从旗尔河边传来的。不知为什么普罗霍尔不想到打仗的地方去，所以决定就走到巴兹基村，就在那里等候格里高力带着他的第一师开到顿河边上来。

一路上，一直到大雷村，普罗霍尔都是慢腾腾地走着，一辆辆难民的大车跑到他前头。他让马不慌不忙地往前走，几乎一直都是走的小步。他用不着着急。从鲁别仁村起，他就跟着不久前才成立的霍派尔河口团团部一起走了。

团部的人分坐在一辆带弹簧座的单辕马车和两辆大板车上。团部的人有六匹上了鞍的马拴在大车后头。有一辆大板车上拉着文件和电话机，带弹簧座的马车上躺着一个受伤的上了年纪的哥萨克，还有一个鹰钩鼻子的人，那人瘦得厉害，头贴在马鞍垫子上，头上戴着灰色羊羔皮军官帽。看样子，他的伤寒刚刚发作过。他躺在车上，裹着军大衣，一直裹到下巴；在他那鼓鼓的苍白的额头上，在他那冒着虚汗的、薄薄的脆骨鼻子上，落满了灰土，但是他还一个劲儿地要求用暖和东西给他包包脚，并且一面用骨瘦如柴、青筋嶙嶙的手擦着额头上的汗，一面骂着：

“混账！畜生！风朝我的脚底下直钻，你们听见没有？波里卡尔普，你听见没有？拿毯子给我盖一盖！我身体好的时候，谁都用得着我，可是现在……”他用所有害重病的病人都会有的一种模糊而冷峻的目光朝两边扫了扫。

那个叫波里卡尔普的人，是个高大而威武的旧教徒，他边走边跳下马来，走到马车跟前。

“您这样容易着凉啊，萨摩伊洛·伊万诺维奇。”

“给我盖上，少啰唆！”

波里卡尔普乖乖地照他的吩咐做了，又走了开去。

“这是什么人？”普罗霍尔拿眼睛瞟着病人，问道。

“是大熊河河口镇的一位军官。在我们团部里。”

跟团部一起走的还有霍派尔河口乡裘柯夫村、包布洛夫村、克鲁托夫村、集摩夫村和其他一些村庄的难民。

“喂，你们他妈的都上哪儿去？”普罗霍尔向一个逃难的老头子问道，那老头子坐在一辆装得满满的大车上。

“我们想上维奥申去。”

“有命令叫你们上维奥申去吗？”

“老弟，命令倒是没有，不过，谁又愿意死呢？要是眼看着死到临头，恐怕你也会跑的。”

“我是问：你们为什么要往维奥申跑？如果在叶兰镇过河到对岸去，不是更省事吗？”

“坐什么过河？听人说，那儿没有渡船。”

“到维奥申就有船坐吗？会拿船来给你渡这些乱七八糟的玩意儿？把军队扔在岸上，就专门来渡你们和你们的大车吗？真是的，老大爷，你们这些人好糊涂！你们稀里糊涂，不知道往哪儿跑，也不知道为什么要跑。瞧，你把这些东西都堆到车上干什么？”普罗霍尔走到大车跟前，用鞭子指着大大小小的包袱，很恼火地问道。

“这儿可是什么都有！有衣裳，有马套，有面粉，有过日子少不了的各种各样的玩意儿……都不能扔掉。就是跑到一座空房子里，也可以凑合着过啦。我把两匹马和六头牛都套上，把一切能装的东西都装上，叫娘儿们坐上去，我赶着车就走。老弟，这些东西都是靠自己的力气挣来的，都是一把泪一把汗挣来的，能舍得扔掉吗？如果房子能搬得动的话，我连房子都拉走，免得留给红党。叫他们连屁也捞不到！”

“瞧，就比如说，你带着这个大筛子有什么用？还有这些椅子，你带着去干什么呢？红党才不要这些玩意儿呢。”

“可是总不能丢下呀！哎哟，你这人真怪……要是丢下的话，他们不是弄坏，就是烧掉。不行，不能叫他们发我的财。叫他们难受难受好啦！我给他们拉个一干二净！”

老头子朝两匹懒洋洋的大肥马甩了两鞭，转过身去，用鞭把子指着后面第三辆牛车，说：

“那个赶牛车的、包着头巾的姑娘，是我的女儿。她那辆车上有一只母猪和好几只小猪呢。母猪本来怀着崽儿，大概是我们捆它、往车上放的时候，挤压了一下子。到夜里就在车上生起小猪。听见吗，小猪叫得多欢？哼，红党别想发我的财，叫他们连屁都闻不到！”

“老大爷，你可不要在上渡船的时候碰上我！”普罗霍尔恶狠狠地盯着老头子那张汗淋淋的大脸，说，“你可别碰上我，要不然我把你的母猪、小猪和所有的家产都扔到顿河里去！”

“这是为什么呀?”老头子非常惊骇地问道。

“这是因为，别人在流血牺牲，家破人亡，可是你这个老家伙，就像一个蜘蛛，把什么都要拖走!”平时又老实又随和的普罗霍尔一下子叫了起来，“我顶看不惯这样的粪蛆!我简直恨透啦!”

“走你的吧!到一边去吧!”老头子也火了，哼哧哼哧地转过身去，“有什么好神气的，还要把别人的东西扔到顿河里呢……我还把他当成一个好人呢……我儿子就是个司务长，正带着连队抵挡红军呢……请你快走吧!用不着看着别人的东西眼红!你自己要是能多挣点儿，看到别人的东西就不眼馋啦!”

普罗霍尔放马小跑起来。后面有一只小猪用又尖又细的嗓门儿吱吱地叫起来，母猪也惶惶不安地哼哼起来。小猪的尖叫声非常刺耳。

“这是他妈的什么玩意儿?哪儿来的小猪?波里卡尔普!……”躺在马车上的那个军官难受得皱着眉头，几乎是带着哭腔喊道。

“是一只小猪从车上掉下来，叫车轮子把腿压断啦。”波里卡尔普走到跟前，回答说。

“告诉他们……你去，告诉小猪的东家，叫他把小猪宰了。告诉他，这儿有病人……本来就够难受啦，再加上这猪叫。快点儿！快去！”

普罗霍尔来到马车跟前，看到那个鹰钩鼻子的军官皱着眉头，两眼呆呆地听着小猪的尖叫声，用灰色羊羔皮帽子捂耳朵也没有用……一会儿，波里卡尔普又来到跟前。

“萨摩伊洛·伊万诺维奇，他不肯宰掉，他说，它，也就是小猪，会好的，要是不好的话，他说，到晚上再杀掉。”

那军官气得脸都白了，很费劲儿地支起身子耷拉下两条腿，坐在马车上。

“我的勃朗宁在哪儿？把车停下！小猪的东家在哪儿？我马上给他点儿颜色看看……他在哪一辆车上？”

终于还是逼着那个很会精打细算的老头子把小猪宰了。

普罗霍尔微微笑着，又催马小跑起来，跑到霍派尔河口乡大车队的前头。前面一俄里远的大路上，又是许多大车和骑马的人。大车至少有二百辆，骑马的人零零落落地走着，有四十来个。

“这一下子抢渡船要大乱一场啦！”普罗霍尔心里想。

他追上了那一批大车。一个娘儿们，骑着一匹很漂亮的枣红马，从正在行进的车队的前头，迎面朝他跑来。她来到普罗霍尔跟前，把马勒住。她骑的马配着一副华丽的马鞍，胸前银铃和笼头上的银饰闪闪放光，马鞍的两侧一点都没有磨损，马肚带和鞍垫都是光溜溜的上等皮子做的。那娘儿们很熟练、很灵活地骑在马上，用一只强壮的、黑黑的手紧紧握着调理得很好的缰绳，但是那匹高大的战马显然很看不起自己的女主人：它翻滚着血红的大眼珠子，拧着脖子，龇着黄黄的大板牙，老是想蹭一蹭那娘儿们裙子底下露出来的圆滚滚的膝盖。

那娘儿们裹着一块新洗过的淡青色头巾，一直裹到眼睛边上。她把头巾从嘴上推了推，问道：

“大哥，你没有碰见拉伤兵的大车吗？”

“我碰见很多大车呢。有什么事？”

“真糟，”那娘儿们拉长声音说，“找不到我男人啦。他是跟着医疗队从霍派尔河口镇出来的。他的腿受了伤。好像现在伤口化脓啦，所以他叫村里人带信给我，叫我把马给他送来。这就是他的马，”她用鞭子朝汗淋淋的马脖子上拍了拍，“我备好马，跑到霍派尔河口镇，可是医疗队已经不在那儿，离开啦。这不是，我到处跑来跑去，就是找不到他。”

普罗霍尔欣赏着她那俏丽的圆脸，美滋滋地听着她那轻言低语的软绵绵的声音，不禁乐呵呵地说：

“哎呀，大嫂子！干吗还要找你男人？就让他跟医疗队走掉算啦，你长得这样漂亮，还有这样一匹好马做陪嫁，谁都愿意娶你做老婆！连我都愿意斗胆试试看。”

那娘儿们勉强笑了笑，弯下丰满的腰身，把裙子下摆朝露出来的膝盖上拉了拉。

“你别打哈哈，告诉我：没有遇见医疗队吗？”

“就在那一队大车里，有病人，也有伤员。”普罗霍尔叹着气回答说。

那娘儿们扬了扬鞭子，她的马用两条后腿一转，陡地转过身去，腿裆里流着白沫，小跑起来，后来又一颠一颠地渐渐换成大跑。

一辆辆的大车慢慢移动着。老牛懒洋洋地甩打着尾巴，驱赶嗡嗡叫的牛蝇。非常炎热，大雷雨前的空气又燥热又沉闷，路边矮矮的向日葵的嫩叶都卷了起来，并且耷拉下来。

普罗霍尔又跟大车队走在一起了。使他吃惊的是，这里面有很多年轻哥萨克。他们有的是掉了队，有的干脆就开了小差，他们来到家属里面，跟着家属一起朝渡口走去。有些人把战马拴到车上，自己就躺在车上，和娘儿们说着话儿，逗着小孩子玩儿；还有一些人骑在马上，身上还背着步枪和马刀。“他们扔掉部队就跑啦。”普罗霍尔看着哥萨克们，在心里判断说。

到处是马汗和牛汗气味、大车上的木头晒得热烘烘的气味、家具气味、车轮油的气味。老牛吃力地左右摇摆着，垂头丧气地走着。从一条条伸出来的牛舌头上，垂下一道道像彩线似的口涎，一直垂到大路的灰土上。大车队以每小时四至五俄里的速度移动着。一些马拉的大车也没有赶到牛车前头。但是等到一声炮响从南方的远处轻轻传了过来，霎时间一切都紧张起来：两匹马拉的大车和一匹马拉的大车都打乱了序列，从长长的大车队里跨到一边去。马匹小跑起来，鞭子晃动起来，响起各种腔调的吆喝声：“喔，快走！”“喔，喔，鬼杂种！”“给我走！”树条子和鞭子在牛背上劈劈啪啪响了起来，车轮子咯吱咯吱响得更带劲儿了。一切都因为害怕，加快了动作。一股股热烘烘的尘土，就像是一团团浓浓的灰色乱发，从大路上升起来，向后飘去，不住地打着圈儿，落在庄稼苗和各种各样的野草上。

普罗霍尔骑的矮小而劲壮的战马，边走边吃草，一会儿用嘴扯下一枝草木樨，一会儿扯下一嘟噜黄黄的油菜花儿，一会儿又扯下一小丛芥菜；一面扯一面吃，忽闪着机灵的耳朵，拼命用舌头往外顶哗啦哗啦直响、直磨牙花子的嚼子。但是一声炮响之后，普罗霍尔用靴后跟磕了马一下子，那马就好像明白了现在不是吃草的时候，心甘情愿地小步跑了起来。

连续轰击的大炮声越来越响了。沉甸甸、轰隆隆的炮声响成一片，在闷热的空气中，到处响着沉雷般的轰隆声，就像是颤动的男低音。

“我主耶稣啊！”大车上有一个年轻媳妇画了一个十字，一面把带着亮闪闪的奶水的棕红色奶头从小孩子嘴里抽出来，把鼓膨膨的、黄黄的乳房塞进怀里。

“这炮是咱们的人放的，还是人家放的？喂，老总！”一个赶着牛的老头子朝着普罗霍尔叫道。

“老爹，这是红军！咱们没有炮弹呀。”

“噢，圣母娘娘保佑咱们的人吧！”

老头子放下手里的鞭子，摘下破旧的哥萨克帽；边走边画十字，脸朝着东方。

南边，在长满了尖尖的晚玉米苗儿的一座土冈后面，出现了一片淡淡的黑烟。黑烟占据了半个天边，像一片云雾似的遮住天空。

“你们看呀，好大的火！”车上有人喊道。

“这又是怎么一回事儿？”

“什么地方起火啦？”吱吱嘎嘎的车轮声中响起一片叫喊声。

“是在旗尔河边。”

“红党在旗尔河边放火烧村庄啦！”

“正是大旱天，老天爷可别叫烧下去……”

“瞧，那边黑成一大片啦！”

“这还不是一个村子起火呢！”

“要从卡耳根顺着旗尔河往下烧啦，这会儿就在那儿打仗嘛……”

“也许还要顺着黑河往下烧呢？走吧，伊万！”

“啊呀，好大的火呀！……”

黑烟弥漫开来，渐渐遮住整个辽阔的天空。大炮的吼声越来越猛烈。过了半个钟头，南来的微风，把呛人和使人胆战心惊的焦臭气味，从三十五俄里以外的旗尔河边村庄里黑烟滚滚的火场上吹到将军大道上。

六十

穿过大雷村的这条大路，在一块地方从灰灰的石头围墙旁边经过，然后急转弯朝顿河方面伸去，过一条不深的黄土沟，黄土沟上架着一座木桥。

天旱的时候，沟底是亮闪闪的黄沙和各种各色的石子，到夏天一下暴雨，一股股浑浊的雨水从高地上涌进沟里，一股股流水汇合到一起，像一堵墙似的朝下涌去，冲击和翻滚着大大小小的石头，轰隆轰隆地流入顿河。

在这样的日子，木桥会被淹没，但时间不会长的；过一两个钟头，刚才还冲毁菜园、连篱笆带桩子一齐冲走的凶猛的山洪就跌落下去，沟底就又露出光溜溜、湿漉漉、散发着潮气和石灰气味的石子，沟底两边闪着褐色光泽的是冲来的淤泥。

沟两边是密密丛丛的白杨和柳树。就是在夏天最炎热的时候，树荫里也是凉森森的。

维奥申外来户民兵的岗哨，因为贪图凉快，就布置在木桥旁边。这里的岗哨一共有十一个人。在难民的车辆没有来到村子里之前，民兵们就躺在桥底下打牌，抽烟，有几个人还脱光了衣服，捉衬衣和衬裤缝儿里那些贪吸大兵的血的虱子，还有两个人得到排长准许，到顿河里洗澡去了。

但是休息的时间太短了。不久大车队就向桥边拥来了。大车像接连不断的流水一样来到，在这绿荫匝地的宁静的长廊里，一下子就人声嘈杂，沸沸扬扬，又闷又热，好像草原上那窒人的闷热也跟随着大车队，从顿河边的高地上涌进村里来了。

哨长是民兵第三排的排长，是一个又高又瘦的中士，褐色的下巴胡修剪得整整齐齐，生着两只像小孩子一样的招风耳朵，他把一只手放在磨得发亮的盒子枪套子上，站在桥旁边。他不加阻拦地放过二十来辆大车，但是一看到有一辆大车上坐着一个二十五六岁的年轻哥萨克，就干脆利落地命令说：

“停住！”

那个哥萨克把马勒住，皱起眉头。

“哪一部分的？”排长对直地走到大车跟前，厉声问道。

“干你们什么事？”

“我问你，哪一部分的？嗯？”

“鲁别仁连的。你们是什么人？”

“下来！”

“你们到底是什么人？”

“下来，少啰唆！”

排长两个圆圆的耳朵壳一下子涨得通红。他揭开枪套子的盖儿，抽出盒子枪，又把枪换到左手里。那个哥萨克把缰绳塞给老婆，跳下车来。

“为什么离开部队？你上哪儿去？”排长审问起他来。

“我病啦。现在我是上巴兹基去……跟我家里人一块儿。”

“有病假证明吗?”

“到哪儿去搞病假证明?连里连个医官都没有……”

“嗯,没有吗?……好吧,加尔平科,把他带到学校里去!”

“你们究竟是什么人?”

“到那儿去,我们会叫你知道我们是什么人!”

“我还要回自己的队伍去呢!你没有权力扣留我!”

“我们会送你去的。你带着武器吗?”

“就一支步枪。”

“拿出来,给我麻利点儿,要不然我马上抽你一顿!算什么年轻人,狗崽子,往老娘儿们怀里钻,躲藏起来啦!怎么,我们应该来保护你吗?”又带着十分瞧不起的口气对着他的后影说,“真给哥萨克丢脸!”

那个哥萨克把步枪从车毯底下抽出来,抓住老婆的一只手,当着大家的面没好意思亲嘴,只是把老婆的一只硬邦邦的手放在自己手里握了一会儿,小声说了几句话，就跟着一个民兵朝村里的小学走去。

拥挤在桥头的车辆就轰隆轰隆地过了桥。

有一个钟头的工夫，岗哨就扣留了五十多名逃兵。其中有几个人在扣留时反抗过，特别是一个留着老长的上嘴胡、样子很凶猛、不很年轻的叶兰乡下柯里夫村的哥萨克。哨长命令他下车，他却用鞭子抽起马来。两个民兵抓住他的马缰绳，直到桥的那一头才把马勒住。于是这个哥萨克再不多想，从衣襟底下抽出一支美国式来复枪，举起来抵到肩上。

“把路让开！……我打死你，混蛋！”

“下来！下来！我们有命令，谁不服从扣留就枪毙。我们马上就毙了你！”

“你们这些庄稼佬！……昨天你们还是红党，今天你们就教训起哥萨克来啦？……臭东西！……闪开，我要开枪啦！……”

一个打着崭新的冬季裹腿的民兵，站在大车的前轮子上，经过激烈的搏斗，把来复枪从哥萨克手里夺了过来。那个哥萨克又像猫一样弯下腰去，把手伸到衣襟底下，从鞘里抽出马刀；跪在车上，隔着拴在车上的新漆过的摇床一探身，刀尖差一点儿划着及时跳开去的那个民兵的脑袋。

“季摩沙，算啦，我的季摩沙呀！哎呀，季摩沙呀！……别这样嘛！……别惹事呀！他们会打死你的！……”那个发了威的哥萨克的又丑又干枯的老婆乱舞着两手，哭着喊道。

但是他在车上站直了身子，手握青光闪闪的大刀挥舞了半天，不准民兵靠近大车，他声嘶力竭地骂着娘，眼睛疯狂地四面转悠着。“闪开！……我把你们劈了！”他那黑乎乎的脸抽搐着，那长长的黄胡子底下冒着唾沫，浅蓝色的眼珠子也越来越红了。

好不容易才夺下他的刀，把他按倒在地上，捆了起来。这个勇猛的哥萨克发威的原因原来很简单：民兵在车上搜了搜，搜出一坛子已经开了封的头锅烧酒……

桥头一下子就拥塞起来。车辆紧紧地挤成了一堆，必须把牛和马卸下来，用手拉着大车上桥。车杠和辕杆碰得噼里啪啦直响，马和牛被牛蝇叮得受不了，都恶狠狠地尖声叫着，并且都烦躁得发了性子，不听主人的吆喝，朝篱笆上乱撞。骂娘声、叫喊声、妇女们的哭叫声在桥边又响了很久。后面的一些车辆，都在能够转车的地方转过头去，重新上了将军大道，以便直接朝巴兹基村的顿河边赶去。

民兵押送着被捕的逃兵朝巴兹基走去，但是因为逃兵们都还带着武器，所以民兵们都约束不住他们。一过了桥，民兵和逃兵就动手打起来。过了不大的一会儿，民兵都转了回来，逃兵都有组织地自己朝维奥申走去。

普罗霍尔·泽柯夫在大雷村也被拦住了。他把格里高力·麦列霍夫给他开的准假证拿出来给他们看了看，他们就把他放了，一点也没有为难他。

快到黄昏时候，他才来到巴兹基村。从旗尔河边各个村庄拥来的几千辆大车，塞满了所有的大街和小巷。顿河边出现了言语无法形容的情景。难民们把大车排在岸边，足有两俄里长。五万多人分散在树林子里，等着渡河。

维奥申镇对岸的大渡船正在摆渡炮兵连、指挥部和军用品。用很多小船摆渡步兵。几十条小船在顿河上穿来穿去，每条小船坐三四个人。河边码头上拥挤得水泄不通。担任后卫的骑兵还没有来到。

隆隆的大炮声依然不断地从旗尔河边传来，又苦又辣的焦煳气味越来越浓烈，越来越呛人了。

渡河一直持续到天亮以前。夜里十二点钟，第一批骑兵连开到了。等天一亮，他们就要开始渡河了。

普罗霍尔·泽柯夫听说骑兵第一师还没有开到，就决定在巴兹基等候自己的连队。他牵着马，好不容易穿过密密层层地拥挤在巴兹基医院围墙旁边的车辆，也不卸马鞍，就把马拴在不知是谁的大车的车辕上，松开马肚带，自己就在大车当中穿来穿去寻找熟人。

他在堤坝旁边，老远就看见阿克西妮亚·阿司塔霍娃。她胸前抱着一个小包袱，披着一件厚厚的褂子，朝河边走去。她那艳丽夺目的美色，惹起拥挤在岸边的步兵们的注意。他们对她说起下流话儿，一张张落满灰尘、汗津津的脸上笑得露出了白牙，响起一阵阵调笑声和怪叫声。一个高个子、白头发的哥萨克，穿着一件没系带子的衬衣，皮帽子歪戴在后脑勺上，他从后面把她抱住，用嘴去亲她那黑黑的、光溜溜的脖子。普罗霍尔看见，阿克西妮亚猛地把那个哥萨克推开，恶狠狠地龇出牙齿，小声对他说了两句什么。周围哈哈大笑起来，那个哥萨克摘下帽子，用沙哑的嗓门儿瓮声瓮气地说："哎，姑奶奶！叫我尝尝鲜吧！"

阿克西妮亚加快脚步，从普罗霍尔旁边走了过去。她那丰满的嘴上颤动着轻蔑的笑容。普罗霍尔也没有唤她，他用眼睛在人群里搜索着，寻找同村的人。他在伸出辕杆直指天空的大车中间慢慢走着，听见一阵醉汉说话声和笑声。一辆大车下面铺着一块粗麻布，上面坐着三个老头子。一个老头子的两条腿当中放着一坛子酒。三个已经醉醺醺的老头子，用炮弹壳做的铜缸子轮流喝酒，吃着干鱼。饥肠辘辘的普罗霍尔一闻到扑鼻的酒香和腌鱼的咸味，不觉停了下来。

"老总！为了诸事如意，来和我们喝一杯吧！"一个老头子朝他招呼说。

普罗霍尔再不客气，马上坐了下来，画了个十字，就微微笑着，从好客的老头子手里接过斟满了香喷喷的烧酒的铜缸子。

"活一天，就要喝一天！这不是，还有干鱼下酒。小伙子，可别瞧不起老头子。老头子都是聪明人！你们年轻人，还要向我们学学怎样过日子和……怎样喝酒呢。”另一个塌鼻子、上嘴唇一直豁到牙花子的老头子嗡嗡地说。

普罗霍尔喝了一口酒，提心吊胆地侧眼看着那个没有鼻子的老头子。在喝完第二缸子，将要喝第三缸子的时候，他憋不住了，问道：

“老大爷，你的鼻子是玩掉的吗？”

“才不是呢，老弟！这是冻掉的。还是在很小的时候，有一次鼻子冻坏了，所以就成了这个样子。”

“那我有点儿不礼貌啦，我心想：这鼻子不是害风流病烂掉的吗？可别害上这种乱七八糟的玩意儿！”普罗霍尔坦率地说。

他听了老头子的说明，放下心来，这才馋涎欲滴地把嘴唇紧紧贴到缸子上，毫无顾虑地一口气把缸子里的酒喝光了。

“这日子要完蛋啦！怎么不喝喝呢？”酒的主人是个又结实又强壮的老头子，他大声嚷嚷起来，“你们看，我拉来二百普特麦子，可是还有一千普特扔在家里呢。我赶来五对牛，可是现在要扔在这儿啦，就因为不能带着过顿河呀！我挣的家产这一下子全完啦！我要唱歌啦！乡亲们，放开肚子喝吧！”老头子的脸涨得通红，眼睛里充满了泪水。

“别多说啦，特罗菲姆·伊万奇。莫斯科不大相信眼泪。只要咱们能活下去，就还能挣得来。”塌鼻子老头子对老朋友劝道。

“可我怎么能不说呀?!”老头子带着一副哭歪了的面孔，提高了声音，“粮食完啦！牛也要完啦！红党要把房子烧掉啦！我儿子去年秋天就被打死啦！我怎么能不说！我挣家业都为了谁呀？以前，一个夏天里，因为出汗在身上要烂掉十件褂子，可是现在我要落得光屁股、光脚丫儿啦……喝吧！”

普罗霍尔在大家说话的当儿，吃完了一条像炉盖一样大的老大的咸鱼，喝了有七缸子酒，喝得肚子饱鼓鼓的，费了很大的劲儿才站起身来。

“老总！我们的救星！要不要我给你一点儿粮食喂马？你要多少？”

“一口袋！”已经分不清东南西北的普罗霍尔嘟哝着说。

老头子倒给他一草袋上等的燕麦，帮着他扛到肩上。

“要把口袋送来！千万不要忘了！”老头子抱着普罗霍尔，流着醉汉的眼泪，要求说。

“好的，我不送来。我说不送来，就是不送来……”不知为什么普罗霍尔一个劲儿地这样说。

他摇摇晃晃地离开大车朝前走去。草袋子压得他弯下腰，朝两边乱摆。普罗霍尔觉得就像是在结了一层溜滑的薄冰的地上走，两条腿又打滑，又哆嗦，就像是一匹没有钉掌、小心翼翼地踩到冰上的马。他又摇摇晃晃地走了几步，就站住了。他怎么都想不起来：他刚才戴帽子没有？拴在一辆大车上的一匹白头顶枣红色骟马，闻到燕麦气味，伸过头来就咬口袋，咬破了一个角儿。麦粒儿沙啦沙啦地从小窟窿里流了起来。普罗霍尔觉得轻些了，就又朝前走去。

也许他本来能够把剩下的燕麦扛到自己的马那里去的，但是有一头老大的公牛，在他从旁边走过的时候，忽然发起牛脾气，从旁边踢了他一脚。那牛被牛蝇和蚊子叮得非常难受，因为又热又难受，烦躁得发了疯，不准人靠近。普罗霍尔并不是今天牛发脾气的第一名受害者。他一下子飞到了一边，头撞在轮毂上，马上就睡熟了。

半夜里他醒过来。在他的头顶上，瓦灰色的高空里，一片片铅灰色的云彩不住地翻滚着，迅速地向西方飘去。弯弯的新月有时候在云彩缝儿里露一露脸儿，接着天空就又被云幕完全遮住，并且那料峭的凉风在黑暗中也好像更凉了。

普罗霍尔身旁那辆大车后面很近的地方，有骑兵走过。许许多多钉了铁掌的马蹄，踩得大地在哼哼，在叹气。马匹闻到大雨要来时的气息，不住地打着响鼻；马刀碰得马镫叮当乱响，烟卷儿一下一下地闪着红光。从走过的骑兵身上吹来一股股马汗味和酸酸的皮具气味。

普罗霍尔也和一切当过兵的哥萨克一样，打了多年仗，闻惯了这种骑兵身上特有的混合气味。哥萨克处处带着这种气味，一直从普鲁士和布柯文纳带到顿河草原上，这种骑兵部队少不了的气味，使人觉得分外亲切，分外熟悉，就像是闻到了自己家里的气味。普罗霍尔贪婪地抽了几下短短的鼻孔，就抬起沉甸甸的脑袋。

“这是哪一部分，弟兄们？”

“是骑兵部队……”黑暗中有一个低嗓门儿含含糊糊地回答说。

“我是问，这是谁的队伍？”

“是彼特柳拉的……”还是那个低嗓门儿回答。

“哎呀，妈的！”过了一小会儿，那人又问道，“同志们，是哪一团？”

“博柯夫团。”

普罗霍尔想站起来，但是血直往脑袋里冲，喉咙里直想呕吐。他躺下去，又睡着了。天快亮的时候，从顿河上吹来潮气和凉气。

“没有死吗？”他在睡意蒙眬中听见头顶上有人问道。

“有热气呢……还有一股酒气！”有人在普罗霍尔的耳边回答说。

“把他妈的拖开去！睡得跟死人一样！哼，要狠狠揍他几下子！”

有一个骑马人用长矛的杆子照着还没有醒过来的普罗霍尔的肋条上狠狠捣了一下子，有两只手抓住他的腿，把他拖到了一边。

“把大车拖开！都睡死啦？在这样的时候还死睡！红军眼看要踩到尾巴啦，这些人还像在家里一样睡大觉！把大车都拖到一边去，炮兵连马上要过河啦！麻利点儿！……把路都堵住啦……瞧，这些人！”一个很威风的声音喊叫着。

睡在大车上和大车底下的难民都动了起来。普罗霍尔跳了起来。他的步枪没有了，马刀也没有了，连右脚上的靴子也没有了，——这都是他昨天喝醉酒以后丢掉的。他大惑不解地四面望了望，就想到大车底下去找一找，但是已经来到跟前的炮兵连的驭手和炮手们从马上跳下来，毫不心疼地把大车连同装在上面的箱子一起推翻了，眨眼工夫就给炮车清出一条通路。

“往——前——开——吧！……”

驭手们又上了马。多股绳拧成的粗粗的套索紧绷绷地哆嗦了几下，就拉直了。蒙着炮衣的大炮的高大的轮子在坑洼里咯吱响了两下。有一辆炮弹车的车轴挂住了一辆大车的辕杆，把辕杆挂断了。

“你们放弃阵地啦？你们这些当兵的，日你们的妈！”昨天晚上和普罗霍尔一起喝酒的那个塌鼻子老头子在大车上嚷道。

炮兵们都一声不响地骑着马匆匆朝渡口奔去。普罗霍尔在朦胧的晨曦中找枪和马找了很久。一直没有找到。他在小船旁边索性把另一只靴子也脱下来，扔到水里，并且把疼得像箍着铁箍似的脑袋扎到水里，浸了老半天。

太阳一出，骑兵开始渡河了。哥萨克们都下了马，把第一连一百五十匹卸了鞍的马赶到一处河湾上面的河边，顿河就是在这里弯成一个直角，向东流去。连长那硬扎扎的红胡子一直长到眼睛上，一个鹰钩鼻子，样子非常凶恶，活像一只野猪。他的左手吊在一条肮脏的、血糊糊的绷带上，右手不停地玩弄着鞭子。

“别让马喝水！往前赶！赶快点儿！你怎么……妈的……妈的……妈的……怎么，你害怕水呀?! 往水里去！……你的马又不是糖捏的，不会泡化的！……”他一个劲儿地吆喝着哥萨克们往水里赶马，他那红胡子底下露出老大的白牙。

马匹挤成一堆，很不情愿地朝冰凉的水里走去，哥萨克们吆喝着，用鞭子抽着。头一个泼起水来的是一匹白鼻子、额头上有一块大红斑的铁青马。看样子，这马已经不是头一次泅水了。波浪冲击着后部下垂的马身子，把一捆麻似的尾巴冲向一边，但是脖子和脊背是露在外面的。其余的马也都跟着划开水流，喷着鼻子，轰轰地进入翻滚的水里，泅起水来。哥萨克们分乘六条大船跟在后面。一个护送的人站在船头，手拿套索，以防意外。

“别往前面划！叫马斜着往前泅！别叫水冲跑了！”

连长手里的鞭子往上一扬，画了一个圈子，啪的一声落在沾满石灰的靴筒子上。

激流冲击着一匹匹的马。那匹铁青马在最前面很轻松地泅着水，离开其余的马有两匹马远。铁青马头一个爬上左岸的沙滩。这时候，从黑杨树的乱蓬蓬的枝丛中露出了太阳，红红的阳光照在铁青马身上，那湿得发亮的一身鬃毛霎时间迸射出黑黑的、熊熊的火光。

“注意穆雷恒那匹马！帮帮那匹马！……还戴着笼头呢。快划呀！划呀！……”像野猪一样的连长声嘶力竭地吆喝着。

马匹都平平安安地过了河。哥萨克们已经在对岸等着了。他们牵过自己的马，戴上笼头。河这边开始往对岸运马鞍了。

“昨天什么地方着火啦？”普罗霍尔向一个把马鞍往小船上搬的哥萨克问道。

“在旗尔河边。”

“是炮弹打着的吗？”

“哪儿是什么炮弹！”那个哥萨克冷冷地回答说，“是红党放的火……”

“全都烧光了吗？”普罗霍尔惊骇地问。

“那倒是没——有……烧的是财主家的房子，那些盖了铁顶的，或者是有老大的货房的。”

“烧了哪些村子？”

“从维斯罗古佐夫一直烧到格拉乔夫。”

“你可知道，第一师师部这会儿在哪儿？”

“在楚卡林村。”

普罗霍尔回到难民的大车跟前。在一眼望不到边的临时住宿地上，纷纷用干树枝、拆毁的篱笆和干牲口粪生起火来，微风一吹，到处弥漫着呛人的烟气：妇女们在做早饭了。

夜里又从右岸的草原地区来了好几千难民。

在火堆旁边，在大车上，到处都是像蜜蜂一样嗡嗡的说话声。

“什么时候才轮到咱们过河呀？唉，等得急死人啦！”

“上帝饶恕我吧，我要把粮食扔到河里去啦，免得便宜红党！”

“渡船旁边全是人，黑压压一大片！”

“我的好宝贝儿，咱们怎么能把箱子扔在岸上呢？”

“攒呀，攒呀……主耶稣，我们的恩主呀！”

“要是在自己的村子里过河就好啦……”

“真他妈的不该到维奥申这儿来，唉！”

“听说，雪球树村烧光啦。”

“能坐渡船过去就好啦……”

“哼，要不然他们能饶得了你吗?!”

“他们有命令：要把所有的哥萨克，从六岁到顶老的岁数，都斩尽杀绝。”

“他们要是在河这边追上咱们……那可怎么办？”

“那就要血肉横飞啦！……”

在一辆油漆过的塔甫里亚式大车旁边，有一个很挺拔的白眉毛老头子高声喊叫着，从他的外表和气派可以看出来，他是一个村长，而且掌握村长大印已经不止一年了。

“……我问：‘老百姓就应该死在岸上吗？我们什么时候才能带着自己的东西过河呢？要知道，红党会把我们连根砍掉的！’他们的长官就对我说：‘放心吧，大爷！全体老百姓没有渡河以前，我们会守住阵地，不会放弃的。我们宁可粉身碎骨，决不让妇女、孩子和老头子受伤害！’”

老头子和妇女们纷纷把白眉毛的村长围住。他们聚精会神地听村长讲话，后来就一齐乱嚷嚷起来：

“那为什么炮兵先溜啦？”

“他们拼命朝渡口跑，差点儿把人都踩死啦！……”

“骑兵也跑来啦……”

“听说，格里高力·麦列霍夫也放弃阵地啦。”

“这算什么道理？扔掉老百姓，只顾自己跑吗？……”

“军队倒先跑起来啦！……”

“谁来保护我们呀?”

“瞧，骑兵已经泅水过河啦！……”

“还是自己的命要紧啊……”

“一点儿也不错!”

“把我们全卖掉啦!”

“这一下子要完啦!”

“应该派一些老年人去欢迎红军。也许他们会开恩，不杀咱们。”

在胡同口，在医院的高大的砖瓦房旁边，出现了一名骑兵。他前面的鞍头上挂着步枪，旁边还晃悠着漆成绿色的长矛。

“这是我的米基什卡嘛!”一个裹着头巾的上了年纪的娘儿们高兴得叫了起来。

她跳过一根根的辕杆，擦过挤在一起的车辆和马匹，朝骑马人奔去。有人抓住骑马人的马镫，想叫马停住。骑马人把一个盖有火漆印的灰色公文封举在头上，高声叫道:

“我要到总司令部去送报告！快闪开!”

“我的米基什卡呀！好孩子!”那个上了年纪的娘儿们很激动地喊叫着。她那披散开来的一绺绺夹有银丝的黑发，耷拉到喜气洋洋的脸上。她带着颤动的微笑，全身靠在马镫上，靠在汗漉漉的马身上，问道：

“你到咱们村子里去过吗？”

“去过。现在村子里驻上红军啦……”

“咱家的房子呢？……”

“房子好好儿的，不过菲多特家的房子烧掉啦。咱们家的棚子本来也着了火，可是他们亲自扑灭啦。菲济丝卡从他们那儿跑了来，她说，红军的头头儿说：‘一间穷人的房子也不许烧，只烧财主家的。’”

“噢，那要感谢上帝啦！耶稣保佑他们吧！”那娘儿们画了个十字。

那个很威风的老头子很气愤地说：

“我的好大嫂，你是怎么一回事儿？把街坊的房子烧啦，你还要‘感谢上帝’？”

“鬼才管他们家的事！”那娘儿们带着火气很快地嘟哝着说，“他们家还能盖得起来，可是假如我家房子烧掉了，我拿什么来盖？菲多特藏的金子有一大坛子，可是我那老头子给别人家干活儿干了一辈子，一辈子叫穷鬼牵着走！”

“放开我，妈妈！我还要赶快把公文送去呢！”那个骑兵在马上俯下身来，央求说。

母亲跟着马一起往前走，一面走，一面亲儿子那晒得黑黑的手，朝自己的大车跑去，那个骑兵用少年男子的高嗓门儿吆喝着：

“闪开！我要上总司令部送公文！大家快闪开！”

他的马发着性子，不住地扭着屁股，又蹦又跳。人们很不情愿地让着路，那个骑兵看样子走得很慢，但是不久就被一辆辆的大车，就被牛和马的许多脊背遮住了，只有长矛在许许多多的人头上面轻轻晃动着，朝河边移动。

六十一

一天的工夫，所有的暴动军部队和难民都渡过顿河来到左岸。格里高力·麦列霍夫第一师维奥申团的各个骑兵连是最后过河的。

在黄昏之前，格里高力一直率领十二个精锐的骑兵连抵挡着红军第三十三库班师的进攻。五点钟左右，得到库金诺夫的通知，说军队和难民已经全部过河，于是他才下令撤退。

根据事先制订的计划，顿河沿岸暴动军的各个连队都要渡河，并且每个连队都要布置在自己的村子的对岸。快到中午时候，司令部就陆续收到各个连队的报告。大多数连队都已经在自己村子对面的左岸布置就绪。

司令部又把沿岸草原地带的一些哥萨克连队调去填补各个村庄之间的空隙。克鲁日林村、马克萨耶夫-新根村、卡耳根村的步兵连和拉推舍夫村、李霍维多夫村、格拉乔夫村的骑兵连填补了彼加廖夫村、维奥申镇、列别亚仁村、红沟村之间的空隙，其余的都开到后方，开到杜布洛夫村、黑村、高罗霍夫村等一些离顿河远些的村庄里，按照萨方诺夫的意图，他们就做预备队，以便在突围的时候听候司令部调遣。

沿着顿河左岸，从嘉桑乡尽西边的一些村庄，直到霍派尔河口，暴动军布置了一百五十俄里长的防线。

哥萨克渡河以后，就准备进行阵地战：忙着挖战壕，砍伐白杨、柳树和橡树，搭造掩蔽所和机枪阵地。从难民手里弄来许多空麻袋，全部装上沙土，垒到连成一条线的长长的战壕前面做胸墙。

快到黄昏时候，各处的战壕都挖好了。暴动军的第一和第三炮兵连都在维奥申镇外的松林里隐蔽起来。八门大炮总共只有五发炮弹。步枪子弹也快打完了。库金诺夫派传令兵到处传送严禁开枪的命令。在命令中提出，每个连可选出一至二名枪法最好的射手，发给他们足够的子弹，叫这些弹不虚发的射手狙击红军的机枪手和出现在右岸村庄里街道上的红军。其余的人只准在红军企图渡河的时候开枪。

格里高力·麦列霍夫在苍茫的暮色中就巡视完沿河散开的自己的师的各部，又回到维奥申过夜。

不准在河边滩地上生火。维奥申也没有灯火。整个左岸都笼罩在雪青色的暮霭中。

第二天一大早，巴兹基村外的高地上就出现了红军的先头侦察兵。不久在右岸，从霍派尔河口镇到嘉桑镇，所有的守望台上都出现了侦察兵。红军的战线像巨浪一般朝顿河边滚来。后来侦察兵不见了，一直到中午，所有的山冈都死沉沉的，又空旷，又寂静。

风旋转着灰白色的尘土在将军大道上转圈儿。南面还一直冒着大火的黑红色的烟。被风吹散的黑云又渐渐聚拢起来。高地上有一片游云的影子。一道在白天里雪白的电光闪过。闪电瞬息间给发蓝的黑云镶起一道曲曲弯弯的银边儿，又像一条亮闪闪的长矛似的朝下插去，插到一座古守望台的凸出的顶上。一声巨雷好像劈开了高悬在空中的黑云：大雨从黑云里倾泻下来：风吹得雨丝歪歪斜斜，大雨像一层层翻滚的白浪，落到河边石灰岩的山坡上，落到晒蔫了的葵花上，落到耷拉下头的庄稼上。

大雨一下，那些鲜嫩的、但是因为落满尘土变成衰老的灰色的树叶子又恢复了生气。春苗又绿油油的了，葵花又抬起黄黄的圆头，菜园里散发出南瓜花的蜜一般的味儿。解除了干渴的大地，很长时间都冒着热气……

一座座古代的守望台，就像稀疏的散兵线一样，散布在顿河边的山冈顶上，顺着顿河延伸过去，一直到亚速海边。中午过后，很多守望台上又出现了红军的侦察兵。

站在这些守望台上，瞭望顿河这边夹杂着片片绿洲的黄沙平原，一眼可以望出几十俄里。红军的侦察兵都小心翼翼地开始回村子了。步兵成散兵线从高地上拥了下来。就在当年波洛韦次人和好战的布罗得尼基人用来监视敌人行动的守望台后面，出现了红军的炮兵连。

布置在白山上的一个炮兵连，开炮轰击维奥申了。第一发炮弹在广场上爆炸了，然后，一颗颗炮弹爆炸的灰色硝烟和随风慢慢飘散的一个个乳白色的榴霰弹烟团就笼罩住整个维奥申镇。又有三个炮兵连开始轰击维奥申镇和河边的哥萨克战壕了。

机枪在大雷村猛烈地吼叫起来。两挺“霍契吉斯”急促而清脆地进行点射，一挺粗喉咙的“马克辛”不住气地喷吐着子弹，一齐对准了在顿河这边跑来跑去的一伙一伙的暴动军步兵。辎重队渐渐来到高地上。在荆棘丛生的山坡上挖起掩体。大大小小的车辆在将军大道上吱嘎吱嘎地行进着，后面拖着的灰尘就像盘旋飞舞的长裾。

隆隆的炮声响遍了整个前线。红军的炮兵在顿河边一座座居高临下的山上炮轰顿河对岸，一直炮轰到黄昏以后。在布满了暴动军战壕的河边滩地上，从嘉桑镇一直到霍派尔河口镇，都沉默无声。看守马匹的哥萨克都带着马藏在遍地是芦苇、香蒲和莎草的隐蔽的树丛里。这里没有蚊虫叮马，在这到处是野啤酒花的树丛里也很凉快。有各种树木和高大的白柳密密丛丛地遮着，红军的观测员也看不见。

在一片碧绿的河边草地上，一个人也没有。只是偶尔在草地上出现一两个吓得弯着腰、从离河边很远的地方经过的难民。红军的机枪就对他们打上几梭子，他们一听见子弹的长长的啸声，就吓得趴到地上。他们在密密的草丛里一直趴到天黑下来，这才大步朝树林里跑去，然后头也不回地急急忙忙朝北方，朝那摇晃着密密的赤杨和白桦树棵子亲切相招的洼地里跑去。

* * *

维奥申镇被猛烈的炮火轰击了两天。老百姓都躲在地窖里，不敢出来。只有到夜里，镇上被炮弹打得坑坑洼洼的一条条街道才热闹起来。

总司令部里的人纷纷揣测，认为这样猛烈的炮击是为进攻和渡河做准备。他们担心，红军就在维奥申镇对面开始渡河，以便占领维奥申，在拉成直线的长长的阵地上打进一个楔子，把战线截成两半，然后从加拉奇和大熊河口发动两翼进攻，进行歼灭战。

依照库金诺夫的命令，在维奥申的顿河边集中了十二挺机枪，都配备了足够的子弹。几个炮兵连长接到的命令是，只有在红军开始渡河的时候，才能发射剩下的那几发炮弹。所有的大小船只都集中到维奥申上面的河湾里，派强大的兵力看守着。

格里高力·麦列霍夫觉得司令部里的人的担心是没有根据的。在五月二十四日的一次会议上，他对伊里亚·萨方诺夫及其一伙的揣测嘲笑了一通。

“他们坐什么从维奥申对面过河呢？”他说，“再说，这是渡河的好地方吗？你们瞧瞧：对岸光溜溜的，就像鼓面子一样，沙滩也是平平的，河边没有一块小树林，也没有一丛树棵子。哪一个傻瓜会挑这种地方过河？只有伊里亚·萨方诺夫才会凭自己的聪明往这样的陷坑里爬……在这样光溜溜的河边上，机枪一扫，会把什么人都扫得干干净净。库金诺夫，你别以为红军的指挥官比咱们傻。他们当中有人比咱们高明！他们不会迎头进攻维奥申的，咱们不必等着他们在这儿过河，而是应该料到，他们要么从水浅的地方，从可以蹚水过河的地方，要么从有丘陵、有树林的可以隐蔽的地方。对于这些危险地方要严加监视，特别是在夜里；要提醒哥萨克们，不要疏忽，不要麻痹大意；要事先把后备队调到危险地带，以防万一。”

“你说，他们不会进攻维奥申吗？那他们为什么一天到晚用大炮轰维奥申？”萨方诺夫的一个助手问道。

“这事儿你去问问他们好啦。怎么，他们单单炮轰维奥申吗？他们也在炮轰嘉桑镇，也在炮轰叶兰村，瞧，又在谢苗诺夫山上打起炮来啦。他们到处都在打炮。大概，他们的炮弹比咱们多些。咱们的鸟……炮队只有五发炮弹，而且就连这五发炮弹的壳子还是用橡木刨成的。”

库金诺夫哈哈大笑起来：

“好啊，这一下子打中要害啦！”

“这会儿用不着乱批评！”参加会议的第三炮兵

连连长生气了。“这会儿应该谈谈正经事情。”

“你谈呀，谁拉住你的舌头来？”库金诺夫皱着眉头，玩弄起皮带。“对你们他妈的说过不止一次：‘不要随便浪费炮弹，要节约，以备要紧的时候用！’可是你们不听，见什么打什么，遇到辎重队也要开炮。现在到了紧急关头，没有炮弹打啦。听到一点批评，有什么好气的？麦列霍夫挖苦你们的木头大炮，挖苦得好。你们的家伙该当挖苦！”

库金诺夫站到格里高力一边，坚决支持格里高力的意见，也认为应该加强最适合渡河的地点的防务，应该把后备队集中到危险地段的附近。决定从维奥申现有的机枪中抽调几挺机枪到白山村、梅尔库洛夫村和大雷村的连队里去，因为在这些连队防守的地段渡河的可能性最大。

格里高力推测红军不会冒险从维奥申对面过河，而是要选择利于渡河的地方过河，这一推测第二天就证实了。这天早晨，大雷村的连长就来报告说，红军准备渡河了。通夜都可以听见顿河对岸有嘈杂的人声、铁锤叮当声、车轮咯吱声。也不知道从哪里用大车往大雷村拉来许多木板，把木板卸下来，马上就有许多锯子吱啦吱啦响起来，还听见有斧劈和锤子敲打的声音。从这一切可以判断出，红军正在打造什么东西。哥萨克们起初估计这是在做浮桥。有两个大胆的家伙，跑到响着斧锯声音的地方的上游半俄里远处，脱掉衣服，头上插了树枝子作掩护，悄悄地顺水朝下游泅去。他们到了岸边，布置在柳树底下的机枪哨的红军正在离他们不远的地方说着话儿，可以清清楚楚地听见村子里的人声和斧声，但是水上什么东西也没有。如果说红军是在打造什么东西的话，那无论如何也不是造桥。

大雷村的连长对敌方加强了监视。黎明时候，眼睛一直没有离开望远镜的观测员很久都没有看见什么。但是不久，其中有一个哥萨克，在对德战争中就被公认为是团里最出色的射手的，在朦胧的晨曦中发现一名红军牵着两匹上了鞍的马朝河边走来。

“一个红党朝河边来啦。”这个哥萨克小声对同伴说了一声，放下望远镜。

两匹马走进没膝深的水里，喝起水来。

这个哥萨克把耷拉得很长的步枪皮带搭到左胳膊肘上，扳起瞄准尺，仔细瞄了半天……

一声枪响过，一匹马软软地歪倒下去，另一匹朝坡上跑去。红军弯下身去，想把死马身上的鞍子解下来。这边哥萨克又放了一枪，就微微笑起来：那个红军很快地直起身子，想从河边跑开，但是忽然栽倒了。脸朝下栽倒，再也没有起来……

格里高力·麦列霍夫一得到红军准备渡河的消息，就骑上马，前往大雷村连的防地。他出了维奥申镇，骑马蹚过从顿河里伸出来、一直伸到镇边的一个湖汊的窄窄的腰部，进了树林，就放马跑起来。

这条道路要经过草地，但是从草地上走是很危险的，因此格里高力选择了一条绕远的路：穿过树林来到湖汊的尽头，又经过一个个的土墩和白柳丛，来到加尔梅克滩（这是一道窄窄的河沟，连接着牛栏湖和草地上的一个水塘，里面密密丛丛地长满了睡莲、水芹和芦苇），过了泥泞的加尔梅克滩，就勒住马，让马休息几分钟。

从这里到顿河边，直线距离有两俄里。从这里的草地上往战壕那里去，必然会受到枪击。本来可以等到黄昏时候，趁天黑穿过平坦的草地，但是格里高力是个不喜欢等待的人，常常说“世界上最糟糕的事情就是等待和跟在后面赶”，所以决定马上就去。“我打着马拼命跑，他们一定打不到我！”他这样想着，从树棵子里走了出来。

他拨了拨马头，对准了从河边树林伸出来的一带绿茵茵的柳树，举起了鞭子。那马屁股上挨了火辣辣的一鞭子，又听到猛烈的一声吆喝，浑身哆嗦了一下，就抿起耳朵，加快速度，像飞鸟一样朝顿河边奔去。格里高力还没有跑出五十丈远，右岸高地上有一挺机枪就对准他连续不停地扫射起来。“嗖嗖！嗖嗖！嗖嗖！嗖！嗖！”子弹像土拨鼠一样尖叫起来。“打得太高啦，伙计！”格里高力心里说，一面紧紧夹住马，放松缰绳，脸贴在迎风飞舞的马鬃上。在一面白石灰岩山坡上架着一挺重机枪，躺在绿色护板后面的机枪手好像猜到了格里高力的心里，急忙瞄了瞄，放低了枪口扫射起来，一颗颗在空中摩擦热了的子弹，就在马的前蹄旁边有滋有味地吧嗒起嘴，像蛇一样咝咝叫起来。子弹朝春汛过后还没有晒干的潮湿的土地里乱钻，溅起一片片热乎乎的泥巴……“啾！咝咝！啾！啾！”并且在头顶上和马的身旁又响起另一种声音：“嗖！嗖！……嗖呜呜！”

格里高力站在马镫上，身子几乎是趴在伸直了的马脖子上。那一带绿柳飞快地迎面扑来。他已经跑了有一半路的时候，谢苗诺夫山上的大炮开炮了。炮弹的钢铁的啸声震得空气都哆嗦起来。在近处轰隆一声爆炸，震得格里高力在马上晃了两下。弹片的啸声和叫声在他耳朵里还没有消失，附近池塘里被爆炸的气流冲倒后正在沙沙地伸直身子的芦苇还没有完全挺立起来，山上的大炮又轰隆一声响了，格里高力听见越来越近的炮弹的啸声，又俯下身子，紧紧贴在马身上。

他觉得，好像是那撕心裂肺、强烈到极点的啸声顷刻间爆炸开了，并且就在这顷刻间，向上冒起的一片黑烟在他眼前直立起来，大地被这一声巨响震得颤动起来，马的两条前腿好像陷进了什么里……

格里高力在落马的一刹那，头脑完全清醒过来。他在地上摔得很重，绿呢子军装裤的两个膝盖部分都跌破了，裤腿上扎的带子也挣断了。爆炸震起的强大气浪把他冲到离马很远的地方，在摔倒后他又在草地上滑了几丈远，手掌和腮帮子在地上擦得火烧火燎地疼。

摔得头昏脑涨的格里高力站了起来。土块、碎土和连根拔起的草，像黑色雨点一样从上面哗哗落下来……他的马躺在离弹坑有二十步远的地方。马头一动也不动，但是两条落满泥土的后腿、汗漉漉的屁股和微微歪斜的尾巴根还在轻轻抽搐着。

顿河那边的机枪已经不响了。有五六分钟的时间无声无息。水塘上空有几只蓝色的鱼鹰惊慌不安地叫着。格里高力克制着头晕，朝马跟前走去。他的两条腿哆哆嗦嗦，异常沉重。他觉得就好像平时很不舒服地坐了很久之后忽然站起来走路那样，这时候因为血液暂时停止流动而麻木了的两腿就好像成了别人的腿，每走一步浑身都觉得嗡嗡直响……

格里高力把死马身上的马鞍解下来，刚刚走进附近的水塘边被弹片打得乱糟糟的一片芦苇，一挺机枪又节奏均匀地响了起来。但是听不见子弹的啸声。显然，高地上打的已经是新的目标了。

一个钟头之后，他来到连长的掩蔽所里。

“这会儿他们的木匠活儿停啦，”连长说，“可是到夜里一定还要干的。您最好给我们弄点儿子弹来，要不然实在没办法啦：每个弟兄只有一梭子到两梭子子弹。”

“子弹到晚上一定给你们送来。你们可要时刻注意对岸！”

“我们一直在注意。我想在今天夜里找几个有胆量的，叫他们蹚过去，看看他们究竟在那儿打造什么。”

“为什么昨天夜里没派去呢？”

“格里高力·潘捷莱维奇，我派了两个，但是他们没有敢进村子。他们蹚到了岸边，可是要进村子——就怕啦……如今的事，能强迫谁呢？这是危险事儿，只要碰上他们的岗哨，马上就会丧命。在自己的家门口打仗，哥萨克们都没有多大的狠劲儿……以前，在俄德战争的时候，为了一颗十字章去拼命的人多着呢，可是如今，别说是深入敌后侦察，就是放哨，都很难找到人去。这会儿更糟糕的是，有了老娘儿们：她们都跟着自己的男人，就在这战壕里过夜，赶都赶不出去。昨天我想把她们赶走，可是哥萨克们威胁我，说：‘叫他放客气点儿，要不然我们好好地收拾收拾他！’”

格里高力走出连长的掩蔽所，往战壕里走去。战壕在树林子里弯弯曲曲地朝两边伸去，离顿河有二十丈左右。一棵棵的小橡树、一丛丛的荆棘、密密的小白杨树棵子掩护着黄土胸墙，遮住红军的视线。有许多交通壕联结着战壕和哥萨克们歇息的掩蔽所。在一些掩蔽所旁边扔了不少灰白色的干鱼刺、羊骨头、葵花子壳儿、烟头、破布片儿；树枝上挂着刚洗过的袜子、粗布衬裤、包脚布、女人褂子和裙子……

有一个睡眼惺忪的年轻媳妇，从前面一个掩蔽所里探出没有披头巾的头来。她擦了擦眼睛，大模大样地把格里高力打量了一遍；就钻进黑黑的门洞里，就像是黄花鼠进了洞。在旁边一个个掩蔽所里有些人在低声唱歌儿。一起唱歌的除了几个男声以外，还有一个压低了的很高、很清脆的女声。在第三个掩蔽所的门口，坐着一个不算年轻的、穿得很整齐的哥萨克妇人。一个留着花白长发的哥萨克的头枕在她的膝盖上。他舒舒服服地侧着身子躺着，正在打盹儿，他的老婆正在很灵巧地给他捉虱子，把一个个黑黑的头虱在木梳子上掐死，一面轰走老伴儿脸上的苍蝇。如果没有顿河那边恶狠狠的机枪声，如果没有从上游，时而从米古林乡，时而从嘉桑乡，顺水传来的隆隆的大炮声，可能会以为，这是割草人在河边扎下了野营——驻守在火线上的暴动军大雷村连，表面上是那样平静。

格里高力打了五年仗，还是第一次看见这样稀奇的战地景象。他忍不住笑，从一个个掩蔽所旁边走过，到处都看到有娘儿们在服侍自己的男人，在缝补哥萨克制服，洗当兵人的衬衣，做饭，或者草草地吃过午饭以后在洗碗碟。

“你们这儿日子过得挺美嘛！够舒服的……”格里高力回到连长的掩蔽所，对连长说。

连长龇着牙笑了笑，说：

“日子过得再好没有啦。”

“已经舒服过头啦！”格里高力皱起眉头，“马上把这些娘儿们赶走！在战场上搞起这一套来啦！……你这儿是赶集，还是卖破烂儿？这算什么玩意儿？红军这就要过河啦，可是你们到时候连听都听不见，没工夫听啦，你们到时候非吃老娘儿们的亏不可……等天一黑，你把这些长尾巴蛆全部赶走！明天我再来，如果我看见有一个穿裙子的，首先把你的脑袋揪下来！”

“这话对嘛……”连长欣然表示同意，“我也反对老娘儿们来，可是你拿哥萨克们有什么办法呢？纪律都破坏啦……老娘儿们都想男子汉，咱们已经打了两个多月了嘛！”

他自己也红着脸，坐到土炕上，用身子遮住扔在炕上的一条红红的女人围裙，并且转身背着格里高力，用威吓的目光朝着用粗布隔起来的掩蔽所的一个角落里瞅了一眼，他的娇妻的笑盈盈的深棕色眼睛正在那里朝外看着呢……

六十二

阿克西妮亚·阿司塔霍娃在维奥申镇上有一个堂房姑母，就住在镇边上，离新教堂不远。她就在这个姑母家里住下来。第一天她就出去找格里高力，可是他还没有到维奥申呢；到第二天，大街上和小巷里从早到晚都有子弹嗖嗖飞着，炮弹爆炸着，阿克西妮亚就没敢出门。

“他把我叫到维奥申来，说要跟我一块儿过，可是他自个儿都不知道跑到什么鬼地方去啦!”她躺在上房里的大柜子上，咬着两片鲜艳、然而已经不那么红润的嘴唇，恨恨地想道。老姑母坐在窗前，打着袜子，每响一声大炮，她就画一个十字。

“哎哟，主耶稣呀！真怕人呀！他们干吗要打仗啊？干吗他们要互相乱咬啊?”

大街上，在离这座房子十五丈远的地方，有一颗炮弹爆炸了。屋子里的窗玻璃很委屈地丁当响着，纷纷落了下来。

“姑妈！你快离开窗户吧，他们会打到你的!”阿克西妮亚说。

老人家带着嘲笑的神情从老花镜里看了看她，不高兴地说：

“哎呀，阿克秀特卡！我看，你真傻。怎么，我是他们的敌人吗？他们凭什么要打我?”

“他们无意中会打死你呀！他们又看不见子弹往哪儿飞。”

“才不会打我呢！才不会看不见呢！他们打的是

哥萨克，哥萨克是他们红军的敌人，我是个寡妇老奶奶，他们打我干什么？他们肯定知道该用枪打谁，用炮轰谁！”

中午时候，格里高力趴在马脖子上，在街上跑过，朝下游河湾里跑去。阿克西妮亚在窗口看见他，急忙跑到爬满野葡萄藤的台阶上，喊了一声：“格里沙！”可是格里高力已经拐过弯去不见了，只有他的马蹄扬起的尘土慢慢在向大路上落。追上去也是无济于事。阿克西妮亚站在台阶上，恼恨得哭了起来。

“那跑过去的是司捷潘吗？你干吗要像疯子一样跑出去？”

“不是……那是我们村子里一个人……”阿克西妮亚含着眼泪回答说。

“那你干吗要掉眼泪？”喜欢刨根问底的老奶奶追着问道。

“姑妈，您问这些干什么？这些事您不明白！”

“我怎么会不明白……哼，就是说，相好的跑过去啦。要不然怎么会呢？无缘无故你不会哭的……这种事儿我过去有过，我明白！”

傍晚时候，普罗霍尔·泽柯夫走进屋里来。

“您好啊！老大娘，鞑靼村没有人到您家来吗？”

“普罗霍尔！”阿克西妮亚高兴得叫了一声，从上房里跑出来。

“哼，姑奶奶，你叫我找死啦！为了找你，我两条腿都跑断啦！他又是个什么样的人呀？完全像他爹，火性子。到处在放枪，所有的活物都躲起来啦，可是他一个劲儿地逼我：‘把她找来，要不然我宰了你！’”

阿克西妮亚抓住普罗霍尔的小褂袖子，把他拉到过道里。

“他这该死的东西在哪儿呀？”

“哼……他会跑到哪儿去？他从阵地上走回来啦。他的马今天被打死啦。他回来很凶，就像一条用链子锁着的狗。问：‘找到了吗？’我说：‘我上哪儿去找她？我又不能把她变出来！’可是他说：‘一个人又不是一根针！’他把我大骂一通……真是一只披着人皮的狼！”

“他说什么来着？”

“快收拾收拾，咱们走吧，再没什么啦！”

阿克西妮亚转眼工夫就包好自己的包袱，匆匆忙忙和姑妈告别。

“怎么，司捷潘派来的人吗?”

“姑妈，是司捷潘!”

“好吧，就说我问他好。可是他怎么不亲自来呀?喝碗牛奶也好，这不是，家里还有甜馅饺子呢……”

阿克西妮亚不等听完她的话，就从屋里跑了出去。

直到走到格里高力的住处，她都气喘吁吁，脸色煞白，走得非常快，最后连普罗霍尔都央告她说:

“你听我说!我年轻时候也跟在姑娘后头跑过，可是从来没有像你跑得这样快。你是等不及啦，还是哪儿失了火?我都喘不上气来啦!哼，谁又在地上这样飞?你们两个都有点儿疯啦……”

可是他在心里说:“他们又搞到一块儿啦……哼，这会儿鬼也拆不散他们啦!他们如愿啦，我可是冒着枪林弹雨找来这只母狗呀……可别叫娜塔莉亚知道，万一她知道了，会骂我个狗血喷头……柯尔叔诺夫家的人也不是好惹的!唉，如果不是我嘴馋喝多了酒，把马和枪都丢了的话，我才不会到镇上到处找你呢！你们自己的事，自己去管吧！”

在紧紧关着护窗的上房里，点着一盏烟气腾腾的油灯。格里高力坐在桌边。他刚刚擦完步枪，但是还没有擦完盒子枪的筒子，门就吱扭一声响了。门口站的是阿克西妮亚。她那窄窄的白额头汗淋淋的，在她那煞白的脸上，两只睁得大大的、火辣辣的眼睛含着万种柔情，格里高力一看到她，心就颤动起来。

“你把我骗了来……可是你自个儿……连影子都叫人看不见……”她吃力地喘着，说。

这会儿，她就像很久很久以前，他们刚刚发生关系时那样，觉得除了格里高力，什么都不存在了。若是格里高力不在，她觉得世上的一切就好像死了，他在她身边，世上的一切好像又活了。她当着普罗霍尔的面也不害羞，一头扎到格里高力怀里，像野蛇麻草一样缠在他身上，一面哭，一面吻心上人的胡子拉碴的两腮，往他的鼻子、额头、眼睛、嘴唇上撒了许许多多快吻，还含含糊糊地嘟哝着，抽搭着：

“想——死——我——啦！……我都想出病来

啦！格里什卡呀！我的心肝儿！”

“噢，嗯……噢，你看……别急嘛！……阿克西妮亚，别这样……”格里高力不好意思地嘟哝着，转过脸去，不去看普罗霍尔。

他扶着她坐在长板凳上，从她的头上摘下已经歪到后脑勺上的头巾，给她撩了撩披散下来的头发。

“你这算什么样子……”

“我就是这种样子啊！瞧瞧你……”

“真的，你简直疯啦！”

阿克西妮亚把两条胳膊搭在格里高力的肩上，含着眼泪笑了，急急匆匆地小声说：

“哼，怎么能这样呢？你叫我来……我就什么都扔掉，来啦，可是你又不在……你骑马跑过去，我跑出来喊你，可是你一拐弯就不见啦……要是叫他们打死了，那我都不能看你最后一眼啦……”

她又说了许多非常亲热、温柔、絮絮叨叨的傻话，用手一个劲儿地抚摩着格里高力那佝偻着的双肩，用两只百般柔顺的眼睛盯着他的眼睛。

在她的目光中，流露着一种可怜的神情，同时又有一种舍死一拼的发狠神情，就像一只被追捕的野兽那样，这种神情使格里高力看着她很不自在，很心疼。

他用晒得发黄的睫毛遮住眼睛，勉强笑着，一声不响，可是她腮上那热辣辣的红晕越来越红，两只眼睛好像渐渐蒙上一层蓝蓝的薄雾。

普罗霍尔没有打招呼就走了出去，在过道里啐了一口，用脚把唾沫擦了擦。

“简直发疯啦！”他在下台阶的时候，恶狠狠地说，并且为了表示看不惯，把院子门关得很响。

六十三

他们像做梦一样过了两天，不辨日夜，忘记了周围的一切。有时格里高力迷迷糊糊地睡过一阵小觉后醒来，在蒙眬中看见阿克西妮亚那紧紧盯着他、好像是在研究他的凝神的目光。她往往是趴在床上，用胳膊肘支着头，用手托着腮，看着他，眼睛几乎眨都不眨。

“你干吗看我？”格里高力问。

“我想看个够……我心里总觉得他们会打死

你的。”

“好吧，既然觉得这样，那就看吧。”格里高力笑着说。

第三天，他才第一次外出。这天一大早库金诺夫就接二连三地派人来请他去开会。格里高力也一再地对派来的人说：“我不去，叫他们自己开吧。”

普罗霍尔又从司令部里给他弄到一匹马，牵了来，昨天夜里他就到大雷村的防地上，把扔在那里的马鞍带了回来。阿克西妮亚看见格里高力准备出发，很惊慌地问道：

“你上哪儿去？”

“我想到鞑靼村去一下，看看咱们村的人怎样保卫村子，顺便打听一下家里人在哪儿。”

“你想孩子啦？”阿克西妮亚哆哆嗦嗦地用披巾裹住缓缓下溜的黑黑的肩膀。

“想啦。”

“你别去，好吗？”

“不行，我要去。”

“别去吧！”阿克西妮亚央求说，两只眼睛在她那黑黑的眼窝里激动地闪烁起来，“这么说，你觉得家比我还要紧吗？还要紧吗？这头、那头都放不下吗？那你是不是就把我带到你家里？我和娜塔莉亚会在一块儿凑合着过的……哼，滚吧！你去吧！可是你以后别再找我啦！我不要你。我不愿意这样！……我不愿意！”

格里高力一声不响地走到院子里，上了马。

* * *

鞑靼村的步兵连懒得挖战壕。

“想的是鬼主意，”贺里散福瓮声瓮气地说，“怎么，咱们这是在俄德战场上吗？弟兄们，挖一些普通的掩体，有膝盖那么深就行啦。要把这样硬的地挖一人多深，能办得到吗？就是用洋镐也刨不动，别说用铁锹啦。”

大家都听了他的话，在左岸松软的断崖上挖了一些可以卧倒的掩体，却在树林里搭了一些掩蔽所。

“嘿，这一下子咱们变成土老鼠啦！”从来不知道犯愁的安尼凯说起俏皮话来，“咱们就住在洞里，吃吃野草，免得你们天天吃熏鱼饼啦，肉啦，鲟鱼面啦……木樨草不也很好吃吗？”

红军很少打搅鞑靼村的人。村外也没有炮兵连。只是有一挺机枪偶尔在右岸零零落落地响上一阵子，对着从掩体里探出头来的观测员打上短短的两梭子，然后又是很久没有动静。

红军的工事是在山冈上。山上也只是偶尔地打几枪，不过红军只有夜里才下山到村子里去，而且去的时间也不长。

* * *

格里高力傍晚时候来到自己村子对岸的河边滩地上。

这里的一切他都很熟悉，每一棵小树都引起他的回想……这条道路通过一片叫“女儿地”的林中草地，每年彼得节分过草地以后，哥萨克们都要在这里喝酒。阿列克塞小树林像一个楔子似的伸进河边滩地。很久很久以前，在这片当时还没有名字的小树林里，一群狼咬死了一头牛，那头牛是鞑靼村一个叫阿列克塞的人的。阿列克塞死了，大家把他忘了，墓碑上的字也渐渐模糊不清了，连姓氏也被街坊和乡亲们忘掉了，可是以他的名字为名的小树林却还活着，橡树和榆树向天空伸着一丛丛碧绿的树枝。鞑靼村的人常常砍了来做农活儿上用的家什，但是到春天又从矮矮的树墩上冒出茁壮的芽儿，不知不觉长上一两年，于是阿列克塞小树林夏天里又是枝叶繁茂，一片碧绿，到秋天里，那染过早霜的锯齿形橡树叶子又是一片赤金颜色，好像穿起一身金甲。

夏天，阿列克塞树林里潮湿的土地上到处爬满了有刺的黑莓，羽毛华丽的灰老鸹和喜鹊在老榆树顶上搭巢；秋天，到处散发着又清爽又苦涩的橡实和橡树落叶气味的时候，南飞的山鹬都要在小树林里歇一阵子，到冬天，一片白茫茫的雪地上，就只有一行行像珍珠链子似的圆圆的狐狸爪印子了。格里高力在少年时代，常常到这片树林里来安放狐狸夹子……

他在凉爽的树荫下，顺着去年的道路的长满了杂草的旧车辙走着。他走过了“女儿地”，来到黑土崖前，许多往事涌上心头。他还是小孩子的时候，常常在那三棵白杨树旁边的小水塘里追赶刚刚生出来、还不会飞的小野鸭子，一天到晚在“圆湖”里逮鲤鱼……那不远处有一棵像帐篷一样的雪球树。雪球树孤零零地站在那里，又孤独，又苍老。在麦列霍夫家的院子里就可以看到这棵树，每到秋天，格里高力常常走到自己家的台阶上，欣赏这棵雪球树，好像是老远就被雪球树那红红的火焰包围住了。去世的彼特罗就非常喜欢吃苦丝丝的干雪球花饼子……

格里高力怀着淡淡的伤感心情，环视着从小就熟悉的地方。他的马一面走，一面懒洋洋地用尾巴驱赶着在空中飞舞的密密层层的蠓虫和凶狠的褐色蚊子。绿油油的冰草和梯牧草被风吹得弯下柔软的腰。草地上翻滚着一道道的绿波。

格里高力来到鞑靼村步兵的掩体跟前，派人去叫他的父亲。贺里散福在左翼很远的地方叫道：

“普罗柯菲耶维奇！快去吧，格里高力来啦！……”

格里高力下了马，把缰绳递给来到跟前的安尼凯，老远就看见父亲急急忙忙一瘸一拐地走来了。

“啊，好呀，首长！”

“你好，爹。”

“你来啦?”

“好不容易抽出身来呀!噢,家里人怎么样?我妈和娜塔莉亚在哪儿?”

潘捷莱·普罗柯菲耶维奇挥了一下手,皱着眉头。从他那黑黑的腮帮子上滚下两颗泪珠儿……

“啊,怎么回事儿?她们怎么啦?”格里高力十分惊慌地急忙问道。

“她们没有过河……”

“怎么不过河?!”

“娜塔莉亚有两天不能起床啦。大概是害了伤寒……老婆子不愿意扔下她……不过,孩子,你不要害怕,她们在家里都好好儿的。”

“孩子们呢?米沙特卡呢?波柳什卡呢?”

“都在家里。杜尼娅过河来啦。她怕留在那儿……她是姑娘嘛,知道吗?现在她跟着安尼凯的老婆上沃罗霍夫去啦。我已经到家里去过两次。半夜里坐小船轻轻划过去,一下子就到家啦。娜塔莉亚病得很厉害,不过孩子们都挺好,托老天的福……娜塔莉亚昏迷不醒,浑身发烧,连嘴唇都烧破啦。”

“你怎么不把他们带到这边来呢?”格里高力着急地叫道。

老头子火了，在他的哆哆嗦嗦的声音中，又有气，又有责备的意味:

“你又干什么来着?你就不能先来一趟，把他们带过来吗?”

“我带着一个师呀!我要把一师人都带过来呀!”格里高力气呼呼地反驳说。

“我们都听说你在维奥申干的事啦……这么看，你不要家啦?唉，格里高力呀!即使你不怕人议论，也该想想还有上帝呀!……我不是在这儿过河的，要不然我怎么会不带着他们呢?我这一排是在叶兰镇过河的，等来到这儿，红军已经把村子占啦。”

“我是住在维奥申!……这事儿你管不着……你给我……”格里高力声音都哑了，气得说不出话来。

“我倒没什么!”老头子害怕了，一面不满意地打量着聚集在不远处的哥萨克们，“我说的不是这事儿……你小声点儿，别叫人听见……”他换成耳语，“你也不是小孩子啦，自个儿应该明白嘛;家里的事，你就不要担心啦。娜塔莉亚会好起来的，红军并不难为她们。不错，他们宰了一头一岁口的小牛，这也算不了什么。他们心肠挺好，不乱动……拿了四十斗粮食。打仗嘛，不会不损失点儿！”

“是不是现在把家里人接过来呢？”

“依我看，用不着。比如说，把她这样一个病人放到哪儿去呢？而且这也是危险事儿。他们在家里很好。家产有老婆子照应着，这样我要放心些，村子里着过大火呢。”

“谁家烧啦？”

“操场上全烧啦。多数是买卖人的房子。你丈人柯尔叔诺夫家烧光啦。你丈母娘卢吉尼奇娜现在住在安得洛波夫村里，可是格里沙加爷爷也留在家里看房子。你妈告诉我，格里沙加爷爷说：‘除了我的家，我哪儿也不去，那些反基督的人不会上我这儿来，他们害怕十字架。’他已经完全老糊涂啦。可是，看样子，红军并不怕他的十字架，把他的房子和院子全烧啦，至于他自己怎么样，还一点没有听说……他已经到了死的时候啦。二十年前他就自己做好了棺材，可是他还一直活着……烧村子的人就是你的好朋友，这该死的东西！”

“谁?”

“米沙·柯晒沃依呀，日他祖宗!”

“当真是他?!”

“是他，千真万确！他还到咱们家来过，问过你。他对你妈就这样说：‘我们一过河到那边去，就把你们家的格里高力头一个绞死。把他吊到顶高的橡树上。我要杀他，都怕弄脏了我的刀！’他也问到我，也发过狠，说：‘这个瘸鬼跑到哪儿去啦？怎么不老老实实地待在家里，坐在炕头上？哼，要是叫我逮到了，我也不打死他，要拿鞭子抽他，一直抽得他三魂出窍！’你看他这个魔鬼有多么凶！他天天在村子里走来走去，放火烧买卖人和神甫的房子，还说：‘为了给伊万·阿列克塞耶维奇和施托克曼报仇，我要把整个维奥申都烧了！’你听听这话！”

格里高力又和父亲谈了有半个钟头，后来就朝马跟前走去。老头子在谈话中再也没有说一句涉及阿克西妮亚的话，但是即使这样，格里高力心里还是感到不痛快。“既然我爹都知道啦，一定大家都说啦。是谁传出来的呢？除了普罗霍尔，还有谁见过我们在一块儿呢？难道司捷潘也知道了吗？”他因为害羞和恨自己，都咯吱咯吱地咬起牙来……

他和哥萨克们聊了一小会儿。安尼凯一个劲儿地在开玩笑，要求给连里送几桶酒来。

“只要有伏特加，我们连子弹都用不着啦！”他一面说，一面哈哈笑着，挤着眼睛，意味深长地用指甲弹着肮脏的衬衣领子。

格里高力拿出自己带的烟丝请贺里散福和村里其他人抽；已经要走的时候，他看见了司捷潘·阿司塔霍夫。司捷潘走过来，慢吞吞地问了问好，但是没有伸过手来。

格里高力自从暴动以后，还是第一次看见他，很不放心地用探询的目光仔细看了看他：“他知道吗？”可是司捷潘那漂亮的瘦脸上很平静，甚至还很高兴，格里高力这才轻松地舒了一口气，“肯定，他不知道！”

六十四

过了两天，格里高力巡视过自己这一师的阵地，回来了。总司令部已经迁到黑村去了。格里高力在镇外让马休息了有半个钟头，饮了饮，他也没有进镇，就朝黑村走去。

库金诺夫见到他，带着期待的笑容很高兴地看了看他。

“哦，格里高力·潘捷莱维奇，你都看到些什么？谈谈吧。”

“看到哥萨克，看到高地上的红军。”

“你看到的事情真多呀！我们这儿可是来过三架飞机，送来子弹和一些信件……”

“你的大老板西道林将军在信里对你说了些什么？”

“我的老同学吗？”一向很随和的库金诺夫反问了一句，仍然用玩笑的口吻继续说下去，“他在信上说，要我用一切力量守住阵地，不叫红军过河。还说，顿河军就要发动大反攻啦。”

“说得真好听啊。”

库金诺夫正色说：

“顿河军已经出动啦。我只告诉你一个人，要绝对保密！再过一个星期，就要冲破红军第八军的战线。咱们要坚守住。”

“本来就在守嘛。”

“红军正准备在大雷村过河呢。”

“斧子还一直在响吗？”格里高力十分吃惊地问道。

“还在响……噢，你看见一些什么情况？你上哪儿去啦？我想问问，你是不是在维奥申睡大觉啦？也许，你哪儿也没去！前天，我到处找你，把整个维奥申都找遍啦，后来，我派去的一个人回来说：‘麦列霍夫不在家，可是从屋里走出来一个非常漂亮的娘儿们，说：“格里高力·麦列霍夫走啦。”她的眼睛还肿着呢。’所以我就想：也许咱们的师长正在跟情人寻欢作乐，躲着我们吧？”

格里高力皱起眉头。他听了库金诺夫开的玩笑，很不痛快。

“你还是少听乱七八糟的胡扯，挑几个短舌头的当传令兵吧！你要是再派舌头太长的到我那儿去，那我就先用刀把他的舌头割掉……省得他胡说八道。”

库金诺夫哈哈大笑起来，拍了拍格里高力的肩膀。

“有时候你不也喜欢开玩笑吗？好啦，不开玩笑啦！我有正经事要和你谈。咱们需要搞到一个‘舌头’，这是第一；第二就是，要在夜间，在嘉桑乡边界以下，派两连骑兵渡河到对岸去，骚扰一下红军。是不是就在大雷村对面过河，叫他们混乱一场，好吗？你以为怎样？”

格里高力沉默了一会儿，然后回答说：

“这事儿倒是不错。”

“你能不能亲自……”库金诺夫对“亲自”两个字加重了语气，“带两个连去呢？”

“为什么要我亲自去？”

“就因为，需要一个久经战阵的指挥官！需要一个久经战阵、千锤百炼的指挥官，因为这事不是闹着玩儿的。弄不好会吃大亏，一个人也回不来！”

格里高力被奉承得高兴极了，连想都没想，就答应了：

“当然，我去！”

“我们在这儿计划了一下，想这样干，”库金诺夫从凳子上站起来，在上房里咯吱咯吱响的地板上来回踱着，很带劲儿地说了起来，“不必深入到后方去，只要在顿河边上，在两三个村子里骚扰他们一下，叫他们不安生，你们捞他们一些子弹和炮弹，抓几个俘虏，就顺着原路回来。这一切都要在夜里干，不等天亮，就过河回来啦。对吗？就这样吧，你想想看，明天就任你挑选一些哥萨克，你领着他们干去。我们就断定：除了麦列霍夫，谁也干不了这件事！你干好了这件事，顿河军政府忘不了你的功劳。等咱们和咱们的人一会师，我就打个报告给军区司令，把你的功劳都报上去，请求提升……”

库金诺夫朝格里高力看了一眼，话说到一半就顿住了：格里高力原来很平静的脸已经气得发了青，变了模样。

“我是你的什么？……”格里高力急忙把两手放到背后，站起身来，“我是为升官才去吗？……你要雇我吗？……拿升官当条件吗？……可是我呀……”

“你别发急嘛！”

“……我不稀罕你的官儿！”

“别急嘛！你误会我的……”

“……我瞧不起！”

“你误会我的意思啦，麦列霍夫！”

“我没有误会！”格里高力长长地出了一口气，又坐到凳子上，“你找别人去吧，我不带哥萨克上顿河那边去！”

“你不该发脾气。”

“不去就是不去！没有什么好说的！”

“我不强迫你去，也不央求你去。你愿意去就去，不愿去就拉倒。咱们现在的局面十分严重，所以才决定骚扰他们一下，不叫他们好好完成渡河的准备。至于升官的话，我是说着玩儿的嘛！你怎么连开玩笑都不懂啦？刚才提到老娘儿们的事，我就是开玩笑的嘛，后来我看到，你还有点儿火呢，我就想，我再来逗逗他！因为我知道，你是一个未修成的布尔什维克，什么官儿都不愿意当。你以为我是当真吗？”库金诺夫转了弯儿，而且笑得十分自然，甚至格里高力有一小会儿都觉得错怪了，“他也许，他真是闹着玩儿呢？”库金诺夫又接着说，“瞧，你这人呀……哈哈哈哈！……老兄，真是火暴性子！真的，我是说着玩儿的！我想逗逗你……”

“反正我不上顿河那边去啦，我改变主意啦。”

库金诺夫玩弄着皮带头儿，冷冷地沉默了半天，后来说：

“嗯，没什么，你是改变主意，还是怕了——都不要紧。要紧的是，你不支持我们的计划。当然我们还可以派另外的人去。世界上目前还不是你一个人……可是，咱们现在面临的局势是十分严重的，你就自己想想吧。他们有一道新的命令，是今天康德维拉特·梅德维杰夫从叔米林乡送来的。他们调集了不少军队向我们扑来……你还是自己看看吧，要不然你是不会相信的……”库金诺夫从军用包里掏出一张黄黄的、边上还带着斑斑的褐色干血的纸来，递给他，“这是从一个什么国际连的政委身上搜到的。政委是个拉脱维亚人。这个坏家伙一直打完最后一颗子弹，后来就斜握着步枪朝整整一排哥萨克冲来……他们那些信奉什么主义的人当中也有好汉子……康德拉特亲手把他劈了。在他的胸前口袋里搜出这道命令。”

在黄黄的、溅满了血的纸上，印满了黑黑的小号字：

共和国革命军事委员会主席给清剿部队的命令

（捌字第一〇〇号）

一九一九年五月二十五日

发往包古查尔

在各步兵连、骑兵连、炮兵连和机枪连中宣读

罪恶的顿河暴动的末日到了！

丧钟已经响了！

我们已经做好了一切必要的准备。调集了足够的兵力，以便迎头痛击暴徒和叛贼。这些魔鬼两个多月来一直在背后袭击我南方战线各个战斗部队，现在已经到了彻底清算的时候。所有俄罗斯的工人和农民都怀着憎恶和痛恨的心情注视着米古林、维奥申、叶兰和叔米林的匪徒，这些匪徒打着骗人的红旗，在帮助地主黑帮——邓尼金和高尔察克。

清剿部队的战士、指挥员和政委们！

准备工作已经完成。一切必要的兵力和物资都已经集中。你们的队伍都已经在整装

待命。

现在就发出信号:前进!

一定要摧毁那些无耻的暴徒和叛贼的巢穴。一定要把那些恶魔彻底消灭。对于那些顽抗的乡镇丝毫不能留情。只能宽恕那些自动放下武器、向我们投诚的人。对付高尔察克和邓尼金的帮凶们,要用铅弹、钢铁和火!

战士同志们,苏维埃俄罗斯把希望放在你们身上。我们一定要在几天以内扫清顿河地区叛乱的泥污。丧钟已经响了。

大家齐心协力,奋勇前进!

六十五

五月十九日，第九军清剿旅的参谋长古曼诺甫斯基派米沙·柯晒沃依到三十二团团部去送紧急公文。根据古曼诺甫斯基得到的情报，该团团部驻扎在郭尔巴托夫村。

这一天傍晚时候，米沙来到郭尔巴托夫村，但是三十二团团部不在这里。村子里塞满了第二十三师的二类辎重队的许多车辆。这些车辆是从顿涅茨方面来，由两连步兵掩护着，朝大熊河河口方面去的。

米沙在村子里转悠了几个钟头，想打听出三十二团团部驻扎的地方。最后有一个红军骑兵告诉他，三十二团团部昨天驻扎在叶甫兰琪耶夫村，就在博柯夫镇旁边。

米沙喂了喂马，连夜赶到叶甫兰琪耶夫村，可是团部也不在这里。已经过了半夜，米沙在回郭尔巴托夫村的路上，在草原上碰上一支红军的侦察队。

"什么人？"他们老远就对米沙喝问道。

"自己人。"

"哼，你算什么自己人……"头戴白色库班帽、身穿蓝褂子的队长朝跟前走来，用伤风的哑嗓门儿低声说，"哪一部分的？"

"第九军清剿旅。"

"有部队的证件吗？"

米沙掏出证件。侦察队长一面借着月光仔细看那证件，一面带着不信任的口气盘问道：

"你们的旅长是谁？"

“是罗佐甫斯基同志。”

“现在你们旅在哪儿?”

“在顿河那边。同志，你们是哪一部分的?是三十二团吗?”

“不是。我们是三十三库班师。你这是从哪儿来?”

“从叶甫兰琪耶夫村来。”

“上哪儿去?”

“上郭尔巴托夫村。”

“噢!郭尔巴托夫村现在住上哥萨克啦。”

“不可能!”米沙惊愕地说。

“我对你说，那儿是住上哥萨克叛匪啦。我们刚才看到的。”

“那我怎么能过得了郭尔巴托夫村呢?”米沙惊慌失措地说。

“那你自个儿看着办吧。”

侦察队长催动他那溜屁股的大青马，朝前走去，但是后来在马上侧转过身子，劝道:

“你跟着我们走吧，要不然他们会砍掉你的脑袋。”

米沙高高兴兴地跟着侦察队走了。当天夜里他跟着侦察队一起来到克鲁日林村，第二九四塔干罗格团驻扎在这里，他把公文交给团长，向他说明为什么没有能够将公文送交指定的部队以后，就要求留在团里参加骑兵侦察队。

第三十三库班师是不久前由塔曼兵团的一部分部队和一些志愿参军的库班人编成，从阿斯特拉罕开到沃罗涅日—里斯基地区来的。其中的一个旅，即塔干罗格团、杰尔宾特团和瓦西里柯夫团组成的旅，被调来镇压暴动。这个旅猛扑麦列霍夫的第一师，将该师赶过了顿河。

这个旅边打边进，以强行军的速度顺着顿河右岸一直从嘉桑乡推进到霍派尔河口乡西边的一些村庄，以右翼占领了旗尔河边的一些村庄，在顿河沿岸停留了两个星期之后，这才转回头来。

米沙参加了进攻卡耳根镇和旗尔河边许多村庄的战斗。五月二十七日上午，在下格鲁申村外的草原上，第二九四塔干罗格团的第三连连长，让战士们在路边站好队，宣读了刚刚接到的命令。于是米沙·柯晒沃依牢牢地记住了一些话“……一定要摧毁那些无耻的暴徒和叛贼的巢穴。一定要把那些恶魔彻底消灭……”还有：“对付高尔察克和邓尼金的帮凶们，要用铅弹、钢铁和火！”

自从施托克曼被杀害以后，自从伊万·阿列克塞耶维奇和叶兰乡的共产党员们牺牲的消息传到米沙的耳朵里，米沙心里对哥萨克痛恨到了极点。只要有被俘的暴动的哥萨克落到他手里，他再也不加考虑，再也不听那嘟嘟哝哝的哀告声。从那时候起，他没有宽待过一个俘虏。他用蓝蓝的、冷得像冰一样的眼睛看着同乡的哥萨克，问：“你和苏维埃政府打仗打够了吗?”也不等回答，也不去看俘虏那惨白的脸，就把他劈了。他杀起人来毫不留情！他不仅要杀人，还要把“红公鸡”放进暴动军放弃的村庄里的房子。等到吓得发了疯的公牛和母牛冲过着了火的牲口院子篱笆，吼叫着朝胡同里跑去的时候，米沙就对牛开枪。

他同哥萨克的富裕，同哥萨克的背信弃义，同几百年来在那些高大房屋里养成的顽固守旧的生活方式，进行着毫不妥协的、无情的斗争。他的仇恨是施托克曼和伊万·阿列克塞耶维奇的死激起来的，命令上的话只是清清楚楚地说出了米沙没有说出的心情罢了……就在这一天，他和三个同伴把卡耳根镇上的房子烧掉了一百五十多座。他在一家商店的仓库里弄到一桶煤油，用一只黑黑的手攥着一盒火柴，就在广场上转悠起来，他经过哪里，哪里就冒起苦烟和火焰，那些镶了木板、上了油漆、富丽堂皇的商人和神甫的房子、富裕哥萨克的房子，那些“用欺骗煽动愚昧的哥萨克群众掀起叛乱”的人的住宅，就笼罩在一片火海里。

骑兵侦察队总是首先进入敌人抛弃的村子的；不等步兵开到，米沙已经点着了那些最漂亮的房子。他想无论如何要到鞑靼村去，为了伊万·阿列克塞耶维奇和叶兰乡共产党员的死，要找村里人报仇，要烧掉半个村子。他已经在心里拟定了一份该烧的人家的名单，万一他的部队从旗尔河边向维奥申左面进军的话，他决定在夜里单独行动，想方设法要到自己村子里去一趟。

他一定要回鞑靼村去，还有另外一个原因……近两年来，因为时常和麦列霍夫家的杜尼娅见面，他们之间产生了一种用言语说不出的感情。杜尼娅那黑黑的手指头用彩线给米沙绣烟荷包，她在冬天里瞒着家里人送给他一副灰羊毛手套，当初杜尼娅用的一条绣花手绢，米沙还小心翼翼地藏在军便服的胸前口袋里。这条小小的手绢，三个月来在皱褶里一直还保留着隐隐约约、像干草气味一样的姑娘身体气味，他觉得说不出的可亲可爱！每当他独自一人单独掏出手绢来的时候，总要不由自主地想起那使他无法平静的情景：井边一棵挂满霜雪的白杨，昏沉的天空飘舞着雪花，杜尼娅的线条清晰、哆哆嗦嗦的嘴唇，在她那弯弯的睫毛上慢慢融化的雪花闪烁着宝石一般的亮光……

他为回家做了精心的准备。他在卡耳根镇上，从一个商人家的墙上扯下一条花毯子，做了马衣，这马衣真是漂亮得出奇，那鲜艳无比的各种色彩和花纹老远就使人眼花缭乱。从一个哥萨克家的柜子里弄到一条带裤绦的、几乎全新的马裤，弄到六条女人披巾，可以做三副包脚布，还有一副女人的线手套，他暂时放进鞍袋里，因为目前在灰暗的打仗的日子里不能戴，要等到快进鞑靼村的时候才戴。

自古以来就有一种传统：当兵的人回到村子里，

一定要穿戴得漂漂亮亮的。米沙还没有摆脱哥萨克的传统，尽管他当了红军，还是一心一意想保持旧日的风尚。

他骑的是一匹白鼻子、枣红色的好马。马原来的主人是霍派尔河口镇的一个哥萨克，米沙在冲锋时把他劈死了。这马就是米沙的了。这马是一匹值得夸耀的马：不论身材、速度、步伐、姿势，都没有说的。可是米沙的马鞍却很不像样子。鞍垫已经磨坏，而且已经打了补丁，后肚带是生皮做的，马镫长满了陈锈，擦都擦不掉。马辔头也十分寒碜，一点装饰也没有。要想想办法，即使装饰一下辔头也好。米沙为了解决这个问题，苦苦思索了很久，终于，他想出一个很好的主意。就在广场上，一座商人的房子旁边，放着一张白镍床，这是商人家的仆人从着火的房子里抢出来的。床的四角有四个白球儿，经阳光一照，亮得耀眼。只要把这几个球儿拆下来或者砸下来，然后往辔头上一挂，辔头就大不一样了。米沙就这样做了：他把四个空心的白球儿从床角上拧下来，用丝带把四个球儿拴到辔头上，两个拴在马嚼子的环儿上，两个拴在鼻带两旁，于是白球儿就像白亮的中午太阳一样，在马头上放起光来。阳光一照，亮得刺眼！马只要迎着太阳走，就要眯起眼睛，踉踉跄跄，连步子都不敢迈。但是不管马眼睛被白球儿的反光照得多么难受，不管马眼睛被刺得流多少眼泪，米沙连一个球儿也不肯从马辔头上摘下来。不久就到了从烧毁了一半、到处散发着焦煳的砖味和灰烬气味的卡耳根镇出发的时候。

这个团要朝顿河，朝维奥申方面去。所以米沙没有费什么事就向侦察队长请准了一天的探亲假。

队长不仅准了他的短期假，还特意关照他：

“娶老婆没有？”他问米沙。

“没有。”

“有野花儿吧？”

“什么野花儿？……这是什么意思？”米沙惊愕地问道。

“就是相好的嘛！”

“噢——噢……这倒是没有。有一个爱人，是一个清白的姑娘。”

“你有怀表吗？”

“没有，同志。”

“你呀，真是！”侦察队长是个斯塔夫罗波尔人，以前是个超期服役的中士，在旧军队时不止一次请假回家，根据切身经验他知道，穿得破破烂烂地回家，滋味是不好受的。于是他从宽宽的胸膛上摘下怀表和老粗的表链，说：“你是个好战士！给你，戴上回家去，让姑娘们瞧瞧，只要记住我就行啦。我也有过年轻时候，也坏过几个大姑娘，玩过一些娘儿们，我知道……这链子是新的美国金的。如果有人要问，你就这样回答。如果有人死缠住不放，要问成色戳子在哪儿，你干脆就打他嘴巴子！是有那么一些厚脸皮的家伙，对这些家伙就是要打嘴巴，没有什么好说的。过去，在饭馆里或者在窑子里，要是从哪儿跑来一个当店伙或者当账房先生的酸文人，想当众羞辱我，说：‘把链子挂在肚子上，倒像是真金的哩……那么请问，这链子上的成色戳子在哪儿？’我从来就不给他想一想的工夫，就说：‘成色戳子吗？这就是！’”米沙的好心肠的队长攥起像小孩子脑袋一样大的棕褐色拳头，用老大的猛劲儿抡了抡。

米沙挂好怀表，夜里就着火堆的亮光刮了刮脸，备上马，骑上马就走。黎明时候他进了鞑靼村。

村子依然是原来的样子：砖瓦教堂的低矮的钟楼依然伸着褪了色的镀金十字架，直指蓝天，村里的大操场上依然挤满了买卖人家和神甫家的一座座牢固的房子，米沙家快要倒塌的小屋边的白杨树依然在小声说着亲切的话儿……

使他吃惊的，只有那村子里一向少有的一片死沉沉的寂静，寂静像蛛网一样笼罩住大街小巷。街道上一个人也没有。家家的护窗都关得紧紧的，有些人家的门上挂着锁，但是大多数人家的门都大敞着。好像是瘟疫用它那黑脚在村子里走了一遍，带走了所有的院落和街道上的人，把空旷和死寂填进了住人的地方。

听不见一点人声，也听不见牲口叫声和公鸡打鸣声。只有一些麻雀，好像在大雨要来时那样，在棚檐底下和干柴火堆上很起劲地叫着。

米沙走进自己家的院子。家里没有一个人出来迎接他。进过道的门大敞着，门口有破烂的红军裹腿，血糊糊、皱皱巴巴的绷带，落满了苍蝇、已经臭了的鸡头和鸡毛。看样子，几天以前有红军在这里吃过饭：地上还有破瓦钵子碎片、啃光的鸡骨头、烟头、踩烂的报纸……米沙压制着沉重的叹息，走进房里。房里一切都和以前一样，只有每年秋天储存西瓜的地下室的门好像开了一点缝儿。

米沙的妈妈还喜欢背着孩子们，把苹果干儿藏在地下室里。

米沙想起这样的事，便走到地下室小门跟前。他心里想："妈妈会不等我回来吗？也许，她给我留下什么呢？"他于是抽出马刀，用刀尖把小门一撬。小门吱嘎一声开了。从地窖里冒出一股潮气和霉气。米沙蹲下身子。他的眼睛因为不习惯黑暗，老半天什么都看不清楚，到最后才看见：在铺开来的一块旧桌面上，放着半瓶酒，一个平底锅里还盛着发了霉的煎鸡蛋，还有一块面包，已经被老鼠吃掉了一半；还有一只瓦壶，用一个木碗盖得严严的……这是老人家在等待儿子。就像是等待最高贵的客人！米沙走下地下室的时候，他的心因为沉浸在疼爱和欢喜里，激动得哆嗦起来。这些整整齐齐地摆在干干净净的旧桌布上的东西，都是妈妈那操劳的手在几天以前抚摩过的呀！……这儿的橛子上还挂着一个白白的麻布袋。他急忙把麻布袋摘下来，看见里面是他的一套衬衣，衬衣是旧的，但是缝补得整整齐齐，洗得干干净净。

老鼠已经把吃的东西啃得乱糟糟的，只有牛奶和酒没有动过。米沙喝完了酒和在地下室里放得格外凉的牛奶，拿起衬衣，爬了出来。

妈妈大概也到顿河那边去了。“她不敢留下来，这样也好，不然的话，哥萨克一定会打死她的。就这样，恐怕因为我的事，已经把她折腾得够呛啦……”他这样想着，放慢脚步，走了出去。他解开马，但是没有敢上麦列霍夫家去：他们家就在顿河边上，任何一个枪法好的射手都可以在对岸用暴动军的无壳铅弹把米沙打倒。所以米沙决定先上柯尔叔诺夫家去，到黄昏时候再回到广场上，趁着天黑，把莫霍夫家和其他买卖人家以及神甫家的房子烧掉。

他从后面来到柯尔叔诺夫家宽大的院子跟前，走进敞着的大门，把马拴在栏杆上，正要朝屋里走，恰好格里沙加爷爷来到台阶上。他那雪白的头打着战，老花的眼睛像瞎子一样眯缝着。那油乎乎的领口上还钉着红领章的、挺结实的哥萨克灰制服扣得整整齐齐的，但是那肥大的裤子老是往下掉，所以老头子不住地用手往上提。

“你好，老人家！”米沙摇晃着鞭子，在台阶前站了下来。

格里沙加爷爷没有作声。在他那冷冷的目光中，有痛恨，也有憎恶。

“我是问，你好！”米沙提高了声音。

“托福托福。”老头子很勉强地回答说。

他依然在看着米沙，目光中那憎恨的神气依然没有减弱。米沙随随便便地叉开两腿，站在那里；玩弄着鞭子，皱着眉头，噘着像姑娘那样饱鼓鼓的嘴唇。

“格里沙加爷爷，你为什么没有跑到顿河那边去呀？”

“你怎么知道我的名字？”

“我是这儿的人嘛，所以我知道。”

“你是谁家的？”

“是柯晒沃依家的。”

“是阿基姆卡的儿子吗？阿基姆卡不就是那个在我们家做过长工的吗？”

“就是的。”

“小东西，就是你吗？在受洗节给你起了个名字叫米沙，不是吗？好啊！真像你爹！以前你爹总是恩将仇报，你大概也是这样吧？”

米沙从手上脱下一只手套，眉头皱得更紧了。

“怎么给我起名字，起的什么名字，这都跟你没关系。我问你，你为什么没有跑到顿河那边去？”

“我不想走，所以就没走。你这是怎么啦？你成了反基督的走狗啦？帽子上戴上红星啦？你这狗崽子，坏蛋，这么说，你跟咱们哥萨克作对吗？跟自己村里人作对吗？”

格里沙加爷爷颤颤巍巍地走下台阶。看样子，自从柯尔叔诺夫一家人跑到顿河那边去以后，他的饭食太差了。他被家里人撇下后，身体异常衰弱，像所有的老头子一样浑身十分肮脏，他面对着米沙站下来，带着惊愕和愤怒的神气望着米沙。

“是要作对，”米沙回答说，“我们跟他们的账还有得算呢！”

“《圣经》上是怎么说的？‘你们愿意人怎样待你们，你们也要怎样待人。’[①]这话怎么样？”

“老人家，你别拿《圣经》来蒙哄我，我不是来听这个的。现在你马上从家里出去。”米沙沉下脸说。

“这是怎么回事儿？”

“就是这么回事儿！”

“你这是干什么？……”

“什么也不干！你给我出去！……”

“我不能离开自己的家。我知道这是怎么回事儿……你是反基督的走狗，你的帽子上有反基督的符号！《耶利米书》上说到过你们：‘我必将茵陈给这百姓吃，又将苦胆水给他们喝。我要把他们散在列邦中……’[②]现在就是儿子起来反对老子，兄弟起来反对兄弟啦……”

“老人家，你别糊弄我啦！这不是兄弟间的事情，这笔账很简单：我爹给你们干了一辈子，一直干到死，我在打仗以前也给你们打麦子，我年纪轻

①见《圣经·新约全书·路加福音》第六章第三十一节。

②见《圣经·旧约全书·耶利米书》第九章第十五、十六节。

轻的，肚子都叫你们家的粮食口袋压伤啦，现在到了算账的时候。你给我从房子里出去，我这就烧房子！你们以前住好房子，现在就跟我们一样，去住住草屋吧。你明白吗，老家伙？”

“噢噢！就是这么回事儿！在《以赛亚书》上就是这样说的：‘他们必出去观看那些违背我人的尸首，因为他们的虫是不死的，他们的火是不灭的，凡有血气的，都必憎恶他们。’[1]……”

“哼，我现在没工夫跟你啰唆！”米沙带着愤怒的口气冷冷地说，“你出去不出去？”

“不出去！你滚，坏蛋！”

“就是因为有你们这些老顽固，才打起仗来的！是你们鼓动老百姓，叫他们反对革命……”米沙急急忙忙摘下卡宾枪……

一声枪响过，格里沙加爷爷仰面倒下，清清楚楚地说：

“我……自个儿不愿意死……可是天意要我死……主啊，收留你的奴仆吧……慈悲慈悲吧……”他哼哼起来，白胡子底下冒出血来。

①见《圣经·旧约全书·以赛亚书》第六十六章第二十四节。

“会收留你的！早就该把你这个老家伙送去啦！”

米沙十分厌恶地绕过直挺挺地躺在台阶前的老头子，跑上台阶。

被风吹进过道里的干刨花冒起红红的火苗，储藏室和过道之间的板墙很快就着了火。火烟冒到天花板上，过堂风一吹，就冲进了屋子。

米沙走了出来，不等他点着棚子和仓房，屋子里的火苗已经蹿了出来，沙沙地舔着松木窗框，像胳膊一样伸向房檐……

米沙走到附近的树林里，在缠满野蛇麻草的乌荆子凉荫下一直睡到黄昏时候。他那匹下了鞍、绊住腿的马，就在这里懒洋洋地扯着嫩绿的梯牧草在吃。到黄昏时候，那马渴了，嘶叫起来，把主人吵醒了。

米沙爬起来，把军大衣捆到鞍后皮带上，就在树林里用井水饮了饮马，然后上了鞍，骑上马朝小胡同里走去。

在已经烧光的柯尔叔诺夫家的宅院里，还有一些黑黑的、已经烧成炭的木桩子冒着烟，呛人的烟气慢慢扩散开去。一座高大的房子只剩了高高的石头房基，再就是那塌掉一半的炉灶，那熏得黑黑的烟囱还指着天空。

米沙径直朝麦列霍夫家走去。

伊莉尼奇娜正在棚子底下往围裙里捡引火柴，米沙也没有下马，推开篱笆门，就进了院子。

“您好啊，大婶儿！”他很亲热地问候道。

可是她吓坏了，连一句话也回答不出来，耷拉下两手，引火柴都从围裙里撒了出来……

“您过得好啊，大婶儿！”

“托……托福。”伊莉尼奇娜迟迟疑疑地回答说。

“你活着吗，身体好吗？”

“活是活着，身体好可就说不上啦。”

“你们家的哥萨克都上哪儿去啦？”

米沙下了马，走到棚子跟前。

“上顿河那边去啦……”

“他们是盼士官生来吗？”

“我是女人家……这些事我不知道……”

“叶福杜吉娅·潘捷莱芙娜在家吗？”

“她也上顿河那边去啦。”

“鬼叫他们他妈的都上顿河那边去！”米沙的声

音哆嗦了两下，因为愤怒强硬起来，“大婶儿，我要对您说：你儿子格里高力是苏维埃政府最凶恶的敌人。我们一到顿河那边，就把他第一个绞死。可是潘捷莱·普罗柯菲耶维奇真不该跑。他又老又瘸，就应该老老实实蹲在家里……”

“等死吗？”伊莉尼奇娜冷冷地问了一声，又往围裙里捡引火柴。

“哼，他还死不了。也许会多少抽他几鞭子，但还不至于打死他。不过，我自然不是为这些事来的。”米沙提了提胸前的表链，垂下眼睛，“我是来看叶福杜吉娅·潘捷莱芙娜的。我觉得很可惜，她也跑啦。不过，大婶儿，您是她的亲娘，我要对您说说。我要说的就是：我老早就在想她，不过我们现在还没有很多工夫来想姑娘，我们要打反动派，要狠狠地揍他们。可是等我们把反动派完全消灭了，等到全世界都建立起太太平平的苏维埃政权，那时候，大婶儿，我就要请媒人上你们家来向叶福杜吉娅·潘捷莱芙娜求亲啦。”

“现在不是谈这个问题的时候！”

“不，是时候啦！”米沙皱起眉头，他的两道眉毛中间出现了倔强的皱纹，“求亲还不是时候，谈谈这件事是可以的。我再也找不到另外的时间来说说这话啦。今天我在这儿，明天说不定就上顿涅茨那边去。所以我要事先提醒您：不要随便叫杜尼娅嫁人，不然我可要对不起您。如果我的部队里有信来，说我已经死了，那时候您就叫她嫁人好啦，现在可不行，因为我和她有了情意。我没有给她带礼物来，因为没有地方去弄礼物。不过，如果您要什么资产阶级和商人的玩意儿的话，您就说吧，我可以马上去弄来。”

“可别这样！我们从来没要过别人家的东西！”

“噢，那就随您吧。如果您比我先见到叶福杜吉娅·潘捷莱芙娜的话，请您替我向她问好，大婶儿，再会吧，请您别忘了我的话。”

伊莉尼奇娜也不回答，便朝屋子走去，米沙便上了马，朝村子里的大操场走去。

到夜里，红军从山上下来，进了村子。他们的闹闹哄哄的说话声响遍了大街小巷。有三个红军带着手提机枪到河边去放哨，盘问了一下米沙，又看了看他的证件。他在“生铁头”谢苗家的对过又碰上四个红军。其中两个人赶着一辆大车，车上装的是燕麦，另外两个人和谢苗的害痨病的老婆一起，抬着一架脚踩缝纫机，扛着一口袋面粉。

“生铁头”的老婆认出了米沙，跟他打了一声招呼。

“大嫂子，你这是抬的什么?”米沙问道。

“我们这是扶助贫农阶级妇女成家立业：我们把资产阶级的机器和面粉送给她。”一个红军又敏捷又带劲儿地回答说。

米沙一连烧了七家的房子，这七家是逃到顿涅茨那边去的买卖人莫霍夫和“擦擦”阿杰平、维萨里昂神甫、潘克拉季教长和另外三个富裕的哥萨克，把火点着以后，他才出了村子。

他上了山冈，转过马头。下面，鞑靼村里，红红的火焰就像闪闪发光的狐狸尾巴似的，一直翘到黑漆漆的天空里。火焰忽而向高处蹿去，火光照得湍急的顿河水闪着粼粼的金光，时而倒伏下去，倒向西方，贪婪地吞食着一座座的房屋。

从东方吹来一阵轻轻的草原清风。微风吹得火焰越来越旺，并且把一个个黑黑的、闪烁着煤炭般亮光的烟团送得很远很远……

静静的顿河

卷 七

［苏联］米哈依尔·肖洛霍夫 / 著　　力 冈 / 译

安徽师范大学出版社
ANHUI NORMAL UNIVERSITY PRESS
·芜湖·

卷　七

一

顿河上游的暴动，牵制住南方前线红军的大量兵力，这使顿河军司令部不仅可以在掩护诺沃契尔卡斯克的战线上自由地调动兵力，而且在卡敏镇和别洛卡里特文河口镇地区集中起一个强大的突击兵团，这个突击兵团由一些能征惯战的团队组成，主要是下游的哥萨克和加尔梅克人，其任务是：在适当的时机，会同菲次哈拉乌洛夫将军的队伍，击溃红军第八军所属第十二师，并且向第十三师和乌拉尔师的侧翼和后方挺进，冲向北方，以便和上顿河州的暴动军会合。

前任顿河军总司令杰尼索夫将军和参谋长波里亚科夫将军当初制订的集中突击兵团的计划，到五月底差不多全部实现了。卡敏镇地区已经集中了将近一万六千人马，配备了三十六门大炮和一百四十挺机枪；陆续往这里调的还有最后一批骑兵部队，还有几团精锐的青年军。所谓青年军，就是一九一八年夏天由刚到入伍年龄的青年哥萨克组成的一部分队伍。

这时候，四面被围的暴动军仍然继续在抵挡红军清剿部队的进攻。南面，顿河左岸，暴动军的两个师顽强地守在战壕里，尽管整个战线上红军无数的大炮几乎日夜不停地对他们进行猛烈的轰击，他们还是没有让敌军过河；其余的三个师守住暴动地区的西、北、东三面，遭受了巨大的损失，特别是东北地段损失惨重，但是依然没有退却，一直坚守在霍派尔州的边境上。

驻守在自己村子对面的鞑靼村连，因为闲得无聊，有一天去骚扰了一下红军：黑夜里，一些自告奋勇的哥萨克，乘小船悄悄渡到顿河右岸，出其不意地向红军哨兵发动了袭击，打死了四名红军，缴获了一挺机枪。第二天，红军从维奥申方面调来一个炮兵连，对哥萨克的战壕进行了猛烈轰击。榴霰弹在树林里一爆炸，鞑靼村连就急忙抛弃战壕，离开河边，跑进树林深处。过了一天，红军把炮兵连调走了，鞑靼村连就又回到原来的阵地上。这个连在炮轰中受到的损失是：弹片打死了不久前才补充进来的两个半大小伙子，炮轰之前刚刚从维奥申回来的连长的传令兵受了伤。

后来，相对地安静下来，战壕里的生活又恢复了老样子。妇女们常常来，每天夜里都送面包和老酒来，而且吃的东西哥萨克是不缺的：他们宰了两头迷路的小牛，此外，每天还到小湖泊里去打鱼。贺里散福是打鱼的主将。他用的是一张十丈长的大渔网，是一个逃难的人扔在岸上，由连里人捡来的。贺里散福打鱼总是“下深水”，并且吹嘘说，草甸子上没有哪一个湖是他没有下过的。他接连不断地打了一个星期的鱼，衬衣和裤子上沾满了风也吹不掉的鱼腥气味，到最后安尼凯都坚决不肯和他住在一个掩蔽所里了，说：

“你身上一股臭鲇鱼气味！要是再和你在这儿住上一天，以后一辈子都不想吃鱼啦……”

从那时候起，安尼凯也不顾蚊子咬，就睡到掩蔽所外面。每天睡觉之前，都要恶心得皱着眉头，用笤帚把撒在地上的鱼鳞和臭鱼肠子扫掉，可是一到早晨，贺里散福打鱼回来，大模大样、神气活现地往掩蔽所门口一坐，就又刮起鱼鳞，把带回来的鲫鱼一一剖了开来。绿苍蝇在他身旁嗡嗡乱飞，凶恶的黄蚂蚁一群一群地爬过来。后来，安尼凯气喘吁吁地跑来，离得老远就大声喊叫：

“你找不到别的地方啦？你他妈的顶好叫鱼刺卡死！喂，行行好，滚到一边去吧！我在这儿睡觉，可是你把鱼肠子扔得到处都是，把四面八方的蚂蚁都招了来，一片腥臭气，就像到了阿斯特拉罕渔场上啦！”

贺里散福在裤子上蹭着自制的小刀子，若有所思地对着安尼凯那张生了气的没有胡子的脸看上半天，心平气和地说：

“安尼凯，你肚子里一定有虫子，所以你闻不惯鱼味儿。你空着肚子吃些大蒜，好不好?”

安尼凯啐着唾沫，骂着，走了开去。

他俩天天吵嘴。但是总的说，全连是过得很和气的。所有的哥萨克都吃得饱饱的，十分开心，不开心的只有司捷潘·阿司塔霍夫一个。

不知是司捷潘从村里人嘴里听说阿克西妮亚在维奥申和格里高力一块儿过，还是他心里猜想到这一点，反正他突然苦闷起来，无缘无故地跟排长大吵了一通，并且坚决拒绝去执勤放哨。

他一天到晚躺在掩蔽所里一张黑黑的车毯上，唉声叹气，拼命地抽烟。后来他听说连长派安尼凯上维奥申去领子弹，他两天以来才第一次走出掩蔽所。他眯缝着因为失眠肿起来的、泪水模糊的眼睛，疑疑惑惑地看了看那轻轻晃动的一丛丛翠绿欲滴的树叶，看了看那随风飘动的一朵朵镶了白边的云彩，听了听树林里飒飒的风声，就经过一个个掩蔽所，去找安尼凯。

当着大家的面他没有说话，而是把安尼凯拉到一边，央求说：

“你到维奥申给我找一下阿克西妮亚，就说我叫她来看看我。就说我浑身长满了虱子，衬衣和脚布都没有洗过，还有，你告诉她……”司捷潘顿了一会儿，小胡子底下露出不好意思的微笑，“就说我很想她，盼她快点儿来。”

夜里安尼凯来到维奥申，找到阿克西妮亚的住处。她自从和格里高力发生过口角以后，仍然住到姑妈家去了。安尼凯把司捷潘的话照实地对她说了，但是为了进一步说服她，又自己添了两句，就说司捷潘说过，如果阿克西妮亚不到连队里去的话，他就要亲自上维奥申来了。

她听了这话，就动手收拾起来。姑妈匆匆忙忙发了一块面，烤了一些奶油面包，过了两个钟头，阿克西妮亚就作为一个俯首帖耳的妻子，跟着安尼凯上鞑靼村连的防地去了。

司捷潘暗暗怀着十分激动的心情迎接妻子。他用探询的目光凝视着她那瘦了的脸，细心地询问了许多事情，但是一句也没有问道，她是不是看到格里高力了。他在谈话中只有一次，垂下眼睛，微微偏过身去，问道：

“你为什么从那边上维奥申去？为什么不从我们

村子外面过河?”

阿克西妮亚冷冷地回答说，又不能跟别人家一块儿过河，她又不愿意去求麦列霍夫家的人。她回答过以后，就感觉出，这样一来，好像麦列霍夫家的人不是别人家的人，成了自己家的人了。她想到司捷潘可能要这样理解，不由得发起急来。看样子，他就是这样理解的。他的眉毛底下微微动了两下，脸上好像掠过一片阴影。

他用询问的目光看了看阿克西妮亚，她明白了这个无声的问题，便因为窘急，因为恼恨自己，一下子脸红了。

司捷潘怜惜她，装作什么也没有看出的样子，把谈话转到家务事上，问起她在离家以前收藏起一些什么东西，藏得妥当不妥当。

阿克西妮亚察觉丈夫的宽宏大度，就一一做了回答，但是她心里一直觉得非常不自在，为了叫他相信他们之间发生的一切事情都是毫无根据的，为了掩饰自己心情的激动，她故意说得慢条斯理的，有板有眼，又沉着，又冷静。

他们坐在掩蔽所里，说着话儿。总是有人打扰他们。一会儿这个进来，一会儿那个进来。贺里散福走进来，躺下就睡觉。司捷潘看到，想避开人谈一谈是不可能的，就只好不再说了。

阿克西妮亚很高兴地站了起来，急急忙忙解开包袱，拿出从镇上带来的奶油面包给丈夫吃，把司捷潘挂包里的脏衣服拿出来，到附近的水塘里去洗。

破晓时候的树林里静悄悄的，笼罩着淡蓝色的晨雾。青草被露水压得弯到地上。青蛙在池塘里争先恐后地哇哇乱叫，在离掩蔽所不远处，一丛茂密的槭树棵子后面，还有一只青蛙呱呱地在叫。

阿克西妮亚从槭树棵子旁边走过。那树棵子从树头直到藏在密密的草丛中的树干，都缠满了蜘蛛网。缀满小小露水珠儿的蛛丝，像一串串珍珠似的闪闪放光。青蛙有一小会儿停了叫声，后来，阿克西妮亚的光脚丫儿踩倒的青草还没有直起腰来，青蛙又叫了起来。从水塘里飞起一只麦鸡，凄切地叫了两声，回答青蛙的叫唤。

阿克西妮亚脱掉小褂和碍事的胸衣，走进没膝深的热乎乎的塘水里，洗起衣服来。小蠓虫儿在她的头上乱飞，蚊子嗡嗡直叫。她弯着圆滚滚的、黑黑的胳膊，用手在脸上拂着，驱赶着蚊子。她一个劲儿地想着格里高力，想着他要下连队时他们之间的那一次口角。

“也许，他这会儿又在找我吧？今天夜里我就回镇上去！”阿克西妮亚拿定了主意，她心里一想到就要和格里高力会面并且很快就会和好，不由得就笑了。

说也奇怪：近来，她每想到格里高力，不知为什么她所想象的都不是他实有的外貌。在她眼前出现的不是现在的格里高力，不是这个高大、威武、尝尽人生甘苦、经历了多年风霜的汉子，眼睛也不是疲惫无神地眯缝着，黑胡子尖儿也没有发了红，两鬓也没有过早地出现银丝，额头上也没有那老粗的皱纹——战争的岁月也不曾给他留下历尽艰难困苦的记号；在她眼前出现的还是原来那个格里什卡·麦列霍夫，还是那个鲁莽小伙子，谈起爱情冒里冒失，脖子像小孩子一样又圆又细，经常笑呵呵的嘴唇露出一副无忧无虑的神气。

因为这样，阿克西妮亚对他的爱情更深厚了，几乎成了一种温柔的母爱。

这会儿也是这样：她清清楚楚地想起那张无限可爱的脸，重重地叹了一口气，笑了起来，站直了身子，把没有洗好的丈夫的一件褂子摔到脚下，觉得喉咙里忽然涌上来一团热辣辣的东西，不觉小声说：

“你这该死的东西，叫我一辈子忘不掉啦！”

她流过了眼泪，觉得心里轻松了，但是心情轻松了以后，周围那淡蓝色的清晨的世界好像褪了颜色。她用手背擦了擦两腮，撩了撩耷拉到潮湿的额头上的头发，用失神的眼睛呆呆地对着一条灰色的小鱼儿看了半天，看着小鱼儿在水面上游过去，渐渐隐入被风吹得上下翻滚的晨雾的粉红色的镶边儿里。

她洗完衣服，将衣服搭在树枝上，又回到掩蔽所。

已经睡醒的贺里散福坐在门口，动弹着歪歪扭扭、疙疙瘩瘩的脚指头，缠着司捷潘在说话儿，司捷潘躺在车毯上，一声不响地抽着烟，怎么都不回答贺里散福的问话。

“你以为红军不会渡河上这边来吗？你不说话吗？

哼，不说就不说好啦。可是我以为，他们一定要想办法从滩上蹚水过河……一定要从滩上过！决不会从别的地方。你是不是以为他们会让马队泅水过河？你怎么不说话呀，司捷潘？这会儿眼看要到最后关头啦，可是你还躺在那儿，像根木头一样！”

司捷潘猛然欠起身来，气嘟嘟地回答说：

“你胡缠什么？有些人真怪！老婆来看我，可是你们缠住不放……啰唆起来就没有完，不叫人家跟老婆说说话儿！”

“偏要找娘儿们说话儿……”贺里散福很不高兴地站了起来，把破靴子套到光脚丫上，走了出去，脑袋在门框上碰了一下子，碰得很疼。

“不让咱们在这儿说说话儿，咱们上树林子里去。”司捷潘说。

他也不等她同意，就朝门口走去。阿克西妮亚乖乖地跟着他走了。

晌午时候他们才回到掩蔽所里。第二排的哥萨克们躺在赤杨树棵子下的凉荫里，一看见他们，都把牌放下来，一声不响，会心地挤着眼睛，笑嘻嘻的，并且装模作样地在叹气。

阿克西妮亚轻蔑地撇着嘴，从他们面前走过去，一面走，一面理着头上揉皱了的白色绣花头巾。哥萨克们一声不响地让她走过去，但是等到跟在后面的司捷潘刚刚走到大家跟前，安尼凯就站了起来，从躺着的人堆里走了出来。他故意装出恭敬的样子，对司捷潘鞠了一个大躬，高声说：

“恭喜您……开荤啦！”

司捷潘高高兴兴地笑了。他高兴的是，大家看到了他和老婆从树林里回来。这可以在一定程度上消除各种各样有关他们夫妻不和的闲话……他甚至很神气地耸了耸肩膀，很得意地让大家看了看背后衬衣上还没有干的汗。

这么一来，哥萨克们就上了劲儿，一齐哈哈大笑闹哄起来：

“伙计们，这娘儿们好狠呀！折腾得司捷潘都出汗啦……小褂都粘在背上啦！”

“是折腾得他够呛，一身大汗……”

一个年轻小伙子用赞赏的、迷离的目光一直把阿克西妮亚送到掩蔽所跟前，失魂落魄地说：

“说真的，在人世上可找不到这样漂亮的娘

儿们！”

安尼凯尖刻地对他说：

“你试着找过吗？”

阿克西妮亚听到这些下流话，脸色微微发白，走进了掩蔽所，想起刚才和丈夫的亲近，又听了他的同伴们不三不四的取笑话，不禁厌恶得皱起眉头。司捷潘一眼就看出她的心情，就宽慰说：

“阿克秀莎，你别生这些公马的气。他们都是因为闷得难受。”

“我用不着生谁的气，”阿克西妮亚小声回答说，一面在自己的麻布口袋里掏着，急急忙忙把带给丈夫的东西都掏出来，又用更小的声音说，“要生气的话，该气我自己，不过已经没有什么好气的啦……”

他们谈话不知为什么总是谈不上劲儿。过了十来分钟，阿克西妮亚站了起来。“我这就告诉他，我要上维奥申去。”她想到这里，忽然想起来，司捷潘的衣服已经晒干了，还没有收进来呢。

她坐在掩蔽所的门口，把丈夫的被汗水浸烂了的小褂和短裤缝补了半天，不住地望着渐渐偏西的太阳。

……这一天她没有走。没有足够的勇气。可是第二天早晨，太阳刚刚出来，她就收拾起来。司捷潘要留她，要她再住一天，可是她坚决拒绝他的要求，他只好不再留她，只是在临别时问道：

“你想住在维奥申吗？”

“暂时在维奥申住住。”

“不能留在我这儿吗？”

“在这儿我受不了，因为……有哥萨克们。”

“倒也是的……”司捷潘表示同意，但是分手时他冷冷的。

刮着很猛烈的东南风。风从远处刮来，到夜里渐渐没有劲儿了，但是到早晨，还是把里海那边沙漠上火一般的热气吹过来，吹到左岸的草滩上，把露水吹干，把雾气吹散，给河边石灰岩的山冈罩上一片闷热的粉红色蒸汽。

阿克西妮亚脱掉靴子，用左手撩起裙子下摆（树林里的青草上还有露水），在僻静的林中小道上轻快地走着。潮湿的土地冰得两只光脚丫儿非常舒服，可是干热风却用它那到处乱伸的火热的嘴唇吻着她的光溜溜、圆滚滚的腿肚子和脖子。

来到一片开阔的林中空地上，在一丛盛开的蔷薇花旁边，她坐下来休息。在不远处一个没有干涸的水塘里，有几只野鸭子在芦苇丛中呱呱叫着，有一只公鸭子用沙哑的嗓门儿在呼唤母鸭子。顿河那边的机枪嗒嗒地响着，机枪声不算密集，但几乎没有间歇；还有稀稀拉拉的大炮声。炮弹在这边爆炸，发出隆隆的滚动声，好像是回声。

后来枪炮声时响时停了，于是在阿克西妮亚面前展现出一个充满了神秘声音的世界：白底绿面的白蜡树叶子和肥茁茁、镂子花似的橡树叶子被风吹得哆哆嗦嗦地沙沙响着；小白杨树丛里传出一片混杂的嗡嗡声；在很远很远的地方，有一只布谷鸟不知在对谁嘟嘟哝哝地和十分伤心地诉说着难熬的岁月；有一只凤头麦鸡在水塘上空飞着，一个劲儿地问：“你是谁？你是谁？”在离阿克西妮亚两步远的地方，有一只小小的灰雀儿在喝车辙里的水，不时地仰起小脑袋，快活得眯起眼睛；像土黄色丝绒一样的丸花蜂嗡嗡叫着；一只只黑乎乎的野蜜蜂在一朵朵野花儿上轻轻晃悠着。野蜜蜂采得香喷喷的花粉，送到凉阴阴的树洞里去。杨树枝上滴着树汁儿。

从野山楂丛中散发出陈腐落叶那种酸涩的和像啤酒一样的气味。

阿克西妮亚一动不动地坐着，贪婪地闻着树林里各种各样的气味。充满了多种多样奇妙声音的树林过着生机勃勃的原始生活。春汛淹过的草地依然被春天的雨水泡得潮漉漉的，所以长满了各种各样好看的花草，看着这野花野草织成的奇异景色，阿克西妮亚简直眼花缭乱了。

她微微笑着，不出声地咕哝着嘴唇，小心翼翼地拨弄着一些朴素的、无名的浅蓝色小花儿，后来她弯下丰满的腰身，想闻一闻，忽然闻到了甜蜜醉人的铃兰花香味。她用手拨了拨，找到了铃兰花。铃兰花就生长在这密密丛丛的树棵子底下。那宽宽的、当初是绿色的叶子还热心地为矮矮的、弯弯的花梗遮着太阳，花梗还擎着雪白的、已经蔫了的花朵。但是挂了一层露水和黄锈色的叶子快要枯死了，而且花朵本身也接近了死亡的边缘：下部两层花瓣儿已经皱了，并且发了黑，只有那挂满了晶莹的露珠儿的上部，经阳光一照，闪出耀眼的、迷人的白光。

不知为什么在这短短的一会儿时间里，阿克西妮亚含泪注视着铃兰花儿，闻着那使人伤感的花香，想起了自己的青春和漫长的、欢乐极少的一生。这么看，阿克西妮亚老啦……一个女子在年轻时候，会因为往事偶然袭上心头流泪吗？

她趴在地上，两手捂着泪汪汪的脸，哭肿了的、湿漉漉的腮帮子紧紧贴在揉皱的头巾上，就这样含着眼泪睡着了。

风越刮越大了，吹得杨树和柳树的树头儿向西倒去。一棵苍白色的白蜡树树干摇来晃去，裹在身上的树叶子像白色旋风一样上下翻滚着，风向低处吹来，吹在阿克西妮亚旁边那一丛开着花儿的野蔷薇上，那蔷薇叶子就像受了惊的一群神话中的绿鸟儿，一齐带着惊慌的沙沙声向上飞去，掉下一片片羽毛似的红红的花瓣儿。阿克西妮亚睡在那里，身上落满了有点儿萎蔫的蔷薇花瓣儿。既听不见凄凄切切的林中风声，也听不见顿河那边又响起来的枪炮声，也没有感觉到升到当头的太阳已经晒到她的没有戴头巾的脑袋。直到听到身旁有人的说话声和马嘶声，她才醒了过来，急忙欠起身来。

她身边站着一个白胡子、白牙齿的年轻哥萨克，手里还牵着一匹上着鞍的白鼻梁的马。他笑嘻嘻的，扭动着肩膀，两条腿像跳舞一样捯动着，用有点儿沙哑然而十分好听的嗓门儿唱起小调儿：

我跌倒在地上，
拿眼睛四面张望。
望望这边儿，
望望那边儿，
没有人扶我起来！
我急忙回头一看——
一个哥萨克站在后面……

“我自个儿能站起来！”阿克西妮亚笑着，很麻利地跳了起来，一面抻着压皱的裙子。

“你好啊，我的美人儿！是你的小腿儿走不动了呢，还是您懒得走呀！”那个笑嘻嘻的哥萨克向她问候说。

“刚才是瞌睡来了。”阿克西妮亚很不好意思地回答说。

“你是上维奥申去吗？”

“是上维奥申去。”

“我送你去，行吗？”

“你拿什么送我？”

“你骑马，我地下走。这是便宜事儿嘛……”年轻的哥萨克嬉皮笑脸、意味深长地挤了挤眼睛。

“用不着，你走你的吧，我自个儿能走。”

然而这个哥萨克显示出他是谈情说爱的老手，并且很有一股缠劲儿。他趁着阿克西妮亚披头巾的机会，用一条很短然而很有劲儿的胳膊把她抱住，一下子把她搂到怀里，就想亲嘴。

“别胡闹！”阿克西妮亚喊了一声，并且用胳膊肘子使劲朝他的鼻梁捣了一下子。

“我的小宝贝儿，别打人！你瞧，这四周围多美呀……所有的活物都在配对儿……咱们也来配配对儿，好吗？……”年轻的哥萨克眯起带笑的眼睛，用小胡子扎着阿克西妮亚的脖子，小声说。

阿克西妮亚伸出两只手，虽不凶狠，然而使足了劲儿撑住他那栗色的、汗津津的脸，想挣脱出来，但是他把她抱得紧紧的。

“傻瓜！我有花柳病……放开我！”她想用这种

天真的计策摆脱他的纠缠，就气喘吁吁地央求说。

“那……就看谁的病更厉害吧！……”他已经是咬着牙在嘟哝了，并且忽然轻轻地把阿克西妮亚抱了起来。

她顿时意识到，这已经不是在开玩笑，而是真的要坏事了，就使足劲儿朝他那晒成了深棕色的鼻子打了一拳，从紧紧抱住她的两条胳膊里挣了出来。

“我是格里高力·麦列霍夫的老婆！你这狗崽子，看你敢过来！……我要告诉他，叫他收拾你！……”

阿克西妮亚还不相信自己的话会管用，就随手抓起一根老粗的干木棒子。但是年轻哥萨克一下子就泄了气。他用绿衬衣的袖子擦着从两个鼻孔里往胡子上直淌的血，伤心叹气地说：

“浑蛋！哎呀，浑蛋娘儿们！你怎么不早说呢？瞧，流这么多血……我们和敌人打仗流的血还嫌不够，现在自家的娘儿们也来放血啦……”

他的脸色忽然显得很苦闷、很阴沉。趁他捧起路边水洼儿里的水洗脸的时候，阿克西妮亚急急忙忙撇开正路，很快地穿过了那片空地。过了五六分钟，那个哥萨克又追上了她。他一声不响地笑着，侧眼看了看她，正经八百地理了理胸前的步枪皮带，就放马快跑起来。

二

这天夜里，在小雷村附近，红军的一个团乘坐着用木板和原木扎成的木筏渡过了顿河。

大雷村哥萨克连闹了个措手不及，因为这天夜里大多数哥萨克都在喝酒玩乐。天一黑，妻子们就纷纷到连队防地上来探望当差的丈夫。她们都带了吃的东西，还用罐子和桶带来了老酒。到半夜时候全都喝得烂醉如泥。掩蔽所里一片歌声、妇女们醉醺醺的尖叫声、男子汉的哈哈大笑声和口哨声……有二十名哥萨克，本来是站岗放哨的，也参加了吃喝，只留下两名机枪手看守机枪，还给他们留下一桶老酒。

满载着红军的一条条木筏，悄悄地离了顿河右岸。红军一过了河，就拉成散兵线，一声不响地朝着离顿河有五十丈远的一个个掩蔽所走来。

掌管木筏的红军飞速地划着，去接另一批等着渡河的红军。

在左岸上，有五六分钟的工夫，除了时断时续的哥萨克的歌声，什么也听不见。后来，手榴弹轰隆轰隆地爆炸起来，机枪也嗒嗒地响了，步枪一下子就砰砰啪啪乱响起来，还有远远传开去的、断断续续的呐喊声："乌拉——啊——啊！乌拉——啊——啊！乌拉——啊——啊！"

大雷村连被打垮了，只是因为在漆黑的夜里无法追击，这个连才没有全军覆灭。

受到少量损失的大雷村连的哥萨克和妇女们一起，失魂落魄地在草地上乱跑，朝维奥申方面跑去。就在这时候，木筏从右岸运来一批又一批的红军，第一一一团第一营的半个连带着两挺机枪，已经在暴动军巴兹基村连的侧翼发起进攻。

新开到的后续连队冲进突破口。但是他们往前推进却异常困难，因为红军都不熟悉地势，有的部队连向导都没有，行动起来像瞎子一样，在漆黑的夜里不是遇到水塘，就是遇到灌满了春水、无法蹚过的河沟。

指挥进攻的旅长决定在天亮以前不再进行追击，以便在天亮前调集预备队，集中在维奥申的进口处，在炮队轰击过以后，再继续进攻。

但是在维奥申，已经在采取紧急措施以堵塞缺口。值班参谋一听到通信兵跑来报告红军渡河的消息，马上就派人去请库金诺夫和麦列霍夫。把卡耳根团的几个骑兵连从黑村、高罗霍夫村和杜布洛夫村调了来。格里高力·麦列霍夫亲自担任这次战役的总指挥。他调了三百人上叶林村方面去，为的是加强左翼，如果敌军从东面来包围维奥申的话，就可以协助鞑靼村连和列别亚仁村连抵挡敌军的进攻；把维奥申的外来户民兵和旗尔河上一个步兵连调到西面顺河而下的一段，去协助巴兹基村连；在一些危险地段配备了八挺机枪；在夜里两点钟左右，格里高力就亲自率领两连骑兵布置在“焦树林”的边缘上，等候天亮，打算列成骑兵阵势向红军冲锋。

北斗星还没有隐去，朝巴兹基河湾开拔的维奥申外来户民兵在树林里遇上了退却的巴兹基村连，把他们当成了敌人，经过短时间的交火以后，外来户民兵就跑起来。民兵们都慌慌张张地把衣服和鞋袜扔到岸上，泅过维奥申镇和河湾之间的大水塘。不久就发现了这个错误，但是红军已经接近维奥申的消息，却以惊人的速度传播开了。原来躲在地窖里的难民，纷纷从维奥申向北方逃去，于是把消息到处传了开来，说是红军好像已经过了顿河，冲破了防线，正在进攻维奥申呢……

天蒙蒙亮，格里高力得到外来户民兵逃跑的情报，就朝河边跑去。民兵们知道是发生了误会，已经回头往战壕里走了，一面大声谈论着。格里高力走到一堆人跟前，用挖苦的口气问道：

"泅水过塘的时候，沉下去不少吧？"

一个浑身水漉漉的、边走边拧衬衣的民兵很不好意思地回答说：

"泅起水来就像梭鱼一样！哪儿会沉下去……"

"谁都免不了出点儿洋相。"另外一个只穿着短裤头的民兵实事求是地说，"我们的排长就真的差一点儿沉下去。他不愿意脱鞋袜，因为解裹腿很费事，所以就带着裹腿下水了，可是裹腿一到水里就松开，缠住了他的腿……他就大喊救命！恐怕在叶兰镇上都能听得见！"

格里高力找到民兵连的连长克拉姆斯柯夫，吩咐他把民兵带到树林边上去，布置在那里，以便在必要的时候，从侧翼射击红军的散兵线，吩咐过以后，便朝自己带的两个连走去。

在半路上他碰上司令部的传令兵。传令兵勒住呼哧呼哧直喘的马，轻松地舒了一口气，说：

“好不容易找到您呀！”

“你有什么事？”

“司令站要我通知您：鞑靼村连已经抛弃阵地。他们害怕被包围，正在往沙地上退……库金诺夫叫我口头通知您，叫您马上赶到那儿去。”

格里高力率领半排哥萨克，骑着最快的马，出了树林，上了大路。跑了有二十分钟，他们已经来到秃水塘旁边。吓慌了的鞑靼村的哥萨克们在他们左边的草地上乱跑着。有一些老兵和老练的哥萨克不慌不忙地跑着，尽可能离塘边近些，借塘边芦苇来掩护自己；大多数人看样子却只抱着一个念头：赶快跑到树林子里去，所以丝毫不顾那稀稀拉拉的机枪子弹，对直地朝前跑。

“撵上他们！拿鞭子抽！……”格里高力怒冲冲

地瞅了两眼，喊了两声，就第一个放马去追同村人。

跑在最后面的是贺里散福，他一瘸一拐、迈着像跳舞似的怪模怪样的步子慢慢跑着。他在头一天晚上打鱼的时候，被芦苇扎破了脚后跟，伤得很重，所以他不能放开两条长腿飞跑了。格里高力把鞭子高高地举到头上，朝他追去。贺里散福听见马蹄声，回头看了看，不觉加快了脚步。

“往哪儿跑?！……站住！……听见没有？给我站住！……”格里高力拼命喊叫。

但是贺里散福根本不想停下来。他更放大了脚步，像脱缰的骆驼一样狂跑起来。

于是，气得发了疯的格里高力哼哧哼哧地骂了两声娘，又对马大喝一声，跑到贺里散福跟前，痛痛快快地照着他那汗淋淋的脊梁抽了一鞭。贺里散福被打得弯起身子，就像兔子躲避追赶那样，猛地朝旁边一跳，坐到地上，不慌不忙、仔细地抚摩起脊梁。

跟随着格里高力的哥萨克们，跑到逃跑的人们的前面，把他们拦住，但是没有用鞭子抽。

“抽他们！……抽！……”格里高力声嘶力竭地

喊叫着，摇晃着他那根很漂亮的鞭子。

他骑的马打着转转儿，一再地直立起来，怎么都不肯往前走。格里高力好不容易拨正马头，去追在前面跑的一些人。他在奔跑中瞥见，司捷潘·阿司塔霍夫在一丛树棵子跟前停了下来，还一声不响地笑着；又看见安尼凯笑得蹲下身子，两手作喇叭形，用尖得像女人一样的声音叫道：

“弟兄们！能逃命的，赶快逃吧！红军来啦！……追上来啦！……逮住啦！……”

格里高力又去追赶另一个同村人，那人穿一件棉袄，跑得又快，又不肯停歇。格里高力觉得那微微佝偻着的身形异常熟悉，但是没有工夫去仔细辨认，老远就吆喝起来：

“站住，狗崽子！……站住，我劈了你！……”

那个穿棉袄的人忽然放慢脚步，停了下来，等他一开始转身，一开始用他那特有的、格里高力从小就熟悉的姿势表现他的极其气愤的心情，格里高力还没有看清他的面貌，就认出是父亲。

潘捷莱·普罗柯菲耶维奇的腮帮子像抽筋一样直哆嗦。

“你的亲爹成了狗崽子啦？连你的亲爹都要劈死吗？”他用声嘶力竭的尖嗓门儿叫道。

格里高力一看到他的眼睛里冒着异常熟悉的、狂怒的火焰，自己的火气一下子就冷了下来，便使劲勒住马，高声说：

“背后认不出来嘛！爹，你嚷嚷什么？”

“怎么会认不出来？连亲爹都认不出来啦?!”

老头子发脾气发得很荒唐、很不是地方，所以格里高力就面带笑容，走到父亲跟前，宽解说：

“爹，别生气！你身上的棉袄我没有见过，另外，你跑得那么快，就像一匹被撵急了的马一样，不知为什么连腿都不瘸啦！我怎么能认得出来呢？”

于是又和往常在家里一样，潘捷莱·普罗柯菲耶维奇冷静下来，虽然还在断断续续地喘着粗气，但是火气已经消了，他说：

“你说得对，我身上的棉袄是新的，我把皮袄换下来啦，穿皮袄太累赘；瘸腿吗……这会儿怎么能瘸腿呢？伙计，这会儿顾不得腿瘸啦！……死来到眼前，还管什么腿不腿……”

“哦，离死还远着呢。回去吧，爹！你没有把子弹扔掉吧？”

“回到哪儿去？”老头子又火了。

但是格里高力这一下子提高了嗓门儿，斩钉截铁地命令道：

“我命令你回去！在战场上不听从指挥，按军法该怎样处治，你知道吗？”

这话发生了作用：潘捷莱·普罗柯菲耶维奇摸了摸背上的步枪，就很不情愿地往回走。他跟上一个往回走得比他还慢的老头子，叹着气说：

“瞧这些后生小子们，都成了什么样子啦！没有哪一个儿子肯敬重老子，或者，比如说，保护老子离开战场，而是有意……叫老子去死……噢噢……不，去世的彼特罗，愿他在天堂幸福，就好多啦！他的脾气才好呢，可是格里什卡这个浑小子，虽然是个师长，虽然有功劳什么的，却不是个好儿子。脾气坏透了，碰都不能碰。等我老了，这小子一定要折腾得我不能安生！”

没有怎么费事就把鞑靼村的人拦住了……

过了一会儿，格里高力把全连集合起来，带到隐蔽的地方；他也没有下马，就干脆利落地说：

“红军已经渡河，正要进攻维奥申。已经在河边打起来啦。这可不是闹着玩儿的事，我劝你们不要瞎跑。你们要是再跑的话，我就命令驻在叶林村的马队，把你们当作叛兵砍了！”格里高力拿眼睛扫了扫穿着各种各色衣服的同村人，带着明显的蔑视口气说，“你们连里有很多坏家伙，就是他们在造谣生事。你们不要命地跑，吓得拉一裤子屎，算什么当兵的?！还算什么哥萨克？特别是你们这些老头子，给我小心点儿！既然是来打仗，就不能把脑袋藏到裤裆里！现在就排成纵队，跑步到那边去，再从树棵子那儿到河边去。然后顺着河边到谢苗诺夫村连那儿去。和谢苗诺夫村连一起去进攻红军的侧翼。开步走！快！”

鞑靼村的人一声不响地听完他的话，又一声不响地朝树棵子那儿跑去。老头子们都很不高兴地哼哧着，不时地回头看看飞跑起来的格里高力和跟在他后面的哥萨克们。紧跟在潘捷莱·普罗柯菲耶维奇后面的奥布尼佐夫老汉赞叹说：

“上帝送给你一个这样英雄的儿子！一条真正的好汉！他抽贺里散福那一鞭多狠呀！一下子就把一

个连收拾好啦!”

潘捷莱·普罗柯菲耶维奇怀着当父亲的得意感，高高兴兴地附和说:

“没说的! 这样的儿子天底下难找! 满满的一大串十字章，怎么，这是开玩笑的事吗? 就拿去世的彼特罗来说，愿他在天堂幸福，虽然他也是我的亲儿子，而且是大儿子，却不是个好儿子! 简直太老实啦，不知他妈的怎么搞的，就是不能成器。他的心就像老娘儿们一样软! 这一个却完全像我! 甚至比我还厉害!”

* * *

格里高力率领原来的半个排朝加尔梅克滩走去。他们走进树林子，认为已经进入安全地带，但是顿河那边的观测哨还是看见了他们。一个炮兵排开了炮。第一发炮弹从柳树顶上飞过去，扑哧一声落到泥沼地上的树丛里，没有爆炸。第二发炮弹打在路旁一棵老黑杨树露出来的树根上，冒起一片火光，哥萨克们听到轰隆一声，溅了一身黑黑的泥土和烂木片儿。

格里高力的耳朵都震聋了，他不由得用手捂住眼睛，趴到鞍头上，觉得有一种低沉的、很不清脆的拍打声，好像是打在马屁股上。

哥萨克们的马听到这震天动地的爆炸声，就好像听到口令一样，都往下一蹲，朝前冲去；格里高力骑的马却很费劲地直立起来，朝后倒退了两步，就开始慢慢地朝一边歪倒。格里高力急忙跳下马来，抓住马笼头。又飞过去两发炮弹，后来树林边上安静下来。硝烟慢慢地向草地上落下；散发着新翻起的泥土、碎木片、烂木头的气味；远处的密林里有几只喜鹊在惶惶不安地喳喳叫着。

格里高力的马打着响鼻，慢慢蜷起哆哆嗦嗦的后腿。那黄黄的牙床子疼得龇了出来，脖子伸了出去。光溜溜的灰鼻子上冒着红红的血泡儿。马浑身猛烈地抽搐着，枣红色的绒毛下面一阵阵地在哆嗦，像一道道的波浪。

“马不行了吗？”一个哥萨克跑过来高声问道。

格里高力望着越来越没有神的马眼睛，没有回答。他甚至没有去看伤在哪儿，直到那马不知为什么晃晃悠悠地动弹起来，挺起身子，忽然跪了下去，把头垂得低低的，好像有什么事要请求主人饶恕似的，这时候格里高力才多少往旁边闪了闪。那马低声哼哼着，歪倒下去，还想抬起头来，但是，看样子，最后的力气已经在渐渐消失：渐渐不哆嗦了，眼睛渐渐直了，脖子上冒出冷汗。

只有靠近马蹄的毛还微微跳动着。已经磨坏的鞍翅轻轻在抖动。

格里高力侧眼看了看马左边的腹股沟，看到了皮开肉绽的、很深的伤口，热乎乎的黑血像泉水一样朝外直冒，他也没有去擦眼泪，就结结巴巴地对那个下了马的哥萨克说：

“你给它一枪吧！”他把自己的匣子枪递给他。

他骑上那个哥萨克的马，朝自己带的两个连那边跑去。那里已经打起来了。

天一亮，红军就发起进攻。红军的散兵线在一片雾气中站立起来，一声不响地朝维奥申方面走来。右翼，红军在一片灌满了水的洼地旁边耽搁了一小会儿，后来就把子弹带和步枪高高地举在头顶上，蹚过了齐胸深的水。过了不大的一会儿，河边山上的四个炮兵连的大炮整齐而又雄壮地响了起来。一发发炮弹刚刚像扇子一样往树林里落，暴动军就开火了。红军已经不是一步一步往前走，而是端着步枪在跑了。在他们前面半俄里的地方，有一颗榴霰弹在树林里咔啦一声爆炸开来，炸裂的树木纷纷往下落，一团团的白烟朝上飞去。有两挺哥萨克的机枪发出短促的扫射声。红军第一道散兵线里开始有人倒下去。在散兵线里，忽而这里，忽而那里，身背背包卷儿的人被子弹打倒的越来越多，有的趴倒在地上，有的仰面朝天倒下去，但是其余的人并不卧倒，于是他们离树林越来越近了。

在第二道散兵线前面，有一个光着头的高个子指挥员，身子微微向前探着，掖着军大衣的底摆，迈着大步轻快地跑着。散兵线有一小会儿工夫放慢了脚步，但是指挥员一面跑着，一面回过头去，喊叫了两声，于是大家又跑起来，那沙哑而可怖的“乌拉”声越来越高亢了。

这时候，哥萨克所有的机枪都开火了，树林边上也响起猛烈的、不间断的步枪声……格里高力带着两个连站在树林出口处，在他的后面，巴兹基村连的一挺重机枪连续不停地扫射起来。红军的散兵线震动了，卧倒下去，开始还枪。打了有一个半钟头，但是暴动军射击的火力非常猛烈，红军的第二道散兵线支持不住了，站了起来，和渐渐跑到跟前的第三道散兵线混到了一起……不一会儿，草地上就到处是向后乱跑的红军了。于是，格里高力带着两个连飞跑出树林，列成阵势，进行追击。旗尔河那个连全力奔驰过去，切断了红军退向木筏的去路。在沿河的树林外面，在河边，展开了肉搏战。只有一部分红军冲到木筏跟前。他们把木筏挤得满满的，划走了。其余的人都被逼到河边，继续抵抗。

格里高力命令两个连都下了马，又吩咐看守马匹的人不要走出树林，就带领两连哥萨克朝河边冲去。哥萨克们一棵树一棵树地往前跑，离河边越来越近了。有一百五十名红军用手榴弹和机枪打退了逼上去的暴动军步兵。木筏又朝左岸划来，但是巴兹基村连的哥萨克用步枪把划木筏的人差不多都打死了。留在这边的红军的命运已经定了。很多人灰心丧气，扔掉步枪，打算泅水过河。卧倒在岸边的暴动军纷纷用枪打他们。有很多红军因为没有力气泅过河心的急流，淹死了。只有两个人平平安安地泅了过去：其中有一个身穿蓝条子的海军服，看样子，是一个游泳高手，他头朝下从陡立的岸上跳下去，扎进水里，等他露出水面的时候，差不多已经到河中心了。

格里高力藏在一棵枝叶茂密的柳树后面，看着那个水兵三下两下就泅到了对岸。又有一个人平平安安地泅了过去。那人站在齐胸深的水里，放完了所有的子弹，又拿拳头吓唬哥萨克们，喊了两句什么，便斜着身子朝前走去。子弹在他周围嗖嗖直响，但是没有一颗打到这个幸运儿身上。他在过去拴牲口的一块地方上了岸，抖了抖身上的水，就不慌不忙地爬上土崖，朝有人家的地方走去。

其余的红军都卧倒在河边的沙丘后面。有一挺机枪不住气地对他们扫射，一直打到散热筒里的水完全开了。

“跟我来！”等机枪一停，格里高力便小声发出口令，抽出马刀，朝沙丘冲去。

后面，哥萨克们呼哧呼哧地喘着粗气，咚咚地迈动了脚步。

离红军不过五十丈远了。放过三次排枪以后，一个黑脸膛、黑胡子的高个子指挥员从沙丘后面站了起来。一个身穿皮夹克的女子搀着他的胳膊。指挥员受了伤。他拖着打伤的腿，从沙丘上走下来，端正了手里的上着刺刀的步枪，用沙哑的喉咙命令道：

“同志们！前进！打白党！”

勇士们高唱《国际歌》，成群地朝前冲去。决一死战。

在顿河边牺牲的一百一十六人，都是国际连的共产党员。

三

深夜，格里高力从司令部回到住处。普罗霍尔·泽柯夫正在大门口等着他。

“没有听到阿克西妮亚的消息吗？”格里高力故意带着冷淡的口气问道。

“没有。不知道她跑到哪儿去啦，”普罗霍尔打着哈欠回答过，马上就很害怕地想道，“糟糕，他又要叫我去找她了……我真他妈的倒霉！”

“打点儿水来洗洗脸。我浑身都是汗啦。喂，快点儿!”格里高力的口气中已经带火了。

普罗霍尔到屋里去打来水，用茶缸往格里高力那握成勺子形的手掌里倒了半天。格里高力痛痛快快地洗了洗脸。又脱掉发出汗臭气的军便服，央求说：

“往背上浇浇。”

冷水往汗淋淋的背上一浇，冰得他哎呀了一声，喷了喷鼻子，使劲把皮带勒疼了的肩膀和毛烘烘的胸膛揉搓了半天。他一面用干净的马衣擦着身上的水，一面用高兴起来的声调吩咐普罗霍尔说：

“明天早上有人给我送马来，你就收下来，刷一刷，喂点儿料。我要是不醒，你别叫我。不过，要是司令部有人来，你要叫醒我。明白吗?”

格里高力来到敞棚底下，躺到一辆大板车上，立刻就进入沉沉的梦乡。黎明时候冷起来，他蜷了蜷腿，把露水打湿了的军大衣往上拉了拉，等太阳出来以后，他又睡着了，到七点钟左右，隆隆的大炮声才把他震醒了。维奥申的上空，蔚蓝而明净的天上，有一架银白色的飞机在打着圈子。顿河那边的大炮和机枪正在对飞机射击。

“也许会打下来呢！”普罗霍尔随口说着，一面用刷子下劲儿地刷那匹拴在桩上的枣红色高大公马，“瞧，潘捷莱维奇，给你送来的马他妈的真不坏！”

格里高力匆匆把马打量了一遍，很满意地问道：

“我看不出这马有几岁口。大概有六岁口吧？”

“是六岁口。”

“嘿，好极啦！四条腿光溜溜、圆滚滚的。好漂亮的马……喂，把鞍上上，我骑上去看看，是谁坐飞机来啦。”

“是好极啦，没说的。谁知道跑起来怎样呢？不过从各方面来看，应该是一匹腿脚很快的马。”普罗霍尔一面勒马肚带，一面嘟哝着说。

飞机旁边又冒起一团榴霰弹爆炸的白烟。

驾驶员选好了着陆地点，就驾着飞机急速地朝下飞来。格里高力出了大门，朝维奥申的官马棚跑去，飞机就降落在马棚的外面。

喂养公马的官马棚，是长长的一排石头房子，就在镇边上。现在里面挤满了八百多名被俘的红军。看守们不放他们出来大小便，里面又没有马桶。马桶旁边一片浓烈难闻的人粪气味。一道道又腥又臊的尿从门底下往外直流，绿头苍蝇一群一群地在上面飞……

在这座死囚牢里，日日夜夜都响着低沉的哼哼声。几百名俘虏由于虚脱和流行在他们中间的伤寒和痢疾死去。有时候人死了一昼夜还不抬走。

格里高力绕过马棚，正要下马，顿河那边的大炮又低沉地响了一声。飞来的炮弹发出一声尖啸，啸声接着就和沉甸甸、轰隆隆的爆炸声混合到一起。

驾驶员和同他一起来的一位军官爬出机舱，一些哥萨克把他们围住。山上所有的大炮马上一齐响了起来。一发发炮弹很准确地落在马棚周围。

驾驶员急忙爬进机舱，但是马达发动不起来了。

“用手推！”从顿涅茨那边飞来的军官大声对哥萨克们吩咐过，就第一个扶住机翼。

飞机摇摇晃晃，轻快地朝松林那边移动。大炮用迅猛的火力追着打来。一发炮弹打中了挤满俘虏的马棚。在一片浓烟、一团团腾空而起的石灰粉尘中，马棚的一角倒塌了。惊骇的红军们发出一片可怕的吼叫声，震得马棚都抖动起来。有三个红军从豁口里跑了出来，有一些哥萨克跑上来抵着他们开枪，在他们身上打了许多窟窿。

格里高力跑到了一边。

“会打死人的！快到松林里去！”一个面带惧色、翻着白眼珠子的哥萨克从旁边跑过，大声喊道。

“也说不定真的会挨上一炮。这种事他妈的可是很难说。”格里高力心里想着，便不慌不忙地转身回家了。

这一天，库金诺夫没有邀请麦列霍夫，在司令部里召开了一次绝密的会议。坐飞机来的顿河军军官简短地报告说，集中在卡敏镇一带的突击兵团日内就可以突破红军的防线，而且谢克列捷夫将军就要率领顿河军的骑兵师来和暴动军会师。飞来的军官建议尽快准备渡河工具，以便在和谢克列捷夫的队伍会师以后，立即将暴动军的几个骑兵团调到顿河右岸去；他还建议把后备部队调到离顿河更近一些的地方，到会议快要结束的时候，把追击部队的渡河和活动计划都讨论好了以后，他问：

“为什么你们把俘虏都放在维奥申？”

“别处没有地方放呀，各村子里又没有适当的地方。”一个参谋回答说。

那个军官用手绢仔细擦了擦剃得光光的、出了汗的脑袋，把绿制服领口解了开来，叹着气说：

“可以把他们往嘉桑镇上送嘛。”

库金诺夫惊愕得扬了扬眉毛。

“然后呢？”

“再从那儿往维奥申送……”那个军官眯缝着冷冷的蓝眼睛，倨傲地解释说。然后，咬紧嘴唇，生硬地说：“诸位，我真不明白，你们为什么对他们这样客气？现在似乎不是讲客气的时候。这些坏家伙会传染各种各样的疾病，不论是身体上的疾病，还是社会疾病，所以应当消灭他们。对他们没有什么好客气的！我要是处在你们的地位，一定会这样干。”

到第二天，把第一批约二百名俘虏押上了沙地。疲惫无力、面色青白的红军俘虏们，像幽灵一样，慢慢拖着两条腿往前走着。押送的马队紧紧包围住他们这乱糟糟地往前走的一大群……从维奥申往杜布洛夫村方向走了有十俄里，二百名俘虏就被砍得一个也不剩了。第二批是在傍晚时候押出去的。押送队接到严厉的命令：对掉队的俘虏只能用刀砍，只有在万不得已的时候才能开枪。这一百五十名俘虏，只有十八人走到了嘉桑镇……其中有一个像茨冈人的年轻红军，在路上疯了。一路上他又是唱歌，又是跳舞，还采了一把香薄荷按在心口上，哭了起来。他常常趴倒在滚热的沙地上，风吹得他那又脏又破的棉布小褂扑扑地抖动，这时候押送的哥萨克们就看到他那瘦骨嶙峋、只绷着一层皮的脊梁和叉开的两只脚上那黑黑的、开了绽的鞋底。哥萨克们把他搀起来，用水壶里的水往他身上浇浇，于是他睁开流露着发疯神情的黑眼睛，微微笑着，又摇摇晃晃地朝前走去。

在一个村子里，有一些好心肠的娘儿们包围住押送队的哥萨克们，有一个又高大又庄重的老奶奶很严肃地对押送队长说：

“你把这个黑头发的放了吧。他已经疯啦，活不了多久啦，你们要是杀害这样的人，那可是造大孽。”

押送队长是一个很威武的红胡子准尉，他笑了笑，说：

“老大娘，我们已经不怕再造孽啦。反正我们都修不成神仙！”

“你把他放了吧，别拗啦，”老奶奶一再央求说，“你们每个人都有遇上凶险的时候……”

妇女们也一齐跟着央求，于是准尉答应了。

“我舍得他，就交给你们好啦。他现在反正干不了坏事啦。不过要答谢我们的好意，给每个弟兄一碗鲜牛奶。”

老奶奶把疯子带到自己家里，端饭给他吃了，让他睡到上房里。他整整睡了一天一夜，后来醒了，背对窗户站着，小声唱起歌来。老奶奶走进上房，坐在大柜子上，用手托着腮，凝神对着小伙子的瘦脸看了半天，后来低声说：

“听说，你们的人离得不远啦……”

疯子有一小会儿没有作声，并且马上又唱了起来，但是声音更小了。

于是老奶奶正色说：

“我的好孩子，你不要唱啦，别装模作样吧，别糊弄我啦。我活了这么大年纪，不是傻瓜，你骗不了我！你的精神没有毛病，我知道……我听见你在梦里说的话，说得清楚极啦！”

红军还在唱，但是声音越来越小了。老奶奶又说：

“你不要怕我，我不想害你。我有两个儿子和德国人打仗打死啦，顶小的一个这一次打仗也死在契尔卡斯克啦。他们都是我生的呀……我把他们奶大，把他们喂大，他们一生下来我就夜夜睡不好觉……就因为这样，我心疼一切在军队里当兵、在战场上打仗的年轻小伙子……”她沉默了一会儿。

红军小伙子也不作声了。他闭上眼睛，他那黑黑的腮尖子隐隐出现了红晕，那细细的瘦脖子上有一道青筋紧张地跳动起来。

他保持着沉默，若有所思地站了一小会儿，后来睁开黑黑的眼睛。他的眼睛露出清醒的神气和急切等待的神情，老奶奶不由得微微笑了。

“你认识上叔米林的路吧？”

“不认识，老大娘。”红军小伙子微微动了动嘴唇，回答说。

“那你又怎么走呢？”

“不知道……”

“这就难了！那我现在怎么打发你呢？”

老奶奶等待回答等了很久，后来又问道：

“你走得动吗？”

“无论如何我都要走。”

“现在你怎么都不能走。要到夜里走，要走快一点儿，嗯，越快越好！你再住上一天，然后我给你带上点儿吃的东西，叫我孙子带路，叫他领你走，你就走吧！你们的红军就驻扎在叔米林镇外，这我很清楚。你就去找他们吧。不过你不能走大道，要走荒野、山沟和树林子，不要走正路，要不然叫哥萨克碰上了，那就糟啦。就这样吧，我的好孩子！”

第二天，天一黑，老奶奶就对着准备好出门的十二岁的孙子和穿上哥萨克棉袄的红军小伙子画了个十字，正色说：

“你们走吧！不过要小心，别碰上我们的当兵的！……用不着，好孩子，用不着！不用对我行礼，你谢谢上帝吧！不是我一个人这样，凡是我们做娘的，都是好心肠……心疼你们这些傻东西，都心疼死啦！好啦，好啦，你们走吧，主保佑你们！”她砰的一声，关上涂了黄泥的歪斜的房门。

四

每天，天麻麻亮，伊莉尼奇娜就醒来，挤过牛奶，就开始做饭。她没有生房子里的炉灶，而是在夏季厨房里生火做饭，做好饭，就又上屋里去照应两个孩子。

娜塔莉亚害过伤寒以后，身体慢慢好起来。三一节的第二天，她第一次起了床，很吃力地挪动着两条干瘦的腿，在屋子里走了走，在孩子们的床头上找了半天，甚至坐在一个小凳子上，试着给孩子们洗衣服。

她那瘦削的脸上一直带着笑容，那瘪下去的腮帮子上浮现出红晕，病后变得老大的两只眼睛放射着异常明亮、跃跃欲出的亲切光芒，就像刚刚生过孩子一样。

“波柳什卡，我的好孩子！我生病的时候，米沙特卡没有欺负你吧？”她用手抚摩着女儿那一头黑黑的头发，用有气无力的声音，慢吞吞、哆哆嗦嗦地吐着每一个字，问道。

“没有，妈妈！米沙特卡只打过我一回，别的时候我们都玩得很好。”波柳什卡小声回答过，把脸紧紧贴到妈妈的膝盖上。

“奶奶疼你们吗？”娜塔莉亚笑着问。

“疼得很！”

“红军他们没有惹你们吗？”

“他们宰了咱们家一头小牛，该死的东西！”非常像父亲的米沙特卡低声回答说。

“不许骂人，米申卡！小孩子别管这些事！不许说大人的坏话！”娜塔莉亚忍着笑，用教训的口气说。

“奶奶这样骂他们嘛，不信你问问波柳什卡。”米沙特卡闷闷不乐地辩白说。

“是的，妈妈，他们把咱们家的鸡也宰光啦！”

波柳什卡上了劲儿：忽闪着两只黑黑的小眼睛，一五一十地说，红军怎样走进院子，怎样捉鸡捉鸭，奶奶伊莉尼奇娜怎样央求他们把一只冠子冻坏的黄公鸡留下来做种，一个嘻嘻哈哈的红军怎样摇晃着公鸡，回答她说：“老大娘，这只公鸡大喊大叫反对苏维埃政府，所以我们要判它死刑！不管你怎样说，我们都要拿这只鸡来下面条吃，我们给你一双旧靴子作交换。”

波柳什卡又摊开两手，比画着说：

“他留下一双什么样的靴子呀！老大老大的，又全是窟窿！”

娜塔莉亚又笑又哭地跟孩子们亲热着，不住地用赞赏的目光看着女儿，高兴地小声说：

“你呀，我的格里高力耶芙娜！真是格里高力的女儿呀！你浑身上下处处像你爹。”

“我像爹吗？”米沙特卡羡慕地问道，并且羞怯地靠在妈妈身上。

“你也像。不过要小心：等你长大了，可别像你爹那样不正经……”

“他不正经吗？他怎么不正经？”波柳什卡好奇地问道。

娜塔莉亚脸上掠过一片忧伤的阴影。她没有作声，很吃力地从长板凳上站了起来。

也在旁边听他们说话的伊莉尼奇娜凄然地转过脸去。娜塔莉亚已经不再听孩子们说话，站在窗前，对着阿司塔霍夫家关闭着的护窗望了老半天，叹着气，激动地揪弄着自己的褪了色的旧褂子的花边儿……

第二天，天一放亮，她就醒了，为了不吵醒孩子们，她轻轻地起了身，洗了洗脸，从柜子里找出干净裙子、褂子和白色遮阳头巾。她十分激动，伊莉尼奇娜看见她穿衣服时的神情，看见她郁郁不快，一声不响，就猜出，儿媳妇是要到格里沙加爷爷的坟上去。

“你这是要上哪儿去？”伊莉尼奇娜为了证实自己的推测，就问道。

“我到爷爷坟上去看看。”娜塔莉亚说，她头也没抬，害怕哭出来。

她已经知道格里沙加爷爷的死，知道柯晒沃依烧了他们家的房子和院子。

“你还没有力气，走不动呀。”

“我走走歇歇，能走到。妈，您和孩子们先吃饭吧，也许我要在那儿多待些时候。”

“天晓得，你干吗要待在那儿！在这种不太平的时候，难保不碰上倒霉的事儿，娜塔莉亚，好孩子，你还是不要去吧！”

“不，我要去。”娜塔莉亚皱起眉头，抓住门把手。

“好吧，你等一等，干吗你要饿着肚子去？我马上端点儿酸牛奶来，好吧？”

“不，妈妈，别去吧，我不饿……等我回来，再喝吧。”

伊莉尼奇娜看到儿媳妇坚决要去，就出主意说：

“你最好走河边，从菜园子里走。从那儿走，不容易叫人看见。”

雾气像幕布一样悬挂在顿河上。太阳还没有出来，但是在东方，被杨树遮住的天边已经放射出火红的霞光，已经从云彩缝儿里吹来凉飕飕的晨风。

娜塔莉亚跨过歪倒的、缠满了菟丝子的篱笆，走进自家的果园。她两手按着心口，在一座新坟前站了下来。

果园里长满了茂密的荨麻和杂草。到处是露水打湿的牛蒡草气味、潮湿的泥土气味、水雾的气味。在大火烧过以后、已经干枯了的一棵老苹果树上，孤单单地落着一只凤头椋鸟。坟上的土已经落实了。在已经干了的土块中间，已经冒出尖尖的、绿油油的嫩草。

许多往事涌上心头，娜塔莉亚悲痛欲绝，她一声不响地跪下去，脸贴到冷冰冰的、自古就散发着死人的腐烂气息的土地上……

过了一个钟头，她悄悄地走出果园，怀着一颗疼得像刀绞一样的心，最后一次回头看了看她当年度过了青春年华的地方——那空荡荡的院子里，只剩下黑乎乎的烧焦的板棚柱子、烧剩的炉灶和屋基，异常凄凉——便顺着小胡同慢慢走去。

* * *

娜塔莉亚的身体一天一天地复原了，两条腿渐渐有了力气，肩膀也圆了，身体越来越结实、饱满了。不久就开始帮着婆婆做饭了。她们常常在灶前忙活着，聊上很久。

有一天早晨，娜塔莉亚痛心地说：

“什么时候才能到头呀？我心里苦死啦！”

“你等着吧，咱们的人快从顿河那边回来啦。”伊莉尼奇娜很有信心地说。

“你怎么知道呀，妈妈？”

“我的心能感觉到。”

“但愿咱们家的男子汉都活得好好的。可别叫哪一个阵亡或都挂花。要知道，格里沙是个不顾死活的人呀。”娜塔莉亚叹着气说。

“大概，他们不会出什么事，上帝是慈悲的。咱们家老头子本来说还要过河来看看咱们的，可是看样子，他害怕啦。他要是再来的话，你就跟他过河到咱们人那儿去，躲躲难。咱们村里人就在村子对面，守在那儿。前几天，你还昏迷不醒的时候，天刚亮，我上河边去打水，就听见安尼凯在河那边大声吆喝：‘你好啊，大娘！老头子向你问好呢！’”

“格里沙在哪儿呀？”娜塔莉亚不放心地问道。

“他老远地指挥着他们大家呢。”伊莉尼奇娜很平淡地回答说。

“他在哪儿指挥呢？”

“大概是在维奥申。再不会在别处。”

娜塔莉亚半天没有作声。伊莉尼奇娜朝她看了看，不禁惊骇地问道：

“你这是怎么啦？怎么哭起来啦？”

娜塔莉亚也不回答，把肮脏的围裙捂在脸上，轻轻抽泣起来。

“别哭啦，娜塔什卡。这种事哭没有用。上帝保佑，咱们能看到他们好好儿地回来。你自个儿要多加小心，没有事别上外面去，要不然叫那些反基督的人看见了，放不过你……”

厨房里一下子黑了起来。外面有一个人遮住了窗户。伊莉尼奇娜转过脸去一看，哎呀了一声：

“是他们！是红党！娜塔什卡！快躺到床上去，你就装成病人……可别出事呀……你盖上毯子！”

娜塔莉亚刚刚吓得哆哆嗦嗦地躺到床上，门环就当啷响了一声，一个高个子红军弯着腰走进了厨房。孩子们紧紧抓住脸色发了白的奶奶的衣襟。伊莉尼奇娜本来是站在灶边的，就地坐到大板凳上，把一钵子热牛奶都碰翻了。

红军迅速地把厨房里打量了一遍，高声说：

“你们别害怕。我们不吃人。你们好！”

娜塔莉亚故意哼哼着，用毯子连头盖了起来。米沙特卡却皱着眉头盯着进来的人，并且高高兴兴地报告说：

“奶奶！就是这家伙宰咱们家的公鸡来！记

得不？”

红军摘下绿色军帽，咂了一下舌头，笑了。

“你认出来啦，小捣蛋？你还记得那只公鸡呀？不过，老大娘，现在有点事儿：你能不能给我们烤点儿面包？我们有面粉。”

“可以……好吧……我来烤……”伊莉尼奇娜也不看来人，一面擦板凳上的牛奶，一面急急忙忙地说。

红军在门口蹲下来，从口袋里掏出烟荷包，一面卷烟卷儿，一面说起话儿来：

“到晚上能烤好吗？”

“如果你们急着要，到晚上能烤好。”

“老大娘，打仗的时候，什么事儿都是急的。至于公鸡的事，你们就别生气啦。”

“我们没有什么呀！”伊莉尼奇娜害怕了，“这是小孩子不懂事……不该提的事，偏要提！”

“不过，小伙子，你可是个小气鬼……”很喜欢说话的红军亲热地笑着，对米沙特卡说，“你为什么像狼一样看着我？到这儿来，咱们来谈谈你的公鸡的事儿。”

“去吧，好孩子！”伊莉尼奇娜用膝盖推着孙子，小声说。

但是米沙特卡松开奶奶的衣襟，侧着身子朝门口慢慢走，想从厨房里溜出去。红军伸出长胳膊一把把他拉到怀里，问道：

“怎么，还生气吗？”

“不啦。”米沙特卡小声回答说。

“噢，不生气就好。公鸡没什么了不起的。你爹在哪儿？在顿河那边吗？”

“在那边。”

“就是说，他也在和我们打仗啦？”

米沙特卡听了很亲热的话，对红军产生了好感，就高高兴兴地告诉他：

“哥萨克们全是他指挥呢！”

“嘿，你胡扯，小东西！”

“不信你问问奶奶。”

奶奶却因为孙子快嘴快舌十分伤脑筋，只是把两手一挓挲，哼哼起来。

“全是他指挥吗？”大惑不解的红军又问了一遍。

“也许不全是……”米沙特卡看到奶奶那失望的

眼神，弄糊涂了，就犹豫不决地回答说。

红军沉默了一小会儿，后来，侧眼看着娜塔莉亚，问道：

“怎么，这位小嫂子有病吗?”

“她害伤寒。”伊莉尼奇娜很勉强地回答说。

两个红军抬着一口袋面粉进了厨房，放在门口。

“老大娘，生火吧!”一个红军说，“到晚上我们来取面包，不过要小心点儿，要把面包烤好，不然可要找你麻烦!”

“尽我的本事烤就是了。”伊莉尼奇娜回答说。她高兴得不得了，因为这两个人一来，危险的谈话停止了，米沙特卡也从厨房里跑出去了。

一个红军朝着娜塔莉亚点了点头，问道：

“她是害伤寒病吗?”

“是的。”

几个红军也不知道小声说了几句什么，就离开了厨房。走在后面的一个还没有拐过弯去，河那边就发出步枪声。

三名红军都弯下腰，跑到一堵倒了一半的石墙跟前，卧倒在墙后，一齐咔嚓咔嚓地拉起枪栓，开始还枪。

吓坏了的伊莉尼奇娜跑到院子里去找米沙特卡。墙后的红军对她喊道：

“喂，老大娘！快回屋里去！会打死你的！”

“我家小孩子在外面哩！米沙特卡！乖孩子！”老奶奶带着哭腔喊道。

她跑到院心里，河那边的枪声立刻不响了。显然，河那边的哥萨克看见她了。等她把跑来的米沙特卡一抱到手上，抱进厨房，枪声又响了起来，直到三名红军离开麦列霍夫家的院子，枪声才停了。

伊莉尼奇娜小声和娜塔莉亚说着话儿，把面发上了，但是她已经不用烤面包了。

到中午时候，驻在村子里的红军机枪队，忽然急急忙忙离开人家的院子，拖着机枪，顺着土沟朝山上开去。

布置在山上工事里的一个连，也排好队伍，以急行军的速度朝将军大道上开去。

不知为什么，整个顿河上一下子就完全安静下来。大炮和机枪都不响了。一辆辆辎重车，一个个炮兵连，顺着大路和长满青草的夏季小道，连绵不断地从各个村子里朝将军大道开去；步兵和骑兵也都排成纵队开走了。

伊莉尼奇娜在窗口看着一些掉队的红军顺着石灰岩山嘴往山上爬，用围裙擦了擦手，十分激动地画了一个十字，说：

“上帝有灵呀，娜塔什卡！红党走啦！”

“噢，妈妈，他们这是从村子里到山上战壕里去，到晚上还要回来呢。”

“那他们为什么急急忙忙直跑呢？是咱们的人把他们打败啦！这些该死的东西是在撤退呢！反基督的东西们跑啦！……”伊莉尼奇娜高高兴兴地说过这话，却又动手和起面来。

娜塔莉亚从过道里走出去，站在门口，手搭凉棚，对着洒满阳光的石灰岩山顶，对着烧成了褐色的山坡，看了老半天。

一团团翻滚的黑云，在大雷雨前的一片肃静中，从山后慢慢升上来。中午的太阳火辣辣地炙烤着大地。黄花鼠在村外草地上吱吱地叫，黄花鼠那带点儿伤心意味的细细的叫声，同百灵鸟那活泼愉快的歌声交织在一起，显得出奇地和谐。娜塔莉亚格外喜欢这隆隆的炮声之后出现的寂静，所以她一动不动，贪婪地倾听着百灵鸟那天真烂漫的歌声，倾听着提水吊杆的吱扭声和充满野蒿苦味的簌簌风声。

这原野上到处流动的东西，又苦又香。风吹来晒得滚烫的黑土的热气，吹来晒得倒下去的各种野草的醉人气息，但是可以感觉出来，大雨就要来了：从顿河上吹来一阵阵清淡的潮气，一只只燕子在空中穿来穿去，那剪刀形的翅膀几乎要划到地面了，有一只草原小鹰在蓝天中飞翔，飞得远远的，躲避即将来临的大雷雨。

娜塔莉亚在院子里走了走。石墙外面，踩得乱糟糟的草地上，有好几堆金黄色的子弹壳儿。玻璃上和白石灰屋墙上都有不少子弹打的窟窿。一只幸存的母鸡，一看见娜塔莉亚，就咯哒咯哒叫着，飞到仓房顶上。

这种使人感到安宁的寂静，没有在村子里久留。刮起了大风，许多没有人住的房子的大敞着的门和护窗乒乒乓乓乱响起来。一片雪白的雹云来势汹汹地遮住太阳，并且向西方飘去。

娜塔莉亚撩着被风吹乱的头发，走到夏季厨房跟前，又站在这里朝山上看了看。在天边，一团团灰尘笼罩在雪青色的烟雾里：一辆辆大车在飞奔，一个个骑马人在狂跑。“这么看，是真的：他们走啦！”娜塔莉亚心情轻松地判断说。

她还没有走进过道，山后很远的地方就响起低沉的、隆隆的炮声，而且，维奥申两座教堂里发出的欢快的钟声也在顿河上飘荡开来，好像是和大炮声相呼应。

在顿河那边，哥萨克密密麻麻地从树林里跑了出来。他们有的拖，有的抬，把小船弄到河边上，放下水去。划船的人站在船尾，迅速地划动双桨。有三十来条小船争先恐后地朝村子这边飞来。

“娜塔什卡！好孩子！咱们的人来啦！……”伊莉尼奇娜从厨房里跑出来，一面哽咽地哭着，一面念叨着。

娜塔莉亚一下子抱起米沙特卡，把他举得高高的。她的眼睛像火一样明亮起来，但是她在气喘吁吁地说话的时候，声音还是上气不接下气的：

“看呀，乖孩子，看呀，你的小眼睛尖……也许，你爹跟哥萨克们一块儿来啦……你认不出来吗？

最前头那条船上不是他吧？唉，你往那边看嘛！……”

在河边只接到瘦下去的潘捷莱·普罗柯菲耶维奇。老头子首先问了问牛、粮食和财产有没有受到损失，然后就抱住孙子孙女哭了几声。等他急急忙忙、一瘸一拐地走进自家的院子，脸色一下子变得灰白，跪了下去，画了一个老大的十字，朝东方磕了个头，他那白发苍苍的头，老半天没有从晒得滚烫的土地上抬起来。

五

顿河军的一支三千人的骑兵兵团，配备着六门马拉的大炮和十八挺驮载机枪，在谢克列捷夫将军指挥下，在六月十日用强攻突破了别洛卡里特文河口镇附近的防线，顺着铁路线，朝嘉桑镇方面推进。

第三天清晨，顿河第九团的军官侦察队在顿河边碰上暴动军的战地哨兵。哥萨克们一看见骑兵，就跑进了山沟，但是率领侦察队的哥萨克大尉从衣服上认出他们是暴动军，就挥了挥系在马刀上的手绢，高声吆喝道：

“是自己人！……别跑，乡亲们！……”

侦察队放心地跑到山沟坡下。暴动军的哨长是一个白发苍苍的老司务长，他边走边扣着被露水打湿了的军大衣，走上前来。八个军官都下了马，大尉走到司务长面前，摘下那顶箍上钉着白光闪闪的军官徽章的绿军帽，笑着说：

“你们好啊，乡亲们！好吧，咱们按照哥萨克的老习惯，亲亲嘴巴。”他十字交叉地亲了亲司务长的嘴，用手绢擦了擦自己的嘴唇和胡子，感觉到同伴们都用等待的目光看着自己，就带着意味深长的笑容，曼声问道：

“喂，怎么样，醒悟过来了吗？自己人还是比布尔什维克好吧？”

“是的，大人！我们将功折罪……打了三个月仗，没料到你们会来！”

“虽说晚了点儿，但能够醒悟过来就好。事情已经过去，旧事就不提啦。你们是哪一个乡的？”

“是嘉桑乡的，大人！”

“你们的队伍在顿河那边吗？”

“是的！”

“红军从顿河这儿上哪儿去啦？”

“他们顺着顿河往上去，八成是上顿涅茨镇去啦。”

“你们的马队还没有过河吧？”

“没有。”

“为什么？”

“我弄不清楚，大人。我们是第一批上这边来的。”

“红军在这儿安过炮兵吗？”

“安过两个炮兵连。”

“他们什么时候撤走的？”

“昨天夜里。”

“应该追赶哪！唉，你们太马虎啦！”大尉用责备的口气说，然后走到自己的马跟前，从军用包里掏出笔记本和地图。

司务长两手贴在裤缝上，直挺挺地站着。哥萨克们聚集在他身后有两步远的地方，带着高兴和惴惴不安的复杂心情打量着军官们，打量着马鞍和一匹匹跑得筋疲力尽的良种马。

军官们都穿着整整齐齐的、带肩章的英国式翻领制服和肥大的马裤。他们舒展着腿，在马旁边来来回回地走着，侧眼看着哥萨克们。他们不管哪一个，都不戴那种用化学铅笔画的自制肩章了，不再像一九一八年秋天那样了。皮靴、马鞍、子弹盒、望远镜以及挂在马鞍上的卡宾枪全是新的，而且不是俄罗斯出产的。只有一位看来年纪最大的军官，穿的是蓝色细呢子山民服，戴的是金黄色的布哈拉羊羔皮库班帽，脚上穿的是没有后跟的山民长靴。他轻轻地迈着步子，第一个走到哥萨克们跟前，从图囊里掏出一盒印着比利时国王亚尔培肖像的很漂亮的纸烟，对哥萨克们说：

“请抽烟，弟兄们！”

哥萨克们都如饥似渴地伸手来拿纸烟。其余的军官也都走了过来。

“喂，你们在布尔什维克统治下过得怎样？”一个大脑袋、宽肩膀的少尉问道。

“不怎么舒服……”一个穿着旧棉袄的哥萨克如饥似渴地抽着纸烟，一面盯着那系在膝盖上、紧紧裹着少尉那老粗的腿肚子的高高的护腿套，很拘谨地回答说。

这个哥萨克脚上拖的是穿得稀烂的毡靴。那补了多次的白色毛袜子和掖在袜筒里的裤子也都破了；所以这个哥萨克眼巴巴地望着那双英国皮靴，特别眼馋那穿不坏的厚皮底和那锃亮的铜扣眼。他忍不住，率真地说出了自己的艳羡心情：

“你们的皮靴真好啊！”

但是少尉不想和和气气地谈一谈，他带着挖苦和挑衅的口气说：

“你们本来不愿意要外国的东西，宁可要莫斯科的树皮鞋嘛，现在就不用看着人家的东西眼红啦！”

“我们错啦。已经认错了嘛……”那个哥萨克很尴尬地回答说，一面回头看着自己的人，希望得到支持。

少尉继续用讥笑的口气说：

“你们的脑袋是牛脑袋。牛总是这样的：先走，然后才站下来想。这么一来就错啦！去年秋天，你们放弃阵地的时候，想什么来着？想当委员！哼，你们这些保卫家乡的好汉！……”

一个年轻的中尉小声对着越说越上劲儿的少尉

的耳朵说："算啦，别说啦！"于是少尉才踩灭了纸烟，啐了一口，大踏步朝马走去。

大尉递给他一张纸条，小声对他说了几句话。

身体笨重的少尉异常轻快地跳上马，让马急转过身去，便朝西方跑去。

哥萨克们都很尴尬地沉默着。大尉走过来，用他那洪亮的嗓门儿低低地撇着腔，快快活活地说：

"从这儿到华尔华林村有几俄里？"

"三十五俄里。"有几个哥萨克同时回答说。

"好。就这样吧，乡亲们，你们去报告你们的首长，叫骑兵不要再耽搁，马上渡河上这边来。我们派一位军官和你们一同到渡口去，由他来带领骑兵。叫步兵往嘉桑镇开。明白了吗？好啦，就是说，你们左转弯，开步走吧！"

哥萨克们挤成一堆，朝坡下走去。大家就像商量好了似的，都一声不响地走了有百来丈远，后来那个穿棉袄的、其貌不扬的哥萨克，也就是受到神气活现的少尉奚落的那一个，摇了摇头，很伤心地叹了一口气，说：

"这就是会师呀，弟兄们……"

另外一个哥萨克马上就接上一句：

“蔓菁也不比萝卜甜啊！”并且又俏皮、又粗野地骂了两句。

六

红军紧急撤退的消息一传到维奥申，格里高力·麦列霍夫就率领两个骑兵团，泅水渡过了顿河，派出几支强大的侦察队之后，就向南方挺进。

顿河边一处高地后面正在进行战斗。大炮声轰轰隆隆连成一片，声音很低沉，好像是在地下一样。

“看起来，士官生真舍得用炮弹！用急射在轰呢！”一个指挥官朝格里高力走来，兴高采烈地说。

格里高力没有作声。他走在大队人马的前面，很留心地四面观察着。从顿河到巴兹基村这三俄里长的一段路上，有几千辆暴动军扔下的大车。树林里到处都是扔掉的东西：破箱子、椅子、衣服、马套、碗碟、缝纫机、一口袋一口袋的粮食，因为当家人十分贪心，在向顿河撤退时拉来的各种各样的东西，在这里应有尽有。大路上有些地方堆着没膝深的金黄色小麦。大路上还有一些臭烘烘的牛马尸体，已经鼓胀起来，腐烂得不成样子了。

“辛辛苦苦，到头来弄成这种样子！”十分震惊的格里高力叹了一声，摘下帽子，尽量憋住气，绕过一堆结成了块的粮食，粮食堆上躺着一个摊开四肢、头戴哥萨克帽、身穿血糊糊的棉袄的死老头子。

“老人家看守家产送命啦！真是鬼叫他留在这儿。”一个哥萨克很惋惜地说。

“恐怕是舍不得把麦子扔掉……”

“喂，快走吧！他身上的臭味实在够呛。喂！快走！……”后面有人气呼呼地叫道。

于是连队小跑起来。没有人说话了。只有许许多多的马蹄声和哥萨克佩带的武器的碰击声在树林里很和谐地响着。

……战斗就在离李斯特尼次基家庄园不远处进行。密密麻麻的红军在亚戈德庄园旁边的一条干谷里乱跑。榴霰弹纷纷在他们头顶上爆炸，机枪在他们背后扫射，加尔梅克团的骑兵拉成散兵线，从高地上奔来，拦截他们的退路。

格里高力带着两个团开到的时候，战斗已经结束了。两连红军，本来是掩护零散部队和第十四师辎重队顺着维奥申这边的翻山道路撤退的，现在被第三加尔梅克团打垮并且完全消灭了。还在冈头上，格里高力就对叶尔马柯夫下了命令说：“这儿不要咱们行啦。你去和他们会合，我到这庄子上去一下子。”

“有什么事？”叶尔马柯夫惊愕地问道。

“噢，怎么对你说呢，我年轻时候在这儿当过长工，所以我很想去看看老地方……”

格里高力叫上普罗霍尔，就掉转马头朝亚戈德庄上走去。走了有半俄里，他就看见，打头的一个连的前面，呼啦呼啦地迎风飘舞着一块白布，由一个哥萨克很谨慎地高擎着。

“真好像是去投降！”格里高力眼看着自己的队伍慢慢地、好像是很不情愿地朝干谷里走去，谢克列捷夫的骑兵兵团从草地上径直地迎着他的队伍飞跑而来，不由得带着担心和懊恼的心情这样想道。

等格里高力跨过歪倒的大门，走进长满滨藜的庄园的宅院，就有一种凄凉和空虚感。亚戈德庄园完全变了样子。到处都可以看到无人经营和破坏的可怕痕迹。当年很漂亮的房子不漂亮了，而且好像变矮了。很久没有油漆过的房顶已经是黄锈斑斑，已经坏了的排水管子堆放在台阶旁边，铰链脱落的护窗斜挂在窗框上，风呼呼地往打坏的窗户里直吹，屋子里已经发出一股无人居住的苦涩的霉烂气味。

房子东面的一角和台阶都被三英寸口径的炮弹炸坏了。一棵被炮弹打倒的槭树的树头，伸进了阳台上一扇打坏的威尼斯式窗户。槭树树干的底部埋在从房基炸出来的一堆砖里，槭树就这样躺在那里了。生长极快的野蛇麻草已经爬上枯萎的槭树枝，把树枝缠住，给幸存的窗户玻璃增添了一些奇形怪状的花纹，并且向房檐伸去。

时间和风雨到处留下自己的痕迹。院子里的棚舍都破败不堪，那样子就像已经多年没有勤快的人手摸过了。马棚的石墙已经被春雨淋垮，车棚的顶子也被暴风雨掀掉，只有在像死人一样苍白的棚架和横梁上，有些地方还残留着一束一束的快要腐烂的干草。

下房的台阶上躺着三条已经变野了的猎狗。三条狗一看见人，就跳起来，低声呜噜着，躲进了过道。格里高力走到大敞着的厢房窗户跟前；他在马上弯下身子，大声问道：

“有人吗？”

厢房里很久没有声音，后来有一个打哆嗦的女人的声音回答：

“对不起，请等一等！我这就出去。”

苍老了的鲁凯莉亚嚓嚓地拖着两只光脚，来到台阶上；她被太阳一照，眯缝起眼睛，对着格里高力看了半天。

“鲁凯莉亚大婶儿，你不认识我了吗？”格里高力一面翻身下马，一面问道。

直到这时候，鲁凯莉亚的麻脸上哆嗦了一下，那呆呆的麻木神情才换成了异常激动的神情。她哭了起来，老半天没有说出一句话来。

格里高力把马拴好，很耐心地等了一会儿。

“我简直吓死啦。可不得了啊……”鲁凯莉亚用肮脏的粗布围裙擦着腮帮子，哭诉起来，“我以为，他们又来了呢……哎呀，格里什卡呀，这儿的事呀……简直没法说啦！……就剩我一个人了呀……”

“萨什卡老爹在哪儿？跟东家一块儿走了吗？”

“他要是走了，也许还能活着呢……”

“怎么，死了吗?”

“把他打死啦……在地窖里放了两天多啦……应当把他埋掉，可是我又生病……好不容易才爬起来……再说我也很怕上他那儿去，怕见死人……”

“为什么打死他?”格里高力没有抬眼睛，低声问道。

“为一匹骒马把他杀啦……咱们的东家走得很急。光把钱带走啦，家里东西差不多全交给了我。”鲁凯莉亚换成小声说，“我连一根线都看守得好好的。埋起来的东西到现在动都没动。东家只带走三匹奥勒尔的儿马，其余的都交给了萨什卡老爹。起事以后，哥萨克也来要，红党也来要。那匹叫‘旋风’的青儿马，也许你还记得吧？一开春就叫红党牵走啦。他们费了很大的劲儿才把鞍子上上。这匹马还从来没有人骑过呢。不过他们骑这匹马没有骑多久，没有骑快活。过了一个星期，卡耳根的哥萨克来啦，是他们说的。他们在冈头上遇上红党，就交手打了起来。哥萨克们有一匹发了春的骒马，恰好在这时候叫了起来。谁又能不叫红党骑的‘旋风’

不朝哥萨克这边跑呢？它放开四蹄就朝骒马跑去，那个骑在上面的红党勒也勒不住。他看见已经无法勒住儿马，就想在飞跑的时候从马上跳下来。跳倒是跳下来了，可是一只脚没有从镫里抽出来。‘旋风’一直把他送到哥萨克手里。”

“妙啊！”普罗霍尔高兴得叫起来。

“现在是卡耳根的一个什么准尉骑着这匹儿马。”鲁凯莉亚从容不迫地说，“他答应过，只要东家一回来，就把马送到马棚里。就是说，把所有的马都牵走啦，只剩下叫‘神箭’的那匹骒马，就是‘模范’和‘未婚妻’生的那一匹。这匹马当时正怀着驹儿，所以谁也没有动。这马不久前下了驹儿，萨什卡老爹心疼马驹儿，心疼得就没法说啦！他常常抱着小马驹儿，用奶瓶喂牛奶和一种草汁儿，为的是叫马驹儿的腿长结实些。就这样才出了事儿……第三天，天快黑的时候，跑来三个人。萨什卡老爹正在花园里割草。他们朝他吆喝：‘到这儿来，老家伙！’他扔下镰刀，走过去，和他们打招呼，可是他们连看也不看，一面喝着牛奶，一面问他：‘有马吗？’他就说：‘有一匹，可是这马干不了上阵打仗的事：是一匹骒马，又在奶小马驹儿。’他们当中一个顶凶的家伙嚷起来：‘这号事儿你不懂！把骒马牵出来，老家伙！我的马脊梁打坏啦，我要换一匹！’他要是顺着他们，不维护这匹马就好啦，可是，你知道，他是个犟老头子……他连老爷都要顶撞呢。恐怕你还记得吧？”

“他怎么样，没有给他们吗？”普罗霍尔插嘴说。

“哼，怎么能不给呢？他只是对他们说：‘在你们来以前，来过很多骑兵，把所有的马都牵走啦，可是都知道怜惜这匹马，谁知你们是怎么回事儿……’这一下子他们就火了，嚷嚷起来：‘哼，地主的奴才，你想给地主留着这匹马呀？！’他们把他骂了一通……他们有一个人把骒马牵出来，就给马上鞍，可是小马驹儿跑到肚子底下去吃奶。老爹就央告说：‘你们行行好，别牵走吧！要不然，小马驹儿怎么办呀？’另外一个人说：‘就这么办！’他说着，就把小马驹儿从骒马身边赶开，从肩膀上摘下枪来，对马驹儿开了一枪。我都流眼泪啦……我跑过去，央告他们，拉住老爹，怕他出事儿，可是他朝小马驹儿一看，胡子都哆嗦起来，一张脸像墙一样白，就说：‘既然这样，你把我也打死吧，狗崽子！’他朝他们扑过去，抓住他们，不叫他们上鞍子。他们就火了，这一火，就把他打死啦。他们朝他一开枪，我就吓昏啦……直到眼下我还迷迷糊糊，不知道拿他怎么办。应当给他做一口棺材，可这哪儿是老娘儿们干得了的事儿呀？”

“弄两把铁锹、一块麻布来。”格里高力对她说。

“你想把他葬了吗？”普罗霍尔问道。

“是的。”

“格里高力·潘捷莱维奇，你真是自找麻烦！还是让我马上去找几个人来。他们会给他做一口棺材，挖一个像样儿的坟……”

普罗霍尔显然是不愿意来埋葬老头子，但是格里高力根本不考虑他出的主意。

“咱们自个儿来挖一个坟，把他葬了。这老头子是个好人。你上花园里去，在水池子旁边等我，我去看看死去的老人家。”

就在那个长满浮萍的池塘旁边，那棵苍翠的老杨树底下，当年埋葬格里高力和阿克西妮亚的女儿的地方，萨什卡老爹找到了自己最后的归宿地。他们把他那干瘦的身体用一块散发着啤酒花气味的干净粗布裹起来，放进去，用土埋上了。在那个小小的坟堆旁边又出现了一个新坟，用靴子踩得结结实实，把潮湿的新土踩得光溜溜的。

许多往事浮上心头，格里高力闷闷地躺倒在离这块特别可亲的小小坟地不远的草地上，对着头顶上雄伟辽阔的蓝天望了很久。在无边无际的高空里，风在奔驰着，被阳光照得亮闪闪的冷云游动着；而在刚刚接纳了快活的小马驹儿和酒鬼萨什卡老爹的大地上，依然是生机蓬勃：在像碧浪一样一直涌到花园跟前的草原上，在老场院篱笆旁边的野麻丛里，扑啦扑啦地响着一阵阵鹌鹑打架的声音，金花鼠吱吱在叫，蜜蜂嗡嗡在飞，清风吹得青草沙沙在响，百灵鸟在流动的蜃气中唱着歌儿，而为了证明人是万物之灵，在很远很远的干谷里，还有一挺机枪一个劲儿恶狠狠地、低低地嗒嗒响着。

七

谢克列捷夫将军率领司令部的军官和一连哥萨

克卫队进入维奥申镇，镇上人鸣钟热烈欢迎。两座教堂里的钟一整天都在响着，就像过复活节那样。下游的哥萨克们骑着劲壮的、跑累了的顿河马在大街上走来走去。他们肩上的肩章蓝得耀眼。广场上，谢克列捷夫将军驻节的那座商人房子前面，聚集着不少传令兵。他们一面嗑葵花子，一面和那些路过的、打扮得花枝招展的镇上的姑娘们搭话。

中午时候，三名加尔梅克骑兵押着十五名被俘虏的红军来到将军的住处。他们后面跟着一辆装满乐器的双套马车。这些红军的服装与众不同：一律是灰呢子裤子和灰呢子上衣，袖口还镶着红绦。一个上了年纪的加尔梅克人走到神气活现地站在门口的传令兵面前，下了马，把他的磁烟斗塞进口袋。

“我们把红军的吹鼓手押来啦。明白吗？”

“这有什么明白不明白的？”一个肥头大脸的传令兵一面往加尔梅克人那落满灰尘的靴子上吐葵花子壳儿，一面懒洋洋地回答说。

“没有什么不什么的，接俘虏吧。吃得肥头大耳，净说废话！”

“噢，噢！你敢再说，臊羊尾巴！”传令兵恼了，但是他去通报押到俘虏的事了。

从大门里面走出一位肥胖的大尉，穿着咖啡色小棉袄，扎着腰带。他叉开两条粗腿，神气活现地叉着腰，把站在一起的红军打量了一遍，粗声粗声地说：

“你们这些唐波夫省的坏蛋，专门吹吹打打给委员们解闷儿！灰制服是从哪儿弄来的？怎么，是从德国人身上剥下来的吧？”

“绝不是的。”一个站在大家面前的红军，不住地眨巴着眼睛，回答说。他又用急促的语调解释说：“还是在克伦斯基时代，在六月攻势以前，我们乐队就穿的是这种服装……从那时候一直穿到现在……”

“我看你再穿！你再穿！看你们再穿！”大尉把剪过毛的库班式皮帽推到脑后，露出光脑袋上一条还没有长好的红红的伤疤，用穿歪了的高高的靴后跟猛然一转，转身朝着加尔梅克人，“你这个窝囊废，把他们送来干什么？你他妈的为什么？不会在路上把他们劈了吗？”

加尔梅克人不由得挺直了身子，很麻利地把两条弯腿并到一起，一只手一直放在绿军帽的帽檐上，回答说：

“连长吩咐要送到这儿来。”

“‘要送到这儿来！’”有点儿像花花公子的大尉，轻蔑地撇了撇薄薄的嘴唇，学了一遍；然后沉甸甸地迈动两条肿胀的腿，抖动着肥嘟嘟的屁股，绕着红军走了一圈儿，就像马贩子相马一样，仔细把他们看了半天。

传令兵们都不出声地笑着。三名加尔梅克押送兵的脸上都保持着一贯的冷漠表情。

“开开大门！把他们押进院子里！”大尉吩咐说。

红军们和乱七八糟地装着乐器的大车在台阶旁边停下来。

“谁是队长？”大尉抽着烟，问道。

“没有队长。”几个声音一齐回答说。

“队长在哪儿？跑啦？”

“不是，打死啦。”

“活该，你们没有队长也行。喂，把你们的家伙拿起来！”

红军们走到大车跟前。铜喇叭声在院子里畏畏缩缩、很不整齐地响了起来，和一直没停的教堂钟声混到了一起。

“预备！来一支《上帝呀，保佑沙皇》。”

军乐队员们都一声不响地互相看了看。谁也没有开始吹奏。尴尬局面保持了有一分钟，后来有一个光着脚，但是裹腿打得很整齐的红军，看着地面，说：

“我们谁也不会吹旧国歌……”

“谁也不会吗？有意思……喂，来人呀！来半排传令兵，带上枪！”

大尉用靴尖打着听不见的拍子。传令兵在走廊里排队，卡宾枪碰得叮当乱响。麻雀在花圃外面茂密的洋槐树上叽叽喳喳地叫。院子里热烘烘的，散发着晒热的铁皮棚顶气味和酸酸的人汗味。大尉从太阳地里走到凉荫里，这时候那个光脚的喇叭手很难受地看了看同伴们，低声说：

“大人！我们这些人都是年轻喇叭手。没有吹过旧歌曲……吹的多数是革命歌曲……大人！”

大尉心不在焉地扭着自己的镂花皮带的头儿，没有作声。

传令兵们在台阶旁边排好了队，等候命令。这时候有一个上了年纪、一只眼睛里生着白翳的喇叭手，急忙推开其余的人，从后面走上前来；一面咳嗽着，一面问道：

“让我来吹，好吗？我会吹。”他也不等答应，就把晒得滚烫的巴松管放在哆哆嗦嗦的嘴唇上。

宽敞的商人院子里，响起又单调、又难听、像哭丧一样的嗡嗡声，大尉听着听着就愤怒地皱起眉头。他把手一摆，喝道：

“别吹啦！像叫花子……要饭一样！这算是吹的什么？”

窗口出现了几位参谋和副官的笑脸。

“您叫他们吹一支送葬曲吧！”一个年纪很轻的中尉从窗户里探出半截身子，用小孩子一样的尖嗓门儿嚷道。

那十分卖劲儿的钟声停了一会儿，大尉动了动眉毛，悄悄地问道：

“我希望，你们吹吹《国际歌》，好吗，吹吧！别怕嘛！我叫你们吹，你们就吹。”

在一片静寂中，在中午火热的气流里，忽然又和谐又悲壮地响起慷慨激昂的《国际歌》声，好像是在号召进行战斗。

大尉就像老牛遇到障碍似的，低着头，叉着腿站在那里。他站着，听着。他紧绷着脖子，眯缝起来的眼睛中蓝蓝的眼白渐渐充满了血。

“算啦——啦！……”他忍不住，愤怒地吼叫起来。

乐队一下子就停住了，只有一个弯管铜号慢了一点儿，它那激昂的、未尽的余音又在灼热的空气中回荡了很久。

喇叭手们在舔着干裂的嘴唇，用袖子和肮脏的手擦着嘴。他们的脸色又疲惫又冷漠。只有一个人忍不住涌出了眼泪，泪水顺着落满灰尘的腮帮子往下流，留下两道湿印子……

就在这时候，谢克列捷夫将军在一位日俄战争时代的同事家里吃完了饭，由一位醉醺醺的副官搀扶着，来到广场上。因为天热，他又喝多了酒，头脑昏昏沉沉。走到中学砖瓦房的拐角上，已经没有力气的将军踉跄了一下，脸朝下跌倒在滚热的沙土地上。慌了神的副官想把他搀起来，却怎么也搀不起来。这时候站在不远处的人群里有人急忙跑来帮忙。两个年老的哥萨克恭恭敬敬地挽住将军的胳膊，把他搀扶起来，将军却当众呕吐起来。但是在呕吐的间隙里，他还威风凛凛地摇晃着拳头，想喊叫些什么，大家好不容易说服了他，把他搀回住处。

站在不远处的哥萨克们用眼睛送了他半天，小声议论着：

“这个宝贝醉得够呛！太不庄重啦，还算是将军呢！”

“老酒这玩意儿可不管你将军不将军。”

“不应该摆上多少，就喝多少……”

“哎，亲家，酒瘾上来，憋不住呀！有的人喝醉了出了洋相，就发誓从今不再喝酒……可是这就像大家常说的：狗发誓不吃屎，可是一见茅厕坑，就什么都忘啦……”

“就是这话！你去吆喝吆喝孩子们，叫他们离远点儿。瞧这些鬼东西，一齐跟着走，拿眼睛盯着他，就好像从来没见过醉汉。”

……镇上的钟一直响到天黑，镇上的人也一直喝到天黑。到晚上，在改做军官俱乐部的一座房子里，暴动军司令部举行了欢迎宴会。

高大而又挺拔的谢克列捷夫，是克拉斯诺库特乡一个村子里的人，是一个地道的哥萨克。他非常爱马，是个超等的骑手、勇猛的骑兵将军。然而他不是个演说家。他在宴会上发表的演说，都是醉后的胡吹，而且结尾又是对上游哥萨克明目张胆的指责和吓唬。

参加宴会的格里高力紧张而气愤地仔细听着谢克列捷夫说话。还没有清醒过来的将军，用手指头扶着桌子，站在那里，香喷喷的酒从杯子里直往外泼洒；他每一句话都说得十分僵硬：

“……不对，不是我们要感谢你们的帮助，而是你们要感谢我们的帮助！正是你们要感谢我们，这是肯定应该说的。如果没有我们，红军早把他们消灭啦。这一点你们自己是十分清楚的。可是如果没有你们，我们早把他们打垮啦。我们要打垮他们，而且，你们记住，我们一直要打到在全俄罗斯把他们肃清。秋天里，你们放弃阵地，把布尔什维克放到哥萨克的土地上来……你们想跟他们和和美美地过日子，可是没有过成！于是你们为了保自己的家产，为了保自己的命，才起事。说干脆点儿，你们是为了保自己的皮和保牛皮。我提起过去的事，并不是想指责你们的错误……你们听了这些话，不要见怪。但是，实话实说，总不会有坏处。我们已经宽恕了你们的叛变。我们像亲兄弟一样，在你们最困难的时候来帮助你们。不过你们的可耻的历史，今后一定要洗刷洗刷。明白吗，诸位军官？你们应该立功赎罪，应该忠诚报效静静的顿河，明白吗？”

“来，为了赎罪，干一杯！”坐在格里高力对面的一个上了年纪的中校，微微笑着说。他不是单独对任何人说的，因此也不等任何人，首先举杯一饮而尽。

他的脸流露着刚强气色，脸上有些碎麻子，褐色的眼睛里露出嘲笑的意味。在谢克列捷夫发言的时候，他的嘴角不止一次隐隐露出难以捉摸的冷笑，这时候他的眼睛就阴沉下来，好像完全变成了黑的。格里高力在观察中校的时候，注意到，他对谢克列捷夫称呼“你”，而且对他的态度极其随便，对其他的军官却非常矜持和冷淡。在参加宴会的人当中，只有他那草绿色制服上佩戴着草绿色肩章和科尔尼洛夫部队的袖章。“这是一个有头脑的人。大概是志愿军。”格里高力心里想。中校喝酒，就像马饮水一样。也不吃菜，也不见醉，只是不时地把他那宽宽的英国皮带松一松。

“坐在我对面的这个麻子是什么人?”格里高力小声问坐在旁边的包加推廖夫。

“鬼才认识他呢。”已经有些酒意的包加推廖夫把手一摆。

库金诺夫很舍得拿酒招待客人。不知从哪里弄来一瓶酒精，放到桌子上，谢克列捷夫很吃力地把话说完了，解开绿制服，沉甸甸地坐到椅子上。有一个脸型极像蒙古人的年轻中尉哈下腰，小声对他说了几句话。

“去他妈的!”谢克列捷夫红着脸回答了一声，就端起库金诺夫殷勤地给他斟的一杯酒精，一饮而尽。

“那个斜眼睛的是什么人?是副官吗?”格里高力问包加推廖夫。

包加推廖夫用手捂着嘴，回答说:

“不是的，这是他的养子。他是在日俄战争的时候，从满洲带回来这个孩子。把他抚养大了，就送进士官学校。这个中国孩子很有出息。鬼东西非常勇猛！昨天他在马凯耶夫村外截了红军一个钱箱子。一下子弄到二百万卢布。你瞧，他所有的口袋都塞得鼓起来啦！这小子真走运！简直成了金库啦！你喝呀，干吗你要这样瞧他们？”

库金诺夫在致答词，但是几乎没有人听他的了。大家越喝越上劲儿。谢克列捷夫脱掉上衣，只穿一件贴身衬衣。他那剃得光光的脑袋出汗出得发亮，有他那洁白的亚麻布衬衫一衬，他那张紫红色的脸和晒成了酱紫色的脖子格外惹眼。不知道库金诺夫小声对他说了几句什么，但是谢克列捷夫对他连看也不看，一个劲儿地说：

“不——不——行，对不起！这就对不起了！我们信任你们，是有一定限度的……你们的叛变，我们是不会很快忘记的。凡是去年秋天投靠红军的人，都要好好记住这一点……”

“哼，我们给你们干，也有一定限度！”已经醉了的格里高力怀着冷冷的愤怒心情想着，站起身来。

他没有戴帽子，走到台阶上，带着轻松的心情，深深地吸了一口夜间的新鲜空气。

顿河边，就像大雨要来时那样，青蛙呱呱乱叫，金龟子伤心得直嗡嗡。水鹬在沙滩上很烦恼地互相呼唤着。远处的河边滩地上，有一匹找不到妈妈的马驹儿嘹亮而尖细地嘶叫着。“因为实在没办法，我们才和你们搞到了一块儿，要不然我们连你们的味儿都不想闻。可恶的坏家伙！装腔作势，神气活现，现在指责我们，再过一个星期就干脆来掐我们的脖子啦……到了这种地步！不管往哪儿看，哪儿都走不通。我以前就这样想过嘛……结果就会是这种样子嘛。这会儿哥萨克们真要翻眼睛啦！他们已经不高兴对军官先生们行举手礼和打立正啦。”格里高力一面想着，一面走下台阶，摸索着朝大门口走去。

他的酒劲儿上来，头晕起来，走路摇摇晃晃，脚步异常沉重。他走出大门，摇晃了两下，把帽子扣到头上，就拖着腿，顺着大街向前走去。

他走到阿克西妮亚的姑妈家门口，停了一会儿，想了想，然后毅然决然朝台阶走去。过道的门没有闩。格里高力也没有敲门，就朝上房走去，一眼就看见司捷潘·阿司塔霍夫坐在桌边。阿克西妮亚的姑妈正在灶边忙活着。桌上铺着很干净的桌布，上面放着一瓶没有喝完的酒，碟子里是切成片儿的红红的咸鱼。

司捷潘刚刚喝完一杯酒，看样子正要吃咸鱼，但是一看见格里高力，就把碟子一推，脊背靠到墙上。

格里高力不管怎样醉，他还是看清了司捷潘那煞白煞白的脸和像狼那样露出凶光的眼睛。一见面就惊呆了的格里高力，镇定了一下，沙哑地说：

“你们好啊！”

“托福托福。”女主人惊骇地回答说。无疑她已经知道了侄女和格里高力的关系，料想侄女的丈夫与情夫无意中相会不会有什么好事。

司捷潘一声不响地用左手捋着胡子，用冒火的眼睛盯着格里高力。

格里高力大叉开两腿，站在门口，似笑非笑地说：

“噢，我是来看看……对不起。”

司捷潘一声不响。尴尬局面一直持续到女主人鼓了鼓勇气，请格里高力就座。

“进来吧，请坐。”

现在格里高力已经没有什么好掩饰的了。他到阿克西妮亚住的地方来，这就使司捷潘全明白了。于是格里高力就不顾一切地朝前走去：

“你老婆在哪儿?”

“你是来……看她的吧?”司捷潘低低地，但是很清楚地问道，哆嗦起来的眼睫毛就遮住了眼睛。

“是来看她。”格里高力叹着气承认说。

在这一刹那，他等待着来自司捷潘的一切，并且已经渐渐清醒过来，准备好自卫。但是司捷潘睁开了眼睛（刚才眼睛里的火已经熄灭了），说：

“我叫她打酒去啦，她马上就要回来，请坐，等一等吧。”

又高大又挺拔的司捷潘甚至站了起来，推给格里高力一把椅子；他也不看女主人，就央求说：

“姑妈，请您再拿一只干净杯子来。”又对格里高力说，

“喝一点儿吧?”

“可以多少喝点儿。”

“好，请坐吧。”

格里高力坐到桌边……司捷潘把瓶子里的残酒

均匀地倒进两只杯子里，抬起罩着一层雾气的眼睛看着格里高力。

“诸事如意！”

“祝你健康！”

碰过杯，喝过酒。不作声了。像老鼠一样麻利的女主人递给客人一个碟子和把子上有许多豁口的一把叉子。

“吃鱼吧！这鱼不算咸。”

“谢谢。”

“您用碟子接着吃，快吃吧！”高兴起来的女主人殷勤相让。

她高兴得不得了，因为一切都平平安安地过去，没有打架，没有打碎杯碟，没有把事情吵开。势头不妙的谈话结束了。丈夫和妻子的情夫和和气气地同坐在一张桌子旁。现在他们一声不响地吃着东西，谁也不看谁。殷勤的女主人从柜子里找出一块干净手巾，好像是要把格里高力和司捷潘连结起来似的，把手巾的两头放在两个人的膝盖上。

“你为什么不在连里？”格里高力一面吃鳊鱼，一面问道。

“我也是来看看。”司捷潘沉默了一会儿，回答说，从他的声音上，怎么都判断不出他说的是老实话呢，还是带着刺儿。

“连里的人大概都回家了吧？”

“都回村子里去啦。怎么样，咱们来干一杯？”

“来吧。”

“祝你健康！”

“诸事如意！”

过道里的门环当啷响了一声。已经完全清醒过来的格里高力皱着眉头看了看司捷潘，见他的脸一阵白，就像掠过一阵波浪。

阿克西妮亚披着一条呢子头巾走进来，没有认出格里高力，走到桌边，从旁边一看，她那睁得大大的黑眼睛里顿时露出恐怖的神情。她倒吸了一口气，好不容易才说出话来：

“您好，格里高力·潘捷莱维奇！”

司捷潘放在桌上的两只虬筋盘结的大手忽然轻轻哆嗦起来，格里高力看见这种情形，就一声不响地朝她点了点头，一句话也没有说。

她把两瓶酒往桌上放的时候，又用充满惶恐和暗暗高兴的目光瞥了格里高力一眼，就转身走到黑暗的角落里，坐到大柜子上，用哆哆嗦嗦的两手理了理头发。司捷潘压下心中的怒火，解开勒得他透不过气来的衬衣领子，满满地斟了两杯酒，转过脸去对妻子说：

“拿一个杯子，坐到桌上来。”

“我不。”

“来坐吧！”

“我不会喝酒嘛，司乔巴！”

“还要我说多少遍吗？”司捷潘的声音哆嗦起来。

“来坐吧，嫂子！”格里高力带着赞同的意味笑了笑。

她带着祈求的神情看了他一眼，很快地走到小橱子跟前。一个小碟子从搁板上掉下来，当啷一声摔得粉碎。

“哎哟，真倒霉！”女主人伤心地把两手一挓挲。

阿克西妮亚一声不响地收拾地上的碎片儿。

司捷潘也给她满满地斟上一杯，他的眼睛里又露出苦恼和痛恨的神情。

“来，咱们喝……”他刚开口，又顿住了。

在一片寂静中可以清楚地听到，坐到桌旁的阿克西妮亚喘得又急，又不均匀。

“……咱们喝，家里的，为了咱们长期分离。怎么，不喝吗？不会喝吗？”

“你知道吗……”

“我如今全知道……好吧，不为咱们分离！为了贵客格里高力·潘捷莱维奇的健康干一杯吧。”

“为了他的健康我喝一杯！”阿克西妮亚响亮地说，就把一杯酒一口气喝光。

“你真是傻心眼儿呀！”女主人跑到厨房里，小声嘟哝说。

她躲到角落里，用两只手按住胸口，等待着被掀翻的桌子轰隆一声倒在地下，等待枪声砰砰响起来……可是上房里一片死静。只能听见，天花板上的苍蝇被灯光照得嗡嗡叫着，在窗外，镇上的公鸡互相呼应着，报告午夜的降临。

八

顿河上六月的夜晚是很黑的。在黑石板似的天上，因为静得受不了，有时划过金色的闪电，有的星星落下来，映入顿河的急流中。从草原上吹来干爽的和风，把正在开花的薄荷的香甜气味送到人住的地方来；在河边滩地上，散发着清淡的湿草气味、淤泥气味和潮湿气味，青蛙不住声地叫着，河边的树林就像童话里那样，笼罩在银纱一般的夜雾里。

半夜里，普罗霍尔醒来，他问房东：

“我们那一位没回来吗？”

“没有。正和将军们喝着呢。”

“怪不得呢，恐怕这一下子喝足啦！”普罗霍尔馋得叹了一口气，就打着哈欠，开始穿衣服。

“你要上哪儿去？”

“我去饮饮马，再添点儿料。潘捷莱维奇说，天一亮就要上鞑靼村去。回去住上一天，然后就去赶自己的队伍。”

“离天亮还早呢。再睡一会儿吧。”

普罗霍尔不高兴地回答说：

“老大爷，一下子就能看出来，你压根儿就没当过兵！我们当兵打仗，要是不把马喂好，不把马照应好，到时候也许就活不成。骑瘦马能跑得动吗？

你骑的马越好，逃起命来就越快。我这个人呀，我才用不着追赶敌人呢，可是如果紧急起来，需要退却，那我就头一个跑！我在枪林弹雨里跑过多少年啦，对这种事讨厌透啦！老大爷，点上灯，要不然脚布都找不到。好，谢谢！是啊，我们的格里高力·潘捷莱维奇想挣十字章，想升官，哪儿打得厉害他往哪儿去，我可不是这种傻瓜，我犯不着。好，好像他来啦，恐怕醉得够呛啦。”

有人轻轻地敲门。

“请进来！”普罗霍尔叫道。

进来的是一个陌生的哥萨克，绿色军便服上佩戴着下士肩章，军帽上还钉着徽章。

“我是谢克列捷夫将军司令部的传令兵。我可以见见麦列霍夫大人吗？”他把手往帽檐上一举，在门口打了个立正，问道。

“他不在。”被受过严格训练的传令兵的姿势和称呼弄得瞠目结舌的普罗霍尔回答说，“你别立正啦，我年轻时候也和你一样，是个呆瓜。我是他的传令兵，你有什么事？”

“我是奉谢克列捷夫将军的命令来请麦列霍夫大

人的，请他马上到军官俱乐部去。”

“天一黑他就去了嘛。”

“他去过，可是后来他从那儿回家来啦。”

普罗霍尔吹了一声口哨，朝着坐在床上的房东挤了挤眼睛：

“明白了吗，老大爷？他溜啦，就是说，上他的小宝贝儿那儿去啦……好，你回去吧，老总，我去找他，叫他径直上那儿去！”

普罗霍尔把饮马和上料的事托付给老头子，就朝阿克西妮亚的姑妈家走去。

维奥申镇沉睡在黑漆漆的夜幕里。夜莺在顿河那边的树林里争先恐后地唱着。普罗霍尔不慌不忙地走到那座熟悉的小房子跟前，走进过道，刚刚抓住门把手，就听见司捷潘的沙哑的声音。普罗霍尔心里想：“我真算碰上鬼啦！他要是问我，你来干什么？我可是没有话说。哼，不管这一套，随便怎样吧！我就说是来买酒的，说是街坊上有人叫我上这座房子里来。”

他大着胆子走进上房，一进门就惊呆了，一声不响地张大了嘴：格里高力和阿司塔霍夫两口子同坐在一张桌子前，而且好像什么事儿也没有，格里高力正在喝杯子里的暗绿色老酒。

司捷潘看了看普罗霍尔，强笑着说：

“干吗你把嘴张得老大，连好也不问一声？是不是看到什么西洋景啦？”

“好像是这样……”普罗霍尔还没有回过神来，就捯动着两只脚回答说。

“喂，别害怕，进来吧，请坐。”司捷潘说。

“我没有工夫坐……格里高力·潘捷莱维奇，我是来找你的。叫你马上去见谢克列捷夫将军。”

格里高力在普罗霍尔来以前，就几次想走了。他几次推开酒杯，站起身来，可是马上又坐了下来，他害怕司捷潘会把他的走看作是明显的胆怯的表现。好强心不允许他扔下阿克西妮亚，让位给司捷潘。他喝着，但是酒对他已经不起作用了。格里高力清醒地估计到自己处境的为难，在等待下文。有一刹那他觉得司捷潘要打老婆了，就是在她为他格里高力干杯的时候。但是他错了：司捷潘举起一只手来，用粗糙的手擦了擦晒得黑黑的额头，在短时间的沉默以后，带着赞赏的神气看着阿克西妮亚，说：“不简单，家里的！我就喜欢这种胆量！”

后来普罗霍尔进来了。

格里高力想了想，决定不走，想看看司捷潘怀的是什么心思。

“你上那儿去，就说没有找到我。明白了吗？”他对普罗霍尔说。

“明白是明白啦。不过，潘捷莱维奇，你顶好还是去一下吧。”

“不用你管！走吧。”

普罗霍尔正要朝门口走，但是这时候阿克西妮亚忽然插嘴了。她也不看格里高力，冷冷地说：

“不必啦，不用客气，你们一块儿走吧，格里高力·潘捷莱维奇！您来看看我们，跟我们一块儿坐坐，多谢啦……不过已经不早啦，鸡叫二遍啦。天快亮啦，天一亮我就要和司乔巴回家去……再说你们也喝了不少。别喝啦！”

司捷潘也不挽留，于是格里高力站起身来。在告别的时候，司捷潘把格里高力的手攥在自己的冷冰冰、硬邦邦的手里，好像还想最后说几句话，但是一直没有说，一声不响地用眼睛把格里高力送到门口，就又不慌不忙地伸手去拿没有喝完的酒瓶……

格里高力一走到街上，就感到极其疲倦。他吃力地迈动着双腿，走到第一个十字街口，就向紧紧跟在他后面的普罗霍尔央求说：

“你去备上马，牵到这儿来。我走不动啦……”

“要不要报告一下，说你要走？”

“不用。”

“好吧，你等一下，我很快就来！”

一向慢腾腾的普罗霍尔这一次大步朝住处跑去。

格里高力蹲到篱笆跟前，抽起烟来。脑子里回想着和司捷潘会面的情形，淡漠地想道：“哼，现在他知道啦，没什么了不起的。只要不打阿克西妮亚就好。”后来，他因为疲倦，因为激动劲儿已经过去，不觉躺下去，打起盹儿来。

普罗霍尔很快就回来了。

他们坐船来到顿河右岸，就放马大跑起来。

天一亮，他们就进了鞑靼村。格里高力在自家的大门前下了马，把缰绳扔给普罗霍尔，就怀着激动的心情急急忙忙朝房里走去。

不知为什么娜塔莉亚披着衣服来到过道里。一看见格里高力，她的两只惺忪的眼睛就放射出那样明亮的喜悦光彩，格里高力的心不由得哆嗦了两下，眼睛顿时湿了。娜塔莉亚一声不响地抱住自己唯一的亲人，全身紧紧贴在他的身上，格里高力感觉到她的肩膀在哆嗦着，知道她在哭。

他走进房里，亲过两位老人家和睡在上房里的两个孩子，就在厨房当中站了下来。

“喂，你们怎么熬过来的？一切都平安无事吗？”格里高力激动得呼哧呼哧喘着，问道。

“好孩子，托老天爷的福呗。我们是很害怕，怕他们折腾我们，可是他们没有，”伊莉尼奇娜急急忙忙回答过，侧眼看了看哭起来的娜塔莉亚，就沉下脸吆喝她说，“应当高高兴兴嘛，你倒哭起来啦，傻东西！去吧，别呆站在这儿啦！快弄柴禾生火去……”

她和娜塔莉亚忙着做早饭的工夫，潘捷莱·普罗柯菲耶维奇给儿子拿来一条干净毛巾，说：

“你洗洗脸，我给你胳膊上浇点儿水。浇浇水，脑子可以清爽些……你浑身一股酒气。大概，你是因为喜事，昨天多喝了几杯吧？”

“喝是喝啦。不过现在还不知道：究竟是喜事还是祸事……”

“怎么这样说？”老头子说不出的惊愕。

“谢克列捷夫对咱们太无礼啦。”

“噢，这没什么了不起的。当真他也跟你一块儿喝酒了吗？”

“嗯，是的。”

“你可瞧瞧！格里什卡，你真有福气呀！你和一位真正的将军同坐一桌啦！真不得了！”潘捷莱·普罗柯菲耶维奇十分感动地看着儿子，高兴得咂了咂舌头。

格里高力笑了笑。他怎么也不能分享老头子那天真的狂喜心情。

格里高力郑重地问起牲口和财产是不是都保住了，粮食损失了多少，但是他发觉，父亲对于谈家务事，不像以前那样感兴趣了。老头子脑子里有更重要的事，有事情使他放不下心来。

而且他很快就把心事说了出来：

“格里什卡，现在怎么办呀？难道还要再去当差吗？”

“你这是说的谁？”

“说的是老头子们，比如，就说我吧。”

“眼下还不知道。”

“这么说，还要出去吗？”

“你可以留下来。”

“你这话才对！”潘捷莱·普罗柯菲耶维奇高兴得叫起来，并且兴奋得一瘸一拐地在厨房里走起来。

“你坐下吧，瘸鬼！别蹚得满屋子都是灰！一高兴起来，就到处乱跑，像一条坏狗！”伊莉尼奇娜厉声喝道。

但是老头子丝毫没有理会她的吆喝。他从桌子到炉灶来来回回走了好几趟，一面笑一面搓着手。这时候他提出一个疑问。

“你就能放我回家吗？”

“当然，我能。”

“可以出证明吗？”

“当然可以！”

老头子犹豫了一会儿，但还是问道：

“证明这玩意儿，怎么弄法呢？……没有印啊。

莫非你带着印吗?”

“没有印也行!”格里高力笑了笑。

“噢，那就没什么说的啦!”老头子又高兴起来，“上帝保佑你健康！你想什么时候动身?”

“明天。”

“你的队伍开到前面去了吗?是上大熊河河口去了吧?”

“是的。爹，你不用为自个儿担心。反正不久就要把像你这样的老头子都放回家来。你们服役已经服够啦。”

“上帝保佑!”潘捷莱·普罗柯菲耶维奇画了一个十字，看样子，他完全放下心来了。

两个孩子醒了。格里高力把他们抱起来，放在自己的两个膝盖上，轮流亲着他们，笑着，听他们高高兴兴地唠叨了半天。

孩子们的头发气味太好闻了！这里面有太阳气味、青草气味、暖和和的枕头气味，还有一种无限亲切的气味。他们——这都是他的亲骨肉——就像是两只草原上的小鸟儿。抱着他们的父亲的两只大黑手显得多么笨拙呀。他这个暂离鞍马一昼夜的骑士，浑身都是冲鼻子的当兵人气味和马汗气味，还有苦涩的风尘气味和皮带气味——处在这个和平的小天地里，显得多么格格不入呀……

格里高力的眼睛蒙上一层云雾般的眼泪，嘴唇在胡子底下哆嗦着……他有三四次没有回答父亲的问话，直到娜塔莉亚拉了拉他的军便服袖子，他才朝桌子走去。

不对了，不对了，格里高力完全不是原来那个格里高力了！他从来就不是那么容易动感情的人，就连小时候他都很少哭。可是现在，这眼泪，这低沉的、不住的心跳，这喉咙里好像有一口无声的钟在撞击的感觉……不过，这一切也许是因为，他昨天夜里喝多了，而且一夜没有睡吧……

把牛赶进牧场的妲丽亚回来了。她把两片笑盈盈的嘴唇向格里高力伸去，格里高力用开玩笑的姿势捋了捋胡子，把脸凑到她跟前，她就闭上了眼睛。格里高力看见，她的睫毛就像被风刮得似的，哆嗦了几下，有一刹那他闻到她那丰润的腮上的雪花膏香味。

可是你瞧，妲丽亚还是原来那个妲丽亚。看样子，不论什么样的痛苦，不仅不能摧折她，而且也不能把她压弯在地上。她生在人世上，就像红柳条儿：又柔软，又美丽，人人都可以和她亲近。

“你还是这样漂亮吗？”格里高力问。

“就像路边的闹羊花！”妲丽亚眯缝起亮闪闪的眼睛，嫣然一笑。她马上走到镜子前面，撩了撩从头巾里耷拉下来的头发，打扮起来。

妲丽亚就是这个样子，这是没有办法的。彼特罗的死好像抽了她一鞭子，但是她痛苦过一阵子以后，刚刚回过神来，就更加贪恋生活，更注意修饰自己的容貌了……

把睡在仓房里的杜尼娅叫醒了。做过祷告，全家人就围着桌子坐下来。

“哎呀，你老了嘛，小哥！”杜尼娅怜惜地说，“灰沉沉的模样儿，就像狼一样。”

格里高力不说话也不笑，隔着桌子看了看她，然后才说：

“我就应该是这样。我该老啦，你也到了该找对象的时候……不过有一点我要告诉你：从今以后，你对米沙·柯晒沃依连提都别提。如果我听到你以后还想他，我就踩住你一条腿，抓住另一条腿，像撕一只蛤蟆一样，就这么一撕！懂吗？”

杜尼娅的脸一下子红了，红得像罂粟花一样，她含着眼泪看了看格里高力。

他一直用恨恨的目光盯着她，在他的一张发了狠的脸上——从他的胡子底下龇出来的牙齿上，从眯缝起来的眼睛里——更加明显地流露出麦列霍夫家的人生来就有的蛮劲儿。

但是杜尼娅也是麦列霍夫家生的：她在一阵害羞和委屈之后，定下心来，声音虽小然而很果断地说：

“小哥，您知道吗？一个人的心，是没法子改变的呀！”

“心要是不肯改变，就该把这样的心挖出来。”格里高力冷冷地说。

“孩子，这话可不是你应该说的……”伊莉尼奇娜在心里说。

但是这时候潘捷莱·普罗柯菲耶维奇插嘴了。他用拳头在桌上一擂，吼叫起来：

“你这狗丫头，给我住嘴！要不然我就把你的心治一治，把你的头发揪光！你这下流东西！我这就去拿缰绳……”

“爹！咱们家连一根缰绳都没有啦，全叫抢走啦！”妲丽亚带着恭顺的神情截住他的话。

潘捷莱·普罗柯菲耶维奇气势汹汹地瞪了她一眼，声音仍然没有放低，继续发作起来：

“我去拿马肚带，我要把你他妈的……”

“马肚带也叫红党拿走啦！”妲丽亚依然用天真的目光看着公公，不过声音已经大些了。

这一下子潘捷莱·普罗柯菲耶维奇忍不住了。他气得憋红了脸，一声不响地张着大嘴（这时候他很像一条从水里拖出来的青鱼），对儿媳妇看了一会儿，然后声嘶力竭地嚷道：

“住嘴，该死的东西，我日你八辈祖宗！连话都不叫人说！这算怎么回事儿？你，杜尼娅，给我记住：不准有这种事！这是我当老子的对你说的！格里高力说的对：你要是还想那个坏小子，就把你宰了也不多！偏要找上那家伙！偏要叫那个千刀万剐的家伙迷住心窍！那还算是人吗？能叫这样的坏家伙做我的女婿?！这会儿他要是落在我手里，我要亲手把他宰了！你试试看，我去拿树条子，好好抽你一顿……”

“你就是大白天打着灯笼也别想在院子里找到树条子，”伊莉尼奇娜叹着气说，“你就是在院子里跑遍了，连一根生火的小树枝儿也找不到。这过的是什么日子呀！”

潘捷莱·普罗柯菲耶维奇把这番毫无用心的老实话也当作别有用意的。他眼睛一眨也不眨地看了看老伴儿，就像疯子一样跳起来，跑到院子里去了。

格里高力扔下调羹，用手巾捂住脸，不出声地大笑起来，笑得直打哆嗦。他的火气过去了，他笑得很开心，很久没有这样笑过了。除了杜尼娅，大家都在笑。饭桌上高高兴兴，热闹起来。但是台阶上一响起潘捷莱·普罗柯菲耶维奇的脚步声，大家的脸马上都板了起来。老头子像一阵旋风似的冲了进来，身后拖着一根老长的赤杨树棒子。

“有啦！有啦！足够你们这些该死的长舌头娘儿们受用的啦！你们这些长尾巴妖精！……没有树条子吗？这是什么？你这老妖婆，也要抽你一顿！你们都来给我试试吧！……”

树棒子长得进不了厨房，撞翻了一口铁锅以后，老头子砰的一声把树棒子扔在过道里，他就呼哧呼哧喘着粗气，坐到饭桌前。

他的心情显然坏透了。他哼哧哼哧，一声不响地吃着饭。其余的人也都不作声。妲丽亚看着桌子，不敢抬眼睛，生怕笑出声来。伊莉尼奇娜叹着气，声音极小地说："啊，主呀，主呀，我们的罪过太重啦！"只有杜尼娅一个人没有心思笑，还有娜塔莉亚，老头子不在的时候她不大自然地笑过一阵，后来就又是一副聚精会神和伤感的样子了。

"拿点儿盐来！拿面包来！"潘捷莱·普罗柯菲耶维奇用一闪一闪的眼睛瞟着家里人，偶尔用威严的腔调吼两声。

这场家庭口角结束得十分出人意料。在大家都不作声的时候，米沙特卡又挑了挑爷爷的怒火。米沙特卡经常听到奶奶在吵架的时候用各种各样难听的话骂爷爷，这一回他看见爷爷要打大家，而且对着一家人嚷嚷，小小的心里就十分生气，于是他哆嗦着鼻孔，忽然十分响亮地说：

"你嚷嚷什么，瘸鬼！该拿棍子敲你脑袋，叫你别再吓唬我们和奶奶！……”

“你这是说我……说爷爷……是吗？”

“就是说你！”米沙特卡毫不含糊地承认说。

“可以对自己的爷爷……说这样的话吗？！……”

“那你干吗要嚷嚷？”

“这小东西成什么样子了？”潘捷莱·普罗柯菲耶维奇捋着大胡子，惊愕地扫了大家一眼，“这些话都是从你这老妖婆嘴里听来的！全是你教的！”

“谁又教他来？这个野东西完全像你和他爹！”伊莉尼奇娜气呼呼地辩白说。

娜塔莉亚站起来，打了米沙特卡一耳光，教训说：

“不许这样和爷爷说话！不许这样！”

米沙特卡把脸扎到格里高力两个膝盖中间，大哭起来。可是潘捷莱·普罗柯菲耶维奇非常心疼孙子，他从桌边跳起来，流下眼泪，也不去擦顺着胡子往下直淌的泪水，高高兴兴地大叫起来：

“格里什卡！我的好儿子！你妈有眼力！老奶奶说的话很对！是咱们家孩子！是麦列霍夫家生的！……是不是咱们家的，这一下子就看出来啦！……这小厮谁也不含糊！……好孙子！我的好孩子！……来，来打我这个老浑蛋，想怎么打就怎么打！……揪老浑蛋的胡子！……”于是老头子从格里高力手里接过米沙特卡，把他高高地举到头上。

吃完早饭，大家都离了饭桌。妇女们去洗碗碟，潘捷莱·普罗柯菲耶维奇就抽起烟来，对格里高力说：

“有一点事儿不大好对你说，因为你是客人，不过没有法子……你帮我栽栽篱笆，把场院围起来，要不然什么都糟蹋完啦，如今又不好去求外人。大家的家业都糟蹋得够呛。”

格里高力高高兴兴地答应了，于是两个人一块儿修补起篱笆，整个上午都在干活儿。

老头子一面在菜园里栽篱笆桩子，一面问道：

“不知哪一天才动手割草，我不知道要不要买点儿草。这家业方面的事，你看怎么办？值不值得操心？也说不定，过一个月，红军又来，到那时候什么都是他妈的白干一场吧？”

“爹，我不知道，”格里高力坦白地说，“我不知道这局面会怎么样，不知道谁会打败谁。就这样过下去吧，囤里用不着有多余的粮食，栏里用不着有多余的牲口。如今这种年月，什么东西都没有意思。就拿我丈人来说吧，操劳了一辈子，发了财，耗费了自己的血汗，也耗费了别人的血汗，到头来又剩下什么呢？院子里只剩下一片焦土！”

“伙计，我也是这样想。”老头子压下一声叹息，附和说。

他再也没有谈家业方面的事。到了下午，他看到格里高力一个人很细心地在安装场院的小门，就带着懊恼和明显的伤心意味说：

“马马虎虎安上去算啦，干吗要费那么大的劲儿？这门又不能管一辈子！”

看样子，到现在老头子才认识到自己想叫日子照老样子过下去是白费心机……

太阳快要落山的时候，格里高力扔下活儿，朝房里走去。娜塔莉亚一个人在上房里。她打扮得漂漂亮亮的，就像要过节一样。她系着一条蓝呢裙子，穿一件天蓝色绸褂子，胸前绣着一朵花，袖口还镶着花边，穿在身上显得很协调。她的脸泛着一层淡淡的粉红色，并且因为刚刚用胰子洗过脸，所以有点儿发亮。她正在柜子里找东西，但是一看见格里高力，就把盖子放下，笑盈盈地站起来。

格里高力坐在柜子上，说：

“你来坐一会儿，要不然我明天就要走，咱们就不能说话儿啦。”

她顺从地挨着他坐下来，用多少有点儿害怕的眼睛从旁边看了看他。可是出乎她的意料，他抓住她的一只手，很亲热地说：

“你不瘦嘛，就好像没有生过病。”

“复原啦……我们女人都像猫一样，不容易死。”她羞怯地笑着，低着头说。

格里高力看到她那长着一层茸毛的淡红色的耳朵和后脑勺上头发缝儿里的黄黄的皮肤，就问道：

“掉头发啦？”

“差不多都掉光啦，掉得快成秃子啦。”

“我现在来给你剃剃头，好吗？”格里高力忽然自告奋勇说。

“哎哟！”她害怕地叫道，“那我像什么啦？”

“要剃一剃，要不然头发不肯长。”

“妈妈说要用剪子给我剪呢。”娜塔莉亚不好意思地笑着说，一面很麻利地把一块漂得雪白的头巾披在头上。

她跟他在一块儿了，这是他的妻子，是米沙特卡和波柳什卡的母亲。她打扮得漂漂亮亮，把脸洗得干干净净，都是为了他。她急急忙忙披上头巾，不叫病后很难看的头露出来，她把头微微朝一旁歪着，坐在他旁边，显得十分可怜，样子不美，然而闪耀着一种纯洁的内心美，因此还是很美的。她总是穿高领衣服，为的是不叫他看到当年毁坏了她的脖子的伤疤。这一切都是为了他……一股柔情的激浪冲进格里高力的心里。他想对她说几句温柔、亲热的话儿，但是找不到话儿，就一声不响地把她搂到怀里，吻了吻她那白白的、饱满的额头和忧郁的眼睛。

说实话，他对她还从来没有这样爱怜过呢。阿克西妮亚使她的整个生活失去了光彩。丈夫这种真挚的疼爱使她十分感动，她激动得一张脸通红，抓住他的一只手，放到自己的嘴上。

他们一声不响地坐了一会儿。落日的红光射进上房。孩子们在台阶上嚷嚷。可以听见，妲丽亚在从炉膛里往外掏烤得烫手的铁罐子，她很不满意地对婆婆说：“您恐怕不是天天挤奶。那头老牛出奶少啦……”

牲口从牧场上回来了。老牛哞哞地叫着，孩子们甩得马尾编成的鞭子劈劈啪啪直响。村里的一头公用公牛沙哑地、时断时续地吼着。它那光滑的胸前垂肉和平平的脊梁被牛虻咬得血糊糊的。公牛恶狠狠地摇晃着脑袋；它走着走着，用两只短短的、叉得宽宽的角把阿司塔霍夫家的篱笆抵了一下，把篱笆抵倒，又朝前走去。娜塔莉亚从窗户里望了望，说：

“这公牛也跑到顿河那边去了呢。妈妈说：村子里枪声一响，这牛就从河边泅水过了顿河，后来就一直躲在河湾里。”

格里高力没有作声，他沉思起来。为什么她的眼神这样忧郁呢？而且这一双眼睛里还有一种神秘的、不可捉摸的东西，忽而出现，忽而消失。她在高兴的时候也这样忧郁，有点儿不可理解……也许，他和阿克西妮亚在维奥申的事，她听说了吧？终于他问道：

“你今天脸色怎么这样阴沉？你心里觉得怎样，娜塔莎？你说说，好吗？”

他以为她一定会流眼泪，会责备他……但是娜塔莉亚惊骇地回答说：

“没有，没有，你觉得是这样，可是我没什么……当然，我身体还没有完全复原。头有点儿晕，低头或者抬头，眼里就发黑。”

格里高力用探询的目光看了看她，又问道：

“我不在家，你没有出什么事儿吧？……没有人怎么样你吧？”

“没有，瞧你说的！我一直在生病嘛。”她理直气壮地看了看格里高力，甚至微微笑了笑。她沉默了一会儿，问道：“明天一早你就动身吗？”

“天一亮就走。”

“再住一天不行吗？”娜塔莉亚的口气中带着没有把握的、微弱的希望。

但是格里高力摇了摇头，表示不行，于是娜塔莉亚叹着气说：

“你现在要……戴肩章了吧？”

“要戴啦。”

“好，那你把衣服脱下来，趁现在还看得见，我给你缝上。”

格里高力嗯了一声，把军便服脱下来。军便服上的汗还没有干。衣服的背上和肩上，被武装带磨得光溜溜的地方，有不少黑黑的湿印子。娜塔莉亚从柜子里找出晒褪了色的绿肩章，问道：

“是这个吧？”

“就是的。你还收着吗？”

“我们把柜子埋起来啦。”娜塔莉亚一面往针眼儿里穿线，一面嘟哝着说；她又偷偷地把落满尘土的军便服贴在脸上，使劲儿闻了闻那种异常亲切的咸咸的汗味儿。

“你这是干什么？”格里高力惊异地问道。

“这上面有你身上的味儿……”娜塔莉亚忽闪着眼睛说了一句，就低下头去，想掩饰脸上忽然出现的红晕，接着就很快地缝起来。

格里高力穿上军便服，皱起眉头，耸了耸肩膀。

“你戴上肩章更好看！”娜塔莉亚带着掩饰不住的欢喜神情望着丈夫说。

但是他侧眼朝自己的左肩看了看，叹了一口

气，说：

“顶好一辈子别看见肩章。你什么也不懂！”

他们又在上房里的柜子上坐了很久，手拉着手，一声不响地各自想着心事。

后来，天黑下来，房屋的浓浓的雪青色阴影投在冷下来的土地上，他们便到厨房里去吃晚饭。

一夜过去。旱闪一直在天空飞掣到黎明时候，夜莺在樱桃园里一直唱到东方发白。格里高力醒来，闭着眼睛躺了很久，倾听着夜莺那清脆悦耳的歌声，后来，为了尽量不惊醒娜塔莉亚，轻轻地起来，穿上衣服，来到院子里。

潘捷莱·普罗柯菲耶维奇喂过了战马，又很殷勤地说：

“趁现在还没有动身，我牵去洗洗好吗？”

“不用啦。”格里高力因为清晨的潮气冰人，缩了缩脖子，说。

“睡得还好吗？”老头子问道。

“睡得好极啦！就是夜莺把我吵醒啦。吵了一夜，真倒霉！”

潘捷莱·普罗柯菲耶维奇把马料袋从马脖子上

摘下来，笑着说：

“伙计，夜莺就是干这种事儿的嘛。有时候你还要羡慕这些自由自在的鸟儿呢……鸟儿不怕打仗，也不怕倾家荡产……”

普罗霍尔骑着马来到大门口。他的脸刮得光光的，仍然和往常一样，高高兴兴，有说有笑。他把马拴在桩子上，朝格里高力走来。他的帆布褂子熨得平平整整的。肩上戴着崭新的肩章。

“你也戴上肩章啦，格里高力·潘捷莱维奇？”他边走边嚷道，“这该死的玩意儿，放了好久啦！这会儿咱们怎么都戴不坏啦！直到死都够戴的啦！我对我老婆说：‘浑蛋娘儿们，你别缝死了！稍微连上一点儿，只要别叫风吹掉就行！’要不然咱们的事儿可难说！万一落到红军手里，他们凭肩章马上就能认出来，虽然我不是军官级别，可也总是一个上士。他们会说：‘你这坏家伙，你当差有两下子，伸脖子挨刀一定也有两下子！’看见吗，我的肩章是怎样缝上的？多有意思！”

普罗霍尔的肩章确实缝的是活针，勉勉强强连在肩上。

潘捷莱·普罗柯菲耶维奇哈哈大笑起来。在他那灰白色的胡子底下，龇出亮闪闪的、一个也没有掉的满嘴白牙。

“瞧你这个当兵的！恐怕一有什么，你就把肩章扯掉吧？”

“你以为怎样呢？”普罗霍尔嘿嘿地笑了笑。

格里高力笑着对父亲说：

“爹，你看见吗，我找的传令兵多好啊？要是和他一块儿遇上危险，那就完啦！”

“不过，格里高力·潘捷莱维奇，就像俗话说的……你死了，我也活不成啊。”普罗霍尔辩白说，他轻轻地把肩章扯下来，掖到口袋里，“等咱们到了前线上，再缝上也不晚。”

格里高力匆匆吃过早饭，就和家里人告别。

“圣母娘娘保佑你吧！”伊莉尼奇娜亲着儿子，十分激动地嘟哝着，“只剩下你这一个儿子啦……”

“好啦，送得越远，流的眼泪越多。再见吧！”格里高力用哆哆嗦嗦的声音说过这话，便走到马跟前。

娜塔莉亚把婆婆的一条黑头巾披在头上，走出大门。两个孩子拉住她的裙子下摆。波柳什卡不住声地大哭着，哭得上气不接下气，央求妈妈说：

“别叫他走呀！别叫他走呀，妈妈！打仗会打死他呀！爹，你别去吧！”

米沙特卡的嘴唇哆嗦着，但是他决不哭。他很勇敢地控制着自己，气哼哼地对妹妹说：

“别胡说，浑蛋东西！打仗又不是把所有的人都打死！”

他牢牢记着爷爷的话：哥萨克从来不哭，哥萨克哭——是最大的耻辱。但是等父亲已经骑在马上，把他抱到鞍上，亲他的时候，他十分惊讶地看到，父亲的眼睫毛湿了。这时候米沙特卡也经受不住考验了：他的眼泪像雹子一样哗哗落下来！他把脸藏到父亲束了皮带的胸前，叫道：

“叫爷爷去打仗好啦！我们要他干什么？……我不叫你去！”

格里高力小心翼翼地把儿子放在地上，用手背擦了擦眼睛，就一声不响地催动了战马。

有多少次，战马用铁蹄踹着自家台阶前的土地，急转过身去，驮着他顺着大道，或者走没有路的草原，奔向战场，奔向那可怕的死神等候着哥萨克，如哥萨克的歌中所说的，“每日、每时都有恐怖和苦难”的地方，可是不管哪一次，格里高力都没有像在这个可爱的早晨一样，怀着如此沉重的心情离开自己的村庄。

他怀着一种模模糊糊的不好的预感、重重的担心和苦恼心情，把缰绳扔在鞍头上，头也不回地一直走到冈头上。在一个十字路口，一条土路拐向风车的地方，他回头看了看。娜塔莉亚一个人站在大门口，清新的晨风好像要把那条黑黑的、像孝巾一样的头巾从她手里夺走。

* * *

清风吹送着白云，在高高的蓝天上飘呀，飘呀。波浪状的天边上，晃动着一股一股的蜃气。两匹马一步一步地走着。普罗霍尔在马上摇摇晃晃地打着盹儿。格里高力咬紧牙齿，频频地回头看。起初他看到绿色的柳树顶，看到银光闪闪、像一条很别致的弯弯曲曲的带子似的顿河，看到缓缓扇动的风车翅膀。后来大道向南伸去。河边滩地、顿河、风车……都隐藏到践踏得乱糟糟的庄稼后面去了。格里高力嘴里吹着一支歌曲，眼睛牢牢盯住冒出一层小小汗珠儿的金红色马脖子，已经不再在马上转身回头看了……“打就打吧，去他妈的！以前在旗尔河上打过，在顿河上也打过，今后还要在霍派尔河上打，在大熊河上打，在布祖卢克河上打。不管在哪儿叫敌人的子弹打倒在地上，归根到底还不都是一样？”他心里想。

九

战斗在大熊河河口镇附近进行。格里高力从夏天的小路上了将军大道，就听见低沉的炮声。

在大道上到处可以看到红军部队仓促撤退的迹象。扔掉的大小车辆非常多。在马特维耶夫村外的洼地里还扔下一辆炮车，炮轴已经被炮弹打坏，摇架也歪了。炮车上的马套被斜斜地砍断。在离洼地半俄里的一片碱地上，在矮矮的、晒得发烫的草丛里，密密麻麻地躺着许多战士的尸体，都穿着草绿色制服，打着裹腿、穿着笨重的、钉了铁掌的皮鞋。

这都是被哥萨克的马队追上来砍死的红军。

格里高力从旁边走过，看到那皱起来的衣服上连成片的干血，看到尸体那横七竖八的样子，很容易就断定了这一点。这些尸体就像割倒的草一样。看样子，只是因为没有停止追击，哥萨克们才没有剥掉他们的衣服。

在一丛山楂树棵子旁边，仰面朝天躺着一个被打死的哥萨克。他那叉得宽宽的裤腿上镶着红红的裤绦。不远处躺着一匹被打死的浅棕色的马，身上还带着一副旧马鞍，鞍架子是上了赭黄色漆的。

格里高力和普罗霍尔的马都走累了。应该喂喂马了，但是格里高力不愿意在不久前发生过战斗的地方停留。他又走了有一俄里，走进一条小峡谷，勒住马。不远处有一个水塘，堤堰已经完全冲坏了。普罗霍尔走到边上的泥土已经干裂的水塘边，但是马上又转了回来。

“你又怎么啦?”格里高力问道。

“你去瞧瞧吧。”

格里高力夹了夹马，走到塘边。冲出的一条沟里躺着一个被打死的女子。她的脸用蓝裙子的下摆蒙着。两条丰满的白腿毫不害羞地叉得宽宽的，腿肚子晒得黑黑的，膝盖上还有窝儿。左胳膊被拧到了脊背底下。

格里高力急忙下了马，摘下帽子，弯下身去，把那女子的裙子拉拉好。那张黑黑的年轻的脸死后还是很美。在疼得弯起来的两道黑眉毛下面，半闭起的两只眼睛还闪着微弱的光。样子很温柔的嘴微微张着，咬得紧紧的两排细牙亮得像珍珠一样。细细的一绺头发遮住紧紧贴在青草上的一边腮帮子。死神已经在腮帮子上投下暗淡的橙黄色阴影，忙忙碌碌的蚂蚁正在上面爬。

“狗崽子们害死一个多么漂亮的娘儿们！”普罗霍尔小声说。

他沉默了一会儿，后来狠狠地啐了一口。

“我要把这些……得便宜的家伙都枪毙！天啊，咱们快离开这儿吧！我不能再看她。我心里受不了！”

“咱们是不是把她埋了？”格里高力问。

“咱们怎么，要包埋所有的死人吗？”普罗霍尔生气了，“在亚戈德庄上埋了一个老头子，到这儿又要埋这个娘儿们……咱们要是见了死人就埋，手上的茧子还不知要磨多厚呢！再说，拿什么来挖坟呢？老兄，马刀可是挖不出坟的，这土地晒硬有一俄尺厚。”

普罗霍尔急急忙忙上马就走，靴尖好不容易插进马镫。

他们又走上高地，这时候，一个劲儿想着心事的普罗霍尔问道：

“怎么样，潘捷莱维奇，流血还没有流够吗？”

“差不多啦。”

“你的意思是说，这仗快打完了吗？”

“等他们把咱们打败了，就算是打完啦……”

“这么一来，快活日子就到啦，就他妈的高兴高兴吧！就叫他们快点儿把咱们打败吧。以前在俄德战争时候，有人不愿当兵，砍断自己一根手指头，就把他放回家啦，可是如今，就是把一只手砍掉，还是要当兵。一只手的都要，瘸子也要，独眼龙也要，害小肠的也要，什么样的家伙都要，只要两条腿能走动就行。难道这场仗能随随便便结束吗？这些人他妈的统统都会被打死！”普罗霍尔灰心绝望地说；他走下大路，下了马，小声嘟哝着，动手解马肚带。

＊＊＊

夜里，格里高力来到离大熊河口镇不远的河湾村。第三团布置在村边上的岗哨拦住了他，但是哥萨克们从声音上辨别出是自己的师长后，就回答格里高力的问话说，师部就驻扎在这个村子里，参谋长考佩洛夫中尉正在焦急地等着他呢。喜欢说话的哨长还派一个哥萨克送格里高力上司令部去；最后又说：

“他们筑的工事太结实啦，格里高力·潘捷莱维奇，恐怕咱们不能很快把大熊河口拿下来。以后，当然，谁又知道呢……咱们的兵力也很充足嘛。听说，好像英国军队从莫罗佐夫斯克开来啦。您没有听说吗？”

“没有。”格里高力夹了夹马，回答说。

师部占用的房子的所有护窗都关得紧紧的。格里高力以为房子里没有人，但是一进走廊，就听见低沉而热烈的说话声。他从黑漆漆的夜幕下走进上房里，天花板上的一盏大灯照得他的眼睛发花，浓烈呛人的黄烟烟气往鼻子眼儿里直钻。

“你到底来啦！”考佩洛夫从缭绕在桌子上方的灰色烟云中钻出来，高兴地说，“老兄，我们等你等得急死啦！”

格里高力和在场的人打过招呼，脱掉大衣，摘下帽子，朝桌边走去。

“瞧你们抽的这烟气！叫人连气都不能喘啦。你们把窗子关得死死的，哪怕开开一扇也好呀！”他皱着眉头说。

坐在考佩洛夫旁边的哈尔兰皮·叶尔马柯夫笑着说：

“我们闻惯了，就不觉得啦。”他用胳膊肘捣破窗玻璃，使劲把护窗推开。

一股新鲜的夜间空气冲进屋子。灯火亮了一下，就灭了。

“太不爱惜东西啦！干吗你要把玻璃捣破？”考佩洛夫不满意地说，一面在桌上摸索着，“谁有火柴？小心点儿，地图旁边有墨水。”

点上灯，又关上一扇护窗，于是考佩洛夫急急忙忙开口说：

“麦列霍夫同志，今天前线上的情况是这样：红军在坚守大熊河口镇，从三面掩护这个镇，兵力大约有四千人。他们的大炮和机枪都很多。他们在教堂附近和别的许多地方都挖了战壕。顿河旁边的一些高地全叫他们占住了。就是说，他们的阵地虽然不能说是铁打的，但无论如何也是很难攻破的。咱们这方面，除了菲次哈拉乌洛夫将军的一个师和两支军官突击队以外，全部开到的就是包加推廖夫的第六旅和咱们第一师了。不过咱们师还未到齐，步兵团还没有到，这个团还在霍派尔河口镇附近，骑兵倒是全到啦，不过各连的人数都差得太多。”

“比如说，我这一团的第三连只有三十八个哥萨克。”第四团团长杜达列夫准尉说。

“以前呢？”叶尔马柯夫问道。

“以前有九十一人。”

“你怎么能容许解散一个连呢？你算是个什么团长？”格里高力皱着眉头，用手指头敲着桌子，问道。

“谁他妈的能拦住他们？他们都回村子看自己的

家去啦。不过现在正陆续归队，今天就回来三个。”

考佩洛夫把地图推到格里高力面前，用小指头指着各部所在的位置，继续说：

“咱们还没有发起进攻。只有咱们的第二团昨天在这个地段徒步进攻了一下，但是失败啦。”

“损失大吗？”

“根据团长的报告，他手下昨天共伤亡二十六人。要说双方的兵力，那我们是占优势的，但是我们的机枪少，炮弹不够，无法掩护步兵进攻。他们的军需处长答应过，只要一运到，就拨给咱们四百发炮弹、十五万发子弹。可是什么时候才能运到呀！但是明天就要进攻，这是菲次哈拉乌洛夫将军的命令。他要我们拨一个团去支援突击队。他们昨天冲锋了四次，受的损失很大。打得非常激烈！所以，菲次哈拉乌洛夫提出要加强右翼，把进攻的重点转移到这儿来，看见吗？这儿地势好，可以在一百到一百五十丈距离内接近敌人的战壕。哦，他的副官刚刚才走。他是来传达口头通知，叫咱们明天早上六点钟去开会，商谈共同行动的问题。菲次哈拉乌洛夫将军和他的师部现在就驻扎在大谢宁村。总的目的是，要在敌人的援军从谢布里亚科沃车站开到以前，迅速把敌人打垮。在顿河那边，咱们的军队推进得不怎么快……第四师渡过了霍派尔河，但是红军派出强大的阻截部队，死死地拦住去铁路线的道路。现在红军在顿河上搭了一座浮桥，正在匆匆忙忙从大熊河口镇往外运弹药和武器。”

“哥萨克们都在说，好像协约国的军队开来啦，是真的吗？”

“是有消息说，英国的几支炮兵连和好几辆坦克从车尔尼雪夫镇开来啦。不过有一个问题：他们怎么能让这些坦克渡过顿河呢？依我看，关于坦克的话是谣言！坦克的事已经说了很久了嘛……”

上房里静了老半天。

考佩洛夫解开深棕色的军官制服，用两手托住长满栗色胡茬子的鼓鼓的两腮，若有所思地衔着已经熄灭的纸烟吧咂了半天。他那两只离得很远的、圆圆的黑眼睛疲倦得眯缝起来，因为连夜不能睡觉，他那张很漂亮的脸显得十分憔悴。

考佩洛夫以前是教区小学的教员，星期天就到买卖人家里去串串门儿，和女主人调调情，和买卖人打打小牌，弹吉他弹得很好，是一个又风流又随和的年轻小伙子；后来和一个年轻女教员结了婚，本来可以这样在镇上生活下去，一直干到退休，但是战争一来，征集他去服兵役了。他在士官学校毕业以后，被派到西部战线一个哥萨克团里去了。战争没有改变考佩洛夫的性格和外表。他那矮矮的、胖乎乎的身材，那张和善的脸，那挎刀的姿势，他对待下级的态度，都流露着和蔼可亲和很容易接近的意味。他的声音中没有生硬的命令口气；说起话来不像很多军人那样干巴巴的；军服穿在他身上，显得又肥又大；他在战场上过了三年，一直都没有学会那种挺胸傲立的姿势；他身上的一切，都显示着他是一个偶然来到战场上的人。他不大像一个真正的军官，倒像一个穿了军官服的肥胖的普通人，但是，尽管是这样，哥萨克们却都很尊重他，在师部的会议上大家都很注意听他的话，暴动军的指挥官们都很看重他的清醒的头脑、谦逊的性格和那种平时不外露，但在战斗中不止一次表现出来的勇气。

在考佩洛夫以前，格里高力的参谋长是一个不识字也没有本事的少尉克鲁希林。他在旗尔河上的一次战斗中阵亡了，于是考佩洛夫担任了参谋长，把事情办得稳稳当当，清清楚楚，井井有条。他坐在师部里制订作战计划，就像当年批改学生作业那样，又认真又细致，但是在必要的时候，只要格里高力说一声，他就扔下师部的工作，骑上马去，指挥起一个团，带领这个团去作战。

格里高力起初对新参谋长有些偏见，但是过了两个月，对他有了进一步的了解。有一次打过仗以后，格里高力很直率地说："考佩洛夫，我以前把你想得很坏，现在我看出来，是我错啦，请你多多原谅。"考佩洛夫笑了笑，一句话也没有说，但是他听了这粗率的表白，显然非常高兴。

考佩洛夫不想升官发财，也没有什么固定的政治见解，他把战争看作无法逃脱的灾难，也不指望战争结束。就是现在，他也根本不考虑如何去攻占大熊河口镇，而是想起家里人，想起家乡，心想，能够请上个把月的假回家去看看，倒也不坏……

格里高力看了考佩洛夫半天，后来站了起来。

"好啦，各位长官弟兄们，咱们各自去睡觉吧。怎样拿下大熊河口的问题，用不着咱们伤脑筋。现在有将军们替咱们考虑和决定问题啦。明天咱们上菲次哈拉乌洛夫那儿去，叫他来教导教导咱们这些可怜虫呢……至于第二团，我是这样想的：既然咱们现在还有权，马上就把杜达列夫团长降级，取消他的一切军衔和勋章……”①

“还要取消他的一份伙食。”叶尔马柯夫插嘴说。

“不行，别开玩笑，”格里高力继续说，“马上就把他降为连长，派哈尔兰皮去担任团长。叶尔马柯夫，你马上就去，把这个团接下来，明天早晨等候我们的命令。撤换杜达列夫的命令马上由考佩洛夫写好，你随身带去。我看，杜达列夫不干了。他妈的他什么都不懂，别叫他再带着哥萨克去挨打啦。步兵作战就是这么回事儿……如果团长是个饭桶，就很容易损失人。”

“很对。我赞成撤换杜达列夫。”考佩洛夫表示支持。

“你怎么，叶尔马柯夫，你反对吗？”格里高力看出叶尔马柯夫脸上有一点儿不高兴的神气，就

①上文中说杜达列夫是第四团团长，此处又说是第二团团长，显然有误。原文各种版本都是这样。

问道。

“没有呀，我没有什么。我连眉毛都不能动动吗？”

“那就好。叶尔马柯夫不反对。他的骑兵团暂时交给里亚布契柯夫。米海依洛·格里高黎奇，你写好命令，就睡吧。六点钟就要起床。咱们上那位将军那儿去。我要带四名传令兵。”

考佩洛夫惊愕得扬起眉毛，说：

“干吗要带这么多传令兵？”

“壮壮声势呗！咱们也不是草包，也带领着一师人嘛。”格里高力笑着耸了耸肩膀，披上大衣，就朝门口走去。

他在棚子底下铺上马衣，没有脱靴袜，也没有脱大衣，就躺了下来。院子里有几个传令兵嚷嚷了很久，不远处有几匹马打着响鼻，有规律地咀嚼着。可以闻到干马粪的气味和白天晒热了、现在还没有冷下去的土地气味。格里高力蒙眬中听见传令兵们的说话声和笑声，听见其中有一个，从声音上判断，是个年轻小伙子，一面上马鞍，一面叹着气说：

“唉，伙计们，真够呛啊！深更半夜里，还要送公文，觉又睡不成，又不得安宁……你给我站好，鬼东西！抬腿！把腿抬起来，鬼东西！……”

另外有一个传令兵用低沉的伤风嗓门儿小声唱了几句：

“当兵这事儿，叫我们厌透啦，烦透啦。把我们的骏马折腾够啦……”又改用普通的急促的央求腔调说，“普罗霍夫，给点儿烟末子吧！你真是小气鬼！我在别拉文还送你一双红军的皮鞋呢，你忘啦？你这家伙！要是别人得到这样的皮鞋，一辈子都忘不了，可是你连一把烟末子都舍不得！”

马嚼子在马牙齿当中叮叮当当直响。那匹马尽力吸了一口气，便朝前走去，马掌踩在像石头一样干硬的土地上，发出清脆的嘚嘚声。“大家都在说呢……当兵的事儿，叫我们厌透啦，烦透啦。”格里高力微微笑着，重复了一遍，马上就睡着了。他一睡着，就做起梦来，这样的梦他以前也做过的：红军的散兵线在褐色的田野上，踩着高高的庄稼茬子前进。最前面一道散兵线长得看不到头。后面还有六七道散兵线。在一片使人焦急的寂静中，进攻的人越走越近了。一个个黑色的人影越来越高，越来越大，已经可以看见，许多头戴双耳皮帽的人一声不响地张着嘴，跌跌撞撞地快步往前进，前进，渐渐进入射程以内，就端着枪跑起来。格里高力躺在一个不深的掩体里，慌慌张张地扳着枪栓，不停地放枪；一个个的红军被他打得仰面朝天倒下去；他又压上一梭子，这时候朝两边看了一下子，就看见：哥萨克们纷纷从旁边的许多掩体里跳出来。他们转身就跑，一个个吓得面无人色。格里高力听见自己的心跳得厉害，他吆喝道："开枪啊！浑蛋！往哪儿跑?！站住，别跑！……"他使足了劲儿吆喝，但是他的声音出奇地微弱，勉强能听见。他真吓坏了！他也跳起来，站着对一个一声不响地对直朝他冲来的不算年轻的黑脸膛红军放了最后一枪，他看到，这一枪打空了。那个红军的脸上一副激动而严肃的神情，毫无畏惧之色。他跑得十分轻快，几乎是脚不沾地，两道眉毛拧在一起，帽子戴在后脑勺上，掖着军大衣的下摆。格里高力对着跑来的敌人打量了一下子，看到他那炯炯的眼睛和生满拳曲胡茬子的苍白的脸，看到他那肥大的短筒靴子，看到微微朝下的黑黑的枪口和随着奔跑晃来晃去的枪上的黑黑的刺刀尖儿。格里高力害怕得不得了。他扳了扳枪栓，但是枪栓不灵了，卡住了。格里高力把枪栓拼命在膝盖上磕，一点用也没有！那个红军离他只有五步远了。格里高力转身就跑。在他前面，整个光秃秃的褐色田野上，到处是乱跑的哥萨克。格里高力听见在后面追赶的红军的呼哧呼哧的喘气声，听见红军的咚咚的脚步声，他想跑快些，却跑不快。要想叫两条发软的腿跑快些，要拼命使劲才行。终于，他跑到一处破败的、凄凉的坟地边，跳过倒塌的围墙，在塌陷的坟堆、歪斜的十字架和神龛中间跑着了。再加一把劲儿，就脱离危险了。但是这时候后面的脚步声越来越大，越来越响了。后面的红军喘的气吹得格里高力的脖子热乎乎的，就在这时候，他觉得红军揪住了他的军大衣的扣带和衣襟。格里高力低沉地喊了一声，就醒了过来。他仰面躺着。他的两只穿着瘦靴子的脚麻木了，额头上出了冷汗，浑身疼痛，就像挨了打一样。“呸，他妈的！……”他沙哑地说；很高兴地听着自己的声音，还不相信刚才他经历的一切是一个梦。后来他翻了一下身，侧着身子躺着，用军大衣连头蒙住，在心里说："应该把他放到跟前来，给他一家伙，用枪托子把他打倒，然后再跑……"他把再度出现的梦境思索了一会儿，感到一阵高兴，因为这一切只不过是一个噩梦，而在现实中目前他还没有受到什么威胁。"真怪，为什么梦里的情景要比现实可怕十倍？虽然过去多次遇到危险，但是还从来没有感到这样可怕呢！"他心里想着，舒舒服服地伸了伸麻木的腿，渐渐睡着了。

十

天麻麻亮，考佩洛夫把他叫醒了。

"起来吧，该收拾收拾动身啦！命令我们在六点钟以前赶到嘛。"

参谋长刚刚刮过脸，刷过靴子，穿起一件皱皱巴巴、但是干干净净的制服。看样子，他太着急了：胖乎乎的脸上有两处被剃刀刮破了。但是他整个的外貌却显示出他平素不曾有过的讲究和挺拔。

格里高力用不以为然的眼光从头到脚把他打量了一遍，心里想："瞧，打扮得多漂亮！不愿意穿得马马虎虎地去见将军呢！……”

考佩洛夫好像是看到了他的心思，就说：

“邋邋遢遢的去，不大好。我劝你也收拾收拾。”

“这样去就够客气啦！”格里高力一面伸懒腰，一面嘟哝说，“你说，命令咱们六点钟以前到吗？已经开始对咱们下命令了吗？”

“到什么时候，就要唱什么歌。论级别，咱们应该服从。菲次哈拉乌洛夫是一位将军，总不能叫他来见咱们。”

“这话倒也是的。走到哪一步，算哪一步吧。”格里高力说过这话，就到井边去洗脸。

女房东急忙跑到屋子里，拿出来一块干干净净的绣花手巾，恭恭敬敬地递给格里高力。格里高力用手巾的一头使劲擦了擦被凉水激成了砖红色的脸，对走到跟前的考佩洛夫说：

“你的话倒也是的，不过将军们应该想到一点：革命以来，老百姓完全变啦，可以说，脱胎换骨啦！可是他们还在用老尺子来衡量一切。这把尺子眼看就要断啦……他们转弯真难呀。应该给他们的脑子上点儿大车油，免得吱吱嘎嘎响！”

“你这是说的什么?”考佩洛夫一面吹着落在袖子上的灰尘，一面漫不经心地问道。

“说的是，他们搞的还是老一套。就拿我来说，我从俄德战争时候就是军官级别。这是用血换来的！可是我一到军官的圈子里，就好像只穿一条裤头便从屋子里跑到冰天雪地里。就好像他们有一股冷气扑到我身上，我整个脊梁都觉得冷飕飕的！”格里高力怒冲冲地忽闪着眼睛，不知不觉提高了嗓门儿。

考佩洛夫不满意地朝四面看了看，小声说：

“你小声点儿，别叫传令兵们听见。”

“要问，这是为什么吗?”格里高力压低嗓门儿，继续说，“这是因为，他们认为我是一只白老鸹。他们长的是两只手，我长的是生满老茧的蹄子！他们文质彬彬，我粗里粗气。他们身上一阵阵香胰子气味和各种各样的女人香脂气味，我身上是马尿气味和汗臭气。他们都有学问，我才念完教区小学。我从头到脚和他们不是一路人。原因全在这儿！我从他们那儿出来，总觉得我脸上好像落上了蜘蛛网：又痒痒，又十分不舒服，总想把全身洗一洗才好。”格里高力把手巾扔在井架上，用半截骨头梳子梳了梳头发。在他的黑黑的脸上，没有晒到的额头显得格外白。“他们不愿意明白，老的一套都他奶奶的完蛋啦！”格里高力已经是小声说了，“他们以为，咱们是用另一种面团做成的，是没有学问的人，是没头没脑的人，和牲口差不多。他们以为，我和我这样的人，在军事方面不如他们懂得多。可是红军的指挥官都是一些什么人呢？布琼尼是军官吗？只是旧军队的一个司务长，他不是把总司令部的将军们打得屁滚尿流吗？许多军官团不是因为他寸步难行吗？古谢尔希柯夫是一个最会打仗、大名鼎鼎的哥萨克将军，去年冬天他不是只穿一条裤头从霍派尔河口逃走的吗？你可知道，是谁打得他狼狈逃窜的？是红军的一位团长，是莫斯科的一个钳工。后来俘虏们一再谈到他。这是应该明白的！咱们这些没有学问的军官领导哥萨克们起事，领导得不也很好吗？将军们对我们有多大的帮助？”

“帮助不少呀。”考佩洛夫别有所指地说。

“是的，也许你们帮助库金诺夫啦，可是我们没得到什么帮助，我打红军，没有依靠别人出主意。”

“你怎么，认为在军事方面没有学问吗？”

“不是的，我认为这里面有学问。但是，老弟，打起仗来，顶要紧的就不是学问了。”

“那又是什么呢，潘捷莱维奇？”

“是为什么打仗的问题……”

“哦，这就是另外的话了……”考佩洛夫警觉地笑着说，“那是当然嘛……思想在这方面自然是最重要的。只有那些明白为什么打仗，而且相信自己干得对的人，才能打胜仗。这是一条老道理，开天辟地以来就有了，你别以为是你的新发现。我拥护旧时代，拥护幸福的旧时代。不然的话，要叫我去打什么仗，我连手指头都不会动一动。凡是跟我们在一起的人，都是想用武力维护自己旧日的特权和镇压造反的老百姓的刽子手。这些刽子手也包括你我在内。我早就在注意你啦，格里高力·潘捷莱维奇，可是我就是不了解你……”

“以后你会了解的。咱们走吧。”格里高力说过这话，就朝棚子走去。

女房东注视着格里高力的每一个动作，为了讨他的好，赶紧说：

“您是不是喝点儿牛奶？”

“谢谢，大娘，没有工夫喝牛奶啦。回头再说吧。”

* * *

普罗霍尔·泽柯夫正在棚子旁边慢条斯理地喝着碗里的酸牛奶。他看着格里高力解马，眼睛连眨都不眨。他用袖子擦了擦嘴，这才问道：

“你要出门吗？要我跟你去吗？”

格里高力火了，冷冷地、怒冲冲地说：

“你这狗东西，真可恶，不懂得当兵的规矩吗？为什么不把马解下来？应该是谁给我牵马？简直是他妈的饭桶！光知道吃，怎么都吃不饱！哼，把勺子扔下吧！不懂得纪律！……该死的东西！”

“你发什么火？”普罗霍尔骑上马，很委屈地嘟哝说，“一个劲儿瞎叫。官儿也不大嘛！怎么，在出发以前我就不能吃点儿东西吗？哼，嚷嚷什么？”

“你倒训起我来啦，狗东西！你这是怎么和我说话？咱们这是上将军那儿去，你要给我小心点儿！……可不能像平时一样称兄道弟！……我是你的什么人？向后退五步，跟着走！”格里高力一面出大门，一面命令说。

普罗霍尔和另外三名传令兵都往后退了退，和考佩洛夫并肩走的格里高力又接起原来的话头，用嘲笑的口气问道：

“噢，你有什么不了解的？是不是要我解释解释呢？”

考佩洛夫没有觉察格里高力的口气和问题的提法都带有嘲笑意味，就回答说：

“我不了解你在这方面的立场，不了解的就是这个！从一方面看，你是维护旧时代的战士，可是从另一方面看，请原谅我直率，你有点儿像个布尔什维克。”

“为什么是布尔什维克呢？”格里高力皱起眉头，在马上猛地一动。

“我不是说，你是布尔什维克，是说你有点儿像布尔什维克。”

“那都是一样。我是问：为什么？”

“就从你说到军官们和他们对你的态度的一番话来看的。你想要这些人怎样呢？你到底又想怎样呢？”考佩洛夫和悦地笑着，玩弄着鞭子，问道。他回头看了看正在激烈争论着什么事的传令兵们，放大声音说起来："你恼的是，他们不把你当作自己人，不以平等相待，而是以高人一等的态度对待你。但是他们从他们的观点来看，也是有道理的，这一点你应当明白。不错，你是个军官，然而是一个极其偶然闯入军官界的军官。尽管你戴着军官肩章，然而，请恕我直言，你还是一个粗野的哥萨克。你不懂礼节，说话又不讲究又粗鲁，你没有一个文明人必须具备的那些特点。比如说：所有的文明人都用手绢擤鼻涕，可是你用两个手指头擤鼻涕；吃饭的时候，两只手不是在靴筒上擦擦，就是往头发上抹抹；洗过脸以后，就用马衣随随便便地一擦；手指甲不是用牙齿咬咬，就是用马刀削削。还有更好看的：你该记得，去年冬天在卡耳根，有一回我也在场，你和一个有教养的女人说话，就是哥萨克们逮捕了她的丈夫的那一个，你当着她的面就扣起裤裆来……"

"要是我让裤裆敞着，大概就好看了吧？"格里高力阴沉地笑着，问道。

他们的马并辔走着，格里高力侧眼看着考佩洛夫，看着他那和善的脸，不大痛快地听着他的话：

“问题不在这儿嘛！”考佩洛夫急得皱起眉头，叫了一声，“问题是你怎么能只穿一条裤子，光着脚，接待女客人呢？你连上衣都没有披上，这我记得非常清楚！当然，这都是一些小事情，但是这些小事情可以说明你是个……怎么对你说好呢……”

“你就干脆点儿说吧……”

“哦，就说明你是一个一点不懂礼貌的人。你说话又怎样呢？简直够呛！满嘴土话！并且，你也和一切没有文化的人一样，对于一些响亮的外国字眼儿有说不出的爱好，不管是不是地方，到处乱用，完全歪曲了原意，每当司令部开会的时候，如果有人说起一些专门的军事术语，像‘布置’‘强行军’‘作战部署’‘集中’等等，你就带着赞赏的神气，我甚至要说，你带着羡慕的神气看着说话的人。”

“噢，你这就是胡说了！”格里高力叫了起来，他的脸上掠过一阵高兴的表情。他在马的两耳之间抚摩着，搔着马鬃下面光溜溜、热乎乎的皮肤，央求说：“好啊，再说下去，狠狠骂一骂你的师长吧！”

“你听听，这怎么是骂呢？你应该明白，你在这方面是有受传染的危险的。除此以外，你还在恼恨军官们对你的态度不平等。在礼貌和文化方面，你是块一窍不通的木头！”考佩洛夫无意中冲口说出这种侮辱性的话，害怕了。他知道格里高力很容易发脾气，他很怕格里高力发作起来，但是他朝格里高力瞥了一眼，马上就放下心来：格里高力在马上仰着身子，从胡子底下龇出亮闪闪的白牙，在不出声地大笑着呢。自己的话产生这样的效果，考佩洛夫实在感到意外，而且格里高力笑得那样开心，他不由得也笑起来，说：“瞧，要是换一个明情理的人，听到这样的责备会哭的，可是你却嘿儿嘿儿直笑……哼，你不是个怪人吗？”

“你说我是木头吗？滚你们的吧！”格里高力笑过以后，说，“我不想学你们那些待人接物的态度和礼节。这些玩意儿我跟老牛打交道一点儿也用不着。如果上帝保佑，我能活下去的话，我就要天天跟老牛在一块儿，我用不着奉承老牛，用不着说：‘劳驾，白头顶，请您拉犁吧！对不起，花皮！请允许我给您整一整皮套，好吗？牛大人，牛先生，我诚惶诚恐地请您顺着犁沟走！’对待老牛就要干脆利落：唷，哦，这就是对老牛的部输。”

“不是部输，是部署！”考佩洛夫给他纠正说。

“好，就算是部署吧。不过，你的说法有一点我不同意。”

“哪一点？”

“就是你说我是木头。我在你们这儿是木头，可是你等着瞧，有朝一日，我跑到红军那边去，就会比什么都机灵。到那时候，你们这些有礼貌有学识的寄生虫可别落到我手里！到时候我把你们的肠子都敲出来！”格里高力半真半假地说过这话，照马身上抽了两鞭，那马立刻就大跑起来。

顿河沿岸的早晨异常寂静，好像罩上一片轻纱，每一响声，即使是微弱的响声，都会震破寂静，唤起回声。草原上只有百灵鸟和鹌鹑的鸣声，但是在一个一个的村子里，却一时不停地响着不怎么响亮的轰隆声，这种声音通常是大批军队开过时都会有的。炮车轮子和弹药箱在坑坑洼洼的道路上哐啷哐啷乱响，战马在井边嘶叫，步兵连从村子里开过，响起一片整齐、低沉、柔和的唰唰声，往前线运送武器弹药的大大小小的车辆发出一片辚辚声；一辆辆随军灶车散发着喷香的小米饭气味、蒸肉气味、佐料气味，还有新出炉的面包气味。

在大熊河河口镇外，噼里啪啦地响着密集的步枪互射声，懒懒地、然而高亢地响着稀疏的隆隆炮声。战斗刚刚开始。

菲次哈拉乌洛夫将军正在吃早饭，一个不怎么年轻的形容憔悴的副官报告说：

“暴动军第一师师长麦列霍夫和师参谋长考佩洛夫到啦。”

“请到我屋子里去。”菲次哈拉乌洛夫用青筋嶙嶙的大手推开堆满鸡蛋皮的碟子，不慌不忙地喝完一杯热牛奶，把饭巾整整齐齐地叠好，这才站起身来。

他的个头儿很高，因为上了年纪，又笨重又肥胖，在这间门框歪斜、窗户极小的哥萨克小屋里，显得出奇地高大。将军边走边扣着做工很细的制服的硬领，高声咳嗽着，走进旁边的屋子，对站起来的考佩洛夫和格里高力微微点了点头，也没有伸过手来，只是做了个手势，请他们坐到桌子跟前。

格里高力按着马刀，小心翼翼地坐到凳子边儿上，侧眼看了看考佩洛夫。

菲次哈拉乌洛夫沉甸甸地坐到一把咯吱咯吱响了两声的弯背椅子上，弯起两条粗腿，把两只大手放在膝盖上，用浑厚的、低低的粗嗓门儿开口说：

“二位军官先生，我请你们来，是要商量几个问题……暴动军的游击战结束啦！你们的队伍今后不再是一个独立的单位，而且事实上本来就不是一个独立单位，根本就不是。你们的部队要编进顿河军里来。我们要进行有计划的作战，现在必须认清这一点，必须无条件服从最高指挥部的命令。请问，昨天你们的步兵团为什么没有配合突击营进攻？为什么这个团不听我的命令，不发动冲锋？你们的所谓师长是谁？”

“是我。”格里高力低声回答说。

“就请您回答我的问题。”

“我昨天才回到师里。”

“您上哪儿去来？”

“回家看了看。”

“师长在作战期间回起家去了！师里成了乱摊子！毫无纪律！不成体统！”将军的粗嗓门儿在狭小

的屋子里越来越响；副官们已经在门外踮着脚走来走去，小声嘁喳着，相视而笑；考佩洛夫的脸越来越白，格里高力望着将军那涨红了的脸，望着他那攥得紧紧的、肥大的拳头，觉得自己心里压抑不住的怒火也要爆发了。

菲次哈拉乌洛夫异常轻捷地跳起来，抓住椅背，叫喊道：

“你们不是军队，是赤卫军匪徒！……是败类，不是哥萨克！麦列霍夫先生，您不配指挥一个师，只能当一个马弁！……擦擦靴子！您听清楚没有?!为什么不执行命令？没有开士兵大会吗？没有讨论吗？您好好记住：这儿没有你们的同志，我们也不允许推行布尔什维克那一套！……决不允许！……”

“我请您不要对我咋呼！”格里高力低声说过这话，用脚把凳子一踹，站了起来。

“您说什么?!”菲次哈拉乌洛夫隔着桌子探过身来，气得喘着粗气，哼哧哼哧地说。

“请您不要对我咋呼！”格里高力大声重复了一遍，“您请我们来，是为了商量……”他顿了一下，垂下眼睛，盯着菲次哈拉乌洛夫的手，把声音压到儿乎像耳语一样低，“如果您这位大人胆敢动我一指头，我就当场劈了你！”

屋子里一下子十分安静，可以清清楚楚地听见菲次哈拉乌洛夫断断续续的喘气声。静了有一分钟左右，屋门轻轻地吱扭响了一声。一名吓坏了的副官从门缝儿里张望了一下。屋门又轻轻关上了。格里高力站着，一只手握着刀把子。考佩洛夫的膝盖轻轻哆嗦着，他的目光在墙上溜来溜去。菲次哈拉乌洛夫沉甸甸地坐到椅子上，老声老气地哼哧了几声，嘟嘟哝哝地说：“好啊！”他已经完全镇定下来，但是眼睛也不看格里高力，“请坐吧。脾气发过了，就算啦。现在请听着：我命令您把所有骑兵部队立即调到……您坐下嘛！……”

格里高力坐了下来，用袖子擦了擦突然冒出来的一脸的汗。

“……就是说，把所有的骑兵部队立即调到东南地段，并且马上就发起攻势。你们的右翼要和楚玛柯夫中校的第二营相连接……”

“我这个师不上那儿去。”格里高力很不带劲儿地说过这话，就伸手到口袋里去掏手绢。他用娜塔莉亚绣的花手绢又擦了擦额头上的汗，又把话重复了一遍："我这个师不上那儿去。"

"这是为什么？"

"调动起来很费时间……"

"这您不要管。战斗的胜负有我负责。"

"不，我要管，也不光是您负责……"

"您拒绝执行我的命令吗？"菲次哈拉乌洛夫竭力控制着自己，沙哑地问道。

"是的。"

"既然这样，那就请您把这个师交出来！现在我明白，为什么昨天不执行我的命令了……"

"那就随您的便好啦，不过这个师我是不能交出去的。"

"请问，您这是什么意思？"

"我的意思，已经说过了。"格里高力微微笑了笑。

"我撤您的职！"菲次哈拉乌洛夫提高了嗓门儿，格里高力也立即站了起来。

"您不是我的上司，大人！"

"那您的上司又是谁？"

“噢，我的上司是暴动军总司令库金诺夫。您这些话，我听着都感到奇怪……眼下咱们还是平级的。您指挥一个师，我也指挥一个师。眼下您别对我咋呼……等我什么时候降为连长，您再发威风吧。不过，要是打架的话……”格里高力举起肮脏的食指，同时又笑又愤怒地忽闪着眼睛，接着说，“……打架您也不行！”

菲次哈拉乌洛夫站起来，抻了抻勒得他很难受的领子，哈着腰说：

“咱们再没有什么说的啦。您想怎样就怎样吧。我要立即把您的行动报告军部，我敢向您保证，很快就会有结果的。我们的军事法庭目前还没有关门。”

格里高力没有去理会考佩洛夫那失望的眼神，把帽子往头上一扣，就朝门口走去。在门口他站下来，说：

“您想到哪儿报告就到哪儿报告，不过用不着吓唬我，我不是那种胆小鬼……眼下您别碰我。”他想了想，又加上一句，“不然的话，我怕我手下的哥萨克会伤害您……”他一脚把门踢开，马刀叮当响着，大步走进过道。

非常激动的考佩洛夫在台阶上追上了他。

“你疯啦，潘捷莱维奇！”他失望地攥着双手，小声说。

“带马！”格里高力在手里揉搓着鞭子，高声喊道。

普罗霍尔神气活现地飞跑到台阶前。

格里高力骑马出了大门，回头看了看：有三个传令兵正急急忙忙地扶着菲次哈拉乌洛夫将军骑上一匹备了华丽马鞍的高头大马……

他们一声不响地跑了有半俄里。考佩洛夫不说话，是因为他知道格里高力这会儿没有心思说话，而且这时候和他争论是有危险的。终于，格里高力憋不住了。

“你怎么不说话？”他很生硬地问道，“你是来干什么的？来当见证人吗？来打哑谜吗？”

“喂，老兄，你搞得太过分啦！”

“他不过分吗？”

“可以说，他也不对。他和咱们说话的那种腔调太可恶啦！”

“他哪儿是跟咱们说话？一开口就咋呼起来，就好像在他的屁股上插了一把锥子！”

“不过你也够呛！不服从军衔高的……在作战的情况下，老兄，这是……”

“没有什么这是这不是的！可惜的是，他没敢朝我扑上来！要不然我照他的脑袋劈过去，叫他的天灵盖咯吱一家伙！”

“就这样你已经惹祸啦。”考佩洛夫很不满意地说过这话，就让马换成小步，“从各方面来看，他们现在是要整治整治，你当心吧！”

他们的两匹马打着响鼻，用尾巴驱赶着马蝇，并辔走着。格里高力带着嘲笑的神气把考佩洛夫打量了一遍，问道：

“你干吗要打扮得这样漂亮？大概你以为他们会请你喝茶吧？大概以为会拉着你的白手，请你上桌子吃饭吧？又刮脸，又刷衣服，还把皮靴擦得锃亮……我还看见，你用手绢蘸着唾沫擦膝盖上的泥点子呢！”

“算了吧，别说啦！”考佩洛夫红着脸自卫说。

“你的心思算白费啦！”格里高力挖苦说，“不但没请你，连手都没有伸给你呢。”

“跟你一块儿去，自然不会有好事儿，”考佩洛夫急急忙忙地嘟哝了两句，就眯缝起眼睛，又惊又喜地叫了起来，“瞧呀！这不是咱们的人。是协约国的军队！”

六匹骡子拉着一辆英国炮车，顺着狭窄的小胡同迎面走来。一个英国军官骑着一匹短尾巴枣红马，在旁边跟着。赶前套的一个驭手也穿着英国军装，不过帽箍上钉着俄国军官的帽徽，还佩戴着中尉肩章。

英国军官离格里高力还有几丈远，就把两个手指头放在头盔的檐上，摆了摆头，要格里高力让路。小胡同非常窄，只有双方都让马紧紧贴到石头围墙上，才能错过去。

格里高力腮上鼓起的两个包一动一动的。他咬紧牙齿，对直地朝英国军官冲去。英国军官吃惊地挑了挑眉毛，微微朝一边让了让。而且，直到英国人抬起一条打着紧绷绷的皮裹腿的腿，放到刷得光溜溜的良种马的屁股上，两匹马才好不容易错了过去。

有一个炮手，看样子是一个俄国军官，恶狠狠地把格里高力打量了一遍。

“您大概可以朝旁边让一让！难道在这儿也要显显您的威风吗?”

“你走你的，别多嘴，狗崽子，要不然我就让给你看看！……”格里高力小声说。

那个军官在炮车前头站起来，转过身来，喊道：

“诸位！抓住这个坏小子!”

格里高力威风凛凛地摇晃着鞭子，一步一步地在小胡同里走着，一个个神情疲惫、满面灰尘的炮手，全是没有胡子的年轻军官，都用气愤的目光盯着他，但是没有一个人上来抓他。六门大炮的炮兵连一拐弯，就不见了，这时候考佩洛夫咬着嘴唇，来到格里高力跟前。

“你真胡闹，格里高力·潘捷莱维奇！你简直就像个小孩子!”

“你怎么，又要教训我吗?”格里高力回嘴说。

“你朝菲次哈拉乌洛夫发火，我能理解，”考佩洛夫耸着肩膀说，“可是，这个英国人又碍你什么事？是不是你不喜欢他的钢盔?”

“我不大喜欢他到大熊河口这儿来……他顶好戴着钢盔上别处去……两只狗打架，第三只狗最好别参加，你明白吗？”

“噢！这么说，你是反对外国人干涉吗？不过，依我看，在叫人掐住喉咙的时候，什么样的帮助都应该欢迎。”

“那你就去欢迎吧，可是如果依我的，决不准许他们的脚踏上我们的地面！”

“你看见红军里面有中国人吗？”

“怎么样？”

“那不是一个样吗？那也是外国的帮助呀。”

“你这是胡扯！中国人参加红军是自觉自愿的。”

“照你的意思，是强迫这些人上这儿来的吗？”

格里高力想不出话来回答，苦苦思索着，一声不响地走了半天，后来，声音中不免带着懊恼的意味，说：

“你们这些有学问的人，总是这样……就像兔子在雪地上跑，故意兜圈子！老兄，我能感觉出你说的不对，可是我说不出道理来反驳你……咱们别谈这个问题吧。别折腾我的脑子吧，我脑子里本来已经够乱腾的啦!”

考佩洛夫很不痛快地沉默下来，直到回到住处，他们再也没有说话。只有好奇得憋不住的普罗霍尔曾经追上他们，问:

“格里高力·潘捷莱维奇，大人，请问，士官生拿来拉大炮的牲口是什么玩意儿?耳朵像驴耳朵，别的地方又像马。这种牲口叫人看着都不舒服……这是他妈的什么种啊，请你说说吧，我们都打了赌啦……”

他在后头跟着走了有五分钟，一直没有得到回答，便不跟着他们两个走了，等到另外三个传令兵和他走齐了，就小声告诉他们:

“伙计们，他们两个都不作声，看样子，他们也很稀奇，也不知道他妈的世界上从哪儿来的这种怪物……”

十一

一些哥萨克连队有四次从不深的掩体里站起来，但是每次都在红军机枪猛烈的扫射下重新卧倒下去。

隐蔽在左岸树林里的几支红军炮兵连，天一亮就开始不停地轰击哥萨克的阵地和集结在土沟里的后备队。

顿河岸边的高地上，频频冒起慢慢飘散的乳白色烟团。子弹在弯弯曲曲的哥萨克阵地的前前后后溅起一股股褐色的尘土。

到中午时候，战斗激烈起来，西风顺着顿河把隆隆的炮声送得远远的。

格里高力站在暴动军炮兵连的观测点上，用望远镜观察战斗的进程。他看见，有几支军官连，不顾伤亡，停停跑跑，顽强地朝前冲。每当炮火猛烈起来，他们就卧倒，挖掩体，过一会儿，他们又朝前跑一截路；可是在左面，去教堂的方向，暴动军的步兵怎么都站不起身来。格里高力给叶尔马柯夫写了一个字条，派传令兵送去。

过了半个钟头，气急败坏的叶尔马柯夫跑来了。他在炮兵拴马的地方下了马，呼哧呼哧地喘着粗气，爬到观测点的掩体里。

“我没法子叫哥萨克起来！他们不起来！”他老远就挓挲着两条胳膊，叫了起来，“我们已经损失二十三个人啦！你看见红军的机枪有多猛吗？”

“军官们都在往前冲，你都不能叫弟兄们站起来吗？”格里高力咬着牙说。

“你看看嘛，军官们每个排都有一挺手提机枪，子弹也多得不得了，我们有什么呀？！”

“够啦，你别给我解释啦！你马上带人去冲锋，要不然我砍你脑袋！”

叶尔马柯夫骂着娘，从小山包上跑下去。格里高力也跟着他走下来。他决定亲自率领第二步兵团去冲锋。

走到尽边上一门用山楂树枝伪装得很巧妙的大炮跟前，炮兵连长拦住了他。

“格里高力·潘捷莱维奇，你看看英国人的本事吧。他们马上就要对浮桥开炮啦。咱们到山包上去，好吗？”

用望远镜可以看到，红军工兵在顿河上搭成的浮桥像一条细细的带子。车辆正络绎不绝地从桥上经过。

过了有十来分钟，布置在谷地里的石崖后面的英国炮兵连开炮了。第四发炮弹几乎打在桥的正中，把桥炸断了。来往车辆停止了。可以看见，红军忙忙乱乱地把打坏的车辆和马尸往顿河里扔。

马上就有四条小船满载着工兵离了右岸。但是工兵们还没有铺好炸坏的桥板，英国大炮又发射了一阵炮弹。其中有一发炮弹炸坏了左岸的登陆口，另一发在桥边炸起绿色的水柱，桥上重新动起来的车辆又停止了。

“鬼东西们打得好准呀！”炮兵连长赞赏地说，“现在直到夜里都叫他们过不成河啦。这桥再也修不好啦！”

格里高力一面用望远镜望着，一面问道：

“喂，你们为什么不开炮？应该支持咱们的步兵嘛。瞧，那就是他们的机枪阵地。”

“我倒是愿意开炮，可是一发炮弹也没有了呀！半个钟头以前打完最后一发，就干瞪眼啦。”

“那你们还待在这儿干吗？套上炮车快滚蛋吧！”

“派人找士官生借炮弹去啦。”

“他们不会给的。”格里高力断然说。

“他们一次不给，就再派人去一次。也许他们会发发善心。再说，我们只要二十发炮弹，就可以把这些机枪打坏。打死咱们二十三个人呢，这可不是闹着玩儿的。谁知还要打死多少呢？你瞧，他们的机枪多凶！……”

格里高力转眼去看哥萨克们的一个个掩体，只见子弹依然在一个个的土堆上溅起一股股的干土。一梭子机枪子弹打过来，就要冒起一长串灰土，就好像有一个看不见的人，像闪电一样顺着一个个的掩体画了一条渐渐溶化的灰线。整个哥萨克阵地上笼罩着一片灰土，就好像在冒烟。

格里高力现在已经不去看英国大炮打得准不准了。他仔细听着不歇气的炮声和机枪声，听了一小会儿，然后就下了山包，追上叶尔马柯夫。

“你先不要去冲锋，等候我的命令。没有炮火支援，咱们打不过他们。”

“我对你说的不就是这话吗？”叶尔马柯夫用责备的口气说着，就跨上因为听到枪炮声和跑了一阵子而发了性子的战马。

格里高力目送着毫不畏惧地冒着枪林弹雨飞跑的叶尔马柯夫，担心地想：“这家伙干吗要一直跑？可别叫机枪扫倒！应该到谷地里去，走谷底爬上去，再从山冈后面走，就可以平平安安回到阵地上啦。”叶尔马柯夫狂跑到谷地跟前，跑下谷地，而且没有在谷地那边出现。“这么说，他明白啦！这一下子能跑到啦。”格里高力轻松地想道。他便在山包脚下躺下来，不慌不忙地卷起烟来。

他的心出奇地冷漠起来！决不干，他决不冒着机枪火力带领哥萨克去冲锋。犯不着。让军官突击队去冲吧。让他们去进攻大熊河口吧。在这里，格里高力躺在山包脚下，头一次避开直接参加战斗。这会儿支配着他的，不是胆怯，不是怕死或者怕无谓的牺牲。不久以前，他既不怜惜自己的性命，也不怜惜他手下哥萨克的性命。可是现在，好像有什么东西破碎了……在这以前，他还从来没有这样清楚地感觉到这场仗打得毫无意思。不知是考佩洛夫和他说的一番话，还是跟菲次哈拉乌洛夫的冲突，也许是两样原因加在一起，使他突然产生了这样的情绪，反正他决定再也不去冒着炮火进攻了。他模模糊糊地想着，他无法使哥萨克和布尔什维克讲和，而且自己心里也不肯和解，可是要保卫那些精神上同他格格不入、非常仇视他的人，保卫菲次哈拉乌洛夫这一类的人，保卫那些非常瞧不起他、他也非常瞧不起的人，他再也不愿意了，再也不肯了。旧日的矛盾又无情地出现在他的面前了。“叫他们去打吧。我在旁边看看。等到把我这个师一接收过去，我就要求离开队伍回后方去。我打够啦！”他心里想着，又想起他和考佩洛夫的争论，觉得自己找到了为红军辩护的理由，“中国人是赤手空拳来找红军，参加红军，为了一点点儿可怜的薪饷天天拼命。而且哪儿是为什么薪饷？薪饷他妈的怎么能买性命？那才划不来呢……可见，这不是贪图什么好处，而是另外一回事儿……可是协约国却派来军官、坦克、大炮，连骡子都派来啦！将来因为这些玩意儿要索取一笔很大的款子。这就大不一样啦！好啊，到晚上咱们就来争论争论这个问题吧！我一回到师部，就把他叫到一边去，对他说：‘就是不一样，考佩洛夫，你别愚弄我啦！’”

但是他们已经没有机会争论了。下午，考佩洛夫到担任后备队的第四团的防地上去，在路上被流弹打死了。两个钟头以后，格里高力才听说这件事……

第二天早晨，菲次哈拉乌洛夫将军的第五师部队攻占了大熊河口镇。

十二

格里高力走后三天，米佳·柯尔叔诺夫回鞑靼村来了。他不是一个人回来的，还有侦缉队的两个同事陪着他。其中有一个是不算年轻的加尔梅克人，不知是哪个乡的马内契村的；另一个是拉斯波平乡的一个其貌不扬的哥萨克。米佳很轻蔑地把加尔梅克人叫“伙计”，却把拉斯波平乡的这个酒鬼和无赖尊称为西兰琪·彼特洛维奇。

看样子，米佳在侦缉队里，为顿河军立了不少功劳：一个冬天的工夫，他就升为司务长，后来又升为准尉，于是他穿着崭新的军官制服神气活现地回到村里来了。可以想见，他跑出去以后，在顿涅茨那边，日子过得不坏；米佳那宽宽的肩膀撑得草绿色单制服鼓鼓的，红红的皮肉那肥嘟嘟的皱褶压得制服硬领紧绷绷的，缝得很贴身的带裤绦的蓝斜纹布马裤的后面差点儿就要撑破了……从米佳的外貌来看，如果不是这次可恨的革命的话，一定能当一名御林军阿塔曼团的战士，住在皇宫里保卫皇帝圣驾。不过，米佳就是这样，日子过得也不坏。他升到了军官阶级，而且他不是像格里高力·麦列霍夫那样，出生入死，拼出自己的头颅挣来的。要在侦缉队里立功，是需要另外一种本事的……在米佳身上，这样的本事是绰绰有余的：他不大信任哥萨克们，总是亲自劈死那些有赤化嫌疑的人；不惜亲自动手，用鞭子或步枪通条惩罚逃兵；在审讯押犯方面，全队就更没有谁比得上他了，就连普里亚尼什尼柯夫中校都耸着肩膀说："不行，诸位，不管你们怎样，想超过柯尔叔诺夫是办不到的！他是一条凶龙，不是人！"米佳还有一手了不起的本事：每当侦缉队不能枪毙某一个被捕的人，而又不愿意放他活命的时候，就判处用树条子抽打的肉刑，交给米佳去执行。于是他就去执行，打过五十下，挨打的人就开始不住地吐血，打过一百下，不用问，只管包到席子里就是了……还从来没有一个挨打的人逃出米佳的手掌。他自己就不止一次笑着说："要是把被我打死的那些红党男女的裤子和裙子都剥下来，全鞑靼村人都够穿的啦!”

米佳从小就养成的残忍性格，在侦缉队里不仅得到了充分发挥的机会，而且因为无人管束，又得到极大的发展。他由于工作关系，和加入侦缉队的一切军官中的败类——吸毒者、暴徒、强盗和各种各样的下流文人——经常在一起，他们出于对红军的仇恨，教给他许多东西，米佳高高兴兴、拿出那种农民的热心劲儿学会了这些东西，而且没有费多大的力气就超过了老师们。有时候，神经脆弱的军官见了别人的血和痛苦受不住了，手软了，米佳却只是把黄黄的、冒着小小火星的眼睛一眯，就继续干下去。

米佳离开哥萨克部队，来到普里亚尼什尼柯夫中校的侦缉队里吃轻快饭以后，就变成这样了。

他进了村子，大模大样地摆着架子，有些妇女向他问候，他只微微点一点头，骑着马一步一步地来到自己的家跟前。他在烧掉了一半、另一半熏得漆黑的大门前下了马，把缰绳递给加尔梅克人，就大踏步走进院子。他由西兰琪陪着，一声不响地绕着房基走了一圈，用鞭子拨弄拨弄被大火熔化了的、像绿宝石一样闪闪发光的玻璃块子，用气哑了的嗓门儿说：

“烧光啦……这房子原来可是够阔气的呀！村子里的头一家。这是我们村子里的人米沙·柯晒沃依烧的。也是他把我爷爷打死的。这么着，西兰琪·彼特洛维奇，我只能看看我家烧成的一堆灰啦……”

“这个柯晒沃依家里还有什么人吗？”西兰琪急切地问道。

“大概有。咱们可以去看看他们……不过现在咱们先去看看我家的亲戚吧。”

在去麦列霍夫家的路上，碰见包加推廖夫家的儿媳妇，米佳问道：

“我妈从顿河那边回来了吗？”

“好像还没有回来，米特里·米伦内奇。”

“我家亲家麦列霍夫在家吗？”

“你问老头子吗？”

“是的。”

“老头子在家，除了格里高力，反正一家人都在家。彼特罗去年冬天被打死啦，你听说了吗？”

米佳点了点头，就放马小跑起来。

他在空旷无人的街道上走着，在他那感到餍足的、冷冷的黄色猫眼睛里，刚才的火气连一点影子也没有了。快到麦列霍夫家门口的时候，他不是单独对任何一个伙伴，低声说：

“我们村子里成这种样子啦！咱们要吃顿饭，就为这也应该去看看亲戚……嗯，嗯，咱们还要好好喝几杯呢！……”

潘捷莱·普罗柯菲耶维奇正在敞棚底下修收割机。他看见有骑马的人，并且认出其中有一个是米佳，就朝大门口走去。

“欢迎欢迎，”他一面开大门，一面亲热地说，“欢迎诸位！欢迎光临！”

“你好啊，亲家公！你身子壮实吗？”

“托福托福，身子还不坏。你怎么，好像当了军官啦？”

“你以为只有你的儿子能戴白军肩章吗？”米佳志得意满地说着，向老头子伸出一只青筋嶙嶙的长手。

“我儿子还不大喜欢肩章呢。”潘捷莱·普罗柯菲耶维奇笑着回答过，就朝前走去，好指地方给他们拴马。

伊莉尼奇娜殷勤地请客人们吃过午饭，饭后便谈了起来。米佳详细地询问了有关他家的一切情形，自己没有说什么话，既没有露出愤怒，也没有露出悲伤。就像是随口问问似的，问了问米沙·柯晒沃依家是不是有人留在村子里，等他听说米沙的母亲带几个孩子留在家里的时候，他迅速地对西兰琪挤了挤眼睛，别人都没有觉察到。

三位客人很快就起身了。潘捷莱·普罗柯菲耶维奇在送他们的时候，问道：

“你想在村子里多住些日子吗？”

“大概要住两三天。”

“要看看你妈吧？”

“看情形再说。”

“噢，那你现在要上远处去吗？”

“随便走走……去看看村子里一些人。我们很快就回来。”

米佳和两个同伴还没有回到麦列霍夫家，村子里已经到处传着：“米佳·柯尔叔诺夫领着两个加尔梅克人回来，把柯晒沃依一家都杀啦！”

什么都还没有听说的潘捷莱·普罗柯菲耶维奇，拿着一把镰刀刚刚从铁匠铺里回来，又打算去修理收割机，但是伊莉尼奇娜唤他了：

“上这儿来，老头子！快点儿！”

老婆子的声音中有一种掩饰不住的惶恐意味，潘捷莱·普罗柯菲耶维奇吃了一惊，立即朝屋里走来。

娜塔莉亚站在灶前，脸色煞白，哭得泪汪汪的。伊莉尼奇娜用眼睛瞟了瞟安尼凯的老婆，低声问道：

“出事啦，你听说了吗，老头子？”

“哎呀，格里高力出事啦……老天爷保佑吧！”潘捷莱·普罗柯菲耶维奇听了这没头没脑的话，着急地想道。他的脸一下子白了，他又害怕，又因为谁也不说话，他很生气，急得叫起来：

“有话快说嘛，你们都该死！……嗯，出了什么事？是格里高力吧？……”他好像叫得没了劲儿，一屁股坐到板凳上，抚摩着哆哆嗦嗦的双腿。

杜尼娅最先想到，父亲是怕格里高力出了不幸的事，就赶紧说：

“不是的，爹，不是格里高力有什么事。是米佳害了柯晒沃依一家。"

"怎么害啦?"潘捷莱·普罗柯菲耶维奇马上放下心来，可是他还没有明白杜尼娅的话的意思，就又问道，"把柯晒沃依一家怎么啦？米佳呢?"

跑来报告消息的安尼凯的老婆，语无伦次地讲了起来：

"大叔，我去找小牛，走到柯晒沃依家门口，米佳和另外两个当兵的骑马来到他们家，就朝屋里走去。我就想，小牛不会跑到风车那边去的，正是放牛的时候嘛……"

"老说你他妈的小牛干什么?"潘捷莱·普罗柯菲耶维奇气哼哼地打断她的话。

"……我是说，他们朝屋里走去，"这娘儿们上气不接下气地继续说下去，"我就站着，等着。我心里想：'他们上这儿来，不会有好事情的。'屋子里喊叫起来，就听见他们在杀人呢。我吓死啦，就想跑，可是刚刚离开篱笆，就听见后面有脚步声；我回头一看，就看见米佳把一条绳子套在老婆子的脖子上，拉着她在地上拖起来，简直像拖一条狗一样，真造孽呀！把她拖到棚子跟前，她一点儿声音也没有，恐怕已经昏过去啦；那个跟米佳一块儿的加尔梅克人，爬到棚梁上去……我看见，米佳把绳子的一头扔给他，吆喝说：‘拉上去，打一个结！’哎呀！我简直吓死啦！眼看着他们把可怜的老婆子勒死啦，后来他们上了马，就往小胡同里走去，恐怕是上村公所去了。我不敢进屋子里去……可是我看见，血从过道里，就从房门底下，一直流到台阶上。天啊，可别叫我再看见这种可怕的事情啦！”

“天啊，偏偏叫咱们碰上这号客人！”伊莉尼奇娜带着若有所思的神情望着老头子说。

潘捷莱·普罗柯菲耶维奇异常气愤地听完安尼凯的老婆的话，一句话也没说，马上就走了出去。

大门口很快就出现了米佳和他的两个伙伴。潘捷莱·普罗柯菲耶维奇很麻利地一瘸一拐迎着他们走去。

“站住！”他老远就喊道，“别把马牵进院子！”

“怎么啦，亲家公？”米佳惊讶地问道。

“你向后转吧！”潘捷莱·普罗柯菲耶维奇对直地走过去，盯着米佳那一闪一闪的黄眼睛，果断地说，“别生气，大侄子，我不愿意你住在我家里。你好好地走吧，想上哪儿，就上哪儿。”

“啊——啊——啊……”米佳明白了，把声音拉得老长，脸一下子白了，“这么说，你是撵我们走吗？……”

“我不愿意叫你弄脏我家的房子！”老头子毫不含糊地重说了一遍，“你今后别再跨进我的家门。我们麦列霍夫家跟刽子手不是亲戚！”

“明白啦！不过，亲家公，你的心肠好得过分啦！”

“哼，你既然杀起妇女和孩子，那就是一点良心都没有啦！唉，米佳，你这一手太不好啦……你爹要是活着，看到你这样，决不会高兴！”

“你这老浑蛋，想叫我对他们客气吗？他们杀死我爹，杀死我爷爷，我就该和他们亲嘴吗？滚你的吧——知道滚到哪儿去吗？……”米佳怒冲冲地扯了扯马缰绳，把马牵出了大门。

“别骂人，米佳，你只配做我的儿子。咱们没什么好说的啦，你走你的吧！”

米佳的脸越来越白，拿鞭子吓唬着，低声吆喝道：

“你别惹我造孽，别惹我！我是可怜娜塔莉亚，不然的话，我把你这个好心肠人……我知道你们是什么货色！看透了你们的心思！你们没有跟着上顿涅茨那边去吧？投靠红党了吧？是的嘛！……应当像对付柯晒沃依一家那样，把你们这一家狗崽子都绞死！咱们走吧，伙计们！哼，你这瘸狗，小心点儿，别落在我手里！别想逃出我的手掌心！你的好心我会记住的！我也用不着这样的亲戚！……”

潘捷莱·普罗柯菲耶维奇用哆哆嗦嗦的两手闩上大门，一瘸一拐地朝屋里走去。

“我把你哥撵走啦。”他也不看娜塔莉亚，说。

娜塔莉亚虽然心里赞成公公的做法，嘴里却没有作声，可是伊莉尼奇娜赶快画了一个十字，高高兴兴地说：

“谢天谢地：恶鬼可走啦！娜塔什卡，原谅我说的话难听，你们家的米佳实在太坏了！他偏要去干那种差事：别的哥萨克都是在正正经经的部队里当差，可是你瞧瞧他！干起了刽子手队！当刽子手，勒死老奶奶，劈死无罪的孩子，这是哥萨克干的事儿吗？米沙干的事，怎么能找他家里人算账呢？要是这样的话，因为格里沙的事，红军早把咱们，把米沙特卡和波柳什卡杀死啦，可是他们没有杀咱们，他们是有善心的！哼，我就看不惯这号人！”

“妈妈，我也看不惯我哥……”娜塔莉亚用头巾的角儿擦着眼泪，只说了这一句。

米佳当天就离开了村子。听说，他好像在卡耳根附近跟上了自己的侦缉队，跟着侦缉队去维护顿涅茨州一些乌克兰村庄的秩序去了，因为那些村庄的老百姓都犯了参加镇压顿河上游暴动的罪。

他走后有一个星期，村子里到处议论纷纷。大多数人都反对杀害柯晒沃依的家属。大家用村里的公款埋葬了死者；本来想把柯晒沃依家的房子卖掉，但是没有买主。根据村长的命令，用木板十字交叉地把护窗钉起来，有很长时间，孩子们不敢靠近这块可怕的地方玩耍，老头子和老奶奶们从这座没有人住的房子旁边经过，都要画十字，祝愿被害人灵魂安息。

后来，到了割草的时候，不久以前发生的大事也就被人忘了。

村子里的人依然天天在干活儿，天天谈前方的消息。那些有牲口的主儿，又发牢骚，又骂娘，套上大车去拉差。几乎每天都要把干活儿的牛和马卸下来，派到镇上去。老头子们一面从割草机上往下卸马，一面一句又一句地咒骂这打不完的仗。但是炮弹、子弹、铁蒺藜、给养还是要往前方送的。于是大家都在送。然而，好像故意叫人着急似的：牧草肥茁茁的，已经长成，天气又格外好，是割草和搂草的时候了。

潘捷莱·普罗柯菲耶维奇准备着割草，而且一个劲儿地在抱怨妲丽亚。她套上两头牛送子弹去了，应该从转运站回来了，可是一个星期已经过去，连她的消息都没有；没有这一对最可靠的老牛，在草原上什么都干不成。

说实在的，真不该叫妲丽亚去……潘捷莱·普罗柯菲耶维奇是硬着头皮把牛交给她的，因为知道她很贪玩，不高兴伺候牲口，但是除了她以外，再找不到人了。杜尼娅是不能去的，因为跟许多陌生的男子汉走远路，这不是大姑娘干的事；娜塔莉亚又有两个小孩子；难道非要老头子亲自去送这些该死的子弹不可吗？何况妲丽亚又自告奋勇要去。她以前就非常喜欢出去到处跑跑：不管上磨坊里，上碾坊里，不管出去干别的什么事情，她都愿意，因为一离开家，她就感到说不出的自由。每次外出，她都感到开心和愉快。她一离开公婆的眼睛，就可以和别的娘儿们谈个痛快，或者像她自己说的，和她看中的、机灵的男子汉“随便睡一觉”。可是在家里，就是在彼特罗死后，婆婆还是管得她很严，好像丈夫在世时就常常找外快的妲丽亚非得替死人守节不可似的。

潘捷莱·普罗柯菲耶维奇明知大儿媳妇不会好好地照应牲口，但是没有办法，还是叫她赶着车去了。去是叫她去了，然而他一个星期都心神不定，惶惶不安。他常常在半夜里醒来，难受得叹着气，心里想：“我的牛完了！”

妲丽亚到第十一天的早晨才回来。潘捷莱·普罗柯菲耶维奇刚刚从草原上回来。他和安尼凯的老婆插犋一同割草，他让安尼凯的老婆和杜尼娅留在草原上，自己回村子里来取水和吃的东西。两个老人家和娜塔莉亚正在吃早饭，窗外响起熟悉的车轮轧轧声。娜塔莉亚快步跑到窗前，就看见头巾一直裹到眼睛的妲丽亚正赶着疲惫不堪、瘦了不少的老牛进大门。

“怎么，是她吗？”老头子含着没有嚼好的面包，问道。

“是妲丽亚！”

“想不到还能看到牛！好啊，谢天谢地！这该死的坏娘儿们！总算回来啦……”老头子画着十字，打着饱嗝，嘟哝说。

妲丽亚卸掉牛，走进厨房，把一块叠成四折的粗麻布放在门口，就向家里人问好。

“你真不错，好能干！你再逛一个星期才好哩！”潘捷莱·普罗柯菲耶维奇皱着眉头看了看妲丽亚，也不搭理她的问候，气呼呼地说。

“顶好您自个儿去！”妲丽亚一面解头上落满灰土的头巾，一面顶撞说。

“你怎么出去这么久呀？”伊莉尼奇娜怕一见面就顶起来，就插嘴说。

“人家不放我，所以就多跑了几天。”

潘捷莱·普罗柯菲耶维奇不以为然地摇了摇头，问道：

“贺里散福的老婆一到转运站上，人家就把她放回来了，就是不放你吗？”

“就是不放我！”妲丽亚恶狠狠地翻了翻眼睛，“您要是不信，就去问问那个押车的队长。”

“我用不着去问，不过下一回你待在家里好啦。要派你，只能派你去见死神。”

“您别吓唬我吧！哼，吓唬起人来啦！我还不想去呢！以后您叫我去，我都不去！”

“牛还好吗？”老头子问话的口气已经缓和了。

“还好。您的牛一点事儿也没有……”妲丽亚很不高兴地回答说。她的脸色十分阴沉。

娜塔莉亚心里想：她一定是在路上和一个相好的走散了，所以心里很不痛快。

她常常对妲丽亚和她干的那些不干不净的风流事感到惋惜和憎恶。

吃过早饭，潘捷莱·普罗柯菲耶维奇就套上车要走，但是这时候村长来了。

“我该说一路平安才对，不过，等一等，潘捷莱·普罗柯菲耶维奇，你别走呀。”

“是不是又来要大车呀？”老头子用装出来的和

善口气问道，实际上气得连气都喘不上来了。

“不是，这一回是另外的事儿。今天顿河军总司令西道林将军要上咱们这儿来。明白吗？刚才接到乡长的紧急公文，命令老头子和妇女们一个不落都去开大会。”

“他们不是疯了吗？”潘捷莱·普罗柯菲耶维奇叫了起来，“谁又在这种大忙的时候召开大会？你的西道林将军能送干草给我过冬吗？”

“咱们都一样，他是我的，也是你的，”村长心平气和地说，“命令我怎样办，我就怎样办。把车卸了吧！要隆重欢迎呢。顺便告诉你，听说好像还有协约国的将军跟他一块儿来呢。”

潘捷莱·普罗柯菲耶维奇在大车旁边站了一会儿，想了想，就开始往下卸牛。村长看到自己的话发生了效力，高兴起来，就问道：

“你那匹小骒马能不能用一下呢？”

“你要骒马干什么？”

“他娘的，命令要派两辆三套马车到杜尔谷那儿去迎接呢。到哪儿去弄马车和马呀，我简直没主意啦！天不亮我就起来，到处跑，小褂湿透了五六次，总共才弄到四匹马。大家都在干活儿，就是哭也哭不出马来!”

已经没有了火气的潘捷莱·普罗柯菲耶维奇答应拿出马来，甚至还提出可以用他的弹簧小马车。不管怎么说，来的是总司令呀，而且还有外国的将军，潘捷莱·普罗柯菲耶维奇对将军向来是怀着敬畏心情的……

由于村长的努力，总算弄到了两辆三套马车，派到杜尔谷迎接贵宾去了。老百姓都集合在操场上。很多人是扔下割草的活儿，从草原上赶回村子里来的。

潘捷莱·普罗柯菲耶维奇不再去管割草的事，打扮起来，穿上干干净净的褂子，换上一条带裤缘的呢裤子，戴上那一年格里高力带回来作礼物给他的制帽，吩咐过老婆子叫妲丽亚去给杜尼娅送水和吃的东西，他就拿出气派，一瘸一拐地朝会场上走去。

不久，大道上盘旋起浓浓的灰尘，灰尘像流水一样朝村子涌来，灰尘中有一样金属的东西闪闪发光，老远就传来像唱歌一样的汽车喇叭声。客人们乘着两辆崭新的、漆得锃亮的深蓝色小汽车；两辆空着的三套马车远远地跟在后面跑着，赶过一批批从草原上回来的割草人，村长为了表示隆重特地弄来的两个邮铃在车轭下很泄气地响着。操场上的人群里热闹了一阵，人们说起话来，孩子们快快活活地嚷了起来。慌里慌张的村长在人群里钻来钻去，邀集一些德高望重的老头子，要他们担任接待和献礼。村长一眼看见潘捷莱·普罗柯菲耶维奇，就高高兴兴地抓住了他。

“行行好，救救命吧！你是见过大场面的人，懂得礼节……你知道怎样向他们问候和别的什么的……再说，你是军人联合会的委员，你又有那样的儿子……请你担任献礼吧，我不行，我好像有点儿怕，膝盖直哆嗦。”

潘捷莱·普罗柯菲耶维奇遇到这样的荣幸，心里美得不得了，为了表示谦逊，推辞了好几遍，后来不知为什么忽然把脑袋往脖子里一缩，迅速地画了一个十字，就接过铺了绣花手巾的盛着面包和盐的盘子，用胳膊肘拨开众人，朝前走去。

汽车很快地向操场开来，后面跟着一大群叫哑了喉咙的各种毛色的狗。

“你……怎么样？不害怕吗？”脸色发了白的村长小声问潘捷莱·普罗柯菲耶维奇。他还是头一次看见这样的大官。潘捷莱·普罗柯菲耶维奇用发蓝的白眼珠子斜瞟了他一下，用激动得沙哑了的嗓门儿说：

“喂，你端一下子，我要梳梳胡子。端好！”

村长很殷勤地接过盘子，潘捷莱·普罗柯菲耶维奇把上嘴胡和下巴胡都梳了梳，很威武地挺直了胸膛，为了不叫人看出他是瘸子，又把那条瘸腿的脚尖撑在地上，这才重新接过盘子。但是盘子在他手里一个劲儿地哆嗦起来，村长很害怕地问道：

“盘子不会掉下来吧？哎呀，小心点儿！”

潘捷莱·普罗柯菲耶维奇很轻蔑地耸了耸肩膀。怎么会掉下来呢？这人竟说出这样混账的话！他干过军人联合会的委员，在将军府里和所有的人都握过手，现在倒害怕起一位将军来啦？这个小小的村长简直发昏啦！

“我的小老弟，我在军人联合会的时候，还和皇上封的将军一块儿喝过茶呢……”潘捷莱·普罗柯菲耶维奇刚刚开口，就顿住了。

前面的一辆汽车在离他十来步远的地方停下来了。一个头戴宽檐制帽、身穿钉着窄窄的外国肩章的制服、脸刮得光光的司机，很麻利地从车上跳下来，开了车门。两个身穿草绿色军装的人气派十足地从车上走下来，朝人群走来。他们径直地朝潘捷莱·普罗柯菲耶维奇走来，潘捷莱·普罗柯菲耶维奇把身子一挺，就一动也不动了。他猜想，这两个穿得很朴素的人就是将军，那些跟在后面、穿得很漂亮的人，只不过是陪伴他们的随员。老头子目不转睛地望着走过来的客人，他的眼睛里越来越流露出掩饰不住的惊愕神情。垂着穗头的将军肩章在哪儿呀？穗带和勋章在哪儿呀？如果在外表上和普普通通的军队文书一点没有区别的话，又算是什么将军呀？潘捷莱·普罗柯菲耶维奇霎时间感到异常失望。他甚至因为自己盛情准备欢迎，因为这两个人玷辱将军的称号，感到有些懊恼。真他妈的，如果他知道来的是这样的将军，他才不这样仔细打扮呢，也不会这样战战兢兢地等候他们，无论如何，也不会手里端着盘子和不知哪一个肮脏老婆子烤的倒霉面包，像个傻瓜一样站在这儿。说实话，他潘捷莱·麦列霍夫还从来没有叫人笑话过呢，现在就叫人笑话起来了：刚才他就亲耳听见孩子们在他背后嘿嘿直笑，甚至有一个小家伙可着嗓门儿吆喝：“伙计们！都来看呀，瘸子麦列霍夫鞠躬真好看呀！就像鲈鱼咬钩一样！”他在这儿站得笔直，难为这条瘸腿，还要叫人笑话，实在不值得……潘捷莱·普罗柯菲耶维奇气得心里直扑腾。全怪这个该死的胆小鬼村长！跑来胡说一通，把马和车都借了去，呼哧呼哧地满村子乱跑，到处找马车铃铛。真不假，这个人没见过世面，见了叫花子也要欢迎。潘捷莱·普罗柯菲耶维奇当年见过的将军才气派哩！比如说，在皇上阅兵的时候，就有一位将军，满胸膛都是勋章、奖章、金线绣花；看起来多过瘾，简直是圣像，不是将军！可是这两个——一身草绿制服，就像灰老鸹。其中一个戴的还不是规规矩矩的制帽，而是像一口蒙着布的锅子，而且一张脸刮得光溜溜的，就是打着灯笼也别想找到一根毛……潘捷莱·普罗柯菲耶维奇皱着眉头，厌恶得几乎要啐一口，但是这时候有人使劲在他的背上捅了一下子，对着他的耳朵大声说：

“去嘛，献上去！……”

潘捷莱·普罗柯菲耶维奇向前走去。西道林将军隔着他的脑袋匆匆地扫视了一下人群，高声说：

“你们好啊，诸位老人家！”

“祝您健康，大人！”村子里有人七嘴八舌地喊道。

将军亲切地从潘捷莱·普罗柯菲耶维奇手里接过礼物，说了一声“谢谢”，就把盘子交给一名副官。

同西道林站在一起的是一位细长的英国上校，他用冷冷的好奇目光从扣得低到眼睛的钢盔底下打量着哥萨克们。他奉大不列颠驻高加索军事代表团团长布里格司将军之命，陪同西道林来视察肃清布尔什维克以后的顿河军区局面，并且通过翻译认真考察哥萨克的情绪，同时也了解了解前线的情况。

上校因为一路奔波，草原景物单调，许多谈话枯燥乏味，一个大国代表的职责又极其复杂，所以感到十分疲惫，但是王国的利益比什么都要紧呀！因此他仔细听着一个维奥申乡代表的讲话，而且差不多都听懂了，因为他懂俄语，只是不叫人知道这一点罢了。他带着道地的不列颠民族的高傲神气，看着这些好战的草原儿女的各种各样的、黑黑的脸，对于这种种族混杂的情况感到十分吃惊——只要一看到哥萨克人群，那是一眼就能看得出的；一个淡黄头发的斯拉夫族哥萨克旁边站着一个道地的蒙古人，蒙古人这边又是一个头发像乌鸦翅膀一样黑的年轻哥萨克，年轻哥萨克的一只手吊在肮脏的绷带上，正在小声和一个白发苍苍、道貌岸然的长者说话，——可以打赌，那个手拄拐杖、身穿老式哥萨克短褂的长者的血管里，流的一定是高加索山民的血……

上校多少懂得一点儿历史；他观察着哥萨克们，心里就想，不仅是这些野蛮人，就是他们的子孙，也不会在一个什么新的普拉托夫率领下去进攻印度了。在打败布尔什维克以后，打内战打得民穷财尽的俄罗斯将长期被排除在列强之外，在今后几十年中都不会对大不列颠的东方领地有什么威胁了。至于打败布尔什维克，上校是坚信不疑的。他是个头脑清醒的人，战前在俄罗斯住过很久，他当然无论如何都不相信，共产主义的空想会在一个不大开化的国家里实现……

妇女们嘁嘁喳喳地大声说话，引起了上校的注意。他连头也没扭，只用眼睛扫了扫她们那些颧骨高高的、风吹日晒的脸，他那闭得紧紧的嘴角上微微露出轻视的冷笑。

潘捷莱·普罗柯菲耶维奇献过礼以后，就钻进人群里。他没有听维奥申镇上一个能说会道的人怎样代表全乡的哥萨克向来宾致欢迎辞，而是绕过人群，朝停在不远处的三套马车走去。

马匹浑身是汗，两肋很吃力地起伏着。老头子走到自己那匹驾辕的骒马跟前，用袖子给马擦了擦鼻孔，叹了一口气。他真想大骂一通，马上把马卸下来，牵回家去，因为他实在失望。

这时候，西道林将军在向鞑靼村的人讲话了。他赞扬了鞑靼村人在红军后方的战斗活动之后，说：

“你们同我们共同的敌人进行了英勇顽强的战斗。你们的功劳，逐渐从布尔什维克的沉重压迫下解放出来的祖国是不会忘记的。我想奖励一下我们已经知道的贵村的同红军武装斗争中特别出色的一些妇女。我请我们这些哥萨克女英雄站到前面来，我们现在就宣布女英雄的名单！”

一名军官把一张短短的名单念了一遍。名单上第一名是妲丽亚·麦列霍娃，其余的也都是暴动一开始就被打死的一些哥萨克的遗孀，她们也都和妲丽亚一样，在塞尔道布团投降后被俘的共产党员来到鞑靼村时，参加过虐杀俘虏的暴行。

妲丽亚没有依照潘捷莱·普罗柯菲耶维奇的吩咐到草原上去。她也上这儿来了，站在妇女群里，打扮得就像过节一样。

她一听见自己的名字，就推开妇女们，大胆地朝前走去，边走边整理着绣花边的白色头巾，眯缝着眼睛，多少有点儿不好意思地笑着。虽然在长途跋涉和多次爱情冒险之后十分疲乏，她依然妖艳无比！在她那没有晒黑的白脸蛋儿的衬托下，一双眯缝起来的滴溜溜的眼睛里射出来的光芒显得格外炽热，从她那描过的、弯得很别致的眉毛中，从那微微含笑的嘴唇的纹丝中，隐隐露出一种诱人的、妖冶的意味。

一名军官背朝人群站着，挡住了她的路。她轻轻地把军官推开，说：

“请让早死人的亲属过去！”她便走到西道林面前。

西道林从副官手里接过一枚挂在绶带上的奖章，很笨拙地动弹着手指头，把奖章别在妲丽亚的上衣胸前的左边，并且含笑对着妲丽亚的眼睛看了看。

“您就是三月里牺牲的麦列霍夫少尉的遗孀吗？”

“是的。”

“现在请您领钱，五百卢布。让这位军官发给您。顿河军区司令阿福里康·彼特洛维奇·包加叶夫斯基和顿河政府都感谢您表现出的高度英勇，并向您表示同情……同情您的痛苦。”

妲丽亚没有全部听懂将军对她说的话。她点了点头，表示感谢，就从副官手里接过钱来，也一声不响地笑着，对直地看了看还不算老的将军。他们俩的个头儿差不多一样高，妲丽亚毫不羞涩地打量着将军那瘦削的脸。“把我的彼特罗看得这样不值钱，还没有一对牛的价钱高呢……不过这位将军样子倒不错，一定很管用。”这时候她怀着她素有的毫不知耻的心情想道。西道林以为她马上就会走，但是妲丽亚不知为什么迟迟不走。站在西道林身后的副官和军官们，都互相挤着眼睛，瞟着这个机灵的寡妇；他们的眼睛里都闪着快活的亮光，就连英国上校也提起了精神，理了理皮带，两只脚捯动了一下，而且在他那板着的脸上出现了有点儿像笑的表情。

“我可以走了吗？”妲丽亚问道。

“可以，可以，当然可以！”西道林连忙答应说。

妲丽亚动作很不自然地把钱塞到上衣的开襟底下，便朝人群里走去。所有的厌倦了演说和繁文缛节的军官们，都凝神注视着她那轻盈柔软的步伐。

已故的马尔丁·沙米尔的老婆迟迟疑疑地朝西道林走去。一颗奖章别在她那旧褂子上的时候，她忽然哭了起来，而且哭得十分伤心，十分悲痛，军官们脸上的快活神气一下子就不见了，脸色严肃起来，露出忧凄的同情神气。

“你的丈夫也牺牲了吗？”西道林皱着眉头问道。

正在哭的娘儿们用两手捂住脸，一声不响地点了点头。

“她的孩子用一辆大车都装不下呢！”有一个哥

萨克用粗嗓门儿说。

西道林转脸朝着英国人，大声说：

“我们奖励的妇女，都在同布尔什维克的战斗中表现得特别英勇。她们大多数的丈夫都是在一开始起义反对布尔什维克的时候就牺牲了，这些寡妇为了给丈夫报仇，把一大队本地的共产党员全部消灭了。我奖励的第一名妇女是一位军官夫人，她亲手打死了一个以残忍出名的共产党的政委。”

翻译官说起流利的英语。上校听完了，点了点头，说：

“我很赞赏这些妇女的英勇行为。将军，您是说，她们都和男子并肩参加了战斗吗？”

“是的。”西道林很干脆地回答了一声，就急忙招了招手，请第三个寡妇走过来。

授过奖以后，客人们很快就回镇上去了。操场上的人匆匆忙忙地散去，赶去割草。过了几分钟，等到狗叫着把汽车送走以后，教堂围墙旁边就只剩下三个老头子了。

“这年头真稀奇！”其中一个老头子把两手摊得宽宽地说，“从前打仗的时候，要立下大功劳，要出生入死，才能得到十字章或奖章，那些得奖的又是些什么人呀？那都是一些英雄了得、万夫莫当的好汉！很多人拼死拼活，可是得到十字章的却不太多。难怪俗话说：‘要么戴十字章还乡，要么醉卧沙场。’可是如今给老娘儿们挂起奖章来啦……如果真有什么功劳倒也罢了，可实际上……哥萨克把俘虏赶到村子里来，她们就拿棒子殴打那些手无寸铁的人。这又算什么英雄好汉？说真的，我不懂！”

另外一个老眼昏花、十分虚弱的老头子，叉开腿，不慌不忙地从口袋里掏出一个卷成圆筒形的布烟荷包，说：

“人家在契尔卡斯克当官的，看得比咱们清楚。大概人家是这样考虑的：为了叫大家都振作起精神，好好地打仗，也要给老娘儿们一点儿甜头吃吃。所以又是奖章，又是五百卢布，——哪一个娘儿们见到这样的荣耀会不动心呢？有的哥萨克就是不愿意上前线，想逃避打仗，可是现在还能安安稳稳坐在家里吗？老婆就要天天在他耳朵边嗡嗡叫了！她就要不住地咕噜噜，咕噜噜，就像夜里的布谷鸟！每一个老娘儿们都要想：‘也许我也能挂一颗奖章呢?’”

“你这话不对，菲道尔亲家!”第三个老头子表示反对，“该奖赏，就奖赏。有些娘儿们守了寡，给她们些钱，可以帮她们好好过日子，给她们奖章，那是因为她们勇敢。麦列霍夫家的妲丽亚打头处治了科特里亚洛夫，她做得对！上帝总归是要惩罚他们的，不过老娘儿们惩罚他们也不算错：他们是罪有应得……”

三个老头子一直辩论和争吵到晚祷的钟声响起的时候。等鸣钟人敲起钟来，三个老头子这才站起身来，摘下帽子，画了个十字，恭恭敬敬地朝教堂里走去。

十三

说也奇怪，麦列霍夫家的情形变得好厉害呀！不久以前，潘捷莱·普罗柯菲耶维奇还觉得自己在家里是无上权威的当家人，家里所有的人都毫无二话地服从他，一切都有条有理，共同分担欢乐与痛苦，在各方面都表现出多年来的和睦和融洽。本来是一个十分团结的家庭，可是从春天起，一切都改变了。杜尼娅头一个发生离心力。她并没有对父亲公开表示不服从，但是她干起分配给她的任何活儿，都显得十分勉强，就好像不是给自己家干的，而是受人家雇的；样子也显得孤僻、落落寡合了；现在难得听到无忧无虑的杜尼娅的笑声了。

格里高力上前线去以后，娜塔莉亚也和两位老人家疏远了；几乎所有的时间都和孩子们在一起，只有和孩子们在一起，才高高兴兴地说说话儿，做做事情；好像娜塔莉亚暗暗为什么事感到十分伤心，但是她没有对家里任何人吐露过自己的痛苦，对谁都没有诉说过，而且想方设法掩盖自己的痛苦心情。

妲丽亚就更不用说了：这一次拉差回来，妲丽亚简直完全变了。她经常顶撞公公，根本不把婆婆放在眼里，常常无缘无故对家里人发脾气，借口身体不舒服，不去割草，看她的态度，就好像她在麦列霍夫家里住不了几天了。

潘捷莱·普罗柯菲耶维奇眼看着这一家完了。就剩下他和老婆子两个人在一起了。家庭关系突然很快地破裂了，相互之间的亲热没有了，说话中越来越带着火气和疏远的口气……大家同坐在一张饭桌前，不再像过去那样，是一个和睦一致的家庭，倒像是一些偶然凑在一起的人了。

这一切的根源就是打仗，潘捷莱·普罗柯菲耶维奇很清楚这一点。杜尼娅恨父母，是因为父母永远不准她嫁给米沙·柯晒沃依，而米沙·柯晒沃依是她这颗忠贞不渝的姑娘的心热爱着的唯一的人；娜塔莉亚用她素有的隐忍精神默默地忍受着很深的痛苦，她怕的是，格里高力又要去找阿克西妮亚了。这一切潘捷莱·普罗柯菲耶维奇全都看到，但是要恢复家庭的老样子，他却无能为力了。说实在的，在发生过种种事情之后，他是不能答应自己的女儿和一个狂热的布尔什维克结婚的，再说，即使他答应了，如果这个该杀的新郎官天天在战场上跑来跑去，况且又是在红军部队里，怎么能结婚呢？对于格里高力的事，他也没办法：如果格里高力不是军官阶级，潘捷莱·普罗柯菲耶维奇很快就能制伏他。能治得格里高力今后连斜眼看一看阿司塔霍夫家的院子都不敢。但是打仗把什么都打乱了，老头子再也不能照他想的那样过日子和管自己的家了。打仗打得他破了产，他再也没有原来那种干活儿的劲头儿，大儿子也死了，家里不和睦了，乱套了。他的生活经历了一场战争，就像一片麦地经受一场暴风雨一样，但是暴风雨过后麦子还能站起来，太阳一晒，又生机勃勃的，可是老头子再也站不起来了。他决定什么也不管了：听天由命吧！

妲丽亚得到西道林将军的奖赏以后，高兴起来。那一天她从操场上回来，得意扬扬，喜不自胜。她眼睛里放着光，去让娜塔莉亚看了看奖章。

“为什么给你这玩意儿？”娜塔莉亚惊愕地问道。

“这是因为我枪毙了干亲家伊万·阿列克塞耶维奇，愿这个狗崽子在天堂安息吧！还有这个——是因为彼特罗……”她为了谝一谝，打开一沓沙沙响的顿河政府流通券。

妲丽亚仍然没有下地去。潘捷莱·普罗柯菲耶维奇本来叫她去送饭的，但是妲丽亚坚决不干。

“饶了我吧，爹，我赶路赶得都累死啦！”

老头子皱起眉头。于是，妲丽亚为了缓和一下生硬拒绝的气氛，就半真半假地说：

“在这样的日子里逼着我下地去，您可是罪过。

今天我是过节呀!”

“我就自个儿送去吧。”老头子答应了，“噢，那钱怎么样?”

“钱又怎么样?”妲丽亚吃惊地挑了挑眉毛。

“我是问，你把钱放到哪儿?”

“这就是我的事了。想往哪儿放，就往哪儿放!”

“这算怎么一回事儿呢？这钱不是因为彼特罗发给你的吗?”

“他们是发给我的，这钱用不着您管。”

“你是家里的人不是?”

“是家里的人，您又想怎样呢，爹？您想把钱要过去吗?”

“不是想全要，不过，依你看，彼特罗是我们的儿子不是？我和老婆子该不该有一份儿呢?”

公公的口气显然是缺乏信心的，妲丽亚也就一点也不让步了。她用挖苦的口气很镇定地说:

“我一点儿也不给您，连一个卢布也不给！这里面没有您的份儿，要是有的话，就该发给您了。您这是从哪儿想起，这里面有您的份儿呢？这事儿没什么好说的，我的钱您贪不到，您捞不到!”

于是潘捷莱·普罗柯菲耶维奇拿出最后的一招儿：

“你在家里过日子，吃我们的粮食，就是说，咱们的什么东西都是公有的。如果每一个人都来攒私房钱，那又像什么话呀？我不许这样！”他说。

但是妲丽亚也打退了这次企图夺取她的私房钱的进攻。她毫不害羞地笑着说：

“爹，我和您可不是结发夫妻，今天我住在您这儿，明天我就会改嫁，叫您见都见不到影子！我吃的饭，也用不着向您付钱。我给你们家干了十年，腰都累弯啦。”

“你是给自个儿干的，骚母狗！”潘捷莱·普罗柯菲耶维奇气呼呼地叫道。他又嚷嚷了几句，但是妲丽亚连听都不听了，就在他的鼻子前面一转身，裙子一忽闪，朝自己房里走去。“我可不是怕吓唬的！”她冷笑着，小声说。

谈话到此就结束了。真的，妲丽亚不是那种怕老头子发脾气就让步的女人。

潘捷莱·普罗柯菲耶维奇准备下地去，临走时他和老婆子简单地谈了谈。

“你要看着妲丽亚……”他说。

“干吗要看着她?”伊莉尼奇娜吃惊地说。

“因为她可能要走，离开咱们家，会把咱们的东西卷走。我看，她抖搂翅膀，不是无缘无故的……看样子，她是找到了主儿，不是今天就是明天，她就要改嫁。”

“大概是这样，”伊莉尼奇娜叹着气说，“她就像一个当长工的外人，没有一样称她的心，什么都不合她的意……她如今就像一块切下来的面包，切下来的面包，怎么粘都粘不到一块儿。”

“用不着把她往一块儿粘！你注意，老糊涂，如果谈起这事儿，你可别拦她。让她滚吧。我和她缠够啦。”潘捷莱·普罗柯菲耶维奇爬上大车；一面赶牛，一面又说，“她一见干活儿就躲，就像狗见了苍蝇，可是她总想吃香的喝辣的，还要出去玩个快活。彼特罗一死，愿他在天堂安息，咱们家里再也不能留这种娘儿们啦。这不是女人，是祸害!”

两位老人家猜测错了。妲丽亚想都没想过改嫁的事。她不是想改嫁，而是有另外的操心事……

这一天妲丽亚有说有笑，十分高兴。因为钱而引起的口角甚至都没有影响她的情绪。她对着镜子转悠了半天，从各个角度端详那枚奖章，换了五六次衣服，试试什么样的衣服和花绦子绶带最配称，开玩笑说："现在我最好再搞几颗十字章！"后来她把婆婆叫到上房里，把两张二十卢布的票子塞到她袖子里，用两只滚烫的手把婆婆的两只疙疙瘩瘩的手按在自己胸前，小声说："这是祭奠彼特罗的……妈妈，您去做一次大道场，多煮些蜜粥……"便哭了起来……但是过了一会儿，眼睛里还带着亮闪闪的泪珠儿，就和米沙特卡玩起来，用自己的漂亮丝围巾蒙他的头，笑得非常开心，就好像从来没有哭过，根本不知道眼泪是咸的似的。

杜尼娅从草原上回来以后，妲丽亚就快活得疯起来。她把自己怎样领奖章的情形一五一十地对杜尼娅说了一遍，又笑哈哈地表演了将军怎样庄严地讲话，英国人怎样像木偶一样站着和看着她，然后，调皮而诡秘地对娜塔莉亚挤了挤眼睛，板紧了脸对杜尼娅说，她这个军官遗孀，又得了奖章，也要升成军官了，并且还要指挥一连哥萨克老头子呢。

娜塔莉亚在给孩子们补衣服，忍着笑在听妲丽亚胡吹，听糊涂了的杜尼娅像做祷告一样合起双手，央求说：

“好一个妲丽亚！好嫂子！你行行好，别胡扯吧！要不然我简直弄不清哪些是胡扯，哪些是真话啦。你正经八百地说说吧。”

“你不信吗？哼，你真是个傻丫头！我和你说的全是真话。军官都上前线去啦，谁又来教老头子们下操和当兵的要干的许多别的事儿呢？所以就叫我来指挥他们，我就来治治这些老鬼们吧！我要好好训练训练他们！”妲丽亚为了不让婆婆看见，把通厨房的门掩上，很麻利地把裙子下摆往两腿中间一塞，用一只手从后面把裙子下摆抓住，就摇晃着光溜溜的腿肚子，在上房里开步走了几步，在杜尼娅跟前站下来，用粗嗓门儿喊起口令，“老家伙们，立正！把胡子撅起来！向后转，开步走！”

杜尼娅实在憋不住，用双手捂着脸，扑哧大笑起来，娜塔莉亚笑着说：

“哎呀，你算了吧！你这样疯闹，恐怕没有好事儿！”

“没有好事儿就没有好事儿！再说，你们看见好事儿了吗？如果不逗你们笑笑，你们在这儿还要闷死呢！”

但是妲丽亚的这一股快活劲儿，来得突然，去得也突然。过了半个钟头，她回到自己的屋里，懊恼地从胸前扯下倒霉的奖章，扔进柜子里；两手托着腮，在窗前坐了老半天，到夜里又不知跑到什么地方去，直到鸡叫头遍以后才回来。

在这以后有三四天，她在地里干活儿都很卖力。

割草的事很不顺利，人手不够，一天顶多割两亩。草堆常常叫雨淋湿，又增加了麻烦。因为又要把草堆摊开来晒。不等把晒干的草堆成垛，又下起倾盆大雨，而且像秋雨一样连绵不断，一直从天黑下到第二天天亮。然后雨过天晴，刮起东风，草原上的割草机又轧轧响起来，一个个发了黑的草堆发出一股股又甜又苦的霉味，草原上笼罩着腾腾的蒸汽，透过蓝蓝的蒸汽，隐隐可以看到古守望台的模糊轮廓、青青的山沟和远处水塘边的翠柳。

第四天，妲丽亚准备从草地上直接到镇上去。她在坐下来吃午饭的时候，说出这话来。

潘捷莱·普罗柯菲耶维奇带着不满意和讥笑的

口气问道：

“干吗这样着急？不能等到星期日吗？”

“就是说，有事，不能等。”

“就是多等一天也不行吗？”

妲丽亚咬着牙回答说：

“不行！”

“好，既然这样着急，一点都不能等，你就走吧。不过，你到底有什么事这样着急呢？能说说吗？”

“您要是什么事都知道了，会死得快些。”

妲丽亚和往常一样，厉害话随口就来，潘捷莱·普罗柯菲耶维奇气得啐了一口，也就不再寻根问底了。

第二天，妲丽亚从镇上回来，顺路先回到村子里。只有伊莉尼奇娜和两个孩子在家里。米沙特卡跑到伯母跟前，但是她冷冷地用手把他推开，向婆婆问道：

“妈妈，娜塔莉亚在哪儿？”

“她在菜园子里锄土豆呢。你找她干啥？是不是老头子要你来叫她？叫他别发疯吧！你就这样对他说！”

“谁也不叫她，是我想和她说几句话。”

“你走着回来的吗？”

“走着回来的。”

“咱们家快割完了吗？”

“大概明天能完。”

“等等嘛，你急着上哪儿去？草不是叫雨淋坏了吗？”婆婆跟着妲丽亚下台阶，一个劲儿地追着问。

“没有，没淋坏。好啦，我去啦，不然就来不及啦……”

“你从菜园子里回来，给老头子带一件褂子去。听见没有？”

妲丽亚打了一个好像没有听清的手势，就急急忙忙朝牲口院子里走去。走到河边站下来，眯缝起眼睛，打量了一下散发着淡淡的潮湿气味的碧绿而辽阔的顿河，慢慢朝菜园子走去。

风在顿河上轻轻吹着，海鸥扇动着亮闪闪的白翅膀。波浪懒洋洋地拍打着缓斜的岸。笼罩在透明的淡紫色蜃气里的石灰岩山冈，在太阳底下闪着淡淡的白光；顿河对岸的树林经雨水一洗，就像初春时候那样，又青翠，又鲜嫩。

妲丽亚脱下靴子，洗了洗累得酸疼的脚，在岸边晒得滚烫的小石子上坐了半天，用手遮着眼睛，挡住阳光，倾听着海鸥那凄厉的叫声和波浪那均匀的拍溅声。面对着这样的寂静，又听到海鸥那揪心裂肺的叫声，她伤心得流下泪来，那突然降临到她身上的灾难，似乎更沉重，更难忍受了。

娜塔莉亚很吃力地直起腰来，把锄头靠在篱笆上，一看见妲丽亚，就迎着她走来。

“你是来叫我吗，妲莎？”

“我来找你说说自己的苦……”

她俩并肩坐了下来。娜塔莉亚摘下头巾，撩了撩头发，带着等待的神情看了看妲丽亚。这几天妲丽亚脸上的变化使她大吃一惊，两腮瘪了下去，而且发了乌，额头上出现了一道老深的斜皱纹，眼睛里流露出焦急、惶恐的神情。

“你这是怎么啦？你的脸都发乌啦。”娜塔莉亚很关心地问道。

“恐怕是要发乌的……”妲丽亚勉强笑了笑，沉默了一会儿，“你还要锄很久吗？”

“到天黑能锄完。你到底是怎么啦?”

妲丽亚哆哆嗦嗦地咽了一口唾沫，声音又低又快地说道：

“是这么回事儿：我有病啦……我生了脏病……就是我这一回出门染上的……是一个该死的军官传给我的!”

“闹出事情来啦! ……”娜塔莉亚又惊骇又伤心地把两手一挓挲。

“是闹出事情来啦……没什么好说的，也怨不得别人……只怪我自己……那个该死的东西害过人，就滚了。牙齿白白的，却原来是个有病的蛆……这一下子我完啦。”

“好命苦啊! 这可怎么办呀? 你现在怎么打算呀?”娜塔莉亚睁大了眼睛看着妲丽亚，妲丽亚控制住自己，望着自己脚底下，已经比较平静地说：

“就是说，我在路上就有感觉了……起初我想：也许这不算什么……你要知道，咱们女人家什么样的毛病都有……今年春天我扛一口袋麦子，月经就来了三个星期。可是，现在我觉得有点儿不对头……有些征候露出来了……昨天我就到镇上去找大夫。真羞死人啦……这一下子全完啦，快活到头啦！”

“应该治一治，这太寒碜啦！听说，这种病能治嘛。”

“不行，傻东西，我的病治不好。”妲丽亚似笑非笑地笑了笑，谈到这里，这才第一次抬起火燥的眼睛，“我这是梅毒。这种病治不好。害这种病，要塌鼻子……就像安得洛妮哈老婆子那样，你看见来着？”

“那你现在怎么办呀？”娜塔莉亚带着哭腔问，并且眼睛里饱含着眼泪。

妲丽亚老半天没有说话。她扯下一朵缠在玉米秆子上的牵牛花，拿到自己的眼跟前。这朵娇弱的、边上粉红色的、几乎轻如无物的小小的喇叭花，竟散发着十分浓重、强烈的晒烫了的土地气味。妲丽亚贪婪而惊异地看着牵牛花，就好像是头一次看见这种平常而又难看的花儿似的；她张大了两个哆哆嗦嗦的鼻孔，闻了闻，然后小心翼翼地放在松软的、被风吹干的土地上，说：

“你问我打算怎么办吗？我从镇上往回走的时

候，就想过，掂量过啦……我要自杀，这就是我的办法！自杀是有点儿可惜，不过，看起来，没有别的法子可想了。即使我去治，反正也是一样，村子里的人都要知道，他们会指指点点，躲着我，笑话我……谁还看得起我这样一个女人呢？我不漂亮啦，浑身要瘦干啦，我就要活活地烂掉……我不愿意这样，决不！”她说话的样子，就像自己和自己讨论，根本不理会娜塔莉亚那表示反对的动作，“我还没有上镇上去的时候，我在想，如果我害了脏病，我要治一治。所以我没有把钱给公公，我想，治病就要花钱嘛……可是现在我改变主意了。我什么都讨厌啦！不愿意活啦！”

妲丽亚像男人一样骂了几句十分粗野的话，啐了一口，用手背擦了擦挂在长长的睫毛上的泪珠儿。

“你说的是什么话呀……你不怕上帝吗？”娜塔莉亚小声说。

“对于我来说，现在上帝一点用处也没有啦。就这样，这一辈子上帝已经碍了我不少事啦。”妲丽亚笑了笑，从她的毫不在乎和顽皮的笑容上，娜塔莉亚一时间又看到了原来的妲丽亚，“这又不能干，那又不能干，总是说罪过，总是拿最后审判来吓唬人……却想不到，我自己要对自己作的审判，比那种审判还厉害呢。娜塔莉亚，我什么都厌啦！所有的人我都讨厌啦……我很容易离开人世。我无牵无挂。没有人需要我操心……就这样啦！”

娜塔莉亚很热心地劝起她来，劝她回心转意，不要再去想自杀的事，但是妲丽亚起初只是心不在焉地听着，后来一下子想了起来，就气冲冲地打断她的话头。

“你别说这些啦，娜塔什卡！我到这儿来，不是要你劝我，说服我！我是来对你说说我的苦，并且提醒你，今后你别叫孩子们接近我。大夫说，我这种病很容易传染，我也听别人这样说过，所以千万别叫孩子们传染上，傻东西，明白了吗？还要你去对婆婆说说，我自己还不好意思。不过我……我还不是马上就上吊，不会的，这种事儿不用着急……我还要再活些日子，要好好地看看人世，最后看几眼。要不然，你可知道，咱们真是白活啦！活着的时候，天天跑来跑去，周围的什么都看不见……我这一辈子就是这样过的，就好像是个瞎子，可是这一回我从镇上回来，从河边上走，一想到我很快就要见不到这一切了，我的眼睛好像一下子就睁开啦！我望着顿河，望着河面上的水波，太阳一照，河水简直成了银的，明晃晃的，都不敢拿眼睛去看。我又转了转身，朝四下里一看，天啊，真是太美啦！可是以前我还没有注意到呢……”妲丽亚羞涩地笑了笑，沉默了一会儿，攥紧两手，克制住已经冲到喉咙眼儿里的哭声，又说下去，她的嗓门儿更高也更紧张了，“我一路上已经哭了好几次……来到村边上，我看见一些小家伙在河里洗澡……我看了看孩子们，心里就难受起来，像个傻子一样大哭起来。在沙滩上躺了有两个钟头。要是想想的话，死也不好受……”她从地上站起来，掸了掸裙子上的灰土，用习惯的动作理了理头上的头巾，“不过，一想到死，我也觉得高兴：到阴间里就能和彼特罗见面了……我就说：‘喂，彼特罗·潘捷莱维奇，我的当家的，收留你这个不走正道的老婆吧！’”她又用她常有的那种毫不在乎的玩笑口吻说：“在阴间里他又不能打人，打人就进不了天堂，不是吗？好啦，娜塔什卡，再会吧！别忘了把我的倒霉事儿告诉婆婆。”

娜塔莉亚用窄窄的两只脏手捂住脸，坐在地上。从她的指头缝儿里往外流着晶莹的泪珠儿，就好像松树裂缝里流出的松胶。妲丽亚走到用树枝子编的菜园子篱笆小门跟前，又走了回来，郑重地说：

“从今天起，我就要单独使用一套碗碟。你要把这事告诉婆婆。还有，叫她先别把这事儿告诉公公，不然老头子就会大发脾气，把我从家里赶出去。那我就更受不了啦。我打这儿一直到草地上去了。再会吧！”

十四

第二天，割草的就从田野上回来了。潘捷莱·普罗柯菲耶维奇决定吃过午饭就开始去拉干草。杜尼娅把牛牵到河边去饮，伊莉尼奇娜和娜塔莉亚就忙着摆饭。

妲丽亚最后一个上桌子，坐在尽边上。伊莉尼奇娜在她面前摆了一小钵子菜汤、一把调羹和一块面包；其余的人喝的菜汤，还像往常一样，盛在一个公用的大钵子里。

潘捷莱·普罗柯菲耶维奇惊讶地看了老伴儿一眼，拿眼睛瞟着妲丽亚的钵子，问道：

“这是怎么一回事儿？为什么要单独给她盛一钵子？怎么，她不信咱们的教了吗？”

“你少管闲事！吃你的吧！”

老头子用讥笑的目光看了妲丽亚一眼，笑着说：

“啊哈，我明白了！她一得了奖章，就不愿意吃大锅饭啦。妲什卡，你怎么，觉得我们不配和你合用一个钵子喝汤了吗？”

“不是不配，是不行。”妲丽亚沙哑地回答说。

“那又为什么？”

“我喉咙疼。”

“喉咙疼又有什么？”

“我上镇上去，大夫对我说，吃饭的家伙要分开。”

“我的喉咙也疼过，我也没有分开，托老天爷的福，我的病也没有传染给别人。你这病又是怎么回事儿呢？”

妲丽亚的脸一下子白了，她用手擦了擦嘴，就放下调羹。老头子问来问去，把伊莉尼奇娜惹火了，她朝他吆喝道：

“你干吗和老娘儿们缠个没完？连吃饭都叫人吃不安生！就像苍耳子儿，粘到身上扯都扯不掉！”

“我怎么啦？”潘捷莱·普罗柯菲耶维奇气呼呼地嘟哝说，“你们胀破肚子，也没有我的事。”

他气得把满满一调羹热菜汤往嘴里一倒，烫得嘴生疼，他把汤一齐吐到大胡子上，恶狠狠地嚷道：

“你们这些该死的，连饭都不会摆啦！刚从火上拿下来的汤，怎么能端上桌子?!”

“吃饭的时候少说点儿话，就不会烫着嘴啦。”伊莉尼奇娜挖苦他说。

杜尼娅看到父亲红着脸从大胡子里往外剔白菜和土豆块儿，差一点儿扑哧笑出来，只是因为别人的脸色都很严肃，她也就憋住了，并且把目光从父亲身上移开，很怕不合时宜地笑起来。

吃过午饭以后，老头子和两个儿媳妇赶着两辆大车去拉干草。潘捷莱·普罗柯菲耶维奇用长长的叉子把一捆捆散发着霉味的干草往车上挑，娜塔莉亚就在车上接，往车上装。她和妲丽亚一块儿赶着车往回走。潘捷莱·普罗柯菲耶维奇已经赶着两头脚步矫健的老牛远远走到前面去了。

太阳眼看就要落到山冈后面去。在割过了草的草原上，苦蒿气味到黄昏时候益发浓了，但是比较柔和，比较清爽了，已经不像中午时候那样使人气闷。炎热消失了。两头牛高高兴兴地走着，牛蹄子在夏季道路上蹚起的一股股淡淡的灰尘升起又落下，落在道旁的驴蓟草丛里。开着深红色花儿的驴蓟像一团团的野火。丸花蜂在上面嗡嗡地飞着。几只凤头麦鸡咯咯叫着，朝远处一口草原水塘飞去。

妲丽亚两手托着腮，趴在摇摇晃晃的大车上，偶尔看看娜塔莉亚。娜塔莉亚正望着落日在沉思；她那安详而干净的脸上闪烁着红铜色的霞光。“娜塔莉亚好福气呀，又有丈夫又有孩子，什么也不缺，家里人又喜欢她，可是我呀，成了一个没人要的人啦。就是死了，也没有人叹一声。”妲丽亚心里想着，忽然产生了一个念头：要叫娜塔莉亚伤伤心，叫她也痛苦一下子。为什么就该她妲丽亚一个人灰心绝望，就该她一个人无休无尽地想她的已经完蛋的一生，而且这样痛苦难熬呢？她又匆匆看了娜塔莉亚一眼，便竭力以推心置腹的口吻说：

“娜塔莉亚，我想向你认个错儿……”

娜塔莉亚没有立即搭腔。她望着落日，想起很久以前，她还是格里高力的未婚妻的时候，格里高力有一次来看她，她把他送到大门外，那时候也是太阳正要落山，西方天空一片红红的霞光，白嘴鸦在柳树上喳喳直叫……格里高力在马上侧转过身子，慢慢离开，她含着高兴得流出来的眼泪，望着他的背影，两手按在尖尖的姑娘乳房上，觉得心在猛烈地跳动……因为妲丽亚突然打破了沉默，她有些不高兴，于是不大痛快地问道：

“认什么错儿呀？”

“是这样一件错事……你还记得，春天里格里高力从前方回过一趟家吗？记得就在那一天晚上，我挤完牛奶，正要朝房里走，就听见阿克西妮亚叫我。哦，她把我叫了去，送我一枚戒指，硬要给我，就是这一枚，”妲丽亚转悠了一下戴在无名指上的金戒指，“她求我把格里高力叫到她家去……我就什么也不管……告诉他了。他就去了一夜……他说是库金诺夫来了，他陪库金诺夫来着，这话你记得吧？全是扯谎！他在阿克西妮亚那儿呢！”

脸色煞白、发了呆的娜塔莉亚一声不响地在手里掰着干木樨枝儿。

“娜塔莎，你别生我的气。我自己也不高兴这样做，所以才向你认错儿……”妲丽亚讨好地说，一面想看看娜塔莉亚的眼睛。

娜塔莉亚一声不响地吞着眼泪。这又一次的打击是如此突然，如此沉重，她简直没有力气来回答妲丽亚了，只是转过身去，藏起自己的痛苦得变了样子的脸。

已经快到村口了，妲丽亚恼起自己，心里想：“我他妈的真不该刺她。这一下子她要哭上整整一个月了！真该让她什么也不知道，就那样过下去。叫她像牛一样糊里糊涂过下去，倒好些。”她想多少消除一下自己的话发生的影响，就说：

“你别太难过嘛。这没什么了不起的！我的苦比你厉害多啦，可是我还不在乎呢。再说，鬼又知道，也许他真的没有去找她，当真去看库金诺夫了呢。我又没有跟着他。没有抓住，就不能算是贼。”

“我早就猜到啦……”娜塔莉亚用头巾的角儿擦

着眼泪，小声说。

“既然猜到，你怎么不追问他呢？你真无用！要是我，他就不敢耍花枪！我就要狠狠治他一下子，叫什么样的鬼都受不了！”

“我怕知道这事儿是真的……你以为，这是快活事儿吗？”娜塔莉亚忽闪了几下眼睛，激动得结结巴巴地说，“这是因为你……和彼特罗过得不错……可是我一想起……一想起许多事情……受的折腾……马上就觉得可怕！”

“哦，那你就忘掉这些事吧。”妲丽亚很天真地劝她说。

“这种事能忘得掉吗？”娜塔莉亚用变了腔的沙哑嗓门儿叫道。

“要是我，早就忘掉啦。有什么不得了的？”

“那你就忘掉自己的病吧！”

妲丽亚哈哈大笑起来。

“我倒是想忘掉，可是这种该死的病总是叫人想起它来！你听我说，娜塔什卡，你要不要我去找阿克西妮亚把事情问清楚？她一定会对我说！肯定会说！没有一个女人能憋得住不说有人爱她和怎么爱她。我自个儿就是这样！”

“我不想劳你的驾了。你对我已经够操心的啦。”娜塔莉亚冷冷地回答说，“我不是瞎子，我看得出你是为什么把这事儿告诉我的。你不是因为心疼我，才说出你怎样拉皮条，是为了叫我难受难受……”

“是呀！”妲丽亚叹了一口气，承认说，“你自个儿想想嘛，不是该我一个人难受吧？”

妲丽亚跳下大车，抓住缰绳，牵着疲惫无力地迈着四条腿的老牛朝坡下走去。到了胡同口，她走到大车跟前，说：

“喂，娜塔什卡！我想问问你……你很爱你男人吗？”

“尽我的心。”娜塔莉亚含含糊糊回答说。

“那就是很爱嘛，”妲丽亚叹着气说，“可是我没有很爱过一个。我像狗那样去爱，马马虎虎，随随便便……如果我现在能重新从头过起，也许我能变成另外一个人吧？”

黑夜接替了短暂的夏天的黄昏。大家摸黑把干草堆在院子里，妯娌们一声不响地干着活儿，妲丽亚甚至对公公的吆喝都没有回嘴。

十五

顿河白军和顿河上游暴动军的联合部队，紧追着从大熊河口镇撤出的敌军，向北方开去。红军第九军被击溃的几个团，企图在大熊河上的沙石金村外拦击哥萨克，但是又被打垮了，于是几乎一直撤退到格里亚齐—察里津铁路线上，都没有进行什么大的抵抗。

格里高力率领自己的一个师参加了沙石金村的战斗，有力地支援了受到侧翼攻击的苏图洛夫将军的步兵旅。叶尔马柯夫的骑兵团，依照格里高力的命令进行冲锋，俘虏了二百来名红军，缴获了四挺重机枪和十一辆子弹车。

将近黄昏时候，格里高力带领第一团的一批哥萨克进入沙石金村。在师部占用的一座房子旁边，密密层层地站着一大群俘虏，由半连哥萨克看守着，俘虏们的衬衣和衬裤白成了一片。他们大多数人的鞋袜都被脱光了，衣服剥得只剩了内衣，在白成一片的人群里只是偶尔能看到一件肮脏的草绿色军便服。

“白得像一群鹅啦！”普罗霍尔指着俘虏们，叫道。

格里高力勒住马，让马侧转过身子；他在哥萨克群里找到叶尔马柯夫，招了招手，叫他过来。

“过来，你干吗要躲到别人脊梁后头？”

叶尔马柯夫用手捂着嘴咳嗽着，骑马走了过来。在他那稀稀的黑胡子底下，破裂的嘴唇上凝结着血块子，右腮肿了起来，有几条黑红色的新鲜擦伤。在冲锋的时候，他的马在飞跑中绊了一下，跌倒了，叶尔马柯夫像石头一样从马上飞了出去，肚子朝下，在坎坷不平的草地上滑了有两丈远。但是他和马又同时站了起来。过了一会儿，浑身是血的叶尔马柯夫又骑在马上，也没戴军帽，但是手里攥着出了鞘的马刀，去撵在斜坡上奔跑的哥萨克骑兵散兵线了……

“我有什么好躲的呀？”他来到格里高力跟前，故作惊讶地问道，然而他很不好意思地把打过仗以后还没有冷下来的、充血的、火辣辣的眼睛转向一边。

“谁干的事情，谁心里有数！你干吗要在后头走?”格里高力十分气愤地问道。

叶尔马柯夫的两片肿起的嘴唇很费劲地笑着，侧眼看了看俘虏们。

“你说的是什么事呀?你别叫我猜谜了，反正我猜不出，我今天从马上栽下来着……”

“这是你干的吧?”格里高力用鞭子指了指红军。

叶尔马柯夫装作头一回看见这些俘虏，装出非常吃惊的样子：

“瞧这些狗崽子们干的好事！哼，真该死！把衣服都剥啦！他们这是什么时候剥的呢……真没想到！我刚刚离开一下子，还严厉命令不许动呢，可是你看，把他们都剥光了，真可怜！……”

“你别糊弄我了！装什么蒜?是你下命令剥的吧?”

“主保佑吧！格里高力·潘捷莱维奇，你不是疯了吧?”

“你还记得命令吗?”

“命令就是说……”

“对，对，就是那道命令！……”

“当然记得。我都能背得出来！就像过去在学校里念过的诗一样。”

格里高力不由得笑了，他在马上弯下腰，抓住叶尔马柯夫的武装带。他很喜欢这个勇猛、剽悍的团长。

“哈尔兰皮！别开玩笑，你搞成什么样子啦？如果派来的那位接替考佩洛夫的新上校一报告，你就要负责任。一有麻烦，追问起来，你就高兴不成了。”

“我忍不住呀，潘捷莱维奇！”叶尔马柯夫严肃而老实地回答说，“他们穿的都是崭新的衣服，都是在大熊河口刚刚发给他们的，可是我的弟兄们都穿得破破烂烂，而且就是家里也没有什么衣服。反正他妈的一样，到了后方也要把他们剥光！我们把他们抓来，倒叫后方那些家伙去剥衣服吗？那不行，还是叫咱们的弟兄们穿穿吧！我负责任好啦，没什么了不起的！请你别和我啰唆啦。我什么也不懂，这些事儿我一点也不明白！”

他们来到俘虏跟前。俘虏群里低低的说话声停止了。站在边上的俘虏躲着骑马的人，带着愁眉苦脸的担心神情和小心等待的神情望着哥萨克们。有一个红军认出格里高力是首长，径直走过来，用手抓住马镫，说：

“首长同志！请告诉您手下的哥萨克们，哪怕把军大衣还给我们也好。行行好吧！夜里很冷，您看，我们简直光光的啦。”

“这是夏天，你大概不会冻死的，金花老鼠！”叶尔马柯夫厉声说；他用马把那个红军挤开，转身朝着格里高力，“你别操心，我叫人发给他们一些旧衣服好啦。喂，闪开，闪开，你们这些孬种！你们该钻到裤子里去打虱子，不该来和哥萨克打仗！”

师部里正在审问一个被俘的连长。在一张铺着旧漆布的桌子后面，坐着新任参谋长安得列扬诺夫上校。他是一个上了年纪的军官，蒜头鼻子，两鬓已经出现了密密丛丛的白发，一对像小孩子一样的招风大耳朵。红军连长站在他对面，离桌子有两步远。一位参谋，和安得列扬诺夫一同来到师里的苏林中尉，在记录受审人的口供。

红军连长高个子，红胡子，浅灰色的头发剪成了平头；他很别扭地在漆成赭色的地板上挪动着两只光脚，站在那里，偶尔看看上校。哥萨克们只给他留下一件没有漂过的黄棉布士兵内衣，裤子也剥掉了，给他换上一条破破烂烂的哥萨克军裤，裤缘已经褪了色，胡乱补了许多补丁。格里高力往桌子跟前走时，看见这个俘虏窘急而匆忙地拉了拉后面破了的裤子，想盖一盖露出来的屁股。

"您说，是奥勒尔省军事委员会动员您的吗？"上校问了一句，从眼镜上面朝俘虏短促地看了一眼，就又垂下眼睛，把眼睛眯起来，开始研究和摆弄手里的一张纸，看样子，是一份证件。

"是的。"

"是去年秋天吗？"

"是秋末。"

"您说谎！"

"我说的是实话。"

"我可以肯定，您是说谎！……"

俘虏一声不响地耸了耸肩膀。上校看了看格里高力，很轻蔑地瞟了瞟受审的人，说：

"请瞧瞧吧：从前沙皇军队里的一位军官，可是现在您看，成了布尔什维克啦。现在被俘了，就瞎编，好像他是偶然到红军里去的，好像是抓他去的，撒谎撒得又离奇又幼稚，就像个小学生，而且以为别人会相信他的话，可是他就是没有足够的勇气承认背叛了祖国……这坏蛋，害怕呢！”

俘虏很费劲儿地咕哝着喉结，说道：

“我看，上校先生，您倒是有足够的勇气来侮辱俘虏……”

“我不想和坏蛋说话！”

“可是现在我非说不可。”

“您小心点儿！别把我惹火了，我还可以用行动来侮辱您！”

“处在您的地位，这样干不难，主要是没有危险！”

格里高力一声不响地在桌边坐下来，带着同情的笑容望着气得脸色发白，毫不畏惧地反唇相讥的俘虏。“他顶这个上校顶得好！”格里高力高兴地想到，并且带着幸灾乐祸的心情看了看安得列扬诺夫那气得直哆嗦的、红红的、肉嘟嘟的腮帮子。

格里高力从第一次见面，就很不喜欢这位参谋长。有些军官在世界大战期间不上前线，利用一些有势力的亲戚和朋友的关系，千方百计抓住一些没有危险的差事，躲在后方苟且偷安，安得列扬诺夫就属于这一类。安得列扬诺夫上校就在内战时期也是想方设法坐在诺沃契尔卡斯克做保卫工作，直到克拉斯诺夫下台，他才不得不来到前方。

格里高力和安得列扬诺夫在一座房子里住了两夜，就从他的谈话中知道，他是一个非常信神的人，每谈起教堂里的盛大祈祷仪式必然流泪；他说他的妻子是一位最理想的模范妻子，名叫索菲亚·亚历山大洛芙娜，还说皇封的军区司令官封·戈拉贝伯爵曾经追求过她，她都没有答应；此外，上校还很带劲儿、很详细地讲了讲：他的亡父有多大的产业，他安得列扬诺夫怎样升到上校阶级，他在一九一六年和哪些高官显宦一起打过猎；还说，打桥牌最有意思，用兰芹叶子泡的白兰地是最好的饮料，最肥的差事是干军需官。

安得列扬诺夫一听到炮声近了就打哆嗦，他不愿意骑马，说是有肝病；他时时刻刻想扩充师部的警卫队，对待哥萨克怀着一种掩饰不住的敌视态度，因为，照他的话来说，所有的哥萨克在一九一七年都成了叛徒，而且从这一年起，他就不分青红皂白地憎恨起一切“下层阶级”。“只有贵族才能拯救俄罗斯！”这位上校说，并且随口说了说，他是贵族出身，他们安得列扬诺夫家族是顿河上历史最悠久的名门望族。

毫无疑问，安得列扬诺夫的主要毛病是喜欢唠叨。有些喜欢说话的糊涂人，年轻时谈起一切事情都随随便便，信口胡扯，一上了年纪，就会像他这样，絮絮叨叨，喋喋不休，唠叨起来没完没了。

格里高力这一生多次遇到这种像鸟一样喜欢聒噪的人，一向就对这种人怀着深恶痛绝的心情。格里高力在和安得列扬诺夫认识的第二天，就开始躲避他，白天倒是能躲开，但是一驻下来宿营，安得列扬诺夫就来找他，急急忙忙地问：“咱们住在一块儿吧？”而且不等回答，就唠叨起来，“阁下，您说哥萨克步战不怎么行，可是以前我在一位将军麾下办事的时候……喂，外面有人吗？把我的提箱和铺盖拿到这儿来！”格里高力仰面躺在床上，闭上眼睛，咬着牙听他讲，后来就不客气地翻过身去，背朝着喋喋不休的说话人，用大衣连头蒙住，暗暗带着愤恨的心情想："只要一接到调动职务的命令，我要狠狠敲敲他的脑袋，叫他至少一个星期不能说话！"安得列扬诺夫问："您睡了吗，中尉？"格里高力就低声回答："我睡啦。"安得列扬诺夫就说："对不起，我还没有说完呢！"于是又继续讲下去。格里高力迷迷糊糊地想："他们是有意把这个唠叨鬼塞给我。这一定是菲次哈拉乌洛夫干的好事。哼，怎么能和这样的浑蛋共事呢？"他睡意蒙眬中，还听见上校那尖嗓门儿在响着，就像雨点儿打在铁房顶上。

所以，格里高力看见被俘的连长很俏皮地挖苦他的爱唠叨的参谋长，就幸灾乐祸地高兴起来。

安得列扬诺夫有一会儿没有说话，眯着眼睛；两只招风大耳朵红得像红布一样，放在桌上的一只白胖的手哆嗦着，食指上还戴着一枚老大的金戒指。

"您听着，狗杂种！"他用气哑了的嗓门儿说，"我下命令把您带到这儿来，不是为了和您相骂的，您别忘记这一点！您是逃不掉的，明白吗？"

"我非常明白。"

"您明白就好。归根到底，您参加红军是自愿的，还是被迫的，这我不管。这不要紧，要紧的是，因为您对气节二字理解得不对头，所以不肯招认……”

“很明显，我和您对于气节问题的理解完全不同。”

“这是因为，您连一点儿气节都没有啦！”

“至于您，上校先生，从您对我的态度来看，我觉得您从来不曾有过什么气节！”

“我看，您是想快点儿了结吧？”

“您认为，我希望慢点儿了结吗？别吓唬我，吓不倒我！”

安得列扬诺夫用哆哆嗦嗦的两手打开烟盒，点起烟来，使劲抽了两口，又对俘虏说：

“这么说，您是拒绝回答问题了？”

“关于自己的情况，我说过了。”

“您见鬼去吧！您那讨厌的个人情况，我不大感兴趣。请您回答一个问题：哪些部队从谢布里亚科沃车站开到你们那儿去啦？”

“我已经回答过您：我不知道。”

“您知道！”

“好吧，我就叫您满意一下：是的，我知道，但是我不说。”

“我叫人拿通条抽您，您就会说啦！”

“不见得！”俘虏用左手捋了捋胡子，很镇定地笑了笑。

“卡梅申团参加这次战斗了吗？”

“没有。”

“但是你们的左翼有骑兵掩护，那是哪一部分？”

“够啦！我再对您说一遍：这一类的问题我是不会回答的。”

“随你挑选：你这狗东西，要么把真实情况说出来，要么十分钟以后把你枪毙。怎么样？”

于是俘虏突然用高亢、嘹亮的嗓门儿说：

“我讨厌您，老浑蛋！蠢驴！您要是落在我手里，我才懒得审问您哩！……”

安得列扬诺夫的脸一下子白了，他抓住匣子枪套子。这时候格里高力不慌不忙地站起来，摆了摆手，叫他别动。

“噢呀！好，现在够啦！你们谈了半天，行啦。我看，你们的脾气都很暴躁……好啦，谈不到一块儿，就别谈吧，还有什么好谈的呢？他不肯出卖自己的人，他做得对。真的，这是好样儿的！我真没想到！”

“不行，请准许我！……”安得列扬诺夫怒冲冲地说，半天也没有打开枪套子。

“我不准许！”格里高力高高兴兴地说着，径直走到桌子前面，用身子挡住俘虏，“打死一个俘虏——是很无聊的事。对他这样的人使厉害，您好意思吗？一个人没有了武器，又做了俘虏，连衣服都被剥光了，可是您还要向他发威风……”

“毙了他！这个坏蛋还侮辱我呢！”安得列扬诺夫使劲推开格里高力，拔出匣子枪来。

俘虏立刻转身朝着窗户，就像怕冷似的，耸了耸肩膀。格里高力含笑看着安得列扬诺夫，可是安得列扬诺夫的手攥住骨骨棱棱的匣子枪把子，不知为什么胡乱把枪挥舞了一下，然后就耷拉下枪口，转过身去。

“我不愿意弄脏我的手……”他嘘了一口气，舔了舔干燥的嘴唇，沙哑地说。

格里高力忍不住笑，胡子底下龇着直冒唾沫的牙齿，说：

“想弄脏也弄不脏！瞧，您的手枪是空的。还是在宿营的地方，早晨我醒来，从椅子上拿过这支枪看了看……看到里面连一颗子弹也没有，而且看样子有两个月没擦啦！您对自己的武器保管得太差了！”

安得列扬诺夫垂下眼睛，用大拇指拨了拨转轮，笑着说：

“他妈的！是没有啦……”

苏林中尉一直带着讥笑的神气一声不响地注视着面前的一切，现在把审讯记录卷起来，愉快地说：

“谢苗·波里卡尔波维奇，我不止一次对您说过，您太不注意武器啦。今天的事——更是证明了这一点。”

安得列扬诺夫皱起眉头，喊道：

“喂，下面有人吗？到这儿来！”

两个传令兵和警卫队长从堂前走了进来。

“把他带走！”安得列扬诺夫朝俘虏摆了摆头。

俘虏转身朝着格里高力，一声不响地对他行了一个礼，就朝门口走去。格里高力觉得，俘虏那红胡子底下的嘴唇好像动了动，隐隐露出感谢的笑容……

等到脚步声消失以后，安得列扬诺夫无精打采地摘下眼镜，用一块麂皮仔细擦了擦，恼恨地说：

“您千方百计保护这个坏蛋，这是您的信仰问题，可是您当着他的面说我的枪怎样怎样，叫我下不了台，请问，这又是怎么回事儿？”

“这没有什么了不起的嘛。”格里高力用和解的口气回答说。

“不，反正不应该。您知道吧，我本来可能要打死他的。这是一个可恶的家伙！在您来以前，我已经和他搞了有半个钟头。他一个劲儿在这儿扯谎，胡说八道，躲躲闪闪，供了一些莫名其妙的假材料——简直可恨透了！等到我把他揭穿了，他就干脆闭口不回答。您看见吗，他要守住一个军官的气节，不肯向敌人暴露军事秘密呢。这狗崽子，在他投靠布尔什维克的时候，却不想想一个军官该有的气节……我认为，应当把他和另外两名指挥人员不声不响地毙掉。想从他们口里得到我们所需要的情报，那不可能：他们都是怙恶不悛、不可救药的坏蛋，因此，对他们没有姑息的必要。您以为怎样？”

“您怎么知道他是连长呢?”格里高力没有回答，反而问他说。

“是他手下一名红军供出来的。”

“我认为，应该枪毙这个红军，留下连长!”格里高力带着等待的神气看了看安得列扬诺夫。

安得列扬诺夫耸了耸肩膀，笑了笑，就好像觉得对方开的玩笑并不好笑。

“不，说规矩话，您以为怎样?”

“就照我对您说的这样。”

“但是，请问，这又是什么道理呢?”

“什么道理吗?这是为了保持俄罗斯军队的纪律和秩序。昨天，咱们躺下睡觉的时候，上校先生，您说得很有道理，您说在打败布尔什维克以后，要在军队里建立很好的秩序，以便消除青年人中的红色细菌。我完全赞成您的意见，您记得吗?”格里高力捋了捋胡子，注视着上校脸部表情的变化，义正词严地说，“可是现在您是怎么想的呢?您想这样来废弛纪律吗?就是说，要让士兵来出卖自己的首长吗?您这是教士兵学什么呀?如果咱们有朝一日遇到这样的情形，那怎么办?不行，对不起，我坚持自己的意见！我反对。”

“随您的便吧。”安得列扬诺夫冷冷地说，并且仔细看了看格里高力。他原来就听说这位暴动军师长很刚愎，很古怪，但是没想到会是这个样子。他只是又补充了几句：“我们对待俘虏的红军军官，特别是以前的军官，一向是这样办的。您这是新办法……您对待这种似乎无可争议的问题的态度，我实在不大理解。”

“可我们一向是在打仗时才杀他们，能杀就杀；但是对于俘虏，没有必要是不杀的！”格里高力红着脸回答说。

“那么好吧，咱们就把他们送到后方去。”安得列扬诺夫表示同意，“现在有一个问题：有一部分俘虏是被动员当兵的萨拉托夫省农民，他们表示愿意参加咱们的部队。咱们的第三步兵团还缺三百人。您认为，能不能仔细挑选一下，把一部分志愿参加的俘虏编到这个团里？在这方面，咱们是有军部的明确指示的。”

“一个庄稼佬我也不要。我的部队的缺额，要由哥萨克来补充。”格里高力斩钉截铁地说。

安得列扬诺夫还想说服他：

“听我说，咱们不必争论。我明白您是希望师里都是清一色的哥萨克，不过兵员很难补充，所以我们不要嫌弃俘虏。就是在志愿军里，有几个团也是由俘虏补充的。”

“他们愿意怎么办就怎么办，我可是不接受庄稼佬。这个问题咱们不多谈啦。”格里高力断然说。

过了不大的一会儿，他就出去安排押送俘虏的事。吃午饭的时候，安得列扬诺夫很激动地说：

“看样子，咱们很难合作下去了……”

“我也是这样想。”格里高力很冷淡地回答说。他也不理睬苏林的笑，用手拿起盘子里的一块烧羊肉，像狼一样咯吱咯吱地啃着硬邦邦的脆骨，苏林就像挨了一棒似的，疼得皱起眉头，甚至闭了一会儿眼睛。

* * *

过了两天，萨里尼柯夫将军的突击兵团来追击撤退的红军了，十万火急地把格里高力召到兵团司令部里去。参谋长是一位仪表堂堂的上了年纪的将军，他让格里高力看过顿河军司令下达的改编暴动军的命令以后，就直截了当地说：

“在和红军进行游击战的时候，您指挥一个师指挥得很好，可是现在我们不仅不能叫您指挥一个师，也不能叫您指挥一个团了。您没有受过军事教育，在战线扩大的情况下，在进行现代化战争的时候，您指挥不了一个庞大的军事单位。您同意这个看法吗？”

“我同意，”格里高力回答说，“我早就想辞掉师长职务啦。”

“这很好，您没有过高估计您的才能。在今天的青年军官中，有这种品质的人是很少的。就这样吧：根据前线总司令的命令，您担任第十九团第四连连长。这个团现在正在进军，离这里有二十俄里，在乌亚兹尼柯夫村附近。您今天就去，最迟是明天。您好像有什么话要说吧？”

“我希望把我派到后勤部队去。”

“这不行。您一定要上前方。”

“我在两次战争中受过十四次伤了。”

“这没有什么关系。您年轻，身体很结实，还可以打仗。至于受伤，哪一个军官没有受过伤呢？您可以走了。再见吧！”

大概是为了预防在改编暴动军时必然要在顿河上游哥萨克中引起的不满，所以在攻下大熊河口镇以后，马上给暴动中立有战功的许多普通哥萨克戴上了军官肩章，几乎全部司务长都升为准尉，参加暴动的军官都升了级，得了奖。

对格里高力也是这样：把他提升为中尉，并通令全军表彰他在和红军作战中的卓越战功，宣布给予嘉奖。

用几天的工夫进行了改编。把没有文化的师长和团长都撤下来，换上了将军和上校，任命一些有经验的军官为连长；炮兵连的指挥人员和各级参谋人员也全部换了，把普通哥萨克都调去补充那些在顿涅茨方面作战中损失惨重的顿河军正规团。

将近黄昏时候，格里高力把哥萨克们都召集起来，宣布本师开始改编，他向大家告别，说：

“乡亲们，我有什么不周到的地方，请多多担待吧！咱们在一块儿当兵打仗，也是不得已的，从今天起，咱们就要各奔前程啦。最要紧的是，要保护好自己的脑袋，别叫红军把脑袋打成窟窿。咱们的脑袋瓜儿虽然笨，可是也犯不着白白送去挨枪子儿。咱们还要拿脑袋来想事情，要好好地想想今后怎么办……”

哥萨克们都灰心丧气地沉默着，后来一下子就七嘴八舌地低声嚷嚷起来：

“又要来老一套啦?”

“现在要把咱们弄到哪儿去?”

“他们拿老百姓想怎么搞就怎么搞，他妈的!”

“我们不愿改编！这算什么新章程?!”

“哼，弟兄们，咱们会师倒霉啦！……”

“老爷们又要来折腾咱们啦!”

“这一下子要够受啦！要把咱们的骨头节都拉直啦……”

格里高力等大家安静下来，说：

“别乱说啦。可以讨论讨论命令、反对反对首长的那种自由日子过去啦。大家各自回住处，少说废话吧，要不然在这种时候，他们也不用把你们送到基辅，就送军事法庭和囚犯连行啦。”

哥萨克们一个排一个排地走过来，和格里高力握手告别，一面说：

“再见吧，潘捷莱维奇！你对我们也要多多担待。”

“我们去跟着人家当兵，没有好日子过！”

“你真不该把我们交给他们去折腾。你不答应交出这个师多好啊！”

“我们喜欢你，麦列霍夫。他们那些军官也许比你有文化，但是我们不会因为他们有文化就舒服点儿，反而会多受些罪，糟就糟在这儿！”

只有一个纳波洛夫村的哥萨克，是连里最喜欢说笑话、说俏皮话的，他说：

“格里高力·潘捷莱维奇，你别信他们的话。跟自己人干也好，跟人家干也好，如果干得不称心，一样不舒服！”

* * *

格里高力同叶尔马柯夫和另外几个指挥人员喝了一夜老酒，第二天早晨，他就带上普罗霍尔·泽柯夫去追赶第十九团。

他还没有下连队同连里人见面，团长就派人来叫他。这时候天还早。格里高力检查了一下马匹，耽搁了一会儿，过了半个钟头才去。他以为，一向对下属很严厉、很苛刻的团长要对他训话，但是团长却十分客气地和他握手问好，问他：“喂，您觉得这个连怎么样？连里的人还行吗？”也不等回答，就不再看格里高力，望着别处，说，

“是这样，老弟，我要告诉您一个很悲痛的消息……您府上出了十分不幸的事。今天夜里接到维奥申打来的电报。我给您一个月的假期去处理家里的事。去吧。”

“请把电报给我。”格里高力脸色煞白，说道。

他接过叠成四折的电报，打开来，看了一遍，把电报攥在顿时汗水淋淋的手里。他用了很大的劲儿，控制住自己，等他开口说话的时候，只是微微有点儿结巴了：

“是的，我没有想到，那我就走啦，再见。”

“别忘了拿准假证。”

“是，是。谢谢，忘不了。”

他习惯地按着马刀，沉着而矫健地迈着步子，来到过道里，但是他从高高的台阶上往下走的时候，

忽然听不见自己的脚步声了，顿时觉得一阵剧疼像刺刀一样扎进他的心里。

他在台阶的最下一级上摇晃了一下，用左手抓住摇摇晃晃的栏杆，用右手迅速解开军便服的领口。他深深地、急促地喘着气，站了一会儿，但是就这一会儿工夫，他好像喝足了痛苦的酒，醉了，等他的手松开栏杆，朝拴在大门口的马走去的时候，他的脚步已经沉甸甸的，而且有点儿摇摇摆摆的了。

十六

娜塔莉亚和妲丽亚谈过那一次话以后，有好几天，觉得就像在梦里一样，做着一个十分可怕的噩梦，没有法子醒过来。她在寻找妥当的借口，以便去找普罗霍尔·泽柯夫的老婆，向她打听打听，格里高力在撤退的时候在维奥申是怎样过的，是不是常在那里和阿克西妮亚会面。她想证实一下丈夫的罪过，她对妲丽亚的话将信将疑。

天黑了很久以后，她若无其事地摇晃着一根树条子，来到泽柯夫家门前。普罗霍尔的老婆已经做完家里的事情，正坐在大门口。

“你好啊，大嫂！没看见我们家的小牛吧？”娜塔莉亚问道。

“托福托福，嫂子！没有，没看见。”

“该死的东西，乱跑，在家里怎么都待不住！到哪儿去找呀，我真没有法子了。”

“算啦，你歇会儿吧，小牛会回来的。嗑嗑葵花子儿吧！”

娜塔莉亚走过去，坐了下来。说起妇女们的家常话儿。

“你家当兵的有消息吗？”娜塔莉亚问道。

“一点儿消息也没有。这该死的，就像掉到水里去啦！你那当家的也许有信来吧？”

“没有。格里沙答应写信回来的，可是不知为什么一直没有信来。听人说，好像咱们的人已经过了大熊河口，别的就没有听说啦。”娜塔莉亚把话题转到不久前撤退到顿河那边时的事情上，小心翼翼地问起，当兵的人当时在维奥申的情形怎样，村子里有哪些人和他们在一块儿。有心眼儿的普罗霍尔的老婆猜出了娜塔莉亚的来意，所以回答得很谨慎，很冷淡。

她已经从丈夫的嘴里知道了格里高力的事情，但是，虽然舌头有点儿痒痒，却不敢说出来，因为她还记着普罗霍尔的嘱咐："要记住：你要是露出去一句，我就把你的脑袋放到劈柴墩子上，把你的臭舌头拉出来一尺长，剁下来。如果这种话传到格里高力耳朵里，他连眉头都不用皱一皱，就把我杀死！你那张臭嘴，唠叨起来够人受的。明白吗？别多嘴多舌，把嘴闭得死死的！"

"你们家的普罗霍尔在维奥申没有看见阿司塔霍夫家的阿克西妮亚吗？"娜塔莉亚再也憋不住，单刀直入地问道。

"他哪儿会见到她呀？他们在那儿哪能顾上这些事？真的，我一点也不知道，娜塔莉亚，你问我这些事是白问。从我那个白毛鬼嘴里别想听到一句正正经经的话。他只会说：端饭来，把碗收了。"

更加烦恼、更加焦急的娜塔莉亚什么也没有打听到，就这样走了。但是她再也不能糊里糊涂过下去了，因此，她又去找阿克西妮亚。

因为是邻居，这几年她们常常见面，往往是一声不响地互相点点头，有时也说上几句话。原来她们见面不打招呼，只是互相恨恨地瞪上两眼，现在已经不是那样了；她们之间强烈的仇恨已经缓和了，所以娜塔莉亚在去找阿克西妮亚的时候，断定阿克西妮亚不会赶她出来，她就可以扯东扯西，扯到格里高力身上去。她的推测果然没有错。

阿克西妮亚掩饰不住惊愕的神情，把她让进上房，放下窗帘，点上灯，问道：

“有什么好消息吗？”

“我来就不会有什么好消息……”

“就说说不好的消息吧。是格里高力·潘捷莱维奇出了什么事吗？”

阿克西妮亚的问话中流露出发自肺腑、掩饰不住的担惊心情，娜塔莉亚一听，全明白了。这一句话，说出了阿克西妮亚的全部心情，说明了她关心的是什么，怕的是什么。说实在的，有了这一句话，用不着再去问她和格里高力的关系了，不过娜塔莉亚没有走；她顿了一会儿，回答说：

“不是，我男人活得好好儿的呢，你别害怕。”

“我才不害怕呢，你这是打哪儿说起呀？他的身体你应当关心，我有我的操心事。”阿克西妮亚说得很自然，但是却觉得有一股血冲上她的脸，连忙走到桌子旁边，背朝客人站着，把本来就很旺的油灯剔了半天。

“你家的司捷潘有什么消息吗？”

“不久以前托人带好来啦。”

“他身体很好吗？”

“大概不坏。”阿克西妮亚耸了耸肩膀。

这一下子她装不了假，掩饰不住自己的感情了：在她的回答中明显地流露出对丈夫的死活漠不关心，娜塔莉亚不由得笑了笑。

“看样子，你对他并不怎么操心嘛……当然啦，这是你自个儿的事情。我来你家，是因为村里有人说，好像格里高力又找你啦，好像他每次回家，都要和你会面。这是真的吗？”

“偏偏问起我来啦！”阿克西妮亚用嘲笑的口气说，“让我来问问你，这事儿是不是真的？”

“你怕说实话吗？”

“不，我不怕。”

“那你就告诉我，叫我明白，免得难受。干吗要白白折腾我呀？”

阿克西妮亚眯起眼睛，两道黑黑的眉毛微微动了动。

“我反正不会可怜你，”她不客气地说，“咱们俩就是这样：我难受，你就好受；你难受，我就好受……咱们总不能把他一个人分成两半吧？好，我就把实话告诉你，叫你早点儿明白。这一切都是真的，村里人不是凭空胡说。我又把格里高力抓过来啦，而且现在再也不放手啦。哼，这么一来，你又怎么办呢？你想打碎我屋里的玻璃呢，还是拿刀子杀我？”

娜塔莉亚站起来，把柔软的树条子挽成一个结，扔到炉子跟前，她一反常态，强硬地回答说：

“现在我不会怎么样你。等格里高力回来，我和他谈谈，然后看咱们俩怎么办。我有两个孩子，我会为孩子们、为自己说话的！”

阿克西妮亚笑着说：

“这么说，眼下我可以平安无事了？”

娜塔莉亚不理睬她的冷笑，走到她跟前，拉了拉她的袖子。

“阿克西妮亚！你欺了我一辈子，但是我现在不再像过去那样央求你了。记得吧，那时候我还年轻，还很糊涂，我想，去求求她，她会可怜我，发发慈悲，会离开格里沙的。现在我才不这样呢！有一点我是知道的：你并不爱他，你是水性杨花，才勾引他。你什么时候像我一样爱过他呀？恐怕没有。你和李斯特尼次基乱搞，你这破鞋，和什么人不搞呀？要是真爱的话，就不会这样。”

阿克西妮亚的脸一下子白了，她用手把娜塔莉亚推开，从大柜子上站起身来。

“他都没有拿这话骂过我，你倒来骂我啦？这跟你有什么相干？得啦！我是坏女人，你是好女人，又怎么样呢？”

“那就得了。你别生气。我这就走。谢谢你说了实话。”

“不值得谢，用不着你谢，用不着我说，你也会知道的。你等一下，我和你一块儿出去关护窗。”阿克西妮亚在台阶上站下来，“我很高兴，咱们和和气气地分手，没有打起来，不过，我的好嫂子，我要最后告诉你：你要是有本事的话，就好好地抓住他，不然的话，可别怪我。我也不会好好儿就扔掉他的。我的年纪也不小啦，虽然你骂我是破鞋，我可不像你们家的妲丽亚那样，不是朝三暮四的……你虽然有孩子，可他是我……”阿克西妮亚的声音哆嗦了两下，变小了，低了，“是我在世上唯一的亲人！头一个，也是最后一个。你明白吗？咱们别再谈他了。如果圣母娘娘能够保佑他不死，活着回来，让他自个儿挑选吧……”

娜塔莉亚一夜没有睡，第二天早晨就和婆婆一块儿到瓜地里去锄草。她干起活儿倒是轻松些。她想得少了，只是拿锄头一下一下地锄着晒得干干的、很容易松散的沙土块，偶尔直一直腰，歇一下子，擦擦脸上的汗，喝点儿水。

被风撕碎的一片片白云在蓝蓝的天上飘游着，消散着。阳光炙烤着滚烫的大地。一片雨云从东方慢慢涌过来。娜塔莉亚不用抬头，背上就能感觉出有云彩飘来遮住了太阳；顿时就觉得凉快些，顿时就有灰色的影子落到冒热气的褐色土地上，落到一条条的西瓜蔓上，落到高高的葵花秆子上。灰灰的影子遮住斜坡上一片片的瓜地，遮住晒蔫了的青草，遮住一丛丛的野山楂和耷拉着落满鸟粪的叶子的刺花李。鹌鹑叫得更带劲儿了，百灵鸟那好听的歌声更好听了，就连那拂动着热乎乎的青草的风好像也不怎么热了。可是后来太阳斜穿过向西方飘去的云彩的白得耀眼的边儿，钻了出来，又把亮闪闪的金光投射到大地上。在很远很远的地方，在河边山冈的青青的山坡上，还有追随着云彩的影子在地上游动着，可是瓜地上已经是一片晶亮的、黄黄的午时阳光，腾腾的蜃气在天边颤动着，翻滚着，土地和土地养育的青草散发出更加闷热的气味。

中午，娜塔莉亚到土沟里的一口土井里去汲来一桶冰凉的井水。她和婆婆喝了不少水，洗了洗手，就坐在太阳地里吃午饭。伊莉尼奇娜把围裙铺在地上，仔细地把面包切开，从手提包里掏出两把调羹和一个碗，又把怕太阳晒、用褂子盖着的装酸牛奶的一个小口罐子拿出来。

娜塔莉亚吃得很勉强，于是婆婆问道：

“我早就看出来，你有点儿不大对劲……是不是你和格里高力闹别扭啦？”

娜塔莉亚的两片被风吹干的嘴唇轻轻哆嗦起来。

“妈妈，他又和阿克西妮亚在一块儿啦。”

“这是……打哪儿知道的？”

“我昨天上阿克西妮亚家去来。”

“这个贱货，她承认了吗？”

“是的。”

伊莉尼奇娜沉默了一会儿，想了想。在她那皱皱巴巴的脸上和嘴角上出现了很深的皱纹。

“这该死的娘儿们，也许是胡吹吧？”

“不是，妈妈，是真的，这没有什么好吹的……”

“你没有看住他嘛……”婆婆小心翼翼地说，“对这号儿男人就要时时刻刻盯着。”

“能看得住他吗？我是拿出良心对待他……能把他拴到我的裙子上吗？”娜塔莉亚苦笑了一下，又小声说，“他又不是米沙特卡，可以把他关住。头发都白了一半啦，可是老毛病不改……”

伊莉尼奇娜把调羹洗了洗，揩了揩，把碗也涮了涮，把家伙都放进提包里，这才问道：

“就这点儿事情吗？”

“妈妈，您是怎么啦……就这已经够受啦，活在人世上够没有意思的啦！”

“你打算怎样呢？”

“我还能怎样呢？我要带着孩子，回娘家去。我再也不能和他过下去了。叫他把她领到家里来吧，叫他和她一块儿过吧。就这样我已经受够啦。”

“我年轻时候也这样想过，”伊莉尼奇娜叹着气说，“我男人也不是好东西。他叫我受的罪，说也说不完。可是离开自己的丈夫也很不容易，而且也用不着。你好好想一想，就明白了。再说，叫孩子们离开亲爹，那怎么行呢？不行，你这是胡说。别这样想了，我也不答应！”

“不行，妈妈，我不跟他过啦，您别多说话啦！”

“我怎么能不说呢？”伊莉尼奇娜很生气地说，“再说你，怎么，不是我的亲人吗？你们这些该死的东西，我对你们心疼不心疼呢？你就对我这个当娘的老婆子说这种话吗？告诉你：丢开这种想头，就这样，没什么好说的。瞧你想的：‘离开这个家！’你上哪儿去？你娘家还有谁养活你？你爹死啦，房子烧光啦，你妈在人家篱笆下面凑合着过，你想到那儿去挤，还要把我的孙子孙女拖到那儿去吗？不行，孩子，我办不到！等格里什卡回来，咱们再看看拿他怎么办，现在你别对我说这种话，我不许说，连听都不愿听！”

在娜塔莉亚心中郁积了很久的痛苦，忽然爆发为一阵号啕大哭。她哼哼着把头上的头巾扯下来，脸朝下趴在干干的、并不亲热的土地上，把胸膛往地上贴得紧紧的，号啕大哭着，没有眼泪。

伊莉尼奇娜这个贤明而又刚强的老人家，连动也没有动。她用褂子仔细把装着剩下的酸牛奶的罐子包好，放到阴凉地方，然后倒了一碗凉水，走过来，坐在娜塔莉亚身旁。她知道，这样的痛苦，用言语是解除不了的；她还知道，流流眼泪，比眼睛干着，比闭紧嘴唇要好些。伊莉尼奇娜让娜塔莉亚哭够了，这才把干活儿干得很粗糙的一只手放在儿媳妇的头上，看着她那光溜溜的一头黑发，严厉地说：

“好，行啦！眼泪是哭不干的，留着下一回哭吧。来，给你，喝点儿水吧。”

娜塔莉亚不哭了。只是肩膀偶尔跳几下，浑身轻微地抽搐一阵子。她突然跳起来，推开给她端着一碗水的婆婆，转过身去朝着东方，把眼泪打湿的两个手掌合在一起，又急又快、抽抽搭搭地喊道：

“主啊！他把我折腾得好苦啊！我没法活下去啦！主啊，惩罚他这个该死的东西吧！把他打死在战场上吧！叫他别再活啦，别再折腾我啦！”

一团滚滚的黑云从东方涌过来。一阵低沉的雷声响过。一道白得刺眼的闪电穿过圆圆的云端，曲曲折折地在天空滑过。风吹得青草沙沙地向西倒去，从大道上吹来一股股呛人的尘土，被种子盘压得受不住的葵花差不多要弯到地面了。

风吹得娜塔莉亚的头发乱蓬蓬的，吹干了她脸上的眼泪，吹得她那家常的灰裙子的宽宽的下摆围着腿乱转悠。

有一刹那，伊莉尼奇娜望着儿媳妇，露出迷信的恐怖神情。在涌上半空的一片黑黑的阴云映衬下，儿媳妇显得非常陌生，非常可怕。

黑云很快涌了上来。暴风雨前的寂静持续的时间不长。一只青鹰斜斜地往下飞着，仓皇地叫了起来，黄花鼠最后叫了几声，就钻进洞穴，一阵狂风往伊莉尼奇娜的脸上撒了不少细碎的沙土，就在草原上呼啸起来。老人家很吃力地站了起来。她的脸像死人一样灰白，她在来到眼前的暴风雨的怒吼声中，嘶哑地叫道：

“你别发昏啦！上帝宽恕你吧！你这是咒谁死呀?!”

“主啊，治治他吧！主啊，惩罚他吧！”娜塔莉亚喊叫着，用发狂的眼睛望着天上。天空中狂风卷着乌云，白亮刺眼的闪电照耀着乌云，乌云威风凛凛、气势汹汹地涌了过来。

草原上空咔嚓一声焦雷。吓坏了的伊莉尼奇娜画了一个十字，摇摇晃晃地走到娜塔莉亚跟前，抓住她的肩膀。

“跪下！听见吗，娜塔什卡?!”

娜塔莉亚用迷惘的眼睛看了看婆婆，不由得跪了下去。

“你央求上帝宽恕！”伊莉尼奇娜威严地吩咐说，“你央求上帝，不要把你的祷告当真的。你这是咒谁死呀？咒起自己的孩子的亲爹来啦。哎呀，真是大罪过……快画十字！磕头。你说：‘主啊，饶恕我这个罪人，饶恕我的罪过吧。’”

娜塔莉亚画了个十字，用灰白的嘴唇小声祷告了几句，就咬紧牙齿，很别扭地朝一边倒下去。

＊＊＊

暴雨洗过的草原分外翠绿。一道弯弯的明亮的彩虹，从远处的水塘边一直跨到顿河上。西方还响着低沉的雷声。浑浊的山水朝山沟里冲去，发出像老鹰那样的叫声。山下，斜坡上，瓜地里，一道道流水急急匆匆朝顿河奔去。流水夹带着被雨打落的树叶、从土里冲出来的草根、打断的黑麦穗儿。冲得肥肥的沙土在瓜地里到处流，埋住西瓜蔓和甜瓜蔓；哗啦哗啦的雨水顺着夏季道路流着，把车辙冲得老深。在远处一条山沟里，有一垛被雷火烧着的干草已经快烧完了。一道淡黄色的烟柱升得高高的，烟柱的顶端差不多要挨到架在天上的彩虹了。

婆媳二人把裙子掖得高高的，光着脚小心翼翼地在泥泞、溜滑的道路上走着，下坡朝村子走去。伊莉尼奇娜说：

“你们年轻人的脾气大着哩，实在话！稍微有一点儿什么，你们就发疯啦。你要是过过我年轻时候过的日子，那又怎么办呢？格里什卡从来还没有动过你一手指头，就这样你还不满意，还要生怪花样：又想扔下他，又要发糊涂咒他，又这样又那样，就连上帝遇上你们这些乱七八糟的事，头脑都要发昏呢……你来说说，好孩子，这样好吗？我那个瘸腿老浑蛋，年轻时候常常无缘无故把我打个半死；我从来就没有干过对不起他的事情。他干下流事，还要拿我出气。那时候他常常天亮才回家，只要我一哭，一说他，他就拿拳头照我死打……有时一个月身上都是青的，浑身青得像铁一样，可是我也熬过来了，把孩子们也拉扯大了，从来就没有打算离开家。我不是说格里什卡有多么好，可是跟这样的男人还是能过下去的。如果不是那个妖精的话，他会是村子里头一个好男子汉。是她把他缠住啦，就是这么回事儿。”

娜塔莉亚一声不响地想着心思，走了半天，后来说：

“妈妈，这事儿我不想多谈了。等格里高力回来，到那时候再看我该怎么办……也许，我自个儿走，也许，他把我撵出去，不过现在我决不离开你们家就是了。”

“早说这话就好了!”伊莉尼奇娜高兴起来,“上帝保佑,什么事都会好起来的。他怎么也不会把你撵出去,你也别胡思乱想!他又心疼你,又心疼孩子们,他怎么会干这种事儿呢?不会,不会!他不会扔掉你去要阿克西妮亚,他干不出这种事儿!唉,一家人当中什么事儿不会有呢?只要他能活着回来就好……”

“我不愿他死……刚才我说的那些全是气话……您别生我的气……我心里是撇不开他的,不过这样过下去实在难受啊!……”

“我的好孩子,亲孩子!我哪能不知道呢?不过莽撞事儿可不能干。说实在的,咱们不谈这事儿吧!你现在千万别对老头子说什么。这事儿用不着叫他知道。”

“我想和您说一件事儿……我今后能不能跟格里高力过下去,眼下还不知道,不过我不愿意再给他生孩子了。对这两个孩子我还不知道该怎么办呢……可是我现在又怀了,妈妈……”

“很久了吗?”

“两个多月了。”

“那你又怎么办呢？愿意不愿意，都要生出来呀。”

“我不想生。”娜塔莉亚毅然决然地说，“今天我就去找卡皮东诺芙娜大娘。她能给我打下来……她给有些娘儿们打过。”

“这是要把胎儿弄死吗？你就昧着良心说这种话吗？”伊莉尼奇娜十分气愤地在路当中站了下来，把两手一挓挲。她还想说点儿什么，但是后面传来轧轧的车轮声、马蹄踩在烂泥里的咕叽声和吆喝马的声音。

婆媳二人跨到路边，一面走，一面放下掖起的裙子。从地里回来的菲里普·阿盖耶维奇·别司贺列布诺夫老汉，赶着车来到她们跟前，勒住腿脚很快的骒马。

“上车吧，老街坊，我把你们带回去，别在烂泥里走啦。”

“多谢了，阿盖耶维奇，要不然，真滑得够呛。”伊莉尼奇娜很高兴地说着，头一个爬上宽宽的大车。

* * *

吃过午饭，伊莉尼奇娜想和娜塔莉亚谈谈，对她说说，用不着打胎；她一面洗碗盏，一面寻思着自以为是最有说服力的理由，甚至想把娜塔莉亚打的主意告诉老头子，让他也帮着劝劝伤心得发了疯的儿媳妇别做这种蠢事，但是就在她洗家伙的时候，娜塔莉亚悄悄地收拾收拾，就出去了。

“娜塔莉亚在哪儿？”伊莉尼奇娜问杜尼娅。

“拿着一个小包袱出去了。”

“上哪儿去啦？她说什么来着？什么样的包袱？”

“我怎么知道呀，妈妈？她包上一条干净裙子，还有一点儿什么东西，就走了，什么也没有说。”

“可怜的孩子呀！”伊莉尼奇娜伤心地哭起来，坐到大板凳上，杜尼娅吃了一惊。

“您怎么啦，妈妈？主保佑您，您哭什么呀？”

“别问啦，死丫头！这不是你问的事！她说什么来着？她收拾要走，你怎么不告诉我？”

杜尼娅很懊恼地回答说：

“您真是的！我怎么知道该把这事儿告诉您呢？

她又不是一去不回来！八成是回娘家去看看，您有什么好哭的呢，我真不明白！”

伊莉尼奇娜提心吊胆地等候着娜塔莉亚回来。她决定不告诉老头子，怕他责骂。

太阳落山了，牲口从草原上回来了。短促的夏季黄昏降临了。村子里亮起稀疏的灯火，可是还不见娜塔莉亚回来。麦列霍夫家里的人坐下来吃晚饭。急得脸色发了白的伊莉尼奇娜把加了素油炒葱花的面条端上桌来。老头子拿起调羹，把一些干面包末子扫到调羹里，倒进胡子拉碴的嘴里，然后漫不经心地向坐在桌上的人扫了一眼，问道：

“娜塔莉亚在哪儿？怎么不叫她来吃饭？”

“她不在家。”伊莉尼奇娜小声回答说。

“上哪儿去啦？”

“恐怕是回娘家，坐住啦。”

“她去得太久啦。应该懂规矩……”潘捷莱·普罗柯菲耶维奇不满意地嘟哝说。

他和往常一样，吃得有滋有味，十分带劲儿；有时候把调羹底朝天放在桌子上，侧着眼睛很满意地看看坐在他旁边的米沙特卡，有点儿粗鲁地说：

“坏东西，把脸扭一扭，我来给你擦擦嘴。你妈不知到哪儿浪去啦，不管你们啦……”于是用又粗糙又黑的大手擦起孙子那红红的、娇嫩的小嘴。

大家一声不响地吃过晚饭，站起身来。潘捷莱·普罗柯菲耶维奇吩咐说：

“把灯吹了。油不多啦，不要白白糟蹋油。”

“把门闩上吗？”伊莉尼奇娜问道。

“闩上。”

“娜塔莉亚要是回来呢？”

“她回来，会敲门。也许，她要玩到天亮呢？也学起坏样子来了……你也不管管她，老东西！夜里去串起门子来啦……明天早晨我来治治她。她是在学妲丽亚的样儿……”

伊莉尼奇娜躺在床上，衣服也没有脱。躺了有半个钟头，不声不响地来回翻着身，叹着气，刚刚想起身上卡皮东诺芙娜家去看看，就听见窗外响起嚓嚓的、很没有力气的脚步声。老人家拿出她这种年纪难得的麻利劲儿跳起来，急忙跑到过道里，把门打开。

脸色像死人一样白的娜塔莉亚正扶着栏杆，很吃力地在上台阶。一轮满月清清楚楚地映照出她的瘦下去的脸、陷下去的眼睛和疼得皱起来的眉毛。她摇摇晃晃地走着，像一只受了重伤的野兽，在她的脚踩过的地方，留下黑乎乎的血印子。

伊莉尼奇娜一声不响地抱住她，把她扶进过道。娜塔莉亚背靠在门上，沙哑地小声说：

“家里人都睡了吗？妈妈，扫扫我后面的血吧……您看，我留下很多印子……”

“你自个儿折腾成什么样子啦?!”伊莉尼奇娜憋住哭，低声叫道。

娜塔莉亚想笑一笑，但是脸上出现的不是笑，而是一副非常难看的可怜相。

“妈妈，您别嚷嚷……不然会把家里人吵醒……我把胎打掉啦。现在我心里松快了……就是血流得太多……就像挨了一刀，血从我身上直往外冒……妈妈，您拿手扶着我……我的头发晕。”

伊莉尼奇娜把门闩上，就像进了别人家的房子，用哆哆嗦嗦的手摸索了半天，在黑暗中怎么也摸不到上房的门把手。她踮着脚，把娜塔莉亚扶进宽大的上房里；把杜尼娅叫醒，叫她去喊妲丽亚，把灯点上。

通厨房的门是开着的，从那里传来潘捷莱·普罗柯菲耶维奇的均匀而粗大的鼾声；小波柳什卡在梦里有滋有味地吧咂着嘴唇，说着梦话。小孩子一睡着了就很熟，什么都不能惊醒！

伊莉尼奇娜在铺被窝，打松枕头，娜塔莉亚就坐到大板凳上，软弱无力地把头放在桌子边上。杜尼娅想走进上房来，但是伊莉尼奇娜严厉地说：

“你去吧，不怕丑的东西，别上这儿来！这儿没有你的事儿。”

妲丽亚皱着眉头，拿起一块湿抹布，到过道里去了。娜塔莉亚很吃力地抬起头来，说：

“您把床上的干净被子拿下来……给我铺上一块麻布……我反正是要弄脏……”

“住嘴吧！”伊莉尼奇娜厉声说，“把衣服脱了，躺下。你很难受吧？要不要给你弄点儿水来？”

“我一点劲儿都没有啦……给我拿件干净褂子，弄点儿水来。”

娜塔莉亚好不容易站起来，摇摇晃晃地走到床前。这时候伊莉尼奇娜才发现，娜塔莉亚的裙子浸透了血，沉甸甸地耷拉着，粘在两腿上。她战战兢兢地看着，娜塔莉亚就像淋了雨回来那样，弯了腰拧了拧裙子下摆，才开始脱衣服。

“你流了那么多血呀！”伊莉尼奇娜抽抽搭搭地哭起来。

娜塔莉亚闭起眼睛，上气不接下气地呼哧呼哧喘着，在脱衣服。伊莉尼奇娜朝她看了看，便果断地朝厨房里走去。她好不容易把老头子推醒，对他说：

“娜塔莉亚病了……病得很厉害，说不定会死……你赶快套上车，到镇上请大夫去。”

“净出鬼花样儿！她怎么啦？病啦？夜里少出去逛逛就好了……”

伊莉尼奇娜简要地说了说是怎么一回事儿。老头子怒冲冲地跳起来，边走边扣着裤子，朝上房里走去。

“哼，这害人精！哼，这狗娘儿们！这是干的什么，嗯？！偏要这样干！……我这就去教训教训她！……”

“该死的，你疯啦？！你上哪儿去？……别上那儿去，她顾不上听你的啦！……别把孩子们吵醒了！快上院子里去套车吧！……”伊莉尼奇娜想拦住他，但是他听都不听，走到上房门口，一脚把门踢开。

“狗娘儿们，干的好事！”他站在门口，叫了起来。

“不行！爹，别进来！千万别进来！”娜塔莉亚用脱下来的内衣盖住乳房，尖声叫道。

潘捷莱·普罗柯菲耶维奇不住嘴地骂着，开始寻找外衣、帽子和马套。他耽搁了老半天，杜尼娅忍不住，冲到厨房里来，含着眼泪责骂起父亲：

“快点儿去吧！你干吗要像屎壳郎刨大粪一样，慢慢磨蹭？娜塔莉亚要死啦，可是你还要收拾上老半天！真也是的！还算当爹的呢！你要是不愿意去，你就说！我去套车，我去！”

“呸，你发昏啦！怎么，轮到你啦？还不到听你的话的时候，臭丫头！你也对老子嚷嚷起来啦，该死的东西！”潘捷莱·普罗柯菲耶维奇扬了扬外衣，对女儿做了个要打的姿势，就小声咒骂着，朝院子里走去。

他走了以后，家里人都觉得自由些了。妲丽亚擦地板，拖得椅子和板凳哐啷哐啷响；老头子走了以后，伊莉尼奇娜准许杜尼娅进了上房；杜尼娅就坐在娜塔莉亚床头上，给她扶枕头，端水；伊莉尼奇娜有时去看看睡在厢房里的孩子们，然后又回到上房里，用手托着腮，难受地摇着头，对着娜塔莉亚看上半天。

娜塔莉亚一声不响地躺着，脑袋在枕头上滚来滚去，头发被汗水湿成一绺一绺的。她的血不住地往外流。每过半个钟头，伊莉尼奇娜都要小心翼翼地抬一下她的身子，抽出湿透的垫子，再换上一块。

娜塔莉亚越来越没有精神。半夜过后，她睁开眼睛，问：

“天快亮了吗？”

“还早着呢。”伊莉尼奇娜让她放心休息，但是老人家心里想：看样子，她不行了！她是怕看不见孩子们就昏迷过去……

就好像要证实她的猜想似的，娜塔莉亚小声央求说：

“妈妈，您把米沙特卡和波柳什卡叫醒……”

“孩子，你怎么啦！干吗半夜三更里把他们叫醒？他们看见你，会害怕的，会哭起来……干吗要叫醒他们？”

“我想看看他们……我觉得不大好。”

“主保佑你，你说的什么话呀？你爹马上就把大夫请来了，大夫能把你治好。你睡吧，好孩子，嗯？”

“我怎么睡得着呀！”娜塔莉亚微微带点儿烦恼口气说。这以后她有很久没作声，呼吸均匀些了。

伊莉尼奇娜悄悄走到台阶上，哭了起来。东方微微发白，她就带着一张红肿的脸回到上房里。娜塔莉亚听到门响，睁开眼睛，又问道：

“天快亮了吗？”

“亮了。”

“给我脚上盖上皮袄……”

杜尼娅把一件羊皮袄盖在她的脚上，把棉被的两边掖了掖。娜塔莉亚用眼睛看了看她，表示感谢，然后把婆婆叫过来，说：

“妈妈，您坐到我跟前来，你，杜尼娅，还有你，妲丽亚，都出去一下子，我想和妈妈单独说几句话……她们出去了吧？”娜塔莉亚闭着眼睛问道。

“出去啦。”

“爹还没有回来吧？”

“快回来了。怎么，你觉得难受吗？”

“不是，反正是这么回事儿了……我是想说……妈妈，我快死了……我的心能感觉出来。我流的血太多了！您告诉妲丽亚，叫她生上火，多烧点儿水……您亲自给我洗洗身上，我不愿意叫别人……”

“娜塔莉亚，别说了，我的好孩子！你干吗说起死呀？上帝是慈悲的，你会好起来。”

娜塔莉亚有气无力地摆了摆手，叫婆婆不要说，自己又说：

“您别打我的岔……我说话已经很费劲了，可是我想说说……我的头又发晕了……我对您说过要烧水了吗？看起来，我还算结实的……卡皮东诺芙娜早就给我打了，一吃过午饭，我一去，她就动手了……她自个儿都害怕了……哎呀，我流的血好多呀……恐怕只能活到早晨了……要多烧一点儿水……我想死得干干净净……妈妈，您给我穿上那条绿裙子，就是有绣花边的那一条……格里沙喜欢我穿这条裙子……还要穿那件毛葛褂子……就放在大柜子上面，右角上，用一条围巾盖着……我要死的时候，把孩子们带走，送到我娘家去……您把我妈叫来，叫她马上就来……我该和她告别了……您把我身子底下换一换。都湿透了……”

伊莉尼奇娜托着娜塔莉亚的脊梁，把垫子抽出来，好不容易又换上一条。娜塔莉亚又小声说了一句：

“您把我身子……侧过来！”马上就昏迷过去了。

淡青色的晨曦透进窗来。杜尼娅洗净了罐子，上院子里去挤牛奶。伊莉尼奇娜打开窗子，一股新鲜、清爽的夏日清晨的凉风，涌进充满了鲜血腥气和煤油灯气味的上房里。风把樱桃树叶子上的露水珠儿洒到窗台上；传来最早的鸟鸣声、牛的哞哞声、放牛人噼噼啪啪的鞭子声。

娜塔莉亚苏醒过来，睁开眼睛，用舌尖舔了舔干干的、没有血色的、黄黄的嘴唇，说要喝水。她已经不问孩子们，也不问母亲了。她的神志渐渐在消失，看样子，就要最后消失了……

伊莉尼奇娜关上窗子，走到床前。一夜的工夫，娜塔莉亚的样子变得好厉害呀！一昼夜以前，她像一棵鲜花盛开的茂盛的苹果树，又美丽、又健康、又结实，现在她的两腮比顿河边山上的石灰岩还白，鼻子也尖了，嘴唇失去了不久以前的鲜艳色彩，变薄了，好像好不容易包住往外突的牙花子。只有娜塔莉亚的眼睛还保留着原来的光亮，但是眼神已经不同了。每当娜塔莉亚有什么要求而说不出来，偶尔抬一抬发青的眼皮，拿眼睛在上房里扫一扫，在伊莉尼奇娜身上停一刹那的时候，她的目光中就飘过一种陌生、可怕的异样神情……

太阳出山的时候，潘捷莱·普罗柯菲耶维奇回来了。大夫睡眼惺忪，因为没完没了地医治伤寒病人和伤兵，因为夜里常常不能睡觉，十分疲倦。他伸着懒腰，下了车，从座位上拿起一个小包，就朝房里走来。他在台阶上脱掉帆布雨衣，在栏杆边弯下腰，把两只毛茸茸的手洗了半天，皱着眉头看了看用水桶往他的手上倒水的杜尼娅，甚至还朝她挤了两下眼睛。后来他进了上房，先叫大家都出去，他在娜塔莉亚床前待了有十来分钟。

潘捷莱·普罗柯菲耶维奇和伊莉尼奇娜坐在厨房里。

“嗯，怎么样？”妇女们一从上房里走出来，老头子就小声问道。

“很不好……”

“她这样干，事先没对谁说吗？”

“是她自个儿打的主意……”伊莉尼奇娜没有正面回答。

“拿热水来，快点儿！”大夫从门里探出乱发蓬松的脑袋，吩咐说。

在烧开水的时候，大夫来到厨房里。对老头子无声的询问，摇了摇手，表示没希望了。

“顶多活到吃午饭的时候，失血太多了，一点儿办法也没有啦！还没有通知格里高力·潘捷莱维奇吗？”

潘捷莱·普罗柯菲耶维奇没有回答，急急忙忙一瘸一拐地朝过道里走去。妲丽亚看见，老头子走到敞棚底下，躲到割草机后面，把头扎在一堆干牲口粪上，抽抽搭搭地哭起来……

大夫又待了有半个钟头，坐在台阶上，在冉冉上升的朝阳下打了一会儿盹，后来，等水开了，又走进上房，给娜塔莉亚打了一针樟脑剂，就走出来要牛奶喝。他好不容易压住哈欠，喝了两杯牛奶，说：

“请你们现在就送我走吧。我在镇上还有很多病人和伤员，再说，我在这儿也没有什么用处了。一点儿忙也帮不上。我实心实意愿意为格里高力·潘捷莱维奇效劳，可是说老实话：我无能为力了。我们的本事是有限的：我们只会治病，还没有学会起死回生的本领。你们家媳妇已经叫人家弄得没法子活啦……子宫全弄坏啦，弄得稀烂。看样子，老婆子是用铁钩子钩的。真愚昧呀，简直就没法子说啦！”

潘捷莱·普罗柯菲耶维奇在车上铺了些干草，就对妲丽亚说：

“你去送吧。走到河边的时候，别忘了把马饮一饮。”

他要给大夫钱，但是大夫坚决不要，而且说得老头子很不好意思：

“你真好意思，潘捷莱·普罗柯菲耶维奇，讲起钱来啦。都是自己人，你还要给什么钱。不要，不要，别以为我就是要钱！有什么好谢的？这事儿没什么好说的！如果我能把您的儿媳妇治好，那就是另外一回事儿了。”

早晨六点来钟，娜塔莉亚觉得好多了。她洗了洗脸，杜尼娅拿着镜子，她照着镜子梳了梳头，并且拿有点儿异样的明亮的眼睛打量着家里的人，很吃力地笑着说：

“哦，现在我就要好啦！可是我刚才都害怕了……我以为我完了……噢，为什么孩子们睡了这么久啊？你去看看，杜尼娅，他们醒了没有？”

卢吉尼奇娜带着格莉普卡来了。老人家一看见女儿，就哭起来，但是娜塔莉亚很生气地、一个劲儿地说：

“妈妈，您哭什么？我还不是那么厉害呢……您是不是给我送殡来啦？唉，真是的，您哭什么呀？”

格莉普卡悄悄捅了捅母亲，母亲明白过来，连忙擦去眼泪，安慰说：

“你怎么啦，好孩子，我没什么，是一时糊涂掉泪啦。我一看见你，心里就难受……你的样子变得太厉害了……”

娜塔莉亚听见米沙特卡的说话声和波柳什卡的

笑声，脸上浮起淡淡的红晕。

“叫他们上这儿来！快叫他们来！……”她央求说，“让他们等一下子再穿衣裳好啦！……”

波柳什卡头一个走进来，站在门口，用小拳头擦着惺忪的眼睛。

“妈妈病啦……”娜塔莉亚笑着说，“到我这儿来，我的乖孩子！”

波柳什卡惊异地打量了一本正经坐在板凳上的一个个大人，走到母亲跟前，很难受地问道：

“你怎么不把我叫醒呀？他们都来这儿干什么？”

“他们是来看我的……我干吗要叫醒你呀？”

“我可以给你端水嘛，还可以陪着你……”

“好吧，你去洗洗脸，梳梳头，做做祷告，然后再来陪我吧。”

“你能起来吃饭吗？”

“我不知道。大概，起不来。”

“那我就给你端来，好吗，妈妈？”

“真像她爹，不过心不像他，比他好……”娜塔莉亚仰了仰头，颤颤巍巍地把被子往腿上拉了拉，软弱无力地笑着说。

过了一个钟头，娜塔莉亚的情况又坏了。她招了招手，把孩子们叫到跟前，搂住他们，对他们画了个十字，吻了吻他们，就叫母亲把他们带回家去。卢吉尼奇娜叫格莉普卡把孩子们带走，自己还留下来守着女儿。

娜塔莉亚闭上眼睛，好像是在昏迷中说：

“这样一来，我就再也见不到他了……”后来好像想起什么事情似的，突然在床上欠起身来，“把米沙特卡叫回来。”

眼泪汪汪的格莉普卡把米沙特卡推进上房，自己走进厨房，低声抽搭着。

愁眉苦脸的米沙特卡瞪着不很亲热的麦列霍夫家的眼睛，怯生生地走到床前。因为母亲的脸变得太厉害，他几乎认不出母亲了，母亲几乎成了陌生人。娜塔莉亚把儿子拉到怀里，觉得米沙特卡的小小心脏急促地咚咚跳动着，就像一只被逮住的麻雀。

“把耳朵凑近来，孩子！凑近点儿！”娜塔莉亚说。

她对着米沙特卡的耳朵悄悄说起话来，后来把他推开，用探问的目光看了看他的眼睛，闭了闭打哆嗦的嘴唇，很费劲儿地挤出一副又可怜又痛苦的笑容，问道：

“不会忘了吧？会说吗？”

“我忘不了……”米沙特卡抓住母亲的食指，紧紧攥在滚热的小手里，攥了一会儿才放开。他从床前走开的时候，不知为什么踮着脚尖，两条胳膊垂得直直的……

娜塔莉亚用眼睛一直把他送到门口，就一声不响地翻过身去朝着墙。

中午，她死了。

十七

在从前方回家乡路上的两天两夜里，格里高力反复思量和回想了很多事情……为了免得一个人在草原上苦恼，免得老是去想娜塔莉亚，他把普罗霍尔·泽柯夫带上。他们一离开连队驻地，格里高力就谈起战争，谈起当年在奥地利战场上在第十二团当差的情形，怎样向罗马尼亚进军，怎样和德国人打仗。他不住嘴地说话，讲着同团一些人的各种各样可笑的事，笑着……

憨头憨脑的普罗霍尔起初大惑不解地侧眼看着格里高力，对于他这种少有的唠叨劲儿感到奇怪，后来就猜到，格里高力拼命回想过去的事，是为了不去想现在的悲痛事，于是他也热心地加入了谈话，甚至都热心得过了头。普罗霍尔详详细细地讲起当年住在契尔尼戈夫军事医院里的情形，讲着讲着，无意中朝格里高力看了一眼，就看见他那黑黑的脸上哗哗地流着眼泪……因为谦让，普罗霍尔的马落后了有几丈远，在后面走了有半个钟头，后来又走齐了，想试着谈谈别的一些无关紧要的事儿，但是格里高力不插嘴了。他们就一声不响，两匹马并排，马镫挨着马镫，一直跑到中午时候。

格里高力放开马拼命地跑。尽管天气炎热，他还是让马时而大步走，时而大步跑，只是偶尔地让马换成小步走一会儿。只有晌午时候，直射的阳光烤得人和马实在受不住了，格里高力才在山沟里停下来，卸下马鞍，放马去吃草，自己也走到阴凉地方，趴到地上，一直趴到炎热的势头过去。他们给马喂了一次燕麦，但是格里高力并不按规定时间喂马。就连他们这两匹一向奔跑惯了的战马，一昼夜跑下来，也瘦了很多，跑起来已经没有一开头那种不怕累的快劲儿了。普罗霍尔气得在心里嘀咕起来："这样可不难把马骑死。谁又这样骑马呀？他妈的他倒没有什么，骑坏了一匹，随便什么时候都可以再换一匹，可是我到哪儿去弄呀？我的马要是跑坏了，到鞑靼村这样远的道儿，就非得步行或者搭大车不可了，他妈的！"

第二天早晨，来到菲多谢耶夫乡一个村子外面，普罗霍尔实在忍不住了，对格里高力说：

"从来还没有像你这样骑马的……哼，谁又这样，连歇都不歇，日日夜夜飞跑？你瞧瞧，马累成什么样子啦，哪怕到天快黑的时候，咱们把马好好喂一喂也好。"

"走吧，跟上。"格里高力漫不经心地回答说。

"我可跟不上你，我的马已经累坏啦。咱们是不是歇会儿？"

格里高力没有作声。他们又跑了半个钟头，一句话也没有说，后来普罗霍尔毅然决然地说：

"咱们就叫马多少喘口气吧！我不能这样再跑下

去了！你听见吗？”

“跑吧，跑吧！”

“要跑到什么时候呀？非要等到马跑死才算完吗？”

“别说话！”

“行行好吧，格里高力·潘捷莱维奇！我不愿意我的马完蛋，眼看就要完啦……”

“好吧，就停一停，见你的鬼！去看看哪儿的草好一点儿。”

* * *

那封电报，因为到处寻找格里高力，在霍派尔州各乡镇辗转了很久，所以收到的时候已经很晚了……格里高力到家的时候，已经是娜塔莉亚葬后第三天了。他在门口下了马，一面走，一面抱住哭着从家里跑出来的杜尼娅，皱着眉头对她说：

“好好地把马牵过去……别哭嘛！”又转身对普罗霍尔说，“你回家去吧。用到你的时候，再去叫你。”

伊莉尼奇娜搀着米沙特卡和波柳什卡的手，走到台阶上来迎接儿子。

格里高力一把搂住两个孩子，用哆嗦的声音说：

“别哭！别流泪！我的好孩子！这么说，成了没娘的孩子啦？唉唉……唉唉……妈妈把咱们撇下啦……”

他自己使出很大的劲儿压制住号哭，走进房里，向父亲问好。

“我们没把她看护好……”潘捷莱·普罗柯菲耶维奇说过，立刻就一瘸一拐地走到过道里去了。

伊莉尼奇娜把格里高力领进上房，把娜塔莉亚的情形讲了半天。老人家本来不想把事情全说出来，但是格里高力问道：

“为什么她拿定主意不生孩子，你知道吗？”

“我知道。”

“为什么？”

“在这以前，她去找过你那个……阿克西妮亚把什么事儿都告诉她了……”

“噢……是这样吗？”格里高力的脸变得通红，垂下眼睛。

他从上房里走出来，面色苍白，一下子老了很多；他无声地咕哝着哆哆嗦嗦、发青的嘴唇，坐在桌子旁边，把两个孩子放在膝盖上，抚摩了很久，后来从挂包里掏出一块沾满了灰土的糖，放在手掌上，用小刀切了开来，歉疚地笑着说：

“这就是带给你们的礼物了……瞧你们的爹成了什么样子……好啦，到院子里去吧，把爷爷叫来。”

“你到坟上去吗？”伊莉尼奇娜问道。

“以后再去吧……死人是不会见怪的……米沙特卡和波柳什卡怎样？还好吧？”

“头一天哭得厉害，特别是波柳什卡……现在他们两个好像商量好了，当着我们的面不提母亲的事了，可是昨天夜里我听见米沙特卡悄悄地哭呢……他把头钻到枕头底下，好叫人听不见他哭……我走过去，问他：‘你怎么啦，乖孩子？跟我睡好不好？’可是他说：‘没啥，奶奶，我一定是在做梦……’你跟他们说说，跟他们亲热亲热吧……昨天早晨，我听见他们在过道里说话来着。波柳什卡就说：‘她会回来的。她还年轻，年轻人就根本不会死。’都还是不懂事的孩子，可是就像大人一样伤心……你大概饿了吧？我这就去给你做点儿吃的，你怎么不说话呀?”

格里高力走进上房。他就像头一回来到这里,仔细打量了一下四壁,目光停留在铺得整整齐齐、放着两个打松的枕头的床上。娜塔莉亚就是死在这张床上,在这儿说过最后的话……格里高力想象着娜塔莉亚怎样和孩子们告别,她怎样亲他们,也许还画过十字,于是,他又像刚刚看到报告她的死讯的电报时那样,感到一阵钻心的剧痛,耳朵里嗡嗡直响。

房里每一样小东西,都使他想起娜塔莉亚。没法子不想她,想起她是十分痛心的。格里高力不知为什么把整个房间巡视了一遍,就急急忙忙走出来,几乎是跑到台阶上。他心里痛楚得越来越厉害了。额头上冒出汗来。他走下台阶,惊慌地用手按住胸膛的左面,想道:“看样子,心实在受不住了……”

杜尼娅在院子里遛马。那马在仓房边挣着停下来,在地上闻着,伸直脖子,翻起上嘴唇,龇出黄黄的两排牙齿,后来打起响鼻,很别扭地弯下前腿。杜尼娅拉了拉缰绳,但是那马不听话,就想卧下去。

“别叫它卧下!”潘捷莱·普罗柯菲耶维奇在马

棚里喊道，“你没看见，它还带着鞍子嘛！为什么不把鞍子卸下来，糊涂东西?！……”

格里高力不慌不忙，一面还在听着自己心脏的跳动，一面走到马跟前，卸下鞍来，镇定了一下，笑着对杜尼娅说：

“爹还喜欢嚷嚷吗?”

“和以前一样。”杜尼娅也笑着回答。

“再把马遛一会儿吧，妹妹。”

“马已经没有汗了，好吧，再遛一会儿。”

“要卧就叫它卧吧，别管它。”

“好吧，小哥……你难受吧?”

“你以为怎样呢?”格里高力叹着气回答说。

杜尼娅心疼起哥哥，亲了亲他的肩膀，不知为什么窘得流出眼泪，急忙转过身去，牵着马往牲口院子里走去。

格里高力朝父亲跟前走去。父亲正很带劲儿地把马棚里的粪往外扒。

“我给你的战马打扫一块地方。”

“你怎么不说一声？我自个来打扫嘛。”

“瞧你说的！我怎么，干不动了吗？伙计，我还结实着呢。一时还摔打不坏！还可以动弹动弹。明天我就想去割大麦。你能多待些日子吗？”

“一个月的假。”

“那太好啦！咱们下地去，好吗？干起活儿，你要轻快些……”

“我也是这么想。”

老头子放下耙子，用袖子擦了擦脸上的汗，口气中带着很深沉的意味说：

“咱们上屋里去，你该吃饭啦。这种痛苦是免不了的……逃也逃不掉，躲也躲不了……恐怕就是这样……”

伊莉尼奇娜摆好饭菜，放上一块干净手巾。格里高力心里又想：“以前是娜塔莉亚给我端饭……”他为了不露出自己的激动心情，就很快地吃起来。父亲从贮藏室里拿来一坛子用干草裹着的老酒，他带着感谢的神情看了看父亲。

“咱们来祭奠祭奠亡灵吧，愿她在天堂安息。”潘捷莱·普罗柯菲耶维奇刚强地说。

他们各自干了一大杯。老头子又连忙斟满了，叹了一口气，说：

“一年的工夫，咱们家死了两口人……死神看上咱们家啦。”

“咱们别谈这个吧，爹！”格里高力说。

他又一口气喝完第二杯，把一块咸鱼嚼了半天，他一直盼望自己的脑袋醉昏过去，不再去想那些摆脱不掉的念头。

“今年黑麦很好！咱们家的跟别人家的相比，更是好极啦！”潘捷莱·普罗柯菲耶维奇夸口说。在这种夸耀中，在他说话的口气中，格里高力听出有故意装出的成分。

“小麦呢？”

“小麦吗？多少受了一点儿冻，不过，不要紧，每亩能收三十五到四十普特。别人家种的荞麦才好呢，可是咱们不走运，没有种荞麦。不过我也不怎么可惜！在这样荒乱的年头，打了粮食往哪儿搁呀？帕拉莫诺夫粮栈又不收，囤里又装不下。等打仗一打到这儿来，那些家伙把什么都要抢得光光的。不过你别担心，咱们家今年就是颗粒不收，粮食也足够吃两年的。托老天的福，咱们囤里的粮食还满满的哩，再说，别的地方还有呢……”老头子诡秘地挤了挤眼睛，说，“你问问妲丽亚，我们为了预防荒乱，藏了多少粮食啊！我们掘了一个坑，有你的个头儿这样深，一搂半宽，装得满满的！是这种该死的年头把咱们搞得穷了一点儿，要不然咱们也是财主呢……”老头子说过这句笑话，醉醺醺地笑起来，但是过了不一会儿，很庄重地捋了捋胡子，已经是认真而严肃地说：“也许你还操心你岳母吧，那我就告诉你，我没有忘了她，而且已经帮过她啦，有一回，没等她开口，我就装了一车粮食，连量都没量，送去啦。没去世的娜塔莉亚一听说这事儿。十分高兴，都高兴得流泪啦……孩子，咱们再来一杯吧？现在能叫我高兴的，只有你啦！”

“好吧，来！”格里高力答应着，伸过酒杯。

这时候，米沙特卡侧着身子，畏畏缩缩地走到桌子跟前。他爬到父亲的膝盖上，腼腆地用左手搂住他的脖子，使劲亲了亲他的嘴。

“你这是怎么啦，孩子？”格里高力很感动地问道，一面看着泪水模糊了的孩子眼睛，憋住气，免得把酒气喷到孩子的脸上。

米沙特卡低声回答说：

“妈妈躺在房里的时候……她还活着的时候，把我叫过去，叫我对你说：‘你爹回来，你替我亲亲他，告诉他，叫他心疼你们。’她还说了一些别的话，可是我忘了……”

格里高力放下酒杯，转脸朝着窗户。屋子里有老半天静得叫人难受。

“咱们干了这一杯吧？”老头子小声问道。

“我不想喝了。”格里高力把儿子从膝盖上放到地上，站起身来，急急忙忙朝过道里走去。

“等一等，孩子，怎么不吃肉呀？还有炖鸡和烤饼哩！”伊莉尼奇娜连忙朝灶前跑去，但是格里高力已经砰地把门一带，出去了。

格里高力毫无目的地在院子里转悠着，看了看牲口院子，看了看马棚；他看着马，心里想：“该把马洗洗了。”然后走到敞棚底下。在已经收拾好的割麦机旁边，他看见堆在地上的松木片儿、刨花和锯下来的木板头儿。“是爹给娜塔莉亚做的棺材。”格里高力想道。他又急急忙忙朝台阶走去。

潘捷莱·普罗柯菲耶维奇听从儿子的主张，匆匆忙忙收拾了一下，把马套到割麦机上，带上一桶水；夜里他和格里高力一块儿下地去了。

十八

格里高力感到十分悲痛，不仅是因为他对娜塔莉亚也自有其爱，不仅因为共同生活了六年彼此熟悉了，而且还因为觉得自己对娜塔莉亚的死是有责任的。如果娜塔莉亚生前真的赌起气来，带着孩子回娘家去，如果她对不忠实的丈夫怀着强烈的仇恨而且不肯饶恕，就那样死在娘家，格里高力也许不会感到这样沉痛，不会有这样揪心裂肺的悔恨心情。可是他从伊莉尼奇娜的话里，知道娜塔莉亚宽恕了他的一切，而且直到最后一分钟还是爱他，想着他的。这就加重了他的悲痛，使他的良心受到强烈的谴责，迫使他重新考虑过去和过去自己的所作所为……

过去有一段时间，格里高力对妻子一点感情也没有，不光是冷淡，甚至还有点儿仇视；但是近几年来，他对她的态度改变了，他对娜塔莉亚的态度改变的基本原因，就是有了孩子。

起初，格里高力对孩子们也没有像后来这样深厚的父爱。有时他从前方回家住几天，哄哄孩子们，和他们亲热亲热，只是尽尽义务，叫老母亲也喜欢喜欢，自己则不仅不觉得有这种要求，而且看着娜塔莉亚，看着她表现出那样强烈的母爱，不免有些大惑不解。他不理解，怎么会这样狂热地爱这两个吱哇乱叫的小东西，而且在妻子还在给孩子喂奶的时候，他不止一次在夜里带着烦躁和嘲笑的口气对她说："你干吗要像个疯子一样跳起来？孩子还没有哭两声，你就爬起来啦。哼，就让他们哭好啦，叫好啦，大概不会哭死的！"那时候孩子们对他的态度也同样冷淡，但是他们渐渐长大，他们对父亲的眷恋之情也在渐渐增长。孩子的爱激发了格里高力的相应的爱，于是这种爱像火一样，延烧到娜塔莉亚身上。

格里高力和阿克西妮亚决裂以后，从来没有认真想过要和妻子分离；就是在和阿克西妮亚重新和好以后，他也从来没想过要她代替他的孩子的母亲。他不妨爱她们两个，对她们的爱法各不相同就是了；但是他丧妻以后，忽然觉得对阿克西妮亚也疏远了，后来产生了一种隐隐的愤恨心情，恨她说出了他们的关系，因此才促成娜塔莉亚的死。

格里高力下地以后，不管怎样想方设法忘记自己的悲痛，脑子总是免不了去想这些事情。他希望干活儿干得筋疲力尽，几个钟头不下割麦机，可还是一再地想起娜塔莉亚；脑子里一个劲儿地想着很久以前的事，想着共同生活中各种各样、往往是十分琐碎的细节、谈话。只要稍微放松一下勤快的脑子，笑盈盈、活生生的娜塔莉亚就出现在他的眼前。他想起她的身段、走路的样子、梳头的姿势、她的音容笑貌……

第三天，开始割大麦。有一回在半晌里，等老头子一勒住马，格里高力就从割麦机的后座上跳下来，把短叉子放到架板上，说：

“爹，我想回家去一下。”

“干吗？”

“我有点儿想孩子们……”

“好，去吧，”老头子高高兴兴地答应说，“我们可以趁这个时候把麦子堆一堆。”

格里高力马上把自己那匹马从割麦机上卸下来，

骑上去，让马小步在黄黄的麦茬地上走着，朝大道走去。他的耳朵里响着娜塔莉亚的声音：“告诉他，叫他心疼你们！”格里高力闭上眼睛，撩起缰绳，沉浸到回忆里，任凭马乱走起来。

在湛蓝湛蓝的天上，被风吹散的稀疏的白云几乎动都不动。白嘴鸦在麦茬地里摇摇摆摆地走着，成群成群地落在麦堆上；老鸦嘴对嘴地喂那些刚刚长出羽毛、还不怎么会飞的小鸦。在割过了的麦地里，白嘴鸦的叫声响成一片。

格里高力的马一心要在路边走，一边走，一边时不时地啃几口木樨草，嚼着，嚼得铁嚼子哗啦哗啦直响。有两次，这马看见远处的马，停下来嘶叫，这时候格里高力才清醒过来，赶一赶马，用迷惘的眼睛望望草原、灰尘飞扬的大路、黄黄的麦堆、一块块尚未成熟的褐绿色黍子地。

格里高力一回到家里，贺里散福就来了。他的样子很阴沉，虽然天气很热，却穿着一件英国式呢子上衣和一条肥大的马裤。他拄着一根新刨的粗大的白蜡木棍子，走了进来，和格里高力握了握手。

“我来看看你。听说你们家出了事儿。娜塔莉亚·米伦诺芙娜已经下葬了吧?”

“你是怎么从前方回来的?”格里高力装作没有听见他的问话,很高兴地打量着粗笨而有点儿驼背的贺里散福,问道。

“我挂了花,叫我回来休养的。一下子就有两颗子弹横穿进我的肚子。这两颗该死的子弹到现在大概还待在肠子旁边。所以我现在拄起拐棍来啦。看见吗?”

“你是在哪儿挂花的?”

“在巴拉绍夫。”

“拿下巴拉绍夫了吗?你究竟怎样挂花的?”

“我们打冲锋来着。巴拉绍夫和波伏林诺都拿下来了。我也参加了。”

“那你说说,你和谁在一块儿,在哪个部队里,村里人有谁和你在一块儿!来坐下,这儿有烟。”

格里高力很高兴有人来,因为可以谈谈与他的痛苦心境无关的旁的事情。贺里散福这一回相当机灵,他一猜到格里高力并不需要他的慰问,就兴高采烈,但又慢腾腾地讲起进攻巴拉绍夫和自己挂花的情形。他抽着一根老大的烟卷儿,用浑厚的粗嗓门说起来：

“我们成步兵队形，从葵花地里往前冲。他们就用机枪和大炮打我们，当然啦，也用步枪。我这个人目标大，在散兵线里，就像鸡群里的一只大鹅，不管我怎样弯腰，都能看到我，所以子弹就找上了我。可是幸亏我的个头儿高，如果矮一点儿，就打在我的脑袋上啦！大概这两颗子弹已经没有劲儿啦，可是打在我身上还是够呛，打得我肚子里咕噜噜直叫，而且每一颗子弹都他妈的滚烫，就像从炉子里飞出来的一样……我拿手摸了摸这块地方，觉得子弹还在我身上，就像两个肉瘤一样，在肉里乱咕哝，两颗子弹相隔有二寸半远。这么着，我用指头揉了揉，就倒在地上啦。我想：这真是开的混账玩笑，这种玩笑别他妈的再开啦！顶好还是躺下来，要不然再有一颗厉害点儿的子弹飞过来，还要把我打个透明窟窿呢。所以，这么着，我就躺下啦。我憋不住又摸了摸子弹。两颗子弹还在那儿，离得很近。可是我怕起来，心想：要是该死的子弹在肚子里动起来，那可怎么办呀？要是在肠子缝儿里钻来钻去，大夫怎么能找得到呢？再说，那也够我受的。一个人的身体，就是我这样的身体，也是很不结实的，要是子弹钻到大肠里去，那时候走起路来就要叮叮当当，像邮车铃铛一样了。那就糟透啦。我就躺在那儿，拧下一个葵花子盘来，嗑起葵花子儿，可是心里非常害怕。咱们的散兵线上前去了。等到把巴拉绍夫拿下来，把我也送了去。我住在齐山的医院里。那儿有一个大夫，就像麻雀一样机灵。他老是劝我：‘把子弹取出来吧！’可是我心里在嘀咕……就问：‘大夫，子弹会钻到肠子里去吗？’大夫说：‘不会，不会钻肠子。’于是我就想：不能取出来！这一套我很清楚！一旦把子弹取出来，不等刀口长好，就又叫你归队啦。我就说：‘不用，大夫，不取吧。我觉得留在身上挺有意思。我想带回家去，叫老婆看看，再说，分量又不重，不碍我的事。’他把我大骂一通，可是给了我一个星期的假。”

格里高力笑着，听完这一番率真的叙述，问道：

“你编到哪儿去啦，是哪一团？”

“第四混成团。”

“咱们村里人有谁跟你在一块儿？”

“咱们村里人不少：不长胡子的安尼凯、别司贺列布诺夫、柯洛维金·阿基姆、米洛什尼柯夫·谢姆卡、郭尔巴乔夫·季洪。”

“哥萨克们怎么样？不抱怨吗？”

“不用说，大家都恼恨军官们。派来一些浑蛋家伙，简直叫人受不了。差不多都是俄罗斯人，没有哥萨克。”

贺里散福一面讲，一面拉扯着上衣的短袖子，并且好像不相信自己的眼睛似的，很吃惊地打量着和抚摩着在膝盖上起了毛的细呢子英国裤子。

“简直就找不到合我的脚的皮鞋，”他若有所思地说，“在那么大的英国，他们的人都没有这样大的脚……咱们种的是小麦，吃的是小麦，他们大概和俄罗斯一样，全是吃大麦。他们哪能长出这样大的脚呢？给全连的人都发了衣服、鞋袜，还送来香烟，不过，反正不好……”

“什么不好？”格里高力问道。

贺里散福笑了笑，说：

“外表很好，内里很糟。你要知道，哥萨克们又不愿意打仗啦。恐怕这一次战争不会有什么好结果。都说，到霍派尔州边界上，就不往前打了……”

格里高力送走贺里散福以后，经过短时间思索，拿定主意：“再住上一个星期，就回前方去。在这儿会愁闷死的。”他在家里一直待到黄昏时候。他回忆起小时候的情景，用芦苇给米沙特卡做了一个风车，用马尾做了几个逮麻雀的套儿，很巧妙地给女儿做了一辆小小的马车，轮子还能转悠，车辕装饰得非常好看，又想用布头儿做一个洋娃娃，但是怎么也做不好；在杜尼娅的帮助下才把洋娃娃做成了。

格里高力以前从来没有对孩子们这样关心过，孩子们起初听说他要做这做那，抱着疑惑的态度，但是后来一会儿也不离开他了。到黄昏时候，格里高力要下地去，米沙特卡憋着眼泪，声明说：

“你老是这样！刚来一会儿，就又要把我们扔下啦……把你的套儿、风车和呱嗒板全拿走吧！我不要啦！”

格里高力把儿子的两只小手握在自己的大手里，说：

“要是这样的话，那咱们有办法：你是男子汉，你就跟我下地去，咱们去割大麦，堆大麦，你跟爷爷坐在割麦机上，你可以赶马。草丛里的蝈蝈儿才多呢！山沟里各种各样的鸟儿有的是！波柳什卡就留在家里跟奶奶做事。她也不会生咱们的气。姑娘家的事就是擦地板，用小桶从顿河里给奶奶挑水，她们女人家的事还少得了吗？你赞成吗？”

“那敢情好！”米沙特卡欢天喜地地叫了起来。他一想到出去的快乐，眼睛都放起光来。

伊莉尼奇娜却表示反对。

“你带他上哪儿去？活见鬼，瞎出花样儿！叫他在哪儿睡？到那儿谁又来照应他？难保不出事儿，要么，离马近了叫马踢着，要么，叫蛇咬着。别跟你爹去，乖孩子，留在家里吧！”她对孙子说。

但是米沙特卡那眯得细细的眼睛忽然发出凶光（就和爷爷潘捷莱发怒的时候一模一样），他攥起小拳头，用高高的哭腔叫喊道：

“奶奶，住嘴吧！……反正我要去！爹，我的好爹，别听她的……”

格里高力笑着把儿子抱起来，宽慰母亲说：

“就叫他跟我睡。我们从家里骑马慢慢走，总不会让他摔下来吧？妈妈，你给他拿件衣裳吧，别害怕，我保证他好好儿的，明天晚上我就把他送回来。”

格里高力和米沙特卡的感情就这样建立起来了。

格里高力在鞑靼村度过的两个星期当中，只见过阿克西妮亚三次，而且都是一闪即过。她凭她素有的聪明和精细，知道她最好别叫格里高力看到，所以尽量避免和他见面。凭着女性的敏感，她猜透了格里高力的心情，她知道，她对他的感情如果有任何不小心或者不合时宜的表现，都会引起他的反感，在他们的关系上留下一种伤痕。她等着格里高力自动开口和她说话。她等的事儿在格里高力动身上前方的前一天出现了。他赶着拉麦子的大车从地里回来，已经很晚了，在苍茫的暮色中，在靠近草原的尽边上一条胡同口上遇上了阿克西妮亚。她老远就鞠了一个躬，微微笑了笑。她的笑容有期待的意味，也有担心的意味。格里高力回了个礼，但是他不能一声不响地走过去了。

“你好吗？”他问了一声，不觉勒了勒缰绳，让马放慢了脚步。

“还好，谢谢，格里高力·潘捷莱维奇。”

“怎么老是看不见你呀？”

“下地去啦……就我一个人干活儿呢。”

米沙特卡和格里高力一块儿坐在大车上。也许是因为这样，格里高力才没有勒住马，没有和阿克西妮亚多说话。他走过有几丈远了，听见呼唤声，又转过身去。阿克西妮亚还站在篱笆旁边。

“你在村子里还要待些日子吗？”她激动地撕着揪下来的一朵野菊花，问道。

“一两天就走。”

阿克西妮亚踌躇了一会儿，看样子，她还想问点儿什么。但是不知为什么她没有问，只是挥了挥手，就急急忙忙朝牧场上走去，连头都没有回一下。

十九

天空布满了乌云。蒙蒙细雨飘洒着，就像用筛子筛的。鲜嫩的再生草、野蒿和遍野的荆棘棵子都闪闪有光。

普罗霍尔因为提前离开家，心里十分不痛快，一声不响地走着，一路上没有和格里高力说过一次话。他们来到塞瓦斯济扬诺夫村外，遇到三个骑马的哥萨克。三个哥萨克并马走着，用靴后跟踢着马，很起劲儿地说着话儿。其中有一个上了年纪的，红红的胡子，穿一件老布的灰褂子，他老远就认出了格里高力，大声对两个同伴说："伙计们，这是麦列霍夫嘛！"于是走到跟前来，勒住高大的枣红马。

"你好啊，格里高力·潘捷莱维奇！"他向格里高力问候说。

"你好！"格里高力一面回答，一面回想他在哪儿见过这个外表阴沉的红胡子哥萨克，可是怎么都想不起来。

看样子，这个哥萨克是不久前才升为准尉的，他为了表示他不是普通的哥萨克，就把崭新的肩章缝在褂子上。

"不认识我了吗？"他径直地来到跟前，伸出长满了红毛的大手，喷着浓烈的酒气，问道。这位新任准尉的脸上一副呆板的自满神情，小小的蓝眼睛亮闪闪的，红胡子底下的嘴唇咧开来笑着。

格里高力一看见这位穿褂子的军官的怪模样，非常开心。带着嘲笑的口气回答说：

"是认不出来啦。大概我见过你，那时候你还是普通哥萨克呀……你升成准尉还没有多久吧?”

“一下子就猜中啦!才升了一个星期。咱们在库金诺夫的司令部里见过面,好像是在报喜节的时候。那一回你救了我,记得吗?喂,特里丰!你们先走吧,我随后追上去!”红胡子哥萨克对两个在不远处停下来的伙伴喊道。

格里高力好不容易想起是在什么场合见到这个红胡子准尉的,也想起他的名字叫谢玛克,还想起库金诺夫对他的评语:“这个该死的东西,打起枪来百发百中!能打飞跑的兔子,打仗也很勇猛,又是一个很好的侦察兵,可是头脑就像个小孩子。”谢玛克在暴动的时候指挥着一个连,出了问题,库金诺夫想处治他,但是格里高力替他说了话,因此谢玛克没有受处分,而且继续担任连长职务。

“你从前方下来吗?”格里高力问。

“是的,我是请假从诺沃霍派尔斯克回来。我绕了一下圈子,走了有一百五十俄里,到司拉晓夫去了一下,那儿有我的一房亲戚。格里高力·潘捷莱维奇,我一直记着你的恩情!我想请请你,你别推却,好吗?我的挂包里还有两瓶酒精,咱们就来喝掉好吗?”

格里高力断然拒绝了,但是收下了他送的一瓶酒精。

“没说的!哥萨克和军官们发财都发足啦!”谢玛克夸耀说,“我也到过巴拉绍夫。我们把巴拉绍夫一拿下来,首先就朝铁路上跑去,那儿停了很多火车,所有的线路都挤满啦。有的车厢装的是糖,有的装的是服装,有的装的是各种各样的玩意儿。有些哥萨克拿了几十套衣服!后来,去搞犹太佬,才有意思哩!我这半个连里有一个家伙动作非常麻利,从犹太佬身上搜了十八块怀表,其中有十块是金的;这小子把表在胸膛上挂了一大串,简直成了顶阔气的商人啦!他的宝石戒指和金戒指,数也数不清!每一个指头都戴两三枚……”

格里高力指了指谢玛克的马鞍两边的鼓鼓囊囊的袋子,问道:

“你这是什么东西?”

“这个吗……各种各样的玩意儿。”

“也是抢的吗?”

“哎,你干吗要说抢……不是抢的,是拿的,拿是合法的。我们的团长就说：‘打下一个城市，你们可以自由行动两天！’我怎么，比别人还坏吗？我拿的是落到我手边的公家的东西……别人干的比我要坏些。”

“你们都是好汉！”格里高力十分厌恶地打量了一下发了洋财的准尉，说，“像你这号儿的，顶好是在要道上，或者蹲在桥底下打杠子，用不着打仗！借打仗行起抢来啦！哼，你们这些下流东西！干起这种玩意儿来啦！你以为，将来就不会有人为这种事儿收拾你们和你们的团长吗？”

“为什么事儿呀？”

“就为这事儿！”

“谁又会来收拾我们呢？”

“你们的上级。”

谢玛克冷笑了一下，说：

“他们自己也是这样嘛！我们不过是用鞍袋装，或者用大车拉，可是他们派整个车队一趟一趟地往家里送。”

“你看见了吗？”

“不光是看见！我就押送过一个这样的车队上亚

雷仁镇上去。全是银器，满车都是银碗、银调羹！有些军官跑过来问：‘拉的是什么？喂，拿出来看看！’我就说，这是某某将军私人的东西，他们就一声不响地走开了。”

“这将军是哪一个？”格里高力眯着眼睛，哆哆嗦嗦地拨弄着缰绳，问道。

谢玛克滑头地笑了笑，回答说：

“我忘记他姓什么了……让我想想看，他姓什么来着？哎呀，真忘了，想不起来啦！格里高力·潘捷莱维奇，你这是白骂。说实在话，大家都这样干呀！我跟别人相比，就像羊羔跟狼相比啦；我是顺手拿一点儿，可是别人就在大街上剥人的衣服，干脆就当众强奸妇女！我可是没干过这种事儿，我家里有老婆，而且是个很好的娘儿们！真的，你不该生我的气。等等，你上哪儿去？”

格里高力点了点头，冷冷地和谢玛克分了手，对普罗霍尔说：

“跟上我！”说着就放马跑了起来。

在路上他们碰到的骑马回家休假的哥萨克越来越多了，有的是一个一个的，有的是三五成群。时常遇到双套大车，车上的东西都用帆布或麻布盖着，捆扎得很结实。车辆后面，都有哥萨克站在马镫上小跑着，他们穿着崭新的夏季军便服和红军的草绿色军裤。哥萨克们的落满灰尘、晒得黑黑的脸都很兴奋，很快活，但是这些当兵的一碰上格里高力，就像听到口令似的，把手举到帽檐上，一面尽量让马加快脚步，一声不响地错过去，直到走出相当长的一段距离之后，才重新说起话来。

“买卖人来啦！”普罗霍尔老远看见有骑马人押着装满抢来的东西的大车过来，就要用嘲笑的口气这样说。

然而，回家探望的人并不都是发了洋财的。他们来到一个村子里，在井边停下来饮马，格里高力听见旁边院子里有人在唱歌。从那孩子般清脆、嘹亮的嗓门儿可以断定，唱歌的是一些年轻哥萨克。

“大概是给当兵的送行呢。”普罗霍尔一面用桶汲水，一面说。

那一瓶酒精昨天晚上已经喝完了，他很想有机会再喝一点儿，因此，他急急忙忙饮过马，笑嘻嘻地说：

“怎么样，潘捷莱维奇，咱们是不是上那儿去一下？也许，到送行席上咱们也能捞两杯喝喝呢！房子虽然是芦苇顶的，可是看样子，是个大户人家呢。”

格里高力同意去看看，是怎样给“嫩芦苇”送行的。他们把马拴在篱笆上，就朝院子里走去。敞棚底下一个圆圆的马槽旁边站着四匹上着鞍的马。从仓房里走出一个半大孩子，端着一个装满燕麦的铁斗。他匆匆朝格里高力看了一眼，就朝嘶叫起来的几匹马走去。唱歌的就在屋角后面。有一个打战的高嗓门儿唱道：

那一条道儿

以前没人走……

有一个吸烟吸哑了的浑厚的粗嗓门儿，重复了一下后面的一句，就和那个高嗓门儿合唱起来，后来又有两个很和谐的嗓门儿加入了合唱，于是歌声显得又雄壮、又豪放、又凄切动人了。格里高力不愿意前去打断他们唱歌；他拉了拉普罗霍尔的袖子，小声说：

“等一等，别过去，让他们唱完。”

“这不是送行。叶兰乡的人就喜欢这样唱。他们就是这种唱法。他妈的，唱得真好呀！”普罗霍尔称赞过，又很丧气地啐了一口：看样子，他那喝酒的指望落空了。

那个好听的高嗓门儿唱的是一个哥萨克在战场上疏忽大意的事，一直唱完了：

人的脚印、马的蹄印都没有。
一个哥萨克团打这儿开过。
一匹骏马跑在团后头。
漂亮的马鞍溜到了一旁，
皮笼头挂在右耳朵上，
丝缰缠在马腿上。
一个年轻顿河哥萨克在后面撵，
对着他的好马儿叫喊：
“等一等，我的好马儿，你站一站，
你别扔下我不管，
没有你我逃不脱车臣人追赶……”

格里高力脊背靠着房子的白墙站着，听得入了迷，既听不见马嘶声，也听不见从胡同里经过的一辆牛车的咯吱声。

屋角那边，有一个唱歌的人唱完歌以后，咳嗽了一声，说：

“唱得不怎么好！就这样啦，反正尽我们的本事就是了。不过，老大娘们，你们还要给我们这几个当兵的弄点儿东西在路上吃。这顿饭我们吃得很好，感谢基督，可是在路上吃的东西我们还一点儿也没有呢……”

格里高力回过神来，从屋角后面走了出来。在台阶的最下面一级上坐着四个年轻哥萨克；从附近人家里跑来的媳妇、老婆子、小孩子把他们团团围住。妇女们听得都抽搭起来，又擤鼻子，又用头巾角儿擦眼泪；在格里高力朝台阶跟前走的时候，有一个老婆子，身材高高的，眼睛黑黑的，衰老的脸上还留着圣母般端庄而美丽的痕迹，她在慢条斯理地说：

“我的好孩子们呀！你们唱得多么好、多么伤心呀！你们每个人家里恐怕都有妈妈，妈妈一想起儿子，想到儿子也许要死在战场上，恐怕眼泪都要哗哗往下流……”她拿黄黄的眼白朝着向她问候的格里高力瞪了一眼，忽然恨恨地说，“你这个当官的，要把这些好孩子带去送死吗？你要把他们断送在战场上吗？”

“老大娘，连我们也要断送呢。”格里高力愁眉苦脸地回答说。

几个哥萨克见一位陌生军官来了，非常窘急，连忙站了起来，一脚踢开放在台阶上、还盛着残剩食物的盘子，一面整理着军便服、步枪皮带和武装带。他们唱歌的时候，连步枪都没有从肩上卸下来。看样子最大的一个也不过二十五岁。

“你们是哪儿的？”格里高力打量着他们的年轻的、生气勃勃的脸，问道。

“从部队里回来……”其中一个蒜头鼻子、笑眯眯的眼睛的，迟迟疑疑地回答说。

“我是问：你们是哪儿的人，是哪一个乡的？不是本地人吧？”

“我们是叶兰乡的，是请假回家，大人。”

格里高力从声音上听出他就是那个领唱的，就笑着问道：

“是你领唱的吗？”

“是我。”

“噢，你的嗓子真好！你们为什么唱起歌儿来啦？怎么，是因为高兴吗？看你们的样子，好像也没有喝过酒。”

一个高个子、亚麻色头发的小伙子，梳得很神气的头发因为落满灰土变成了灰白色，黑黑的脸上泛起两片浓浓的红晕，他侧眼看着老婆子们，很不好意思地笑着，有点儿勉强地回答说：

“哪儿有什么高兴的事儿……我们是没办法才唱的呀！什么也不为，就因为这地方的人舍不得给东西吃，就给一块面包。所以我们就动脑筋，唱起歌儿来。我们一唱起来，娘儿们就纷纷跑来听；我们唱起一支伤心的歌儿，好啦，她们一感动，就纷纷送东西来，有的拿猪油，有的端来牛奶，有的就拿别的吃的……”

“我们就像神甫一样，中尉先生，唱一个歌儿，募化一点儿吃的！”那个领唱的小伙子对同伴们挤着眼睛，把笑眯眯的眼睛眯缝起来说。

一个哥萨克从胸前口袋里掏出一张油乎乎的纸

来，递给格里高力。

“这是我们的休假证。”

“干吗要给我看？”

“也许您会多心，我们可不是开小差……”

“你们还是在遇上侦缉队的时候，给他们看吧，”格里高力很不痛快地说，但是临走时还是劝他们说，“你们还是在夜里走，白天可以找地方歇歇。你们的证明不管用，带着是白带着……这证明没有盖印吧？”

“我们连里没有印。”

“噢，如果你们不愿意挨加尔梅克佬的枪托子，那就听听我的话吧！”

走出这个村子有三俄里，离一片紧靠大路的小树林还有一百五十丈远，格里高力又看见有两个骑马的人迎面而来。他们停了一会儿，打量了一下，然后就陡转过马头，进了树林。

“这是没有证明的，”普罗霍尔推断说，“看见吗，他们拐进树林啦？偏要他妈的在大白天走！”

又有几个人，一看见格里高力和普罗霍尔，就拐下大路，急急忙忙躲藏起来。一个偷着回家的上了年纪的哥萨克步兵，钻进葵花地里躲起来，就像兔子躲进了麦地里。普罗霍尔从他身旁走过，站在马镫上，吆喝道：

“喂，老乡，你没有藏好！脑袋藏起来了，可是屁股还露着哩！”他忽然故意用很凶的口气大声喝道，“喂，出来！拿证明来看看！”

等那个哥萨克跳起来，弯着腰，在葵花地里跑起来，普罗霍尔就可着嗓门儿哈哈大笑起来，他把马一夹，就想追上去，可是格里高力拦住了他。

“别胡闹！让他去吧，就这样跑，够他呛的啦。你再来一下子，他还要吓死呢……”

“得啦！就是带上猎狗也别想追上他啦！他这一口气要跑上十俄里。看，他在葵花地里窜得有多快！一个人在这种时候从哪儿来的这股快劲儿，我真觉得稀奇。”

普罗霍尔反正对逃兵没有好印象，他说：

“简直是成群结队往家跑。就好像从口袋里抖搂出来的一样！瞧着吧，潘捷莱维奇，要不了多久，就要剩下咱们两个来守阵地了……”

格里高力离前线越近，顿河军腐败的可憎场面越是广泛地展现在他的眼前。这种腐败恰恰是在暴动军补充进顿河军之后，在北线取得巨大胜利的时候开始的。这时候，顿河军已经不仅不能进行决定性的进攻和摧毁敌军的抵抗，而且都经受不住重大的进攻了。

在驻扎着近距离后备队的各市镇和各村庄里，军官们都夜以继日地酗酒；各种辎重队的车辆都装满了抢来的、还没有运到后方去的财物；各个部队的兵员都剩下不到百分之六十；哥萨克们任意离队去休假，由加尔梅克人组成的侦缉队在草原上到处巡逻，也阻止不住大批开小差的浪潮了。哥萨克进入被占领的萨拉托夫省的许多村庄里，就像侵略者到了外国的土地上：抢劫财物，奸淫妇女，烧粮食，宰牲口。把许多半大孩子和五十多岁的老头子都抓来补充军队。在一些补充连里，很多人公开表示不愿打仗，在向沃罗涅日方面调动的一些队伍里，哥萨克们干脆不服从军官的命令。听说，在前沿阵地上常有打死军官的事。

已经离巴拉绍夫不远了，天黑下来，格里高力在一个小村子里停下来住宿。由老年哥萨克组成的第四独立后备连和塔干罗格团工兵连把村子里所有住房都占了。格里高力找住宿的地方找了半天。他们本来可以像往常一样，在田野上过夜，但是看样子夜里要下雨，而且普罗霍尔又打起摆子来了，所以必须要在屋子里过夜。村口上，在白杨树环绕着的一座大房子旁边，有一辆被炮弹打坏的装甲汽车。格里高力从旁边走过，看了看汽车的绿色铁甲上还没有涂掉的标语："打死白狗子！"下面是装甲车牌名："勇猛号"。在院子里的拴马桩旁边有几匹马在打响鼻，还听到一些人的说话声；房后果园里生着一堆火，一棵棵绿树顶上缭绕着青烟；火堆旁边人影幢幢。风从火堆上吹来一阵阵燃烧的干草气味和烧焦的猪鬃气味。

格里高力下了马，朝房子里走去。

"这儿掌柜的是哪一位？"他走进一间低矮的、挤满了人的屋子，问道。

"我就是。您有什么事？"一个矮矮的汉子，靠在炉子上，没有改变姿势，打量了一下格里高力，说。

"能让我们在这儿过一夜吗？我们只有两个人。"

“我们在这儿挤得已经和西瓜里的籽儿一样了。”躺在大板凳上的一个上了年纪的哥萨克很不高兴地嘟哝说。

“我倒是没什么，不过我们这儿的人实在太挤了。”房东解释说。

“我们凑合着住一下吧。我们总不能在雨里过夜吧?”格里高力坚持说，“我的传令兵在生病呢。”

那个躺在大板凳上的哥萨克咯咯了两声，耷拉下两条腿来，看了看格里高力，已经换了口气说:

“大人，我们和掌柜家的人一共是十四口，住了两间屋子，可是一个英国军官和他的两个护兵就占了另外一间屋子，还有我们的一个军官也和他们在一块儿。”

“您是不是可以上他们那儿住一下!”另外一个佩戴上士肩章、大胡子白了不少的哥萨克很热心地说。

“不用，我最好就在这儿。我要不了多少地方，就睡在地上，不会挤你们。”格里高力脱掉军大衣，用手撩了撩头发，在桌边坐下来。

普罗霍尔就出去看马。

隔壁屋子里大概听见了这边的谈话。过了五六分钟，走进来一个穿得很讲究的小个子陆军中尉。

“您是找住宿的地方吗？”他对格里高力说，瞥了一眼格里高力的肩章，就带着殷勤的笑容央请说，“请您上我们那间屋里去住吧，中尉。我和英军中尉堪贝尔先生请您搬过去，您在那边会方便些。我姓歇格洛夫。您贵姓？”他握了握格里高力的手，又问，“您是从前方来吗？噢，是休假回来呀！咱们走吧，走吧！我们欢迎您。您大概饿了，我们那儿还有吃的呢。”

陆军中尉那浅绿色上等呢子制服上挂着一枚军官十字章，小小脑袋上的头发梳得光溜溜的，靴子擦得锃亮，他那一张刮得光光的、黑乎乎的脸，他那整个端正的身体，都显得干净利索，并且散发着一股浓浓的花露水气味。他在过道里很小心地把格里高力让到前头，说：

“门在左面。小心点儿，这儿有箱子，您别碰上。”

一个魁梧而健壮的青年中尉迎着格里高力站了起来。他留着一撮黑黑的、毛茸茸的小胡子，遮住了斜着划开的上嘴唇，两只灰眼睛离得很近。陆军中尉把格里高力介绍给他，说了几句英语。英国中尉握了握客人的手，时而望着客人，时而望着陆军中尉，说了几句话，打手势请客人坐下。

屋子中间并排放着四张行军床，角落里堆着箱子、旅行包、皮包。在大柜子上放的是：格里高力还没有见过的一种手提机枪、一个望远镜套子、几盒子弹和一支卡宾枪，枪托子黑乎乎的，深灰色枪筒子是崭新的，还没有磨出光来。

英国中尉很亲切地打量着格里高力，用愉快的低嗓门儿说了几句话。格里高力不懂这种听起来很别扭的外国话，但是，他猜到他们谈的是他，所以觉得有点儿尴尬。陆军中尉在一个包里翻着，含笑听着，后来他说：

"密斯特堪贝尔说，他很尊敬哥萨克，他认为哥萨克都是了不起的骑手和战士。您大概要吃点儿东西吧？您喝酒吗？他说，危险越来越近了……唉，妈的，他老是说废话！"陆军中尉从皮包里拿出几听罐头、两瓶白兰地，又弯下腰去翻皮包，一面继续翻译着，"他说，在大熊河口哥萨克军官们对他都很热情。他们在那儿喝了一大桶顿河葡萄酒，他们都喝得烂醉，和中学里的一些女学生玩得非常快活。哼，这事儿就不用说了！他认为，用同样的盛情报答对他的盛情，是一种愉快的责任。所以您应当接受这种盛情。他说，他很喜欢您……您会喝酒吗？”

“谢谢。我会喝。”格里高力说，一面偷偷打量着因为一路风尘和握马缰弄得很脏的自己的两只手。

陆军中尉把罐头放在桌子上，很熟练地用刀子开着罐头，叹着气说：

“您可知道，中尉，这个英国猪可把我折腾坏啦！从早上一直喝到深夜。不住气地灌，简直没有对手！您要知道，我也是个能喝酒的，可是像这样牛饮，实在受不了。而且，这家伙……”陆军中尉含笑望了望英国中尉，出乎格里高力意料地骂了两句娘，“也不管空不空肚子，一个劲儿死灌！”

英国中尉笑了笑，点了点头，用半通不通的俄语说：

“对，对！……大大地好……要喝你的健康一杯！”

格里高力笑了起来，抖搂了一下头发。他很喜欢这两个小伙子，他觉得这个笑得很纯真、说俄语说得很好笑的英国中尉挺好。

陆军中尉一面擦着杯子，一面说：

“我跟他泡了两个星期啦，够呛不够呛？他在第二军节制的坦克部队里担任教官，派我给他当翻译。我的英语说得好，所以就倒了霉……咱们的人也喝酒，不过不是这种喝法。可是这家伙，谁知道他妈的是怎么一回事儿！您可以看看，他有多大的酒量！一天他至少要喝四五瓶白兰地。一有空儿就喝，就是喝不醉，而且喝了那么多还照样干活儿。他把我都整死啦。我的胃都有点儿疼起来啦，这些天我的情绪坏透啦，我浑身都泡在酒精里，现在我都怕到油灯跟前坐啦……谁他妈的知道这是怎么回事儿！”他说着，拿起白兰地把两只杯子斟得满满的，却只给自己倒了一点点儿。

英国中尉拿眼睛瞟着杯子，笑着，很起劲儿地说起话来。陆军中尉带着求饶的神气把一只手按在心口上，沉着地笑着，回答他的话，只是那和善的黑眼睛里偶尔冒一下愤怒的火星。格里高力端起杯子，和两位好客的主人碰了碰杯，就一饮而尽。

“噢！”英国人称赞说，于是也把自己杯子里的酒喝干，然后很轻视地看了看陆军中尉。

英国中尉的两只又大又黑的劳动的手放在桌上，手背上的汗毛孔里都是黑黑的机器油，手指头因为常常接触汽油，都脱了皮，还有一些斑斑点点的老伤疤，但是一张脸却很娇嫩，胖乎乎的，红红的。手和脸竟是这样不同，有时候格里高力简直觉得这个英国中尉好像是个假面人儿。

“您真是救了我。”陆军中尉说着，把两只杯子斟得满满的。

“怎么，他一个人不喝酒吗？”

“问题就在这儿呀！早晨起来他可以一个人喝，到晚上就不行啦。好吧，来，咱们喝。”

“这玩意儿是厉害……”格里高力把杯子里的酒喝了不多的一点儿，但是一看见英国人那惊异的目光，就把其余的酒一下子倒进嘴里。

“他说，您是好汉子。他很喜欢您的喝法。”

“咱们俩来换一换位置得啦。”格里高力笑着说。

“我相信，您过上两个星期，就不干啦。”

“不干这种好差事吗？”

“这种好差事，我无论如何都不想干啦。”

“上前方更坏。”

“这儿也等于前方。在前方可能叫子弹或炮弹打死，也可能打不死，可是在这儿我靠得住要变成酒疯子。请尝尝这罐头水果吧。不吃点儿火腿吗?”

“谢谢，我吃。”

“英国人搞这些玩意儿有两下子。他们军队的给养可不像咱们的那样。”

“咱们能算是发给养吗? 咱们的军队是就地吃草。”

“很遗憾，这是实情。不过，用这种办法对待士兵，特别是如果让士兵任意抢劫老百姓的话，就不会长远……”

格里高力留心看了看陆军中尉，问道：

“您想走长远吗?”

“咱们是一条路的嘛，您这是问的什么?”陆军中尉一不留心，英国中尉拿起酒瓶，给他斟了满满的一杯。

“这一下子您非得喝干不可了。”格里高力笑着说。

“够呛！”陆军中尉看了看酒杯，叫了一声苦。他的脸上泛起一阵淡淡的红晕。

三个人一声不响地碰了碰杯，喝干了。

“咱们走的是一条路，不过各有各的走法……”格里高力又开口说，一面皱着眉头，想用叉子叉住在碟子里滚来滚去的一个杏子，却怎么也叉不住，“有的走不远就下了马，有的就像坐火车一样，要跑得远远的……”

“您难道不想坐到最后一站吗？”

格里高力觉得有了酒意，不过他还是十分清醒的；就笑着回答说：

“我的盘缠不够坐到最后一站啦。您呢？”

“噢，我的情形不一样：就是把我赶下车来，我也要顺着路基步行走到最后一站！”

“那就祝您一路平安吧！来干一杯！”

“以后会好的。凡事起头难嘛……”

英国人和格里高力、陆军中尉碰着杯，一声不响地喝着，几乎连菜都不吃。他的脸成了砖红色，眼睛亮了起来，一举一动中露出有意放慢的意味。还没有喝完第二瓶，他就站起沉重的身子，稳稳地走到皮包跟前，掏出三瓶白兰地，拿过来。他把三瓶酒放在桌上，用嘴角笑了笑，低声说了几句话。

“密斯特堪贝尔说，要好好地高兴高兴。这位密斯特真他妈的要命！您怎么样？”

“好吧，可以好好高兴高兴。”格里高力答应说。

“好的，不过他的酒量太大了！在这个英国人身上有俄国商人的灵魂。我大概已经不行啦……”

“从您的样子还看不出来嘛。”格里高力故意逗他说。

“见鬼吧！我现在就像大姑娘一样，浑身酥啦……不过还可以应付两下子，对对，可以应付，完全可以应付！”

陆军中尉又喝了一杯以后，显然有点儿发呆了：他那黑眼睛泛出油光，而且开始有点儿斜了，脸上的肌肉松弛了，嘴唇几乎不听摆布了，颧骨上的青筋一下一下地抽动着。下了肚的白兰地在他身上发作起来，弄得他昏昏沉沉。陆军中尉的表情，就像一头牛在屠宰以前头上挨了十斤重的一锤子。

“您还早着哩。您喝惯啦，喝这点儿酒一点儿事也没有。”格里高力肯定地说。他也显然有了酒意，但是觉得还能喝上很多。

“真的吗？”陆军中尉高兴起来，“是的，是的，我起初有点儿软不唧唧的，可是这会儿，不吧，要喝多少都行！一点不错：要喝多少都行！我很喜欢您，中尉。说实在话，您这人有两下子，对人又真诚。我就喜欢这些。咱们来为他这个浑蛋和酒鬼的祖国干一杯吧。他虽然像畜生一样蠢，可是他的祖国很好。‘海上霸王，不列颠呀！’咱们喝吧？不过别干杯啦！来，为了您的祖国，密斯特堪贝尔！”陆军中尉使劲皱了皱眉头，喝了一口，吃起火腿。“那真是个了不起的国家呀，中尉！您是想象不出来的，我可是在那儿住过……来，咱们喝！”

“不管是什么样的母亲，总是比外人亲呀。”

“咱们不抬杠，喝吧！”

“咱们喝。”

“应该用铁和火把咱们国家的腐朽东西都铲除掉，可是咱们无能为力了。这么一来，咱们的国家就完了。哼，去他妈的吧！堪贝尔就不相信咱们能打得赢红军。”

“他不相信吗？”

“是的，他不相信。他认为咱们的军队很坏，他夸奖红军很好。”

“他参加过战斗吗？”

“当然参加过！红军差一点儿把他抓住。这白兰地好厉害呀！”

“是够厉害！这玩意儿和酒精一样吧？”

“多少差一点儿。是骑兵把堪贝尔救出来了，要不然就把他捉去了。那是在茹柯夫村外。那一次红军夺去咱们一辆坦克……您好像很伤心呀。是怎么一回事儿？”

“我老婆不久前死了。”

“这真是不幸！留下孩子了吗？”

“有孩子。”

“为您的孩子们喝一杯！我没有孩子，也可能有，不过即使有的话，他们大概也是在什么地方跑着卖报呢……堪贝尔在英国有一个未婚妻。他每星期给她写两封信，从不间断。写的大概都是各种各样的混账话。我差不多都嫉恨他了。您说什么？”

“我什么也没有说。可是，他为什么尊重红军呢？”

“谁说他‘尊重’来着？”

“您说的。”

“没有的话！他不会尊重他们，不可能尊重他们，您弄错了！不过，我可以问问他。”

堪贝尔仔细听过脸色灰白、醉醺醺的陆军中尉问的话，便说了老半天。格里高力不等他说完，就问道：

“他叽里咕噜说些什么？”

“他看见，他们都穿着树皮鞋，排成步队向坦克冲锋。这简单吗？他说，人民是打不垮的。糊涂蛋！您别信他的。”

“怎么能不信呢？”

“反正不能信。”

“嗯，为什么？”

“他喝醉了，是在胡扯。怎么能说人民是打不垮的呢？可以把他们当中的一部分消灭，叫其余的人执行……我怎么说来着？不对，不是叫他们执行，是叫他们服从。咱们这是喝第几瓶啦？”陆军中尉把脑袋放在手上，胳膊肘子弄翻了一听罐头，胸膛趴在桌子上，不住地喘着粗气，坐了有十来分钟。

窗外的夜色黑漆漆的。密密的雨点不住地敲打着护窗。远处有隆隆的声音，格里高力弄不清那是雷声，还是炮声。堪贝尔笼罩在雪茄烟的青青的烟雾里，慢慢斟着白兰地。格里高力推醒陆军中尉，摇摇晃晃站起来，说：

“喂，你问问他：为什么红军会打败咱们？”

“算了吧！”陆军中尉嘟哝说。

“不行，你问问。”

“算了吧！他妈的算了吧！”

“你问问，我要你问！”

陆军中尉呆呆地朝着格里高力看了一会儿，后来对仔细听着的堪贝尔说了几句话，又把头趴在握成勺子形的手掌上。堪贝尔带着轻视的笑容望了望陆军中尉，拉了拉格里高力的袖子，用动作解释起来：他把一个杏核拨到桌子当中，把自己的大手竖着放在杏核旁边，好像是在和杏核对比，然后弹了一下舌头，一下子把手压到杏核上。

“亏你想得出！不用你说，我也明白……”格里高力沉思着说。他摇晃了两下，抱住好客的英国中尉，很费劲地用手指了指桌子，行了一个礼：“谢谢你的款待！再见吧！你可知道，我要对你说什么吗？趁着这儿还没有把你的脑袋揪掉，你赶快回家吧。我这是实心实意对你说的。明白吗？用不着你们来干涉我们的事情。明白吗？请你走吧，不然的话，你在这儿要挨揍的！”

英国中尉站起来，行了个礼，很起劲儿地说起话来，时不时地带着遗憾的神情望望已经睡着了的陆军中尉，很亲热地拍着格里高力的肩膀。

格里高力好不容易摸到了门把手，摇摇晃晃地走到台阶上。斜斜的雨丝洒在脸上。一道道闪电照耀着宽敞的院子、水漉漉的篱笆、果园里亮晶晶的树叶。格里高力下台阶的时候，滑了一下，跌倒了，等他爬起来的时候，听见有人在说话：

“那几个军官还在喝吗？”有一个人在过道里划着火柴，问道。

一个伤了风的沙哑嗓门儿，用压低了的不客气口吻说：

“他们要喝下去的……他们非喝得出洋相不可！”

二十

顿河军打出霍派尔州边界以后，又和一九一八年那时候一样，失去了前进的锐气。顿河上游暴动的哥萨克和霍派尔州的部分哥萨克仍旧不愿意到顿河地区以外去打仗；红军部队得到新的补充，现在又是在民心向着红军的地区活动，所以抗击力量加强了。尽管在这个地区的兵力方面白军还是占优势：在战斗中受到很大损失的红军第九军只有一万一千名步兵、五千名骑兵，拥有五十二门炮，而几个哥萨克军却一共有一万四千四百名步兵、一万零六百名骑兵，拥有五十三门炮，——可是哥萨克部队有时也打起防御战，而且顿河军司令部不论想什么办法，都不能使哥萨克们拿出不久前在本地区作战时那种顽强劲儿了。

最激烈的战斗发生在两翼方面，也就是南方库班志愿军部队活动的地区。志愿军部队在弗兰格尔将军指挥下，在向乌克兰内地顺利推进的同时，还在猛烈地压迫着红军第十军，迫使第十军节节后退，志愿军边战边朝萨拉托夫省推进。七月二十八日，库班骑兵横冲直撞地攻进了卡梅申，俘虏了一大半守军。红军第十军部队进行反攻，也被打退了。来势凶猛的库班和捷烈克哥萨克混合骑兵师有可能来包抄右翼，因此第十军军部把部队转移到博尔津柯沃—拉推舍夫—红土崖—卡敏镇—班诺叶一线上。这时候第十军部队共拥有一万八千名步兵、八千名骑兵、一百三十二门炮；和第十军作战的库班志愿军拥有七千六百名步兵、一万零七百五十名骑兵、六十八门炮。此外，白军还有几支坦克部队，还有不少飞机担任侦察工作和参加作战。但是不管是法国的飞机，还是英国的坦克和大炮，都帮不了弗兰格尔的忙了；他到了卡梅申，再也不能往前推进了。在这个地区展开顽强的持久战，战争只有一些很小的变化。

七月底，红军开始准备在南线的整个中心地带转入大规模的进攻。为此，第九军和第十军合并为一个突击兵团，由绍林指挥。从东线调来的第二十八师和原喀山地区的一个守备旅，第二十五师和原萨拉托夫地区的一个守备旅，都要担任突击兵团的后备队。此外，南线指挥部还把一些担任前线后备队的部队和第五十六步兵师调来加强突击兵团的力量。第八军和由第八军节制的、从东线撤下来的第三十一步兵师和第七步兵师要在沃罗涅日方面发动助攻。

定于八月一日至十日之间转入全面进攻。根据红军总指挥部的计划，第八军和第九军的进攻要以侧翼部队的包抄活动来配合，而其中特别重要、特别复杂的任务就落在第十军肩上，第十军应当顺着顿河左岸推进，截击从北高加索方面来的敌军主力。在西面，第十四军的一部分队伍要向查蒲林诺—洛佐瓦亚一线发动声势浩大的佯攻。

就在红军在第九军和第十军的地区内进行必要的调动的时候，白军指挥部为了打破敌军的进攻计划，扩编了马孟托夫的一个军，打算冲破防线，将这个军投入红军后方去进行深入的袭击战。弗兰格尔的军队在察里津方面取得胜利后，该军的战线向左伸展开去，因此缩短了顿河军的战线，所以就从顿河军里抽出了几个骑兵师。八月七日，在乌留平镇上集中了六千名骑兵、二千八百名步兵和三个各拥有四门炮的炮兵连。八月十日，重新改编过的、由马孟托夫指挥的一个军，在红军第八军和第九军交接的地方冲破防线，从新霍派尔斯克向唐波夫挺进。

根据白军指挥部原来的意图，除了马孟托夫的一个军外，康诺瓦罗夫将军的一个骑兵军也要挺进到红军后方去，但是因为在康诺瓦罗夫这个军占据的地区内发生了战斗，这个军没有从前方撤下来。由于这种情况，马孟托夫担负的任务缩小了，不是责成他一个劲地往前打，打到莫斯科，而是叫他破坏过敌军后方和交通线以后，重新来会合；然而当初却是命令他和康诺瓦罗夫用全部骑兵冲垮中心地带红军的侧翼和后方，然后以强行军的速度向俄罗斯内地进军，一面用那些具有反苏维埃思想的人来补充兵力，一面继续向莫斯科挺进。

红军第八军使用了该军的后备队，才恢复了左翼的形势。第九军的右翼溃乱得更要厉害些。突击兵团的总指挥绍林千方百计使两军的内翼连接起来，但是也没有拦住马孟托夫的骑兵。第五十六后备师奉绍林的命令，从基尔桑诺夫赶来迎击马孟托夫。

该师的一个营坐着大板车来到桑堡车站，遇上了马孟托夫的一支侧翼部队，一交手就被打垮了。第三十六步兵师所节制的一个骑兵旅，调去掩护唐波夫至巴拉绍夫一段铁路，也落得同样的结果。该旅遇到了马孟托夫的全部骑兵主力，经过短时间的战斗，就被击溃了。

八月十八日，马孟托夫袭占了唐波夫。尽管情况如此，尽管为了和马孟托夫作战，还从绍林的突击兵团中抽出去几乎有两个师，但是绍林突击兵团的主力还是发动了进攻。同时在南线的乌克兰地区也发动了进攻。

在北方和东北方，战线几乎成直线从老奥司考尔一直拉到巴拉绍夫，然后朝察里津一拐，这条战线开始稳定下来。许多哥萨克团在敌军的优势兵力压迫下，向南方退去，但是时常进行反击，而且步步为防。一进入顿河地面，他们又恢复了失去的战斗力；开小差的事也大大减少了；从顿河中游各乡里开来不少补充队伍。绍林突击兵团的队伍越是深入顿河区的内地，遇到的抵抗就越顽强、越猛烈。在上顿河州暴动的各乡里，哥萨克们自动发起开大会，宣布全体总动员，大家做过祷告，就立即开上前线。

绍林的突击兵团，因为在向霍派尔河和顿河方面推进中不停地作战，不断地遇到白军的顽强抵抗，又因为来到了大多数老百姓都痛恨红军的地区，所以渐渐失去进攻的锐气。就在这时候，白军的司令部已经在卡察林乡和柯特鲁班车站一带，成立了一个由三个库班军和六个步兵师组成的强大的机动兵团，以便迎击所向披靡的红军第十军。

二十一

一年的工夫，麦列霍夫家的人口减少了一半。潘捷莱·普罗柯菲耶维奇有一次说死神看上了他们家，这话说对了。刚刚把娜塔莉亚埋葬过，麦列霍夫家宽敞的上房里又散发出神香和矢车菊的气味。格里高力离家上前方以后十来天，妲丽亚在顿河里淹死了。

星期六，她从地里回来，就和杜尼娅一同去洗澡。她们在菜园边上脱掉衣服，在柔软的、被脚踩倒的青草上坐了半天。还是从清晨起，妲丽亚就心神不定，说是头疼，身子不舒服，偷偷地哭了好几次……在下水以前，杜尼娅把头发挽成一个鬏儿，用头巾包起来，侧眼朝妲丽亚看了看，很心疼地说：

“妲什卡，看你瘦成什么样子啦，所有的青筋都露出来啦！”

“很快就要胖起来了！”

“你的头不疼了吗？”

“不疼啦。嗯，咱们下水吧，天不早啦。”她在头里跑着下了水，连头扎进水里，后来又钻出水来，打着响鼻，朝河中心游去。急流卷住了她，冲着她往前漂去。

杜尼娅欣赏着妲丽亚那像男人一样大划着两臂的游泳姿势，她也走进齐腰深的水里，洗了洗脸，泡了泡胸膛和晒得黑黑的、结实而丰润的两条胳膊。在旁边的菜园里，奥布尼佐夫家的两个儿媳妇在浇白菜。她们听见杜尼娅笑着在唤妲丽亚：

“回来吧，妲什卡！别叫鲇鱼把你拖走了！”

妲丽亚掉转身来，洑了有三丈远，后来从水里跳出半截身子，把两只手举起来，喊道：“姊妹们，我走啦！”然后就像石头一样沉入水里。

过了有一刻钟，脸色煞白的杜尼娅只穿着一条衬裙，跑回家里。

“妈妈，妲丽亚淹死啦！……”她气喘吁吁地说。

直到第二天早晨，才用大渔网的钩子把妲丽亚捞了上来。鞑靼村最有经验的老渔夫阿尔希普·皮司科瓦特柯夫黎明时候在妲丽亚淹死的地方的下游，下了六张大渔网，然后和潘捷莱·普罗柯菲耶维奇一同去检查渔网。岸上站着一大群孩子和妇女，其中也有杜尼娅。当阿尔希普用桨柄挑着第四根网绳，离开河岸有十丈远的时候，杜尼娅清清楚楚地听见他小声说：“大概，这就是……”于是他使劲拉着直往下坠的网绳，小心翼翼地把网往上提。后来有一个白白的东西出现在右岸边，两个老头子就弯下身去，小船的边上进了一点儿水，于是安静下来的人群听见尸体低沉地响了一声，上了小船。人群里齐声出了一口气。有一个娘儿们低声抽搭起来。站在不远处的贺里散福大声吆喝孩子们：“喂，你们都滚远点儿！”杜尼娅含着眼泪，看着阿尔希普站在船尾，熟练而无声地划着桨，朝岸边划来。小船沙沙地、咯吱咯吱地轧着岸边的石灰质砂石，靠了岸。妲丽亚软绵绵地弯着腿躺着，一边腮帮子贴在水漉漉的船底上。她那白白的身体微微有些发青，泛着一种淡紫色，身上有几处很深的窟窿，那是钩子钩的。在一条又瘦又黑的腿肚子上，膝盖下面一点儿、在洗澡前忘记解下的袜带旁边，有一条新鲜的红印子，还隐隐渗着血。那是渔网钩子的尖儿在腿上划了一下，划出了一道斜斜的血印子。杜尼娅哆哆嗦嗦地揉着围裙，头一个走到妲丽亚跟前，用一条拆开来的麻袋把她盖上。潘捷莱·普罗柯菲耶维奇急急忙忙一本正经地挽起裤腿，把小船往上拖了拖。很快就来了一辆大车，把妲丽亚拉到麦列霍夫家里。

杜尼娅克制着害怕和厌恶的心情，帮着母亲擦洗还保留着河底深水凉气的冷冰冰的死人身子。妲丽亚那微微肿起的脸上，那被河水泡得失去光彩的眼睛的暗淡反光中，有一种陌生而严肃的神气。她的头发里夹杂着不少银光闪闪的河底流沙，脸上粘着一条条潮湿的青苔，而那两条摊了开来、软软地从板床上耷拉下来的胳膊，却显出心灰意冷的样子，杜尼娅看了一眼，就连忙离开她，因为又惊愕又害怕，觉得这死去的妲丽亚简直不像那个不久前还有说有笑、热爱生活的人了。后来有很长时间，杜尼娅一想到妲丽亚那冰凉的乳房和肚子，一想到那软绵绵、动也不动的四肢，就浑身打哆嗦，希望能快些忘掉这一切。她很怕夜里会梦见死去的妲丽亚，有一个星期都和妈妈睡在一张床上，而且临睡前要祷告上帝，在心里央告："主啊！别叫我梦见她呀！保佑我吧，主啊！"

如果不是奥布尼佐夫家的两个儿媳妇说出她们曾经听见妲丽亚喊叫："姊妹们，我走了！"就会顺顺当当地把淹死的人埋葬掉的，但是维萨里昂神甫一听说妲丽亚死前曾经这样喊叫，而这种喊叫显然表明妲丽亚是有意寻死的，所以神甫就毅然决然声明，他不能为寻死的人念经祈祷。潘捷莱·普罗柯菲耶维奇气愤地说：

"你怎么能不给念经呢？怎么，她不是教徒吗？"

"我不能给寻死的人举行葬仪，照规矩不能这样。"

"那又怎样来葬她呢？照你说，把她像狗一样埋掉吗?”

“照我说,你愿意怎样埋就怎样埋,愿埋在哪儿就埋在哪儿,只是不能埋在公共坟地里,因为那儿葬的都是清白的基督教徒。”

“不行,请你做做好事吧!”潘捷莱·普罗柯菲耶维奇换成哀求的语气,“我们家还从来没出过这种丢脸的事呢。”

“我不能答应。潘捷莱·普罗柯菲耶维奇,我很尊敬你,你是个模范教民,但是我不能答应。要是有人报告到教区监督司祭那里去,我就免不了倒霉。”神甫很固执地说。

这是很丢脸的事。于是潘捷莱·普罗柯菲耶维奇想方设法来劝说倔犟的神甫,答应多给一些钱,而且要给顶可靠的尼古拉票子,还说要送一只刚生过一胎的母羊,但是到末了,看到劝说无效,就威胁说:

“我不能把她埋在坟地外面。她不是和我不相干的人,是我的亲儿媳妇。她的丈夫是和红军作战牺牲的,他是军官身份,媳妇本身也得过十字章,可是你要给我找麻烦吗?!不行,神甫,你办不到,想不叫下葬呢，怪事！就让她躺在屋里好啦，我这就去报告乡长。他会和你说话的！”

潘捷莱·普罗柯菲耶维奇从神甫家里走了出来，临走不但没有道别，甚至还气呼呼地把门摔了一下。不过吓唬生效了：过了有半个钟头，维萨里昂神甫派人来说，他马上就来念经。

按照常规，把妲丽亚葬到了坟地里，跟彼特罗挨着。在挖坟的时候，潘捷莱·普罗柯菲耶维奇也给自己看好了一块地方。他一面挖坟，一面张望，心里估量，比这儿好的地方再也找不到了，也用不着再去找了。不久前才栽的一棵白杨树在彼特罗的坟头上沙沙地摇晃着嫩枝儿；即将来临的秋天，已经把杨树顶上的叶子染成凄凉的枯黄色。小牛跨过倒塌的围墙，在坟墓之间踩出一条条的小路；围墙外面有一条路通向风磨；关切死者的亲人们栽种的树木，有枫树、杨树、槐树，还有茂密的刺花李，都碧绿碧绿的，显得又亲切，又有生气；树旁生长着一丛丛的牵牛花，晚芥菜开着黄花，燕麦草和冰草都结了穗儿。一个个十字架，从上到下都缠满了可爱的、蓝蓝的旋花儿。这地方实在很舒服，很干爽……

老头子挖着坟，常常扔下铁锹，坐在潮乎乎的黄土上，抽着烟，想着死的事情。但是，看样子，年头不对了，恐怕很难平平安安地老死在自己家里，安葬在祖祖辈辈长眠的地方了……

安葬了妲丽亚以后，麦列霍夫家里更加冷清了。收割庄稼，打场，采摘瓜地里的丰收的瓜。天天盼望格里高力的消息，但是他一去就没有音讯。伊莉尼奇娜不止一次说："也不写封信来问问孩子们好不好，该死的东西！老婆一死，他根本不问我们的事啦……"后来当兵的哥萨克回鞑靼村探望的多了起来。带回来一些传闻，说是哥萨克在巴拉绍夫打败了，所以往顿河上撤退过来，为的是利用顿河为屏障，固守到冬天。可是到冬天又怎么样呢？关于这一点，所有的老兵都毫不隐讳地说："等顿河一结冰，红军就把咱们赶进海里啦！"

潘捷莱·普罗柯菲耶维奇勤勤恳恳地在打场，似乎不怎么理会流传在顿河两岸的消息，但是他对于局势并不是无动于衷。他听说快要打过来了，就常常对伊莉尼奇娜和杜尼娅吵骂，火气更大了。他常常修理一些农活儿上用的东西，但是只要一不顺手，他就怒冲冲地把活儿扔下，一面啐着、一面骂着跑到场院上去，到那里去冷一冷自己的火气。杜尼娅不止一次看见他发这种脾气。有一次他修牛轭，干得不顺手，突然发起火来的老头子就抓起斧子，把牛轭砍成了一堆碎木头片。有一次修马套也是这样。那一天晚上，老头子在灯下纫上麻线，就缝起裂了口的马套来；不知是麻线霉烂了，还是老头子太性急，反正麻线接连断了两次，这就不得了啦：老头子狠狠地骂了两声，跳了起来，把凳子踢翻，又一脚踢到灶前，又像狗一样呜噜呜噜叫着，用牙齿撕咬起马套上的皮贴边，然后把马套扔到地上，像公鸡一样跳着，用脚踩起马套来。伊莉尼奇娜早已睡下，听见喧闹声，吓得跳了起来，但是一看是这么回事儿，就忍不住骂起老头子：

“该死的东西，都这么大年纪了，你疯啦?！马套哪儿得罪你了?”

老头子拿发了疯的眼睛瞪了瞪老伴儿，吼了起来：

“你住嘴——嘴，浑蛋娘儿们！！！”又抓起破马套，朝老伴儿扔过来。

杜尼娅笑得喘不过气来，赶快跑到过道里去了。老头子发过一阵子疯，就安静下来，请老伴儿原谅他在火头上说的一些气话，并且要搔着后脑勺子嘟哝上老半天，望着已经撕成碎片的倒霉的马套，心里盘算着：这玩意儿还能派什么用场？他这样发火已经不止一次了，但是伊莉尼奇娜却从痛苦的经验中吸取了教训，采取了另外一种对策：等老头子一开口大骂，毁坏起什么家什，伊莉尼奇娜就很温顺然而十分响亮地说："砸吧，老头子！砸得烂烂的！咱们还能挣回来嘛！"并且还做样子要帮他砸一砸。这么一来，老头子马上就没有了劲儿，用发呆的眼睛对着老伴儿看上一会儿，然后就把哆哆嗦嗦的手伸到口袋里，掏出烟荷包，很不好意思地坐到一边去抽起烟来，平息平息激动的神经，心里咒骂着自己的脾气，估计一下这一次的损失。一只三个月的小猪跑进菜园子里，也成了老头子发泄怒气的对象。他用铁棍打断了小猪的脊梁骨，可是过了五分钟，他一面用钉子帮着拔宰掉的小猪身上的鬃毛，一面用讨好的目光歉疚地看着愁眉苦脸的伊莉尼奇娜，说：

“这小猪简直是祸害……反正他妈的是要死。这会儿正是流行猪瘟的时候；宰了吃掉最好，免得白白糟蹋掉。老婆子，你说是吗？嗯，你干吗愁眉苦脸呀？这该死的小猪，坏透啦！小猪不像小猪，简直像个猪妖怪！一点儿都经不住打！可是又拼命祸害人！一下子就刨了四十窝土豆！”

“园子里的土豆总共不过三十窝嘛。”伊莉尼奇娜小声反驳说。

“哼，要是有四十窝的话，它会糟蹋四十窝的，就是这种东西！谢天谢地，这一下子叫它糟蹋不成啦！”潘捷莱·普罗柯菲耶维奇连想都不用想，就回答说。

孩子们送走了父亲以后，非常想念他。伊莉尼奇娜忙于家务，没有很多时间照应他们，于是两个没人管的孩子就整天在园子里或者场院上玩耍。有一天，吃过午饭米沙特卡就不见了，直到太阳落山的时候才回来。伊莉尼奇娜问他上哪儿去来，米沙特卡回答说，跟孩子们在河边玩来着，但是波柳什卡马上就揭了他的底：

“他扯谎呢，奶奶！他上阿克西妮亚婶婶家

去啦！”

“你怎么知道的？”伊莉尼奇娜听到这件事很惊愕，很不痛快，就问道。

“我看见他从他们家爬篱笆过来的。”

“怎么，你是上她家去了吗？嗯，说嘛，乖孩子，怎么脸红啦？”

米沙特卡对着奶奶的眼睛看了看，回答说：

“奶奶，我说谎啦……是的，我不是在河边玩儿，是上阿克西妮亚婶婶家去啦。”

“你干吗上她家去？”

“她叫我去，我就去了。”

“那你为什么撒谎，说是和孩子们一块儿玩呢？”

米沙特卡踌躇了一会儿，但是后来抬起诚实的眼睛，小声说：

“我怕你要骂……”

“我干吗要骂你呀？不骂……她干吗叫你去呀？你在她家干什么来？”

“什么事也没干。她看见我，就喊：‘上我这儿来！’我就走过去，她把我领进屋里，抱我坐在椅子上……”

“怎么样？”伊莉尼奇娜细心地掩饰着激动的心情，焦急地追问道。

“……她给我吃了几块凉饼子，后来又给我这个。”米沙特卡从口袋里掏出一块糖来，很得意地舔了舔，又藏到口袋里。

“她对你说什么来？也许问你什么了吧？”

“她说，叫我常到她家去玩儿，要不，她一个人在家里很闷，还答应送我好东西……她叫我别说到她家去过。她说，奶奶知道了要骂的。”

“是这样啊……”伊莉尼奇娜因为憋着怒气，憋得气喘吁吁地说，“噢，她怎么，问你什么了吗？”

“问啦。”

“她问什么来着？你说说吧，乖孩子，别怕！”

“她问：你想不想你爹？我说：想。她又问他什么时候回来，有没有听说他怎样，我就说，我不知道，说他在前方打仗呢。后来她抱我坐在她的膝盖上，还给我讲了个故事。”米沙特卡的眼睛很兴奋地放起光来，他笑了起来，“故事才好听呢！说的是一个小瓦尼亚，骑着天鹅到处飞，还说了一个老妖婆。”

伊莉尼奇娜撇着嘴，听完了米沙特卡的自白，就很严厉地说：

“孩子，再别上她家去啦，不许去。她给你什么，你都别要，不许要，要不然，爷爷知道了，要打你！万一叫爷爷知道了，把你的皮都揭下来！好孩子，千万别去了！”

但是，尽管有严厉的禁令，过了两天，米沙特卡又上阿克西妮亚家去了。伊莉尼奇娜一看见米沙特卡的小褂子，就知道了这件事：小褂的袖子原来是破了，早晨起来她没有抽出工夫来补，现在却补得好好的了，而且领子上添了一颗崭新的白贝壳扣子。伊莉尼奇娜知道正忙着打场的杜尼娅白天是没有工夫给孩子补衣服的，就带着责备的口气问道：

“你又上她家去啦？”

“又去啦……”米沙特卡惊慌地说，并且马上又补充说，“我再也不去了，奶奶，你可别骂我……”

于是伊莉尼奇娜决意和阿克西妮亚谈谈，对她说清楚，叫她不要碰米沙特卡，不要拿送东西、讲故事来收买孩子的心。伊莉尼奇娜在心里说：“这该死的娘儿们，害死了娜塔莉亚，现在又在孩子身上打主意，想通过孩子把格里什卡缠住。哼，真是一条毒蛇！自己的男人还活着，就要当我们家儿媳妇……休想！再说，造下这样的孽以后，格里什卡还会要你吗？”

格里高力在家时避免和阿克西妮亚见面的情形，是逃不过当母亲的那敏锐而嫉恨的眼睛的。她明白，格里高力这样做，并不是怕人说闲话，而是他认为娜塔莉亚的死和阿克西妮亚是有关系的。伊莉尼奇娜暗下希望，娜塔莉亚的死能够使格里高力和阿克西妮亚一刀两断，希望阿克西妮亚永远不要成为麦列霍夫家的人。

就在这一天傍晚，伊莉尼奇娜在河边看见阿克西妮亚，就唤她说：

“喂，上我这儿来一下，我要和你谈谈……”

阿克西妮亚放下水桶，心平气和地走过来，问了一声好。

“是这样，他婶子，”伊莉尼奇娜用试探的目光看着女邻居那漂亮而可憎的脸，开口说，“你干吗要勾引人家的孩子呀？你把孩子叫到你家去干什么呀？谁请你给他补衣裳，谁请你送他这样那样东西来？

你怎么，以为孩子死了娘就没人管了吗？没有你就不行吗？你的良心真好，真不要脸！”

“我做了什么坏事儿啦？大婶子，您骂什么呀？”阿克西妮亚红了脸，问道。

“什么坏事儿不坏事儿？你害死了娜塔莉亚，凭什么又来招惹她的孩子？”

“您怎么啦，大婶子！住嘴吧！谁害死她来？她是自个儿死的嘛。”

“不就是因为你吗？”

“哼，那我就不知道了。”

“可是我知道！”伊莉尼奇娜激动地叫起来。

“您别嚷嚷，大婶子，我不是您的儿媳妇，用不着您来管。我有我的男人。”

“我把你看透啦！看透了你的心思！你不是儿媳妇，可是想做儿媳妇！你是想先勾引孩子，然后缠上格里什卡，是吧？”

“我可不想做你们家的儿媳妇。您疯啦，大婶子！我男人还活着呢。”

“就是你男人活着，你还要死乞白赖地缠别的男子汉呢！”

阿克西妮亚的脸一下子变得煞白，她说：

“我不知道，您为什么要这样骂我、糟蹋我……我从来就没赖缠过什么人，而且今后也不想赖缠什么人，要说把您的孙子叫到我家来，这有什么不好的呢？您也知道，我没有孩子，我喜欢别人的孩子，有别人的孩子也要好过些，所以我叫他来玩儿……你以为我是收买他呀！给孩子一块糖，这就是收买啦？我收买他干什么呀？天知道您胡说些什么！……”

“他娘活着的时候，你从来没叫他去过！娜塔莉亚一死，你就充起好人来啦！”

“娜塔莉亚活着的时候，他也常上我家里来玩儿。”阿克西妮亚微微笑了笑，说。

“你别胡说，不要脸的东西！”

“您先去问问他，然后再看是不是胡说。”

“哼，不管怎么样，你以后别再叫孩子到你家去了。你别以为，这样格里高力就更喜欢你。你做不了他的老婆，你记着吧！”

阿克西妮亚的脸气得都变了样子，她沙哑地说：

“你住嘴吧！他的事用不着问你！你少管闲事！”

伊莉尼奇娜还想说几句，但是阿克西妮亚一声不响地扭过身去，走到水桶跟前，猛地把扁担往肩上一搭，就顺着小路飞快地朝前走去，颠得桶里的水直往外泼洒。

从这时候起，她见到麦列霍夫家的任何人都不打招呼，而是鼓起鼻孔，带着又气又骄傲的神气从旁边走过去；但是她要是在什么地方看见米沙特卡，就慌慌张张地四下里望一望，如果附近没有人，她就跑到他跟前，弯下身去，把他搂在怀里，吻着他那晒得黑乎乎的小额头和阴郁的、麦列霍夫家的小黑眼睛，又是笑，又是哭，没头没脑地小声说着："我的亲亲的小格里高力呀！我的好孩子呀！我是多么想你呀！你的阿克西妮亚婶婶真傻呀……唉，多么傻呀！"过后她的嘴唇还要哆哆嗦嗦地笑上很久，潮湿的眼睛放射着幸福的光芒，就像一个年轻的姑娘。

八月底，潘捷莱·普罗柯菲耶维奇又被征集入伍了。鞑靼村里一切能拿起武器的人都和他同时上了前线。村里的男丁只剩下一些残疾人、半大孩子和很老的老头子。这一次是普遍征集，除了严重残废者以外，没有一个人得到体检委员会的免征证明。

潘捷莱·普罗柯菲耶维奇从村长手里接到要他到集合点报到的命令，就匆匆地和老伴儿、孙子、孙女、杜尼娅道别，哼哧哼哧地跪在地上，磕了两个头，对圣像画着十字，说：

“我走啦，我的亲人们呀！看样子，咱们难见面了，恐怕要完啦。我要嘱咐你们的是：你们要连日连夜地打场，要在下雨以前打完。要是来不及，就雇个人，帮你们一下，要是到秋天我不能回来，你们别等我，就自个儿干吧；过冬地能耕多少就耕多少，大麦能种一亩也好。你记住，老东西，要好好干活儿，别松手！不管我和格里高力能不能回来，对你们来说，粮食总是顶要紧的。打仗是打仗，可是没有粮食还是没法活下去。好吧，主保佑你们！”

伊莉尼奇娜把老头子送到广场上，最后看了一眼，看见他正一瘸一拐地和贺里散福一起去追赶大车，然后她就用围裙擦了擦哭肿的眼睛，连头也不回，就朝家里走去。场上还有没打完的小麦，牛奶还在炉子上，孩子们从早晨起来还没有吃过东西，她的操心事还多得不得了，所以她急急忙忙朝家里走着，一停也不停，有时遇到妇女，她就一声不响地打个招呼，也不插嘴说话，如果有熟识的人很同情地问她："怎么，你去送当兵的来吗?"她也只是点点头。

过了几天，伊莉尼奇娜天一亮就挤过牛奶，把牛赶到胡同里去，刚想朝家里走，就听见一阵低低的、沉沉的轰隆声。她四下里看了看，没看到天上有一点云彩。过了一会儿，又是一阵轰隆声。

"大嫂子，听见这唱歌的声音了吗?"一个正在集合牛群的老头子问道。

"什么唱歌的声音?"

"就是这老粗的嗓门儿唱的。"

"我听是听见了，可是不明白这是什么声音。"

"你很快就明白了。等他们从河那边朝村子里一开炮，你马上就明白了！这是在放炮呀。要把咱们的老头子们的五脏六腑都打出来呢……"

伊莉尼奇娜画了一个十字，一声不响地朝家里走去。

从这一天起，炮声连续不停地响了四昼夜。到天亮时候声音特别清楚。但是在刮东北风的时候，就是在中午，也能听得见远处打仗的声音。场院上的活儿有时停一会儿，妇女们想起亲人，小声祷告着，画几个十字，重重地叹几口气，然后石磙又在场院上低沉地轰隆轰隆响起来，孩子们赶着马和牛，风车轧轧响着，一天的劳动照常进行着。八月底的天气分外晴朗，分外干爽。风吹得糠灰满村子乱飞，打过的黑麦麦秸散发着甜丝丝的气味，太阳还有些灼人，但是在各方面都已经可以感觉出，秋天快要到了。牧场上，开过花的灰蒿泛着暗淡的白色，顿河对岸的杨树叶子黄了，果园里的晚熟苹果香味更浓了，遥远的天边已经像秋天那样明朗起来，在割净了庄稼的田野上已经出现了第一批南飞的鹤群。

在将军大道上，天天有拉着军用物资的车队，从西往东，朝顿河的各个渡口奔去，顿河沿岸的许多村庄里已经出现了难民。难民们说，哥萨克边战边退；有些人却说，这种撤退似乎是有预谋的，为的是引诱红军深入，以便加以包围和消灭。鞑靼村里有人悄悄地准备逃难了。他们把牛和马喂得饱饱的，到夜里就挖坑埋粮食和装着金银细软的箱子。一度沉寂的炮声，又重新猛烈地响了起来，而且现在已经很清楚、很凶猛了。战事正在鞑靼村的东北方向进行着，离顿河有四十俄里。过了一天，在西方，在顿河的上游，也响起了炮声。战线以不可抗拒之势朝顿河上移动过来。

伊莉尼奇娜听说村子里大多数人都准备逃难，就叫杜尼娅也走。伊莉尼奇娜觉得心慌意乱，六神无主，不知道该怎样处置这家业和房屋：是该把这一切都扔掉、跟大家一起逃难呢，还是该留在家里。潘捷莱·普罗柯菲耶维奇在上前线以前，谈到打场、耕地和牲口的事，可是一句也没有提到，如果打到了鞑靼村，家里人该怎么办。为了预防万一，伊莉尼奇娜就这样决定：叫杜尼娅带上孩子们和贵重东西跟着村里人去逃难，她自己留下来看家，即使红军进了村子，她也不离开。

九月十六日夜里，潘捷莱·普罗柯菲耶维奇突然回到了家里。他是从嘉桑镇附近步行回来的，又疲乏，情绪又坏。他休息了半个钟头，就坐上饭桌，狼吞虎咽地大吃起来，伊莉尼奇娜这一辈子还没见过他这种吃法：把能装半桶的一铁锅素菜汤全灌下去，然后就拼命吃起小米饭。伊莉尼奇娜惊愕得把两手一挓挲，说：

“主啊，你这是怎么吃法呀，老头子！你简直就像是三天没吃饭啦！”

“老东西，你以为我吃过吗？整整三天三夜连一颗米粒儿也没有进口！”

“怎么，不管你们吃饭吗？”

“管他妈的个屁！”潘捷莱·普罗柯菲耶维奇嘴里填得满满的，像猫一样呜噜呜噜地回答说，“搞到什么，就吃什么，可是我还没有学会做贼。年轻人干这种事儿都很拿手，他们的良心连两个铜板都不值啦……他们在这场该死的战争中，把做贼的本事学到了家，我觉得稀奇，很稀奇，后来就不稀奇了。他们都是见什么，就拿什么，偷什么，抢什么……这不是打仗，是明火执仗！”

“你别一下子吃得太饱了，可别把肚子撑坏了。瞧你那肚子鼓的，简直像蜘蛛一样啦！”

“住嘴吧。拿牛奶来，用大钵子！”

伊莉尼奇娜看着饿得要死的老头子，都哭了起来。

“怎么，你回来不走了吗？”等老头子吃饱了，把身子向后一仰，她才问道。

“再看吧……”他含含糊糊地回答说。

“大概把你们这些老头子放回家了吧？”

“一个也没有放。红军眼看要打到顿河上来啦，还往哪儿放？我是自个儿跑回来的。”

“这事儿不会有什么麻烦吧？”伊莉尼奇娜担心地问道。

“要是叫他们抓到了，恐怕很麻烦。”

“那你是不是躲一躲呢？”

“你以为我会上游戏场，或者去串门子吗？呸，糊涂透了！”潘捷莱·普罗柯菲耶维奇气得啐了一口，但是老伴儿还是不肯罢休：

“唉，真造孽呀！他们要是把你抓住了，咱们又要大祸临门啦……”

“哼，就叫他们抓去坐监牢吧，比扛着枪在草原上到处跑要好得多，”潘捷莱·普罗柯菲耶维奇无精打采地说，“天天要跑几十俄里，又要挖战壕，又要去冲锋，又要在地上爬，又要躲枪子儿，我受不了！枪子儿他妈的怎么能躲得了呢？我有一个老同事，是曲河那边的人，一颗子弹打在他的左肩下面，连腿也没动弹一下，就完了。干这种事儿实在没什么快活的！”

老头子把步枪和子弹盒都拿出去，藏到糠棚子里，后来老伴儿问他，那件粗呢褂子哪儿去了，他皱着眉头，很不高兴地回答说：

“丢啦。说实在的：扔啦。在叔米林镇外，红军来势很猛，我们把什么都扔掉，像疯子一样跑起来。那时候顾不上什么褂子啦……有的人还穿着小皮袄呢，连皮袄也扔掉啦……你问这干什么，褂子他妈的顶什么用？又不是一件好褂子，是一件叫花子行头……”

其实那是一件很结实的新褂子，但是，凡是他丢掉的东西，照他说来，都是毫无用处的东西。这已经成了他自己安慰自己的习惯。老伴儿知道这一点，因此也没有和他争论褂子的好坏问题。

夜里，在家庭会议上决定：老两口带着孩子们留在家里，看守家产，把打好的粮食埋起来，叫杜尼娅套上两头老牛，拉着箱子，到旗尔河上拉推舍夫村一个亲戚家去避难。

这项计划没能够全部实现。早晨送走了杜尼娅，可是到了中午，就有一支萨尔斯克的哥萨克和加尔梅克人组成的侦缉队进了鞑靼村。大概，村子里有人看见潘捷莱·普罗柯菲耶维奇回家了；侦缉队进村后有一个钟头，就有四个加尔梅克人骑着马朝麦列霍夫家奔来。潘捷莱·普罗柯菲耶维奇一看见骑马的人，就又麻利又灵活地爬上了阁楼；伊莉尼奇娜出去迎接客人。

“你家老头子在哪儿？”一个上了年纪、身材挺拔、佩戴着上士肩章的加尔梅克人问了一声，就下了马，从伊莉尼奇娜身边朝大门口走来。

“在前线上呢。他还能在哪儿呀？”伊莉尼奇娜很生硬地回答说。

“上屋里去，我要搜一搜。”

“你找什么呀？”

“找你的老头子，哼，真不要脸！这么大岁数啦，还扯谎！”十分神气的上士摇着头说，并且龇出了密密的白牙。

“你别龇牙，脏鬼！告诉你没有，就是没有！”

“少废话，带我们进去！要不，我们就自个儿进去啦。”怒冲冲的加尔梅克人厉声说，并且毅然决然地迈着两只八字脚，大踏步朝台阶走来。

他们到各个房间里仔细看了看，用加尔梅克话商量了一阵子，然后有两个人到院子里去搜，有一个人，个头儿小小的，鼻子扁扁的，一张麻脸黑漆漆的，勒了勒带裤绦的肥大的裤子，走到过道里，伊莉尼奇娜从敞着的门洞里看见，这个加尔梅克人纵身一跃，两手抓住横木，很灵活地翻身上去。过了五分钟，他又很灵活地从上面跳了下来；满身灰土、胡子上粘满蜘蛛网的潘捷莱·普罗柯菲耶维奇，也哼哧哼哧、小心翼翼地跟着他爬了下来。他看了看闭紧了嘴的老伴儿，说：

“找到啦，该死的东西！这么看，是有人告密……”

把潘捷莱·普罗柯菲耶维奇押往卡耳根镇，那儿有军事法庭。然而伊莉尼奇娜只哭了几声，就听见重新响起来的炮声和顿河那边清晰可闻的机枪声，便朝仓房里走去，想多多少少藏起一点儿粮食。

二十二

有十四名被捉住的逃兵在等候审判。审判是干脆利落的，是严厉的。审判长是一位年事很高的大尉，他问过受审人的姓、名、父称、级别和部队番号，问明受审人在逃有多少时间，然后和两位审判官——一位独臂的少尉和一位吃轻快饭吃胖了的、留着小胡子、肥头大脸的司务长——小声交谈几句，就宣布判决。大多数逃兵都是被判处鞭笞的肉刑，由加尔梅克人在一间专门拨出的空屋子里执行。在好战的顿河军里，如今开小差的太多了，没办法像一九一八年那样公开地当众鞭笞了……

按照名单，潘捷莱·普罗柯菲耶维奇是第六个被叫进去的。他站在审判桌前，心情激动，脸色煞白，两手紧紧贴着裤缝。

“姓什么？”大尉也不看受审的人，问道。

“麦列霍夫，大人。”

“名字？父称？”

“潘捷莱·普罗柯菲耶维奇，大人。”

大尉的眼睛离开文件，抬了起来，仔细看了看老头子。

“您是哪儿人？”

“是维奥申乡鞑靼村的，大人。”

“您是麦列霍夫·格里高力的父亲吧？”

“就是的，是他的父亲，大人。”潘捷莱·普罗柯菲耶维奇觉得他的老身子可以免除鞭笞了，一下子就有了精神。

“我问您，您怎么不知道丑呀？”大尉用凌厉的目光盯着潘捷莱·普罗柯菲耶维奇的瘦下来的脸，问道。

这时候潘捷莱·普罗柯菲耶维奇不顾法庭纪律，把左手放在胸前，用哭腔说：

“大人，大尉先生！您开开恩，做做好事吧，别叫人打我呀！我有两个成了家的儿子呢……大儿子叫红军打死啦……还有孙子呢，像我这样不中用的老头子还要挨打吗？”

“我们也要教训教训老头子，叫他们知道应该怎样当兵。你以为，因为开小差会赏给你十字章吗？”那个独臂的少尉插嘴说，他的嘴角气得哆嗦了几下。

“我要十字章干什么……请你们把我送到队伍里去，我要老老实实地、好好地干……我自己也不知道我怎么开了小差，大概是叫鬼迷住了……”潘捷莱·普罗柯菲耶维奇又没头没脑地说了说没有打完的庄稼，说了说自己的瘸腿和丢下的家业，但是大尉摇了摇头，不叫他说下去。大尉弯过身去，对着少尉的耳朵小声说了几句。少尉点点头，表示同意，于是大尉朝潘捷莱·普罗柯菲耶维奇转过脸来。

“好。您的话说完了吗？我认识您的儿子，想不到他会有这样的父亲。您什么时候从队伍里跑出来的？一个星期以前吗？您怎么，想让红军占领你们的村庄，让他们欺压你们吗？您想叫年轻人学您这种样子吗？按照军法，我们应该判处您肉刑，但是为了尊重您的儿子的军官身份，我免除您这种羞辱。您是普通士兵吗？”

“是的，大人。”

“什么军衔？”

“是下士，大人。”

“取消军衔！”大尉把称呼改为“你”，提高了声音，粗暴地命令说，“你马上回队伍里去！告诉你们的连长，就说军事法庭已经判决撤销你的下士军衔。在这次战争里，或者在以前的战争里，你得过奖吗？……去吧！”

潘捷莱·普罗柯菲耶维奇得意忘形地走了出来，对着教堂的圆顶画了一个十字，就径直地跨过山冈，忙不择路地朝家里走去。“哼，这会儿我再也不用躲藏了！就是来三连加尔梅克人，我也不怕他们他妈的搜啦！”他心里想着，一瘸一拐地在长满了杂草的庄稼茬子地里走着。

他在田野上决定：最好还是到路上走，免得引起过路人注意。“说不定有人还以为我是逃兵呢。要是碰到什么当兵的，也许会不问情由就拿鞭子抽呢。”他把心里想的说出声来，从麦茬地里拐上一条长满车前草的荒凉小道，并且不知为什么已经认为自己不是逃兵了。

他离顿河越近，遇到的难民大车越多。春天里暴动军向顿河左岸撤退时的那种情景又一次出现了：草原上四面八方都是装满了各种家什的牛车和马车，一群群的牛马吼叫着，羊群蹚起一股股的尘土，就像是骑兵在进军……车轮咯吱声、马嘶声、人的吆喝声、众多的牲口蹄声、咩咩的羊叫声、孩子哭声——这一切使宁静而辽阔的草原上充满了一片嘈杂、惶惶不安的闹声。

“你上哪儿去，老大爷？回去吧，我们后面有红军！”迎面来的一辆大车上有一个头上缠着绷带的陌生哥萨克喊道。

“别胡说啦！红军在哪儿？”潘捷莱·普罗柯菲耶维奇惊慌失措地站了下来。

“在顿河那边。快到维奥申了。你要去找他们吗？”

潘捷莱·普罗柯菲耶维奇放下心来，继续往前走，太阳快落山的时候来到鞑靼村外。他一面下山坡，一面仔细张望着。村子里静得出奇。街道上一个人也没有。一座座没有了人的、紧闭着护窗的房子静悄悄的。既听不见人的说笑声，也听不见牲口的叫声，只是顿河岸边有一些人很紧张地穿来穿去。潘捷莱·普罗柯菲耶维奇走近以后，很容易就认出那是一些全副武装的哥萨克，他们正在把许多小船往岸上拉，往村子里拖。鞑靼村的人都跑了，这一点潘捷莱·普罗柯菲耶维奇一下子就看出来了。他小心翼翼地走进自己的胡同，朝家里走去。老伴儿和孩子们正坐在厨房里。

“爷爷回来啦！”米沙特卡高高兴兴地叫了一声，就扑到爷爷的脖子上。

伊莉尼奇娜高兴得哭了起来，流着泪说：

“没想到还能看见你呀！你听着，老头子，随你怎样吧，我再也不愿意留在这儿啦！就让一把明火把什么都烧掉吧，反正我不想看守空房子啦。村里人差不多全走啦，只有我和孩子们坐在这儿，像傻瓜一样！你这就套上那匹骒马，咱们随便跑到哪儿都行！把你放回来了吗？”

“放回来了。”

“没事儿了吗？”

“只要不来抓，就没事儿了……”

“唉，你在家里还是藏不住呀！今天早晨红军在河那边放起枪来，真可怕呀！放枪的时候，我带着孩子们一直躲在地窖里。现在把他们赶走了。哥萨克来了，要了些牛奶，还劝我们离开这儿。”

“不是咱们村的哥萨克吧？”潘捷莱·普罗柯菲耶维奇注视着窗框上新打的子弹窟窿，问道。

“不是，是别处的，好像是霍派尔那边的。”

“这么看，是应该走啦。”潘捷莱·普罗柯菲耶维奇叹着气说。

天快黑的时候，他在干粪堆里挖了一个大坑，倒进去七口袋小麦，又仔细用干粪盖好，等天一黑下来，他就把骒马套到车上，放上两件皮袄、一口袋面粉、一口袋小米，还把一只羊捆起来放在车上，把两头牛拴在车后头，叫老伴儿和孩子们都坐上去，说：

“好，现在——上帝保佑吧！”他把车赶出了院子，把缰绳递给老伴儿，自己回身关上大门，便跟在大车旁边朝前走去，一直到山冈脚下，都在不停地擤鼻涕，用粗呢褂袖子擦眼泪。

二十三

九月十七日，绍林的突击兵团的队伍一口气挺进了三十俄里，一直来到顿河边。从十八日凌晨起，从大熊河口直到嘉桑镇，红军炮兵部队的大炮一齐响了起来。经过短时间的炮轰以后，步兵占领了顿河沿岸的许多村庄以及布堪诺夫镇、叶兰镇、维奥申镇。一天的工夫，就扫清了左岸一百五十多俄里范围内的白军。一支支哥萨克连队，有秩序地渡过顿河，撤退到事先就安排好的阵地上。所有的渡河工具都在哥萨克手里，但是维奥申桥差一点儿被红军占领。哥萨克事先在桥边堆了不少干草，往桥板上浇了许多煤油，以便在撤退后把桥烧掉，而且已经在准备烧了，这时候却跑来一个通信兵，说有第三十七团的一个连正从皮列沃兹村朝维奥申开来，要过桥。就在红军步兵已经进入维奥申镇的时候，这支掉队的连队飞马来到了桥边。哥萨克伤亡了十来个人和十来匹马，终于还是冒着机枪火力从桥上跑了过来，随后把桥烧掉了。

一直到九月底，红军第九军第二十二和第二十三师的各团都据守在顿河左岸他们所占领的许多村镇里。敌对的双方只有一河之隔，而这时候的河面最宽处不超过八十丈，有些地方只有三十丈，红军没有采取积极的渡河行动；只是在有些地方试着蹚水过河，但是都被打退了。在这一地区的整个战线上，有两个星期的工夫，双方的枪炮连续不停地进行着激烈的对射。哥萨克占领着右岸一些居高临下的要地，便于射击向顿河渡口集中的敌军，使敌军白天无法向岸边靠近；但是因为这一地区的哥萨克连队都是最没有战斗力的新编部队（其中都是一些老头子和十七岁至十九岁的毛头小伙子），所以他们也不想渡河去打红军和向左岸发动进攻。

哥萨克们退到顿河右岸以后，第一天就预料着红军占领的村庄里会有房子燃烧起来，但是使他们万分惊异的是，右岸连一股烟也没有冒；不但这样，夜里从对岸跑过来的老百姓还说，红军什么东西都不抢，凡是他们要的东西，就连西瓜和牛奶，都要拿很多苏维埃票子来买。这使哥萨克们茫然，使他们大惑不解。他们原以为，在暴动以后，红军一定要把暴动的村镇全部烧光；他们预料，红军要把留下来的那些老百姓，至少把所有的男子，杀得一个不留；但是，根据确实的消息知道，红军对于和平居民一个也没有动，而且从各方面来看，他们根本就不想报仇。

在十八日夜里，在维奥申对面放哨的一些霍派尔州的哥萨克，决定探一探敌军这种奇怪举动的意图；一个大嗓门儿的哥萨克把两手做成喇叭形，喊道：

“喂，红肚子鬼们！你们怎么不烧我们的房子呀？你们没有火柴吧？那你们就泅到我们这儿来，我们送给你们！”

黑暗中有人响亮地回答他说：

“可惜没有把你们当场抓住，要不然就把你们连房子一起烧掉啦！”

“你们太穷了吧？没有东西点火吗？”一个霍派尔人用挑衅的口气喊道。

对岸用平静而快活的口气回答他说：

“你上这边来吧，白窑姐儿，我们往你裤裆里放点儿火炭。叫你抓一辈子痒痒！”

双方的岗哨互相骂了半天，说了许多挖苦话，又打了一阵枪，后来就没有声音了。

十月初，集结在嘉桑镇—巴甫洛夫斯克地区的有两个军的顿河军主力开始反攻了。拥有八千名步兵和六千名骑兵的顿河军第三军，在离巴甫洛夫斯克不远处强渡顿河，打退红军第五十六师，就乘胜向东推进。不久康诺瓦罗夫的第二军也渡过了顿河。

这个军拥有大量骑兵，因此能够深入敌方，并能连续给敌军以沉重打击。原来担任前线预备队的红军第二十一步兵师参加战斗以后，多少阻挡了一下顿河第三军的推进，但是在两个哥萨克军的联合压迫之下，这个师也只好后退了。十月十四日，顿河第二军在激战中把红军第十四步兵师击溃，并且几乎全部消灭。一个星期的工夫，就把顿河左岸直到维奥申镇的红军全部打退。顿河军占领了广大的战略基地，把红军第九军的部队压迫到卢捷沃—什林金—沃罗比约夫卡一线上，迫使第九军的第二十三师匆匆忙忙在维奥申镇以西至克鲁格洛夫村一带构筑了阵地。

集结在科列茨镇一带的顿河军第一军，几乎和康诺瓦罗夫将军的第二军同时，在自己的那一段上强渡过顿河。

红军左翼的第二十二和第二十三师有被包围的危险。红军东南战线指挥部考虑到这一点，命令第九军撤退到伊考列茨河口—布土尔林诺夫卡—乌斯平镇—济山镇—库梅尔仁镇一线上。但是这个军也没有守住这条战线。普遍征兵征来的许许多多零散的哥萨克连队，从顿河右岸纷纷过了河，和顿河第二军的正规部队联合起来，继续压迫着红军第九军迅速向北方退去。十月二十四日到二十九日，白军攻占了菲洛诺沃、波伏林诺两个车站和新霍派尔斯克城。但是，顿河军在十月里的胜利不管有多么大，哥萨克们的思想上已经没有春天里向顿河地区北方边境胜利推进时鼓舞着他们的那种信心了。大多数老兵都明白，这种胜利只是暂时的，他们撑不过今年冬天了。

不久，南线的局势就发生了急剧的变化。志愿军在奥勒尔—克洛姆方面的决战中失败，布琼尼的骑兵在沃罗涅日地区取得辉煌战果，这就决定了斗争的结局：十一月里，志愿军向南仓皇溃退，暴露出顿河军的右翼，使顿河军也不得不撤退。

二十四

潘捷莱·普罗柯菲耶维奇带着家里人在拉推舍夫村平平安安地住了两个半星期，他一听说红军已经撤离了顿河，就动身回家了。离村子还有五六俄里，他就毅然决然地从车上跳下来，说：

“这样一步一步慢慢走，我真受不了！有这两头该死的奶牛，别想走快。咱们干吗他妈的要带上这两头奶牛？杜尼娅！把你的车停一停！把奶牛拴到你的车上去，我要快点儿跑回家。家里这会儿也许只剩下一堆灰啦……”

他因为着急得不得了，又把两个孩子从自己的车上抱到杜尼娅的宽大的牛车上，把一些重东西也搬过去，便赶着轻快的马车在坎坷不平的道路上飞跑起来。才跑了一俄里，骒马就满身大汗了；东家还从来没有这样无情地对待过它：他不住地摇着鞭子，一个劲儿地赶着马。

“你要把马赶死啦！你干吗要像疯子一样往前跑？”伊莉尼奇娜两手抓着车沿，颠得难受地皱着眉头，说。

“反正也不指望它以后去给我上坟……喔，喔，该死的东西！你都出汗啦！……家里的房子也许成了一堆炭了……”潘捷莱·普罗柯菲耶维奇咬紧牙齿慢慢地嘟哝说。

他的担心不符合事实：房子还是好好的，不过窗户玻璃几乎全打碎了，门也从框上掉了下来，墙上被子弹打了很多窟窿。院子里呈现出一片荒废和凄凉的景象。马棚有一个角被炮弹炸毁了，还有一发炮弹在井边炸了一个不深的坑，把井架炸倒，把提水吊杆炸成了两截。潘捷莱·普罗柯菲耶维奇躲避的战争，却自动光临了他的院子，留下乱糟糟的破坏痕迹。不过，在村子里只停了一下子的霍派尔哥萨克却使家产遭到更大的损失：他们在牲口院子里推倒篱笆，挖了一道有一人深的战壕；他们贪图方便，拆掉仓房的板墙，用木头做战壕里的挡板；拆毁石头围墙，构筑机枪阵地；放马任意糟蹋，毁掉了半垛干草；把篱笆也烧掉了，把夏天的厨房里弄得乱七八糟的……

潘捷莱·普罗柯菲耶维奇看过了房屋和院子里的棚舍，用手直抓脑袋。这一次他与往常不同，不用贬低损失的东西的价值的办法了。他妈的，他总不能说，他挣来的全部家业一钱不值，只能叫人来破坏吧？仓房可不是一件褂子，盖仓房要花不少钱呢。

“就跟没盖仓房一样了！”伊莉尼奇娜叹着气说。

“仓房盖倒是盖了……”潘捷莱·普罗柯菲耶维奇很快地搭腔说，但是没有把话说完，把手一挥，就朝场院上走去。

一面面屋墙被子弹和炮弹片打得坑坑点点，像麻子一样，显得又难看，又凄凉。风在屋子里呼呼直叫，桌上和板凳上都落了老厚的一层灰土……要想把一切都重新收拾好，需要很多时间。

第二天，潘捷莱·普罗柯菲耶维奇骑上马到镇上去，好不容易向一位熟识的大夫要了一张证明，证明哥萨克麦列霍夫·潘捷莱因为腿有病不能走路，需要治疗。有了这一张证明，潘捷莱·普罗柯菲耶维奇就可以不上前方了。他把证明交给村长，而且在上村公所去的时候，为了进一步证实他的腿有病，他还拄着棍子，两只脚倒换着一瘸一拐地往前走。

鞑靼村过的日子，还从来没有像这次逃难回来以后这样忙碌和混乱过。人们纷纷跑去认那些被霍派尔哥萨克拖得到处都是的东西，在草原上和山沟里到处寻找丢失的牛。鞑靼村遭到炮轰的第一天，村子上头足有三百头的一群羊就不见了。放羊的人说，当时羊群在吃草，有一颗炮弹在羊群前面爆炸了，一只只羊就摇晃起尾巴，吓得朝草原上跑去，跑得没了影子。村里人回到荒凉的村子里一个星期以后，才在离村子有四十俄里的叶兰乡地面上找到了这群羊，等到把这群羊赶回来，让大家认领，却发现羊群里有一半是人家的羊，耳朵上还带着人家做的记号，本村的羊却少了五十多只。麦列霍夫家的菜园子里有一架缝纫机，是包加推廖夫家的，潘捷莱·普罗柯菲耶维奇也在安尼凯家场院上找到了他家仓房顶上的白铁皮。附近一些村庄里的情形也是这样。顿河沿岸远近各村的人过了很久还到鞑靼村里来找牲口；过了很久还有人见了面就问："有一头红毛牛，额头上有一块白斑，左角是断的，您没有看见吗？""请问，有一头一岁口的小牛，栗色的，没有跑到你们那儿去吧？"

大概，在哥萨克的军用锅里和随军厨房里炖了不只一头小牛，但是很多小牛的主人一直还抱着希望，满以为丢失的小牛能找到，在草原上找了很久。

潘捷莱·普罗柯菲耶维奇获准不去当差以后，就加劲地整修起棚舍和围墙。场院上还有几堆庄稼没有打完，贪嘴的老鼠在里面钻来钻去，但是老头子也没有去打场。如果院子连围墙都没有，仓房也没了影子，整个家业呈现出一片乱糟糟的破败景象，怎么还能去打场呢？再说，今年秋天十分晴朗，也不用慌着去打场。

杜尼娅和伊莉尼奇娜把房子的墙重新泥了，粉刷了，并且尽力帮着老头子垒临时的院墙和干其他一些事。好不容易弄到一些玻璃，安到窗户上，把厨房打扫干净了，把井也淘了淘。是老头子亲自下井淘的，看样子，是在井下受了凉，有一个星期的工夫，又咳嗽，又打喷嚏，小褂一天到晚湿漉漉的。但是后来他一口气喝了两瓶老酒，又在热炕头上睡了睡，他的病一下子就好了。

很久都得不到格里高力的消息，直到十月底，潘捷莱·普罗柯菲耶维奇才在无意中听说，格里高力还好好的，正跟着自己的团驻扎在沃罗涅日省的什么地方呢。这是和格里高力同团的一个伤兵，从村子里路过时告诉他的。老头子高兴起来，高兴得把最后一瓶用红辣椒泡的治病的老酒也喝掉了，而且这样一来，就一天到晚不住嘴了，神气得像小公鸡一样，一见到过路人，就上前拦住，说：

“听说了吗？我家的格里高力把沃罗涅日拿下来啦！听说，他又升啦，他这会儿好像又带着一个师，也许是一个军啦。像他这样的好汉子，实在少啊！大概，你知道吧……”老头子憋不住要说一说自己的高兴事儿，憋不住要吹一吹，就瞎编起来。

“你儿子真英雄。”同村的人对他说。

潘捷莱·普罗柯菲耶维奇就得意地挤挤眼睛，说：

“他能像谁呢，怎么会不英雄呀？一点儿也不吹牛，我年轻时候也不比他差！就是这一条腿碍事，要不然就是现在我也不含糊！即便带不了一个师，带一个连还不成问题！如果在前方多一点儿像我们这样的老头子，早把莫斯科拿下来啦，可是现在却在原地踏步，怎么都打不垮庄稼佬……”

这一天潘捷莱·普罗柯菲耶维奇见到的最后一个人是别司贺列布诺夫老汉。他从麦列霍夫家门前经过，于是潘捷莱·普罗柯菲耶维奇毫不怠慢，上前把他拦住：

“喂，等一等，菲里普·阿盖耶维奇！你好啊！你来一下，咱们聊聊。”

别司贺列布诺夫走过来，向他问了声好。

“你听说我家格里什卡的事了吗？”潘捷莱·普罗柯菲耶维奇问道。

“什么事呀？”

“又叫他带一个师啦！他带领好多人马呀！”

“带领一个师啦？”

“是一个师呀！”

“真有两下子！”

“就是这话呀！你以为怎样，不是随便什么人都能带一个师吧？”

“那当然。”

潘捷莱·普罗柯菲耶维奇得意扬扬地打量了一下对方，把称心如意的甜滋滋的谈话继续下去：

“儿子是一个不寻常的儿子。满满的一胸膛十字章，你说这简单吗？他挂了多少次花呀？要是别人，老早就死了，可是他什么事儿也没有，伤在他身上，就好像水落在鹅身上。说实在的，在静静的顿河上，好样儿的哥萨克还没有断根呢！”

“断根是没有断根，不过他们不大中用。”不怎么喜欢说话的别司贺列布诺夫老汉沉思说。

“哎，怎么不大中用？你瞧，他们都把红军打跑啦，已经过了沃罗涅日，快到莫斯科啦！”

“他们那么久还没有到呀！……”

“不能快呀，菲里普·阿盖耶维奇。你要明白，打仗的事一点儿也不能急呀。着急就要坏事嘛。这些事儿就要慢慢来，按照地图，按照他们各种各样的计划……俄罗斯的庄稼佬很多很多呀，咱们哥萨克有多少呢？只有一小撮呀！”

“这话倒也是的，不过，恐怕咱们的人撑不了多久。到冬天，他们就又要来啦，很多人都这样说。”

“如果这会儿拿不下他们的莫斯科，那他们是要来的，你这话说得对。”

“你以为能拿得下来吗？”

“应该能拿得下来，可是究竟怎样，还不知道。难道咱们打不过他们吗？十二个哥萨克军区都起事了，还打不过他们吗？”

“谁他妈的知道呢。你怎么，不去打仗了吗？”

“我怎么能去当兵打仗呀？如果不是我的腿有病，我一定要做个样子给他们看看，应该怎样和敌人打仗！我们这些老头子都是呱呱叫的呢。”

“听说，这些呱呱叫的老头子在顿河那边叫红军撵得才狼狈呢，连一件小皮袄都没有啦，跑着跑着，把身上的衣服全都脱光，扔掉啦。很多人在说笑话，说是因为皮袄扔得太多，就好像整个黄黄的草原上开遍了天蓝色的花儿！”

潘捷莱·普罗柯菲耶维奇侧眼看了看别司贺列布诺夫，冷冷地说：

“依我看，这全是胡说！当然，也许有人为了减轻分量，把衣服扔掉，但是不该把事情夸大一百倍！一件褂子，噢，不，就算一件皮袄，算得了什么?!我问你，性命是不是比衣服更值钱些？再说，老头子穿着衣服也跑不快。打这种该死的仗，得有像猎狗那样的快腿才行，拿我来说，哪有那样的腿呢？所以，菲里普·阿盖耶维奇，你还心疼什么呀？这些皮袄，有他妈的屁用？问题不在于皮袄，或者褂子，要紧的是赶快把敌人打垮，我说得对吗？噢，再会吧，要不然我光顾和你说话，把事情都耽误了。怎么样，你的小牛找到了吗？还在找吗？没有消息吗？哼，也许是霍派尔人宰掉吃啦，叫他们噎死吧！不过，打仗的事你别疑惑：咱们一定能打垮庄稼佬！”于是潘捷莱·普罗柯菲耶维奇大模大样地一瘸一拐朝台阶走去。

但是，看样子，打垮“庄稼佬”并不那么容易……哥萨克近来的进攻也不是没有损失。一个钟头之后，潘捷莱·普罗柯菲耶维奇的良好心境就被不愉快的消息破坏了。他在砍井架上的一根桩子的时候，听见女人的号哭声和念叨死人的声音。哭声越来越近。他叫杜尼娅去打听打听。

“快去看看，是哪一个死啦。”他把斧子往木头上一扎，说。

杜尼娅很快就回来了，说是从菲洛诺沃前线上拉回来三个阵亡的哥萨克：安尼凯、贺里散福，还有村子那一头的一个十七岁的小伙子。潘捷莱·普罗柯菲耶维奇听到这个消息，吓了一跳，连忙摘下帽子，画了一个十字。

“愿他们在天堂安息！多么结实的汉子呀……”他想起贺里散福，想起不久前他和贺里散福一起从鞑靼村上集合站的情形，很伤心地说。

他的活儿再也干不下去了。安尼凯的老婆哭得撕心裂肺，潘捷莱·普罗柯菲耶维奇觉得受不了。

为了不听这种声嘶力竭的女人的哭号，他躲进房里，把门紧紧关上。杜尼娅在上房里抽抽搭搭地对伊莉尼奇娜讲着：

“……我一看，我的娘呀，安尼凯的头差不多没有啦，只剩了烂糊糊的一堆。哎呀，真可怕呀！他身上的臭味，在一里路以外都能闻得到……干吗要把他们拉回来呀，我真不懂！贺里散福躺在车上，把大车塞得满满的，大衣底下的两条腿还在车后头耷拉着……贺里散福身上干干净净，雪白雪白的！就是右眼下面有一个窟窿眼儿，小小的，有小银角子那么大，还有一只耳朵后面，我看见有干血块子。”

潘捷莱·普罗柯菲耶维奇狠狠地啐了一口，又走到院子里，拿起斧子和船桨，一瘸一拐地朝顿河边走去。

“你告诉奶奶，就说我要到河那边去砍树条子。听见吗，好孩子？”他一面走，一面朝着正在夏天的厨房旁边玩耍的米沙特卡说。

河那边的树林里已经是一片寂寥而宁静的秋色。干枯的杨树叶子沙沙地往下落。一丛丛的野蔷薇就好像是着了火，那一串串红红的蔷薇果在稀稀的叶丛里，就像是红红的火舌。潮湿的橡树皮那种格外浓烈的苦味在树林里到处回荡着。密密丛丛的黑莓爬得遍地都是；一嘟噜一嘟噜熟透了的烟灰色的黑莓，很巧妙地藏在一丛丛的枝蔓下面躲避太阳。背阴处的枯草上一直到中午还有露水，挂满露水珠儿的蜘蛛网闪烁着银光。搅动这一片宁静的只有啄木鸟那认真的啄木声和画眉的啁啾声。

树林里的安宁而肃静的美好气氛，对潘捷莱·普罗柯菲耶维奇起了镇静作用。他蹚着一堆堆潮湿的落叶，慢慢地在树棵子中间走着，心里想：“人生在世就是这样：不久以前还活蹦乱跳，可是现在完啦。贺里散福又是多么强壮的一条汉子呀！在捞妲丽亚的时候，他还站在河边，还来看我们，好像还没有几天呀。唉，贺里散福呀，贺里散福！你也没逃脱敌人的子弹……还有安尼凯……是个多么快活的人呀，又喜欢喝酒，又喜欢说笑话，可是现在完了，死了……”潘捷莱·普罗柯菲耶维奇想起杜尼娅的话，脑子里异常清楚地出现了安尼凯那张笑嘻嘻的、没有胡子的脸，怎么都想象不出现在的安尼凯那种断了气的、焦头烂额的样子。他想起他和别司贺列布诺夫老汉说的话，在心里责备起自己："我不该去触怒上帝，不该拿格里高力来胡吹。也许这会儿格里高力中了子弹躺在什么地方呢？可别这样啊！那样的话，我们老两口依靠谁呀？"

一只棕色的山鹬突然从一丛树棵子底下飞出来，潘捷莱·普罗柯菲耶维奇吓得哆嗦了一下。他漫不经心地看了看斜刺里迅速飞过的鸟儿，又继续往前走。他在一个小小的水塘旁边看好了几丛树条子，就动手砍了起来。他干起活儿，尽可能什么都不去想。一年的工夫，死了那么多的亲人和熟人，只要一想起他们，他的心里就十分沉痛，就觉得天地无光，好像整个天地都罩在一层黑幕里。

"要把这一丛砍下来。都是好树条子！可以拿来编篱笆。"他为了摆脱沉痛的心思，自言自语地说出声来。

潘捷莱·普罗柯菲耶维奇干了一阵活儿以后，就脱掉上衣，在砍倒的一堆树条子上坐了下来，贪婪地吮吸着酸涩的落叶气味，望着缭绕着淡蓝色烟雾的遥远的天边，望着远处那一片片被秋色染成金黄色、炫耀着最后的娇艳的小树林，望了老半天。不远处有一丛黑枫树，在寒冷的秋日阳光照耀下，闪闪有光，显得分外好看，那缀满了通红的叶子的茂密的树枝挓挲开来，就像神话中的鸟儿展开翅膀要从地上起飞。潘捷莱·普罗柯菲耶维奇欣赏了老半天，后来无意中朝水塘看了看，看到了平静而透明的水里一条条老大的鲤鱼那黑黑的脊背，鲤鱼离水面非常近，鱼鳍和摇来摆去的红尾巴都看得很清楚，鲤鱼一共有八条，有时躲到绿色的睡莲叶底下，有时又钻出来，去咬沉入水里的湿柳树叶子。水塘到了秋天，差不多要干了，逮鲤鱼不是多么难的事，潘捷莱·普罗柯菲耶维奇找了一会儿，在旁边一个水泊边找到一只没有底的篮子，又回到水塘边，脱掉裤子，冷得缩着脖子，哼哧着，逮起鱼来。他把水弄浑以后，就踩着没膝深的烂泥，在水塘里慢慢走起来，把篮子放进水里，让篮子边儿贴着塘底，然后把一只手伸进篮子里，等待着大鱼啪的一声溅起水来。他的努力取得了可观的成绩：他扣住了三条各有十斤重的大鲤鱼。他也不能再逮了，因为他那条瘸腿冻得抽起筋来。他觉得逮这么多也算不错了，就从水塘里爬了出来，用香蒲擦了擦腿，穿上衣服，又砍起树条子，为的是暖和暖和身子。不管怎么说，这是不小的收获。一下子就捞了将近一普特重的鱼，这可是件难得的事！他一心想着捞鱼，也就不去想那些痛心的事了。他把破篮子藏好，准备下一次再来捞剩下的一些鱼；又很担心地朝四下里看了看，看看刚才是不是有人看到他把肥得像小猪一样的金色大鲤鱼往塘边上扔；然后这才扛起捆好的树条子，拎起穿在柳条子上的鲤鱼，不慌不忙地朝河边走去。

他带着得意的笑容，把捞到大鱼的高兴事儿对伊莉尼奇娜讲了一遍，并且又欣赏了一下泛着红铜色的大鲤鱼，但是老伴儿无心分享他的欢喜。她去看过死人，回来的时候，泪流满面，心里十分难受。

“你不去看看安尼凯吗？”她问道。

“我不去。我怎么，没见过死人还是怎的？我见的死人多着呢，够啦！”

“你顶好去看看。不去可不大好，人家会说你连告别都不去！”

“住嘴吧，为了基督！我和他又不是干亲，我用不着和他告别!”老头子气势汹汹地顶撞说。

他也没有去送殡，大清早他就过了河，在那里待了一整天。他在树林里听到送葬的钟声，摘下帽子，画起十字，可是后来他甚至恼恨起神甫：干吗要敲上老半天呢？比如说，敲上一两下，就行了，却偏要敲上整整一个钟头。这种敲法又有什么意思呢？只能敲得叫人心里难受，再就是叫人多想想死。不用敲钟，秋天里能使人想到死的景物有的是：那落叶，那在蓝空中飞过的、长鸣的雁群，那死沉沉地倒在地上的枯草……

不管潘捷莱·普罗柯菲耶维奇怎样怕去想各种各样痛心的事情，可是不久他又经受了一次震动。有一天吃午饭的时候，杜尼娅朝窗外看了看，说：

“瞧，又从前方拉回死人来啦！大车后头就跟着一匹上了鞍的战马，拴在车上呢，走得不很快……有一个人赶车，死人用大衣盖着呢。赶车的人背朝着我们，我看不出他是不是咱们村里的……”杜尼娅仔细看了看，脸唰地一下子白了，“哎呀，这是……这是……”她含含糊糊地嘟哝了两句，就一下子尖声叫了起来，“拉的是格里沙呀！……是他的马呀!”她大声哭号着跑了出去。

伊莉尼奇娜在饭桌上站也站不起来，用手捂起了眼睛。潘捷莱·普罗柯菲耶维奇很吃力地从板凳上站起来，像瞎子一样把两手伸到前面，朝门口走去。

普罗霍尔·泽柯夫开开大门，朝着从台阶上跑下来的杜尼娅瞥了一眼，很不开心地说：

“我们回来啦……没有想到吧?”

“我的亲人呀！小哥呀!”杜尼娅挓挲着两条胳膊，哼哼起来。

普罗霍尔看了看她那泪汪汪的脸，看了看一声不响地站在台阶上的潘捷莱·普罗柯菲耶维奇，这才明白过来，说：

“别害怕，别害怕！他活着哩。他是在害伤寒。”

潘捷莱·普罗柯菲耶维奇软软地把脊梁靠在门框上。

“活着呀!!!”杜尼娅又哭又笑地朝着他叫喊起来，“格里沙活着呀！你听见了吗!?他是生了病送回来的！你快去告诉妈妈！喂，你干吗站着呀?!”

“别害怕，潘捷莱·普罗柯菲耶维奇！我拉回来的是活的，至于身体好坏吗，就不必问啦。”普罗霍尔一面拉着马笼头把马往院子里牵，一面急急忙忙地说。

潘捷莱·普罗柯菲耶维奇摇摇晃晃地走了几步，又在台阶上坐了下来。杜尼娅像一阵风似的从他身边跑进屋里，去宽慰母亲。普罗霍尔在台阶前把马勒住，对潘捷莱·普罗柯菲耶维奇看了一眼。

“你干吗坐在这儿？拿条车毯来，咱们把他抬进去。”

老头子一声不响地坐着。泪水从眼睛里哗哗地往下流，可是一张脸木木的，脸上的肌肉一动都不动。他把手往上举了两次，想画个十字，可是又放了下来，因为没有力气举到额头上。他的喉咙里又咕噜又哼哧，不知想说什么。

“看样子，你是吓掉了魂啦。”普罗霍尔抱歉地说，“我怎么就没想到事先派个人来对你们说一声呀？我真糊涂，实在糊涂！喂，起来吧，普罗柯菲耶维奇，要把病人抬进去呀。你们家的车毯在哪儿？就用手抬吗？”

“等一下……”潘捷莱·普罗柯菲耶维奇沙哑地

说，“我的腿就好像锯掉了一样……我以为他死了呢……谢天谢地……真没想到……”他把他那件旧褂子领子上的扣子扯掉，把领子敞开，张大了嘴使劲吸着空气。

“起来，起来，普罗柯菲耶维奇！”普罗霍尔催促说，“除了咱们俩，不是没有人抬他吗？”

潘捷莱·普罗柯菲耶维奇费了很大的劲儿才站了起来，走下台阶，掀开军大衣，弯下身看了看昏迷不醒的格里高力。他的喉咙里又咕噜起来，但是他控制住自己，转身对普罗霍尔说：

“你抬他的腿。咱们抬进去。”

把格里高力抬进上房，给他脱掉靴子和衣服，放到床上去。杜尼娅却在厨房里慌张地叫了起来：

“爹！妈妈不好了……快来呀！”

伊莉尼奇娜躺在厨房里的地板上。杜尼娅跪在旁边，在往她的发了青的脸上洒水。

“去把卡皮东诺芙娜大娘叫来，跑快点儿！她会放血。就说，要给你妈放放血，叫她带着家伙来！”潘捷莱·普罗柯菲耶维奇吩咐说。

杜尼娅这样一个没有出嫁的大姑娘，是不能光着头在村子里乱跑的；她抓起头巾，一面匆匆忙忙地扎头巾，一面说：

“把孩子们都吓死啦！天啊，怎么这样倒霉呀……爹，你看着他们点儿，我一下子就回来！”

也许杜尼娅本来要对着镜子匆匆照一下的，但是已经回过神来的潘捷莱·普罗柯菲耶维奇瞪了她一眼，她就慌忙跑出了厨房。

杜尼娅一跑出大门，就看见阿克西妮亚。阿克西妮亚那煞白的脸上连一点血色也没有。她靠在篱笆上，软软地耷拉着两条胳膊，站在那里。在她那模糊的黑眼睛里没有眼泪，但是流露出很深的痛苦和默默祈祷的神情，杜尼娅不由得站了一下子，连自己也意想不到地对她说：

“他活着，活着呢！他是害伤寒。”然后用两手按着直跳直颠的高高的乳房，顺着小胡同飞快地朝前跑去。

许多想看看究竟的娘儿们，从四面八方向麦列霍夫家跑来。她们看见，阿克西妮亚不慌不忙地离开麦列霍夫家大门口，可是后来忽然加快了脚步，弯下腰去，并且用双手捂住了脸。

二十五

过了一个月，格里高力的病好了。他在十一月下旬第一次从床上起来，晃动着他那高高的、瘦得像骨头架子一样的身子，摇摇摆摆地在屋子里走了几步，在窗前站了下来。

地上和麦秸棚子顶上，铺上了一层薄薄的白雪。胡同里已经有爬犁经过的印子。挂在篱笆上和树上的淡蓝色的霜雪，闪闪放光，经夕阳一照，泛着霓虹般的光彩。

格里高力若有所思地微笑着，用骨瘦如柴的手捋着胡子，朝着窗外望了很久。他好像还从来没见过这样美好的冬天。他觉得一切东西都很不平凡，都很新鲜、很有意思。生过一场病以后，他的视觉好像敏锐起来了，于是他开始在周围环境中发掘新的东西，在他早就熟悉的东西中寻找变化。

在格里高力的性格中，突然产生了以前他不曾有过的好奇心，对村子里和家里的一切事物都产生了浓厚的兴趣。他觉得生活中的一切都有了一种神秘的新意义，一切都引起他的注意。他用有点儿惊奇的眼神望着他重新看到的世界，他的嘴上常常挂着天真而稚气的微笑，这种微笑出奇地改变了他那严峻的面容和凶野的眼神，使嘴角上强硬的纹丝变柔和了。有时候他打量起从小就熟悉的一样家什，紧张地活动着眉毛，流露出极其惊奇的神情，就好像是一个人从遥远的外国来，第一次看见这种玩意儿。有一天，伊莉尼奇娜看到他十分用心地打量纺车，感到说不出的奇怪。她一走进来，格里高力就离开纺车，还显得有点儿不好意思呢。

杜尼娅看着他那瘦成了一把骨头的高个儿，常常憋不住要笑。他常常穿着衬衣，用手提着直往下溜的衬裤，佝偻着腰，颤颤巍巍地挪动着两条干瘦的长腿，在屋子里走走；要坐下去的时候，一定要用手抓住一样什么东西，害怕跌倒了。他那在生病期间长得老长的黑头发脱落了不少，夹杂着不少白丝的拳曲的额发乱成了一团。

在杜尼娅帮助下，他自己剃了剃头，等他朝妹妹转过脸来，杜尼娅不由得把剃刀掉在地上，捧住肚子，倒在床上，笑得连气都透不过来。

格里高力耐心地等着她的笑劲儿过去，但是后来忍不住了，就用有气无力，颤抖的尖嗓门儿说：

“小心点儿，这样会笑出毛病来的。再说，你都该做新娘子啦，也不知道害羞。”他的声音中微微带着气恼的意味。

“哎呀，小哥呀！哎呀，好哥哥呀！我还是快走吧……我没有劲儿啦！哎呀，你像什么呀！简直像菜园子里的稻草人儿啦！”杜尼娅在一阵阵的大笑声中好不容易说出话来。

“等你害过伤寒，我也来看看你是什么样子，把剃刀拾起来，嗯?!”

伊莉尼奇娜袒护起格里高力，很生气地说：

“真是的，有什么好笑的？你真是傻丫头，杜恩卡！”

“你看看嘛，妈妈，他像什么啦！”杜尼娅擦着眼泪说，“满头的疙瘩，头圆得和西瓜一样，又黑乎乎的……哎呀，我简直忍不住呀！”

“拿镜子来！”格里高力说。

他对着一小片破镜子照了照，自己也不出声地笑了很久。

“孩子，你干吗要剃呀，不剃头倒好些。”伊莉尼奇娜不满意地说。

“照你说的，最好是变成个秃子了？”

“唉，简直难看死啦。”

“你们都别说啦！”格里高力用小刷子搅着肥皂沫，烦恼地说。

他因为出不去门，就常常和孩子们在一块儿玩。他和孩子们什么都谈，只是不提娜塔莉亚。但是有一天，波柳什卡一面跟他亲热，一面问道：

“爹，妈妈还会回家来吗？”

“不会，好孩子，到了那儿就不能回来啦……”

“到哪儿去啦？到坟里去了吗？”

“反正人死了，就不能回来了……”

“她真的死了吗？”

“啊，怎么不是真的呢？是的，是死啦。”

“可是我想，她有时候想我们，会回来的……”波柳什卡用很小很小的声音说。

“你别想她了，我的乖孩子，不要想。”格里高力低声说。

“怎么能不想她呀？人死了就不能回来看看吗？

看一下子也行。不能吗？”

“不能。好啦，你去和米沙特卡玩吧。”格里高力转过脸去。看来，他生了一场病，心软了；他的眼里涌出了泪水，为了不叫孩子们看见，他把脸贴在窗户上，在窗前站了很久。

他不喜欢和孩子们谈打仗的事，可是米沙特卡在世界上最感兴趣的就是打仗。他常常缠着父亲问，怎样打仗，红军是什么样子，用什么打红军，为什么打红军。格里高力就沉下脸，烦恼地说：

“哼，缠得人心烦死啦！你老问打仗干什么！咱们还是谈谈夏天怎样钓鱼吧。你要钓竿吗？我这就上院子里去，马上就用马尾给你捻一根钓鱼绳儿。”

米沙特卡每次提起打仗的问题，他都在心里感到羞惭：他怎么都回答不了孩子的既简单又平常的问题。谁知道为什么打仗呢？不就是因为他自己也没有想通这些问题吗？但是要避开米沙特卡的询问并不那么容易：米沙特卡听父亲讲钓鱼的事好像也很用心，但是听完了却又问：

“爹，你在打仗的时候杀过人吗？”

“别问啦，缠起来没完！”

“杀人的时候害怕吗？杀的时候流血吗？流很多血吧？比杀鸡、杀羊流的血还要多吧？”

“我对你说过了，别问这些事嘛！”

米沙特卡有一小会儿没有作声，后来又若有所思地说：

“才不久我看见爷爷杀羊来着。我不害怕……也许有一点点儿怕，可是不要紧！”

“你把他撵远点儿！”伊莉尼奇娜很烦恼地吆喝道，“又出了一个杀人凶手！简直是小土匪！就听到他天天说打仗，别的什么话他都不会说啦。好孩子，怎么能老是问可恨的打仗的事儿呢？到这儿来，给你块饼子吃吃，就住一住嘴吧。”

但是战争天天都要使人想起它，从前方回来的哥萨克们，常常来看望格里高力，告诉他，石库洛和马孟托夫已经被布琼尼的骑兵打垮了，在奥勒尔附近的战事节节失利，各条战线上都开始撤退了。在格里班诺夫卡和卡尔达伊洛附近的战役中，又有两名鞑靼村的哥萨克阵亡了；把挂了花的盖拉西姆·阿贺瓦特金送回来了；德米特里·郭洛希柯夫害伤寒病死了。格里高力在心中逐个地想了想在两次战争中村子里死掉的人，就发现，在鞑靼村里没有一家不死人的。

格里高力还没有出过门，村长就把乡长的通知送来了，通知说要叫麦列霍夫中尉立即到医务委员会进行复查。

“你告诉他，我一能走动，就自动去报到，用不着他们催。”格里高力气愤地说。

战线离顿河越来越近了。村子里又谈起撤退的事来。不久就在村民大会上宣布了州长的命令，命令要求所有成年的哥萨克都撤退。

潘捷莱·普罗柯菲耶维奇从会场上回来，对格里高力说了说命令的事，就问道：

“咱们怎么办呢?”

格里高力耸了耸肩膀，说：

“有什么办法？是要撤退。就是没有命令，大家也要走。”

“我问的是咱们：咱们是不是一块儿走呢?”

“咱们没法子一块儿走。过两天我骑马到镇上去，打听打听哪一支部队从镇上经过，我就随便加入一支什么部队。你不一样，你是逃难。也许，你是不是想参加部队？”

“去他娘的吧！”潘捷莱·普罗柯菲耶维奇惊骇地说，“那我就和别司贺列布诺夫老汉一块儿走吧，前两天他约我和他做伴儿走。他是个老实人，他的马也很好，我们就可以把马套在一块儿。我家的骒马也够肥的。这该死的东西吃得膘又厚，又爱尥蹶子，简直够呛！”

“好吧，那你就跟他一块儿走。”格里高力高高兴兴地表示赞同，“咱们先来谈谈你们走的路线，因为说不定我也许会走那条路。”

格里高力从图囊里掏出一张南俄罗斯的地图，详细地对父亲说了说，应该经过哪些村子，并且已经开始把一些村庄的名字往纸上记了，但是一直恭恭敬敬地望着地图的老头子说：

“等一等，别记吧。当然，这些事你比我懂得多，地图也是正正经经的玩意儿，地图不会撒谎，能指出直路，但是如果这不合适的话，我怎么能照着走呢？你说，首先要经过卡耳根镇，我明白，走那儿要直些，可是我在那儿非绕个弯儿不可。”

“你干吗要绕弯儿？”

“因为，拉推舍夫村是你堂姑姑家，我到她家可以吃饭，还可以喂马，到别处就得自己花钱。再往前：你说，按照地图要走阿司塔霍夫村，那样走要直些，可是我要走马拉霍夫村；那儿也有一家远亲，还有一个老同事；到那儿也可以不吃自己的草，吃别人的。你要知道，总不能带上一垛干草，到了外乡外土，也许不仅要不到一根草，甚至花钱都买不到。”

“在顿河那边你没有亲戚吗？”格里高力用挖苦的口气问道。

“在那边也有。”

“那你是不是就上那边去？”

“你别给我他妈的胡说八道！”老头子火了，“跟你谈正经的，别开玩笑！在这种时候开玩笑，也真是的，就数你聪明！”

“你用不着到处去找亲戚。逃难就是逃难，不是走亲访友，不是请你去过谢肉节！”

“哼，你别教训我，我该往哪儿去，自个儿知道！”

“既然知道，那你爱上哪儿就上哪儿吧！”

“我非按照你的计划走不可吗？只有喜鹊才一直飞呢，这话你听说过吗？我要是糊里糊涂走到他妈的什么地方去，也许那儿冬天里连道路都没有呢。你这样信口胡说，好好地想过没有，亏你还带过一个师呢！”

格里高力和老头子争吵了很久，但是后来格里高力全面地想了想，觉得父亲的话有很多地方是对的，就用和解的口气说：

“别生气啦，爹，我不是一定要你照我的路线走，你愿意怎么走，就怎么走吧。到顿涅茨那边，我尽可能去找你。”

“早这样说就好啦！”老头子高兴起来，“要不然你只顾这样那样的计划和路线，就不明白，计划是计划，可是马没有草料哪儿也去不成。”

还在格里高力生病的时候，老头子就悄悄地准备起逃难的事了：他加意地喂养那匹骒马，修好了爬犁，定做了一双新毡靴，并且亲自缝上了皮底，免得在雨雪天浸水；事先装好了几口袋上等的燕麦。他就是准备逃难，在这方面也算得上一个好当家的；在路上可能要用得着的东西，他都事先准备得好好的。斧子、手锯、凿子、补靴子的家什、线、备用的靴掌、钉子、锤子、一小捆皮带、绳子、一块松香，一直到马掌和马掌钉子，所有这一切都用一块帆布包得好好的，一眨眼工夫就可以放到爬犁上。潘捷莱·普罗柯菲耶维奇甚至还带上一杆秤，伊莉尼奇娜问他为什么路上还要秤，他用责备的口气说：

“你这老娘儿们，真是越老越糊涂。这样平常的事儿你也不明白吗？我跑到外面去，买干草或者买糠，能不用秤吗？到那儿总不会用尺子量干草吧？”

“到那儿就没有秤吗？”伊莉尼奇娜惊愕地问道。

“你怎么知道，那儿是什么样的秤呢？”潘捷莱·普罗柯菲耶维奇气呼呼地说，“也许那儿的秤都是假的，给咱们这些人称不够分量。就是这么回事儿！咱们可是知道，那儿都是一些什么样的人！你买三十磅，可是要付出一普特的现钱。要是我每到一处地方都要吃这样的亏，那我就不如自个儿带上一杆秤，也许就不会上当！你们在这儿不用秤也能过；你们要秤有他妈的屁用？军队打这儿过，他们抢草又不用过秤……他们只管糟蹋就是了。我见过他们这些不长角的魔鬼，我很清楚！”

潘捷莱·普罗柯菲耶维奇起初还想连大车都装到爬犁上，到春天就可以坐自己的大车，免得再花钱雇车，但是后来他想了想，就打消了这个不高明的主意。

格里高力也开始做准备了。他擦了擦匣子枪、步枪，磨了磨他一直随身佩带的马刀；身体康复后过了一个星期，他去看自己的马；看着油光光的马屁股，才知道，老头子不仅是喂肥了自己的骒马。他好不容易骑上直撒欢的战马，放开马尽情地跑了一阵子，在回家的时候，他看见——也许只是他觉得——好像有人在阿司塔霍夫家窗口向他摇白头巾……

在村民大会上，鞑靼村的哥萨克决定全村一齐走。接连两天两夜，妇女们在给哥萨克们准备各种各样路上吃的东西。决定在十二月十日出发。头一天傍晚，潘捷莱·普罗柯菲耶维奇就把干草和燕麦装到爬犁上，到早晨，天刚刚放亮，他就穿起大皮袄，扎上腰带，把皮手套掖在腰带上，对着圣像祷告过，就和家里人告别了。

长长的大车队很快就出了村子，朝山冈走去。

在村口送行的妇女们对着出门人摇了老半天头巾，后来原野上刮起了风，把地上的雪吹了起来，在滚滚的雪雾里，既看不见慢慢上山的大车，也看不见跟着大车走的哥萨克了。

格里高力在上维奥申以前，去和阿克西妮亚见了一下面。

这一天黄昏，村子里已经掌灯的时候，他去找她。阿克西妮亚正在纺线。安尼凯的老婆坐在她身边，一面打袜子，一面说话儿。格里高力看见有外人，就简单地对阿克西妮亚说：

“你跟我出来一下子，有事。”

来到过道里，他把手搭到她的肩上，问道：

“跟我一块儿走，好吗？”

阿克西妮亚半天没有作声，在考虑怎样回答，后来小声说：

“家里东西怎么办呢？房子怎么办？”

“可以托付给别人嘛。应该走呀。”

“什么时候动身？”

“明天我来叫你。”

阿克西妮亚在黑暗中笑着说：

“你该记得，我早就对你说过，跟你上天边我也去。我现在还是这样。我对你是永不变心的。我走，什么都不管！你什么时候来？”

“天一黑就来。你别带很多东西，多带点儿衣服和吃的东西就行了。好，再会吧。”

“再会。你能不能等会儿再来？……她一会儿就走。我好像有一百年没看见你啦……格里什卡，我的亲爱的！我还以为你……不！我不说了。”

“不行，我不能来。我现在要上维奥申去，再会吧。明天我来。”

格里高力已经出了过道，走到大门口，可是阿克西妮亚还站在过道里，微笑着，用手掌揉搓着热辣辣的两腮。

* * *

维奥申的地方机关和兵站仓库已经开始撤退了。格里高力到州长公署里去打听前方的情况。一个担任副官的年轻少尉对他说：

“红军现在在阿列克塞耶夫镇附近。我们不知道什么部队要从维奥申经过，不知道是不是有军队经过。您自己该看到：大家都是什么也不知道，都在慌着逃跑……我劝您现在别找自己的部队了，还是上米列洛沃去，到那儿很快就能打听到部队的驻地。不管怎样，你们那个团一定会顺着铁路线走。到了顿河边就能把敌人拦住吗？哼，我看，不行。敌人不用打，就会把维奥申占领，肯定会这样。”

格里高力深夜回到家里。伊莉尼奇娜一面做饭，一面说：

“你的普罗霍尔来啦。你走了有一个钟头，他就来了，他说还要来，可是不知为什么到现在还没来。”

格里高力听了十分高兴，匆匆吃完了饭，就去找普罗霍尔。普罗霍尔带着很不开心的笑容迎住他，说：

“我还以为你径直从维奥申走了呢。”

“你他妈的从哪儿来的？”格里高力拍着他的忠实的传令兵的肩膀，笑着问道。

“还用问，从前方来嘛。”

“偷跑的吧？”

“天啊，你这是什么话！我这样的英雄好汉，会偷跑吗？我回来是有手续的，我不愿意离开你去另攀高枝儿。咱们一块儿造过孽，咱们就该一块儿去接受最后审判。咱们的情况糟透啦，你知道吗？”

“我知道。你还是说说，部队里是怎么放你回来的？”

“说起来话长，以后再说吧。”普罗霍尔躲躲闪闪地回答说，并且脸色更阴沉了。

“咱们团在哪儿？”

“谁他妈的知道这会儿在哪儿。”

“你什么时候离开团里的？”

“两个星期以前。”

“这些天你上哪儿去来？”

“你怎么啦，真是的……”普罗霍尔不满意地说，并且侧眼瞟了瞟妻子，“又是上哪儿去啦，又是干什么、为什么啦……不管上哪儿去过，反正现在我已经不在那儿了。我说以后再说，就是以后再说。喂，孩子他娘！你有酒吗？跟长官见了面应该喝两盅。有酒没有？没有吗？那你快去弄点儿来，麻利点儿！丈夫不在家，军纪军规都忘记啦！马虎起来啦！”

“你这是发什么疯呀？”普罗霍尔的老婆笑着问道，“你少对我咋呼吧，你在这儿可算不上什么当家的，一年才在家里待两天。”

“什么人都可以对我咋呼，可是我，除了你，又能咋呼谁呢？等着吧，等我当了将军，那时候就能咋呼别的人了，可是眼下你得忍着点儿，还要快点儿穿上你那行头，并且跑快点儿！”

普罗霍尔等老婆穿好衣服，走了出去，就用责备的目光看了看格里高力，说：

“潘捷莱维奇，你连一点眼色都看不出来……我不能当着老婆的面把什么事儿都说出来呀，可是你一个劲儿地问怎么啦，干什么啦。噢，你怎样，害过伤寒以后，身体全好了吗？”

“我倒是好了，你说说自个儿的事吧。你这鬼东西，有的事儿还瞒着呢……你说说吧：干过什么坏事儿？怎样逃跑的？”

“这事儿比逃跑还糟呢……你生病我把你送回来以后，我又回到部队里。把我编到本连第三排里。我是非常喜欢打仗的！我打过两次冲锋，可是后来我想：‘我也要装装孬啦！要找个窟窿钻一钻，不然的话，普罗霍尔呀，你就要完蛋啦！’这时候，就好像特意要给点儿颜色瞧瞧似的，仗打得特别厉害，弄得我们气都喘不过来！哪儿有决口，就把我们塞上去；哪儿顶不住了，又把我们团调了去。一个星期的工夫，连里有十一个哥萨克就像叫牛舌头舔去了一样！这么着，我心里就发起闷来，甚至都闷得身上长起了虱子。”普罗霍尔把烟点着了，把烟荷包递给格里高力，又不慌不忙地说下去，“有一回在利斯基附近，派我出去侦察。我们一共去了三个人。我们在冈头上跑着，朝四面望着。看见从沟里爬出来一个红军，两只手向上举着。我们朝他跑去，他就喊：‘乡亲们！我是自己人！别杀我，我要投到你们这边儿来！’我简直他妈的糊涂啦：不知从哪儿来了一股火气，我跑到他跟前，说：‘你这狗东西，既然来打仗，就不应该投降！你这家伙真没有出息。你怎么，没看见我们眼看就支持不住了吗？你想投降，又来加强我们的力量吗?!’我说着，就在马上用刀鞘照他的脊梁砍了一家伙。和我在一块儿的两个哥萨克也对他说：‘像这样打仗，跑过来跑过去，有什么好处呢？要是干起来都心齐些，仗早就打完啦！’谁他妈的能知道，这个跑过来的家伙会是一个军官呢？可是他恰恰就是一个军官！我在气头上用刀鞘打他的时候，他的脸一下子白了，小声说：‘我是军官，你们不能打我！我以前是骠骑兵，我参加红军是征集来的，请你们带我去见你们的首长，到那儿我可以对他说清楚。’我们说：‘把你的证件拿来。’可是他很神气地说：‘我不愿意和你们说话，带我去见你们的首长！’”

“这种事儿你怎么就不愿意当着老婆的面说呀？”格里高力很诧异地打断他的话头。

“当着我老婆不能讲的事，我还没有说到呢，请你别打我的岔嘛。我们就决定把他送到连里去，这一下子糟啦……我们要是就地把他杀了，就没事儿了。可是我们却规规矩矩地把他送去了，谁知过了一天，我们一看，竟派他担任了我们的连长。这可怎么办啊？这就麻烦啦！过了两天，他把我叫去，问：‘狗崽子，你是为统一的、不可分割的俄罗斯打仗吗？你在俘虏我的时候，对我说的是什么，你还记得吗？’我好说歹说，他都不肯饶我，因为他一想起我用刀鞘打他，就气得浑身打哆嗦！他说：‘你知道我是骠骑兵大尉和贵族，你这坏蛋怎么敢打我？'他一次又一次地把我叫去，净找我的麻烦。他叫排长派我站岗和放哨，不许换我的班，一件一件的勤务就像从桶里往外倒豌豆那样，接二连三地落到我的头上：一句话，这个畜生不住气地整我！在俘虏他的时候和我一同去侦察的那两个哥萨克，也在挨他的折腾。他们两个忍了又忍，后来受不住了，有一次把我叫过去，说：'咱们来把他杀了吧，要不然他实在叫咱们活不下去！'我想了想，决定把这一切报告团长，要杀他却于心不忍。在俘虏他的时候，杀也就杀掉了，可是过后我就有点儿下不了手了……我老婆杀鸡，我还要闭一闭眼睛呢，何况这是杀人……"

"究竟把他杀了没有？"格里高力又打断他的话。

"等一等嘛，底下就明白了。于是我报告了团长，全对他说了，可是他笑起来，说：'泽柯夫，你用不着委屈，因为你打过他呀，他在执行纪律上是正确的。他是个很有学问的好军官。'我就这样从他那儿回来了，可是我心里想：'你就把这个好军官挂在脖子上当十字架吧，我可是不愿意和他在一个连里干下去了!’我要求把我调到别的连里去，也不行，不肯把我调出去。于是我就想方设法离开队伍。怎么能离开呢?这时候把我们调到附近的后方休息一个星期，于是我他妈的不知怎么又打起了糊涂主意……我想：我只有弄上一点儿小小的淋病，那样就可以上军医站去，就会准许我离开，那就行了。于是我干起从来没干过的事儿，——找起娘儿们，仔细打量，看哪一个娘儿们像是有病的。可是怎么能看得出来呢?哪一个娘儿们的额头上都没有写着她是有病的，这就难了!”普罗霍尔使劲地啐了一口，仔细听了听：老婆是不是回来了。

格里高力用手捂住嘴，想藏住笑，忽闪着笑得眯缝起来的眼睛，问道：

“搞上了吗?”

普罗霍尔用泪汪汪的眼睛看了看他。那眼神显得很忧伤、很平静，就像一条活到了年纪的老狗的眼睛。他沉默了不大的一会儿，就说：

“你以为很容易就能搞上吗?不想生病的时候，一阵风都能把病吹到身上；想生病的时候，病却没了影子，找都找不到，吆唤都吆唤不来!”

格里高力把身子侧过去，不出声地笑了一会儿，后来把手从脸上拿下来，用笑得接不上气的声音问道：

“天啊，别叫人着急了！到底搞上了没有呀？”

“当然，你要笑啦……”普罗霍尔生气地说，“幸灾乐祸可不是好事儿，我是这样看的。”

“我不笑就是了……后来怎样呢？”

“后来我就去找房东的姑娘。这是一个四十岁的老姑娘，也许不到四十岁。满脸的粉刺，那相貌，一句话，丑得吓死人！邻居们悄悄告诉我，不久前她常常去找大夫。我心想：‘从她身上一定能搞上病！’于是我就像只小公鸡一样围着她转悠起来，对她说起各种各样的甜言蜜语……这些话是从哪儿来的，我自己也不知道！”普罗霍尔遗憾地笑了笑，并且好像因为想起那些话还有点儿高兴，“我答应娶她，还说了别的许多肉麻话……终于把她挑动了，勾搭上了，马上就要干那种事儿了，可是她忽然哭了起来！我这样说，那样说，问她：‘也许你有病吧？这没有关系，甚至还好些呢。’不过我有些害怕：这是夜里，可别有人听见我们的声音跑到糠棚子里来。我就说：‘别哭了，千万别哭！你就是有病，也不用害怕，我实在太爱你了，不管怎样我都爱你！’可是她说：‘我的亲亲的普罗申卡呀！我什么病也没有。我是一个没有破身的姑娘，干这种事儿我怕疼。’格里高力·潘捷莱维奇，你也许不信，我一听她说这话，浑身出的冷汗就像雨淋的一样！我心想：‘主耶稣啊，我怎么碰上这种事儿呀！怎么这样倒霉呀！……’我用气得变了音的嗓门儿问她：‘你这该死的东西，那你去找大夫干什么？干吗要骗人？’她说：‘我是去要一种治脸的药。’我马上抓住她的脑袋，对她说：‘起来，马上给我滚吧，你这该死的东西，可恶透啦！我不要你这种没有开苞儿的，我也不娶你了！’”普罗霍尔更加使劲地啐了一口，很不痛快地继续说下去：“我花了半天力气算是白费啦。我回到屋里，拿起自己的东西，当天夜里就搬到另一家去住了。后来还是弟兄们给我指点，我才从一个寡妇身上搞到了我要的东西。不过这一回我来得干脆，我问：‘你有病吗？’她说：‘有一点儿。’我说：‘行啦，我也要不了许多。’我给了她二十卢布的克伦斯基票子，到第二天，我就很得意地带着自己的成绩，跑到军医站去，就从那儿一直回家来了。”

“你没有骑马回来吗？”

“怎么能不骑马呢？把马和全部装备都带回来了。马是弟兄们给我送到军医站去的。不过问题不在这上面；你帮我出出主意：我怎么对我老婆说呢？或许，为了免得造孽，是不是到你家里去过一夜呢？”

“用不着，没事儿！就在家里睡好啦。你就说打伤啦。有绷带吗？”

“有一个急救包。”

“行，就包起来好啦。”

“她不信呀。”普罗霍尔忧虑地说，不过他还是站了起来。他在军用包里掏了掏，便走进上房里去了，在上房里低声说，“她来了，你和她说说话儿，我马上就弄好！”

格里高力一面卷烟卷儿，一面考虑走的事。“套上两匹马，我们坐爬犁走，”他打定主意，“要在天黑时候动身，免得家里人看见我带着阿克西妮亚走。尽管这事儿他们早晚要知道……”

“那个连长的事我还没有说完呢。”普罗霍尔一瘸一拐地从上房里走出来，坐到桌子旁边，“我上军医站的第三天，弟兄们就把他打死了。”

“真的吗？”

“千真万确！在打仗的时候从后面打了他两枪，就完啦。就是说，我糟蹋了自己，实在可惜！”

“没找到开枪的人吧？”格里高力因为一心想着马上要走的事，所以心不在焉地问道。

“才没有工夫找呢！开始紧急转移了，顾不上他的事了。我老婆这是跑到哪儿去啦？我还真想喝酒哩。你想什么时候走？”

“明天。”

“不能再过一天吗？”

“过一天干什么？”

“至少可以把虱子打扫打扫，带着虱子走路可没有多大意思。”

“你在路上打扫吧。情况不允许再等啦。红军离维奥申只有两站路啦。”

“咱们一早就走吗？”

“不，等天一黑就走。咱们只赶到卡耳根，就在那儿过夜。”

“红军不会抓住咱们吧？”

“是要提防着点儿。我想……我想带上阿克西妮亚·阿司塔霍娃。你没有意见吧？”

“我有什么？你就是带着两个阿克西妮亚，我也不管……就是马吃不消。”

“没有多大分量。”

“跟娘儿们走可不大方便……你干吗要带上她呀？要是光咱们两个，多省事呀！”普罗霍尔叹了一口气，望着一边说，“我就知道你要拖着她走。你太多情啦……唉，格里高力·潘捷莱维奇，你挨鞭子挨少啦！”

“哼，这事儿你少管，”格里高力冷冷地说，“这事儿你别对你老婆乱说。”

“我以前乱说过吗？你别没有良心！还有，她把房子交给谁呢？”

过道里响起脚步声，普罗霍尔的老婆走了进来，她那灰色绒头巾上落了一层亮晶晶的雪花。

“下雪了吗？”普罗霍尔从碗橱里拿出两个酒杯，这才问，“你弄到什么了吗？”

他的脸色绯红的老婆从怀里掏出两只带着水汽的瓶子，放到桌子上。

“来，为咱们一路平安，干一杯！”普罗霍尔很带劲儿地说。他闻了闻，根据酒的气味判断说：“好酒！够劲儿！”

格里高力喝了两小盅，就推说太累了，回家去了。

二十六

“哼，仗打完啦！红军这一下子要把咱们撵到海边，叫咱们的屁股泡到咸水里了。”普罗霍尔在上了山冈的时候说。

山下面，鞑靼村笼罩在蓝色的烟雾里。太阳已经落到镶了粉红色雪边儿的地平线后面。雪在爬犁的滑铁下面咯吱咯吱响着。两匹马一步一步地走着。格里高力半躺在双马爬犁的后座上，脊背靠在马鞍子上。阿克西妮亚裹着镶边的顿河式皮袄，坐在他的身边。她的两只黑眼睛在白绒毛头巾下面亮闪闪的，放射着喜悦的光彩。格里高力侧眼看了看她，看到她那冻得红扑扑的脸。浓密的黑眉毛和挂了霜花的弯弯的睫毛下面那发亮的蓝眼白。阿克西妮亚带着兴奋的好奇心情打量着大雪覆盖、到处是雪堆的草原，打量着磨得发亮的爬犁路，打量着远方渐渐沉入黑暗中的地平线。很少出门的阿克西妮亚觉得一切都很新鲜，很不平常，一切都引起她的注意。但是她有时垂下眼睛，感受着睫毛上的霜花那使人痒酥酥的、很舒服的凉气，笑上一阵子，因为她很久以来念念不忘的幻想突然很离奇地实现了——她跟格里高力一同离开鞑靼村，离开这可亲又可恨、她受了很多苦的地方，离开她和没有爱情的丈夫过了半辈子、发生过一件件痛苦的往事的地方。因为切切实实感觉到格里高力的存在，她笑了，既不去想她花了什么样的代价才换得这样的幸福，也不去想将来的日子，尽管将来的日子还蒙在黑沉沉的烟雾里，就像远处那隐隐约约的大草原的地平线。

普罗霍尔无意中回头看了看，看见阿克西妮亚那冻得红肿了的嘴唇一动一动地在笑，他很烦恼地问道：

“哼，你龇什么牙呀？简直成了新媳妇啦！你从家里跑出来，还高兴呀？”

“你以为我不高兴吗？”阿克西妮亚响亮地回答说。

“这种事还高兴呢……你真是个傻娘儿们！还不知道这戏怎么收场呢，你别笑得太早了，把你的牙收起来吧。”

“我不会碰到更坏的事儿了。”

“我一看见你们就想吐……”普罗霍尔气嘟嘟地抽了马一鞭。

“那你就转过脸去，再把手指头杵到嘴里去。”阿克西妮亚笑嘻嘻地说。

“你又说傻话了！我能嘴里含着手指头一直跑到海边吗？真是好主意！”

“你不是想吐吗？”

“住嘴吧！你把你男人往哪儿搁？粘上野汉子就跟着跑！要是司捷潘现在回到村子里，那可怎么办？”

“听我说，普罗沙，你别管我们的事，”阿克西妮亚央告说，“要不然，你也不会有什么快活事儿。”

“我才不管你们的事儿呢，你们的事儿跟我有屁关系！我不能说说我的看法吗？我给你们赶爬犁，就只能跟马说说话儿吗？有这样的道理！休想，阿克西妮亚，你生气也好，不生气也好，反正该拿树条子结结实实地抽你，抽你还不叫你哭！说什么快活事儿吗，你别吓唬我，我身上就带着快活事儿。我的快活事儿很特别，唱也不叫人唱，睡也不叫人睡……喔，该死的东西！大耳朵鬼，你们老是想慢腾腾的！”

格里高力含笑听着，后来用调解的口气说：

“你们别慌着吵嘴吧。咱们的路还长着呢，以后吵嘴还来得及。普罗霍尔，你干吗跟她瞎缠？”

“我就是要跟她吵，”普罗霍尔恶狠狠地说，“因为她要跟我顶嘛。我现在认为，世界上再没有什么比女人更坏的！她们简直是得势的小人……老兄，上帝最坏的创造物就是女人！要是依着我，就把她们这些害人的恶鬼统统铲除掉，叫她们再也不能在人世上招摇！我现在简直对她们恨死啦！你笑什么呀？幸灾乐祸可没有什么好事儿！把缰绳给你，我要下去一会儿。”

普罗霍尔徒步行了很久，后来又上了爬犁，再也没有说话。

他们在卡耳根过夜。第二天早晨，吃过早饭就上路，到天黑时候，走了六十俄里。

大队大队的难民爬犁络绎不绝地向南拥去。格里高力他们离开维奥申乡越远，找住宿的地方越困难。在莫洛佐夫镇附近遇到第一批哥萨克队伍。骑兵一共有三四十人，辎重队的爬犁却一眼看不到头。很多村庄里的房子一到晚上就住得满满的，不仅找不到住宿的地方，连拴马的地方都找不到。来到一个塔甫里亚人的村子里，格里高力为了找房子住宿，白跑了老半天，最后只好在棚子里过夜。到夜里，在下雪时湿透了的衣服冻成了冰，皱了起来，一行一动都要嘎啦嘎啦响。格里高力、阿克西妮亚和普罗霍尔几乎一夜都没有睡，在天亮以前，在院子外面生起一堆火，身子才暖和过来。

第二天早晨，阿克西妮亚畏畏缩缩地提议说：

“格里沙，是不是在这儿住上一天？咱们挨了一夜冻，差不多一点儿觉也没有睡，是不是多少歇一歇？”

格里高力同意了。他好不容易找到一小块空地方。天一亮，辎重队就走了，但是有一支带着一百多名伤病员的随军医疗队也住下来休息了。

在一间小屋里，在肮脏的土地上睡了十来个哥萨克。普罗霍尔把车毯和装干粮的口袋拿进来，在门口铺了些麦秸，抓住一个睡得很死的老头子的腿，把他往一边拖了拖，用一种粗鲁的亲热口气说：

“躺下吧，阿克西妮亚，你折腾得都没有人样子啦。”

到夜里，这个村子里又住上许许多多人。整个一夜，一条条胡同里烧着火堆，人的说话声、马嘶声、爬犁的咯吱声一直没有断。天刚麻麻亮，格里高力就叫醒普罗霍尔，小声说：

“套上爬犁。该动身了。”

“干吗这么早？”普罗霍尔打着哈欠问。

“你听嘛。”

普罗霍尔从鞍垫上抬起头来，听到了远处低沉的隆隆炮声。

他们洗过脸，吃了点猪油，就从闹哄哄的村子里往外走。胡同里停着一排一排的爬犁，不少人来来回回地跑着，在朦胧的晨曦中有人沙哑地叫着：

“不行，你们自己把他们埋了吧！等我们掘好六个人的坟，就要到晌午啦！”

“那就该俺们来埋他们吗？”另一个人用平和的口气问道。

“恐怕，你们会埋的！”那个沙哑的嗓门儿叫道，“你们要是不愿意埋，就让他们躺在这儿，让他们在你们这儿发臭，我才不管呢！”

“您这是怎么啦，大夫先生？要是路过的人死了都叫俺们来埋，那俺们就别干别的事儿了。你们是不是还是自己来埋？”

“你这糊涂虫，去你妈的吧！你怎么，想叫我把医疗队丢给红军吗？”

格里高力一面赶着爬犁绕着满街的爬犁往前走，一面说：

“谁也不管死人啦……”

“这会儿连活人都顾不上了，谁还管死人？”普罗霍尔应声说。

顿河北部各乡的人都在往南逃。无数难民的爬犁跨过察里津—里哈亚铁路，朝马内契一带奔去。格里高力在路上走了一个星期，不断地打听鞑靼村人的消息，但是在他们经过的许多村庄里一直没见到鞑靼村人的影子；很可能，他们是从左面走，不走乌克兰人的村庄，走的是哥萨克村庄，朝奥布里夫镇方向去了。直到第十三天，格里高力才发现同村人的行踪。已经过了铁路线，他在一个村子里无意中听说，维奥申乡有一个害伤寒病的哥萨克躺在旁边一家的房子里。格里高力想去问问这个病人是哪一个村里的，一走进矮矮的茅草房，就看见躺在地上的奥布尼佐夫老汉。奥布尼佐夫老汉告诉他，鞑靼村的人是前天从这个村子里过去的，其中有很多人害了伤寒，有两个已经死在路上，他奥布尼佐夫是自己要求留在这儿的。

“要是我能好起来，要是红军同志开恩，不杀我的话，我不管怎样也要回家去，要不然会死在这儿的。死在哪儿都是一样，在外面也不比家里舒服……”老汉在和格里高力道别的时候这样说。

格里高力问了问父亲的健康情况，但是奥布尼佐夫说，他一点也不知道，因为他是在最后一架爬犁上的，离了马拉霍夫村以后，就没有看见过潘捷莱·普罗柯菲耶维奇了。

来到下一个住宿的地方，格里高力很走运：他走进第一家，要求借宿，就碰上几个上旗尔村的熟识的哥萨克。他们挤了挤，格里高力就在灶旁铺了一块地方。屋子里并排躺着十五个难民，其中有三个伤寒病人，有一个是冻伤的。几个哥萨克做好了小米猪油干饭，很热诚地请格里高力他们吃。普罗霍尔和格里高力有滋有味地吃起来，阿克西妮亚却不吃。

“你怎么，不饿吗？”普罗霍尔问道。近几天他不知不觉改变了对阿克西妮亚的态度，对她有点儿粗暴，但是非常关心。

“我有点儿恶心……”阿克西妮亚披上头巾，到院子里去了。

“她不是病了吧？”普罗霍尔朝格里高力问道。

“谁知道她是怎么回事儿。”格里高力放下饭碗，也来到院子里。

阿克西妮亚站在台阶旁边，一只手按着胸口。格里高力搂住她，很担心地问道：

“你怎么啦，阿克秀莎？”

“恶心，头也很疼。”

“咱们上屋里去，你躺一会儿吧。”

“你去吧，我一下子就来。”

她的声音低低的，一点劲儿也没有，动作软弱无力。等她走进烧得暖烘烘的屋子，格里高力用探询的目光看了看她，看见她的两腮烧得红红的，眼睛里的闪光也很不正常。他的心急得揪成了一团：阿克西妮亚显然是病了。他想起来，昨天她就说头晕，身上发冷，天快亮的时候还出过一身大汗，她那脖子上的发鬈儿都湿得像洗过澡一样，他在黎明时醒来后看到这种情形，眼睛盯着还在睡的阿克西妮亚看了很久，不愿意起来，免得惊醒她的好梦。

阿克西妮亚一直很要强地忍受着路上的困苦，她甚至还常常给普罗霍尔打气，因为普罗霍尔不止一次说：“这算打的他妈的什么仗，是谁想出来的主意？走上一整天，到头来连个住的地方都没有，谁知道咱们充军要充到哪儿去。”但是这一天阿克西妮亚也支持不住了。夜里躺下来睡觉的时候，格里高力觉得她好像是在哭。

“你这是怎么啦？”他小声问道，“你哪儿难受？”

“我病啦……咱们现在怎么办呀？你要把我扔

掉吧?”

“哼,你真浑蛋!我怎么会把你扔掉呢?别哭了,也许你是在路上受凉了,可是你就吓成了这样。”

“格里什卡,这是伤寒呀!”

“别瞎说了!一点都看不出来嘛;你的额头是凉的,也许,不是伤寒。”格里高力宽慰她说,但是在心里认定,阿克西妮亚害的是斑疹伤寒,并且在苦苦思索着,如果她病倒的话,究竟该把她怎么办。

“哎呀,这样走下去真够受呀!”阿克西妮亚靠在格里高力的身上,小声说,“你瞧,这样多的人挤在一块儿睡!虱子要把咱们吃掉啦,格里沙!我有时想看看自己身上,可是连块地方都找不到,到处是男人……我昨天走到棚子里去,脱了脱衣服,身上的虱子呀……天啊,我从来没见过这么多!我一想起来就恶心,什么也不想吃了……昨天你看见睡在大板凳上的那个老头子身上的虱子有多少吗?棉袄面子上都爬满啦!”

“你别想虱子啦,唠叨起他妈的虱子来啦!哼,虱子,虱子,当兵的时候是不数虱子的。”格里高力生气地小声说。

“我浑身都痒痒啊。”

“大家身上都痒痒，现在有什么办法呢？忍一忍吧。等咱们到了叶卡捷琳诺达尔，在那儿洗洗澡。”

“别想穿干净衣裳啦，”阿克西妮亚叹着气说，“咱们要叫虱子咬死啦，格里沙！”

“睡吧，明天还要起早赶路呢。”

格里高力老半天没有睡着。阿克西妮亚也没有睡。她用皮袄大襟蒙住头，哭了好几次，后来又翻腾了很久，不住地叹气，直到格里高力转过脸来抱住她，她才睡去。半夜里，格里高力被猛烈的敲门声惊醒了。有人拼命地敲门，大声吆喝：

“喂，开门！要不然我们砸门啦！该死的东西，都睡死啦！……”

房东是一个上了年纪的和善的哥萨克，他走到过道里，问：

“什么人？你们要干什么？要是想借宿，我们这儿可没有地方了，已经满满的了，连转身的地方都没有。”

“开门，少给我啰唆！”院子里的人吆喝道。

把门开了以后，有五个武装的哥萨克冲进了堂屋。

“你家住的是什么人？”其中有一个冻成了铁青色的哥萨克，很费劲地张着冻僵了的嘴唇，问道。

“都是难民，你们是什么人？”

其中的一个，也不回答，径直走进上房，喊道：

“喂，你们这些家伙！睡得真舒服！马上给我滚出去！这儿要住军队啦。起来，起来！快点儿，要不然我们马上把你们轰出去！”

“你是什么人，干吗这样咋呼？”格里高力用睡得沙哑了的嗓门儿问道，并且慢慢站了起来。

“我叫你看看我是什么人！”一个哥萨克朝格里高力走来，他手里的手枪筒子在昏暗的煤油灯光下闪闪发光。

“你挺麻利嘛……”格里高力夸了他一句，“来，把你的小玩意儿给我吧！”他飞快地抓住这个哥萨克的手腕子，使劲一攥，攥得他哎呀了一声，松开手指头。手枪吧嗒一声落在车毯上。格里高力把他推开，急忙弯下腰，拾起手枪，放进口袋里，镇定地说：“现在咱们来谈谈吧。你是哪一部分的？像这样机灵的你们有多少？”

这个哥萨克半天才回过神来，喊道：

“弟兄们！快来呀！”

格里高力走到门口，站在门槛上，脊背靠着门框，说：

“我是顿河第十九团的中尉。住嘴！别叫啦！这是谁在那儿嚷嚷？好乡亲们，你们这是咋呼什么？你们要把谁轰出去？谁给你们这样的权力？哼，你们给我出去！”

“你嚷嚷什么？”一个哥萨克大声说，“什么样的中尉我们都见过！怎么，叫我们睡在院子里吗？快把屋子腾出来！我们有命令：把所有的难民都从屋子里赶出去。你们明白吗？哼，你倒咋呼起来了！像你这样的，我们见过！”

格里高力对直地走到说这话的人跟前，咬着牙，从牙缝里说：

“这样的你还没有见过。要不要把你这一个浑蛋变成两个？那我就来变变看！你别朝后退嘛！这不是我的手枪，这是缴的你们的。给你吧，你交给他，不过你们还是趁我还没有揍你们，快点儿滚出去，要不然我好好地收拾你们一顿!”格里高力轻轻推着他转过身去，把他推到门口。

“揍他一顿吗?”一个用驼毛风帽包着脸的强壮的哥萨克犹豫不决地问道。他站在格里高力背后，一面捯动着两只脚，捯动得两只缝了皮底的毡靴咯吱咯吱响着，一面仔细打量着格里高力。

格里高力朝他转过身来，已经忍不住攥起了拳头，但是这个哥萨克却举起一只手来，很和善地说:

“你听我说，大人，不知你贵姓，你别急，不要动手!我们就走，不和你吵。但是在如今这时候，你不要对哥萨克们太过分了。现在又像一九一七年那样，严重的时候到啦。你要是碰到一些不要命的家伙，他们不仅会叫你变成两个，说不定还会叫你变成五个!我们看出来，你是一个有胆量的军官，而且从你说话上看出来，你好像和我们哥儿们是一路人，那你的态度就放规矩点儿，免得自找麻烦……”

那个被格里高力缴了手枪的哥萨克气呼呼地说:

“你别给他唱赞美歌了!咱们上旁边一户人家去吧。”他头一个朝门口走去。他从格里高力面前经过的时候，侧眼看了看他，很遗憾地说："军官先生，我们是不愿意和你缠，要不然早把你敲啦！"

格里高力轻蔑地撇了撇嘴，说：

"那你怎么不敲呢？趁我没有把你的裤子剥下来，滚吧，滚吧！还充好汉哩！可惜，把手枪还给你了，像你这样的笨家伙，真不配挎手枪，只能带带羊角梳子！"

"咱们走吧，弟兄们，别理他吧！不搅就不发臭气了！"有一个没有说过话的哥萨克温和地笑着说。

哥萨克们一面骂着，一面咚咚地踏着上了冻的靴子，一齐拥进了过道。格里高力厉声对房东吩咐说：

"再不许开门！他们敲一会儿就会走的，要是不走，你把我叫醒。"

旗尔河上游的哥萨克们都被吵醒了，小声议论起来。

"简直不成体统啦！"一个老头子很伤心地叹了一口气，"这些狗崽子，他们这是怎样和军官说话呀……这要是在旧时代还得了吗？那就得蹲监牢！"

"还不光是说话呢！你没看见，还想动手打呢？

‘揍他一顿吗？’这是一个家伙说的，就是戴风帽、像棵没修过的杨树的那一个。这些家伙，都这样不顾死活啦！”

“格里高力·潘捷莱维奇，你怎么轻易饶了他们呢？”一个哥萨克问道。

格里高力盖上军大衣，带着和悦的笑容听着大家说话，这时候便回答说：

“拿他们怎么办呢？他们现在一点也不服管，谁也不服从啦；他们成群结伙地走，不要长官，谁能管得了他们，谁又是他们的头儿呢？谁狠些，谁就是他们的头儿。恐怕，他们的队伍里连一个军官都没有了。我见过这样一些根本就没有人管的军队！好啦，咱们睡觉吧。”

阿克西妮亚小声说：

“你干吗要和他们吵呀，格里沙！行行好，你别惹这些人吧！他们是些疯子嘛，会杀人的。”

“睡吧，睡吧，明天咱们还要起早呢。噢，你身上觉得怎么样？是不是轻快点儿了？”

“还是那样。”

“头疼吗？”

“疼。看样子，我起不来啦……”

格里高力用手摸了摸阿克西妮亚的额头，叹了一口气，说：

“你的头好烫啊，就好像火烧的。噢，不要紧，别害怕！你是个结实娘儿们嘛，会好的。”

阿克西妮亚没有作声。她很口渴，她到厨房里去了好几次，喝了一些很难喝的温水，然后克制着恶心和头晕，又在车毯上躺下来。

夜里又来过四起寻宿的人。他们用枪托子捣门，打开护窗，乒乒乓乓地敲窗子，直到房东按照格里高力的教导，一面骂，一面在过道里喊：“你们滚开！这儿驻的是旅部！”他们才走。

天麻麻亮，普罗霍尔和格里高力就套好了爬犁。阿克西妮亚好不容易穿好衣服，走了出来。太阳就要出山了。烟囱里一缕灰色的炊烟直指蓝天。天空高挂着一朵红云，下部已经被阳光照得亮闪闪的。篱笆上、棚子顶上落了一层很厚的霜。马身上冒着热气。

格里高力扶着阿克西妮亚上了爬犁，问道：

“你是不是躺下来？这样要舒服些。”

阿克西妮亚点头表示同意。格里高力很体贴地把她的两腿盖好，她默默地用感谢的眼神看了看他，就合上了眼睛。

到了晌午，来到离大道两俄里的新米海洛夫村喂马，这时候阿克西妮亚已经不能从爬犁上爬下来了。格里高力把她搀进屋里，让她躺在女房东很热心地腾出来的床上。

“你很难受吧，亲爱的？”他俯下身看着脸色煞白的阿克西妮亚，问道。

她好不容易睁开眼睛，用模糊的眼神看了看，就又陷入昏沉状态。格里高力用哆哆嗦嗦的手把她的头巾解下来。阿克西妮亚的两腮冰凉冰凉的，额头却火辣辣的，冒过汗的两鬓结了小小的冰锥。到黄昏时候，阿克西妮亚昏迷过去。在昏迷以前，她曾要求喝水，小声说：

“我就要凉水，雪水。”她沉默了一会儿，又清清楚楚地说，“把格里沙叫来。”

“我在这儿呢。你要什么，阿克秀莎？”格里高力抓住她的一只手，很别扭、很不好意思地抚摩着。

“别把我扔掉呀，格里什卡！”

“不会扔掉你。你这是从哪儿说起呀？”

“别把我扔在外乡外土呀……我会死在这儿的。”

普罗霍尔端了水来。阿克西妮亚急忙把烧裂了的嘴唇凑到铜茶缸沿儿上，喝了几口，又哼哼着把头落到枕头上。过了五分钟，她断断续续、含含糊糊地说起了胡话，坐在旁边的格里高力只听清了几个字：“要洗洗……弄点儿蓝靛来……还早呢……”她的含糊不清的说话声又变成小声耳语。普罗霍尔摇了摇头，用责备的口气说：

“我对你说过，别带着她走嘛！哼，现在咱们可怎么办？这一下子真够咱们呛啦！咱们在这儿过夜吗？怎么，你是聋子吗？我问你呢，咱们在这儿过夜，还是再往前走？”

格里高力一声也不响。他弯着腰坐在那儿，眼睛盯着阿克西妮亚那煞白的脸。女房东是一个热心和善良的娘儿们，她用眼睛瞟着阿克西妮亚，小声问普罗霍尔：

“是他的老婆吧？有孩子吗？”

“孩子也有，什么都有，我们就是没有好运气。”普罗霍尔嘟囔说。

格里高力走到院子里，坐到爬犁上，抽了老半天烟。阿克西妮亚必须留在这个村子里，如果再往前走，她非死不可。格里高力很明白这一点。他走进屋里，又坐在床前。

“怎么样，咱们住下来吗？”普罗霍尔问道。

“好吧。也许，明天咱们还不能走呢。”

过了一会儿，房东回来了。房东是一个小个头儿、瘦弱的汉子，一双眼睛滴溜溜的，显得十分狡诈。他用一条木腿（有一条腿从膝盖地方截去了）咚咚地捣着地面，一瘸一拐地很快走到桌子跟前，脱掉外衣，不怀好意地侧眼看了看普罗霍尔，问道：

“来客人了吗？打哪儿来的？”他不等回答，就吩咐妻子，“快给我弄点儿吃的，我饿死啦！”

他狼吞虎咽地吃了半天。他那滴溜溜的眼睛时常停在普罗霍尔身上，停在一动不动地躺着的阿克西妮亚身上。格里高力从上房里走出来，和房东打了个招呼。房东一声不响地点了个头，问道：

“你们是撤退吗？”

“是撤退。”

“仗打完了吗，大人？”

“差不多啦。”

“怎么，这是您的家眷吗？”房东用头朝阿克西妮亚点了点。

“是我的家眷。”

“你怎么让她睡在床上？咱们自个儿在哪儿睡？”他很不高兴地对老婆说。

“她有病呀，万尼亚，不管怎样也要照顾照顾她。”

“照顾照顾！他们这样的人可是太多了，照顾不了那么多！你们挤得我们没办法了，大人……”

格里高力把一只手放在胸前，用他从来不曾用过的央告口气，几乎是祈求的口气，对房东两口子说：

“善人啊！看在基督面上，请你们帮我渡渡难关吧。不能再带着她走啦，她会死的，请你们答应把她留下吧。我给你们钱，请你们照料，你们要多少都行，我一辈子也忘不了你们的恩情……行行好，别推辞吧！”

房东起初坚决不答应，说是没有工夫照料病人，而且也没有地方给病人住，可是后来，吃过饭以后，他说：

“自然嘛，谁也不愿意白照料病人。您能出多少看护费呢？我们辛辛苦苦，您给多少钱呢？”

格里高力把口袋里所有的钱全掏出来，交给房东。房东迟迟疑疑地接过一沓顿河流通券，用手指头蘸着唾沫，把票子数了数，又问：

“您没有尼古拉票子吗？”

“没有。”

“也许有克伦斯基票子吧？这流通券太不可靠啦……”

“也没有克伦斯基票子。是不是把我的马给您留下？”

房东想了半天，后来踌躇不决地回答说：

“不。当然，我是想要马，我们干庄稼活儿，最要紧的是马，不过在如今这种时候，这不合适，反正不是白军，就是红军，早晚要抢走，轮不到我来使用。我只有一匹腿脚不行的骒马，就这样我还提心吊胆，生怕连这马都叫他们拉走呢。”他沉思了一会儿，又好像解释似的，补充说，“您千万别以为我是个贪心不足的人！大人，您倒是想想看：她也许要躺上一个月，也许还要长些，要给她端这个，拿那个，还要给她弄吃的，面包呀，牛奶呀，又是鸡蛋呀，肉呀，这都要钱啊，我说得对吗？还要给她洗衣服，洗身子，还有很多别的事情……我老婆管家务就够忙的了，可是还要伺候她。这种事儿不容易呀！您就别舍不得了，再给点儿什么吧。我是个残疾人，您该看见，我少一条腿，我能挣什么钱，能干什么呀？我们只能靠天吃饭，过过穷日子……”

格里高力憋着一肚子火说：

“你这个善人啊，我不是舍不得呀。我所有的钱全给你了，我都没有钱过日子啦。你还要我给你什么呢？”

“您的钱就这么一点点儿吗？”房东不以为然地冷笑说，“照您的薪水来说，恐怕有好几口袋票子呢。”

“你说痛快的吧，”格里高力脸色煞白地说，“你愿意不愿意把病人留下？”

“不行，您既然这样会打算盘，我们就没法让她留下。”房东的口气中显然有气了，“再说，这事儿也容易出麻烦……军官太太嘛，街坊们知道了，麻烦着呢，以后红军紧跟着你们来了，一听说这事儿就要追查……不行，既然这样，您就把她弄走吧，也许街坊上会有人答应收留。”他带着非常舍不得的神情把钱还给格里高力，就掏出烟荷包，卷起烟来。

格里高力穿起军大衣，对普罗霍尔说：

“你看着她点儿，我去找地方。”

他已经抓住门把手，房东又把他叫住：

“等一等，大人，您干吗这样着急呀？您以为我不怜惜有病的女人吗？我还怜惜得很呢，再说，我也当过兵，我很敬重您的身份和地位。除了这些钱以外，您就不能再添点儿什么吗？”

这时候普罗霍尔忍不住了。他气得脸通红，大声吼了起来：

“你这个阴毒的瘸鬼，还要给你添什么?！给你添两棍子，把你那条腿也敲断！格里高力·潘捷莱维奇！你让我把这个狗东西狠狠揍上一顿，然后咱们拉着阿克西妮亚就走，这王八羔子，日他妈的八辈子祖宗！……”

房东听完了普罗霍尔气呼呼说的一番话，没有插一句；到末了，他才说：

“老总，您是白骂我！这是讲交情的事儿，咱们用不着骂，也用不着吵。哼，你这人啊，干吗要对我这样呀？你以为我说的是钱吗？我说的才不是添钱呢！我是说，你们也许有什么多余的武器，比如说，步枪啦，或者用不着的手枪啦……你们有没有这些东西，反正都一样，可是对于我们来说，在这种时候，这玩意儿比什么都要紧。要护家一定要有武器！我说的就是这个！你们把刚才给我的钱还给我，另外再添一条步枪，咱们就一言为定，你们就把病人留下来，我们就来照应她，一定要像照应亲姐妹一样，可以向你们起誓！”

格里高力看了看普罗霍尔，小声说：

“把我的步枪和子弹都给他，然后你就去套爬犁。就让阿克西妮亚留下吧……我就听天由命好啦，但是我不能拉着她去送死！”

二十七

日子更加沉闷无味了。把阿克西妮亚留下以后，格里高力一下子就对周围的一切失去了兴趣。每天早晨坐上爬犁，在无边无际、大雪覆盖的草原上跑上一天，到晚上一找到住宿的地方，就躺下睡觉。就这样一天一天地过去。格里高力对于渐渐南移的战事不闻不问。他明白，真正的、重大的抵抗已经没有了，大多数哥萨克已经失去保卫乡土的斗志，从各方面来看，白军已经走上穷途末路，在顿河上守不住，到库班就更守不住了……

战争快要结束了。形势急转直下。成千上万的库班哥萨克抛弃阵地，纷纷回家。顿河哥萨克已经被打垮。志愿军因为连续作战和伤寒肆虐，亏损很大，减少了四分之三的兵员，已经无力单独抵挡所向披靡的红军的进攻。

难民们纷纷传说，在库班地区，因为邓尼金将军残酷地杀害库班“拉达”的一些委员，不满情绪日益增长。据说，库班地区正准备发动起来打志愿军，而且好像已经在和红军的代表进行谈判，打算让苏维埃军队一枪不发地开进高加索。有些人还凿凿有据地说，在库班和捷列克的一些乡里，就像仇视志愿军一样仇视顿河哥萨克，好像在考林诺夫镇一带，顿河的一个师和库班步兵已经打过一次大仗。

格里高力常常留心听别人说话，越来越相信白军彻底失败是不可避免的了。不过有时他还抱着一种模模糊糊的希望，认为零散、溃乱、互相为敌的白军队伍在危险关头会联合起来，可以抵挡和打垮乘胜前进的红军部队。但是在罗斯托夫失陷以后，他连这一希望也失掉了；又听说在巴泰斯克附近一场鏖战之后，红军已经开始退却，但是他已经不相信了。他因为无事可干，非常苦闷，想要参加一支部队，但是等他把这个意思向普罗霍尔一说，普罗霍尔却表示坚决反对。

“格里高力·潘捷莱维奇，看样子，你简直疯啦！”他愤恨地说，“咱们为什么他妈的要往这种窟窿里钻呀？你该看到，事情已经没办法了，咱们干吗要白白地去送死？你是不是以为，咱们两个就能救他们的命呢？趁着没有人碰咱们，没有逼着咱们参加部队，咱们应该赶快跑远点儿，免得遭殃，可是你却说起这种鬼话！不行，咱们还是老老实实，像老头子们那样逃难吧。咱们打仗打了五年，已经打够了，现在让别人去试试吧！我搞上淋病，就为了再上战场吗？算了吧！我才不干呢！这种仗我打够了，到现在我一想起来就恶心！你想去就去吧，我可是不去。那我就上医院去，我够啦！”

格里高力老半天没有作声，后来说：

“就依你的吧。咱们上库班去，到那儿再说。”

普罗霍尔照旧自行其是：他到每一个大村镇里都要去找医生，拿些药面或者药水回来，但是并不真正热心来治自己的病；格里高力问他，为什么只吃一包药面，而把其余的都踩到雪里故意糟蹋掉，他就回答说，他不想治好，只想减轻一下病情，因为这样，在军医复查的时候，他就可以很容易避免被送到部队里去。在大公镇上，有一个害过淋病的哥萨克告诉他，可以用鸭掌熬汤来治疗。从这时候起，普罗霍尔每来到一个村镇，一见人就问：“请问，你们这儿有鸭子吗？”等到大惑不解的当地人摇摇头，说因为附近没有水，养鸭子也无利可图，所以没有鸭子的时候，普罗霍尔就非常轻蔑地咬着牙说：“你们这儿住的简直不是人！恐怕你们出娘胎以来就没有听见过鸭子叫！全是土包子！”然后他带着难受而遗憾的神情对格里高力说，“咱们真倒霉！没有一样顺心的事儿！比如说，要是他们这儿有鸭子，那就可以买一只，花多少钱都舍得，或者偷一只也行，那我的病就会好起来，可是现在我的病却越来越厉害了！起初不过是开开玩笑，只是在路上不能打盹儿，可是现在，这该死的病，简直成了刑罚了！在爬犁上坐都坐不住！”

普罗霍尔得不到格里高力的同情，就老半天不作声，有时候走上几个钟头，一句话都不说，眉头皱得紧紧的。

格里高力觉得，路上的日子长得使人难受，漫长的冬夜更是分外长。他有足够的时间思索目前的事和回顾往事。他把自己这变幻莫测、不如人意的一生中已经度过的岁月一一回想了很久。他坐在爬犁上，用模糊的目光望着千里雪封的死寂的草原，或者在夜里，闭着眼睛、咬着牙躺在气闷的、挤满了人的小屋里，他总要想到，病倒的、昏迷不醒的阿克西妮亚还留在偏僻的小村子里，家里人还留在鞑靼村……在顿河那里已经建立起苏维埃政权，所以格里高力常常怀着担心和忧虑的心情问自己：“他们会因为我的事来折磨妈妈和杜尼娅吗？”他马上又安慰起自己，想起自己在路上不止一次听说，红军经过的地方都很安宁，他们对待占领地区的老百姓都很好。他的担心渐渐消失了，他觉得原来那种担心老母亲会因为他的事遭殃的想法是不对头的、荒谬的、毫无根据的了。他一想起孩子们，心里就难过一阵子；他害怕家里人看护不好，孩子们会害伤寒，同时，因为他十分爱孩子，他觉得再没有什么不幸的事比娜塔莉亚的死更使他伤心的了……

在萨尔斯克的一个过冬地区里，他和普罗霍尔决定让马休息休息，在这里住了四天。在这几天里他们不止一次谈起下一步怎么办。在来到过冬地区的第一天，普罗霍尔就问：

“咱们的队伍要在库班坚守阵地呢，还是要退到高加索去？你以为怎样？”

“我不知道。你还管这些干什么？”

“瞧你说的！我怎么能不管呢？这样不是要把咱们撵到伊斯兰教的土地上，到土耳其去，到那儿去受罪吗？”

“你别把我当作邓尼金，你别问我把咱们撵到哪儿去。”格里高力不高兴地回答说。

“因为我听说，好像在库班河上又要打防御战了，到春天就可以回家了，所以我才问你。”

“谁来打防御战呢？”格里高力冷笑道。

“当然是哥萨克和士官生嘛，除此以外还有谁？”

“净说傻话！你疯啦，没看见四周的情形吗？大家都想跑快点儿，谁还来打防御战？”

“唉，伙计，我也看出来了，咱们的事糟透啦，不过我总是有点儿不大相信……”普罗霍尔叹了一口气，“比如说，如果有心要泅水或者像虾子一样爬到外国去，你怎么样？去吗？”

“你呢？”

“我是这样：你上哪儿，我就上哪儿。如果大家都走的话，我也不会一个人留下。”

“我也是这样想。既然咱们已经加入了羊群，那就要跟着公羊跑……”

“公羊有时候他妈的瞎跑呀……算啦，你别说俏皮话了！你说正经的吧！”

“你别盯着问了！到时候再看吧。咱们怎么能未卜先知呢？”

“哼，算了！我再也不问你什么了。”普罗霍尔答应说。

但是到第二天，他们去喂马的时候，普罗霍尔又谈起原来的话题。

“你听说绿军[①]了吗？”普罗霍尔装作好像是仔细看着三齿叉的把儿，小心翼翼地问。

“听说了，怎么样？”

“怎么又出了这样一种绿军？他们是拥护谁的？”

“他们拥护红军。”

“干吗他们要叫绿军呢？”

“谁他妈的知道呢，也许因为他们躲在树林子里，所以叫绿军。”

“咱们是不是可以参加绿军呢？”普罗霍尔想了半天之后，很不大胆地提议说。

“我不想参加。”

“除了绿军以外，还有没有一种军队，能够叫我快点儿回家呢？不管是绿的，蓝的，或者是什么蛋黄色的，我都他妈的一样，只要他们反对打仗，能够把当兵的放回家去，什么颜色的我都拥护……”

“耐心等等吧，也许会出这样的军队。”格里高力劝他说。

①白军把南方的红军游击队叫作“绿军”。

一月底，在一个雾蒙蒙的融雪的中午，格里高力和普罗霍尔来到白土村。一万五千难民拥挤在这个村子里，其中有一大半是害斑疹伤寒的。许多穿着短短的英国军大衣、皮袄和棉袄的哥萨克在大街上走来走去，找住处和找马料，还有许多骑马人和爬犁在大街上奔跑着。有几十匹瘦马停在一些人家的马槽边，无精打采地嚼着干草；大街小巷到处都是扔掉的爬犁、大车和弹药箱。在从一条街上路过的时候，普罗霍尔仔细打量打量了拴在栅栏上的一匹高大的枣红马，就说：

“这是干亲家安得列的马嘛！大概，咱们村里的人也在这儿。”他连忙从爬犁上跳下来，进屋里去打听。

过了几分钟，普罗霍尔的干亲和邻居安得列·托波里斯柯夫披着军大衣，从屋子里走了出来。他由普罗霍尔领着，很庄重地走到爬犁跟前，把一只带着马汗气味的黑乎乎的手伸给格里高力。

“你是和村里的人一块儿走的吗？”格里高力问道。

“一块儿受罪。”

“噢，路上怎么样?”

“路上就不用提啦……每到一处地方都要丢下些人和马……”

“我家老头子还结实吧?”

托波里斯柯夫不看格里高力，看着别处，叹了一口气，说：

“不幸啊，格里高力·潘捷莱维奇，很不幸呀……祭奠祭奠令尊吧，昨天晚上他归天啦，去世啦……”

“已经埋了吗?”格里高力脸色煞白，问道。

“我说不上来，今天我还没有上那儿去过。咱们去吧，我指给你们地方……亲家，往右拐弯，拐过去右手第四家。”

普罗霍尔赶着爬犁来到一座高大的铁顶房子跟前，在栅栏外面把马勒住，但是托波里斯柯夫叫他把爬犁赶进院子。

“这儿也很挤，有二十来个人，但是你们马马虎虎还能住得下。”他说过这话，就跳下爬犁，去开大门。

格里高力头一个走进烧得热烘烘的屋子。很多熟识的同村人或躺或坐地挤在地板上。有人在修靴子或马套，有三个人坐在饭桌上吃粥，其中有一个是别司贺列布诺夫老汉，他是和潘捷莱·普罗柯菲耶维奇同坐一架爬犁的。哥萨克们一看见格里高力都站起来，齐声回答他的简短的问候。

“我爹在哪儿？”格里高力摘下帽子，一面在屋子里到处打量着，一面问道。

“我们不幸啊……潘捷莱·普罗柯菲耶维奇已经去世啦。”别司贺列布诺夫老汉回答过，用棉袄袖子擦了擦嘴，放下调羹，画了一个十字，“昨天晚上咽气的，愿他在天堂安息。”

“我知道。已经埋了吗？”

“还没有。我们打算今天埋他，现在他还在这儿，我们把他抬进了一间冷屋子。你上这儿来吧。”别司贺列布诺夫老汉推开旁边一间屋子的门，好像请求原谅似的，说，“大家都不愿意和死人睡在一间屋子里，气味太难闻了，再说，他停在这儿也好些……这儿没有生火。”

在宽敞的上房里有一股很浓烈的大麻籽气味和老鼠屎气味。屋角堆满了谷子和大麻籽；大板凳上放着盛面粉和盛油的木桶。潘捷莱·普罗柯菲耶维奇躺在屋子当中一张车毯上。格里高力把别司贺列布诺夫老汉往旁边一推，走进屋里，在父亲旁边站了下来。

“他病了两个星期啦，”别司贺列布诺夫老汉小声说，“在梅契特卡他就害上伤寒啦。没想到你爹却在这儿升天……咱们的命就是这样啊……”

格里高力俯下身去，看着父亲。父亲的脸害病害得变了样子，简直不像原来的样子了，很难认出了。潘捷莱·普罗柯菲耶维奇那干瘪下去的苍白的两腮上长满了白色的毛楂子，小胡子耷拉在凹进去的嘴上，眼睛半闭着，像玻璃球一样的蓝眼白已经失去了生气和光彩。老人家那耷拉着的下巴上缠着一条红围巾，那拳曲的灰白色长胡子经红围巾一衬，更显得像银子一样白了。

格里高力跪了下来，想最后一次仔细看看和记住父亲的脸，但是因为害怕和厌恶不由得哆嗦了一下：虱子在潘捷莱·普罗柯菲耶维奇那像蜡一样的苍白的脸上乱爬，眼窝里和脸上的皱纹里都爬满了虱子。虱子就像一块会活动的纱布似的把脸盖住，在胡子里乱钻，在眉毛里乱咕哝，蓝棉袄的硬领子爬满了灰灰的一层……

＊＊＊

格里高力和两个哥萨克用铁钎子在冻得像铁一样硬的黄土地上挖了一个坟坑，普罗霍尔用木板马马虎虎钉了一口棺材。太阳落山的时候，就把潘捷莱·普罗柯菲耶维奇抬去，埋在异乡斯塔夫罗波尔的土地上了。过一个钟头，村子里已经掌灯的时候，格里高力就离了白土村，朝新波柯洛夫镇方向走去。

来到柯林诺夫镇上，他觉得身上不舒服。普罗霍尔找了老半天医生，总算找到一个喝得半醉的军医，好不容易说服了他，把他领到住的地方来。医生没有脱军大衣，给格里高力看了看，摸了摸脉，就断定说：

“这是回归伤寒。中尉先生，我劝您别再走了，要不然您会死在路上的。”

“等着红军来吗？”格里高力似笑非笑地笑了笑。

“噢，恐怕红军还远着呢。”

“早晚要来的……”

“这我相信。但您最好还是留下来。在两种灾难当中，我看还是留下来好，因为这样危险性小一些。”

“不行，我无论如何也要走。”格里高力毅然决然地说过这话，就穿起军便服，“您能给我些药吗?”

“您走就走吧，这是您的事。我应该把意见告诉您，可是听不听就由您了。至于说药吗，那最好的药还是休息和护理；我本来也可以给您开点儿什么药，可是药房也撤走了，我那里除了麻药、碘酒和酒精，什么也没有。”

“给我点儿酒精也好!”

“我可以给。您在路上反正是要死的，所以酒精一点用处也没有。让您的护兵跟我去吧，我给您一千克酒精，我好说话……”军医行了一个军礼，摇摇晃晃地走了出去。

普罗霍尔把酒精拿了来，不知从哪儿弄来一辆双套大车，把马套上去，走进屋里来，带着很不痛快的讥消口气报告说：

“大人，轿车预备好啦!”

日子更加痛苦难熬了。

性急的南方的春天渐渐从山前地带来到库班。大平原上的雪迅速地融化，露出一片片黑油油的土地，一道道的融雪水像银铃一样哗啦哗啦淌着，道路上出现了一个个的水洼儿，蔚蓝色的远方已经泛出春日的光辉，辽阔的库班天空显得更高、更蓝、更温暖了。

过了两天，冬小麦就见到太阳了，田野上冒起白色的雾气。马匹已经是在化净了雪的道路上噗唧噗唧地蹚着没距毛深的烂泥走了，四条腿常常陷在泥洼里，脊背使劲弓着，浑身直冒汗气。普罗霍尔细心地把马尾巴缠起来，常常从车上跳下车，非常吃力地蹚着烂泥，在车旁边走，嘴里嘟哝着：

“这不是泥，说实在的，这是粘胶！马身上的汗始终就没有干过。”

格里高力躺在车上，瑟瑟缩缩地裹在皮袄里，一声也不响。但是普罗霍尔没有人说话，实在太闷了；他有时捅捅格里高力的腿或者拉拉他的袖子，说：

“这泥真稠呀！你下来试试看！偏偏要生病！”

“滚你的吧！”格里高力用极其微弱的声音说。

普罗霍尔不管遇到什么人，都要问：

“再往前去，泥还要稠些呢，还是和这儿一样？”

很多人都笑哈哈地拿他开开玩笑，算是回答，但是普罗霍尔也就满意了，因为总算有人和他说话了；有时候他一声不响地往前走，时不时地勒住马，擦一擦自己那棕色额头上的老大的汗珠子。有时有骑马的人从后面追上他们，普罗霍尔忍不住，把骑马的人拦住，问候一声，就问他们上哪儿去，是什么地方人，最后他说：

“你们别走啦。再往前不能走啦。为什么吗？因为迎面来的人都说，前面的泥太深啦，能抵到马肚子，大车轮子都不能转悠啦，小个儿的步行人简直就能掉到泥里淹死。我不是胡说，秃尾巴狗才胡说呢！我们为什么走吗？我们不走不行啊，我拉的是一位有病的大主教，他怎么都不能跟红军住在一块儿呀……”

大多数骑马的人都毫无恶意地对普罗霍尔骂上几句，就继续往前走，也有人临走时对他仔细看上两眼，说：

“顿河上的傻蛋们也跑啦？你们乡里的人都像你

这样吗?”

或者说一些类似的话，都是一些挖苦人的话。只有一个离了群的库班人，因为普罗霍尔拦住他说瞎话，当真生起气来，拿起鞭子劈头就朝普罗霍尔打来，但是普罗霍尔十分麻利地跳到大车上，从车毯底下抽出卡宾枪，架到膝盖上。库班人骂着娘走开了，普罗霍尔却可着嗓门儿哈哈大笑着，在他背后高声喊道：

“你这不是在察里津跟前，可以往玉米地里钻啦！人渣子，溜啦！喂，回来，孬种！还想打人呢?把你那长袍子掖一掖吧，要不然掉到泥里去啦！还挓挲翅膀呢，饭桶！不顶打的玩意儿！我没有鸟子弹啦，要不然我给你一家伙！把鞭子扔了吧，听见没有?!”

普罗霍尔因为烦闷和无聊发了昏，就拼命想法子消遣。

可是格里高力从开始生病的那一天起，就好像是在梦里一样。有时候昏迷过去，随后又清醒过来。有一会儿，他昏迷了很久以后苏醒过来，普罗霍尔俯下身去看了看他。

“你还活着吗?”普罗霍尔很关切地望着格里高力的无神的眼睛，问道。

他们的头顶上是明亮的太阳。一只只黑翅膀的大雁，时而排成圆阵，时而排成黑丝绒般的人字形，嘎嘎叫着在蓝湛湛的天上飞过。晒热了的土地和草芽儿散发着醉人的气息。格里高力频频地喘着气，贪婪地吸着清爽的春天的空气。他勉勉强强能听见普罗霍尔的声音，而且周围的一切都显得缥缥缈缈，显得出奇的小，出奇的遥远。后面响着隆隆的炮声，因为离得很远，炮声很低沉。不远处有铁车轮子均匀而有节奏地响着，有马嘶声和打响鼻的声音，有人的说话声;还有浓烈的烤面包气味、干草气味、马汗气味。这一切进入格里高力的模糊的意识里，都好像是来自另一个世界。他使足劲儿听了听普罗霍尔的说话声，好不容易才明白了，普罗霍尔是在问他:

“你要喝牛奶吗?”

格里高力微微动了动舌头，舔了舔烧裂了的嘴唇，就觉得有一种很稠的、带着一股很熟悉的淡淡的味儿的凉汁儿在往他的嘴里流。他喝了几口以后，就咬紧了牙齿。普罗霍尔把军用水壶的口塞好，又俯到格里高力身上，格里高力不是听到，而是从普罗霍尔那被风吹干了的嘴唇的动作上，猜出了普罗霍尔问他的话：

“是不是把你留在镇上呢？你很难受吧？”

格里高力的脸上露出痛苦和担心的神情；他又一次鼓了鼓劲儿，小声说：

“只要我没死……就带我走……”

他从普罗霍尔脸上的表情猜出来，普罗霍尔听见他的话了，于是他放心地闭上眼睛，就像要轻松一下似的，渐渐失去知觉，进入黑沉沉的昏迷状态，离开这闹嚷嚷、乱哄哄的世界……

二十八

直到阿宾镇，这一路上格里高力只记得一件事：在一个黑漆漆的夜里，他被一阵猛烈的、刺骨的寒气冻得清醒过来。大路上有好几排大车行进着。从说话的声音和连续不断的、低沉的车轮声来判断，大车是很多的。格里高力的这辆大车在许多车辆的中间。两匹马一步一步地走着。普罗霍尔吧咂着嘴唇，有时用伤风的嗓子吆喝两声：“喔，喔，伙计！”并且抽上两鞭。格里高力听到皮鞭尖尖的啸声，感觉到车轮子猛地一动，马用劲拉直了套绳，车子走得快些了，有时候辕杆的顶头会碰到前面的车的后挡板上。

格里高力很费劲儿地把皮袄大襟往身上拉了拉，仰面躺着。在黑乎乎的天上，风吹着一团团的云彩往南飘去。难得有一颗孤零零的星，在小小的云彩缝儿里露一下面，放射一点儿黄黄的亮光，然后草原上又是漆黑一团。风吹得电线很凄凉地叫着，稀稀的、像小珠子一样的小雨从天空落下，洒在大地上。

一队骑兵从道路的右边走过来。格里高力听见早就熟悉的哥萨克装备的那种和谐的、有节奏的叮当声，听见许许多多马蹄踩在烂泥里那种低沉的、也很和谐的噗唧声。过去了至少有两个连，可是马蹄声还在响着；大概，从路边开过的是一个团。忽然在前面，在寂静的草原上，有一个领唱的雄壮而粗犷的声音像鸟一样腾空飞起：

嗨，弟兄们，当年在卡马河上，
在萨拉托夫那美好的原野上……

于是，好几百个声音声势浩大地唱起了这支哥萨克古歌，而高出一切声音的是唱衬腔的男高音，那声音格外有力，格外好听。那个嘹亮而震撼人心的男高音压倒许多渐渐低下去的低音，还在黑暗中颤动着，那个领唱的声音又唱下去：

那儿住着自由的人——哥萨克，
有顿河的、格列宾的，还有亚伊克的……

格里高力的胸中好像有什么东西碎了……他忽然想大哭一场，憋得他浑身直哆嗦，喉咙抽搐起来。他吞着眼泪，急切地等待着领唱的人再唱下去，并且他也不出声地跟着领唱的人唱起他从小就熟悉的歌儿：

他们的头领是叶尔马克·季莫菲耶维奇，
他们的大尉是阿司塔什卡·拉甫连济耶维奇……

一唱起歌来，一辆辆大车上哥萨克说话的声音一下子就停了，赶马的声音也听不见了，上千的车辆在没有杂声的一片静默中前进着；在领唱的人很带劲儿地唱出起头的句子的时候，只能听见车轮的咯吱声和马蹄踩在烂泥里的噗唧声。黑沉沉的草原上，只有这一支经历了几百年的古歌回荡着了。这支歌用朴素无华的词句歌唱了当年英勇抗击沙皇军队的自由哥萨克的祖先；歌唱他们乘着轻捷的贼船在顿河和伏尔加河上活动；歌唱他们抢劫沙皇的鹰船，袭击商人、贵族和将军，远征西伯利亚……这些在反对俄罗斯人民的不光彩的战争中被打垮了、正在败退的自由哥萨克的后代子孙们，在一片伤心的沉默中倾听着这支雄壮的古歌……

一团人开过去了。唱歌的人走到大车队前面，走远了。但是大车队又在沉醉的静默中走了很久，既听不到大车上的说话声，又听不到吆喝疲乏的马的声音。而歌声又从黑暗的远处传来，歌声雄浑开阔，就像春汛时候的顿河。

他们只有一个共同的思想：

等过了夏天，暖和的夏天，

就是冬天，弟兄们，寒冷的冬天。

咱们怎样过冬，过冬到什么地方？

要上亚伊克去，路又太长，

要在伏尔加河上游荡，又脱不掉贼名，

要上喀山城里去，那儿又有沙皇，

伊凡·瓦西里耶维奇可是个残暴的君王……

很多唱歌的声音已经听不见了，然而那一个唱衬腔的声音还响着，忽而低下去，忽而又高起来。大家依然聚精会神、闷闷不语地听着。

……格里高力还模模糊糊地记得：他在一间暖和的屋子里清醒过来，他没有睁眼睛，浑身感觉到有一种穿上干净睡衣的舒服滋味，还有一股酸涩的药味冲进他的鼻子。起初他以为是住在军医院里，但是从旁边的房间里传来毫不拘束的男子汉的哈哈大笑声、碗碟叮当声，还有醉醺醺的说话声。有一个熟悉的粗嗓门儿说：

“……你这笨蛋！应该打听打听咱们的队伍在哪

儿，我们也可以帮帮忙啊。来，喝吧，你他妈的干吗要噘着嘴?!”

普罗霍尔用醉醺醺的哭腔回答说：

“我的天呀，我怎么能知道呢？你们以为我伺候他很容易吗？要把东西嚼烂了，像喂小孩子一样喂他，牛奶要一口一口地灌，真的呀！我把面包嚼烂了，再往他嘴里填，真的嘛！还要用刀尖把牙齿撬开……有一回我往他嘴里灌牛奶，他呛了一下，差点儿没憋死……你们想想有多难呀!”

“昨天给他洗过澡吗?”

“澡也洗过啦，还用推子给他理了理发，买牛奶把钱也花完啦……我可不是心疼钱，钱他妈的算个屁！可是嚼了又用手喂他，这容易吗？你以为这简单吗？你别说这简单，要不然我揍你，我才不管你的官儿有多大呢!”

普罗霍尔，哈尔兰皮·叶尔马柯夫，灰羊羔皮帽戴在后脑勺上、脸红得像萝卜一样的彼特罗·包加推廖夫，普拉东·里亚布契柯夫和另外两个不熟识的哥萨克一同走进屋来看格里高力。

“他睁开眼睛啦!!!”叶尔马柯夫一面摇摇晃晃

地朝格里高力走着，一面发狂地叫了起来。

豪放而乐观的普拉东·里亚布契柯夫摇晃着酒瓶，又是哭，又是喊叫：

“格里沙！我的好伙计呀！你该记得，咱们在旗尔河上玩得多快活呀！那时候的仗打得多漂亮呀？咱们的威风哪儿去啦？将军们把咱们搞成什么样子啦？把咱们的军队搞成什么样子啦？日他们的娘，日他们的奶奶！你又活了吗？来，喝吧，你马上就会好起来的！这是纯粹的酒精！”

“好不容易找到你呀！”叶尔马柯夫闪烁着黑黑的小眼睛，非常高兴地嘟哝说。他沉甸甸地坐到格里高力的床上，压得床朝下弯了弯。

“咱们这是在哪儿？”格里高力吃力地转悠着眼睛，打量着哥萨克们的熟识的脸，用极其微弱的声音问道。

“咱们把叶卡捷琳诺达尔占领啦！很快就要往前推进啦！喝吧！格里高力·潘捷莱维奇！我们的好伙计！起来吧，我看不惯你躺在这儿！”里亚布契柯夫趴到格里高力的腿上，但是一声不响地笑着而且看样子比大家都清醒些的包加推廖夫抓住他的腰带，把他轻轻提起，小心地放到地上。

“把他的瓶子拿过来！酒都要洒完了！”叶尔马柯夫担心地喊道，并且带着满脸醉汉的笑容对格里高力说，“你知道，我们为什么大喝吗？因为不痛快呀，哥萨克在外乡外地过起日子来啦……我们砸了一个酒库，免得落到红军手里……那儿的酒好多呀……做梦也梦不到这样的好事儿！大家用步枪打酒罐，打了很多窟窿，酒精就哗啦哗啦地往外流。把酒罐打得像蜂窝一样，每个人都站在一个窟窿旁边，接起酒来，有的用帽子，有的用水桶，有的用水壶，还有一些人干脆就用手捧着喝起来……把两个看守酒库的志愿军给劈死了，嘿，这一下子行了，热闹了！我亲眼看见一个哥萨克爬到酒罐上面，想用饮马水桶直接从上面汲一桶，一不小心掉下去就淹死了。洋灰地上淌的酒精一下子就没到膝盖，大家就蹚着酒精走，很多人弯下腰去干脆就在脚底下喝，就像马在河里喝水那样，有的人当场就醉倒了……又好笑，又造孽！有些人醉得简直都要死啦。我们也在那儿捞了一把。我们也不要多：弄了五桶，就够啦。喝吧，好伙计！反正静静的顿河要完蛋啦！

普拉东在那儿差点儿没有淹死。很多人把他撞倒在地上，拿脚踩他，他呛了两次，眼看就要完了。我费了好大的劲儿才把他从那儿拖出来……”

他们这几个人身上都带着很浓烈的酒精气味、大葱气味、黄烟气味。格里高力觉得有点儿恶心和头晕，就带着很勉强的微笑，闭上了眼睛。

他在叶卡捷琳诺达尔住了一个星期，住在包加推廖夫熟识的一位医生家里，慢慢调理着病后的身体，后来，正如普罗霍尔说的，“修理好了”，于是格里高力自从撤退以来在阿宾镇第一次骑上了马。

* * *

诺沃罗西斯克的人正在撤退。一艘艘轮船载着俄罗斯的富商、地主、将军和政界要人的家眷往土耳其开去。码头上日日夜夜都在装船。士官生干起了装卸队，不停地把军用物资和那些逃难的要人的箱子、行囊往船舱里装。

志愿军的队伍跑到了顿河人和库班人前头，首先到达诺沃罗西斯克，已经开始上轮船了。志愿军司令部为了预防万一，已经搬到开进港来的英国主力舰“印度皇帝号”上。唐涅里纳亚附近在进行战斗。成千上万的难民塞满了诺沃罗西斯克的街道。军队不断地开来。一个个码头上都拥挤得无法形容。几千匹被扔掉的战马一群一群地在周围的石灰岩山坡上乱跑。在靠近码头的一些街道上，哥萨克们的马鞍、武器和军用物资堆得和山一样。这些东西已经没有人要了。城里到处传说着，轮船要专门运送志愿军，顿河人和库班人只能用行军的方式上格鲁吉亚去。

三月二十五日早晨，格里高力和普拉东·里亚布契柯夫到码头上去打听，顿河第二军的队伍是不是要上船，因为前一天哥萨克们传说着，好像邓尼金将军下了命令：把所有还保留着武器和马匹的顿河人都运送到克里米亚去。

码头上挤满了萨尔斯克州的加尔梅克人。他们从马内契和萨尔赶来一群一群的马和骆驼，把他们的小木屋也拖到了海边来。格里高力和里亚布契柯夫在人群里闻够了淡淡的羊油气味，来到停在码头上的一艘大轮船的跳板跟前。跳板由马尔科夫师一支加强的军官守卫队把守着。旁边拥挤着许多顿河哥萨克炮兵，等着上船。船尾有几门大炮，都用绿帆布盖着。格里高力好不容易挤到前面，向一个挺神气的黑胡子司务长问道：

“这是哪一个炮兵连，乡亲？”

司务长侧眼看了看格里高力，很勉强地回答说：

“第三十六炮兵连。”

“是卡耳根的炮兵连吗？”

“就是的。”

“谁在这儿指挥上船？”

“那位上校，就是站在栏杆旁边那一位。”

里亚布契柯夫拉了拉格里高力的袖子，恨恨地说：

“咱们走吧，让他们见鬼去吧！这会儿找他们管什么劲？打仗的时候，用得着咱们，现在他们觉得咱们一点用处也没有啦……”

司务长笑了笑，朝着排好了队的炮兵们挤挤眼睛，说：

“你们这些炮兵真走运呀！连军官先生们都上不了船呢。”

那位指挥上船的上校在跳板上很迅速地走着；

一位穿着敞怀的贵重皮袄的秃头文官，跌跌撞撞地跟在他后面跑着。那文官像做祷告一样把海狗皮帽子按在胸前，不知在说着什么，他那汗津津的脸上和近视的眼睛里都露出死乞白赖的哀求神情，所以上校发起火来，一再地躲他，粗暴地吆喝道：

“我已经一再地对您说过啦！别缠了，要不然我叫人把您押到岸上去！您疯啦！您那些破烂玩意儿叫我们他妈的往哪儿放啊？您怎么，瞎了吗？没看见这儿是什么情形吗？唉，您就滚远点儿吧！请您快走吧，行行好，您就是找邓尼金将军来也不行！我说不行，就是不行，您不懂俄国话吗？！”

他为了躲避那个死皮赖脸的文官，从格里高力面前走过的时候，格里高力上前把他拦住，行了个军礼，很激动地问道：

“有几名军官可以上船吗？”

“上这条船是不行了，没有地方了。”

“那该上哪条船呢？”

“请到后送站去问问吧。”

“我们上那儿去过，谁都是什么也不知道。”

“我也不知道，请让我过去吧！”

“可是您在让第三十六炮兵连上船啊！为什么就没有我们的地方？”

“请您让——开，少啰唆！我这儿不是问事处！”上校想把格里高力轻轻地推到一边，但是格里高力脚跟站得牢牢的。蓝蓝的火花在他的眼睛里时明时灭。

“现在你们用不着我们了吗？你们以前用过我们吧？把您的手收回去，您别想推我！”

上校对着格里高力的眼睛看了看，又回头看了看；站在跳板上的马尔科夫师的军官们正把步枪交叉起来，很费劲地拦阻着直往上挤的人群。上校看着一边，不看格里高力，无精打采地问道：

“你们是哪一部分的？”

“我是顿河第十九团的，另外几个是别的团的。”

“你们一共有几个人？”

“十个人。”

“不行。没有地方。”

里亚布契柯夫看见格里高力在小声说出下面的话的时候鼻孔哆嗦了几下：

“你卖什么乖，坏蛋？躲在后方的虱子！马上放我们上船，要不然呀……”

“格里沙马上要宰他了！”里亚布契柯夫又恨又痛快地想道，但是一看见有两个马尔科夫师的军官用枪托子在人群中开着路，急急忙忙赶来搭救上校，他就机警地拉了拉格里高力的袖子，说，

“别跟他缠了，潘捷莱维奇！咱们走吧……”

“您是蠢猪！您要为自己的行为负责！”脸都气白了的上校说，他又指了指格里高力，对来到跟前的两个军官说，“二位！把这个疯子带走！要把这儿的秩序维持好！我还有急事要上卫戍司令部去，可是在这儿叫各种各样的人胡缠起来啦……”他匆匆地从格里高力身边溜了过去。

一个高个子军官，蓝大衣上钉着陆军中尉肩章，留着整整齐齐的英国式小胡子，他对直地走到格里高力面前，问：

“您要干什么？为什么扰乱秩序？”

“我要的是轮船上的座位！”

“你们的队伍在哪儿？”

“我不知道。”

“您的证件呢？”

另一个军官是一个厚嘴唇、戴夹鼻眼镜的年轻小伙子，他用还没有完全变粗的嗓门儿说：

“该把他带到警卫处去。您别浪费时间啦，维索茨基！”

陆军中尉仔细看过证件，把证件还给格里高力。

“请您去找自己的队伍吧。我劝您离开这儿，别妨碍装船。我们有命令：逮捕一切不守纪律、妨碍装船的人，不问他们的级别高低。”中尉紧紧闭住嘴唇，等了几秒钟，然后侧眼看着里亚布契柯夫，朝格里高力弯下身子，小声说，“我给您出个主意，您去和第三十六连连长谈一谈，算在他们的队伍里，你们就可以上船了。”

里亚布契柯夫听到陆军中尉的耳语，就高高兴兴地说：

“你去找卡耳根连，我马上去把伙计们叫来。除了装东西的口袋，你的东西还有什么需要带上？”

“咱们一块儿走吧。”格里高力冷冷地说。

他们在路上遇到一个熟人——谢苗诺夫村的一个哥萨克。他赶着一辆军用大车往码头上去，车上装着一大堆面包，上面盖着帆布。里亚布契柯夫把这位同乡唤住：

“菲道尔，你好！你这是往哪儿拉？”

“哦——哦，普拉东，格里高力·潘捷莱维奇，你们好呀！这是给我们团准备路上吃的面包。好不容易才烤出来，要不然在路上只有吃面糊了……”

格里高力走到停下来的大车跟前，问：

“你这面包过过秤吗？或者是不是数过？”

“谁他妈的数过呀？你们怎么，要面包吗？”

“要。”

“拿吧！”

“能拿多少？”

“要拿多少就多少，反正我们够吃的！”

里亚布契柯夫吃惊地看着格里高力一块又一块地往下拿，忍不住问道：

“你拿这么多干啥？”

“需要。”格里高力简短地回答说。

他向赶车人要了两个口袋，把面包装进去，谢过赶车人的好意，道过别，对里亚布契柯夫说：

“扛起来，咱们带回去。”

“你是不是打算在这儿过冬呀？”里亚布契柯夫

把一个口袋扛上肩，用嘲笑的口气问道。

“这不是我吃的。”

“那又是给谁吃？”

“给马吃。”

里亚布契柯夫急忙把口袋扔在地上，茫然失措地问道：

“你是说着玩儿吧？”

“不，是真话。”

“这么说，你……你这是打的什么主意，潘捷莱维奇？你想留下来，我猜得对吗？”

“你猜得很对。好啦，把口袋扛起来，咱们走吧。马总要喂喂，不然马就只能啃啃槽帮子了。马还有用处嘛，咱们总不能去当步兵……”

里亚布契柯夫一路上再没有说话，嘴里不住地哼哧着，口袋在肩上一颠一颠的；走到大门口，他问：

“你告诉大伙儿吗？”他也不等回答，就带着轻微的懊恼口气说，“你打的主意倒是好……可是我们怎么办呢？”

“随你们的便吧。”格里高力装作很淡漠地回答说，“不叫咱们上哩，挤不下哩——咱们也用不着！咱们找他们干屁用，跟他们缠够啦！咱们就留下。试试运气吧。你进去呀，干吗在门口愣着？”

“听到你这种话，不能不发愣……我连大门都看不见啦。哼，真是的！格里沙，你就像是当头打了我一棒，简直把我打昏了。所以我刚才还在想：‘他要这些面包他妈的干啥呀？’现在咱们那些伙计们要是知道了，会急得跳起来的……”

“噢，你怎么样？不留下来吗？”格里高力问道。

“哪能留下来呀？！”里亚布契柯夫惊骇地叫起来。

“你想一想吧。”

“没什么好想的！只要能上船，当然要走。我加入卡耳根炮兵连，就跟着走。”

“不应该走。”

“真了不起！老兄，可是我的脑袋更值钱呀。我还不大愿意叫红军拿我的脑袋来试刀呢。”

“哎呀，你想一想吧，普拉东！这种事儿……”

“你别说了！我马上就走。”

“好，随你的便吧，我不拦你。”格里高力很烦恼地说过这话，便头一个朝石头台阶走去。

叶尔马柯夫、普罗霍尔、包加推廖夫都不在屋里。女房东是一个上了年纪的亚美尼亚女人，她说，哥萨克们都出去了，说是很快就要回来的。格里高力也不脱衣服，把面包切成一大片一大片的，拿到棚子里去喂马。他把面包分均匀了，倒给自己的马和普罗霍尔的马。他刚刚提起水桶，想去打水，里亚布契柯夫就来到门口。里亚布契柯夫用大衣襟小心翼翼地兜着切成大片的面包。他的马一闻到主人的气味，短短地嘶叫了两声；他一声不响地从低声笑着的格里高力面前走过去，把面包片倒进槽里，也不看格里高力，说：

“请你别笑吧！既然事情是这样，那我也要喂喂马……你以为我愿意走吗？我才不愿意上这该死的轮船呢，是没有办法呀！因为我实在害怕呀……肩膀上不是只有一个脑袋吗？要是把这个脑袋砍掉了，就是到圣母节也不会再长出一个来……”

普罗霍尔和其余几个人快到黄昏时候才回来。叶尔马柯夫带回来一大瓶酒精，普罗霍尔扛回来一口袋封得很严、装着浓浓的黄色液体的玻璃罐儿。

“这是我们赚的外快！够喝一夜的了，”叶尔马柯夫带着夸耀的神气指了指瓶子，又解释说，“我们碰上一位军医，他要我们帮他把医药用品从仓库里搬到码头上去。码头工人都不干了，只有一些士官生在从仓库里往外搬，我们就去帮他们搬了。军医就送我们这瓶酒精，算是酬劳，不过这些玻璃罐儿可是普罗霍尔偷来的，真的，这不是瞎说！”

“这里面装的是什么?”里亚布契柯夫问道。

“伙计，这比酒精还要好呢!”普罗霍尔把一个玻璃罐晃了晃，对着亮光看了看，只见浓浓的黄色液体在黑乎乎的玻璃罐里面冒着泡儿，他很得意地说，“这是一种顶顶值钱的外国葡萄酒呀。是给病人喝的，这是一个会说英国话的士官生告诉我的。等咱们上了轮船，拿来喝喝解解闷儿，唱一唱《我的亲爱的家乡》，一直喝到克里米亚，然后把空罐儿往海里一扔。”

“你快去上船吧，不然的话，轮船会因为你耽误啦，不能开船啦。他们会说：‘普罗霍尔·泽柯夫这位了不起的英雄哪儿去啦?没有他我们可不能开船呀!’”里亚布契柯夫用嘲笑的口气说。顿了一会儿，又用熏得黄黄的手指头指着格里高力说：“他不想走啦，我也不走了。”

“是吗？”普罗霍尔哎呀了一声，惊讶得几乎把手里的玻璃罐掉在地上。

“这是怎么回事儿？你们这是打的什么主意？”叶尔马柯夫皱着眉头，盯着格里高力，问道。

“我们决定不走了。”

“为什么？”

“因为轮船上没有咱们的地方。”

“今天没有，明天会有的。”包加推廖夫很有把握地说。

“你到码头上去过吗？”

“去过又怎样？”

“你看见那儿的情形了吗？”

“嗯，我看见啦。”

“还‘嗯’呢！既然看见了，还有什么说的。他们只能带我和里亚布契柯夫两个人，就这样还是一个志愿军说的，叫我们混到卡耳根炮兵连里去，不然也不行。”

“这个炮兵连还没有上船吗？”包加推廖夫连忙

问道。

他听说炮兵们正排着队等候上船，就急忙收拾起来：把内衣、备换的裤子、军便服都装进军用包里，又装上两块面包，就向大家告别。

“别走吧，彼特罗！”叶尔马柯夫劝他说，“咱们没有必要散伙呀。”

包加推廖夫也不回答，只把一只汗津津的手伸给他，在门口又行了个礼，说：

“祝你们健康！要是老天爷开恩的话，咱们还会见面的！”便跑出去了。

他走过以后，屋子里静了半天，大家心里很不痛快。叶尔马柯夫到厨房里去向女房东要了四个杯子，一声不响地把酒精斟到一个个的杯子里，把一只装着凉水的大铜壶放在桌子上，把猪油切了切，仍然一声不响地在桌边坐下来，将两个胳膊肘撑在桌子上，呆呆地朝着自己的脚底下看了有好儿分钟，然后对着壶嘴喝了一阵子凉水，沙哑地说：

“在库班，哪儿的水都有煤油味儿。这是怎么搞的呢？”

谁也没有回答他的话。里亚布契柯夫用一块干净的布片在擦蒙了一层水汽的马刀刃，格里高力在翻自己的小箱子，普罗霍尔心不在焉地望着窗外，望着到处是马群的光秃秃的山坡。

“请坐到桌前来，咱们喝吧，”叶尔马柯夫不等大家坐定，就把半杯酒精倒进嘴里，又喝了一口水，然后一面嚼着粉红色的猪油，用快活起来的眼睛望着格里高力，问道：

“红军同志不会杀咱们吧？”

“总不能把所有的人都杀掉。这儿留下有好几万人呢。”格里高力回答说。

“我不操心所有的人，”叶尔马柯夫笑起来，“我担心的是自个儿的命……”

等到酒喝多了，谈话也就渐渐上劲儿了。可是过了不久，冻得脸色发青、愁眉苦脸的包加推廖夫突然回来了。他在门口把一捆崭新的英国军大衣往地上一摔，就一声不响地脱起衣服来。

“欢迎您驾到！”普罗霍尔一面鞠着躬，一面用挖苦的口气说。

包加推廖夫恨恨地朝他瞪了一眼，叹着气说：

“就是邓尼金一伙儿和所有别的浑蛋都来请我，

我也不走了！我站了半天队，冻得就像雪里的狗一样，可是白站了。恰好到我这儿就挡住了。在我前面站着两个人，把一个人放过去了，另一个就不放了。有半个炮兵连没有走掉，哼，这算什么道理呀？”

“把你们哥儿们作弄得好苦呀！”叶尔马柯夫哈哈大笑起来，他一面把瓶子里的酒精往外泼洒着，给包加推廖夫斟了满满的一杯，“来，喝一杯消消你的霉气吧！你是不是还等着他们来请你呀？你朝窗户外头看看：那不是弗兰格尔将军来请你了吗？”

包加推廖夫一声不响地呷着酒精，他毫无心思来说笑。可是叶尔马柯夫和里亚布契柯夫不仅自己已经醉了，还把房东老大娘灌得烂醉，并且已经在商量到什么地方去找个手风琴手来。

“你们顶好到车站上去，”包加推廖夫出主意说，“那儿正在抢火车。满满的一火车军装。”

“咱们要军装有屁用！”叶尔马柯夫叫道，“你扛来的这些军大衣够咱们穿的了。多余的反正要叫人抢走。彼特罗！狗崽子！我们正在这儿商量参加红军呢，明白吗？咱们是哥萨克不是？如果红军留咱们活命，咱们就去给他们干！咱们是顿河哥萨克！是地地道道的，一点儿也没有掺假！咱们就是管砍杀。你见过我砍杀吗？就像砍白菜一样！你站住，我来用你的脑袋试试看！噢，噢，你怕啦？咱们反正是一样，不管杀谁，只要有人可杀就行。麦列霍夫，我说得对吗？”

“算了吧！”格里高力无精打采地把手一摆，说。

叶尔马柯夫歪了歪血红的眼睛，想去拿他那放在柜子上的马刀。包加推廖夫心平气和地把他推开，说：

“你别胡闹，别充好汉，要不然我马上叫你老实老实。规规矩矩地喝吧，你总是个军官嘛。”

“我才不稀罕这种官儿呢！我当这个官儿，就好比猪戴上了枷。别提啦！你也是这样嘛。让我把你的肩章扯掉好吗？彼佳，我的好伙计，你等着，等着，我来给你扯下来……”

“现在还不是时候，要扯还来得及。”包加推廖夫一面推着发酒疯的朋友，一面笑着说。

他们一直喝到天亮。天刚黑的时候就来了几个不熟识的哥萨克，其中有一个还带着手风琴。叶尔马柯夫跳起哥萨克舞来，一直跳到躺在地上才算完。别人把他拖到大柜子跟前，他大叉开两腿，很别扭地仰着脑袋，马上就在光光的地上睡着了。这一场不开心的酒宴一直持续到天亮。一个前来参加酒宴的偶然相识的上了年纪的哥萨克醉醺醺地哭着说："我是库穆沙特人！……就住在镇上！从前我们那儿的牛又高又大，叫你连角都够不到！从前的马就和狮子一样！可是现在家里还剩下什么呀？只剩下一条癞皮狗啦！而且就连这条狗也快要死了，没东西喂呀……"有一个穿破棉袄的库班人叫手风琴手拉起一支《纳乌尔舞曲》，他十分潇洒地挓挲开两条胳膊，异常轻快地在屋子里旋转起来，格里高力觉得这个库班人那无后跟的靴底子简直就好像挨不到肮脏而不平的地面似的。

半夜里，有一个哥萨克不知从哪儿弄来两个高高的小口瓦罐子；上面还贴着黑乎乎的、烂掉了一半的商标，瓶塞子用火漆封着，樱桃红色的火漆印下面还有老大的铅封印。普罗霍尔把一个瓦罐子拿在手里转悠了半天，很费劲儿地咕哝着嘴唇，想认出商标上的外国字。才醒过来不久的叶尔马柯夫从他手里夺过罐子，放在地上，抽出马刀来。普罗霍尔还没来得及叫一声，叶尔马柯夫就斜着举起马刀，把罐子口剁成四瓣，高声喊道：“快拿家伙来接！”

浓浓的、香味扑鼻、带有酸涩味道的葡萄酒在几分钟内就喝完了，喝过了以后，里亚布契柯夫还有滋有味地吧咂了半天舌头，嘟囔着说：“这不是酒，这是玉液琼浆！这种酒只有在临死以前才能喝到，而且不是所有的人都能喝到，只有那些一辈子不赌钱、不抽烟、没有沾过女人的人才能喝到……一句话，只有主教才能喝！”这时候普罗霍尔想起来，他的口袋里还有好多罐治病的酒哩。

“等一等，普拉东，你慢点儿夸吧！我还有比这更好的酒呢！这不过是马尿，我从仓库里弄来的那一些，才是真正的好酒呢！简直是蜜做的香水，也许还要好些！伙计，这酒连主教都不能喝，只有皇帝才能喝！以前是皇帝喝的，现在轮到咱们啦……”他一面吹着，一面把一个玻璃罐打了开来。

嘴馋的里亚布契柯夫一下子就把浓浓的、黄乎乎的东西喝下去半杯，一张脸立刻就变成灰白色，并且瞪大了眼睛。

“这不是酒，是石碳酸！”他嘶哑地说，并且气冲冲地把剩下的半杯泼到普罗霍尔的褂子上，摇摇晃晃地朝过道里走去。

“他是胡说，浑蛋！这是英国酒！是上等货！伙计们，别信他的！”普罗霍尔大叫起来，想压倒醉汉们的喧闹声。他一口气把一杯喝光了，一张脸立时变得比里亚布契柯夫还要白。

“喂，怎么样？”叶尔马柯夫鼓着鼻孔，望着普罗霍尔两只发了呆的眼睛，问道，“这皇帝喝的御酒怎么样？有劲儿吗？好喝吗？你说呀，妈的，要不然我拿这罐子往你的脑袋上砸啦！”

普罗霍尔摇着脑袋，难受得说不出话来，后来打了个嗝儿，急忙跳起来，也跟着里亚布契柯夫跑了出去。叶尔马柯夫笑得喘不上气来，他幸灾乐祸地朝格里高力挤了挤眼睛，便朝院子里走去。过了一会儿，他回到屋子里。他那响亮的大笑声压倒了一切声音。

“你这是怎么啦？”格里高力疲惫无神地问道，“你干吗傻笑？拾到宝贝啦？”

“哎哟，伙计，快去看看吧，他们吐得把肠子都翻过来啦！你知道他们喝的是什么吗？”

“是什么？”

“是英国的灭虱油！”

“你胡说！”

“是真的！我也到仓库里去过，我起初也以为这是酒，可是后来我问那个医官：‘医官先生，这是什么？’他说：‘这是药。’我又问：‘请问，这玩意儿不能治各种愁闷病吗？不能当酒喝吗？’他说：‘那可不行，这是协约国给咱们送来的灭虱油。这种外用药，无论如何不能喝到嘴里去！’”

“你这坏蛋，怎么不告诉他们呀？”格里高力气得责骂他说。

“叫他们在完蛋以前清清肠子吧，反正又不会喝死！”叶尔马柯夫擦了擦笑出来的眼泪，又幸灾乐祸地说，“再说，以后他们就不那么嘴急了，要不然为他们收拾酒杯都来不及呢。嘴馋的人就应该这样教训教训！喂，怎么样，咱们现在喝呢，还是等一等？来为咱们的完蛋干一杯吧？”

天快亮的时候，格里高力走到台阶上，用哆哆嗦嗦的手卷了一根烟卷，抽了起来，脊梁靠在雾气打湿了的墙上，站了老半天。

屋子里，醉汉的叫声、手风琴的呜噜声、起劲的口哨声响成一片；有几个舞迷的靴后跟不停地发出嗒嗒的声音……风从港口送来一阵粗壮而低沉的轮船汽笛声；码头上人声鼎沸，闹闹哄哄，夹杂着响亮的口令声、马嘶声、火车汽笛声。在唐涅里纳亚车站方向还在进行战斗。大炮低沉地隆隆响着，在炮声的间隙里还能隐隐听到激烈的机枪嗒嗒声。在马尔霍特山口后面高高地升起一颗光芒四射的信号弹。有几秒钟的工夫，可以看见被幻影般的绿光照亮了的一条条弯弯的山脊，可是后来三月之夜的沉沉黑幕又罩住了群山，而且大炮的齐射声更清楚、更密集了，差不多连成了一片。

二十九

从海上吹来咸咸的、浓重的冷风。风把陌生的异乡气味送到岸上来。但是，对于顿河人来说，不仅是风，而且这座沉闷的、到处是穿堂风的滨海城市里的一切都是陌生的、很不亲切的。顿河人成堆成堆地站在防波堤上，等候上船……冒着泡沫的绿色波浪在岸边翻腾着。没有暖意的太阳透过云彩照射在大地上。有几艘英国和法国的驱逐舰在港口里冒着烟；一艘主力舰像一座威严的灰色大山似的高耸在水面上。主力舰上方铺开一大片黑黑的浓烟。码头上是一种带有不祥意味的肃静。不久前那艘最后的运输船靠在码头上摇晃的地方，现在漂着军官的马鞍、提箱、毛毯、皮袄、包着红绒布的椅子，还有一些匆匆忙忙从跳板上扔到水里去的零碎东西……

格里高力早晨就骑马来到码头上；他把马交给普罗霍尔以后，在人群里来来回回地走了老半天，寻找熟人，听着断断续续、惶惶不安的谈话声。他亲眼看见一个不能上船的上校在"圣光荣号"的跳板旁边自杀了。

这位上校个头儿小小的，满脸灰色胡茬子，慌里慌张的，有了肉囊的眼睛哭得红红的，而且肿了起来，他在几分钟以前还抓着守卫队长的武装带，可怜巴巴地央告着，擤着鼻涕，用肮脏的手绢擦着熏黄的小胡子、眼睛和打哆嗦的嘴巴，可是后来不知为什么一下子就下了决心……一个眼疾手快的哥萨克马上就从死者那热乎乎的手里抽出闪着镍光的勃朗宁手枪，很多只脚像踢木头一样，把穿着浅灰色军官大衣的死尸踢到一堆箱子跟前，跳板旁边的人越来越拥挤了，等候上船的人群里打架打得越来越厉害了，难民们那声嘶力竭的、发狠的吆喝声越来越响了。

在最后一艘轮船摇摇晃晃离开码头的时候，人群里响起妇女的号哭声、歇斯底里的叫喊声、咒骂声……那短促而粗大的轮船汽笛声还没有停息，一个头戴狐皮帽的年轻加尔梅克人就跳进水里，跟在轮船后面泅起水来。

“他忍不住啦！”一个哥萨克叹着气说。

“就是说，他怎么都不能留下来，”站在格里高力旁边的一个哥萨克说，“就是说，他对待红军手太狠啦……”

格里高力咬紧了牙，望着泅水的加尔梅克人。泅水的人的两条胳膊划得越来越慢，两个肩膀越来越往下沉。湿透了的棉袄直往下坠。一个浪头扑到加尔梅克人的头上，把他的红红的狐皮帽打到了后头。

“这该死的异教徒，要淹死的！”一个穿棉袄的老头子很惋惜地说。

格里高力陡然转过身来，朝自己的马走去。普罗霍尔正在很起劲儿地和骑马来到他跟前的里亚布契柯夫和包加推廖夫说话。里亚布契柯夫一看见格里高力，就在马上坐不住了，焦急地用靴后跟踢了踢马，喊道：

“你快点儿嘛，潘捷莱维奇！”他不等格里高力走到跟前，老远就叫起来，“趁现在还不晚，咱们走吧。咱们这儿凑集了有半连哥萨克，我们想上盖林治克去，再从那儿上格鲁吉亚。你怎么样？”

格里高力把两手深深地插在军大衣口袋里，一声不响地用肩膀分开无可奈何地拥挤在码头上的哥萨克们，慢慢走过来。

“你走不走？”里亚布契柯夫对直地走到他跟前，盯着问道。

“不，我不走。”

“有一位中校加入了我们这一伙儿。他非常熟悉这儿的道路，他说：‘我闭着眼睛也可以把你们带到第比利斯！’咱们走吧，格里沙！从那儿上土耳其去，好吗？无论如何要逃命呀！眼看要完啦，可是你闷声不响，动也不动……”

“不，我不走。”格里高力从普罗霍尔手里接过马缰，像个老头子一样很费劲地骑到马上，“我不走。犯不着走。而且也有点儿晚啦……你瞧！”

里亚布契柯夫回头一看，因为绝望和愤怒把马刀上的穗头揉成一团，揪了下来；红军的散兵线从山上下来了。在水泥厂旁边，机枪疯狂地响了起来。铁甲车上的大炮朝着红军的散兵线开炮了。第一发炮弹在阿司兰尼及面粉厂附近爆炸了。

“咱们回住处去，伙计们，跟我走！”格里高力高兴起来，并且不知为什么挺起身子，吩咐说。

但是里亚布契柯夫抓住格里高力的马缰绳，惊骇地喊叫道：

“不行！咱们就待在这儿吧……你要知道，大家伙儿在一起，死也不可怕……”

“唉，见鬼，走吧！哪儿会死呢？你瞎说什么？”格里高力烦恼得还想说几句什么，但是从海上传来的巨雷般的炮声把他的声音淹没了。英国主力舰

“印度皇帝号”慢慢离开盟邦俄罗斯的海岸，转过头去，用十二英寸口径的大炮发射了一阵炮弹。英国军舰为了掩护出港的轮船，朝着向城关拥来的红军游击队轰击了一阵子，又掉转炮口去轰击山口，因为山口出现了红军的炮兵。英国炮弹带着沉重的咯咯声和啸声从拥挤在码头上的哥萨克们的头上飞过去。

包加推廖夫紧紧勒着马缰，勒着直往下蹲的马，在一片轰轰的炮声中喊叫道：

“英国大炮别一个劲儿狂叫啦！他们是白惹红军生气！他们打炮一点用处也没有，只能凑凑热闹……”

“他们要惹就惹吧！咱们现在反正都是一样。”格里高力笑着夹了夹马，顺着大街走去。

从拐角上跑出六个骑马人，手握出鞘的马刀朝他飞奔而来。最前面一个骑马人胸前挂着像血一样鲜红鲜红的布条子。

静静的顿河

卷 八

[苏联] 米哈依尔·肖洛霍夫 / 著　　力 冈 / 译

安徽师范大学出版社
ANHUI NORMAL UNIVERSITY PRESS
·芜湖·

卷　八

一

温暖的南风刮了两昼夜。田野上的残雪化净了。泡沫滚滚的雪水流尽了，草原沟里和小河里的流水不再翻腾了。第三天清晨，风息了，草原上下起浓雾，一丛丛打湿了的去年的羽茅草闪着银光，山冈、洼地、市镇、钟楼的尖顶、直指天空的高高的白杨树都隐没在一片白茫茫的雾气中。蔚蓝色的春天来到了辽阔的顿河草原上。

在这个雾蒙蒙的早晨，阿克西妮亚病后第一次走出屋子，如醉如痴地呼吸着甜蜜醉人的清新的春天空气，在台阶上站了很久。她压制着恶心和头晕，走到果园里的一口井边，放下水桶，坐在井栏杆上。

她觉得眼前的世界不同了，变得出奇地新鲜和迷人了。她用闪闪发光的眼睛激动地朝四下里望着，像小孩子一样拨弄着衣服的皱褶。那笼罩在雾气中的远方，果园中那泡在融雪水里的苹果树，那水漉漉的围墙，墙外的大路和那冲得很深的去年的车辙——她觉得都格外美，觉得一切景物都闪烁着又浓又温柔的色彩，就像是洒满了阳光。

透过雾气露出来一小片蓝天，那冷冷的蓝色照得她的眼睛发花；那霉烂的干草气味和化冻的黑土气味又亲切又好闻，阿克西妮亚禁不住深深地吸了一口，嘴角笑了笑；从雾蒙蒙的草原上传来百灵鸟天真无邪的歌声，不觉勾起她的惆怅。这在异乡听到的歌声，使阿克西妮亚的心加速跳动起来，使她的眼睛里冒出两颗小小的泪珠儿……

阿克西妮亚心情恬静地品味着又回到她身上来的生命，非常想用手把什么都摸摸，用眼睛把什么都看看。她想去摸摸那一丛潮湿得发了黑的醋栗，想把脸贴到那长了一层灰白色绒毛的苹果树枝儿上，想跨过那一段倒在地上的篱笆，到泥泞地上去走走，不走大路，径直地往前去，穿过一块宽宽的洼地，到那一片碧绿的、渐渐和雾蒙蒙的远方融合在一起的冬小麦地里去……

阿克西妮亚等了好几天，以为格里高力很快会来的，但是后来她从到房东家来串门的街坊们的嘴里听说，仗还没有打完，有很多哥萨克从诺沃罗西斯克走海路上克里米亚去了，那些留下来的哥萨克都参加了红军，到矿山上去了。

周末，阿克西妮亚拿定主意要回家去，而且这时候很快就来了一个同伴。有一天傍晚，一个驼背的小老头子不敲门就走进屋里来。他一声不响地鞠了个躬，就脱起他身上穿的那件又肥又大、衣缝都开了绽的肮脏的英国军大衣。

“好人呀，你这是怎么啦，连‘好’也不问，就要住宿吗？”房东惊讶地打量着这位不速之客，问道。

小老头子很麻利地脱下军大衣，在门口抖了抖，细心地挂到钩子上，这才抚摩着剪得短短的白胡子，笑着说：

“善人呀，看在基督面上，多多担待吧，我是在如今这年头儿学会了这一手：先脱衣服，然后再请求住宿，要不然是不叫进门的。如今的人都不讲礼貌，不欢迎客人了……”

“我们哪儿有地方让你住呀？你看，我们够挤的了。”房东已经是比较和气地说。

“我有一点点儿地方就行。就在这门口，蜷一蜷身子就能睡。”

“你是干什么的呀，老大爷？是逃难的吗？”女房东问道。

“是的，是的，是逃难的。逃啊，逃啊，一直逃到海边，可是这会儿是慢慢往回走了，逃难逃够啦……”喜欢说话的老头子一面回答，一面在门口蹲下来。

“你是什么人？什么地方的？”房东又问道。

老头子从口袋里掏出来一把裁缝用的大剪刀，在手里转悠了几下，嘴上依然带着原来那种笑容，说：

“这就是我的身份证，我就是凭着这家什从诺沃罗西斯克一直往回走；我的家还很远呢，我是维奥申乡的。我现在就是喝够了海边的咸水，回家乡去。”

“我也是维奥申乡的呀，老大爷！”阿克西妮亚高兴得脸都红了。

“真没想到呀！”老头子叫了起来，“在这儿会遇到同乡！不过如今这种事儿不算稀奇啦：咱们如今就像犹太佬一样，跑得到处都是了。在库班就是这样：你扔出棍子去打狗，可是打到的却是顿河的哥萨克。到处都能碰到顿河哥萨克，多得数都数不清，可是埋到地里的还要多些。善人呀，这一次逃难，我可是各种各样的事情都见过。老百姓受的什么样的罪，就没法子说啦！前天我坐在火车站上，有一个戴眼镜的有身份的女子坐在我身旁，透过眼镜看着自己身上的虱子。虱子在她身上到处爬。她就用手指头把虱子往下捏，眉头皱得紧紧的，就好像在尝又酸又涩的野苹果。她在掐那可怜的虱子的时候，眉头皱得还要厉害些，把一张脸都皱歪了，她真是厌恶透了！可是有些心狠的家伙就是杀人也不皱眉头，连嘴都不歪一歪。我亲眼看见一个这样的好汉，一口气劈死三个加尔梅克人，然后把马刀在马鬃上擦了擦，掏出香烟抽起来，走到我跟前，问道：‘老大爷，你瞪什么眼睛？想要我把你的脑袋砍下来吗？’我说：‘瞧你说的，孩子，上帝保佑你吧！你把我的脑袋砍掉，那我怎么吃饭呀？’他笑起来，就走开了。”

“有的人杀人杀惯了，杀一个人，比掐死一个虱子还容易。革命革得人不值钱了。”房东很深沉地插话说。

“这话一点儿不假！”老头子表示赞成这话，“人不是畜生，干什么都能习惯。噢，我就问那个女人：‘您是什么人？看样子，您好像不是普通人呀。’她看了看我，就流起泪来，说：‘我是戈列奇欣少将夫人。’我心里想，管你什么将军，管你什么夫人，身子的虱子像癞猫身上的虼蚤一样啦！我就对她说：‘夫人，您要是这样整治您身上这些小虫儿，对不起，您就是到圣母节也逮不完。还要把手指甲都硌烂呢。您顶好一下子都弄死！’她问：‘怎么弄法呢？’我就出主意说：‘您把衣服脱下来，铺在一块硬地方，用瓶子来压。’我一看：这位将军夫人收拾收拾，就朝水塔后面跑去；我又一看：她正拿一只绿玻璃瓶在衬衣上滚呢，而且滚得那样巧妙，就好像干这种事儿干了一辈子！我看了她一阵子，心里就想：上帝管得真宽，他叫有身份的人身上也长长这种小虫儿，说，叫这些小虫儿也吸吸他们的甜血吧，不能光叫它们吸干活人的血……上帝真有眼！上帝是通情理的。有时候上帝管人管得非常公正，简直好得没法子再好了……”

这位老裁缝不住气地说着，他看到房东两口子都很用心听他说话，就很巧妙地暗示说，他还有不少有趣的事儿可以说说呢，不过他太饿了，饿得直想睡觉。

吃过晚饭以后，他一面打铺睡觉，一面问阿克西妮亚：

“老乡，你想在这儿多住些日子吗？”

“我正想回家呢，老大爷。”

“好啊，那咱们就一块儿走吧，有人做伴儿总要热闹些。”

阿克西妮亚高高兴兴地同意了，第二天早晨，他们和房东两口子告过别，就离开了这荒凉的草原村庄新米海洛夫村。

＊＊＊

第十一天的夜里，他们来到米留金镇上。在一个看样子很富裕的大户人家借宿。第二天早晨，老裁缝决定在镇上住一个星期，休息休息，养一养他那已经磨出血来的一双脚。他已经走不动了。这户人家也有裁缝活儿要他干，于是很想干干活儿的老裁缝很带劲儿地在窗前坐了下来，掏出剪刀和用小绳子拴着的眼镜，很麻利地拆起一件破衣服。

这个爱说爱笑的老头子在和阿克西妮亚道别的时候，对她画了一个十字，并且一下子就流起泪来，但是他马上擦去眼泪，用他平时常用的玩笑口气说：

“穷苦不是亲娘，可是穷苦能叫人亲近起来……我真舍不得你……可是，没有法子，你就一个人走吧，好孩子，你这领路人这一下子不能走了，非得找个地方糊糊口不可了……不用说，咱们赶路赶得太猛了，简直够我这个七十多岁的人受的。要是有机会，你告诉我家的老婆子，就说老头子还活着，身子还结实着呢，受过各种各样的折腾，可是还活得好好的，在路上给行善的人家做裤子呢，还说不定哪一天才能回家……你就告诉她：老浑蛋不再逃难了，已经在往回走了，就是不知道哪一天才能回到家里……”

阿克西妮亚又在路上走了好几天。在博柯夫镇上搭上一辆顺路大车，一直坐到鞑靼村。天黑时候，她走进大开着的自己家的大门，朝麦列霍夫家看了看，一股泪水猛然涌到喉咙眼儿里，憋得喘不过气来……她在很久没有人的空厨房里把积了很久的痛苦的女人眼泪全部哭了出来，然后到顿河上去挑了一担水，生起炉子，在桌边坐下来，两手放在膝盖上。她沉思起来，竟没有听见门响，直到伊莉尼奇娜走进来，小声说：

“噢，你好啊，他嫂子！你在外乡待了很久呀……”

阿克西妮亚这才回过神来，惊恐地看了她一眼，站起身来。

“你怎么拿眼睛瞪着我，不说话呀？是不是带回来什么不好的消息了？”伊莉尼奇娜慢慢走到桌子跟前，在大板凳边上坐了下来，一直用探询的目光盯着阿克西妮亚的脸。

“不是，我会有什么消息……没想到您来，我正在想事情，没听见您进来……”阿克西妮亚慌乱地说。

“你瘦了，身子很虚嘛。”

“我害过伤寒……”

“我家格里高力……他怎样……你们在哪儿分手的？他还活着吗？”

阿克西妮亚简要地说了一遍。伊莉尼奇娜一字不漏地听完了，到最后问道：

“他离开你的时候，不是病着走的吧？”

“没有，他没有病。”

“你后来再没有听到他的消息吗？”

“没有。”

伊莉尼奇娜轻松地舒了一口气，说：

“嗯，好吧，谢谢你这番吉利话。可是村里人提到他，有各种各样的说法……”

“说什么呀？”阿克西妮亚小声问道。

“没什么，都是乱说……不能什么话都听嘛。咱们村里的人只回来万卡·别司贺列布诺夫一个。他在叶卡捷琳诺达尔看见格里沙生病呢，别人的话我都不信！”

“别人都怎么说呀，大婶子？”

“我们这儿有人说是听到新根村的一个哥萨克说，好像红军在诺沃罗西斯克城里把格里沙砍死了。我这个做娘的心里实在受不住，就到新根村去了一趟，找到了那个哥萨克。他说他没有说过这话。他没有看见，也没有听说过。还有一种说法，说是好像他进了监牢，在牢里害伤寒病死了……”

伊莉尼奇娜垂下眼睛，看着自己那虬筋盘结的、很不灵活的两只手，老半天没有作声。老人家那松弛的脸上表情很平静，嘴唇闭得紧紧的，但是不知为什么她那两个黑乎乎的腮帮子上忽然涌现出一阵樱桃色的红晕，眼皮轻轻哆嗦起来。她用干燥、狂热的眼睛看了看阿克西妮亚，沙哑地说：

“我才不信呢！我就剩下这一个儿子了，不会死的！上帝没有来由这样惩罚我……我已经没有多少日子好活了……我反正活不久了，就是没有这种事，我的苦也够受的了！……格里沙活着呢！我的心里没有什么不好的感觉，就是说，我的儿子活着呢！”

阿克西妮亚一声不响地转过身去。

厨房里静了很久，后来风把通向过道里的门吹了开来，于是可以听见，春水在河那边杨树林里低沉地吼叫着，大雁在河湾里惶惶不安地互相呼唤着。

阿克西妮亚把门关上，身子靠在炉灶上。

“您不要为他难受，大婶子，”她小声说，“他那样的人还怕病吗？他结实着呢，简直就像是铁打的。这样的人死不了。一路上那样冷，他连手套都不戴呢……”

“他想孩子们吗？”伊莉尼奇娜无精打采地问道。

“他也想您，也想孩子们。孩子们都好吗？”

“都很好，孩子们没有事。可是我家潘捷莱·普罗柯菲耶维奇死在逃难的路上啦。只剩下我们这几口啦……”

阿克西妮亚一声不响地画了一个十字，心里觉得非常奇怪：伊莉尼奇娜说到丈夫的死，竟是那样平静。

伊莉尼奇娜扶着桌子，很吃力地站了起来。

“我在你这儿坐住啦，天已经很黑了。”

“您坐一会儿吧，大婶子。”

“家里只有杜尼娅一个人，我该走了。”她一面理头巾，一面把厨房里打量了一遍，皱了皱眉头，说，“炉子里冒烟啦。你走的时候，就该找个人来住住嘛。好啦，再见吧！”她已经抓住门把手，也不回头看，又说，“等你把家里事料理好了，到我们家来玩吧。你要是听到格里高力的什么消息，就告诉我。”

从这一天起，麦列霍夫家和阿克西妮亚之间的关系一下子就改变了。因为都在为格里高力的生命担心，所以她们也就亲近起来。第二天早晨，杜尼娅一看见阿克西妮亚在院子里，就唤了她一声，并且走到篱笆跟前，抱住阿克西妮亚的瘦瘦的肩膀，又亲热又真挚地对她笑了笑。

“噢呀，阿克秀莎，你瘦了好多呀！就剩下一把骨头了。”

“过这种日子，那是要瘦的。”阿克西妮亚暗暗羡慕地打量着她那洋溢着成熟的美的红红的姑娘的脸，笑着回答说。

“我妈昨天上你家来了吗？”杜尼娅不知为什么小声问道。

“来过。”

“我就想，她是上你家来了。她问格里沙了吗？”

“是的。”

“她没有哭吗？”

“没有，她是个很刚强的老人家。”

杜尼娅很信任地望着阿克西妮亚，说：

“她要是哭哭倒好些，心里总会轻快些……阿克秀莎，你要知道，她打从冬天以来变得很古怪，跟以前很不一样了。她听到我爹死的消息，我以为她心里要难受死了，我非常担心，可是她连一滴眼泪也没有掉。只是说：‘愿他在天堂安息，我的亲人受罪受到头了……’直到天黑，她和谁都没说过一句话。我找她说这样，说那样，可是她摆摆手，一声也不响。那一天我真害怕呀！晚上我把牲口料理好了，走进屋里，问她：‘妈妈，晚饭咱们做什么吃呢？’她的心情平定了，才开口说起话来……”杜尼娅叹了一口气，若有所思地隔着阿克西妮亚的肩膀望着别处，问道：

“我家格里高力死了吗？这话是真的吗？”

“我不知道，好妹妹。”

杜尼娅用探问的目光侧眼看了看阿克西妮亚，更加深沉地叹了一口气，说：

“唉，妈妈想他简直想疯啦！她一个劲儿地唤他：‘我的小儿子呀！’她怎么都不相信他会死。阿克秀莎，你要知道，她要是知道格里沙真的死了，她自个儿也会难受死的。她已经到了风烛残年，她唯一的指望就是格里高力了。她对孙子孙女也不那么关心了，干活儿也没有劲儿了……你想想看，一年的工夫，我家少了四口啊……”

阿克西妮亚心中涌起一股怜惜之情，她隔着篱笆探过身子，抱住杜尼娅，使劲亲了亲她的脸蛋子。

“好妹妹，你要想法子分分你妈的心，别叫她太难过了。”

“能想什么法子呢？”杜尼娅用头巾的角儿擦了擦眼睛，央求说，“你上我们家玩玩，跟她聊聊吧，她总会轻快点儿。你不用躲着我们！”

“我要去的，一定去！”

“明天我要下地去。和安尼凯的老婆插犋，想种两亩小麦。你不想种点儿吗？”

“我还种什么地呀？”阿克西妮亚很不开心地笑

了笑，“又没有牲口，再说也用不着。我一个人吃不了多少，马马虎虎能过得去。”

“你家司捷潘有什么消息吗？”

“没有，”阿克西妮亚淡淡地回答说，并且又意想不到地说，“我才不怎么想他呢。”这无意中冲口而出的自白，使她发起窘来，她为了掩饰自己的窘态，便急急忙忙地说，“好，再见吧，小妹，我要上屋里去收拾收拾了。”

杜尼娅装作没有看出阿克西妮亚的窘态，望着一边，说：

“等一下子，我还有话想对你说，你能不能帮我们干干活儿？地都要干了，我怕我们种不下去，可是全村的男子汉只剩下两个了，而且都还是残废。”

阿克西妮亚高高兴兴地答应了，于是杜尼娅也满心欢喜地去准备下地。

杜尼娅准备下地十分认真地准备了一整天：安尼凯的老婆帮着她把麦种筛了筛，她又凑合着把耙修了修，往车轮上加了油，把播种机也调理好了。傍晚时候，她包了一头巾干净麦子，拿到坟地上，撒在彼特罗、娜塔莉亚和妲丽亚的坟上，好叫鸟儿明天一早就飞到亲人的坟头上。她的一颗孩子般纯真的心完全相信，死者会听见悦耳的鸟叫声，会高兴的……

* * *

快到黎明时候，顿河沿岸才安静下来。在淹了水的树林里，流水小声低语着，冲刷着灰绿色的青杨树，有节奏地摇动着淹没在水里的小橡树和小白杨树棵子的树头儿；在灌满了水的湖泊里，被流水冲弯的一丛丛芦苇沙沙响着；从水湾里、河汊里，从春水映照着朦胧的星光、像入了迷似的一动不动的地方，传来海雁的隐隐约约的呼唤声、公鸭子的懒洋洋的叫声，有时还传来停在开阔的水面上过夜的路过的天鹅那银喇叭一样的声音。有时候能听见水里的游鱼在黑暗中溅水的声音。在金光闪闪的水面上，粼粼的水波远远地荡漾开去，一只惊慌的鸟儿发出的报警声顺着水面传了过来。顿河沿岸又静了下来。但是黎明时候一道道石灰岩山岭刚刚隐隐露出粉红色，下游来的风就刮了起来。又猛又强劲的风迎着水流吹来。顿河上掀起一丈高的波浪，树林里的水疯狂地沸腾起来，树木摇来晃去，发出痛苦的呻吟声。大风怒吼一整天，到深夜才停息。一连好几天都是这样的天气。

原野上一片淡紫色的烟尘。土地越来越干，草也停止生长了，耕过的土地上吹起一道道沙土丘。耕地眼看着被风吹干了，可是鞑靼村的田野上几乎看不到人的影子。全村只剩下几个很老的老头子，逃难回来的男子汉不是冻伤，就是害病，都不能干活儿；在地里干活儿的只有妇女和半大孩子。风在行人稀少的村子里吹得灰尘滚滚，吹得一家家的护窗乒乒乓乓直响，吹得棚顶上的麦秸到处乱飞。老头子们说："今年没有粮食吃了。只有老娘儿们在地里干活儿，而且三四家才有一家种地。地不种是不会长庄稼的……"

下地的第二天，太阳快落山的时候，阿克西妮亚赶着牛到塘边去饮水。奥布尼佐夫家的一个十来岁的男孩子，牵着一匹上着鞍的马站在塘边。那马吧咂着嘴，水珠儿从灰灰的、光滑的马嘴上一滴一滴地往下落，下了马的小骑手正在玩着：往水里扔土坷垃，看着水上的圈圈儿渐渐扩展开去。

“你这是要上哪儿去，万尼亚特卡？”阿克西妮亚问道。

“给妈妈送饭。”

“噢，村子里有什么事儿吗？”

“没什么。盖拉西姆爷爷昨天夜里用网逮了一条老大老大的鲤鱼。还有，菲道尔·梅里尼柯夫回来了。”

小男孩踮起脚来，给马上了嚼子，两手抓住马鬃，十分敏捷地跳上马去。他离开塘边，像个谨慎的当家人似的，让马一步一步地朝前走去，但是过了不大的一会儿，他回头看了看阿克西妮亚，就放马大跑起来，跑得褪了色的蓝褂子在背后鼓了起来。

牛在喝水，阿克西妮亚在塘边躺了下来，并且当即拿定主意到村子里去一趟。梅里尼柯夫是个当兵的哥萨克，想必知道格里高力的下落。阿克西妮亚把牛赶到停车的地方以后，就对杜尼娅说：

“我要到村子里去一下，明天一早我就来。”

“有事儿吗？”

“有事儿。”

第二天早晨，阿克西妮亚回来了。她走到正在套牛的杜尼娅跟前，漫不经心地摇晃着树条子，但是眉头皱得紧紧的，嘴角上出现了痛苦的纹丝。

“菲道尔·梅里尼柯夫回来了。我去找他打听格里高力的消息，他一点也不知道。”她简短地说了说，就陡地转过身去，朝播种机走去。

种过地以后，阿克西妮亚就干起自家的事情：在园子地里种了些西瓜，把房子泥了泥，刷了刷，尽自己的本事用剩下的麦秸把棚子顶缮了缮。她在忙碌中打发着日子，但是却无时无刻不在为格里高力的生命担心。阿克西妮亚不愿意提到司捷潘，不知为什么她总觉得他不会回来了，但是每当有哥萨克回到村子里来的时候，她总是首先问：“你没有看见我家的司捷潘吗？”然后才小心翼翼地慢慢问到格里高力身上去。村里的人都知道他们的关系。就连顶喜欢说闲话的娘儿们都不说他们的事了，但是阿克西妮亚还是不好意思表露自己的感情，只是有时候，有的当兵的不大爱说话，一直不提格里高力的事，她才眯缝着眼睛，带着非常害羞的神气问：“你没碰到我家的邻居格里高力·潘捷莱维奇吗？他娘想他想死了，人都想瘦了……”

自从顿河军在诺沃罗西斯克投降以后，本村的哥萨克谁也没有看见过格里高力和司捷潘。直到六月底，才有司捷潘的一个柯隆达耶夫村的同事要从这儿过河，顺路来看了看阿克西妮亚。他告诉她：

“我对你说实在话，司捷潘上克里米亚去了。我亲眼看见他上的轮船。没来得及和他说话。挤得不得了，要从人头上才能走过去。”问他有没有见到格里高力，他回答得很含糊，“我在码头上见过他，他还戴着肩章，后来就没有看见他了。把许多军官都送到莫斯科去了，谁知道他这会儿在哪儿呀……”

过了一个星期，受了伤的普罗霍尔·泽柯夫回来了。是一辆拉差的大车从米列洛沃镇上把他送回来的。阿克西妮亚一听说他回来，连牛奶也不挤了，把小牛往母牛跟前一推，就一面扎着头巾，几乎是跑着，急急忙忙朝泽柯夫家走去。“普罗霍尔是知道的，他一准知道！可是如果他说格里高力已经不在人世了，怎么办呀？那我可怎么办啊？”她一路上这样想着，把一只手按在胸口上，害怕听到不祥的消息，脚步不觉渐渐慢了下来。

普罗霍尔把一只断胳膊藏在背后，满面春风地在上房里把她迎住。

“你好啊，老搭档！你好啊！又看见你活着啦！我们还以为你把小命丢在那个小村子里了呢。噢呀，你病得好厉害呀……喂，怎么样，你是怎样好起来的？可是你瞧，波兰白军把我搞成什么样子啦，日他们的奶奶！”普罗霍尔把挽成结儿的绿色军便服的空袖筒给她看了看，“我老婆一看见，就淌起眼泪，我就对她说：‘别哭了，糊涂蛋，别人脑袋掉了，都不难受呢，掉一条胳膊，有什么了不起的？马上就可以装一只木头的。木头胳膊至少不怕冷，砍上一刀，也不会流血。’糟糕的是，我还没有学会用一只手做事情呢。我连裤子都扣不起来，真够呛！从基辅回家这一路上，我的裤裆都是敞着的。真不好意思！如果你看见我有什么不礼貌的地方，就请原谅吧……噢，进来吧，请坐，你是客人嘛。趁我老婆还没回来，咱们先谈谈吧。我叫她打酒去了。男人断了胳膊回来，可是她都没东西慰劳慰劳。丈夫不在家，你们都是这种样子，对你们这些湿尾巴鬼，我才摸透了呢！”

“你快说说吧……”

“我知道，我这就说。他叫我问候你呢，”普罗霍尔很滑稽地行了一个礼，抬起头来，很惊愕地拧了拧眉毛，“你这是怎么啦？你哭什么呀，傻娘儿们？你们这些老娘儿们都是泪包子。打死了，你们哭；活下来，也要哭。快擦擦吧，擦擦吧，干吗淌起鼻涕来啦？我告诉你吧，他活着呢，而且很壮实，把一张脸都吃圆了！我和他在诺沃罗西斯克一块儿参加了布琼尼同志的骑兵队伍，编进第十四师。咱们的格里高力·潘捷莱维奇指挥一个连，也就是一个骑兵连，我当然也在他的手下，我们朝基辅方面开去。我们把那些波兰白军打得屁滚尿流！我们在往那儿开的时候，格里高力·潘捷莱维奇就说：‘我砍过德国人，也拿各种各样的奥地利人试过刀，难道波兰人的脑壳儿就结实些吗？我看，他们的脑袋比咱们俄国人的脑袋更要好砍些，你以为怎样？’并且朝我挤了挤眼睛，笑了笑。他的样子大变了，自从参加了红军，他就快活起来，胖得像匹骟马一样了。噢，我们也免不了要吵吵嘴……有一回我走到他跟前，和他说着玩儿：‘该休息了，麦列霍夫大人同志！’他就瞪了我一眼说：‘你少给我开这种玩笑，要不然你要倒霉的。’晚上他有事把我叫去，我他妈的又忘了，叫了他一声‘大人’……他一下子就抓起匣子枪来！他脸色煞白，像狼一样龇出牙齿，满嘴的牙都龇了出来，至少有一百颗。我连忙钻到马肚子底下，才躲开了。差一点儿把我打死，真他妈的危险！”

“他是不是可以请请假……”阿克西妮亚讷讷地说。

“休想！”普罗霍尔断然说，“他说，要一直干到把过去的罪过赎回来才算完呢。他这是能做得到的，干傻事儿是不难的……在一个小镇跟前，他带领我们去冲锋。我亲眼看见他劈死四名敌人的枪骑兵。他从小就是个左撇子，所以从两面都可以劈到敌人……打过仗以后，布琼尼还在队伍前面亲自和他握了握手，并且向连队、向他表示感谢。你的潘捷莱维奇呀，他干起来就是这样不要命！”

阿克西妮亚听着他的话，就像在做梦一样……等她走到麦列霍夫家门口，才回过神来。杜尼娅正在过道里滤牛奶，也没有抬头，问道：

“你是来拿发面头吧？我说要送去的，可是忘了。”但是她一看见阿克西妮亚那哭湿了的、喜气洋洋的眼睛，不等说话就全明白了。

阿克西妮亚把热辣辣的脸蛋子贴在杜尼娅的肩膀上，兴奋得气喘吁吁地小声说：

“他活着呢，而且很壮实……带好来啦……你快去！快去告诉妈妈！”

二

快到夏天的时候，撤退的哥萨克中有三十来个回到了鞑靼村里。其中大多数是老头子和上了年纪的当兵的，至于青年和中年的哥萨克，除了生病的和受伤的以外，几乎都没有回来。他们有一部分参加了红军，其余的都加入弗兰格尔的各个团里，躲在克里米亚，准备重新向顿河进攻。

大多数撤退的人永远留在异乡了：有些人死于伤寒，有些人在库班的最后几场战斗中战死，有几个人脱离了撤退的队伍，在马内契的草原上冻死了，有两个人被红绿军俘了去，不知去向……鞑靼村里有很多哥萨克不见了。妇女们在又紧张又担心的盼望中过着日子，每一次在村口迎接回来的牛群，都要站上很久，把手搭在眼上朝远处眺望：在笼罩着淡紫色暮霭的大道上，是不是有迟归的出门人呢？

一个衣服褴褛、满身虱子、骨瘦如柴，但是家里人盼了很久的当家人回到家里，家里都要欢欢喜喜地乱忙一阵子：给身上脏得发了黑的当兵人烧水洗澡，孩子们争先恐后地为父亲效劳，注视着他的一举一动，高兴得不知如何是好的女主人一会儿端饭拿酒，一会儿跑到柜子跟前去给丈夫拿干净衬衣。偏偏衬衣又需要修补，可是女主人那哆哆嗦嗦的手指头怎么也不能把线穿进针眼儿里……在这欢天喜地的时刻里，就连那老远就认出主人、舔着主人的手一直跟到门口的狗也被准许进屋子了；孩子们打碎碗碟或者洒掉牛奶也不挨打了，而且不管怎样淘气都没有事了……回来的当家人洗过澡以后还没有穿好衣服，屋子里已经挤满了妇女。她们来打听亲人的下落，战战兢兢而又如饥似渴地倾听着当兵人的每一句话。过一会儿，就会有妇女用手捂着眼泪汪汪的脸跑到院子里去，像瞎子一样踉踉跄跄地朝小胡同里走去，于是在一座房子里又有一个新寡妇哭起了死人，还有尖细的孩子们的哭声伴随着。在那些日子里，鞑靼村里就是这样：欢乐进入一家的时候，往往给另一家带来无法忍受的悲痛。

第二天早晨，脸刮得干干净净、显得年轻了的当家人天一亮就起身，在家里到处看上一遍，看看首先需要干什么。吃过早饭，他就干起来。在棚子底下，凉荫里，响起欢快的刨子哧哧声，或者丁丁的斧子声，好像是在告诉大家，这一家又有勤快而能干的男子汉在干活儿了。可是在昨天听到丈夫和父亲的噩耗的人家里，房子里和院子里都是一片死静。悲痛欲绝的女主人一声不响地躺着，一夜之间就成了大人的孤儿们挤成一堆，围在她的身旁。

伊莉尼奇娜一听说村子里有人回来，就要说：

“咱们家的人啥时候回来呀？人家都回来了，可是咱们家的人连一点儿音信都没有。”

“不叫年轻哥萨克回来嘛，妈妈，您怎么连这都不明白呀！”杜尼娅不耐烦地说。

“怎么不叫回来？季洪·盖拉西莫夫不是回来了吗？他比格里沙还小一岁呢。”

“他挂花了嘛，妈妈！”

“他算挂的什么花！”伊莉尼奇娜反驳说，“昨天我在铁匠铺旁边看见他，他走起路来精神抖擞的。没见过这种挂花的。”

“他是挂花来，这会儿是在休养呢。”

“咱们格里沙挂的花还少吗？他全身都是伤疤，照你说的，他不也需要休养吗？”

杜尼娅想方设法要对妈妈说明白，指望格里高力回来现在是不可能的，但是说服老人家不是一件容易的事。

“住嘴吧，混账丫头！”她厉声对杜尼娅说，“我知道的事儿不比你少，你想教训妈妈，还早着呢。我说他能回来，就是能回来。滚吧，滚吧，少给我啰唆！”

老人家急不可待地盼望儿子回来，并且不论遇到什么事都会想起他来。米沙特卡一不听她的话，她就吓唬他说：“你等着吧，小毛崽子，等你爹回来，我要告诉他，叫他好好收拾你！”她要是看见从窗外路过的大车的车帮子是新的，就要叹气，而且一定要说：“看样子，人家的男子汉在家里呢，可是我们家的就是不知道回来……”伊莉尼奇娜一向不喜欢抽烟的气味，常常把抽烟的从厨房里撵出去，可是最近这个时候，她在这方面也变了。她不止一次对杜尼娅说："去把普罗霍尔叫来，叫他来这儿抽抽烟，要不然这儿有一股死尸臭味儿。等格里沙当完兵回来，那时候咱们家就有男子汉的活人气味了……"每天做饭，她都要多做些，吃过饭以后，她还要把盛菜汤的铁罐子放进炉膛里。杜尼娅问她，这是干什么，她很惊异地回答说："不放进去怎么行呢？咱们家当兵的也许今天回来，那他马上就能吃热的，要不然等到热好了，又这样又那样，恐怕他都饿坏了……"有一天，杜尼娅从瓜地里回来，看见厨房里的钉子上挂着格里高力的一件旧衣服，还有帽箍褪了色的一顶制帽。杜尼娅用询问的目光看了看老人家，老人家就带着不好意思和可怜巴巴的笑容说："杜尼娅什卡，这是我从柜子里拿出来的。从外面走进来，看见了，心里不知怎么就觉得好受些……好像他已经在家了……"

天天没完没了地谈格里高力，杜尼娅都觉得厌烦了。有一天，她忍不住数落起母亲来：

"妈妈，您天天唠叨过来，唠叨过去，不觉得烦吗？您这样唠叨，谁听了都烦。就听见您叨咕：格里沙，格里沙……”

“我说自个儿的儿子，怎么会烦呢？你自个儿生一个看看，那时候就知道了……”伊莉尼奇娜小声回答说。

这以后，她把格里高力的衣服和帽子从厨房里拿到自己住的上房里去了，而且有好几天她没有提到儿子。但是快到开镰割草的时候，她对杜尼娅说：

“我一提格里沙，你就生气，可是咱们没有他，日子怎么过呢？这事儿你想过没有，糊涂东西？眼看要割草了，可是连个修修耙子的人都没有……你看，家里什么都乱糟糟的，咱们两个可是没法子弄好。没有当家人，连东西也受罪……”

杜尼娅没有作声。她十分明白，母亲并不多么操心家业方面的事，这只不过是要说说格里高力、说说心里话的借口。伊莉尼奇娜更加想念儿子了，而且也无法掩饰这一点了。有一天晚上，她没有吃晚饭，杜尼娅问她是不是病了，她很勉强地回答说：

“我老啦……我想格里沙想得心里难受死了……难受得不得了，觉得什么都不亲，眼睛什么都怕看了……”

然而到麦列霍夫家来当家干活儿的却不是格里高力……就要开镰割草的时候，米沙·柯晒沃依从前方回到村里来了。他在远房亲戚家里住了一夜，第二天早晨到麦列霍夫家里来了。伊莉尼奇娜正在做饭，米沙很有礼貌地敲了敲门，因为没有人应声，就一直走进厨房，摘下破旧的军帽，对伊莉尼奇娜笑了笑。

“你好啊，伊莉尼奇娜大婶儿！没想到我会来吧？”

“你好。你是我的什么人，会叫我想到你来？跟我们家沾什么边儿？”伊莉尼奇娜气嘟嘟地望着她十分痛恨的米沙的脸，很不客气地回答说。

米沙受到这种对待，毫不在乎，又说：

“说什么边儿不边儿……不管怎么说，总是熟人吧。”

“也就是这样嘛。”

“我是来看看，再没有别的意思。我不是上你们家来住。”

“想住还够不上呢。”伊莉尼奇娜说过，也不看客人，又做起饭来。

米沙也不理会她的话，仔细打量着厨房说：

“我来看看，看看你们日子过得怎样……咱们已经有一年多没见面了。”

“我们可不怎么想见你。”伊莉尼奇娜气呼呼地在炉膛里掏着铁罐子，嘴里嘟哝说。

杜尼娅正在上房里收拾东西，一听见米沙的声音，脸一下子就白了，一声不响地把两手一挓挲。她坐到大板凳上，一动也不动，仔细听着厨房里的谈话。杜尼娅的脸上忽而浮起一阵浓浓的红晕，忽而泛起一阵灰白，直到那细细的鼻梁上出现两道长长的白条子。她听见，米沙在厨房里咚咚地走了一阵子，就在椅子上坐下来，坐得椅子咯吱咯吱响了两声，然后就划起火柴。一阵纸烟的烟气冲进上房里。

“听说，老头子去世啦？”

“去世了。”

“格里高力呢？”

伊莉尼奇娜半天没有作声，后来十分勉强地回答说：

“当红军呢。也和你一样，帽子上戴上这号儿星了。”

“他早戴上这号儿星就好了……”

“那就是他的事了。”

米沙的声音中带着十分惴惴不安的意味，问道：

“叶福杜吉娅·潘捷莱芙娜呢？”

“她在收拾屋子呢。你这个客人来得太早了，好人是不会一大早就出门的。”

“就算是坏人吧。我很想她，所以就来了。这用不着挑选吉日良辰。”

“哼，米沙，你别叫我生气吧……”

“大婶儿，我有什么叫您生气的呢？”

“有的！”

“您究竟气的是什么？”

“气的就是你说的这话！”

杜尼娅听见米沙重重地叹了一口气。她再也忍不住了：一下子跳起来，理了理裙子，就朝厨房里走去。脸色焦黄、瘦得变了样子的米沙坐在窗前，抽着纸烟头儿。他一看见杜尼娅，无神的眼睛顿时放射出光彩，脸上浮现出一层淡淡的红晕。他连忙站起来，沙哑地说：

“哦，你好啊！”

“你好……”杜尼娅小声说。

“你挑水去吧。”伊莉尼奇娜匆匆看了女儿一眼，立刻吩咐说。

米沙耐心地等着杜尼娅回来。伊莉尼奇娜没有说话。米沙也不作声。后来他捻灭了烟头儿，问道：

“大婶儿，您怎么这样恨我呀？是我碍您的事了，还是怎的？”

伊莉尼奇娜就像叫蜂子蜇了一下似的，在灶门口猛地转过身来。

“你怎么有脸上我们家来呢，你这没良心的东西？！”她说，“你还好意思问我呢？！你这刽子手……”

“我怎么是刽子手呀？”

“就是刽子手！是谁打死彼特罗？不是你吗？”

“是我。”

“那就行了！你打死了人，不是刽子手，又是什么呢？你还上我家来……坐在那儿，就像是……”伊莉尼奇娜气得喘不上气来，顿住了，但是缓了缓气，又继续说，“我是他的亲娘不是？你怎么还有脸来见我？”

米沙的脸煞白煞白的。他正等着她说这种话呢。他激动得有点儿结结巴巴地说：

“我做的事没什么见不得人的！要是彼特罗把我抓住了，他会怎样呢？你以为他会亲我的脑袋瓜儿吗？他也会把我打死嘛。我们不是在山坡上打着玩儿的！打仗就是要死人嘛。”

“那柯尔叔诺夫亲家公呢？打死一个老实巴交的老头子，那也是打仗吗？”

“怎么不是呢？”米沙惊异地说，“当然是打仗！我可是知道这些老实人！这种老实人坐在家里，手里提着裤子，可是干的坏事，比有的人在战场上干的还要多……格里沙加老爹就是这样的人，他鼓动哥萨克反对我们。就因为他们，才打起仗来！是谁散布谣言反对我们？就是他们这些老实人！你还说什么‘刽子手’……哪儿有这样的刽子手？以前我连羊和猪都不敢杀，就是现在，我知道，还是不敢杀。我连杀畜生都下不得手。以前别人宰畜生，我都要把耳朵捂起来，跑得远远的，怕听到，也怕看到。”

“可是你把亲家公……”

“别提您那亲家公吧！”米沙不耐烦地打断她的话，“他的好处就像山羊的奶那样少，可是害处就多了。我对他说：你从屋里出去，你要是不走，要叫你躺在这儿。我恨死了这些老家伙！我虽然不敢杀畜生，可是如果恨起来的话，对不起，像你家亲家公那样的坏蛋，或者别的什么敌人，我杀多少都可以！对付那些在世上活着无益的敌人，我的手是很辣的！”

“就因为你手辣，浑身都瘦干啦。”伊莉尼奇娜挖苦说，“亏了良心，恐怕心里不会舒坦……”

“才不是呢！”米沙和善地笑了笑，“我的良心才用不着为这样的老坏蛋难受呢。我是打摆子，把我折腾坏了，要不然呀，妈妈……”

“我是你的什么妈妈？”伊莉尼奇娜火了，“你去叫母狗妈妈吧！”

“哼，你对我别太过分了！”米沙低声说，并且恶狠狠地眯起了眼睛，“我不能担保忍受你的一切。大婶儿，我老实对你说吧：你不要因为彼特罗的事恨我。他是自作自受。”

“你是刽子手！刽子手！给我滚出去，我见不得你！”伊莉尼奇娜又一次声明说。

米沙又点起一根烟，很镇静地问道：

“你们家的亲戚米佳·柯尔叔诺夫不是刽子手吗？格里高力又是什么呢？你不说你的儿子，可是他才是真正的、道道地地的刽子手呢！”

“你别胡说！”

“我从来就不胡说。那么，依你看，他是什么呢？他杀了我们多少人，你知道吗？就是这么回事儿呀！大婶儿，如果你把这种外号送给所有打过仗的人，那我们就都是刽子手了。问题是为什么杀人和杀的是什么人。”米沙意味深长地说。

伊莉尼奇娜没有作声，但是看到客人还是不想走，就冷冷地说：

“够了！我没有工夫和你说话，你回家去吧。”

“我的家就像兔子的窝一样了，到哪儿，哪儿就是家。”米沙冷冷一笑，站起身来。

想用这一套和这样的话把他赶出去，那是休想！米沙才不是那种感情脆弱的人，才不理会气得发了疯的老婆子那些很不客气的言语举动呢。他知道，杜尼娅是爱他的，至于其他，包括老婆子在内，他全不放在心上。

第二天早晨，他又来了，就像什么事都不曾有过似的，问了问好，就在窗前坐下来，用眼睛注视着杜尼娅的每一个动作。

“你倒成了常客了……”伊莉尼奇娜也不回答米沙的问候，随口说。

杜尼娅的脸一下子红了，用生气的目光看了看母亲，就垂下眼睛，一句话也没有说。米沙冷笑着回答说：

“我不是来看你的，伊莉尼奇娜大婶儿，你用不着生气。”

“你顶好压根儿别上我们家来。”

“那我又上哪儿去呢？”米沙正色问道，“多亏你家的亲戚米佳，我剩了孤单单一个人，就像独眼龙的眼睛，在空房子里就是狼也待不住。大婶儿，您愿意也好，不愿意也好，我反正是要上你家来。”他说完了，又把两腿叉了开来，坐舒服些。

伊莉尼奇娜仔细看了看他。是的，看样子，这样的人是不那么容易撵走的。米沙那微微弯着的身子，那歪着的脑袋，那闭得紧紧的嘴唇，都显示出一种像牛那样的倔劲儿……

等他走了以后，伊莉尼奇娜把孩子们支到院子里，对杜尼娅说：

“叫他以后别进咱家的门。明白吗？”

杜尼娅眼睛连眨都不眨，看了看母亲。麦列霍夫家的人都有的那种神气霎时出现在她那气得眯缝起来的眼睛里，她好像咬着每一个字说：

“不！他要来的！您拦不住！他要来！”她再也憋不住，用围裙捂住脸，跑到过道里去了。

伊莉尼奇娜重重地喘着气，在窗前坐了下来，坐了很久，一声不响地摇着头，用视而不见的眼睛望着草原上的远方，远方有一道由嫩蒿镶成的、被太阳照得银光闪闪的边儿，把天和地分了开来。

快到黄昏时候，还没有和解而且都不说话的杜尼娅和妈妈在河边菜园里栽已经倒掉的篱笆。米沙走了过来。他一声不响地从杜尼娅手里接过铁锹，说：

“挖得太浅了。风一刮，你家的篱笆又要倒了。”

于是他把坑挖深些，栽好桩子，帮着把篱笆竖起来，捆在桩子上，然后才走。第二天早晨，他拿来两把刚刚刨好的耙子和一根草叉把子，放在麦列霍夫家的台阶旁边；他向伊莉尼奇娜问过好，就一本正经地问道：

“要上草甸子上去割草吧？人家已经过河去了。”

伊莉尼奇娜没有作声。杜尼娅替妈妈回答说：

“我们没法子过河。小船从秋天就放在棚子底下，都开缝了。”

“春天就应该把船放到水里去嘛。”米沙用责备口气说，“要不要塞塞船缝呢？你们没有船可不方便。”

杜尼娅用恭顺和等待的目光看了看妈妈。伊莉尼奇娜一声不响地在和面，装出不理睬的样子，好像这些话都和她无关。

“你们家有麻吗？”米沙微微笑着，问道。

杜尼娅到储藏室里去，抱来一捆麻披子。

快到吃午饭的时候，米沙把小船收拾好了，来到厨房里。

“行了，我把船放到水里去了，在水里泡泡吧。

还要把船锁在桩子上，要不然会叫人拖走的。”他又问，“大婶儿，割草的事怎么样呢？是不是要我帮你们割割？反正我闲着没事儿干。”

“你去问她吧。”伊莉尼奇娜用头朝杜尼娅点了点。

“我要问当家的呀。”

“看来，我在这儿当不了家了……”

杜尼娅哭起来，跑进上房去了。

“那我就来帮帮忙吧。”米沙哼哧了两声，就毅然决然地说，“你们家的木匠家什在哪儿？我想给你们做两把耙子，要不然旧耙子太不好用了。”

他走到敞棚底下，一面吹着口哨，一面刨起耙齿来。小米沙特卡在他身边转悠着，带着央求的神气望着他的眼睛，说：

“米沙叔叔，给我做一把小耙子吧，要不然没有人给我做呀。奶奶不会做，姑姑也不会做……就是你会做，你做得很好！”

“我给你做，咱们俩同名嘛，真的，我做，不过你要离远一点儿，别叫刨花进到你眼睛里去，”米沙一面笑哈哈地劝他，一面惊讶地想道，“嘿，这小东西长得真像……跟他爹一模一样！眼睛也像，眉毛也像，上嘴唇也是那样往上翘……真是一个模子里倒出来的！”

他开始做小孩子玩的小耙子，但是还没有做好，他的嘴唇就发了青，黄黄的脸上就露出恶狠狠的、同时又是服服帖帖的表情。他不吹口哨了，把刀子放下，肩膀瑟瑟缩缩地抖了起来。

“米沙特卡，同名字的人，给我拿块麻布来，我要躺一躺。”他央求说。

“干什么？”米沙特卡问。

“我要病啦。”

“干吗要生病？”

“唉，你干吗盯着问起来没有完……唉，到了生病的时候，就要生病嘛！快去拿来！”

“那我的耙子呢？”

“等会儿就做好。”

米沙浑身抖得厉害了。他咯咯地磕打着牙齿，躺在米沙特卡拿来的一块麻布上，摘下帽子，用帽子盖住脸。

“你这是已经病起来了吗？”米沙特卡很难受地

问道。

“是的，病起来了。”

“那你干吗老是哆嗦呀？”

“我打摆子嘛。”

“你干吗要磕打牙齿呀？”

米沙用一只眼睛从帽子底下看了看问起来没有完的小小的同名人，微微笑了笑，不再回答他的问题了。米沙特卡很害怕地看了看他，就朝屋里跑去。

“奶奶！米沙叔叔在棚子底下躺下了，他使劲哆嗦，使劲哆嗦，哆嗦得要跳起来啦！”

伊莉尼奇娜朝窗外看了看，便走到桌子旁边，沉思起来，老半天没有作声……

“你干吗不说话呀，奶奶？”米沙特卡扯着她的小褂袖子，焦急地问道。

伊莉尼奇娜转过脸来朝着他，硬邦邦地说：

“乖孩子，去拿条被子给这个坏小子，给他盖上。他这是打摆子，是这样一种病。你能把被子拿去吗？”她又走到窗前，朝院子里看了看，急忙说，“你等等，等等！别拿了，不用了。”

杜尼娅正拿自己的羊皮袄往米沙身上盖，并且弯下身子在对他说话呢……

等摆子发作过以后，米沙为准备割草一直忙活到天黑。他很没有力气了。他的动作又缓慢，手又不听使唤，但是他还是把米沙特卡的小耙子做好了。

黄昏时候，伊莉尼奇娜摆好了晚饭，叫孩子们在桌边坐下来后，也不看杜尼娅，说：

“去，叫那个……叫他什么呢……来吃晚饭。”

米沙也不画十字，无精打采地弯下身子，在桌边坐了下来。他那黄黄的、一道道肮脏的干汗迹的脸上显出十分疲惫的神情，他把调羹往嘴里送的时候，手还在轻轻地打哆嗦。他小口小口地吃，吃得很勉强，偶尔淡淡地打量一下坐在桌旁的人。但是伊莉尼奇娜很惊异地看到，这个“刽子手”在看米沙特卡的时候，那无神的眼睛就显得热和起来，有了精神，一种欢喜和亲切的光彩在眼睛里亮了一会儿，又熄灭了，但是在嘴角上有老半天还隐隐荡漾着微笑。后来，他把目光移到别处，他的脸又罩上一层像阴影一样的呆呆的冷淡神情。

伊莉尼奇娜偷偷观察起米沙，这时候才看到，他生病生得太瘦了。在那脏得变成了灰色的军便服底下，半圆形的肩胛骨又尖又凸出，瘦成了尖角形的宽肩膀头耸得高高的，那长满红胡茬子的喉结在细得像小孩子一样的脖子上显得十分奇怪……伊莉尼奇娜对这个“刽子手”那佝偻着的身子、对他那蜡黄的脸看得越仔细，她的心里越是不自在，心里越是矛盾得厉害。忽然在伊莉尼奇娜心中不由得萌发了对她痛恨的这个人的怜惜之情，这种炽烈的母性怜惜心连最刚强的女人都能征服。她无法克制这种新的感情了，就把满满的一碗牛奶推给米沙，说：

“为了上帝，你多吃点儿吧！看你瘦成什么了，叫我看着都恶心……还想做女婿呢！”

三

村子里开始议论柯晒沃依和杜尼娅的事了。有一天，一个娘儿们在河边遇到杜尼娅，公然带着讥笑的神气问道：“你家是不是雇米沙当长工啦？他好像都不出你们家的院子了……”

女儿好说歹说，伊莉尼奇娜都坚决不答应：“不管你怎样求我，我就是不把你嫁给他！我才不给你们祝福呢！”直到杜尼娅声称，她要到柯晒沃依家去，并且马上就动手收拾自己的衣服，伊莉尼奇娜才改变了主意。

“你别发疯了！”她惊骇地叫道，“我一个人和孩子们怎么过？要送我们的命吗？”

“您要明白，妈妈，我不想叫村子里的人笑话我。”杜尼娅一面继续从柜子里往外翻自己做姑娘时的衣物，一面小声说。

伊莉尼奇娜的嘴唇无声地咕哝了半天，然后她吃力地迈动着两条腿，朝堂前走去。

“那就好吧，孩子……”她一面摘圣像，一面小声说，“你既然已经拿定了主意，那就请上帝保佑你，来吧……”

杜尼娅连忙跪下。伊莉尼奇娜给她祝过福，用哆哆嗦嗦的声音说：

“你那去世的姥姥就是拿这圣像给我祝福的……唉，这会儿要是你爹看到你……你还记得你爹说到你找女婿的话吗？上帝知道，我多么难受呀……”然后她一声不响地转过身去，朝过道里走去。

不管米沙费多大劲儿劝说未婚妻不要举行教堂

结婚仪式，倔犟的姑娘还是坚持自己的主张。米沙只好硬着头皮同意了。他在心里娘天娘地地咒骂着，准备到教堂去举行结婚仪式，就像准备上断头台似的。夜里，维萨里昂神甫在空荡荡的教堂里给他们举行了结婚仪式。仪式完毕之后，他向新夫妇道过喜，就用教训的口气说：

“您瞧，年轻的苏维埃同志，世上就有这种事儿：去年您亲手烧了我的房子，就是说，把房子火葬了，可是今天我居然给您举行结婚仪式……俗话说得好，别往井里吐唾沫，井水还用得着嘛。不过我还是很高兴的，打心眼儿里高兴，因为您醒悟过来，终于进基督教堂来了。”

这一下子米沙再也忍不住了。他一直因为自己迁就感到不好意思，十分恼恨自己，在教堂里没有说一句话，可是这时候他怒冲冲地斜眼看了看不忘旧仇的神甫，为了不叫杜尼娅听见，小声回答说：

“可惜，那时候你跑掉了，要不然我把你这个长毛狗连房子一块儿烧掉！嗯，你明白吗？”

惊得目瞪口呆的神甫不住地眨巴着眼睛，看着米沙，可是米沙拉了拉自己的年轻妻子的袖子，冷冷地说："咱们走！"便咚咚地迈动着两只军靴，朝门口走去。

在这次很不热闹的婚礼上，既没有喝酒，又没有扯着嗓子唱歌。在结婚时当傧相的普罗霍尔·泽柯夫，第二天发了半天牢骚，对阿克西妮亚诉苦说：

"哼，姑奶奶，这算什么婚礼呀！米沙在教堂里把神甫骂了一顿，把老头子的嘴都气歪啦！你可知道，晚饭吃的是什么？烧鸡加酸牛奶……连一滴酒也没有，他妈的！要是格里高力·潘捷莱维奇看见他的小妹这样出嫁，才有意思呢！……他一准会大哭一场！真的，姑奶奶，实在够呛！现在我再也不想参加这种新式婚礼了。狗配对儿比这还要热闹些，狗配对儿至少也要互相咬咬毛，闹哄一阵子，可是这种婚礼既不喝酒，又不打闹，真他妈的没意思！说实在的，我参加过这种婚礼，心里真不舒服，一夜都没有睡着，躺在床上，浑身都痒痒，就好像有人往我的小褂里放了一把虼蚤……"

米沙在麦列霍夫家里住下来以后，家里的一切都走上新的轨道：他在短短的时间里就修好了围墙，把草甸子上的干草拉到场院上，垛了起来，垛得又整齐又光溜；为了准备收割庄稼，他改装了收割机上的板子和叶片，仔细清扫了打谷场，修好了旧风车，又修补好了马套，因为他心里很想用一对牛换一匹马，并且已经不止一次对杜尼娅说："咱们应该养一匹马。用这种长角大仙拉车真够呛。"有一天他无意中在储藏室里发现了一小桶白色颜料和一些靛青，马上就决定把旧得变成灰色的护窗油漆一下。等到麦列霍夫家的房子用浅蓝色的窗户做眼睛望着世界，整个房子好像都变年轻了……

米沙是个勤奋的当家人。尽管他还有病，仍然不停地干着活儿。不管干什么，杜尼娅都帮着他干。

婚后没有过多少日子，杜尼娅就变得更好看了，肩膀和臂部好像更饱满了。她的眼神、她走路的姿势，以至撩头发的姿态都显示出一种新的韵致。以前她的动作中的莽撞劲儿和孩子气的粗率与活泼都不见了。她常常微微含笑、十分安详地用含情脉脉的眼睛望着丈夫，周围的什么都看不见了。新婚的幸福是不用眼睛的……

可是伊莉尼奇娜越来越明显，越来越厉害地感觉到有一种孤独感渐渐进入她的心中。她在这个几乎过了一辈子的家里，成了一个多余的人。杜尼娅和丈夫那种干活儿的样子，就像是在空地上创立他们的窝儿。他们在着手做家里什么事的时候，一点也不和她商量，也不征求她的同意；不知为什么他们对老人家连句亲热的话儿都没有。只有坐下来吃饭的时候，他们才和她说几句无关紧要的话，然后又是伊莉尼奇娜一个人愁思闷想起来。女儿的幸福没有使她高兴起来，因为家里添了一个外人（她依然把女婿当外人），她心里很不是滋味。她觉得整个日子过得都不是滋味。一年的工夫，死了那么多她心疼的亲人，她悲伤得憔悴了，人也老了，样子很可怜了。她忍受了很多痛苦，可以说是太多的痛苦。她已经无力抵挡痛苦，心里充满迷信的预感，觉得曾经一再光顾他们家的死神，还会不止一次登临麦列霍夫家这座老房子的门。伊莉尼奇娜答应杜尼娅出嫁以后，只剩了一点希望：等格里高力回来，把孩子们交给他，然后自己就永远闭上眼睛。她度过了漫长而苦难的一生，有权利休息休息了。

漫长的夏日显得格外长。太阳火辣辣地照射着。但是炙人的阳光已经晒不暖伊莉尼奇娜的身子了。她常常在台阶上的太阳地里坐上很久，动也不动，对周围的一切毫不关心。她已经不是以前那个忙忙碌碌、勤快的当家人了。她什么也不想做了。她觉得这一切都没有用处，没有必要，也没有意思了，而且她也没有力气再去像以前那样干活儿了。她常常看着干了多年活儿变得很难看的自己的两只手，心里说："我的手干活儿已经干了不少啦……该歇歇了……我已经活到这么大岁数，够了……只要等到格里什卡回来就好了……"

伊莉尼奇娜以前那种乐观心情只回来过一回，而且没有维持多久。普罗霍尔从镇上回来，顺路到他们家来，老远就喊叫：

"请客吧，伊莉尼奇娜大婶儿！我带回来你儿子的信啦！"

老人家的脸一下子白了。她以为这封信必然又是报告不幸消息的。普罗霍尔念了念这封信，信上有一半是问候家里人的话，只是在信的末尾才说，他，也就是格里高力，尽可能在秋天回来看看，伊莉尼奇娜听他念完了，高兴得老半天说不出话来。一颗颗像珍珠一样的小小的泪珠儿，从她那棕色的脸上和腮上那很深的皱纹里哗哗地滚下来。她低下头，用小褂袖子和粗糙的手掌擦着眼泪，眼泪还是一个劲儿地从脸上往下流，落到围裙上，把围裙湿得斑斑点点的，好像下了一场密密的好雨。普罗霍尔不仅看不惯，而且简直忍受不了女人的眼泪，因此他皱着眉头，带着掩饰不住的恼恨神气说：

“大婶儿，你这是怎么搞的！你们老娘儿们的眼泪真多……应该高兴高兴嘛，用不着哭。好，我走了，再见吧！我真不高兴看着你。”

伊莉尼奇娜这才清醒过来，连忙把他拉住。

“这样好的消息，谢谢你……我怎么能这样呢……你等一等，请你喝两盅……”她前言不搭后语地嘟哝着，从柜子里拿出一瓶藏了很久的老酒。

普罗霍尔坐了下来，把胡子往两边分了分。

“你也来和我一块儿喝喝这喜酒吧？”他问道。但是他马上又很担心地想道：“唉，我又他妈的胡说了！这酒只够我一个人喝的，万一她真喝怎么办……”

伊莉尼奇娜没有喝。她小心翼翼地把信叠起来，放到神龛里，但是后来想了想，又拿出来，在手里攥了一会儿，便揣到怀里，紧紧贴在心口上。

杜尼娅从地里回来，把信看了半天，后来笑了笑，叹着气说：

“唉，他能快点儿回来就好了！不然的话，妈妈，您都要愁坏了。”

伊莉尼奇娜就像害怕别人抢去似的，把信从杜尼娅手里拿了回来，又揣到怀里，一面笑着，一面用眯缝起来的、闪闪放光的眼睛望着女儿，说：

“我已经没有了人样子，连狗都不朝我叫了，可是我的小小厮还想着娘呢！他写得多好啊！还称呼我的父名伊莉尼奇娜呢……还说，问候亲爱的妈妈，问候亲爱的孩子们，也没有忘了你呀……哼，你笑什么？你这傻丫头，杜尼娅什卡，你真是傻丫头！”

“怎么，妈妈，我连笑都不能笑啦？您这是要上哪儿去？”

“上菜园子里去，锄锄土豆。”

“我明天就去锄，您在家里歇歇吧。您老是说身子不舒服，可是这会儿又要干活儿啦。”

“不，我要去……我心里很高兴，想一个人去一下子。”伊莉尼奇娜说过这话，就像年轻人那样很麻利地披好了头巾。

在上菜园子里去的时候，她顺路来到阿克西妮亚家里，为了礼貌起见，先谈了谈别的事情，然后就把信掏了出来。

“我家孩子写信回来了，问候妈妈呢，还说要回来看看。给你，他嫂子，你念念吧，我也想再听一遍。”

从这时候起，阿克西妮亚就常常念这封信了。伊莉尼奇娜一到晚上就上她家来，把仔仔细细包在手绢里的黄色信封拿出来，叹着气央求说：

“你念念吧，阿克秀什卡，现在我心里很糊涂，在梦里梦见他还是小孩子，好像他还在上学呢……”

时间久了，用化学铅笔写的字就模糊了，而且有很多字根本认不出了，但是阿克西妮亚念起来并不困难，因为她念了许多遍，已经背熟了。而且，直到薄薄的信纸已经变成碎片，阿克西妮亚依然能十分流畅地念到最后一行。

过了两个星期，伊莉尼奇娜觉得身子不大好。杜尼娅正忙着打场，伊莉尼奇娜不愿意叫她停下活儿，但是自己却没有力气做饭了。

“我现在起不来了。家里事你一个人凑合着干吧。”她对女儿说。

“您哪儿不舒服，妈妈？”

伊莉尼奇娜抻了抻自己的旧褂子上的皱褶，也没抬眼睛，说：

“浑身都难受……就好像我的五脏都坏了。以前，年轻时候，你那死去的爹一发起火来就要打我……他那拳头就跟铁的一样……我常常躺上一个星期，动都不能动。所以现在就这样了：浑身到处都疼，就好像打碎了一样……”

“是不是叫米沙去请个大夫来？”

“用不着请大夫，我不管怎样还能爬起来。”

第二天，伊莉尼奇娜果真起来了，在院子里走了走，但是到傍晚又躺下了。她的脸有点儿肿了起来，眼睛底下出现了水肿的肉囊。一夜之间她有好几次用胳膊撑着身子，从高高的枕头上抬起头来，呼哧呼哧地喘气，因为她闷得喘不过气来。后来，不气闷了。她可以安安静静地躺着，甚至可以下床了。她在一种安详的与世隔绝和宁静状态中过了几天。她很想一个人待着。有时候阿克西妮亚来看她，问她什么，她总是简单地回答三言两语，阿克西妮亚一走，她就轻松地舒一口气。她高兴的是，孩子们大部分时间都在外面玩，杜尼娅也很少进来，很少拿各种各样的问题打搅她。她已经不需要任何人的体贴和安慰了。现在她很需要一个人待着，想想自己一生中的许多事情了。于是她半闭起眼睛一连几个钟头一动不动地躺着，只有那肿胀的手指头摩弄着被子的褶儿，在这几个钟头里，整个的一生从她眼前飘过去。

使她吃惊的是，这一生是多么短促，多么没意思，而在这一生中，艰难的事、痛心的事、她不愿去回想的事又是那样多。不知为什么在她的回想和思念中出现得最多的是格里高力。也许是因为，自从开始打仗，这几年她一直在为他的生死担心，而且现在她只剩了他这条命根子。也许是因为，对大儿子和老伴儿的怀念已经过去，时间久了，已经淡了。反正她很少想起死去的人，即使想起来，她觉得他们也好像是在一片灰蒙蒙的烟雾里。她很勉强地想了想年轻时候，想了想自己的婚后生活。这一切简直是多余的，已经离得那样远了，想起来既不愉快，又不轻松。她在回想过去这许多事的时候，心里冷冷的、空空的。然而在她脑海里出现的“小小厮”却极其清楚，几乎是纤毫毕现。但是只要一想到他，她马上就听见自己的心扑腾扑腾直跳。然后就闷得透不过气来，脸也发青，她就要昏昏沉沉地躺上半天，但是等她缓过气来，就又想起他来。她无法忘记自己最后一个儿子呀……

有一天，伊莉尼奇娜躺在上房里。窗外，中午的太阳照耀着。在南边的天上，耀眼的蓝空里，风卷着一朵一朵的白云气势雄伟地飘动着。只有蝈蝈那单调的、使人昏昏欲睡的叫声打破这一片寂静。窗外墙脚下还有一些没有晒枯的杂草，有萎蔫的滨藜，还有燕麦草和冰草，蝈蝈就藏在这里面，在这里叫着。伊莉尼奇娜听着蝈蝈不住气的叫声，闻到扑进上房里来的一股晒热了的青草气息，在她眼前有一会儿就像出现了幻影一样，出现了骄阳如火的八月的草原、金黄色的麦茬地、笼罩着一层灰雾的灼热的蓝天……

她清清楚楚地看见在田埂上野蒿丛里吃草的老牛，看见一辆撑着车篷的牛车，听见蝈蝈吱咯吱咯的叫声，闻到浓烈的野蒿苦味……她也看见自己——一个高高的、美丽的年轻媳妇……她正急急忙忙朝停车的地方走去。麦茬子在她脚底下沙沙响着，扎得她的光腿肚子痒痒的，热风吹干了她脊梁上汗湿的、掖在裙子里的小褂，吹得她的脖子热乎乎的。她的脸上涌起一阵一阵的红晕，因为血往上涌，耳朵里轻轻地响着。她弯着一只胳膊，托着沉甸甸、紧绷绷、涨满了奶的乳房，一听见孩子哭得直打呛的声音，就加快脚步，一面走，一面解小褂的领口。

当她把黑黑的小格里沙特卡从吊在大车上的摇篮里抱出来的时候，她那被风吹干的嘴唇哆嗦着，笑了起来。她用牙齿咬住贴身十字架的汗湿的带子，急急忙忙把奶头塞给他，透过咬着的牙缝儿小声说："我的小宝贝儿，好孩子！我的乖孩子！妈妈把你饿坏啦……"格里沙特卡一面还在很委屈地抽搭着，一面吸起奶来，用小牙齿把奶头咬得紧紧的。格里沙特卡的年轻的、黑胡子的父亲就站在旁边打磨镰刀。她从垂下的睫毛底下看见他的笑容和他那笑眯眯的眼睛的蓝蓝的眼白……她热得喘不过气来，汗水从额头上直往下流，腌得腮蛋子痒酥酥的，眼前的一切越来越暗淡，越来越暗淡……

她醒了过来，用手摸了摸流泪流湿了的脸，然后躺了老半天，有时气闷得非常难受，有时陷入昏迷状态。

天黑以后，杜尼娅和丈夫都已经睡了，伊莉尼奇娜使出最后的力气，爬了起来，走到院子里。阿克西妮亚寻找放牛时走失的母牛寻找了很久，回家的时候，就看见伊莉尼奇娜摇摇晃晃，慢慢走着，走到场院上。“她这个病人干吗要上那儿去呀？”阿克西妮亚很惊愕地想着，就小心翼翼地走到和麦列霍夫家场院搭界的篱笆跟前，朝场院上看了看。一轮满月照得场院上雪亮。从草原上吹来一阵阵的轻风。麦秸垛的浓浓的阴影投射在光光的、被石磙压得结结实实的打麦场上。伊莉尼奇娜手扶篱笆站在那里，望着草原，望着割麦人点起的火堆像可望不可即的远方的星星那样闪闪烁烁的地方。阿克西妮亚清清楚楚地看到了伊莉尼奇娜那洒满淡青色月光的水肿的脸，还看到了从黑黑的老年人头巾里耷拉下来的一绺头发。

伊莉尼奇娜对着夜色苍茫的草原望了半天，后来就用不太高的声音，就好像儿子站在她身边那样，唤道：

“格里什卡！我的好孩子！”她停了一会儿，又用另外一种低低的、沙哑的声音说，“我的心肝宝贝儿呀！……”

阿克西妮亚顿时觉得说不出的难受和害怕，浑身都哆嗦起来，于是急忙离开篱笆，朝屋里走去。

这天夜里，伊莉尼奇娜明白自己就要死了，死神已经来到她的床头。黎明时候，她从柜子里拿出格里高力的一件褂子，叠了叠，放在枕头底下；把自己咽气以后应该穿的寿衣也都拿了出来。

早晨，杜尼娅和往常一样来看妈妈。伊莉尼奇娜把叠得整整齐齐的格里高力的褂子从枕头底下拿出来，一声不响地递给杜尼娅。

“这是干什么？”杜尼娅惊愕地问道。

“这是格里沙的褂子……给你男人，叫他穿吧，他身上那件旧褂子已经叫汗水浸烂了……”伊莉尼奇娜小声说。

杜尼娅看见放在柜子上的妈妈的黑裙子、褂子和一双布靴子，这一切都是在送终时给死人穿的，她一看见，脸唰地一下子白了。

“妈妈，您干吗把寿衣都拿出来了？为了基督，您快收起来吧！主保佑您，您死还早着呢。”

“不，我到时候了……”伊莉尼奇娜小声说，“轮到我了……在格里沙回来以前，你要把孩子们看好，照应好……看样子，我等不到他回来了……唉，见不到他了！”

为了不让杜尼娅看到她的眼泪，她转脸朝着墙，并且用手帕把脸捂住。

过了三天，她死了。几个老奶奶给她洗净了身子，穿上寿衣，抬到上房里的灵床上。晚上，阿克西妮亚来为死者送别。她从这个死去的小老太太那安详而冷峻的脸上，好不容易才认出以前那个又要强又刚毅的伊莉尼奇娜的面貌。阿克西妮亚把嘴唇贴到死者那黄黄的、冰凉的额头上，就看到她很熟悉的、从白头巾里挓挲出来的一绺不服帖的白头发和又小又圆、完全像年轻人那样的耳朵唇。

阿克西妮亚得到杜尼娅的同意，把孩子们领到自己家里。孩子们一声不响，奶奶的死把他们吓呆了。她做饭给他们吃，带他们一块儿睡。她搂着她的亲人的两个一声不响、紧紧贴在她身子两边的孩子，就感到有一种奇怪的感情。她小声给他们讲起自己小时候听来的故事，想方设法给他们解闷，使他们不去想奶奶的死。她轻轻地用唱歌的声调给他们讲一个可怜的孤儿小瓦尼亚的故事：

天鹅呀，好天鹅，
快让我骑上，
你的白翅膀。
飞呀飞，飞呀飞，
飞到好地方，
送我回家乡……

她还没有讲完，就听见孩子们均匀的呼吸声。米沙特卡躺在边上，小脸紧紧贴在她的肩上。阿克西妮亚用肩膀正了正他那朝后仰的脑袋，忽然她心里涌起一股说不出的、揪心的惆怅，喉咙不由得抽搐起来。她很难受、很伤心地哭了起来，哭得浑身直打哆嗦，但是她连眼泪都没法子擦，因为格里高力的两个孩子睡在她的两条胳膊上，她不愿意惊醒他们。

四

伊莉尼奇娜死了以后，成了家里唯一的和主持一切的当家人的米沙，似乎应该更带劲儿地来重整家业、振兴家业了，然而事实上却不是这样。米沙干活儿越来越不带劲了，往外跑的时间越来越多了，天天晚上要在台阶上坐到很晚，抽烟，想心事。杜尼娅不会看不出丈夫的变化。她不止一次惊愕地看到，以前干起活儿不要命的米沙，会忽然扔下斧子或者刨子，坐到一边去休息。在地里种黑麦的时候也是这样：种上两垄，米沙就勒住牛停一停，卷一根烟卷儿，抽着烟，在地里坐上半天，眉头皱得紧紧的。

继承了父亲的精明能干的杜尼娅，十分担心地想："他太没有常性了……也许是有病，也许干脆就是发懒。我跟这种男人过日子才够呛呢！他简直就像住在别人家里：抽半天烟，搔半天痒痒，就不用干活儿了……为了不惹他发火，要慢慢地和他谈谈，不然的话，他拿这种劲头干活儿，别想把穷神从家里请出去……”

有一天，杜尼娅小心翼翼地问道：

“你好像有点不大对劲儿，米沙，是不是病了呀？”

“哪儿有什么病？没有病就够心烦的了。”米沙烦恼地回答过，又赶动了牛，跟着播种机向前走去。

杜尼碰认为再问下去就不妥当了，教训丈夫到底不是女人家的事。谈话就这样结束了。

杜尼娅猜错了。米沙干活儿不像原来那样带劲儿，唯一的原因是他认为他回村子里安居乐业太早了，而且这种想法与日俱增。米沙每次在地方报纸上看到前方的战报，或者在晚上听到复员的红军哥萨克讲的一些情况，都要很懊恼地想：“我搞家业搞得太早了，太心急了……”但是特别使他担心的还是村里人的人心：村里有些人公然说，苏维埃政府到冬天就要完蛋了，说弗兰格尔已经从塔甫里亚出动，同马赫诺会合，已经逼近了罗斯托夫，还说协约国的大批陆战队已经在诺沃罗西斯克登陆……一个比一个荒唐的消息在村子里传播着。从集中营里和从矿山上回来的哥萨克们，吃家里饭一个夏天都吃胖了，这会儿态度十分暧昧，每天夜里喝老酒，说自己的一套话，一见到柯晒沃依，就故装淡漠地问：“你常看报，柯晒沃依，你给我们谈谈外面的情况，快把弗兰格尔打垮了吧？听说协约国又来进攻咱们了，这是真的，还是谣言？”

一个星期六晚上，普罗霍尔·泽柯夫来了。米沙刚刚下地回来，正站在台阶旁边洗脸。杜尼娅正拿罐子往他手上浇水，笑眯眯地看着丈夫那晒得黑黑的瘦脖子。普罗霍尔打了一声招呼，就坐在台阶的最下面一级上，问道：

“没听到格里高力·潘捷莱维奇的什么消息吗？”

“没有，”杜尼娅回答说，“他没有信来。”

“你想他吗？”米沙擦干了脸和手，毫无笑意地看了看普罗霍尔的眼睛。

普罗霍尔叹了一口气，拉了拉小褂的空袖子。

“当然想啦。我们一直在一块儿干吗。”

“你们还想一块儿干吗？”

“这是什么意思？”

“哦，一块儿当兵嘛。”

“我们当兵已经当够时候啦。”

“不过我想，你一心盼望他回来，是想再去干，”米沙依然毫无笑意地说，“再去反对苏维埃政府……”

“哼，你这可是瞎说，米沙。”普罗霍尔很委屈地说。

“怎么是瞎说？村子里传着的各种各样的话，我都听到啦。”

“我说过这种话吗？你在哪儿听我说来？”

“不是你，是像你和格里高力这样一些盼望‘自己人’回来的人。”

“我才不盼望那些‘自己人’呢，我觉得什么人都是一样。”

“你觉得什么人都是一样，那才糟哩。咱们上屋里去吧，你别生气，我是说着玩儿的。”

普罗霍尔很不开心地上了台阶，进了过道以后，说：

“伙计，你这玩笑可是叫人不怎么开心……以前的事情应该忘掉嘛。我已经将功补过了呀。”

“以前的事情不能全部都忘掉。”米沙冷冷地说着，在桌边坐下来，“请坐，在我家吃饭吧。”

“谢谢。当然，不是什么事都能忘掉的。就比如我少了一条胳膊，我很希望忘掉，可就是忘不掉，每时每刻都要想起来。”

杜尼娅也不看丈夫，一面端饭菜，一面问道：

“怎么，照你的意思，凡是参加过白军的人，就一辈子得不到宽大吗？”

“你以为怎样呢？”

“我是这样想，就像俗话说的，谁要是记旧仇，谁就要瞎掉眼睛。”

“哼，也许，《圣经》上是这样说的，”米沙冷冷地说，“不过，依我说，一个人要永远为自己干的事情负责任。”

“政府对这种事儿没有说过什么呀。”杜尼娅轻轻地说。

她很不愿意当着外人的面前跟丈夫拌嘴，但是她在心里很生米沙的气，因为她觉得他和普罗霍尔开的玩笑很不对头，还因为他公开表示仇恨她的哥哥。

“政府没有对你说什么，政府没有什么要对你说的，不过，在白军里干过的，是要受苏维埃法律制裁的。”

“我也要受制裁吗?”普罗霍尔问道。

“你不过像头老牛，吃饱了就到棚子里睡大觉。当当勤务兵没有事儿，可是等格里高力回到家里，那就不同了。我们要问问他暴动的事儿。”

“怎么，你要问他的罪吗?”杜尼娅翻了翻眼睛，把一碗牛奶放在桌子上。

“我也要问问。”米沙很平静地回答说。

“这事儿不用你管……这种事没有你也够受了。他在红军里当差，能得到宽大……”

杜尼娅的声音哆嗦着。她用手指头摸着裙子的皱褶，在桌边坐下来。米沙就好像没有看见妻子的激动样子，仍然很平静地说：

“我也要问问。至于能不能宽大，还要等等看，还要看看他干得怎样。他叫我们的人流的血不少。还要掂量掂量，他叫谁的血流得多些……”

这是他和杜尼娅共同生活以来第一次发生口角。厨房里一片寂静，局面十分尴尬。米沙一声不响地喝着牛奶，偶尔用手巾擦擦嘴唇。普罗霍尔抽着烟，看着杜尼娅。后来他谈起农活儿上的事。他又坐了有半个钟头。临走时他问道：

“基里尔·格罗莫夫回来了。听说了吧？”

“没有。他打哪儿来？”

“从红军里回来。他也在骑兵第一师。”

“他是在马孟托夫手下干过吧？”

“他干过。”

“是个好家伙呀。”米沙冷笑着说。

“没办法再坏了！抢东西算头一个。他干这号儿事很有两下子。”

“有人谈到过他，说他杀起俘虏毫不留情。为一双军靴就杀人。杀人只是为了要靴子穿。”

“听说有这样的事。”普罗霍尔说。

“对他也应该宽大喽？”米沙用讥诮口气问道，“上帝不是说要宽待敌人并且叫我们宽待敌人吗？”

“这要看怎么说了……不过又能把他怎样呢？”

“哼，要是我呀……”米沙眯起眼睛，“我能治得他今后乖乖的！他是逃脱不掉的。维奥申就有顿河肃反委员会，会治治他的。”

普罗霍尔笑了笑，说：

“俗话说得对：山河易改，本性难移呀。他从红军里回来，也带回来不少抢来的东西。他老婆还对我老婆谝呢，说他给她带回来一件女式皮大衣，还有很多衣服和各种各样别的东西。他是在马斯拉克旅里，从那儿回来的。他肯定是开小差，把家伙都带回来啦。”

“什么家伙？”米沙问道。

“不用问嘛：一支截短的卡宾枪，噢，一支手枪，也许还有别的家伙。”

“他到苏维埃去登记过吗？你不知道吧？”

普罗霍尔大笑起来，摇了摇手，说：

“你就是用绳套套着他，也别想把他拉到苏维埃去。我看，他就是开小差。不是今天，就是明天，他就要从家里溜掉。从各方面来看，这个基里尔还想和红军打，可是你倒说起我来了。才不呢，伙计，我打够了，这种好饭我已经吃到嗓子眼儿啦。”

普罗霍尔不久就走了。过了不大的一会儿，米沙也到院子里去了。杜尼娅伺候孩子们吃过饭，刚刚铺好了床，米沙就走了进来。他手里抱着一麻袋卷东西。

“你滚到哪儿去啦？”杜尼娅气嘟嘟地问道。

“去拿我的嫁妆来。”米沙嘻嘻地笑着说。

他打开麻袋卷，拿出裹得很好的一支步枪、一个鼓鼓囊囊的子弹盒，一支手枪和两颗手榴弹。他把这一切都放到大板凳上，又小心翼翼地把煤油倒在一个碟子里。

“这是打哪儿弄来的？”杜尼娅挑了挑眉毛，瞟着这些家伙问道。

“这是我的家伙，从前方带回来的。”

“你藏在哪儿来？”

“不管藏在哪儿，反正都在这儿了。”

“你原来心思那样深，什么也不说一声，连老婆都要瞒着吗？”

米沙装作毫不在意地笑着，带着很明显的讨好意味说：

“你要知道这种事儿干啥，杜妞什卡？这不是老娘儿们的事儿。就让这份家当摆着吧，姑奶奶，这玩意儿在家里又不碍事。”

“那你干吗要拿进屋里来？你是懂国法的人，什么都知道嘛……你这样不会犯法吗？”

米沙正色说：

“你真糊涂！基里尔·格罗莫夫把家伙带回来，对苏维埃政府是有害的，可是我带回来，除了对苏维埃政府有好处，别的什么事儿都不会有。你懂吗？我犯什么法呢？天知道你瞎说些什么，快睡吧，睡吧！”

他得出他认为是唯一正确的结论：如果白军的余党带着武器回来，那么他就得提高警惕。他把步枪和手枪仔细擦了擦，第二天，天一亮，他就步行上维奥申去了。

杜尼娅一面给他往挂包里装干粮，一面很烦恼、很伤心地叹着气说：

“你什么事儿都瞒着我！你告诉我，你要去多久，去干什么？你是过的什么鬼日子呀！人要出门了，可是连话都不说一句！……你是我的男人，还是外来搭伙儿的？”

“我上维奥申，到医务委员会去，还有什么好对你说的呢？等我回来，你就全知道了。”

米沙一只手按着挂包，快步走到河边，坐上小船，迅速地朝对岸划去。

＊＊＊

在维奥申，医务委员会的医生给米沙检查过身体以后，很干脆地对他说：

“好同志，您不能到红军队伍里去当兵。您害疟疾害得身体太虚了。要治一治，要不然可不好。红军可不要这样的人。”

“那红军究竟要什么样的人？我干了两年了，现在就不要了吗？”

“首先要的是健康的人，等您健康起来就要您了。把这张药方拿去，到药房里去拿点儿奎宁吧。”

“是这样啊……我明白了。”米沙往身上穿军便服，就像给一匹脾气很坏的马上皮套一样，好不容易才把头套进领口里，便径直朝州党委会走去，扣裤裆已经是在街上了。

……米沙回鞑靼村的时候，已经是村革命军事委员会的主席了。他匆匆地和妻子打了一下招呼，就说：

“哼，现在我们就看看吧！”

“你这是说的什么事儿？”杜尼娅惊愕地问道。

“还是那事儿嘛。”

“什么事儿呀?”

“派我当主席啦。明白吗?”

杜尼娅很伤心地把两手一挓挲，她想说几句什么，但是米沙不再听她的了。他对着镜子理了理褪了色的军便服上的皮带，就上村苏维埃去了。

从冬天起，米海耶夫老汉就担任革命军事委员会主席。他又聋，眼力又差，担任主席简直是受罪，听到柯晒沃依说要接他的班，实在高兴极了。

“我的好伙计，这是公文，这是村苏维埃的印，为了基督，你接下吧。”他画着十字，搓着手，打心眼儿里高兴地说，“我七十多岁了，从来就没当过什么官差，可是到了老年倒干上了……这完全是你们年轻人的事儿，我哪儿能干得了呀?我眼又花，耳朵又聋……到了见上帝的时候啦，可是派我当起主席来了……”

米沙草草地看了看乡革命军事委员会送来的指示和命令，就问道：

“秘书在哪儿?”

“什么?”

“唉，见鬼，我是问，秘书在哪儿？”

“秘书吗？种黑麦去了。他呀，真该天打五雷轰，一星期才上这儿来一趟。有时候乡里来了公文，需要念一念，可是就是带上狗也找不到他。有时候很重要的公文就摆上好多天也没有人念。我又识不了几个大字，唉，不识字呀！连签个名字都很费劲儿，念东西根本不行，我只会盖盖印……”

米沙皱起眉头，打量打量了革命军事委员会的空荡荡的办公室，办公室里只有一些落满苍蝇屎的旧标语。

老头子因为意想不到地卸了任，高兴得不知如何是好，他甚至开起了玩笑：在把包在破布里的印交给米沙的时候，他说：

“这就是村子里的全部家当，公款是没有的，村子的权杖在苏维埃当权的时候又用不着。如果你要的话，我可以把我这个老头子用的拐杖交给你。”他并且张开没有牙的大嘴笑着，把一根磨得光溜溜的白蜡木拐杖递过来。

但是米沙却没有心思开玩笑。他又把很寒碜的革命军事委员会办公室打量了一遍，皱起眉头，叹着气说：

“老人家，就算我接下你的工作了。现在你就离开这儿，想上哪儿就上哪儿去吧。”并且拿眼睛朝门口瞟了瞟，示意叫他走。

然后他在桌边坐下来，把胳膊肘子撑得宽宽的，咬紧牙齿，把下巴往前伸着，一个人坐了很久。我的天呀，他一天到晚在地里忙活，头也不抬，也不认真看看周围发生的事情，他多么浑蛋呀……米沙恨透了自己和周围的一切，从桌边站起来，理了理军便服，望着空荡荡的屋子，依然咬着牙，说：

“伙计们，我要叫你们看看，苏维埃政府是什么样子！”

他把门带上，挂好门钩，便穿过广场朝家里走去。他在教堂旁边遇到奥布尼佐夫家的一个半大小伙子，漫不经心地点了点头，就走了过去，可是忽然想起一个问题，就转过身来，唤道：

“喂，安得留什卡！等一等，你过来！”

很腼腆的淡黄色头发的半大小伙子，一声不响地走到他面前。米沙就像对成年人一样，和他握了握手，就问道：

“你上哪儿去来？上那边去来吗？噢，噢，是去玩吧？是有事呀？我是想问问你：你好像上过高小吧？上过吧？那很好。你会办公事吧？”

“什么样的公事？”

“噢，就是一般的公事。各种各样收收发发的公事，你会办吧？”

“你说的是什么，柯晒沃依同志？”

“噢，我说的是日常来往的公文。你会办吗？比如说，有的是发出的，有的是其他各种各样的。”米沙扳了扳手指头，表示还有很多种类，并且不等回答，就果断地说，“如果不会，以后可以学会。我现在是村革命军事委员会主席，我就任命你这个识字的小伙子当秘书。你就上革命军事委员会的办公室里去吧，到那儿去把公文看一看，公文全在桌子上，我一会儿就回来。明白吗？”

“柯晒沃依同志！”

米沙摆了摆手，不耐烦地说：

“这个问题咱们以后再谈，你去上班吧。”他便慢慢地、从容不迫地顺着大街朝前走去。

他在家里换上一条新裤子，把手枪放到口袋里，一面很仔细地对着镜子戴军帽，一面对妻子说：

“我现在要到一个地方去办点儿事。如果有人来问主席在哪儿，你就说很快就回来。”

干主席就要有点儿主席的样子……米沙走得又慢又有气派；他的步伐与平时大不相同，村里有些人遇到他就不由得要停下来，含笑望望他的背影。普罗霍尔·泽柯夫在小胡同里遇到他，故意装出毕恭毕敬的样子，退到篱笆跟前，问道：

“你这是怎么啦，米沙？在平常日子把所有的好行头都穿上，就像去参加检阅一样……是不是又要去相亲呀？”

“差不多吧。”米沙意味深长地抿了抿嘴唇，回答说。

来到格罗莫夫家大门口，他一面往里走，一面伸手到口袋里掏烟荷包，警惕地打量了一遍宽大的院子、院子里的棚舍、房子的窗户。

基里尔·格罗莫夫的母亲刚刚从过道里走出来。她的身子向后仰着，手里端着一盆切成碎块的喂牲畜的南瓜。米沙恭恭敬敬地和她打了个招呼，就上了台阶。

“基里尔在家吗，大婶儿？”

“在家，在家，你进去吧。”老奶奶一面让路，一面说。

米沙走进黑乎乎的过道，摸到了门把手。

基里尔亲自给他开了上房的门，往后退了一步。他的脸刮得干干净净，面带笑容，微微有些醉意。他用迅速的、探索的目光打量了米沙一下，就从容不迫地说：

“又是一个当兵的人！进来吧，柯晒沃依，请坐，来喝一杯。我们正在这儿喝一点儿，就是说，小饮呢……”

“殷勤的款待呀。”米沙一面和主人握手，一面打量着坐在桌子旁边的客人。

他来得显然太不是时候了。坐在上座的一个宽肩膀的、米沙不认识的哥萨克，用询问的目光匆匆地看了看基里尔，就推开了酒杯。坐在桌子对面的、柯尔叔诺夫家的远亲阿贺瓦特金·谢苗，一看见米沙，就皱起眉头，把目光转向一边。

主人请米沙坐到桌旁去。

“谢谢你的盛情啦。”

“别这样，请坐，不要见外，跟我们喝一杯吧。”

米沙在桌边坐了下来。他从主人手里接过一杯酒，点了点头，说：

“祝你平安回家，基里尔·伊万诺维奇！”

“谢谢。你早就离开部队了吧？”

“早就离开了。已经安好家了。”

“听说你也安家了，也娶亲了，是吗？你干吗要做假呀？放开量喝嘛！”

“我不想喝，我找你有点事儿。”

“这可不行！你别来这一套！今天我不谈什么事情。今天我要和朋友们好好地喝一喝。你要是有事儿，明天再来吧。”

米沙从桌旁站起来，很镇静地笑着，说：

“事情倒是小事情，不过不能等。咱们上外面去一下吧。”

基里尔抚摩着精心卷过的黑胡子，沉默了一会儿，后来站了起来。

“你是不是可以在这儿说说呢？咱们干吗要败大家的兴呀？”

“不行，咱们还是出去谈吧。”米沙沉着然而固执地说。

“你就跟他出去吧，有什么讨价还价的？”米沙不认识的那个宽肩膀的哥萨克说。

基里尔很不高兴地往厨房里走去。他对正在灶边忙活着的妻子小声说：

“你上外面去，卡捷琳娜！”然后他坐到板凳上，冷冷地问，“有什么事？”

“你回家几天了？”

“怎么样？”

“我是问，你在家里住了几天了？”

“好像是第四天。”

“到革命军事委员会去过吗？”

“还没有去过。”

“你是想上维奥申的军事委员部去吧？”

“你这是什么意思？你说是有事情，就谈正经事吧。”

“我谈的就是正经事。”

“那就滚你的蛋吧！你算什么官儿，凭什么我要向你报告？”

“我是革命军事委员会主席。你把部队的证明拿出来看看。”

“是这——样——啊！”基里尔拉着长声说，并且用清醒过来的刀子一样的眼睛望着米沙的眼珠子，“原来是这么一回事儿呀！”

“就是这么回事儿。把证明拿来！”

“今天我就上苏维埃去，我带去。”

“现在就拿来！”

“我不知道放到哪儿去了。”

“去找一找。”

“不行，现在我不找。你回家去吧，米沙，别闹得咱们都不痛快。”

“咱们之间没什么痛快的……”米沙一只手伸进右边的口袋，“把衣服穿上！”

“算了吧，米沙！你顶好别碰我……”

“咱们走吧，你给我走！”

“上哪儿去？”

“上革命军事委员会去。”

“可是我不想去呀。”基里尔脸色一下子白了，可是他带着嘲弄的意味笑着说。

米沙朝左边歪了歪身子，从口袋里掏出手枪，扳起机头。

“你走不走?”他小声问。

基里尔一声不响地朝上房里走去，但是米沙拦住他的去路，拿眼睛瞟了瞟过道的门。

“伙计们!”基里尔装作毫不在意地喊道，“我现在好像是被捕了！你们自己喝吧，不必等我了!”

上房的门一下子敞开了，阿贺瓦特金刚刚迈出门槛，但是一看见对准了他的手枪，就连忙退到了门框后面。

“走!”米沙命令基里尔说。

基里尔摇摇摆摆地朝门口走去，懒洋洋地抓住门把手，忽然飞身一跃，跨出了过道，猛地把外面的门一关，就跳下了台阶。他在弯着腰穿过院子朝园子里跑的时候，米沙朝他打了两枪，都没有打中。米沙叉开两腿，把手枪筒子架在弯起的左胳膊肘上，仔细瞄了瞄。第三枪响过，基里尔好像打了个趔趄，但是他挺了挺身子，很轻巧地跳过了篱笆。米沙跑下台阶。在他身后的房子里响起猛烈而急促的步枪声。一颗子弹打在前面棚子的白墙上，嚓的一声，打落了一片灰灰的石头末子。

基里尔跑得很轻松，很快。他那弯着的身子在绿色的苹果树枝丛中闪动着。米沙跳过篱笆，卧倒下来，又对着逃跑的人打了两枪，然后转过脸朝着房子。房门大开着。基里尔的母亲站在台阶上，一只手在眼睛上搭着凉棚，朝园子里望着。米沙呆呆地想道："真应该什么话也不说，当场把他打死！"米沙在篱笆脚下又躺了几分钟，注视着房子，一面机械地、一下一下地刮着粘在膝盖上的泥巴，然后才爬起来，很不带劲儿地爬过篱笆，垂下枪口，朝房子里走去。

五

阿贺瓦特金和米沙在格罗莫夫家看见的那个不认识的哥萨克，都和基里尔·格罗莫夫一起不见了。夜里又有两个哥萨克从村子里跑掉了。顿河肃反委员会的一小支队伍从维奥申来到鞑靼村。逮捕了一些哥萨克，把四名没有证明、私自离开队伍的哥萨克送到了维奥申的惩戒连里。

米沙天天待在革命军事委员会里，天黑了才回家。他把上好子弹的步枪放在床边，把手枪掖在枕头底下，睡觉也不脱衣服。在和基里尔发生冲突以后的第三天，他对杜尼娅说：

“咱们睡到过道里去。”

“干什么？”杜尼娅惊愕地问。

“他们会对着窗户开枪。床就靠着窗户嘛。”

杜尼娅一声不响地把床搬到过道里，可是晚上她问道：

“怎么，咱们就一直这样像兔子一样过下去吗？等冬天到了，咱们也躲在过道里吗？”

“到冬天还早着呢，暂时凑合着住住。”

“要凑合到什么时候呢？”

“等我把基里尔打死就行了。”

“他才不会伸出脑袋来叫你打呢！”

“会伸出来的。”米沙很有把握地回答说。

但是他的打算没有实现：基里尔·格罗莫夫和他的朋友一起跑到顿河那边去了。他听说马赫诺的队伍要来了，就过河到顿河右岸，跑到克拉斯诺库特镇去了，因为听说马赫诺匪帮的前哨部队已经到了那里。夜里他到村子里来过，在街上无意中碰到普罗霍尔，就叫普罗霍尔转告米沙，说他格罗莫夫向他问候，并说一定要来拜访。第二天早晨，普罗霍尔就把见到基里尔的事以及他说的话告诉了米沙。

“好啊，让他来吧。上一次跑掉了，下一次他跑不掉。他教会了我怎样和他们这些家伙打交道，就因为这一点也应该谢谢他。”米沙听了普罗霍尔的话以后说。

马赫诺确实到了上顿河州的境内。在康柯夫村附近，经过短时间的战斗，把从维奥申派出去迎击他的一个步兵营打垮了。但是他没有向州中心进军，而是向米列洛沃车站方面开去，在车站北面跨过铁路线，朝斯塔罗别尔斯克去了。那些死心塌地的白军哥萨克都加入了他的队伍，但是大多数哥萨克都还待在家里观望。

米沙依然过着时时提防的日子，细心注视着村子里的情况。村子里的情形实在不怎么景气。哥萨克们因为买不到东西，一个劲儿地咒骂苏维埃政府。不久前成立的合作社的小铺子里几乎什么都没有。肥皂、糖、盐、煤油、火柴、烟丝、车轮油——这些最急需的东西都没有卖的。在空空的货架子上只摆着一些昂贵的阿司莫洛夫工厂的纸烟和一些小五金商品，这些东西几个月都没有买主。

因为没有煤油，夜里点的是放在碟子里的炼过的牛油或者猪油。没有烟丝，大家抽的全是自制的土烟。没有火柴，所以又广泛地使用起火石和铁匠匆匆打成的火镰。为了容易引火，还将火绒加了葵花秆子灰放在开水里煮过，但是因为不习惯，取火还是非常困难。有好几次，米沙晚上从革命军事委员会回来，看见许多抽烟的人在胡同口围成一堆，一齐在用火石打火，小声骂着娘，说："苏维埃政府，给点儿火吧！"终于，有人打出的火星落在干燥的火绒上，燃烧起来，于是大家一齐就着火抽起烟来，一声不响地蹲下去，聊起天来。卷烟的纸也没有了。把教堂更房里的一些诗韵书都偷了出来，等到把这些书抽完了，于是家家户户把什么都拿来卷烟了，从小孩子的旧教科书到老头子的《圣经》，无一幸免。

普罗霍尔·泽柯夫常常上原来的麦列霍夫家里来，向米沙要卷烟的纸，有一次很伤心地说：

"我老婆的箱子盖上糊着的旧报纸，我都撕下来抽掉了。有一本《新约》，这可是圣书，我也抽掉了。旧约也抽掉了。这些圣人写的圣书实在太薄了……我老婆有一本家谱，上面都是亲属的名字，有活人的，有死人的，我也抽掉了。怎么，非要叫我拿白菜叶子或者牛蒡叶子卷烟不可吗？不行啊，米沙，不管怎样，你要给我点儿报纸。我不抽烟可不能过日子。在俄德战争的时候，有一回我拿口粮换了八根烟卷儿呢。”

这一年秋天，鞑靼村里的日子过得很不愉快……没有油的大车轮子吱嘎吱嘎地叫着，没有抹松香的皮套和皮靴都干得裂了缝，但是最难受的还是没有盐吃。鞑靼村的人用几只大肥羊到维奥申换了五斤盐，回来的一路上又是咒骂苏维埃政府，又是咒骂荒乱的年头。米沙为了这该死的盐伤够了脑筋……有一天，有几个老头子到村苏维埃来了。他们很有礼貌地和主席打过招呼，摘下帽子，坐到长板凳上。

“盐没有啦，主席老爷。”一个老头子说。

“现在没有老爷啦。”米沙给他纠正说。

“请原谅，这是因为原来叫惯了……没有老爷能过日子，可是没有盐不行啊。”

“诸位老人家，你们想怎样呢？”

“你是主席，要想想法子运点儿盐来。我们不能用老牛从马内契往这儿运盐呀。”

“我已经把这事儿报告州里了，州里已经知道了，大概不久就能运来。”

“要等到哪一年呀？”一个老头子看着地面说。

米沙火了，从桌边站了起来。他气得满脸通红，把口袋翻了过来。

“我也没有盐呀。你们看见吗？我身上也没有驮着盐，又不能从手指头上给你们挤出盐来。明白吗，诸位老人家？”

“那些盐都跑到哪儿去了呢？”冷了一会儿场之后，独眼的老头子丘玛科夫带着惊奇的神气用一只眼睛看着大家，问道，“以前，在旧政府那时候，从来没有人谈过盐的事，盐到处堆得像山一样，可是这会儿连一小撮都弄不到了……”

“这跟我们的政府没关系，”米沙已经比较镇静地说，“要怪只能怪你们原来的士官生政府！是他们造成这样的混乱，弄得连盐都没法子运！所有的铁路都破坏了，火车也破坏了不少……”

米沙对老头子们讲了半天，讲白军在撤退时如何破坏国家财产，如何炸工厂、烧仓库。有些事情是他在打仗时亲眼见到的，有些是他听说的，还有一些是他一时心血来潮编造的，唯一的目的是想叫他们不要对可爱的苏维埃政府不满。为了维护苏维埃政府，不妨撒点儿谎，使使小点子，他在心里说：“就是我诬赖坏蛋们几句，也没有多大了不起的，反正他们是坏蛋，他们也不会因此受到损失，可是这对我们却有好处……”

“怎么，你们以为，他们这些资产阶级都是呆子吗？他们才不傻呢！他们把全俄罗斯的糖和盐，都搜刮了来，有好多万普特呢，都事先运到克里米亚去了，在那儿又装上轮船，运到外国卖去了。”米沙眨动着眼睛说。

“怎么，他们连大车油也运走了吗？”独眼的丘玛科夫带着不相信的口气问道。

“老人家，你以为他们会给你留下吗？他们不管劳动人民的死活，也用不着心疼你。就是大车油他们也能找到买主！如果可能的话，他们会把什么都弄走，叫这儿的老百姓都饿死呢。”

“这话倒也是的。”一个老头子表示赞同说，“财主全是吸血鬼。自古以来都是这样：人越是有钱，就越是贪心。维奥申有一个商人，在第一次逃难的时候，把什么东西都往大车上装，把东西全装上，连一针一线也舍不得丢下，这时候红军已经离得很近了，可是他还没有出院子，穿着皮袄在房子里跑来跑去，用钳子拔墙上的钉子。他说：‘我连一根钉子也不想留给他们那些可恶的家伙！’这么看，他们把大车油运走，也不算稀奇了。”

“那我们没有盐吃，究竟怎么办呀？”谈到最后，马克萨耶夫老汉很和善地问道。

“我们的工人很快就能挖出新盐来，目前也可以用马车到马内契去拉嘛。”米沙小心翼翼地出主意说。

“老百姓都不愿意上那儿去。那儿有加尔梅克人捣蛋，不让到湖上去拉盐，还要把牛抢去。我有一个朋友只拿着一根鞭子从那儿回来了。夜里，在维里柯克西亚什镇那边，来了三个带枪的加尔梅克人，把牛抢去，还指着他的喉咙说：‘不许出声，要不然你不得好死……’所以谁也不敢上那儿去啦！”

“只好等一等了。”丘玛科夫叹着气说。

米沙和老头子们总算马马虎虎谈好了，但是在家里，又因为盐的事，他和杜尼娅谈得很不愉快。总的来说，他们的关系有点儿不大协调了……

这是从米沙当着普罗霍尔的面谈到格里高力的那一天开始的，那一次小小的争执竟没有被忘掉。有一天吃晚饭的时候，米沙说：

“你的菜汤没有盐呀，内当家的。是不是像俗话说的，淡了还有办法，咸了怕挨打呢？”

“如今有这个政府，做菜咸不了。你知道咱们还剩多少盐吗？”

“还有多少？”

“还有两把。”

“真糟糕。”米沙叹着气说。

“有很多人夏天就到马内契去拉盐了，可是你总是没工夫去想这些事。”杜尼娅用埋怨的口气说。

“我哪儿有牲口去拉盐呢？牛又不行，出嫁头一年就把你套上，又不大像话……”

“你先别开玩笑吧！等你吃够了没盐的东西，再开玩笑吧！”

“你干吗要向我发脾气呀？说实在的，我到哪儿给你弄盐去？你们女人家就是这样……我要是能吐出盐来，那我吐给你们。如果吐不出盐来，叫我他妈的怎么办呢？”

“人家都赶着牛车上马内契去过。人家这会儿盐也有了，什么都有了，可是咱们就只能吃又淡又酸的东西了……”

“杜尼娅，咱们马马虎虎能熬过去。大概很快就能运盐来。我们还缺这玩意儿吗？”

“你们什么都多得很。”

“这‘你们’，指的是谁？”

“我说的是红军。”

“那你是什么人？”

“就是你看见的这样一个人。你们吹呀，吹呀，说什么：‘我们什么都要有很多很多，还要过又平等又富裕的日子……’瞧，这就是你们的富裕日子：做菜汤都没有盐放啦！”

米沙惊骇地看了看妻子，脸色都白了。

“杜尼娅，你这是怎么啦？你怎么说这种话？能这样说吗？”

但是杜尼娅来了性子：她的脸气得和恼得也发了白，换成喊叫的声音说：

“可是，能这样过日子吗？你瞪什么眼睛？你这个主席，知道不知道，人不吃盐就要肿牙花子？你知道不知道，很多人拿什么当盐吃？他们跑到涅恰耶夫冈那边，到碱地里去挖碱土，就把碱土放到菜汤里……这事儿你听说了吗？”

“别发急，别吵嘛，我听说过……这又怎样呢？”

杜尼娅把两手一挓挲，说：

“还有什么怎样不怎样呀？”

“无论怎样总要凑合着熬过去吧？”

“哼，你去熬吧！”

“我是可以熬过去的，可是你……你们麦列霍夫家的本性都在你身上露出来啦……”

“什么样的本性？”

“反动的本性，就是这种东西！”米沙低沉地说过这话，就从桌边站了起来。他看着地面，也不抬眼看妻子；他的嘴唇轻轻哆嗦着，说道：“你要是再说这种话，咱们就没法在一块儿过了，你要明白！

你说的话是敌人的话……”

杜尼娅还想反驳，但是米沙侧眼看了看她，并且举起了攥成拳头的手。

“住嘴！……”他低沉地说。

杜尼娅并不害怕，她带着掩饰不住的好奇神情仔细打量了他一下，过了一会儿，就又镇静又快活地说：

“唉，得了吧，咱们干吗要谈这些鬼事情……咱们没有盐也能过得去！”她沉默了一会儿，就带着米沙一向很喜欢的微笑，说，“别生气，米沙！要是对我们女人家什么事儿都生气的话，气还不够用的呢。因为脑子糊涂，什么话都能说得出来……你想喝果子汤，还是给你端点儿酸牛奶来？”

杜尼娅虽然年轻，却已经有了丰富的生活经验，她懂得，在夫妻争吵的时候，什么时候应该坚持下去，什么时候应该忍让……

在这以后，过了有两个星期，收到格里高力的一封信。信上说，他在和弗兰格尔的部队作战中受了伤，又说，等伤愈后，很可能要复员回家。杜尼娅把信的内容对丈夫说了说，小心翼翼地问道：

“等他回家来，米沙，那时候咱们怎么过法呢？”

“咱们搬到我家里去。叫他一个人住在这儿。把家产分开。”

“咱们和他一块儿过，恐怕不行。从各方面来看，他会把阿克西妮亚接过来。”

“就算是行的话，我也不愿意和你哥哥同住在一座房子里。”米沙很决绝地声明说。

杜尼娅惊愕地动了动眉毛。

“为什么，米沙？”

“你知道吗。”

“是因为他在白军里干过吗？”

“是的，是的，就因为这个。”

“你不喜欢他呀……你和他本来是好朋友嘛！”

“我要他这种朋友干他妈的什么？我会喜欢他？以前是朋友，可是早就绝交啦。”

杜尼娅坐在纺车后面。纺车有节奏地嗡嗡响着。纺的线一下子断了。杜尼娅用手把纺车停住，也不看丈夫的脸，一面捻断线，一面问：

“他要是回来，因为干白军的事会把他怎么样呢？”

“要上法庭。要判罪。”

“究竟会判他什么罪呢?”

“那我就不知道了，我又不是法官。”

“会判枪毙吗?”

米沙朝米沙特卡和波柳什卡睡的床上望了望，听到他们的均匀的呼吸声，就放低了声音，回答说:

“会的。”

杜尼娅再也没有问什么。第二天早晨，她挤完牛奶，就去找阿克西妮亚。

“格里沙快回来了，我来叫你高兴高兴。”

阿克西妮亚一声不响地把装满水的铁罐放在炉台上，两手紧紧按在胸前。杜尼娅看着她的火红的脸，说:

“你可不要太高兴了。我那一口子说，他脱不了要吃官司。天知道会判他什么罪呀。”

在阿克西妮亚那含泪的、闪闪发光的眼睛里，闪过一阵恐怖的神情。

“因为什么?”她上气不接下气地问道，然而她还无法收住嘴唇上来迟了的笑。

“因为暴动的一些事情。”

“胡说！才不会判他罪呢。你的米沙什么也不懂，还要充万事通！”

“也许不会判罪。”杜尼娅沉默了一会儿，后来把一声叹息压下去，说，“他恨我小哥……所以我心里十分难受，说又不能说！我小哥真可怜呀！他又挂花了……他这一辈子真不顺心呀……”

“只要他能回来就行：我们可以带上孩子们逃到别处去。”阿克西妮亚激动地说。

她不知为什么把头巾扯下来，接着又披上去，并且毫无目的地挪动着搁板上的碗碟，怎么都压制不住十分强烈的激动心情。

杜尼娅看出，阿克西妮亚坐到板凳上，在膝盖上抚摩破旧的围裙皱褶的时候，两只手打着哆嗦。

一股泪水涌到杜尼娅的喉咙眼儿里。她真想一个人大哭一场。

“妈妈没有等到他啊……”她小声说，“好，我走了。要去生炉子了。”

阿克西妮亚在过道里又急促又羞涩地亲了亲她的脖子，又抓住她的手亲了亲。

“你高兴吗？”杜尼娅上气不接下气地小声问道。

“是的，有点儿，一点点儿……”阿克西妮亚这样回答，是想用开玩笑和哆哆嗦嗦的微笑掩饰已经涌出来的眼泪。

六

在米列洛沃车站，因为格里高力是一位复员的红军指挥员，所以给他派了一辆大车。在回家的路上，他在每一个乌克兰大村庄里都要换马。走了一天一夜，就来到上顿河州的边境。就在第一个哥萨克村庄里，担任革命军事委员会主席的一个刚从部队里回来的年轻红军说：

“指挥员同志，您非得坐牛车不可了。我们全村只有一匹马，就连这匹马也还是用三条腿走路。所有的马都在逃难的时候丢在库班了。”

“是不是可以凑合着用用这匹马呢？”格里高力用手指头在桌子上敲着，用试探的目光望着这位精明的主席那愉快的眼睛，问道。

“不能用。用这匹马走上一个星期，您也到不了家！不过请您放心，我们有很好的牛，腿脚很快，我们反正要派一辆大车到维奥申去送电话线，因为这次仗打过以后，把电线都堆在我们这儿了；您也用不着换车了，可以把您一直送到家。”主席眯缝起左眼，一面笑一面意味深长地挤着眼睛，说，“我们给您几头顶好的牛，还派一个年轻寡妇给您赶车……我们这儿有一个很漂亮的娘儿们，就是做梦也找不到比她更好的啦！有她在一块儿，您不知不觉就到家了。我当过兵，知道当兵人喜欢的种种玩意儿……”

格里高力一声不响地在脑子里盘算了一阵子。等顺路的马车又靠不住，步行又太远，只有同意坐牛车走了。

过了一个钟头，来了一辆破牛车。车轮子吱扭吱扭响着；车后挡板没有了，插着几块木头片，胡乱垫上的干草一绺一绺地耷拉着。格里高力很厌恶地看着这辆破牛车，心里想：“打仗打到这种地步啦!”赶车的女子摇着鞭子，跟牛并排走着。她确实很漂亮，身材也很匀称。只有那大得和个头儿不相称的乳房显得有点儿不大协调，再就是那圆圆的下巴上有一道斜疤，给她的脸增添了老于世故的神气，并且使她那张黑乎乎、红扑扑的年轻的脸显得好像老了一点儿；鼻梁上还有一些像米粒儿一样小小的金色雀斑。

她一面理头巾，一面眯缝起眼睛，仔细打量了一遍格里高力，问道：

“就是送你吧？”

格里高力从台阶上站了起来，掩上军大衣。

“是送我。你装上电线了吗？”

“就该我这个倒霉的给他们装车吗？”这个哥萨克女子大声嚷了起来，“天天赶车，天天干活儿！怎么，就是我好说话吗？他们自个儿会把电线装上去的，要不然我就赶着空车走了！”

她往车上搬着电线，大声和主席骂着玩儿，偶尔侧眼用探索的目光瞟一瞟格里高力。主席一直在笑着，喜滋滋地望着年轻寡妇。有时候他朝格里高力挤挤眼睛，好像是在说：“你看我们这儿的娘儿们多漂亮！可是你还不相信呢！”

村外，色调暗淡的、褐色的秋日原野远远地铺展开去。一股灰白色的烟气从耕地上慢慢升起来，从大路上飘过去。耕地的人在烧灰，烧的是一蓬一蓬的干黄鼠狼草、开过花的多纤维的长齿草。这烟味儿在格里高力心中勾起惆怅的回忆：当年他格里高力也在安静的秋天原野上耕过地，夜里常常眺望满天星斗的夜空，倾听高空里飞过的雁群的呼唤声……他很不平静地在干草上转悠起来，侧眼看了看赶车的女子。

“你多大岁数啦，大嫂子？”

“快六十岁啦。”她只用眼睛笑着，娇声娇气地回答说。

“说真的，别开玩笑。”

“二十一岁。”

“守寡了吗？”

“守寡啦。”

“你男人怎么死的？”

“阵亡啦。”

“很久了吗？”

“已经一年多了。”

“是在暴动的时候吧？”

“是在暴动以后，快到秋天的时候。”

“噢，你的日子过得怎样？”

“凑合着过。”

“寂寞吗？”

她仔细看了他一眼，把头巾往嘴唇上拉了拉，遮住笑容。她再说起话来的时候，她的声音低些了，而且声音中出现了一种新的语调：

“干起活儿来，就不觉得寂寞了。”

“没有男人总寂寞吧？”

“我家里还有婆婆，家务活儿多得很。”

“没有男人怎么过呀？”

她转过脸来朝着格里高力。她那黑乎乎的脸上泛起一阵红晕，眼睛里冒起一阵红红的火花，又熄灭了。

“你这是什么意思？”

“就是那个意思。”

她把头巾从嘴唇上推开，拉着长声说：

“唉，这话就别问了！世界上还有的是人嘛……”她沉默了一会儿，又继续说，“我和我男人还没有过到什么甜日子，结婚才一个月，就把他抓去当兵了。没有他，我凑凑合合能过得去。这会儿好些了，年轻哥萨克都回到村里来了，要不然可够受。喔，白头顶！喔！老总啊，就是这样呀！我就是这种命呀。”

格里高力不作声了，他觉得完全不应该用开玩笑的腔调谈这种事。他有些后悔了。

几头又大又肥的公牛依然跨着均匀的、大摇大摆的步子往前走着。有一头公牛右边的角曾经断过，长出来的新角斜斜地歪到额头上。格里高力用胳膊肘子撑着身子，半闭着眼睛，躺在车上。他想起小时候以及后来长大成人后干活儿用过的那些老牛。那些牛的毛色、个头儿、脾气各不相同，甚至每一头牛的角都各有各的样子。以前麦列霍夫家有一头公牛，角也是歪到了一边，非常难看。那头牛又凶又狡猾，总是转悠着布满血丝的白眼珠子斜着眼看人，看见有人从后面走来，就要踢人；在农忙时候，到夜里放它去吃草，它总想朝家里跑，或者，更糟糕的是，跑到树林里或者很远的山沟里去。格里高力常常要骑着马整天整天地在草原上到处寻找，等到找得泄了气，认为再也找不到走失的公牛了，却忽然又在山沟里，在密密丛丛的荆棘棵子里，或者在一棵枝叶茂密的老野苹果树的树荫里发现了它。

那一头独角魔鬼还很会脱笼头，夜里常常用角顶开牲口院子的门钩，跑出去，洑过顿河，跑到草甸子上去。那头牛当时给格里高力找了不少麻烦，使他伤了很多脑筋……

“这头断角的牛怎样，老实吗?”格里高力问道。

“很老实。怎么样?”

“我是随便问问。”

“如果再没有别的话说，‘随便问问’倒是好话。”赶车的女子冷笑着说。

格里高力不作声了。他想想过去的事，想想太平日子，想想干活儿，想想一切和战争无关的事情，就觉得非常愉快，因为这一连打了七年的仗，使他厌恶透了，只要一想起打仗，一想起和当兵有关的任何一件事情，他都感到心里极其厌烦，并且暗暗感到愤恨。

他不再打仗了。打仗打够了。他现在是回家去，终于可以干活儿了，可以和孩子们、和阿克西妮亚在一块儿过过日子了。还在前方的时候，他就打定主意要把阿克西妮亚接到家里来，让她抚养孩子们，让她天天在他身旁。这事儿也要解决，而且越快越好。

格里高力美滋滋地幻想着，他回到家里怎样脱去军大衣和皮靴，穿上肥大的布靴子，按照哥萨克的习惯，把裤腿掖进白毛袜筒里，把粗布外套套到棉袄上，就下地干活儿去。手扶犁把，跟着犁顺着潮乎乎的垄沟往前走，拿鼻子拼命吸着犁起来的泥土那淡淡的潮湿味儿和犁断的青草那种苦丝丝的味儿，真是痛快极了。在外乡外地，就是泥土气味、青草气味也和家乡的不一样。他在波兰，在乌克兰，在克里米亚，不止一次把灰灰的野蒿头儿放在掌心里揉烂了，闻一闻，就很惆怅地想："不对，这不是那种味道，是另外一种味道……"

可是赶车的女子感到寂寞了，想说说话儿了。她不赶牛了，坐舒服些，拿手揪弄着鞭梢儿，偷偷地把格里高力，把他那张聚精会神的脸和半闭着的眼睛打量了半天。"他虽然有了白头发，可是并不怎么老，而且真有点儿怪，"她想道，"老是把眼睛眯缝着，他干吗要眯缝眼睛呀？他好像疲乏得要命，就好像拉过老重的大车……他的长相倒不错。就是白头发多了一点儿，瞧，连胡子也差不多都白了。不过样子还是挺漂亮的。他一个劲儿在想什么呢？起初他好像是想开开玩笑，可是后来就不声不响了，只问了一句什么牛的事儿。怎么，他没有什么要谈的了吗？也许，是不是不好意思？不像。他的眼神很镇定嘛。是的，是一个很漂亮的哥萨克，就是有点儿古怪。哼，你就不开口吧，罗锅子鬼！我才不巴结你哩，真的！我也会不开口！一心想回家找老婆呢。哼，你不开口就不开口吧！”

她把脊梁靠在车厢板上，小声唱起歌来。

格里高力抬起头来，看了看太阳。天还很早。闷闷不语地守卫着大道的去年的蓟草的影子只有半步长；从各方面看来，这时候至多不过下午两点钟。

草原就像沉醉了似的，静得连一点声息也没有。太阳也不灼人。微风无声地拂动着红红的枯草。四周既听不见鸟鸣声，也听不见金花鼠的叫声。寒冷的、蔚蓝色的天上也没有老鹰打圈子。只有一次，一道灰灰的影子从大路上滑过去，格里高力还没有抬起头来，就听见老大的翅膀那沉重有力的扇动声：一只银灰色的、翅膀腋部在阳光中闪着白光的大雁飞了过来，落在远处一座古守望台旁边，那边有一片太阳晒不到的洼地，洼地和雾蒙蒙的淡紫色的远方融合在一起了。以前，只有在深秋时候，格里高力才会在草原上看到这种凄凉而肃穆的寂静，这时候他好像都能听见在草原上、在前面很远很远的地方滚着的风卷球儿在枯草上滚动的沙沙声。

大路好像没有尽头，弯弯曲曲地经过一面长长的山坡，就进了一条山沟，然后又朝一道土冈顶上爬去。四下里望去，依然是望不到边的、肃静的大草原。

格里高力欣赏起一丛生长在山沟斜坡上的鞑靼槭树。早霜打过的槭树叶子呈现出一片灰红色，就好像撒上了一层还没有熄灭的火炭灰。

“你叫什么名字，大哥？”赶车的女子用鞭把子轻轻捅了捅格里高力的肩膀，问道。

他哆嗦了一下，转过脸来朝着她。她望着一边。

“我叫格里高力。你叫什么？”

“我叫‘无名氏’。”

“那你就闭嘴吧，‘无名氏’。”

“闭嘴闭够了！半天不说话，嘴里都发干了。你怎么这样不开心呀，格里沙大哥？”

“我有什么可开心的呢？”

“你现在回家去，应该很开心嘛。”

“我开心的年岁过去啦。”

“嘿，也充起老头子来了。你这样年轻，怎么头发都白了？”

“你倒是什么事儿都想知道……白了头，不用说，是因为日子过得太好了嘛。”

“你娶过亲吗，格里沙大哥？”

“娶过。‘无名氏’，你也应该快点儿嫁人。”

“为什么要快点儿？”

“你太风流了……”

“这不好吗？”

“有时候不好。我认识一个这样风流的女人，也是个寡妇，风流来，风流去，后来她的鼻子就塌下去了……”

“哎哟，天啊，好可怕呀！”她故装惊骇地叫道，但是马上又十分认真地说，“我们寡妇的事儿就是这样，如果怕狼，就别上树林子里去。”

格里高力看了她一眼。她咬着细碎的白牙，不出声地笑着。她那翘着的上嘴唇笑得哆嗦着，一双眼睛在下垂的睫毛里面很调皮地闪烁着。格里高力不由得笑了笑，把一只手放在她那热乎乎、圆滚滚的膝盖上。

“你的命真苦，真可怜呀，‘无名氏’！”他很怜惜地说，“你才二十来岁，就过起这种日子来了……”

忽然她的快活神气一下子就不见了。她冷冷地推开他的手，皱起眉头，脸涨得通红通红的，连鼻梁上那小小的雀斑都看不出来了。

“等你回到家里，去可怜你老婆吧，我不用你可怜也行了！”

“你别生气，别发急嘛！”

“去见你的鬼吧！”

“我说这话是好心好意的呀。”

“你和你那好心肠都滚你妈的蛋吧……”她像男子一样又老练又娴熟地骂着，忽闪着阴暗下去的眼睛。

格里高力扬了扬眉毛，窘得咯咯了两声，说：

“你骂起来好狠啊！你真没有家教。”

“你又怎么样呢？那你就是穿着爬满虱子的军大衣的圣人了！我才认识你们这些家伙呢！快嫁人吧，

还有这个那个的，哼，你变成这样的好人才多久啊？”

“是的，没有多久。”格里高力笑着说。

“那你干吗教训起我来了？这种事儿自有我婆婆来管。”

“哎，算了吧，你这傻娘儿们，干吗要生气呀？我不过随口这样说说罢了。”格里高力用妥协的口气说，“你瞧，咱们只顾说话，牛都离开正路啦。”

格里高力在车上躺舒服些，匆匆地朝这个风流寡妇瞥了一眼，就看到她的眼里含着泪水。“这真是莫名其妙！这些女人家总是这样……”他想道，并且觉得心里很不自在、很烦恼。

他躺在车上，用大衣襟蒙住脸，很快就睡着了，在天快黑的时候才醒过来。苍白的黄昏时候的星星在天空闪烁着。干草的气味又清新又好闻。

“该喂喂牛啦。”她说。

“好，就在这儿歇吧。”

格里高力亲自把牛卸下来，从军用包里掏出面包和一听肉罐头，搂了一大抱干枯的野草，抱过来，在离大车不远的地方生起一堆火来。

“来，坐下吃饭吧，‘无名氏’，别生气了。”

她靠着火堆坐下来，从布袋里抖搂出一块面包和一块陈得长了毛的猪油。吃饭的时候，他们说的话很少，也很和气。后来她在车上躺了下来；格里高力为了不让火熄灭，往火堆里扔了几块干牛粪，就像行军时那样，在火堆旁边躺下了。他枕着军用包，躺了半天，望着满天星斗的夜空，断断续续地想着孩子们，想着阿克西妮亚，后来刚刚蒙眬入睡，就被甜甜的女人声音唤醒了：

“你睡着了吗，老总？睡着了没有？”

格里高力抬起头来。他的女伴正用胳膊肘撑着，从车上探下身来。她的脸被尚未熄灭的火堆那晃晃不定的火光一照，显得又红又娇艳，牙齿和头巾的花边儿白得耀眼。就好像他们从来没有争吵过一样，她又笑盈盈地，挑动着眉毛，说：

“我怕你在那儿冻坏。地上很凉。你要是觉得冷的话，到我这儿来吧。我的皮袄才暖和哩！过来，好吗？”

格里高力想了想，就叹着气回答说：

“谢谢啦，大嫂子，我不想去。不像一两年以前那样了……我在火堆旁边大概冻不坏。”

她也叹了一口气，说：

“那就随你的便吧。”说过，便用皮袄连头蒙了起来。

过了不大的一会儿，格里高力爬起来，收拾起自己的东西。他决定步行回家，好在天亮以前赶到鞑靼村。他这样一个退伍回来的指挥员，大白天里坐牛车回家是不大像样子的。这样回家会惹得很多人笑话和议论……

他把赶车的女子叫醒，说：

“我要走着回去了。你一个人待在野地里不害怕吧？”

“不怕，我不是胆小鬼，再说，这儿离村庄很近。你怎么，等不及了吗？”

“你猜对了。好吧，再见，‘无名氏’，如有不周到的地方，请多多担待！”

格里高力走上大路，把军大衣领子向上提了提。刚刚飘下的小小的雪花落在他的睫毛上。风从北方刮来，在一阵阵的冷风中，格里高力闻到了又熟悉又亲切的雪的气味。

* * *

米沙到镇上去了，黄昏时候才回来。杜尼娅在窗口看到他来到大门口，就连忙把头巾披到肩上，走出来迎他。

“格里沙今天早晨回来了。”她站在大门口，带着担心和等待的神气看着丈夫，说。

“恭喜你呀。”米沙用镇定和有点儿讥讽的口气回答说。

他咬紧嘴唇，进了厨房。他的颧骨下面有两个大包不住地咕嘟着。波柳什卡坐在格里高力的膝盖上，姑姑给她穿起干干净净的衣服，把她打扮得很漂亮。格里高力小心地把孩子放在地上，就面带笑容，伸出一只黑黑的大手，上前迎接妹夫。他本来想拥抱米沙，但是一看见那没有笑意的眼睛里的冷冰冰的、敌视的神色，就煞住了。

“你好啊，米沙！”

“你好。”

“咱们好久没见面啦！好像有一百年了。”

“是的，是很久了……恭喜你平安回来。”

“谢谢。这么说，咱们成了亲戚啦？”

“是的……你的腮上怎么出血啦？”

“噢，没事儿，是剃刀划破的，刮脸刮急了。”

他们在桌边坐下来，一声不响地互相看着，都感到生分和别扭。他们需要严肃地谈一谈，但是现在还不是时候。米沙还是能沉得住气的，于是他心平气和地谈起家常，谈起村里的变化。

格里高力望着窗外那盖了一层淡蓝色新雪的大地，望着光秃秃的苹果树枝。他没有想到和米沙的会面是这样的……

不一会儿，米沙就走了出去。他在过道里的石头上把小刀仔细磨了磨，对杜尼娅说：

“我想找个人来宰一只羊。应该好好招待招待当家人。你快去弄酒来。别急嘛，是这样：你上普罗霍尔家去，叫他把地挖一挖，把酒挖出来。他干这种事儿比你快当。叫他来吃晚饭。”

杜尼娅高兴得满脸放出光来，带着感谢的神气一声不响地看了看丈夫……“也许，一切都能平平安安地过去……本来嘛，仗都打完了，他们之间还有什么过不去的呢？但愿他们都能聪明起来！”她满怀希望地想着，朝普罗霍尔家里走去。

不到半个钟头，普罗霍尔就气喘吁吁地跑来了。

“格里高力·潘捷莱维奇！……我的好伙计呀！……真没想到还能看见你呀！……”他用很高的哭腔叫了起来，并且在门槛上绊了一下子，差一点儿把酒坛子打碎。

他抱住格里高力哭了一阵子，用拳手擦了擦眼睛，又捋了捋泪水打湿了的胡子。格里高力的喉咙眼儿也哆嗦了一阵子，但是他憋住了，他又感动又粗鲁地朝他的忠心的传令兵的背上拍了一掌，前言不搭后语地说：

“咱们又见面了……唉，我见到你很高兴，普罗霍尔，我太高兴了！你怎么，成了老头子啦，流起眼泪来啦？心肠软啦？没有那股硬劲儿啦？你的胳膊怎么样了？另一条胳膊没有叫你老婆打断吧？”

普罗霍尔用劲擤了一下鼻涕，把皮袄脱了下来。

“我和我老婆过得才亲热呢。另一条胳膊，你瞧，好好的呢，就连波兰佬砍掉的这一条，又要长出来啦，实在话！再过一年，就要长手指头了。”他晃荡着空袖筒子，依然带着以往那种快快活活的神气说。

战争使他们学会了用笑掩饰真实的心情，将辛酸掺和到玩笑里；因此格里高力也用玩笑的口吻继续问道：

“日子过得怎样，老山羊？蹦得怎样？”

“像老头子一样，慢慢地蹦。”

“离开我以后，你没有再搞上什么吧？”

“你这是说的什么？”

“噢，伙计，就是去年冬天你搞的那种事儿……”

“潘捷莱维奇呀！不行啦！如今我哪有那种本钱啊？我这一条胳膊的人还能搞到什么呀？这是你干的事情了，你又年轻，又是光棍儿……我的家什只能给老娘儿们当刷子去刷锅了……”

他们这两个战壕里的老伙伴一下子见了面，都十分高兴，笑哈哈的，互相对看了半天。

“你这次回来，不走了吧？”普罗霍尔问。

“不走啦。复员啦。”

“你干到什么级别啦？”

“当了副团长。”

“干吗要早早地放你回来？”

格里高力脸色阴沉下来，简短地回答说：

“用不着我了。”

“这是为什么？”

“不知道。大概是因为历史问题。”

“军官特别管理处的审查组已经审查过你的问题了嘛，还有什么历史问题呢？”

“问题少不了。”

“米沙在哪儿？”

“在院子里。喂牲口呢。”

普罗霍尔坐近些，压低声音说：

“一个月以前，把普拉东·里亚布契柯夫枪毙了。”

“你说什么？”

“说的是实话！”

过道的门吱扭响了一声。

“咱们以后再谈吧，”普罗霍尔小声说，然后又大声说，“首长同志，遇到这样高兴的事儿，咱们来好好喝两盅吧？把米沙喊来吧？”

“你去喊吧。”

杜尼娅把菜端了上来。她真不知道怎样来款待哥哥才好：给他膝盖上铺了一条干净手巾，又把一碟子腌西瓜推给他，把酒杯擦了有五六遍……格里高力并且含笑注意到，杜尼娅对他称呼起“您”来了。

起初，米沙在桌上一声也不响，仔细听着格里高力说话。他喝得很少，很勉强。可是普罗霍尔却是一杯一杯地干，不过脸红一红，再就是不住地用手捋着灰白色的小胡子。

杜尼娅给孩子们吃过饭，并且服侍他们睡下以后，把一大盘子烧羊肉端上桌来，小声对格里高力说：

“小哥，我去叫阿克西妮亚来，您没有意见吧？”

格里高力一声不响地点了点头。他以为谁也没有看出，他整个晚上都处在紧张的等待状态中，但是杜尼娅却看到，他一听到门响就竖起耳朵，仔细听听，并且还要侧眼朝门口看看。这种情形是逃不过杜尼娅那尖得出奇的眼睛的……

“那个姓捷列欣柯的库班人还在当排长吗？”普罗霍尔嘴里问着，手里还端着杯子，好像是怕人抢走似的。

“在里沃夫附近阵亡啦。”

“噢，愿他在天堂安息。是一个很好的骑兵呀！”普罗霍尔连忙画了一个十字，喝了一口酒，也没有理会米沙的冷笑。

“还有那个姓很奇怪的家伙呢？就是在右翼作过战的那个家伙，他妈的，姓什么来着，好像是姓‘五月的大胡子’吧？是个南蛮子，是个胖乎乎、爱热闹的家伙，在布罗迪劈死一个波兰军官的，他怎么样，还好吗？”

“他结实着哩！把他调到骑兵机枪连里去了。”

“你的马给了谁啦？”

“我已经又换过一匹了。”

“你那匹白头顶哪儿去啦？”

“叫炮弹打死了。”

“打仗的时候打死的吗？”

“我们驻在一个镇上。敌人打炮，就在拴马桩上打死了。”

“哎呀，多可惜呀！多么好的一匹马呀！”

普罗霍尔叹了一口气，就又喝了起来。

过道里的门环当啷响了一声。格里高力哆嗦了一下。阿克西妮亚跨进门来，含含糊糊地说："好啊！"就开始解头巾，一面不住地喘着，一面用睁得大大的、喜气洋洋的眼睛盯着格里高力。她走到桌前，挨着杜尼娅坐了下来。一片片小小的雪花在她的眉毛上、睫毛上和煞白的脸上慢慢融化。她皱起眉头，用巴掌擦了擦脸，长长地叹了一口气，这才镇定下来，用深情的、激动得模糊了的眼睛看了格里高力一眼。

"老搭档！阿克秀莎！咱们一块儿逃过难，一块儿喂过虱子……我们虽然把你扔在库班，可是那时候我们有什么办法呀？"普罗霍尔把杯子往前伸了伸，杯子里的酒直往外泼洒，"来为格里高力·潘捷莱维奇喝一杯吧！恭喜他平安回来……我对你说过，他会囫囵个儿回来的，现在你瞧，你就是敲他二十棒子也没事儿！结实着哩！"

"阿克秀莎，他已经喝醉了，你别听他的。"格里高力笑着，拿眼睛瞟了瞟普罗霍尔。

阿克西妮亚对格里高力和杜尼娅点了点头，这才从桌上端起杯子，端得很低。她怕大家看见她的手在打哆嗦。

“恭喜您平安回来，格里高力·潘捷莱维奇，也恭喜你，杜尼娅，恭喜你高兴。”

“那该恭喜你什么呢？恭喜你伤心吗？”普罗霍尔哈哈大笑起来，捅了捅米沙的腰侧。

阿克西妮亚的脸一下子通红通红的，连她的小小的耳朵唇也变成了透明的粉红色，但是她刚强地狠狠看了普罗霍尔一眼，回答说：

“也恭喜我高兴吧……非常高兴！”

普罗霍尔见她这样干脆，也就没什么说的了，不再取笑了，就说：

“好吧，你喝，把酒喝干。你说话干脆，喝酒也要干脆！谁要是剩下酒，就好比往我心上插刀子。”

阿克西妮亚坐的时间不长，她认为这样可以不失体面。在这段时间里，她对自己的心上人只看过几眼，而且每次都是匆匆一瞥。她总是强迫自己去看其他的人，避开格里高力的目光，因为她既不能装成冷冰冰的，又不愿意在旁人面前流露自己的感情。格里高力所看到的只有她在门口那一眼，那一眼直勾勾的，充满了情意和忠心，实际上，那一眼把什么都说明了。后来他出去送阿克西妮亚，醉醺醺的普罗霍尔在他们后面喊道：

“你别出去太久！我们可要把酒喝光啦！”

格里高力在过道里一声不响地亲了亲阿克西妮亚的额头和嘴唇，问道：

“喂，怎么样，阿克秀莎？”

“唉，一言难尽啊……你明天来吧？”

“我去。”

她急急忙忙朝家里走去，走得非常快，就好像家里有很紧急的事情，走到自家的台阶前才放慢了脚步，小心翼翼地走上咯吱咯吱响的台阶。她很想快点儿一个人去想想自己的心事，想想这来得如此突然的幸福。

她急急忙忙脱掉上衣，扯下头巾，也不点灯，就走进上房。护窗没有关，浓浓的淡紫色夜光从窗户里透进房来。一只蟋蟀在锅台后面吱吱地叫着。阿克西妮亚习惯地对着镜子照了照，虽然在黑暗中看不见自己的面容，然而她还是理好了头发，把胸前府绸小褂的皱褶抻平了，后来她走到窗前，十分疲惫地坐在板凳上。

在她这一生中，有很多次希望和心愿都落了空，没有实现，也许正因为这样，刚才的高兴心情没有了，又换成了时时提心吊胆的心情。现在她的日子又怎么过呢？她今后又会怎样呢？一个苦命女人的幸福是不是来得太晚了呢？

她激动了一个晚上，很疲乏了，把腮贴在结满霜花的冰凉的玻璃上，坐了很久，一面用沉静而多少有些伤感的目光望着只有新雪的反光的黑黑的夜色。

* * *

格里高力在桌边坐下来，自己斟了满满的一杯酒，一口气喝下去。

“酒好吗？”普罗霍尔问道。

“我尝不出来。很久不喝酒了。”

“说实话，简直跟皇封御酒一样！”普罗霍尔肯定不疑地说，他摇晃了两下，搂住米沙，“米沙，喝酒的事儿你不懂，小牛喝水比你还在行些，论喝酒我可是老行家！什么样的酒我都喝过！有这样一种酒，不等把瓶塞子拔出来，就从瓶子里冒出泡来啦，就像疯狗吐的唾沫一样，老天爷在上，我不是撒谎！在波兰，有一回我们冲破防线，跟着谢苗·米海洛维奇去截击波兰白军，我们占领了一座地主庄园。里面的楼房有两三层，牲口院子里的牲口挤得满满的，各种各样的家禽满院子乱跑，连吐口唾沫的地方都没有。一句话，这个地主的日子过得跟皇上一样。我们排骑着马冲进这座庄园的时候，一些军官正在和地主大喝呢，没想到我们会来。我们把他们全砍死在花园里和楼梯上，只捉住了一个活的。那是一个很气派的军官，可是一叫我们捉住，他的胡子就耷拉下来，浑身都吓软了。当时因为有急事把格里高力·潘捷莱维奇叫到司令部去了，我们就成了当家的，走进楼下的屋子，里面有老大的一张桌子，桌子上什么样的酒菜没有呀！虽然我们都饿得要命，可是有些怕，所以都故意装模作样不肯先吃。我们想：‘哼，要是这些东西都下了毒怎么办？’我们的俘虏像个鬼一样看着我们。我们就命令他：‘你吃！’他就吃起来。虽然很勉强，可是他还是吃了。‘你喝！’他又喝起来。我们叫他把每一个盘子里的菜都吃一些，每个瓶子里的酒都喝一杯。我们眼看着这个该死的家伙吃得肚子胀了起来，我们都馋得流口水。后来我们看到这个军官并没有死，我们也吃了起来。我们拼命吃，拼命喝那些冒泡沫的酒。可是一瞧，那个军官又是吐又是泻。我们想，‘哎呀，这一下子完啦！这个坏家伙是吃了下过毒的东西而且还骗了我们。’我们都拔出刀来要杀他，可是他苦苦哀求起来。‘诸位老爷，我这是承你们的盛情，吃得太多了，诸位别多心，这酒菜都是好的呀！’于是我们又拿过酒来！只要把瓶子一拍，瓶塞子就像步枪打出来的子弹一样飞出来，那泡沫咕嘟咕嘟直往外冒，在旁边看着都觉得可怕！因为喝了那种酒，那一夜我从马上摔下来好几回！一骑到马上就要摔下来，就好像大风吹的。那样的酒如果每天能空着肚子喝上一两杯，准能活到一百岁，可是喝咱们这样的酒，能活到一百岁吗？这能算是酒吗？这是洗脚水，不是酒！喝了这种泔水，要提前上西天……”普罗霍尔对着酒坛子点了点头……自己又斟了满满的一杯。

杜尼娅到上房里去陪孩子们睡了，过了一会儿，普罗霍尔也站了起来。他摇摇晃晃地披上皮袄，说：

“坛子我不带了。我才不愿意带着空坛子回去呢……我一回到家里，老婆就要骂我。她骂得才难听呢！她从哪儿学来那么多脏话呀？我真不明白！我一喝醉了酒回去，她就要骂：‘醉牙狗，一条胳膊的、没出息的、死不要脸的醉牙狗！’我就心平气和地慢慢和她说理，我说：‘你这个母狗，魔鬼，你在哪儿见过醉狗，而且是一条胳膊的醉狗？世界上根本就没有这种玩意儿嘛。’我反驳她一回，她又骂我第二回，我反驳过第二回，她又骂我第三回，我们就这样对骂到天亮……有时候我听她骂听厌了，就跑到棚子里去睡；也有时候我喝醉了回来，她一声不响，也不骂，说真的，我连觉都睡不着呢！我觉得好像少了一点儿什么，浑身都痒痒，怎么都睡不着！于是我就去挑我老婆，她就又骂起我来，把我骂个狗血喷头！我老婆是魔鬼转世的，拿她没办法，让她有火就发吧，发过了，干活儿更带劲些，我说得对吗？好，我走了，再见吧！我是不是今天就睡在马槽里，省得惊动她呢？”

“你能走回家吗？”格里高力笑着问。

“我就是像螃蟹一样地爬，也要爬回家！怎么，我不是哥萨克吗，潘捷莱维奇？我听到你这话就有气。”

“好，那你走吧！”

格里高力把他送出大门，又回到厨房里。“怎么样，米沙，咱们谈谈吧？”

“好吧。”

他们在桌子两边面对面坐下来，都不开口说话。后来还是格里高力说：

“咱们好像有点不对劲儿……从你的样子可以看出来，是不对劲儿！我回来，是不是不称你的心意？还是我猜错了呢？”

“没错，你猜对了，是不称我的心意。”

“为什么？”

“多添了麻烦。”

“我想自己养活自己。”

“我说的不是这个。”

“那又是什么呢？”

“咱们彼此是敌人……”

“以前是的。”

“以前是，看样子，以后还会是。”

“我不明白。为什么？”

“你是个靠不住的人。”

“你这是瞎说。纯粹是瞎说！”

“不是，不瞎说。为什么在这种时候叫你复员回家呢？你能坦白地说说吗？”

“我不知道。”

“不，你知道，就是不愿说！是信不过你，对吗？”

“如果信不过我，就不会叫我带一个连了。”

“起初是这样，可是现在既然不叫你留在队伍里，那么，事情就很清楚了，老兄！”

“那你是不是信得过我呢？”格里高力盯着他问道。

“信不过！不论把狼喂得多好，狼还是要往树林子里跑。”

“你今天喝多了，米沙。”

“你别来这一套！我喝得不比你多。在外面信不过你，在这儿也不会多么信得过，你就明白吧！”

格里高力没有作声。他懒懒地从碟子里拿起一块腌黄瓜，嚼了嚼，又吐了出来。

“杜尼娅把基里尔·格罗莫夫的事告诉你了吧?”米沙问道。

“告诉我了。”

“他回家来，我也是觉得不对劲儿的。我一听说了，就在当天……”

格里高力的脸一下子白了，他气愤得瞪圆了眼睛。

“你怎么，把我当基里尔·格罗莫夫吗?”

“你别咋呼。你哪一点比他好些?”

“哼，你该知道……”

“我没有什么知道不知道的，早就什么都知道了。难道以后米佳·柯尔叔诺夫回来，我也要欢迎吗?哼，你们最好别回村子里来。”

“是你觉得我不回来好些吧?”

“我觉得好，老百姓也觉得好，都可以放心些。”

“你别拿我跟他们摆在一起!”

“我已经对你说过，格里高力，这没什么委屈的：你不比他们好，你还要更坏，更危险。”

“究竟什么地方更坏?你胡说些什么?”

“他们是普通当兵的，可是你指挥过整个的

暴动。”

“我没有指挥整个暴动，我是当过师长。”

“这还小吗？”

“是小是大，问题不在这上面……如果不是那一次大家玩儿的时候红军想杀我的话，也许我不会参加暴动的。”

“如果你不是军官的话，谁也不会碰你。”

“如果不逼着我去当兵的话，我也不会当军官的……哼，这歌儿长着呢！”

“又长，又糟糕。”

“现在无法重唱了，晚了。”

他们一声不响地抽起烟来。米沙一面用指甲弹着烟灰，说：

“我知道你那些英雄事迹，听说过。你杀了我们很多战士，所以我看到你，心里痛快不了……这种事儿是忘不掉的。”

格里高力冷笑了一下。

“你的记性太好了！你把我哥哥彼特罗打死，这事儿我还没有对你提过呢……如果什么事儿都记着的话，人就要像狼那样过日子了。”

“哼，那有什么，是我杀的，我不否认！那时候我要是逮到你的话，也会那样处置你！”

“可是我，一听说在霍派尔河口把伊万·阿列克塞耶维奇抓起来了，就急急忙忙赶来，我怕你也在那里面，怕哥萨克们把你杀了……看来，我当时真不该急急忙忙赶回来。”

“好一个善心人！如果这会儿是士官生掌权，如果你们打胜了，真不知道你要怎样对待我呢。恐怕会用皮带抽我的脊梁！现在你倒成了大好人了……”

“也许会有人用皮带抽你，可是我才不会为了你来弄脏我的手呢。”

“这样看，咱们俩是不一样的……为了处置敌人，我从来就不怕弄脏我的手，就是现在，如果有必要的话，我连眼睛都不会眨一眨。”米沙把坛子里的残酒斟到两个杯子里，问道，“你喝吗？”

“咱们来喝，要不然太清醒了，跟咱们说的这些话很不相称……”

他们一声不响地碰过杯，把酒喝了。格里高力胸膛趴在桌子上，捻着胡子，眯缝着眼睛，看着米沙。

“你怎么，米沙，是害怕吗？怕我再起来暴动反对苏维埃政府吗？”

“我一点也不怕，不过我想：如果一有什么风吹草动，你就会投到另一方面去。”

“我本来可以投到波兰人那边去嘛，你说是不是？我们有不少部队投了他们嘛。”

“你没有来得及吧？”

“不，是我不愿意。我当兵当厌了，再也不想给任何人干了。这一辈子打仗已经打够了，心里厌透了。不论是革命还是反革命，我都讨厌。就让这整个的……让这一切都去他妈的吧！我想和自己的孩子们一块儿过过日子，干干活儿，就心满意足了。米沙，请你相信吧，我这是说的真心话！”

但是，不管他说得怎样恳切，米沙都不相信了。格里高力明白了这一点，就不作声了。他忽然对自己恼得不得了。他干吗他妈的要解释、要表白呀？干吗要说这些醉话和听米沙的混账教训啊？去他妈的吧！格里高力站了起来。

“咱们别说这些没用的话了！够了！有一点我要最后告诉你：如果政府不来逼我，我决不反对政府。

如果逼得我没有办法，我就要自卫！不管怎么说，因为暴动的事砍我的脑袋，就像对付普拉东·里亚布契柯夫那样，我是不干的。”

“这是什么意思？”

“这意思很明白，可以让我再到红军里去当兵，可以再像以前那样挂花，也可以因为暴动的事坐监牢，但是为了这事把我枪毙，那我可不干！未免太过分了！”

米沙撇着嘴冷笑了一下，说：

“你想得真新鲜！革命军事法庭或者肃反委员会是不会问你愿意怎样和不愿意怎样的，不会和你讨价还价的。既然犯了罪，那就是罪有应得。欠了债，必须偿清！”

“好，那咱们等着瞧吧。”

“当然，等着瞧吧。”

格里高力解下腰带，脱掉褂子，哼哧哼哧地脱起靴子。

“咱们要分家吗？”他一面仔细打量着开了绽的靴底，问道。

“咱们分家很简单：我修好自己的房子，就搬过去。”

“好，咱们就想法子分开吧。咱们在一块儿是过不下去的。”

“是过不下去。”米沙很强硬地说。

“真没想到，你对我会有这样的看法……哼，好吧……”

“我是说干脆的。怎么想，就怎么说。你什么时候上维奥申去?”

“尽可能在最近几天去。”

“不是尽可能，而是明天就得去。”

“我步行了差不多有四十俄里，太累了，明天要休息一下，后天我去登记。”

“命令上是说：要立即登记。你明天就去吧。”

“不能休息一天吗?我又不会逃走。”

“谁他妈的知道你的心思呢。我不能为你担保。”

“你怎么坏成这样啦，米沙!”格里高力惊讶地打量着老朋友那板得紧紧的脸，说。

“你别骂人!我听不惯这一套……”米沙喘了一口气，提高声音说，“你要明白，你这种军官习气该扔掉啦!明天你就去，如果你不好好去的话，我就派人押着你去。明白吗?”

“现在全明白了……”格里高力恨恨地看了看正朝外走的米沙的脊背，就和衣躺到床上。

好吧，该是怎样，就怎样了。为什么就该对他格里高力是另一样呢?说实在的，凭什么他以为，在红军里真心诚意地干了很短的一段时期，就能赎回自己的全部罪过呢?也许，米沙说不能全都宽大，说欠债必须偿清，这话是对的吧?

……格里高力在梦中看到一片辽阔的草原，看到一团人已经拉开阵势，准备进攻。已经从远处传来拉长了声音的口令声:“冲啊……”这时候他想起来，他的马肚带松开了。他使劲往左边的马镫上一踩，马鞍就滑到了马肚子底下……他又羞臊又害怕，便从马上跳下来，想勒一勒马肚带，就在这时候他听到一下子响起轰隆轰隆的马蹄声，马蹄声迅速地远去。

一团人马向前冲去，他掉队了……

格里高力翻了翻身，还迷迷糊糊地听到自己的沙哑的哼哼声。

窗外刚刚有点儿蒙蒙亮。大概夜里风把护窗吹开了，透过结满霜花的玻璃，可以看见一弯残月那绿幽幽的光圈儿。格里高力摸到烟荷包，抽起烟来。他的心还在不住地咚咚跳动着。他仰面躺下来，笑着想：“做这样的怪梦！仗也没打成……”他在这黎明前的时刻里，却没有想到，他还要在梦里和在现实中进行不止一次拼搏呢。

七

杜尼娅因为要挤牛奶，起得很早。格里高力小心翼翼地在厨房里来回走着，不时地咳嗽两下。杜尼娅给孩子们掖了掖被子，很快地穿好衣服，来到厨房里。格里高力正在扣军大衣。

“您这么早要上哪儿去，小哥？”

“想在村子里走走，看一看。”

“吃过早饭再出去吧……”

“我不想吃，头疼。”

“您回来吃早饭吗？我这就生火。”

“不用等我了，我一下子回不来。”

格里高力来到街上。一到早晨，冰雪就有些融化了。从南方吹来的风又湿润又暖和。掺和着雪的泥巴一片一片地粘到靴后跟上。格里高力慢慢朝村子中心走着，就像来到生地方似的仔细打量着从小就熟悉的一座座房屋和棚舍。广场上是一片黑黑的烧焦的废墟，那是去年米沙烧掉的商人房屋和店铺；失修的教堂围墙露出一个个的豁口。格里高力淡漠地想道："把砖都弄去修炉子啦。"教堂依然是那样矮小，就像栽在地里似的。很久没有油漆的教堂铁顶已经生了黄锈，墙上到处是一道道褐色的流水印子，那些掉了石灰的地方，露出来的砖鲜红鲜红的。

一条条街上都没有行人。有两三个睡眼惺忪的娘儿们在离井不远的地方遇到格里高力。她们就像见了陌生人一样，一声不响地对格里高力行了个礼，等到他走过去以后，她们才站下来，对着他的后影看了半天。

"应该到坟上去，看看妈妈和娜塔莉亚。"格里高力心里想着，就拐进一条小胡同，朝坟地走去，但是走了没有几步，就停了下来。他心里已经够难受、够乱的了。"还是下次再去吧。"他拿定主意，就朝普罗霍尔家里走去。"我到不到坟上去，反正她们都一样。她们现在在那儿很安宁。什么事儿都没有。坟上落上了雪。地里的土恐怕是很凉的……他们都不在了，真是一眨眼工夫，就像一场梦。都躺在一块儿，一个挨着一个：妻子、母亲、彼特罗、妲丽亚……全家都上那儿去了，都躺在一块儿。他们都安宁了，可是父亲还一个人留在外乡呢。他在外乡人当中太寂寞了……”格里高力已经不朝四面看了，他一面走，一面看着脚底下那融化得有点儿潮湿的、柔软的白雪，那雪太柔软了，他的脚踩上去一点都感觉不出来，而且几乎一点儿响声也没有。

后来格里高力又想起孩子们。他们都变得有些拘谨和沉默寡言了，不像小孩子，不像母亲活着的时候那样了。母亲的死给他们的打击太大了。他们都吓坏了。为什么波柳什卡昨天一看见他就哭起来了呢？小孩子见了亲人是不会哭的，这完全不像小孩子了。她想的是什么呢？他把她抱起来的时候，为什么她的眼睛里流露着恐怖神情呢？也许，她一直以为父亲已经不在人世，永远不会回来了，所以一看见父亲就害怕了吧？不管怎么说，他格里高力还没有什么对不起孩子的地方。只是要对阿克西妮亚说说，叫她心疼孩子们，尽可能使他们感觉她就是母亲……也许，他们会和继母亲近起来的。她是一个和蔼、善良的女人嘛。因为她爱他，一定也会爱他的孩子。

想想这事儿也是很伤心、很痛苦的。这些事儿也不是那么简单。所有的事儿都不像他不久以前所设想的那样简单。他原来糊里糊涂、像孩子一样天真地想，只要回到家里，脱掉军大衣，换上粗呢褂子，就万事如意了：谁也不会对他说什么，谁也不会责备他，一切都顺顺当当，他就可以做一个老老实实的庄稼人，做一个像样儿的当家人了。不行啊，事实上这一切都不那么简单。

格里高力小心翼翼地推开泽柯夫家那只剩了一个铰链的板门。普罗霍尔穿着一双穿圆了的旧毡靴，三耳皮帽一直扣到眉毛上，他正无忧无虑地晃悠着一只空牛奶桶，朝台阶走去。一滴一滴的白牛奶，落在雪地上就分不清了。

“你睡得好啊，首长同志！”

“托福托福。”

“应该喝点儿解醉酒才好，要不然脑袋空荡荡的，就像这桶一样了。”

“喝解醉酒，可以；不过，为什么桶是空的？怎么，你亲自去挤牛奶了吗？”

普罗霍尔把脑袋一甩，把三耳皮帽甩到后脑勺上，这时候格里高力才看清了老朋友的异常阴沉的脸。

“他妈的，怎么不是我亲自挤奶呀？哼，我替这该死的娘儿们挤起牛奶来啦。她喝了我挤的奶非闹肚子不可！……”普罗霍尔气得把桶一扔，简短地说，“进屋里去。”

“你老婆呢？”格里高力疑疑惑惑地问道。

“见她妈的鬼去啦！深更半夜里就起来，上克鲁日林村摘野李子去了。我从你们家回来，她就骂起我来！骂呀骂呀，什么好听的话都骂出来了，后来忽然一下子爬起来，说：‘我要摘野李子去！今天马克萨耶夫家的儿媳妇去了，我也去！’我想：‘你去吧，你去摘梨子，我也不管！’我就起来，生上炉子，去挤牛奶。哼，挤是挤了。你想，一只手能干得好这种事儿吗？”

“你该找一个妇女来嘛，你这怪物！”

“公羊才是怪物呢，公羊一直到圣母节都要吃母亲的奶，我可从来就不是怪物。我想，我自个儿能干得了！哼，我干得才好呢。我像螃蟹一样在牛身子底下爬呀爬呀，可是该死的牛就是不好好地站着，四条腿乱踢蹬。为了不叫牛害怕，我把皮帽子都摘了，还是一个样。等我挤完了牛奶，我的小褂都汗湿透了。等我伸过手去，想把桶从牛身子底下拿出来，牛就踢了起来！把桶踢到那边，把我踢到这边。这就是我挤了一场牛奶。这不是母牛，是长角的魔王！我朝它的脸上啐了一口，就出来了。我没有牛奶也能过日子。咱们来喝点儿酒吧？”

“有酒吗？”

“有一瓶，挺厉害的。”

“好，足够了。”

“进去吧，你是客人。煎两个鸡蛋吧？我一下子就煎好。”

格里高力把猪油切开，又帮着主人生起火来。他们一声不响地看着一块块红红的猪油吱吱啦啦地响着在锅子里荡来荡去慢慢化开。后来普罗霍尔从神龛里拿出落满了灰尘的一瓶酒。

“这是瞒着我老婆藏在那儿的秘密玩意儿。”他简单地解释说。

他们在烧得暖暖和和的小屋里吃着，喝着，小声说着话儿。

格里高力除了和普罗霍尔，又能和谁说说知心话儿呢？他叉开两条强劲有力的长腿，坐在桌子旁边，用有点儿沙哑的粗嗓门儿低沉地说：

“……在部队里和回来的一路上，我都在想，等我回到家乡，就可以在家里安安稳稳地过过日子，不再这样他妈的东跑西颠了。七八年没有离开马鞍，这事儿是好玩儿的吗，差不多每夜都梦见这种好事儿：不是我杀人家，就是人家杀我……可是，普罗霍尔，看样子，不能遂我的心愿了……看样子，别人可以种种地，侍弄侍弄庄稼，我是不能了……”

“昨天你和米沙谈过吗？”

“谈得才痛快呢。”

“他究竟怎么样？”

格里高力把手指头交叉起来。

“我们的交情算完啦。他怪我给白军干过，以为我还怀恨新政府，以为我怀里揣着刀子。他怕我再起来暴动，可是我他妈的才不干这种事儿呢，他简直是个浑蛋，怎么都不明白。”

“他也对我说过这话。”

格里高力忧郁地冷笑了一下。

“我们在往波兰开的时候，有一个乌克兰人向我们要枪，说要保护村庄。因为常常有土匪上他们那儿，又抢东西，又宰牲口。我听见我们的团长说：‘给你们枪，你们就去干土匪了。’那个乌克兰人哈哈大笑，说：‘同志，您只要把我们武装起来，我们不但不叫土匪进村，连你们也不会放进来。’现在我的想法也和那个乌克兰人一样：如果能既不让白军又不让红军进鞑靼村，那就再好没有了。依我看，不管是我的亲戚米佳·柯尔叔诺夫，还是米沙·柯晒沃依，都是一个价钱。米沙以为我对白军忠心耿耿，离了他们就不能过日子。真是笑话！当然啦，我对他们才忠心哩！不久前，我们开到克里米亚的时候，在作战中遇到科尔尼洛夫手下的一个军官，是一个很神气的上校，鼻孔下面留着两小撮英国式的小胡子，就像拖着两条鼻涕似的，我就十分忠心地给了他一刀，简直痛快得心都跳了出来！可怜的上校只剩了半个脑袋和半边军帽……军官白帽徽也飞了……这就是我的全部忠心！他们折腾我也折腾够了。我用血挣来这该死的军官军衔，可是在军官当中还好像是一只白老鸹。他们那些浑蛋们从来就没把我当人待，连手都不愿意伸给我，就这样还想叫我替他们干呢……去他娘的蛋吧！连说说这种事都觉得恶心！还想叫我再去保护他们的政府吗？还想叫我请菲次哈拉乌洛夫将军那一伙儿来吗？这种事我已经尝试过一回了。后来打了一年嗝儿，够了，我聪明些了，什么滋味都尝够了！”

普罗霍尔一面拿面包蘸着热猪油，一面说：

“什么样的暴动都不会有了。首先，哥萨克剩下的已经不多了，就连活下来的，也都学乖了。叫自己的同胞流够了血，哥萨克们都变老实、变聪明了，这会儿就是用绳子拉着他们去参加暴动，他们也不去了。再说，如今大伙儿都巴不得要过过太平日子。你真该看看今年夏天大家干活儿那种劲头儿：把干草堆成了山，庄稼收割得一粒不掉，虽然累得直哼哼，可还是耕呀，种呀，就好像每个人都要活一百岁似的！真的，暴动连谈也别谈了。那都是一些蠢话。不过，谁他妈的知道，他们那些哥萨克是怎么搞的呢……”

“什么他们怎么搞的？你这是说的什么？”

“咱们邻近的哥萨克搞起来了嘛……”

“噢？”

“就叫你‘噢噢’吧。在沃罗涅日省，包古查尔那边，暴动起来啦。”

“这是谣言！”

“怎么是谣言，这是一个熟识的民警昨天告诉我的。好像要把他们调到那儿去。”

“是在哪些地方？”

“蒙那斯台利地区、干顿涅茨、老卡里特瓦和新卡里特瓦，还有一些别的地方。他说，暴动的规模不小呢。”

“你这家伙，这事儿你怎么昨天不说呢？”

“我不愿意当着米沙的面说，而且说这种事儿也没有什么痛快的。顶好是一辈子别听到这种玩意儿。”普罗霍尔很不开心地回答说。

格里高力的脸色阴沉下来。他沉思了很久以后，说：

“这消息很不好。”

“这跟你没关系。让那些南蛮子去想吧。等到红军把他们的屁股打疼了，他们就知道闹暴动是什么滋味了。这跟咱们毫不相干。我才用不着为他们操心呢。”

“我现在就不好过了。”

“这是为什么？”

“这还用问‘为什么’？如果州政府对我的看法也和米沙一样，那我就免不了要坐监牢。邻近地区发生暴动，而我是个旧军官，又参加过暴动……你懂吗？”

普罗霍尔停止了咀嚼，沉思起来。可是他怎么都弄不通这个问题。脑子已经醉得不听使唤了，思考起来很慢、很迟钝了。

“这跟你有什么关系呀，潘捷莱维奇？”他大惑不解地问道。

格里高力很懊丧地皱了皱眉头，没有作声。他听到这个消息十分焦灼不安。普罗霍尔递给他一杯酒，但是他推开主人的手，毅然决然地说：

“我不再喝了。”

“咱们是不是再喝一杯呢？喝吧，格里高力·潘捷莱维奇，咱们不醉不休。眼下只能喝酒解愁了。”

“你就一个人去醉吧。就是不醉，脑袋已经够糊涂的了，再这样糊涂就要完蛋了。我今天就要上维奥申去登记。”

普罗霍尔凝神看了看他。格里高力那张久经风吹日晒的脸泛着浓浓的褐红色，只有那向后梳的头发的根上的皮肤呈现着无光泽的白色。这个见过世面，多年和普罗霍尔同生死、共患难的战士是镇定的。他那两只肿起来的眼睛流露着忧郁和冷冷的疲惫神情。

“你是不是就是怕……怕坐牢呀？”普罗霍尔问道。

格里高力回过神来。

“伙计，我就是怕这个呀！从来还没坐过牢呢，我觉得坐牢比死还要可怕。可是看样子，非尝尝这个滋味不可了。”

“你不应该回家来。”普罗霍尔很遗憾地说。

“那我上哪儿去呢？”

“应该在城里找个地方躲一躲，等到这种风头过去，你再回来。”

格里高力把手一摆，笑着说：

“这不是我干的事！等待和跟在后面撵，是我最讨厌的。我又能扔掉孩子到哪儿去呢？”

“瞧你说的，孩子们没有你不是也活得好好的吗？再说，你还可以把孩子们和你的相好的接出去嘛。噢，我忘了告诉你啦！战前你和阿克西妮亚在他们家干活儿的那个财主家，父子俩都死了。”

“是李斯特尼次基父子吗？”

“就是他们。我的干亲家查哈尔在逃难的时候给李斯特尼次基少爷当过护兵，他说：老爷在莫罗佐夫斯克害伤寒死了，少爷逃到叶卡捷琳诺达尔，他的老婆在那儿和波克洛夫斯基将军勾搭上了，他忍受不下去，气得自杀了。”

“哼，滚他们的蛋吧，”格里高力冷漠地说，“要惋惜的是那些死掉的好人，可是没有人会为他们这些人伤心。”他站起身来，穿起军大衣，已经抓住门把手了，又深沉地说：“不知道他妈的怎么搞的，我总是很羡慕像李斯特尼次基少爷和咱们的柯晒沃依那样的人……他们一开头就什么都明明白白，可是我到如今还是糊里糊涂。他们两个都走的是直路，都有自己的目的，可是我从一九一七年起就走的是弯来弯去的路，就像醉汉一样摇来摆去……离开白军，可是又不靠拢红军，荡来荡去，就像冰窟窿里的粪蛋子……你看，普罗霍尔，我真是，真该在红军里一直干到底，那样的话也许我什么都顺顺当当的。起初，你也知道，我实心实意为苏维埃政府干，可是后来就一下子变了……在白军里面，在他们的司令部里，我是一个外人，他们始终对我不信任。怎么会不这样呢？我是一个庄稼汉的儿子，是一个没有文化的哥萨克，怎么能和他们是一伙儿的呢？他们当然信不过我！可是后来在红军里也是这样。我又不是瞎子，我看出政委和连里的共产党员们是怎样注意我的……在作战时都盯着我，注视着我的一举一动，大概心里在想：'哼，这个坏家伙，白党，哥萨克军官，我们可别上他的当。'我一看见这情形，心马上就凉了。后来我再也忍受不了这种不信任的态度。如果一个劲儿地挨火烧，连石头也会爆炸的，所以，叫我复员倒好些。总是离结局近些了。"他低低地咳嗽了两声，沉默了一会儿，也没有回头看普罗霍尔，已经换了一种口气，说，"谢谢你的款待，我走了，再见吧。我要是在天黑以前能回来，我再来一下。把瓶子收起来吧，要不然你老婆回来，就要拿煎锅把子敲你的脊梁了。”

普罗霍尔送他出来，在过道里小声说：

“嗯，潘捷莱维奇，当心点儿，别叫他们在那儿把你扣起来。”

“我会当心的。”格里高力很沉着地回答说。

他也不回家，径直走到河边，解下不知是谁家的一只小船，用手把船里的水都捧了出来，然后从篱笆上拔下一根桩子，把四周的薄冰敲碎了，便朝对岸划去。

顿河上，风吹着泡沫飞溅的碧绿色波浪向西方滚去。在岸边静水里，波浪拍打着松脆而透明的薄冰，冲得一缕缕绿色的水苔摇来摆去。岸边是一片薄冰碎裂的清脆的丁零声、河水冲刷岸边石子的轻柔的沙沙声，而在河心里，在水流又急又平稳的地方，格里高力听到的只是低沉的溅水声和波浪打在小船左舷上的哗啦声，再就是岸边树林里的风那一刻不停的、又低沉又粗大的吼声。

格里高力把小船的一半拖到岸上，便坐了下来，脱掉靴子，仔细地裹了裹包脚布，为的是走起路来轻快些。

快到晌午时候，他来到维奥申镇上。

在州军事委员部里，人又多，又嘈杂。电话铃丁零零直叫，门乒乒乓乓乱响，带枪的人进进出出，有的屋子里传出打字机的单调的嗒嗒声。走廊里有二十来个红军，围住一个身材矮小、穿着有褶的旧式皮袄的人，争先恐后地谈着什么事，哈哈大笑着。格里高力顺着走廊往前走的时候，有两名红军从远处一间屋里拖出来一挺重机枪。机枪小轮子在坑洼不平的地板上轻轻地轧轧响着。一个又胖又高大的机枪手开玩笑地吆喝着："快闪开，惩戒连，要不然我把你们压死啦！"

"看样子，当真要去镇压暴动了。"格里高力想道。

他在军事委员部登记处没有耽搁多久。秘书匆匆看过他的证件，就说：

"请您到顿河肃反委员会的政治局[1]去一下。因

①政治局——这里指的是一九二〇—一九二一年间肃反委员会的州或县的工作机关。——作者注

为您以前当过军官，还须上他们那儿去登登记。”

“是。”格里高力行了一个军礼，一点也没有流露出他的激动心情。

他在广场上站下来，沉思起来。应该到政治局去，但是他的整个身心都在痛苦地抵制。他心里有一个声音对他说：“会把我扣起来的！”他害怕和厌恶得哆嗦了两下。他站在学校围墙旁边，用视而不见的眼睛望着到处是马粪的地面，好像已经看见自己的双手被捆了起来，正顺着肮脏的楼梯往地下室里走，身后还有一个人紧紧握着带花纹的手枪把子。格里高力攥紧拳头，看了看鼓起来的一道道青筋。要把这双手捆起来吗？浑身的血都朝他的脸上涌来。不行，今天他不上那儿去！明天再去吧，今天他要回村子里去，和孩子们过上一天，看看阿克西妮亚，明天早晨再回维奥申来。这条腿真要命，走起路来有点儿疼了。他只回家去待一天，明天就回来，一定回来。明天随他怎样吧，今天反正不去了！

“啊啊，麦列霍夫！好久不见啦……”

格里高力转过脸去。彼特罗的老同事、顿河军叛变的第二十八团团长亚可夫·佛明朝他走来。

这已经不是当年格里高力看到的那个衣着马马虎虎、很不起眼的阿塔曼团士兵了。两年的工夫，他的样子大变了：他穿着一件很合身的骑兵军大衣，保养得很好的淡黄色小胡子很神气地向上翘着，而且从他的全身，从他那装模作样的雄赳赳的走路姿势中，从他那志得意满的笑容里，都流露出一种优越感和与众不同的神气。

“哪一阵风把你吹到我们这儿来了？”他握住格里高力的手，用自己那离得很远的蓝眼睛望着格里高力的眼睛，问道。

“我复员了。上军事委员部去登记……”

“早就回来了吗？”

“昨天才回来。”

“我时常想起令兄彼特罗·潘捷莱维奇。他是一个很好的哥萨克，死得真可惜……我和他是知心朋友。去年你们不应该参加暴动啊，麦列霍夫。你们错啦！”

因为必须要说点儿什么，格里高力就说：

“是啊，哥萨克们都错了……”

“你在哪一部分来？”

“骑兵第一师。”

“什么职务？”

“骑兵连连长。”

“真巧呀！我现在也带一个骑兵连。就是咱们维奥申这儿的守备连。”他四下里看了看，就压低声音说，“咱们走一走，你陪我走一会儿，要不然这儿的人多，咱们说话很不方便。”

他们朝大街上走去。佛明侧眼看着格里高力，问道：

“你想住在家里吗？”

“我能住到哪儿去呢？当然住在家里。”

“想干干家里活儿吗？”

“是啊。”

佛明遗憾地摇了摇头，叹了一口气，说：

“麦列霍夫，你挑选的时候可不好，唉，太不好了……你应该过一两年再回家才好。”

“为什么？”

佛明抓住格里高力的胳膊肘，微微弯下身来，小声说：

“咱们州里很不安定。哥萨克对余粮征集制很不满意。包古查尔县已经暴动起来了。现在我们就要前去镇压。伙计，你最好还是离开这儿，而且越快越好。我和彼特罗是好朋友，所以我劝你：快走吧！”

“我没有地方好去呀。”

“嗯，你要小心！我这样说，是因为政治局已经开始逮捕军官了。这一个星期的工夫，从杜达列夫村押来三名准尉，从列舍托夫村押来一名，从顿河那边押来好几批军官，就连那些没有官衔的普通哥萨克也开始逮捕了。你自个儿想想吧，格里高力·潘捷莱维奇。”

“谢谢你的忠告，不过我没什么地方可去呀。”格里高力固执地说。

“这就是你自个儿的事情了。”

佛明谈起州里的情形，谈起他和州里一些领导人以及州军事委员沙哈耶夫的关系。格里高力一心想着自己的事，没有用心听他的话。他们走过三个街口，佛明停了下来。

“我要上一个地方去。回头见吧。”他把手往库班式皮帽上一举，冷冷地跟格里高力告过别，就朝小胡同里走去，身上的新武装带咯吱咯吱直响，身子挺得笔直，那副神气样子实在好笑。

格里高力目送了他一会儿，就转身往回走。他在踏着石阶登上政治局的二层楼房的时候，心里想：“要完蛋，就快点儿完蛋吧，没什么好拖的！格里高力，你敢做，就要敢当！”

八

早晨八点来钟，阿克西妮亚把灶膛里的炭火搂成堆，用围裙擦着红扑扑、汗津津的脸，在板凳上坐了下来。她天不亮就起来了，为的是早点儿把饭做好。她已经下好了鸡汤面，烙好了饼子，往甜馅饺子里倒了不少奶油，又把饺子煎过了；她知道格里高力很喜欢吃煎饺子，她做了不少好吃的东西，希望她心爱的人上她这儿来吃饭。

她很想找个什么借口上麦列霍夫家去，哪怕是在那里待一会儿，哪怕是对格里高力看上一眼。他近在眼前而又看不到他，这实在是不可想象的事。但是她还是克制住这种愿望，没有去。真的嘛，她又不是小姑娘了。她这样的年岁，举动可不能轻率。

她比平时更仔细地洗了洗脸和手，穿上一件干干净净的衬褂和一条带花边的新衬裙。她站在打开的柜子前面反复想了很久：外面究竟穿什么呢？在平常日子里盛装打扮又不大合适，但是她也不愿意仍旧穿普通的家常衣服。阿克西妮亚真不知道该穿什么才好，皱起眉头，漫不经心地抚摩着一条条熨得好好的裙子。最后，她毅然决然地拿起一条藏青色裙子和一件几乎没有穿过的镶了黑色花边的天蓝色上衣。这是所有的衣服中最好的一套了。街坊上对她有什么看法，反正不就是那么一回事儿？就让他们拿今天当平常日子吧，她今天可是过节。她急急忙忙打扮好了，走到镜子前面。一丝惊愕的笑容从她的唇边掠过：那是谁的年轻的、火一样的眼睛带着询问和愉快的神气朝她望着？阿克西妮亚又仔细又严格地打量了一番自己的脸，这才轻松地舒了一口气。没有，她的美貌还没有衰退！还会有不少男子遇到她就停下来，拿发呆的眼睛盯着她！

她在镜子前面理着裙子，不由得把心里的话说出声来：“喂，格里高力·潘捷莱维奇，看你敢不喜欢！……”她觉得自己的脸红了，就轻轻地小声笑了起来。尽管这样，她还是细心在鬓角上找到几根银丝，拔了下来，格里高力不应该看到这种能够使他想到她的年纪的东西。她希望自己在他眼里仍然像七年以前那样年轻。

她在家里勉勉强强挨到吃中饭时候，但是后来再也憋不住了，便披上白羊毛披巾，朝麦列霍夫家走去。只有杜尼娅一个人在家。阿克西妮亚打过招呼，就问道：

“你们还没有吃饭吗？”

“跟这些不要家的人在一块儿，别想按时吃饭！当家的上村苏维埃去了，格里沙到镇上去了。孩子们已经吃过了，我在等他们两个大人。”

阿克西妮亚表面上很镇定，言语和举动都没有表露出失望的心情，只是说：

“我还以为，你们都在家呢。什么时候格里沙……格里高力·潘捷莱维奇回来？今天能回来吗？”

杜尼娅迅速地朝打扮得漂漂亮亮的女邻居瞥了一眼，很不开心地说：

“他是去登记。”

“他说过什么时候回来吗？”

杜尼娅的眼睛里涌出泪水，她用责备的口气讷讷地说：

“真是的，偏在这种时候……打扮起来了……你还不知道，也许他根本不会回来了呢。”

“怎么，不回来啦？”

“米沙说，到镇上就会把他扣起来……”杜尼娅流起了不轻易流的、懊恼的眼泪，一面用袖子擦着眼睛，一面叫起来，“这种日子真叫人恨死了！这些事儿什么时候才到头呀？他一走，孩子们就好像是疯了，老是缠着我问：‘我爹上哪儿去啦，什么时候回来呀？’可是我怎么知道呀？我这会儿叫他们到外面玩去了，可是我心里实在不是滋味……这是多么该死的日子呀！一点儿也不得安宁，真没有办法！……”

“要是到夜里他不回来，明天我到镇上去打听打听。”阿克西妮亚说这话的口气十分淡漠，好像在谈一件顶平常的、一点儿也不值得操心的事情。

杜尼娅对她的镇静感到奇怪，叹了一口气，说：

“看样子，他这一下子不会回来了。他这次回家真是受罪呀！”

“眼下还什么都不清楚！你别哭了，要不然孩子们会以为……再见吧！”

* * *

格里高力在天黑时候才回到家里。他在家里待了不大的一会儿，就上阿克西妮亚家来了。

她担心了一整天，这种担心冲淡了见面时的高兴心情。阿克西妮亚到天黑时候觉得浑身沉甸甸的，就好像弯腰弓背地干了一整天活儿。她等得又焦急又疲倦，躺到床上，不觉迷迷糊糊地睡着了，但是一听到窗外的脚步声，就像小姑娘那样敏捷地跳了起来。

“你上维奥申去，怎么不告诉我呀？”她抱住格里高力，一面给他解大衣扣子，一面问道。

“走得很急，没来得及告诉你。”

“我和杜尼娅都急死了，我们还以为你不回来了呢。”

格里高力镇定地笑了笑。

“不，还不到这一步。”他沉默了一会儿，又说，“眼下还不到这一步。”

他一瘸一拐地走到桌子跟前，坐了下来。从开着的门里，可以看见上房，可以看见角落里那一张宽大的木床和那一只大柜子，柜子上的铜包皮已经不怎么发亮了。这儿的一切依旧，依然是当年他这个小伙子乘司捷潘不在家常常跑来的时候那种样子；他几乎没有看出任何变化，就好像时光从旁边过去了，没有进这间屋子；甚至还保留着以前的气味：新鲜的啤酒花儿气味，擦得干干净净的地板气味和隐隐约约的干薄荷气味。就好像上一次格里高力在黎明时候离开这里没有几天，可是事实上这一切已经过去很久很久了啊……

他压制住叹息，不慌不忙地卷起烟来，但是不知为什么手在打哆嗦，把烟丝撒到膝盖上。

阿克西妮亚急忙摆饭。冷了的面条还要重新热一热。气喘吁吁、脸色微微有些灰白的阿克西妮亚跑到棚子里去抱来木柴，就在灶膛里生起火来。她一面吹着直冒火星的炭火，一面看着一声不响地弯着腰抽烟的格里高力。

“你上那儿办的事情怎样？都办好了吗？”

“都很顺当。”

“杜尼娅为什么说，一定会把你扣起来呢？她真叫我吓死了。”

格里高力皱起眉头，懊恼得把烟卷一扔。

“这都是米沙对她说的。这都是他想出来的，希望我倒霉。”

阿克西妮亚走到桌子跟前。格里高力抓住她的手。

“不过你要知道，”他在下面朝上望着她的眼睛，说，“我现在的情形不怎么好。我自个儿也以为，我一进政治局，就别想从那儿出来了呢。不论怎么样，我带过一个师，还有个中尉官衔……如今是放不过这样的人的。”

“他们对你说什么来？”

“他们叫我填一张履历表，就是一张纸，要把干过的事情都写上。我又不大会写字。从来没写过那么多的字。坐了有两个钟头，才把我的经历都写上去。后来又进来两个人，问的都是暴动的事。还好，两个人都很和气。那个级别高的还问：‘您不喝茶吗？不过只能放糖精了。’我想，还喝什么茶！只要能囫囵着离开你们这儿就行了。”格里高力沉默了一会儿，又好像是在说别人一样，很轻蔑地说，“一想到要受处置，就软了……害怕了。”

他痛恨自己，因为他在维奥申害怕了，因为没有战胜害怕的心情。他尤其懊恼的是，他的担心原来是多余的。现在看来，他那样提心吊胆，又可笑，又可耻。他这样想了一路，也许，正因为这样，他现在谈起这一切，用的是自我嘲笑的口气，而且有点儿夸大了当时的害怕心情。

阿克西妮亚仔细听完了他的话，然后轻轻地抽出手来，朝灶前走去。她一面拨火，一面问道：

“底下怎么办呢？”

“过一个星期，还要再去正式登记。”

“你以为，还会把你抓起来吗？”

“看样子，是的。早晚要抓起来。”

“那咱们怎么办呢？这日子怎么过法呢，格里沙？”

“我也不知道。这事儿咱们回头再谈吧。有水给我洗洗脸吗？”

他们坐下来吃晚饭，阿克西妮亚又像早晨那样，感到幸福美满了。格里高力就在这儿，跟她在一块儿了；可以一个劲儿地看着他，不用担心旁人窥视她的目光了；可以用眼睛尽情地传递心意，不用隐藏，不用怕羞了。主啊，她是多么想念他呀，她的身体多么渴望、多么急切地等待这双粗糙的大手来抚摩呀！她几乎没有吃东西；她微微向前探着身子，看着格里高力狼吞虎咽地吃着，用泪水模糊了的眼睛亲热地看着他的脸，看着那裹在制服硬领里的紧绷绷、黑乎乎的脖子，看着那宽宽的肩膀和重重地放在桌上的两条胳膊……她拼命吸着他身上出来的那种酸涩的男人汗气和烟草的混合气味，那种气味格外亲切、格外好闻，只有他一个人才有。她把眼睛蒙上，单凭气味，也能从上千个男子中闻出她的格里高力来……她的腮上泛起浓浓的红晕，心不住地咚咚跳着。在这天晚上，她无法做一个照应周到的女主人了，因为除了格里高力，周围的什么她都看不见了。不过格里高力也不需要她照应：他自己切面包，又拿眼睛找了找，找到了锅台上的盐碟子，自己又盛了一碗面条。

“我真像饿狗一样了。”他好像是解释似的，笑着说，“从早上到现在，我还没吃过东西呢。”

这时候阿克西妮亚才想起自己这个女主人的职责，连忙跳了起来。

“哎呀，我的脑子好糊涂！我把甜馅饺子和饼子都忘啦！请吃鸡肉吧！下劲儿吃吧，我的亲人呀！……我马上都端上来。”

但是他怎么吃了那样长时间，吃得那样带劲儿呀！就好像整整一个星期没有吃饭了。一点儿也用不着劝他吃。阿克西妮亚耐心地等着，可是后来还是忍不住了：坐到他身旁来，用左手把他的头搂到自己怀里，右手拿起一条干净的绣花手巾，亲手给心爱的人擦了擦油乎乎的嘴唇和下巴，然后她眯起眼睛，眯得眼睛在黑暗中迸射出橙黄色的火花，她连气也不喘，使劲把自己的嘴唇贴到他的嘴唇上。

实际上，一个人要幸福，需要的东西并不多。不管怎样，阿克西妮亚这天晚上是很幸福的。

九

格里高力和米沙见面觉得很不舒服。他们的关系在他回来的第一天就决定了，他们再没有什么好谈的了，而且也用不着谈了。从各方面来看，米沙也不高兴看到格里高力。他请了两个木匠，木匠匆匆忙忙地修了修他家的房子：换过了房顶上快要腐烂的椽子，翻修了一面倾斜了的墙，换上了新的门框、窗框和房门。

格里高力从维奥申回来以后，就上村革命军事委员会去，把军事委员部盖过印的部队证件交给柯晒沃依，也没有道别就走出来了。他带上两个孩子和自己随身用的东西，搬到了阿克西妮亚家里。杜尼娅在送他去新住处的时候，哭了起来。

“小哥，别生我的气吧，我没有做对不起您的事啊。”她用祈求的光望着哥哥，说。

“你这是怎么啦，杜尼娅？不，不，你别这样。”格里高力安慰她说，“你常到我们这儿来玩吧……我就剩下你这一个亲人了，我一向心疼你，现在还是心疼你……嗯，你的男人吗，那就是另外一回事儿了。咱们兄妹的情分是不会断的。”

“我们很快就从家里搬出去了，您别生气吧。”

“不用这样嘛！”格里高力懊恼地说，“你们在家里住吧，到春天再说。你们不碍我的事，我和孩子们在阿克西妮亚那儿能住得下。”

“你要娶她吗，格里沙？”

“这事儿不用着急。”格里高力含含糊糊地说。

“你娶了她吧，小哥，她挺好的。”杜尼娅很果断地说，“妈妈在世的时候说过，要你一定娶她做老婆。她后来十分喜欢她，在去世以前常常上她家去。”

“你好像是在劝我嘛，”格里高力笑着说，“除了她，我还能娶谁呢？总不能娶安得洛妮哈老奶奶吧？”

安得洛妮哈是鞑靼村里最老的一位老奶奶。她早就过了一百岁。杜尼娅一想起她那小小的、弯到了地面的样子，就笑了起来：

“瞧你说的，小哥！我不过随口问问嘛。这事儿你一直不说，所以我才问问。”

“不管娶谁，总要请你吃喜酒的。”格里高力笑哈哈地拍了拍妹妹的肩膀，就带着轻松的心情从自己家里走了出来。

说实在的，他住在哪里都是一样，只要能安安宁宁过下去就行。可是他就是得不到这种安宁……他烦闷地、无所事事地过了几天。他试着做了做阿克西妮亚家里的活儿，可是他立刻就感觉出来，他什么都做不成。他对什么都没有兴趣。因为怀着一种沉重的前途未卜的心情，他感到十分痛苦，没法子好好过下去；他时时刻刻都在想着，可能要把他逮捕，关进监牢，这还算好的，说不定还要枪毙呢。

阿克西妮亚在夜里醒来，常常看到他没有睡。他常常仰面躺着，双手放在脑袋后头，朝模模糊糊的黑暗中望着，他的眼神又冷又愤恨。阿克西妮亚知道他在想什么。她一点也不能帮助他。她看到他那样难受，想到她那盼望共同生活的心愿又将成为泡影，她也非常痛苦。她什么也没有问他。让他自己去决定一切吧。只有一回，她在夜里醒过来，从旁边看见红红的纸烟火，就说：

“格里沙，你老是睡不着……你是不是离开村子到外面去待一阵子呢？或者咱们一块儿上什么地方去躲一躲？”

他很体贴地用被子给她盖了盖脚，很勉强地回答说：

“我想想看。你睡吧。”

“等这儿都太平了，然后再回来，好吗？”

他好像什么主意也没有拿定似的，又含含糊糊地回答说：

“看看底下怎样吧。你睡吧，阿克秀莎。”他又小心又温柔地用嘴亲了亲她那光光的、像绸子一样凉丝丝的肩膀。

可是实际上他已经拿定了主意：他再也不上维奥申去了。让政治局里上一次接待他的那个人白等吧。上一次那人披着军大衣坐在桌旁，骨节咯吧咯吧响地伸着懒腰，听着格里高力讲暴动的事，还故意打着哈欠。他再也别想听什么了。没有什么好讲的了。

格里高力决定就在应该再去政治局的那一天离开村子，如果有必要的话，就长期离开。上哪儿去，他自己还不知道，但是要离开是肯定的。他既不愿意死，又不愿意坐牢。他已经做好了抉择，但是他不愿意事先把这事儿告诉阿克西妮亚。犯不着在这最后几天里使她难过，他们已经够不痛快的了。他决定在最后一天把这事儿告诉她。现在让她把脸埋在他的胳肢窝里，安安稳稳地睡吧。在这儿夜里，她常常说：“我在你的翅膀底下睡得好舒服呀。”好，就让她好好睡吧。这个苦命的娘儿们能够贴在他身边的时间不多了……

格里高力每天早晨哄孩子们玩一会儿，然后就毫无目的地在村子里走走。有人在一块儿，他要愉快些。

有一天普罗霍尔叫他上尼基塔·梅里尼柯夫家里去，和年轻的哥萨克同事们一块儿喝喝酒。格里高力坚决谢绝了。他从村里人的谈话中知道，大家对余粮征集制很不满意，在喝酒的时候难免要谈起这种事。他不想招嫌疑，就是遇到熟人，也不谈政治。他一听到政治就够了，政治已经叫他吃够苦头了。

谨慎实在是很必要的，尤其是因为征集余粮的情况很不好，就因为这样，把三个老头子抓去做人质，由两个武装征粮队员押到维奥申去了。

第二天，在合作社小铺门口，格里高力看到才从红军中回来的、从前的炮兵查哈尔·克拉姆斯柯夫。他已经喝得烂醉，摇摇晃晃地走着，但是他走到格里高力跟前，便把沾满了白土的上衣扣好，沙哑地说：

“你好啊，格里高力·潘捷莱维奇！”

“你好。”格里高力握了握这个短粗而又像榆树一样结实的炮兵那宽大的手掌。

“你还认得我吗？”

“当然认得。”

“你还记得，去年在博柯夫镇，我们的炮兵连怎样救了你吗？如果没有我们，你的马队就够受的。那一回我们打死的红军真不少啊！我们又是放大炮，又是放榴霰弹……那是我当第一门炮的瞄准手！是我呀！”查哈尔拿拳头咚咚地擂了擂自己的宽宽的胸膛。

格里高力侧眼朝两边看了看，看到站在不远处的几个哥萨克正看着他们，在听他们说话。格里高力的嘴角哆嗦了几下，恼得龇出一嘴密密实实的白牙。

“你喝醉啦，”他咬紧牙齿小声说，“回去睡觉吧，别胡说八道了。”

“不，我没有醉！”醉醺醺的炮兵大声叫了起来，“也许，我是愁醉了！我回到家里，可是在家里过的这算鸡巴日子！哥萨克过不成日子了，哥萨克要全完了！摊派四十普特粮食，这算什么道理？他们要粮食，是他们种的吗？他们知道庄稼是靠什么长出来的吗？”

他用两只无表情的、充血的眼睛望着，忽然摇晃了两下，像狗熊一样用大手抓住格里高力，喷了格里高力一脸浓浓的酒气。

“你为什么穿没有裤绦的裤子？你成了庄稼佬啦？不许你这样！我的小乖乖呀，格里高力·潘捷莱维奇！这仗还要再打！还要像去年这样：打倒共产党，苏维埃政府万岁！”

格里高力猛地把他推开，小声说：

“回家去吧，醉鬼！你可明白，你说的是什么？！”

克拉姆斯柯夫把一只挖挲着熏黄的手指头的手

伸到前面，嘟哝说：

“如果说得不对，就多多担待。请担待吧，不过我说的是实在话，因为你是我的首长嘛……我还是要对我的亲首长说：这仗还要再打！”

格里高力一声不响地转过身去，穿过广场，朝家里走去。一直到天黑，他都在想着这次尴尬的会面，想着克拉姆斯柯夫那醉醺醺的叫声，想着哥萨克们那表示赞同的沉默神情和笑容，心里想：“不行，要赶快走！不会有好事儿……”

应该在星期六上维奥申去。再过三天，他就要离开自己的村子了，但是事情发生了变化：星期三夜里，格里高力已经上床了，有人砰砰地敲起门来。阿克西妮亚走到过道里。格里高力听见她问：“谁呀？”他没有听见回答，但是他心里暗暗惊慌起来，便从床上爬起来，走到窗户跟前。过道里门钩响了一声。杜尼娅在头里走进房来。格里高力看到她的脸煞白煞白的，他还什么也没有问，就从大板凳上拿起皮帽子和军大衣。

“小哥……”

“什么事？”他一面套大衣袖子，一面小声问道。

杜尼娅急急忙忙、上气不接下气地说：

“小哥，你马上走吧！镇上有四个骑马的人上我们家来了。坐在上房里呢……他们说话声音很小，可是我听见了……我站在门外，全听见了……米沙说，要把你抓起来……他正在对他们说你的事情呢……你快走吧！”

格里高力快步走到她跟前，抱住她，使劲亲了亲她的腮。

“谢谢你，妹妹！你回去吧，要不然他们会发现你出来了。再见吧。”他转身朝着阿克西妮亚说，“拿面包来！快点儿！不要整的，一大块就行！”

他短暂的安宁生活就这样结束了……他又像作战时那样又迅速、又镇定地行动起来；走进上屋，小心翼翼地亲了亲两个睡着的孩子，抱住阿克西妮亚。

“再见吧！我很快就来信，普罗霍尔会告诉你的。要把孩子们看好。把门闩上。他们要是来问，你就说，我上维奥申去了。好，再见吧，别难过，阿克秀莎！”他亲着她，感觉出她的嘴唇上有咸咸的、热乎乎的泪水。

他没有时间来安慰阿克西妮亚和听她那些有气无力、前言不搭后语的心腹话了。他轻轻掰开抱住他的那两只手，走到过道里，仔细听了听，就一把拉开外面的房门。从顿河上吹来的一阵冷风扑到他的脸上。他闭了一会儿眼睛，让眼睛习惯一下黑暗。

阿克西妮亚起初听见，雪在格里高力的脚底下咯吱咯吱响着。他每走一步，就好像尖尖的针往她的心上扎一下。后来脚步声没有了，篱笆门响了一下。后来什么声音也没有了，只有风在顿河那边的树林里吼叫着。阿克西妮亚想在呼呼的风声中听出一点儿什么声音，但是什么也听不见了。她觉得身上冷起来。她走进厨房里，把灯吹灭了。

十

一九二〇年深秋，因为余粮征集工作很不顺利，组织了武装征粮队，这时候顿河哥萨克老百姓当中有些人就暗暗骚动起来。在顿河上游各乡里，如叔米林乡、嘉桑乡、米古林乡、麦石柯夫乡、维奥申乡、叶兰乡、司拉晓夫乡和其他一些乡里，出现了一小股一小股的武装匪帮。这是哥萨克富农和一部分富裕的哥萨克对建立武装征粮队和苏维埃政府在征集余粮方面的一些强硬措施的反抗。

每股匪帮拥有五至二十条枪。其中大多数都是当地哥萨克老百姓中以前那些最积极的白卫军分子。其中有在一九一八、一九一九年干过侦缉队的人，有逃避九月里的下级士官动员令的一些原顿河白军的军士、司务长和准尉，有在上顿河州去年的暴动时期作战很卖力或枪杀过红军俘虏的暴动分子，一句话，都是一些和苏维埃政府不共戴天的人。

他们在各个村子里袭击征粮队，拦截运粮食的车辆，杀害共产党员和忠于苏维埃政府的党外哥萨克。

驻扎在维奥申和巴兹基村的上顿河州守备营担负了肃清匪徒的任务。但是，消灭散布在本州广大地区的匪帮的一切尝试，都没有收到成效。因为，第一，当地老百姓都向着匪帮，供给他们粮食和红军移动的情报，并且掩护他们；第二，营长卡帕林是沙皇军队的旧上尉和社会革命党员，他不愿意消灭在顿河上游出现不久的反革命势力，就千方百计地从中作梗。他只是有时候在州党委会主席的督促之下短时间地出动一下，接着就借口他不能分散兵力去进行毫无意义的冒险，使维奥申以及州的一些机关和仓库失去保护，又回到维奥申镇上。这个营有四百来条枪，三十挺机枪，担负着卫戍任务：红军战士们的工作是看守在押犯，挑水，到树林里砍柴，还要进行义务劳动——从橡树叶子上采集五倍子，制造墨水。这个营给许多州机关供应了大量的木柴和墨水，可是同时州里小股匪帮的数量也急剧地增多了。直到十二月里，和上顿河州接界的沃罗涅日省包古查尔县境内发生了大规模的暴动，才不得不停止了砍柴和采集五倍子的义务劳动。顿河军区司令部命令这个营的三个连和一个机枪排，会同骑兵守备连、第十二征粮团第一营和两支不大的拦阻部队，前去镇压这次暴动。

在进攻干顿涅茨村的战斗中，维奥申的骑兵守备连在亚可夫·佛明指挥下，从侧翼对暴动分子的阵地发动进攻，打垮了他们，打得他们四散逃窜，守备连在追击中砍死一百七十来人，连里只损失了三个战士。这个连里，除了极少数以外，都是顿河上游各乡的哥萨克。他们就是在这时候，仍然不肯改变几百年来的哥萨克传统：战斗结束以后，也不顾连里两个共产党员的反对，几乎有一半战士脱下自己的旧军大衣和棉袄，换上了从砍死的暴动分子身上剥下来的上等熟皮皮袄。

把暴动镇压下去以后，过了几天，这个连调到了嘉桑镇上。佛明因为打仗吃了苦，要捞捞本儿，就拼命在嘉桑镇上寻欢作乐。他是个色迷，是个又风流又喜欢交游的浪荡鬼，他整夜整夜地在外面，天亮以前才回住处。和佛明关系亲密的战士们，傍晚时候一看见自己的连长穿着锃亮的靴子在街上转悠，就会心地挤挤眼睛，说：

“喂，咱们的公马又去找风流娘儿们了！这一下子不到天亮别想看见他。”

连里一些熟识的哥萨克一对佛明说，他们那里有酒，要喝酒了，佛明就瞒着政委和指导员上他们的住处去。常常有这种事儿。但是不久这位挺神气的连长苦闷起来，脸色也阴沉了，差不多完全忘掉了不久前寻欢作乐的事。每天傍晚他也不那样带劲儿地去擦那双讲究的高筒皮靴了，也不天天刮脸了，只不过偶尔上本连几个同村人的住处去坐坐，喝几杯酒，但是在谈话的时候他的话不多了。

佛明性格的变化，是从支队指挥员收到维奥申的一份通报的时候开始的：顿河肃反委员会政治局的简短通报中说，在邻近的大熊河口州的米海洛夫村里，有一个守备营在营长瓦库林率领下叛变了。

瓦库林是佛明的老同事和好朋友。他们当年一同在米洛诺夫兵团里当过兵，一同从萨兰斯克开到顿河上，在布琼尼的骑兵包围了叛变的米洛诺夫兵团的时候，他们一同缴械投诚的。直到最近他们还保持着友谊关系。不久前，就在九月初，瓦库林还上维奥申来过，那时候他就咬牙切齿，对老朋友抱怨说："委员们横行霸道，实行余粮征集制，弄得庄稼人倾家荡产，国家要完了。"佛明在心里是赞成瓦库林的说法的，但是，他的态度很谨慎，虽然生来不算聪明，但却有些滑头。他一向就是个小心谨慎的人，从来不莽撞，遇事不置可否。但是自从听说瓦库林那个营叛变以后，他那一向小心谨慎的性格很快就改变了。在连队就要回维奥申以前，有一天晚上，连里有些人在排长阿尔菲洛夫的住处喝酒。

大木桶里的酒满满的，大家在酒席上谈得非常热闹。佛明也参加了这次狂饮，他一声不响地听着大家说话，一声不响地喝着老酒。但是当一个战士谈起在干顿涅茨村外怎样发起进攻的时候，佛明就若有所思地捻着胡子，打断他的话，说：

“弟兄们，咱们杀南蛮子杀得很痛快，可是很快就要轮到咱们自己不痛快了……等咱们回到维奥申，要是征粮队把咱们家里的粮食全搞光了，那怎么办？嘉桑的人就恨死了这些征粮队。他们把粮食囤扫得光光的，就像用扫帚扫的……”

屋子里立刻静了下来，佛明把连里的人打量了一遍，强带着笑容说：

“我这是说着玩儿的……你们注意，别乱说，别因为说说笑话出他妈的什么事。”

他在回维奥申的路上，带领半个排回鲁别仁村自己家里去了一趟。他来到村子里，没有骑马进自己的院子，在门口下了马，把缰绳扔给一个战士，便朝房里走去。

他冷冷地朝妻子点了点头，对老妈妈鞠了一个大躬，恭恭敬敬地和她握了握手，又抱了抱孩子们。

“我爹在哪儿？”他坐在凳子上，把马刀放在两腿中间，问道。

“上磨坊里去了。”老妈妈回答过，看了看儿子，严肃地吩咐说，“把帽子摘下来，你这不敬神的东西！怎么能戴着帽子坐在圣像下面呀？哎呀，亚可夫，你要倒霉的……”

佛明勉强笑了笑，摘下帽子，但是没有脱衣服。

“你怎么不脱衣服？”

“我是顺路来看你们一下，只待一会儿，当差总是没什么工夫呀。”

“我知道你当的什么差……”老妈妈严厉地说，她这话指的是儿子在维奥申乱搞女人的不正经行为。

这事儿早就传到了鲁别仁村。

脸色苍白、形容憔悴、过早地衰老了的佛明的妻子惊骇地看了婆婆一眼，就朝灶前走去。为了巴结丈夫，为了讨取他的欢心，希望他哪怕对自己亲热地看上一眼，她从锅膛里拿起一块破布，跪在地上，弯下身去，擦起粘在佛明的靴子上的厚厚的泥巴。

“你穿的靴子真好呀，亚可夫……粘了那么多泥巴……我来擦擦，一下子就干净了！”她跪在丈夫的脚下爬来爬去，也不抬头，低声下气地说。

他已经很久没有跟她一起过了，对于他年轻时候曾经爱过的这个女人，除了有一点儿淡淡的、带有轻蔑意味的怜悯心外，早就什么感情也没有了。但是她却一直爱着他，并且暗地里希望他有朝一日还回到她身边来，她什么都不计较。多年来她辛辛苦苦地操持家务，抚养孩子，想方设法讨取脾气古怪的婆婆的欢心。农活儿的重担全部落在她的瘦瘦的两肩上。因为劳累，因为生产第二胎以后留下来的病，她的身体一年不如一年了。她越来越瘦，脸上也没有血色了。因为过早地衰老，脸上的皱纹已经像蜘蛛网一样了。眼睛里出现了一些有病的聪明畜生常有的那种战战兢兢的驯顺表情。她自己也没有觉察自己老得这样快，没有觉察自己的身体一天不如一天，她一直还怀着希望，在难得的见面的时候，她总是羞答答地怀着深情和欢喜的心情望着自己的英俊的丈夫……

佛明从上面朝下看着妻子那可怜巴巴地弯着的脊背和褂子底下那瘦得尖起来的肩胛骨，看着她那一双哆哆嗦嗦的大手细心地在擦他的靴子上的泥巴，心里想："真难看，够呛！我以前还跟这么丑的娘儿们睡觉呢……她老得太厉害了……老成什么样子啦！"

"你算了吧！反正还是要脏的。"他一面把两只脚从妻子的手里往外抽，一面烦恼地说。

她很费劲儿地直了直腰，站起身来。她那黄黄的脸上泛起淡淡的红晕。她那两只湿润的眼睛含着无限深情和百依百顺的神情看着丈夫，看得他转过脸去，向母亲问道：

"你们日子过得怎样？"

"就这个样子。"老妈妈阴郁地回答说。

"征粮队到村子里来过吗？"

"昨天才离开这儿，到下柯里夫村去了。"

"弄走咱们的粮食了吗？"

"弄走了。他们弄走了多少，达维杜什卡？"

也生着离得远远的两只蓝眼睛、非常像父亲的十四岁的半大小伙子回答说：

"爷爷看着他们弄走的，他知道。好像是十口袋。"

“是这……”佛明站起身来，匆匆看了儿子一眼，理了理武装带。他的脸微微有些发白，问道：“你们对他们说过，他们弄的这是谁家的粮食吗？”

老妈妈把手一摇，有点儿幸灾乐祸地笑了笑，说：

“他们好像不大认识你呀！他们的头头儿说：‘不论是谁家，都要把余粮交出来。别说是佛明家的，就算是州主席家的，多余的粮食我们都要弄走！’他们就到囤里弄去了。”

“妈妈，我去找他们算账，一定要和他们算账！”佛明低沉地说过这话，就匆匆和家里人告别，走了出来。

在回过这趟家以后，他就开始小心翼翼地试探连里战士们的情绪，没有怎么费事就弄清楚了：战士们大多数都不满意余粮征集制。他们的妻子、家里人和亲戚常常从村镇里来看望他们，告诉他们，征粮队到处搜粮食，除了留下种子和口粮以外，其余的粮食全部弄走。就因为这样，一月底在巴兹基村召开的驻防军大会上，州军事委员沙哈耶夫做报告的时候，骑兵连里有些人就公开表示反对了。他们在队伍里嚷嚷起来：

“取消征粮队！”

“停止征粮！”

“打倒粮食委员！”

守备连的红军也大声叫喊回答他们：

“你们是反革命！”

“解除这些坏蛋的武装！”

大会开得很长、很乱。骑兵连的少数共产党员中有一个很气愤地对佛明说：

“佛明同志，你应该说话！瞧，你的骑兵成什么样子啦！”

佛明暗暗地笑了笑，说：

“我是个非党干部呀，他们会听我的吗？”

他沉默了一会儿，不等大会结束，就早早地和营长卡帕林一块儿走了。他们在回维奥申的路上，谈起目前的局面，很快就谈到一块儿了。过了一个星期，卡帕林来到佛明的住处，两个人单独在一起，卡帕林对他说：

“要么咱们马上就起来干，要么咱们就永远别干，你要明白这一点，亚可夫·叶菲莫维奇！应该抓紧时机，现在时机很合适，哥萨克们都拥护咱们。你在州里很有威望，现在的民心再好没有了。你怎么不作声呀？快拿主意吧！”

“还能有什么主意？”佛明皱着眉头，慢腾腾地拖着腔说，“主意是拿定了的。就是要好好筹划筹划，要考虑周密，免得出问题。咱们就来谈谈这事儿吧。”

佛明和卡帕林之间的可疑的关系，并不是没有人发觉。营里的几个共产党员对他们进行了监视，并且把可疑的形迹报告了顿河肃反委员会政治局长阿尔捷姆耶夫和军事委员沙哈耶夫。

“不要草木皆兵，”阿尔捷姆耶夫笑着说，“这个卡帕林是个胆小鬼，他敢怎么样吗？对佛明是要多留心，我们早就注意他了，不过他也未必敢出来干。都没有什么大不了的。”他毫不犹豫地下断语说。

可是现在留心已经晚了：阴谋分子已经筹划好了。要在三月十二日上午八时举行暴动。他们商量好，这一天佛明率领骑兵连全副武装去上早操，随后就突袭驻扎在镇边的一个机枪排，夺取机枪，然后就帮助守备连“清扫”州的各个机关。

卡帕林还有疑虑，认为一营人未必全部支持他。有一次他把这种揣测告诉了佛明。佛明仔细听完他的话，就说：

“只要能把机枪抓到手，咱们一下子就能叫你那个营乖乖的……”

对佛明和卡帕林布置了严密监视，可是一点也没有用处了。他们很少见面，而且都是有公事才见面，只是在二月底的一天夜里，巡逻队看见他们两个人在街上。佛明牵着一匹上着鞍的马，卡帕林和他并肩走着，问他们口令，卡帕林回答：“自己人。”他们就上卡帕林的住处去了。佛明把马拴在台阶栏杆上。他们在屋里没有点灯。下半夜三点多钟佛明才出来，骑上马回自己的住处去了。这就是观察到的情况。

州军事委员沙哈耶夫把自己对佛明和卡帕林的怀疑，用密电报告了顿河军区司令员。过了几天，收到司令员的回电，回电中说，同意解除佛明和卡帕林的职务并逮捕他们。

在州党委常委会议上决定：以军区的名义命令佛明到诺沃契尔卡斯克去，叫他把骑兵连交给副连长奥甫琴尼柯夫；当天就借口嘉桑乡出现了土匪，把骑兵连调到嘉乡镇上去，然后就在夜里逮捕阴谋分子。决定把骑兵连调出去，是因为怕这个连听说逮捕佛明，会暴动起来。还责成守备营第二连连长、共产党员特卡琴科把可能暴动的事通知营里的共产党员和各排排长，叫驻扎在镇上的第二连和机枪排做好战斗准备。

第二天早晨，佛明接到命令。

“嗯，好吧，连队就交给你了，奥甫琴尼柯夫。我要上诺沃契尔卡斯克去了，”他很镇定地说，“你要看看表册吧？”

排长奥甫琴尼柯夫不是党员，没有接到任何人的警告，一点儿也没有起疑，就埋头看起表册。

佛明瞅了个机会，给卡帕林写了个字条：“今天就起事。他们撤了我的职。速做准备。”他在过道里把字条交给自己的传令兵，小声说：

“把字条衔在嘴里。不慌不忙地……明白吗？……不慌不忙地到卡帕林那儿去。如果路上有人拦住你，就把字条吞下去。把字条交给他，你马上就回来。”

奥甫琴尼柯夫接到出发上嘉桑镇的命令，就率领骑兵连在教堂广场上排好队伍准备出发。佛明骑马来到他跟前，说：

“让我和连队告告别。”

“请吧，不过说简单点儿，别耽误我们的时间。”

佛明勒住撒欢的马，在连队前面站下来，对战士们说：

“同志们，你们是了解我的。你们知道我一向的主张，我一向和你们站在一起。可是现在他们在抢劫哥萨克，抢劫一切庄稼人，我实在忍受不下去了。就因为这样，把我撤了。他们要把我怎样，我是知道的。所以我想和你们告告别……”

连里的嚷嚷声和叫喊声把他的话打断了一会儿。他在马镫上站起身子，提高嗓门儿尖声喊道：

“如果你们不愿意叫他们抢劫，就把征粮队赶远点儿，把征粮委员穆尔佐夫和军事委员沙哈耶夫这一伙儿都宰了！他们到咱们顿河上来……”

嚷嚷声淹没了佛明后面的话。他等了一会儿，就大声发出口令：

“从右向左成三列，右转弯，开步走！”

骑兵连听从了他的命令。奥甫琴尼柯夫眼见这种情形，惊得目瞪口呆，骑马走到佛明跟前，问：

“佛明同志，你们上哪儿去？”

佛明连头也不扭，用嘲弄的口气回答说：

“我们去绕着教堂转个圈儿……”

这时候奥甫琴尼柯夫才明白了这短短的几分钟内所发生的一切。他走出队伍，指导员、副政委和一名红军也跟着他走了出来。他们走出有二百来步，佛明发觉他们离开了队伍，便转过马头，喊道：

“奥甫琴尼柯夫，站住！……”

四匹马从小跑换成了大跑。一团一团的水雪从他们的马蹄下往四面乱飞。佛明命令说：

“开枪！抓住奥甫琴尼柯夫！第一排！……追！……”一阵乱枪响过。第一排有十五六个人放马前去追赶。同时佛明把其余的人分成两组：一组由第三排排长率领，去缴机枪排的械；另一组由佛明亲自率领，直扑驻扎在镇北原公马厩里的守备第二连。

第一组挥舞着马刀和向空中放着枪，顺着大街跑去。这些叛变分子在路上砍死了遇到的四个共产党员以后，就在镇边上急急忙忙拉开阵势，不声不响地朝着从房子里跑出来的机枪排的红军战士冲去。

机枪排驻扎的房子在镇外。这座房子离镇边上几户人家不过一百丈远。叛变分子遇到迎头打来的机枪火力，急忙拨转马头往回跑。其中有三个人还没有跑到最近的胡同，就被子弹打下马来。想出其不意地夺取机枪的计策没有成功。叛变分子也没有作第二次尝试。第三排排长丘玛柯夫率领他这一组人马躲藏起来；他没有下马，从石头房子的墙角上小心翼翼地朝外看了看，说：

“嘿，又拖出两挺‘马克辛’来了。”然后用皮帽子擦了擦汗漉漉的额头，转身对士兵们说，“向后转吧，弟兄们！……叫佛明自个儿来抓机枪手吧。咱们有几个人留在雪地上了，是三个吧？哼，算了，让他自个儿来试试吧。”

镇东面一响起枪声，连长特卡勤科就从住处跑了出来，一面穿着衣服，一面朝营房跑去。有三十来名红军已经在营房前面排好了队。他们一见到连长，就大惑不解地问：

“谁放枪？”

“怎么一回事儿?”

他也不回答，一声不响地指挥着纷纷从营房里跑出来的红军站到队伍里去。州机关的几个党员干部几乎和他同时跑到了营房，也站到了队伍里。

镇上到处响着零零落落的枪声。镇西面轰隆一声爆炸了一颗手榴弹。特卡勤科一看见有五十来个骑马的，高举马刀，朝营房奔来，就不慌不忙地抽出匣子枪。他还没有来得及发口令，队伍里的说话声就一下子停了，战士们都举起枪，做好了准备。

“这跑的是咱们自己人嘛！瞧，那是咱们的营长卡帕林同志!”有一个战士喊道。

那五十来个骑马人离开街道，就像听到口令一样，一齐趴到马脖子上，朝营房冲来。

“不叫他们过来!”特卡勤科厉声喊道。

砰砰一阵齐射，淹没了他的声音。在整整齐齐的红军队列前面一百步远处，有四个骑马人掉下马来，其余的人都乱糟糟地散了开来，掉转马头朝后跑去。枪声在他们后面噼噼啪啪直响。有一个骑马的，看样子受了轻伤，从马鞍上滚了下来，但是没有放掉手里的缰绳。飞跑的马拖了他有十来丈远，可是他后来又跳了起来，抓住马镫，又抓住后鞍头，一眨眼工夫就又上了马。他使劲扯了扯缰绳，一面跑一面急转弯，躲进了最近的一条胡同。

第一排的十五六名骑兵没有追上奥甫琴尼柯夫，便回到镇上。搜捕军事委员沙哈耶夫也毫无结果。在空荡荡的军事委员部里和他的住处都没有搜到他。他听到枪声，就朝顿河跑去，从冰上过了河，跑进了树林，又从树林里跑到了巴兹基村，第二天，就在离维奥申五十俄里的霍派尔河口镇上了。

大多数领导干部都及时躲起来了。搜捕他们不是没有危险的，因为机枪排的红军已经带着手提机枪来到镇中心，把通向中心广场的各条街道都控制在机枪火力之下了。

骑兵连停止搜捕，来到河边，又飞马跑到当初开始追赶奥甫琴尼柯夫的教堂广场上。不久，佛明所有的人马都来这里集合了。他们又排起队伍。佛明吩咐派出岗哨，叫其余的士兵各回住处，但是不准卸马鞍。

佛明、卡帕林和几个排长单独来到镇边一座小房子里。

“全输了！”卡帕林软软地坐到板凳上，绝望地叫道。

“是啊，没有把全镇拿下来，恐怕咱们在这儿还待不住呢。”佛明小声说。

“亚可夫·叶菲莫维奇，应该在州里到处转悠转悠。咱们现在还有什么好怕的呢？不到时候反正死不了。咱们把哥萨克们都鼓动起来，那时候维奥申就是咱们的了。”丘玛柯夫出主意说。

佛明一声不响地看了看他，转脸对卡帕林说：

“你泄气了吗，先生？别做孬种！咱们一不做，二不休。既然一块儿干起来，就要一块儿干下去……依你看，怎么样，是离开维奥申呢，还是再来试一下子？”

丘玛柯夫厉声说：

“让别人去试吧！我才不想拿头往机枪上冲呢！这样干毫无意义。”

“我没有问你，住口吧！”佛明瞪了丘玛柯夫一眼，丘玛柯夫垂下眼睛。

沉默了一会儿之后，卡帕林说：

“是的，自然，现在再干已经没有意思了。他们的武器比咱们强。他们有十四挺机枪，咱们连一挺也没有。他们的人也多些……应该撤出去，组织哥萨克起事。不等他们的援军开到，起事的哥萨克就能把整个州占住。只有这一点希望了。只能这样了！”

沉默了老半天之后，佛明说：

“好吧，就这样决定吧。各位排长！马上检查一下装备，数一数每个人手里有多少子弹。严禁浪费子弹。谁要是不听，我就亲手把他劈了。就这样传达给战士们。”他沉默了一下，用老大的拳头狠狠在桌上一敲，“唉，机……机枪啊！都怪你呀，丘玛柯夫！要是能缴下四五挺机枪就好了！现在他们当然可以把咱们从镇上打出去……好吧，散会！如果他们不来打咱们，咱们就在镇上过夜，明天拂晓出发，在州里到处转一转……”

这一夜平平安安地过去。镇这头驻的是叛变的骑兵连，另一头是守备连和加入这个连的共产党员、共青团员。敌对双方只隔着两条街，但是哪一方都没有敢发动夜间袭击。

第二天早晨，叛变的骑兵连一枪不发地离开维奥申，朝东南方开去。

十一

格里高力从家里逃出来以后，头三个星期住在叶兰乡下柯里夫村一个熟识的哥萨克同事家里。后来又到了郭尔巴托夫村，那儿有阿克西妮亚的一个远亲，在他家里住了一个多月。

他整天整天地躺在上房里，只有夜里才到院子里去，很像是在坐牢。格里高力闷得难受，也闲得难受。他非常想回家看看孩子们，看看阿克西妮亚。他多次在夜里睡不着的时候穿起军大衣，下决心要回鞑靼村去，可是每一次仔细一想，又把大衣脱掉，叹着气趴到床上去。到最后，他觉得实在不能这样过下去了。主人是阿克西妮亚的表叔，很同情格里高力，但是他无法让这样一位客人在家里长期住下去。有一天，吃过晚饭以后，格里高力回到自己屋里，听到有说话声。女主人用恨得尖起来的声音问：

“什么时候才能到头呀？”

“什么？你说的是什么？”主人用低低的粗嗓门儿反问道。

“你什么时候把这个吃白饭的打发走呀?”

“住嘴!”

“我就要说说!咱们的粮食只剩一点点儿了,可是你还要养着这个罗锅子鬼,天天给他吃给他喝。我问你,这要到什么时候才算完呀?万一村苏维埃知道了呢?要杀咱们的头,孩子们就要成孤儿了!”

“住嘴吧,阿芙多济娅!”

“我就是要说说!咱们有孩子呀!咱们的粮食不到二十普特了,可是你还要把这个吃白饭的养在家里!他是你的什么人?是亲兄弟?是亲家公?还是干亲?他和你不沾亲,也不带故!一百竿子也打不着,可是你要养活他,给他吃,给他喝。哼,你这秃鬼!住嘴吧,别吓唬我了,要不然我明天就上苏维埃去,就说你在家里养着一朵好花儿!”

第二天,主人走进格里高力的屋里,望着地面,说:

“格里高力·潘捷莱维奇!不管你怎样见怪,我再也不能留你住下去了……我很尊敬你,去世的令尊我也认识,也很尊敬他,但是我现在实在很难养活你这个吃闲饭的……再说我也怕政府知道你在这儿。你随便上哪儿去吧。我还有家小呢。我不愿意为了你掉脑袋。多多担待吧，行行好，请你离开我家吧……”

“好吧，”格里高力很干脆地说，“谢谢你，谢谢你的招待。你的一切我都要感谢。我也看出来，你很为难，但是我又上哪儿去呀？我真没有路走了。”

“随你到哪儿吧。”

“好的，我今天就走。阿尔塔蒙·瓦西里耶维奇，多多拜谢了。”

“不必了，不值得谢。”

“我不会忘记你的大恩。也许我以后有机会报答你。”

主人很感动，拍了拍格里高力的肩膀，说：

“别说这种话了！依着我，你再住两个月也行，可是我老婆这该死的娘儿们不肯，天天和我吵！格里高力·潘捷莱维奇，我是哥萨克，你也是哥萨克，咱们都反对苏维埃政府，所以我还要帮助你：你今天就上红莓村去吧，那儿有我的一位亲家，他会收留你的。你就说我说的：阿尔塔蒙叫他收留你，只要他还有饭吃，叫他当亲儿子养活你。以后我再酬谢他。不过你今天就要离开我家。我再也不能多留你了，老娘儿们吵得实在心烦，另外我也怕村苏维埃知道了……你住了一些日子，格里高力·潘捷莱耶维奇，也行了。我的脑袋也值钱呀……”

深夜，格里高力从村子里走了出来，还没有走到冈头上的风车跟前，就有三个骑马的人，好像从地里钻出来似的，一下子把他拦住：

“站住，狗崽子！你是什么人？”

格里高力心里哆嗦了一下。他一声不响地站了下来。跑是没有用的。路旁连一道沟、一丛树棵子都没有，田野上空空荡荡，光秃秃的。他连两步都跑不出去。

“是共产党吗？回去，你妈的别找死！喂，快点儿！”

另一个人骑着马朝格里高力身上冲来，喝道：

“手举起来！把手从口袋里抽出来！抽出来，要不然我把你的脑袋砍下来！”

格里高力一声不响地把手从军大衣口袋里抽出来，他还没有完全弄明白这是怎么回事儿以及这拦住他的是些什么人，就问道：

“上哪儿去？”

“上村子里去。向后转。”

一个骑马人押着他往村子里走去，另外两个人在牧场上走了开去，上了大道。格里高力一声不响地走着。等到走上路，他放慢了脚步，问道：

“请问，大哥，你们是什么人？”

“走吧，走吧，别说话！把手放到背后来，听见吗？”

格里高力一声不响地照着做了。过了一会儿，他又问：

“真的，你们到底是什么人呀？”

“是正教徒。”

“我也不是旧教徒。”

“噢，那你就高兴高兴吧。”

“你把我送到哪儿去？”

“去见首长。走吧，你这坏小子，要不然我把你……”押送的人用刀尖轻轻地戳了戳格里高力。磨得锋利的冰凉的钢刀尖恰好戳在格里高力那大衣领子和皮帽子之间的光脖子上，一阵恐怖的感觉在他心中一闪，接着就换成无可奈何的愤怒心情。他提起领子，侧眼看了看押送的人，咬着牙说：

“别胡闹！听见吗？要不然我把你这玩意儿夺过来……”

“走，坏小子，别说话！我叫你夺夺看！把手背到后头！”

格里高力一声不响地走了几步，后来又说：

“我不说就不说，你别骂人。别以为自己真了不起……”

“别回头！”

“我没有回头。”

“住嘴，走快点儿！”

“是不是可以快跑呢？”格里高力一面拂着落在眉毛上的雪花，一面问道。

押送的人一声不响地把马一夹。因为出汗和夜间潮湿变得水漉漉的马胸膛一下子撞到格里高力的脊梁上，一只马蹄子噗唧一声踩进他脚边的水雪里。

“你慢点儿！”格里高力一面用手抓住马鬃，站稳身子，一面喊道。

押送的人把马刀举得和脑袋平了，低声说：

“你给我走，狗东西……别说话，要不然我就不用把你送去了。我要杀你很方便。住嘴，一句话也不许说！”

他们都一声不响地来到村边上。押送的人在村边一户人家门前勒住马，说：

“就进这个门去。”

格里高力走进敞着的大门。院心里是一座高大的铁皮顶房子。不少马在敞棚下打着响鼻，大声嚼着草料。台阶边站着五六个全副武装的人。押送的人把刀插进鞘里，一面翻身下马，一面说：

“进屋里去，上了台阶一直往前走，左手第一个门。走吧，别东张西望，对你说过多少次了，日你奶奶！”

格里高力慢慢踏着台阶往上走。站在栏杆边的一个头戴布琼尼式军帽、身穿骑兵长大衣的人问道：

“怎么，是抓来的吗？”

“是抓来的，”那个押送的人用格里高力已经熟悉的沙哑嗓门儿很不高兴地回答说，“在风车旁边抓来的。”

“是党支部书记，还是别的什么人？”

“谁他妈的知道，反正是个坏家伙，究竟是什么人，等会儿就知道了。”

“要么这是土匪，要么这是维奥申的肃反人员用的计策，故意装的。完了！糊里糊涂地完了。”格里高力想着，故意在过道里磨蹭起来，要集中思想考虑一下。

开了门以后，他头一个看到的是佛明。佛明坐在桌边，周围站着很多格里高力不认识的、身穿军服的人。床上堆着不少军大衣和皮袄，大板凳上并排靠着好几支卡宾枪；大板凳上还乱七八糟地堆着马刀、子弹袋、挂包和马鞍袋。人身上、军大衣上、武器装备上都散发着浓浓的马汗气味。

格里高力摘下帽子，低声说：

“你们好啊！”

“麦列霍夫呀！这真是有缘千里来相会啊！咱们又见面了！你这是打哪儿来？把衣服脱了，请坐吧。”佛明站了起来，伸着一只手，走到格里高力跟前，“你怎么逛荡到这儿来了？”

“我来有事。”

“什么事？你逛的可真远呀……”佛明用探询的目光打量着格里高力，“你照实说吧，是在这儿躲难，是不是？”

“是这样。”格里高力很勉强地笑着回答说。

“我的弟兄们在哪儿抓住你的？”

“在村外。”

“你上哪儿去？”

“随便走走……”

佛明又仔细看了看格里高力的眼神，笑了起来。

“我看出来，你是以为我们抓住你，要把你送到维奥申去，是吗？不会的，老弟，那条路我们也不走了……你别怕！我们不给苏维埃政府当差了。跟它分家了……”

“离婚啦。”一个在炉边抽烟的不算年轻的哥萨克低声说。

坐在桌边的一个人大声笑了起来。

“有关我的事儿，你一点儿也没有听说吗？”佛明问道。

“没有。”

“好吧，请坐，咱们来谈谈。给咱们的客人端菜汤和肉上来！”

格里高力对佛明的话一句也不相信。他脸色煞白，态度镇静，脱掉大衣，在桌边坐了下来。他很想抽烟，但是想起已经有两天没有烟丝了。

“有烟吗?”他问佛明。

佛明很殷勤地递过一个皮烟盒来。佛明看到格里高力的手指头在拿纸烟的时候还轻轻哆嗦着，他的嘴唇又在波浪式的红胡子底下笑了笑。

“我们起事反对苏维埃政府啦。我们支持老百姓，反对征集余粮，反对委员们。他们愚弄了我们很久，现在我们要叫他们尝尝滋味了。你明白吗，麦列霍夫?”

格里高力没有作声。他抽起烟来，急急忙忙地一连抽了好几口。他的头有点儿晕了，并且觉得有些恶心。最近这一个月来，他吃的饭食很差，现在他才感觉出，近来他的身体太弱了。他掐灭了纸烟，狼吞虎咽地吃起东西来。佛明简单地谈了谈起事的经过，谈了谈头些天在州里到处跑来跑去的情形，把自己的流窜说成是“进军”。格里高力一声不响地听着，吞着面包和没有炖烂的肥羊肉，几乎连嚼都不嚼。

“你出来过瘦了。”佛明亲热地笑着说。

格里高力一面打着饱嗝，一面嘟哝说：

“又不是在丈母娘家里嘛。”

“这话不错。那你就下劲儿吃吧，多吃点儿，能吃多少就吃多少。我们这些东家可不小气。”

“谢谢。现在我要抽烟了……”格里高力接过递给他的纸烟，走到放在板凳上的铁锅跟前，掀开木盖子，舀了一碗水。水很凉，而且有点咸味儿。吃得饱饱的格里高力大口大口地喝了两大碗水，这才有滋有味地吸起烟来。

“哥萨克们并不十分欢迎我们，”佛明往格里高力跟前坐了坐，继续说，“去年暴动的时候他们挨打挨怕了……不过，愿意干的人还是有的。已经有四十来个人参加了。但是我们要的不是这一点点儿。我们要把全州都发动起来，还要叫邻近的霍派尔州和大熊河口州都支持我们。到那时候我们再和苏维埃政府好好地谈谈！”

桌子周围一些人在大声说话。格里高力一面听佛明谈话，一面偷偷地打量他的伙伴们。一个熟识的人也没有！他仍然不相信佛明的话，以为佛明是故弄玄虚，为了小心起见，没有作声。但老是不作声也不行。

“佛明同志，如果你说的这些都是真话，那你们究竟想怎样呢？想发动新的战争吗？”格里高力竭力克制着涌上来的睡意，问道。

“这话我已经对你说过了嘛。”

“要推翻政府吗？”

“是的。”

“要建立什么样的政府呢？”

“建立哥萨克自己的政府！”

“自选乡长、村长吗？”

“噢，乡村长的事，多少等一等再说。反正老百姓选什么样的，就成立什么样的。不过这事还不用着急，再说，政治方面的事我也是外行。我是一个军人，我的任务是消灭那些委员和共产党员，有关政府的事，让我的参谋长卡帕林给你说说。这事儿他很内行。他这个人很聪明，很有学问。”佛明朝格里高力俯下身来，小声说，“他是以前沙皇军队里的一位上尉。这会儿在上房里睡着呢，有点儿病，恐怕是不大习惯，我们天天在行军呀。”

过道里响起嚷嚷声、脚步杂沓声、呻吟声、不太高的闹声和压低了的吆喝声："把他宰了!"桌子周围的说话声一下子就停了。佛明警觉地朝门口看了看。有人一下子把门推开。一团白色的水汽贴着地面涌进屋里来。一个身体魁梧、没戴帽子、身穿绗得密密的草绿棉袄、脚穿灰毡靴的人，因为背上被人猛地一捣，身子向前倾着，踉踉跄跄地跑了几步，咚的一声，肩膀撞在炉壁上。在关上门之前，有人在过道里高高兴兴地喊道：

"又抓来一个!"

佛明站了起来，勒了勒军便服上的皮带。

"你是什么人?"他威风凛凛地问道。

穿棉袄的人喘着粗气，用手摸了摸头发，想舒展舒展两个肩膀，但是疼得皱起眉头。他的脊梁骨被一样重东西，大概是枪托子，捣得很疼。

"你怎么不说话?舌头掉了吗?我问你，是什么人?"

"我是红军。"

"哪一部分的?"

"第十二征粮团的。"

"哈哈，这可太巧了!"坐在桌边的一个人笑着说。

佛明继续盘问：

“你在这儿干什么？”

“我们是拦阻部队……派我们来……”

“明白了。你们有多少人在这个村子里？”

“十四个人。”

“其余的人在哪儿？”

红军不作声了，很费劲儿地张开嘴。他的喉咙里有什么东西咕咕响了几下，一股细细的鲜血从左嘴角流到下巴上。他用手擦了擦嘴唇，看了看手掌，在裤子上把手擦了擦。

“你们那个坏家伙……”他吞着血，用咕噜咕噜的声音说，“把我的肺打坏了……”

“没事儿！我们来给你治治！”一个矮墩墩的哥萨克从桌旁站起来，朝其余的人挤着眼睛，用嘲弄的口气说。

“其余的人在哪儿？”佛明又问了一遍。

“跟着车队上叶兰镇去了。”

“你是哪儿的？什么地方人？”

红军用眨动得非常快的蓝眼睛看了佛明一眼，

把一团血块子吐在脚底下，已经是用清脆、响亮的粗嗓门儿回答说：

“普斯科夫省的。”

“普斯科夫人、莫斯科人……我们都听说过……”佛明用嘲笑的口气说，“伙计，你跑这么远来抢别人的粮食呀……好，就谈到这儿吧！我们怎么处置你呢，嗯？”

“应该把我放了。”

“你真是个天真的小伙子……弟兄们，咱们是不是真的把他放了呢？你们觉得怎样？”佛明暗暗笑着，转脸向坐在桌边的人问道。

一直在仔细观察着这一切的格里高力，看到一张张风尘仆仆的褐色的脸上隐隐露出会意的笑容。

“叫他在咱们这儿干上两个月，然后再放他回家去看老婆。”佛明手下的一个人说。

“你是不是真的在我们这儿干干呢？”佛明问道，他想忍住笑，可是怎么都忍不住，“我们给你马，给你鞍，还给你一双新的高筒靴子，把你的毡靴换下来……你们的首长给你们的穿戴太差了，这能算是靴子吗？外面已经化冻了，可是你还穿毡靴呢。给我们干干，好吗？”

“他是庄稼佬，出娘胎以来还没有骑过马呢。”一个哥萨克故意用尖细的声音怪腔怪调地说。

红军战士没有作声。他背靠在炉壁上，用炯炯有神的眼睛打量着大家。他时不时地疼得皱一皱眉头，有时候呼吸困难，就微微张一张嘴。

“你留在我们这儿，还是怎样？”佛明又问道。

“你们是什么人？”

“我们吗？”佛明把眉毛扬得高高的，用手捋了捋胡子，“我们是维护劳动人民的战士。我们反对委员和共产党的压迫，我们就是这样的人。”

这时候格里高力忽然看见红军的脸上出现了笑容。

“原来你们是这样的人……可是我还在想：这是一些什么人呢？”俘虏笑了笑，露出血糊糊的牙齿，他说话的神气，好像听到了新鲜事儿又惊又喜，但是他的口气中却另有一种意味，使大家都警觉起来。“依你们说，你们是维护人民的战士，是吗？噢，噢。可是依我们说，你们不过是土匪。想叫我给你们干吗？哼，你们真会开玩笑！”

“我看你呀，你也是个挺有趣的小伙子嘛……”佛明眯缝起眼睛，简短地问道，“是共产党员吗?”

“不是，我哪儿够呀？我是非党的战士。”

“不像。”

“实在话，我是非党的战士!”

佛明咳嗽了两声，转身朝着桌子。

“丘玛柯夫！把他干掉。”

“你们杀我算不了英雄，一点也没有用。”红军小声说。

没有人搭腔。丘玛柯夫是一个矮墩墩的漂亮哥萨克，穿一件英国式的皮坎肩。他很不高兴地站了起来，抿了抿往后梳得已经够平的淡黄色头发。

“我都讨厌干这种事儿了，”他从放在板凳上的一堆马刀中抽出自己的马刀，一面用大拇指试着刀刃，一面提起精神说。

“不一定亲自动手，告诉外面的弟兄们就行了。”佛明说。

丘玛柯夫冷冷地把红军从脚到头打量了一遍，说：

“在前头走吧，伙计。”

红军离开炉子，弯下腰，慢慢朝门口走去，地板上留下一个个潮湿的毡靴印子。

“上这儿来，也不把脚擦一擦！来一趟，给我们留下这么多脚印子，弄得这么脏……老弟，你真是太邋遢了！”丘玛柯夫装出很不满意的样子说着，跟着俘虏朝外走去。

“告诉他们，叫他们把他带到胡同里或者场院上。别在院子里干，要不然房东会生气的！”佛明在后面对着他们喊道。

佛明走到格里高力身边，挨着坐了下来，问道：

“我们审判干脆吗？”

“很干脆。”格里高力避开他的目光，回答说。

佛明叹了一口气。

“什么记录也用不着。现在就应该这样。”他还想说点儿什么，但是台阶上响起咚咚的脚步声，有人喊叫，又砰地响了一枪。

“外面他妈的怎么回事儿？”佛明烦躁地叫道。

一个坐在桌边的人跳了起来，一脚把门踢开。

“外面怎么一回事儿？”他朝黑暗中叫道。

丘玛柯夫走了进来，很带劲儿地说：

“这家伙真够机灵的！日他奶奶！他从顶上头一级台阶上往下一跳，就跑起来。只好浪费一颗子弹。弟兄们正在结果他呢……”

“叫他们把他从院子里拖到胡同里。”

“我已经说过了，亚可夫·叶菲莫维奇。”

屋子里静了一会儿。后来有人压制着哈欠，问道：

“丘玛柯夫，天气怎么样？外面放晴了吗？”

“有云彩。”

“要是下一阵雨，就能把残雪冲干净了。”

“你要雨干什么？”

“我倒不是要雨，是不喜欢在烂泥里走。”

格里高力走到床前，拿起自己的帽子。

“你上哪儿去？”佛明问。

“去解解手。”

格里高力来到台阶上。从云彩里钻出来的月亮放射着朦胧的月光。宽敞的院子、一座座棚子的顶、一棵棵直指天空的光秃秃的金字塔形的白杨树，一匹匹披着马衣站在拴马桩边的马——一切都笼罩在一片幻影般的淡蓝的夜色中。在离台阶几丈远的地方，躺着被杀死的红军，脑袋泡在熠熠闪光的融雪水洼里。有三个哥萨克在死人身边弯着腰，小声说着话儿。不知他们在死人身边干什么。

“他还喘气哩，真的！”一个哥萨克懊恼地说，“你这不中用的家伙，怎么搞的？我对你说，要往脑袋上砍嘛！唉，真是饭桶！”

一个声音沙哑的哥萨克，也就是押送格里高力的那一个，回答说：

“快死了！打几个响嗝就完了……你把他的头提起来嘛！怎么也脱不下来。抓住头发往上提，这就对了。好，现在提好别动。”

水洼里的水哗啦响了一声。站在死人旁边的一个人直起身子。那个哑嗓门儿的家伙蹲在地上，哼哧着，在剥死人的棉袄。过了一会儿，他说：

“是我手气不好，所以他一下子死不了。以前我在家里杀猪……你提好嘛，别松手！噢，妈的！……嗯，以前我杀猪，把喉咙管全割断，一直割到颈窝里，可是该死的猪还要站起来，满院子乱跑。一跑就跑上老半天！浑身都是血，可还是又跑又哼哼。气都不能喘了，可还是死不了。这都是因为我手气不好。好了，放下吧……还在喘气吗？真是怪事。我差不多都砍到脖子根了嘛……”

另外一个哥萨克伸开两条胳膊，把从红军身上剥下来的棉袄抻开，说：

“左边沾上血了……黏糊糊的，呸，真糟糕！”

“能洗掉。这又不是猪油。”那个哑嗓门儿的哥萨克心安理得地说过这话，又蹲了下去，“洗洗或擦擦都行。不碍事。”

“你怎么，还想剥他的裤子吗？”原来那个提头发的哥萨克很不满意地问道。

那个哑嗓门儿的哥萨克不客气地说：

“你要是着急的话，就去看看马吧，我们这儿不要你也行！总不能让东西白白丢掉吧？”

格里高力猛地转过身来，朝屋里走去。

佛明用迅速的、探询的目光迎住他，站起身来。

“咱们到上房里谈谈吧，这儿太嘈杂了。”

宽敞的上房里烧得很暖和，有老鼠屎气味，还有大麻籽气味。一个不算高大、身穿草绿制服的人，摊开四肢睡在床上。他那稀稀的头发乱蓬蓬的，粘了一层细毛和小小的羽毛。他一边腮紧紧贴在肮脏的、只剩下芯子的枕头上。一盏挂灯照着他那很久没有刮过的苍白的脸。

佛明推醒了他，说：

“起来吧，卡帕林，咱们有客人来了。这是咱们的人——格里高力·麦列霍夫，以前的中尉，你来认识认识。”

卡帕林从床上耷拉下腿来，用手搓了搓脸，爬了起来。他微微弯着腰握了握格里高力的手，说：

“欢迎欢迎。我是卡帕林上尉。”

佛明很殷勤地推给格里高力一把椅子，自己坐在大柜子上。他大概从格里高力的脸上看出来，杀害红军使格里高力心里很不痛快，所以就说道：

“你不要以为，我们对待所有的人都这样狠。这是个怪物嘛，是征粮队的嘛。对于这些人和各种各样的委员我们是不能放过的，对其余的人我们是很宽大的。比如说，我们昨天抓住三个民警，把他们的马、马鞍和武器留下来，把人都放走了。杀死他们有他妈的什么意思？”

格里高力没有作声。他把两手放在膝盖上，想着心事，就像在梦里一样听着佛明说话：

“……我们眼下就这样打着，”佛明继续说，“我们想无论如何把哥萨克们发动起来。我们听说，到处都在打仗。在西伯利亚，在乌克兰，甚至在彼得格勒，到处都有起事的。有一个要塞里的整个舰队都起事了，那个要塞叫什么名字来着？……”

“是在喀琅施塔得。”卡帕林提醒说。

格里高力抬起头来，用没有表情、好像是什么也看不见的眼睛看了佛明一下，就把目光移到卡帕林身上。

“来，抽烟吧，”佛明递过烟盒来，“就是说，已经把彼得格勒拿下来了，正在向莫斯科进军呢。到处都打得很热闹！咱们也不能一点不动啊。咱们要把哥萨克发动起来，推翻苏维埃政府，将来如果有士官生帮助咱们，那咱们就百事如意了。让他们那些有学问的人来建立政府吧，咱们辅佐他们。”他沉默了一会儿，然后问道：“麦列霍夫，你以为怎样：如果士官生从黑海那边打过来，咱们就和他们会师，能不能因为咱们首先在后方起事，将功折罪呢？卡帕林说，一定可以折罪。比如说，还要因为我在一九一八年带领二十八团离开前线，又给苏维埃政府干了两年，再来找我的麻烦吗？”

格里高力不由得笑了笑，心里想：“原来你真正操心的是这个！虽然人很蠢，可是真狡猾……”佛明等着回答。看样子，他还实在担心这个问题呢。格里高力很勉强地说：

“这事儿一两句话是说不清的。”

“当然，当然，”佛明高高兴兴地附和说，“我这是随便说说。以后的事以后再说吧，现在咱们是要行动起来，消灭后方的共产党。咱们不管怎样都不能叫他们过安稳日子！他们叫步兵坐上大车，想追赶咱们呢……叫他们试试看吧。等到他们把马队调来，咱们已经把全州闹翻过来啦！”

格里高力又看着自己的脚底下，想着。卡帕林道过歉，躺到床上去了。

“我太累了。咱们行起军来像疯子一样，觉睡得太少了。”他无精打采地笑着说。

“咱们也该睡了。”佛明站起来，把一只沉甸甸的手搭在格里高力的肩膀上，“好样儿的，麦列霍夫，幸亏你听了当时我在维奥申说的话！你那时候如果不躲起来，就倒霉了。这会儿恐怕要躺在维奥申的雪堆里，连指甲都烂掉了……这种事儿我看得比什么都清楚。嗯，你拿的是什么主意呢？你说说吧，咱们也要睡觉了。”

“说什么呢？”

“是不是跟我们一块儿干呀？总不能在别人家里躲一辈子嘛。”

格里高力知道他要提这个问题。他必须选择选择：要么继续在各个村子里流浪，过着吃不饱、无家可归的日子，愁闷得要死，还要时时担心主人向政府报告；要么到政治局去自首；要么就跟着佛明干。于是他选择好了。他这天晚上第一次正对着佛明的眼睛看了看，似笑非笑地说：

“我现在挑选，就像童话里的英雄一样：往左边走，就会失掉马；往右边走，就会被杀死……就是这样：三条路，没有一条好路……”

“你还是正正经经挑选一下吧。童话咱们以后再讲。”

“无路可走呀，就这样选定了吧。”

“怎么样？”

“加入你的匪帮吧。”

佛明很不高兴地皱了皱眉头，咬了咬胡子。

“你别提这种外号吧，这怎么是匪帮？这是共产党给咱们的外号，你可不应该这样说。咱们就叫起义军，又简单，又明白。”

他的不高兴很快就过去了。他见格里高力下定了决心，显然是非常高兴的，而且他简直掩饰不住自己的高兴心情；他兴奋得搓着两手说：

“咱们兴旺起来啦！你听见吗，上尉？麦列霍夫，我给你一个排，如果你不愿意带一个排，就和卡帕林一起掌管司令部里的事。我把我的马送给你，我还有一匹备用的马呢。”

十二

天亮前，有点儿霜冻。水洼里结了灰白色的薄冰。雪变硬了，咯吱咯吱响起来。在没有践踏过的亮闪闪的雪地上，马蹄留下一个个模模糊糊、慢慢在下陷的圆印子；在昨天的暖气把雪舔掉了的地方，那露出来的铺着去年的枯草的土地，只是在马蹄下微微向下凹一凹，并且在向下凹的时候，轻轻地咚咚响着。

佛明的队伍在村外排成行军纵队。在远远的大路上，晃悠着派到前面去的先头侦察队的六名骑兵。

“你瞧瞧我的队伍吧！”佛明骑马走到格里高力跟前，笑着说，“领着这样的弟兄们，什么人他妈的都不在话下！”

格里高力打量了队伍一眼，心里很感慨地想：“你要是带着这些人马遇上我带的那个布琼尼的骑兵连，有半个钟头我们就能把你们砍成肉酱！”

佛明用鞭子指了指，问道：

“他们的样子怎么样？”

“他们砍杀俘虏很有本事，剥死人衣服也有两下子，可是他们打仗怎么样，我还不知道呢。”格里高力冷冷地回答说。

佛明在马上转过身去背着风，把纸烟点着了，又说：

“到打仗的时候你就看看他们吧。我的人都是当过多年兵的，打仗也不含糊。”

六辆双套马车载着子弹和粮食排在纵队当中。佛明跑到前面，下令开动。到了冈头上，他又来到格里高力跟前，问道：

“喂，我的马怎么样？听使唤吗？”

“是一匹好马。”

他们马镫挨着马镫，并排走了很久，后来格里高力问道：

“你不打算上鞑靼村去吧？”

“想家了吗？”

“很想回去看看。”

“可能也要去。现在我想到旗尔河上去转一转，鼓动鼓动哥萨克们，叫他们行动起来。”

但是各地的哥萨克们都不怎么愿意“行动”……几天的工夫，格里高力就看清了这一点。每当占领一个村庄或市镇，佛明都要下令召开群众大会。多数是他在大会上发言，有时候卡帕林代替他发言。他们号召哥萨克们拿起武器，大谈“苏维埃政府强加在庄稼人身上的沉重负担”，又说什么“如果不把苏维埃政府推翻，一定会彻底倾家荡产”。佛明说得不像卡帕林那样漂亮，那样有条理，但是他说得很通俗，哥萨克们容易懂。他结束讲话照例都是用同样几句背熟了的句子：“我们从今天起，就取消强加给你们的余粮征集制了。你们再也不用把粮食运到收粮站去了。不必再去养活那些吃白饭的共产党了。他们吃你们的粮食都吃肥了，但是这些外来佬完蛋了。你们都是自由的人啦！拿起枪来，拥护我们的政府吧！哥萨克，乌拉！”

哥萨克们都看着地面，愁眉苦脸，一声不响；可是妇女们却拼命地嚷嚷。一句句尖刻的问话、一声声恼怒的喊叫乱纷纷地从密密层层的妇女群里飞出来：

“你的政府很好，你给我们弄肥皂来了吗？”

“你把你的政府挂在哪儿呀，捆在鞍后皮带上吗？”

“你们又吃谁的粮食呢？”

“大概你们要挨门挨户去讨饭吧？”

“他们有刀。他们连问也不用问就把鸡脑袋剁掉啦！”

“不送粮食那怎么行呢？你们今天在这儿，到明天就是带上狗也找不到你们了，要我们倒霉吗？”

“不叫我们的男人跟着你们走！你们要打仗，就自个儿打吧！”

妇女们往往还要恶狠狠地喊许多别的话；打了几年仗，她们对什么都信不过了，就害怕再打仗，死死地抓住自己的丈夫，再也不肯放手。

佛明满不在乎地听着她们乱嚷嚷，知道她们嚷嚷没什么了不起的。他等到安静下来，就又对哥萨克们说话。这时候哥萨克们便干脆而又慎重地回答说：

“佛明同志，不要强迫我们吧，我们打仗打够了。”

“我们在一九一九年暴动过，已经尝过滋味啦！”

“没有本钱暴动，暴动也没有意思了！眼下不必要了。”

“快到种地的时候了，不能打仗了。”

有一次，后排里有人喊道：

“你现在说得真甜呀！一九一九年我们起事的时候，你在哪儿来着？”

格里高力看到，佛明的脸变了颜色，但终于还是忍住了，什么也没有说。

头一个星期，佛明在大会上听到哥萨克们反驳他，听到他们干脆利落地拒绝响应他的号召，总的来说他还能沉住气；就是听到妇女们叫喊和咒骂，他也不动火。他常常暗暗笑着，很自信地说："没什么，我们总会把他们说服的！"可是等到看清楚哥萨克群众绝大多数都是反对他的以后，他对参加大会的人的态度一下子就变了。他说话的时候，连马也不下，而且与其说是劝说，不如说是恐吓了。不过结果仍然和以前一样：他想依靠的哥萨克们，一声不响地听过他的讲话，又一声不响地散了开去。

在一个村子里，他讲过话以后，有一个哥萨克妇女出来答话了。这是一个身材高大、肥胖、骨架子十分宽大的寡妇，说起话来声音几乎像男子一样粗大，而且像男子那样又急促又猛烈地挥舞着两条胳膊。她那一张老大的麻子脸上满是恶狠狠的怒气，那向外翻的大嘴唇一直在撇着，轻蔑地笑着。她用红肿的手指头指着像石头一样呆坐在马上的佛明，她那一句句尖刻的话几乎就像喷出来的一样：

"你在这儿捣什么乱？你想把我们的哥萨克推到哪儿，推到哪儿的火坑里去？打这种该死的仗，我们妇女变成寡妇的还少吗？孩子们变成孤儿的还少吗？你想再叫我们遭殃吗？鲁别仁村怎么出了你这样一个救世皇帝呀？你顶好还是把家里料理料理，别再让家里破落下去，然后再来教训我们怎样过日子，要什么样的政府、不要什么样的政府吧！要不然你老婆在家里当牛当马就没有头啦，这我们很清楚！你还到处抖威风，骑着马跑来跑去，鼓动老百姓造反呢。看看你自己家里，房子要是没有风撑着的话，早就倒掉啦。倒是教训起我们来啦！你怎么不说话呀，红胡子丑鬼，难道我说的不对吗？”

人群里嗞嗞地响起一阵轻轻的笑声。像微风一样嗞嗞地响了一阵子，就没有声音了。佛明左手放在鞍头上，慢慢拨弄着马缰，因为憋着火气，脸憋得发了青，但是他没有说话，在脑子里寻思着摆脱这种尴尬局面的适当办法。

“你这个政府算什么东西，你叫人支持它什么？”说得上了劲儿的寡妇又气冲冲地说。

她双手叉腰，扭着大屁股慢慢朝佛明走来。哥萨克们都掩藏着笑容，垂下笑眯眯的眼睛，纷纷给她让路。他们就像要让出个圈子跳舞一样，你推我挤，朝四面退了退……

“你的政府除了你，什么也剩不下。”寡妇用低低的粗嗓门儿说，“你的政府就拖在你屁股后头，在一个地方连一个钟头都待不住！‘今天骑在马上神气，明天就成一摊烂泥！’你就是这样，你的政府也是这样！”

佛明使劲用腿夹了夹马的两肋，马朝人群里冲去。人群朝四面退去。在老大的圈子当中只剩了寡妇一个人。她是见过各种各样世面的，因此她十分镇定地望着佛明那龇牙咧嘴的马，望着佛明那气得煞白的脸。

佛明一面驱马往她身上撞，一面高高地举起了鞭子。

“住嘴，麻脸畜生！……你干吗在这儿造谣惑众?!”

龇牙咧嘴、仰得高高的马头就在这个毫不畏惧的寡妇的头顶上。一团淡绿色的唾沫从马嚼子上飞下来，落在寡妇的黑头巾上，又从头巾上流到腮上。寡妇用手擦了擦，向后退了一步。

“你能说话，我们就不能说话吗?”她用放射着怒火的滚圆的眼睛盯着佛明，大声叫道。

佛明没有打她。他摇晃着鞭子，吼道：

“你这个赤化的坏娘儿们！我要治治你的糊涂劲儿！我马上叫人撩起你的裙子，用通条抽你一顿，你一下子就老实了！”

寡妇又向后退了两步，突然转身背朝着佛明，弯下腰去，把裙子撩了起来。

“你没见过这玩意儿吧，吹大牛的好汉？”她喊叫了两句，又十分麻利地站直了身子，转过脸朝着佛明，“打我呀?！要打人呢?！你还不够格！……”

佛明狠狠地啐了一口，勒了勒缰绳，想勒住直往后倒退的马。

“住嘴，不生驹的骒马，你嫌你身上的肉太多了吧？”他大声说着，拨转马头，竭力要保持住脸上的威严表情，却怎么也保持不住。

人群里响起一阵低低的笑声，佛明手下一个人，想给首长挽回面子，跑到寡妇跟前，抡起卡宾枪托子，但是有一个比他高两个头的彪形大汉用宽宽的胸膛护住了寡妇，轻轻地，然而语气很重地说：

“别动！”

又有三个村里的人走过来，把寡妇推到后面。其中有一个年轻的、头发蓬乱的，小声对佛明手下那个人说：

“干吗打起人来啦，嗯！打老娘儿们不算本事，你有本事到冈头上施展施展去，跟老娘儿们斗，不算英雄好汉……”

佛明一步一步地退到篱笆跟前，在马镫上站起身子。

“哥萨克们！你们好好地想想吧！”他对着慢慢散去的人群叫道，“现在我们好言好语劝你们，可是过一个星期我们再回来，话就是另一样说法了！”

不知为什么他忽然快活起来，一面笑着，一面勒着在原地直蹦的马，喊道：

“我们不是胆小鬼！你们别拿这些老娘儿们的那个……（接着做了几个猥亵的表情）来吓唬我们吧！麻脸的和各种各样的娘儿们我们都见过！等我们回来，要是你们没有人自愿参加我们的队伍，那我们就强制所有的年轻哥萨克都参加。你们就记住吧！我们没有工夫跟你们客气、赔你们的小心了！”

停了一会儿，人群里响起笑声和热热闹闹的说话声。佛明依然在笑着，发出口令：

“上马！……”

格里高力因为憋着笑，憋得脸红红的，夹了夹马，朝自己的一排人跑去。

佛明的队伍在泥泞的道路上拉成一条线，爬上山冈，已经看不见这个很不好客的村庄了，可是格里高力还不时地笑上一阵子，心里想："好就好在我们哥萨克都是快活人。开玩笑的时候比愁眉苦脸的时候多得多，要是什么事都那么当真，过这种日子早就该上吊了！"他这种愉快心情保持了很久，直到休息的时候，他才又担心又痛苦地想，看样子哥萨克是发动不起来了，佛明的一切打算注定非失败不可了。

十三

春天到了。阳光越来越暖和。山冈南坡上的雪融化了，铺满了枯草的红红的大地在中午时候已经笼罩起透明的淡紫色蜃气。土包上、坟头上、从黏土里露出来的石头缝儿里，都冒出刚刚出头的、碧绿的、尖尖的草芽儿。耕地露出来了。白嘴鸦从不再有人走的冬季道路上纷纷飞到场院上、飞到泡在融雪水里的麦地里。洼地里和山沟里的雪蓝蓝的，一直到上面都浸透了水；这些地方还散发着一阵阵冰人的冷气，但是一股股看不见的融雪水已经在土沟里的雪底下发出细细的、唱歌一样的声音，树林里的杨树枝干已经完全像春天的样子，泛出隐隐的嫩绿色。

春耕时候一天天近了，佛明匪帮的人数也一天天少了。每次宿营以后，到第二天早晨都要少一两个人，有一天几乎有半个排一下子就不见了：八个人都带着马和武器到维奥申投诚去了。要去耕地、种地了。土地等着人，要人去干活儿，于是佛明手下有很多人，认清了干下去毫无好处以后，就悄悄地离开匪帮，散伙回家去了。剩下的都是一些罪大恶极的人，他们不能回家，因为他们对苏维埃政府犯的罪太大，不可能得到宽大。

到四月初，佛明匪帮只剩下八十六个人了。格里高力也留在匪帮里。他没有勇气回家。他认定佛明的事已经输了，匪帮早晚要被打垮。他知道，只要和红军的任何一支正规骑兵部队认真一交手，他们就会被击溃。可是他还在给佛明当帮凶，暗地里希望能拖到夏天，到时候带上匪帮中两匹最好的马，乘夜间回到鞑靼村去，带上阿克西妮亚，一同去南方。顿河草原是很大的，没有去过的地方和没有走过的道路是很多的；夏天里到处都有路可走，到处都可以安身……他打算把马扔到什么地方，和阿克西妮亚步行到库班的山前地带去，离家乡远远的，在那里度过这荒乱的年月，他觉得再也没有别的办法了。

佛明听从卡帕林的主意，决定在开始流冰之前渡过顿河到左岸去。在和霍派尔州搭界的地方有许多树林子，希望在必要的时候可以到树林子里去躲避追击。

匪帮在大鱼村上游渡过了顿河。在一些水流湍急的地方，冰块已经在流动了。河水在明亮的四月的阳光下闪着鱼鳞般的银光，但是在堆积得高出冰面一俄尺的冬天道路通过的地方，河面还是一动不动的。他们在边上铺上篱笆片子，把马一匹一匹地牵过去，在顿河那边排好了队，派出前哨后，便朝叶兰镇方向开去。

过了一天，格里高力遇到同村的独眼龙丘玛科夫老汉。他是上戈里亚兹诺夫村来走亲戚的，就在离村子不远的地方遇上了匪帮。格里高力领着老汉从大路上走到一边去，问道：

“老人家，我的孩子们都好吗？”

“上帝保佑，格里高力·潘捷莱维奇，孩子们都好好的呢。”

“老人家，我拜托你：替我向孩子们和我妹妹杜尼娅问好，还向普罗霍尔·泽柯夫问好，还要请你告诉阿克西妮亚·阿司塔霍娃，叫她等着我，不久我就回去。不过，除了他们以外，你不要对任何人说看见我了，行吗？”

“我办得到，乡亲，一定办到！别多虑，我一定转告。”

“村子里有什么新闻吗？”

“什么也没有，一切照旧。”

“还是柯晒沃依当主席吗？”

“还是他。”

“没有难为我家的人吗？”

“我一点儿也没有听说，大概没有难为。干吗要难为他们呢？一人做事一人当嘛……”

“村子里对我的事是怎样说的？”

老汉擤了擤鼻涕，用红红的围巾擦了老半天胡子，然后含含糊糊地回答说：

“谁知道他们怎么说呢……说法都不一样，谁想怎么说就怎么说。你们快和苏维埃政府讲和了吧？”

格里高力又能回答他什么呀？他勒着直想去追赶已经走出很远的队伍的马，笑着说：

“老人家，我不知道。眼下还一点也看不出来。”

“怎么看不出来呢？咱们和吉尔吉斯人打过，和土耳其人打过，都讲和了，你们都是自己人，无论如何自己人不能再打了……不好啊，格里高力·潘捷莱维奇，说实在的话，不好啊！仁慈的上帝是什么都能看得到的，他是不会饶恕你们这种事的，你记着我的话吧！唉，都是俄罗斯人，都是信正教的，可是自己人打起来就没有完，这不是怪事吗？要是多少打一阵子，倒也罢了，可是你们已经打了三年多了呀。我这个老头子都知道：该打完了！”

格里高力和老汉道过别，就急忙去追赶自己的一排人。丘玛科夫老汉拄着拐杖，用袖子擦着直流泪水的瞎眼眶子，站了老半天。他用那只像年轻人一样敏锐的独眼望着格里高力的背影，欣赏着他那漂亮的骑马姿势，小声说：

“是一个好哥萨克！什么都好，态度和各方面都好，就是不走正道……走迷了路啦！他要是和吉尔吉斯人打仗，一定是好样的，可是现在他干起这种事情来啦！他要这个政府有屁用？他们这些年轻哥萨克是怎么想的呢？谁也拿格里什卡没办法，他们家都是这种不走正路的种……去世的潘捷莱也是这样的犟头，我还记得普罗柯菲老汉……那也是个不服帖的家伙……别的哥萨克是怎么想的，天啊，我就不明白了！”

* * *

佛明进入各个村庄，已经不再召开村民大会了。他知道宣传已经没有用了。只要能留住现有的人马就不错了，谈不到招募新兵了。他显然发起愁来，说话也少了。他开始借酒浇愁，他只要一住下来，就要狂饮解愁。手下人看到他的样子，也都喝起酒来。纪律没有了，抢劫的事多起来。有些苏维埃工作人员，因为匪帮来了都躲了起来，就把他们家的东西，凡是马能驮得动的，全部抢走。很多士兵的马鞍袋都装得鼓膨膨的。有一天，格里高力看见自己排里一个士兵抢了一架手摇缝纫机。他把缰绳搭在鞍头上，用左胳膊夹着缝纫机。格里高力用鞭子抽，那个士兵才把缝纫机丢下了。这天晚上，佛明和格里高力之间发生了一场很激烈的争吵。屋里只有他们两个人。喝得脸都浮肿了的佛明坐在桌边，格里高力大步在屋子里来来回回地走着。

“你坐下吧，别在我眼前晃来晃去。”佛明烦恼地说。

格里高力不理睬他的话，在狭小的哥萨克式上房里踱了很久，后来说：

“佛明，我真讨厌这种事儿！请你制止抢劫和酗酒吧！”

“你今天做的梦不好吧？”

“别开玩笑了……老百姓都在说咱们的坏话了！”

“你该看见，没法子管住弟兄们呀。”佛明很不高兴地说。

“你什么法子都没有用嘛！”

“哼，你别教训我吧！你那些老百姓不配说好话。咱们为他们这些坏家伙吃苦，可是他们呀……我为自个儿想想，就行了。”

“你为自个儿也没有好好地想。天天喝酒没有工夫想了。你已经四天四夜没有清醒了，其余的人也都在喝。就连夜里放哨的人也喝。你想干什么呢？是想让人家在村子里把咱们这些醉鬼一网打尽，斩尽杀绝吗？”

“你以为咱们能逃脱得了这一天吗？”佛明冷笑道，“早晚都是要死的，瓦罐离不了井上破嘛……你懂吗？”

“那咱们明天就自动上维奥申去，把两手举起来，说：把我们押起来吧，我们投降了。”

“不行，咱们还要快活一阵子呢……”

格里高力叉开两腿，在桌子对面站下来。

“你要是不把纪律整顿好，不制止抢劫和酗酒，我就扔下你，把一半人带走。”他小声说。

“你试试看。”佛明用威吓的口气拉着长声说。

“不用试就行！”

“你……你别吓唬我！”佛明把一只手放到手枪套子上。

“别摸抢套子，要不然我隔着桌子一下子就够到你了！”格里高力脸色煞白，把马刀抽出一半来，迅速地说。

佛明把手放到桌子上，笑了笑。

“你干吗跟我瞎缠起来了？没有你缠，我的脑袋都要炸了，可是你还在这儿说糊涂话呢。快把刀插进鞘去！怎么，跟你开开玩笑都不行吗？瞧你，一本正经的样子！简直像个十六岁的大姑娘了……”

“我已经对你说过我想怎样了，你要好好地记住。我们的心情不是都和你一样。”

“我知道。”

“知道就要记住！明天你就下命令，叫大家把马鞍袋子都倒空。咱们是骑兵队伍，不是驮子队。叫他们再别干这种事儿！还算是维护老百姓的战士呢！一个个用马驮着抢来的东西，在各个村子里到处叫卖，就像以前的货郎担子……真丑死了！我怎么他妈的跟你们搞到一块儿来了？”格里高力啐了一口，转脸朝着窗户，因为又气又恨，脸都白了。

佛明笑了起来，说：

“还从来没有马队追击过咱们呢……吃饱了的

狼，遇到骑马人追赶，在跑的时候会把吃下的东西全吐出来的。我手下这些畜生也是这样：如果有人把咱们赶急了，他们会把什么都扔掉的。不要紧，麦列霍夫，你别发急，我能搞好！我这是有点儿泄气，所以放松了马缰，可是我还可以勒紧嘛！咱们可是不能分家，有难同当嘛。”

他们的话没有说完，女主人端着一钵子热气腾腾的菜汤走进来，随后丘玛柯夫手下的一群哥萨克一下子拥了进来。

不过谈话还是发生了作用。第二天早晨，佛明下令把鞍袋倒空，并且亲自检查执行命令的情况。有一个抢劫成性的家伙，在检查鞍袋的时候进行抗拒，不愿意扔掉抢来的东西，佛明用手枪当场把他枪毙了。

“把这个坏小子拖走！”他踢了死人一脚，很镇静地说，又把队伍打量了一遍，提高声音说，“狗崽子们，再不许翻箱倒柜啦！我带你们反对苏维埃政府，不是干这种事儿！你们可以把打死的敌人身上的衣服全剥下来，如果不嫌肮脏的话，剥裤头子也可以，但是不能动敌人的家眷。咱们不是跟老娘儿们打仗。谁要是不听，就跟他一样下场！”

队伍里响起一阵嘁喳声，后来就没有声音了……

纪律似乎恢复了。佛明匪帮在顿河左岸活动了三四天，消灭了遭遇到的几支小小的地方自卫队。

在叔米林镇，卡帕林建议转移到沃罗涅日省去。他的理由是，他们到那里可能会得到老百姓的广泛支持，因为那里不久前还发生过反对苏维埃政府的暴动。但是等佛明把这个意见向哥萨克们一宣布，哥萨克们都异口同声地说：“我们不到州外去！”匪帮举行了群众大会，改变了决定。有四天的工夫，匪帮一个劲儿地向东方开去，也不迎战，因为从嘉桑镇开始就有一支骑兵队伍跟踪而来，要打他们。

想掩盖自己的行踪是不容易的，因为田野上到处都在进行春耕，就连最偏僻的地方都有人活动。他们都是在夜里行军，可是到天亮时候他们一停下来歇马，不远处就会出现敌人的骑兵侦察队，手提机枪嗒嗒地响了起来，佛明匪帮就又冒着机枪火力匆匆地备起马来。在维奥申乡的梅里尼柯夫村外，佛明使用了一个计策，才瞒过了敌人，逃脱了。佛明从自己的侦察兵的报告中了解到，率领这支骑兵队伍的是布堪诺夫镇的哥萨克叶果戈·茹拉甫廖夫，此人精明强干，精通军事；佛明还了解到，这支骑兵队伍的人数几乎超过匪帮一倍，有六挺手提机枪，还有许多没有经过长途行军的生气勃勃的马。就因为这样，佛明不敢迎战，想叫自己的人马休息休息，以后，在可能的时候，也不公开交战，而是采取突然袭击的方式，把这支骑兵打垮，这样就可以摆脱这种紧跟不放的追击了。他想，这样还可以捞到敌人的机枪和步枪子弹呢。不过他的如意算盘没有实现。格里高力所担心的事，四月十八日在司拉晓夫橡树林边上发生了。前一天夜里，佛明和大多数士兵在谢瓦司济扬诺夫村里喝得烂醉，黎明时候从村子里开出来。夜里几乎谁也没睡，所以现在有很多人在马上打起盹来。快到上午九点钟的时候，在离奥若根村不远的地方停下来休息。佛明派出警戒哨以后，就吩咐拿燕麦喂马。

一阵阵的大风从东方吹来，像褐色云雾似的沙土遮住了地平线。浓浓的灰土把草原罩住。太阳被高高扬起的灰尘遮得朦朦胧胧的。风吹得大衣襟、马尾和马鬃摇来摇去。马匹都背对着风，在林边稀稀拉拉的野山楂丛旁边避风。眼睛被沙土迷得直流泪水，就是在不远的距离内也很难看清东西。

格里高力细心地给自己的马擦了擦鼻子和泪汪汪的眼睛，挂上草料袋，便走到正用大衣襟兜着麦子喂马的卡帕林跟前。

“偏要挑这个地方歇马！”他用鞭子指着树林子，说。

卡帕林耸了耸肩膀。

“我对这个浑蛋说过了，可是他怎么都不听人劝！”

“应该在草原上或者在村边上休息。”

“您是担心敌人会从树林子里来袭击吧？”

“是的。”

“敌人还远着呢。”

“也许敌人已经很近了，他们又不是步兵。”

“树林子光秃秃的。要是有什么情况，咱们能看得见。”

“没有人看呀，差不多都睡了。我怕连警戒哨都睡了。”

“他们喝了一夜，站都站不稳了，这会儿别想把他们叫醒。”卡帕林皱起眉头，就好像很疼似的，小声说，“咱们跟着这样的领导人，一定要完蛋。他又无知又愚蠢，蠢得简直像木头！您为什么不愿意担任总指挥呢？哥萨克们都很尊重您。他们都心甘情愿跟着您干。”

“我不要这玩意儿，我在你们这儿是临时做客。”格里高力淡淡地回答过，就朝马跟前走去，心里很懊悔自己不小心无意中说出了心里话。

卡帕林把衣襟里剩下的麦粒儿撒到地上，跟在格里高力后面。

“您要知道，麦列霍夫，”他一面走，一面折下一根山楂树枝，扯着胀鼓鼓的芽儿说，“如果咱们不加入一支大些的反苏维埃部队，比如，在顿河地区南部活动的马斯拉克旅，我看，咱们撑不久了。应该到那儿去，要不然咱们在这儿说不定哪一天就要被消灭。”

“现在河水涨了，过不去顿河了。”

“不是马上就走，等河水落下去，就走。您以为怎样？”

格里高力沉思了一会儿，回答说：

“对，应该离开这儿，在这儿没办法了。”

卡帕林提起了精神。他详细谈起，指望哥萨克支持是不行的，现在应该想方设法说服佛明，叫他不要在州里毫无目的地转圈子了，要下决心和比较强大的队伍联合起来。

格里高力不耐烦听他的唠叨，一心注意着自己的马，等马一把草料吃完，他就摘下草料袋，给马套上笼头，勒紧了马肚带。

“咱们还不会马上就出发，您不用这样着急。”卡帕林说。

“您顶好去把马备好吧，要不然到时会来不及备马的。”格里高力回答说。

卡帕林仔细看了看他，便朝自己的马走去，他的马在一辆辎重车旁边。

格里高力牵着马走到佛明跟前。佛明叉开两腿躺在铺好的斗篷上，正在懒洋洋地啃一只烧鸡翅膀。他挪动了一下身子，打了个手势，请格里高力坐到他身旁。

“坐下，跟我一块儿吃吧。”

“要离开这儿，不能在这儿吃饭。”格里高力说。

“把马喂好了，咱们就动身。”

“可以等些时候再喂。”

“你干吗这样心急呀？”佛明扔掉啃光的鸡骨头，在斗篷上擦了擦手。

“咱们在这儿会遭到袭击的。这地方不好。”

“谁他妈的袭击咱们呀？刚才侦察兵回来说，冈上空空的。看样子，茹拉甫廖夫不知道咱们哪儿去了，要不然他这会儿还吊在咱们的尾巴上呢。布堪诺夫镇上也不会有人来。那儿的军事委员米海依·巴甫洛夫倒是个喜欢打仗的小伙子，不过他的兵力有限，未必敢出来欢迎咱们。咱们好好地休息一下，等这风多少小一些，然后咱们就往司拉晓夫镇方向开。你坐下，吃点儿鸡肉，你干吗催着人走呀？麦列霍夫，你怎么成了胆小鬼啦，你简直成了惊弓之鸟，见到树棵子都要绕圈儿飞了！”佛明用手画了一个大圈子，哈哈大笑起来。

格里高力在心里骂了几句，便走了开去，把马拴到树棵子上，就在旁边躺了下来，把大衣襟盖在脸上挡风。他在呼呼的风声中，在头顶上高高的枯草那细细的、悦耳的沙沙声中，迷迷糊糊地睡着了。

长长的一梭子机枪子弹打来，格里高力跳了起来。一梭子还没有打完，他已经把马解了下来。佛明用压倒一切声音的嗓门儿吼叫：“上马！”又有两三挺机枪从右面的树林里打来。格里高力骑到马上，迅速地判断了一下情况。右面树林的边上，在一片灰尘中隐隐约约有五十来名红军，列成骑兵散兵线向前冲来，切断了去山冈的退路。那在朦胧的阳光下闪着青光的大刀，在他们头顶上冷飕飕地、异常熟悉地闪动着。几挺机枪在树林里，在杂树丛生的土包上，像发了疯似的嗒嗒响着，打完一梭子，又是一梭子。左面也有半连红军骑兵，挥舞着大刀，一声不响地冲了过来，一面拉成长线，想使包围圈合拢。只剩了一条出路：冲过从左面冲上来的稀疏的队伍，朝顿河边退去。格里高力朝佛明喊了一句：“跟我来！”便抽出马刀，放马朝前跑去。

他跑出有二十丈以后，回头看了看。佛明、卡帕林、丘玛柯夫，另外还有几个士兵，都跟在后面飞跑着，离他有十来丈远。树林里的机枪不响了，只有右面尽边上的一挺，还在凶猛而急促地扫射着在辎重车附近乱跑的士兵们。但是最后这一挺机枪一会儿也停了，于是格里高力明白了，红军已经到了刚才他们休息的地方，后面已经砍杀起来了。听到那低沉的绝望的喊叫声，听到那断断续续、稀疏的自卫的枪声，他猜到了这一点。他没有工夫回头看了。他离迎面而来的骑兵散兵线越来越近，他一面飞快地跑着，一面挑选目标。迎面来的是一个身穿熟皮小袄的红军。他骑的是一匹不很快的灰马。就像在打闪时候那样，一眨眼工夫格里高力又看到了那胸前有一片白斑、浑身是汗沫的马，又看到了马上的人那一张红扑扑的年轻的脸，又看到了马上人身后那一大片伸向顿河边的阴沉的草原……再一眨眼的工夫，他就应该躲开刀砍，并且轮到自己砍了。在相距五丈远的地方格里高力猛然闪到左边，就听见马刀嗖的一声在头上闪过，于是他飞速地在马上挺起身子，只用刀尖划了一下已经错过去的红军的脑袋。格里高力的手几乎没有感觉出劈到什么，但是他回头一看，就看见红军已经耷拉下脑袋，慢慢从马上溜了下去，那黄黄的皮袄背后有一大片很稠的鲜血。那匹灰马已经乱了步子，大步狂跑起来，而且把头仰得高高的，侧歪着身子，就好像害怕自己的影子似的……

格里高力趴到马脖子上，习惯地垂下马刀。子弹带着尖利刺耳的啸声从他的头顶上飞过。抿得紧紧的马耳朵不住地哆嗦着，耳朵尖上冒出一颗颗的汗珠子。格里高力只听到后面朝他打来的子弹的嗖嗖叫声和自己的马的急促而猛烈的喘息声。他又回头看了看，看见了佛明和丘玛柯夫，在他们后面五十丈远处是落后了的卡帕林，再远处只有第二排的一个士兵，那是瘸子司捷尔里亚德尼柯夫，他一面跑，一面反抗追上来的两名红军。其余的跟着佛明跑的八九个人都被砍死了。那些没有人骑的马都在大风中挓挲着尾巴，朝四面乱跑，红军在拦截、捉拿这些马。只有一匹高大的枣红马，是佛明手下士兵普里贝特柯夫的，呼哧呼哧打着响鼻，和卡帕林的马挨在一块儿跑着，后面拖着落马时没有从镫里抽出脚来的已死的主人。

格里高力在一个沙土丘后面勒住马，跳下马来，把刀插进鞘里，用几秒钟的工夫让马卧倒下去。这种很简单的本事是格里高力用一个星期的工夫训练出来的。他在掩蔽物后面打了一梭子，但是因为瞄准时太心急、太慌张，只有最后一枪才把一个红军骑的马打倒了。这么一来，第五个佛明分子才逃脱了追击。

“上马！你要倒霉的！”佛明来到格里高力跟前，叫道。

* * *

一下子全完了。匪帮只剩下五个人。红军一直把他们追到安东诺夫村，直到这五个亡命徒躲进村子周围的树林，才停止了追击。

在奔跑的全部时间里，五个人谁也没说过一句话。

卡帕林的马在一条小河边倒了下去，再也起不来了。其余的人骑的马也都疲惫不堪，摇摇晃晃，勉强迈着四条腿，一团团浓浓的白汗沫直往地上掉。

“你不能指挥队伍，只能看看羊群！”格里高力也不看佛明，一边下马，一边说。

佛明一声不响地下了马，就动手卸鞍，可是后来又走到一边去，鞍子也没有卸下来，就坐到一个长满了青苔的土墩上。

“没办法，只好把马扔掉了。”他惊慌地朝四面打量着说。

“扔掉马干什么呢?”

“咱们好步行蹚过小河去。”

“上哪儿去?”

“咱们在树林子里等到天黑，趁天黑渡过顿河，先在鲁别仁村躲几天，村里我有很多亲戚本家。”

“又说蠢话了!”卡帕林气愤地叫道，“你以为到那儿就找不到你了吗?这会儿正在你们村里等着你呢!你是怎么想的呀?”

“噢，那咱们又上哪儿去呀?”佛明茫然失措地问道。

格里高力从鞍袋里把子弹和一块面包都掏出来，说:

“你们还有时间慢慢商量吗?走吧!把马拴起来，把鞍卸了，快走，要不然就要抓住咱们了。”

丘玛柯夫把鞭子扔在地上，用脚踩进泥里，用打哆嗦的声音说:

“咱们变成步兵了……咱们的弟兄们全完了……

圣母娘娘，把咱们打得真惨呀！我没想到今天还能活下来……刚才眼看着就要死了……”

他们一声不响地卸掉马鞍，把四匹马都拴在一棵赤杨树上，像狼那样一个跟着一个，朝顿河边走去，手里抱着马鞍，尽量拣树棵子密的地方走。

十四

春天里，顿河涨了水，春水淹没了整个河边滩地的时候，鲁别仁村对面高高的左岸有不大的一片地方仍然淹不到水。

春天里，站在顿河边的山上，可以远远地看到一片大水中有一个岛子，岛上生长着密密丛丛的小柳树、小橡树和茂盛的灰白色五蕊柳棵子。

夏天里，那里的树上一直到树顶都缠满了野蛇麻草，下面的地上到处爬满了使人难以下脚的刺莓，一丛丛的树棵子上爬满了浅蓝色的旋花儿，在不多的林中空地上，吸足了肥沃土壤的乳汁的茂草长得比人还高。

夏天里，就是在中午时候，树林里也很安静，很阴暗，很凉爽。打破寂静的只有黄鹂的叫声，再就是布谷鸟争先恐后地不知在对谁诉说难熬的岁月。到冬天里，树林里就空荡荡、光秃秃、一片死静了。参差错落的树头在灰白色的冬日天空映衬下，显得阴沉沉、黑魆魆的。只有狼崽子年年拿密林做可靠的藏身之地，白天就躲在大雪埋住的荒草丛里。

佛明、格里高力·麦列霍夫以及其他几个幸存的佛明匪帮分子就在这个岛上住了下来。他们凑凑合合生活着：吃的是佛明的一个堂弟每天夜里用小船给他们送来的一些可怜的食物，只能吃个半饱，不过睡觉倒是可以枕着鞍垫睡个够。夜里轮流站岗。因为害怕被人发现他们隐藏的地方，所以也不敢生火。

大水绕过小岛，急匆匆地向南流去。大水带着可怕的吼声，穿过一排拦路的老杨树，又带着轻轻的、唱歌般的、安静的淙淙声，摇晃着淹在水里的树棵子枝头。

格里高力对这种一时不停的、很近的水声很快就习惯了。他常常在冲刷得很陡的岸边躺上很久，望着宽阔的水面，望着笼罩在淡紫色阳光中的顿河沿岸的灰白色山岭。在山岭那边，就是自己的村子、阿克西妮亚、孩子们……他的愁闷的心朝那边飞去。他一想起亲人，就心疼如绞，就暗暗地痛恨米沙，但是他尽量压制这种心情，尽量不去看顿河沿岸的山岭，免得又想起来。用不着一个劲儿地去想那些不幸的事。就是不想那些事，他已经够难受的了。就是不想那些事，他的心已经够疼的了。有时候他简直觉得，他的心好像被扎了一刀，心好像都不跳了，直往外流血呢。看来，多次负伤、战争中的苦难和伤寒都在感情上留下了创伤：格里高力每分钟都能听见可厌的心跳了。有时候胸口疼得不得了，疼得嘴唇一下子就干了，他费很大的劲才能忍住，不哼哼出来。不过他想出了一个止疼的好办法：他把左胸压在潮湿的土地上，或者用冷水把小褂打湿，这样疼痛就会慢慢地、好像很不情愿似的离开他的身体。

这些日子天朗气清，风和日丽。在晴朗的天空里，只是偶尔飘过被高空的风撕得蓬蓬松松的白云，白云的影子像一群群天鹅似的在宽阔的水面上滑过，一挨到远处的河岸，就消失了。

如果能看看疯狂旋转的急流在岸边翻腾，听着流水各种腔调的喧闹声，而什么也不想，尽量不去想那些使人痛苦的事情，那倒是很好的。格里高力有时一连几个钟头看着流水旋出的各种各样、千变万化的波纹。水面时时刻刻都在变化形状：有的地方，刚才水平如镜，水面上漂着断芦苇、枯树叶和草根，过一会儿，就会出现一个奇怪的旋涡儿，拼命把旁边漂过的一切东西往里吸，可是再过一会儿，在打旋涡的地方，水又向上冒了起来，翻滚出一个个浑浊的水圈儿，忽而吐出一截黑黑的芦草根，忽而吐出一片伸展开的橡树叶，忽而吐出也不知从哪儿来的一束干草。

傍晚，西方天空燃烧着红得像樱桃一般的晚霞。月亮从高高的杨树后面升上来。月光像冷冷的白色火焰似的流泻在河面上，在微风吹起细细水波的地方，月光粼粼，在黑暗中闪闪跳动着。夜里，无数北飞的雁群也在岛的上空不停地叫着，雁叫声和水声交织成一片。没有人惊动的禽鸟常常落在岛的东边。在静水里，在淹了水的树林里，公水鸭在呼唤，母水鸭在应和，海雁和大雁也轻轻地咯咯叫着，互相召唤。有一天，格里高力一声不响地走到岸边，看见离岛不远处有很大的一群天鹅。太阳还没有升上来，远方的丛林后面已经露出红红的朝霞。河水经霞光一照，变成了粉红色，这些停在平静的水面上、把高傲的头转向日出的地方的庄严的大鸟也变成了粉红色。天鹅一听见岸上的沙沙声，就用嘹亮的嗓门儿大声叫着，飞了起来，等飞到树林上空，天鹅翅膀那一片雪白耀眼的亮光把格里高力的眼睛都刺花了。

佛明和他的同伴们消磨时间的方法各不相同：很会过日子的司捷尔里亚德尼柯夫把瘸腿盘得舒舒服服的，一天到晚在补衣服，修鞋子，细细地擦枪擦刀；卡帕林因为不习惯在潮湿地方睡觉，就天天躺在太阳地里，用小皮袄连头蒙住，不停地低声咳嗽着；佛明和丘玛柯夫不知疲倦地在玩用纸画成的自制纸牌；格里高力天天在岛上走来走去，在岸边一坐就是半天。他们彼此很少说话，因为要说的话早就说完了，只有在吃饭的时候和晚上等候佛明的堂弟来的时候，他们才凑到一块儿。他们都十分苦闷，来到岛上的整个时间里，只有一次，格里高力看见，丘玛柯夫和司捷尔里亚德尼柯夫不知为什么忽然高兴起来，摔起跤来。他们在一个地方闹腾了半天，不住地哼哧着，互相说着简短的玩笑话，他们的脚都踩进白沙里齐踝子骨那么深。瘸子司捷尔里亚德尼柯夫的力气显然大一些，但是丘玛柯夫却比他灵活。他们用的是加尔梅克式的摔跤法，弯着腰，肩膀向前探着，聚精会神地注视着对方的腿。他们脸上的神情都很专注，紧张得脸都白了，呼吸又急促又猛烈。格里高力兴致勃勃地看着他们摔跤。他看到，丘玛柯夫瞅了个机会，突然仰面倒下去，把对方拖倒，然后两腿一弓，就把对方从自己身上翻过去。转眼工夫，像黄鼠狼一样又灵活又敏捷的丘玛柯夫就压到了司捷尔里亚德尼柯夫的身上，并且把他的两个肩膀拼命往沙里按，而气喘吁吁和哈哈大笑着的司捷尔里亚德尼柯夫就高声喊叫：“哼，你真浑蛋！咱们可没有说过……可以从头上翻过去……”

“你们像小公鸡一样斗起来了，算了吧，可别打起架来。”佛明说。

他们根本不想打架。他们和和气气地互相搂着，坐到沙地上，丘玛柯夫用低沉然而很好听的粗嗓门儿唱起一支快拍子的跳舞歌来：

啊，严寒呀，严寒！
严寒的三九天呀，
冻死了芦苇里的大灰狼，
冻坏了小屋里的好姑娘……

司捷尔里亚德尼柯夫用尖细的高嗓门儿跟着唱起来，他们唱得非常和谐，分外好听：

好姑娘走到台阶上，
手里拿着黑色皮大氅，
给马上的战士穿到身上……

司捷尔里亚德尼柯夫再也憋不住：他跳起来，一面弹着手指头，在沙地上拖着那条瘸腿，跳起舞来。丘玛柯夫一面唱着歌，一面拿起马刀，在沙地上挖了一个不深的坑，这才说：

"等一等，瘸鬼！你一条腿短，在平地上跳起来不方便……你要么在斜坡上跳跳，要么把一条长些的腿放在坑里，另一条腿就在外面。就把长腿放到这坑里吧，来吧，瞧，这样有多好……好，跳起来吧！”

司捷尔里亚德尼柯夫擦了擦额头上的汗，很听话地把那条好腿放进丘玛柯夫挖的坑里。

“真不错，这样舒服多了。”他说。

丘玛柯夫笑得喘着粗气，拍起手来，用快拍子唱起来：

> 等你回来，亲爱的，就上我家来，
> 你来了，我好好地和你亲亲……

于是司捷尔里亚德尼柯夫的脸上保持着所有跳舞的人都有的那种认真表情，很灵活地跳起舞来，甚至还试着蹲下跳了一阵子……

天天过着一模一样的日子。天一黑，他们就急不可待地盼望佛明的堂弟到来。五个人都聚集在岸边，小声说着话儿，用大衣襟遮着纸烟的火光抽烟。他们决定在岛上再住一个星期，然后乘夜间渡河到右岸去，弄几匹马，到南方去。听说，马斯拉克匪帮正在本州的南部活动呢。

佛明嘱托自己的亲戚去打听，附近哪一个村子里有可以骑的马匹，并且叫他们每天都把州里的情形报告给他。他们得到的消息是令人放心的：红军在左岸搜寻过佛明，也到鲁别仁村来过，但是在佛明家里搜查了一遍以后，马上就走了。

“应该快点儿离开这儿。干吗他妈的老蹲在这儿呀？咱们明天就走，好吗？”有一天吃早饭的时候，丘玛柯夫提议说。

“首先要把马的事儿摸清楚。”佛明说，“咱们急什么呀？既然有东西给咱们吃，这种日子过到冬天也可以。你们看，这四周景致多美呀！等咱们休息好了，再去干事情。叫他们去找咱们吧，咱们是不会落到他们手里的。我很后悔，因为我糊涂，把咱们打垮了，当然很难过，不过咱们还没有全完。咱们还能集合起人来！只要咱们一上马，在附近一些村子里一转悠，过一个星期，咱们就有五六十人，也许上百人了。真的，咱们的人会多起来的！”

“胡说八道！糊涂自信！”卡帕林气愤地说，“哥萨克们已经背叛了咱们，过去没有跟着咱们干，今后也不会跟着咱们干。应该有勇气正视现实，不能一味地抱着糊涂希望。”

“他们怎么会不跟着咱们干呢？”

“既然起初不跟着咱们干，现在更不会跟着咱们干了。”

“哼，那咱们还要瞧瞧看呢！”佛明不服气地说，“我决不放下武器！”

“这都是空话。”卡帕林无精打采地说。

“浑蛋！”佛明发起火来，高声叫道，“你干吗要惑乱人心？我讨厌透了你的眼泪！当初你为什么要干？干吗要起事？你既然这样没有种，干吗要充好汉？是你第一个鼓动我起事的，这会儿就想做孬种啦？你干吗不作声了？”

“我和你没有什么好说的了，滚你妈的吧，浑蛋！”卡帕林气急败坏地叫了几句，就冷得把皮袄裹了裹，支起领子，走了开去。

“你们这些高贵的人，都是这样经不住折腾。只要有一点儿波折，就要缩进头去了……”

佛明叹着气说。

他们一声不响地坐了一阵子，倾听着河水均匀而强大的喧闹声。一只母鸭子被两只公鸭子追逐着，紧张地嘎嘎叫着，从他们的头顶上飞过去。一小群欧椋鸟很带劲儿地啾啾叫着，朝空地上飞来，但是一看见有人，就像一条黑带子似的在空中绕了个弯儿，向上飞去。

过了一会儿，卡帕林又走了过来。

“我想今天上村子里去一下。”他看着佛明，不住地眨巴着眼睛说。

“去干什么?”

“你问得好怪！你没有看见，我伤风很厉害，几乎站都站不住了吗?”

“哼，那又怎样？到村子里去，你的伤风就好了吗?”佛明不动声色地问道。

“我至少要在暖和地方睡上几夜才行。”

“你哪儿也别去。”佛明强硬地说。

“怎么，我非得死在这儿不可吗?”

“随你怎样。”

“为什么我不能上村子里去呢？在凉地上睡了这些天，快要了我的命啦!”

“要是在村子里把你抓住呢？这一点你想过没有？那就要了我们大家的命了。我还不了解你这个人吗？只要一审问，你就会把我们供出来！也许不等审问，在去维奥申的路上就把我们出卖了。”

丘玛柯夫笑了起来，并且点了点头表示同意。他完全赞成佛明的话。但是卡帕林执拗地说：

“我一定要去。凭你那些神经过敏的推测，说服不了我。”

“我对你说过了：坐下吧，别莽撞。”

“可是你要明白，亚可夫·叶菲莫维奇，我再也不能过这种野兽的生活了！我得了胸膜炎，也许还是肺炎呢！”

“你会好起来的。晒晒太阳，就好了。”

卡帕林生硬地说：

“反正今天我要走，你没有权力拦我，不管怎样我都要走！”

佛明带着可疑的神气眯起眼睛，看了看卡帕林，又朝丘玛柯夫挤了挤眼睛，从地上站了起来。

“卡帕林，你好像是真的有病啊……你大概烧得很厉害呀……来，来，让我来试试：你的脑袋热不热？”他伸出一只手，朝卡帕林走了几步。

显然，卡帕林从佛明的脸上看出他不怀好意，便向后退了几步，厉声叫道：

“滚开！”

“别咋呼！你咋呼什么？我不过是要试试。你干吗发起急来？”佛明一个箭步，掐住卡帕林的喉咙，“想投降吗，坏蛋？”他低声嘟哝着，并且使出全身的力气，要把卡帕林推翻到地上。

格里高力费了很大的劲儿，好不容易才把他们拉开。

吃过午饭以后，格里高力正在把洗过的衣服往树棵子上搭，卡帕林走到他跟前，说：

“我想单独和您谈一谈……咱们坐下来吧。”

他们坐到被大风吹倒的一棵腐烂的杨树上。

卡帕林低声咳嗽着，问道：

“您对这个蠢猪的疯狂举动是怎样看的？我打心里感谢您的帮助。您见义勇为，不愧是一个军官。不过这事儿太可怕了！我再也不能忍受了。咱们就跟野兽一样……咱们已经有多少天不吃热东西了，还要睡在潮湿地上……我伤风了，肋部疼得要命。我大概生肺炎了。我真想烤烤火，在暖和的屋子里睡睡，换换衣服……我做梦都想着干净的新衬衣、新床单呀……不行呀，我受不了呀！”

格里高力笑了笑。

“您是想舒舒服服地打仗吗？”

“您听我说，这算打的什么仗？”卡帕林很快地接话说，“这不是打仗，这是没完没了的流浪，杀几个苏维埃干部，然后就逃跑。只有等老百姓都拥护咱们，闹起暴动来的时候，那才叫打仗，现在这不是打仗，不是，绝不是打仗！”

“咱们没有别的出路呀。咱们总不能投降吧？”

“是啊，可是又有什么办法呢？”

格里高力耸了耸肩膀。他说出了他躺在这小岛上不止一次想过的话：

“不舒服的自由，还是比舒服的监牢好一些。您该知道，老百姓有句俗话：监牢虽然结实，可是只有魔鬼才喜欢它。”

卡帕林用小树枝在沙上画了一些图形，沉默了很久以后，又说：

“不一定投降，不过应该寻找新方式和布尔什维克斗争。应该和这些下贱的家伙分手。您是一个知识分子……”

“哼，我算什么知识分子呀，”格里高力冷笑道，“我连说话都很费劲儿呢。”

“您是军官嘛。”

“这是意外的事。”

“不是，别开玩笑，您是军官，在军官界厮混过，见过一些像样的人，您不是像佛明那样的暴发户，您应该明白，咱们留在这儿没有意思，这等于自杀。他已经叫咱们在橡树林里挨了一次好打，要是咱们还把自己的命运和他捆在一起的话，还要叫咱们挨上好多次打。他是个下流货，又是个大蠢猪！咱们跟着他，就要完蛋！”

“这么说，不是投降，而是要离开佛明了？上哪儿去？去投马斯拉克吗？”格里高力问道。

“不是。这同样也是冒险，不过规模大一点儿罢了。现在我有另外一个看法了。不是去投马斯拉克……”

“那又上哪儿去呢？”

“上维奥申。”

格里高力懊恼地耸了耸肩膀。

“这叫作：重投罗网。这主意我看不中。”

卡帕林用尖锐闪光的眼睛看了看他。

“您没有明白我的意思，麦列霍夫。我可以对您信得过吗？”

“完全可以。”

“您这是一个军官的真心话吗？”

“是一个男子汉的真心话。”

卡帕林朝着在宿营地方晃动着的佛明和丘玛柯夫那边看了看，尽管离他们相当远，他们无论如何都听不见这里的谈话，他还是压低了声音。

“我明白您和佛明以及其他人之间的关系。您也和我一样，在他们当中是异物，您反对苏维埃政府的原因，我不想知道。如果我说得不错的话，您是因为历史问题，害怕逮捕，不是这样吗？”

“您已经说过，不想知道原因嘛。”

“是的，是的，我这是随口说说，现在我就来谈谈我自己。我以前是个军官，也是一个社会革命党党员，后来我又坚决改变了政治主张……认为只有帝制才能拯救俄罗斯。只能实行帝制！是上天给咱们的国家指明了这条道路。苏维埃政府的国徽是锤子和镰刀，对吧？”卡帕林用树枝在沙上写出“锤子、镰刀”两个词儿，然后用狂热地眨动着的眼睛盯住格里高力的脸，“您倒过来念念。念过了吗？您明白了吧？只有‘皇帝登基’[①]，才能结束革命和布尔什维克政府！您可知道，当我看出这一点的时候，我觉得简直神秘得可怕！我浑身直哆嗦，因为，可以说，这是天意，指出咱们这样流窜是根本不行了……”

卡帕林激动得喘不上气来，就不作声了。他那两只尖尖的、隐隐带着发狂神情的眼睛一直盯着格里高力。但是格里高力听了这种启示以后，一点也没有哆嗦，也没有感到神秘得可怕。他看待一切事物一向很清醒，把一切看得很平淡，所以就回答说：

“这不是什么天意。您在俄德战争时期上过战场吗？”

卡帕林被问得窘住了，过了一阵子才回答说：

“说实在的，为什么您要问这个问题呀？没有，我没有直接上战场。”

“战争时期您是在哪儿过的？在后方吗？”

①俄文里的锤子和镰刀分别是молот和се́рп，如果倒过来连着念，就成了пре́с толом，意为“皇帝登基”。

“是的。”

“全部时间都是在后方吗？”

“是的，就是说，虽然不是全部时间，但是也差不多。您为什么要问这个问题？”

“我可是从一九一四年直到今天，都在战场上，中间只有很短的间断时间。那我就来说说天意不天意……要是连上帝都没有的话，还会有什么天意呢？我早就不信这些胡扯的话了。从一九一五年起，我看清了战争的真相以后，也就看出来，上帝是没有的。什么神也没有！要是有的话，就不该让人搞得这样乱七八糟。我们上过战场的人早就不信上帝了，让那些老头子和老奶奶去信吧。让他们找点儿安慰吧。什么天意也没有，恢复帝制也是不可能的。老百姓再也不要帝制了。您刚才搞的这玩意儿，把几个字母倒过来念念，请原谅我直说，这不过是小孩子玩的玩意儿。我有点儿不明白：您说这话是什么意思呢？您对我说干脆些、说简单些吧。我虽然当过军官，可是没有进过士官学校，没有什么文化。如果我有点儿文化的话，也许不会像被大水困住的狼一样，和您坐在这荒岛上了。”他说最后几句话，带着十分遗憾的口气。

“这不要紧，”卡帕林急忙说，“您信不信上帝，不要紧。这是您的信仰问题，您的良心问题。您是保皇党，还是立宪民主党，或者只是一个主张自治的哥萨克——这都没有关系。要紧的是，咱们对苏维埃政府的态度是一致的。您同意这个看法吗？”

“往下说吧。”

“咱们曾经指望发动哥萨克都起来暴动，是吧？这个指望落空了。现在应该摆脱这种处境。以后还可以和布尔什维克斗争，而且也不一定靠什么佛明来领导。要紧的是现在要保全自己的性命，所以我想和您结成同盟。”

“什么样的同盟？反对谁？”

“反对佛明。”

“我不明白。”

“一切都很简单。我想请您一块儿干……”卡帕林十分激动，说话已经是上气不接下气了，“咱们杀死这三个家伙，就上维奥申去。明白了吗？这样咱们就可以得救。咱们给苏维埃政府立下这样的功劳，就会得到宽大。咱们就能活下来！您要明白，咱们能活下来！……能保住自己的性命！当然啦，将来有机会咱们还是要起来反对布尔什维克的。不过到那时候要认真地干，不能像这样跟着这个倒霉的佛明冒险了。您赞成吗？您要知道，这是咱们摆脱困境的唯一出路，而且是光明的出路。”

“可是怎样下手呢？”格里高力愤怒得浑身直打哆嗦，但是极力压制着自己的感情，问道。

“我什么都想好了：咱们在夜里用刀把他们杀了，第二天夜里等那个给咱们送吃食儿的哥萨克来了，咱们就可以渡过顿河，就平安无事了。非常简单，一点儿也不麻烦！”

格里高力装出很亲热的样子，笑着说：

“这太妙了！卡帕林，您告诉我，早上您要上村子里去暖和暖和的时候……您就是想上维奥申去吧？佛明猜对了您的意思了吧！”

卡帕林仔细看了看很亲热地笑着的格里高力，他也笑了，微微带点儿不好意思和不快的神情。

“坦白地说，是的。您要知道，涉及自己的性命问题的时候，是不能好好地选择手段的。”

“您是想出卖我们吗？”

“是的，”卡帕林坦率地承认说，“不过要是在这个岛子上抓住你们的话，我会尽力保护您一个人的。”

“为什么您不一个人把我们干掉呢？夜里干这种事儿很容易嘛。”

“太冒险了。要是枪一响，其余的人就……”

“把家伙放下！”格里高力很沉着地说，一面拔手枪……“放下，要不然我当场把你打死！我现在站起来，用脊背把你遮住，不叫佛明看见，你把手枪扔到我脚底下。听见吗？你别想开枪！你只要一动，我就打死你。”

卡帕林坐在地上，脸色像死人一样白。

“别打死我呀！”他咕哝着煞白的嘴唇，小声说。

“不打死你。要把你的家伙下了。”

“您会把我的事儿说出去的……”

眼泪顺着卡帕林那胡子拉碴的两腮流了下来。格里高力又厌恶又可怜他，不禁皱起眉头，提高嗓门儿说：

“把手枪扔下！我不说出去，不过实在应该说出去！哼，你原来是条毒蛇！哼，真毒呀！”

卡帕林把手枪扔到格里高力脚下。

“还有勃朗宁呢？把勃朗宁也拿出来。就在你的上衣口袋里嘛。”

卡帕林把闪着镍光的勃朗宁手枪也掏出来，扔在地上，用双手捂住脸。他哭得直打哆嗦。

“别哭了，坏蛋！”格里高力使劲压制着要打他的心情，厉声说。

“您会把我的事儿说出去的……我完了。”

“我对你说过，我不说出去嘛。不过只要咱们从岛子上一过了河，你就随便上哪儿去吧。谁也不要你这样的人。你自个儿去找地方安身吧。”

卡帕林把手从脸上放下来。他的一张脸泪汪汪的、红红的，两眼肿了起来，下巴直打哆嗦，那副模样实在可怕。

“那您为什么……为什么缴我的枪呢？”他结结巴巴地问道。

格里高力很不高兴地回答说：

“这是为了——免得你在背后朝我开枪。你们这些有学问的人，什么事都干得出来……还一个劲儿地说什么天意、皇帝、上帝呢……你这人有多么狡猾呀……”

格里高力也不看卡帕林，时不时地啐着直想吐的唾沫，慢慢朝宿营的地方走去。

司捷尔里亚德尼柯夫用麻线在缝马鞍的连接带，轻轻地吹着口哨。佛明和丘玛柯夫躺在马衣上，照常在打牌。

佛明匆匆看了格里高力一眼，问道：

“他对你说了什么？你们谈什么来？”

“他不满意这种日子呢……胡扯一通……”

格里高力守信用，没有把卡帕林的事说出来。不过到了晚上，神不知鬼不觉地把卡帕林的步枪大栓卸掉，藏了起来。“谁知道他妈的夜里他会想什么坏主意……”他在躺下睡觉的时候，心里想道。

第二天早晨，佛明把他叫醒了。佛明弯下腰，小声问道：

“卡帕林的家伙是你拿了吗？”

“什么？什么家伙？”格里高力抬起身来，很费劲儿地舒展了一下肩膀。

他在黎明之前才睡着，在黎明时候冻得够呛。他的大衣、帽子、靴子都湿漉漉的，因为太阳一出，雾气一齐凝成水落了下来。

“他的家伙不见了。你拿了吗？你醒醒吧，麦列霍夫！”

“嗯，是我。怎么回事儿？”

佛明一声不响地走开了。格里高力爬起来，抖了抖军大衣。丘玛柯夫在不远的地方做早饭：他涮了涮他们那唯一的一只钵子，把面包按在胸膛上，切成很均匀的四块，把罐子里的牛奶倒到钵子里，又把一大团小米干饭掰碎了，然后朝格里高力看了看。

“麦列霍夫，你今天睡得好香啊。瞧，太阳都升到什么地方啦？”

“良心干净的人，睡觉总是很香的，”司捷尔里亚德尼柯夫一面在大衣襟上擦着洗干净的木勺子，一面说，“可是卡帕林一夜都没有睡，一个劲儿地翻来翻去……”

佛明一声不响地笑着，看着格里高力。

“请坐下吃饭吧，众位好汉！”丘玛柯夫说。

他头一个舀了一勺子牛奶，啃了一大口面包，格里高力拿起自己的勺子，一面仔细打量着大家，问道：

“卡帕林在哪儿？”

佛明和司捷尔里亚德尼柯夫一声不响地吃着，丘玛柯夫仔细看了看格里高力，也没有说话。

“你们把卡帕林弄到哪儿去了？”格里高力模模糊糊地猜测着夜里的事情，问道。

“卡帕林这会儿已经离得很远了。”丘玛柯夫不动声色地笑着回答说，“他洑水朝罗斯托夫方面去了。这会儿恐怕已经在霍派尔河口漂着了……你瞧，他的皮袄还搭在那儿呢。”

“你们真的把他杀了吗？”格里高力朝卡帕林的皮袄瞥了一眼，问道。

这事儿本来用不着问了，不问也完全清楚了，但是不知为什么他还是问了。大家没有立即回答他，于是他又问了一遍。

“噢，明摆着的事儿嘛，把他杀啦。”丘玛柯夫用睫毛遮住像女人一样清秀的灰眼睛说，“是我杀的。我就干这种杀人的差事……”

格里高力仔细看了看他。丘玛柯夫那黑中透红、干干净净的脸上的神情很平静，甚至很愉快。他那泛着金光的黄白色胡子，在晒得黑黑的脸上显得异常分明，使黑黑的眉毛和向后梳的头发显得格外黑。这个佛明匪帮中杀人如麻的刽子手，外表确实很漂亮、很文雅……他把勺子放在帆布上，用手背擦了擦胡子，说：

“麦列霍夫，你谢谢亚可夫·叶菲莫维奇吧，是他救了你的命，不然的话，你这会儿也和卡帕林一块儿在顿河里漂着了……”

“这是为什么？”

丘玛柯夫慢慢地、从容不迫地说起来：

“看样子，卡帕林是想投降，昨天和你谈了半天，不知谈的是什么……所以我和亚可夫·叶菲莫维奇就想把他收拾掉，省得他造孽。可以全部告诉他吗？”丘玛柯夫用询问的目光看了看佛明。

佛明点头表示同意，于是丘玛柯夫一面咯吱咯吱地嚼着夹生的小米饭，一面说下去：

“天一黑，我就准备好一根橡树棒子，对亚可夫·叶菲莫维奇说：‘今天夜里我把卡帕林和麦列霍夫他们两个都干掉。’可是他说：‘你把卡帕林结果了吧，别动麦列霍夫。’我们就这样商量定了。我注视着卡帕林，等他睡着了，我听了听，你也睡着了，还打呼噜呢。我就爬过去，照他的脑袋就是一棒子。咱们的上尉连腿都没有动弹一下！舒舒服服地把身子一伸，小命就完了……我们悄没声地在他身上搜了搜，然后就抓住他的胳膊和腿，拖到岸边，脱掉靴子、上衣和皮袄，把他扔到水里。可是你还一个劲儿在睡呢，睡得什么也不知道……麦列霍夫，昨天夜里死神可是离你很近哩！死神已经站在你头顶上了。虽然亚可夫·叶菲莫维奇说不要动你，可是我想：'他们白天谈了些什么呢？五个人里面有两个人躲得远远的去说秘密话儿，就不会有好事情……'我悄悄走到你身边，已经想一棒子砸下去了，可是我一想：砸一棒子，可是你是个很结实的家伙，要是一棒子砸不死，你就要跳起来，开枪……这时候又是佛明把我拦住了。他走过来，小声说：'别动他，他是咱们的人，可以信得过他。'不管怎么说，有一点我们就是不明白：卡帕林的家伙哪儿去了呢？我就这样离开了你。嘿，你睡得可是真死呀，根本不知道可能会倒霉！"

格里高力很平静地说：

“你这浑蛋，打死我可真冤枉！我可是没有和卡帕林串通。”

“那为什么他的家伙在你手里呢？”

格里高力笑着说：

“白天我就把他的两支手枪缴来了，步枪大栓是在晚上卸下来，藏在鞍垫底下的。”

他把昨天和卡帕林谈的话以及卡帕林的主意说了一遍。

佛明很不满意地问道：

“这事儿你为什么昨天不说呢？”

“我有点儿可怜这个没出息的家伙。”格里高力坦白地承认说。

“噢呀，麦列霍夫呀，麦列霍夫！”着实吃惊的丘玛柯夫叫了起来，“你该把你的怜悯心收起来，跟卡帕林的枪栓一起藏到鞍垫底下，要不然你会因为怜悯心倒霉的！”

“你别教训我吧，我的事儿我知道。”格里高力冷冷地说。

“我为什么要教训你吗？你想想，如果因为你这种怜悯心，昨天夜里糊里糊涂把你送上西天，那可怎么办呢?”

“那也算活该。”格里高力想了想，小声回答说。后来又说了两句，与其说是说给别人听的，不如说是自言自语:“在清醒的时候死，是很可怕的;在睡着了的时候死，一定很舒服……”

十五

四月底的一天夜里，他们坐小船渡过了顿河。下柯里夫村的一个年轻哥萨克亚历山大·柯舍辽夫，正在鲁别仁村的岸边等候着他们。

“我要跟你们干，亚可夫·叶菲莫维奇，我在家里待不下去。”他一面和佛明打招呼，一面说。

佛明用胳膊肘捣了捣格里高力，小声说:

“看见了吗?我说的嘛……不等咱们从岛子上过来，这不是，就有人等着了!这是我的朋友，是一个能征惯战的哥萨克。好兆头啊!这么看，事情大有希望呢!”

从口气上来判断，佛明够开心的。他因为来了新同伙，显然十分高兴。因为顺利地过了河，而且马上就有人来参加，他一下子就提起了精神，增添了新的希望。

“嘿，你不光有步枪和手枪，还有马刀和望远镜啊?”他在黑暗中打量着、摸着柯舍辽夫的家伙，很满意地说，“真是一个好哥萨克！一下子就可以看出来，是真正的哥萨克，一点儿也没有掺假!”

佛明的堂弟把一辆套着一匹小马的大车赶到岸边。

“把马鞍都放到车上吧，”他小声说，“快点儿，为了基督，时候已经不早了，咱们的路还不近呢……”

他很着急，一个劲儿地在催促佛明，可是佛明从岛上来到岸上，一踏上自己村子的土地，就觉得心里踏实起来，觉得不妨回家去看一下，也看看村里的一些熟人……

天亮以前，他们在红莓村旁边的马群里挑选了几匹好些的马，上了鞍。丘玛柯夫对看马的老汉说：

“老大爷，你不要因为马的事儿太难过。这几匹马也算不上多么好，我们不过凑合着骑骑罢了，等我们弄到好些的，就把这马归还原主。如果原主问：

是谁把马赶走的？你就说：克拉司诺库特镇的民警弄走啦。就让马的主人上那儿去要吧……你就说，我们骑上赶土匪去了！”

他们和佛明的堂弟道过别，就上了将军大道，后来向左拐弯，五个人就放开马朝西南奔去。听说，马斯拉克匪帮最近在麦石柯夫镇附近出现过。佛明决定去加入这个匪帮，所以就径奔西南方。

* * *

他们为了寻找马斯拉克匪帮，在右岸的草原道路上游荡了三天，避开大的村庄和市镇。在和卡耳根乡搭界的塔甫里亚人的村子里，弄到几匹又肥又壮、脚步很快的马，把原来那几匹不大好的马换了下来。

第四天早晨，在离维沙村不远的地方，格里高力头一个发现远处的山口上有一队正在行进的骑兵。在大道上行进的至少有两个骑兵连，前面的两侧还有几小队侦察兵。

“也许是马斯拉克，也许是……”佛明拿起望远镜。

“也许是雨，也许是雪，也许是，也许不是。”丘玛柯夫用嘲笑的口气说，“你还是好好地看看吧，亚可夫·叶菲莫维奇，如果那是红军，咱们还要赶快向后转呢！”

“这么远，谁他妈的能看得清他们！”佛明很懊丧地说。

“你们瞧！他们看见咱们了！有一队侦察兵正朝这儿跑呢！”司捷尔里亚德尼柯夫叫道。

的确已经看见他们了。在右侧行进的一队侦察兵转了一个陡弯，飞马朝他们奔来。佛明急忙把望远镜放进套子里，但是格里高力笑着在马上探过身子，抓住佛明的马笼头。

“先别急！让他们走近一点儿。他们只有十二个人。咱们先看清楚再说，如果不对头，要跑也来得及。咱们骑的是新换的马，你怕什么？拿望远镜仔细看看！”

十二名骑兵越走越近，他们的身形越来越大。在生满嫩草的山坡绿色的背景上，他们的身形已经显得非常清楚了。

格里高力和其余几个人都焦急地看着佛明。佛明那拿着望远镜的两手轻轻哆嗦着。他非常紧张地眺望着，紧张得有一滴眼泪顺着那朝太阳的一边腮帮子流了下来。

“是红军！帽子上有星！……”终于佛明低声喊道，并且立即拨转了马头。

他们飞跑起来。零零落落的枪声在他们背后响起来。格里高力和佛明一块儿跑着，偶尔回头望望，跑出有四俄里。

“咱们会合得真不坏！……”格里高力用嘲笑的口气说。

佛明沮丧得一声不响。丘玛柯夫轻轻地勒了勒马，叫道：

“应该避开村子！咱们到维奥申乡牧场上去，那儿僻静些。”

他们又疯跑了几俄里，马渐渐没有力气了。伸得长长的马脖子上冒出一团团的汗沫，显出一道道很深的皱纹。

“要跑慢点儿！把马勒一勒！”格里高力说。

后面的十二个骑兵只剩下九个了，其余几个落在老后面了。格里高力用眼睛打量了一下他们之间的距离，就喊道：

“站住！咱们来把他们打退！……”

五个人都让马换成了小跑，一面跑一面下了马，摘下步枪来。

“拉紧缰绳！瞄准尽左边一个……开火！”

他们各打了一梭子，打死了一名红军骑的马，他们又上马跑起来。红军已经不怎么想追赶他们了，时不时地远远地打上几枪，后来就不再追了。

“要饮饮马了，那儿有一个水塘。”司捷尔里亚德尼柯夫用鞭子指着远处泛着一片碧色的一个草原水塘，说。

现在他们已经是让马一步一步地走了。他们细心地注视着迎面的洼地和山沟，尽量拣地势不平、可以隐蔽的地方走。

他们在水塘里饮过了马，又上路了，起初是一步一步地走，过了一会儿就小跑起来。晌午时候，他们在一片斜穿草原的很深的谷地的斜坡上停下来喂马。佛明吩咐柯舍辽夫步行到附近一个土冈上去，趴在那里担任警戒。如果草原上有什么地方出现骑兵，柯舍辽夫就发信号，并且立即跑到喂马的地方来。

格里高力把自己的马腿绊起来，放马去吃草，自己就在不远处的斜坡上挑选了一块干地方，躺了下来。

在这谷地的向阳坡上，嫩草长得又高又稠密。晒热的黑土那种淡淡的气息，压不倒快要凋谢的野紫罗兰那种幽雅的香气。紫罗兰生长在荒废的耕地上，从干木樨草丛中钻出来，或者像花边一样生长在早已无人走的田埂的两边，甚至在硬得像石头一样的荒地上，枯草丛中也露出一朵朵的紫罗兰花儿，就像一只只蓝蓝的、明净的小孩子眼睛。紫罗兰在这僻静而辽阔的草原上逞艳的时候快要过去了，不过在谷地斜坡上、在碱地上，鲜艳夺目的郁金香已经对着太阳伸展开自己的红的、黄的和白的花瓣，起来接替紫罗兰了，而微风就把各种花香掺和到一起，把香味在草原上散得远远的。

在向北的陡坡上，因为悬崖遮住了太阳，还有一片片湿漉漉的积雪。积雪散发着一阵阵的冷气，不过经冷气一吹，快要凋谢的紫罗兰的香气更醉人了，那香气隐隐约约，令人留恋难舍，就好像珍贵的、早已过去的事……

格里高力把两腿叉得宽宽的，用胳膊肘支着上身，趴在地上，用迷恋的眼睛望着笼罩在一片阳光中的草原，望着远方天边一座座蓝幽幽的古守望台，望着斜坡边上那腾腾的蜃气。他闭了一会儿眼睛，听见远处和近处百灵鸟的歌唱声，听见正在吃草的马轻微的走动声和打响鼻的声音、马嚼子的哗啦声、微风拂动嫩草的沙沙声……他全身贴在硬邦邦的土地上，就感到有一种奇怪的脱离尘世和高枕无忧的心情。这是他早已熟悉的一种心情。这种心情往往是在经过一度惊恐以后出现，这时候格里高力好像是重新看到了周围的一切。他的视觉和听觉好像格外敏锐了，原来引不起注意的东西，在一度激动之后，引起了他的注意。他现在看着一只老鹰呼的一声斜斜地飞过，在追赶一只小鸟，看着一只黑黑的甲虫慢慢地、很吃力地在他格里高力撑开的两肘之间爬着，看着那像少女一样艳丽的紫红色的郁金香被风吹得轻轻摇晃着，都觉得很有意思。郁金香离得很近，就在一个塌陷了的田鼠洞的边上。只要一伸手，就可以摘到，可是格里高力一动不动地趴着，如醉如痴地默默欣赏着小小的花儿和茎上那肥茁茁的、还在皱褶里仔细保留着闪闪有光的清晨的露水珠儿的叶子。后来他掉转目光，无思无虑地对着在天空、在一大片荒废的田鼠洞上方盘旋的老鹰看了半天……

过了两个钟头，他们又上了马，打算在天黑以前赶到叶兰乡的几个熟识的村庄。

大概红军的侦察兵已经把他们的行踪用电话通知了各地。他们一来到卡敏村的村口，一阵步枪子弹就从小河那边朝他们迎面打来。佛明一听到子弹那像唱歌一样的啸声，急忙转头就跑。他们冒着步枪火力顺着村边跑去，很快就来到维奥申乡的牧马地带。在烂泥沟村外，有一小队民警想拦截他们。

“咱们从左面绕过去。”佛明提议说。

“咱们往前冲，”格里高力果断地说，“他们九个人，咱们五个人。可以冲过去！”

丘玛柯夫和司捷尔里亚德尼柯夫都赞成他的意见。他们都抽出马刀，放开疲倦的马，快跑起来。民警们没有下马，不住地打着枪，后来跑到了一边，没有迎战。

“这是一支不经打的队伍。他们抄抄册子很在行，可是认真打起仗来就不行了!”柯舍辽夫用嘲笑的口气高声说。

等到紧跟不放的民警开始逼上来，佛明和其余的人就一面还枪，一面向东跑去，就像被猎狗追着的狼那样：只是偶尔龇一龇牙，几乎连头也不回。在一次对射当中，司捷尔里亚德尼柯夫受了伤。子弹打穿了他的左腿肚子，打伤了骨头。司捷尔里亚德尼柯夫脸色煞白，腿上疼得他直哼哼，说：

“打在腿上啦……偏偏就打在这条瘸腿上……这不是故意捣蛋吗?”

丘玛柯夫身子往后一仰，可着嗓门儿哈哈大笑起来。他都笑出了眼泪。他一面扶着靠在他的胳膊上的司捷尔里亚德尼柯夫在马上坐稳，一面笑得打着哆嗦，说：

“嘿，他们这是怎么挑的呀？这是他们故意往这儿打的……他们看见：一个瘸子在跑呢，所以就想，把瘸腿干脆给他打断吧……唉，司捷尔里亚德尼柯夫呀！唉，我的好乖乖呀！……你的腿又要短一截了……这一下子你可怎么跳舞呀？现在我非得给你那条好腿挖一尺深的坑不可了……”

“住嘴吧，废话大王！我没心思听你的废话了！行行好，住嘴吧！”司捷尔里亚德尼柯夫疼得皱着眉头，央告说。

过了半个钟头，等他们从无数山沟中的一条山沟里钻出来，上了一道长长的山坡，他央求说：

“咱们停一停，休息一会儿吧……我要把伤口扎一扎，不然的话，血要流满靴筒子了……”

大家停了下来。格里高力牵着几匹马，佛明和柯舍辽夫时不时地对远处的民警开上两枪。丘玛柯夫帮着司捷尔里亚德尼柯夫脱下靴子。

“血真的流得太多了……”丘玛柯夫皱着眉头说着，把靴子里的红红的鲜血倒到地上。

他想用马刀把被血浸得湿漉漉并且冒着热气的裤腿截掉，但是司捷尔里亚德尼柯夫不同意。

“我的裤子是条好裤子，不能弄坏了。”他说着，两手撑在地上，抬起受伤的腿来。“把这条裤腿扯下来，不过要轻点儿。”

“你有绷带吗？”丘玛柯夫摸索着口袋，问道。

“要他妈的绷带干什么？不要绷带也行。”

司捷尔里亚德尼柯夫仔细看了看伤口，然后用牙齿把一颗子弹的头拔下来，把火药倒在手掌上，先用唾沫和了一点儿泥，把火药和泥掺在一起，拌和了半天。他用这种泥巴把打通的枪伤的两个伤口糊得严严的，很满意地说：

“这法子很管用！等伤口一干，过两天就长好了。”

他们一直不停地跑到旗尔河边。民警们一直在后面保持着相当的距离，只是偶尔对他们打上几枪。佛明不住地回头看着，说：

“他们是盯咱们的梢……是不是等待援军？他们远远地跟着咱们不是没有用意的……”

他们在维斯罗古佐夫村蹚水过了旗尔河，一步一步地上了一面平缓的山坡。马已经十分疲倦了。他们下坡的时候还能勉勉强强骑着马小跑，可是再上坡的时候就牵着马走了，而且还一面用手擦着汗漉漉的马的两肋和屁股上那一团团哆哆嗦嗦的汗沫子。

佛明果然猜中了：在离维斯罗古佐夫村五俄里的地方，有七个人骑着新换的、跑得飞快的马朝他们追来。

“他们要是这样换着班追咱们，咱们可就糟了！”柯舍辽夫愁眉苦脸地说。

他们不走正路，在草原上跑着，轮流开枪抵抗：两个人卧倒在草丛里打枪，其余的人就跑出二百丈远，下马来，向敌人开枪，好让先前的两个人向前跑出四百丈远，再卧倒下来，准备开火。他们把一个民警打死了，也许是打成了重伤，把另外一个民警的马打死了。不久，丘玛柯夫的马也被打死了。他抓住柯舍辽夫的马镫，跟着马跑起来。

影子渐渐长了。太阳快要落山了。格里高力建议大家不要分散，所以他们都在一块儿一步一步地走着。丘玛柯夫跟着他们在步行。后来他们看见冈头上有一辆双马拉的大车，他们就上了大道。赶车的是一个上了年纪的大胡子哥萨克，赶着车飞跑起来，但是他们开了两枪，大车就停了下来。

“砍死这个下流货！叫他尝尝逃跑的滋味……”柯舍辽夫咬牙切齿地说着，就使劲抽了马一鞭子，朝前冲去。

“别动他，萨什卡[1]，不许动他！”佛明制止他说，并且老远就喊道，“老大爷，把马卸下来，听见吗？要想活命，就快卸下来！”

他们也不听老头子那眼泪汪汪的央告，亲自动手卸下皮套，解下颈套和肚带，很快地把鞍上好了。

“把你们的马换一匹给我也好啊！”老头子哭着央求说。

“你是不是想挨耳刮子了，老家伙？”柯舍辽夫问道，“我们的马还有用处呢！留你一条活命，就该谢天谢地了……”

佛明和丘玛柯夫上了新换的马。不久又有三个人加入了跟踪他们的那六个人当中。

“要跑快点儿！快点儿吧，伙计们！”佛明说，“天黑前咱们要是能赶到柯里夫草甸子上，那就有活路了……”

他把自己的马抽了几鞭，跑到前头。他把第二匹马的缰绳挽得短短的，让它在左边跑着。被马蹄踩断的红红的郁金香，像一大滴一大滴鲜血似的，往四面乱飞。格里高力在佛明后面跑着，看到这种

①萨什卡是亚历山大的爱称。

红花飞溅的情景，不禁闭上了眼睛。不知为什么他头晕起来，一阵熟悉的刺疼钻进心里……

马使出最后的力气跑着，由于不停地奔跑和饥饿，人也疲乏了。司捷尔里亚德尼柯夫已经在马上摇晃起来，脸色像纸一样白了。他流血流得太多了。他又干渴，又恶心，吃了一点儿干硬的面包，但是马上就吐出来了。

黄昏时候，在离柯里夫村不远处，他们跑进了从草原上回来的一大群马当中，又最后一次朝着追赶的人开了几枪，他们很高兴地看到，追赶的人不赶了。那九个骑马的人在远处凑到一块儿，看样子是商量了一下，后来就拨转马头回去了。

* * *

他们来到柯里夫村，在佛明熟识的一个哥萨克家里住了两天。主人日子过得很富裕，对他们招待得很好。安置在黑暗的棚子里的马匹，吃足了燕麦，过了两天，因为疯跑累坏了的马匹就完全休息过来了。大家轮流着看守马匹，挤在一座到处是蜘蛛网的、很凉爽的糠棚子里睡觉，放开肚子大吃大喝，为在岛上过的那些半饥饿的日子好好地捞捞本儿。

本来第二天就可以离开这个村子的，但是司捷尔里亚德尼柯夫使他们耽搁下来：他的伤口发炎了，早晨，伤口四周红肿起来，傍晚时候，一条腿都肿了，他并且昏迷过去。他觉得非常干渴。整个夜里，只要一清醒过来，就要喝水，他拼命地喝，每次都喝很多。一夜的工夫喝了差不多有一桶水，但是即使别人搀扶着，他也站不起来，动一动就觉得疼得不得了。他就躺在地上撒尿，不住声地直哼哼。为了让他的哼哼声不那么吵人，把他抬到棚子里远些的角落里，但还是没有用。有时候他哼哼的声音非常大，在他昏迷过去的时候，就大声说胡话和乱叫。

只好轮流守着他。给他端水，用水浸他那发烫的额头，在他呻吟或说胡话声音太高的时候，还要用手或帽子捂他的嘴。

第二天傍晚，他苏醒过来，说他觉得好些了。

“你们什么时候离开这儿呀？”他招了招手，把丘玛柯夫叫到跟前，问道。

“今天夜里。”

“我也走。行行好，你们别把我扔在这儿呀！”

“你怎么行呀？”佛明小声说，“你连动都不能动了。”

“我怎么不行？你瞧瞧看！”他使足劲儿欠了欠身子，可是马上又躺了下去。

他的脸通红通红的，额头上冒出一颗颗小小的汗珠儿。

“我们带你走，”丘玛柯夫果断地说，“我们带你走，请你别害怕！把眼泪擦擦吧，你又不是老娘儿们。”

“这是汗。”司捷尔里亚德尼柯夫小声说，并且把帽子往眼睛上拉了拉……

“我们倒很想把你留在这儿，可是掌柜的不同意。你别害怕，瓦西里！你的腿会好起来的，咱们还要在一块儿打仗和跳哥萨克舞呢。你泄什么气呀，嗯？伤虽然很重，可是不要紧，没事儿！”

一向对人很冷漠很蛮横的丘玛柯夫，这番话却说得十分亲热，口气中带着异常温柔体贴的意味，格里高力不禁十分惊讶地看了看他。

他们离开村子的时候，离天亮不久了。好不容易把司捷尔里亚德尼柯夫扶上了马，可是他已经不能独自骑马了，一会儿倒到这边，一会儿又倒到那边。丘玛柯夫用右胳膊搂着他，和他并马走着。

“真是个累赘……应该把他扔掉。”佛明走到格里高力身旁，伤心地摇着头，小声说。

“把他打死吗？”

“嗯，有什么办法，守着他受罪吗？咱们带着他能跑到哪儿去呢？”

他们一步一步地走了很久，都不说话。格里高力换了丘玛柯夫的班，后来又换上柯舍辽夫。

太阳出来了。下面的顿河上，还有一团一团的雾气，可是在高地上，草原的远方已经很清澈，很明净了，而且天空也越来越蓝，天空中那蓬松的白云一动也不动。草地上落了厚厚一层露水，就像用银线绣的，马走过的地方，留下一条黑黑的、像水流过似的印子。草原上肃穆而宁静，只能听到百灵鸟的叫声。

司捷尔里亚德尼柯夫随着马的脚步不由自主地晃悠着脑袋，小声说：

“哎呀，好难受呀！”

“别说了！”佛明很粗暴地打断他的话，“我们服侍你也不舒服呀!”

在离将军大道不远的地方，有一只小鸨从马蹄边飞了起来。司捷尔里亚德尼柯夫一听到小鸨翅膀那细细的、颤抖的啸声，从昏沉状态中清醒过来。

“弟兄们，请你们扶我下马……”他央求说。

柯舍辽夫和丘玛柯夫小心翼翼地架着他下了马，让他躺在湿漉漉的草地上。

“让我们来看看你的腿怎样了。来，把裤子解开!”丘玛柯夫蹲下来，说。

司捷尔里亚德尼柯夫的腿肿得非常厉害，把一只肥大的裤腿撑得紧绷绷的，一点皱褶都没有了。皮肤一直到大腿都泛着深紫色，油亮油亮的，而且有许多摸起来很柔滑的黑点子。在黑黑的、瘪下去的肚皮上也出现了这样的黑点子，只不过颜色淡一些。伤口和干在裤子上的褐色的血已经发出恶臭的腐烂气味，丘玛柯夫用手指头捏住鼻子，皱着眉头，好不容易压住涌上来的一股恶心感，仔细把伙伴的腿看了看。然后他又仔细看了看司捷尔里亚德尼柯夫那垂下的、发了青的眼皮，和佛明交换了一下眼色，说:

“好像成了坏疽了……嗯，嗯……瓦西里·司捷尔里亚德尼柯夫，你的情况很糟啊……简直是要命的事儿呀！……唉，瓦夏呀，瓦夏，你怎么这样倒霉呀……”

司捷尔里亚德尼柯夫急促地、频频地喘着气，一句话也没有说。佛明和格里高力就像听到口令似的，一齐下了马，从上风头走到司捷尔里亚德尼柯夫跟前。司捷尔里亚德尼柯夫躺了一会儿，便用手撑着坐了起来，用模糊的、决意离开人世的眼神打量了大家一遍。

“弟兄们，把我打死吧……我已经不能活了……浑身都难受，一点劲儿也没有了……”

他又仰面躺下去，闭上了眼睛。佛明和其余的人都知道，他会有这种要求的，而且都在等着他这种要求。佛明迅速地向柯舍辽夫挤了一下眼睛，便转过身去，柯舍辽夫二话不说，就从肩上摘下步枪来。他看了看走到一旁去的丘玛柯夫的嘴唇，与其说是听到，不如说是猜到丘玛柯夫在说：“开枪吧！”但是司捷尔里亚德尼柯夫又睁开眼睛，很刚强地说：

“请朝这儿打，”他抬起手来，指了指自己的鼻梁，“这样一下子就能死了……你们要是上我们的村子里去，就把我的事告诉我老婆……叫她别再盼我了。”

柯舍辽夫令人不解地摆弄了半天枪栓，迟迟不开枪，于是司捷尔里亚德尼柯夫垂下眼皮，又说了最后几句话：

“我只有老婆……没有孩子……她生过一个孩子，可是孩子死了……以后再没有生过……”

柯舍辽夫两次举起枪来，又两次放下去，脸色越来越灰白……丘玛柯夫气呼呼地用肩膀把他往旁边一抗，把他手里的步枪夺了过来。

“你不行，就别干，狗崽子……”他沙哑地叫了两句，就摘下帽子，拢了拢头发。

“快点儿！”佛明一只脚踏上马镫，吩咐说。

丘玛柯夫一面考虑着要说的话，一面慢慢地、轻轻地说：

“瓦西里，永别了，为了基督，请你宽恕我和我们大家吧！咱们到了阴间里还会见面的，我们也要到阴间里受审判……我们一定会把你的话告诉你老婆。”他等候回答，但是司捷尔里亚德尼柯夫却等着死，一句话也不说，脸色越来越白。只有晒成焦黄色的睫毛哆嗦着，好像是被风吹的，再就是左手的指头轻轻动着，不知为什么还想扣上胸前军便服上的一个破扣子。

格里高力这一生中见过很多人死，可是这一次他不能看了。他使劲拉着缰绳，牵着自己的马，走到前面去。他等待枪声的那种心情，就好像有人要朝他的肩胛骨当中开枪……他等着开枪，他的心紧张地跳动着，但是等到后面的枪声猛烈而急促地一响，他的两腿都软了，好不容易才勒住直立起来的马……

他们走了有两个钟头，一声不响。到休息的时候，丘玛柯夫才第一个开口说话。他用手捂住眼睛，低沉地说：

“我他妈的干吗要朝他开枪呀？要是把他扔在草原上，心里也许不会这样难受。就好像他还站在我眼前……”

“你一直就没有干惯吗？”佛明问道，“你杀了那么多人，还是不能习惯吗？你根本没有心了，你的心成了一块锈铁啦……”

丘玛柯夫的脸唰地白了，他怒冲冲地盯住佛明。

“现在你别惹我，亚可夫·叶菲莫维奇！”他小声说，“你别刺我的心，要不然我也可以把你敲了……这很简单！”

“我惹你干啥呀？没有你，我的操心事儿就够多了。”佛明用和解的口气说过这话，就在阳光下眯起眼睛，舒舒服服地伸着懒腰，仰面躺下去了。

十六

出乎格里高力意料的是，一个半星期的工夫，居然又有四十来个哥萨克入了他们的伙。这都是被击溃的许多小股匪帮的残余分子。他们失掉自己的头领之后，就在州里到处游荡，于是都高高兴兴地来投佛明。他们觉得不管跟谁干，不管是杀什么人，反正都是一样，只要能过逍遥自在的游荡生活，只要能见什么抢什么就行。这都是一些不可救药的家伙，连佛明看到他们，都很轻蔑地对格里高力说：“哼，麦列霍夫，到咱们这儿来的都是些渣滓，不是人……就好像专门挑选的，都是该上绞刑架的！”佛明在心灵深处还一直认为自己是“维护劳动人民的战士”，虽然不像以前那样常说，但有时候还是说：“我们是哥萨克的解放者……”他一直顽固地抱着这种愚蠢的希望……他又对伙伴们的抢劫装糊涂了，认为这都是不可避免的坏事，必须听之任之，认为他以后会除掉这些抢劫分子的，早晚他要成为起义大军的真正统帅，而不是小股匪帮的一个头目……

但是丘玛柯夫却毫不客气地把所有的佛明分子都叫作“匪徒”，而且为了让佛明明白，他佛明也不是别的什么人，而是拦路抢劫的土匪，常常争论得喉咙都哑了。在没有旁人的时候，他们常常争论得非常激烈。

“我是有理想的反苏维埃政府的战士！”佛明气得红着脸，叫道，“你他妈的偏要这样作践我！你明白吗，浑蛋，我是为理想而奋斗?!”

“你别愚弄我吧！”丘玛柯夫反驳说，“你别蒙哄我。别拿我当小孩子吧！哪有你这样有理想的战士？你是地地道道的土匪，一点儿也不掺假。你怎么这样怕这个称号呢？我真不明白！”

“为什么你要这样侮辱我？为什么就非说丧气话

不可呢？我是起义反对政府，同政府作战的。我怎么是土匪……”

“就因为你反对政府，所以才是土匪。土匪总是反对政府的，自古以来就是这样。不管苏维埃政府是什么样的政府，总是个政府，从一九一七年就是这个政府了，谁要是出来反对政府，谁就是匪。”

“你的脑袋真糊涂！这么说，克拉斯诺夫和邓尼金将军也是匪了？”

“不是匪又是什么？不过是佩戴将军肩章的匪罢了……再说，将军肩章也算不了什么。咱们也可以戴嘛……”

佛明又擂桌子，又啐唾沫，可是又找不到令人信服的理由，只好停止这种无益的争论。想说服丘玛柯夫是不可能的……

大多数新加入佛明匪帮的人武器都很齐全，服装也很整齐。几乎所有的人骑的马都很好，可以连续行军，一天跑一百俄里毫不困难。有几个人还有两匹马：骑着一匹，另一匹轻装跟在旁边，叫做“后备马”。在必要的时候，可以倒换着骑两匹马，让马轮流休息，有两匹马的人一昼夜可以跑二百俄里。

佛明有一天对格里高力说：

“如果咱们一开头每个人都有两匹马，谁他妈的也追不上咱们！民警或者红军都不能抢老百姓的马，他们不便这样干，可是咱们什么都可以干，应该使每个人都有一匹多余的马，这样就永远别想追上咱们了！老年人都说，古时候，鞑靼人在行军打仗的时候，每个人都有两匹马，有的还有三匹呢。谁能追上这样的人呢？咱们也应该这样干。我就喜欢鞑靼人的这种好办法！”

他们很快都增添了马匹，这样一来，在起初一段时候，的确很难追上他们了。在维奥申重新整编过的民警骑兵队来追捕他们，就没有追上。人数不多的佛明匪帮，因为有了后备马匹，很容易就甩开敌人，往前跑出好几站路，避免冒险作战。

但是在五月中旬，人数几乎为匪帮的四倍的民警骑兵队，用计把佛明匪帮压迫在离霍派尔河口乡包布洛夫村不远处的顿河边上。不过经过短时间的战斗，佛明匪帮还是冲了出来，顺着顿河河岸跑掉了，死伤了八个人。在这以后不久，佛明就提出要叫格里高力当参谋长。

“咱们需要一个有学问的人，也好依照计划、依照地图行动，要不然什么时候再堵住咱们，咱们又要挨打了。格里高力·潘捷莱维奇，你就担任这个职务吧。”

“为了抓几个民警和砍他们的脑袋，用不着什么参谋长。”格里高力皱着眉头回答说。

“任何军队都要有参谋长，你别说废话吧。”

“如果你没有参谋长不能过日子的话，就叫丘玛柯夫干这个差事吧。”

“你为什么不愿意干呢？”

“对这种事儿我一窍不通。”

“丘玛柯夫就通吗？”

“丘玛柯夫也不通。”

“那你他妈的为什么偏要我叫他干呢？你是军官，应该在行，应该懂得战术和其他等等的玩意儿。”

“我成了军官，就和你现在成了司令一样！咱们的战术只有一条：在草原上到处逛荡，再就是要多回头看看……”格里高力用嘲笑的口气说。

佛明朝格里高力挤了挤眼睛，并且用手指头点了点。

“我看透你啦！你总是想躲在凉快地方吧？是想待在凉阴里吗？老弟，这没有用！当排长，当参谋长，都是一回事儿。你以为，要是把你抓住了，当排长就处置轻些吗？你等着瞧吧！”

“我才不这样想呢，你别瞎猜。”格里高力仔细打量着马刀的穗头说，“我不懂的事儿，就不愿意去干……”

“你不愿意干，就算了，你不干我们也能凑合过去。”佛明很不痛快地说。

州里的局势发生了急剧的变化，那些大户人家，以前佛明受到热情款待的那些地方，现在到处都把大门关得紧紧的，主人一看见匪帮进了村，就一齐逃了开去，躲进果园里或树林里。巡回革命法庭来到了维奥申乡，严惩了许多以前热情接待过佛明的哥萨克。这个消息在各乡里广泛地传了开去，这对那些曾经公开表示同情匪帮的人发生了很大的影响。

两个星期的工夫，佛明在上顿河州各乡里转了一个很大的圈子。匪帮里已经有一百三十来人了，跟踪追击他们的已经不是匆匆改编成的民警骑兵队，而是从南方调来的第十三骑兵团的几个连了。

最近这些天来投靠佛明的人，有很多是从远处来的。他们到顿河上来的途径各不一样：有些是从押解的路上、从监狱里或集中营里逃出来的犯人，但主要的则是一伙脱离了马斯拉克匪帮的几十个人，还有被打垮的库罗契金匪帮的一些残余分子。马斯拉克匪帮的人都心甘情愿地分散开，到各个排里去了，但是库罗契金匪帮的人却不愿意分散。他们所有的人成立了一个独立排，紧紧抱在一起，行动也和其余的人不大一样。在作战中和在休息的时候，他们的行动都很一致，互相维护，要是抢了哪里的合作社或者仓库，全排都把抢的东西放到一堆，然后再平分，严格遵守平等的原则。

有几个是捷列克和库班的哥萨克，穿的都是破烂的束腰无领的袍子；有两个维里柯克尼亚日乡的加尔梅克人，有一个拉脱维亚人，穿的都是靴筒齐大腿的猎人皮靴；还有五个无政府主义的水兵，穿的是蓝白条衬衫和晒褪了色的呢制服。这样一来，本来就衣着五光十色、成员十分复杂的佛明匪帮，就更显得光怪陆离了。

“哼，现在你还要抬杠，说你的人不是土匪，说这些人是什么……有理想的战士吗?”有一天丘玛柯夫用眼睛瞟着拉得长长的行军纵队，向佛明问道，“咱们这儿就差革职的神甫和穿裤子的猪了，要不然就成了圣母娘娘大庙会了……”

佛明没有作声。他唯一的愿望是在自己手下尽可能多集合一些人。只要有人愿意参加，他什么也不管。凡是有人表示愿意在他手下干，他亲自问过，就很干脆地说：

“你可以当兵，我收下你。你去找我的参谋长丘玛柯夫吧，他会把你编进队伍里，发给你枪。”

在米古林乡的一个村子里，有一个穿得很好的鬈发的黑脸小伙子来找佛明，他说他要加入匪帮。佛明问清楚了，这个小伙子是罗斯托夫人，不久前因为持枪抢劫被判了刑，但是他从罗斯托夫的监狱里跑了出来，一听到佛明的消息，就跑到上顿河州来了。

“你是哪一族的人?是亚美尼亚人还是保加利亚人?”佛明问道。

“不，我是犹太人。”小伙子犹豫了一下之后，回答说。佛明听到这意外的回答，茫然不知所措，老半天没有说话。他不知道，在这样意外的情形下该怎么办。他动了动脑筋，重重地叹了一口气，说：

“好，没什么，犹太人就犹太人吧。我们也不嫌这样的人……反正又多了一个人。你会骑马吗？不会吗？能学会的！先给你一匹老实的小骡马，以后你就学会了。你去找丘玛柯夫吧，叫他把你编到队伍里。”

过了几分钟，怒冲冲的丘玛柯夫骑马来到佛明跟前。

“你是发了昏，还是开玩笑？”他一面勒着马，一面喊叫道。

“你派给我一个犹太佬干他妈的什么？我不收！叫他滚远点儿吧！”

“收下吧，收下他吧，总是多一个人嘛。”佛明心平气和地说。

但是丘玛柯夫嘴上冒着唾沫，吼了起来：

“我不收！我要打死他，决不收！哥萨克们都在埋怨了，你自个儿去和他们谈谈吧！”

在他们争吵的时候，哥萨克们已经在辎重车旁边把犹太小伙子的绣花衬衫和大裤管的呢裤子剥了下来。一个哥萨克一面试着衬衫，一面说：

“喂，你看见村外那一丛老蓬蒿吗？你快跑到那儿去，在里面躺下来。一直躺到我们离开这儿，等我们走了，你就起来，随便上哪儿去。再别上我们这儿来，我们会打死你的，你最好还是上罗斯托夫找你妈妈。打仗的事儿不是你们犹太佬干的。上帝教过你们做生意，没教你们打仗。没有你们我们能行，能把这口饭吃下去！”

他们没有收留犹太人，可是就在这一天，却笑哈哈地开着玩笑，把维奥申乡各村都闻名的大傻子巴沙编进了第二排。是在草原上把他抓住的，把他带到村子里，给他穿上从一个被打死的红军身上剥下来的一身很漂亮的军装，教他怎样使用步枪，又教了半天使用马刀的方法。

格里高力本来想去拴马桩前看自己的马，但是一看见旁边有一大堆人，就朝人群走去。他听到一阵哈哈大笑声，不由得加快了脚步，接着就在一片肃静中听见有人用教导的、慎重其事的口气说：

“这样不行，巴沙！怎么能这样劈人？这样只能劈柴，不能劈人。应该这样，懂了吗？如果逮住一个人，你马上就叫他跪下去，要不然劈站着的人很不得劲儿……等他跪下了，你就这样，从后面，照他的脖子上砍……不过可别一直砍下去，要往自己怀里一拉，让刀刃斜着划一下子……”

被一群匪徒团团围住的大傻子站得笔直，紧紧握着出鞘的马刀。他听着一个哥萨克的教导，傻笑着，得意地眯着鼓出来的灰眼睛。他的嘴角上就像马嘴那样，冒着一团团的白沫，唾沫顺着红铜色的胡子直往胸膛上流……他舔了舔肮脏的嘴唇，含糊不清地、讷讷地说：

“全懂了，大哥……我就这样干……就叫他跪下，砍他的脖子……使劲砍！你们发给我裤子、褂子、靴子……可是我还没有军大衣呢……你们顶好再给我一件大衣，我就给你们干！我使劲干！”

“等你杀死一个委员，就有大衣穿了。现在你还是说说，去年怎样给你娶的老婆吧。”一个哥萨克说。

傻子那睁得大大的、蒙着一层模糊的网膜的眼睛里，闪过一阵像牲口那样的恐怖神情。他狠狠地骂了几句，就在一片哄笑声中，讲了起来。这一切都令人恶心，格里高力不由得浑身一阵哆嗦，急忙走了开去。“我怎么跟这样一些人搞到一块儿了……”他十分苦闷，十分伤心，恨自己，恨这种可厌的生活，心中不由得想道。

他在拴马桩旁边躺下来，竭力不去听傻子的喊叫和哥萨克们的哄笑。“我明天就走。该走啦！”他看着自己那两匹精神饱满的肥壮的马，下定了决心。他一直很细心、很周到地准备着从匪帮里逃出去。他从一个被砍死的民警身上搜到几张填写着乌沙柯夫这个姓氏的证明文件，把这些文件缝到了军大衣里子里。还在两个星期以前，他就开始对马加意照料，好使马能够经得住短时间的，但是非常迅速的猛跑。他按时饮马，细心刷马，过去服役时从来都没有这样仔细洗刷过，在住宿的时候千方百计为自己的马弄粮食吃。所以他的两匹马比其他人的马都长得好，特别是那匹带黑斑的塔甫里亚灰马。那匹马浑身光油油的，身上的毛在阳光下闪闪发光，就像高加索的黑银子。

骑上这样的马，毫无问题可以逃脱任何人追赶。格里高力站起来，朝附近一户人家走去。仓房的门槛上坐着一个老婆子，他很有礼貌地问她：

“老大娘，您有镰刀吗？”

“有是有呀，不过鬼才知道镰刀在哪儿呢。你要镰刀干啥？”

“我想到你家园子里给马割点儿青草。行吗？”

老婆子想了想，然后说：

“你们什么时候才能让我们松口气呀？一会儿要这个，一会儿要那个……有些人来了，就要粮食，还有一些人来了，见什么就拿什么。我不给你镰刀！随你怎么样，我都不给。”

“怎么，好大娘，你连青草都舍不得吗？”

“依你说，青草就不需要地来长吗？以后我拿什么来喂牛呢？”

“草原上的草不是很多吗？”

“那你就带着马到草原上去吧，好汉子。草原上的草很多嘛。”

格里高力很懊恼地说：

“老大娘，还是把镰刀借给我吧。我只割一点儿，其余的都还是你的，要不然我们把马往园子里一放，就全糟蹋了！”

老婆子冷冷地看了格里高力一眼，掉过头去。

“你自个儿去拿吧，大概是挂在棚子底下。”

格里高力在敞棚底下找到一把残缺的旧镰刀，当他从老婆子旁边走过的时候，清清楚楚地听见她嘟哝说：“你们这些该死的东西，怎么死不绝呢！”

格里高力受不了这种情形，他早就看出，各个村子里的老百姓是怀着什么样的心情迎接他们的。“他们的看法是对的。”他心里想着，小心翼翼地割着草，尽量割干净，免得糟蹋。“他们要我们干他妈的什么呀？谁也用不着我们，有了我们，大家都不能好好地过日子，好好地干活儿。这种事儿不能再干了，够了！”

他想着心事，站在自己的马旁边，看着两匹马用柔滑的黑嘴巴贪婪地吃着一把把柔软的嫩草。一个正在变嗓子的小伙子的声音使他从沉思中惊醒过来：

“这马真漂亮呀，简直像天鹅！”

格里高力朝说话的人看了看，那是一个刚加入匪帮的阿列克塞耶夫乡的年轻哥萨克，正在看那匹灰马，带着羡慕的神情晃着脑袋。他用着了迷的眼睛盯着马，围着马转了好儿圈，还咂了咂舌头。

“怎么，是你的马吗?”

“你问这干什么？”格里高力冷冷地回答说。

“咱们来换换吧！我有一匹枣红马，是纯种顿河马，什么障碍都能跳得过去，腿脚很快，快得不得了！像闪电一样!”

“去你的吧！”格里高力不客气地说。

小伙子沉默了一会儿，伤心地叹了口气，在不远处坐了下来。他对着灰马端详了半天，后来说：

“你这匹马有气肿病。它都喘不过气来了。”

格里高力一声不响地用草秆子剔着牙。他喜欢起这个天真的小伙子来了。

“你不换吗，大哥？”他用恳求的目光望着格里高力，小声问道。

“我不换。就是搭上你，我也不换。”

“你这马是从哪儿来的?”

“是我自个儿制造的。”

“请你说实在的!”

“都是那个门儿里出来的：骒马生的嘛。”

“干吗偏跟这样的傻瓜说话。”小伙子气嘟嘟地说过这话，便走到一边去了。

在格里高力面前，是空荡荡的、好像死绝了人的村子。除了佛明的人，周围一个人也没有。扔在胡同里的牛车、院子里的劈柴墩子和匆匆剁在上面的斧子、扔在旁边的没有砍削好的木板、懒洋洋地在街心里啃小草的没人管的老牛、井栏杆旁边翻倒的水桶——这一切都说明，村子里的和平生活突然被破坏了，村子里的人都扔下没有做好的活儿，不知藏到什么地方去了。

当年哥萨克军队在东普鲁士进军的时候，格里高力也见过这种荒凉情景和这种老百姓匆忙逃跑的迹象。现在他又在自己的故乡看到了这种情形……当年的德国人和现在的上顿河州老百姓都用同样忧郁和憎恨的目光迎接他。格里高力想起刚才和老婆子谈的一番话，解开衬衣领口，苦闷地朝四面望了望。心里又痛楚起来……

太阳晒得大地热烘烘的。小胡同里散发着淡淡的尘土气味、滨藜气味和马汗气味。在村边树林里，白嘴鸦在架满窝巢的高高的柳树上喳喳叫着。一条草原小溪，在一片谷地上面吸足了泉水之后，缓缓地从村子里流过，把村子分成两半。小溪两边是一座宽敞的哥萨克院落，一户户人家都深藏在茂密的果树丛中，有遮掩着窗户的樱桃树，有枝叶繁茂的苹果树，苹果树伸展着一丛丛绿叶和一嘟噜一嘟噜嫩苹果在迎接太阳。

格里高力用模糊了的眼睛望着一座长满拳曲的车前草的院子，望着关闭着黄黄的护窗的麦秸顶房子，望着高高的提水吊杆……场院旁边，一根旧篱笆桩子上，挂着一具马头骨，已经被雨水冲洗得发了白，两个空眼窝黑洞洞的。一条翠绿的南瓜蔓也像螺旋似的爬到这根篱笆桩子上，去迎接阳光。南瓜蔓已经爬到桩子顶上，那毛茸茸的须子缠住了马头骨的凸出部位，缠住了死马的牙齿，耷拉下来的瓜蔓头儿正在寻找可以依附的东西，已经快要够到不远处一丛绣球花枝儿了。

这一切格里高力是在梦里还是在遥远的童年时代看见过？他心中突然涌起一股痛苦的惆怅情绪，便脸朝下趴在篱笆脚下，用手捂住脸，直到远处传来拖长声音的口令声："备马！……"他才站了起来。

夜里行军的时候，他从队伍里走出来，停了下来，装作重新系马鞍的样子，后来仔细听了听渐渐走远和越来越小的马蹄声，他又跳上马去，离了大道朝一旁飞速地跑去。

他打着马一刻不停地跑了有五六俄里，然后才让马换成小步，仔细听了听：后面是不是有人追赶？草原上静悄悄的。只有山鹬在沙丘上如怨如诉地互相呼唤着，再就是从很远很远的地方传来隐隐约约的狗吠声。

黑黑的天上，布满了金光闪闪的星星。草原上一片寂静，只有微风送来一阵阵又亲切又苦涩的野蒿气味……格里高力在马上直了直身子，轻松地、深深地舒了一口气……

十七

离天亮还早，格里高力就来到鞑靼村对面的草甸子上。他在村子以下顿河水浅的地方把衣服脱光，把衣服、靴子和枪都捆在马头上，用牙齿叼着子弹盒，和马一同泅起水来。河水冰得他实在够呛。他竭力撑持着，用右手迅速地划着水，用左手紧紧握着缠在一起的两根马缰，小声给一面泅水，一面直哼哧和打响鼻的两匹马鼓劲儿。

他在岸上匆匆穿好衣服，勒了勒马肚带，为了让马暖暖身子，打着马飞快地朝自己的村子跑去。因为军大衣浸了水，马鞍两侧水漉漉的，衬衣也湿了，所以他身上非常冷。他的牙齿磕打着，背上一阵一阵地打着寒噤，浑身都在哆嗦着，但是因为跑得很快，他一会儿就暖和过来了，在离村子不远的地方，让马放慢了脚步，他朝四下里张望着，仔细听着。他决定把马放在一条深沟里，便从乱石丛中朝沟底走去。乱石在马蹄下乒乒乓乓直响，马掌踢得火星到处乱飞。

格里高力把马拴在一棵从小就熟悉的枯榆树上，便朝村子里走去。

那是麦列霍夫家的老房子，那黑乎乎的是一棵棵的苹果树，那是直指北斗星的提水吊杆……格里高力激动得喘着粗气，走到河边，小心翼翼地爬过阿司塔霍夫家的篱笆，走到没有关护窗的窗户跟前。他只听见心在激烈地跳动，还听见血在脑子里嗡嗡地翻腾。他轻轻地敲了敲窗棂，轻得几乎连自己都听不见敲击声。阿克西妮亚一声不响地走到窗前，仔细看了看。他看到她把双手按到胸前，听见她嘴里发出含含糊糊的哼哼声。格里高力打了一个手势，叫她把窗户打开，便摘下步枪。阿克西妮亚把两扇窗子都打了开来。

“小声点儿！你好！别开门，我爬窗户进去。”格里高力小声说。

他站到墙根上。阿克西妮亚的光光的胳膊搂住了他的脖子。胳膊哆嗦得厉害，在他的肩膀上直跳，这胳膊是那样亲，所以它的哆嗦也传到了格里高力身上。

“阿克秀莎……等一等……把枪接过去。”他结结巴巴地小声说。

格里高力用手按住马刀，跨进了窗户，把窗子关上。

他本想拥抱阿克西妮亚，但是阿克西妮亚沉甸甸地在他面前跪了下来，抱住他的双腿，把脸贴在他的湿漉漉的大衣上，因为憋着哭，憋得浑身直打哆嗦。格里高力把她扶起来，让她坐在板凳上。阿克西妮亚俯在他身上，把脸埋在他的怀里，一声不响，只是不住地哆嗦着，用牙齿咬住军大衣领子，免得哭出声来，免得惊醒孩子们。

看样子，像她这样刚强的女子，也痛苦得受不住了。看样子，这几个月她过得日子很不是滋味……格里高力抚摩着她那披散到背上的头发和那热烘烘、汗津津的额头。他让她尽情地哭了一阵子，然后才问：

“孩子们都好吗？”

“都很好。”

“杜尼娅呢？”

“杜尼娅也好……好好的……很结实。”

“米沙在家吗？别哭吧！别哭了，我的小褂都叫你哭湿了……阿克秀莎！我的亲爱的，哭够啦！时间很少，没有工夫哭了……米沙在家吗？”

阿克西妮亚把脸上的泪擦了擦，用两只湿手捂住格里高力的两腮。她含泪笑着，用眼睛盯着自己的心上人，小声说：

“我不哭了……再不哭了……米沙不在家，已经上维奥申有一个多月了，在一个部队里当差，你来看看孩子们吧！哎呀，我们真没想到你来呀！……”

米沙特卡和波柳什卡摊开手脚，躺在床上。格里高力俯下身去看着他们，站了一会儿，便踮着脚走开去，一声不响地挨着阿克西妮亚坐了下来。

“你怎么样？”阿克西妮亚很亲热地小声问道，“你怎么回来的？你在哪儿待着的？要是抓住你怎么办？”

“我是来接你的。大概，不会抓住我！你走吗？”

“上哪儿去？”

“跟我走。我是从匪帮里跑出来的，我原来在佛明手下，你没听说吗？”

“听说了。可是我跟你上哪儿去呢？”

“上南方去。上库班，或者上更远的地方。咱们能过下去，凑凑合合能养活自己，不是吗？不管干什么活儿都累不倒我。我这双手应该干活儿，不应该打仗。这几个月，我心里难受死了……噢，这话以后再说吧。”

“孩子们呢？”

“留给杜尼娅，以后看情形再说，以后也可以把他们接出去嘛。怎么样？你走吗？”

“格里沙……格里什卡……”

“别这样！不要哭。够了！以后咱们再哭吧，还有时间哭……收拾收拾吧，我的马在沟里等着呢。怎么样？走吗？”

“你以为我怎样呢？”阿克西妮亚忽然大声说，接着便惊骇地用手捂住自己的嘴，看了看孩子们，“你以为我会不走吗？”她已经换成小声问道，“我一个人在家里舒服吗？我走，格里什卡，我的心肝儿！我步行也行，跟着你爬也行，反正我再也不一个人留下来了！我离开你就没法子活……你就是把我杀了，也不要再把我扔下！……”

她使劲把格里高力搂在怀里。他亲了亲她，侧眼朝窗外望了望。夏夜是很短的。要抓紧走。

“你是不是睡一会儿呢？”阿克西妮亚问。

“瞧你说的！”他惊骇地叫道，“天快亮了，该动身了。你穿上衣服，去把杜尼娅叫来。咱们和她商量商量。咱们要在天亮前赶到干谷。白天就在那儿的树林里躲上一天，到夜里再走。你能骑马吧？”

“天啊，不管怎么走都行，别说是骑马了！我总在想：我这不是在做梦吧？我常常梦见你呀……做过各种各样的梦呢……”阿克西妮亚用牙齿咬着头发夹子，匆匆忙忙地梳着头，一面含糊不清地小声说着话。她很快穿好衣服，便朝门口走去。

“把孩子们叫醒吗？你看他们一眼也好啊。”

“不，不要。”格里高力断然说。

他从帽子里掏出烟荷包，卷起烟来，但是等阿克西妮亚一走出门去，他就急急忙忙走到床前，亲了孩子们半天，后来又想起娜塔莉亚，想起自己的艰难的一生中的许多事情，哭了起来。

杜尼娅一跨进门槛，就说：

“唉，你好啊，小哥！你回来啦？你在草原上浪荡到什么时候呀？……”她换成了哭腔，“孩子们总算盼到爹了……爹还活着，可是孩子都跟孤儿一样了……”

格里高力抱住她，严肃地说：

“小声点儿，别把孩子们吵醒！你别这样吧，妹妹。我听够这种腔调了！我自个儿的眼泪和痛苦已经够我受的了……我叫你来，不是要你哭的。你能把孩子们领回去抚养吗?”

“你要上哪儿去?”

“我要带着阿克西妮亚到外面去。你能把孩子们领回去等我找到活儿干，再把孩子们接去?”

“好吧，我不管谁管!既然你们俩都要走，我就带回去。总不能把他们扔在街上，也不能把他们丢给外人吧……”

格里高力一声不响地亲了亲杜尼娅，说:

“多谢你了，妹妹!我知道你不会推托的。”

杜尼娅一声不响地坐到大柜子上，问道:

“你们什么时候走?马上就走吗?”

“是的。”

“房子怎么办?家里的东西呢?”

阿克西妮亚犹犹豫豫地回答说:

“你看着办吧。或者叫人来住，或者随便怎么样。家里留下的衣服和别的一些东西，你就拿去吧……”

“我怎么对别人说呢?别人要是问起你上哪儿去了，我怎么说呢?”杜尼娅问道。

“你说，什么也不知道，就行了。”格里高力转过身朝着阿克西妮亚，“阿克秀莎，快点儿收拾收拾吧。东西不要多带，带上一件厚褂子、两三条裙子，带几件内衣和头两天吃的东西，就行了。”

等到格里高力和阿克西妮亚跟杜尼娅告过别，亲过一直没有醒的孩子们，走到台阶上的时候，天刚蒙蒙亮。他们来到河边，顺着河边走到拴马的沟里。

“以前咱们到亚戈德庄上去，就是这样走的，”格里高力说，“不过那时候你拿的包袱大一点儿，而且咱们都还年轻……”

心花怒放的阿克西妮亚从旁边看了格里高力一眼。

“可是我还害怕：这恐怕是做梦吧？把你的手给我，叫我摸摸看，要不然我还不相信呢。”她轻轻地笑起来，一面走，一面靠在格里高力的肩膀上。

他看到她那哭肿了的眼睛闪着幸福的光芒，看到她的两腮在朦胧的晨曦中泛着灰白色。他亲热地笑着，心里想：“说走就走，就像是去串门子一样……她什么也不怕，真是一个好样的女子！”

阿克西妮亚好像是在回答他心里的话，说：

“你看，我就是这样……你就像是对一只小狗吹了一声口哨，我就跟着你跑了。格里沙，我这样听话，因为我爱你、想你呀……我就是舍不得孩子们，就我自己来说，我连哼都不会哼一声。你上哪儿，我就上哪儿，就是去死我也情愿！”

两匹马听见他们的脚步声，轻轻嘶叫起来。天很快要放亮了。东方天边已经隐隐露出粉红色。顿河上升起晨雾。

格里高力解下马来，扶着阿克西妮亚上了马。马镫系得长了一些，阿克西妮亚的脚踩上去很不稳实。他恨自己事先想得不周到，把马镫皮带挽了挽，就跳上另一匹马。

“跟我走，阿克秀莎！咱们出了沟，就放马快跑。颠一点儿，不要紧。你别松缰绳。你骑的这匹马不大喜欢松缰绳。小心膝盖。这马有时候淘气，会咬膝盖。好，走吧！”

离干谷有八俄里。不大的一会儿工夫，他们就跑完了这段距离，太阳出山的时候，他们已经来到树林旁边。格里高力在树林边上跳下马来，又扶着阿克西妮亚下了马。

“喂，怎么样？没有骑惯马，乍一骑够呛吧？”他笑着问道。

跑得满脸通红的阿克西妮亚眨了眨两只黑眼睛。

“挺好嘛！比步行好多了。不过我的腿……”她不好意思地笑了笑，“你转过脸去，格里沙，我要看看我的大腿。腿上的皮有点儿疼呢……恐怕是磨破了。”

“没关系，会好的。”格里高力安慰她说，“你多少活动活动，要不然腿要打哆嗦的……”他带着亲热的开玩笑神气眯缝起眼睛说，“嘿，你真不简单呀！”

他在洼地里选定了不大的一块空地，说：

“这就是咱们的宿营地了，来吧，阿克秀莎！”

格里高力卸了马鞍，绊起马腿，把马鞍和武器放到树棵子底下。青草上落了密密的一层露水，青草因为罩上了露水，变成了灰白色，但是在朦胧的晨雾还没有散尽的斜坡上，青草还泛着幽暗的蓝色。橙黄色的野蜂在半开的花苞上打盹。百灵鸟在草原上空歌唱，鹌鹑在庄稼地里，在芳香的野花丛里一声声地高叫：“该睡了！该睡了！该睡了！”格里高力把一丛小橡树棵子旁边的青草踩了踩，头枕着马鞍，躺了下来。鹌鹑打架的一阵阵叫声、百灵鸟那使人沉醉的歌声、从顿河那边一夜没有凉下来的沙地上吹来的暖风——这一切都在催人入睡。一连几夜没有睡的格里高力，实在该睡了。鹌鹑劝他睡，他也实在困了，于是闭上了眼睛。阿克西妮亚坐在旁边，一声不响，若有所思地用牙齿撕着香甜的淡紫色花瓣。

“格里沙，这儿不会有人来抓咱们吧？”她用野花的杆儿划着格里高力那胡子拉碴的腮帮子，小声问道。

他好不容易从昏睡中醒过来，沙哑地说：

“草原上一个人也没有。这会儿正是没有人的时候。我要睡一会儿，阿克秀莎，你看着马。等会儿你再睡，我困死了……要睡了……已经四天四夜没睡了……以后再说话吧……”

“睡吧，心肝儿，好好睡吧！”

阿克西妮亚俯下身去看着格里高力，把披散在他的额头上的一绺头发撩开，轻轻亲了亲他的腮帮子。

“我的心肝儿，格里什卡，你头上这么多白头发呀……”她小声说，“你大概是老了吧？不久以前你还是一个小伙子呀……”她带着想笑又笑不出的忧郁神情仔细看了看格里高力的脸。

他睡着，微微张着嘴，均匀地呼吸着。他那尖儿晒成了焦黄色的黑睫毛微微哆嗦着，上嘴唇轻轻动着，露出密密实实的白牙。阿克西妮亚仔细看了看他，这才发现，分别了这几个月，他的模样变得太厉害了。在她的心上人的眉毛中间那几道很深的横纹里，在嘴唇的纹丝里，在尖尖的颧骨上，都流露着一种冷峻的、几乎是残酷的表情……于是她才第一次想到，他在打仗的时候，骑着，拿着出鞘的马刀，那样子一定是很可怕的。她垂下眼睛，瞥了一眼他那一双虬筋盘结的大手，不知为什么叹了一口气。

过了不大的一会儿，阿克西妮亚轻轻地站起来，把裙子撩得高高的，尽量不让草上的露水打湿裙子，然后跨出小片空地向前走去。不远处有一条小溪淙淙流着，冲得石头哗哗响着。她走到洼地的最低处，这里到处是绿苔斑斑的石板，她喝了一通冰凉的溪水，洗了洗脸，用头巾把红扑扑的脸擦干了。她的嘴角一直荡漾着无声的微笑，眼睛放射着喜悦的光芒。格里高力又和她在一起了呀！神秘的未来又用梦幻般的幸福招引着她……阿克西妮亚在不眠的夜里流过多少眼泪，这几个月她忍受了多少痛苦呀。还是在昨天白天，在菜园子里，附近几个锄土豆的妇女唱起一支怨女歌，她的心就痛得揪成了一团，她不由得听了起来：

灰鹅呀，灰鹅，快回家吧，
你们泼水还不够吗？
你们泼水还不够吗，
我这个女人都哭够啦……

一个高高的女声在领唱，倾诉自己的苦命，阿克西妮亚再也忍不住，泪水从眼睛里往外直涌。她想干干活儿，好把什么都忘掉，把心里翻腾起来的痛苦压下去，但是泪水模糊了眼睛，一颗颗的泪珠子滴在碧绿的土豆叶子上，滴在已经没有力气的手上，她已经什么也看不见，活儿也干不下去了。她扔下锄头，躺到地上，两手捂住脸，让眼泪尽情地流出来……

昨天她还在咒骂自己过的日子，觉得周围一片阴暗，一片凄凉，就像阴天那样；可是今天，她觉得整个世界都喜气洋洋，一片光明了，就像是夏天里下过了一场及时好雨。“我们也会有好日子过的！”她漫不经心地看着在初升的太阳那斜斜的光线下闪闪发光的镂花状的橡树叶子，心中想道。

树棵子旁边向阳的地方，开满了五颜六色的芬芳的野花。阿克西妮亚采了一大抱野花，小心翼翼地在离格里高力不远的地方坐下来，回想着自己年轻的时候，编起了花环。她编的花环绚丽多彩，十分好看。阿克西妮亚对着花环欣赏了老半天，然后又插上几朵玫瑰花儿，把花环放在格里高力的头前。

九点钟左右，格里高力被马嘶声惊醒了，他惊骇地坐起来，用手在身旁摸索着，寻找武器。

“没有人，”阿克西妮亚小声说，“你怕什么呀？”

格里高力擦了擦眼睛，眯着惺忪的睡眼笑了。

“像兔子一样过日子过惯了。就是在睡梦里，也要睁开一只眼睛看着，一有什么动静，就要打哆嗦……这种习惯一下子是改不了的。我睡了很久吗？”

“没有。你是不是再睡一会儿呢？”

“要是依着我睡，那我得睡上几天几夜。咱们还是来吃早饭吧。面包和小刀在我的马鞍袋里，你去拿吧，我去饮饮马。”

他站起身来，脱下军大衣，舒展了一下肩膀。太阳晒得热烘烘的。风吹得树叶子沙沙直响，树叶子一响起来，就听不见淙淙的流水声了。

格里高力走到小溪边，用树枝和石头垒了一道埝子，用马刀刨了些土，把土填到石头缝儿里。等到他做的小池子灌满了水，他就把马牵过来，让马喝了一通水，然后又摘下马笼头，放马去吃草。

在吃早饭的时候，阿克西妮亚问：

“咱们打这儿上哪儿去呢？”

“上莫罗佐夫斯克去。咱们骑马走到普拉托夫，以后就步行。”

“马怎么办？”

“把马扔掉。”

“可惜呀，格里沙！这样好的马，那匹灰马简直好看极了，也要扔掉吗？这匹马你是从哪儿弄来的？”

“弄来的呗……”格里高力不高兴地冷笑了一下，“是从一个塔甫里亚人手里抢来的。”

他沉默了一会儿以后，又说：

“不管可惜不可惜，都要扔掉……咱们又不能卖马。”

“你干吗要带着枪走呀？咱们要枪有什么用？万一叫人看见了，咱们还要倒霉呢。”

“夜里谁会看见咱们呢？我留着枪是护身的。没有枪，我就有点儿害怕……咱们要扔掉马，也要扔掉枪。那时候就用不着枪了。”

吃过早饭以后，他们躺在铺开的军大衣上。格里高力竭力克制着睡意，可是怎么都克制不住；阿克西妮亚用胳膊肘支着头，对他讲着他不在家时她的日子是怎样过的，这几个月来她是多么痛苦。格里高力在克制不住的迷糊状态中听得见她那平和的声音，却怎么也抬不起沉重的眼皮。有时候他完全听不见她的声音。她的声音渐渐远去，越来越小，以至完全消失。格里高力哆嗦两下，醒了过来，可是过几分钟，又闭上眼睛。他很想听听，竭力克制睡意，可是实在太疲倦了。

“……他们很想你，常常问：我爹上哪儿去啦？我想法子哄他们玩儿，跟他们亲热。他们后来习惯了，跟我亲热起来，不再常去找杜尼娅了。波柳什卡很文静，很听话。我用布片子给她做个洋娃娃，她就抱着洋娃娃坐在桌子底下玩起来。有一回，米沙特卡从街上跑回来，浑身直打哆嗦。我问他：‘你怎么啦？’他就哭起来，哭得十分伤心。‘孩子们都不跟我玩了，他们说：你爹是土匪。妈妈，他当真是土匪吗？土匪是什么样子？’我就对他说：‘你爹才不是土匪呢。他是个……落难的人。’他就一个劲儿地缠着我问：为什么是落难的人，落难是怎么一回事儿？我怎么都对他说不明白……格里沙，是他们自个儿喊我妈妈的呀，别以为是我教他们的。米沙对他们也不错，挺亲热。他跟我不打招呼，见了面就扭过头，从旁边走过去，可是有两回他还从镇上给孩子们带了糖来呢。普罗霍尔一直在为你伤心。他说，这个人完了。上个星期他还来过，一说起你，他都流泪了……他们还上我这儿搜过，想找枪呢：又在房檐下搜，又到地窖里搜，到处都搜……”

格里高力没有听她讲完，就睡着了。在他的头顶上，有一棵小榆树的叶子在风中簌簌低语着。黄黄的光斑在他脸上晃来晃去。阿克西妮亚把他的闭着的眼睛亲了半天，后来她把脸贴在格里高力的胳膊上，也睡着了，在梦里还笑着。

* * *

深夜里，月亮升上来的时候，他们离开了干谷。过了两个钟头，他们从高地上下来，来到旗尔河边。秧鸡在草地上吱吱喳喳，青蛙在芦苇荡里呱呱乱叫，野鸭子在远处低声哼哼。

河边是一大片果园，在夜雾中显得阴森森、黑沉沉的。

格里高力在离小桥不远处勒住马。村子里静悄悄的。格里高力用靴后跟踢了踢马，把马头拨向一旁。他不想从桥上过去。他怀疑这种寂静，怕这种寂静。他们在村边蹚水过了河，刚刚拐进一条小胡同，就从沟里冒出来一个人，接着又出来三个人。

“站住！什么人？”

格里高力听到吆喝声，就像挨了一棒似的，哆嗦了一下，就勒住了马。他迅速地镇定了一下，就大声回答说：“自己人！”接着就一面急转马头，一面小声对阿克西妮亚说：“向后转！跟我跑！”

这是刚来到这里宿营的一支征粮队的四名哨兵。四个人一声不响、不慌不忙地朝他们走来。有一个人站下来抽烟，划着了火柴。格里高力使劲抽了阿克西妮亚的马一鞭。那匹马往前一冲，就飞跑起来。格里高力趴到马脖子上，跟在后面跑起来。有几秒钟静得叫人难受，接着就是一阵像打雷一样的乱枪声，一闪一闪的火光划破了黑暗。格里高力听到的是猛烈的子弹啸声和拉得长长的吆喝声：

“开枪——枪！……”

格里高力在离小河一百丈远的地方追上了大步飞跑的灰马，等两匹马跑齐了，他大声喊道：

“趴下，阿克秀莎！趴低点儿！”

阿克西妮亚勒了勒缰绳，就朝后仰了仰，向一边倒去。格里高力急忙扶住她，要不然她就跌下去了。

“你受伤了吗？伤在哪儿？快说嘛……”格里高力沙哑地问道。

她一声也不响，越来越沉重地朝他的胳膊上倒下去。格里高力一面跑着，把她搂到自己怀里，一面气喘吁吁地小声说：

“我的天啊！你说一句话也好啊！你这是怎么啦?!”

但是他没听到默默无言的阿克西妮亚说一个字，没听到她哼一声。

在离村子有两俄里的地方，格里高力急转弯离开大路，来到一条沟里，下了马，抱起阿克西妮亚，小心翼翼地放在地上。

他脱下她身上的厚布褂子，撕开她胸前的印花布小褂和汗衫，摸到了伤口。子弹打进了阿克西妮亚的右肩胛骨，打碎了骨头，又斜着从右锁子骨下面穿了出来。格里高力用血糊糊的、哆哆嗦嗦的手从鞍袋里掏出自己的一件干净衬衣和一个急救包。他抱起阿克西妮亚，用膝盖支住她的脊背，给她包扎起伤口来，想堵住锁子骨下面往外直涌的血。衬衣布片和绷带很快就黑乎乎的，湿透了。阿克西妮亚那半张着的嘴里也往外冒血，喉咙里咕噜咕噜直响。格里高力吓得要死，他明白，一切都完了，他这一生中能够发生的最可怕的事情已经发生了……

他抱着阿克西妮亚，顺着陡峭的沟坡，顺着荒草萋萋、到处是羊屎的小路，小心翼翼地朝沟底走去。她那软软地耷拉下来的头趴在他的肩膀上。他听得见阿克西妮亚的嗞嗞的、直打呛的呼吸声，感觉得出一股股热血从她的身上流出来，嘴里的血往他的胸膛上直流。两匹马也跟着他来到沟底。它们打着响鼻，叮叮当当地晃荡着嚼子，吃起肥茁茁的青草。

黎明以前不久，阿克西妮亚死在格里高力的怀里。她一直没有清醒过。他一声不响地亲了亲她那冰凉的、流血流咸了的嘴唇，小心翼翼地把她放在草地上，站了起来。好像冥冥中有一种力量当胸撞了他一下，他往后倒退了几步，仰面栽倒了，但是他马上惊骇地跳了起来。他又一次栽倒，光脑袋咚的一声碰在石头上。后来他索性跪着，从鞘里抽出马刀，挖起坟坑来。土地湿乎乎的，很容易挖。他急着要挖好，可是喉咙里憋得喘不上气来，他为了好喘气，把身上的小褂撕开。黎明前的凉气冰得他的汗漉漉的胸膛凉丝丝的，他挖起来不那么吃力了。他用手和帽子把土往外捧，一分钟也不休息，但是等他挖成一个齐腰深的坟坑，还是费了不少时间。

他在明媚的朝阳下，把自己的阿克西妮亚埋葬了。在坟坑里，他把她那两条已经泛出死白色的黑乎乎的胳膊十字交叉地放在胸前，又用头巾盖住她的脸，免得土粒落进她那半睁着的、一动不动地望着天空、已经昏暗了的眼睛。他和她告了别，心里认定，他们离别不会很久了……

他用手掌把坟包上的黄土仔细拍平了，低下头，轻轻摇晃着身子，在坟前跪老半天。

现在他不必着忙了。一切都完了。

在灰尘弥漫的早风中，太阳渐渐升到土沟的上空。阳光把格里高力的没戴帽子的头上那密密的白发染成银色，阳光在他的灰白的、僵得十分可怕的脸上不停地晃动着。他抬起头来，好像是从一场噩梦中醒来，看到头顶上是黑黑的天空和亮得耀眼的黑黑的太阳。

十八

初春时候，等积雪化尽，在雪下埋了一个冬天的枯草也干了，草原上常常烧起春天的野火。春风吹着野火像一条条流水似的流开去，贪婪地吞食着干枯的梯牧草，掠过一片片高高的驴蓟，横扫褐色的艾蒿，在洼地上弥漫开来……过后很久，草原上烧焦和干裂的土地都散发着焦煳气味。四周的嫩草绿油油的，无数百灵鸟在草原上空的蓝天里歌唱，北飞的大雁在嫩绿的草地上打食儿，前来过夏天的小鸨在做窝儿。可是在野火烧过的地方，烧焦的、死沉沉的土地还是黑不溜秋的。鸟儿不在这里做窝儿，野兽走到这里要绕着走，只有到处游荡的疾风从这儿飞过，把灰白色的灰烬和焦煳的黑尘土刮得远远的。

格里高力的生活就像野火烧过的草原一样黑了。他失去了他心爱的一切。残酷的死神夺去了他的一切，毁坏了他的一切。只剩了两个孩子。但是他还战战兢兢地撑持着，好像他那实际上已经毫无意义的生命对于他和别人还有些价值似的……

他埋葬了阿克西妮亚以后，毫无目的地在草原上流浪了三天三夜，既不回家，也不上维奥申去自首。到第四天，他把马扔在霍派尔河口乡的一个村子里，渡过顿河，徒步朝司拉晓夫橡树林走去，四月里佛明匪帮就是在这里的树林边上第一次被打垮的。那时候他就听说橡树林里住着很多逃兵。格里高力因为不愿意回到佛明那里，所以就去找逃兵。

他在大树林里游荡了好几天。他饿得难受，但是又不敢到有人家的地方去。阿克西妮亚一死，他失去了理性，也失去了胆量。他听到树枝折断声、密林里的窸窣声、夜里的鸟叫声，都会感到恐怖和惊慌。格里高力吃的是没有熟的草莓、一些很小的蘑菇、榛树叶，实在饿得够呛。第五天晚上，他在树林里遇上几个逃兵，逃兵把他带到他们住的土窑里。

他们一共有七个人。都是附近几个村子里的老百姓，从去年秋天开始征兵的时候，就在树林里住下来了。他们住在一座很大的土窑里，就像居家过日子一样，差不多什么东西都不缺。夜里他们常常回家去看看；回来的时候，就带些面包、干粮、小米、面粉、土豆，有时候就去别的一些村子里偷一两头牲口，所以吃肉也不困难。

有一个逃兵，以前在第十二哥萨克团里当过兵，认识格里高力，所以没费什么周折就把他收留下来了。

* * *

格里高力算不清过了多少苦闷、冗长的日子。在十月以前，他在树林里马马虎虎能过得下去，可是等到落起秋雨，接着又冷起来，他就空前强烈地想念起孩子和家乡……

为了凑合着打发日子，他整天整天地坐在土炕上，用木头剜勺子，做木碗，用软石头雕刻玩具小人和动物。他尽量什么都不去想，尽量不让毒害心情的乡愁闯入心中。白天他能够这样，但是在漫长的冬夜里，他不能不愁思苦想，百感交集。他在土炕上翻来翻去，往往很久不能入睡。白天里，土窑里的人谁也没听到他说过一句苦恼的话，但是夜里他常常打着哆嗦醒来，用手在脸上不住地擦着：他的两腮和半年没刮过的浓浓的大胡子都湿漉漉的，流满了眼泪。

他常常梦见孩子们，梦见阿克西妮亚、母亲和其他几个已经不在人世的亲人。格里高力的一生已经过去，而过去的一生就像一场短短的噩梦。“要是能再回家乡一趟，看看孩子们，那时候就是死也不怕了。”他常常这样想。

快到春天的时候，有一天，丘玛柯夫忽然来了。他身上直到腰部都湿透了，但是他依然精神抖擞，忙手忙脚的。他在炉旁把衣服烤干了，也烤了烤身子，便爬到炕上挨着格里高力坐了下来。

“麦列霍夫，自从你离开我们以后，我们可是逛荡够了！到过阿斯特拉罕，也到过加尔梅克草原……逛遍了东南西北！杀的人就没有数了。他们把亚可夫·叶菲莫维奇的老婆抓了去当人质，把他的家产也没收了，所以他就发了疯，下命令要杀一切给苏维埃政府当差的人。于是就接连不断地杀起人来：教师也杀，各种各样的大夫也杀，农艺师也杀……什么他妈的人都杀！可是现在我们完了，全完了。”他还冷得缩着脖子，叹着气说，“头一次是在济山镇附近打垮我们的，一个星期以前，又在索伦内附近收拾了我们。夜里从三面包围了我们，只留下通山上的路，可是山上的雪齐马肚子深……天蒙蒙亮就用机枪一扫，全完了……把所有的人都扫光了。只有我和佛明的儿子两个人逃脱了性命。佛明从去年秋天就把达维德卡带在身边了。亚可夫·叶菲莫维奇本人也阵亡了……我亲眼看着他死的。头一颗子弹打在他的腿上，打穿了膝盖，第二颗子弹打在头上，从头上划过去。他从马上摔下来三次。我们停下来，把他扶起来，扶上马去，可是他跑了没有多远，就又摔了下来。第三颗子弹又打中了他，打在腰上……我们就把他扔下。我跑出有一百丈远，回头看了看，有两个骑马的人正在用马刀砍躺在地上的佛明呢……”

“这不稀奇，必然是这种下场。”格里高力冷淡地说。

丘玛柯夫在他们的土窑里住了一夜，第二天早晨就向他们告别。

“你上哪儿去？”格里高力问道。

丘玛柯夫笑着回答说：

“去找便宜活儿干干。你是不是跟我一块儿去?”

“不，你一个人去吧。”

“是啊，咱们过不到一块儿呀……麦列霍夫，你干的活儿，剜勺子剜碗，我可是看不中，”丘玛柯夫用嘲笑的口气说，又摘下帽子，鞠了个躬，说，“耶稣救主，诸位老老实实的绿林好汉，谢谢你们的盛情，谢谢你们的招待。叫上帝赏给你们一些快活日子吧，不然的话，你们这儿可是太没有味道了。你们住在树林里，对着破车轮子祷告，这算过的什么日子呀?”

格里高力在他走了以后，又在树林里过了一个星期，然后收拾收拾要走。

“要回家吗?”一个逃兵问他。

格里高力微微笑了笑，这是他来到树林里以后第一次笑。

“回家。”

“等到春天再走吧。五月一号要大赦了，那时候咱们再散伙吧。”

“不，我不能等了。”格里高力说过，就和他们告别了。

第二天早晨，他来到鞑靼村对面的顿河边。他朝着自家的院子望了半天，因为又高兴又激动，脸都白了。然后摘下步枪和挂包，从挂包里掏出针线包、麻线、一瓶擦枪油，不知为什么还数了数子弹。子弹一共是十二夹子，另外还有二十六颗零散的。

在一处陡崖边，岸边的冰已经化了。碧绿的河水拍打着河岸，冲击着周围针刺状的冰凌。格里高力把步枪和手枪都扔到水里，然后把子弹撒出去，又在大衣襟上仔细擦了擦手。

在村子下面，他踩着已经化得千疮百孔的三月的青色残冰，过了顿河，大踏步朝自己的家走去。他老远地看见米沙特卡在河边的斜坡上，好不容易控制住自己，才没有朝米沙特卡跑去。

米沙特卡正在敲石头上的水溜，扔着玩儿，仔细看着青青的碎冰往坡下滚。

格里高力走到坡前，气喘吁吁地、沙哑地唤了唤儿子：

“米申卡！……好孩子！……”

米沙特卡惊骇地看了看他，就垂下了眼睛。他认出这个满脸胡子，样子很可怕的人就是他的父亲……

格里高力在树林里夜间想起孩子们的时候小声说过很多温柔、亲热的话，现在那些话全从脑子里飞走了。他跪下来，亲着儿子的冰凉的、红红的小手，只是用结结巴巴的声音一遍又一遍地喊："好孩子……好孩子……"

然后格里高力抱起儿子，用干干的、热辣辣的眼睛如饥似渴地看着儿子的脸，问道：

"你们在家里怎么样？……姑姑、波柳什卡都好吗？"

米沙特卡还是没有看父亲，小声回答说：

"杜尼娅姑姑很好，可是波柳什卡秋天就死了……害白喉病死的。米沙叔叔当兵去了……"

还算好，格里高力在不眠之夜里幻想的不多的一点儿东西，现在得到了。他站在自家的大门口，手里抱着儿子……

这就是他这一生仅剩的东西，有了这东西，他还感到大地，感到这广阔的、在寒冷的阳光下闪闪发光的世界是亲切的。

附　录

授奖词

瑞典皇家学院院士

安德斯·奥斯特林

今年的诺贝尔文学奖，众所周知，授予了俄罗斯作家米哈伊尔·肖洛霍夫，他生于一九〇五，今年六十岁。他的童年是在顿河哥萨克地区度过的。他喜欢当地人民的特有气质和那里的茫茫原野，正是这种感情使他和这一地区结下不解之缘。他亲眼看到他的故乡经历了革命和内战的各个阶段。他在莫斯科干过 一段时间的体力活儿之后，不久就专门从事写作，写出了一系列描述顿河流域战事的短篇。后来他成为写这一题材的名手。肖洛霍夫开始写作史诗性小说《静静的顿河》（一九二八——一九四〇）

的第一部时，年仅二十一岁，这足以证明战争时期一代人的早熟。此书的英译名是《静静地流吧，顿河》，俄文原书名就是《静静的顿河》，然而肖洛霍夫这部杰作中写的却是风雨飘摇、动乱不宁的局面，因此，毫无疑问其中暗暗含有讽刺意味。

肖洛霍夫创作这一巨著，花费了十四年的心血。小说以悲剧性的哥萨克暴动为主线，囊括了第一次世界大战、革命、国内战争等各个时期。这一长篇巨著的几大部，是在一九二八至一九四〇年这段相当长的时间中先后发表的，受到苏联批评家的长期关注。这些批评家出于政治上的原因，很难全盘接受肖洛霍夫对待哥萨克起义、反抗中央集权这一主题的客观、求实的态度；肖洛霍夫如实地描述了哥萨克反对征服、维护独立的反抗精神，在客观上维护了这种精神，对此，批评家们也不会轻易接受。

看到小说主题引起的争议，不难断定：肖洛霍夫写这部小说，就是迈出了勇敢的一步，这一步的迈出，说明在他的创作生涯中良心已经取得了胜利。

《静静的顿河》在瑞典已经是家喻户晓，在这里做介绍似乎是多余的。这部作品以卓越的现实主义手法，描绘了哥萨克特有的性格，描绘了既是骑兵、又是农民，似乎互为水火、实则水乳交融、构成一个统一的整体的这样一种传统性格。书中没有对任何东西进行美化。哥萨克性格中粗鲁、野蛮的一面，在书中也详尽无遗地表现出来，毫不掩盖，毫不矫饰，但与此同时，又能感觉出作者对人的一切的尊重。肖洛霍夫无疑是一个坚定的共产主义者，但是他不在书中进行任何意识形态方面的说教。我们看到，他写的战争血泪斑斑，然而是一幅笔力雄浑、气势磅礴的画卷。

哥萨克格里高力一再地从红军倒向白军、被迫违心地进行拼搏，这种拼搏以绝望告终，他既是英雄，又是受难者。他所继承的荣誉观念经受了最严峻的考验。他被历史的必然所击败，历史的必然在这里起了与古典文学中复仇女神一样的作用。然而，我们却同情格里高力，也同情两位令人难忘的女性：他的妻子娜塔莉亚和他的情人阿克西妮亚。她俩都因为他而遭受灾难。最后，他用马刀挖坟，埋葬了阿克西妮亚，回到自己村子里的时候，已经满头白发，除了一个年幼的儿子以外，他这一生中的一切都丧失了。

书中的人物或者置身于人与人的关系中，或者活跃在战争风云中，而在整个人物画廊的背景上，展开的是一幅绚丽多彩、气象万千的乌克兰风景画：变化多端的草原四季风光，村庄周围草香四溢的牧场和吃草的马群，随风起伏的青草，陡立的河岸和河水永不停息的歌唱。肖洛霍夫永不厌倦地描绘着俄罗斯的大草原。有时候，他会中断故事的叙述，来倾吐自己的赞赏之情：“低低的顿河天空下的故乡草原呀！一道道的干沟，一条条的红土崖，一望无际的羽茅草，夹杂着斑斑点点、长了草的马蹄印子，一座座古冢静穆无声，珍藏着哥萨克往日的光荣……顿河草原呀，哥萨克的鲜血浇灌过的草原，我向你深深地鞠躬，像儿子对母亲一样吻你那没有开垦过的土地！”

可以说，肖洛霍夫在艺术创作中并没有什么创新，他用的是使用已久的现实主义手法，这一手法同后来小说创作艺术中出现的一些模式相比，也许会显得简单而质朴。但是，这一主题确实无法用其他手法来表现。他的波澜壮阔、洋洋洒洒的如潮之笔，使《静静的顿河》成为一部名副其实的“长河小说”。

肖洛霍夫后来的作品《被开垦的处女地》（一九三二、一九五九），是一部描写强制性集体化和介绍集体农庄的小说，显示了肖洛霍夫喜爱充满喜剧色彩和富有同情心的人物，这部小说也具有永恒的艺术生命力。但毫无疑问，仅凭《静静的顿河》这部作品，肖洛霍夫获得这一奖赏就当之无愧。直到今天才享受这一荣誉，实在过晚了。但令人高兴的是，我们终于将当代一位最杰出的作家的名字列入了诺贝尔文学奖获奖者的名册。

瑞典皇家学院赞同这一评选决定时，指出了“肖洛霍夫在描写俄罗斯人民生活中一个历史阶段的顿河史诗中所表现的艺术力量和正直”。

先生，这一奖赏是褒奖正直和表示感谢，感谢您对当代俄罗斯文学的重大贡献，在我国和在全世界都十分清楚这一贡献。请允许我代表瑞典皇家学院向您表示祝贺，并请您接受国王圣驾颁发的今年的诺贝尔文学奖。

受奖演说

米哈依尔·肖洛霍夫

在这隆重的大会上，我认为应当有幸再一次向授予我诺贝尔奖金的瑞典皇家学院表示感谢。

我已经有机会公开表示过，我对此感到高兴，不仅仅是因为，我在事业上的成就和我在文学创作中的特点得到国际上的承认，我还因为这一奖金授予了一个苏联俄罗斯作家而感到自豪。我在这里代表的是我的祖国的广大的作家队伍。

我已经说过，我还感到高兴的是，这种奖赏又是对长篇小说体裁的一种间接的肯定。近来常常可以听到一些实在使我吃惊的言论，这些言论说长篇小说的形式已经过时了，不符合时代的要求了。其实，只有通过长篇小说，才能最全面地概括现实世界，并将自己对现实、对现实中的迫切问题的态度以及同道者的态度表现出来。

可以说，长篇小说最能够使人深刻地认识我们周围广大的现实，而不是叫人把自己的小“我”想象成世界的中心。这种体裁实质上是现实主义艺术家最广阔的活动场地。许多新的艺术流派都不赞成现实主义，说现实主义似乎已经不适用了。我不怕有人指责我保守，现在声明，我坚持相反的观点，我是坚决拥护现实主义艺术的。

现在常常谈到所谓文学的先锋派，认为这主要是在形式方面的最时髦的尝试。依我看，真正的先锋乃是那些在自己的作品中揭示出代表当代生活特征的新内容的艺术家们。整个现实主义和现实主义的小说，扎根于过去艺术大师们的艺术经验，但是在发展中却获得了在实质上很新的、深刻的当代特点。

我说的现实主义，包含革新现实、改造现实以造福人类的思想在内。当然，我说的现实主义，就是我们现在叫的社会主义现实主义。其特点是，所反映的世界观，不是消极的，不是脱离现实的，而是号召人们为人类进步而奋斗，指出千百万人向往的目标是可能达到的，并为千百万人照亮奋斗的道路。

人类不像飞出地球引力以外的宇航员那样，成为一个个在失重状态下飘浮着的个人和个体。我们生活在地球上，服从地球的支配，正如福音书上说的，我们天天有关心的事，天天有操心事和要求，还有对美好的明天的希望。地球上广大的居民阶层都有一致的愿望和共同的利益，共同的利益使人联合的可能性，远远超过分裂的可能性。

用自己的手和脑创作一切的人，就是劳动的人。我也和许多作家一样，认为能够不受任何限制地用自己的笔为劳动人民服务，这是自己的崇高荣誉和崇高自由。

一切都从这一点出发。对于我这个苏联作家来说，一个艺术家在当今世界上的地位如何，结论只能从这一点去考虑。

我们生活在不太平的年代，但是地球上没有一个民族希望有战争。有一种势力，想把整个整个的民族投入战火。战争的灰烬，第二次世界大战漫天大火的灰烬，怎能不撞击一个作家的心灵？一个正直的作家，怎能不反对那些妄图让人类自我毁灭的人？

一个艺术家，如果认为自己不是脱离乱世、不问人间疾苦、高踞于奥林波斯山上的神仙，而是人民的儿子、人类的一个小分子的话，那他的使命是什么，他的任务是怎样的呢？

要诚恳地向读者说话；要向人说实话，实话有时候是冷酷的，但总是勇敢的；要增强人们心中的信念，使人们相信未来，相信自己有力量创造未来。要作为世界和平而奋斗的战士，并要用自己的语言在影响所及的地方培养这样的战士。要使人们团结在人类正常的、高尚的追求进步的愿望之中。艺术具有影响人的智慧和心灵的强大力量。我以为，那些运用这种力量去创造人的心灵美、去为人类造福的人，才有资格称为艺术家。

我国人民在自己的历史道路上前进，走的不是平常的道路，这是生活的开拓者和先驱者走的路。我一直认为，我这个作家的任务是，以我过去写的和今后写的一切，贡献给这样的劳动人民、从事建设的人民、英雄的人民，因为这样的人民不侵犯任何人，但是一向能够庄严地捍卫自己的创造的成果，捍卫自己的自由和荣誉，捍卫按照自己的选择建设自己的未来的权利。

我希望我的作品能帮助人变得更好，心灵更纯洁，能唤起对人的爱，唤起积极为人道主义和人类进步的理想而奋斗的愿望。如果我在某种程度上做到了这一点，我就是幸福的。

我感谢这个大厅里所有的人，感谢所有因为我获得诺贝尔奖奖金向我表示祝贺和道喜的人。